外教社 外国文学研究丛书

U0745359

美国小说：
本土进程与多元谱系

朱振武 等 著

上海外语教育出版社
外教社 SHANGHAI FOREIGN LANGUAGE EDUCATION PRESS

图书在版编目(CIP)数据

美国小说：本土进程与多元谱系 / 朱振武等著.
—上海：上海外语教育出版社，2018
(外教社外国文学研究丛书)
ISBN 978-7-5446-5594-1

Ⅰ.①美… Ⅱ.①朱… Ⅲ.①小说研究-美国 Ⅳ.①I712.074

中国版本图书馆 CIP 数据核字(2018)第 262559 号

出版发行：**上海外语教育出版社**
（上海外国语大学内） 邮编：**200083**
电　　话：021-65425300（总机）
电子邮箱：bookinfo@sflep.com.cn
网　　址：http://www.sflep.com
责任编辑：**蒋浚浚**

印　　刷：上海叶大印务发展有限公司
开　　本：635×965　1/16　印张 48.25　字数 716 千字
版　　次：2018 年 12 月第 1 版　　2018 年 12 月第 1 次印刷
印　　数：1 100 册

书　　号：ISBN 978-7-5446-5594-1 / I
定　　价：148.00 元
本版图书如有印装质量问题，可向本社调换
质量服务热线：4008-213-263　电子邮箱：editorial@sflep.com

本书撰写人员及具体分工

朱振武：具体出题，全书策划，全书审校及定稿，绪论，主要参考文献。

国内研究述评

第一章　印第安谱系：李华颖（青岛理工大学）

第二章　清教谱系：白岸杨（上海大学）

第三章　语言谱系：曾桂娥（上海大学）

第四章　黑人谱系：赵永健（浙江工商大学）

第五章　犹太谱系：刘洪一，刘建徽（深圳大学）

第六章　华裔谱系：雷远旻（上海大学）

第七章　新华裔谱系：张敬文（上海大学）

第八章　拉美裔谱系：李保杰（山东大学）

第九章　印度裔谱系：张惠英（上海大学）

第十章　日越韩菲阿等亚裔谱系：李星星（上海大学），马征（河南大学）

第十一章　后现代谱系：张柯（上海大学）

第十二章　大众文化谱系：周博佳（南京大学）

第十三章　生态谱系：张秀丽（上海大学）

第十四章　政治谱系：徐焕新（上海大学）

后续校对：范丹丹（上海大学），杨静（上海大学）

参考文献（分章）

目录

American Fiction: Local Processes and Multivariate Genealogies

American Fiction: Local Processes and Multivariate Genealogies

American Fiction: Local Processes and Multivariate Genealogies

American Fiction: Local Processes and Multivariate Genealogies

American Fiction: Local Processes and Multivariate Genealogies

绪　论

引　言

　　中国学术界对美国文学的关注早于对美国学的关注,而只从文学层面出发,对其各种文学样式进行发生学上的阐释,对于美国这样一个由多元谱系形成的国家的文学来说,就难免会显得捉襟见肘,有时甚至力不从心。因此,要想把美国文学,特别是美国本土小说的发生及其演变过程说得深一些,透一些,我们就应求助于美国学的帮助,在多元文化的语境下去研究由多元文化催生出的美国本土小说这个现代的宠儿。美国学的勃兴和发展,是中国学术界熠熠生辉的崭新篇章,涌现出了大量译著、大批学术著作和学术论文,其来势之盛,成果之多,已引起中外学人的广泛关注。大型美国研究丛书的编辑和出版,是中国美国学长足进步的重大收获。早些时候的《美国丛书》《美国译丛》《美国文化丛书》《美国文学史论译丛》、杨生茂和刘绪贻主编的《美国通史丛书》、刘绪贻主编的《美国现代史丛书》、董乐山主编的《美国与美国人丛书》,都标志着中国美国学水平已达到相当的深度和广度。在文学方面,董衡巽等著《美国文学简史(上)》,以及毛信德著《美国小说史纲》等,是中国学者研究美国文学的代表作。为数不能算少、质量已达到相当高度的期刊论文和硕士、博士学位论文,从诸多侧面弄清了美国研究的许多问题,这些都为我们从历史、哲学、宗教、语言、族裔、政治、文化以及生态等方面研究美国文学,特别是美国本土小说提供了雄厚的基础。

美国式小说,"一句话,就是美国小说家以美国社会为背景,以美国人民的生活为题材,用美国人民乐于接受的艺术形式而写出来的小说"。① 这句话可以说是给美国式小说做了很好的界定。诚如毛信德所说,美国式小说在 19 世纪中叶的确已经出现,但美国小说在这一时期的本土化程度还远远不够。随着美国社会的迅速发展和美国英语的渐次形成,随着这一新的民族在世界上影响力的加强和非裔、亚裔、犹太裔等美国人的出现,这片新大陆上的小说在多元文化与多种本土养分的浸润下,终于形成了彻底美国化了的文学样式,其发展规模,作家、作品的数量,在世界上构成的影响及其在小说美学上所达到的高度,都不逊色于任何一个文学大国。独特的生态形态也是美国本土小说形成的重要因素之一。这里所说的生态形态,不仅从自然生态学的角度出发,更重要的是把小说同社会生态学、人类生态学、文化生态学和地理生态学放在精神的层面上一道考察,从人类精神生活的高度,重新审视美国本土小说的特质、属性及其价值意义,去考察美国小说中的观念、信仰、想象、审美、爱情、语言、玄思,以及它们与自然生态系统、社会生态系统的微妙关系。也就是说,从精神生态层面研究小说,也是我们的出发点之一。本书立足于中国学者立场,努力体现中国学者的学术表达和学术视野,对美国小说本土化的多种谱系进行系统、详尽的学理考察,考论结合,文史互证,对美国小说本土化从亦步亦趋到实现独立的每个阶段,对其从典雅到乡土和本真的发展和演变过程,对其非洲裔、犹太裔、亚裔和拉美裔的各种族裔谱系,到后现代、大众文化以及生态谱系和政治谱系等文本内和文本外的多元谱系进行深入研究。

---

① 毛信德认为,美国式小说,与人们所说的美国式文学是一个意思,它完全摒弃了外来文化影响的痕迹,没有任何殖民地色彩,也没有封建主义的残余。它是在民族生活、民族思想和民族题材的基础上,以民族的形式来进行描绘和叙述的,具有纯粹的美利坚民族特色。这种美国式小说自欧文开创以来,经库柏的努力实践,至霍桑臻于完善。美国式小说的诞生至少有以下几点意义:1.为表达美利坚民族的精神面貌和社会生活找到了一种完美的文学形式;2.为挣脱英国殖民地文学的桎梏、彻底消除外来影响提供了一个有利的发展途径;3.为美国文学赶上并最终超过发达的欧洲文学创造了一个良好的开端。详见毛信德《美国小说史纲》,北京:北京出版社,1988 年,第 28—99 页。

一、美国小说本土化研究在中国

——从学术专著到期刊论文和学位论文

关于美国小说,中国国内先后出现了多部相关研究专著、小说史和教材,在美国小说的本土化方面虽然论及较少,但或多或少都有所关注。国内美国文学虽然年轻,但发展速度很快。进入19世纪以后,美国文学随着美国的发展而不断壮大,在世界文学的舞台上赢得了一片领地。新中国成立后,美国文学研究在我国进展迟缓,直到1972年尼克松的破冰之旅之后,特别是于改革开放之后,美国文学研究在我国得到迅猛发展。

董衡巽、朱虹等著的《美国文学简史(上)》(1978),是改革开放后第一部国别文学史,此后国内不断有美国文学的著作问世,有总体文学研究,如常耀信的《美国文学史》(上)和杨仁敬的《20世纪美国史》,也有按体裁撰写的,如毛信德的《美国小说史纲》和王长荣的《现代美国小说史》等。1993年出版的《当代美国文学史纲》(张锦著)一书涉及面较宽,小说、诗歌、戏剧和批评都有论及,但大都点到为止。此后相继出版的美国文学研究专著有金莉和秦亚青的《美国文学》、杨仁敬的《20世纪美国文学史》。相关译著则有美国文学史家威勒德·索普的《20世纪美国文学》、丹尼尔·霍夫曼的《美国当代文学(上、下册)》、罗伯特·E·斯皮勒的《美国文学周期》和埃默里·埃里奥特主编的《哥伦比亚美国文学史》等。

2000到2002年,刘海平、王守仁主编的四卷本《新编美国文学史》由上海外语教育出版社出版,是迄今国内出版的规模最大的美国文学史。这套书的一个特点是从中国人的角度评述美国文学,彰显中国学者的主体意识,不仅叙述美国文学在中国的接受过程,还涉及中国文化思想对美国作家的影响。同期及稍后,还出版了黄铁池的《当代美国小说研究》和童明的《美国文学史》。2004年出版的《美国小说发展史》(毛信德著)的特点是着墨于美国本土因素在美国小说发展史上的重要作用。

进入21世纪,左金梅的《美国文学》、王卓、李权文主编的《美国文学史》和杨仁敬的《简明美国文学史》先后出现,紧接着又出版了刘洪一的

American Fiction: Local Processes and Multivariate Genealogies

《走向文化诗学：美国犹太小说研究》和金惠经著的《亚裔美国文学：作品及社会背景介绍》。2014年张冲和张琼著的《从边缘到经典：美国本土裔文学的源与流》主要论述了从本土主人到本土族裔的印第安文学，为学者在"主流"或整体美国文学中定位美国本土裔文学提供了视角。这期间，程爱民的《美国华裔文学研究》、乔国强的《美国犹太文学》、庞好农的《非裔美国文学史：1619—2010》和李保杰的《当代美国拉美裔文学研究》都接连问世。《当代美国拉美裔文学研究》为美国小说的本土化研究做出了贡献。

相关著作还有，李维屏的《英美意识流小说》，程锡麟、王小路的《当代美国小说理论》，虞建华主编的《美国文学大词典》，史志康主编的《美国文学背景概观》，吴元迈主编、杨仁敬撰写的《20世纪美国文学史》，杨仁敬等撰写的《美国后现代派小说论》和胡全生撰写的《英美后现代主义小说——叙事结构研究》等等，这些工作从诸多方面为我们研究美国小说的本土化或者"美国式"小说在多元文化语境下的生成与壮大提供了极大的便利。

1776年7月4日，美国宣布原属英国的13个殖民地（北美十三州①）脱离英国独立，美国，也就是美利坚合众国，就这样诞生了！时至今日，美国在世界文明长河的历史中，已留下200余年的历史脚印，其文学也随着历史的进程冲出了欧洲文化的牢笼，涌现了像拉尔夫·沃尔多·爱默生、爱伦·坡、赫尔曼·麦尔维尔（一译麦尔维尔）、沃尔特·惠特曼、马克·吐温、亨利·詹姆斯、威廉·福克纳、欧内斯特·海明威和尤金·奥尼尔等一大批伟大作家，对繁荣和发展世界文化与文学具有十分重要的意义。

通过对中国知网学术期刊（2000—2017）的整理，对与美国小说本土化相关的期刊论文加以归纳总结，我们发现，相关研究有宏观探讨，也有微观研究，有专门从印第安文学和清教思想展开的研究，也有对美国文学的本土题材和本土故事进行挖掘的，有研究西部小说的，也有研究族裔和后现代的。早期的有吴富恒和王誉公的《美国文学思潮》②，近期的则有

---

① 弗吉尼亚、马萨诸塞、康涅狄格、罗得岛、纽约、新泽西、特拉华、新罕布什尔、宾夕法尼亚、马里兰、北卡罗来纳、南卡罗来纳、佐治亚。

② 吴富恒、王誉公：《美国文学思潮》，载《文史哲》，2000年第3期。

张冲的《关于本土裔美国文学历史叙事的思考》①，陆晓蕾的《美国本土裔
文学研究的现状与展望——2015 年美国本土裔文学专题研讨会综述》②
对是年举办的相关研讨会进行了综述。对印第安文学及清教思想研究的
这一类文章主要探析早期的北美思想精神和宗教信仰对美国社会的影
响，包括对美国文学、历史、政治、经济、社会思想、生态环境等的影响，有
陈许发表的《聚焦近年美国印第安文学创作与研究》③，有赵文书和康文
凯的《十字路口的印第安人——解读阿莱克西〈保留地布鲁斯〉中的生存
与发展主题》④等。对美国文学中浪漫主义题材的分析，主要以浪漫主义
文学的代表作家、作品为例，阐述其作品中的浪漫主义思想对美国社会所
带来的不同影响。徐常利的《浅析美国土著小说中的生态关怀思想——
评〈美国经典作家的生态视域和自然思想〉》⑤，张在钊和陈志新的《美国
文艺复兴时期文学本土化进程研究》⑥等都是这方面的代表性文章。

　　对于美国西部文学中的本土故事和美国地方色彩的文学作品的分
析，解析这些作品所折射出的美国地方特色的论文有余荣虎的《早期乡
土文学与域外文学理论、思潮之关系》⑦和张慧诚的《美国本土文学的代
表——解读〈最后的莫西干人〉》⑧等。在族裔文学方面，罗虹和张静发表
的《美国黑人文学中的文化身份意识》⑨，乔国强的《中国美国犹太文学研

①　张冲:《关于本土裔美国文学历史叙事的思考》，载《国外文学》，2011 年第 1 期。
②　陆晓蕾:《美国本土裔文学研究的现状与展望——2015 年美国本土裔文学专题研讨会综述》，载《当代外国文学》，2015 年第 3 期。
③　陈许:《聚焦近年美国印第安文学创作与研究》，载《外国文学动态》，2006 年第 3 期。
④　赵文书、康文凯:《十字路口的印第安人——解读阿莱克西〈保留地布鲁斯〉中的生存与发展主题》，载《外国文学研究》，2017 年第 1 期。
⑤　徐常利:《浅析美国土著小说中的生态关怀思想——评〈美国经典作家的生态视域和自然思想〉》，载《当代教育科学》，2016 年第 10 期。
⑥　张在钊、陈志新:《美国文艺复兴时期文学本土化进程研究》，载《戏剧之家》，2017 年第 21 期。
⑦　余荣虎:《早期乡土文学与域外文学理论、思潮之关系》，载《中国现代文学研究丛刊》，2008 年第 5 期。
⑧　张慧诚:《美国本土文学的代表——解读〈最后的莫西干人〉》，载《语文学刊(外语教育与教学)》，2009 年第 4 期。
⑨　罗虹、张静:《美国黑人文学中的文化身份意识》，载《中南民族大学学报(人文社会科学版)》，2008 年第 4 期。

究的现状》①，朱振武的《"非主流"英语文学的源与流》②，蒲若茜和潘敏芳的《亚裔美国文学批评之"沉默"诗学探析》③，苏晖的《华裔美国文学中华人伦理身份与伦理选择的嬗变——以〈望岩〉和〈莫娜在希望之乡〉为例》④等都颇具代表性。

从后现代主义视角出发的论文则有魏燕的《美国现代文学的"自我之歌"——评艾尔弗雷德·卡津的〈扎根本土〉》⑤，蔡俊的《主动表达的"他者"——论 20 世纪 70 年代以来的本土裔美国文学批评》⑥，肖艳平的《"沉默的文学"与"不确定内在性"——哈桑后现代主义文艺特征透视》⑦等。

与美国小说本土化问题相关的硕士和博士学位论文也初具规模。首先，以美国印第安文学、西部文学及清教思想为依托的学位论文主要围绕美国早期文学中的边疆文化因素及宗教因素来揭示作品中的独立自强的美国精神，陈许的博士论文《美国西部小说研究》⑧，李云的博士论文《寻找现代美国身份：19 世纪末 20 世纪初纽约的图像与经验》⑨等属于这类。

其次，美国浪漫主义时期题材所反映的生态观，主要通过分析作家作品，阐释美国浪漫主义文学在民族文学中的演变进程及关系。通过剖析文学作品中的"自然""神灵"及"自由"等主题，不仅展示了美国独特的民族精神、民族身份认同感及文学的个性化，也从侧面抨击了美国现代资

---

① 乔国强：《中国美国犹太文学研究的现状》，载《当代外国文学》，2009 年第 1 期。

② 朱振武：《"非主流"英语文学的源与流》，载《英语研究》，2014 年第 3 期。

③ 蒲若茜、潘敏芳：《亚裔美国文学批评之"沉默"诗学探析》，载《外国文学研究》，2016 年第 6 期。

④ 苏晖：《华裔美国文学中华人伦理身份与伦理选择的嬗变——以〈望岩〉和〈莫娜在希望之乡〉为例》，载《外国文学研究》，2016 年第 6 期。

⑤ 魏燕：《美国现代文学的"自我之歌"——评艾尔弗雷德·卡津的〈扎根本土〉》，载《外国文学研究》，2011 年第 4 期。

⑥ 蔡俊：《主动表达的"他者"——论 20 世纪 70 年代以来的本土裔美国文学批评》，载《当代外国文学》，2012 年第 2 期。

⑦ 肖艳平：《"沉默的文学"与"不确定内在性"——哈桑后现代主义文艺特征透视》，载《太原理工大学学报（社会科学版）》，2017 年第 1 期。

⑧ 陈许：《美国西部小说研究》，上海师范大学博士论文，2004 年。

⑨ 李云：《寻找现代美国身份：19 世纪末 20 世纪初纽约的图像与经验》，清华大学博士论文，2016 年。

本主义发展所带来的民族危机,如环境污染、道德伦理崩塌以及传统美利坚民族精神的丢失,姚亮的硕士论文《爱默生与美国民族文学进程》①,刘敏霞的博士论文《美国哥特小说对民族身份的想象:1776—1861》②,朱新福的博士论文《美国生态文学研究》③等都有相关的探讨。通过族裔文学来探讨民族身份追寻、丢失、追寻的循环过程的,有刘星的硕士论文《十九世纪中后期美国爱尔兰移民与主流社会的冲突与适应》④,朴玉的博士论文《于流散中书写身份认同——美国犹太作家艾·辛格、伯纳德·马拉默德、菲利普·罗斯(或译菲利普·罗思)小说创作研究》⑤,潘雯的博士论文《走出"东方/性":美国亚裔文学批评及其"华人话语"建构》⑥,赵云利的博士论文《美国黑人文艺运动研究(1965—1976)》⑦都从一个侧面与美国小说的本土化有着密切关联。关于后现代主义美国本土文学的,曾艳钰的博士论文《走向后现代文化多元主义:从罗思和里德看美国犹太、黑人文学的新趋向》⑧的研究比较深入,孙璐的博士论文《后冷战时代

---

① 姚亮:《爱默生与美国民族文学进程》,苏州大学硕士论文,2001年。
② 刘敏霞:《美国哥特小说对民族身份的想象:1776—1861》,上海外国语大学博士论文,2011年。这篇论文通过分析内战前六位作家,阐述了哥特小说对民族身份建构的想象和反思,探讨了民族身份的本质,并表达了对其稳固性及持久性的渴望与担忧。六位作家作品分别为:詹姆斯·费尼莫尔·库柏(James Fenimore Cooper,或译库珀,1789-1851)的《莱那尔·林肯》(*Lionel Lincoln*,1825)、华盛顿·欧文(Washington Irving,1783-1859)的《瑞普·凡·温克尔》(*Rip Van Winkle*,1819);查尔斯·B·布朗(Charles Brockden Brown,1771—1810)的《威兰,或变形记》(*Wieland, or Transformation* 1798)、纳撒尼尔·霍桑(Nathaniel Hawthorne,1804-1864)的《福谷传奇》(*The Blithedale Romance*,1852)、爱伦·坡(Edgar Allan Poe,1809-1849)的《阿瑟·戈登·皮姆的故事》(*The Narrative of Arthur Gordon Pym of Nantucket*,1838)和赫尔曼·麦尔维尔(Herman Melville,1819-1891)的《皮埃尔》(*Pierre*,1852)。
③ 朱新福:《美国生态文学研究》,苏州大学博士论文,2005年。
④ 刘星:《十九世纪中后期美国爱尔兰移民与主流社会的冲突与适应》,东北师范大学硕士论文,2005年。
⑤ 朴玉:《于流散中书写身份认同——美国犹太作家艾·辛格、伯纳德·马拉默德、菲利普·罗斯小说创作研究》,吉林大学博士论文,2008年。
⑥ 潘雯:《走出"东方/性":美国亚裔文学批评及其"华人话语"建构》,复旦大学博士论文,2013年。
⑦ 赵云利:《美国黑人文艺运动研究(1965—1976)》,山东师范大学博士论文,2015年。
⑧ 曾艳钰:《走向后现代文化多元主义:从罗思和里德看美国犹太、黑人文学的新趋向》,厦门大学博士论文,2001年。

美国小说①中的美国性》②也比较切题。

　　总体来说,除了朱振武等的《美国小说本土化的多元因素》(上海外语教育出版社,2006)及其相关研究论文,国内对美国小说的本土化进程进行深入细致的专门研究成果,始终还没有出现。

二、美国小说本土化的四个阶段
——从亦步亦趋到实现独立

　　美国主流文学中的小说一族是从对英国小说的模仿开始的,但一代代美国小说家不遗余力地致力于本土小说的发展,从欧文、库柏到爱伦·坡、霍桑、麦尔维尔,从马克·吐温到海明威和福克纳,美国小说从起初对英国小说的亦步亦趋,到后来的半推半就,最后终于完全摆脱了英国小说的羁绊,从创作题材到文体风格等各方面,都一步步走向独立,形成了完全属于美利坚地方特色和民族气派的小说传统,登上了20世纪小说美学的高峰。美国文学与英国文学相比,历史要短得多。由于大多数美国人都是英国人的后裔,因此,美国文学往往被看做英国文学的分支,从总体上隶属于英国文学。这种观点显然过于偏颇。回顾美国文学的发展历程,我们清晰地看到,美国作家一直都在致力于建立具有自己民族特色的文学,这是一条美国小说家开创本土特色的道路。美国小说的独立之路大致经历了如下几个较为漫长的过程。

　　亦步亦趋,初现端倪:著名辞典编纂家韦伯斯特曾说:"美国必须像在政治上获得独立一样,在文学上也要谋求自主,它的艺术必须像它的武

---

① 该标题的美国小说指的是四部家世传奇小说:约翰·厄普代克(John Updike, 1932-2009)的《圣洁百合》(*In the Beauty of the Lilies*, 1996)、菲利普·罗斯(Philip Roth, 1933-)的《美国牧歌》(*American Pastoral*, 1997)、乔纳森·弗兰岑(Jonathan Franzen, 1959-)的《纠正》((*The Corrections*, 2001)和杰弗瑞·尤金尼德斯(Jeffrey Kent Eugenides, 1960-)的《中性》(*Middle Sex*, 2002)。

② 孙璐:《后冷战时代美国小说中的美国性》,华东师范大学博士论文,2016 年。

器一样,也要闻名于世。"①这表达了许多美国文人的心声。美国本土小说作为美国文学发展的重要组成部分,其发展和独立有一个迂回曲折的过程,几代小说家前仆后继,为这一发展做出了重要贡献。华盛顿·欧文、詹姆斯·费尼莫尔·库柏(Janes Ferimore Cooper, 1789–1851)作为第一阵容里的急先锋,可以说是迈出了美国本土小说发展的第一步。D·H·劳伦斯在《美国古典文学研究》中曾指出过:"这种旧式的美国艺术语言,具有一种属于美洲大陆而不属于其他任何地方的异国素质。"②这段评价从一定程度上充分肯定了一些早期美国作品中的本土特色,这正说明库柏等作家在小说内容上已具有美利坚特色。库柏作为急先锋为美国本土小说的发展做出了重大的贡献,他这种内容上的民族特色可以说是美国本土小说取得独立的一个原动力。

半推半就,艰难前行:19 世纪上半叶,美国逐步进入了一个相对稳定、和平的环境,尤其是在 1830 年至 1855 年期间。这种和平、稳定的社会政治经济环境给艺术家的艺术创作提供了必要的前提和基础。小说家们有更多的时间来审视社会,寻找素材,探求创作理念。这一时期,美国小说较之英国小说,无疑更注重思辨力而不大重现实。英国小说家主要描写风土人情和社会变革,而美国的小说家们则是在深思熟虑地探求美国人民所喜闻乐见的文学形式,孜孜不倦地尝试新的文学样式,实践新的文学理论,这点对旧大陆及后人的文学创作产生了很大影响。爱伦·坡、纳撒尼尔·霍桑和麦尔维尔可以说是其中的典型代表。但是从创作手法和创作理论上,坡开启了另一扇美国之门,在美国本土小说发展的道路上走得更为深远。麦尔维尔、马克·吐温、福克纳、艾立森等一批才华横溢的小说家都以自己的创作为美国文学增添了瑰丽的色彩,使美国小说踏上了本土化的道路。在这一过程中,黑人性(blackness)以及其他族裔作家作品也对之产生了难以估量的影响(这点在后面还要提及)。但不管是黑人作家,还是坡、霍桑和麦尔维尔,其作品虽说已经在很大程度上具

---

① Richard Ruland & Malcolm Bradbury: *From Puritanism to Postmodernism: A History of American Literature*, London & New York: Routledge, 1991, p. 3.

② 兰·乌斯比:《美国小说五十讲》导言,肖安溥等译,成都:四川人民出版社,1985 年,第 3 页。

有了美国民族气派，从创作手法和作品结构上不再是生搬硬套英国小说的模式，但是他们都未能从根本上、未能从灵魂深处摆脱英国传统小说的桎梏，这主要是因为其派头上还是英国绅士式的。正如海明威所指出的："他们都是绅士或相当绅士，……他们不用人们常用的口头语言，活的语言。"①

分道扬镳，实现独立：在美国以及世界文学史上影响最为深远的作家要数马克·吐温，他"象征着美国精神的多样性、广泛性和力量所在"②。其作品具有鲜明的地方特色，大量的地方性口语的运用使作品生动诙谐。他正是以这种崭新的活力和美利坚的民族气派冲入了世界说坛，美国小说打上了鲜明的"山姆大叔"的字样，不再是对英国小说那种温文尔雅风格的模仿。可以说，他的创作完全摆脱了来自英国小说语言上的影响，从文体风格上开创了典型的美国小说的特色。正如马丁·戴尹在《美国文学手册》中所称赞的，马克·吐温是"第一位摆脱了欧洲散文传统的，完全'美国式'的散文大师"。这是对吐温在小说美学和美国小说独立之路上所取得的成就的充分肯定。在他身上，具备 T·S·艾略特所认为的"在民族文学发展过程中能够代表一个时代的作家都应兼备的两种特征：突出地表现出来的地方色彩和作品的自在的普遍意义"③。从此之后，美国的小说创作不再受到任何羁绊，自由驰骋在世界文学的广袤之林。小说理论上，威廉·狄恩·豪威尔斯和亨利·詹姆斯是与吐温近乎同时代的两位小说大家，他们不仅是在实践上，更重要的是在理论上，为美国本土小说的真正独立做出了不可磨灭的贡献。亨利·詹姆斯是现代西方心理分析小说创作的开拓者之一，也是现代西方小说美学的奠基人之一，美国小说实现独立与他的努力和取得的成就是分不开的。詹姆斯不只是总结了自己的小说创作经验，而且更进一步探讨了小说的美学原理，对形象思维的过程，对小说艺术如何配合作品构思，都有许多

---

① 董衡巽：《美国现代小说家论》，北京：中国社会科学出版社，1987 年，第 97 页。

② Marcus Cunliffe：*The Literature of the United States*，方杰译，香港：今日世界出版社，1975 年，第 120 页。

③ T·S·艾略特：《美国文学和美国语言》，选自《美国作家论文学》，刘保端等译，北京：生活、读书、新知三联书店，1984 年，第 201 页。

独到的见解。詹姆斯不光在小说创作中有意识地使"无所不知"的小说作者从小说中消失,而且在他所写的小说评论中也以强调"角度"问题作为话题的中心。他把小说家的目光焦点从人物的外部活动,转移到人物的内心活动,转移到人物思想意识中的戏剧性场面上去,这实际上已经在说小说中要有内心独白和意识流了。美国本土小说在两战中异军突起,福克纳、海明威等众多作家采用全新的创作理念,特别是大量运用内心独白和意识流等现代手法进行小说创作,并取得了世人瞩目的成就,从而使美国小说得以傲视世界说坛,这在很大程度上不能不归功于詹姆斯。这一时期,美国小说界还涌现出了许多有影响、有才华的小说家,像斯蒂芬·克莱斯、凯特·肖宾和亨利·亚当斯等,这些优秀小说家同马克·吐温、豪威尔斯和詹姆斯一起,为美国小说在19世纪末彻底冲破欧洲小说的桎梏,形成美国民族气派的小说立下了汗马功劳。

独领风骚,傲视说坛:进入20世纪,美国小说受多元文化影响的传统仍在延伸。两战期间,美国小说进入了一个异彩纷呈的空前发展阶段,呈现出从未达到的高度和勃勃生机。许多小说家沿袭了马克·吐温把乡言、土语融入小说的创作手法,纷纷把各种不同行业的民间文化、俚语和行话融入正规的文学创作。小说的题材扩大了,生活的方方面面都写进了小说,正如亨利·詹姆斯在《小说的艺术》中指出的,小说已将"笔触伸向了任何地方"①。同时,美国小说在世界文坛中的地位也不断攀升。1930年,辛克莱·刘易斯荣获诺贝尔文学奖,成为美国历史上的第一人。其后,又有7位美国小说家获此殊荣,这以无可雄辩的事实说明了20世纪美国小说家在世界说坛中的地位。美国小说在当今全球文化大流中,产生了深远的影响,引起了人们的普遍关注。海明威是公认的"世界公民",他的作品被译成40多种语言,他创立的"海明威风格"是美国小说美学上的一大突破,是现代小说创作的巅峰。福克纳也是其中的一员大将。他是南方文艺复兴的旗手,也是南方文学的精神领袖。他以南方世家为背景,运用了意识流的手法描绘了美国南方的没落。作为南方小说

---

① Marcus Cunliffe: *The Literature of the United States*,方杰译,香港:今日世界出版社,1975年,第161页。

American Fiction: Local Processes and Multivariate Genealogies

的代表,福克纳不管从创作理念、作品风格还是艺术技巧上对美国小说的成长和发展做出了重大贡献。可以说,20世纪上半叶,美国小说处在一个百花齐放、百家争鸣的成熟阶段。不管是作家作品,文学流派,还是写作理论等都令人眼花缭乱。他们在小说创作上大都"绝不拘泥于传统的现实主义和浪漫主义,也决不盲从任何一个现代主义流派。正是这种创新精神,使他们在理论与实践上都突破了传统的小说美学,也使美国小说登上了现代小说美学创作的巅峰"①。

三、美国小说本土化的本土谱系
——从印第安到清教,从语言到乡土

美国这个"大熔炉"里汇聚了世界文坛中多样性的文学作品、多元的文化背景以及形形色色的文学作家。文学作品受时代和地域的滋养,从共同的语言和信仰的社会库存中提炼形象和意境。当一种作品的语言与意境达到一定张力时就会形成一种突出的品质。

在美国多维化的文学中,印第安谱系显然是重要一维。在哥伦布于1492年踏上北美新大陆之前,印第安人已经在此繁衍生息了两万年左右。他们在各自的生存斗争中创造了丰富灿烂的口头文学。"在没有'文字'的口语社会中,文学是指任何值得反复吟唱,最终能被广泛记忆和流传的语言。"②印第安人的这些口头文学谱系不断地渗透到后来出现的以英语文学为绝对主流的美国文学的发展之中,美国小说所呈现出的多元化、多样性和多维度都离不开印第安谱系的滋养。

清教思想和美国文学之间有着一种怎样的关系?它在美国小说本土化的历程中究竟扮演着什么样的角色?这是研究美国文学不可避免的话题。事实上,清教思想已经成为被美国的经典作家所认同并加以继承的美学思想。"清教徒对新大陆的展望作为遗产被我们的主要作家继承下来,并以种种方式演变成他们作品之中具有象征意义的背景。这种展望

---

① 朱振武:《论海明威小说的美学创造》,载《上海大学学报》(社科版),2001年第4期,第5页。

② Andrew Wiget, ed. *Dictionary of Native American Literature*, New York & London: Garland Publishing Inc., 1994, p. 3.

成为这些作家们只能在心中追慕的理想,因为事实上这些理想永远也不可能在现实中实现。它还成为一种具有替代性质的文化权威,作家们可以把它作为根据,从而谴责(或者弃绝)美国。"①艾略特在《美国文学和美国语言》一书中写道:"假如在相当长的一段时间内,外国人对某位作家的倾慕始终不变,这就足以证明这位作者善于在自己写作的书中把地区性和普遍性的东西结合起来……"②在不同的文化系统中成长起来的人总是带着他所属文化的特质,而那些"已经模式化的文化影响更是显而易见"③。在清教思想的影响下,宗教沉思、民间艺术母题的运用、注重对人性的探索等成为美国文学重要传统。不论是在殖民初期的文学作品中,浪漫传奇小说中有关"原罪"的叙述里,"文艺复兴"清教主义主题的小说中,还是在以后的"爵士时代""迷惘的一代"以及美国的现当代文学中,清教思想的痕迹都清晰可见。在美国小说的本土化的道路上,清教思想的作用不可或缺。我们可以大胆地假设,如果没有清教思想的影响,美国小说的本土化走的必将是另外一条道路,而今天引领着世界文学潮流的美国小说又将会是另外一种局面。

美国这个新国家包含了许许多多的新事物、新环境、新概念、新名称、新人种和新生活等。在这种全新的情况下,新的词语和新的表达方式应运而生。在民族融合过程中,非英裔移民的语言文化同样融入到美国语言之中。美国英语与英国英语的区别逐渐增多,到第一次世界大战之前,美国英语基本上从英国英语中独立出来。语言作为叙事文学的载体,它的发展自然与小说的发展密不可分,美国英语在美国小说家创作中的作用毋庸赘言,在美国小说本土化过程中,语言因素扮演着举足轻重的角色。

多种谱系、多元文化的合流促使美国小说文体从模仿英国小说的雅文学文体,发展到了具有美国本土特色的口语文学文体,最后发展到意识流语体和洗练简约的小说文体。美国文学经过二百余年的发展,雄踞世界

① 萨克凡·伯科维奇:《清教徒对大陆的预见》,选自《哥伦比亚美国文学史》,成都:四川辞书出版社,1994年,第35页。
② T·S·艾略特:《美国文学和美国语言》,选自《美国作家论文学》,刘保端等译,北京:生活、读书、新知三联书店,1984年,第201页。
③ 钱谷融、鲁枢元(主编):《文学心理学教程》,上海:华东师范大学出版社,1987年,第90页。

American Fiction: Local Processes and Multivariate Genealogies

文学前列,美国小说作为美国文学的主要表现形式,更是异彩纷呈,人才辈出。美国小说的源是英国小说,但其流却并未自始至终地遵循其源头的传统,而是与时俱进,不断创新,尤其是小说文体的演变,更让人刮目相看。早期美国小说的文体主要是模仿了英国维多利亚时期典雅而正式的小说文体,不过,这种模仿在美国小说的发展史上是短暂的。随着小说的发展,富有创造力的美国人摒弃了英国人典雅庄重的文体,创造出了具有美国本土特色的口语文学。这一文体的形成大致经历了"走出典雅、植根乡土和回归本真"这三个过程。

四、美国小说本土化的族裔谱系

——从非洲裔和犹太裔,到亚裔和拉美裔

美国小说从起初对英国小说的亦步亦趋到最终实现独立,与起初到美洲来开疆拓土的先驱们有关,与清教谱系有关,与逐渐形成的美国英语有关,也与后来才来到这片土地上繁衍生息、工作学习和写作的其他族裔人群有关。黑人性(blackness)对美国小说本土化产生了难以估量的影响。美国小说中出现了许多令人难忘的黑人形象;美国黑人方言、音乐、舞蹈等黑人文化谱系已渗入到美国小说中;黑人小说从弱势文学渐渐发展成为美国主流文学的一个分支,给美国小说的繁荣注入了一剂强心剂。我们甚至可以说,如果没有黑人谱系的影响,美国小说就很难真正脱离英国文学的束缚,跻身世界文坛。

美国小说从开始对英国小说的亦步亦趋到最终取得独立并登上 20世纪小说美学的高峰,起作用的因素自然很多,而作为美国最大的少数民族,黑人及其带有鲜明特点的黑人文化对美国本土小说的形成无疑产生了巨大的推动作用。首先,"黑人性"表现在美国小说中的黑人形象中。黑人形象的存在使美国小说更加丰满充实,更具美国本土味道,加速了美国小说本土化的进程。其次,"黑人性"表征也体现在美国小说中的黑人文化因素。美国白人小说在继承欧美主流文学传统的基础上,兼收并蓄,也直接或间接地融合了一些黑人文化元素,使小说彰显出不同凡响的美国民族气概。"黑人性"是美国黑人小说区别于其他种族小说的重要标

志。美国黑人小说源起于以黑奴自述为代表的黑人口头文学,在 20 世纪涌现了三次高潮,展现出蓬勃的生命力和鲜明的文化内涵。在美国小说里,"黑人性"和"白人性"是一种水乳交融的关系,你中有我,我中有你。著名美国历史学家伍德沃德也有过类似的论断:"就美国文化而言,所有美国人都带有黑人的特点。"①

19 世纪末至 20 世纪中期,大量犹太移民进入美国,他们所负载的犹太传统文化与美国文化发生着复杂而深刻的冲突和融合,美国犹太小说作为异质文化接触的产物和表征,蕴藏着巨大的文化与审美内涵。

北美这片土地上,有着适合犹太人居住和犹太文化传承的土壤。进入流散时期以后,犹太文化形成了以"格托"(Ghetto)为载体的文化存在方式。但生存的需求还是要求犹太人必定与外界建立不间断的文化联系,必须走出保护犹太传统的"文化栅栏"的格托。美国社会的个人中心主义作为一种强大的社会思潮和文化习规对"集体主义"氛围中的犹太青年产生着巨大的感染,很多美国犹太人与非犹太人通婚这一情况就说明了这一点。传统的犹太格托生活发生了重大变化,犹太人的传统意识淡化下来。尽管如此,无形的精神之墙仍然使犹太人的现世生活中体现出一种与一般美国人明显不同的精神风貌,形成一种精神格托,并以不同方式固守着犹太文化传统。这种格托精神使得犹太文化在世界、在美国出现一种形散而神聚的奇观,这是美国犹太小说有着独特文化品格和美学气象的根源所在。当然,犹太小说家还有一个得天独厚的优势,那就是他们大都掌握着多种语言。犹太裔作家的语言条件为其文学走向世界奠定了沟通的基础,这是众多犹太裔作家走上诺贝尔奖圣坛的一个重要原因。

美国华裔作家目前已经成为学界关注的一个重要问题,而文化认同则是问题的焦点之一。认同何种文化,是自我身份界定的一个重要方面。而对于美国华裔作家群而言,这个问题显得尤为复杂。他们的作品中,有的提倡美国主流社会的价值体系,有意无意地抨击中华传统;有的执着于

---

① Shelley Fisher Fishkin, *Was Huck Black?: Mark Twain and African-American Voices*, New York: Oxford University Press, 1993, p. 133.

中华传统，塑造、歌颂让中国人感到自豪的美国华人；有的则回避中美文化差异和文化认同问题，摇摆于两种文化之间。当然，华裔作家是个很宽泛的概念，我们在这里指的主要是用英文写作关于美国经验的美国华裔作家。正如美国朝裔评论家金惠经把美国亚裔文学定义为"（美国）中日韩菲族裔以英文所写的关于美国经验的文学"。① 我们认为，这种以创作主体、创作语言和创作内容为衡量标准的定义颇为精当。

印度裔美国文学是美国少数族裔文学中的新秀，正如张敬钰曾指出："在多种族的亚裔美国作家中，南亚美国作家是最新的声音。"②它的兴起和发展与印度人到美国的移民大潮密不可分。总体来看，印度人移民到北美的浪潮有三次。早期的移民主要以奴隶和契约劳工为主，文学发展缓慢。在第二阶段中，许多印度人由于时局动荡而移民美国，寻求稳定，如精英阶层和劳工。然而，前两个阶段中文学创作的总体水平不高。到了第三个阶段，印度大批中产阶级知识分子来到美国追寻自己的梦想。随后，印度裔美国作家频频摘到国际大奖，逐渐引起广泛关注，如裘帕·拉希莉于 2000 年获得普利策文学奖，基兰·德赛于 2007年获得美国国家图书批评奖和布克奖两项大奖等，印度裔美国文学逐渐成为美国族裔文学中的一个重要分支。然而，目前国内外对其关注程度与其重要程度显然不成正比，"国内除了对少数几个获得过重大文学奖项的作家作品进行了译介，对其他较有成就的印度英语作家仍然十分陌生。"③

在印度裔美国作家这一群体中，女性作家占据了非常重要的部分，如安妮塔·德塞，裘帕·拉希莉及基兰·德赛等。她们熟悉生活在印度的女性的生活状况，也非常了解像她们一样移民美国的印度女性，并愿意通过描绘她们的生活困境及重构自我身份时的挣扎和冲突而鼓励其勇于突

---

① Elaine H. Ki: *Asian American Literature: An Introduction to the Writing and Their Social Context*, Philadelphia: Temple University Press, 1982, p. 285.

② King-Kok Cheung: *An Interethnic Companion to Asian to Asian American Literature*, New York: Cambridge University Press, 1997, p. 192.

③ 朱振武:《印度英语文学在美国:研究范式与关注热点》,载《外语研究》,2015 年第 1 期,第 97 页。

破传统束缚,追求自由和幸福。

当然,任何人在移民到异国后都面临着身份认同的问题,而其身份重构的过程必然伴随着困难和创伤。进入 21 世纪后,第二代印度裔美国移民逐渐成长起来,他们从小接受西式教育却又不可避免地受到东方文化的熏陶,因而陷入文化的夹缝中左右为难,与父母之间的代际冲突由此产生,不过,他们在艰难困苦中汲取力量,获得成长。随着生活在异国的时间越来越长,逐渐安稳下来的印度裔美国移民开始思考其移民经历,物质上的富裕似乎难以填补精神上的空虚,其探索和思考之路仍在继续。美国是一个大熔炉,兼容并蓄的文化使其文学呈现多元化的特征,而年轻、后劲十足的印度裔美国文学为其注入了新鲜的血液,并促进其进一步的发展和繁荣。

美国小说中,日本、越南、韩国和菲律宾等亚裔谱系越来越多地活跃在东西方政治与文化的撞击、融合与变奏中。亚裔美国文学指的是"出现在或移民到美国,具有亚洲血统的作家所著写的文学作品"[1]。自 20 世纪后半叶,亚裔美国文学随着美国多元文化的发展而繁荣,并逐渐呈现出"百花齐放,百家争鸣"的局面。目前最为显著的有六大分支,即,华裔、印度裔、日裔、越南裔、韩裔和菲律宾裔美国文学。其中,华裔文学处于一枝独秀的中心地位,迄今方兴未艾;印度裔文学迅速崛起并占据亚裔文学中第二大景观的位置;日裔文学也日渐强盛,并形成特色;越南裔、韩裔和菲律宾裔三股力量正在悄然崛起。

日、越、韩、菲律宾裔美国文学以各自独特的族裔背景和文化体验为依托书写其族裔属性。作为跨越东西方文化的族群,这四大亚裔族群的命运发展都与其祖居国和美国的国际关系及文化冲突密切相关,而其相应诞生的文学则在批判地考察这种关联及其影响中渐成特色,并在探索少数族裔独立的文化身份历程中发酵成熟。日裔群体的二战拘留营历史历经三代作家的奋笔疾书,已为其文学树立了一面民族特色鲜明的文学旗帜,同时也将这一民族创伤引入了美国文学的想象空

---

[1]　Josephine G. Hendin, Ed. *A Concise Companion to Postwar American Literature and Culture*, Massachusetts: Blackwell Publishing Ltd., 2004, p. 370.

American Fiction: Local Processes and Multivariate Genealogies

间；新千年以来大放异彩的越南裔美国文学的基调是越战阴影，此脉文学为美国文学中关于越战叙述的主流视角首次加入了越南难民的边缘声音，提供了关于越战的独特视角和另类历史；韩裔作家对韩战的反思和复杂多样的美国经验的书写给族裔文学增添了丰富多彩的题材；亚裔中母国与美国关系最为特殊的菲律宾①族群的文学创作一反亚裔美国文学由移民到生根定居的单线发展，表现出回归祖居国的气息，不少作品后殖民色彩突出，表现出对旅居国与其母国菲律宾的纠缠关系的思考。

这四脉亚裔文学不仅书写了被美国主流社会漠视的历史伤痕，更以文学重构起族裔文化身份。日裔、越南裔、韩裔和菲律宾裔美国族群与华裔作家一样，从第一代起就面临着重构文化身份的困境，在亚美两种不同的文化之间摇摆，不断探寻自己的身份定位。这些作家的历史书写中也渗透着重塑身份的思考。此外，在美国少数族裔文学繁荣大潮的推动下，这四脉亚裔文学也不断进行文学创作的革新，呈现出创作风格的多元化，创作形式的多样化，创作视阈的跨界化，拓展了亚裔美国文学的文学疆界。可以说，这四脉亚裔文学的文化魅力日益夺目，为美国文学的多元化、多样化和多维度填上了浓墨重彩的一笔。

不可忽略的是，华裔新移民创作在过去的几十年里成为美国小说中的一支力量。美国华裔新移民文学指的是从 20 世纪 70 年代末开始，由中国移民美国的作家用英文写作、在美国出版的文学作品。区别于传统华裔美国移民，华裔新移民们大都出生于 20 世纪 50 年代，经历过"上山下乡"和"洋插队"，见证了"文革"的始末。他们的作品都以英文写成，小说体裁为主，主题多围绕"文革"展开。在此之前，华裔美国文学虽是美国文学的一大组成部分，但其文学地位始终并不显著。而移民史仅有 40 余年的华裔新移民小说家们却越来越受美国文坛的青睐，频繁斩获美国甚至国际重要文学奖项，成为文学界一个无法忽视的文学现象。

华裔新移民文学获得美国社会认同的背后有着深刻的原因。首先，新移民小说家独特的中式英语一新美国读者的耳目；其次，广泛而深入的中国题材大大满足了美国读者的猎奇心理；最后，作家纠结复杂的创作心

---

① 菲律宾曾沦为美国的殖民地，并持续受到美国干预。

理营造了独特的美学特色。这些元素丰富了美国小说的内涵,强化了美国小说的多样性,同时开辟了精简、洗练、写实的创作风格。在写作主题上,新移民小说家们强调对普遍人性的书写,崇尚"无国界"的写作方式,呈现出打破文化壁垒的后现代表征。总而言之,在四十多年的时间跨度里,美国新华裔英语小说在树立自身特色的同时也巩固了美国小说的多元主义文化格局,为美国小说的本土化进程做出历史性贡献。相比国外,国内学界对美国华裔新移民文学的研究较少。

西语裔后来称拉美裔作家对美国文学特别是美国小说的贡献也不容忽视。20 世纪 70 年代尼克松时期,"Hispanic"(西语裔)一词开始用在人口统计中,用来指代美国具有西班牙语文化背景的美国人,即母语为西班牙语的各个少数族裔,包括墨西哥裔、波多黎各裔、古巴裔、萨尔瓦多裔、多米尼加裔、尼加拉瓜裔等。墨西哥裔占这些人的比重大约为四分之三,既有墨西哥移民及其后裔,也有归化的墨西哥人及其后裔。到了 20 世纪 80 年代,"美国人口统计局准备使用更加合适的词'拉美裔'……于是'拉美裔'在人口统计中代替了'西语裔'。[①]"但西语裔和拉美裔两个词侧重不同,仍有同时存在的必要。西语裔和拉美裔文学的突出特点在于其"二度杂糅"和"三重文化来源",因而带有高度的异质性和多元化取向,这在很大程度上契合美国文学的"美洲"传统,并且十分典型地反映了美国文学作为"新大陆文学"的本土化特征。"二度杂糅"指的是欧洲殖民者对新大陆的殖民以及美国疆域内主流文化对族裔文化的内部殖民;"三重文化来源"主要是欧洲殖民文化、美洲土著文化和欧裔美国主流文化。当然,此过程中部分支脉的情况更加复杂,甚至可能出现"数度杂糅"或者"多重文化来源"的可能。

西语裔文学是西语裔文化的充分表达,带有鲜明的社会历史特征。它的分支起源于"地理大发现"以后西班牙等欧洲殖民帝国在新大陆的殖民,以欧洲白人和美洲土著人的人种混杂为主流,表现为天主教文化和土著灵性信仰的文化协商;其中的支脉还包括非洲黑奴和契约华工输入

---

① Earl Shorris, *Latinos: A Biography of the People*, New York: W. W. Norton & Company, 2001, p. xvi.

所导致的非洲文化、东亚文化和这两种文化的杂合。因此，这种多重要素相互适应、让步的结果就是：西班牙语、葡萄牙语、法语等语裔的美索蒂扎（Mestizo）印欧文化在新大陆的扎根生发，以及它同外来植入文化的再度杂糅。在 19 世纪中期之后，这些文化群体的地理迁移和美国疆域的扩展，致使他们同美国的欧裔主流文化群体直面遭遇，美国场域下的文化协商表现为霸权文化更加激烈的自我保护。西语裔和拉美裔文化同美国主流文化的二度杂糅以"内部殖民"为主要特征，在 19 世纪中期到 20 世纪60 年代民权运动之前的一个世纪内，暴力要素得到了空前表达；其后虽未消除，但其表现趋于隐晦。无论是墨西哥裔等归化族裔，还是古巴裔等移民族裔，无论是多米尼加裔等西语族裔，还是安提瓜裔、海地裔等非西语的拉美裔，这些族裔群体及其文化都经历了与美国欧裔主流文化的交锋。美国文学语境下，归化身份、移民经历、多重文化归属和居间状态都得到了充分的表达。西语裔文化的高度杂糅性恰好映射出美国作为移民国家的典型文化特征，临界状态、跨界行为和疆域扩展等西语裔文学母题皆是美国文学之本土化的具体表现，成为书写"美国身份"和美国国民特征的重要支撑。

五、美国小说本土化的文本外谱系
——从后现代和大众文化，到生态和政治

文本之外的著作谱系，特别是大众文化谱系、生态谱系和政治谱系也制约和引领着美国小说的本土化和独立化进程。"从上个世纪中叶起，欧美文学中出现了一些不同于现代主义的文学现象，这主要表现在：打破了美与丑的界限，打破了文学与非文学的界限，打破了能指与所指的界限。"[①]学术界对后现代并没有认识上的统一，现代主义文学与后现代主义文学似乎都只是一个自觉程度上的差异，很难将二者严格地区分开来。后现代小说之所以没能率先在法国结出硕果，美国本土小说之所以会有后现代元素大行其道，这里还有许多深层次的文化背景。"从某种程度

---

① 吴元迈：《20 世纪美国文学史·总序》（杨仁敬著），青岛：青岛出版社，2000 年，第 12 页。

上说,后现代主义已成为促使美国少数民族文学由边缘走向中心的动力……这些少数民族后现代派作家不再强调欧洲文化传统、主流政治的混沌和艺术形式的标新立异。他们主张比较公开的政治倾向,热爱非欧洲的祖先,推崇思想意识上的多元化、本族与美国主流的整合。"①美国本土小说正是在后现代解构传统、"弑父"男权和反对"白色"的号召下,在二战之后,伴随美国社会进入后工业社会,而跨世纪的德里罗义不容辞担起后现代的大旗,成为后现代群龙的领军人物。

美国的印第安文学、黑人文学、犹太文学、华裔文学、新华裔谱系、拉美裔谱系、印日越韩菲等亚裔谱系等不是到了今天才产生,但是由于后现代解构核心的做法,使得这些原来被定义为"亚文化"的文学开始从边缘走向中心,美国文学以崭新的面目出现于世界文坛,为这个新兴民族赢得了应有的光荣。那些令人赞叹的少数族裔小说是美利坚民族文学筑就辉煌的不可或缺的组成部分。《诺顿美国文学选集》(*Norton Anthology of American Literature*)从第四版开始,把这种少数民族的文学与传统的强势文学放在平起平坐的地位来进行遴选,从中我们可以看出后现代的思维方式。

大众文化谱系对于美国小说的形态和走向影响巨大。在全球文化范围内,恐怕没有任何一个国家和地区像美国一样拥有如此规模庞大、发展成熟的大众文化了。而在美国小说的本土化的历程中,小说与大众文化始终扮演着互相映射、互相构建的角色。大众文化首先具有人文属性,在它的眼中,小说所具有的娱乐性,是一种对人的存在的启迪性关抚,是人自由意志的一种抒发,因而娱乐性作为一种重要的创作动因影响了美国小说发展历程。不仅如此,在大众文化的眼中,小说并非蛰伏于斗室之中的艺术,而是行走于世俗社会的出色的观察家和改革者。因而一个文学文本或者一种文学想象方式的流行,必然折射了一个时代历史和社会心理。而在后现代消费文化语境中,对某个文学现象的症候式解读也须参照特定时代的文化消费心理。同时,大众文化也具有物质属性,尤其体现

---

① 曾艳钰:《走向后代多元文化主义:从里德和罗思看美国黑人和犹太文学的新趋向》(前言),
　　厦门:厦门大学出版社,2004 年 8 月。

在小说与媒介之间圆融一体的关系上。"媒介不仅构成文学的存在性要素，不仅具体参与了文学审美价值创造，在具体的文学生产方式中也扮演着举足轻重的角色。"①以媒介视角来看美国小说的本土化发展，可以看到小说的审美经验与大众传媒之间的种种关联。更重要的是，大众文化的研究视野拓宽了文学本身的范畴，消弭了严肃和通俗之间的界限。无论是美国经典文学谱系的形成，还是现当代作家作品的阐释、流传，都与大众文化联系紧密，从而使得美国小说的历史一直在延续、生成和发展。大众文化不要求对文学作品进行简单的价值臧否，而是在理解的前提下，平等地与作品、作家以及他们所代表的美学进行对话，使得文学和文化之间进行交流和互通，从而为文学现象的阐释给予新的地平线、新的可能。

任何文学创作都不是在政治的真空中发生的，都离不开政治谱系的制约。法国学者托克维尔在其著作《论美国的民主》中明确指出政治与文学之间的紧密联系。在他看来，政治塑造了美国文学的鲜明性格。的确，19世纪美国早期的小说家们就早已在自己的作品中或直接或隐晦地表现当时本国的政治议题。用美国学者威廉·艾特的话来说，作家们"使用文学术语将具体的政治问题概念化"②。这一时期美国的领土扩张，盛行一时的杰克逊式民主，工业化背景下的社会改革，政府官员的腐败乃至法律权威的提升都成为小说家们书写的主题。美国早期内政外交的变迁，源源不断地为本国小说家提供原汁原味的本土素材。从宏观的角度看，政治上的独立给予美国小说本土化进程宝贵的第一推动力，此后政治自身的发展又为美国小说最初的崛起提供了宝贵的养分。美国小说得以在政治谱系的助力下，势不可挡地进行着本土化的演变。美国小说从此不再是欧洲文学的附庸。

伴随着历史车轮的滚滚前行，不同时期的美国小说也带有各具特色的政治印记。镀金时代的政治小说和进步时代的社会问题小说极富批判精神，发出了改革的呼声。爵士时代的文坛巨擘们在纸醉金迷的乐土中

① 单小曦：《媒介与文学：媒介文艺引论》，北京：商务印书馆，2015年，第71页。
② William M. Etter, *American Literary-Political Engagements: From Poe to James*, New Castle upon Tyne: Cambridge Scholars Publishing, 2012, p. 1.

暗自用笔墨来表达内心的隐忧。20世纪30年代勃兴的左翼小说向美国的资本主义制度做出了最激进也最具颠覆性的抗议。在20世纪60年代动荡不安的局势中,作家们又试图通过小说来建立政治权利与文化的关系。70年代之后所涌现出的新现实主义小说则通过历史重述,对美国的现实进行积极的政治介入。政治为美国小说注入了丰富的社会文化意蕴和本土特质,使其能够苟日新,日日新,又日新,最终在世界文坛独具一格。

其实,生态谱系从美国小说刚刚涌现就在产生着潜移默化的作用。在讨论美国小说本土化的过程中,生态谱系是必不可少的。正如美国著名历史学家亨利·纳什·史密斯(Henry Nash Smith)所言,"能对美利坚帝国的特征下定义的不是过去的一系列影响,不是某个文化传统,也不是它在世界上所处的地位,而是人与自然的关系。"①在形塑和不断修正美国精神和本土意识的过程中,美国小说家们对自然(荒野)表现出持续的关注与反思。从双重性解读,到偏向荒野的主导性,再到对毒化荒野的书写,美国小说试图以荒野形塑美国精神,建构国家意识。此外,美国小说对精神生态也表现出一以贯之的关注。这不仅体现在对个体精神存在的关注,更体现在对集体精神,即国家意识的良性发展问题的深层关注。从爱伦·坡对美国精神腐朽的超前预警,到德莱塞对物质成功之后理想精神迷失的忧虑,再到现代小说家们对美国梦破灭的表达,直至当代小说家们试图在多元文化中寻求精神支撑,美国小说对精神生态的关切反映出其不断诠释美国精神,建构美国本土意识的努力。再者,美国小说对生态伦理问题的逐步深入关注也与其本土化进程相契合。土地意识、疆土意识与家园意识、国家意识紧密地交织在一起。从殖民者讲述美国经验开始,美国小说家们就面临着三个重要的生态伦理困境。如何处理好不同种族、不同性别、不同区域的生态正义问题。这一方面体现出强烈的生态意识,另一方面也是国家意识建构的表达。可以说,美国小说的逐步本土化促进了其家园意识的建立,进而促进了其对生态

① 亨利·纳什·斯密斯:《处女地》,薛蕃康等译,上海:上海外语教育出版社,1991年,第192页。

问题持续而深入的关注；而对生态问题的关注也在很大程度上帮助其建构国家意识。

本书的着眼点在美国小说本土化的诸多谱系上，主要探讨多元文化语境下的美国小说的生成以及少数族裔小说的心理构成、美学特征及其对"主流"小说的影响乃至进入主流的过程。我们首先从美国本土谱系，也就是印第安谱系、清教谱系和语言谱系出发，然后关注较早进入美国主流的黑人谱系、犹太谱系和华裔谱系，接着探讨较晚融入美国文化的新华裔谱系、拉美裔谱系，印度、日本、越南、韩国、菲律宾等亚裔谱系，最后研究一些形而上的谱系，如后现代谱系、大众文化谱系以及生态谱系和政治谱系，从而对美国小说的本土化过程进行纵向追踪和横向探讨，立足中国视角，通过一个"局外人"的"第三只眼睛"的考察，阐述美国本土小说在多元文化语境中的发生和生成的轨迹，揭示其内在的互动、传承、冲突和融合的运行机制。本书主要从北美的土著人印第安人的口头文学入手，结合北美大陆特殊的生态环境，从美国小说中的清教谱系出发，阐述美国小说中的印第安谱系、黑人谱系、犹太谱系、华裔谱系等少数族裔文学对美国本土小说的生成与演变所产生的影响，渐次论及小说这一人类晚熟的文学样式在逐渐形成的美国英语、美国文化和美国小说美学的基础上所产生的美国本土小说（或者叫美国式小说）及其所成功实现的与其母体英国文学的分离、独立与演变。

本书是在 2006 年由上海外语教育出版社出版的《美国小说本土化的多元因素》一书的基础上向纵深研究的成果。撰写成员本着严谨的治学态度，宵衣旰食，殚精竭虑，爬梳国内外相关资料，仔细研读相关文本，反复论证相关课题，最后将研究心得奉献给方家，虽已尽心尽力，但仍是心怀忐忑，如履薄冰。在撰写过程中，我们团队请教了很多相关专家，参阅了大量相关研究资料。美国犹太小说研究专家、深圳大学校长刘洪一教授和刘建徽老师在百忙之际伸出援助之手，为该书主撰"犹太谱系"一章，解了我们的燃眉之急。山东大学的李保杰教授欣然接受拉美裔谱系一章的撰写任务，为本书又增添了一抹亮色。上海外语教育出版社爽快地接受了我们的选题，并提出很多宝贵建议，使此书的出版成为可能。我们在此一并表示由衷的谢忱。这部著作涉及面宽，涉及作家多，涉及时间

长,涉及地域广,唯恐出现鲁鱼亥豕和舛误疏漏之处,尚请各位学者、各位
同仁和广大读者不吝教诲。

朱振武

2018 年春日

改于上海西南寓所

American Fiction: Local Processes and Multivariate Genealogies

第一章

印第安谱系

——土著文明与外来文明的碰撞与交融

引　言

　　历史发展的脚步已经印证,美国这个世界性的"大熔炉"汇聚了世界文坛中最多样性的文学作品,最多维化的文化背景和流变发展,以及林林总总形态各异的文学作品风格。与此同时,文学发展的脚步也已经印证,"文学作品并不超越,它们受时代和地点的滋养,它们不是在真空中,而是从共同的语言和信仰的社会库存中提炼形象和意境。而且,当作品的语言与意境达到一定张力时便出现一种突出的品质。"①纵观美国多元性、多维化的文学发展历程,印第安谱系是这一发展过程中不可忽视的重要一维,也是成全美国文学独立发展的"突出的品质"之一。当我们站在多元化、多维度的角度上重新梳理美国文学的发展历程及其独立发展之路时,印第安谱系这一独特的维度给我们提供了新的更为广阔的研究视角,我们的研究视野也随之扩大,于是"美国文学"发展中的另一个纯美世界徐徐展现在我们面前,而这个维度的文学世界,不管是其源起还是其发展,处处体现出

---

① 萨克凡·伯克维奇:《惯于赞同——美国象征建构的转化》,钱满素等译,上海:上海译文出版社,2006年,第7页。

了与众不同的美与真。

印第安人是北美大陆最早的居民,在白人入住之前是这片土地的主人。在哥伦布1492年踏足这片新大陆之前,他们已经在此繁衍生息了两万五千年左右。散居在美洲大陆各地的印第安人归属于不同的部落,他们在各自的生存斗争中创造了丰富灿烂的口头文学。"在没有'文字'的口语社会中,文学是指任何值得反复吟唱,最终能被广泛记忆和流传的语言。"①印第安人的这些口头文学世代相传,反复吟诵,在白人的英语文学统治北美大陆之前一直处于主流地位。但是在美利坚合众国成立后,"20世纪80年代中期以前的美国文学史叙事,几乎都从1492年或1607年前后开始;前者是葡萄牙航海家哥伦布首次踏足美洲大陆的时间,后者是1607年首批英国移民横渡大西洋到达现今美国弗吉尼亚一带、并在那里建立起第一个永久性殖民点的年份。"②而这之前的土著文学直接就被排除在文学史之外,一直都没有得到应有的重视和地位。

不过,印第安裔作家从来都没有放弃过自己的文学和传统,即便受到来自白人主流社会的重重压迫,他们仍然在努力为自己发声。他们一方面通过口口相传,保留并发展了传统口头文学;同时"随着白人对印第安土地的侵占和随后印第安子女在白人开办的学校里接受教育,美国印第安土著作家也随之产生"③。印第安人学会了用外来文字传承他们的传统口头文学,并且创造出具有印第安特点的文学作品。印第安文学从传统意义上的口头文学进入了一个用外来语创作的新的发展时期。到了20世纪,印第安小说的发展进入了新时期,涌现出大批具有代表性的作家,诸如,莫宁·达夫(Mourning Dove, 1884-1936)、约翰·马修斯(John Mathews, 1894-1979)、麦克尼克尔(McNickle, 1904-1977)等。1968年,印第安小说家司各特·莫马迪(Scott Momaday, 1934-　)的小说《黎明之屋》(*House Made of Dawn*, 1968,

---

① Andrew Wiget, ed. *Dictionary of Native American Literature*, New York and London: Garland Publishing Inc., 1994, p. 3.

② 张冲、张琼:《从边缘到经典:美国本土裔文学的源与流》,上海:上海外语教育出版社,2014,第6页。

③ Andrew Wiget, ed. *Dictionary of Native American Literature*, New York and London: Garland Publishing, Inc., 1994, p. 145.

American Fiction: Local Processes and Multivariate Genealogies

又译《日诞之地》）出版发行，并于翌年荣获普利策奖。这部小说的成功成为印第安文学发展史的一个转折点，掀起了一场"新"印第安文学复兴运动。

于是，印第安文学的发展再也不能被忽视，再也无法被刻意排除在美国文学发展史之外。印第安文学理所当然应该被列入美国文学的概念范畴当中。1988年，埃默里·埃利奥特（Emory Elliott）主编的《哥伦比亚美国文学史》问世，作为权威的美国文学史著作，该书首次肯定了印第安文学在美国文学中的地位，并且将"土著人的声音"作为整本书的发轫章节。主编埃利奥特在总序中的第一句话就摆正了印第安文学在美国文学中的地位。"当人类第一次在这块后来成为美利坚合众国的土地上创造性地使用语言的时候，这个国家就开始有了自己的文学史。"①此后陆续出版的《剑桥美国文学史》《诺顿美国文学选集》《牛津美国文学百科全书》等都有专门章节介绍和评价了印第安文学包括口头传统文学。与此同时，市面上不断出现印第安文学的专门研究著作。较早的有"第一部具有民族主义视野的著作"的查尔斯拉尔森的《美国印第安小说》（American Indian Fiction，1978）②、肯尼斯·林肯的《土著美国文艺复兴》（Native American Renaissance，1983）、印第安诗人和评论家埃伦的《印第安文学研究》（Studies in American Indian Literature: Critical Essays and Course Designs，1983 年）、《蜘蛛女的孙女们：印第安女性作家的传统故事和当代书写》（Spider Woman's Granddaughters: Traditional Tales and Contemporary Writing by Native American Women，1989）以及《圣杯：恢复美国印第安传统中的女性特征》（The Sacred Hoop: Recovering the Feminine in American Indian Traditions: With a New Preface，1992）等。从历史叙述角度来讲，《美国印第安文学史》（American Indian Literature，1990）"应该是以单本著述形式出现的第一部关于这一文学传统的历史叙述"③；后

---

① 埃默里·埃利奥特（主编）：《哥伦比亚美国文学史》，朱通伯等译，成都：四川辞书出版社，1994年，总序第9页。

② 王建平：《美国印第安文学批评中的民族主义》，载《天津外国语大学学报》2014 年第 2 期，第 63 页。

③ 张冲、张琼：《从边缘到经典：美国本土裔文学的源与流》，上海：上海外语教育出版社，2014年，第 7 页。

来还有《美国族裔文学的源起》(*Beginning Ethnic American Literatures*, 2001),"将本土裔文学列为当代美国四大族裔文学传统之一"①。还有安德鲁·威格特编著的《美国土著文学辞典》(*Dictionary of Native American Literature*, 1994)等。这些都足以说明印第安文学的重要性已经逐渐得到认可,并且成为美国主流文学和文学评论中重要的一部分。

现在美国学术界对印第安文学非常重视,不仅有专门的"印第安文学研究会",还有专门的研究期刊,例如,《美国印第安文学研究》《美国印第安研究季刊》等。这些都促进了印第安文学在美国本土的发展。

我国对印第安文学的发展也保持了持久和较高的关注,对印第安文学的介绍和研究始于 20 世纪 60 年代,最初是诗歌的介绍,后来慢慢关注多种形式的印第安文学,尤其是小说。1961 年《世界文学》的"世界文艺动态"中就有专门介绍印第安女诗人鲍兰·约翰逊诞辰一百周年的文章。之后从 1980 年开始,对印第安文学的介绍以及系统性研究陆续开展起来。据中国知网数据库统计,1980 年到 1989 年的十年间,全文涉及"印第安文学"关键词的各类文献有 1,764 篇,其中从 1985 年开始,每年的发表的文献超过 200 篇。而从 1990 年到 1999 年的这十年中,涉及印第安文学的文献就增加到 3,396 篇,每 3~4 年实现一次跨百位的增长。到了 21 世纪,研究文献从数目上不断创出新高。从 2004 年开始,每年的文献总量突破 1,000 篇,达到了 1,134 篇;到了 2010 年突破了 2,000 篇;2012 年突破 3,000 篇。在研究数量不断增加的同时,研究的纵深也在不断推进,从对美国印第安裔作家作品的介绍、评论到对这一本土族裔文学的发展流变以及后现代审思等涵盖广泛;既有资深教授的扛鼎之作,也有中青年学者的上乘之品;既有对印第安本土文学的纵览,也有针对具体印第安作家作品的深入剖析;既有基于文学本身的研究,又有跨学科跨领域的探索;既关注其历史源起,又展望其未来发展。

代表性论文有《美国十九世纪印第安典仪文学与曲词文学》(张冲:《外国文学评论》1998 年第 2 期)、《关于本土裔美国文学历史叙事的思

---

① 张冲、张琼:《从边缘到经典:美国本土裔文学的源与流》,上海:上海外语教育出版社,2014年,第 7 页。

考》(张冲：《国外文学》2011 年第 1 期)、《世界主义还是民族主义——美国印第安文学评论中的派系化问题》(王建平：《外国文学》2010 年第 5 期)、《美国印第安文学的性质与功用：从克鲁帕特与沃里亚之争说起》(王建平：《外国文学评论》2011 年第 4 期)、《美国印第安文学批评中的民族主义》(王建平：《天津外国语大学学报》2014 年第 2 期)、《同化·回归·杂糅——美国印第安英语小说发展周期述评》(邹惠玲、丁文莉：《外国文学研究》2009 年第 3 期)、《当代美国印第安小说的归家范式》(邹惠玲：《英美文学研究论丛》2009 年第 2 期)、《美国印第安人的自我叙事传统与当代印第安自传》(邹惠玲、朱文瑶：《当代外国文学》2015 年第 3 期)、《论美国印第安文学演变历程中的内外因素》(胡铁生、孙萍：《河南师范大学学报》2005 年第 2 期)、《生存的抉择——北美印第安人的民族意识与印第安文学》(刘克东、邹文君：《外语教育研究》2015 年第 2 期)、《生存之道：希尔科《典仪》中的文化融合》(刘克东：《外国文学研究》2016 年第 4 期)、《论印第安人的民族意识与自我救赎——兼评托马斯·金〈国界〉》(刘克东、李昶：《江苏外语教学研究》2016 年第 1 期)、《传统文学在现代语境中的文化建构——当代美国土著小说创作述评》(秦苏珏：《当代文坛》2010 年第 1 期)、《天、地、神、人的四元合一——论《仪式》中的生态整体观》(秦苏珏：《国外文学》2013 年第 3 期)、《美国印第安女性文学述评》(刘玉：《当代外国文学》2007 年第 3 期)、《美国印第安女作家的生态情怀》(刘玉：《英美文学研究论丛》2009 年第 2 期)等。专著有《后殖民理论视角下的美国印第安英语文学研究》(邹惠玲：吉林大学出版社 2008 年)、《文化对抗——后殖民氛围中的三位美国当代印第安女作家》(刘玉：厦门大学出版社 2008 年)、《趋于融合——谢尔曼·阿莱克西小说研究》(刘克东：光明日报出版社 2011 年)、《从边缘到经典：美国本土裔文学的源与流》(张冲、张琼：上海外语教育出版社 2014 年)、《美国印第安文学与现代性研究》(王建平：中国人民大学出版社 2014 年)等。

　　由此看来，国内外对美国印第安文学的研究方兴未艾。而当今多元化的文学发展则给我们提供了更多更广阔的研究视角，带我们享受更加丰富的文学盛宴。

第一节 美国印第安文学的源与流

"当人类第一次在这块后来成为美利坚合众国的土地上创造性地使用语言的时候,这个国家就开始有了自己的文学史。"①可见,印第安文学是美国文学的先驱,并且为以后美利坚合众国文学的发展树立了一座丰碑。它是"美国文学不可分割的一部分,没有它就没有真正的美国文学史"②。在白人殖民者进入这片处女地之前,印第安人在这片辽阔的土地上,在与自然万物接触的过程中,在争取自我生存的斗争中,创造了大量的神话传说、民间故事等灿烂的口头文学传统,成为北美大陆乃至整个人类历史与文化遗传中光彩夺目的一环。但是随着欧洲殖民者的到来,加之口头文学本身的缺陷,灿烂的印第安口头文学受到了前所未有的打击和冲撞,绝大多数的印第安口头文学作品在这一过程中遭到了毁灭。然而随着"白人对印第安土地的侵占和随后印第安子女在白人开办的学校里接受教育,美国印第安土著作家也随之产生"③,从此印第安文学进入了一个转型和再生的新发展阶段。尽管没有自己的文字,但是印第安人学会了用外来文字来记录和传承自己优秀的传统文学。与此同时,他们结合新时代的新特点,继续发展了这种优秀的传统文学,使其在经历了数千年甚至是数万年的"主流文学"的历史地位之后,在18世纪末成为以英语书面文学为主要形式的美国文学中的一个声音。当时,印第安文学作为"弱势文学"在白人主流文学的夹击中艰难前行,大多数的印第安英语文学作品都突出地表明,在新的外来白人文明的冲击之下,多数印第安人把握不住印第安民族传统的精髓所在,他们想融入而又无法融入白人主流社会当中。从这些作品中,我们窥见了印第安人内心深处那种欲说

---

① 埃默里·埃利奥特(主编):《哥伦比亚美国文学史》,朱通伯等译,成都:四川辞书出版社,1994年,总序第9页。

② 同上,第5页。

③ Andrew Wiget, ed. *Dictionary of Native American Literature*, New York and London: Garland Publishing, Inc., 1994, p. 145.

American Fiction: Local Processes and Multivariate Genealogies

不能,欲罢不忍的矛盾心理。于是他们开始重新审视社会,审视自我。1968 年,印第安小说家司各特・莫马迪的《黎明之屋》出版发行,并于翌年获得了普利策奖,在美国文学界产生了轰动,掀起了一场"新"印第安文学复兴运动。随着这场文学复兴运动的深入开展,印第安作家日趋走向成熟,他们在作品中不断发掘出自己内心潜在的强烈的民族意识和自我意识,回归了自我,回归了印第安传统。

一、辉煌的印第安口头传统文学

在哥伦布发现美洲大陆之前的几百个世纪中,散居在北美大陆各地的印第安人在与自然朝夕相处的生产劳动中,在特有的时代和地域的滋养和培育下形成了与特定的时代、地域协调一致的"多部落多语言文学"[1]的印第安口头传统文学。之所以称之为"文学",是因为"在没有'文字'的口语社会中,文学是指任何值得反复吟唱,最终能够被广泛记忆和流传的语言"[2]。因而这些印第安口头文学就成为美国本土文学的渊源之一,也是白人英语文学占统治地位之前这片土地上的主流文学。"从根本上说,口头文学是一种'活的文学',是'有生命的文学',是'动态'地发展着的文学。"[3]

这些口头文学主要包括部落神话、民间故事以及典仪、祝词和劳动歌唱等。神话传说是印第安口头文学中的重要组成部分。近代和现代的学者认为,"科学的发展越来越表明神话是以一定历史真实性的人与事件为基础的。"[4]这些神话传说的形成与当时印第安人生活的时代和地域有着最直接的联系,是印第安人在与自然万物的接触中寻求自我生存斗争的文学反映,它"源于生活",又"高于生活",它表达了印第安人对自然万

---

[1] 刘海平、王守仁(主编):《新编美国文学史》(第一卷),上海:上海外语教育出版社,2000 年,第 12 页。

[2] Andrew Wiget, ed. *Dictionary of Native American Literature*, New York and London: Garland Publishing, Inc., 1994, p. 3.

[3] 张冲、张琼:《从边缘到经典:美国本土裔文学的源与流》,上海:上海外语教育出版社,2014 年,第 14 页。

[4] 翁义钦(主编):《外国文学与文化》,北京:新华出版社,1989 年,第 91 页。

物、宇宙世界、社会发展以及自身发展的认识,同时这些神话传说还承载了印第安人的部落文化与历史,反映了他们的部落生活,成为当时社会文化的直接承载者。

　　像世界各地的很多神话传说一样,印第安传统文学中的神话传说既包括了有关神的传说,也包括了神化了的人的传说。同时印第安神话传说中还有一点很显著的特征,就是它还记录了相当一部分"恶作剧者"(Trickster)的传说。在印第安文学中,恶作剧者是"最受欢迎的","最具疑问性",而且是"最强有力的"①文学形象。恶作剧者一般具有以下特征:"他是文化英雄和训导者;也是花言巧语的骗子,爱耍诡计的好色之徒。他是社会规范的建立者;同时又不断违反、打乱规则。他是部落文化的核心;也是游走在社会边缘的流浪者。"②这些恶作剧者介于人与动物之间,游走在天地万物当中,不受限制,没有性别区分,可以随时随地改变自己的形象和身份。在印第安文化中,恶作剧者在不同部落的文化中呈现不同的形象,在一些地方是乌鸦(raven),在一些地方是兔子(rabbit),在另一些地方是老人(old man),但是在大多数情况下则是郊狼(coyote)。郊狼形象在某种程度上已经成为恶作剧者的代名词,它已经超越了文化的圈围渗入异族的意识概念中去了。恶作剧者在一定程度上与中国《西游记》小说中的被驯服之前的"美猴王"形象有着诸多相似之处。同时它们在经历了一定的与社会、他人的冲突变迁之后逐渐适应了周围的社会环境,改变了以前不羁的作风,走上了所谓的"社会正途"。这种创作意识在一定程度上反映了当时人们的思维模式以及部落民族特定的价值取向。

　　恶作剧者的故事是印第安人在没有文字记载的情况下口头艺术的重要表现形式之一,在以文字为导向的当下社会,这种现象或创作模式通常会被印第安人之外的他人所误解,并且其应有的文学价值和社会价值也往往遭到低估。但是就印第安人来讲,恶作剧者在他们的生活

---

① Andrew Wiget, ed. *Dictionary of Native American Literature*, New York and London: Garland Publishing, Inc., 1994, p. 99.

② 丁文莉、邹惠玲:《〈痕迹〉和厄德里克:小说内外的恶作剧者》,载《当代外国文学》,2013 年第 3 期,第 119 页。

中意义非凡,所有的印第安人都相当珍视这种流传千年的优秀传统。首先在其本民族的日常生活中,恶作剧者具有十分重要的教育意义。"如果孩子们听这些(恶作剧者)故事,他们就会成长为好人;如果他们不听,那他们最终会变坏"①,而大人们也一样要听,因为"这些故事会使一切皆成为可能"②。在纳瓦霍族(Navajo)印第安人的世界观中,恶作剧者是"一切无序事物的象征"③。此外,随着印第安本土文学的发展,这一传统也深深体现在其文学创作和文艺批评中,被视为传统文学中的精华部分,一直延续至今。当今著名的印第安小说家路易斯·厄德里克(Louise Erdrich, 1954-   ,或译厄德里齐、厄德瑞克)就非常青睐恶作剧者,她曾指出,"恶作剧者的精神是对抗统治者的世界。"④恶作剧者或者恶作剧者式的人物已经渗入进了印第安作家创作的潜意识当中。同时,很多文学评论家,无论是美国本土还是欧洲的文艺家,都非常重视这一传统文学模式。在荣格看来,这是"最远古的原型创作模式"⑤,而从弗洛伊德的理论分析来讲,这是"本我或生存原则的体现"⑥。而这种恶作剧者的创作模式在美国本土文学中始终传承,对美国作家的文学创作产生了广泛而深远的影响。

论及宇宙起源及人类起源和发展的传说故事是印第安传统口头文学中另一重要组成部分。根据内容的不同,这类传说故事主要分为两大类,一类是关于神的传说,一类是关于人的传说。它们在印第安民族发展的历史中各具作用。"神话的功能是引起人们对神和超自然力量的敬畏,对宇宙中不可解释的力量的敬畏",而有关部落文化英雄的传说反映了印第安人生活、劳作和战争等事件;有关动物、人物的传说,主要起着传递

---

① Karl kroeber, ed. *Traditional Literature of American Indian: Texts and Interpretations*, Nebraska: University of Nebraska Press, 1997, p. 21.

② Ibid.

③ Andrew Wiget, ed. *Dictionary of Native American Literature*, New York and London: Garland Publishing, Inc., 1994, p. 99.

④ 陈靓:《路易斯·厄德里克访谈录》,载《英美文学研究论丛 22》,2015 年,第 28 页。

⑤ Andrew Wiget, ed. *Dictionary of Native American Literature*, New York and London: Garland Publishing, Inc., 1994, p. 99.

⑥ Ibid.

部落传统文化的作用。① 神话传说在印第安人生活中的地位极为重要，这一点从神话传说的传诵方式便可获知：比如，在东北部的一些地区，讲神话传说是家庭、部落非常珍视的神圣活动。一般都是在冬季休闲季节，大家围坐在火堆旁，认真地朝圣般地聆听讲演者的表演，并且听众还要时而不时地参与到这场神圣的表演中去，表明他们都在认真聆听，以示对讲故事者以及故事本身的尊重。同时，参与传说表演的听众还要受到一定限制，例如不能打断讲演者，不能吃东西等，否则讲演者会将其视为对神圣事物的不尊重而立即停止讲演。这一切无不说明印第安人对这些传统传说故事的珍视和敬重，当然对语言的敬重和崇拜之情也显而易见。

印第安传统文学中论及宇宙及人类起源的典型创世神话模式是：人类祖先起初都生于地下，四周黑暗无光。随后他们借助于神或自然界的力量从地面的一个小孔洞里升出地面，然后学会了生活耕作，开始了真正的人类生活。研究印第安文学的美国学者惠勒—沃格林（Wheeler-Voegelin）和穆尔（Moore）把这一模式归纳总结如下②：

> 借助于自然或人造方法，人类和/或超自然类（所有有生命的东西）从地面的一个小洞口中冒出。
>
> 这个孔洞要么是事先已经存在的，要么是由一只动物或大量动物或者是哪个文化英雄掘凿的洞穴。
>
> 从地面升起的方法要么是通过树藤、伸展的植物、树木或山脉；要么是梯子；要么是以上两种甚至多种方式的综合法。
>
> 他们升出地面要么是基于洪水的到来，要么是基于洪水退去（或其他一些自然灾害的终结），此种情况下这些人就是难民的身份；要么就是基于想要寻求一个更光明、更宽敞、更美好，相比地下而言能够给他们提供更好的物质生存条件的地方。

惠勒—沃格林和穆尔通过大量的研究得出这样的结论，并且强调了

---

① 刘海平、王守仁（主编）：《新编美国文学史》（第一卷），上海：上海外语教育出版社，2000年，第40页。

② Andrew Wiget, ed. *Dictionary of Native American Literature*, New York and London：Garland Publishing, Inc., 1994, p. 59.

American Fiction: Local Processes and Multivariate Genealogies

人类起源的神话传说与农业生产之间的关系。这样的结论并非无中生有，因为在许多印第安神话传说尤其是西南部的传说故事中，人们往往把"谷类之母"同"大地之母"视为一体。可见，传说的形成与流传与人们生活的环境密不可分。时代和地域的独有特点造就了与特定时代和特定地域相一致的特定文学。

同时，在很多有关人类起源及发展的神话当中，"恶作剧者"充当了大地以及大地万物创造者的重要角色，推动了早期人类的进步与发展。这类故事中发展较为成熟的要数黑脚族（Blackfeet）传说中的"老人"恶作剧者的故事。起初，"老人"派出了三个动物潜入水中寻找土地，但是不幸的是这三个动物均被淹死。最后一次"老人"派鸭子前去，鸭子也被淹死，但是他却带回了很小一团土，"老人"正是基于这一小团土，用神化之力量创造了大地。另外一则故事说，"老人"与"老妇人"生活在一起，但是"老人"在很大程度上受制于"老妇人"，而"老妇人"总是设置一些困难，制造一些小过失，对任何事情她总要横插一杠。例如，她改变"老人"的初衷，让每个人每只手只有五根手指而不是十根；她还将"老人"原先把生殖器官放在肚脐上的做法改了过来，因为她认为那样生孩子太容易了。而她做出的最具影响力的改动应该就是她决定让人们永远死去，而不只是死掉四天后便可复活。为此，两位老人争论不休，最后"老妇人"一句亘古名言使得"老人"改变了想法，她说，"如果人们不是永远地死掉，那人们就不会彼此有所遗憾，也就不会为世上失去的东西感到同情与怜悯"。

印第安口头传说当中还有相当一部分是关于部落文化英雄以及平常人生活的传说。这些有关人类起源与发展的神话传说以及有关部落英雄和平常人生活的传说真实地反映了人类生存发展的历程。这些传说记载了人类发展过程中做出的不断尝试，是经过屡次尝试后获取成功的历程纪录。印第安人通过这些历久传唱的神话传说再现了其民族所经历的种种生活，歌颂和传承了可贵的民族精神，并且给后人提供了可以借鉴与参考的宝贵经验。这正是文学作品反映生活同时又指导生活的真实写照。

同时，印第安口头传统文学都十分注重自然的力量，强调人通过典仪或典词的吟唱，可以实现与自然万物的对接。这些丰富多彩的口头传统文学作品"具有传递部落文化和精神的重要使命"①,与本土居民生活息息相关,是他们物质生活和精神生活中密不可分的一部分。

二、印第安文学的转型与再生

1492年哥伦布发现美洲新大陆,随后欧洲各国白人陆陆续续地踏上这片处女地。1607年英国在现今的弗吉尼亚的詹姆斯顿建立第一个永久性殖民地定居点,这标志着北美殖民时期的开始,同时也是北美文学史上殖民文学的开始。在随后近一个世纪的时间里,大批移民由于各种原因从全球各地尤其是英国、法国、西班牙、葡萄牙等欧洲国家涌入北美大陆。殖民人数不断增加,殖民地范围不断拓展,与此同时,身为这片大陆的本土居民印第安人则在外来文明的冲撞之下,抵挡不住殖民者的坚船利炮,逐渐丧失了他们数千年来在这片土地上拥有的生存权与发展权。印第安人所创造的辉煌灿烂的口头文学也在殖民过程中不断受到破坏而逐渐失去了"主流"文学的地位。值得一提的是,尽管在15世纪末到18世纪上半叶这段期间殖民活动异常活跃,印第安口头文学仍然处于北美文学的主导地位,因为英语主流文学的发展和壮大需要时间的不断积累。但是随着殖民统治的不断深入,本土印第安人受到的压迫越来越严重,除北部少数几个部落创造了自己的文字②使其口头文学得以记录和传承之外,绝大多数印第安传统文学受殖民扩张冲击的同时又因自身的局限(绝大多数印第安传统文学是口头文学,这在一定程度上限制了其流传与发展)而在殖民过程中遭到了毁灭。然而"随着白人对印第安土地的侵占和随后印第安子女在白人开办的学校里接受教育,美国印第安土著作家也随之产生"③。印第安人学会了使用外来文字记录和传承他们的传统口头文学。这里的"外来文字"主要是指英语,这段时期的印第安文

---

① 张冲、张琼:《从边缘到经典:美国本土裔文学的源与流》,上海:上海外语教育出版社,2014年,第24页。

② 例如,切诺基印第安人塞阔亚发明了切诺基印第安语以记载他们的传统文化。

③ Andrew Wiget, ed. *Dictionary of Native American Literature*, New York and London: Garland Publishing, Inc., 1994, p. 145.

American Fiction: Local Processes and Multivariate Genealogies

学也主要以印第安人创作的英语文学为主。所谓的"转型与再生"，首先就是鉴于印第安文学从传统意义上的口头文学进入了一个用外来语创作的新发展时期。

文学作品并不超越它所诞生的"时代"和"地点"，它们受当时当地诸多因素的影响，所以处于转型与再生过程中的印第安文学自然也反映着当时当地的时代与地域特点。

18世纪末，美国成为一个政治意义上的独立实体，而印第安人随之失去了自己政治上的独立意义，成为美国的一个少数民族。之后从19世纪到20世纪，他们受到了来自政府的极不公平的对待和残酷的剥削。美国政府对印第安人的态度和政策很大程度上受殖民时期殖民者对印第安人政策的影响，尤其是英国殖民者的影响。在殖民时期，主要是西班牙、法国和英国殖民者与印第安人有着广泛而直接的接触。[1] 而他们对本土印第安人的态度受各国文化以及政策的影响也各有不同。西班牙人主要是按照他们的思想意识将印第安人"文明化"，而法国人也试图以他们的思想意识形态来"改造"本土印第安人。同样，英国人也带着自己的理想、自己的模式以及理论和实践上都一致的意识形态来到这里。他们要使这样一个新的世界趋于文明化，首先必须使这个新世界中尚处于自然状态下的人（natural man）"文明"起来。从理论上讲，这种"文明化"完全可以实现，而且从实际上讲，本土印第安人也应该不断走向文明。但是实践并不支持理论，印第安人不但没有被文明化，反而遭到了毁灭。[2] 独立之后，美国政府颁布的印第安保留地法案和印第安迁居法案等法令不仅使印第安人丧失了自己的家园，也使他们受到了莫大的精神摧残。在"西进"的路上，无数印第安人洒下血与泪，他们失去了理想和精神，甚至生命。他们遭到了毁灭性的打击，他们要站起来说话。所以这段时期印第安作者的很多作品都反映了当时的这种民族生存状况。许多印第安作家创作了一些非小说类文章来抨击白人政府对印第安人采取的政策。其

---

[1] 当时西班牙人主要集中在 Horida 和 Rio Grande Valley，法国人主要集中在圣劳伦斯谷地（St. Laurence Valley），英国人主要集中在大西洋沿岸。

[2] Roy Harvey Pearce, *Savagism and Civilization*, Berkeley and Los Angeles: University of California Press, 1965, p. 4.

中最具代表性的作家是威廉·埃普斯(William Apes)。埃普斯是美国印第安英语文学早期最引人注目的作家之一,他不仅以雄辩的专论闻名于文学界,而且还以在杰克逊时代玛斯比(Mashpee)人民争取自治斗争中所作的伟大贡献而永垂史册。《菲力蒲国王赞》(*Eulogy of King Philip*)是埃普斯最好的也是最著名的作品,他以事实和雄辩讲述了菲力蒲国王作为一位民族英雄为捍卫自己部落民族而进行的正义战争,强烈抨击了白人入侵者对美国本土印第安人的无礼行径。由于外来的入侵,土著部落的传统日益遭到破坏,许多印第安人开始注意到保留和发扬这些传统的重要性,这也是此时印第安作品的一大特点。此类作品有埃普斯的《丛林之子》(*Son of the Forest*),戴维·库西克(David Cusick)的《六部落古代史纲》(*Sketches of Ancient History of the Six Nations*)以及威廉·沃伦(William Warren)的《传统和口述中的奥吉布瓦人历史》(*History of the Ojibuway, Based upon Traditions and Oral Statements*)等。这些作品记载了许多印第安部落的社会与历史,或者用讲故事的方式,不管是历史故事、神话故事、还是虚构故事,或者用纪实的手法,向我们展现了那些印第安部落辉煌的过去、他们的生存斗争、部落中的风土人情以及孩子出生、捕猎等日常生活习俗。这对后人了解其部落文化与历史,以及传承优秀的部落风俗文化等都起到了重要的作用,也为日后人们对土著印第安人的研究提供了宝贵的资料记载。

在转型与再生期间,很多印第安人天真地认为只要去除身上的印第安味道,完全地融入白人的社会,他们遭受迫害的状况就会好转。于是他们开始尽力改变自己,从衣着打扮到思想行为都尽力向白人社会靠拢。这一点在当时许多印第安作者身上和作品中都有所体现。首先,许多印第安作者都采用了白人名字,在信仰上皈依了基督教,在思想价值观念上也力争向白人社会趋同。在文学创作方式上他们也是尽力向白人的写作方式靠拢,模仿著名白人作家的写作口吻和写作笔触以便取悦更多的白人读者。例如20世纪初被白人评论界称为"印第安人成功的完美模范"的印第安作家查尔斯·亚历山大·伊斯特曼(Charles Alexander Eastman)就是其中最典型的代表。伊斯特曼出身于印第安苏族,创作了许多反映其个人经历以及部落历史和传说的作品,其主要作品有《印第

American Fiction: Local Processes and Multivariate Genealogies

安童年》(*Indian Boyhood*)、《印第安魂》(*The Soul of the Indian*)等。这些作品为作者本人在白人社会赢得了一席之地，但是这些作品的完成都得益于他的白人妻子兼诗人伊莱思·古戴尔(Elaine Goodale)的帮助。同时，书中塑造的很多成功的印第安人形象也都是笃信上帝的基督教徒，并且颇受当时文学启蒙运动影响而毫无自己的特色。所以"很可惜的是，伊斯特曼被启蒙运动的各种理论所左右，他只不过是印第安外衣下的弗瑞诺"①。

当然从人类历史发展的角度来看，这种外化的形态上的转型是历史发展和人类进步的必然。我们在此分析这个转型期并不是要对此加以批判和指责，而是从文学理论的角度去分析这个时期的印第安英语文学作品，分析它们所具有的特色以及与那个时代的关系。转型既与之前的传统文学作比较，也与之后的白人主流文学中的"弱势文学"作比较。这个时期的许多印第安英语作品表明，大多数印第安人都处在转型期的混乱之中。在外来文明的冲击之下，他们把握不住印第安传统的精髓，他们想融入却又无法融入白人社会，于是他们陷入了迷惘，开始了彷徨，在迷惘与彷徨之中，开始重新审视自我，重新审视印第安传统，重新审视这个社会，所以从这一点来说，这也是其转型与再生的意义所在。从作品本身来看，这一时期的作品尤其是小说所涉及的主题，很大一部分是具有印第安血统的人在白人主流社会中所面临的问题——他们的苦楚、迷惘和徘徊。这些作品为后一个阶段即印第安人自觉时期的到来铺设了道路，为印第安作家更好地表达自我做了初步但卓有成效的尝试和探索。

早在19世纪，小说作为一种表达生活存在、经历与历史的文学创作模式就开始为土著印第安作者采用。小说《乔基姆·谬里塔生活历险记》(*The Life and Adventures of Joaquim Murieta*)被认为是印第安人创作的最早的一部小说。随后到19世纪末20世纪初，印第安作家广泛地采用小说作为他们主要的创作方式。许多印第安小说家如莫宁·达夫、约翰·马修斯、麦克尼克尔等开始发表小说作品。这些小说作品多数涉及

① Elémire Zolla, *The Writer and the Shaman*, New York: Harcourt Brace Jovanovich, Inc., 1973, p. 242.

的同一个主题就是具有印第安血统的混血印第安人在白人以及印第安人社会中的挣扎与生存、他们面临的精神混乱以及其最终的出路。

1927 年,莫宁·达夫出版了小说《科金维,一个混血儿》(*Cogewea, the Half Blood*),被认为是当时印第安小说的代表之作。她本人也被认为是"第一位将印第安民族日常生活的方方面面、口头传统和宗教信仰等各方面都融入小说创作的美国印第安小说家"①。莫宁·达夫在这部小说中引出了"印第安混血儿"这一主题,为美国印第安本土小说家以及女性作家的创作铺设了道路,而其"混血儿"寻求自我位置的主题也成为美国印第安小说在 20 世纪 30 年代和 70 年代占主导地位的小说主题。②难怪她被人们称为"美国印第安文艺复兴的文学之母"。而这期间最成熟的小说当数麦克尼克尔的第一部小说《被包围者》(*The Surrounded*)了。在《被包围者》中麦克尼克尔用大量的印第安部落神话传说、故事以及断断续续的记述方式探讨了印第安人与白人之间的关系以及由此引起的两种文化传统之间的冲突。很多评论家认为,《被包围者》这部小说是美国印第安文艺复兴的第一部小说,为印第安文学自觉时代的开山之作——司各特·莫马迪的《黎明之屋》奠定了基础,预示了印第安小说发展史上一个更辉煌时代的到来。这也是这个时期"转型"与"再生"的意义所在。

三、印第安文学的全面复兴

1968 年印第安小说家司各特·莫马迪的小说《黎明之屋》出版发行,此书于翌年因其"富有新见,题材新颖,主题贴近当下"③而荣获普利策奖,在美国文学界产生了轰动。这部小说的成功使其成为印第安文学发

---

① Andrew Wiget, ed. *Dictionary of Native American Literature*, New York and London: Garland Publishing, Inc., 1994, p. 259.

② Paula Gunn Allen, *Studies in American Indian Literature: Critical Essays and Course Designs*, New York: Modern Language Association, 1983, p. 162.

③ Albert Duhamel, Report to the Advisory Board on the Pulitzer Prizes. in *Chronicle of the Pulitzer Prizes for Fiction*, EdDeGruyterMunche: K.G. Saur Verlag, 2007, p. 302.

American Fiction: Local Processes and Multivariate Genealogies

展史上的一个里程碑，掀起了一场"新"印第安文学复兴运动。加之，同年(1969年)，"莫马迪的自传《通向雨山之路》出版，作品将家族历史与基奥瓦印第安人的神话传说相交织，形成颇具特色的本土自传风格；也在同一年，社会活动家、政论文作家小德洛利亚出版了文集《卡斯特为你们的罪过而死》，从政治角度思索当代本土裔居民的生活"[①]；也是在同一年，"全美印第安教育联合会成立"等等。这一系列的声音汇集成流，开启了"印第安文艺复兴"之大潮，推动了转型与再生后印第安文学的快速蓬勃发展。

尽管印第安文学在北美大陆上具有几千年的历史，但是随着白人殖民者建立国家，对印第安人采取种种限制、打压甚至是杀戮的政策，在美国文学中印第安人的声音总是被忽视，即使是在20世纪五六十年代，浩瀚的美国文学界对印第安作者的呐喊之声也往往是充耳不闻。[②] 此时莫马迪的《黎明之屋》的出现具有划时代的意义，它被认为是美国20世纪最优秀的小说之一，被翻译成德语、意大利语、荷兰语、挪威语等多国语言，成为世界文学中的重要一部分。莫马迪本人也被誉为当代印第安小说的"真正开路人"。

在莫马迪之后，许多印第安小说家也纷纷发表作品，形成了蔚为壮观的印第安文学复兴场景。其中主要的作家作品有：詹姆斯·韦尔奇(James Welch)的《血色隆冬》(*Winter in the Blood*)和《罗尼之死》(*The Death of Jim Loney*)，莱斯莉·马蒙·西尔科(Leslie Marmon Silko)的《礼仪》(*Ceremony*)，路易斯·厄德里克(Louise Erdrich)的《爱之药》(*Love Medicine*)、《甜菜王》(*The Beet Queen*)和《轨迹》(*Tracks*)等等。这些作品大多数沿袭了莫马迪的主题模式，展示了印第安人在白人主流社会中的生存，在传统和现实之间所遭受的民族和个人冲突，以及如何从这些冲突中解脱并最终获得自我解放和回归。

20世纪60年代的美国，国内社会动荡不安，民族民权运动空前高

---

① 张冲：《美国本土裔文学：根植传统融入现实》，载《文艺报》(外国文艺专刊)，2014年11月14日，第005版。

② Andrew Wiget, ed., *Dictionary of Native American Literature*, New York and London: Garland Publishing, Inc., 1994, p. 312.

涨。1964 年美国国会通过了公民权利法第七款,禁止种族歧视。在社会民权大运动的带动下,印第安民族也展开了轰轰烈烈争取民族平等和独立的民权运动。在这种社会背景之下,印第安作家作为印第安民族的代言人,其职责就是"要继续发扬讲故事的传统,讲述印第安人面临的冲突、受到的不公正的待遇,让世人都知道我们印第安人并没有忘记"①。在各少数民族人民的积极争取之下,在历史与社会的推动之下,20 世纪 60 年代的民权运动使得包括印第安人在内的美国少数族裔获得了较为平等的权利和公平的机会,使他们在政治、经济、社会等方面的地位也逐步得到改善和提高。政治、经济、社会地位的改善和提高为其文学的创作和发展以及繁荣做好了充分的准备,奠定了良好的基础。在这一社会背景之下,本土印第安人的文学也进入了一个空前发展的新时期。较之白人主流作家,印第安人拥有自己所特有的"族裔文化背景"和"文学传统"②。在他们的作品中,有他们民族特有的"神话""传说",同时他们吸取了印第安口头传统文学中所特有的讲叙方式,并与现代写作方式相糅合,使其作品既紧跟时代社会发展,又散发着浓郁的本土文化和印第安特色,从而在众多的白人主流文学作品中树起一杆民族特色鲜明的文学旗帜,促进了美国多元文化和文学的深入发展,并且成为其不可忽视的重要一员。这个时期的印第安作品大部分沿袭了麦克尼克尔在《被包围者》中,以及莫马迪在《黎明之屋》中的"寻源"主题。小说中的主人公多半自身身世就很复杂(多是混血儿),生活在自然与家庭的隔阂之中,变得乱七八糟,没有任何意义。在经历过一些重大事件,比如二战、经济大萧条、酗酒等之后,自我意识逐渐清醒起来。于是,他们便开始了在其乱七八糟的生活中"寻源","寻找自我"的回归之路。在回归过程之中,他们首先开始接触到来自印第安部落的一系列文化传统,通过自己的回忆、周围人的回忆以及亲身参加一系列部落典仪,并在这些典仪活动中慢慢找到了自己可以依赖的精神信仰,从而回归到了属于自己的部落,找到了真正的

---

① 莱斯莉·马蒙·西尔科来华时接受记者采访的内容,载《外国文学研究》,1985(8),第 130 页。

② 刘海平、王守仁(主编):《新编美国文学史》(第四卷),上海:上海外语教育出版社,2002 年,第 5 页。

"自我"。下面我们就以莫马迪的《黎明之屋》为例来具体看一下这种"寻源和回归"模式是如何在小说中展开的。

《黎明之屋》中的主人公阿贝尔（Abel）是一名印第安混血儿。他在兄弟与母亲相继去世之后感到与祖父以及部落文化产生了隔阂，于是他急于离开家园，去寻找所谓的自我。此时正逢第二次世界大战，于是他便参军去了欧洲，投身到二战之中。二战结束后，他回到美国，不过仍远离家园居住在洛杉矶。在洛杉矶他陷入了精神上的迷惘与混沌。一次，他遇到事故，被一个粗暴的警察打得半死，住进了医院，身体上遭受着巨大的痛苦。这期间他的朋友都一直在尽力帮助他，帮助他治疗身体上的创伤，也帮助他治疗心灵上的伤痛，从而找到自我解救的出路。他的印第安朋友在医院里给他反复吟唱"黎明之屋"这首印第安传统口头典仪曲，把他从死神手中拉了回来。同时受传统典仪的呼唤，阿贝尔内心深处的那个自我也开始被唤醒。出院后不久，阿贝尔祖父的生命也快走到尽头。于是阿贝尔回到家园，回到祖父身边。在生命最后的六天里，祖父不断地回忆过去，回忆传统。尽管这些回忆最初对阿贝尔来说毫无任何意义，但是就在祖父临终的前一天晚上，阿贝尔的灵魂得到了彻底的涤荡，他越来越清醒地认识到那个内心属于印第安的自我，并且那个自我在迅速成长。最后，在祖父灵魂升到另一个世界时，重获新生的阿贝尔参加了部落典仪——为祈求雨水和新年丰收的晨跑当中，以实际行动证明内心深处印第安自我的复活，表明他已经完成了回归部落文化，回归印第安自我的精神之旅。作者莫马迪在小说描写中充分运用了印第安传统口头文学的元素，大量的典仪文学与口头文学穿插始终，并且故事从印第安家园写起，最终又回到了那个家园，以一个圆形的方式展现了主人公所经历的精神回归之旅。这个圆形同样也是印第安传统文化中的重要概念，它是周而复始的循环，是文化与精神的回归。这些优秀的印第安文化传统以及作者建构故事情节的方法又影响了后来许许多多的印第安本土作家，为印第安本土小说的发展做出了莫大的贡献。时代在发展，历史在发展，印第安作家的创作也在随着生活方式和生活环境的不断变化而逐渐走向成熟。印第安文学在新的时代背景之下达到了一个新的发展高度，其中"印第安口头传统作为抵抗西方文明的侵蚀、治疗印第安人民精神创伤的唯一良药"①在这一发展当中一直体现着自身伟大的力量。

进入 21 世纪之后,美国本土印第安文学的发展更加呈现出千帆竞发,万木争荣的壮观场面。既有老一辈作家们推出的新作品,又有新生代作家的扛鼎之作。就小说而言,这时期的主要代表作品有维兹诺的《法官》(2000 年)、《自由恶作剧者》(2005 年)、《梅墨神父》(2008 年)、《白土族的裹尸布》(2011 年);厄德里克的《关于小无马地神奇事件的最终报告》(2001 年)、《肉铺老板的歌唱俱乐部》(2003 年)、《四灵魂》(2004 年)、《手绘鼓》(2005 年)、《鸽瘟》(2008 年,荣获 2009 年普利策小说奖)、《影子标签》(2010 年)、《圆屋》(2012 年,荣获 2012 年国家图书奖)和《拉罗斯》(2016 年);格兰西的《面具匠》(2002 年)、《心如坚石》(2003 年);阿莱克西的《十个印第安小人》(故事集,2004 年)、《战舞》(2009 年,荣获 2010 年福克纳小说奖)、《一个兼职印第安人绝对真实的日记》(2007 年)、《飞逸》(2007 年)。与此同时,诗歌和戏剧作品也层出不穷,主要代表作有阿莱克西的《脸谱》(2009 年)、格兰西的《以石为枕》(2001 年)、《红肤人》和《颠倒的变换》(2003 年)、《旧事启蒙》(2004 年),莫马迪的《遥远的早晨》(2011 年),哈尔霍的《下一个世界的地图:诗歌与传说》(2000 年)、《我们如何成为人:新近及精选诗歌》(2002 年)和《灵魂谈话,歌唱语言》(2011 年)等。这些异彩纷呈的文艺作品给美国本土裔文学的发展注入了新的动力。

其中,厄德里克应该是当代印第安文学中的领军人物。她的代表作《痕迹》、《爱药》等多次获得包括普利策奖在内的文学奖项。受到奥吉布瓦或齐佩瓦部落文化的影响,厄德里克将自己的文学创作放置在民族传统文化的体系中,继承了部落口述传统,所以其作品非常具有代表性,同时又具有突出的印第安文化元素。进入 21 世纪后,厄德里克也一直佳作不断,其中 2012 年出版的《圆屋》就非常具有代表性。该书描写了一位印第安少年在遭遇一系列变故的情况下成长的经历。尽管有来自身份问题的困惑和烦恼,但是这位印第安少年在部落族裔的文化中、在父亲的引

---

① 刘玉:《美国印第安女作家波拉·甘·艾伦与后现代主义》,载《外国文学》,2004(4),第4页。

American Fiction: Local Processes and Multivariate Genealogies

导下,发现了自我,最终走向了成熟。这部小说出版之后广受好评,荣获了同年的美国国家图书奖,掀起了印第安文学发展的新一股浪潮。

当代,诸多印第安作家民族自觉意识不断觉醒,同时在其传统文学的滋养下,印第安文学呈现出更加多维度多样性的发展势头。这些文学作品一方面具有新的时代性和现实性,同时传承了印第安民族传统文学的特点,是传统文学之源带来的动量将新时期本土裔文学的发展推向了一个崭新的高度,这种传统文学也必定会流传下去。

第二节　碰撞：美国小说中的西部与印第安文化

17世纪初,随着白人移民定居点的建立,来自外界的文明开始进入这片处女地,与本土传统印第安文明产生了碰撞,形成了美国文学史上的一大特色,也是美国文学本土化进程中的一个重要维度。

莱斯莉·菲尔德曾经说过,"西部小说的核心不在于与这片土地的接触,而在于与印第安人的相遇……。印第安人诠释了神话般的美国西部。"①在美国历史上,"西部"及其派生出来的诸多词汇是了解美国文学尤其是美国早期文学的关键。在19世纪下半叶,美国小说获得了前所未有的巨大发展。众所周知,美利坚由来自世界各个地方的不同民族汇集而成,所以美国文学的发展也必然受到民族多样性的直接影响。这个时期,伴随着美国小说的这种多样性,伴随着现实主义、地方色彩和自然主义等文学思潮的兴起与发展,涌现出一大批地地道道的美国小说家。这些小说家上承下启给美国小说的迅速发展注入了新的力量。与此同时,文学更加直接地进入了普通百姓的生活。当时出现了以"一毛钱小说"为主要代表的通俗文学。通俗文学的产生与发展充分体现了美国文学的多样性。从这种多样性中,我们也看到了美国西部、与西部紧密相连的印第安人及其文化对美国小说的影响,以及在其今后的发展过程中所做出

---

① Leslie A Fielder, *The Return of the Vanishing American*, New York: Stein and Day Publishers, 1969, p. 21.

的贡献。

在美国小说的发展历程中,印第安谱系已经与西部和边疆密不可分,它们是美国的重要组成部分,是美国异于其他国家的特色,同时它们也是美国文学的重要构成因素,使得美国的文学有了异于英国文学的民族性和地方色彩,形成了自己所特有的鲜明识别度。

一、美国西部与西部印第安人

从哥伦布发现美洲大陆以来,白人殖民者都以东部海岸为立足点。多少年来,人们在北美大陆的生活主要局限在东部沿海地区,而广袤的西部则一向以其神秘的荒原之地,险恶的自然条件,以及丛林中神出鬼没的印第安土著人令人们对那片神奇的土地充满了无限敬畏。直至18世纪中期,西部这片有待开垦的土地以其丰富的自然资源以及西部巨大的发展潜力不断地诱惑着"贪婪"的人们向西部挺进。人们对西部的渴望和追求也就越来越明显,于是人们纷纷向这片神秘而又神圣的处女地迈进。同时,刚刚成立的美利坚合众国也急于开拓自己的疆域,所以不断有政府派出的勘探队对西部进行勘察,为国家的发展不断做好探索工作。由于民间和政府两方面的积极影响,人们对西部的认识热情日益高涨,一股认识西部、了解西部和开发利用西部的热潮已经到来。

但是什么是"西部","西部"又具体指什么地方?

为了回答这个问题,我们先看一下下面这段大概发表于一个半世纪以前,涉及"西部"这个问题的言论:

> 然而"西部"一词极为模糊,它可以指北部美洲的任何一个地方。尽管从字面上讲这个词的意思极为清楚,而且使用这个词的人对它的意思也极为明朗,但是矛盾的是,这个词并没有确指任何一个地方。大概二十年以前,对大多数人而言,"西部"指的是阿勒格尼山脉地区;十年以前,六分之五的美国人都认为密西西比河流域地区就是他们心中的"西部"。可见人们心目中的"西部"的疆域限定是一直在不断改变的,并且还会继续变化下去,直到最后在俄勒冈的丛

American Fiction: Local Processes and Multivariate Genealogies

林中，以及被太平洋冲削的海岸上找到大自然给西部所做的最后界限。当然在各地这个词还有其他的地域含义。在费城的居民看来，至今"西部"的含义还停留在密西西比流域。而当俄亥俄州的居民谈及西部时，他就意指密西西比河以西的地区。同样如果换作密苏里的居民，他会将自己所在的位置定为这个国家的中心，将西部定位于俄勒冈与密苏里远峰之外的地区。①

从以上这段论述中，我们不难看出"西部"其实不是指某个具体的方位，而是每个人心中的一个概念。一提及这个概念，大家立刻便会想到广袤的土地、丰富的自然资源、来此寻求希望和未来的漂流者，还有那些头戴羽毛、面涂油彩、充满神秘色彩的印第安土著人。尤其是在此居住的两三百个印第安部落，他们用自己部落世代相传的故事和歌声诠释着这片土地，歌唱着从前，歌唱着未来。从某种意义上讲，印第安人已经与西部形成一个不可分割的整体，成为西部最显著的特征之一。正如莱斯莉·菲尔德所说，"西部小说的核心不在于与这片土地的接触，而在于与印第安人的相遇……印第安人诠释了神话般的美国西部。"②

毋庸置疑，印第安人、印第安谱系已经与美国西部这片广袤壮美的地区形成了一种相互依存彼此不可分割的关系。早在公元前3世纪至公元1世纪这段时间，散居于美国西南部地区的土著印第安人便开始采用农业技术，开采自然资源，这表明他们开始有了属于自己的文明史。他们在随后的生产斗争中不断丰富着自己的民族或部落文明，在美国西南地区形成了自己辉煌的文化与历史。不过，随着美国作为一个政治独立体的成立，为了帮助白人获得东部的印第安人土地和自然资源，政府开始实施大规模的强迫式迁移政策。大量的印第安人被迫离开东部家园逐渐向西迁移，然而随着白人文明的不断到来与深入，以及他们对于印第安人家园采取的掠夺式开发，这两种文明出现了前所未有的碰撞。这种碰撞在文学领域的结果就是美国文学作品中多了一股本土特有的力量。

① Edwin Fussell, *Frontier: American Literature and the American West*, Princeton：Princeton University Press, 1965, p. 3.

② Leslie A Fielder, *The Return of the Vanishing American*, New York：Stein and Day Publishers, 1969, p. 21.

事实上,印第安人是整个北美的显著特征。这种显著的特征自然而然会反映在与这片大陆相关的文学作品中,从而也成为美国文学中的一大特点。这一特点从美国文学早期开始就肩负起了美国文学走向独立的使命,并且也真真正正为推动美国小说的发展立下了汗马功劳。在诸多美国小说中,对西部的诠释,对这片土地上的印第安人的诠释,在很大程度上已经成为一种文学"文本",这"文本化"的西部与印第安形象共同构成了美国小说发展大花园中的一朵奇葩,与其他种类不同、色彩各异的小说争奇斗艳,充分展示了美国小说的多样性。

适才提及西部小说的核心在于小说中与西部印第安人的接触,但是随着白人殖民者的西进,东部的印第安人也被迫接受所谓的"印第安保留地"政策。很多原本居住于东部的印第安人在政府的威逼利诱或者说是迫使之下走上了"西进"的漫漫长路,经历了艰难、困苦、疾病、饥饿甚至死亡。他们用自己的这段经历书写了一段历史,同时也书写了一种文化,这历史与文化自然会融入西部文学的创作中。从这些作品中,我们读到了痛,读到了死,读懂了民族,也读懂了人类和历史。印第安人作为这段时期的主角和见证者已经进入了美国历史、文化和文学之中。缺少印第安人的美国历史是不完整的历史,没有印第安人的美国文学自然也是不完整的,而且从某种意义上讲也不具有真正的"美国"意义。

二、詹姆斯·F·库柏及其笔下的印第安形象

"詹姆斯·F·库柏可能是美国文学史上第一个在文学作品中严肃地涉及印第安土著人的美国作家。"[①]他在美国文学的发展过程中创造了许多个"第一":他被认为是第一位"美国自己的小说家",第一个以文学形式描写美国本土主题的小说家;他开创了西部小说、侦探传奇小说以及航海题材小说等以后大为盛行的小说题材和创作模式,是美国文学发展

---

① Taisuke. Suzuki, *The True Beginning of Native American Novels by James Fenimore Cooper and Helen Hunt Jackson, James Fenimore Cooper: His Country and His Art*, Papers from the 2001 Cooper Seminar (No. 13), New York: The State University of New York College at Oneonta, 2001, p. 100.

American Fiction: Local Processes and Multivariate Genealogies

史中"里程碑"式的伟大人物。

　　库柏出生于 1789 年 9 月,他的父亲威廉·库柏是纽约州欧茨考湖畔库柏镇的创建者之一。在库柏刚刚 1 岁时,父亲就将他带到了库柏镇。尽管当时这一带已经没有多少印第安人,但是这一带浓郁的树林和湖畔林地都曾留有印第安人的足迹和他们的故事。库柏和他的兄长们从小就在这一带像野孩子般无拘无束地玩耍长大。然而同时,他们又进入正规的白人学堂学习拉丁文,接受正统的学校教育。由于这样的成长经历,接受了自然文明和学校文明两种气息熏陶,库柏更容易接受来自两个世界——野蛮与文明(我们称之为"野蛮"与"文明",只是想说明一下两种状态,没有褒贬之意)的交汇思想,从而成为真正严肃地将印第安土著人作为小说主要人物的美国小说家中的第一人。

　　在库柏的作品中,土著印第安人在多达十一部小说中扮演重要角色,其中最有代表性并且真正奠定他作为小说家地位的主要是他的五部"皮裹腿"系列小说,分别是《开拓者》(*The Pioneers*, 1823)、《最后一个莫希干人》(*The Last of the Mohicans*, 1861)、《大草原》(*The Prairie*, 1827)、《探路人》(*The Pathfinder*, 1840)和《猎鹿人》(*The Deerslayer*, 1841)。《皮裹腿故事集》展现给读者一幅生动的美国边疆图,描绘了白人与土著印第安人在西部土地上的交锋,以及外来文明与土著文明的碰撞。这些作品以及所表现出来的两个世界、两种文化的碰撞让"全人类开始了解美国的实际,美国的思想"①。库柏真真切切地意识到了美国本土素材在文化创作中的重要作用和地位。这种意识造就了库柏伟大的"皮裹腿"系列,同时"皮裹腿"系列也造就了库柏,奠定了他在美国小说发展史上的地位,并为他在国际上赢得了前所未有的认可。正像罗伊·哈维·皮尔斯(Roy Harvey Pearce)所指出的,"要充分地清楚地认识库柏所在的文化环境下他对印第安人的理解,就必须充分理解他的《皮裹腿故事集》。这个故事集还有故事集中出现的印第安形象在美国小说的发展历程中留下了永恒的不可磨灭的深远影

---

① Robert E. Spiller, *The Cycle of American Literature*,上海:上海外语教育出版社,1996 年,第 31 页。

响。就连最痛恨印第安人，瞧不起那些为印第安人说话的作家们的弗朗西斯·帕克曼（Francis Parkman）[1]也不得不承认，库柏是我们文学中印第安土著英雄人物的创作之父。"[2]

从五部皮裹腿故事中我们不难看出，库柏小说将当时的土著印第安人置于西部与东部的边界融合区，东部先进的开化的白人"文明"和西部尚存的"原始""野蛮"的境地之中。作者通过将人物故事置于东西部文化的边缘以及两种文化的撞击之下，其目的在于更好地揭示在这种矛盾碰撞之下，每位人物所展现出来的真正自我，去表现文化的差异以及这些文化的差异对持有不同世界观、价值观的人物的影响。在这五部小说中，作者库柏既描写了在这种碰撞中保存了"文明"特质、并且具有很多优秀传统的"好人"印第安形象，同时也描写了一些本性凶恶，尚处在所谓的"野蛮"未开化状态之下的印第安人。但是不管是"好人"形象还是"野蛮"人形象，都体现了印第安人的双重性，而这种双重性毫无疑问是作者在思想文化意识方面双重性的具体体现。实际上，在库柏的"皮裹腿"系列故事中，作为中心的既不是白人眼中所谓的印第安"好人"，也不是那些"文明"状态下的白人，是夹在所谓"野蛮"与"文明"之中，受两者影响并且吸收两种文化或者说是文明之精髓，展现两种境界之完美结合的纳蒂·班波。他才是美国小说中"第一个真正的美国主人公形象"[3]。而印第安形象作为纳蒂·班波的伴随者，处处都体现着伟大的土著文明。现在我们就来看一下这个系列故事中出现的印第安形象。在皮裹腿故事集中的第一部小说《开拓者》中，印第安英雄是约翰·莫赫干（John Mohegan），在《开拓者》中，作者库柏这样描写他：

　　因与白人有长久的接触，莫赫干的生活习惯融和了文明与野蛮两种状态，而且更倾向于后者。与所有生活在由欧洲殖民而来的美

---

① 弗朗西斯·帕克曼（Francis Parkman，1823-1893），新英格兰时期的作家，绅士派诗人和史学家。

② Edwin Fussell, *Frontier: American Literature and the American West*, Princeton：Princeton University Press, 1965, p. 30.

③ 兰·乌斯比：《美国小说五十讲》，成都：四川人民出版社，1985年，第23页。

国人的影响下的印第安同胞一样，莫赫干已经获得无数新知。他的衣着融土著与欧洲风格于一体。①

从这段描写中我们不难看出，莫赫干作为一个印第安人来讲，实际上是两种文化的混血儿。除了衣着方面的这种交混特点之外，他的名字也鲜明地表明了两种文化的共同作用。约翰（John）是一个非常常见并且典型的英语名字，而莫赫干（Mohegan）则是一个典型的印第安名字。尽管衣着和名字上都刻有两种文明的烙印，但是我们不能单从这些方面来判断这个印第安人。我们还应该从其他方面来进一步了解他。从白人的角度来看，印第安人约翰·莫赫干是一个理想状况下的印第安人。为什么这样说？因为他已经从那种所谓的"野蛮"的状态下走出，身上不再带有让人难以接受的"野蛮"，更大程度上已经开始渐渐向白人社会所谓的文明迈进。所以在皮裹腿故事集中，库柏将莫赫干定位于一个逐渐"被文明化"了的具有白人所珍视的很多优点的一名土著印第安人。同时在该系列故事中，作者还深刻地刻画了莫赫干的白人朋友纳蒂·班波。他们之间的友谊正体现了库柏自己心中所希望的那种白人定居者与土著印第安人共生的完美理想化状态。但是这同时也揭露了库柏在自己这种完美理想下产生的那种又爱又恨的极为矛盾的心理。在库柏创作皮裹腿故事集系列小说时，土著印第安人已经从纽约州北部地区迁出，并且所谓的"西部"已经越过密苏里地区，美国政府实施的"西进运动"以及"文明化进程"正在如火如荼地进行，这一切都给库柏留下了极为深刻的印象，对他的文学创作产生了深远影响。所以和当时的许多美国人一样，库柏一方面希望土著印第安人能够在白人文明标准基础上实现所谓的共生，而另一方面，他自己也在质疑实现这种共生的可能性到底是否存在。然而从事实上看，东部地区无法实现这种白人与土著人的和睦共处，因为土著印第安人的家园已经被白人践踏，他们已经被迫离开了原本的家园，带着仇恨和血泪进入了西部，所以库柏实现共生的理想只能移师

---

① Zhang Aiping, *Can the Twain Meet Through Acculturation? James Fenimore Cooper: His Country and His Art* (No.11) Papers from the 1997 Cooper Seminar, New York: The State University of New York College at Oneonta.

"西部"，在这样一个极为模糊的地理名词下来实现他自己那极为模糊不定的"共生"理想。也只有在西部这片白人和印第安人都涉足的土地上，这种"共生"才会显得可信，或者说在其小说中才能成为一种"现实"。

事实上，在美国小说研究史上，研究库柏小说尤其是皮裹腿系列故事集中的印第安人的作品可谓"汗牛充栋"，观点众多，有时甚至迥然不同。其中就有学者批评说库柏小说中的印第安形象完全脱离了现实。并且历史也证明库柏本人其实跟印第安人的直接接触很少。他自己也承认"我从没有到印第安人当中去过。我所了解的印第安人都是通过阅读或者从父亲口中得知的"①。但是福罗斯特在他的《小说面面观》中也指出：小说中的人物与现实中的人物注定有所不同，"小说就是基数+或−x。而 x 这个未知量就是小说家的性情，并且这个未知量总会在一定程度上修改这个基数，有时甚至会将基数完全转变。"②所以尽管说库柏本人并未真真切切地体验过印第安人的生活，但是他自身的那种"库柏特性"使他的作品具有不同于其他作家的特点，而且这种特点对美国小说的发展产生了深远的影响。该系列小说描写了美国西部的边疆生活包括西部的印第安人以及印第安人与白人之间的接触，涵盖了英雄主义、所谓文明进程中的西进运动、拓疆运动等。在其随后的近两个世纪中，皮裹腿故事集对美国以及欧洲的阅读大众产生了深远的影响，决定了他们对美国印第安人的态度。③ 首先，他开了把印第安人物作为主要人物认真引入文学作品中去的先河，从而为美国本土小说走上独立起了重要的引导作用。其次，库柏抓住了当时美国公众的阅读心理与美国作家的创作心理，寻求具有真正美国特色的东西，以此作为美国文学走向真正独立发展的契机。同样重要的是，库柏还探究了美国文明的进程，这又是这类作品的另一层创作内涵。从这些意义上讲，称库柏为"鼻祖"完全是实至名归。

---

① Roy Harvey Pearce, *Savagism and Civilization*, Berkeley and Los Angeles: University of California Press, 1965, p. 200.

② E. M. Frost, *Aspects of the Novel*（《小说面面观》，朱乃长译，英汉对照）北京：中国对外翻译出版社，2000 年，第 118 页。

③ A. W. Paul Wallace, *Cooper's Indians From New York History*, Vol. 35, No.4, 1954, p. 423.

三、库柏之后的小说家以及西部和印第安形象的文本化

库柏为其后来的美国小说家在有关印第安题材和体裁方面树立了一个范式，而这一种范式也成为理解美国文明化进程的一个重要方面。[①]事实上库柏之前的作家如华盛顿·欧文在其《见闻札记》中就有过对印第安人的描述，他将印第安人定格于"自然"之人，并赞赏其"自然"之美。到了19世纪，印第安题材几乎成为美国小说的创作核心。究其原因，首先随着美国政治上的独立，众多的美国作家想在文学上也划定了自己的领域树立自己的名誉，从而走向文学上的独立，所以作为美国本土所特有的印第安题材必然会受到这些作家的欢迎与接纳。加之库柏在国内乃至国际文学界中的成功也给作家们带来了信心和希望，为这一题材在美国文学界的发展起到了重要的推动作用。继库柏之后很多知名作家如纳撒尼尔·霍桑、麦尔维尔和马克·吐温等都受到了库柏作品的影响，在各自的作品中都涉及了这一美国所特有的题材。所以印第安题材成了美国文学诸多元素中的一元，成为美国小说发展中特有的印第安谱系。

尽管纳撒尼尔·霍桑的重要作品如《红字》(*The Scarlet Letter*)中没有出现鲜明的印第安人形象，但是其作品深受库柏创作思想的影响，也体现了印第安谱系对他本人及其作品的影响。这种因素在很大程度上是文化方面的。之后的作家如麦尔维尔和马克·吐温等均受到库柏创作和美国印第安谱系的影响，下面我们来具体看一下麦尔维尔和马克·吐温的作品以及其中体现的印第安谱系。

麦尔维尔是秉承库柏传统的一位小说家，与库柏在《皮裹腿故事集》中的做法一样，麦尔维尔也为自己的创作思想寻找到了一个可以寄载的中间地带，也是自然与人类文明的交合点，不同的是这个地带并非充满野性的"西部"，而是浩渺的海洋——太平洋。首先从题材上讲，《白鲸》(*Moby Dick*, 1851)是一个捕猎鲸鱼的故事，然而"美国的捕猎故事，不管

---

① Roy Harvey Pearce, *Savagism and Civilization*, Berkeley and Los Angeles: University of California Press, 1965, p. 297.

其地点如何无疑都是关于西部的故事"①。正是在这种人与自然的交汇中,人性才能得到最真实的体现。在故事中同样出现了集"文明"与所谓的"未开化之文明"为一体的印第安人形象,其中最完美的要数鱼叉手——Queequeg 了。他是一名混血印第安人。从他身上读者看到了自然环境下印第安人的影子。作者通过描写自然条件下捕鲸船上芸芸众生的形象实际上探讨了人与自然之间的关系,而在美国历史上这种关系实际上也是过去与未来的关系。而这一主题一直以来都深刻触及美国人的心灵。

在美国文学史中,19 世纪见证了两位超级小说大师的辉煌,他们分别是我们刚刚提及的 19 世纪前半叶的库柏和后半叶的马克·吐温。像库柏一样,马克·吐温清楚地认识到美国辽阔的西部和美国土著印第安人在美国历史和文学史上的重要地位。在对待印第安人的态度方面,马克·吐温好像有意在与库柏唱反调,以标其新,立其异。他直言不讳地指出库柏在小说创作上完全违反了文学创作的原则,但有趣的是,吐温在文学创作上受库柏的影响却处处可见,而他自己并未意识到或者说不愿承认这一点。难怪有评论家指出,即便说汤姆·索亚和哈克贝利·费恩都源于库柏的《皮裹腿故事集》也毫不夸张。甚至还有人说马克·吐温应该将《哈克贝利·费恩历险记》的开篇几句改为:"如果你没有读过一本名为《开拓者》的书,你就不会知道我。"②此话有些戏谑的味道,但也足以说明两者在这方面存在的承接关系。就马克·吐温的《汤姆·索亚历险记》来说,故事发生在密西西比河流域,尽管当时地理意义上的西部已经越过该界限,挺进到了"西部"的西部,但是这里留下了曾经的边疆风味,有着自然与人的融合,有着当年的西部"拓荒者"留下的痕迹,这地点的中立其实为故事的展开提供了具有很强包容性的场景,为"文明"与所谓的"未开化之文明"之间的碰撞提供了发展的空间。

---

① Edwin Fussell, *Frontier: American Literature and the American West*, Princeton: Princeton University Press, 1965, p. 257.

② Leland S Person, Jr. *The Leatherstocking Tradition in American Fiction: or, the Sources of Tom Sawyer: A Descriptive Essay from James Fenimore Cooper: His Country and His Art*, Papers from the 1986 Conference at Sate University College of New York.

American Fiction: Local Processes and Multivariate Genealogies

在对印第安人的描写方面,马克·吐温也极力与库柏唱反调,他吸纳的是历史上形成并遗留下来的与库柏笔下"高尚的野蛮人"(Noble Savage)相反的"邪恶的野蛮人"(Demon Savage)的理念——他们行为极为野蛮,报复心强,没有人性。《哈克贝利·费恩历险记》中的印第安人乔就是其代表。马克·吐温通过描写这个没有血性的印第安人试图揭示他们那种邪恶的本质,不是因为别的而只是因为他们的"印第安血统"。他们身上流淌着复仇的血液,而这正如他们的报复心理一样是不可改变的。乔永远不会忘记五年前自己被从厨房里赶走的一幕,这一幕已经流入了他的血液,成为他身体的一部分。于是他就发誓一定要报复。马克·吐温认为这就是印第安人的本性,邪恶的本性。

其实,吐温在批评库柏在描写印第安人方面脱离现实的同时,自己也犯了同样的错误,走向了与库柏相反的另一个极端,结果造成了对印第安人的片面描写。事实上,在美国文学史中,不管是站在两个极端的库柏与马克·吐温,还是站在中间的其他作家,可以说他们把在死亡线上挣扎的或者已经从现实生活中逃出的印第安人写入文学作品中都是为了完成其本身作为美国本土特有的文学素材的使命,都是在完成创作的目的。这只是一种创作的题材和手段而已。而这一创作过程,我们都可以称之为这一文学素材的"文本化"(Textualization)。美国文学史上西部与印第安人进行"文本化"的特点有三:首先,文本化使美国西部以及印第安人在美国小说独立发展进程中的作用得到了进一步的拓展,不仅在小说方面而且在整个文学史,甚至美国历史进程中都是如此。其二,通过美国文学史上不同发展阶段、不同时间、不同地域和不同作家对这同一题材的描写,这一题材的文本化给读者提供了多方位、多角度、多思维的审美模式,不仅丰富了文学本身,而且也加强了读者对美国文学和美国社会以及美国历史的理解。其三,这种美国西部与印第安人在美国小说中的文本化同时也是本土文化与外来文化交锋的文本化。在美国的历史中,西部一直都是这两种文化的交叉点,其中有融合但是更多的则是冲突。所以这一文本化清楚地再现了这两种文化间的冲突与交锋。通过这些,我们可以更好地了解美国的小说、文学、社会以及历史,甚至还包括她的未来。

第三节 交融：印第安口头传统文学对
美国小说本土化的影响

前两节分别阐述了印第安文学尤其是小说自身的发展以及美国西部与印第安形象在白人小说中的文本化问题，这一节主要探讨美国小说在语言、结构和文化观念中的印第安谱系，进一步探究印第安传统口头文学以及印第安文明对美国小说走向独立的影响。

美国文学与英国文学尽管都是英语文学，但是相比之下美国文学的历史要短得多。由于多数美国人都是英国人的后裔，因此在美国文学发展道路上，很多人就认为美国文学是英国文学的分支，从总体上隶属于英国文学。甚至到19世纪后半叶，马修·阿诺德在看到有人登广告出售《美国文学要略》时还不屑一顾地说："我们都是一个伟大的文学——英国文学的撰稿人啊。"①但是此种观点有失偏颇。回顾美国文学的发展历程，我们可以清晰地看到，美国作家一直都在致力于建立具有美国特色的文学。小说方面尤为明显。从华盛顿·欧文、库柏到霍桑、麦尔维尔，从马克·吐温到海明威、福克纳，这是一条美国小说家开创本土特色的独立之路。而在这条道路上，印第安文化——包括印第安文学——作为美国本土异于欧洲大陆的特色起到了重要的引领作用，对美国小说的独立产生了重大而深远的影响，尤其是印第安传统文学对美国小说的创作产生了重要影响，这一点我们可以在众多的美国小说中从多个方面得到印证。然而众所周知，大部分印第安口头传统文学由于受到外来的侵害和践踏，以及其作为口头文学本身所固有的不足而未能完好地保存下来，甚至还遭到了彻底的毁灭。即使有一部分幸存下来，我们在研究这些口头文学时还存在一定困难：第一个困难是语言上的问题。现在我们所接触到的印第安口头传统文学多半是经过"翻译"而来的，这种"翻译"包括两种，既包括由最初的土著语言翻译成我们所需要的目的语，也包括由口头形

---

① Marcus Cunliffe, *The Literature of the United States*，香港：今日世界出版社，1975年，第1页。
马修·阿诺德（Matthew Arnold, 1822-1888）是19世纪英国人文主义文学批评的杰出代表，他有关文学与文化的论述对后世影响很大。

American Fiction: Local Processes and Multivariate Genealogies

式转化成书面文本形式,而在这两种转化或"翻译"的过程中势必会造成一定程度上的失真。第二个困难就是文化理解方面的问题。印第安土著文化作为一种"弱势"文化已经被忽视或者说是"践踏"了几百年,与我们当下的文化在时代、地域和民族等方面存在着巨大的差异。可以说,我们对这一文化甚为陌生,所以在文化理解方面肯定也会存在一定的难度。尽管存在这样或那样的困难与障碍,我们仍然能够在当下的环境中去寻找当时灿烂的口头传统遗留在这片土地上的痕迹,在文学的历史中再现当年部落民族的文化,以及它对这片土地和人民的深刻影响。本节旨在从语言、小说创作以及小说所体现出来的内涵、世界观等方面分析美国小说家作品中的印第安谱系,从而阐述印第安传统文学对美国主流小说家和土著小说家的影响。

一、印第安口头传统文学对美国小说语言上的影响

美国英语与英国英语不同,这是公认的事实,其中很大的差异在于美国英语吸收了很多土著印第安词汇。在白人到达这片新大陆时,新大陆上的很多东西对他们而言都十分陌生,特别是有那么多新奇的物种,所以他们便直接采纳了当时土著印第安人对这些东西的称呼,随后这些词汇逐渐融入到他们的语言中,成为其中鲜活的部分。下面我们举一些常见的来源于印第安语的词汇:

tomato 西红柿	potato 马铃薯	pumpkin 南瓜	squash 西葫芦
banana 香蕉	cocoa 可可树	raccoon 浣熊	squirrel 松鼠
coyote 郊狼	Yankee 美国佬	cannibal 食人者	canoe 独木舟

这些只是美国英语中来自印第安语词汇中的一小部分,而此类印第安外来语在美语中不胜枚举,就拿美国各州的州名来说,其中就有 27 个州的州名来自印第安语,下面我们来看一下这些州的州名以及它们在印第安语中的意思:

Alaska(阿拉斯加)—— Great Land(伟大的土地)

Alabama（阿拉巴马）——　Thicket Clearers（拓荒者）

Arizona（亚利桑那）——　Silver Slabs（银色板块）

Arkansas（阿肯色）——　A Breeze Near The Ground（靠近地面的微风）

Connecticut（康涅狄格）——　Upon The Long River（在长长的河流旁）

Idaho（爱达荷）——　Gem of The Mountains（山中的宝石）

Illinois（伊利诺斯）——　Great Men（伟大的人）

Indiana（印第安纳）——　Land of The Indians（印第安人的土地）

Iowa（衣阿华）——　Drowsy People（昏昏入睡的人）

Kansas（堪萨斯）——　People of The South Wind（南风的人们）

Kentucky（肯塔基）——　Land of Tomorrow（希望的土地）

North Dakota & South Dakota（北、南达科他）——　Allies（同盟）

Oregon（俄勒冈）——　Beautiful Water（美丽之水）

Massachusetts（马萨诸塞）——　Great Hill（伟大的山地）

Michigan（密歇根）——　Great Lake（大湖）

Minnesota（明尼苏达）——　Sky-tinted Water（天色的水域）

Mississippi（密西西比）——　Father of Waters（水之父）

Missouri（密苏里）——　Town of the Large Canoes（大独木舟之乡）

Nebraska（内布拉斯加）——　Flat Water（平川之水）

Ohio（俄亥俄）——　Great River（大河）

Oklahoma（俄克拉荷马）——　Red People（红种人）

Tennessee（田纳西）——　The Vines of The Big Bend（大弯的蔓藤）

Texas（德克萨斯）——　Friends（朋友）

Utah（犹他）——　People of The Mountains（山里人）

Wisconsin（威斯康辛）——　Where Waters Gather（河流聚集之地）

Wyoming（怀俄明）——　Mountains and Valleys Alternating（起伏的峰谷）

　　以上这些说明印第安人对美国语言的形成和发展起到了重要的作用，使美国英语具备了美国本土自身的特点，而这种语言上的特点在美国政治独立之后对文学独立的发展建立了功勋。

American Fiction: Local Processes and Multivariate Genealogies

在第一节中，我们反复提到美国土著印第安口头文学传统包括神话传说、民间故事、典仪歌唱等诸多表现形式，而这些形式承载着土著印第安人几千年甚至是几万年来形成的在文化、历史、民族等方面的优秀传统。这些文字形式得以保留和传承，成为美国文化不可分割的一部分，在白人来到这片土地之前以及之后都深深影响着生活在这里的人们。尽管大部分口头文学传统遭到了破坏，但是它自身的气息已经渗透到了这片大陆的每个元素中，也渗透到了美国作家的小说创作当中。库柏就是受印第安口头传统文学影响的一位白人小说家。作为接受过良好教育的殖民者后代，库柏既在学校里接受英语古典文学的熏陶，同时他还"接受来自土著印第安人的口头传统，并且在其小说中以多种方式使用这些来自民间的口头素材"。① 这些素材的使用"有时候会给过为浪漫的作品加入一丝现实；有时候会带来喜剧的效果；但是有时使用这些传统的东西只是主题上的需要而已"。② 但是不管怎么说，库柏已经真真切切地注意到了印第安口头传统文学的伟大，并且带着寻求美国本土特点的理想而将这种伟大的异于英国或者说是欧洲大陆的东西认真而严肃地融入自己的作品中去。在库柏小说中，总计出现过 1286 名人物，其中有相当一部分是特属于美国的。这些人物都来源于新大陆，受新大陆上土著印第安人所传承下来的民间故事、神话传说，典仪、歌唱等口头传统文学的影响。这些人物的名字也传承了口头传统的特点。印第安人喜欢叫别人的"外号"，这一点在印第安口头传统文学中就有所体现，库柏便采用了这一点。在涉及西部及印第安人的小说作品中，库柏笔下的大多数人物都有自己富有特色的"外号"，这些外号或者以自然界的物体、动植物为基础，或者以自然现象以及其本身的能力特点为基础。这些外号要么直接点出了人物的外部物理特征，比如"Big Pine（大松树）""Skipping Fawn（跳跃的小鹿）""Thunder Cloud（雷雨云）""Withered Hemlock（枯萎的铁杉）"等；要么显示了人物所具有的某项显著的技能或威力，比如

---

① Warren S. Walker, *Cooper's Fictional Use of the Oral Tradition*, *James Fenimore Cooper: His Country and His Art*, Papers from the 1980 Conference at State University College of New York, p. 23.

② Ibid.

"Bounding Elk（弹跳的麋鹿）""Leaping Panther（跳跃的黑豹）""Swoo-ping Eagle（猛扑直下的雄鹰）"等；要么就表明人物的性格特征，比如"Cunning fox（狡猾的狐狸）""Flinty heart（铁石心肠的人）"和"Weasel（马屁精）"等。这些都生动地再现了口语的伟大力量，而这种口语用于小说的创作当中使得作品生动起来，产生了强大的生活感染力，增强了其阅读性和生命力。在小说中运用鲜活的口语是库柏小说创作上的一大特点。

从美国内战到19世纪末的这段时间，地方特色小说发展迅速，成为美国小说的一股重要创作潮流。该潮流的一大特点是，地方小说家纷纷将地方性的方言土语运用到文学创作中，从而为自己的作品建立起一种地方特色的可信度和真实性。同时作家们还极力运用一些细致入微的描写，特别是细小的并且看起来又不是很重要的情节来增加对这些地方的具体了解。他们还经常运用这样一个小说创作模式，即故事的讲述者给我们讲述他道听途说来的有关某地区的一些故事。这些追求本土特色的努力和积累为日后美国小说的发展在语言创作方面提供了借鉴。

马克·吐温就是在这个时期崭露头角的小说家，他立足于密西西比河流域，创作出富有鲜明地方色彩的小说作品。他的小说语言生动诙谐，大量使用了地方性口语，"象征着美国精神的多样性、广泛性和力量所在"。[1] 他以这种崭新的活力和美利坚的民族气派立足于世界小说之林，并且鲜明地打上了"山姆大叔"的字样，摆脱了来自英国小说语言上的影响，从语言风格上开创了典型的美国小说特色。这种语言上的特色其中就包括吸收了大量的地方性口语，包括印第安语。口语的传统在文学作品中的应用得到了美国作家们广泛而共同的认可，从语言形式上对美国小说的独立发展起到了重要的推动作用。

二、口头传统文学对本土小说文体结构的影响

提到印第安口头文学传统的特点，毫无疑问"口头"即口语化的体现

---

[1]　Marcus Cunliffe, *The Literature of the United States*, 香港：今日世界出版社, 1975 年，第120 页。

最为重要。而这种口头文学传统对美国小说尤其是本土小说的创作产生了重大影响。下面我们通过印第安小说家莫马迪的小说写作来看一下印第安口头文学传统在美国小说文体结构上的影响力。

我们知道，印第安口头文学传统的一个重要特点就是故事的叙述方法。莫马迪吸收了口头文学的这一重要特点，把《黎明之屋》这个故事架构在一个口语化的叙述模式之上，充分利用了典仪、歌唱等口头文学形式，并将它们贯穿于小说始终，为小说故事情节的发展以及主题的彰显做了重要的烘托。在口头文学中，典仪具有祛痛去病的治疗作用，这里使用典仪正好又强化了小说本身的主题，强化了阿贝尔最终精神上的回归。这些歌唱、典仪等口头文学形式是印第安口头文学的重要组成部分，在莫马迪之前或之后的很多印第安小说家的作品中都有所体现，而"这些东西、这些意象、主题以及冲突过去是、现在是、将来也是印第安土著作家以及印第安人生活的中心所在。"①

在《黎明之屋》中莫马迪沿袭了传统的讲故事的方式，利用讲故事者使用的不同手势、不同讲述声音以及歌唱等来增强故事角色的鲜活性和生动性，从各方面很好地体现了传统文学中所具有的美学特点。莫马迪从三个讲述角度来展开故事情节，分别是神话角度、历史角度和即时角度。小说开篇第一段就点明了小说中的神话角度："黎明之屋，花粉与雨滴之屋。这片土地悠久且不朽，这里有多彩的黏土和沙地。草原上红色、蓝色和斑点的马匹在吃草，远处山坡上则是一片葱绿荒野。这片土地如此宁静而健壮，四周风景美丽如画。"②同时小说中对这土地的描写以及贯穿小说的典仪和歌唱等都是神话角度的具体体现。历史的角度是通过小说主人公阿贝尔的祖父对村里事情的回忆，通过教区牧师诵读祖先遗留下来的一本日志等内容反映出来的。而即时的角度则是主人公阿贝尔自己的叙述：他与家人的不和，他的生活经历、内心的痛苦、民族自我的失落以及在别人帮助下的自我苏醒和回归印第安自我的斗争过程等。小说在神话、历史和现实三种角度中任意穿梭，游刃有余地给我们展现了一幅

---

① Andrew Wiget, ed. *Dictionary of Native American Literature*, New York and London: Garland Publishing, Inc, 1994, p. 313.

② N. Scott Momaday, *House Made of Dawn*, New York: Harper & Row, 1967, p. 1.

印第安民族文化与当代美国社会的冲突画面,表现了一位印第安青年民族自我的成长历程。这里作家莫马迪通过多个角度不同故事讲述者的不同语气,向我们说明了民族的自我在哪里,通过挖掘当代以白人为主流的美国社会中印第安个体的生存现状和心灵现状,为处于主流文化中挣扎的族裔个体提供了出路。可以说,莫马迪在小说作品中充分利用口头传统文学方式来架构小说,给后来印第安本土小说家在小说创作方面树立了榜样,因此他被认为是当代印第安小说的"真正开路人"。

　　在印第安口头传统文学中,还有一大特点我们不能忽视,就是其"恶作剧者"。在之前的章节中我们也提到过这一形象。这里我们谈一下它对小说创作的影响。很多美国作家尤其是本土小说家受这一文学形象的影响较为明显,杰拉尔德·维兹诺(Gerald Vizenor)就是其中重要的一位。他曾经在保留地和他的祖母生活过一段时间,从她那里听到了很多有关"恶作剧"的故事。这些亲身经历和听说来的故事对他的小说创作影响深远。他的作品《圣路易斯熊内心的阴影》(*Darkness in Saint Louis Bearheart*)就是一部采用恶作剧叙述者,并且其人物也清晰地建立在部落传统的恶作剧原型之上的小说。该小说符合"后现代小说"提到的一些标准,比如:没有把艺术太当回事,攻击文化上的虚荣做作,与传统的现实主义相背离,并且多采用宗教仪式幻想的场景等。他后一部小说《忧伤者:一个美国猴王在中国》(*Griever: An American Monkey King in China*)获得了1987年的美国图书奖。在这部作品中维兹诺更加充分地利用了恶作剧者,而这故事中的恶作剧形象采用的是《西游记》故事中的孙悟空,用"孙悟空"恶作剧者形象更好地去表达自己的思想,摆脱了时间和空间上所受到的种种束缚,游刃于时间和空间之外,战胜了各种生活和工作中的麻烦达到了真实的最高境地的"自由"。

　　随后,女作家路易斯·厄德里克把口头传统文学中的诸多传统手法在其小说中淋漓尽致地表现了出来。路易斯·厄德里克可谓是当代最重要、最多产的本土作家,从1984年起,她连续发表了《爱之药》《甜菜女王》《轨迹》《燃情故事集》《羚羊妻》《圆屋》等多部小说或故事集,描写了当代印第安人的生活,映射了印第安家庭之间、个人之间、印第安人与白人之间等各种错综复杂的关系,在小说艺术上取得了很多重大成就。她

American Fiction: Local Processes and Multivariate Genealogies

充分利用了印第安口头传统文学中多叙述者多角度的叙述手法这一典型的本土叙述模式，从小说美学的角度分析，正如约翰·劳埃德·珀迪所说的"她的小说不仅符合现当代印第安书面小说的传统，而且也符合在这片土地上一直沿传下来的口头文学的传统"。①

从当代掀起的新一轮印第安文学浪潮来看，成功的印第安作家们一方面秉承了本民族本部落的传统，同时也吸收了包括白人主流社会文明在内的其他诸多文明的精华，使得本族裔传统在新时代展现出新的特色。正是这种融合性或是说"杂糅性"是"使文化永葆青春和活力的优良品质"②。"只有当印第安民族摆脱传统的束缚、打破文化封闭的樊篱、吸收借鉴其他文化的先进因素，并与之交汇、融合时，印第安文化才能进一步发展，才能保持生命力和创造力，才能走向持续的繁荣。"③

三、印第安文化传统价值观对美国小说的影响

印第安民族伟大的口头文学传统世代相传，为印第安人所珍视，这其中包含了土著民族自己的文化传统、价值观念等，而且这些世界观、价值观、文化传统观念等与欧洲裔美国白人的观念大相径庭。认识到这一点，我们就不难理解印第安人在对土地、社会组织、宗教等诸多问题上同白人截然不同的态度，从而更有利于去理解美国土著印第安人创作的文学作品以及美国文学史上出现的文学作品，因为"土著红色人种既是美洲大陆的特征，也是与土地建立和谐关系的新美国人的象征"。④

在土著印第安人眼中，地球上自然界中的万事万物与人类一样都有自己的生命。他们与这一切事物始终都是一个和谐的整体。周围的自然界到处都充满着美与和谐，印第安人就是这地球上和谐万物中的一份子，

---

① Andrew Wiget, ed., *Dictionary of Native American Literature*, New York and London: Garland Publishing, Inc., 1994, p. 428.

② 邱蓓、邹惠玲：《试论〈典仪〉主人公的文化身份探求历程》，载《徐州师范大学学报》，2008年，第3期，第40页。

③ 同上。

④ Paula Gunn Allen, *Studies in American Indian Literature: Critical Essays and Course Designs*, New York: Modern Language Association, 1983, p. 149.

周围是其他万物精灵。从很小的时候起,印第安人就努力熟知周围自然界中的一切动植物。这一点在查尔斯·亚历山大·伊斯特曼的自传《印第安童年》中就有所描述。伊斯特曼说到,当他还是一个小孩子时,别人就教他如何在隐蔽的地方观察动物的各种行为,如何模仿狼的动作,观察它怎样在捕食之前通过伪装来迷惑猎物等。① 而正是这种与自然界万事万物如此近距离的观察与接触,使得伊斯特曼有充分的素材去书写有关自然与印第安捕猎方面的作品。

对印第安人来讲,太阳、地球以及其他可见物体就是神灵的象征,都应该受到崇敬。动物有自己的灵魂,它们奉献出自己的肉体给人类做食物,因此人类应该感激它们。所以印第安人在猎捕动物之后都会停下来为之祈祷。在猎捕的动物遗体之前,猎人会举起自己的烟斗,以示对动物灵魂的敬重。

在美国文学追求自我独立的早期,美国作家从土著印第安人的价值观念以及文化传统那里得到了众多的创作灵感。19世纪末20世纪初美国的浪漫主义文学运动得到快速发展,这一文学思潮推崇自然之美以及简朴归真的生活方式,对遥远的故去和远方都抱有深厚的兴趣,追求政治上的自由主义等。而这种浪漫主义的文学思潮同印第安文化价值观念十分吻合。印第安人那种对自然万物的崇敬,与自然物我合一的整体统一感等都有助于我们更好地更深入地了解浪漫主义的真谛。印第安人作为东部定居地与西部边疆——这两个美国浪漫主义时期重要的文学素材之间的串联者在美国文学史上具有举足轻重的作用。

随后,地方主义文学创作盛行,小说家们开始在他们的作品中探索一些有关印第安社会生活和生活哲理方面的内容,比如在杰克·伦敦(Jack London)的《热爱生命》(*Love of Life and Other Stories*)作品集中,伦敦就探讨了白人与印第安人在思维和行为方面的不同:"印第安人总是以同样的方式来做同一件事情,就像冬天到来时麇鹿从高山上下来,春天河里冰雪融化时鲑鱼现身一样,自然万物都以自身同样的方式行事,印第安人

---

① Elémire Zolla, *The Writer and the Shaman*, New York: Harcourt, Brace and Jovanovich, Inc. 1973, p. 241.

American Fiction: Local Processes and Multivariate Genealogies

对此熟知。但是白人就不同了，他们不总是以同样的方式来做事，所以印第安人对此很不理解。"①同时伦敦还通过对一位印第安人的观察探讨了美国印第安人与白人在文化方面的差异，通过对比说明印第安人单纯、朴实的人文之风。

20 世纪上半叶美国文学史上出现一位小说泰斗——威廉·福克纳。他以约克那帕塔法系列小说闻名于世。小说中的约克那帕塔法在实际生活中的原型是奥克斯福镇。在棉花种植园主、奴隶以及穷苦白人从东部蜂拥而入之前，契卡索（Chickasaws）部落的印第安人在奥克斯福这块土地上生活了几个世纪。因此这块土地上到处都有印第安人的气息。这种气息对日后来此的各色人等都产生了独特的影响，可见福克纳小说中的印第安谱系是有其历史渊源的。而这种气息或者说是渊源自然而然地融入福克纳小说的创作之中，成为他创作中的心理"无意识"行为。

《去吧，摩西》（*Go Down, Moses*）是福克纳一部史诗性的杰作，整部作品由 7 个独立成篇的故事组成，但是主题统一、结构紧密，探索了麦卡士林家族祖先所犯下的罪恶，和他们对其白人后代所造成的严重的道德负担和负罪感。小说融合了麦卡士林家族 100 多年的家族历史，探讨了几个方面的问题：人与自然的关系（通过故事《熊》突出表现出来）；所有权的问题，其中包括土地所有权和奴隶所有权两个方面；南方生活中家庭的本质、种族间的冲突问题以及继承问题等。在这些问题当中，土地所有权和人与土地、自然界的关系问题是贯穿小说始终的基本问题。在开篇第一章《话说当年》（*Was*）中，福克纳就针对土地的问题写道："土地并不属于个人而是属于所有的人，就跟阳光、空气和气候一样，"②表达了主人翁艾萨克质朴的土地情结，这实际上也是作者观点的一种反映。艾萨克的祖父从印第安人那里弄到了土地，自己成了庄园主，尽管艾萨克完全有权利继承这片土地，但是他却放弃了，因为他从来不想拥有任何财产，土地本来就属于所有的人。他这种与土地所建立起来的情感要感谢他的"精神导师"山姆·法泽斯，他是艾萨克的精神父亲。山姆是印第安酋长

① Jack London, *Love of Life and Other Stories* chapter three *The White Man's Way*. Web. 12 Jan 2017. <http://www.literature.org/authors/london-jack/love-of-life/chapter-03.html.>

② 威廉·福克纳：《去吧，摩西》，李文俊译，上海：上海译文出版社，1996 年，第 3 页。

与女黑奴之子,他秉承印第安人的传统,接受的是印第安传统的文化价值观念。同时他还深刻影响着艾萨克的世界观和人生观,使艾萨克喜欢上了自然,学会了处理人与自然的关系、个人与土地的关系。当艾萨克12岁杀死第一头鹿时,山姆为他举行了印第安人正式成为猎人的仪式。"山姆用热血在他脸上作标志,这血是他使之溅流的,于是他不再是小孩而成了一个猎人,一个大人。"①"是他给孩子抹上了标志,他那双血淋淋的手不仅仅是在形式上使孩子圣化而已,其实在他的调教之下孩子早就谦卑与愉快地,既自我抑制又感到自豪地接受了这种地位。那双手,那样的抚触,那头一股有价值的鲜血把他和那个老人汇通联结在一起。"②可见精神上的引导才是对艾萨克最重要而深远的。从这些影响来看,最终艾萨克放弃了对土地的合法拥有权也是意料之内的事情。

《熊》(*Bear*)是《去吧,摩西》里的一个重要故事,故事讲述了艾萨克的成长,而这种成长与熊、森林和山姆密不可分。大熊老班身上体现的是自然的力量。大人们组织去猎捕老班体现了人对自然的征服欲望,而在小艾萨克看来,每年的猎捕活动更像是一种朝圣,对老班的朝圣、对自然的朝圣。在艾萨克16岁那年,猎人们终于杀死了象征自然的"老班",这场景并不意味着人类征服了自然,而更多的则是"显示了非凡的顽强、执着、勇敢和高傲"。故事中的"老班",还有体现出的与自然的和谐关系都是印第安人传统文化价值观和世界观的反应,而山姆本身具有的印第安血统使得这一切都显现得如此真实而自然。艾萨克每年与"老班"的接触,与大自然的接触更多的是他的成长历程,由孩子走向成熟的经历。从"老班"身上,从自然界那里,艾萨克吸收了成长所需要的一切,这不仅仅是艾萨克的成长,其实也是人类的成长。这成长的经历表明,人与自然是密不可分的,只有与自然和谐相处相互学习,人类才能真正走向属于自己的成熟。这些观点都与印第安传统的崇敬自然的观念相一致,体现了古老而朴实的印第安世界观。

当今社会,史无前例的科技成就让我们得以享受着高速发展的社会

---

① 威廉·福克纳:《去吧,摩西》,李文俊译,上海:上海译文出版社,1996年,第164页。
② 同上,第153页。

文明，但是同时我们不断意识到，人类正在变成这个地球的濒危物种，因为我们在遭受着来自被我们污染了的环境的威胁。于是生态研究在 21 世纪就更具有现实意义。众所周知，印第安人崇拜自然，热爱环境及一切自然生灵，所以在北美，人们把印第安人推崇为最早的生态主义者，是环境主义和生态主义文学的鼻祖。北美大陆上最早的印第安居民给这片土地上的后来人树立了榜样。在印第安人的几百个部落中都有诸多关于飞禽走兽、山林湖泊、雷电云雨等自然万物和自然万象的口头传说或是诗歌颂唱。之前提到的各部落创世文学或诗歌，以及恶作剧者等印第安口头传统文学中都具有自然万物的形象，都具有最为朴素和真挚的生态理念。例如南部印第安人中有这样一首祈祷曲词：

> 啊，我们的母亲大地，啊，我们的父亲天空，
>
> 我们是你们的孩子，不顾腰酸背痛
>
> 我们为你们带来了你们心爱之物。
>
> 请为我们织一件明亮的外衣吧；
>
> 用清晨的明亮作轻纱，
>
> 用傍晚的红霞做纬线
>
> 用飘落的雨丝做流苏，
>
> 用高悬的彩虹作花边。
>
> 就这样为我们织一件明亮的外衣
>
> 让我们穿着它走向鸟雀鸣唱的地方，
>
> 让我们穿着它走向绿草如茵的地方。
>
> 啊，我们的母亲大地，啊，我们的父亲天空！[①]

这质朴的吟唱中表达了对大地、天空和自然万事万物的崇拜和向往，是印第安民族最原始的生态表达，而且随着生态文学研究的不断深入，研究者们越来越关注到印第安民族所特有的原始生态意识。到了 20 世纪六七十年代，对印第安文学及文化的探索与研究达到了前所未有的高潮。在许多美国人眼里，印第安人具有当代美国人所缺少的一切美德。印第

---

① 刘海平、王守仁(主编)：《新编美国文学史》(第一卷)，上海：上海外语教育出版社，2000 年
(第一卷)，第 28 页。

安人是"最早的生态主义者,原始的共产主义者以及热爱和平的民主主义者,他们的崇敬与哲学都含着深厚的智慧"①。美国出版的一些重要的生态文学文集,例如《文学和环境:自然和文化读本》(*Literature and the Environment: A Reader on Nature and Culture*)和《文学和自然,1600—2000:生态文学四百年》(*Literature and Nature, 1600 – 2000: Four Centuries of Nature Writing*)都收录了印第安作家的作品,并且对印第安人的自然观十分推崇②。作为这片土地之上的土著印第安文化传统,对这片土地以及土地之上的人们的影响可见一斑。

结　语

作为美国土著的印第安人开启了这片土地的文明史,也开启了这片土地的文学史。在时代和地域的滋养之下,他们的文学传统源远流长,从最初的歌唱典仪、神话传说等口头文学,到后来的外来文字记录下的部落生活和历史,再到运用自如的各种文学创作手法和文学复兴浪潮的各类作品,再到新时代新背景下的新声音。这条本土裔文学之流时而磅礴,气势宏伟;时而静谧,如涓涓水流;这一路的流淌,或坦途一片,或遇种种阻隔,但是正是有了这一路中的千变万化,才造就了印第安文学的异彩纷呈。正因为如此,这一文学发展不断地吸引着人们去探索,去研究。

目前,无论我国还是国际学术界都已经认识到印第安文学研究在美国文学研究中的地位和对美国文学研究的价值,并展开了相应的研究。在美国本土,印第安文学研究已经建立起自己的研究体系,大学里有专门相对应的研究专业和研究中心,以及专门的杂志刊物。而我国的研究相对起步较晚,研究体系有待进一步完善,范围需要进一步扩大,理论方面需要推陈出新,深度和广度上都需要有进一步拓展。

"生活在一定文化中的人对其文化要有'自知之明',要明白它的来

---

① Allen, Paula Gunn, *Studies in American Indian Literature: Critical Essays and Course Designs*, New York: Modern Language Association, 1983, p. 270.

② 李维屏(主编):《英美文学研究论丛11》,上海:上海外语教育出版社,2009年,第30页。

历、形成过程及其在生活各方面所起的作用。自知之明是为了加强对文化发展的自主能力,取得决定适应新环境时文化选择的自主地位。"①纵观印第安文学的发展历程,我们不难发现,从最初的北美大陆上的主题文学到白人社会中的边缘文学,再到印第安文学在新时期的复兴与全面发展,民族的文化自觉在其中起着十分关键的作用。正是这种根源于民族的文化自觉意识,让具有几千年历史的印第安口头文学重放光彩,并且形成了既具有传统民族文化特色,又结合新时代新形式的新发展。这种民族文化自觉和传统的民族文化一起,不仅对印第安当代作家产生深远影响,推动了美国本土小说以及文学的发展;也对美国小说、美国文学甚至是整个美国人的价值观念产生了积极的影响。今天的印第安裔作家一方面保留了传统文学中的精华,同时也在积极地面对当下的生活,用其异于他人的观察视角和思维方式来重新审视这片土地,观察这个充满多元文化和多维发展的国家。应该说,美国本土印第安人给美国文学的发展带来的异于其他国家的崭新视角,是美国本土小说或本土文学独立发展的重要推动力量之一。

---

① 朱振武:《翻译活动就是要有文化自觉》,载《外语教学》,2016年,第5期,第84页。

第二章

清教谱系

——美国小说永远的烙印

引 言

16 世纪,马丁·路德(Martin Luther, 1483-1546)发起的宗教改革运动席卷了整个欧洲大陆,并最终促成了基督新教(Protestant)的发展。法国的让·加尔文(Jean Calvin, 1509-1564)受到路德的影响,先后在瑞士、法国等地进一步创立了加尔文教派。这股改革之风同样吹到了远离大陆的岛国英国。16 世纪中叶,英国确立了属于新教范畴的国教安立甘宗(Anglicanism),然而国教内部的宗教群体又出现了进一步的分化,因为有些人认为国教中的天主教痕迹仍然太多,希望进行更加彻底的改革。这些人越来越多地接受了加尔文有关神学和教会制度的理论,"下决心要'净化(purify)'英国国教",使其完全脱离天主教的影响,因而得名"清教徒(Puritans)"①。从 16 世纪下半叶到 17 世纪上半叶,清教主义运动在英国一直起起落落。但是自从 1620 年第一批逃往荷兰的英国分离派清教徒乘坐"五月花"号轮船到达北美新大陆,立志建立"一座建立在山巅之上的城市"开始,清

---

① William Bradford, "Of Plymouth Plantation". Perry Miller Ed. *The American Puritans: Their Prose and Poetry*, New York: Columbia University Press Morningside Edition, 1982, p. 1.

教主义就"在北美扎根生长，对北美的历史和文化产生了重大而深刻的影响"①，并形成了具有美国特色的清教主义神学思想和清教伦理观，且发展沉淀。如今，"人们说起清教徒，一般指的就是美国的清教徒"②。

关于宗教和某个民族的文化之间的关系，著名作家 T·S·艾略特曾经指出，"一个民族的文化是其宗教的体现，……而且，一个民族，如果其文化同一种具有部分真理的宗教是一起形成的，那么它就会实践那种宗教（至少在其历史的某些阶段是这样）。"③因此，尽管早期的清教徒在新大陆建立宗教王国的梦想已经破灭，清教主义的宗教狂热到了 18 世纪初也渐趋冷却，但是清教主义宗教观、伦理观和道德观等因素却并未随着时代变化而消亡，而是形成一股暗流，滋润着美国社会的每个成员——包括那些生于斯，长于斯的美国作家们——并成为一种"经过许多世代的反复经验的结果所累积起来的剩余物"④。这些文化积淀对于作家们"具有珍贵的价值，尽管他们是在察觉不到的情形下发生影响的，有时着意探究也觅不出蛛丝马迹。但是，在文艺家们后来艺术表现中独具特色的风貌中注定有文化积淀的建树"⑤。

正因为这种影响早已融入美国作家的血液，犹如呼吸的空气一样须臾不离而又难以觉察，所以美国学者全面探讨清教思想对美国文学影响的著作并不太多。这样的现象也很正常，中国学者论述儒家学说在中国文学中的反映的著作也不多。不过，他山之石，可以攻玉。中美两国距离遥远，文化迥异，追寻清教思想的蛛丝马迹，探求其文化基因在美国社会以及文学艺术的反映，对于中国的美国文化研究者和爱好者来说，反而具有新鲜的兴趣以及实际的意义。特别是最近二十年里，中国对美国清教思想的研究有了很大发展，主要从文化和文学两个方面进行。文化方面，无论是专著还是论文，都不仅研究清教思想的宗教内涵，更是关注了其世

① 柴惠庭：《英国清教》，上海：上海社会科学院出版社，1994 年，第 124 页。
② 马克斯·韦伯：《天职：美国员工创业精神培训读本》，曼丽编译，北京：中央编译出版社，2004 年，前言。
③ T·S·艾略特：《基督教与文化》，杨民生，陈常锦译，成都：四川人民出版社，第 106 页。
④ 杜·舒尔茨：《现代心理学史》，杨立能译，北京：人民教育出版社，1982 年，第 359 页。
⑤ 钱谷融、鲁枢元编：《文学心理学教程》，上海：华东师范大学出版社，1987 年，第 92 页。

俗意义和对现代社会的影响。除了系统论述清教思想来源的《英国清教》之外,专门论述美国清教思想影响的《美国基因:新英格兰清教社会的世俗化》(张媛,中央编译出版社,2016),《当代美国文化》(朱世达,社会科学文献出版社,2001),《美国文化概论》(董小川,人民出版社,2006),以及《美国文化变迁探索——从清教文化到消费文化的历史演变》(张晓立,光明日报出版社,2010)等专著都用了或长或短的章节对清教思想在美国的发展以及现实影响进行了介绍。他们大多从解释清教的宗教含义开始,进而分析其在塑造美国国民性和价值观中发挥的作用。此外,这些专著也指出,随着越来越多来自世界各地的移民加入美国,以及全球化进程的加快,清教的影响变得越来越模糊隐晦,但是并未消失,而是表现方式发生了变化。尤其值得注意的是,近二十年核心刊物的论文和博士论文中,以清教(主义)和美国文学以及文化为主题的大概有270多篇(以中国知网的数据为参考),其中从文化角度分析的论文有100余篇,占三分之一还多。这些论文从宗教、历史、政治、道德、伦理等方面深入探讨了清教思想对美国国家特性和国民性的形成的影响。这一文化方面的研究成果对于分析文学中清教思想的反映有着重要的作用——只有首先深入理解清教思想本源及其在后来时代中的遗留和发展,才能进一步进行更加专业,更加细致的文学分析。

　　关于清教思想对美国文学,特别是小说的影响,近十几年出版的文学史,专著和大量的论文中也的确进行了一定的梳理和论述。几乎所有的美国文学史都会提及清教,但其中最值得仔细研读的当属《新编美国文学史(第一卷)》(张冲著,刘海平、王守仁主编,上海外语教育出版社,2000)。大多数文学史都将清教思想作为美国建国时期的宗教背景进行介绍,或者在介绍霍桑等作家的时候有所提及。而《新编美国文学史》一书则将美国文学的概念一直上升到印第安传统文学时期,以清教为思想和表达主线的"北美殖民地时期文学"自然也要独立成章。更重要的是,该书不仅把以清教徒为主的殖民地时期的历史叙述和清教神学家的宗教宣传等典型作品进行了较为细致的梳理和介绍,而且还概括论述了清教思想的文学特征,为后面对具体作家作品的分析奠定了坚实的理论基础。就专著而言,还没有知名度较广的著作对清教思想在美国小说中的反映

American Fiction: Local Processes and Multivariate Genealogies

直接进行综合性论述，但是评述某些典型作家如霍桑、麦尔维尔和福克纳的专著中对这一点都会有所提及。除此之外，陈许的《美国西部小说研究》(北京大学出版社,2004)梳理了以库柏为代表，并以此为滥觞的西部小说，该书用专门一章论述了"上帝的花园"这一概念在某些西部小说中的反映。这一概念是库柏通过他的主人公班波之口表达的，也是早期清教徒对西部的看法，虽然西部本身的意义在美国文化界一直存在争议。黄铁池的《当代美国小说研究》(上海三联书店, 2014)对 20 世纪某些作家如彭·华伦，威廉·斯泰隆以及凯鲁亚克的作品进行了与清教思想有关的分析。值得一提的是洪增流的《美国文学中上帝形象的演变》(中国社会科学出版社,2009)一书，该书按照从早期殖民地时期到现当代社会这一历史发展轨迹，以众多文学作品(小说以及诗歌戏剧)为素材，整理了包括清教思想在内的基督教思想中上帝形象的发展变化，从最初的完全崇拜到缺席到扭曲到再追寻，等等。该书概述并较为深入地探索了基督新教在美国———一个宗教立国，同时又最大限度世俗化的国家———文学作品中或鲜明或隐晦的痕迹。当然，其他论述美国文学的专著如潘绍中的《美国文化与文学选集 1607—1014》(商务印书馆,1998)，也同样或多或少地提到了清教思想。不过这些专著大多将清教思想作为美国宗教理念中的一个部分进行分析，重点也往往放在清教思想占主导地位的 17 世纪。它们大多没有分析清教思想在现代社会所遗留的痕迹，而是认为随着这一思潮本身的逐渐没落，各种新的概念不断发展更新，并且在文学作品中得到了相应独特而鲜明的思想呈现。针对清教思想在美国小说中的体现的具体研究更多出现在一篇篇论文当中。上文提到的 270 多篇核心刊物论文和博士论文中，除了论述诗歌和戏剧的论文之外，大概有 130 多篇论文是专门分析小说或者进行综合述评的，占比几乎一半。这些论文大多分析了清教思想对某一位作家的影响，数量最多的当然是霍桑，接近一半;接下来就是南方作家的代表福克纳，此外还有麦尔维尔、安德森、德莱塞、海明威，等等。这些论文的主题仍然比较集中，要么探讨清教的宗教意义在作品中的体现(特别是霍桑和福克纳)，要么以清教作为作家本人的成长背景或者时代背景，结合了其他批评方法进行剖析。当然也有个别论文探讨了清教思想在富兰克林的作品中的世俗化倾向。真正以清教思想为主题,对美国文学进行全面梳理和述评的只有 2006 年的一篇题为《清教主义对 17—19 世纪美国文学的影响》的博士论文(李安斌,四川大学)。该论文从神学信仰、世俗精神和伦理道德三个层面入手,对不同时期文学的不同清教特征进行具体分析。不过该论文似乎更侧重清教主义本身在不同时期的发展变化,对其相关背景和概念进行了十分详细的整理和阐释,而真正深入分析的作家只有小说家霍桑和麦尔维尔以及诗人迪金森这几位众所周知的典型作家,其他作家则甚少提及,不能不说是一大遗憾。2015 年,《美国文学研究在中国》(刘海平、张子清主编,南京大学出版社)出版。该书从全国美国文学研究会的角度,回顾并整理了中国学者三十年来在美国文学研究方面的热点问题和主要趋势,清教思想并不在主要问题之列。种种资料表明,清教思想对美国文学,特别是小说的影响在学界一直得到关注,但是大多数是零散的,专注于个别作家的研究。以清教的独特思想为主题的全面而概括性的研究还没有形成气候,也还没有较有影响力的论文发表,或者即便发表了,也未引起广泛关注。

本章在研磨已有研究成果基础上,希望能够结合美国本土对于美国清教这一独特概念的新发现和新理解,对清教思想遗产在美国小说中的痕迹进行一番深入的追寻和探索。我们仍然从宗教教义进入,逐渐走进理想主义和功利主义两大分支,看一看作家们到底是怎样刻意而为,或者不知不觉地赞颂、反思,以及批判了他们生于兹长于兹的重要文化基因。因为篇幅有限,而美国小说数量巨大,所以本章将选取具有代表性的作家作品进行欣赏分析,希望藉由小说这一文学形式,触摸到美国人民思想中从未停止跳动的一根脉搏,从而更好地理解他们的文学文化和一直引以为豪的"美国精神"。

关于清教主义思想对于美国文化的影响,美国著名的文学史家范·威克·布鲁克斯(Van Wyck Brooks, 1886 - 1963)在《美国的成长》(*American's Coming of Age*)一书中总结道,美国的文化中一直存在由清教主义所分化出来的两种思想趋向——理想主义和功利主义。前者由虔诚的清教神学家乔纳森·爱德华兹倡导,经过爱默生的超验主义,而最后形成了美国文化中的理想主义趋向。而后者以清教思想中一些注重实际

American Fiction: Local Processes and Multivariate Genealogies

的观点为源头，成了弗兰克林所提倡的机会主义哲学，并且最终酝酿形成了具有浓厚功利主义色彩的美国世俗商业文化氛围。[1] 这一理论已经获得了美国文化文学界人士广泛认同。或许中国的研究者，特别是美国文学研究者仍然对清教的神学理论印象深刻，但是清教思想不仅包括宗教教义，还延伸形成世俗价值观，两者共同影响了美国文化的形成，这样的理解在当今社会的方方面面都可以找到足够的证据来证实，毋庸讳言。

除了 17 世纪清教鼎盛时期的神学著作和历史叙述文本提供了大量的文献资料外，总结清教思想的开山之作——佩里·米勒编辑的那本著名的《美国清教徒：他们的散文与诗歌》(*The American Puritans: Their Prose and Poetry*) 自从 1938 年问世以来，就一直是这一领域的标准文本，也是很多资料和理念的重要来源。但即便如此，对于清教思想本身的挖掘和研究仍然没有停止。1985 年出版的《美国的清教徒：叙述作品集》(*The Puritans in America: A Narrative Anthology* edited by Alan Heimert and Andrew Delbanco, Harvard University Press) 到 1996 年的时候已经印刷了至少 6 版，现在仍然很受信赖。这本书在向米勒的书致敬的同时，希望用更具评判性和分析性的态度对待清教思想的文献，使当今社会的学生和学者对清教的理解可以与时俱进，并对 17 世纪的文献进行新的思考和诠释，最终目的当然是更好地理解美国创始阶段那复杂而迷人的历史。

在分析清教思想对美国小说的影响时，我们将以美国学者对清教思想本身的研究结果为依据，同时结合不同时期的小说创作，探讨其在不同作家作品中遗留下的或深或浅的痕迹。概括地说，这种影响最主要体现在三个方面：首先要明白清教原罪观和宿命论对教徒（也包括那些作家）心理的影响，其次是小说作为载体对清教理想主义的继承，以及对清教世俗伦理和功利主义的反思和批判。

---

[1]　Van Wych Brooks, "Chapter I 'Highbrow' and 'Lowbrow', *America's Coming of Age*"，选自，常耀信编：《美国文学研究评论选》(*Selected Readings in American Literary Criticism*) 上册，天津：南开大学出版社，1992 年，第 93 页。

第一节　对清教神学理论的思考

虽然清教徒内部又分成了很多小的派别,其神学思想也彼此不同,但是总的来说,清教思想的神学理论是以加尔文主义为基础的。加尔文主义信奉圣经为信仰的唯一准则,其最主要的理论是"预定论"(Predestination),可以概括为五点:1,完全的堕落,即人的原罪——人类自降生之日起便继承了亚当堕落的罪恶。2,无条件的拣选。上帝预定了个人的被拣选或者被弃绝,而不依靠人类自己的救赎行为。3,前定的,不可抗拒的恩典,只是赐予那些被拣选者。4,圣徒的坚忍。那些预定的被拣选者不可避免地要在称圣的道路上坚忍向前。5,有限的救赎。基督受死以行救赎,但只是给予那些被拣选者,他们要遵从《圣经》中所显示的上帝的旨意。[①] 17 世纪,当早期殖民者来到新大陆时,在很多方面,"[加尔文]的日内瓦理想[就]随着移民们横跨大西洋,来到了殖民地。……[他的]这些久经考验的训令,突出地屹立在了美国的精神领地之上。"[②]

鉴于"自卫是新英格兰初始时期的特性之一"[③],清教主义的宗教观是颇为严酷的,清教徒眼中的上帝形象也十分严厉。早期那些为了逃避宗教迫害,追求宗教自由而来到新大陆的教徒们对人类和现世的世俗生活都不抱什么希望。他们把自己完全当作教会和上帝的工具。他们不仅个人信仰十分虔诚,而且还怀有强烈的传教精神和卫道精神,认为世界末日即将来临,而他们将和那些圣人一起,迎接即将到来的胜利。为了保持信仰纯正,为了"拯救他人灵魂",他们采用一切手段来

American Fiction: Local Processes and Multivariate Genealogies

---

① C. Hugh Hulman, William Harmon, *A Handbook to Literature*, 5th ed., New York: Macmillan Publish. Co., 1986, p. 70.

② 查尔斯·博哲斯:《美国思想渊源:西方思想与美国观念的形成》,符鸿令、朱光骊译,太原:山西人民出版社,1988 年,第 101—102 页。

③ Alan Heimert and Andrew Delbanco Ed., *The Puritans in America A Narrative Anthology*, Cambridge, Massachusetts: Harvard University Press, 6th printing 1996, p. 7.

宣传清教思想,当时的纪实性文学自然也被"当作宣扬教义的工具"①。他们甚至还不惜消灭那些"异教徒"的肉体而强迫他人接受自己认为是纯正的宗教②,结果新大陆殖民地反而出现了更加专制的宗教统治,甚至残忍的宗教迫害。严厉的加尔文教义和宗教迫害的事实对民众心理所造成的影响直到 19 世纪还鲜明地存在。19 世纪两位最著名的小说家霍桑和麦尔维尔就在他们各自的作品中对此进行了深入的挖掘和严肃的思考。

一、虔诚的信仰——加尔文理论

新大陆殖民地时期那种特殊的环境孕育出的英语文学"主要由关于开发拓展殖民地的叙史文学和其他散文诗歌组成,并以表现出强烈的清教思想影响为特征"③。真正意义上的小说创作在当时还没有出现,因为清教主义者反对一切形式的娱乐,而且也"无暇读书,或者从事优雅的文学写作"④,他们写作的目的是传播福音,赞美上帝的荣耀,宣传清教主义思想,同时通过记录历史来证明上帝的恩典。所以当时出现了大量的历史与年代记,传记和诗歌。要深入地讨论清教主义对美国小说的影响,就不能跳过以威廉·布拉德福德(William Bradford,1590~1657)的《普利茅斯种植园纪事》、塞缪尔·西沃尔(Samuel Sewall,1652-1730)的《日记》、乔纳森·爱德华兹(Jonathan Eduards,1703~1758)的《愤怒上帝手中的罪人》为代表的这些"非小说"类的散文体作品。这些作品就像后来的小说一样,是当时具有读写能力的民众的"流行读物"。相对于小说而言,这些作品具有更多的历史真实,并且承载了更强烈的宗教意义和劝诫功能。清教教义甚至对写作都有严格的规定,要求他们的书写作品要如

---

① 卡罗尔·卡尔金斯(主编):《美国文学艺术史话》(*The Story of America*),张金言等译,北京:人民出版社,1984 年,第 1 页。

② 刘澎:《美国当代宗教》,北京:社会科学文献出版社,2001 年,第 258 页。

③ 张冲:《新编美国文学史》(第一卷),上海:上海外语教育出版社,2000 年,第6页。

④ Marcus Cunliffe. *The Literature of the United States*,方杰译,香港:今日世界出版社,1975 年,第 14 页。

同他们的礼拜方式一样朴素,避免堆砌华丽的辞藻,而是要使用一种"白话体"(plain style)。但是,从文学角度上来讲,这些作品并不是白开水一样的大白话,今天看来,仍然具有相当的可读性,其作者也都被看作早期伟大的文学家。这些散文体作品文字简洁朴实、明白晓畅,而且还运用比喻、象征和对比等修辞手法,通过一个个真实生动、含意丰富的事例使严肃的清教主义思想变得通俗易懂,令普通民众乐于接受;使原本充满艰难困苦的开拓史变得神圣荣光,成了上帝恩典的证明;使对于个人成长历程的回顾变成对于大众的劝诫和勉励。有意思的是,虽然加尔文主义是清教的根本之一,但是随着不断的研究,当代学者们已经发现美国的清教徒并不是像他们宣称的那样遵从最严酷的加尔文教义,而是将所有的错误和腐败归咎于基督教会系统。美国清教徒真正渴望的是"与圣灵的直接交流,和上帝无限接近,而完全不需要任何宗教仪式或者牧师圣徒的建议"①。或许这也是那些散文体纪实类作品能够和牧师的布道词一起流行,并且起到宣传作用的原因之一——清教思想从一开始就有了生活化和个人化的倾向。这些作品不仅真实地反映了早期美国清教徒的宗教理解和虔诚信仰,而且生动地阐释了清教思想对于普通民众所具有的含义。它们将清教思想牢牢植根于美国人民的头脑中,将其塑造成美国文化的一部分,并因此而渗透到美国人的意识形态和社会生活的方方面面。

这其中最重要的作品之一就是威廉·布拉德福德的《普利茅斯种植园纪事》,因为从他的作品所展示的"思想、写作风格、恩典的概念,平铺直叙的讲述、面面俱到的记录、以及字里行间所体现的雄浑的力量和不屈不挠的高贵品格,我们可以发现最深切的清教思想"②。在论述那批分离派清教徒为何要冒着各种危险而从荷兰漂洋过海到新大陆的原因时,他说,要寻找一片拥有自由和舒适生活的土地,第一,以吸引更多虔诚的人来鼓起勇气,实践他们的宗教理想;第二,按照《圣经》箴言,"聪明人看见

---

① Alan Heimert and Andrew Delbanco Ed., *The Puritans in America A Narrative Anthology*, Cambridge, Massachusetts: Harvard University Press, 6th printing 1996, p. 13.

② William Bradford, "Of Plymouth Plantation". Perry Miller Ed., *The American Puritans: Their Prose and Poetry*, New York: Columbia University Press Morningside Edition, 1982, p. 5.

灾祸到来,并且躲藏起来"(Prov. 22.3),以保存人员实力,避免教徒离散;第三,让年轻人能够在生理上健康成长,更重要的是防止灵魂的堕落和腐化;第四(也是相当重要的一条),这些教徒们心中满怀希望和热情,要到偏僻遥远的地方去宣传基督之国(Kingdom of Christ)的福音,为了这项伟大的工作,他们甚至甘愿做后来人的垫脚石。如同《五月花号公约》(*The Mayflower Compact*)中所说,他们漂洋过海的迁徙是"为了上帝的荣耀,为了增强基督教信仰"①,因而充满了神圣的意义。他还用一些事例来说明上帝的恩典无处不在,伴随着他们去往新大陆的整个行程和开拓新边疆的过程。而另外一位清教领导人温斯洛普也在他著名的布道词"基督教博爱的典范"中宣称,他们到达新大陆就可以"改善自己的生活,从而更好地服务上帝,加强基督教的影响。还将更加有效地防止[他们]及其后代受到这个邪恶普遍存在的腐化堕落的侵蚀,并在上帝圣示的力量和纯洁的召唤下获得拯救"②。

这些早期移民就是怀着一种宗教狂热来进行他们的宗教实践——祈祷是他们每日的必修课,《圣经》是他们的生活指南,而清教思想则成为"社会生活的根本"③。教徒们不仅要在教堂里虔信宗教,"而且强调一定要在城市和乡村的日常生活中进行宗教实践"④。以上这一切都记录在当时的文学作品中。被誉为"殖民地时期最为著名的作家之一"的塞缪尔·西沃尔在他的《日记》中详细记载了世俗生活中从人情交往到社会活动的各种大事小情。从这些记述中可以看出,无论是给鸡喂食、责罚孩子、母亲去世、家庭开支,还是聆听福音、拜访朋友、追求女士,无不受到清教思想及各种清规戒律的监督——他要不断地反思自己的行为是否符合《圣经》的要求,并时刻感激上帝的恩典,提

---

① 戴安娜·拉维奇(编):《美国读本:感动过一个国家的文字》(*The American Reader — Words that Moved A Nation*)上册,北京:生活·读书·新知三联书店,1995年,第4页。

② John Winthrop, "A Model of Christian Charity". Perry Miller Ed., *The American Puritans: Their Prose and Poetry*, New York: Columbia University Press Morningside Edition, 1982, p. 83.

③ Breidlid, Anders, Ed., *American Culture: An Anthology of Civilization Texts*, London and New York: Routledge, 1996, p. 232.

④ Ibid., p. 232.

醒自己每日必要祈祷。连他的小孩子也总觉得"自己的罪行将不会得到宽恕"①,因而担心自己要下地狱,以至于终日心事重重,甚至痛哭不已。

18世纪大觉醒运动(Great Awakening)时期,清教思想的原罪观和宿命论通过神学家乔纳森·爱德华兹最出色也是最具代表性的布道词《愤怒上帝手中的罪人》而进一步得到有力的阐释和充分的体现。爱德华兹是"最后一位,也是最有天赋的一位新英格兰加尔文主义者,在很多方面来讲都是美国最著名的清教徒。……他试图在科学精神、世俗主义和商业活动盛行的新时代重新恢复清教理想"②。在这篇布道词中,爱德华兹一方面警告世人都是堕落之人,灵魂已被邪恶所控制,因而上帝非常愤怒,随时都可以将他们投进燃烧着熊熊烈火的炼狱。人类无可逃避,无可拯救,所有努力皆是徒劳。上帝的拯救既不是义务,更不是承诺,一切都取决于他的自由意志。另一方面,他又指出:世人恰逢一个特别的机会,上帝打开了慈悲之门。那些敬爱上帝、赞美上帝的人将可能获得上帝的恩典。

从18世纪20年代起,大觉醒运动一直持续了半个世纪,之后,就很少再有这样直接坦率的以宣传清教神学思想为目的的文学作品出现了。其时大量非清教徒移民涌入美国,新兴的美国随着边疆的不断开拓和国力的不断增强正在成长壮大,民众的生活水平逐步提高,人们有条件也有机会进行一些真正意义上的文学创作了。美国文学思想界弥漫着以爱默生和梭罗为代表的超验主义思想,作家们更加乐观自信,相信人类自身是向善的,而且具有与自然和上帝直接沟通的能力。从表面上看,清教思想中传统的原罪观和宿命论以及愤怒上帝的形象已经在人们头脑中淡化,但是这时候出现了两位逆流而上的作家:霍桑和麦尔维尔。

---

① Samuel Sewall, "Diary". Perry Miller Ed., *The American Puritans: Their Prose and Poetry*, New York: Columbia University Press Morningside Edition, 1982, p. 241.

② George Perkins, Barbara Perkins. Ed., *The American Tradition in Literature*, Boston, Mass: McGraw-Hill, 1981, p. 228.

American Fiction: Local Processes and Multivariate Genealogies

二、孤独的痛苦与挣扎——原罪的炼狱

"美利坚民族第一位伟大的小说家当属纳撒尼尔·霍桑。"①这位小说家出生成长于马萨诸塞州的塞勒姆镇，一个清教氛围极其浓厚的地区。他祖先几代人都是狂热的清教徒。他的五世祖先约翰·霍桑是参与臭名昭著的 1692 年的塞勒姆驱巫案（Salem Witch Hunt）的法官之一（其实，塞缪尔·西沃尔也参与了这个案子，而且在《日记》中对当时过分严厉甚至荒谬的做法表示悔恨），这个事件对霍桑的思想产生了深刻的影响。一方面，霍桑本人"并不笃信那些传统的清教思想"②，这主要表现在他极端痛恨清教的专制统治和对异教徒的残酷迫害（他甚至把自己的祖姓由"Hathorne"改为"Hawthorne"）。他以此为素材，在《带有七个尖角阁的房子》中描述了祖先的罪恶给后代带来的诅咒和恶果。但是，作为一个清教徒的后代，而且本人也受到了严格的清教家庭教育，霍桑毫无疑问继承了祖先的精神遗产。他深受清教教义和伦理影响，内心中对加尔文教派的原罪观念等深信不疑。

霍桑的内心始终处于一种与外界疏离的状态，与同时代超验主义那种乐观自信，带有乌托邦色彩的哲学或者人生态度大相径庭，倒是更符合加尔文教义所强调的人有义务不断内省的原则。尽管他的家庭和工作相对来说还算是平静，但是在思想上他总是沉浸于孤寂之中。他曾经表示过对于超验主义者的不满，因为他认为他们"忽视了那些'使世界处于黑暗之中'的疑虑"③。他甚至还写了一部短篇小说《通往天堂的铁路》（*Celestial Railroad*, 1843）来讽刺那些超验主义者没有能够成功地解决人类的罪行和疑虑等问题，就企图使基督徒能够顺利地一步登上天堂。

---

① 史志康（主编）：《美国文学背景概观》（*An Outline of Backgrounds of American Literature*），上海：上海外语教育出版社，1998 年，第 61 页。

② Annette T. Rubinstein, *American Literature: Root and Flower*, Volumes I & II Bound in One, 北京：外语教学与研究出版社，1988 年，第 99 页。

③ Peter B. High, *An Outline of American Literature*, London：Longman Group Limited, 1986, p. 48.

他的作品充满着神秘和超自然的色彩,几乎不涉及当代生活,而是模糊时间概念,或者直接以17世纪清教气氛浓厚的新英格兰作背景。在小说中,霍桑探究了人的罪恶,但并不是直接描述罪恶本身,而是罪恶给人带来的影响。其中的主人公往往受到了隐秘的罪行的折磨,并在孤独中痛苦地挣扎。霍桑称自己的作品是人的"心理罗曼史(一译"罗曼司")"。[①]他本人也被认为是"美国心理小说的开拓者"[②]。

　　他的著名短篇小说《小伙子布朗》便阐释了这一主题。天真纯朴的小伙子布朗一天夜里经历了一次神秘而恐怖的噩梦:村里所有的人,包括那些平日里他所熟悉的受人尊敬的牧师、纯洁贤淑的姑娘和德高望重的老人背地里竟然都曾犯下过淫荡下流、贪婪无耻的罪行。这里需要指出的一点是:霍桑以原罪观为刀,剖析的更多是自认为纯正的清教徒的罪恶。在霍桑看来,清教徒对于异教徒的迫害也是人类罪恶的证明,当然还包括屠杀印第安人(清教徒认为印第安人也属于异教徒甚至是魔鬼,而霍桑却与众不同,他对印第安人的认识颇有一些悲悯宽容的色彩),所以在《小伙子布朗》中,做过这些事的所谓"好样的基督徒"同样受到魔鬼的召集。现在他们都聚集到一片黑暗的丛林中,参加由魔鬼召集的聚会。他也是成员之一,而且他还看到了自己的新婚不久的妻子费丝(即Faith,其宗教象征意义不言而喻)。但是当他第二天醒来回到村子里,他的新娘和村子里的所有人看起来竟然还是那么可爱,并未流露出任何邪恶的痕迹。而知悉真相的布朗自此却郁郁寡欢,直至离世。这篇小说想说明"罪恶乃人类天性,罪恶才是[人类]仅有的欢乐"。作者似乎在向当时快乐自信的美国人发出警告,同时也以这篇小说印证了爱德华兹的观点,"人类属于魔鬼,他们的心灵皆在其掌握之中,受其支配。"[③]在他另外一部知名的短篇小说《教长的黑面纱》中,霍桑又进一步告诫世人,试图将

---

① 埃默里·埃利奥特(主编):《哥伦比亚美国文学史》,朱通伯等译,成都:四川辞书出版社,1994年,第345页。

② 卡罗尔·卡尔金斯(主编):《美国文学艺术史话》(*The Story of America*),张金言等译,北京:人民出版社,1984年,第17页。

③ George Perkins & Barbara Perkins. Ed., *The American Tradition in Literature*, Boston, Mass: McGraw-Hill, 1981, p. 232.

American Fiction: Local Processes and Multivariate Genealogies

不可告人的罪恶掩藏起来无法逃避惩罚，只能使自己在心灵的炼狱中熬煎。虔诚的教长曾经与一位年轻的姑娘有过违背教义的暧昧关系，姑娘死后，教长用一块黑色的面纱掩盖面容也掩盖罪恶。同时，他还尽量远离众人，独自承受良心的折磨直到死去。借垂死的教长之口，霍桑表达了他的希望，人人都有罪，直到"有一天，朋友之间，爱人之间坦诚相见，等人们不再妄想逃开造物主的目光，令人恶心地掩藏自己的罪孽"，人类才不会孤独。

和《面纱》中的教长一样想要掩藏罪恶却备受内心煎熬的人还有霍桑的代表作《红字》中的丁梅斯代尔牧师以及女主人公海斯特的丈夫奇灵格沃斯，不过这部小说所蕴藏的思想更加丰富深刻。《红字》是一部关于清教思想的心理研究，其背景是清教思想占统治地位的 17 世纪的新英格兰。在清教思想盛行时期，新英格兰的政治"虽然包含一定的民主因素，但属于神权政治"[1]。在清教的神权政治统治之下，教会严密地控制教民的思想和行为，教义等于公德，美德就是幸福。对于那些触犯教规或者不敬上帝的人，不仅教会有权将其开除，世俗政府也有权对其进行惩罚。教会相信，通过对被上帝摒弃的人加以坚决的控制，就可以让人们更加敬畏上帝，他们更认为这样的做法对所有人都有好处。"通奸"在当时是极为严重的罪行，霍桑就深入地剖析了这种罪行带给每个人心理上不同的影响。其实，他的这种"对心理活动的兴趣和洞察力正是[他]继承新英格兰传统的结果"[2]。作为通奸的主角之一的海斯特不仅——按照当时的法律——始终要在胸口佩带一个红色的 A 字，而且还要被示众，接受小镇那些虔诚的居民的指责和唾骂。但是，也许由于罪恶已经公开，所以海斯特反而获得了心灵的平静，使她在那些鄙视她的人面前保持一种自然坚定的状态。与海斯特通奸的丁梅斯代尔一直被认为是个圣洁的人，但是火红的 A 字却藏在他的法衣下面，就烙在他的胸口上。而奇灵格沃斯同样有罪，他贪图报复，总是想要探查别人的内心世界，结果把自己从一个受害者变成了猥琐的魔鬼。前者虽然在公众面前隐藏了罪恶，

---

① 钱满素：《美国文明》(*American Civilization*)，北京：中国社会科学出版社，2004 年，第350 页。

② 史志康（主编）：《美国文学背景概观》(*An Outline of Backgrounds of American Literature*)，上海：上海外语教育出版社，1998 年，第 63 页。

却受着良心和奇灵格沃斯的双重折磨,日渐衰弱。后者表面是个医生,而实际上他的人生支柱是折磨牧师以复仇。但是霍桑这一次为人类的罪恶找到了获得宽恕和平静的办法,那就是向上帝敞开心扉,承认罪恶,而这恰恰是清教徒们所提倡的做法。加尔文主义要求人们"倾听上帝的召唤,树立自己的信心,培养自己的坚忍力,……你的坚忍力……也许真的有助于拯救你的灵魂呢"①。牧师最后克服了内心的软弱,在"新英格兰的人民"面前露出了烙在胸口的红字,于是他终于"绽出甜蜜温存的笑容……[心中]卸去了重荷……符咒给解除了。"②丁梅斯代尔之所以获得心灵的平静,是因为他认识到"上帝是那样的可怕,又是那样的仁慈……上帝无所不知,上帝慈悲为怀!他通过对我的折磨,最大限度地证明了他的仁慈。……颂扬他的盛名吧!完成他的意志吧!"(198)而后者完全被邪恶所控制,在失去了报复的目标之后就死去了,必然是下了地狱。

原罪感同样深深地影响了 20 世纪的小说家,深受清教主义影响的威廉·福克纳可以算是这方面的杰出代表,他的作品中的主人公总是或多或少地背负着罪恶,心灵饱受折磨。如《喧哗与骚动》中的昆丁,《押沙龙,押沙龙!》中的朱迪丝,《圣殿》中的赫拉斯以及《去吧,摩西》中的艾克等等,基本上涉及每一部小说。而 1946 年出版的罗伯特·彭·华伦的小说《国王的人马》的主人公威利也反复强调世界充满了邪恶,"人是罪恶的结晶,人的一生从臭尿布开始,以臭尸衣告终,总有些问题"。很明显,他的这些论断其实是剥去了宗教外衣的原罪观在现代社会的反映而已。

三、弱者的抗辩——宿命论的质询

如果说霍桑"是温和的叛逆者,他对于他那个时代……社会的信条,

---

① 查尔斯·博哲斯:《美国思想渊源:西方思想与美国观念的形成》,符鸿令、朱光骊译,太原:山西人民出版社,1988 年,第 58 页。

② 霍桑:《红字》,熊玉鹏、姚乃强译,北京:北京燕山出版社,2000 年,第 195 页。(这里所选小说译文皆来自本书,随后标页码,不再一一详注)

American Fiction: Local Processes and Multivariate Genealogies

他又遵守，又嘲讽地破坏"①。那么他的好友麦尔维尔则是一位"高于时代的新生的悲剧预言家"②。麦尔维尔曾经这样评论霍桑："[他]灵魂中的一面笼罩着阳光，而另一面则完全被黑暗包裹，十倍的黑暗"③，但是这段话更加符合他自己，他的小说中才真正充满了黑暗。从心理美学的角度来讲，"文学是个人的心声，其来源可追溯到潜意识"④，这种黑暗不仅来自简简单单的原罪观，而是埋藏在麦尔维尔心灵深处的"潜意识"的反映。但是，需要指出的一点是，这种潜意识是"社会潜意识"，"是指那些被压抑的领域"，就是埃里希·弗洛姆——继弗洛伊德和荣格之后最著名的心理学家和哲学家——所说的"当一个具有特殊矛盾的社会有效地发挥作用的时候，这些共同的被压抑的因素正是该社会所不允许它的成员们意识到的内容"⑤。我们知道，清教思想到了新大陆以后便以神权统治的方式发挥着作用，尽管这种统治并没有能够持续太长的时间，但是，"毫无疑问，清教的神权政治(Puritan Theocracy)全面地影响了美国的思想史"⑥。清教徒相信上帝是全能而且严厉的，他们"拒绝以任何方式限定或掩饰人与威严的上帝相比而表现出的无能和堕落。[认为]人活着只是为了用思想、言论和行动来颂扬上帝，即使他可能命中注定像教徒中彻头彻尾的罪人那样被上帝所摒弃，他也应该完成这个最高的职责"⑦。虽然，上帝早已经安排了每个人的命运——凡人无从得知，也无法决定自己是上天堂还是下地狱，因为凡人不可能清楚地看到上帝的计划。而且，想要"以尘世公正与否的标准来衡量上帝的最高旨意不仅是毫无意义

---

① 埃默里·埃利奥特(主编)：《哥伦比亚美国文学史》，朱通伯等译，成都：四川辞书出版社，1994年，第336页。

② 同上，第352页。

③ Peter B. High, *An Outline of American Literature*, London：Longman Group Limited, 1986, p. 51.

④ 莫达尔：《爱与文学》，郑秋水译，长沙：湖南文艺出版社，1986年，第3页。

⑤ 埃里希·弗洛姆：《在幻想锁链的彼岸：我所理解的马克思和弗洛伊德》(*Beyond the Chains of Illusion — My encounter with Marx & Freud*)，长沙：湖南人民出版社，1986年，第93页。

⑥ Van Wych Brooks, "Chapter I 'Highbrow' and 'Lowbrow', *America's Coming of Age*", 选自，常耀信编：《美国文学研究评论选》(*Selected Readings in American Literary Criticism*)上册，天津：南开大学出版社，1992年，第92页。

⑦ R·W·霍顿，H·W·爱德华兹：《美国文学思想背景》，房炜，孟昭庆译，北京：人民文学出版社，1991年，第27页。

的,而且是亵渎神灵的,因为只有上帝才是绝对自由的"①。整个清教社会都笼罩在这样一种严厉且具压制性的思想之中,要求每个成员都顺从这种理念,完全接受上帝所安排的命运,这样人类就失去了主观能动性,人们只能把希望寄托于来世,而现世则充满痛苦和眼泪,生命的意义只有赎罪。人们对此不能质疑,只有虔诚地服从;这一点不能不让那些因为笃信自己是"上帝的选民",可以和上帝近距离沟通的清教徒们感到纠结和痛苦。

"任何一个特定社会中的不合理之处都必然会导致该社会的成员对自己许多感觉和观察意识的压抑。"②麦尔维尔就通过他的小说表达了这种压抑,特别是他的代表作《白鲸》,这部作品可以说集中体现了一个虔诚却不盲从的清教徒的精神痛苦。不仅如此,他还对这种不能说的,进入集体潜意识的压抑情感提出了质疑,这一点在当时那个时代是让读者难以理解,现在看来却难能可贵。他所经常接触的大海是那么辽阔冷漠,"令人联想到上帝对人类的遗弃"③;而随船去到其他遥远地方的所见所闻使得他能够用一个外来者的眼光来看待西方社会。这一切都使得清教思想在他的心中产生了超出他所受到的传统教育的影响。麦尔维尔最初的几本富有浪漫色彩,描写异域见闻和航海生活的小说都获得好评。后来他与霍桑相识并成为邻居和朋友。"在霍桑的影响下,麦尔维尔开始探索心理奥秘的海洋并且登上善恶之间搏斗的航程。"④他修改了正在创作中的作品《白鲸》,还在题词中将《白鲸》献给霍桑,"以志我对其才华钦佩之忱"。1851 年,《白鲸》出版,却没有像他其他的作品那样受到读者的喜爱,不过这部小说现在已经被认为是美国文学史上的杰作之一。

毫无疑问,《白鲸》中充满了基督教的象征意义;但是并未将这种象

① 马克斯·韦伯:《新教伦理与资本主义精神》,于晓等译,北京:生活·读书·新知三联书店,1978 年,第 78 页。
② 埃里希·弗洛姆:《在幻想锁链的彼岸:我所理解的马克思和弗洛伊德》(*Beyond the Chains of Illusion — My Encounter with Marx & Freud*),长沙:湖南人民出版社,1986 年,第 128 页。
③ 埃默里·埃利奥特(主编):《哥伦比亚美国文学史》,朱通伯等译,成都:四川辞书出版社,1994 年,第 349 页。
④ 卡罗尔·卡尔金斯(主编):《美国文学艺术史话》(*The Story of America*),张金言等译,北京:人民出版社,1984 年,第 17 页。

American Fiction: Local Processes and Multivariate Genealogies

征做故事的背景,而是将宗教作为认识、了解、分析,最终直接对话的对象。整个航程的叙述者,也是唯一的幸存者是以实玛利——《旧约·创世纪》中那个被社会所抛弃的,到处漂泊的人——可以看作是"麦尔维尔的代言人"①。而小说的主角:白鲸莫比·迪克和亚哈船长则含义丰富,可以有很多的理解。但是一般都同意白鲸"代表了上帝或者命运"。作者在"选录"部分暗示,白鲸是听从上帝的指示的,因为"上帝就造出大鱼"②,而且《新英格兰小祷告书》中也说"海里的大鲸/听上帝的话"(13)。但是,这一头在众多捕鲸人眼里"不只是无处不在的,而且是不朽的"(256)白鲸总是给船员和水手们带来"一种难以言宣的、模糊的恐怖,……非常强烈地压倒一切,而且又那么神秘、近乎形容不出,……最使[人]害怕的就是这条大鲸的白色"(264)。虽然在《启示录》中,白色是"专给赎罪的人,……专给长老穿的,而且坐在那里的上帝也像羊毛一样白"(266);但是,白色同时也"不免要叫人想起一种特殊的幽灵来"(270)。以实玛利用整整一章的篇幅,列举了宗教、神话和生活中的各种事例来专门讨论"白鲸的白色"。最后,他总结道,"白色为什么同时就是最具有意义的神力的象征,又是基督教的神的面具;而且事实上也是如此:一切事物中的强化了的神力,就是最使人类惊吓的东西。"(274)很明显,白鲸在以实玛利的心中完全代表了清教思想中上帝那威力无边而且冷酷严厉的形象。

　　而小说中的另外一个主角,船长亚哈,放弃了舒适的生活和天伦之乐,长年累月漂泊在海上,过着与世隔绝,孤寂凄凉的生活,仍然坚忍不拔、不屈不挠地追逐这条白鲸,直到最后与其同归于尽。实际上,他可以看做作者心中"社会潜意识"的代言人,与以实玛利这个"在正正派派的长老教派中生长起来的正正当当的基督徒"(73)(包括另外一个基督徒斯达巴克)同为被清教神学思想所感召,又因其而困惑的人的"社会性格"的两个方面,即弗洛姆所说的"同属于一个文化时期绝大多数人所共同具有的性格结构的核心,它不同于个人的

---

① 赫尔曼·麦尔维尔:《白鲸》,曹庸译,上海:上海译文出版社,1990年,"译本序"第4页。

② 赫尔曼·麦尔维尔:《白鲸》,曹庸译,上海:上海译文出版社,1990年,第5页。(这里所选小说译文皆来自本书,随后标页码,不再一一详注)

性格"。①一方面,他们要求自己遵从教义,虔信并赞美上帝,而且服从上帝对个人命运的任何安排;另一方面,又借助这个有些疯狂的船长之口,表达心中压抑已久,不被清教社会所容的呐喊:"在无人格的人中,也还有个性。尽管充其量不过有一点点,……只要我还生活在人间,我身上就有威严的个性,而且感到一种高贵的权利。……如果你哪怕以最起码的爱的形式来对待我,我就会跪倒下来吻着你;可是,如果你只是以至高的权力来压我;……我们这里还是不为所动。"(708—709)这正是清教徒对严厉的上帝和无法摆脱的宿命论的反叛。亚哈的言语和行为如此惊世骇俗,所以他注定在当时的社会是无比孤独的。人们害怕他那坚决要捕杀白鲸的念头,认为他"虽然名义上是个基督教徒,他却又是个非基督教徒"(213);但与此同时,他们又把他当作"是个好人——但不是一个虔诚的好人。……尽管他苦恼、伤残,可还是有人性的"(112)。普通人敬畏上帝,但"皮廓得"号上的船员们也同样敬畏亚哈。亚哈作为一个人已经被描绘成一个"欲与天公试比高"的人物,他曾经豪气冲天地宣布,"别对我说什么亵渎神灵,朋友,如果太阳侮辱我,我也要戳穿它。……真理是没有边的。"(229)这是真正的浪漫主义的宣言,将人和人的个性置于至高无上的地位,当然这些话都是违背教义教规的,所以作者无法直抒胸臆只能以白鲸作为对象,由亚哈船长表达出来。

《白鲸》这部小说发表的年代已经到了超验主义时期,在爱默生等人的眼中,"个人的灵魂等同于世界的灵魂,潜藏着世间所有的一切。神性已经注入人的灵魂,因此人可以藉由全神贯注地沉思或者与存在于自然和上帝这'超灵(Over-Soul)'中的真善美来实现自己的神性的潜质。……并由此形成了自力更生,个人主义,漠视外在权威和传统以及绝对的乐观主义等概念"。② 但是超验主义观念的表达仍然是温和从容,带有很强的理想主义和神秘色彩的,并且以沉思和内省为主要手段,却绝对

---

① 埃里希·弗洛姆:《在幻想锁链的彼岸:我所理解的马克思和弗洛伊德》,长沙:湖南人民出版社,1986年,第82页。

② James D. Hart Ed., *The Oxford Companion to American Literature*. (牛津美国文学词典),New York: Oxford University Press, 1983, 北京:外语教学与研究出版社,1993年,第770页。

American Fiction: Local Processes and Multivariate Genealogies

不是战斗或者反抗性的。而《白鲸》中的亚哈船长则充满了斗争和反叛精神，并身体力行，付诸实践。这部小说代表了一个内心孤独的教徒对于命运的挑战，是人和愤怒的上帝之间的直接对话，无疑也从一定程度上实现了清教徒不通过教会而和上帝直接沟通的愿望。也许这就是为什么该小说在当时的条件下，难以为普通读者接受，而在几十年后声誉渐隆并至今不衰的原因。

《白鲸》所表达的并不是所谓"异教徒"的思想，而正是清教徒的真正思想状况。由于加尔文教义所坚持的"无条件拣选"和"宿命论"，"每个个人[都感到]空前的内心孤独。……生活中至关重要的是他自己的永恒得救，他只有独自一人走下去，去面对那个永恒的早已为他决定了的命运，谁也无法帮助他。[同样]，"加尔文教徒与他的上帝的联系仍是在深深的精神孤独中进行的"。① 其实，亚哈"情愿跟你[上帝]焊在一起；不顾一切地崇拜你[上帝]！"但是，这一切要以上帝用爱的形式对待人类为基础，而不是漠视和惩罚。对于亚哈来说，白鲸就是"宇宙的神秘"的一部分，他痛恨这种神秘，因为他不能完全了解它。这一点正反映了清教徒"只能牢牢抓住永恒真理的碎片。其他任何一切，包括我们个人命运的意义，都隐于冥冥神秘之中，我们决不可能洞悉这种秘密，甚至提出任何疑问都是一种僭越行为"②。但是，亚哈不仅勇敢地提出了疑问，而且还要挑战上帝的权威，力图破解那种神秘。在所有人都盲目虔诚的时候，亚哈虽然逼迫所有船员听候他的命令，但是在精神上，他却是孤独一人前行，寻找着接近上帝的道路，最后终于粉身碎骨。有人把这一结局理解为宿命论的证明；但它更像是上帝对僭越者的惩罚；或许这也是一种胜利，毕竟白鲸的生命也最终完结；但是不管怎么说，在以实玛利的眼中，"亚哈呵！说到你的伟大，真是如天之高，如海之深，如太空之广漠！"（208）

从清教主义的角度看，《白鲸》这部伟大的作品含义实在是过于丰富，甚至比《红字》体现出更深层次、更具反叛性的思考。不过从传统上来说，评论家们普遍认为麦尔维尔同霍桑一样，受到基督教的原罪观的影

① 马克斯·韦伯：《新教伦理与资本主义精神》，于晓等译，北京：生活·读书·新知三联书店，1978年，第80,81页。

② 同上，第78页。

响,通过小说揭示了人性的善恶之争。在《白鲸》中,白鲸是撒旦,即恶的象征,而亚哈在追寻恶的过程中,自己也变成了恶,并最终一同毁灭,体现了善恶之间的关联、矛盾和斗争。类似的主题同样反映在他的《皮埃尔》(*Pierre*, 1852)中,年轻人皮埃尔发现自己总是处在"生命的歧义"之中,每当他在做一件好事的时候,总是发现其动机往往是邪恶的。在《骗子的化妆表演》(*The Confidence-Man*, 1857)中则描写了社会表面上的信心和慈善与其"黑暗的另一半",即怀疑和谎言,之间的紧张状态。而在他最后一部重要作品,遗作《比利·巴德》(*Billy Budd*, 1924)中,人性善恶之间的斗争最终以互相毁灭告终。麦尔维尔似乎对于原罪的概念持有一种半信半疑的态度,认为"世界上找不到纯粹的善也找不到纯粹的恶"[1]。这一点恰恰说明他既保持了当时普遍得到承认的"社会性格",同时也意识到了内心深处埋藏的"社会潜意识"。

正是因为清教徒认为自己无法掌握命运,所以他们总是在反复追问:"上帝是怎样看我的?"这样的问题会让他们不断地自省,甚至陷入痛苦的唯我论当中。[2] 19 世纪中期,充满悲观色彩的宿命论"虽然暂时为启蒙运动的乐观主义以及物质繁荣所削弱,但它仍然存在于民族意识的表层之下"[3]。19 世纪末,科学技术的发展和达尔文主义的盛行将人类从高高在上的位置上抛下来,人们感到自己在自然和社会力量面前是如此地无足轻重,软弱无力,人类重新又陷入精神的困境之中。根深蒂固的罪恶感和宿命论并没有死亡,而是找到了新的表达方式,原本那个严厉的上帝换上科学技术和达尔文主义的面孔卷土重来,从一定程度上成就了文学中的自然主义。加尔文主义所强调的人类在宿命论力量面前的软弱性在斯蒂芬·克莱恩的《海上扁舟》和《蓝色旅店》以及西奥多·德莱塞的《嘉莉妹妹》和《美国梦》等著名作品中得到了淋漓尽致的发挥。虽然他们并没

---

[1]　Peter B. High, *An Outline of American Literature*, London：Longman Group Limited, 1986, p. 54.

[2]　Alan Heimert and Andrew Delbanco Ed., *The Puritans in America A Narrative Anthology*, Cambridge, Massachusetts：Harvard University Press, 6th printing 1996, p. 15.

[3]　R·W·霍顿、H·W·爱德华兹:《美国文学思想背景》,房炜、孟昭庆译,北京:人民文学出版社,1991 年,第 285 页。

有将人类困境完全归咎于清教思想，但是读者们很清晰地又一次体会到曾经弥漫于早期殖民地的那种压抑悲观的情绪。

第二节 对清教理想主义的继承

一方面，加尔文教义将人类生活完全置于严厉的上帝的意志控制之下；而另一方面，清教思想还受到了"契约神学"的影响。他们认为，那些向上帝打开心扉的人即加入了一个神圣的契约，要永远为了上帝的荣耀而工作。同时，如果他们在生活中还能遵守为了到处普及美好事物而工作这一行为准则，那么已经获得上帝拯救的人将继续获得精神力量。因此，移居美洲的清教徒心中在怀有恐惧的同时，还抱有理想和希望。他们带着欧洲基督徒的优越感来到新大陆，相信自己就是"上帝的选民"，并且由上帝带领来到这片"应许之地（the Promised Land）"。他们的使命就是要像摩西出埃及一样，在新大陆建立新的"迦南地"，即新英格兰。他们将此看成是与上帝之间的契约。按照温斯洛普的说法，"这神圣的事业，就矗立在上帝与我们之间，我们追随他进入为此而奋斗的契约之中。"[1]这是一种典型的美国化了的清教思想，是清教徒为美国方式的确立做出的一大贡献。一代又一代的美国人都相信自己肩负着庄严的"使命"，因为他们过去是，将来也还会是"天意的造物，受命于天，在荒原上充当一个先驱者，来促进文明和扩张国家"[2]。当然，随着时代的不同，这一独特的使命有着不同的任务，如"命定扩张说""继续革命"和"新边疆"等等。随着国家的发展，疆域的扩大，国民中"上帝的选民"的意识变得越来越突出。不仅清教徒的子孙后代对此深信不疑，几乎所有的美国人（不分教派、种族）都非常认同这一观点。"'上帝选民'、'美国伟大'、'传播基督教文明'等……观念逐渐成为一种具有宗教性的美国意识"[3]。

---

① 刘澎：《美国当代宗教》，北京：社会科学文献出版社，2001年，第70页。

② 亨利·纳什·史密斯：《处女地：作为象征和神话的美国西部》（*Virgin Land*），薛蕃康、费翰章译，上海：上海外语教育出版社，1991年，第59页。

③ 刘澎：《美国当代宗教》，北京：社会科学文献出版社，2001年，第72页。

这样的思想在文学中也同样有所反映:"一个深深植根于其中的、具有逆反倾向的'美国理想',……美国文学史中的主要作家都把它看作是占主要地位的美国生活方式的替代物,并反复地从它那里吸取灵感。……并以种种方式演变成他们作品之中具有象征意义的背景。"①提到理想主义,读者最熟悉的可能是惠特曼慷慨激昂的诗歌、爱默生乐观向上的哲学著作和梭罗那从容自信的散文,小说中似乎没有哪一部作品如此坦率奔放地表达过这种理念。其实,几乎在各个时期的美国小说中,我们总会发现理想主义的色彩。

一、"我们走进西部便走向未来"——梭罗

清教理想主义最鲜明,最具美国特色的表现是他们的"西部观念"。自从早期的清教徒由腐朽的欧洲向西移民到美洲新大陆开始,西部观念就开始在北美生根了。他们认为"事实上,自从基督教根植于人类以来,事物发展的常规方向总是由东向西的。……我们救世主的预言家马太在24:27里已经指出了福音的这种行程"②。不仅如此,早期清教徒的理想主义精神和美国的现实环境结合起来——新大陆地域广阔,土地肥沃,人烟稀少——进一步加深了普通民众中"西部观念"的形成:当他们发现自己的生活方式和周围的环境格格不入时,"最简单的方式就是离开此地"③。小说家们自然同样深受这一观念的影响,他们作品中的主人公经常是满怀希望,不停地行进在通往西部的大路上,当然这并不仅仅局限于某些描写西部生活的通俗小说。

就让我们先从"美国小说的鼻祖"④詹姆斯·费尼莫尔·库柏开始吧。他运用浪漫主义的写作手法在《皮裹腿故事集》中塑造了一个理想

---

① 埃默里·埃利奥特(主编):《哥伦比亚美国文学史》,朱通伯等译,成都:四川辞书出版社,1994年,第33—35页。
② 王庆奖、何跃:《论西部观念与美利坚民族的使命》,载《新疆大学学报》(社会科学版),2001年第3期,第61页。
③ Annette T. Rubinstein, *American Literature: Root and Flower*, Volumes I & II Bound in One, 北京:外语教学与研究出版社,1988年,第27页。
④ 库柏:《杀鹿人》,宋兆霖、郭建中译,桂林:漓江出版社,1985年,第1页。

化的主人公形象纳蒂·班波。他热爱大自然，热爱自由的生活。他正直诚实，勇敢豪爽，"过的是原始人的生活，但是这种生活与这些崇高的行为规范并非互不相容"①，和饱受腐朽的欧洲文明熏陶的其他人物形象形成了鲜明的对比。他离开了开发地上新出现的小市镇，来到西部丛林中和那些印第安人生活在一起，因为他"喜欢大森林的清新、孤傲、宽广以及大自然中到处留下的上帝创造的痕迹"。② 班波"蕴含着美国的道德理想"③，也就是新世界的理想，因此西部的森林和草原就是他"合适的家园"④，因为北美的清教徒把西部看作是上帝给人类带来的光芒，他们期待着"'天堂之光'在黑暗中和西部荒野的啸声中降临，加速'末日的降临'，以便美洲的荣耀能够从头开始"。⑤ 在《大草原》中，80多岁的班波带领着一队人走向他们新的家园，就像《圣经》中的摩西一样，要为人类开辟新的乐园。

对美国人来说，西部意味着"理想中的福地、自由的疆土、逃避家庭和债主的'避风港'"⑥等等。甚至在霍桑那部充满悲剧意味的作品《红字》中，海斯特也是充满信心地动员备受煎熬的牧师："向深处走，深入下去，深入到荒原中去，……到一个你仍然可以获得幸福的地方！……做一个红种人的牧师和使徒吧，……做一个学者和圣贤吧。去布道！去写作！去行动！"（155）而向印第安人传教布道本身也符合清教徒"在荒野之地传播基督教文明"的崇高理想。

进入20世纪，特别是又经过了两次世界大战，各种思潮尤其是存在

---

① 罗伯特·E·斯皮勒：《美国文学的周期》(*The Cycle of American Literature*)，王长荣译，上海：上海外语教育出版社，1990年，第34页。

② 库珀：《杀鹿人》，宋兆霖、郭建中译，桂林：漓江出版社，1985年，第269页。

③ 罗伯特·E·斯皮勒：《美国文学的周期》(*The Cycle of American Literature*)，王长荣译，上海：上海外语教育出版社，1990年，第34页。

④ R. W. B. Lewis, "The Return into Time: Hawthorne, *The American Adam: Innocence, Trage-dy, and Tradition in the Nineteenth Century*"，选自，常耀信(编)：《美国文学研究评论选》(*Selected Readings in American Literary Criticism*)上册，天津：南开大学出版社，1992年，第132页。

⑤ 王庆奖、何跃：《论西部观念与美利坚民族的使命》，载《新疆大学学报》(社会科学版)，2001年第3期，第62页。

⑥ 威勒德·索普：《二十世纪美国文学》，濮阳翔、李成秀译，北京：北京师范大学出版社，1984年，第8页。

主义大行其道,传统的清教主义思想特别是清教伦理观和功利主义思想受到了怀疑和批判,但是清教的理想主义却丝毫没有褪色,甚至得到了强化。美国小说中的主人公仍然认为西部是他们追寻自由,实现理想和梦想的地方。爵士时代的代言人菲茨杰拉德的杰作《了不起的盖茨比》中那个对浮华世界冷眼旁观的尼克来自西部,当他深深地体验了东部上层社会的虚伪、狡诈和黑暗之后,发现原来他认识的所有人都是西部人,"也许拥有某种共同的缺陷,使我们无法适应东部的生活",结果有些人变成了"满不在乎、混乱不堪、无所谓的人",他们砸了东西毁了人,却让别人收拾,自己退回到金钱中去。但心中仍然认真诚恳的盖茨比仍然追逐着梦想,却不知道梦想不在使他发家的东部,而在他身后那无尽的中西部田野中。尼克明白了这一点,因此决定还是回到西部去追寻梦想。描绘 20 世纪 30 年代经济恐慌期间破产农民逃荒故事的"美国现代农民的史诗"①——《愤怒的葡萄》虽然充满了农民的血泪、愤怒和斗争,但是整个故事同样闪耀着理想主义的光辉。破产的农民满怀摆脱困境的憧憬,向西往加利福尼亚州迁徙。一路上,死的死,散的散,甚至到了目的地之后的生活仍然充满困苦和斗争,但是他们从来没有放弃过理想和希望。主人公约德,他的朋友牧师凯西以及约德的母亲三个关键人物结合在一起,完成了摩西的形象,带领着全家人乃至所有破产的农民不仅完成了西迁,而且坚定信念,充满勇气地开始建设新的生活。这部小说,虽然由于真实地揭露而且深刻地批判了当时的经济和社会状况被誉为左翼文学作品,但是那贯穿始终的,根深蒂固的清教理想主义精神才是小说的精神实质。

20 世纪 50 年代发表的里程碑式的作品《麦田里的守望者》中,杰克看透了成人世界的无聊、虚伪和无耻,决心离开可恶的纽约,到西部僻静的地方生活下去,自力更生,实现自己田园生活的梦想。在"垮掉的一代"的代表作《在路上》中,主人公索尔早年同样怀有到西部去重寻伊甸园的梦想。当他遇到了四海为家的狄恩之后,梦想被点燃,先后四次横穿

① 约翰·斯坦培克:《愤怒的葡萄》(*The Grapes of Wrath*),董衡巽译,北京:外国文学出版社,1982 年,第 1 页。

American Fiction: Local Processes and Multivariate Genealogies

美国大陆在东部西部之间来回游荡，虽然西部的生活条件艰苦，但是纯净的田园生活和纯朴的西部人给他带来了内心的喜悦。最终他下定决心，准备和他所爱的姑娘一起离开纽约，移居到"生机勃勃热情洋溢的加利福尼亚土地"上的旧金山去。纽约曾经是欧洲那些寻求自由和清新生活的人们向往的地方，但是经过了近二百年的发展，纽约变成了一个功利主义和重商主义盛行，物欲横流的城市，而传统的清规戒律又在窒息着人们的思想和心灵。因此，这些主人公都要到西部去，希望获得纯朴自由的生活，西部成了东部地区人民特别是原本恪守清教传统的中产阶级的"纯洁心灵的精神寄托"①。

当然，追寻理想不仅仅只有地理意义上的西迁，它同样体现在具有象征意义的各种形式的"跑"或者"逃离"上。如马克·吐温的《哈克贝利芬历险记》中的哈克和吉姆顺着密西西比河而下，追求自由。"迷惘的一代"的代言人海明威的作品颇具代表性。他从没有说自己是个虔诚的清教徒，而且他那一代人经历了战争，"战争留给他们的恶果就是思想混乱、探索方向、前途渺茫以及道德观念的无所适从"②。但是，他出身于清教家庭，母亲是个虔诚的教徒。此外，他熟读《圣经·旧约全书》并将其奉为写作上的指导。这些都使他仍然不可避免地受到某些清教思想的影响，其中清教的理想主义表现得尤为鲜明。特别是在他的那几部著名的长篇小说中，主人公之所以能表现出"重压下的从容"，很重要的原因就在于他们仍然以各种方式表达他们对新生活的理想和渴望。《丧钟为谁而鸣》中的乔丹为了理想，远赴西班牙参战。临死的时候。他有一段内心独白："我为自己信仰的事业已经战斗了一年。我们如果在这儿获胜，在每个地方就都能获胜。"这段话听起来和当年温斯洛普的新英格兰理想如出一辙："他［上帝］必将使我们获得赞扬和荣耀，人们再建立其他的种植园的时候就可以说'上帝将把此地变得和新

---

① 王庆奖、何跃：《论西部观念与美利坚民族的使命》，载《新疆大学学报》（社会科学版），2001年第3期，第65页。

② 库尔特·辛格：《海明威传》，周国珍译，杭州：浙江文艺出版社，1983年，第83页。

英格兰一样[成功]'。"①《永别了,武器》中的那对恋人为了躲避战争的摧残,追求美好的生活,不屈不挠,一直逃到瑞士的小镇上,期待着新生活的开始。《太阳照常升起》的题目本身就来自《旧约·传道书》,主人公杰克由于在战争中受伤而不能和心爱的人勃莱特结合。他们跑去西班牙寻求刺激,寻欢作乐,借以麻木自己,忘掉痛苦。就是这样一部充满着混乱和痛苦甚至是虚空的小说在结尾仍然不由自主地流露出理想主义的色彩:

> "唉,杰克,"勃莱特说,"我们要能在一起该多好。"
>
> 前面,有个穿着卡其制服的骑警在指挥交通。他举起警棍。
>
> 车子突然慢下来,使勃莱特紧偎在我身上。
>
> "是啊,"我说。"这么想想不也很好吗?"

另外一个以"跑"著名的小说主人公就是厄普代克的"兔子四部曲"中的兔子哈利——美国大众的代表,普普通通的中产阶级一员。当他无法忍受空虚无聊的环境时,就要"跑",因为他的"潜意识中一直有'追寻'的意识,虽然目标不清但却非常执着"②。他到底在追寻什么,读者和批评家没有定论,但是他这种努力摆脱困境,勇于追求新生活的行为本身就代表了一种美国的理想主义精神。

上述这些小说的主人公中没有什么了不得的英雄,都是美国普通大众的一员。他们满怀希望跑向西部草原,跑向荒野,跑向任何地方,逃离当前那或是充满痛苦,或是沉闷平淡的生活。他们中有人经过努力,获得了崭新的生活,但是大部分人都没有得到什么结果,甚至不得不重新回到熟悉的生活轨道中。但是,和兔子哈利一样,他们都是"理想主义者,有自己执着的追求,……他们都想在现实与理想之间找到一条通道,想追寻自我的价值和生活的真谛"③。

---

① John Winthrop, "A Model of Christian Charity". Perry Miller Ed., *The American Puritans: Their Prose and Poetry*, New York: Columbia University Press Morningside Edition, 1982, p. 83.

② 黄铁池:《当代美国小说研究》(*A Study of Contemporary American Novels*),上海:学林出版社,2000 年,第 366 页。

③ 同上,第 364 页。

American Fiction: Local Processes and Multivariate Genealogies

二、"这里站着古朴率真的亚当"——爱默生

美国的清教理想主义另一个表现是"美国亚当"理念,这同样源自"契约"的概念。人类原本与亚当订立契约,上帝赐予人类始祖幸福,条件是他们必须服从上帝。由于亚当的堕落,人类获得了原罪。因而,早期的清教徒相信他们,到新大陆是为了重建伊甸园,这样就等于和上帝重新订立契约,而执行这个契约的人自然就是他们这些"上帝的选民"。而新亚当的说法则可以追溯到 1782 年发表的《一个美国农民的来信》中,作者 J·赫克托豪情满怀地说道,"他们来到美国,他们获得新生,美国人是新人。"①而理想主义的精神领袖爱默生则憧憬着新的土地,新的人和新的思想。(亚当的孩子)梭罗则离群索居到瓦尔登湖畔,亲自建立自己的伊甸园,以一个"新亚当"的身份思索人和上帝的关系。

新亚当形象在 19 世纪的美国小说中最为鲜明。由惠特曼、梭罗和爱默生创立的美国亚当形象到了库柏的《皮裹腿故事集》中发展成为一个血肉丰满,生机勃勃的形象。主人公纳蒂·班波是来自欧洲的白种人,但是他却彻底摆脱了欧洲腐朽文明的影响,甘愿脱胎换骨和印第安人一起,在大草原上重新开始新的生活,并由此开拓了小说中"新亚当"的形象。而英国文学家和评论家戴·赫·劳伦斯(D. H. Lawrence)则从另外一个角度诠释了这一形象的意义。在《美国经典文学研究》(Studies in Classic American Literature)一书中,他认为《皮裹腿故事集》开始于主人公的老年而结束于他的青年这一写作顺序体现了美国神话形成的过程。美国"兴起于垂暮之年,脸上布满了皱纹,松软皮囊包裹着的躯体痛苦地扭动;然而这层松软的皮囊却慢慢蜕掉,这时美国才焕发出青春的活力"②。正如同亚当从堕落的罪恶中走出来,以崭新的形象和生机与活力在美国

---

① 戴安娜·拉维奇(编):《美国读本:感动过一个国家的文字》(*The American Reader — Words That Moved A Nation*)上册,北京:生活·读书·新知三联书店,1995 年,第 78—79 页。

② 常耀信(编):《美国文学研究评论选》(*Selected Readings in American Literary Criticism*)上册,天津:南开大学出版社,1992 年,第 141 页。

重建伊甸园。

　　善于描写美国人与欧洲和欧洲人发生冲突的亨利·詹姆斯在他一系列的小说中将亚当的形象做了进一步的丰富。在《美国的亚当：十九世纪的天真、悲剧及传统》（*The American Adam: Innocence, Tragedy, and Tradition in the Nineteenth Century*）一书中，美国著名的文学评论家刘易斯（R.W.B. Lewis）在总结了 19 世纪的文化思想和文学创作之后指出，亨利·詹姆斯"是他那一代人中最富有活力，充满希望的人，……［詹姆斯确立的亚当形象］首先要'被野蛮化'，否则就不能获得拯救。与惠特曼和梭罗不同的是，詹姆斯认为［亚当的］道德问题取决于上帝的拯救，而不是依靠自我发展"[1]。他的小说中的主人公往往涉及一些天真纯朴的美国人受到欧洲文明的欺骗和侵蚀，有的受到伤害，有的堕落了，有的则变得成熟。但是，只有这样才能使他们"获得新生，成为詹姆斯的神圣光辉之城的公民"[2]。因为没有堕落，就无所谓成长，无所谓拯救，按照作家自己的说法，"夏娃对于亚当第一个也是最高级的奉献就是将他抛出伊甸园。"[3]在创世纪中，亚当的堕落实际上就是成长所必须经历的个性化危机（individuating crisis），从而才能使人被赋予个性，因此这是一种"幸运的堕落"（fortunate fall）。

　　他的这种"幸运的堕落"理念与清教最初的原罪观颇有冲突之处，但是却将清教思想中的理想主义提升到一个新的高度。而这样一个先堕落再获得拯救的亚当形象实际上在阴郁的霍桑和麦尔维尔的作品中就已经出现。霍桑小说中的海斯特和丁梅斯代尔以及其他一些主人公都是因为有了罪恶，才有了获得拯救的机会和可能。因此，深受爱德华兹的神学理论影响的霍桑"从另一方面来讲，又靠近了爱默生的理想主义"[4]。同样，

[1]　R. W. B. Lewis, "The Fortunate Fall: Henry James, Sr., *The American Adam: Innocence, Tragedy, and Tradition in the Nineteenth Century*", 选自，常耀信编：《美国文学研究评论选》（*Selected Readings in American Literary Criticism*）上册，天津：南开大学出版社，1992 年，第 122—123 页。

[2]　同上，第 124 页。

[3]　同上。

[4]　同上，第 131 页。

American Fiction: Local Processes and Multivariate Genealogies

麦尔维尔的以实玛利本是个天真纯朴的人,在捕鲸航程中,看到并经历了罪恶,在这一过程中成长,并最终获得拯救,比利·巴德本来是"一个天真的化身,……[最终]亚当在堕落后又恢复了失去的天真"①。当然,并不是所有的主人公都在堕落之后获得拯救,有的走向绝望和死亡。这些不同的结局恰好从一个侧面反映了作家本人受到的清教思想是复杂的,因而阐释方式也不尽相同。

进入20世纪,"美国亚当的形象趋于模糊"②,但是并没有消失。"20世纪美国最杰出的小说家之一",女作家薇拉·凯瑟(Willa Cather,1873–1947)仍然通过写作表达对往昔的理想主义精神的怀念。在重商主义盛行,宗教精神已经日渐衰微的大趋势下,相信"文学与宗教说到底是一回事"③的凯瑟将自己虔诚相信的传统伦理道德"和欧洲移民积极乐观、艰苦创业的精神结合起来,使之相互渗透"④。于是,在她的两部代表作——略带怀旧气息的《啊!拓荒者》和《我的安东妮亚》——中,我们看到了经过"原型移置"后的"美国亚当"的新形象——伯格桑和安东妮亚。她们都是在经历了种种坎坷和不幸之后,在内部拉斯加的荒原上建立了新的家园。不仅如此,她们身上还体现了清教主义思想中脚踏实地、诚实勤奋、坚毅乐观和勇于牺牲的精神。他们从来不曾放弃信念和理想。因为"清教徒对一切充满了信心,……具有排除万难、获得非凡成功的勇气和信心,他们善于创造和创新,不断地开拓和征服"⑤,在后来的作家中,这样充满理想主义的人物其实并未彻底消失,而是以更加隐晦的多重形象出现,甚至是经历了战争的幻灭感的菲茨杰拉德,斯坦贝克以及海明威小说中的主人公也都有亚当的影子存在。谁能说典型海明威的"重压下的从容"不是亚当面对困境时一种充满理想主义的选择呢?

---

① 常耀信:《漫话英美文学》,天津:南开大学出版社,1987年,第43、49页。
② 梁工(主编):《基督教与文学》,北京:宗教文化出版社,2001年,第363页。
③ 董衡巽等:《美国现代小说家论》,北京:中国社会科学出版社,1988年,第43页。
④ 同上,第41页。
⑤ 马克斯·韦伯:《天职:美国员工创业精神培训读本》,曼丽编译,北京:中央编译出版社,2004年,前言。

三、"为那些苦难的基督徒祈祷吧"——斯陀夫人

在讨论清教的理想主义时,还有一部小说必须给予特别的关注,那就是紧随《红字》《白鲸》之后,被誉为"美国出版史上的最大成功之一,同时也是美国最有影响的书籍之一"①的《汤姆叔叔的小屋》(1852)。这本书被公认为是一部废奴主义的杰作,因此当时的总统林肯把这部小说的作者哈丽业特·比彻·斯陀叫做是"导致了一场伟大的战争的小女人"②。实际上,现在的史料已经证明,甚至连林肯总统发动内战的目的本身也不是为了废奴,而是防止国家分裂,废除奴隶制只是战争的副产品。该小说的目的也不仅仅是批判南方各州存在的奴隶制,而是满怀激昂的精神力量,宣传美国清教徒的理想,那就是:"全体人民订立联邦契约,建成[一个]'属于未来的国家',它是'上帝所关照的被放逐和被流放的人们的避难所'。这个国家的人民组成了一个新群体,他们的名字叫美国人。"③这是美国文学中少有的具有浓厚宣教色彩的小说,"强烈的宗教色彩突出了关于废奴运动的争论,让奴隶制震撼了基督徒的心灵"④。表面上该小说揭露了奴隶制的黑暗和残忍,而实质上当作者自己谈到写作这部小说的目的时,她认为"美国联邦是在基督教上帝的庇护之下建立起来的,因而她无法接受如此亵渎基督教义的种种制度"⑤。她要通过这部书而重新建立一个在上帝庇护下的山巅之城的理想。

斯陀夫人的家庭中清教主义思想的氛围原本就十分浓厚,她身边的家人:父兄、丈夫和儿子都是牧师。在这样的影响下,她接受了非常传统

---

① 爱德蒙·威尔逊:《爱国者之血:南北战争时期的美国文学》(*Patriotic Gore*),胡曙中等译,上海:上海外语教育出版社,1993年,第3页。

② Nina Baym et al. Ed., The Norton Anthology of American Literature (shorter 5th edition), New York: W. W. Norton & Company, Inc., 1995, p. 21.

③ 埃默里·埃利奥特(主编):《哥伦比亚美国文学史》,朱通伯等译,成都:四川辞书出版社,1994年,第33页。

④ 弗农·路易斯·帕灵顿,《美国思想史:1620—1920》(*Main Currents in American Thought*),陈永国等译,长春:吉林人民出版社,2002年,第674页。

⑤ 爱德蒙·威尔逊:《爱国者之血:南北战争时期的美国文学》(*Patriotic Gore*),胡曙中等译,上海:上海外语教育出版社,1993年,第8页。

American Fiction: Local Processes and Multivariate Genealogies

的宗教教育,本人也成为一个十分虔诚的教徒。关于这本书,斯陀夫人说,她觉得有一种难以抗拒的力量迫使她将脑子里突然出现的故事情节记录下来。有时,她感到这本书是"由上帝亲手写成的"①。同时,她认为自身有一种强烈的英雄气质,继承自她的清教徒祖先,而正是这种英雄气质促使她写作这本书,因为"她想让大家明白,奴隶制度终将把北方引向道德上的麻木不仁、……愚昧无知,从而养成各种丧失人性的恶习;对于南方人来说,奴隶制度使它们沉迷于奢侈生活之中,丧失应有的责任感,最后导致它们品行上的堕落"。而她所担心的愚昧无知、人性恶习、奢侈生活和品行堕落正是虔诚的清教徒最为痛恨的。而且,美国的清教徒认为,"一个人的良好行为便可反映他同上帝的关系。良好的行为就十分接近是沐恩的证据。"②

除了随处可见的直接从《圣经》中引经据典之外,借小说人物之口进行宗教说教、宣传清教思想的地方也是俯拾皆是。更重要的是小说的大多数人物虽然命运多舛,饱经磨难,但是根深蒂固的理想主义使他们能够坚持一路走下去。主人公汤姆叔叔可以说是人世间良好行为的典范。他忠厚诚实,正直不阿,忠心耿耿,勤勉卖力,还能够舍己为人,顾全大局。他虔信基督,虽然历经苦难,内心对基督却愈加坚定不移。而且,他还要劝告他的主人、朋友、同伴、甚至是敌人要遵从基督的教诲,赞美基督的善行。结果痛苦的人获得了平静,迷惘的人找到了方向,有罪的人得到救赎;而他自己最后为了掩护逃跑的女奴被活活打死。但是他却原谅了打死他的人,还说:"可怜虫啊!我甘愿忍受这一切苦难,只要他能使你们皈依耶稣!主啊!求你把这两个人的灵魂赐给我吧!"③这样一幕很明显地象征着耶稣基督最后被钉死在十字架上的情景,体现了"基督受死以行救赎"的思想。而其他的人物中,起初因为饱经苦难而不信基督的乔

---

① 爱德蒙·威尔逊:《爱国者之血:南北战争时期的美国文学》(*Patriotic Gore*),胡曙中等译,上海:上海外语教育出版社,1993 年,第 8 页。
② 查尔斯·博哲斯:《美国思想渊源:西方思想与美国观念的形成》,符鸿令、朱光骊译,太原:山西人民出版社,1988 年,第 102 页。
③ 斯陀夫人:《汤姆叔叔的小屋》(*Uncle Tom's Cabin*),黄继忠译,上海:上海译文出版社,1982 年,第 552 页。(这里所选小说译文皆来自本书,随后标页码,不再一一详注)

治最终却要以一个爱国的基督徒、一个基督教牧师的身份前往"被上帝挑选的"非洲去传教。执拗调皮,缺少教养的小黑奴托普西,在奴隶主女儿——一个福音天使的象征——伊芙的感化和清教徒奥菲丽亚小姐的严格教育之下,不仅皈依了基督教,而且还被派往非洲作教士。追捕黑奴的恶棍汤姆也由于受伤后得到了一个善心的基督徒的精心护理而得到感化,竟然改恶从善,抛弃了罪恶的行当,留在当地开始了新生活。还有一些对基督一无所知,愚昧无知的人,深处痛苦而无所依靠,最终也在基督的信念中找到了希望,并获得内心的平静。所有这些人物身上都或多或少地存在着"美国亚当"获得重生的影子。而在情节安排上,可以看出,整部小说都贯穿着一个主题:"逃离",并获得新生——所有的人物几乎都处在逃离的过程中,并最终找到了新的安家之所,过上了自由的新生活。唯一没有逃离的人就是汤姆叔叔,成了一个为了拯救他人而献身的救赎的基督的象征。那些留在庄园的原来的黑奴也获得了解放,虽然空间意义上的地点没有变,庄园的土地对于他们同样有了新的含义,因为现在他们可以在属于自己的土地上呼吸新鲜自由的空气了。可以这样说,虽然该小说主要描述的是黑人的生活,但是"清教的女儿"①斯陀夫人已经将清教的理想主义思想灌注到她笔下的人物身上。

文章的"结束语"一章,作者干脆用大量的篇幅"以一个新英格兰牧师的狂热语调"②直接进行宣教,同时也明白地阐释了她对于奴隶制的看法。按照作者的观点,奴隶制度以及奴隶主对待黑奴的态度不符合基督精神,是一种"把基督教教义和道德原则搅得乱七八糟的制度"(591)。因此,这本书使读者得出这样一个结论:奴隶制是基督教的敌人,由于南方各州坚持奴隶制,那些顽固的南方奴隶主就变成了所有虔诚的基督徒的敌人。如果基督教会和基督徒对此听之任之的话,"那么,当美国想起世界各国的命运是掌握在慈悲为怀的上帝手中时,恐怕难免要发抖的"。在批判南方奴隶制的同时,作者开诚布公地呼吁,那些"北方的男女基督徒们"要"检查自己身上的毛病","为那些苦难的基督徒祈祷吧"(592),

---

① 弗农·路易斯·帕灵顿:《美国思想史:1620—1920》(*Main Currents in American Thought*),陈永国等译,长春:吉林人民出版社,2002年,第669页。

② 程巍:《汤姆叔叔的小屋》与南北方问题,载《外国文学》,2004年第1期,第80页。

而且北方的教会还要"发扬基督精神,收容这些苦命人,允许他们吸收基督教共和主义社会教育和学校教育的益处"(592)。

通过《汤姆叔叔的小屋》,斯陀夫人以基督教义为有力武器,批判了美国南方的奴隶制,同时也指责了北方对于黑人的漠不关心的态度,号召美国全体基督教徒按照宗教原则,维护这个史无前例的共和国的完整。这本书"是一颗炸弹,在各种压力推动之下投射进了世界"[①],一年后就在美国销售了 30 余万册,在全世界的总销量达到了 250 余万册,而且在欧洲一直拥有大量的读者。难怪《美国思想史》的作者帕灵顿就将斯陀夫人称作"所有清教徒中对新英格兰文学贡献最大者"[②]。

第三节 对清教伦理观和功利主义的批判

清教主义思想在进入美洲大陆的时候就已经具有宗教的理想主义和世俗的注重实际的双重特征。在加尔文主义的神学理论支配下,清教徒在世俗生活这一层面上以"不知疲倦的劳动"和"严格苛刻的自我克制"来实现其宗教的虔诚和纯净,以把命运交给苍天,只顾劳作不图享乐的精神来自觉主动地在人世实行苦行和禁欲,后来又将其劳动成果和积累看作上帝对自己拣选、恩典和预定的救赎的标志。[③]

随着殖民地的发展,清教主义思想中注重实际的一方面通过实实在在的世俗生活而变得越来越突出。早期移民是怀着对上帝的敬畏和开拓新乐园的理想来到新大陆的。他们到达目的地之后,发现"到处都是树林和灌木丛,蛮荒一片。向后看,是茫茫海洋,……像是一道栅栏,将他们和那文明世界分隔开来"[④]。由于条件艰苦,生活困顿,他们的首要身份变

① 爱德蒙·威尔逊:《爱国者之血:南北战争时期的美国文学》(*Patriotic Gore*),胡曙中等译,上海:上海外语教育出版社,1993 年,第 10 页。

② 弗农·路易斯·帕灵顿:《美国思想史:1620—1920》(*Main Currents in American Thought*),陈永国等译,长春:吉林人民出版社,2002 年,第 669 页。

③ 卓新平:《宗教理解》,北京:社会科学文献出版社,1999 年,第 122 页。

④ William Bradford, "Of Plymouth Plantation". Perry Miller Ed., *The American Puritans: Their Prose and Poetry*, New York: Columbia University Press Morningside Edition, 1982, p. 17.

成了拓荒者和农民,要在一无所有的环境下,建立新的生活。后来,移民们辛勤的劳动加上新大陆丰富的资源以及科学技术的不断发展,所有这些都为农业、商业和贸易创造了无限的机会,同时也创造了无限的物质财富。宗教的狂热逐渐冷却,到了18世纪中叶,特别是在爱德华兹所倡导的大觉醒运动结束之后,清教主义思想中纯粹加尔文主义的抽象的神学理论已经很难再被物质生活越来越富足的人们全盘接受。清教徒本来就非常重视教育,民众从最初接受清教教义开始,逐渐到获取自然科学知识和技术。这让他们认识到人不是完全无能的,同时那个严厉愤怒的上帝形象也逐渐变成一位"神圣的工艺师",继而人与上帝的关系也和谐起来。"相信人类自身,崇尚个人价值和崇拜自然的"启蒙主义和浪漫主义思想慢慢地占领了人们的头脑。但是"殖民地的启蒙运动与其说同清教主义相抵触,倒不如说它是从清教主义发展而来的,因为启蒙运动强调了传统信仰的实际和理性的方面,并将它们推而广之,以适应这个正在开拓的国家的精神、物质和社会需要"①。著名的本杰明·富兰克林将这些实际而且理性的世俗道德概括为"十三德行",即,节制(Temperance)、沉默(Silence)、秩序(Order)、决断(Resolution)、节俭(Frugality)、勤勉(Industry)、诚实(Sincerity)、正义(Justice)、稳健(Moderation)、清洁(Cleanliness)、镇定(Tranquility)、贞节(Chastity)、谦恭(Humility)。在那篇著名的《致富之路》中,富兰克林就曾特别指出:获取财富"主要依靠勤奋和节俭,也就是说,决不要浪费时间和金钱,而是要最充分地利用它们"②。这些美德或者说是价值观在那个时代逐渐成为教育民众的格言警句,并且被广泛传诵至今。其实,早期的清教徒也是有梦想的,只是他们的梦想将在死后实现;而从启蒙运动开始,美国人将梦想立足于今生。因此"从某种意义上讲,富兰克林的态度仅仅是讲求实效的勤奋这个清教概念的现代翻版"③。

---

① R·W·霍顿、H·W·爱德华兹:《美国文学思想背景》,房炜、孟昭庆译,北京:人民文学出版社,1991年,第84页。

② Benjamin Franklin, *The Autobiography and Other Writings*, New York: New American Library, 1961, p. 187.

③ R·W·霍顿、H·W·爱德华兹:《美国文学思想背景》,房炜、孟昭庆译,北京:人民文学出版社,1991年,第68页。

American Fiction: Local Processes and Multivariate Genealogies

也许当时连他本人也没有意识到，"[富]兰克林清教伦理观——美国新教的核心，转变为非神学的处方，给世俗世界带来了裨益"①，并且在今后的国民意识、社会生活和文化形态中逐渐占据了主导地位。

随着时间的推移，功利主义的清教伦理观在实际生活和工商业活动中不仅仅是传承下来，而且得到了一代又一代人的发扬光大。清教徒最注重的是《旧约》里对行为之规范化、律法化的赞美，把这誉为一切能博得上帝欢心的行为之共同标记。② 但是，当这个要求被过分地强调之后，严格的清规戒律和极端的宗教控制又导致人们过度的内心折磨以及狭隘甚至扭曲的思想，这恰恰又和典型的美国清教徒的理想主义和自由思想相抵触。而另一方面，劳动和致富本来都是清教的美德，是为了证明获得上帝的拣选。他们的财富不是用来享受的，因为现世仅仅被视作为获得救赎而做的准备。但是，"富兰克林所有的道德观念都带有功利主义的色彩"③，这使得致富的人们（当然也包括教徒）很难继续保持原来那种宗教的虔诚和世俗的成功之间的微妙平衡，结果物质利益超越信仰而逐渐占了上风。清教理论的世俗道德给人和社会带来的无法避免的矛盾和冲突同样反映在描写现实生活的那些伟大的小说家的作品中。当然，不能保证他们对这些问题给出一个明确的解决办法，但是他们还是以认真负责的态度对清教伦理观和功利主义进行了深入思考，并努力将真相呈现给人民。

一、温和的嘲讽

19 世纪，清教伦理思想和清规戒律仍然在社会生活中占据重要地位，因此当时的小说中出现得最多的是对于这些观念的反思和温和的讽刺。

---

① 查尔斯·博哲斯：《美国思想渊源：西方思想与美国观念的形成》，符鸿令、朱光骊译，太原：山西人民出版社，1988 年，第 106 页。
② 马克斯·韦伯：《新教伦理与资本主义精神》，于晓等译，北京：生活·读书·新知三联书店，1978 年，第 129 页。
③ 同上，第 36 页。

霍桑就在《红字》中对清教统治的某些伦理观念提出了质疑。首先，海斯特和牧师之间的关系到底是否应该算作罪恶，作者并没有给出明确的回答，因为牧师的罪恶似乎不在于通奸，而在于隐藏；而海斯特虽然佩带着 A 字，却始终美丽高贵，并且依靠勤勉、节制和自我牺牲等精神赢得了众人的认可甚至尊敬。此外，清教思想提倡理智，反对激情，但是作者对这一信条似乎有所保留。激情是海斯特身上所具有的特质，这种特质虽然在州长和教士们看来不免显得疯狂，却使她能够把女儿留在身边；对于牧师，她的心中同样藏有爱的激情，这种激情是她平静的心灵中唯一令她感到迷惘、困惑、反叛，甚至是罪恶的东西。同时，也正是由于拥有这种爱的激情，她在痛苦的生活中，心里始终充满勇气，甚至还有着一抹悲天悯人的色彩，并且勇敢地和牧师在树林中享受了片刻充满爱和希望的美好时光。奇灵格沃斯是个理智的人，但是理智却成了他报复的手段。还有《拉帕其尼的女儿》中那个以自己女儿做实验品的医生拉帕其尼，同样是非常理智地实现了疯狂的罪恶。霍桑似乎想要说明，激情有时可以原谅，而理智如果与邪恶为伍，势必助纣为虐。当然，对于以上种种问题，霍桑自己也没有明确的答案，因而不免陷入内心的折磨之中。清教思想对他的影响根深蒂固，"先祖的思考方法及情感方式仍然驾驭着［他］"①，但与此同时，发展的、激动人心的个人主义时代，又让他"认为个人的幸福潜隐于独特的个性之中"②。但是霍桑所描绘的并不仅仅代表了他个人的矛盾和思考，也代表了所有在清教主义思想的土壤中成长起来的人群的矛盾和思考。在马克·吐温著名的两部小说《哈克贝利·费恩历险记》和《汤姆·索亚历险记》中，对于某些清教理念的温和讽刺也随处可见。沿密西西比河而下的哈克不仅不喜欢受到"文明"的约束，而且决定违背《圣经》的训诫，甘愿下地狱——下地狱原本是清教徒最害怕的事情——也不告发逃跑的黑奴吉姆。这已经成为美国文学史上的经典一幕。而《汤姆·索亚历险记》中的汤姆偷吃糖果，调皮贪玩，不爱整洁，不爱学习，不爱干活。而且，他竟然背不出《圣经》中的段落，痛恨去主日学

---

① 莫达尔:《爱与文学》，郑秋水译，长沙:湖南文艺出版社，1986 年，第 3 页。

② 史志康(主编):《美国文学背景概观》(*An Outline of Backgrounds of American Literature*)，上海:上海外语教育出版社，1998 年，第 65 页。

American Fiction: Local Processes and Multivariate Genealogies

校，还不顾家长和老师的反对，和流浪儿哈克交往。看得出来，即使是在密西西比河边的一个小镇，孩子们的学校教育和家庭教育也同样受到高度重视，丝毫马虎不得。因此，波莉姨妈经常要举起鞭子（虽然她总是不忍心打），因为《圣经》里说：'孩子不打不成器。'……每一次饶了他，我的良心都受谴责。……可是我不得不对他尽到我的责任，否则我会把这个孩子给毁了"。而汤姆的表弟却"不声不响，从不干什么冒险的事，也不惹什么麻烦"，是个"模范男孩"。这两个孩子反映出当时典型的在传统教育中占统治地位的清教主义理念：一是重视家庭教育，在清教家庭中，最重要的是灌输给孩子虔诚的宗教信仰和劳动知识，以求获得恩宠，因为"闲散的人不会成为真正教会的成员"[①]。当然同时还要培养他们清洁、勤勉、节制、诚实等符合教规的美德；另外一方面是非常重视学校教育，注重人文知识，不能过分娱乐，而且一切都要以虔诚的宗教信仰为前提。但讽刺的是，汤姆却代表了一代又一代美国人天真自由的梦想，受到他们长久的喜爱；而表弟不仅令汤姆讨厌，也令所有的读者厌恶。虔诚而严格的教育培养出来的却是虚伪、势利的孩子，这也许是清教徒们始料未及的。

女作家伊迪丝·华顿（Edith Wharton 1862—1937）被《二十世纪美国文学》的作者威勒德·索普誉为"讽刺文学的大师"[②]，而她的小说对于美国中上层社会（实际上也就是最早的清教徒的后代组成的社会）所恪守的清教道德可以说进行了近距离的展示和讽刺。作家本人所生活的环境是一个典型的清教小社会——古板严肃，安分守己（连房子的式样和颜色都是整齐守旧的）；房屋的主人多数来自英国和荷兰——明显具有早期清教移民的深厚背景——依靠房地产的收入过着优雅的生活，将彼此视为一个整体中的成员，而且都恪守着清教的规范，对艺术和激情有一种鄙夷甚至敌视的态度。与此同时，新发迹的商业和实业巨头也极力要挤入以不动产投机商的悠闲后代为代表的中上层社会。因此，南北战争后

---

① 陈敏敏：《16、17 世纪英国清教徒对教育的态度》，载《广西社会科学》，2002 年第 1 期，第 190 页。

② 威勒德·索普：《二十世纪美国文学》，濮阳翔、李成秀译，北京：北京师范大学出版社，1984 年，第 23 页。

的美国社会非常强调行为和道德规范,而且制定了一套严格的中产阶级行为准则,"企图枉费心机地用所谓的良好教养来掩盖一个物欲横流的世界"①。聪慧而细腻的伊迪丝喜欢文学,不喜欢所处的那个死气沉沉的狭隘环境和那扼杀她创造力的严谨教养。但是新贵的世界同样是伊迪丝所不能忍受的,因为这个世界里金钱决定一切。"所以像她那样的人,总是不合时宜的"②。她的四五部小说清晰地反映了那个时代:一方面蔑视旧的纽约社会的习俗和观念,一方面又忍不住赞美自己生活背景中的责任感和自我牺牲精神。身处新旧社会交替的她在小说中表达了这种郁闷之情,"她笔下的主人公都是一些愤愤不平的人,然而又无力解决不平事"③。她最著名的作品之一《纯真年代》可以说是反映这一主题的代表作。这部小说出版于 1920 年,但是却以回忆的手法,以 19 世纪 70 年代古老而有秩序的纽约为生活舞台,讲述了被当时的伦理道德扼杀了的一段凄美爱情。刚刚与门当户对的表妹梅订婚的主人公纽伦德"具有足够的狂热与想象,所以他挣脱了社会传统的樊笼"④,与个性率真的艾伦相爱,而艾伦刚与一事无成的贵族丈夫离婚,并因此被纽约上流社会诋毁排斥;同时,他又是犹豫懦弱的,因而最终放弃真爱,按照中产阶级的道德要求与表面清纯贤淑、内心空虚卫道的梅完成了符合标准的婚姻。其实,纽伦德本来也不可能维持与艾伦的关系,因为他周围的环境制约着他,所有的亲戚都反对他们交往——这不符合他们眼中的道德规范,并联合起来想方设法拆散他们。尽管失去真爱,但是回归家庭的纽伦德心甘情愿地守护着婚姻——长久的共同生活让他觉得如果双方都负责任,那么平淡婚姻也不可怕——华顿夫人的思想最终又回到她所熟悉的清教理念中。正如她后来在回忆录中所写道的,童年时期她阅读的书单由父母严格挑选,包括《旧约》和《启示录》,欧洲古典名著以及美国的朗费罗和欧文,但

---

① R・W・霍顿、H・W・爱德华兹:《美国文学思想背景》,房炜、孟昭庆译,北京:人民文学出版社,1991 年,第 207 页。

② 马库斯・坎利夫:《美国的文学》(*The Literature of the United States*),方杰译,香港:今日世界出版社,1975 年,第 100 页。

③ 同上。

④ 路易・奥金克洛斯:《艾迪丝・华顿》,於梨华译,选自《美国现代七大小说家》,威廉・范・俄康纳编,张爱玲等译,北京:生活・读书・新知三联书店,1988 年,第 28 页。

是不包括麦尔维尔,为此她感到非常幸运。年老时,华顿夫人对她所成长的环境下结论说:"保持社会上的教育的水准,处世态度的公道,对于处理公私事件的连接,也纯是靠这批和悦的人物的。"①伊迪丝·华顿一方面深受清教主义道德观的影响,并引以为豪;一方面内心深处也充满困惑和疑问。这不仅仅是她一个人的困惑,而是清教思想的中坚力量,即整个中上层社会所面临的问题。

"清教禁欲主义竭尽全力所反对的只有一样东西——无节制地享受人生及它能提供的一切。……他们赞同对财产的理性的和功利主义的使用,认为这是上帝的意旨,是为了满足个人和公众的需要……他们把中产阶级家庭中那种纯净而坚实的舒适奉为理想,反对封建主义那种没有稳固的经济基础的华而不实。"②进入 20 世纪后,中产阶级已经成为美国社会的基础,而在文学圈中,以中产阶级道德为基础的所谓"市侩作风"和"中产阶级的实利主义"则"成为人们嘲弄讽刺的对象"③。美国第一位获得诺贝尔文学奖的作家辛克莱·刘易斯就在他的小说《巴比特》中讽刺了美国人引以为豪的中产阶级道德。主人公巴比特,一名基督教长老会的成员就陷入了道德的混乱当中:一方面,他急切地盼望享受此生此世的乐趣,但又因为良心上模糊不清的顾忌而无法纵情作乐;他们信仰美国的理想——工作和进步,但又没有在生活中找到真正的目标来实现这些理想;他们相信自己有宗教信仰,但是早已经说不清那些原本应该是根深蒂固的清教戒律和教条到底是什么。在他的另外一部名作《大街》中,刘易斯以自己的家乡为素材,描写了中产阶级的庸俗生活,刻画了一系列的市侩形象。在他的笔下,中西部大草原上的小镇不再有人们心目中的理想形象。中西部比新英格兰发展得要晚一些,但是到了 20 世纪初,仿佛一夜之间骤富了起来,不免沾染上了东部地区原有的一些恶

---

① 路易·奥金克洛斯:《艾迪丝·华顿》,於梨华译,选自《美国现代七大小说家》,威廉·范·俄康纳编,张爱玲等译,北京:生活·读书·新知三联书店,1988 年,第 5 页。
② 马克斯·韦伯:《新教伦理与资本主义精神》,于晓等译,北京:生活·读书·新知三联书店,1978 年,第 130 页。
③ 埃默里·埃利奥特(主编):《哥伦比亚美国文学史》,朱通伯等译,成都:四川辞书出版社,1994 年,第 603 页。

习。所以,这个中西部的小镇实际上就是美国——正如作者在小说的题词中所说:

> 这是一个坐落在盛产麦黍的原野上、掩映在牛奶房和小树丛中、拥有几千人口的小镇——这就是美国。
>
> ……它的大街却是各地大街的延长。……[全国各州]恐怕都会碰上同样的故事,就是在纽约州或卡罗来纳山区,说不定也会听到跟它的内容大同小异的故事。
>
> 大街是文明的顶峰。……电影院里上映的是一些寓意深刻、连幽默都得合乎道德标准的影片。
>
> 我们健全的传统基础和坚定的信仰象征,原来就是如此。如果有人不是照着这个样子去描绘大街,而是妄以为还可能会有别的一些叫公民们感到无所适从的信仰象征,那么,这不是暴露出他自己是跟美国精神格格不入的玩世不恭的人吗?①

原来这就是所谓的令美国人无比自豪的美国精神,刘易斯的观察和讽刺可谓细致入微,入木三分。难怪当他被授予诺贝尔奖的时候,授奖委员会的学术秘书庄严地宣告:"辛克莱·刘易斯是一个美国人,他写的是一种新的语言——美国语言——作为代表一亿两千万美国人的一种语言……伟大的美国新文学是和民族自我批评一起开始的。它是一种健康的标志。"②

另一位以描写美国中产阶级生活而著名的小说家约翰·契佛(John Cheever, 1912-1982)在他的短篇小说中则描写了 20 世纪五六十年代纽约的中产阶级,和刘易斯的小说有异曲同工之妙。这些主人公往往自诩为有教养的新英格兰早期移民的后代,在乡间拥有花园住宅,形成一个自我封闭的小圈子,实际上也正是美国社会的缩影。

两个人虽然讽刺了中产阶级道德和他们的精神危机,但是却没有能够给出解决办法,也没能够指明他们未来的发展方向。有些评论家认为

---

① 辛克莱·刘易斯:《大街》(*Main Street*),潘庆舲译,上海:上海译文出版社,1993 年,第 1—2 页。
② 同上,"代序"第 1 页。

这是作者写作上的缺陷，其实不然。"艺术家对客观现实的反映……总是……要受到……一定社会历史时期的思想文化、社会心理的影响"①，而两位作家（也包括早于他们的伊迪丝）正是生长于他们所描绘的环境之中，他们能够以一个作家的敏感和细腻，发现并且描绘出人们因为司空见惯而意识不到的东西，给他们所熟悉的具有同样"社会性格"的人物画了一个群像。但是如果要求他们再开出一剂良方来改变这种性格，恐怕有些过分。正如美国评论家所说，刘易斯"精确地记录了一个民族与一个阶级的个性，描绘了 20 世纪二三十年代美国的社会讽刺，堪称 20 年代美国浮世绘"②；契佛则奉献了一组 50 年代的美国浮世绘；而正是这些浮世绘的底色和背景塑造了美国中产阶级生活和精神的清教主义世俗伦理观。

二、深刻的批判

唯物主义和宗教似乎是两个不相容的概念，但是在美国的清教徒却将二者巧妙地结合在一起。坎利夫曾经对早期清教徒虔诚和贪婪二合一的品行进行过非常精彩的描述："他们先向上帝祈祷，接着就进攻印第安人。"③对于清教道德的反思和谴责早在库柏的小说中就已经有所反映。他的作品中的很多来自新英格兰的人物都表现出了贪婪、极端和狂热的品质，库柏认为："美国的加尔文教派培育了片面追求金钱、财富的精神，并且夸大了自身利益的重要性。"④在上帝面前，清教徒需要是虔诚而顺从的；而在财富和他人面前，却又表现出贪婪和残忍的一面。韦伯在他那部著名的作品《新教伦理与资本主义精神》中，深入地分析了清教功利主义的思想来源。"在清教徒的心目中，一切生活现象皆是由上帝设

① 金开诚、张化本：《文艺心理学》，长春：吉林教育出版社，1988 年，第 8 页。
② 辛克莱·刘易斯：《大街》（*Main Street*），潘庆舲译，上海：上海译文出版社，1993 年，"代序"第 18 页。
③ 马库斯·坎利夫：《美国的文学》（*The Literature of the United States*），方杰译，香港：今日世界出版社，1975 年，第 150 页。
④ 埃默里·埃利奥特（主编）：《哥伦比亚美国文学史》，朱通伯等译，成都：四川辞书出版社，1994 年，第 199 页。

定的。他的圣训是：你须为上帝而辛劳致富，但不可为肉体、罪孽而如此。"[1]而对于自己对物质成功的一心追求，清教徒则争辩说："期待自己一贫如洗不啻是希望自己病入膏肓，它名为弘扬善行，实为贬损上帝的荣耀。"[2]在这个思想的支持下，美国人以富兰克林清教伦理观为所谓的生活准则，疯狂地追求物质上的成功。每个人都相信自己是获得拣选的，并急于用尘世的成功来证明这一点。马克·吐温在他的小说《镀金时代》中就对 19 世纪 70 年代美国从上到下利欲熏心、投机牟利的这种氛围进行了刻画。但是吐温还是对于清教伦理观中的节俭、勤勉和诚实持十分肯定的态度，因而，与那些投机者的丑恶嘴脸和最终的失败相对照，吐温也塑造了勤勤恳恳，努力奋斗并最终获得幸福的菲利普和罗斯。

1900 年，主教威廉·劳伦斯宣称："物质繁荣能够使国民的性格更甜蜜、更欢悦、更无私而且更加如基督一样。"[3]进入 20 世纪后，追求财富成了美国人的"社会性格"。到了一战结束，20 年代开始时，社会改良的乐观主义态度已经荡然无存，而自由经济理想则乘势泛滥，导致物质追求的狂热和享乐主义的蔓延。"随着国家变得富裕起来，清教主义的力量已经在逐渐减弱，而战争本身则是清教主义的危机和失败。"[4]确切地说，失败的是清教的理想主义方面，因为"一切神明统统死光，一切仗都已经打完，对人的一切信念完全动摇"[5]。但是，清教的功利主义方面却被大众普遍接受甚至是极力推崇。人们追求物质成功的目的不再是为了证明上帝的恩典和自己的被选，而是为了获得世俗的幸福并证明个人的价值，实现人人热衷的"美国梦"，即 20 世纪初的另外一位新教牧师罗素·康沃尔所说的"只要利用[上帝赐予的机会]，每一个美国人都有机

① 马克斯·韦伯：《新教伦理与资本主义精神》，于晓等译，北京：生活·读书·新知三联书店，1978 年，第 127 页。

② 同上。

③ Edward N. Kearny, Mary Ann Kearny & Jo Ann Crandall, *The American Way: An Introduction to American Culture*, Englewood Cliffs, NJ: Prentice-Hall, 1984, p. 42.

④ 马尔科姆·考利：《流放者的归来：二十年代的文学流浪生涯》(*Exile's Return*)，张承谟译，上海：上海外语教育出版社，1986 年，第 56 页。

⑤ 董衡巽等：《美国现代小说家论》，北京：中国社会科学出版社，1988 年，第 127 页。

American Fiction: Local Processes and Multivariate Genealogies

会由穷变富"①。当时的文学思想家布鲁克斯和门肯认为，美国的现实生活只朝着一个方向即实利主义危险地倾斜，越来越远离精神和文化上的崇高。德莱塞的《嘉莉妹妹》和《美国的悲剧》，包括后来30年代多斯·帕索斯的作品中，清教的功利主义受到了批判，"美国梦"不再是一个催人奋进的理想，而是变成了吃人的怪兽，将野心勃勃的年轻人吞进了无底的深渊。人们越来越多地抛弃了神圣的理想，热衷于享受作家 F·司各特·菲茨杰拉德所说的"历史上最放浪的、最华而不实的纵饮寻乐"②。作家本人就是这些享乐者当中的一员，但与此同时，他也清醒地看到了其中的弊病。作为"爵士时代"的代言人，他对流行的功利主义进行了最为真实的描绘和最为深刻的批判，体现了年轻一代的"美国梦"的幻灭。他的小说《人间天堂》《了不起的盖茨比》以及《夜色温柔》中的主人公常常因为追求功利主义而获得物质上的成功，最终却因为丧失理想或者没有找到理想的方向而陷入深深的痛苦甚至被毁灭。曾经鼓舞人心，让爱默生和惠特曼等人乐观振奋的"美国梦"依旧存在，但是已经被功利主义、物质主义和享乐主义渐渐地侵蚀了，变得华丽而扭曲，并最终破灭。作家似乎深深地怀念曾经的理想主义，并试图重新唤醒人们的理想意识。

一方面是功利主义泛滥，另一方面，由于弗洛伊德和达尔文主义等新的思潮的影响，年轻的一代举起了反叛的大旗，认定古老的清教主义是旧文化的根源，他们"蔑视旧式戒律，鼓吹性的自由，反对禁酒法令，而且把这一切统统称之为'革命'"③。"17 世纪生活在新英格兰地区的清教士又被揪出来，成为大众媒体和先锋派艺术的牺牲品。"④清教主义就这样成了象征性的替罪羊。舍伍德·安德森可以说是对清教主义伦理观进行深刻批判的代表人物之一。

安德森同样生长在中西部，而且中西部小城的人和事始终是他创作

① Edward N. Kearny, Mary Ann Kearny & Jo Ann Crandall, *The American Way: An Introduction to American Culture*, Englewood Cliffs, NJ: Prentice-Hall, 1984, p. 42.

② 马尔科姆·考利:《流放者的归来:二十年代的文学流浪生涯》(*Exile's Return*), 张承谟译, 上海:上海外语教育出版社, 1986年, 第3页。

③ 董衡巽等:《美国现代小说家论》, 北京:中国社会科学出版社, 1988 年, 第 127 页。

④ 虞建华:《美国文学的第二次繁荣》, 上海:上海外语教育出版社, 2004 年, 第 7 页。

的源泉和素材。有评论家认为安德森和刘易斯所描写中西部小城人物同样都像梭罗所说的"过着平静地陷入绝望的生活"①。这个说法有一定道理,但是也不尽然。与刘易斯相比,安德森并没有在情节和个人行为上花费太多的笔墨,而是以敏感细腻的笔触刻画那些人因受到压制而变得木讷的心灵,他认为"美国的生活使人们在情感上陷入了饥渴和孤独的状态"②。他最著名的短篇小说集《小城畸人》由 25 个既相互独立又彼此联系的短篇小说组成,贯穿全书的主题就是对小城中的一群人的精神世界进行解剖和分析,破解他们心灵扭曲的原因。

《手》中的教师阿道夫"对孩子的感情如同有修养的女人对待自己喜爱的男人一样",他用手抚摸孩子的肩膀和头发,"借用流溢在指间的爱抚抒发自己内心的感情。……他的手指轻轻地抚去了孩子心中的疑虑和困惑,他们也开始学会了幻想"。但是这样一个心中充满了爱和幻想的单纯的人,在小镇上那些清教卫道士的眼里却成了一个有罪的人,因为他们认为"一切和肉体有关的都是堕落"。这一严酷教义与个人内在的孤独感结合在一起,使清教徒"对一切诉诸感官和情感的成分都采取彻底否定的态度"③。他们生生地扼杀了一个人对他人的爱,从心理上彻底摧毁了他对生活的梦想和希望,使他陷入深深的孤独和隔绝当中,成为"畸人"之一。

《母亲》中的威拉德太太年轻时有过冲动和幻想,但是小镇上平庸的生活扼杀了她的创造力,只能把希望寄托在儿子身上。但是,当儿子真的实现了她的希望,表示自己要离开小镇,而不是追求物质上的成功和地位的抬升时,她却几乎不敢表达内心的喜悦,因为儿子的想法不符合父亲的要求,也不符合社会的要求。根深蒂固的清教思想一味追求世俗的成功,却压制了创造力的培养。正如同《哲学家》中的医生说的,父母当时对于孩子最大的期望就是"当上长老会的牧师"(39)。

---

① Annette T. Rubinstein, *American Literature: Root and Flower*, Volumes I & II Bound in One, 北京:外语教学与研究出版社,1988 年,第 295 页。

② 同上。

③ 马克斯·韦伯:《新教伦理与资本主义精神》,于晓等译,北京:生活·读书·新知三联书店,1978 年,第 80 页。

《冒险》中的爱丽斯是如此地渴望爱情，心中倍受压抑的激情在毫无结果的等待中终于爆发了，以至于夜里在大街上裸奔。和她的境遇类似的还有《教师》中的女教师，孤独的她在情感极度饥渴和激情涌动的状态下亲吻并拥抱了自己的男学生。由于清教严厉的教规，处在美好年华的青年人，特别是女人，只好压抑自己心中的爱与激情，最终却造成了精神上的扭曲。

同样受到情欲折磨的还有《上帝的力量》中小镇长老会的牧师，他迷上了一个女人的身体，希望通过对上帝的祈祷抵制诱惑却无法实现，结果却意外地在女人的裸体中感到了上帝的力量，以至于激动地一拳打碎了窗户玻璃。把上帝的力量和女人的裸体联系起来，这同样是一个渴望爱与激情的人心灵被压抑太久之后所产生的古怪联想。

《虔诚》中的杰西·本特利只是一味狂热地追求物质上的成功和稳固的社会地位，全然不顾亲人和家庭，却相信这就是上帝的工作，会得到上帝的赞许。结果到了新世纪却发现对物质财富的贪婪已经远远超出了对上帝的虔诚。清教思想中"一切为了上帝的荣耀"这一缺乏人性的教义确实使一些教徒身上缺少人类的温情，而清教功利主义和对上帝的虔诚信仰也是很难共存的。

以上是几个有代表性的"畸人"的画像。这本书着力从心理层面上描绘了整个小城中笼罩在清教伦理观之下的压抑沉闷、令人窒息的气氛。"跟传统的田园式的小镇生活相反，安德森大胆地描写了那些反抗清教徒的压迫，表面上平静的年轻一代的毁灭性激情。"[1]安德森认为，小镇上的这些原本热情奔放，具有强烈情感的人都在精神上和肉体上被清教伦理观造成的情感和性的挫折扭曲了，结果反倒成了畸形的怪人。同时，他也对工业和技术的发展感到抵触，因为这一趋势加强了清教的功利主义，从而造成了他们"精神遗产的缺失"。注重理智和秩序而非情感的清教徒大都具有强烈的内心孤独感，不能表达内心的感情，安德森也不例外。于是他把这些"社会潜意识"通过自己的作品表达出来，并且通过含蓄却

---

① 安德森：《小城灵魂的守望者：安德森短篇小说选》，杨向荣译，北京：外文出版社，2000年，第1页。

尖锐的写作批判了清教伦理观对人性的压制。

三、南方作家的反思

安德森被誉为"我们这一代美国作家和我们后代将会继承下去的美国文学传统之父"①。说这话的是南方的代表作家威廉·福克纳,他和安德森之间有很多相同之处,"他们两人在本质上相同而在艺术观上也很接近"②。福克纳同样对清教伦理观进行批判,甚至从一定程度上来讲,他的批判更加入木三分。这首先要从南方的特点说起。由于地理位置和气候的原因,殖民地时期,南方被认为是"未来的伊甸园。……与巴勒斯坦本身同一纬度,那是被许诺过的迦南,由上帝的手指所挑选的,是用来保佑一个深受[上帝]喜爱民族的劳动的"③。相比工业化发展较快的北方来讲,崇尚乡村生活,经济上较为落后的美国南方具有更加强烈和保守的宗教情绪,信徒中90%是新教徒。特别是内战之后,南方的农民们"信守传统的观念,……他们不愿意看到变化,对拥挤着外国人的'不道德'的城市向来抱有怀疑,对那里流行的自由主义思想更是防范严密,决不能容忍他们心爱的新教被现代化和自由化"④。作为一个生活在新教占统治地位的地区中的一名天主教徒,南方小说家弗兰纳里·奥康纳曾经这样总结:"南方人生活在宗教信仰极为浓厚的圣经地带,他们能够感悟人性的堕落,并如实地刻画道德上的罪人。"⑤总的来说,"南方的宗教……痛苦、感人并滑稽的残酷。"⑥福克纳的家庭也是一个传统的基督教家庭,祖辈和父母都是非常虔诚的基督徒。生长在这样的社会和家庭环境中,

---

① 肖明翰:《威廉·福克纳:骚动的灵魂》(*William Faulkner: Soul in Fury*),成都:四川人民出版社,1999 年,第 37 页。

② 同上。

③ 王庆奖:《美国南方神话破灭的文化因素》,载《云南师范大学学报》,2003 年第 4 期,第 39 页。

④ 钱满素:《美国文明》(*American Civilization*),北京:中国社会科学出版社,2004 年,第362 页。

⑤ 苏珊·巴莱:《弗兰纳里·奥康纳:南方文学的先知》,秋海译,北京:世界知识出版社,1998 年,第 16 页。

⑥ 同上,第 122 页。

基督新教和清教思想对他的影响当然是非常的深刻，谈到这种影响，福克纳曾经说，"我在其中长大，在不知不觉中将其消化，它就在我身上，这与我究竟对它相信多少毫无关系。"①从心理美学的角度上来讲，作家在创作时，"既从社会、种族文化系统中吸收营养，同时也受到它的限制和束缚。在每一个人的心理结构中，都积淀着民族的集体意识"②。基督教就是福克纳及其他一些南方作家的集体意识。不仅如此，他还曾提到，《圣经》特别是《旧约》是他最喜欢并反复阅读的书籍之一，难怪福克纳在他的作品中极为大量地使用了《圣经》中的典故、故事和传说。清教主义对福克纳的影响并没有妨碍他对清教主义的批判，也许正是由于他的血液中浸透了清教主义思想，他的批判才如此尖锐，切中要害。福克纳痛恨清教主义伦理观对人性的压制和摧残，"突出表现在南方的种族主义、父权制度和妇道观念"③三个方面。

南方很多的奴隶主、种族主义者以及一些基督教神学家煞费苦心地从《圣经》中找出证据，证明奴隶制符合教义，黑人做奴隶是上帝安排的。在《八月之光》《去吧，摩西》等小说中，那些虔诚的白人清教徒普遍对黑人怀有蔑视甚至仇恨，在欺负甚至残杀黑人时决不手软，读起来令人震惊。福克纳借《去吧，摩西》中的艾克之口，表达出他的观点，即，黑人作奴隶并不是上帝的意思，因为写《圣经》的人，有时候是说谎者。表达这样的观点在当时那种以《圣经》为根本的年代实在是需要很大勇气的。

福克纳小说中的南方，是一个"年老垂死的世界"④，体现在南方几个家族的衰弱和没落。在这些家族中，父亲有着特殊的地位，因为"在家庭中，丈夫被认为是'头(head)'"⑤，父权制思想在很大程度上禁锢了人的

① 肖明翰：《威廉·福克纳：骚动的灵魂》(William Faulkner: Soul in Fury)，成都：四川人民出版社，1999 年，第 290 页。
② 钱谷融、鲁枢元(主编)：《文学心理学教程》，上海：华东师范大学出版社，1987 年，第137 页。
③ 肖明翰：《威廉·福克纳：骚动的灵魂》(William Faulkner: Soul in Fury)，成都：四川人民出版社，1999 年，第 296 页。
④ 让—保罗·萨特："福克纳小说中的时间：《喧哗与骚动》"，选自《福克纳评论集》，北京：中国社会科学出版社，1980 年，第 166 页。
⑤ Henry Brackenridge, Letter to Freeman's Journal and North American Intelligencer Frederick M. Binder, Ed., The Way We Lived. Lexington：D.C. Heath and Company, 1988, p. 64.

心灵,成为福克纳的批判对象。《八月之光》中乔的外祖父和继父以及乔安娜的祖父,《去吧,摩西》中的老卡罗萨,《喧哗与骚动》中的康普生先生(也包括康普生太太)和昆丁,《献给艾米丽的玫瑰花》中艾米丽的父亲以及沙里多斯、斯特潘等约克纳帕塔法地区的大庄园主家族的"始祖"都是父权制统治下的代表人物。按照清教思想的戒律,上帝已经规定子女必须顺从父母,"孩子们须在一切事情上遵从父母,因为这样才能令主喜悦"(Col. 3. 20)。因此,在家里孩子们"要以阁下、女士等来称呼父母,……绝对完成父母的命令,不能违抗,甚至也不能拖延"①,等等。在这些清规戒律的支持下,家长们变得毫无人性,即使是对自己的子女也没有半点温情。他们说话的声音"虽不凶狠,却毫无人情味儿,完全冷漠干瘪,像书写或印刷在纸页上的字句"②。他们"从不懂得什么叫怜悯"(107)。他们牢牢地控制了子女的生活,甚至死后也威力不减(如艾米丽的父亲)。但他们自己认为这一切都是必要的,是符合上帝要求的。而因为这种非人性的管理方法,他们也把自己异化了——不再是父亲,而是清教的清规戒律的代言人和处罚的执行者。福克纳并未把他的批判局限于这些家长本人,而是进一步批判了这种父权制度对于后代的危害,这也是他观察得更细微,分析得更深刻的地方。按照弗洛姆关于家庭与性格之间的关系的理论:"家庭则被认为是社会的精神结构,这一结构的作用是把社会的需要灌输给正在成长着的孩子。……(一)父母的性格对正在成长着的孩子的性格形成有很大的影响,……(二)父母亲的性格以及训练孩子的方法乃是每个文化时期的习惯。"③因此,很容易理解为什么这样的家族始终笼罩着严酷专制的清教气氛,清教的伦理和清规戒律就是家庭中的法则。

清教思想的妇道观念同样是福克纳批判的主题。根据圣经,女人来

---

① Eleazer Moody, *The School of Good Manners: Composed for the Help of Parents in Teaching Their Children How to Carry It in Their Places during Their Minority* Frederick M. Binder, Ed., *The Way We Lived.* Lexington: D.C. Heath and Company, 1988, p. 80.

② 威廉·福克纳:《八月之光》(*Light in August*),蓝仁哲译,上海:上海译文出版社,2004年,第105页。(所选小说译文皆来自本书,后标页码)

③ 埃里希·弗洛姆:《在幻想锁链的彼岸:我所理解的马克思和弗洛伊德》(*Beyond the Chains of Illusion — My Encounter with Marx & Freud*),长沙:湖南人民出版社,1986年,第88页。

American Fiction: Local Processes and Multivariate Genealogies

自男人的肋骨，因此处于从属地位，必须对丈夫绝对服从。来到北美的清教徒又对这一理论进行了进一步阐释："他就是她的主，她要服从于他。……她把这种服从当成是荣誉和自由，认为只有服从丈夫的权威才能有安全和自由。"①在清教徒的家庭里，"权威的概念是最主要的，……而'上帝和自然把服从的义务交给女人而不是男人'"。② 不仅如此，由于是夏娃诱使亚当吃了苹果而堕落，因此女人被普遍认为是有罪的，贞节成了惩戒女人的一把戒尺，甚至连母亲也把贞节放在教育女孩子的最重要位置。"清教妇道观在把上层社会妇女变成'大家闺秀'的过程中把她们妻子的温柔和母亲的慈爱都给清除掉了。"③《喧哗与骚动》中的康普生太太就因为女儿凯蒂和男孩子亲吻，就"第二天一整天都穿了丧服带了面纱在屋子里转来转去，一面哭一面说她的小女儿死了"。《八月之光》中的继母在继父面前胆小、懦弱，完全处在丈夫的操纵和控制之下。这样的妻子、母亲几乎在福克纳的每一部小说中都有所表现，而福克纳更对受到清教妇道观摧残的女儿们的命运进行了无情的揭露——她们大都变成了灵魂扭曲，性格乖戾，举止疯狂的人，如凯蒂、乔安娜、格莎以及艾米丽等等。很明显，和早期的霍桑相比，福克纳对于清教伦理观的分析和批判更为鞭辟入里。他受清教主义的影响是多方面的，本书由于篇幅所限，不能进行更加详细的分析。总的来说，他是"在清教主义的深刻影响下对清教主义进行批判，同时又对人作清教式的道德探索"④。

威廉·斯泰隆的《躺在黑暗中》(1951)同样描写了南方一个家庭的完结。在这部小说中，受到父亲的清教主义影响，海伦在自己的家庭中也有一种强烈的权利欲，这使得她的性格也变得扭曲；而她的丈夫试图维护清教徒似的道德观念，却发现徒劳无益，由此造成了生活上的迷惘和情感

---

① Nathaniel Ward, "The Simple Cobler of Aggawam". Perry Miller Ed. *The American Puritans: Their Prose and Poetry*, New York：Columbia University Press Morningside Edition, 1982, p. 93.

② Henry Brackenridge, Letter to *Freeman's Journal and North American Intelligencer* Frederick M. Binder, Ed. *The Way We Lived*, Lexington：D.C. Heath and Company, 1988, p. 64.

③ 肖明翰：《威廉·福克纳研究》，北京：外语教学与研究出版社，1999 年，第 169 页。

④ 肖明翰：《威廉·福克纳：骚动的灵魂》(*William Faulkner: Soul in Fury*)，成都：四川人民出版社，1999 年，第 315 页。

上的混乱。典型的严厉的南方清教主义伦理观又一次受到了批判。同样受到清教主义影响的南方女作家尤朵拉·韦尔蒂的小说《庞德之心》中的艾德娜一方面竭力维持旧有的道德秩序,一方面也渴望突破清规戒律,获得自由与爱情,她的生活就一直处在这种精神的矛盾和冲突之下,恐怕作者自己也是同样。

总的来说,南方作家由于他们特殊的历史原因和文化背景,受到的清教主义影响更加深厚,思考也更加沉重,从而批判得更加深入。

结　语

二战之后,特别是进入 20 世纪六七十年代以来,美国发生了很多政治和文化运动,"这些运动使一个早已经变化众多的美国社会(在地区、种族、阶级和宗教特征等方面)产生极化与分裂"[①]。从宗教角度上来讲,美国失去了历史上一贯的新教一致性,宗教更趋多元化,形成了新教、犹太教和天主教三教的犹太—基督教传统为主,各种其他宗教和边缘教会为辅的局面。而对于基督教以及清教的传统道德,激进派认为"上帝死了",应该重新构筑伦理道德,而保守派要求马上觉醒,全盘恢复基督教传统道德,两方各执一词,争执不休。"但事实上,美国从总体上讲仍是一个超常的宗教国家。……宗教和社会在文化上是一体,绝大多数美国人将'我们信赖上帝'视为信条"[②],宗教和道德仍然被看做社会必不可少的两大支柱。著名的挪威路德教派主教艾温德·伯格哈夫(Eivind Berggrav)参观过美国之后说,"美国的基督教是真实的、忠诚的、个人的。"[③]传统的清教主义神学理论和伦理道德如同其他宗教一样并没有消失,而是"和人民更加贴近,其重要性已经普遍深入到[社会和文化

---

① 莫利斯·迪克斯坦:《伊甸园之门》(*Gates of Eden*),方晓光译,上海:上海外语教育出版社,1985 年,序言。

② 钱满素:《美国文明》(*American Civilization*),北京:中国社会科学出版社,2004 年,第368页。

③ Anders Breidlid, Ed., *American Culture: An Anthology of Civilization Texts*, London and New York: Routledge, 1996, p. 249.

的方方面面]"①。清教主义神学思想和伦理观早已经渗透到美国的社会生活中,融入到美国国民的血液中,是美国文化形成的源泉和根本。

"文化是文学的母体"②,新时期的文学必定要以不同的手段反映当前的文化,美国的小说自然也不例外。但是,无论形势内容怎么改变,清教主义的影响仍然会以这样或那样的方式或明或暗地出现在小说作品中。这种影响的反映并不是作家刻意为之的——福克纳也是在读了别人的评论之后才意识到原来他的某些观点是清教主义的,而是自然而然地,无意识地表达了一个民族的心声。关于清教思想,关于它的影响,美国的学者和外国的学者在共识之中仍然还存在很多争议,还有很多问题等待解决。有些学者认为清教思想为美国文学的独特性和本土性定下了基调——不仅仅是内容和主题,连平白而充满比喻意义的表达方式也和欧洲写作截然不同。而有些学者则觉得清教思想令美国文学变得刻板,充满说教气息,过分强调道德,不够包容,等等。《从清教主义到后现代主义:美国文学史》(*From Puritanism to Postmodernism: A History of American Literature*)一书对这种现象的解释或许可以作为一个完美的结尾来结束本章:清教思想当然不是美国文学百花齐放的原因,但是也绝对不是一个持续不变的负面因素。清教主义为美国的想象力施加了一些限制,但同时,它也是根本之一。③

---

① Anders Breidlid, Ed., *American Culture: An Anthology of Civilization Texts*, London and New York: Routledge, 1996, p. 249.

② 梁工(主编):《基督教与文学》,北京:宗教文化出版社,2001年,第348页。

③ Richar Ruland and Malcolm Bradbury, *From Puritanism to Postmodernism: A History of American Literature*, New York: Viking Penguin, a division of Penguin Books USA Inc., 1991, p. 32.

第三章

语言谱系

——美国英语与美国小说的本土化

引 言

　　英国著名剧作家萧伯纳曾说:"一种相同的语言将英美两国分开了。"语言似乎成了导致英美两国差异的"罪魁祸首"。其实,美国英语并不是一门独立的语言,它来源于英国英语,在北美洲特殊的文化、历史、社会环境里形成了自己独特的形式和含义。美国英语是英语的一种变体,是近四百年来英语应用于北美这个特殊的地理环境,受美国社会多元文化影响以及不断创新而形成的一种变体。①

　　早期的美国殖民者在北美十三个殖民地所通用的英语,基本上属于伊丽莎白时代的英语。② 在英语发展史上,这一时期是早期现代英语,文艺复兴不仅带来了文化和艺术的繁荣,也给语言风格带来了变化。受人文主义的拉丁化影响,早期现代英语时期的散文风格有三种重要的倾向:一是拉丁文的影响,二是本族语的传统,三是《圣经》英语的作用。③这些影响使得伊丽莎白时代的一部分作家形成了一种讲究

---

① 蔡昌卓:《美国英语史》,北京:北京大学出版社,2002年,第4页。
② 侯维瑞:《英语语体》,上海:上海外语教育出版社,1988年,第94页。
③ 同上,第366页。

修饰、追求文采的文风。① 美国文学在成长初期的语言风格与之类似。美国英语继承了英国英语的词汇、发音、习惯用法等，尽管美国英语与英国英语有诸多不同，我们今天仍然能读懂、听懂美国英语，这与它对英国英语的继承性密不可分。在继承英国英语的基础上，美国英语进行了大胆创新。

美国英语的创新与移民大潮密切相关。移民潮带来了不同的文化和语言，语言的融合促成了美国英语的最终形成。美国的移民大约每15年至20年形成一个高潮：1851—1854，1866—1873，1881—1883，1905—1907，1921—1924。② 移居美国的人来自各类相异的地区。他们来自伦敦街头、英格兰中部与南部城市，来自约克郡和苏格兰高地的农场，来自新教的爱尔兰，来自西非的干旱草原和丛林。克雷夫科尔（Hector St. John de Crevecoeur）曾提到美国的移民是"英国人、苏格兰人、爱尔兰人、法国人、荷兰人、德国人、瑞典人"的"血统的奇异的混杂"，这是在其他任何国家难以发现的。关于新的美国人，克雷夫科尔说："他是一个美国人，将所有古老的偏见与风俗都抛在身后，而去接受他所拥抱的新的生活方式，他所依顺的新的政府以及他所处的新的地位。"③

诞生之初的美国包含了许许多多的新事物、新环境、新概念、新名称、新种族、新生活等，在这种全新的情况下，新的词语和新的表达方式应运而生。同时，在民族融合过程中，非英裔移民的语言文化同样融入美国语言之中，美国成了各民族的熔炉，美国英语先后接受了法语、西班牙语、荷兰语和意第绪语（犹太人的语言）的影响，从中吸收了不少词汇。④ 印第安语、黑人英语、亚裔语言中的许多表达和词汇也逐渐融入了美国英语。这样，美国英语在语音、语法、词汇、风格等方面与英国英语的区别逐渐增多，到第一次世界大战之前，美国英语基本独立起来。

美国英语的发展和独立与美国人的努力密不可分。早在独立革命前的1768年，本杰明·富兰克林就已开始为北美特有的语言进行设计而努

---

① 侯维瑞：《英语语体》，上海：上海外语教育出版社，1988年，第372页。
② 朱世达：《美国社会的文化矛盾》，载《美国研究》，1995年第2期，第127页。
③ 同上，第114页。
④ 侯维瑞：《英语语体》，上海：上海外语教育出版社，1988年，第94页。

力,并提出改造的设想;①词典编撰家诺亚·韦伯斯特对美国英语单词的拼写进行了改革和简化,他的《美国英语词典》(*An American Dictionary of the English Language*)历时 20 年编纂而成,在 1828 年问世,为美国英语独树一帜做出了杰出贡献;H·L·门肯的巨著《美国语言》(共三卷,1919—1948 年出版)是一个知识宝库,鼓舞着为大众化的美国英语而奋斗的人士。门肯在其著作的第一卷就预言说:美国语言如此迅速地与英国语言分道扬镳,以至在不久的将来,说其中一种语言的人将难以和说两者中另一种语言的人互相沟通。20 年后他又评论说,英国语言正在成为美国语言的一种地方话。② 正是有了这些致力于语言的规范和创新的学者以及富有活力和创新精神的美国大众,美国英语才逐渐与英国英语渐行渐远,以其民族特色为自己的语言堂而皇之地冠上"美国英语"的标签。

通观美国英语的发展和主要特点,美国英语继承了英国英语的基本特征,在民族融合中增添了民族特色,并在人民大众的不断创新中与英国英语区别开来。语言的发展过程和特点在美国文学作品中折射出来,美国文学也经历了一个与语言发展类似的本土化过程。美国文学在成长之初只是沿袭英国文学的"小兄弟",后来经过以浪漫主义和超验主义联袂创造出的美国文艺复兴,美国文学在爱默生、梭罗、霍桑、麦尔维尔、惠特曼等多位代表作家的引领下发生了向"存在""生活""平等"的关注转向,他们宣誓身体与思想独立统一的同时还将美国的自然环境融入文字中。爱默生的"模仿无异于自杀"的口号鼓励梭罗去亲近自然,并激发了惠特曼将民主与美国本土意识糅合,在使用旧语言的基础上不断试验性地创造新的语汇以喊出他们在新世界、新时代的独有思想,造就了具有鲜明本土特色的美国文学。美国作家使用自己的民族语言进行创作,美国文学逐渐独立并且日益枝繁叶茂起来,从早期美国作家对英国文学的沿袭到马克·吐温的革命性小说《哈克贝利·费恩历险记》,到海明威等 20

---

① 蔡昌卓:《美国英语史》,北京:北京大学出版社,2002 年,第 211 页。

② 丹尼尔·布尔斯廷:《美国人:民主历程》(*The Americans: The Democratic Experience*),北京:生活·读书·新知三联书店,1993 年,第 511—512 页。

世纪美国小说家的突出贡献，再到约瑟夫·海勒等后现代小说家的语言游戏，美国小说逐渐突破英国文学传统，并在自己的大陆上开花结果。

当然，美国小说的本土化历程也与作家所生活的地理环境息息相关。19世纪后期，新英格兰作家急于表达新英格兰的独特风貌，他们从该地区的自然和历史中寻找灵感并创造了该地区的特有语言，梭罗的《瓦尔登湖》便是很好的例证。到20世纪20年代，来自中西部的美国小说家，例如辛克莱·刘易斯和舍伍德·安德森等，致力于用独特的中西部语言描述中西部乡镇的生活全貌。20世纪30年代则迎来了美国的南方文艺复兴，以福克纳为代表的南方小说家的南方口语异于马克·吐温的美国口语，这给本土化进程又增添了多元色彩。约翰·斯坦贝克作为美国西部作家的代表，他的西部语言夹杂着西部自然地理环境的广袤与人们胸怀的宽阔，开拓了美国小说本土化的疆界。美国的本土文学、黑人文学、犹太文学、亚裔文学、墨西哥裔文学等异彩纷呈，美国文学出现世界文学少见的多元现象，美国作家不再是马修·阿诺德（Matthew Arnold）所说的"英国文学的撰稿员"①，美国文学逐渐走上了本土化之路，并最终焕发出勃勃生机。从第一位美国诺贝尔文学奖得主辛克莱·刘易斯开始到托妮·莫里森，共有十位美国作家获此殊荣，其中八位都是小说家。美国文学——尤其是美国小说，已经成为世界文学史上的重要篇章。

小说是以语言为载体的叙事文学，是语言的艺术，它以塑造人物形象、反映社会生活为基本特征。小说家的语言意识决定了其创作风格。语言与小说的血亲关系如是，美国英语在美国小说家的创作中的作用毋庸赘言，在美国小说本土化过程中，语言因素扮演着举足轻重的角色。

基于语言对人民、生活、地理和历史的依赖性，美国小说的本土化过程与其语言的本土化相辅相成。关于美国小说的"本土化"的研究，国内外学者关注的焦点一般在整个美国文学框架内对作品的语言、思想进行剖析。关于美国文学的看法，学界大致可以分为两类，一类认为美国文学是英国文学的派生产物，是英国文学的变体和永远的附庸；另一类学者则

---

① Marcus Cunliffe：*The Literature of the United States*，方杰译，香港：今日世界出版社，1975年，第1页。

认为美国文学具有地理和精神上的独立性,是一个自由自在的派别。我们不否认美国文学早期对英国文学,包括语言、写作风格、题材方面的模仿和沿袭,但美国小说本土化的路径是清晰、明确的。探讨美国小说的本土化,自然少不了对美国英语本土化发展的追溯。国内外学者有的从语言学的角度挖掘美国英语的形成与演变,有的按照文学流派探究美国英语在美国文学中的具体运用,或者是按照文学体裁将美国英语放置在散文、小说、戏剧、诗歌中进行观照。目前看来,这个领域的主要研究方法是按照时间顺序描述美国文学的发展史。国内学者蔡昌卓的《美国文学史》、侯维瑞的《英语语体》、H·L·门肯的《美国语言》、埃默里·埃利奥特主编的《哥伦比亚美国文学史》、萨克文·伯科维奇的《剑桥美国文学史》等纷纷对美国英语和美国文学的特点做出了整体框架的概述,但国外鲜有单独对美国小说本土化进行阐述或论述的。伊恩·乌比斯的《50部美国小说》按照文学流派,选出具有代表性的美国50部小说进行分析评论。在国内,相关著述也颇为稀少。毛信德的《美国小说发展史》较为全面地阐释了美国小说流变,并列举代表作家作品及各个思潮的主要思想,涉及族裔小说、战争小说、南方小说和历史小说等。虞建华的《二十部美国名著小说评析》则较为细致地结合历史元素对美国各个时期的代表作品进行了通透阐释。常耀信、刘海平、童明等学者各自编著的美国文学史大多从宏观上对美国文学进行整体性、全方位的把握,鲜有单独从语言因素方面论述美国英语对美国小说本土化过程的重要作用。

在研究论文方面,国内外许多学者大多从语言学角度研究美式英语与英式英语的区别,如 Trudgill 和 Hannah（2002）、Algeo（2006）、Rohdenburg 和 Schlüter（2009）等,国内的研究如许国璋（1962）、吴世醒（1990）、牛道生（1997）和杨根培（2001）等。另有学者探讨美国英语的演变过程,例如孙全军（2006）从历史文化与语言发展之关系的角度探讨美国英语的发端、演进和形成过程。邱谊萌（2012）的论文《美国英语变迁的动因研究》和《美国英语变迁中的路径依赖与目标选择》分别从制度经济学的供求因素角度分析美国英语变迁的动因、探讨美国英语变迁中的路径依赖与目标选择,但并未将美国英语的变迁与美国文学本土化发展相结合。杨建玫（2008）的论文《论美国文学中美国民族语言的演进》则在总结美国早期民族语言的特征的基础上讨论美国民族作家在美国的民族语言发展中的作用,得出"美国英语的演进与几代有美利坚民族意识的作家突出民族语言的努力密不可分"[1]的结论,但论文停留在对 20 世纪初的美国作家的分析上,没有涉及第二次世界大战后美国文学及美国英语的新发展。

本章拟从美国的诞生之初追溯美国英语的生根、发芽、成长脉络,精选美国代表性小说家的典型作品,在英国英语的参照下探析美国英语的特色及演进过程,揭示语言因素对美国小说本土化进程的独特贡献。

第一节　初听独立的声音

托克维尔(Charles Alexis de Tocqueville, 1805-1859)在《论美国的民主》中谈及"新世界"的美国文学时说:"美国人不仅每天都从英国的文学宝藏中汲取精华,而且我们可以确认他们还在自己的国土上发展了英国文学。在美国从事文学创作的人数不多,而其中的大部分人原来就是英国人,并在表现手法上也往往是英国式的。因此,他们把奉为楷模的贵族制国家流行的文学思潮和风格,也移入自己的民主制度里来。他们借用外来的情调渲染自己的作品,因而几乎无法再现自己所在国土的现实,其作品也因此很少受到人们的欢迎。美国的公民本身也认为他们作家的作品不是为他们而写的,通常只是在他们的某一作家在英国有了名声以后,才开始高度评价这位作家。这就像迫使绘画作品的原作者放弃判断自己作品真伪的权利。因此,严格说来,美国的居民还没有文学。"[2]

托克维尔的评判从一定程度上反映了美国文学发展初期的状态。马修·阿诺德曾写道:"我看见有人登广告出售《美国文学要略》。想一想菲利普或者亚历山大听到《马其顿文学要略》时脸上的表情吧……我们

---

① 杨建玫:《论美国文学中美国民族语言的演进》,载《英语研究》,2008 年第 4 期,第 5 页。

② 夏尔·阿列克西·德·托克维尔(Charles Alexis de Tocqueville, 1805-1859):《论美国的民主》,董果良译,第十三章:民主时代文学的特征。

都是一个伟大文学——英国文学——的撰稿员啊。"[1]美国民族文学形成于独立革命时期。美国政治上的独立促进文化上的独立。战争结束之后,美国作家的作品陆续增多,逐渐摆脱英国文学的垄断局面。美国——一个崭新的或者几乎崭新的国家诞生,作家们带着乐观和自信描述这个新大陆上的一切,美国小说家们更是将新民族的新气象和新问题纳入了自己的创作视野。

一、欧文和库柏：我们的"新大陆"

托克维尔曾说"美国的居民还没有文学",这一提法有欠精确。在独立战争之后,尽管美国作家对英国的沿袭比较多,但美国的文学已经开始展示自己的特色。论及美国小说的本土化进程,我们必须从"美国文学之父"——华盛顿·欧文(Washington Irving, 1783–1859)说起。他的代表作《见闻札记》(*The Sketch Book*, 1819–1820)中的《瑞普·凡·温克尔》(*Rip Van Winkle*)和《睡谷传说》(*The Legend of Sleepy Hollow*)曾令英国人惊叹:住在美洲新大陆的人英文竟然写得如此精彩。但欧文作品里的"美国味"太淡,受到爱伦·坡等人的批评,说他的文笔带有很浓的英国味。一些英国评论家甚至把欧文描绘成一个"美国产生的最优秀的英国作家"[2]。

1809年,欧文的第一部作品《纽约外史》(*A History of New York*, 1809)以"迪德里希·尼克波克"的笔名出版。这是一部具有独特风格的诙谐之作,充分显露出欧文的幽默才能。该书出版后,欧文变成了美国的名人。英国作家司各特读完,说这本书"让他笑到肚子痛"[3]。《纽约外史》的问世表明这个"来自野蛮美洲的野人"能写作,

---

① Marcus Cunliffe：*The Literature of the United States*,方杰译,香港：今日世界出版社,1975年,第1页。

② 埃默里·埃利奥特(主编)：《哥伦比亚美国文学史》,朱通伯等译,成都：四川辞书出版社,1994年,第187页。

③ Nina Baym et al. ed., *The Norton Anthology of American Literature*, New York：W. W. Norton & Company, Inc., 1995, p. 400.

American Fiction: Local Processes and Multivariate Genealogies

同时代的英国作家们都同意这一看法。欧文那得体的风格很快让评论家们把他跟艾迪生和戈德斯密斯作比较，他的总体风格还是英国式的。①

欧文的代表作《见闻札记》在英国写成，包括 33 篇小品文和故事，其中仅有 4 篇可以说是关于美国题材的作品。《见闻札记》中充满了英国社会生活场景和引证英国作家的话语，严格遵守英国的正字法，而不是根据韦伯斯特字典提倡的"美国式拼法"②。但是，该作品"开创了美国文学的传统"③。其中《瑞普·凡·温克尔》的故事是一个"深刻的美国故事"④，其中对新美国的不满和对旧传统的怀旧色彩在幽默的笔调以及细致入微的细节描写中清晰可见。

同时，细读他的作品后我们会发现，欧文是第一个使用民间语言讲述民间故事的小说家。⑤ 19 世纪 30 年代他曾暂时放弃斯文叙事，写了三个有关美国西部的故事。他的"西部三部曲"包括《草原游记》(*A Tour on the Prairies*, 1835)，《阿斯托里亚》(*Astoria, or Anecdotes of an Enterprise Beyond the Rocky Mountains*, 1836)和《博纳维尔队长历险记》(*The Adventures of Captain Booneville, U.S.A.*, 1837)。在这三部西部作品中，欧文用生动形象的语言描写了大地的荒芜以及印第安人的粗犷，印第安语的地名、人名、植物、风俗、部族关系等进入美国英语。此外，欧文在《尼克波克家族史》中还专门描述了北美早期荷兰移民的开拓历程，大胆借用了许多荷兰词语和典故⑥，这正是 19 世纪中期荷兰移民移居美国后，荷兰语与美国英语融合后在小说中的体现。

19 世纪 40 年代的西南幽默小说家们从欧文那里明白了"美国乡村

① George Snell, "Washington Irving: A Revaluation," *Modern Language Quarterly*, Sep. 4, 1996, Vol. 7 Issue 3, p. 304.

② 埃默里·埃利奥特(主编)：《哥伦比亚美国文学史》，朱通伯等译，成都：四川辞书出版社，1994 年，第 187 页。

③ 王筱珍：《美国文学中的共生现象》，载《山东大学学报》(哲学社会科学版)，2001 年第 7 期，第 110 页。

④ 埃默里·埃利奥特(主编)：《哥伦比亚美国文学史》，朱通伯等译，成都：四川辞书出版社，1994 年，第 188 页。

⑤ James P Ronda, "Washington Irving's West," *Historian*, Fall 2004, Vol. 66 Issue 3, p. 546.

⑥ 蔡昌卓：《美国英语史》，北京：北京大学出版社，2002 年，第 121 页。

生活的现实主义细节完全可以写进小说之中"①。《瑞普·凡·温克尔》的主人公与富兰克林式的人物截然不同,瑞普成为美国文学中的第一个"反英雄"角色。爱伦·坡、朗费罗、霍桑等作家都对欧文于美国文学的巨大贡献赞誉有加,尤其是霍桑,他在很大程度上继承和仿效了欧文的方法和题材。② 欧文的"尼克波克"式的夸张性的模仿、讽刺和引用地方典故手法写成的作品特点,不仅在"尼克波克派"的作品中十分显著,而且在库柏、坡和麦尔维尔的作品中也十分明显。他的一些著作至今仍是文学灵感的源泉,也是通俗文化的源泉。③

在美国民族文学发展的初期,詹姆斯·库柏(James Fenimore Cooper, 1789-1851)的贡献功不可没。他是"美国第一个成功的小说家"④,长篇小说《间谍》(The Spy, 1821)是美国文学史上第一部蜚声世界文坛的小说,是一部"纯粹美国式作品"⑤,卓越表现了美国当时流露出的民族独立的感情。⑥ 他的代表作边疆五部曲《皮裹腿故事集》(The Leatherstocking Tales),影响更为广远;《最后的莫希干人》(The Last of the Mohicans, 1826)则为其中最出色的一部。在美国文学史上,库柏首开了三种不同类型小说的写作先河,即以《间谍》为代表的革命历史小说,以《拓荒者》(The Pathfinder, 1840)为代表的边疆小说和以《领航员》(The Pilot, 1823)为代表的海上小说,从而获得"美国的司各特""世界伟大传奇小说家之一"等美称。⑦

以边疆为题材的《皮裹腿故事集》奠定了库柏在美国小说发展史

---

① Nina Baym et al. ed., *The Norton Anthology of American Literature*, New York: W. W. Norton & Company, Inc., 1995, p. 401.

② George Snell, "Washington Irving: A Revaluation," *Modern Language Quarterly*, Sep. 4, 1996, Vol. 7 Issue 3, p. 304.

③ 埃默里·埃利奥特(主编):《哥伦比亚美国文学史》,朱通伯等译,成都:四川辞书出版社,1994年,第191页。

④ Nina Baym et al. ed., *The Norton Anthology of American Literature*, New York: W. W. Norton & Company, Inc., 1995, p. 413.

⑤ 詹姆斯·库柏:《最后的莫希干人》,宋兆霖译,南京:译林出版社,2001年,译本序第5页。

⑥ 埃默里·埃利奥特(主编):《哥伦比亚美国文学史》,朱通伯等译,成都:四川辞书出版社,1994年,第197页。

⑦ 詹姆斯·库柏:《最后的莫希干人》,宋兆霖译,南京:译林出版社,2001年,译本序第4页。

American Fiction: Local Processes and Multivariate Genealogies

上的地位。美国西部在 19 世纪中叶对美国作家们具有强大的吸引力。爱默生曾在 1844 年写过："人们欣赏印第安人的木制品,捕猎器和捕蜂人。"①库柏在他的边疆题材小说中刻画了印第安人的形象。他笔下的猎人"皮裹腿"纳蒂·班波堪称"小说中第一个真正的美国主人公形象"。②《北美评论》的一位评论者称"皮裹腿"莱瑟斯托金是"一个大胆的、原生的概念……总的说来,是我们的作家曾经创造过的最佳的角色;我们或许可以说,这是一个可以列入第一流天才创造中的人物"③。

　　詹姆斯·库柏成功塑造了勇敢的西部拓荒者和强悍坚强的印第安人形象。在语言上,他的语法并不规范,并把土语作为角色身份的简单而明确的标志④,但这正展示出美国英语朴实的大众英语的特点,"没有哪位作家能像库柏那样戏剧性地表现出土著语言在以多元文化为背景的美国人的生活经历中所起到的重要作用"⑤。库柏在小说《最后一个莫希干人》中生动体现出土著语言野蛮、粗俗、不规范等特点,同时土著语言的形象性也一览无遗。他使用自然、清新、富有诗意的印第安语,毫无矫揉造作之处。美国 18 世纪的著名评论家休·布莱尔曾说,印第安语言的特点是大胆、形象化、多比喻,充满强烈的可感知的具体描述,还有那些在原始、孤独的生活中最感人的东西。布莱尔认为印第安人首领对其族人演讲时所使用的比喻要比欧洲诗人在创作史诗时所用的比喻形象更为大胆,色彩更为鲜明。⑥ 从欧文和库柏的作品中,我们都可以看到美国英语对印第安语的借用。通过直接或间接的借用,以及转换、意译、音译和派

---

① 亨利·纳什·史密斯:《处女地》(*Virgin Land, The American West as Symbol and Myth*),薛蕃康、费翰章译,上海:上海外语教育出版社,1996 年,第 80 页。

② 兰·乌斯比:《美国小说五十讲》,成都:四川人民出版社,1985 年,第 23 页。

③ 亨利·纳什·史密斯:《处女地》(*Virgin Land, The American West as Symbol and Myth*),薛蕃康、费翰章译,上海:上海外语教育出版社,1996 年,第 279 页。

④ 同上,第 246 页。

⑤ 刘守兰:《从〈最后的莫希干人〉看库柏小说的土著语言特色》,载《外国文学研究》,2001 年第 2 期,第 74 页。

⑥ Helen Carr, *Inventing the American Primitive: Politics, Gender and the Re presentation of Native American Literary Traditions*, 1789-1936. New York: New York U P, 1789-1936. p. 63.

生等形式,至今美国英语从印第安语中借用的常用词语已多达 1,700 多个。①

　　除了欧文和库柏之外,在美国文学早期浪漫主义作家中,色彩阴暗的爱伦·坡在诗歌、短篇小说和理论批评方面达到新的水平,标志着民族文学的多样性和在艺术上的发展。在语言上,坡的早期诗歌不管是在形式上还是内容上,都在模仿英国主要的浪漫主义诗人拜伦、雪莱、托马斯·莫尔等。② 爱默生曾称他为"叮当诗人"(Jingle man,意为在诗歌创作上注重押韵的诗人),惠特曼也曾评说他的诗"过于重视押韵的技术",过于"雕琢"③。门肯也曾经指责坡的风格过于华丽,但同时也指出,许多英国作家可能会嫉妒他的语言能力,并且都应该向他学习。在小说语言方面,他的语言具有模糊性(ambiguity),而这一特点在其侦探小说中生动刻画出人物的欲望和恐惧,营造出特有的哥特式气氛,恐怖之情跃然纸上。坡在小说理论上的贡献也功不可没,丹尼尔·艾伦称"坡与霍桑一起为 20 世纪的激进派艺术家指明了两条道路由他们自行抉择"④。

二、美国英语:分道扬镳

　　在语言发展方面,尽管这一时期美国英语与英国英语的区分并不明显,但是美国新大陆上的新元素已经为语言注入了新的活力。R·W·伯奇菲尔德指出:"1776 年以后,英国海外殖民地之中美国首先发难,宣告独立,其余的也先后脱离英国,并或早或迟在语言上标榜各自的英语不同于母国,而又不亚于母国,英语由此进入分道扬镳的时期"。⑤ 诺亚·韦伯斯特始终坚持为建立和维护美国民族语言而奋斗,他的《美国英语

---

① 转引自蔡昌卓:《美国英语史》,北京:北京大学出版社,2002 年,第 111 页。

② Nina Baym et al. ed., *The Norton Anthology of American Literature*, New York: W. W. Norton & Company, Inc., 1995, p. 644.

③ Marcus Cunliffe: *The Literature of the United States*,方杰译,香港:今日世界出版社,1975 年,第 58 页。

④ 埃默里·埃利奥特(主编):《哥伦比亚美国文学史》,朱通伯等译,成都:四川辞书出版社,1994 年,第 606 页。

⑤ R·W·伯奇菲尔德:《话说英语》,北京:外语教学与研究出版社,1992 年,第 3 页。

American Fiction: Local Processes and Multivariate Genealogies

词典》(*An American Dictionary of the English Language*)在 1828 年问世，使美国英语迈出了历史性的关键一步。这本词典是第一部采用美国拼写法、标注美国发音、重视美国词语和用法、援引美国人士的著作做例证的、富有美国民族文化和语言特色的词典。韦伯斯特首次以不断增长的词汇分歧为依据，以成文词典的形式确立了美国英语有别于母国语言的特色。它的出版标志着美国规范化的民族语言业已形成。①

民族的独立和语言的发展，使美国文学独立的呼声越来越高涨。拉尔夫·瓦尔多·爱默生(Ralph Waldo Emerson, 1803—1882)这位倡导民族文学的主帅促成了新英格兰的文艺复兴。他在 1837 年的题为《美国学者》(The American Scholar)的演讲被奥利佛·温德尔·赫姆士称为"我们思想上的独立宣言书"②。在该演讲的开篇，爱默生便气势豪迈地向世人宣称："美国大陆的懒散智力，将要睁开它惺忪的眼睑，去满足全世界对它多年的期望——美国人并非只能在机械方面有所成就，我们还应该有更好的东西奉献给人类。我们依赖旁人的日子，我们师从他国的长期学徒时代即将结束。在我们四周，有成千上万的青年正在走向生活，他们不能老是依赖外国学识的残余来获得营养。这里发生的事件、这里的所作所为，应该予以歌颂，我们要唱出自己的歌。"③爱默生、梭罗等超验主义者的思想形成了美国的先验论，这一时期的美国哲学对西欧哲学、特别是英国哲学的依附状态慢慢减弱④，他们的思想影响了文学创作，"为美国本土文学灵感的主要来源开宗明义"⑤。在哲学思想的影响及语言独立的号召下，美国文艺复兴中的作家们创作出了美国文学中的经典作品。霍桑和麦尔维尔是这场轰轰烈烈的浪漫主义文学运动中的领军人物。

---

① 蔡昌卓：《美国英语史》，北京：北京大学出版社，2002 年，第 296 页。

② 吴富恒、王誉公：《美国作家论》，济南：山东教育出版社，1999 年，第 78 页。

③ Nina Baym et al. ed., *The Norton Anthology of American Literature*, New York：W. W. Norton & Company, Inc., 1995, p. 467.

④ 涂纪亮：《美国哲学史》，石家庄：河北教育出版社，2000 年，第一卷，第 10—11 页。

⑤ 斯皮勒：《美国文学的周期》(*The Cycle of American Literature*)，王长荣译，上海：上海外语教育出版社，1990 年，第 56 页。

三、霍桑与麦尔维尔：书写自己的罗曼司和史诗

纳撒尼尔·霍桑的小说细致深刻，风格独特，立意新颖，富于诗意，内容与形式的和谐统一造成了完美强烈的艺术效果。亨利·詹姆斯在他的传记《霍桑》(*Hawthrone*，1879)中指出，《红字》是最出色的美国经典小说。霍桑的好朋友麦尔维尔也毫不犹豫地大大夸赞霍桑的才华，甚至将霍桑与莎士比亚相提并论。《红字》在1850年出版后，麦尔维尔盛赞霍桑："我不会说塞勒姆的纳撒尼尔比爱汝河畔的威廉更伟大，但两人之间的差别并不是不可估量。"[①]

霍桑的作品通常表达他对过去，尤其是关于新英格兰清教传统的思想观念。他的作品号称"心灵的罗曼司"，着重探讨的是人性及人的命运，善于从隐藏的事物背后挖掘出不易察觉的意义，揭示出人物内心的冲突，可以说是书写灵魂的作品。霍桑那种渲染气氛、深挖心理的手法，更为后世所推崇，亨利·詹姆斯、威廉·福克纳，直至犹太作家索尔·贝娄和艾萨克·辛格，黑人女作家托妮·莫里森等，无不予以运用。单就这一点而论，霍桑对美国文学乃至世界文坛的贡献也是巨大的，他的代表作《红字》无愧为不朽巨著。

如果说霍桑的《红字》等作品在时间上叙述当时的时代以外的"罗曼司"，麦尔维尔则在地理上关注美国以外的世界。他的第一部长篇小说《泰比》(*Typee*，1846)描写南海岛民的原始生活，展示了一个新鲜而富有刺激的场面。他用自传方式叙述，使看厌了旅游随笔和海上奇谈的读者观感一新。[②] 在兰·乌斯比看来，《泰比》之所以成为艺术，并非是麦尔维尔在自己真实的冒险经历中添加的虚构情节使然，而是因为作者在泰比人的生活中发现了萦绕在整个19世纪美国小说家想象中的美梦——快

---

① Bruce Daniels，"Bad Movie/Worse History：The 1995 Unmaking of *The Scarlet Letter*," *Journal of Popular Culture*，Spring 1999，Vol. 32 Issue 4，p. 1.

② Marcus Cunliffe：*The Literature of the United States*，方杰译，香港：今日世界出版社，1975年，第101页。

American Fiction: Local Processes and Multivariate Genealogies

乐无邪的田园世界、第二个伊甸园。①

　　麦尔维尔的《白鲸》是美国文学中的史诗式作品,他充分利用自己的海上漂泊经历,离开纽约这个熟悉的世界,进行富有传奇色彩的写实。麦尔维尔突破了早期报道性小说的局限,气势磅礴地描写了捕鲸的全过程,同时为读者带来一部百科全书式的作品,为读者提供了多种解读的可能。它"既是一出戏剧,而且还是一部史诗,种种特点无不兼而有之,真可谓书中的怪兽了"②。麦尔维尔读书广而深,在语言上我们难免能找到前人的影子。巴巴拉·基弗·卢瓦斯基指出,"他的《白鲸》同华兹华斯的《序曲》一样,得力于《失乐园》之处甚多"③。此外,他从莎士比亚那里所学甚多,获益颇丰。④

　　T·S·艾略特在"传统与个人才能"中写道:"没有任何诗人和艺术家能单独构成意义。他的重要性,他的艺术价值体现在他与过去的诗人和艺术家的关系。你不能单独评价他,你得把他和前人进行对照和比较。"⑤由此看来,任何一个作家都摆脱不了传统的影响,也无法避免对前人进行有意或无意的模仿。但麦尔维尔的伟大之处不在于他对前人的模仿,而在于对小说的突破,以及为美国文学的发展所做出的突出贡献。阿诺德·戈德曼(Arnold Goldman)曾在《麦尔维尔的英格兰》中分析过麦尔维尔的早期作品《雷得本》(Redburn, 1849)与欧文的《见闻札记》的不同:"该小说(指《雷得本》)描述了一个与欧文的小说刚好相反的过程。它发现对美国人而言,不存在英格兰;英国并不是美国人的父亲。"⑥

　　戈德曼的分析堪称有理有据。麦尔维尔是高呼美国文学独立的作家之一,他曾写道:"我们不需要美国版的哥尔斯密斯,不! 我们也不需要

①　兰·乌斯比:《美国小说五十讲》,成都:四川人民出版社,1985 年,第 80 页。

②　同上,第 90 页。

③　埃默里·埃利奥特(主编):《哥伦比亚美国文学史》,朱通伯等译,成都:四川辞书出版社,1994 年,第 26 页。

④　Marcus Cunliffe: *The Literature of the United States*,方杰译,香港:今日世界出版社,1975 年,第 106 页。

⑤　Nina Baym et al. ed., *The Norton Anthology of American Literature*, New York: W. W. Norton & Company, Inc., 1995, p. 1202.

⑥　Arnold Goldman, "Melville's England". *New Perspectives on Melville*, ed. Faith Pullin, Kent: Kent State University Press, 1978, p. 73.

美国版的弥尔顿……让我们抛弃这个主张在文学上对英国阿谀奉承的发酵剂……让我们大胆地谴责所有的模仿。"①麦尔维尔对美国的作家和美国自己的文学充满热爱,他说"我们应该称颂自己的作家,就算没有霍桑、欧文等那些杰出作家,在赞颂别的国家的孩子的最优秀品质之前,美国也应该首先夸赞自己的孩子。美国自己的作家应该优先获得欣赏。"②

　　欧文、库柏、坡、霍桑、麦尔维尔等作家照亮了美国小说独立之路,尽管他们无法摆脱母国英国的文学传统,但已经开始自主地表现美国新大陆上的新事物,具备了创新意识,成为美国文学史上的经典作家,美国文学据此逐步走上独立之路。这一时期值得一提的还有斯陀夫人的《汤姆叔叔的小屋》(*Uncle Tom's Cabin*, 1852)和 T・S・阿瑟(1809—1885)的《酒吧的十个夜晚》(*Ten Nights in a Bar Room*, 1854)。门肯指出这两本书可能是自库柏以来美国人读到的最早的本土小说。③ 虽然《汤姆叔叔的小屋》在创作方面有一些比较明显的缺陷,语言对话比较生硬呆板,但斯陀夫人在小说中大量使用黑人英语,成功塑造了美国黑人形象,抨击了蓄奴制的罪恶,被林肯总统誉为"导致了一场伟大的战争的书"。此外,威廉・韦尔斯・布朗(William Wells Brown, 1815–1884)是第一个非洲裔美国黑人小说家和剧作家④,在废奴主义小说《克洛蒂尔,或总统之女》(*Clotel, or The President's Daughter*, 1853)中,他采用漫画、胡乱拼写和错误遣词,汲取了边疆幽默作家和地方作家的流行方言,暴露美国奴隶制的种种不是,并呼吁白人去救助受奴役的黑人。该小说也是最早以黑人角度来展现美国生活的作品之一,为美国黑人文学的发展奠定了基础。

　　综上所述,在美国小说的成长初期,美国英语已经开始展示其影响力。我们从欧文和库柏的小说中听到了印第安人的声音,从爱伦・坡的作品中知道了恐惧的感觉,从《红字》中感受到原罪的力量,从《白鲸》中

---

① 杨金才:《赫尔曼・麦尔维尔创作简论》,载《英美文学研究论丛》,上海:上海外语教育出版社,2000 年,第 193 页。

② Nina Baym et al. ed., *The Norton Anthology of American Literature*, New York: W. W. Norton & Company, Inc., 1995, p. 1038.

③ H.L. Mencken, *The American Language*, 1921, 10 Dec 2005.

④ 伯纳德・W・贝尔:《非洲裔美国黑人小说及其传统》(*The Afro-American Novel and Its Tradition*),刘捷等译,成都:四川人民出版社,2000 年,第 54 页。

经历史诗似的震撼,我们还从斯陀夫人和布朗的作品中第一次听到了黑人的语言。从他们的小说中,我们看到美国大陆已经"睁开它惺忪的眼睑",美国小说家们正如惠特曼的诗句一样:"我歌唱美国,我的情人"①,他们通过小说展示美国的新生活、新概念、新现象和新文化。

第二节　收获独立的果实

从南北战争结束到第一次世界大战前,美国由一个乡村为主的农业国转变成一个城市为主的工业大国。美国人民一度信仰上帝,同时自信、自立,但是社会的深刻变化带来了文化价值观的变化,部分美国人逐渐接受了达尔文主义。在这一时期,美国文学的多产性和多样性都充分展示出来,与工业化过程紧密相连的新主题、新形式、新地区、新作家、新读者涌现出来。美国的文学创作主体不再仅仅是严肃、说教的新英格兰人和旧南方人;小说的中心人物不再是举止文雅、衣着考究、用词精确的年轻的中产阶级;小说背景不再设置在异域他乡和遥远的过去;文学作品的读者群也不再拘泥于中产阶级年轻妇女了。②

19 世纪后期,美国民主化进程加快,语言也经历了一个民主化的过程。随着移民的涌进,说美国英语的人日益增多,语言的融合变得频繁而自然。美国著名历史学家塞缪尔·亨廷顿在《文明的冲突与世界秩序的重建》中指出:任何文化或文明的重要因素离不开语言。语言在世界上或在某一国的分布往往反映权力的分配,而权力分配的变化又产生了语言使用的变化。③ 美国西部边界的开发最后决定了美国英语的性质,美国移民的多样性和文化的多元性带来了语言的多样性。我们既能在马

---

① 亨利·纳什·史密斯:《处女地》(*Virgin Land, The American West as Symbol and Myth*),薛蕃康,费翰章译,上海:上海外语教育出版社,1996 年,第 48 页。

② Nina Baym et al. ed., *The Norton Anthology of American Literature*, New York: W. W. Norton & Company, Inc., 1995, p. 1183.

③ 塞缪尔·亨廷顿:《文明的冲突与世界秩序的重建》,北京:新华出版社,1998 年,第 47—51 页。

克·吐温的作品中听到地方土话,也能在亨利·詹姆斯的作品中欣赏典雅用语。前者的"粗俗"与后者的"优雅"在这一时期同时出现,貌似格格不入、对比鲜明,但都是美国小说独立史上的重要篇章。他们生动地再现出美国人民——山村野夫也好,名流望族也罢——在那个时期的真实面貌,也反映了当时语言使用的变化和多样性。

豪威尔斯(William Dean Howells, 1837–1920)对现实主义有着清楚的定义:"现实主义就是真实处理材料,尤其是普通男女的动机和行为。"他坚持认为"小说应该客观,人物的动机应该可信,并且应该操实际用语,不应该为了拼凑的事件或者戏剧化效果而牺牲语言的真实性",豪威尔斯的语言观充分体现在他的现实主义创作中。[1]

社会的发展带来了语言的民主化,真实的、民主化的大众语言正大光明地出现在美国小说之中,现实主义小说最终见证了美国小说的独立。其中马克·吐温、亨利·詹姆斯与豪威尔斯是促成美国小说独立的三位巨匠。

马克·吐温和亨利·詹姆斯都与豪威尔斯有四十多年的私交,但吐温与詹姆斯之间却相知甚少,更说不上欣赏彼此的作品了。[2] 尽管如此,他们两人的作品却都符合豪威尔斯对小说人物语言的原则。这三位作家着眼于不同地区、不同教育背景的美国人民,通过对美国的自然景致和社会现象的刻画,使美国文学走向了本土化[3],他们使土语文学日臻完美,并对人物内心世界的描写进行不倦的探索;他们描写了日行日远的边疆,刻画村庄小镇以及喧嚣的都市。他们再现了美国文学史上的"典型美国人"——吐温笔下满口土话的哈克、詹姆斯笔下的"美国姑娘"以及豪威尔斯的中产阶级生意人。他们为后来的作家树立了榜样,并为我们仍然称之为"现代主义文学"的主题、技巧、风格的发展等指明了道路。[4]

---

[1] Nina Baym et al. ed., *The Norton Anthology of American Literature*, New York: W. W. Norton & Company, Inc., 1995, p. 1396.

[2] Ibid., p. 1183.

[3] Ibid., p. 1185.

[4] Ibid., p. 1185.

American Fiction: Local Processes and Multivariate Genealogies

一、马克·吐温的土语

马克·吐温是世界公认的风格大师，是 19 世纪美国现实主义文学奠基人之一，在现实主义小说理论和小说语言风格方面，为美国文学的发展做出了卓越贡献。他提倡创作具有乡土气息的文学作品，主张作家从自己所熟悉的地区开始，运用人民的语言，描写人民的生活，刻画他们的性格和灵魂。他认为，倘若作家都遵循这一原则进行创作，美国人民和美国生活的全貌便会如实地展现在世人面前；也只有这样，才会写出"伟大的美国小说"。马克·吐温的两部杰作——《哈克贝利·费恩历险记》(*The Adventures of Huckleberry Finn*，1864)和《密西西比河上》(*Life on the Mississippi*，1883)，可以说是两幅杰出的美国社会生活风物图卷。

吐温在作品中用的是密西西比河两岸人民包括黑人在内的日常用语，一改英国人矫揉造作的语气，大量使用口语，生动再现了人民大众的日常生活图景。他首次在小说中全面使用黑人方言和非正规的英语，尽显幽默大师的风采。《哈克贝利·费恩历险记》是用方言写的散文体的第一部巨著，①这部小说以地方色彩作品开创了美国文学史上的新时代，也自然成为美国小说正式本土化的标志。马克·吐温的风格开创了美国小说语言口语化的先河，他因为"深深扎根于美国生活和美国语言之中而备受推崇"②，对后世作家产生了巨大影响。著名小说家如舍伍德·安德森、欧内斯特·海明威、威廉·福克纳和 J·D·塞林格等，都是马克·吐温的继承人。

《哈克贝利·费恩历险记》是革命性小说，语言的革命体现得淋漓尽致。马克·吐温在写作时极力摆脱欧洲的影响，去真正描写活生生的美国人。他的语言不再是为欧洲人所极力推崇的所谓的"高雅"语言，而是从群众中学来的鲜活语言。他在民间语言的基础上对这些活的语言进行

---

① 亨利·纳什·史密斯：《处女地》(*Virgin Land, The American West as Symbol and Myth*)，薛蕃康、费翰章译，上海：上海外语教育出版社，1996 年，第 249 页。

② 埃默里·埃利奥特(主编)：《哥伦比亚美国文学史》，朱通伯等译，成都：四川辞书出版社，1994 年，第 605 页。

加工锤炼，进一步创造了具有美国民族特色的文学语言。在《哈克贝利·费恩历险记》中，马克·吐温大量融合、提炼和吸收方言土语，运用了密苏里黑人土语、西南边疆地区的方言、密西西比河流域的普通方言及其四个变种。言为心声，语随人异，方言土语的妙用加强了这部小说的生活气息，突出了人物性格，使各个人物栩栩如生，同时也大大有助于生动地表现各地的地方色彩和黑人的种族色彩，使作品中的人物更具独特个性、更加生动鲜明。

菲利普·费希尔指出《哈克贝利·费恩历险记》是"美国文学中最重要的一部第一人称小说"[①]。虽然吐温是继承英语世界最重要的小说家——狄更斯——的传统开始写小说，但他丰富的自传式叙述超越了狄更斯，小说人物的对话丰富了狄更斯的传统。[②] 这部小说以哈克真实而生动的叙述为线索，运用 19 世纪非正规美国南方方言，其特点包括：

（1）指示性。语言是一种社会指示剂。小说中的语言体现了小说人物居住地区的特色，同时也让读者明白人物的教育、社会、经济等方面的背景知识。

（2）口语性。小说中人物语言的语法不标准，主谓语人称不配合，双重否定的使用、时态不一致、语音不标准、大量使用俚语等特点曾让一些读者大惊失色：文学作品的语言可以如是？一些"正人君子"对该小说嗤之以鼻，说它"低级、毛糙、平庸、俗气、粗劣、近乎污秽"等等。[③]

（3）语句重复、句子结构松散，多采用最基本的 SV 和 SVO 句型，单句多，变化少。这种特点创造出奇特的效果，给读者以亲近感、直接感。他的突破性试验影响了现当代的许多美国作家，最显著的当属《麦田里的守望者》的作者 J·D·塞林格。[④]

马克·斯皮尔卡（Mark Spilka）指出，"吐温发现了一种写作的新方法，这归功于他对土语的使用，更归功于作家在小说中使用不同的语句模

---

①　埃默里·埃利奥特（主编）：《哥伦比亚美国文学史》，朱通伯等译，成都：四川辞书出版社，1994 年，第 521 页。

②　同上。

③　虞建华：《二十部美国小说名著评析》，上海：上海外语教育出版社，1989 年，第 131 页。

④　侯维瑞：《英语语体》，上海：上海外语教育出版社，1988 年，第 194—202 页。

American Fiction: Local Processes and Multivariate Genealogies

式表达个人自由和真实社会的作用的关注。"①吐温自己也清楚表达过对文学语言的见解："用平易的、简单的英语，短字和短句。这是现代的写法、最好的写法——英语就得坚持这么写。坚持这么写：不要浮华花俏，不要赘言冗长。"②吐温自己对于英国英语和美国英语的区别有着清晰的认识，他说："当我在英格兰说我本地话时，英国人完全听不懂。几代人以前我们的语言是一样的，但是现在情况变了，我们的人民扩散到了南部和西部，这使我们的发音发生了变化，同时，我们创造了新词，并改变了一些旧词的意思。"③菲利普·费希尔认为吐温笔下的"主要角色的话语富有诗意又十分幽默，能够将故事引向出乎意料和富于想象力的段落，这些段落如同人物本身一样让人难忘。而狄更斯的各类谈话与此相比就显得逊色了。吐温做到了从内部描绘狄更斯式的人物，他打碎了狄更斯对人物木偶一样机械地进行外部描述，围绕中心叙述者的内在生命导演他的故事，而中心叙述者的话语和方言那种生气勃勃的力量都使书中所表现的世界为之一新，充满了思想上的冲突和戏剧性"④。

豪威尔斯曾称赞马克·吐温是"美国文学史上的林肯"——林肯解放了黑奴，马克·吐温则解放了作家。门肯在 1913 年宣称《哈克贝利·费恩历险记》是世界性杰作，认为吐温是美国民族遗产的真正父亲，是美国第一位真正的艺术家。⑤ 海明威的评价把吐温推到了前所未有的高度："所有现代美国文学，都源于马克·吐温的一本叫做《哈克贝利·费恩历险记》的书。这是我们最好的一本书。所有的美国作品都源于此，在它以前从来没有过。"⑥吐温的语言风格是促成美国小说本土化的重要标志之一，推动了被"解放"的美国作家在本土化道路上的垦拓。

---

① Mark Spilka, "Developing Speech Acts in the American Novel", *Novel: A Forum on Fiction*, 1995, Vol. 28, Issue 2, p. 222.

② 董衡巽：《美国现代小说家论》，北京：中国社会科学出版社，1988 年，第 98 页。

③ H. L. Mencken, *The American Language*, 1921, 10Dec 2005.

④ 埃默里·埃利奥特（主编）：《哥伦比亚美国文学史》，朱通伯等译，成都：四川辞书出版社，1994 年，第 521 页。

⑤ 马克·吐温：《哈克贝利·费恩历险记》，北京：外文出版社出版，1996 年，序言第12 页。

⑥ 同上。

二、亨利·詹姆斯的雅话

与吐温的土语风格形成鲜明对比的是亨利·詹姆斯。他与马克·吐温的风格往往被评论家们认为是"高雅"与"粗野"的典型代表。但他们两人都以自己的方式——马克·吐温对陈腐的道德清规怀有本能的、彻底的敌视态度,詹姆斯则在艺术形式上力求完美与高超——从根本上瓦解了高雅斯文的新英格兰文学传统体制。[①]

亨利·詹姆斯是著名小说家、文体家和文艺批评家。尽管他后来定居英国,我们丝毫不能低估他对美国小说的贡献。美国评论家菲利普·拉赫夫(Philip Rahv)认为他是"美国最伟大的小说家",叶父·温特斯(Yvor Winters)宣布他是"英语语言中最伟大的小说家",利维斯(F. R. Leavis)则问道:"在英语世界里。我们还能找到谁在小说艺术的成就上超过他呢?"[②]詹姆斯是美国内战后到第一次世界大战前这个历史阶段的主要声音之一,对小说进行了长期探索和大量试验,创作了 22 部长篇小说,113 篇短篇小说以及十多部文艺评论著作。

亨利·詹姆斯出身高贵,深受欧洲文化的影响。他的风格高雅、细致,讲究表现形式,与粗犷、诙谐、富于生活情趣的马克·吐温适成对比。詹姆斯虽然对欧洲文化怀有崇拜之意,但在道德情操方面更偏向于文化修养不高的美国人。美国人心地纯真、善良,比欧洲人(或常住欧洲的美国人)可爱,这是《贵妇人的画像》(*The Portrait of a Lady*, 1881)等小说中经常出现的主题。他还开创了心理分析小说的先河。他的作品,尤其是后期作品如《鸽翼》(*The Wings of the Dove*, 1902),不厌其详地发掘人物"最幽微、最朦胧的"思想与感觉,把"太空中跳动的脉搏"转化为形象。在心理分析精微细致这一点上,詹姆斯达到前所未有的境界,为小说艺术的表现力开辟了新的途径。詹姆斯打破传统的全知视角方式,坚持采用限知视角方式,对叙述故事的方式与角度进行了大量试验,创造了以某个

---

① 埃默里·埃利奥特(主编):《哥伦比亚美国文学史》,朱通伯等译,成都:四川辞书出版社,1994 年,第 632 页。

② 亨利·詹姆斯:《华盛顿广场》,侯维瑞译,上海:上海外语教育出版社,1982 年,第 1 页。

人物为意识中心的叙述方式。

在语言上，詹姆斯的语言凝练精致，描写典雅细腻。他的句法特征之一是句子长，并且句意暧昧，他的长句使同时代的作家们望尘莫及。但是，我们从詹姆斯的作品中照样能发现美国口语的痕迹，并从他对《美国人》(*The American*, 1877)的修改中可以看到他对美国口语生命力和表现力的肯定。

詹姆斯于 1907 年对《美国人》进行了修改，修改后的对话部分比 1877 年的版本更地道，口语特点更强。他对人物的语言中加入了很多俚语和习语，尤其是主人公克里斯托弗·纽曼的语言的这一特点更为突出。例如：

例一："I have been my own master all my life"（1877 版）—"I've skipped about in my shirt all my life"（1907 版）；

例二："Oh, horrors!"（1877 版）—"Oh, shucks!"（1907 版）；（"shucks"这一表达在马克·吐温的密西西比河故事中时有出现。）

例三："You are sad, eh?"（1877 版）—"You've got a sentimental stomach-ache, eh?"（1907 版）；[1]

例四："I am not intellectual."（1877 版, 43 页）—"I don't come up to my own standard of culture"（1907 版 45 页）。[2]

口语化的语言使人物具备更浓厚的美国本土色彩，同时，在修改后的版本中，詹姆斯使用了更多的定语，用更具体的词代替了原来的概括性的词，修改了惯用的修辞手法，使用一些更直接的表达。虽然这种更改使他的小说篇幅变长，但口语化的特征，尤其是对话中的口语化特点更为突出。这种修改符合豪威尔斯对现实主义小说人物语言的要求，显示出詹姆斯对美国英语口语的熟悉，同时也增强了小说人物的可信度，刻画出说美国话的典型美国人物与美国情结。

---

[1] Royal A. Gettmann. "Henry James's Revision of The American", *American Literature*, Jan. 45, Vol. 16 Issue 4, 2003, p. 282.

[2] Ibid., p. 288.

三、豪威尔斯的现实主义语言

曾经做过记者和编辑的豪威尔斯本人的小说被誉为"美国习语的金矿"，他的风格是对英语语法家的彻底反叛。他的口语特征在小说中比较明显，因为"他对不能对人家高声朗诵的小说从来不能泰然处之"①。同时，他觉得没有必要解释为何他没有模仿左拉，因为美国生活以及美国趣味要比巴黎文雅得多。小说就是选择几个人物，不需要正式的结构，靠的是提出并解决一个问题。因为他坚信：小说的首要目标是教诲而不是娱乐。在他看来，小说要干净利落地阐明主题，要用对话，不要像萨克雷那样经常粗暴地插进来对读者说话。并且，作家应该尽力把场景和声色逼真地描绘出来。② 在他最负盛名的作品《赛拉斯·拉帕姆的发迹》(*The Rise of Silas Lapham*, 1885)中，他着眼于美国工业革命后平凡的中产阶级家庭的生活状态和人物内心的道德斗争。豪威尔斯巧妙地抓住不同背景的人物的语言特点，把赛拉斯和珀西斯的不同谈话方式集中表现为"率直、风趣和切合实际的对话"③，这完全贴合豪威尔斯自己对现实主义小说的定义原则。

在美国英语的独立方面，豪威尔斯也表达了自己的主张。1886 年，他在《哈珀斯》(*Harper's Monthly*)中呼吁美国英语独立起来。他说："如果我们费劲地去写评论家们认为是'英国式'的东西，我们就会变得一本正经、自命不凡，变得做作。如果让我们的美国人讲英式英语，我们则会更加如此。我们的大陆语言会与英国岛上的英语越来越不同。"④

概言之，美国小说在南北战争结束到第一次世界大战前，语言和风格的多样性和文学的多产性在马克·吐温、詹姆斯和豪威尔斯等作家的作品中得到了绝佳的体现。马克·吐温对小说语言进行大胆革命，第一次

---

① Marcus Cunliffe: *The Literature of the United States*，方杰译，香港：今日世界出版社，1975 年，第 191 页。
② 同上。
③ 兰·乌斯比:《美国小说五十讲》，成都：四川人民出版社，1985 年，第 173 页。
④ H.L. Mencken. *The American Language*, 1921, 10 Dec 2005.

把口语引入了美国小说；詹姆斯对美国人心理的入木三分的描写则为他赢来"心理现实主义大师"的称号；豪威尔斯倡导"真实地"处理材料，客观再现美国的现实生活，真实记录了当时美国人的语言特点。在他们三人的作品中，美国大众英语正式进入美国小说，与英国语言分道扬镳，美国小说从英国文学的主干上独立出来，走出了英国文学大树的荫庇。他们之后的美国作家们沿着他们的步伐，用美国英语进行创作，共同铸就和见证了 20 世纪美国小说的繁荣。

第三节　喜见小说的繁荣

《时代》(*Time*)的创办人亨利·卢斯(Henry Luce)在 1941 年的一篇文章里指出：20 世纪是"美国世纪"。哈罗德·伊万斯(Harold Evans)曾撰文《20 世纪缘何可以称为美国世纪》，从历史、政治、经济等方面引经据典，为"美国世纪"①的提法作注。的确，进入 20 世纪后，美国社会发生了诸多巨大变化，沃尔特·伊萨卡桑(Walter Issacson)称这个世纪是"最令人惊奇、最鼓舞人心，有时最为恐怖，但总是妙不可言的世纪之一"②。

从总体上来看，20 世纪是"一个机械的世界，一个由工艺技术制造出来的物质世界，一个用各种语言来加以传递并且也使所有事物都变了形的信息洪流中的世界，一个传统生活方式已无法维持下去的世界。对于这个世界，人必须努力去加以忍受，去扩大自己生活情感的基础"③。在这个世纪里，美国社会的各个领域都发生了变化，美国已经成为世界上的超级大国，美国文化已经在全球化进程中逐渐渗透到世界各地，美国英语

---

① Harold Evans："20 世纪缘何可以称为美国世纪"，10 Dec 2005. <http://www.usembassy-china.org.cn/jiaoliu/jl0499/jl0499-Harold%20Evans.html>

② Walter Issacson，"世纪回眸"，10 Dec 2005. <http://www.usembassy-china.org.cn/jiaoliu/jl0499/jl0499-Walter%20Issacson.html>

③ 迪特尔·亨里希：《艺术和今天的艺术哲学》，选自《当代西方艺术哲学》，朱狄编，北京：人民出版社，1994 年，第 51 页。

也随着国家政治、经济、军事的强大影响力渐强,文学界也见证了各种运动和流派的兴衰,美国文学的兴盛也称得上"妙不可言"。从另一层意义上说,20世纪20年代的文化反叛也使美国摆脱殖民主义的文化桎梏,走向真正的文化独立。① 在语言方面,美国英语进一步发展,英式英语在非英语国家逐渐失宠,美式英语的拼写、读音、词汇等受到英语学习者的青睐。美国英语的这种影响力与语言学家和词典编撰家的努力密不可分。

一、辞典编撰与美国语言学

美国英语之所以有今天的样子,H·L·门肯是大功臣之一。门肯的富于口语化的文体树立了一个强有力的榜样,这也使他成为美国语言的先驱学者。1910年他已在收集英国语言和美国语言两者差别的例子。第一次世界大战爆发时,他竟然怀疑:打败德国和绞死德皇是否就能使这个世界安享民主。带着这种怀疑,他埋头于语言的研究,结果为世人呈现出一本巨著《美国语言》。该书在1919年问世后,世人对此毁誉参半。学者们指出其中的错误和不当之处,但报纸评论家、杂志作家和小说家们则称之为"新福音"(new gospel)。②

毋庸置疑,《美国语言》是一个知识宝库,鼓舞着为美国英语大众化而奋斗的人士。门肯为醇厚的口语呼吁,反对女教师使用的那种精粹的语言。门肯在著作的第一卷就预言说:美国语言如此迅速地与英国语言分道扬镳,以至在不久的将来,说两者中一种语言的人将难以和说两者中另一种语言的人互相沟通。门肯在1936年第四版的《美国语言》序言中说:"自从1923年以来,美国英语的吸引力越来越大,把英国英语都拽过来了。随之而来的结果是英国英语和美国英语间的一度很明显的区别在逐渐消失。最近,英国人深受美国英语的词汇、习语、拼写甚至读音的影响,在不远的将来,英国人的英语将成为美国的一种方言,正如美国人的

---

① 虞建华:《美国文学的第二次繁荣》,上海:上海外语教育出版社,2004年,第8页。
② William Cabell Greet, "SUPPLEMENT 1: The American Language (Book)", *American Literature*, May, 46, Vol. 18 Issue 2, p. 177.

英语起初是英国的一种方言一样。"①

门肯本人因而成为自己举办的"美国语研究学会"的光杆司令，他劝说研究"英语"的美国学者放弃英国文学中的陈词滥调，转而研究美国人自己的口语。他协助筹划"美国语言分布图"，成为"美国语言学会"的创始人之一，并参与创办一本名为《美国语》的富有生气的季刊。另外一些学者紧跟门肯的步伐，为美国语言的发展树立了一座座学术丰碑，克雷吉及詹姆斯·鲁特·赫尔伯特的《美国英语词典》（共四卷，1938 年至 1944 年出版）和米特福德·马修斯的《美国用语词典》（共两卷，1951 年出版）的出版，充分显示出美国语言可爱的特色，这里是没有学究式怀疑的余地的。②

1961 年 9 月 27 日，马萨诸塞州斯普林菲尔德的 G. & C.梅里亚姆公司出版了《韦伯斯特第三版新国际词典》。《大西洋月刊》评论员一本正经地把新版韦伯斯特词典称为"战斗的文献，它要摧毁的敌人是死板语言的一切顽固遗迹，一切坚持规范标准的尚存势力，一切区分优劣用法的准则"。新版韦伯斯特词典对英语的美国用法作了最新的全面的准确描述，但是这部"权威性"巨著故意对语言的"正""误"用法不加指引，口语性太强。③《商业周刊》报道的一种看法，也许是对美国语言发展所做的最机灵圆滑的历史论断：新版韦伯斯特词典"是正确的"，不过要是晚三十年问世就好了。④

词典的编撰成果与美国语言学的发展密不可分。从鲍阿斯和萨丕尔时期（1911—1932），到布龙菲尔德时期（1933—1950），到海里斯时期（1951—1956）再到乔姆斯基时期（1957—　）⑤，美国的语言学虽然跟欧洲和其他地区的语言学有着某种程度的联系，但它根据本国的历史条件和文化特点走自己的道路。在早期，它从本国的印第安语的实际出发，不

---

① H.L. Mencken. *The American Language: An Inquiry into the Development of English in the United States* (Book). *American Literature*, 1936, Vol. 8 Issue 3, p. 346.

② 丹尼尔·布尔斯廷：《美国人：民主历程》（*The Americans: The Democratic Experience*），北京：生活·读书·新知三联书店，1993 年，第 512 页。

③ 同上，第 517—518 页。

④ 同上，第 521 页。

⑤ 赵世开：《美国语言学简史》，上海：上海外语教育出版社，2001 年。

主张用别的语言的模式来描写本地的语言。由于面向具体语言的事实，它从一开始就不严格遵循欧洲的传统习惯，而是沿着自己的道路向前发展。这就形成了美国式的结构主义语言学，即美国描写语言学。[①] 到了20世纪50年代，乔姆斯基的革命性的"转换生成语法"问世，为语言研究开辟了一条新的道路，展现了一个全新的发展方向，使语言学以新的面貌展现在世人面前，对其他人文社会科学的发展也产生了重要的影响。乔姆斯基的语言革命影响了小说创作，转换生成理论在一定程度上解放了作家，解放了语言。

从总体上来看，新的语言学重视口头语言甚于书面语言，旨在消除学究式和贵族式思想方法。美国的大众语言没有阶级色彩，活泼生动，有创造性，富于预想和夸张。美国英语的"监护人"——韦伯斯特总结得好："拼写、语法和用法的标准是从活生生的语言中得来的，而不是人为规定的。"他指出，民主制度的一个优点在于它赋予人们以"语言本身的规则"，这种标准比贵族语言更加整齐划一。随着社会的进步，新的语言科学、美国语言习惯的新资料、平民化情绪的趋势等形成一股洪流，把学校女教师的那一套整个淹没了，大众化的语言才是最具有活力的语言。[②]

富有活力的语言自然步入了美国文学，从诗人、剧作家到小说家，他们作品中的口语特色都非常突出。诗人罗伯特·弗罗斯特（Robert Frost, 1874–1963）把日常通俗的口语提高到了诗的地位，把祖传英诗格律转用于乡土题材，在诗中"深入发掘当地平民百姓的通俗语言，把这种语言提高到美国诗人过去从未达到过的柔和睿智与美的高度"[③]；剧作家尤金·奥尼尔笔下的人物使用的是符合他们身份的真实的口语，而不是装腔作势的对话和胡闹的旁白，他把"日常语言中的胡言乱语搬上了舞台"[④]；美国小说中使用方言口语的更是比比皆是。例如约翰·斯坦贝克

---

① 赵世开：《美国语言学简史》，上海：上海外语教育出版社，2001年，第1—2页。

② 丹尼尔·布尔斯廷：《美国人：民主历程》（*The Americans: The Democratic Experience*），北京：生活·读书·新知三联书店，1993年，第513—514页。

③ 埃默里·埃利奥特（主编）：《哥伦比亚美国文学史》，朱通伯等译，成都：四川辞书出版社，1994年，第637—638页。

④ Marcus Cunliffe: *The Literature of the United States*，方杰译，香港：今日世界出版社，1975年，第289页。

American Fiction: Local Processes and Multivariate Genealogies

的《愤怒的葡萄》里的无产阶级语言、辛克莱·刘易斯的小说《巴比特》中的中产阶级话语、海明威的乡土小说《在我们的时代里》、福克纳的约克纳帕塔法的南方故事，直到托妮·莫里森的《最蓝的眼睛》，美国大众——工人、农民、商人、黑人、白人、穷人、富人——等等，他们的方言口语在小说中得到了全方位的展示，可以说美国小说的繁荣就是美国英语的繁荣。

二、美国文学的"第二次文艺复兴"

美国英语，尤其是美国大众的语言被小说家们用作品记录下来，掀起一场"文艺复兴"，即丹尼尔·艾伦所称的"小文艺复兴"或者"第二次文艺复兴"运动。这场在 20 世纪开始的六年左右时间里兴起的"小文艺复兴"是一场持久的反对"斯文传统"的运动。[①] "斯文传统"这一术语由著名哲学家乔治·桑塔亚那在 1911 年首次提出，包括门肯在内的许多人都痛斥过"斯文传统"。自由派批评家布鲁克斯（Van Wyck Brooks, 1886–1963）对这个传统进行过抨击，为新文学的出现摇旗呐喊。对"斯文传统"的反叛有助于建立富有生气的民族文化，为美国文学确立自信心。作家们从沃尔特·惠特曼和马克·吐温、并且在一定程度上也从爱默生身上，找到了"可资应用的"美国过去的文学典范。[②]

这次复兴运动中的主力军是辛克莱·刘易斯和"迷惘的一代"作家，他们独特的作品构成了"第二次文艺复兴"的主要内容。辛克莱·刘易斯不满于诺贝尔文学奖的得主总是欧洲人，立志要成为第一个获得诺贝尔文学奖的美国人。在"第二次文艺复兴"不平凡的年代里，他继承和发扬马克·吐温优秀的现实主义传统，以刚健有力的笔调和讽刺幽默的对比手法，描绘了 20 世纪 20 年代美国中西部小镇的社会生活，为美国人民同时也为世界人民献上了诸如《大街》《巴比特》这样的杰作。他的作品被译成多种欧洲文字，引起了诺贝尔文学奖委员会的注意。瑞典皇家科

---

① 埃默里·埃利奥特（主编）：《哥伦比亚美国文学史》，朱通伯等译，成都：四川辞书出版社，1994 年，第 602 页。

② 同上，第 605 页。

学院在授奖大会上指出："刘易斯是个美国人，他正以代表一亿两千万生灵的新语言——美国语言来进行写作。他提醒我们，这个国家尚未完善，还没熔成一炉，它仍然处于动荡不安的青春期。崭新的、伟大的美国文学将以美国的自我批判作为开端，这是健康的征兆。辛克莱·刘易斯拥有值得庆幸的天赋——他是一位开拓者。"门肯这样评价《巴比特》中的人物刻画："他(巴比特)是美国人的化身，精力充沛，精确之至。通过研究他，你便可知我们生活在其中的这个国家是怎么回事。"①现在，Mainstreet（大街）和 Babbitt（巴比特）已经成为新的英语词汇进入词典，在今天已成为固定的新概念。"一个作家在我们的共同词汇中增添了新名词，这意味着什么呢？这意味着人们认可并接受为真实生活经验的概念有了一个名字，这种概念在这一词汇产生之前，人们一直没有明显感知。"②

　　在使用声音和语言方面，任何作家都无法与刘易斯媲美。他出色的模仿得到了高度赞誉，可以说他是模仿的天才。戈镇居民粗俗的语言也罢，巴比特在房地产董事会精彩的发言也好，都是美国本土的语言。"他的听觉甚至比他的视觉还好"，马克·斯考勒评论说，"在重现谈话方面，我真想象不出能做到这么准确无误的人。他已经达到了比录音还更精确的程度。"③美国大众极富活力的语言成就了刘易斯，这位美国英语的"录音师"用特有的天赋成为美国英语的忠实记录者，也成为美国新文学的开拓者。

　　欧内斯特·海明威是一位改变了美国小说风格的大师，是小说新文体的扛旗人和集大成者。④ 他继承了马克·吐温的语言风格，在小说中成功运用了从中西部方言中提炼出来的文学语言，在写作风格上，简洁、明快，开创出海明威标签式的"冰山"原则。英国评论家赫·欧·贝茨曾说："海明威是个拿着一把板斧的人，斩伐了整座森林的冗言赘词，还原

①　Mark Schorer ed., *Sinclair Lewis: A Collection of Critical Essays*, New York：Prentice-Hall, Inc., p. 21-22.

②　转引自虞建华：《置于死地而后生——辛克莱·刘易斯研究和当代文学走向》，载《外国文学》，2004 年第 4 期，第 81 页。

③　Mark Schorer, *Sinclair Lewis: An American Life*, New York：Mcgraw-Hill Book Company Inc., 1961, p. 116.

④　虞建华：《美国文学的第二次繁荣》，上海：上海外语教育出版社，2004 年，第 22 页。

American Fiction: Local Processes and Multivariate Genealogies

了基本枝干的清爽面目。"①海明威在谈到《老人与海》时说这本书本来可以写成一千多页那么长，小说里有村庄中的每个人物，以及他们怎样成长、受教育、生孩子等一切过程。但最终，《老人与海》删除了一切可有可无的东西，让读者读到了"八分之一"，海面以下的"八分之七"则由读者自己去感受。海明威在《午后之死》中写道："如果一位散文作家对于他想写的东西心里很有数，那么他可以省略他所知道的东西，读者呢，只要作者写得真实，就会强烈地感觉到他所省略的部分，好像作者已经写出来似的"。②

海明威的语言风格对欧美文学，尤其是小说的影响是巨大的，甚至影响了一代文风。这种影响正如他自己所称的"在语言方面做了某些净化"——对已经过时的巴洛克风格的"净化"，是化僵硬为鲜活、化矫情为质朴、化臃肿为简洁。

海明威多用口语，不仅使文风简约，也使文学更具时代精神，还从深层文化意义上表现了生命的律动性和情感的实在性。口语与书面语都是人类的创造物，书面语最初具有活力，但经过一定历史时间、空间的演化，逐渐趋于凝固、僵化。而口语接近人类的大脑语区，具有鲜明的直接性、新生性和活跃性。从海明威对其小说《永别了，武器》结尾的修改我们可以看出口语在小说中的出色表现。在定稿前的最后一稿中，海明威简要描写了凯瑟琳的死亡，交代了其他人物最后的结局。这种结尾基本上还是传统小说的套路。但在最后的定稿中，海明威改用了对话，去掉了其他人物的一切繁枝末节，只是用"我"与医生的简短对话来烘托"我"刻骨的悲痛。③

在马克·吐温之后，洗练的口语又一次展示了其在小说中的力量。海明威的作品中鲜有大词，去除了空洞、浮夸的修饰性文字，选用普通的日常用语。这一方面是由于一个急剧变化的时代促进文艺形式的急剧改革，同时也是由于这位具有高度语言敏感、天生爱好简洁的作家善于吸取斯泰因、庞德等各家之长，但又决不拘泥于传统的现实主义和浪漫主

---

① 董衡巽：《美国现代小说家论》，北京：中国社会科学出版社，1987年，第100页。

② 同上，第107页。

③ 同上，第103—107页。

义，也决不盲从任何一个现代主义流派。正是这种创新精神，使他形成了自己独特的文体风格——海明威风格。[1]

赫·欧·贝茨认为海明威的作品的这一文体风格在美国"引起了一场革命"。安奈特·T·鲁宾斯坦也说："海明威的影响在于其文体，他是自马克·吐温之后第一个对文学语言进行彻底改变的美国人。"[2]评论家马尔科姆·布拉德伯利（Malcolm Bradbury，一译布拉德伯里）在《美国现代小说论》（*The Novel Today: Contemporary Writers on Modern Fiction*）中评价海明威及其作品："海明威小说的构成体总是一块洁净明亮的处所，一个用极俭的笔墨得到好的记录效果的坚实世界。"[3]1954年，诺贝尔文学奖的桂冠戴到了海明威的头上，颁奖辞贴切地总结了海明威的风格及其对美国文学的贡献："他那生动的对白、语言增减恰到好处，既使人易懂又达到令人难忘的境界。他以精湛的技巧，再现了口语的一切奥妙……他是我们这个时代最伟大、最诚实而大无畏地创造了我们这个苦难时代中真实人物的作家。"[4]

三、南方文学与少数族裔作家的语言贡献以及后现代的"语言游戏"

美国文学的繁荣离不开南方文学。美国南方方言在美国小说的繁荣中占有重要的地位。最重要的南方作家当数威廉·福克纳（William Faulkner，1897-1962），他对方言口语的使用在制造幽默气氛、反映南方生活、特别是下层人民的生活，在塑造穷苦人、尤其是黑人形象方面收到了极佳的效果。福克纳使用的文体是一种切实的口语文体，这一文体几乎体现在他的全部作品中。[5] 他的文本充满了用口语写成的生动活泼的

① 朱振武：《海明威小说的文体风格》，载《荆州师范学院学报》，2000年第1期，第51页。

② A·T·鲁宾斯坦：《美国文学源流》（*American Literature Root And Flower*），北京：外语教学与研究出版社，1988年，第476页。

③ 马尔科姆·布拉德伯利：《美国现代小说论》，太原：北岳文艺出版社，1992年，第89页。

④ "The Nobel Prize in Literature 1954". *Nobelprize.org*. Nobel Media AB 2014. Web. 11 Jan 2017. <http://www.nobelprize.org/nobel_prizes/literature/laureates/1954/>

⑤ 朱振武：《论福克纳小说创作的通俗意识》，载《上海师范大学学报》（哲学社会科学版），2003年第4期，第102页。

American Fiction: Local Processes and Multivariate Genealogies

对话。福克纳在运用口语方面所取得的成就在现代美国小说家中是屈指可数的。《圣殿》(Sanctuary，1931)中那些富有鲜明个人特色的对话就是一个证明。他还善于把通俗口语中的只言片语编织进书面文字，而且使两者很好地结合起来，避免了容易产生的不协调。《押沙龙，押沙龙!》(Absalom, Absalom!，1936)中，昆丁在战争结束时想象塞德潘同波恩之间一番冲突的情景，作者使用的就是这一手法。

诺贝尔文学奖瑞典学会委员古斯塔夫·赫尔斯特伦(Gustaf-Hellström)在"颁奖辞"中高度赞扬了福克纳语言的丰富性以及他对南方方言口语的运用，说他的英语的丰富性"源自其不同的语言元素和风格上的变化，从伊丽莎白时代的风格直到美国南方黑人的匮乏但却极具表现力的语汇……在同时代的作家中，很少有人能像他那样用一串的短句来描述一系列的事件。他的每个短句都如同小锤般，一下一下敲打得恰到好处。他对语言的完美掌握使他经常能够写出恰当的词句，而这些词句引发的联想大大考验了读者的耐心"[1]。

福克纳对口语传统的成功运用也突现了美国黑人英语的活力。黑人英语起源于早期黑奴的洋泾浜语(Pidgin)，后来发展成具有自己民族特征的克里奥尔语(Creole)、格勒语(Gullah)，直至现在的黑人英语。黑人英语的词汇丰富了美国英语，门肯曾在《美国语言》中论述早期黑人方言对美国英语的影响，认为新的习俗和语言对美国南部英语产生了巨大影响，这种影响在福克纳、弗兰纳里·奥康纳等南方作家的作品中清晰可见。

美国黑人第一次人口大迁徙始于第一次世界大战爆发之后。战争刺激了美国的工业生产和经济繁荣，但也使美国劳动力市场的欧洲移民人数骤然减少。美国北部工业的劳动力严重短缺为美国黑人的人口迁徙与阶级构成的改变提供了契机。黑人首次开始由南部农村大规模迁往北部工业城市，成为美国工业社会中的底层无产阶级。1916—1929 年间约有150 万黑人离开了南部农村。[2] 这种迁徙使得美国黑人英语的影响逐渐

---

① "Nobelprize.org".*Nobelprize.org*.Nobel Media AB 2014.Web. 11 Jan 2017.

② 胡锦山:《美国黑人的第一次大迁徙》,载《东北师大学报》(哲社版),1996 年第 2 期,第 13 页。

从南方扩展到了北方乃至全国。

　　语言传承文化,美国黑人在迁徙的同时把非洲古老的历史和悠久的文化带到了美洲大陆,创造了很有价值的口头文学——包括圣歌、悲歌、民歌在内的黑人奴隶歌曲——从而奠定了黑人文学奴隶叙述体的传统。① 这种传统逐渐演化成我们今天所谓的"非洲裔美国黑人小说",并在20世纪蓬勃发展。黑人小说在20世纪20年代的哈莱姆文艺复兴中大放异彩,一批反抗美国种族主义的黑人知识分子以纽约哈莱姆黑人聚居区为中心开展了一场旨在通过艺术作品反映黑人心声、表达黑人民族自豪感和体现黑人改造美国决心的民族文化运动。卡尔佛顿在1929年出版的《美国黑人文学选》的前言中指出,20世纪20年代哈莱姆黑人文艺复兴反映了种族文化的迅速发展,"它不仅表明了一种文学的兴起,而且标志着整个一个民族的兴起。"②

　　哈莱姆黑人文艺复兴证明了黑人的素质与能力,提高了美国黑人的自尊心与自信心,并开创了黑人自我表达和自我讴歌之先河。1997年,《诺顿美国黑人文学选集》出版。该选集收入了120位作者的作品(其中52位是女作者),代表了美国黑人口头文学、黑奴自述、诗歌、戏剧、短篇故事、小说、自传中的精品,是迄今涵盖面最全的黑人文学选集,③对美国黑人文学的发展进行了全面的总结。

　　伯纳德·W·贝尔指出,黑人小说"不仅是欧美小说的一部分,而且是非洲裔美国黑人口头传统的一种发展"④。《诺顿美国黑人文学选集》对黑人的口头传统进行了阐述。该书的第一部分就是"口头传统",从最早期的教堂歌曲、布道讲稿、民歌、布鲁斯、民间故事到当代的爵士歌曲和说唱歌曲,这来自民间的充满活力的宝库反映了美国黑人的价值观、生活习俗和特性,语言生动活泼,往往具有强烈的幽默感。著名的黑人学者和

---

① 曾艳钰:《走向后代多元文化主义:从里德和罗思看美国黑人和犹太文学的新趋向》,厦门:厦门大学出版社,2004年,第2页。

② 王家湘:《诺顿文选家族中的新成员——〈诺顿美国黑人文学选集〉评介》,载《世界文学》,1998年第2期,第290—305页。

③ 同上。

④ 伯纳德·W·贝尔:《非洲裔美国黑人小说及其传统》(*The Afro-American Novel and Its Tradition*),刘捷等译,成都:四川人民出版社,2000年,第3页。

American Fiction: Local Processes and Multivariate Genealogies

作家们如兰斯顿·休斯、斯特林·布朗、左拉·尼尔·赫斯顿、拉尔夫·埃里森、艾丽斯·沃克、托妮·莫里森等都高度重视民间口头文学对黑人自我意识形成的作用，并有意识地从中吸取艺术力量，为黑人文学艺术的发展和繁荣做出了不可磨灭的贡献。

拉尔夫·埃里森（Ralph Ellison，1914—1994）认为黑人口头文学的作用在于寓教于乐，他们不愿完全接受白人世界的精神与观念，用口头文化来传递和记忆种族的经验、对历史和生活意义的看法，评价社会和人生。小说《看不见的人》（*Invisible Man*，1952）中，将北方方言和南方方言并列，把南方教堂吟诵布道的应答祈祷、华盛顿的亚特兰大演讲的滑稽模仿、西南部荒诞不经的故事、经典的南方布道、夸夸其谈的黑人俚语、街头演讲、激进的政治演说、黑人民族主义分子的方言和葬礼布道等有机结合在一起，完成了"看不见"的主题变奏。① 詹姆斯·鲍德温（James Baldwin，1924—1987）称："埃里森先生是我所读过的第一位技艺高超地用语言描写黑人生活多重性和讽刺性的黑人小说家。"②

非洲裔女作家托妮·莫里森（Toni Morrison，1927—　），是"身兼黑人和女人两种边缘弱势属性"的美国人。她在 1993 年获得诺贝尔文学奖，成为第一位获此殊荣的黑人女作家。她同样沿袭了黑人文学口述传统，同时深入挖掘语言的内在层面，企图使语言脱离种族的镣铐。此外，莫里森在小说中吸收了黑人音乐元素，用诗一般抒情的语言展示她从黑人历史和现实生活中选取的题材，把现实主义与寓言、神话、传说紧密结合起来，但她的小说"并不只完全顺从传统的期待，她改变语言，设计出难以预料的情节"③，从而通过创作来重构历史。

非洲裔美国黑人作家在创作中根据源自非洲的口头文学和源自欧美的书面文学，运用双重文学传统表述黑人在美国的遭遇和文化冲突。他们的创作不仅展示了黑人文化，丰富了黑人文学，并且为美国英语的发展

---

① 伯纳德·W·贝尔：《非洲裔美国黑人小说及其传统》（*The Afro-American Novel and Its Tradition*），刘捷等译，成都：四川人民出版社，2000 年，第 252 页。

② 同上，第 264 页。

③ 王守仁、吴新云：《性别种族文化——托妮·莫里森的小说创作》，北京：北京大学出版社，1999 年，第 24 页。

增添了新鲜血液,为美国文学乃至世界文学写下了浓重的一笔。

另一个不可忽略的文学现象是亚裔美国文学的兴起。20 世纪 60 年代,美国社会发生了剧烈变革,反战与民权运动引发了美国社会中各种力量的冲突。有学者认为,从 60 年代末至今,出现了一场"亚裔运动",它的起因是"一代大学生年龄亚裔美国人的出现与以反战为中心的公众抗议",目的是"实现一个文化多元社会的理想"[①]。亚裔美国文学生动地反映了一个常常被人误解而又越来越显得重要的少数民族的自我形象和意识。它不仅真实地记录了亚裔人在美国的种种经历和体验,而且还通过亚裔美国人艺术家们的各种具体不同的声音与方式,有力地表达了各自的生活经历和思想感受。[②]

以汤亭亭(Maxine Hong Kingston, 1940-)和谭恩美(Amy Tan, 1952-)为代表的华裔作家,日裔作家久野山本和弥尔顿·村山,韩裔作家李昌瑞(Chang-Rae Lee, 1965-)等在作品中表达亚裔美国人在美国的生存体验、文化冲突、移民生活、身份探寻,等等。他们在表述中或者以自传形式展现亚洲人的饮食、衣着和礼仪风俗,或者将自己民族的神话融入故事之中,或者展现种族冲突与身份困境。在亚裔文学出现之初,一些作品难免有借异域风情哗众取宠之嫌,但随着美国移民归化法律的变化,随着民主化进程的深入和对种族问题的新理解,美国亚裔作家"怀着越来越强烈的自决自立精神,正在试验运用适当的体裁、形式和语言来表达他们自己所特有的种种感受"[③],亚裔美国人的语言也逐渐为美国大众所熟悉和接受,进入了英语词典。加兰·坎农(Garland Cannon)在"英语中汉语借词的规模"("Dimensions of Chinese Borrowings in English")一文中提出,在过去的三个多世纪里,英语从汉语(包括普通话、粤语以及其他一些方言)中借来的词汇有1,191个[④],借自

---

① William Wei, *The Asian American Movement*. Philadelphia: Temple University Press, 1993, p. 1.

② 埃默里·埃利奥特(主编):《哥伦比亚美国文学史》,朱通伯等译,成都:四川辞书出版社,1994 年,第 676 页。

③ 同上,第 680 页。

④ Garland Cannon, "Dimensions of Chinese Borrowings in English". *Journal of English Linguistics*, No. 2, 1987.

American Fiction: Local Processes and Multivariate Genealogies

日语的词汇有 698 个①。以汉语为例，英语从汉语借来的词有 Yin yang（1671 年来自"阴阳"），Tai chi（1736 年来自"太极"），Kowtow（1804 年来自"叩头"），Tofu（1880 年来自"豆腐"），Kung fu（1966 年来自"功夫"）等等。

美国的民权运动和少数民族争取同等权利运动的开展使非洲裔小说和亚裔文学得到了复兴，印第安文学——土著人的声音也渐渐强大起来。我们在研究美国文学史时，总不忘提及印第安人的口头传统。N·司科特·莫曼德指出："印第安人的声音是美国文学不可分割的一部分，没有它就没有真正的美国文学史"。②

美国印第安英语文学在发展初期，口头讲述了美国印第安人的仪式、传统以及日常生活的共同经验。后来，印第安作家将之书面化，并趋向于认同美国主流文化。20 世纪六七十年代以后，印第安英语文学开始表现出印第安民族意识，作家深入探索如何在美国社会中坚持印第安传统与价值取向，寻找印第安身份。当代美国印第安小说家莫马迪的小说《黎明之屋》和西尔科的《仪式》（*Ceremony*，1977）以及厄德里克的《爱之药》（*Love Medicine*，1984）等昭示了印第安文学的精彩。他们对印第安部落的人物和环境的关注，对传统与现代的矛盾反思，体现了印第安民族的特色，也包含对人类社会的普遍关注，形成美国多元文学的重要一元。

美国的语言学家也没有忽视对印第安语的研究。在美国印第安人社会中，口语是居主导地位的语言形式，有时还是唯一的语言形式。他们的大多数语言都没有文字书写形式；有文字的也常常没有语法，没有现成的文本。爱德华·萨丕尔和伦纳德·布龙菲尔德在美国印第安人的语言中找到了他们研究的出发点。爱德华·萨丕尔曾赴华盛顿州研究维什兰部族印第安人的语言，于 1921 年完成他的主要著作《语言：言语研究导论》。布龙菲尔德研究过梅诺米尼部族印第安人及大草原克里部族印第

---

① Garland Cannon, "Japanese Borrowings in English", *American Speech*, 1981, pp. 190-206.
② 埃默里·埃利奥特（主编）：《哥伦比亚美国文学史》，朱通伯等译，成都：四川辞书出版社，1994 年，第 5 页。

安人的语言,后来于 1933 年完成了他那很有影响力的著作《语言》。萨丕尔和布龙菲尔德从美国印第安人的语言出发,见到了语言领域的新天地。[1]

1990 年,美国国会通过《美国土著语言法案》,这是第一次在联邦政府这一级别上颁布的关于印第安语言的法律。法案确认"美国土著文化和语言地位特殊,美国有义务与美国原住民一起采取措施保护这些特殊的文化和语言"。它还规定,美国今后的政策将"维护和促进美国原住居民使用和发展土著语言的自由和权利",承认"印第安部落以及其他美国原住居民社团在所有内务部建立的印第安学校里使用印第安语进行教学的权利",并且声明"美国原住居民使用土著语言的权利并不限于公共项目以及公共教育项目"[2]。

2003 年 5 月 15 日,一些土著美国人齐聚华盛顿特区,出席参议院印第安事务委员会的 575 号法案听证。该法案是美国土著语言法案的修正案,将为"语言生存学校"(language survival school)提供稳定的资金。[3] 由此我们可以看出美国政府对方言采取的保护性措施,其他类似的对少数民族语言研究和保护行动同样在进行之中,我们有理由相信这样的举措势必为美国的方言保护做出贡献,也必然为美国语言的仓库储存更多的资源。

20 世纪的科学技术进步也为语言和表达方式注入了新的活力。进入 20 世纪,广播、电视、电影、网络、报纸、杂志等媒体的飞速发展给语言带来了新鲜元素。作家们在这样的变化和冲击面前,进行积极的文学实验,玩起了"语言游戏"。黑色幽默小说、元小说等打破传统语言模式和叙事模式,消解中心、消解人物、消解情节、消解意义。语言被看成一种独立的、自给自足的体现,它本身可以产生意义。语言符号日

---

① 丹尼尔·布尔斯廷:《美国人:民主历程》(*The Americans: The Democratic Experience*),北京:生活·读书·新知三联书店,1993 年,第 510 页。

② 黄剑波:《小民族文化生存的人类学考察——以美国印第安人为例》,载《广西民族研究》,2003 年第 3 期,第 29—38 页。

③ Leanne Hinton, *"Senate Bill 575: An Amendment to the Native American Languages Act"*, News from Native California, *Fall 2003*, *Vol. 17*, Issue 1, p. 24.

益失去其"表征"能力，再也不能切中意义本身；我们说的和写的话语，包括写作本身，都迷失在无穷无尽的"能指的链条"中。① 后现代文学可以说是"语言的狂欢"。官方文学作品，电影、报刊杂志广播用语，民间成语、俗语、俚语，甚至不堪入耳的脏话、禁忌语，政府宣传用语、口号等都进入文学作品。作家运用讽刺、戏仿等手法，打碎以上材料及其与历史的联系，对碎片重新编排，营造出一种陌生化的、滑稽可笑的氛围。

玩"语言游戏"的约瑟夫·海勒（Joseph Heller, 1923-1999）用其《第二十二条军规》(*Catch 22*, 1961)把美国文学引入了一个没有规则的文学世界。威廉姆·加斯（William Gass, 1924-2017）在元小说的创作实践和理论中都强调小说的虚构性，热衷玩语言游戏，注重作品中文字意义的变化。后现代小说中的戏仿、拼贴、迷宫、蒙太奇等手法让读者难以卒读，难怪约翰·巴斯会撰文"枯竭的文学"（"The Literature of Exhaustion"），忧心地指出美国当代作家面临着文学的枯竭问题。

20世纪六七十年代"新新闻体"的兴起是后现代语言实验中的一例。它继承了叙事文学如小说和短篇小说的传统，并且常常作为各种传统的文学体裁的解体和相互熔合的前卫和先锋。② 犹太裔作家诺曼·梅勒（Norman Mailer, 1923-2007）的小说《黑夜的军队》(*The Armies of the Night*, 1968)就使用了这种文体。

诺曼·梅勒是诸多犹太裔美国作家中的一员，其战争小说《裸者与死者》被认为是二战后美国战争文学中"写得最早，或许也最好"的小说。③ 其他犹太裔作家如伯纳德·马拉默德、索尔·贝娄，菲利普·罗斯等杰出作家的涌现证明了犹太裔作家的才华和主流社会对非主流作家的认可。尽管许多犹太裔作家在作品中并不突出强调主人公的犹太人身份，但不可否认犹太小说已经涌上美国文坛，"它完全可被认作是一种业

---

① 杨仁敬：《美国后现代派小说论》，青岛：青岛出版社，2004年，第34页。

② 埃默里·埃利奥特（主编）：《哥伦比亚美国文学史》，朱通伯等译，成都：四川辞书出版社，1994年，第871页。

③ 兰·乌斯比：《美国小说五十讲》，成都：四川人民出版社，1985年，第378页。

已产生了重大文学实绩的社会运动"①。索尔·贝娄笔下"挂起来的人"的犹太人形象融合了许多矛盾因素,他的作品"无论在创作素材、风格、语言、审美倾向等方面都是有集大成意义的"②,莱斯利·菲德勒称赞他的语言"丰富多彩,富有疯狂的诗意,高雅与粗俗问题并列,优美与鄙俚共存"③。菲利普·罗斯则走向另一极端,公开嘲弄犹太传统文化中的不健康因素,他的作品像一面镜子折射出犹太生活中的丑陋与粗鄙。再现也罢,嘲弄也罢,每位犹太裔作家都通过语言这个媒体将其身负的多重文化意识传达出来,"犹太性的细节、语言、思想等散化在他们的文学世界中"④,为世界文学提供了一个"文化样本"。

当代美国犹太文学作为犹太文化在美国演变的生动写照,体现了古老的犹太文化与现代西方文明的碰撞和交融,呈现了非凡的文化景观、文学实绩,并多方面地表现出当代美国文学发展的方向性意义。在现实主义、现代主义、后现代主义的众多流派思潮中,像贝娄、马拉默德、梅勒、辛格、罗斯等犹太作家都不同程度地扮演了先锋角色,在主题思想、创作方式、语言技巧等方面,都一定程度地领导了当代美国文学的趋势。⑤

非洲裔、亚裔、土著印第安人、犹太裔等美国族裔作家大大丰富了美国文学,美国文学以其多元性屹立于世界文学之林。少数民族作家多处于一种"自主流放"或"被迫流放"状态。在异国土地上,他们有的在作品中表达生存的困境,有的述说种族的冲突,有的试图摒弃自己的民族文化,在美国追逐自己的"美国梦",有的甚至专挑自己民族文化中的消极面加以批判。凡此种种,我们可以看出"落地无法生根"的无根现象依然普遍,他们缱绻在文化的乡愁之中,难以排解,只有发诸笔端,继续在美国的多元文化中耕耘,也继续为美国英语增添新的元素与活力。

---

① 刘洪一:《走向文化诗学——美国犹太小说研究》,北京:北京大学出版社,2002年,第38页。
② 同上,第207页。
③ 兰·乌斯比:《美国小说五十讲》,成都:四川人民出版社,1985年,第401页。
④ 刘洪一:《走向文化诗学——美国犹太小说研究》,北京:北京大学出版社,2002年,第253页。
⑤ 傅勇:《菲利普·罗思与当代美国犹太文学》,载《外国文学》,1997年第4期,第26—33页。

结　语

纵观美国英语的发展历程,美国英语经历了对英国英语的继承、创新和独立过程,这与美国的政治、经济和文化的发展密不可分。语言的发展不单单是一种语言现象,更是一种涵盖多个层面的文化现象。在美国殖民地时期,经济发展较为艰难,早期定居者多信仰清教思想,北美作家们热衷于用英式英语描写新大陆上的新生活。南北战争后,以北方工商业为代表的资本主义势力得到重大发展,美国进入自由资本主义蓬勃发展时期,到19世纪末已成为西方世界的经济强国之一。在这样的经济形势下,美国自由主义思潮兴盛,先验论哲学形成,也使得美国英语经历了一个民主化进程,语言在民族融合中进行了创新,逐渐与英国英语分道扬镳,美国小说在浪漫主义运动中取得了丰硕的成果。19世纪末20世纪初,美国经济从自由资本主义转入垄断资本主义,实用主义哲学兴起,美国哲学逐渐改变过去作为西欧哲学附庸的地位[1],美国英语也独立出来,美国作家以现实主义的笔调刻画社会各个阶层的生活。地方色彩小说、黑人小说、激进小说等用大众口语展示美国生活的方方面面,语言的活力在这些作品中得到了充分体现和传播。第二次世界大战后,美国成为超级大国,各种哲学思潮不断涌现,逻辑实证主义、分析哲学、现象学、存在主义、后现代等各种思潮大大丰富了美国的哲学。其中,语言哲学成为哲学的中心,并且所有的哲学都成了语言哲学的各种子形式。文学则成了"语言的狂欢",小说语言自成系统,在后现代小说的语言游戏中尽情绽放异彩。少数族裔作家则承载着各自的语言文化传统,并把这些传统融入英语写作中,构成了美国文学丰富的多元性和跨国性。

从1930年美国作家辛克莱·刘易斯打破欧洲人对美国文学的偏见并第一个踏进斯德哥尔摩市政厅"蓝厅",到2016年美国作家兼音乐人鲍勃·迪伦的"意外"获奖,共有11位美国作家将诺贝尔文学奖收入囊

---

[1]　涂纪亮:《美国哲学史》(第一卷),石家庄:河北教育出版社,2000年,第13页。

中,这是对美国文学创作及语言风格的肯定,也印证了美国语言的发展及文学的繁荣,表明年轻的美国文学已经在世界文学之林占据了重要席位。

在全球化的时代,新兴事物持续涌现,科技发展日新月异,文化交流日趋频繁。美国在政治、经济和文化等领域的主导地位势必让美国英语越来越具有"世界性"。但是,语言不单单是交流工具,也是最生动、最具有张力的文化表现形式,它蕴藏着一个民族的历史,折射出这个民族的精神面貌,语言的"民族性"不可小觑。在当今全球化的时代,美国作家如何在"世界主义"和跨国书写中凸显"美国性",移民作家如何在美国的文化土壤中滋生养育自己的文化之根,"美国英语"的定义出现了什么样的动态演变等,这些都将成为我们进一步探索的重要话题。

亨利・詹姆斯将小说称之为一门艺术,艺术来源于生活,但又高于生活。小说将个人与社会、个人存在与民族存在之间的关系紧密联系起来,其表现手法灵活,涉及范围广阔,与多元、变幻的生活最为贴近,这为美国小说的本土化进程提供了不可穷尽的题材。当然,本土化概念并不是一成不变的,本土化的疆域也在不停地拓展,最早的语言因素层面上的本土化指的是地域化、口语化、民族化、多元化、去刻板化,随着时代、历史、信仰的变迁,美国小说的本土化中的语言因素也将随着日益丰富的生活呈现出更加多元的样式。

惠特曼早在他的《美国人初级读本》(*An American Primer*,1904)中就不无自豪地宣称:"美国人将是世界上语言最流畅、音调最优美的人,他们也将成为最完美的词语使用者。"[1]我们的确可以说美国英语与美国小说独立了。从美国小说的本土化过程我们看到了语言的独立轨迹,也看到了美国小说独立后的繁荣景象。美国社会的吸纳性、融合性和创新性必将进一步产生新的语言形式。民族的多样和庞杂带来文化的多元,具有生活气息和大众色彩的语言也必然会越来越有生机。多元的语言、多元的文化与多元的文学相互影响、互相渗透。美国文学正以其独特的多元面貌绽放,成为世界文学舞台上最引人瞩目的风景线。

---

[1]　H.L. Mencken, *The American Language: An Inquiry into the Development of English in the United States*, 15 Dec 2005.

第四章

黑人谱系

——美国小说的黑人性表征

引 言

　　1619 年 8 月,一艘荷兰船在英国海军的护航下驶到弗吉尼亚的詹姆斯镇上,留下了 20 名非洲黑人,拉开了贩卖黑奴的序幕。此后,由于多方原因,黑人人口激增,美国黑人现已发展壮大成为美国颇具影响力的一大少数族群。在美国历史长河中,由于蓄奴制、南北战争、黑人大迁移和民权运动等诸多社会历史原因,欧洲裔白人和黑人之间发生了连续持久的族裔互动。两大族群之间的冲突、矛盾和融合紧密地交织在一起,对美国文化和文学产生了深远的影响。这种影响主要表现在两个方面。一方面,许多欧洲裔小说家(尤其是经典作家)对黑人及其文化进行了文学性再现。"种族问题"影响到美国政治、经济、文化和社会的方方面面,如同阴影一般笼罩着美国人的思想意识。美国白人小说家在创作中不可避免地会触及种族问题和黑人形象,真实或片面地反映了黑人生活和种族关系。黑人因素成为美国经典文学建构过程中不可忽视的一大要素;另一方面,在美国小说本土化过程中,美国非裔小说成为一支十分重要的力量。美国非裔小说特色鲜明,异彩纷呈,成就有目共睹。正是美国黑人特殊的社会历史经验和独特的艺术感悟力,使美国非裔小说能够在少数族裔文学中一枝独秀,成为美国民族文学中的重要一环。

　　"黑人因素"极大地丰富了美国文学内涵,也受到了批评界的广泛关注。早在 1937 年,著名黑人学者斯特林·布朗(Sterling Brown)在《美国小说中的黑人》(*The Negro in American Fiction*)中便对麦尔维尔、福克纳和马克·吐温等经典作家笔下的黑人形象进行了梳理。1966 年,西摩·L·格罗斯(Seymour L. Gross)和约翰·爱德华·哈迪(John Edward Hardy)在共同编辑的《美国文学中的黑人形象》(*Images of the Negro in American Literature*)对 19 世纪和 20 世纪的一些经典作品中的黑人形象进行了较深入的讨论。此外,文学巨匠莫里森在《黑暗中游戏》(*Playing in the Dark*, 1993)等著述中,从非裔美国人的视角对美国经典文学进行了再审视,对文学经典中被主流话语遮蔽的种族问题进行了批判性解读。[1]

　　此外,"美国非裔小说"无疑成为学术界一大关注热点。虽然美国非裔小说肇始于 19 世纪中期,但受主流意识形态和社会环境影响,相关研究起步较晚。美国非裔小说真正受到批评界重视并在学术界得以制度化[2]应该开始于 20 世纪六七十年代。在 20 世纪 60 年代美国民权运动的历史洪流中,美国非裔小说掀起了一阵创作高潮,涌现出一大批优秀的作家作品。[3] 在这一语境下,美国非裔文学开始"登堂入室",出现在美国大学课堂,相关研究著作[4]随之开始出版。从 80 年代开始,美国掀起了一股美国黑人文学研究热潮,出现了几部重量级研究著作。伯纳德·贝尔(Bernard Bell)的《非裔美国黑人小说及其传统》(*The Afro-American Novel and Its Tradition*, 1987)成为美国非裔小说研究的经典之作。该书

---

[1]　限于篇幅,本文此处不展开论述,可参见王玉括:《反思非裔美国文化,质疑美国文学经典的批评家莫里森》,载《当代外国文学》,2013 年第 2 期。

[2]　美国非裔文学研究制度化的一大标志是宾夕法尼亚大学研究力量的崛起。该校于 1974 年引进著名学者贝克,创建"黑人文学文化研究中心",聚拢了一大批顶尖黑人文学研究家,培养了一批优秀的黑人作家,该校也因此成为美国非裔文学研究的桥头堡。

[3]　值得一提的是,这一时期的黑人女性作家表现尤为突出。托妮·莫里森、沃克·玛雅·安吉罗和托尼·凯德·班芭拉等人的处女作皆发表在 1969 年至 1970 年间。

[4]　代表性著作包括罗伯特·博恩(Robert Bone)的《美国的黑人小说》(*The Negro Novel in America*, 1965)和罗格·罗森布莱特(Roger Rosenblatt)的《黑人小说》(*Black Fiction*, 1974)。

系统地梳理了美国非裔小说的嬗变历程，其中涉及了 41 位小说家的 150 多部作品。除了小说文本研究之外，80 年代还出现了一股黑人文学理论建构热潮。美国非裔小说创作的蓬勃兴起，再加上后结构主义、后殖民主义和后现代主义等思潮的影响，有力地推动了美国非裔文学理论的建构，代表性人物是小亨利·路易斯·盖茨（Henry Louis Gates, Jr.）和小休斯顿·A·贝克（Houston A. Baker, Jr.）。在《表意的猴子———一个非裔美国文学批评理论》[1]（*The Signifying Monkey: A Theory of Afro-American Literary Criticism*，1988）等书中，盖茨借鉴文化研究理论，考察了非洲和美国非裔民俗传统与黑人小说之间的关系，提出了颇具新意的"表意理论"；贝克则吸收借鉴美国黑人音乐和宗教传统提出"布鲁斯—方言"（blues-vernacular）理论[2]。这些独属美国黑人的文学文化理论不仅为美国非裔小说研究提供了重要理论框架，也为黑人的文学创作提供了理论指导。进入 90 年代，美国出版了两部里程碑式的黑人文学选集：一部是由盖茨等人编写的《诺顿美国文学非裔选集》（*The Norton Anthology of African American Literature*，1997）和帕特丽夏·利金斯·希尔（Patricia Liggins Hill）主编的《呼应：非裔美国文学传统的河滨选集》（*Call and Response: The Riverside Anthology of the African American Literary Tradition*，1998）。这两部厚重的文学选集[3]回归美国黑人文学传统，凸显黑人民俗和口头传统，系统而全面地展现了美国黑人文学的历史嬗变，有力地促进了黑人文学的经典化建构。

进入 21 世纪，美国非裔文学研究更为勃兴，出版了一大批重要著作

---

① 该书于 1989 年荣膺"美国图书奖"。中译本已于 2011 年由北京大学出版社出版，由王元陆翻译完成。

② 贝克的理论体系主要是在《历程的回顾：黑人文学与批评中的问题》（*The Journey Back: Issues in Black Literature and Criticism*，1980）、《布鲁斯、意识形态和美国非裔文学：一种方言理论》（*Blues, Ideology, and Afro-American Literature: A Vernacular Theory*，1984）和《现代主义与哈莱姆文艺复兴》（*Modernism and the Harlem Renaissance*，1987）等著作中建构完成。

③ 此外，其他较有影响力的黑人文学选集包括罗谢尔·史密斯（Rochelle Smith）和莎伦·琼斯（Sharon Jones）主编的《普伦蒂斯·霍尔美国非裔文学选集》（*The Prentice Hall Anthology of African American Literature*，1999）和基恩·安德鲁·贾勒特（Gene Andrew Jarrett）主编的两卷本《威利·布莱克维尔美国非裔文学选集》（*The Wiley Blackwell Anthology of African American Literature*，2014）。

和论文,其中有两部著作值得一提。2003 年,贝尔教授再接再厉,在之前研究的基础上又推出力作《当代非裔美国小说:其民间溯源与现代文学发展》①(*The Contemporary African American Novel: Its Folk Roots &Modern Literary Branches*)。该著回溯了 19 世纪 50 年代至 21 世纪初的一个半世纪里黑人文学的嬗变过程,对黑人美学等重要理论议题进行了深入论述。另一部是《剑桥美国非裔文学史》(*The Cambridge History of African American Literature*, 2011)。该著由玛耶马·格拉曼(Maryemma Graham)和小杰瑞·W·沃德②(Jerry W. Ward, Jr.)合作编写完成,是迄今为止最具代表性和权威性的一部美国非裔文学史。此外,美国近年来还出版了多部融学术性和知识性于一炉的著作,对非裔作家作品、非裔文学理论和批评以及美国非裔文化等要素进行归纳总结,代表性著作有汉斯·奥斯特罗姆(Hans Ostrom)和 J·戴维·梅西(J. David Macey)携手编写的《格林伍德美国非裔文学百科全书》(*The Greenwood Encyclopedia of African American Literature*, 2005)、威尔弗雷德·D·塞缪尔斯(Wilfred D. Samuels)主编的《美国非裔文学百科全书》(*Encyclopedia of African-American Literature*, 2007)、基恩·安德鲁·贾勒特主编的《美国非裔文学指南》(*A Companion to African American Literature*, 2010)和尤兰达·威廉姆斯·佩奇(Yolanda Williams Page)的《美国非裔文学的偶像》(*Icons of African American Literature*, 2011)。

　　与国外研究相比,我国在美国小说的黑人性研究上起步较晚,但近二十年来发展势头强劲。黑人性研究(尤其是美国非裔小说研究)已成为国内外国文学研究的一大热点领域。对于美国经典文学中的黑人形象研究,国内已有成果包括张立新的《文化的扭曲:美国文学与文化中的黑人形象研究》(中国社会科学出版社,2007)和鲍忠明的《最辉煌的失败:福克纳对黑人群体的探索》(北京理工大学出版社,2009)等。美国非裔小说 20 世纪以来的不俗表现(尤其是莫里森 1993 年荣膺诺贝尔文学奖)极大地促进了我国相关研究,在学术专著、论文以及学术活动等方面我国

①　该书于 2007 年由外语教学与研究出版社原版引进。
②　沃德多次来中国进行过学术交流,其学术演讲已汇编成册,正式出版。参见杰瑞·沃德:《美国非裔文学批评:杰瑞·沃德教授中国演讲录》,武汉:华中师范大学出版社,2014 年。

相关研究都取得了不错的成就。

20 世纪国内美国文学史著作已经开始关注黑人小说,对具体黑人作家作品进行了介绍,例如常耀信的《美国文学简史》(南开大学出版社,1990)用一章的篇幅对美国 20 世纪黑人文学进行了概括性梳理。21 世纪初,国内学者纷纷对美国文学史(主要是 20 世纪文学史)进行回溯总结,美国非裔小说无疑成为一个重要的话题,代表性著作当属刘海平和王守仁主编的四卷本《新编美国文学史》(上海外语教育出版社,2002),该著在不同章节对不同时期的美国非裔小说进行了深入细致的梳理和剖析。虞建华的《美国文学的第二次繁荣》(上海外语教育出版社,2004)单辟一章对哈莱姆文艺复兴的成因、发展和影响进行了细致论述。值得一提的是,2006 年,国内出版了第一部专题著作——王家湘的《20 世纪美国黑人小说史》(译林出版社,2006)。该著详略得当地分析了 51 位近代黑人小说家其人其作,着重探讨了黑人小说家的政治思想和艺术成就,以及对其他作家的影响。此外,庞好农的《非裔美国文学史(1619—2010)》(中央编译出版社,2013)则对美国非裔文学史进行了宏观系统的梳理。

在美国非裔小说专题研究[①]方面,可以说是硕果累累,相关著述有几十部。仅以莫里森为例,截至 2016 年底,据不完全统计,莫里森研究著作多达 22 部。[②] 对其他经典非裔作家研究以及整体研究,也是成果颇丰。[③]

---

① 相关译著和期刊论文因数量过于庞大而难以一一进行统计。

② 这个数字系笔者根据中国国家图书馆、豆瓣图书和亚马逊中国官网的信息综合得来,数字可能会有遗漏。篇幅有限,本文这里就不一一列举了。

③ 据不完全统计,整体性研究著作有:谭惠娟、罗良功的《美国非裔作家论》(上海外语教育出版社,2016),罗虹等著的《当代非裔美国新现实主义小说论》(中国社会科学出版社,2014),瓮德修、都岚岚的《美国黑人女性文学》(吉林大学出版社,2000),唐红梅的《自我赋权之路:20 世纪美国黑人女作家小说创作研究》(华中师范大学出版社,2012)和稽敏的《美国黑人女权主义视域下的女性书写》(科学出版社,2011)等。作家作品研究除了莫里森之外,主要集中在沃克和赫斯顿等经典作家身上,如刘戈的《革命的牵牛花——艾丽斯·沃克研究》(高等教育出版社,2007),李荣庆的《新历史主义批评:〈外婆的日用家当〉研究》(浙江大学出版社,2011),王冬梅的《性别、种族与自然:艾丽斯·沃克小说中的生态女人主义》(厦门大学出版社,2013),张玉红的《赫斯顿民俗小说研究》(科学出版社,2015),程锡麟的《赫斯顿研究》(上海外语教育出版社,2005),王元陆的《赫斯顿在种族及性属问题上的矛盾性研究》(外语教学与研究出版社,2010),庞好农的《文化移入碰撞下的三重意识:理查德·赖特的四部长篇小说研究》(上海大学出版社,2007)和隋红升的《危机与建构:欧内斯特·盖恩斯小说中的男性气概研究》(浙江大学出版社,2011)等。

值得一提的是,自程锡麟和王晓路在《当代美国小说理论》(外语教学与研究出版社,2001)中独辟一章对黑人美学理论进行论述以来,美国非裔文学理论(尤其是黑人女性文学理论)近年来成为国内一大学术热点,相关研究著作包括赵思奇的《贝尔·胡克斯黑人女性主义文学批评研究》(中国社会科学出版社,2014)、王淑琴的《美国黑人女性主义文学批判研究》(山东大学出版社,2014)和周春的《美国黑人文学批评研究》(上海人民出版社,2016)。从这些数据中我们可以看出,如此丰硕的学术成果表明我国美国非裔文学研究进入了勃兴期。

除了学术出版之外,国内的相关学术研究活动也是风生水起,除了美国文学学术会议之外,近年来也举办了多场以美国非裔文学为主题的学术会议。2009年,由华中师范大学外国语学院和《外国文学研究》杂志共同举办了"美国非裔文学学术研讨会"(又名"第一届族裔文学研讨会")。国内外学者齐聚武汉,就"美国非裔文学"的多项议题进行了讨论。该会议在国内美国非裔文学研究史上具有里程碑式的意义。在随后的"第二届族裔文学国际研讨会"(华中师范大学,2014)和"第三届族裔文学国际研讨会"(杭州电子科技大学,2016)上,虽然会议讨论内容有所扩大,但美国非裔小说无疑仍然是关注的焦点,有力地推动着美国非裔文学研究不断向纵深发展。

根据以上梳理和分析,不难发现,对美国白人经典小说和非裔小说的黑人性研究可谓硕果累累,为本章撰写提供了重要借鉴和参考。然而,对于美国小说中的"黑人因素"这一重要命题,国内外学界尚未给予系统深入的开掘。从某种意义上说,所谓的纯文学是不存在的,文学(尤其是小说)常常指向时代社会的现实矛盾。可以说,美国的"种族问题"就是"黑人问题",也是美国小说中一大核心命题,深刻地影响了美国小说本土化过程。对美国代表性小说中出现的"黑人因素"进行系统而全面的梳理,有助于我们更深刻地理解美国小说的复杂性和丰富性。

美国小说从开始对英国小说的亦步亦趋到最终取得独立并登上20世纪小说美学的高峰,起作用的因素自然很多,而作为美国最大的少数民族——黑人,及其带有鲜明特点的黑人文化和历史经验对美国本土小说的形成无疑产生了巨大的推动作用。本章从小说美学入手,从三个方面

American Fiction: Local Processes and Multivariate Genealogies

分别探讨美国小说的"黑人性"表征。

首先，"黑人性"表现在美国小说中的黑人形象塑造上。对于黑人小说中黑人形象的评说已有不少，因此，本文主要就美国白人小说中的黑人形象展开论述。从早期小说家库柏、麦尔维尔，到后来的马克·吐温和福克纳，黑人形象多次出现在他们的小说中。大多数黑人形象虽不像白人形象那样占据着主导地位，却有力地起到了衬托作用，有的甚至成为小说中不可分割的一部分。美国小说中还有一类特殊的人物——混血儿形象。他们大多是黑白混血儿，在小说中常常处于一种不尴不尬的境地，往往以悲剧收场。从某种意义上说，小说中的混血儿形象对现代人类的尴尬境况作出了绝好的诠释。本文会对这一特殊的文学现象进行历史的回顾和深入的剖析。黑人形象的存在使美国小说更加丰满充实，更具美国本土味道，加速了美国小说本土化的进程。

其次，"黑人性"表征也体现在美国小说中的黑人文化因素。美国白人小说在继承欧美主流文学传统的基础上，兼收并蓄，直接或间接地融合了一些黑人文化元素，使小说彰显出不同凡响的美国民族气概。该部分分别介绍了黑脸喜剧、黑人英语和以爵士乐为代表的黑人音乐对美国小说的影响。黑脸喜剧主要影响了白人小说家对"黑人形象"的理解和诠释；黑人方言则使白人小说家的作品的叙事显得格外生动，人物语言极富个性，赋予作品以浓厚的地方色彩和乡土气息；诞生于 20 世纪初的爵士乐是美国黑人对世界的一大贡献，它对美国 20 世纪 20 年代影响尤甚，成为整个时代的精神象征。爵士乐纵情多变、崇尚变化的精神与当时美国现代主义文学的精神遥相呼应，海明威和菲茨杰拉德等美国作家的创作无不反映了爵士乐的这种精神特质。诞生于"爵士时代"的美国现代小说也因此登上了小说美学的高峰。

最后，"黑人性"是美国黑人小说区别于其他族裔小说的重要标志。美国黑人小说源起于以黑奴自述为代表的黑人口头文学，在 20 世纪涌现了三次高潮，展现出蓬勃的生命力和鲜明的文化内涵。黑人作家拥有白人主流作家缺少的族裔文化背景和历史经验，因此，在承继西方文学传统的同时，黑人小说家广泛吸收黑人民间故事、音乐、黑人布道等文化形式，变革叙述模式，赋予文本以鲜明的民族特色。黑人小说鲜明的族裔特色，或称"黑人性"主要表现为"表意性"和"音乐性"两方面。这两大要素有机地结合在一起,成为黑人文学重要的文化基质。美国黑人身处主流社会的边缘,但在推动美国小说本土化过程中,黑人小说则与白人小说殊途同归,是其中不可或缺的组成部分。

第一节　美国白人小说中的黑人形象

作为最早"被迫"移居北美大陆的少数族裔,黑人在美国社会历史上与白人一直关系紧密。这种"不平等"的关系必然会在美国本土小说中有所反映。黑人和白人的"种族关系"是美国文学的一个核心命题,每一位美国白人作家都无法逃避。换言之,白人作家几乎别无选择,写美国就得写黑人,美国白人小说中因此出现了形形色色的黑人形象。有的白人小说家有意或无意地弱化黑人人物功能,使其成为主人公的陪衬或反面,淡化种族问题;也有相当一部分小说家在创作过程中从未停止对黑人问题进行道德思索和艺术表现。可以说,审视白人小说的黑人表征,我们能够较深入地理解白人作家的种族观、历史观及其人文思想。

一、始于库柏的黑人形象

在美国早期殖民地文学中,黑人形象较为少见,即使出现,也不过是一些微不足道、可有可无的小角色。在英国殖民者眼里,"黑色"是"危险的符号和卑微低下的象征",他们常常将"黑色"与"过失、邪恶、死亡和缺乏宗教信仰"①联系在一起。其时,"白人至上论"甚嚣尘上,"黑人低下论"则大行其道。白人殖民者利用生物学、人类学、生理学等各种学说理论对黑人大肆贬低和诋毁,甚至还搬来《圣经》自圆其说。连许多早期的废奴主义者也"随波逐流",认为白人和黑人两大人种之间存在着

---

① Seymour L. Gross & John Edward Hardy, ed., *Images of the Negro in American Literature*, Chicago: The University of Chicago Press, 1966, p. 35.

American Fiction: Local Processes and Multivariate Genealogies

不可逾越的差异。坚定的废奴主义者——约翰·伍曼就振振有词地表示："黑人似乎根本不是我们的同类……而是一个卑贱的族类。"[1]可以说，自美国建国之后，"黑人是劣等民族"的观念就已经深深嵌入白人的潜意识里，对后来的白人小说家在黑人形象的创作上产生了潜移默化的影响。

第一部真正出现黑人形象的美国小说应该是詹姆斯·库柏(James Cooper, 1789-1851)的《间谍》(*Spy*, 1821)。库柏被誉为第一位真正意义上的"美国小说家"，因为他成功地将美国土地、人物与历史巧妙地糅合在小说中，使小说第一次出现了"美国之音"。《间谍》成功地开辟了美国民族题材，因此被誉为第一部真正的美国小说。该书出版后风靡欧洲大陆，被译成法语和德语等多种语言，向来鄙夷美国小说的英国人也将该书偷印出版。作为本土作家，库柏迈出了美利坚小说坚实的第一步。书中，他不仅塑造了哈维·彪奇这样一个光辉高大的民族英雄形象，还用不少笔墨描写了一个名叫恺撒·汤普森(Caesar Thompson)的黑人奴仆。虽非主角，但恺撒却是第一个真正意义上出现在美国小说里的黑人形象。恺撒是一名"年迈的家庭奴仆，是在主人家里出生和长大的。服侍主人是他命中注定的事情，因此他视自己为主人家一员，愿与主人同甘共苦"。[2]库柏用了几乎整整两页纸的篇幅对这个黑人奴仆的外表进行了详细地描述："恺撒短短的卷发已生出华发，这使他有了一副特别可敬的模样……恺撒的心倒是长得挺端正的，我们并不怀疑它的大小正合适。"[3]库柏生动地描述了恺撒身上忠诚、幽默、机敏、迷信等特点，塑造了一个比较丰满的黑人形象。黑人恺撒的身影多次出现在小说中，虽不是主角，却起到了穿针引线的作用。读者甚至会产生这样的感觉：库柏似乎想让恺撒与主人平起平坐，享有同样高的地位。W·H·加德勒曾在《北美评论》里这样评论过恺撒这个人物："在《间谍》之前，黑人形象从没有像恺

---

[1]　Seymour L. Gross & John Edward Hardy, ed., *Images of the Negro in American Literature*, Chicago: The University of Chicago Press, 1966, p. 31.

[2]　James Fenimore Cooper, *The Spy*, New York: Dodd, Mead & Company, 1948, p. 28.

[3]　Ibid., p. 29.

撒这样被真正刻画过。"①可以说,库柏塑造恺撒的成功是跟他的经历分不开的。他从小就跟黑奴有所接触,小时候家里就有两个黑奴,长大成人后家里又雇了几个黑人。他了解黑人,也同情黑人,他对黑人的怜悯之情在《美国人的观念》(*Notions of the Americans*)、《猎鹿人》(*The Deerslayer*)等作品中也有所体现。在《剑桥美国文学史》中,凯撒被称作是美国小说中"最早的、滑稽可笑的并恭顺屈从的典型的黑人形象"②。可以说,是库柏塑造了传统黑奴这一形象,并使其主要特点固定下来,但他并没有触及美国黑人残酷的生活现实和真实的心理状态。这一形象对后世产生了一定的影响,美国小说随后出现的汤姆叔叔和迪尔西奶妈等经典黑人角色都没能跳出这一形象的樊篱。

19世纪下半叶,种族矛盾,特别是白人与黑人之间的矛盾越发不可调和,最终导致南北战争的爆发。南北战争前夕,描写黑人辛酸遭遇的废奴小说风起云涌,带有明显的现实主义特性,是美国小说从浪漫主义到现实主义的过渡阶段。在众多的废奴小说里,《汤姆叔叔的小屋》(*Uncle Tom's Cabin*, 1851)应是影响力最大的一部,出版后有力地推动了南北战争的进程,斯陀夫人也因此成为林肯口中那位"导致了一场伟大战争的小妇人"。

小说刻画了众多被奴役的黑人形象,这组黑人群像中尤为突出的是汤姆叔叔,他温顺谦恭的形象已为世界人民所熟悉。同库柏笔下的恺撒一样,忠厚老实的汤姆叔叔对主人忠心耿耿,毫无二心。但他经历十分坎坷,曾先后服侍过三个奴隶主,最后为了保护逃走的女奴,杀身成仁,惨死在主人的皮鞭下。

《汤姆叔叔的小屋》最能打动读者的是它所倡导的基督教仁爱精神,而将这种精神体现得淋漓尽致的便是汤姆叔叔。如此塑造人物与作者本人的信仰不无关系。斯陀夫人出生在一个基督教家庭,父亲是一位著名牧师,受其影响,她也成为一名虔诚的基督徒。她笔下的汤姆叔叔就是一

---

① Seymour L. Gross & John Edward Hardy, ed., *Images of the Negro in American Literature*, Chicago: The University of Chicago Press, 1966, p. 55.

② 萨克文·伯克维奇(主编):《剑桥美国文学史》(第一卷),蔡坚译,北京:中央编译出版社,2008年,第651页。

American Fiction: Local Processes and Multivariate Genealogies

位耶稣式的人物。他笃信基督教，安于做一名奴隶。汤姆叔叔的基督殉道式的精神与白人奴隶主的丑恶行径形成了鲜明对照，作者试图通过汤姆叔叔悲惨的遭遇和殉道式的结局来唤起白人社会的同情。然而今天，无论从历史角度还是以当代人的眼光审度"汤姆叔叔"的形象，自然会发现"汤姆叔叔"身上带有致命的精神缺陷。他在精神上遭到了"阉割"，灵魂已被偷换，失去了黑人本应具有的反抗精神。汤姆叔叔惨死的悲剧部分原因就在于，"基督教信仰磨去了他的棱角，使他成了一个只知道俯首帖耳地为主子一辈子效劳的奴才"①。

尽管斯陀夫人坚决反对奴隶制，同情黑人奴隶的悲惨遭遇，但她在刻画黑人形象的时候却没能跳脱传统黑奴形象的窠臼。不可否认，汤姆叔叔这一黑人形象影响之大，以至于在相当长的一段时间里成为白人与黑人之间具有多重影响的参照物，影响了几代美国人的情感。著名评论家莱斯利·菲德勒曾这样评价斯陀夫人："不管怎样，斯陀夫人塑造的美国黑人形象激发了全世界的想象力。"②有论者更是直言不讳地说："是斯陀夫人创造了黑人小说。"③

可以说，汤姆叔叔进一步巩固了美国白人小说中的传统黑人形象，美国白人和黑人小说中也随之涌现了大批"汤姆叔叔"式的人物。如今，"汤姆叔叔"已"登堂入室"进入英语语言。就如同"山姆大叔"指代"美国人"一样，"汤姆叔叔"已成为那些逆来顺受、卑躬屈膝的黑人的代名词。该词还作为词条被收进多部字典里。美国权威字典《兰登书屋英语字典》对"汤姆叔叔"的解释是这样的："贬义和轻蔑语。在黑人眼里，那些对白人谦恭忍让、阿谀奉承的黑人。"紧随其后的是另一个词条"汤姆叔叔主义"（Uncle Tomism），该词指的是"有关白人和黑人之间关系的一种政策，意指白人摆出一种仁慈但屈尊俯就的态度，而黑人则要心甘情愿

---

① 虞建华：《20 部美国小说名著评析》，上海：上海外语教育出版社，1988 年，第 104 页。

② Leslie Fiedler, *The Inadvertent Epic: From "Uncle Tom's Cabin" to "Roots"*, New York: Simon & Schuster, 1979, p. 26.

③ Richard Yarborough, "Strategies of Black Characterization in *Uncle Tom's Cabin* and the Early Afro-American Novel", Eric J. Sundquist, ed., *New Essays on* Uncle Tom's Cabin, Cambridge: Cambridge University Press, 1986, p. 45.

地摆出一种顺服的态度"①。

二、南方小说中的黑人形象

美国南方小说是美国小说一个重要分支,它建构在南方这片特殊的土壤之上,与这一土地上的社会和文化有着千丝万缕的联系。南方经济是以蓄奴制为基础发展起来的,种族问题"触及到社会、政治、经济、文化、道德的本质"②,大部分南方人对蓄奴制都有着难以割舍的情结,因此对种族问题的关注、对黑人的态度和对黑人生活的反映成为南方小说不可分割的一部分。

乔治·塔克(George Tucker, 1775-1861)是南方早期的小说家,他的《雪兰多河谷》(*The Valley of the Shenandoah*, 1824)在塑造黑人形象上意义重大,对后世的南方小说家产生了深远的影响。一方面,他着力粉饰太平,对黑人进行了理想化的描写,描写了黑人奴隶对白人绝对的忠诚和服从。他们大都过着田园般的快乐生活,似乎没有世俗的烦恼。他笔下的黑奴,像布利斯托大叔、年轻人彼得和奶妈默特等,无不对主人感恩戴德、俯首帖耳,主仆关系似乎十分融洽;另一方面,塔克在小说情节中却常常忽视黑人的存在,只是轻描淡写敷衍几句,黑人形象只不过是白人形象的附属品。他笔下快活、善良、忠诚、迷信的黑人形象衍化为一种固定的模式。在随后几十年里,其他南方小说家纷纷步其后尘,模仿其描写黑人形象的技巧,又进一步巩固了这种模式化形象。比如,约翰·肯尼迪的《燕子谷仓》(*The Swallow Barn*, 1832)中的露西、威廉·卡拉瑟斯的《蹄匠骑士》(*The Knights of the Horse-Shoe*, 1845)中的加图和艾塞克斯等黑人形象都属于这种人物范式。

与其他早期南方作家不同,威廉·西姆斯(William Simms, 1806-1870)在他的小说里则给予黑人以较多的关注。尽管西姆斯并不反对蓄

---

① Stuart Berg Flexner, ed., *The Random House Dictionary of the English Language*, New York: Random House, 1987, p. 2056.

② 肖明翰:《威廉·福克纳研究》,北京:外语教学与研究出版社,1999 年,第 215 页。

American Fiction: Local Processes and Multivariate Genealogies

奴制,但他在处理黑人形象时并没有循规蹈矩,沿袭传统的老路,而是不惜笔墨描写了一些与众不同、较为真实的黑人形象。在小说《梅利尚》(*Mellichampe*, 1836)里,他描写了一名叫"希皮欧"的虔诚老黑奴。希皮欧对主人也是忠心耿耿,毫无二心,这一点并没有脱离南方庄园小说的模式。但该小说与众不同之处在于,在小说结尾高潮的地方,希皮欧在主人的鼓动下竟用木头将白人巴斯菲尔德打死,抢尽了风头,成为整个故事的一大亮点,这在之前的美国小说里是根本无法想象的。除希皮欧之外,西姆斯还在《刀剑与纺纱杆》(*The Sword and the Distaff*, 1852)中塑造了一个几乎和主人平起平坐的黑人厨师。他跟主人称兄道弟,敢于和主人互开玩笑。此外,西姆斯还在中篇小说《车夫的爱》(*The Loves of the Driver*, 1841)中描写了一个已成家的黑人监工明戈,他爱上了一个年轻的印第安女子,并主动向其示爱。西姆斯所描写的庄园里黑奴的生活较为真实,小说中黑人的想法和行为也都是合乎逻辑,可以理解的。

整体来看,在早期南方小说里,奴隶主常常被美化成"仁慈"的主人,而黑人只是一些可以忽略不计的小人物,他们的不幸和痛苦被牧歌式的、浪漫高雅的种植园生活所掩盖。庄园文学这一传统所产生的影响一直延续到了20世纪。

20世纪20年代,被谑称为"文化沙漠"的美国南方出现了空前的文学繁荣,产生了"南方文艺复兴"这一奇特的文化景观,涌现了一大批优秀小说家,如凯瑟琳·波特(Katherine Porter, 1890-1980)和艾伦·泰特(Allen Tate, 1899-1979)等。在这一批南方小说家中,威廉·福克纳(William Faulkner, 1897-1962)是集大成者。他的作品富含南方地域色彩,他也因此被公认是南方文艺复兴的旗手和南方文学的精神领袖。福克纳是一个土生土长的密西西比人,出生在一个有显赫家世荫庇的大家族,其曾祖父是一个大奴隶主。福克纳了解黑人,他孩提时代常去黑人老保姆那里聆听黑人民间故事,身边也不乏黑人玩伴。从小生长在黑人聚集和种族歧视严重的南方社会,福克纳对黑人必然会产生一种难以割舍的复杂情结,这种情结必然会在小说里得以体现。在他的作品里,福克纳毫不掩饰自己对种族主义的痛恨之情,但他扎根于美国南方乡土,对南方社会怀有深厚的感情,因此他又惧怕发生激烈的社会变革,福克纳这种爱恨交织的复杂感情在塑造黑人形象时就尖锐地表现出来。

南方白人小说家们往往以局外人的身份对黑人进行观察,判断,评头论足,但似乎都没有福克纳在作品中表现得那么关注。福克纳在他卷帙浩繁的作品中描写了形形色色、性格迥异的黑人形象。他在"约克纳帕塔法世系"的大部分小说中,都不同程度地对黑人予以关注,一些黑人还成为小说的中心人物。他在《押沙龙,押沙龙!》(*Absalom, Absalom!*,1936)和《去吧,摩西》(*Go Down, Moses*,1942)两部巨著里追溯了斯特潘和麦卡士林两大家族的历史,揭示了他们败落的根本原因是奴隶制和种族主义对人性的践踏。在《喧哗与骚动》(*The Sound and the Fury*,1929)里,福克纳塑造了迪尔西这个具有忠诚、忍耐、仁爱等美德的黑人形象。迪尔西亲眼目睹了康普生家族的兴衰,她虽是低人一等的黑人女奴,却不怕主人的淫威和偏见,勇敢地保护受到不公正待遇的人。在她身上寄托着福克纳对人类的希望。迪尔西也是福克纳最喜欢的人物之一,在他眼里,"迪尔西代表着未来"①。

艾利森在审视福克纳笔下的黑人形象时,切中肯綮地指出:"他在面对黑人的时候带着复杂的心态,将他们描绘成'好黑鬼'和'坏黑鬼'两种固定类型。"②福克纳从未对黑人怀有敌视的态度,但他所塑造的大部分黑人都具有白人眼中黑人应该具有的品质,属于传统"好黑鬼"(good nigger)形象。他笔下的正面黑人形象能够"忍受"苦难,大都具有"汤姆叔叔"的禀性:正直、忠厚、顺从、诚实、勇敢、吃苦耐劳,对自己低贱的地位安之若素,心满意足。我们不难看出,迪尔西也没能跳出这种窠臼,她身上的优秀品质也正是奴隶主眼中"好黑鬼"所具备的特点。福克纳塑造的这种类型的人物很多,例如,《去吧,摩西》中的莫莉、《沙多里斯》中的西蒙、《没有被征服的》中的卢万妮亚等。这些"好黑鬼"形象性格单一,略显单薄,衍化为一种类型。除了迪尔西这种任劳任怨的黑人形象之外,福克纳也塑造了一些并不安分守己的黑人形象。他们虽不是坏人,却是一些希冀自由、想摆脱低人一等处境的人。比如,《不败者》中的卢希、

① Thadious Davis, *Faulkner's "Negro": Art and the Southern Context*, Baton Rouge：Louisiana State University Press, 1983, p. 108.

② Ralph Ellison, *Shadow and Act*, New York：Random House, 1964, p. 47.

American Fiction: Local Processes and Multivariate Genealogies

《沙多里斯》中的卡斯皮等。他们大都向往种族平等，却被描写成了传统的"坏黑鬼"形象。这与战败的美国南方人的畸形心态有关，与当时的社会风气不无关系。

福克纳曾说："每个白人孩子都是生下来就钉在黑色的十字架上的。"①虽然福克纳并非种族主义者，却自觉或不自觉地接受了白人种族主义者的观念。南北战争宣告南方奴隶制种植园经济的结束，否定了建立在这种经济基础之上的南方传统和价值观念。尽管福克纳憎恨蓄奴制，从不掩饰自己对种族主义的深恶痛绝，但南方是他的故乡，生于斯长于斯的他不想改变南方社会本身，而是希望通过提高黑人的道德素质来解决南方的问题。可以说，福克纳的内心深处仍然受着业已形成的传统种族主义的影响。著名黑人女性作家沃克曾这样评价过福克纳："跟托尔斯泰不同，福克纳并没有准备通过斗争来改变养育他的那个社会的结构。"②可以说，是福克纳反种族主义的立场与他畏首畏脚解决种族问题的方式之间的矛盾造成了他作品中黑人形象的局限性。

三、人性化的黑人形象

描写黑人的白人小说家为数不少，但多半都将黑人描写成"愚昧、野蛮、卑贱"的形象，而赫尔曼·麦尔维尔却是一个例外。麦尔维尔是美国小说第一次高潮中涌现的一颗璀璨的明星。同爱默生、梭罗等同时代的作家一样，麦尔维尔对蓄奴制这个社会问题十分关注，认为它是"民族的罪恶"。从第一部小说《泰比》到最后一部小说《战事集》(Battle-Pieces and Aspects of the War, 1866)，麦尔维尔塑造了不少黑人形象。比如，他第一部小说《泰比》中的黑人厨师蒙哥、《奥穆》中鼓手比利·路恩和"可怜的老黑厨"巴尔的摩、《玛地》中的黑仆森博、《雷德伯恩》中的汤普森，不一而足。在麦尔维尔的传世之作《白鲸》中，他淋漓尽致地抒发了他对种族问题的看法，塑造了一些高尚的非白种人，如"野蛮人"魁魁格，也塑

① 李文俊（编选）：《福克纳评论集》，北京：中国社会科学出版社，1980 年，第 65 页。
② Alice Walker, *In Search of Our Mothers' Gardens*, New York：Harcourt Brace Jovanovich, 1983, p. 20.

造了一些光风霁月的黑人形象,他笔下的这些黑人甚至要比白人还要美好。小说中的"佩阔德号"就是一个小社会,各个种族和肤色的人掺杂其中。船上地位最为卑微的算是标枪手,其中就有一个黑人标枪手——"大个儿"(Daggoo)。

"大个儿"是三副弗拉斯克的随从,在"佩阔德号"上的地位极其卑微,但他人高马大,活似一个巨人。他气宇轩昂,"走起路来活像一只狮子——看起来就像是亚哈随鲁王"[1]。他贵族般的气质使见过他的人都"不免感到相形见绌;一个白种人站在他面前,仿佛就是一面去向要塞求降的白旗"[2]。就连他的"顶头上司"弗拉斯克如果站在他旁边,看起来也"活像只棋子"。他不仅具有贵族般的气质,还拥有高尚的人格。他曾冒着生命危险跳进乳白色的鲸油中,将另一个标枪手塔斯蒂哥救起。作者细致地描写了黑色皮肤下面那颗善良的心,凸现了黑人的人性,把他们描写成人而不是异类。

麦尔维尔在书中还描写了一个身体纤弱的黑人小孩"比普"。他"虽然心地过于温厚,内里却十分聪明伶俐,有着他的种族那种可爱、亲切、快活开朗的特点……如果我把这个小黑人写成个精神焕发的人物,请别见笑,因为即使是黑色的东西,它本身也有光泽"[3]。比普是船长亚哈主动提供帮助的人,比普身上闪耀着人性的光芒,差一点使偏执的船长亚哈改变航线,正如书中亚哈对比普说的那样:"可怜的孩子,我正是在你身上,觉得有一种对我的毛病能对症下药的东西。"[4]比普誓与船长同生死,共患难,船长不无感慨道:"啊,尽管这世界有无数的恶棍,可是,这却叫我迷信起人类还有一点忠诚!——而且还是个黑人,是个疯子!"[5]可以说,比普大智若愚,代表了亚哈身上残留的那一点人性。

麦尔维尔是在 19 世纪中叶创作这本书的,当时美国南部仍保留着惨无人道的蓄奴制,种族歧视仍然大行其道。在这样一个历史背景下,作者

---

[1]　赫尔曼·麦尔维尔:《白鲸》,曹庸译,上海:上海译文出版社,1982 年,第 167 页。
[2]　同上,第 168 页。
[3]　同上,第 577 页。
[4]　同上,第 747 页。
[5]　同上,第 748 页。

没有囿于狭隘的种族观念，没有陷入"白人至上"情结，在作品中把黑人描写得如此美好，是难能可贵的，体现了作者博大的胸怀和人道主义思想。

南北战争后，资本主义经济高速发展，而社会贫富悬殊，拜金主义猖獗，这使一切有良知的作家起来揭露社会的罪恶。于是，批判现实主义成为19世纪下半期美国文学的主流，一批杰出的现实主义小说家在文坛上涌现出来，马克·吐温便是他们的光荣代表，他富有美国本土特色的作品标志着美国小说已经成熟。

纵观马克·吐温一生，蓄奴制一直都缠绕和折磨着他。他在美国西南部长大，耳闻目睹了黑人的悲惨遭遇，已敏锐地察觉到南方社会表面的繁华之下潜藏的危机。不像埃德加·爱伦·坡有种族主义观念，他非常同情黑人，常常剖析自己的灵魂，对虚伪的白人报以冷嘲热讽，他曾在给他妈妈的一封信中写道，"我觉得我最好把我的脸涂黑，因为东部各州的黑人比白人要好得多。"①

这位"文学中的林肯"在《哈克贝利·费恩历险记》中，生动细致地塑造了吉姆（Jim）这个黑人形象。吉姆除了具备一些黑奴的普通特点之外，还具有一些非常可贵的品质，拥有一颗"金子般的心"。其实，吉姆这个黑人形象在现实生活中是有原型的。吐温小时候常会到约翰伯父的庄园里住上一段时间，他最喜欢庄园里的黑人丹尼尔叔叔。他忠实、慈爱、富于同情心，还跟他讲了很多饶有趣味的黑人故事。吐温就是以黑人丹尼尔为原型塑造了吉姆这个形象。吉姆不是一个像"汤姆叔叔"一样安分守己、逆来顺受的黑人，而是一个富有反抗精神、愿意牺牲自己、品格高尚的大写的人。他生性善良，在沿着密西西比河顺流而下的路上，吉姆对哈克的关怀可谓无微不至，把他当成自己孩子一样对待，最终赢得了哈克的好感和信任，两人成为美国文学史上经典的忘年交。虽身为奴隶，吉姆也有人的七情六欲，常常在路上难以掩饰对妻子和女儿的思念。然而，作者并没有将吉姆理想化，他在小说里也描写了吉姆的无知、迷信和其他一

---

① Eric Lott, "Mr. Clemens and Jim Crow: Twain, Race, and Blackface", Forrest Robinson, ed., *The Cambridge Companion to Mark Twain*, Shanghai: Shanghai Foreign Language Education Press, 2001, p. 129.

些缺点。诚如斯特林·布朗所言,"在19世纪美国小说里,吉姆是普通黑奴的最佳代表,他没受过教育,而且有些迷信,但他自尊自爱,从没有放弃追求自由的希望。"[1]事实上,哈克和吉姆是互相支持,密不可分的。如果没有吉姆,哈克就不完整,其道德思想的转变就难以成立,这本书也不会引起如此大的社会反响,更不可能成为传世经典。

从反种族主义这个层面上说,吉姆这个黑人形象是小说成功之所在,是对废奴文学优秀传统的新发展。他已成为闪耀着人性光辉的黑人形象的典型代表。其心灵的纯洁足以使任何歧视黑人的白人感到羞愧。难怪著名黑人小说家艾利森会认为,吉姆"不仅是一个奴隶,还是一个人,他在某些方面令人忌妒……他已经成为人性的代表"[2]。

综上所述,早期白人小说中的黑人形象大都性格单一,衍化成某种固定的模式和类型,可归为福斯特所言的"扁平人物",之后在麦尔维尔、马克·吐温和福克纳等人的作品中,黑人形象愈加丰满起来,变得有棱有角,有血有肉,甚至比白人形象还要高大和美好,从"公式化的形象"(stereotype)转化成"人性的典范"(archetype of humanity)。诚如赖特所言:"美国黑人的历史是西方人历史的缩影……黑人是美国的隐喻。"[3]

四、悲惨的混血儿形象

在美国小说里,有一类比较特殊的人物形象——"黑白混血儿"。在英语里,"黑白混血儿"大致有三个对应词——mulatto(有二分之一黑人血统的黑白混血儿)、quadroon(有四分之一黑人血统的黑白混血儿)和octoroon(有八分之一黑人血统的黑白混血儿)。严格说来,他们既不属于白人,也不属于黑人,这就使他们处于一种非常尴尬的境地。不管皮肤有多白,"黑白混血儿"往往都会受到白人的歧视,并被归为"黑人"。因

[1]　Sterling Brown, *The Negro in American Fiction*, New York: Arno Press, 1969, p. 68.

[2]　Ralph Ellison, *Shadow and Act*, New York: Random House, 1964, pp. 31-32.

[3]　Seymour L. Gross & John Edward Hardy, ed., *Images of the Negro in American Literature*, Chicago: The University of Chicago Press, 1966, p. 25.

American Fiction: Local Processes and Multivariate Genealogies

为美国司法界有一条铁律——"一滴血规则"（one drop rule）[1]，即只要身体里流淌着黑人血液，不管他的皮肤有多白，一律都被视为黑人。也就是说，黑人血统决定了他的社会地位。这也就导致了"悲惨混血儿形象"（tragic mulatto image）这一特殊美国小说人物类型的出现，而以皮肤白皙的混血儿为主人公的小说也常被冠之"混血儿小说"（passing novel）的名号。

早在 19 世纪浪漫主义时期，美国文学作品中就出现了一些混血儿形象。库柏的《最后一个莫希干人》（*The Last of the Mohicans*, 1826）中出现了第一个混血儿形象——科拉（Cora）。科拉是英国指挥官门罗和一个黑人女子所生的女儿，是该小说的女主人公。科拉的黑人血统使她最后以悲剧收场，与情人安卡斯双双死去。

在库柏之后的小说里，涌现了大量像科拉一样悲惨的混血儿形象。施普利曾在《美国文学中的混血儿》一文中指出，"在 1844 至 1865 十几年间，混血儿已发展成美国文学的主要形象。"[2]废奴主义小说家和美国重建时期的小说家常借助"悲惨混血儿形象"来抨击奴隶制，为自己的宣传目的服务。总体而言，他们未能真正如实地反映混血儿的生活，而是常常用感伤的笔调凸现他们的悲惨生活，从而达到说教的目的。斯陀夫人在《汤姆叔叔的小屋》里，除了塑造了汤姆这样的纯血统黑人之外，还塑造了两个混血儿形象——伊莱扎和哈里斯夫妇。为了保护自己的儿子不被卖掉，为了追求自由，他们勇敢地逃离主人，在废奴主义者的帮助下，逃到加拿大。他们勇于抗争的光辉形象与汤姆叔叔形成了鲜明对比。此外，像马克·吐温和威廉·迪恩·豪威尔斯（William Dean Howells, 1837-1920）等美国经典作家也注意到血统混杂这一日益严重的社会问题，他们也纷纷将笔触延伸到混血儿的生活，例如吐温的《傻瓜威尔逊》（*Pudd'nhead Wilson*, 1894）中的罗克西和《紧急任务》（*An Imperative Duty*, 1891）中的罗达·爱尔嘉特。

---

[1] 1986 年，这一规定被美国最高法院定为正式法律。（参见 Tom Morganthau, "What Color is Black?", *Newsweek*, February 13, 1995.）

[2] Robert Eddy, ed., *Reflections on Multiculturalism*, Yarmouth: Intercultural Press, 1996, p. 105.

到了 20 世纪,美国人对血统问题日益关注起来,血统问题也愈加困扰美国人民。正如杜波伊斯指出的:"20 世纪人类面临的问题将是种族界线的问题。"①越来越多的混血儿形象出现在白人小说家的作品中,比如斯坦因《三人传》(*Three Lives*, 1909)中的梅兰克莎(Melanctha)和辛克莱·刘易斯《王孙梦》(*Kingsblood Royal*, 1947)中的尼尔·金斯布拉德(Neal Kingsblood)。《三人传》是一部故事集,讲述了三个普通女性的故事。前两个故事都是关于白人女性,而第三个则是集中讲述梅兰克莎的故事。斯坦因抛弃了种族歧视的偏见,把梅兰克莎写成一个具有七情六欲的真正的人,使她无论在感情还是理智上都与白人平起平坐,这在当时的美国小说中是难能可贵的。黑人小说家赖特因此盛赞斯坦因是"第一个认真地以文学形式表现美国黑人生活的人"②。美国第一位获得诺贝尔文学奖的刘易斯在后期创作的《王孙梦》也是一部以混血儿为主题的小说。书中的主人公尼尔·金斯布拉德本是一个有钱有势的银行家,像其他白人一样歧视黑人。但他后来发现自己身体里竟流淌着黑人的血液,因此痛苦异常,他和他的家人也随之遭到白人的排挤。他最终接受了这个现实,慢慢对黑人的价值观和文化传统产生认同感,并公开向外宣布了自己的黑人身份,反对白人对黑人的歧视和迫害。刘易斯通过塑造这样一个混血儿形象,讽刺和攻击了美国的种族歧视现象,读来发人深省。

血统混杂在美国,特别是在南方庄园里是非常普遍的一个现象,因而混血儿可以说是美国南方特有的产物。从象征意义上讲,混血儿及其困境则代表了内战后南方的困境。生于南方的福克纳自然也少不了对混血问题的思考。随着福克纳小说技巧日益娴熟,考虑问题愈加深刻,他创作了许多丰满可信的黑人形象,这些形象大多都是混血儿,比如《八月之光》(*Light in August*)中的乔·克里斯默斯、《去吧,摩西》中的卢卡斯和《押沙龙,押沙龙!》中的查尔斯·邦。

1932 年,福克纳出版了《八月之光》,他在书中塑造了一个美国文学史上经典的混血儿形象——乔·克里斯默斯(Joe Christmas)。克里斯默

---

① William Edward Burghardt Dubois, *The Souls of Black Folk*, New York: The Library of America, 1990, p. 26.

② 杨仁敬:《20 世纪美国文学史》,青岛:青岛出版社,2000 年,第 70 页。

斯从呱呱落地之日起就已经难逃毁灭的厄运。克里斯默斯的母亲死于难产，父亲则被他的外祖父（一个疯狂的种族主义分子）杀害，他从小被孤儿院收养。福克纳对克里斯默斯的血统语焉不详，使它成为一个谜，从而给读者留下了无限的遐想空间。克里斯默斯是个悲剧人物，他的模糊身份就是他悲惨命运的根源。他一生都在努力寻找自己的身份，却既不能与白人生活在一起，也不能被黑人接受，完全被社会所摒弃，终被种族主义者在私刑中处死。在出版该书多年后，福克纳在弗吉尼亚大学演讲时承认，乔的悲剧在于"他不知道自己是谁——究竟是白人或是黑人，因为他什么都不是。由于他不明白自己属于哪个种族，便存心将自己逐出人类。在我看来，这就是他的悲剧，也就是这个悲剧的中心主题：他不知道自己是谁，一辈子也无法弄清楚。我认为这是一个人可能发现自己陷入的最悲哀境遇——不知道自己是谁只知道自己永远也无法明白"①。

　　克里斯默斯苦苦寻觅自我而不得，双重身份暗示了主人公无可逃避的悲剧性命运。这是一个深刻的悖论。正如肖明翰所言，克里斯默斯"企图在种族主义的框架内解答自己是白人还是黑人这个永远也解答不了的谜。这就是说，他处在试图用种族主义来解脱恰恰是种族主义使他陷入的绝望境地的这么一种悖论之中"②。

　　乔的悲剧并不在于他是否具有黑人血统，而是种族主义对人性的迫害和摧残。在克里斯默斯杀害情人乔安娜·伯顿逃跑之后，乡里人从四面八方聚集到一起，虽不知凶手是谁，但他们坚信"这是桩黑人干的匿名凶杀案，凶手不是某个黑人，而是所有的黑种人；而且他们知道，深信不疑，还希望她被强奸过，至少两次"③。可见，是种族偏见而不是命案本身驱使人们要找出凶手。

　　《八月之光》带有强烈的寓言色彩。福克纳将种族问题同现代世界中人的异化结合起来，更多地反映了人类的处境和困惑，将乔描绘成一个

---

① F.L. Gwynn & J. Blotner, ed., *Faulkner in the University*, Charlottesville：University of Virginia Press, 1959, p. 72.

② 肖明翰：《威廉·福克纳研究》，北京：外语教学与研究出版社，1999年，第339页。

③ 威廉·福克纳：《八月之光》，蓝仁哲译，上海：译文出版社，2004年，第180页。

"倒置的基督"①。乔孤独、迷惘、困惑,处于社会的边缘,他的遭际其实反映了人类共同的困境和普遍怀有的"恐惧感"。福克纳在接受诺贝尔奖时指出,"现今从事写作的青年男女已经忘了人类的内心冲突问题。然而,唯有此种内心冲突才能孕育出佳作来,因为只有这种冲突才值得写,才值得为之痛苦和烦恼。"②通过乔这个人物的塑造,作者反映了人类命运的坎坷,表现了对人的自我存在和生存悲剧的哲学思考,给人以深刻的启迪。

第二节　发生变异的黑人文化

美国黑人不仅是社会财富的创造者,同时也从非洲故土带来了本民族的方言土语和文化碎片。非洲黑人在强势文化的重压下,积极保护和发展自己独特的亚文化,衍生出像黑脸喜剧、布鲁斯、爵士乐等具有美国本土特色的黑人文化形式,成为美国民族文化的重要因子。俗话说,根深才能树大。艺术只有深深植根于民族文化的土壤中才能开花结果。许多美国白人小说家在继承欧美主流文学传统的基础上,又直接或间接地吸收了一些黑人文化因素,革新了叙事手法,拓宽了表现题材,使小说彰显出不同凡响的美国民族气概。

一、白人小说中的黑色面具——黑脸喜剧

南北战争前,美国舞台上出现了一种非常流行的舞台形式——"黑脸喜剧"(blackface minstrelsy,或称 minstrel show)。这种舞台剧是美国土生土长的艺术形式,广受市井百姓的喜爱。黑脸喜剧始于 19 世纪 40 年代,于 1850 年至 1870 年间达到发展的高峰期,是美国民众当时主要的

---

① 朱振武:《在心理美学的平面上——威廉·福克纳小说创作论》,上海:学林出版社,2004 年,第 107 页。
② 李文俊(编选):《福克纳评论集》,北京:中国社会科学出版社,1980 年,第 254 页。

娱乐形式，不仅在美国南方，而且在全国都有不小的影响力，甚至在欧洲也享有一定的知名度。

在早期黑脸喜剧的舞台上，几个白人用烧焦的软木将脸涂黑，然后操着黑人方言，或唱或跳，相互攻讦，逗观众开心。黑脸喜剧以歌舞形式为主，完整的演出通常包括三个部分：

> 第一部分演员排成半圆，发问者站在中间，演员的两端站着两个巧辩演员，一个是担波先生，他耍铃鼓；另一个是柏尼斯先生，他敲响板。白脸发问者一般穿正式服装，其他化装成黑脸的演员穿华丽而俗气的燕尾服和条纹裤。演出常以合唱作为隆重的开场，然后由发问者和巧辩演员表演一系列笑话，中间穿插民歌、滑稽歌曲和乐器演奏，班卓琴和小提琴尤多。第二部分，或者说是杂曲部分（混合曲或由几首歌曲的片断凑成的集成曲），是一系列单人表演。这时每个团员都要做一段特色的表演，其他演员则一边唱歌，一边轻轻地拍手，最后，以一种乡村舞或慢步舞作结。偶尔还有第三部分，它包括闹剧、粗俗的歌舞表演或喜歌剧。[①]

虽然"黑脸喜剧"里的黑人形象大多由白人扮演，但他们表现的是黑人的方言、舞蹈、音乐等文化形式，因而，黑人族裔文化是这种表演形式的主要特征和文化内核。为了取得滑稽的戏剧效果，获得白人观众的认同，这种舞台形式严重地扭曲了黑人形象。从表面上看，黑脸喜剧似乎不过是有关黑人的歌曲和舞蹈，但其对世人的最深层次的影响则是在黑人形象的塑造方面。托马斯·达特默思·莱斯（Thomas Dartmouth Rice，1808-1860）是黑脸喜剧的开山鼻祖，他塑造的黑人形象——吉姆·克劳（Jim Crow），整整影响了几代美国人。莱斯扮演的黑人是南方庄园里的奴隶，一副幼稚、愚蠢、笨拙的样子，穿得破烂不堪，操着含糊不清、令人生厌的方言。随着演出大获成功，这一滑稽可笑的黑人形象也慢慢被白人接受，并最终在白人头脑里扎下了根，衍化为一种模式化的舞台形象。19世纪中叶是黑脸喜剧的巅峰时期，舞台上一片歌舞升平，白人所扮演的黑

---

① 徐惟诚（总编）：《不列颠百科全书国际中文版》（第 11 卷），北京：中国大百科全书出版社，1991 年，第 243 页。

人似乎都过着快乐无忧的田园生活,极大地掩盖了当时黑人的悲惨生活境况,故有人一针见血地指出:"19 世纪 40 年代和 50 年代的怪事是,奴隶制危机越来越尖锐时,剧院却在上演自由自在的黑人。"[1]

作为一种流行的大众文化形式,黑脸喜剧在美国影响深远,其触角已渗透到美国社会的文化、文学等方方面面,反映社会现实的小说也难免会受其影响。黑脸喜剧对美国白人小说的影响主要体现在黑人形象的塑造上。白人小说家笔下的黑人形象很多都带有"吉姆·克劳"那种卑贱、滑稽形象的影子。

在《汤姆叔叔的小屋》里,斯陀夫人描写了一组黑人群像,很多人物身上或多或少都带有黑脸喜剧中表演者的特点。斯陀夫人笔下的托普西(Topsy)小黑奴就是一个典型的"黑脸喜剧式"人物。在奥古斯丁下令让托普西给奥费力亚小姐表演节目的时候,

> 她一面用清脆的尖嗓子唱起一支有趣的黑人歌曲来,用手和脚打着拍子;一面以疯狂的速度拍着手转着圈子,两只膝盖不停地晃动,嗓子里发出各种滑稽的喉音(这是非洲音乐的特点)。最后,她翻了一两个筋斗,结尾处一面拖着长音(就像汽笛声那样怪诞),一面猛不防地落在地毯上,立刻又叉着双手站着,扮出一副驯服而庄重到了极点的假正经面孔,只是偶尔被她两眼从斜刺里投射出来的狡黠的目光所打乱。[2]

托普西的这一系列滑稽举动就如同一个小丑在表演,明显带有黑脸喜剧的痕迹。《汤姆叔叔的小屋》出版后获得了巨大的成功,很多剧作家乘势将其修改再搬上舞台,在全国各地巡回演出,演出引起了极大轰动,这一些基于小说改编而成的戏剧也因而被后人称为"汤姆秀"(Tom Show)。为了缓和戏中的种族矛盾,赢得更广泛的观众,这些戏剧常常篡改原故事情节,有意模糊冲突的尖锐程度,但卑微低下、愚不可及的黑人形象却更加深入人心,"汤姆秀"也反过来有力地推动了其他黑脸喜剧的演出。

---

① 　朱刚:《新编美国文学史》(第二卷),上海:上海外语教育出版社,2002 年,第 258 页。
② 　斯陀夫人:《汤姆叔叔的小屋》,黄继忠译,上海:上海译文出版社,1982 年,第 315 页。

American Fiction: Local Processes and Multivariate Genealogies

作为一种民间艺术形式,黑脸喜剧的表演者和观众大多是美国下层白人。他们生活困苦,同黑人一样常受到有钱白人的歧视,故被世人谑称为"工资奴隶"(wage slave)。由于下层白人生活艰辛,体验着跟黑人类似的社会境遇,因而他们对黑人奴隶会带有一种颇为复杂的心态,潜意识往往会穿过泾渭分明的种族界线去同情黑人。诚如凯史所言:"从吉姆·克劳身上,我们看到了南方人对黑人奴隶最深层次的矛盾心理。南方白人支配并且胁迫黑人,却禁不住对其进行模仿,甚至对其有所依赖。这些白人演员将脸涂黑,操着一口蹩脚的黑人英语,唱着感伤并带有讽刺意味的歌曲,以此来表达自己对岌岌可危的社会地位和心理稳定性的焦虑之情。"[1]从小浸淫在"黑脸喜剧"这种文化传统中的马克·吐温是受其影响最深的美国作家之一。出身贫寒的他了解黑人、同情黑人,他潜意识里对黑人也抱有一种复杂的态度。

吐温孩提时代生活在南方汉尼拔小镇里,那里隔三差五地上演不同的黑脸喜剧,他也是剧院里的常客。他本人对这种艺术形式钟爱不已,曾将其称为"真正的黑人戏剧、极为精彩的黑人戏剧",他甚至还说:"如果我还能有机会欣赏到那种质朴和完美的黑人戏剧,那么歌剧我连看都不要看了。"[2]他在《自传》里曾不惜笔墨,详细介绍过黑脸喜剧,并对真实生活中的黑人表示过怜悯:"演员出场时,手和脸像煤炭一般黑,穿的衣服是当时大庄园黑奴穿的那样——倒不是因为穷黑奴的破烂衣服显得滑稽可笑,因为这是不可能的。黑奴的一身打扮,全是破破烂烂的,叫人伤心落泪,丝毫不显得滑稽可笑。"[3]

黑脸喜剧中的黑人形象和黑人文化在吐温的潜意识里扎下了根,对他的小说创作产生了持久的影响。仔细研读《哈克贝利·费恩历险记》之后,细心的读者就会发现小说带有明显的黑脸喜剧的印痕。虽然吉姆本性善良,在顺流而下的历险途中一直照顾着哈克,但他也时常表现出黑脸喜剧里人物的滑稽特点。比如说,他十分迷信,脑子里常常会冒出一些

---

① W. J. Cash, *The Mind of the South*, New York: Vintage Books, 1941, p. 95.

② Mark Twain, *The Autobiography of Mark Twain*, New York: Harper & Brothers, 1959, pp. 58-59.

③ Ibid., p. 61.

荒唐的想法，做出一些滑稽可笑的举动。他用他的头发卷来给哈克算命的荒谬做法就是源自"黑脸喜剧"[1]。吉姆与哈克两人的对话就像是黑脸喜剧中发问者和巧辩者之间的插科打诨，读来着实让人捧腹。虽然吐温喜欢黑脸喜剧，但他对黑人并不怀有种族偏见，他甚至还借哈克之口来表达吉姆的善良，认为他虽然皮肤是黑色的，但"内心是白的"。此外，作者还借用黑脸喜剧的形式讽刺过白人的种族偏见。在小说里，"国王"和"公爵"两个大骗子上岸之前，为了不让别人认出吉姆是逃跑的黑奴，把他化装成一个"生病的阿拉伯人"，用"演戏化装用的颜料给吉姆的脸上、手上、耳朵上、脖子上通通涂上一层死人样的灰蓝色，就像个淹死了几天的人似的"[2]。"公爵"还建议吉姆如果有人接近的话，他就"从小棚子里跳出来，发作一下，像只野兽似的吼上一两声"[3]。作者这里显然是受到了黑脸喜剧的影响，让吉姆戴上了黑脸喜剧式的面具，意在嘲讽白人对黑人的歧视。虽然吐温对蓄奴制疾恶如仇，但其白人的身份使他难以从客观的角度来正确看待黑人，致使他在塑造黑人形象上受到了一定的局限。诚如艾利森所言："吐温赋予吉姆黑脸喜剧传统的主要特点。正是透过他的黑色面具，我们看到了吉姆的尊严和人性，同时也看到了吐温身上的复杂性。"[4]

此外，黑脸喜剧对《哈克贝利·费恩历险记》影响之大，以致小说通篇布局就如同一出完整的黑脸喜剧。安东尼·贝莱特（Anthony Berret）颇有见地地把小说分成三个部分："哈克和吉姆之间的滑稽对话、各种新奇事（"国王"和"公爵"的骗局、马戏团等），以及一些闹剧式的滑稽表演（埃米琳·格兰戈福特的感伤诗，小说最后宣布已是自由身的吉姆获得释放）。"[5]这三个部分分别对应了黑脸喜剧的"滑稽对话""杂耍（olio）"

[1]　Eric Lott, "Mr. Clemens and Jim Crow: Twain, Race, and Blackface", Forrest Robinson, ed., *The Cambridge Companion to Mark Twain*, Shanghai: Shanghai Foreign Language Education Press, 2001, p. 137.

[2]　Mark Twain, *The Adventures of Huckleberry Finn*, New York: Bantam Books, 1981, p. 152.

[3]　Ibid.

[4]　Ralph Ellison, *Shadow and Act*, New York: Random House, 1964, p. 50.

[5]　Eric Lott, "Mr. Clemens and Jim Crow: Twain, Race, and Blackface", Forrest Robinson, ed., *The Cambridge Companion to Mark Twain*, Shanghai: Shanghai Foreign Language Education Press, 2001, p. 133.

American Fiction: Local Processes and Multivariate Genealogies

和"南方特有的粗俗的歌舞表演（burlesque）"三个部分。

除《哈克贝利·费恩历险记》之外，吐温另一部小说《傻瓜威尔逊》也明显受到了黑脸喜剧的影响。这是一部种族题材的小说，采用的是传统的"狸猫换太子"式的情节。故事发生在密苏里州一个小镇上。女黑奴罗克西身上具有十六分之一的黑人血统，而她与白人所生的儿子虽只具有三十二分之一的血统，但"根据法律和惯例，他还是一个黑人"①。为了使儿子钱伯斯不被主人卖到南方去，她用"掉包儿"的方法将亲生儿子与主人的儿子汤姆进行了偷换。罗克西将汤姆和钱伯斯的"掉包儿"实际上逾越了种族的界线。然而，让她出乎意料的是，自己的儿子在优越的环境里，娇生惯养，最终染上了纨绔子弟的不良习气。在罗克西将真相告诉她的儿子之后，"汤姆"非但没有悔改，而且还狠心将罗克西卖到了南方。故事发展到最后，汤姆"用烧焦的软木灰将脸涂黑"②，乔装打扮成一黑人女子，想要盗走法官叔叔保险箱里的钱一走了之，结果被法官发现，为了防止事情败露，汤姆残忍地将法官杀死。吐温让他戴上黑色面具杀死叔叔，仿佛意指是他体内的三十二分之一黑人血统影响了他，再一次反映了作者对待种族问题的复杂态度。

二、白人小说中的黑人声音——黑人英语

文学是以语言为媒质的艺术，而语言又是民族文化最具本质意义的要素和载体，是用以传递信息的符号系统。作为界定文学民族属性的标志，语言对文学有着不可忽视的作用。作为美国英语一大重要分支，富有表现力的黑人英语为美国文学增添了别样的美国特色。

非洲黑人被迫来到美洲新大陆之后，为了适应新的生存环境，并保存本民族的价值内核，将非洲土语与欧洲英语杂合在一起，形成黑人英语。因而，黑人英语凝聚着黑人民族在远离非洲文化母体的异文化语境中所进行的文化抗争。诚如巴赫金所言，"语言……介乎于本我和他者之间。

---

① Mark Twain, *Pudd'nhead Wilson*, New York: Bantam Books, 1989, p. 9.

② Ibid., p. 117.

语言有一半是别人的。只有在说话者在语言中加入自我的意图和口音时,它才能真正成为'自己'的。"①黑人英语是美国地道的民族语言,它直接来源于生活,没有书面语言的生硬和造作;它生动、具体、丰富多彩,充满勃勃生机,具有很强的表达能力。

最早记录黑人声音的美国小说应该是休·亨利·布拉肯里奇(Hugh Henry Brackenridge, 1748－1816)的《现代骑士》(*Modern Chivalry*, 1792),该小说也是美国最早的"流浪汉小说"。在这部小说里,有一个叫卡夫(Cuff)的黑人奴隶,小说记录了卡夫下面一段话:

> Massa shentiman; I be cash crab in de Wye river: found ting in de mud; tone, big a man's foot: holes like to he; fetch Massa: Massa say, it be de Indian Moccasin ... O! fat de call it; all tone. He say, you be a filasafa, Cuff: I say, O no, Massa, you be de filasafa. Wel; two tre monts afta, Massa call me, and say, You be a filasafa, Cuff, fo'sartan: Getta ready, and go dis city, and make grate peech for shentima filasafa. ②

美国文学评论界对布拉肯里奇将黑人口语表达引入小说里的做法褒贬不一。麦克道尔赞赏其敏锐的观察力,称他是"将黑人方言引入美国本土小说的第一人"③;也有人怀疑卡夫这个黑人形象方言的真实性,认为布拉肯里奇对黑人方言进行了恶意丑化,歪曲了黑人英语的音韵美。不管怎样,这是黑人方言第一次堂而皇之地走进美国文学。

之后,更多的美国白人小说家在自己作品里通过黑人英语来赋予黑人形象以相配的地位。埃德加·爱伦·坡就曾在《金甲虫》(*The Gold-Bug*, 1843)里描写了一个叫做朱庇特(Jupiter)的黑奴,他操着一口模糊

---

① 转引自 Henry Louis Gates, Jr. "Writing, 'Race', and the Difference It Makes", Gordon Hutner, ed., *American Literature, American Culture*, New York: Oxford University Press, 1999, p. 463.

② 转引自 J. L. Dillard, *Black English: Its History and Usage in the United States*, New York: Vintage Books, 1973, p. 92.

③ Shelley Fisher Fishkin, *Was Huck Black?: Mark Twain and African-American Voices*, New York: Oxford University Press, 1993, p. 94.

American Fiction: Local Processes and Multivariate Genealogies

不清的黑人土语。例如，在邀请叙述者去见他的主人之时，朱庇特说："I don't think noffin' about it — I nose it. What make hi dream 'bout de goole so much, if 'taint cause he bit by de goole-bug? Ise heerd 'bout dem goole-bugs' fore dis."[1]（"我不是认为——我知道这事。他要不是给那只金甲虫咬了，那他干吗满脑子想着金子？我以前听说过金甲虫的事。"[2]）坡所展现的黑人方言常被后人诟病，认为是对黑人英语的"拙劣模仿"，是对美国黑人的极力丑化。诺贝尔文学奖获得者莫里森认为坡把黑人的语言表现得"近似于驴子的叫声。坡极尽丑化之能事，显露出自己的愚蠢。当朱庇特说'我知道'（I knows）的时候，坡先生却将动词拼写成'鼻子'（nose）"[3]。

美国内战爆发前后，描写黑人血泪生活的废奴文学风起云涌，黑人英语也随之广泛地呈现在广大读者面前。此外，以忠实反映现实生活和地方特色为宗旨的"乡土小说"也通过运用地方方言（其中就包括黑人方言）来保持小说的原汁原味和真实可信，马克·吐温就是其中一个优秀代表。

马克·吐温是一名优秀的美国乡土作家，他的作品富有浓郁的地方色彩和乡土气息，这要归功于他敢于撇开标准英语，赋予小说人物以真实生活中的语言。他大刀阔斧地砍掉书面语的陈词滥调，摆脱传统语法的清规戒律，使自己的小说呈现出一种清新的感觉。除了运用南方白人方言之外，他还大胆地借用黑人英语来描绘人物。他笔下的黑人的语言地道流畅，与人物的身份、地位相符相称。具有黑人语言特色的词汇和表达方式也使小说的叙事格外生动，人物也更具可信度。应该说，黑人文化对马克·吐温的影响是多方面的，但在方言口语的运用上显得尤为突出。

吐温小的时候有很多黑人玩伴，他们经常厮混在一起，潜移默化中他

---

[1] Edgar Allan Poe, *18 Best Stories by Edgar Allan Poe*, New York: Dell Publishing, 1965, p. 150.

[2] 爱伦·坡：《爱伦·坡集：诗歌与故事》，曹明伦译，北京：生活·读书·新知三联书店，1995年，第632页。

[3] Toni Morrison, "Unspeakable Things Unspoken: The Afro-American Presence in American Literature", Gordon Hutner, ed. *American Literature, American Culture*, New York: Oxford University Press, 1999, p. 546.

也掌握了一些黑人的方言土语。他喜欢看黑脸喜剧的另一个原因是,因为里面"采用了很多黑人的方言土语,说得很好,说得流利,而且可笑——可笑得叫人高兴,叫人快意"①。后来,马克·吐温提炼了黑人口语的节奏和特点,汲取了其中有用的元素,以刚健有力的笔调和讥讽幽默的对比手法创作出多部富有美国乡土气息的作品。他在《傻瓜威尔逊》里塑造的罗克西是个混血儿,皮肤白皙,看上去根本不像黑人,但她满口的黑人方言暴露了她的奴隶身份,因为她身上十六分之一的黑人血统决定了她的社会地位。此外,《哈克贝利·费恩历险记》里的吉姆也是一口流利的黑人方言,他与哈克在逃亡路上的精彩对话让人感到这个形象的可信可亲,美国南方黑人的活生生的语言被作者端放在读者面前,这"是对以乔尔·钱德拉·哈里斯 1881 年发表的雷默斯大叔西铁故事为滥觞的潮流的响应"②。

在研读小说文本的时候,我们甚至会发现哈克的语言也具有黑人英语的一些特点。吐温曾在自传里声称他是以汤姆·布兰肯史普(Tom Blankenship)这个白人男孩为原型塑造哈克的,但从哈克的话语中,我们却发现他说话很多地方都与黑人方言有着惊人的相似。吐温曾于 1874 年在《纽约时报》上发表过一篇文章——《友善的吉米》(Sociable Jimmy)。在文章里,他讲述了一个在酒店服侍过他的黑人小童吉米的故事。谢莉·费歇尔·费歇金(Shelley Fisher Fishkin)在其专著《哈克是黑人吗?:马克·吐温与非裔美国人的声音》里不厌其烦地将哈克的语言特点与吉米的语言特点相互比较,发现两人的语言在词汇、句式和表意等方面竟有着惊人的相似之处。③

在哈克的言语措辞中,吐温就使用了大量的黑人特有的表达词汇,比如:

> "powerful"和"monstrous"意指标准英语里的"very";

① Mark Twain, *The Autobiography of Mark Twain*, New York: Harper & Brothers, 1959, p. 64.
② 埃默里·埃利奥特(主编):《哥伦比亚美国文学史》,朱通伯等译,成都:四川辞书出版社,1994 年,第 520 页。
③ Shelley Fisher Fishkin, *Was Huck Black?: Mark Twain and African-American Voices*, New York: Oxford University Press, 1993, p. 43.

"lonesome"意指"depressed"；

"I lay"意指"I wager"；

……

"I reckon"意指"I suppose, think, fancy"；

"considerable"和"tolerable"用作副词,意指"very"或"pretty"；

"disremember"意指"forget"。[①]

除了大量使用黑人口语词汇之外,哈克的口语里还具有一些黑人英语的句式特点。比如,黑人英语的一大特点就是常使用多重否定的句式,但其含义只是相当于否定意思,而非标准英语的肯定的意义。哈克就使用了大量多重否定的句式。例如,"Then I set down in a chair by the window and tried to think of something cheerful, but it warn't no use."[②]（然后我坐进一把靠窗户的椅子里,尽量去想一些开心的事,可是一点用处也没有。）这样的例子在小说里俯拾皆是,再比如,"I didn't want to see him no more. But I couldn't see no profit in it."[③]（我不想再见到他,但我发现这样做没有任何意义。）诚然,哈克的语言具有黑人土语的特征并不意味着作者就一定是完全依赖黑人方言来塑造哈克,南方白人方言对吐温的影响也很大。但可以说,吐温有意或无意中创造性地将白人方言与黑人土语杂糅在一起,赋予了哈克独特的语言特征。

马克·吐温一改英国人矫揉造作的语气,将富有表现力的黑人英语融入到小说中,将黑人土语提高到文学层次,创造了具有美国民族气派的"声音",为美国小说本土化之路立下了汗马功劳。他在运用口语创作方面所取得的成就在现代美国小说史中意义非凡。马克·吐温因借助黑人土语方言使小说语言丰富而生动,这是当时其他作家乃至后来者都难以企及的。在马克·吐温之后,美国一大批作家将其奉为文学界翘楚,直接或间接承认曾受到过他的影响。其中最有份量的当数海明威所说的"现代美国文学源于《哈克贝利·费恩历险记》"和福克纳的"马克·吐温是

---

① Shelley Fisher Fishkin, *Was Huck Black?: Mark Twain and African-American Voices*, New York: Oxford University Press, 1993, p. 43.

② Mark Twain, *The Adventures of Huckleberry Finn*, New York: Bantam Books, 1981, p. 5.

③ Ibid., p. 13.

我们所有人的祖父"。海明威、福克纳等美国白人小说家也纷纷借鉴黑人的口述传统，将黑人土语融入文本之中。这些具有黑人语言特色的词汇和表达方式，使小说的叙事格外生动，人物的语言别具个性，作品弥漫着浓厚的本土色彩。海明威承袭了吐温的文风，句子简短而凝练，口语体浓重，艾利森就曾惊叹于海明威对"方言土语和语言韵律的运用和其不事夸张的写作能力。黑人民间传统使我与其发生了某种联系，因为在黑人民歌、民俗等领域我们都是这样表达和暗示的。"① 而以福克纳为代表的南方作家运用黑人口语在塑造黑人形象方面收到了极佳的效果，美国南方文学里蕴涵的鲜明南方色彩和强烈的生活气息与其注重方言口语的使用更是分不开的。因此，费歇金直言不讳地说道："美国文学里我们视为地方语言的声音——即马克·吐温在《哈克贝利·费恩历险记》抓住国人想象力的声音，以及海明威、福克纳和 20 世纪众多其他作家的声音——在很大程度上就是'黑人'的声音。"②

三、白人小说中的黑人音乐——爵士乐

美国黑人不仅是社会财富的创造者，同时也从非洲故土带来了本民族的文化碎片。为了不被白人强势文化同化，深谙艺术之道的非洲黑人在强势文化的重压下，积极保护和发展自己独特的亚文化，从而发展出像布鲁斯、爵士乐和黑人布道等具有美国本土特色的黑人文化形式。

非洲黑人具有优秀的音乐传统。除娱乐的功能之外，黑人音乐还担负着记录历史、教育子嗣等多种社会功能。被迫来到北美大陆的黑人面临着语言上的障碍，只能依赖音乐来表达自己的愤懑和不满，音乐因而成为"美国黑人日常交流和活动的主要而又具有活力的要素"③。怀着天生的节奏感和音乐天赋，他们在非洲音乐元素的基础上，结合全新的生活体

---

① Shelley Fisher Fishkin, *Was Huck Black?: Mark Twain and African-American Voices*, New York: Oxford University Press, 1993, p. 135.

② Ibid., p. 4.

③ Lawrence W. Levine, *Black Culture and Black Consciousness*, New York: Oxford University Press, 1977, p. 6.

验,创造了灵歌、布鲁斯和爵士乐等优秀的音乐形式。具有强烈持久生命力的爵士乐经过百年的演变和融合,突破了地域、种族和国界的局限,最终成为一种世界性的音乐。

黑人音乐广受美国人欢迎,不仅深刻地影响到黑人小说家的创作,也不可避免地在白人作家作品中表现出来。在《白鲸》的"午夜,船头楼"一章里,"佩阔德号"上来自世界各地的水手在黑人小童比普的伴奏下跳起了源自非洲的"环喊舞"(ring shout)。该舞蹈源自非洲,人们围成一个圆圈跳舞,常常伴有大喊大叫,这是黑人在美国进行的主要的非洲宗教仪式,其节奏韵律甚至还影响到爵士乐和爵士舞蹈的发展。麦尔维尔巧妙地将他对黑人艺术的理解转换成文学艺术,向读者展示了令人叹为观止的黑人音乐和舞蹈。

黑人音乐中最有影响力的应该算是爵士乐。爵士乐是 20 世纪世界音乐史上独具魅力的艺术形式。追本溯源,爵士乐发祥于美国种族歧视相当严重的南方城市新奥尔良,是非洲文化和欧洲文化经过两个世纪的对抗、碰撞,才整合出的人类音乐。爵士乐以非洲黑人音乐为主体,融入了欧洲音乐元素,是黑人音乐文化在美国的结晶。爵士乐最明显的一个特征就是"即兴性"。即兴演奏是其重要的表现手段,渗透在整个作品的演奏过程中,是爵士乐的精髓和灵魂,反映了黑人渴望无拘无束、自由自在的生活。爵士乐是以"拉格泰姆"(ragtime)的切分式节奏风格为主,切分则示意动荡和不稳定,表达了黑人希冀自己不能总是低人一等,生活能有所改变。爵士乐还受到"布鲁斯"的影响,反映出一种悲伤的情绪。在黑人美学思潮的语境中,爵士乐被认为是代表性的美国黑人艺术形式。

发轫于南方的爵士乐真正兴起于北方。美国内战之后,大批黑人涌向北方,寻找机会和财富,追寻他们的"美国梦",上演了一场轰轰烈烈的"大迁移"(the Great Migration)。南方黑人在纽约、芝加哥等大城市里"安营扎寨",建立起一个个黑人居住区,纽约哈莱姆(Harlem)是其中影响最大的一个。黑人的北迁唤醒了他们的民族意识,到 20 世纪 20 年代最终引发以"哈莱姆"为中心的一场文化运动,史称"哈莱姆文艺复兴"或"新黑人运动"。这场声势浩大的思想启蒙运动以复兴黑人民间文化遗产、振兴黑人文化为主要内容,美国黑人的爵士乐也由此风靡全国。"新黑人"批判并否定"汤姆叔叔"那样驯顺的旧黑人形象,摆脱传统的羁绊,努力表现民族自我,因而,这一文化运动在精神上与爵士乐是一致的。史学家一般将1919年一战结束到1929年经济危机之间的这十年划作一个时代。20世纪20年代是美国一个特殊的时期,被司各特·菲茨杰拉德称为"爵士乐时代",因为整个时代与诞生于20世纪初的爵士乐精神是相通的,爵士乐成为整个时代的象征和主旋律。

爵士乐之所以能成为一个时代的象征是跟那个时代的社会风气和当时人的精神状态密不可分的。爵士乐与20世纪初,特别是20年代的政治经济、文化观念、社会心理的变化密切相关。第一次世界大战对美国产生了正负两方面影响。一方面,美国在战争中大发其财,战后步入经济空前繁荣、物质财富极大丰赡的时期。美国仿佛一夜间变成了人间天堂,人们耽于享乐,忘情于声色犬马之中。在这个光怪陆离的社会里,年轻人不再恪守前人的道德价值观,转而反对清教主义的遗毒,坚持"金钱第一,物质至上"的享乐主义人生观,疯狂地追求精神刺激和物质享受。另一方面,在人们放浪形骸地追逐享乐的同时,传统的精神大厦则已经倒塌,狂欢后的人们余下的只有无限的惆怅、迷惘、困惑和悲哀。20世纪的人们在价值世界的失衡中陷入了无路可走的尴尬境地。这种矛盾的情绪弥漫了整整一个时代。菲茨杰拉德也因此将那十年称为是"奇迹的时代、艺术的时代、困厄的时代、讽刺的时代"①。作为一种新文化形式和黑人文化的优秀代表,"爵士乐"恰如其分地表达了人们当时的新价值观,反映了那个时代的精神。正如尼尔·伦纳德所言,

> 爵士乐满足了那些摒弃传统价值观的人的各种美学上的需要。对爵士乐手与其狂热的追随者而言,爵士乐是一个反叛的声音和积极的道德观念。对那些不很热心的爵士乐迷而言,爵士乐是在为他们持续不断的痛苦和青春期的热情而伴奏。知识分子眼里的爵士乐则是一种激动人心、标新立异的艺术形式。而对那些常常造访贫民窟的富人而言,爵士乐则满足了他们的感观享受。不管人们对爵士

① 刘保端等译:《美国作家论文学》,北京:生活·读书·新知三联书店出版,1984年,第259页。

乐的反应是如何之不同,它为所有人提供了满足各自价值观的情感象征,这种象征取代了传统理想主义的标准。①

从本质上来说,爵士乐是一种不断背叛自我的艺术形式。爵士乐的"怀疑理性,赞美官能感受,与传统社会一刀两断,推崇即兴创作和感情的真实"②这些特点都被"喧嚣的20年代"所接受,不仅影响了一代"新黑人",也影响了被称作"迷惘的一代"的白人作家的创作思想。法兰克福学派著名艺术理论家阿多诺把爵士乐看成是文明社会的压抑产物,他认为爵士乐"不是由音乐本体变化出来的新东西,而是由社会,尤其是社会心理的变化所产生的"③。作为一个时代的精神,爵士乐化为一个文化符号,深藏在小说家的潜意识下,从内心深处影响着他们的创作。

20年代涌现出像海明威、菲茨杰拉德、福克纳、舍伍德·安德森、多斯·帕索斯等一大批优秀小说家,他们在作品中表现出的迷惘和失望情绪是对社会传统思想的否定和抨击,他们被"清教主义"所钳制的情感和他们对社会的强烈不满在小说中也都淋漓尽致地表现了出来,他们成为"迷惘的一代"的真实代表。爵士乐反抗传统、玩世不恭的价值内核从潜意识上激发和推动了白人小说家的文学创作。海明威等人遵循着时代的发展方向,揭示了现代人的精神贫瘠。海明威的《太阳照样升起》(The Sun Also Rises, 1926)通过主人公杰克·巴恩斯的经历,表现的是战争给人们的身心留下的双重创伤,反映了美国青年彷徨无主、绝望和幻灭的情绪。菲茨杰拉德被誉为"爵士乐时代的桂冠诗人"和"爵士乐时代的优秀编年史家",因为他既是那个时代的见证者,也是那个时代的忠实记录者。他的处女作——《人间天堂》(This Side of Paradise, 1920)标志着"爵士乐时期"的开始。该书准确地把握住了作者所处时代的脉搏,使他几乎一夜成名。该书通过主人公艾莫里·布莱恩(Amory Blaine)这个富家子弟的社会遭遇和心理变化,生动记录了战后的年轻人放荡不羁的生

① Neil Leonard, *Jazz and the White Americans: The Acceptance of a New Art Form*, Chicago: University of Chicago Press, 1962, p. 72.

② 埃默里·埃利奥特(主编):《哥伦比亚美国文学史》,朱通伯等译,成都:四川辞书出版社,1994年,第715页。

③ 方汉文:《现代西方文艺心理学》,西安:陕西人民教育出版社,1999年,第52页。

活和焦躁不安的心态。布莱恩属于新的一代,他的生活体验和心理变化具有典型意义,他们对社会的幻灭感具有普遍性,在他们看来"所有的神祇都死了,所有的战争都打完了,所有对人的信仰都动摇了"①。菲茨杰拉德的代表作《了不起的盖茨比》(*The Great Gatsby*, 1925)则真实再现了爵士乐时代人们醉生梦死的精神生活。主人公盖茨比为了赢回戴茜的爱,满足自己的虚荣心,他购买豪宅,夜夜歌舞升平,大肆铺张挥霍,把自己的爱情之梦建筑在金钱之上,最后却落了个悲惨的结局。主人公盖茨比的悲惨命运淋漓尽致地表现了美国梦的"空幻性"。菲氏对盖茨比铺张生活的描写主要是以他自己的生活为原型。他和妻子泽尔达奢靡的生活方式成为小说中所描绘的爵士乐时代风格的缩影。他曾说:"有时我自己都搞不清楚泽尔达和我是生活在现实中,还是变成了我小说中的人物。"②

　　这些小说家不拘泥于传统的创作手法,大胆创新,这与爵士乐即兴变奏、强烈的切分节奏等特点有着惊人的相似。爵士乐纵情多变、崇尚变化的精神与当时美国现代主义文学的求新精神遥相呼应,海明威和菲茨杰拉德等现代主义作家的创作也不无反映了爵士乐的这种精神特质,他们的作品真实生动地记录了这一时代的精神本质、社会特征和精神风貌。欧文·豪曾大胆宣称美国文学是"一种新观念……一种新声音。思想和语言,观念和意象,混合成了一种新事物,于是文学便出现了一个繁花怒放的时期"③。美国黑人音乐的最佳代表——爵士乐赋予美国小说以新的观念和声音,赋予美国现代小说"新观念"和"新声音",使其具有爵士乐的美学品性,从更深的层面上满足了人们的审美需求。在海明威等人的努力下,20世纪20年代成美国有史以来小说创作最辉煌的时期,在理论与实践上都突破了传统的小说美学,也使美国小说登上了现代小说美学创作的巅锋。

---

① 埃默里·埃利奥特(主编):《哥伦比亚美国文学史》,朱通伯等译,成都:四川辞书出版社,1994年,第736页。

② Francis Scott Fitzgerald, *The Great Gatsby*, New York: Penguin Books, 1944, p. 1.

③ 埃默里·埃利奥特(主编):《哥伦比亚美国文学史》,朱通伯等译,成都:四川辞书出版社,1994年,第740页。

第三节　隐喻层面的黑人性

在少数族裔文学中，美国非裔小说已发展成美国最具活力和影响力的族裔小说之一。近年来，美国非裔小说家在诺贝尔文学奖、普利策文学奖和美国国家图书奖等重要奖项上连连获奖，在一定程度上显示了美国非裔小说的强劲实力，表明非裔小说已经成功实现从边缘到中心的位移。美国非裔小说的斐然成就无疑应归功于其特有的美学范式和深刻的思想内容。整体而言，美国非裔小说具有深厚的历史积淀和文化内涵，无论是在思想内容上，还是在叙事手法上，都深刻地表现出黑人在美国历史、政治和文化上独特的生存体验，展现了美国黑人双重身份之间的复杂张力，凸显了美国非裔小说艺术中所蕴涵的独特"黑人性"。

一、美国黑人小说概况

作为美国小说的一个重要分支，美国非裔小说带着特有的民族色彩和审美特征，对美国文学的形成产生了深远的影响。从历史层面上看，美国非裔小说大致经历了"从描绘到抗议、从激进到内省、从对黑人民族性的倡导到对人类共同问题的关注这一逐步成熟的阶段"①。随着近当代美国黑人小说的蓬勃发展，它已经改变欧洲裔美国人小说"一言堂"的局面，基本完成了从边缘向主流的位移。

美国早期奴隶主为了禁锢黑奴的头脑，模糊其种族身份，剥夺了他们学习的机会，因此内战前的黑人多半是文盲，其文学艺术也仅限于口述形式。随着黑人民族意识的觉醒，部分黑人开始有意识地进行文学创作，但内战前黑人创作的小说可谓凤毛麟角，总共只有四部问世。有史可查的第一部小说是《克洛特尔；或总统之女》(*Clotel; or the President's Daughter*, 1853)，作者是威廉·韦尔斯·布朗(William Wells Brown, 1816-

---

① 程锡麟、王晓路：《当代美国小说理论》，北京：外语教学与研究出版社，2001年，第194页。

1884）。主人公克洛特尔是一名混血儿，是美国总统杰弗逊与其黑人女仆的私生女。小说讲述了女主人公在家庭和社会上的悲惨遭遇，揭露了蓄奴制的吃人本性。其他三部分别是弗兰克·韦伯（Frank Webb）的《盖瑞一家及其朋友们》（*The Garies and Their Friends*, 1857）、哈里耶特·威尔森（Harriet Wilson）的《我们的尼格》（*Our Nig*, 1859）和马丁·德莱尼（Martin Delany）的《布莱克》（*Blake*, 1859）。这些作品成为日后美国非裔小说发展的源头。早期黑人由于经济和政治地位的限制，在美国小说界还很难有所作为，难成气候。直到20世纪，黑人小说才真正发展和壮大起来。

　　纵观美国黑人小说的发展，其真正兴起实际上发生在20世纪，历史上出现过三次繁荣。20世纪20年代的"哈莱姆文艺复兴"是黑人小说的第一次高潮，是黑人正式登上美国文坛，赢得世人关注的标志。黑人作家为了获得创作灵感，纷纷将目光转向自己的民族遗产和非洲文化。黑人土语、民俗和民歌等黑人传统文化成为黑人小说创作的艺术源泉，一大批优秀的黑人作家涌现出来，像兰斯顿·休斯（Langston Hughes, 1902-1967）、佐拉·赫斯顿（Zora Hurston, 1891-1960）、琼·图默（Jean Toomer, 1894-1967）等，他们合力塑造出一个"新黑人"的形象，极力颂扬黑人民族独特的美；等到四五十年代，美国涌现出理查德·赖特（Richard Wright, 1908-1960）、拉尔夫·艾利森（Ralph Ellison, 1914-1994）、詹姆斯·鲍德温（James Baldwin, 1924-1986）等一批重量级作家，分别创作出《土生子》（*Native Son*, 1940）、《看不见的人》（*Invisible Man*, 1952）和《向苍天呼吁》（*Go Tell It on the Mountain*, 1954）等经典之作，黑人小说掀起了第二波高潮；70年代以后，在一大批黑人小说家，特别是在艾丽斯·沃克（Alice Walker, 1944- ）和托妮·莫里森（Toni Morrion, 1931- ）等黑人女性作家的努力下，黑人小说出现了第三次高潮。作为一种集体的文学想象活动，黑人小说为美国文学开辟了新的视野，创作出一大批具有美国特色，兼有非洲情调的小说，为美国小说的本土化贡献了应有的力量。

　　小说体现的是一个民族的文化，它"植根于民族、地域和阶级之中，以反映或铸造独一无二的民族特性为己任"①。任何一种有特点的文学形式归根结蒂都是特定文化的表征。黑人文学也是如此。时至今日，黑人研究（Black Studies）已发展成美国一门独立的学科，显示出蓬勃的生命力。毋庸置疑，黑人文学已成为美国文学中一股不可忽视的力量，而"黑人小说"更是显示出强劲的发展势头。黑人小说之所以能取得如此高的成就，在于黑人小说家在作品中用富有表现力的黑人英语表现了迥异于主流文学传统的黑人民族文化，凸现了黑人对世界的领悟和表达与主流社会之间的差异性，即"黑人性"。

二、黑人小说的"双重声音"

黑人小说的"黑人性"，或者说黑人小说的独特之处在于，我们能从小说中听到两种声音，即黑人文本语言具有双重声音（double-voiced）或表意功能（signifying），黑人能用隐喻的话语解构白人的价值观，这也是黑人小说最为突出的特点。

黑人小说的"黑人性"是同美国黑人的独特历史传统和身份认同紧密相关的。美国黑人是"非自愿移民"，在美国这个多民族国家里，惟有他们这个民族是带着锁链来到北美大陆的。拥有非洲根的黑人在这个异文化的世界里面临着身份认同等多重困境。他们内心世界负载着沉重的"双重意识"（double consciousness），或称双重眼光（double vision）、社会化的矛盾心理（socialized ambivalence）。② 美国黑人痛苦地徘徊在本族文化和西方文化之间，"文化身份"一直是困扰美国黑人的一个颇为敏感的问题。正如著名黑人学者和黑人精神领袖杜波伊斯（W. E. B. Dubois）在其经典论著《黑人之魂》（*The Souls of Black Folk*, 1903）里所言，美国黑人无时无刻不"感觉到自己的两重性——既是美国人，又是黑人。他脑子里藏有两个灵魂，两种思想，它们相互斗争，难以调和；一个黑

---

① 埃默里·埃利奥特（主编）：《哥伦比亚美国文学史》，朱通伯等译，成都：四川辞书出版社，1994年，第708页。

② Bernard W. Bell, *The Afro-American Novel and Its Tradition*, Amherst：The University of Massachusetts Press, 1987, p. 3.

色身体中存在着两种敌对的理想,只有凭其顽强的力量才使它没被撕开,保持完整。"他接着说道:"美国黑人的历史就是要……把他的双重自我融入一个更好、更真实的自我的历史……他不愿使美国非洲化,因为美国有太多的东西可以传授给世界和非洲。他不愿在美国白人特性的洪流中漂白自己的黑人灵魂,因为他知道黑人血液中有传递给这个世界的信息。"①杜波伊斯可谓一语道破了美国黑人的生存境遇,道出了这个民族的困境和必须面对的两难抉择。非洲文化是美国黑人文化的源头,但早已变成遥远记忆中一个缥缈的梦,因为西方文化传统才是黑人生存的现实。用西方主流语言进行创作的黑人作家要想保持本族特色,对白人垄断的话语霸权进行消解,就必须创作出具有黑人文化特色的作品,凸显黑人民族特有的审美感受。因此,一代又一代的黑人作家凭借特有的文学感悟构筑起自己的文本语言系统,创作出具有浓郁黑人文化底蕴的小说,拓宽了文本的阅读空间,挖掘了文本意义的深层内涵。可以说,是美国黑人的双重意识赋予了美国黑人文本的双重声音。

黑人小说的"双重声音"除了跟美国黑人的社会心理紧密相关之外,黑人民间传说也是一个重要的诱因。美国黑人民间一直流传着极为丰富的传说故事,这一传统从最早的非洲大陆就已开始。早期移居美洲大陆的黑人大多目不识丁,但他们继承了非洲口头传统,个个都是讲故事能手,通过民谣和民间故事,他们将非洲大陆的文化遗产一代一代传递下去。从某种意义上讲,这些民间故事起到了传承民族文化的媒介作用,"在废除蓄奴制之前和之后的很长一段时间里,借用民间故事来教育子嗣的作法在非裔美国人中间广为流行"②。熟稔黑人民间传说的艾利森也曾表示:"民间传说是表现黑人本质精神的根本。"③

当代美国最杰出的黑人美学家和批评家亨利·路易斯·盖茨正是从

---

① William Edward Burghardt Dubois, *The Souls of Black Folk*, New York: The Library of America, 1990, pp. 8–9.

② Lawrence W. Levine, *Black Culture and Black Consciousness*, New York: Oxford University Press, 1977, p. 90.

③ George E. Kent, "Ralph Ellison and Afro-American Folk and Cultural Tradition", Kimberly W. Benston, ed., *Speaking for You — The Vision of Ralph Ellison*, Washington D.C.: Howard University Press, 1987, p. 99.

黑人的民间故事中发现了黑人文学所蕴涵的"表意"功能。盖茨借用"表意的猴子"这个民间故事形象来阐释黑人文学的表意性。黑人民间故事里有很多恶作剧精灵（trickster）形象，"表意的猴子"就是其中之一。"表意的猴子"源自非洲神话，主要是来自西非约鲁巴神话，是美国黑人民间故事中出现频率最高的动物形象之一。在遇到像狮子和大象这类凶猛动物的时候，猴子为了保护自己，常常会撒几句谎，挑拨离间，让它们自相残杀。一些听过美国黑人民间故事、却不明就里的白人常将这些故事斥为"谎言"或"无稽之谈"，将讲故事的人称为"撒谎高手"。① 其实，白人只是从故事表面意义去理解，并没有听出这些故事的弦外之声和言外之意。黑人民间故事并非想象中那么简单，从某种意义上说它们是一种生活策略。换句话说，黑人民间故事具有一定的"表意性"（signifying），即故事的表层含义与隐含的意思并不一样，甚至可能截然相反。尽管黑人民间故事大多来自非洲，却在新的环境下发生了变异，间接地表达出黑人痛苦的感受和压抑的心情，成为黑人对白人社会文化高压手段的一个反抗策略。也就是说，黑人在讲故事的时候经常采用比喻和讽刺等修辞手法，以隐讳而又巧妙的方式宣泄对种族主义的仇恨，唤起黑人社群的族裔认同感。从某种意义上说，"表意"也因而成为美国黑人的一种生活态度，黑人奴隶巧借这种话语策略向奴隶主表示自己的反抗情绪，却能表现得不露痕迹。诚如美国黑人民俗学家罗格·亚伯拉罕所言，黑人民间故事"没有结尾"②，常给人一种意犹未尽的感觉。

作为珍贵的民族文化遗产，黑人民间故事及其内含的"表意性"已衍化成文学基因，深藏在美国黑人的集体记忆中。黑人作家深受这一传统影响，这些故事不仅在民间得到口耳相传，而且还被收录进文学著作。黑人民间传说不仅作为素材为许多作家广泛运用，而且其独有的艺术特点也极大地影响了黑人作家，丰富了他们的表现手法。美国黑人文学最初的形式——黑奴自述（slaves' narratives）就继承了这种传统。黑奴自述是非洲口头文学传统在新大陆的延续和标记，使"白人语言书写的文本

---

① Roger D. Abrahams, ed., *Afro-American Folktales — Stories from Black Traditions in the New World*, New York: Pantheon Books, p. 5.

② Ibid., p. 3.

中出现了黑人的声音,这是将双重声音这样隐喻性文字保存下来的最初方式"①。莫里森也在《所罗门之歌》和《柏油娃》等作品中大量借用黑人的口头传说、民间故事等艺术形式来反映独特的族裔文化语境和美学传统。

作为美国非裔小说的明显标志,"表意性"在多部小说里都有所体现。佐拉·尼尔·赫斯顿的《他们眼望上苍》(*Their Eyes Were Watching God*)即是表现文学黑人性的一个经典范例。

赫斯顿是一个小说家、人类学家、民俗学家,她是美国哈莱姆文艺复兴时期一位重要作家。她所著的《他们眼望上苍》是第一部黑人女性主义的作品,被誉为黑人文学的经典之作。她在该小说里塑造了一名具有反叛精神的新黑人女性珍妮。通过讲述珍妮同三个不同黑人男子的三次婚姻,赫斯顿表现了她从懵懂少女逐步成为具有自主意识到成熟女性的全过程。

黑人小说的"双重声音"的一个重要体现是修辞性语言的使用。盖茨曾说:"表意性的语言就是黑人比喻性语言使用的策略。"②赫斯顿本人也承认过"比喻性语言"在黑人文本中的重要性,她认为"修饰的愿望"(the will to adorn)是黑人表达最显著的特点之一。此外,她认为黑人对语言的最大贡献在于"明喻和隐喻、双重描述语、动词性名词等修辞手段的使用"③。她本人也在小说创作中身体力行,运用了大量的修辞语言,例如:

1. An envious heart makes a treacherous ear.
2. Us colored folks is branches without roots.
3. They's a lost ball in high grass.
4. She ... left her wintertime wid me.
5. Ah wanted yuh to pick from a higher bush.

---

① Henry Louis Gates, *The Signifying Monkey: A Theory of Afro-American Literary Criticism*, New York: Oxford University Press, 1988, p. 131.

② Ibid., p. 85.

③ Zora Neale Hurston, "Characters of Negro Expression", Gordon Hutner, ed., *American Literature*, *American Culture*, New York: Oxford University Press, 1999, p. 260.

American Fiction: Local Processes and Multivariate Genealogies

6. You got uh willin' mind, but youse too light behind.

7. … he's de wind and we'se de grass.

8. He was a man wid salt in him.

9. … what dat multiplied cockroach told you.

10. still-bait

11. big-bellies

12. gentlemanfied man

13. cemetary-dead

14. black-dark

15. duskin-down-dark[①]

这些比喻性词汇的使用使小说文本更具浓郁的黑人特色。此外，赫斯顿还大胆地在小说中运用了自由间接话语(free indirect discourse)的手法，这也是该作品在叙事策略方面最具特色、最为成功的地方。在自由间接话语中，小说人物的声音没有按照常规标示给读者，即没有采取直接引语或间接引语的形式，而是人物内在思想的直接或间接记录。它的两大语言特征是没有转述标志以及动词过去式与现在式的混用。它是一种部分地通过作者的声音传递人物声音的手法，叙述者承担或部分承担了人物的语言，人物通过叙述人的声音说话，两种声音融合在一起，作者和人物的声音几乎无法辨认或分离开来，是小说人物意识的一种显现。自由间接话语适合描述未曾言说或者是不能完全以言语表达的事物，尤其是内在的思想、意识和情绪。

故事中我们随处都能聆听到这样美妙奇特的语言，人物的语言和叙述者的声音交织在一起。当乔·斯塔克与年轻的珍妮初次相遇的时候，赫斯顿运用了一段自由间接话语来塑造乔这个人物：

> 可是听说他们在建立一个黑人城，他明白这才是他想去的地方。他一直想成为一个能说了算的人，可在他老家那儿什么都是白人说了算，别处也一样，只有黑人自己正在建设的这个地方不这样。本来

---

① Karla F. C. Holloway, *The Character of the Word: The Texts of Zora Neale Hurston*, New York: Greenwood Press, 1987, pp. 85–86.

就应该这样,建成一切都人就该主宰一切。如果黑人想得意得意,那就让他们也去建设点什么吧。他很高兴自己已经把钱积攒好了,他打算在城市尚在婴儿期的时候到那儿去,他打算大宗买进。他的愿望一直是成为能说了算的人,可是他不得不活上快三十年才找到一个机会。珍妮的爹妈在哪儿?[①]

这段话中的大量黑人土语显然并非完全出自故事叙述者之口,还包括乔自己的话。整段话听起来就像是乔的自述,但没有一句话是直接引语。可以说,乔在文中扮演了一个隐身的说话者的角色。

自由间接话语使小说从某种意义上变成了"代言文本"(speakerly text),这种文本样式具有"表现黑人声音的多种可能性并起到展示某种自我意识的作用"。[②] 小说中极富表现力的黑人语言和灵活多变的话语模式揭示了作者的深厚传统黑人文化的积淀和其斩不断的精神传承。艾丽斯·沃克曾这样评价这部作品:"她不遗余力地去捕捉乡间黑人语言表达之美。别的作家看到的只是黑人不能完美地掌握英语,而她看到的确是诗一般的语言。"[③]盖茨也对赫斯顿在叙事语言上的创新盛赞不已,称她是第一个将自由间接话语引入美国黑人叙事的作家。

美国黑人虽然用英语进行创作,但其特殊的社会心理和民俗传统使隐含在小说中的黑人因素并未消泯,而是以各种特定的方式被消解为文学的构因,从而呈现出黑人文化或黑人特质,"黑人性"也因而成为具有鲜明特色的美国黑人小说的最基本的标识。

三、黑人小说的"音乐之声"

除了"表意功能"使黑人小说与众不同之外,黑人音乐文化也成为黑人创作的生命之泉。发端于20世纪20年代的"哈莱姆文艺复兴"以振

---

① 佐拉·尼尔·赫斯顿:《他们眼望上苍》,王家湘译,北京:北京十月文艺出版社,2000年,第30页。
② 程锡麟、王晓路:《当代美国小说理论》,北京:外语教学与研究出版社,2001年,第221页。
③ 佐拉·尼尔·赫斯顿:《他们眼望上苍》,王家湘译,北京:北京十月文艺出版社,2000年,第217页。

兴美国黑人文化为主要任务，在这一时期涌现出一批"新黑人"，他们大力推崇黑人本民族的优秀文化，并在黑人民间音乐的基础上创造出布鲁斯和爵士乐等音乐形式，风靡了整个世界，成为小说创作的源泉。黑人作家对语言的节奏和音乐的律动感受敏锐，他们的创作实践大大丰富了英语的表现力。

音乐是能将黑人的痛苦经历升华的最有效的艺术形式。鲍德温曾有言："只有在音乐里……美国黑人才会讲述自己的故事。"①杜波伊斯曾盛赞黑人音乐是"独一无二的美国音乐，而且是产生于大洋此岸的人类体验的最美妙的表达"②。布鲁斯（blues）、爵士乐等黑人音乐可以追溯到早期种植园中黑奴们的歌谣，是地道的美国黑人音乐，起到了联通黑人文化与美国社会的介质功能。布鲁斯原指黑人的蓝色工作服，后来用来指黑人所唱的劳动歌曲和哀怨歌曲，它是爵士乐的源头之一。作为一种特有的情感宣泄方式，布鲁斯成为最能集中表达黑人独特体验的音乐形式，因为演唱者的吟唱可以随着不同的心境而不断地加以变换，"集中体现了歌手本人的情感、经历、恐惧、梦想和禀性"③，表现了黑人精神和话语权利上的压抑。从西方和声学来看，模棱两可的布鲁斯音符反映了布鲁斯要象征的进退两难的境遇，这是黑人在白人社会中的真实处境，广义上讲是宇宙中人类的处境。可以说，黑人的经历和对待生活的基本态度在布鲁斯中得到了最好的体现。

黑人作家常常借用布鲁斯来表达黑人生活的困苦以及他们忍受困苦的不屈精神。布鲁斯也因而成为美国黑人小说的一种重要叙述方式，并"作为一种艺术含义和形式的中介，有效地将黑人的情感转化为一种差异性的文本形式并由此证实了黑人文化的社会性存在"。④

---

① James Baldwin, "Many Thousands Gone", from Seymour L. Gross & John E. Hardy, ed., *Images of the Negro in American Literature*, Chicago: The University of Chicago Press, 1966, p. 233.

② William Edward Burghardt Dubois, *The Souls of Black Folk*, New York: The Library of America, 1990, pp. 180−181.

③ Lawrence W. Levine, *Black Culture and Black Consciousness*, New York: Oxford University Press, 1977, p. 222.

④ 程锡麟、王晓路：《当代美国小说理论》，北京：外语教学与研究出版社，2001 年，第 212 页。

　　不难发现,拉尔夫·艾利森、鲍德温和莫里森等重量级黑人作家都纷纷将音乐的技法揉进小说创作,在自己的作品中渗入黑人音乐元素,特别是吸收了布鲁斯、爵士乐的演奏风格和表现手法。在他们的作品里,音乐已成为一种叙述策略,反过来黑人这种创作实践也大大丰富了英语的表现力。

　　艾利森年轻的时候曾考入塔斯基吉学院(Tuskegee Institute)专修音乐,从黑人音乐的表现手法中汲取了不少艺术营养,还曾专门撰文对爵士乐进行过评论。从小浸淫在黑人音乐传统的艾利森对黑人音乐的本质有一个深层次的理解。对艾利森而言,"布鲁斯"超越了音乐本身,已成为黑人的一种生活态度,代表了黑人的复杂心境。在他眼里,

　　　　布鲁斯是一种残酷经历和痛苦细节和插曲活在一个人的痛苦意识中的一种推动力,不是用达观的安慰,而是用从中榨出的一种近似悲剧又近似喜剧的奔放激情去抚摸它锯齿状的纹理,并超越它的推动力。作为一种音乐形式,布鲁斯如同个人自传一样将个人的不幸经历用音乐记录了下来。①

　　黑人音乐对艾利森影响之大,以致贝尔有言,艾利森"将爵士乐和布鲁斯的演奏家视作美国人经历的范例"②。爵士乐和布鲁斯等黑人音乐形式潜藏在艾利森的意识里,对其小说创作产生了巨大的作用。他的成名作《看不见的人》就是一个明证。小说从内容、形式、主题等方面都明显带有黑人音乐的印痕。

　　在小说的"序言"里,艾利森用路易斯·阿姆斯特朗的爵士乐表达了小说的主题:

What did I do
To be so black
And blue?③

---

① Ralph Ellison, *Shadow and Act*, New York: Vintage Books, 1964, pp. 78−79.

② Bernard W. Bell, *The Afro-American Novel and Its Tradition*, Amherst: The University of Massachusetts Press, 1987, p. 204.

③ Ralph Ellison, *Invisible Man*, New York: Random House, 1982, p. 12.

American Fiction: Local Processes and Multivariate Genealogies

这段音乐在序言里前后出现了三次。这段小号吹奏的布鲁斯似乎在诉说黑人种族在美国社会里几无改进的悲惨遭遇，反映了小说叙述者当时的心境，道出了美国黑人的生存状况，唤起了积淀在黑人心灵深处的集体无意识，引起读者更深层次的共鸣。那个不知名的叙述者就如同布鲁斯的演奏者，唱出了内心难以言表的痛苦和悲怆。艾利森在一些关键时刻，还画龙点睛似地穿插了几首爵士歌曲，使文字变得有声有色。小说摆脱了僵硬的叙述模式，叙事节奏虽时张时驰，但整部作品不时呈现爵士乐的节奏感，平和而不狂乱，被一些评论家看做"爵士乐式的即兴表演"。小说与爵士乐不仅形似而且神似，自始至终贯穿着追求自我的解放精神，爵士乐大大升华了作品的主题意蕴。主人公一步步从无知到觉醒，最后认识了自我，并超越了自我。小说的爵士乐风格将黑人文化凸现出来，以其独特的方式展示了黑人的生存困境，处处表现了对种族歧视的揭露和控诉。然而小说的力量并没有仅仅停留在"抗议小说"这个层面上，它的主题超越了种族的界限，触及每个现代人的生存困境。

当代黑人女作家莫里森也深谙音乐在黑人文学中的重要性。正如她本人所讲："在将自己的经历用艺术形式，特别是音乐表现出来的过程中，美国黑人才得以维持生计，抚平创伤，得以发展。"①音乐是用来表达她的族裔身份的绝佳手段，因为"与西方古典音乐正式、封闭的圆满的不同之处是，黑人音乐故意留下一些意犹未尽的东西，激起人们自由的感情反应"②。使小说的语言与具有黑人音乐一样的表现力是莫里森在小说创作中追求的目标，其小说呈现出的"音乐性"也正体现了她与传统黑人文化的深刻勾连。其最初的小说《最蓝的眼睛》(*The Bluest Eye*, 1970)便采用了布鲁斯音乐式的叙事方法。莫里森像一位忧伤的布鲁斯歌者，围绕着一个主题将小说的事件渐次展开，蕴藏了深厚黑人文化底蕴，提高了作品的审美效果，读者可以从文本的深处和作品的背后读出跳动的音符。《最蓝的眼睛》是主人公佩克拉的布鲁斯，也是整个黑人民族的布鲁斯。

① Paul Gilroy, *Small Acts: Thoughts on the Politics of Black Cultures*, New York: Serpent's Tail, 1993, p. 181.
② 王守仁、吴新云：《性别·种族·文化——托妮·莫里森的小说创作》(第二版)，北京：北京大学出版社，2004年，第218页。

事实上,从她 1992 年创作的《爵士乐》(*Jazz*)的整个叙事框架来看,它的设计是与爵士乐的结构有对称之处的。在《爵士乐》里,爵士乐虽是看不见,摸不着的,却起着组织表面材料的主导作用。诚如盖茨所言,"这部小说引人入胜之处不只是情节的安排,而在于故事的叙述。"①莫里森是个语言大师,她重视音乐的参与性质,明白如果能将音乐杂糅进作品中,会激起读者自由的感情反应,给读者留下更多的解读空间。可以说,爵士乐"在构成莫里森行文风格的同时,更成为小说中人物在一定历史时期所特有的生存环境的一种隐喻"②。

莫里森将其对黑人音乐的领悟在她登峰之作《宠儿》(*Beloved*,1987)中发挥得淋漓尽致。《宠儿》的通篇布局就像一曲即兴演奏的爵士乐,激荡着爵士乐风格的语言特色和文本结构。她借鉴爵士乐的即兴演奏法,一反传统小说人物、情节交代清楚的线性叙述模式,开篇没有章节标题,首行也没有缩进,让人不明就里,读者仿佛一下子置身于爵士乐纷乱的音符中。整部小说没有高潮,叙事在不同的时间、不同的人物间不停闪回,犹如爵士乐的变奏,凌乱中透着和谐,琐碎中显出恢弘。莫里森在一些章节里一反惯常,没有使用标点,行文流畅,节奏犹如惆怅的黑人音乐,产生了强烈的艺术效果。譬如下面这一小段:

> I cannot lose her again my dead man was in the way like the noisy clouds when he dies on my face I can see hers she is going to smile at me she is going to her sharp earrings are gone the men without skin are making loud noises they push my own man through they do not push the woman with my face through she goes in they do not push her she goes in the little hill is gone she was going to smile at me she was going to a hot thing③

---

① 转引自王守仁、吴新云:《性别·种族·文化——托妮·莫里森的小说创作》(第二版),北京:北京大学出版社,2004 年,第 161 页。

② 翁乐虹:《以音乐作为叙述模式——解读莫里森小说〈爵士乐〉》,载《外国文学评论》,2000 年第 2 期,第 52 页。

③ Toni Morrison, *Beloved*, Beijing: Foreign Language Teaching and Research Press, 2002, p. 212.

American Fiction: Local Processes and Multivariate Genealogies

莫里森在创作上刻意求新,敢于用音乐作为自己的叙述手段,架构小说结构,体现小说主题。她的作品满足了人们潜意识中对黑人文化的阅读期待,唤起了人们内心深处的情感共鸣。她于1993年获得诺贝尔文学奖,成为第一位获此殊荣的黑人女作家,这更有力地证明了其作品的艺术成就。

除了借用表意的言说方式和音乐的象征性自由,美国黑人小说家还常常借用其他黑人文化形式来表现自己的民族属性和文本张力,比如,不少黑人作家还借用黑人布道的形式和内容来表现文本,反映社会现实,从早期的韦尔登·约翰逊的《上帝的长号》(*God's Trombones*, 1927),到后来赫斯顿的《他们眼望上苍》、艾利森的《看不见的人》和莫里森的《宠儿》都无不展现了黑人布道的独特魅力,甚至鲍德温的《向苍天呼吁》的通篇布局都与黑人布道的模式相互呼应。

结　语

美国小说在短短几百年时间里取得了辉煌的成就,这与其中蕴含的黑人因素是分不开的。黑人因素,或者说黑人性在美国小说本土化中起到了不可或缺的作用。一方面,黑人性是美国黑人小说区别于其他族裔小说的审美特性。作为美国主流文化的边缘族群,美国黑人通过探索和挖掘利用黑人文化遗产来建构对本民族乃至人类境况的理解。尽管受到西方文学传统的影响,但黑人小说深深植根于本民族的历史经验和文化传统。在贝尔的眼里,黑人小说家的创作完全可以诠释成"一种具有社会象征意义的行为……是对生存策略的重写",以期获得"个人以及社会的自由、文明和完整"①。诚如盖茨所言:"从根本上讲,黑人文学如同其他赐予艺术一样,是词语的艺术。'黑人性'不是一种物质的客体,一种绝对的事物,或者一个事件,而是一种比喻。它并不具有一种'本质',不

① Bernard W. Bell, *The Afro-American Novel and Its Tradition*, Amherst: The University of Massachusetts Press, 1987, xii.

过它是由一种关系的网络来界定,而这个关系的网络形成了一个特定的美学整体。"①黑人文化在白人强势文化的打压下,消解为文学的潜在媒质,这也正是黑人小说美学价值的内涵所在,也是使黑人的声音有力地汇入美国文学传统的保证。黑人文本借助其历史、文化的特定象征、隐喻、暗示等语义功能,获得了某种形而上意义的提升,将黑人文化传统和当代美国社会有机地结合起来,从而在更深、更高的层次上实现与读者的心灵沟通。

另一方面,黑人因素也频频出现在欧裔白人小说家的作品中。美国黑人及其文化对美国主流文化和美国白人小说都产生了深远的影响。库柏、吐温、福克纳等众多小说家都在作品中塑造了形态各异的黑人形象,直接或间接地展现了黑人文化的影响。在美国小说本土化的道路上,黑人形象的出现使美国小说更加贴近现实,更具有现实意义,是美国小说不可分割的一部分。在《在黑暗中游戏》一书中,莫里森要求重新审视美国经典文学,特别是白人经典作家的文本,她认为种族带有广泛的"隐喻性",白人文本中的黑人形象及文化不能也不应该被世人所忽视,"真实或虚构的黑人因素对'美国性'这个概念至关重要"。②

美国黑人处于社会边缘,但这并不表明美国黑人小说独立于美国小说之外。相反,它是美国小说不可或缺的组成部分。不管怎样,"黑人性"应该是美国小说蕴含的美国性(Americanness)的一个体现,因为非裔美国人的民族身份归根结蒂还是属于美国。在推动美国小说本土化过程中,黑人小说大大拓宽了美国文学的领域,与白人小说殊途同归,互相呼应,成为美国小说傲睨于世的"双子座"。

在美国小说里,"黑人性"和"白人性"是一种你中有我、我中有你的关系,并非处于分庭抗礼的状态,而是相互包容,相互渗透的。这是美国小说本土化的一个重要表征。正如艾利森所言,"我发现没有一种美国文化不带有黑人的创造。我发现没有一样美国事物,例如文学、舞蹈、音

---

① Henry Louis Gates, Jr., *Figures in Black*, New York: Oxford University Press, 1987, p. 40. 转引自程锡麟:《赫斯顿研究》,上海:上海外语教育出版社,2005 年,第 139 页。
② Toni Morrison, *Playing in the Dark*, New York: Vintage Books, 1993, p. 6.

乐,乃至集会的方式不带有美国黑人的印记。"①美国艺术史学家罗伯特·汤普森言之凿凿道:"美国白人身上具有显著的黑人的特点。如果白人不知道自己有多黑,那他就不知道自己有多美国化。"②著名美国历史学家伍德沃德也有过类似的论断:"就美国文化而言,所有美国人都带有黑人的特点。"③美国小说的"黑人性"研究已经成为当代美国文学研究的一大热点。毋庸置疑,"黑人性"是一个十分复杂的问题,其内涵颇为丰富,本章限于篇幅,不能一一穷尽。"黑人性"为美国文学研究提供了独特的视角,并带来诸多启示,有待我们进一步深入挖掘。

---

① "Invisible Man: Conversations with Ralph Elison". TeachingAmericanHistory.org. James Alan McPherson, 30July 1969. Web. 25 Jan 2017.<http://teachingamericanhistory.org/library/document/invisible-man/>

② Shelley Fisher Fishkin, *Was Huck Black?: Mark Twain and African-American Voices*, New York: Oxford University Press, 1993, p. 132.

③ Ibid., p. 133.

第五章

犹太谱系

——美国的犹太小说：一个文化样本

引　言

如果从 1654 年最早的一批犹太人登上新阿姆斯特丹港进入北美大陆算起，犹太人在北美已有近 360 多年的历史，但犹太人真正在美国文坛上享有一席之地，特别是在美国文学大合唱中能够发出她应有的声音、产生一定的影响，是 20 世纪初以后逐渐发生的事情。在将近一个世纪的时间里——这个时期也是犹太移民汇入美国社会生活过程中最重要、最关键的时期，美国犹太小说至为紧密地与犹太移民在美国的生活和文化变迁结合在一起，包容和焕发了深厚的文化内涵。由于美国犹太小说对犹太移民文化变迁的深刻表征，"美国的犹太文学作品已经成了犹太人汇入美国生活主流的一个重要标志"，而"富有想象力的犹太小说则成了一种手段，美国文化据此而承认了犹太遗产在它中间的存在并吸取了犹太遗产的某些富有个性的特征"①。

索尔·贝娄于 1976 年，艾·巴·辛格于 1978 年先后折桂诺贝尔文学奖，以二人为代表的美国犹太作家佳作频出，

---

① Robert M. Seltzer, *Jewish People, Jewish Thought: the Jewish Experience in History*, New York: Macmillan Publishing Co., 1980, p. 715.

我国和国际学界也做出了积极的反应。贝娄是美国最活跃的小说家之一，因此关于其人其文的评论文章非常丰实。西方早期较有影响力的研究者福克斯在作家本人的允许下拿到了贝娄未发表的手稿，依此还原作家的创作与修改过程，发掘出贝娄作品中的现代性、他与福楼拜和萨特的联结、贝娄与梅勒的对比、以及受陀思妥耶夫斯基影响的痕迹。被后世研究者引用次数最多的巴赫收录的 20 世纪 40 年代末到 90 年代关于贝娄的批评文集，完整展现了随着时间推移读者对贝娄艺术的接受与评价。集内收录了菲利浦·罗斯评论贝娄的文章，在这篇文章里，罗斯以《赫索格》为例不吝赞美贝娄的语言智慧和对小说出色的布局能力。同样将相关评论汇编成集的还有克罗林、洛维德等，这些文集都对后世研究有一定的指引和启发作用。另一位较有新意的研究者欧普达从贝娄评论家之间的争议入手，深挖造成分歧的根源——贝娄小说意向中未解决的冲突，他认为这种冲突是贝娄创作风格、小说结构、主人公心理的来源，更是支撑他在小说中实现、表达和维持愿景的统一元素。我国学界关于贝娄的研究起步较西方稍晚却已颇具规模，截至 2016 年底，"中国知网"收录了 524 篇以"索尔·贝娄"为主题关键词的期刊文章，主要集中在主题研究、创作技巧、性别研究、述评研究和少量文化身份研究。其中被引次数最多的是戚咏梅对贝娄小说人文主义精神的分析文章，该文对贝娄创作的精神指向和内在动力作出了较为深入的探索，肯定了贝娄对人类生存本质的审视与关怀。此外，以索尔·贝娄为研究对象的博士论文有 13 篇之多，被引最多的是买琳燕的《从歌德到索尔·贝娄的成长小说研究》。

其他犹太作家在学界受瞩目的程度都稍逊于贝娄。以同样获得诺贝尔文学奖的辛格为例，布尔金集结而成的辛格对话录，介绍了这位作家的生活和工作，包括童年经历、宗教信仰、文学态度、价值观等，并将辛格与康纳德、纳博科夫做了比较。米勒编辑的辛格评论集探究了辛格创作与犹太传统承继之间的关系，对作家的创作动机也有所探寻。我国的辛格研究以 20 世纪 90 年代为分界线，之前主要停留在对其作品的引进与译介上，之后的研究主要围绕作品的文学风格、精神底蕴进行分析，渐趋成熟之势。代表性成果如乔国强的《批评家笔下的辛格》（载《当代外国文学》,2005 年第 4 期)、《斯宾诺莎对辛格创作的影响》(载《外国文学》,2006 年第 1 期)、《辛格笔下的女性》(载《外国文学评论》,2005 年第 1 期);黄凌的《多棱镜下的辛格宗教思想》(载《外国文学研究》,2003 年第 6 期)等。上述评论大多将辛格创作置于犹太传统与犹太文化背景之下,充分挖掘辛格创作中所体现的文化内涵。也有用新的研究方法与理论分析辛格作品的研究文章,如《羽毛皇冠的符号象征游戏——评辛格的小说〈羽毛皇冠〉》(载《外国文学》,1998 年第 5 期)一文,张再新运用了结构主义方法;毕青、程爱民则用格雷马斯的“符号矩阵”理论解读辛格的《卢布林的魔术师》《〈卢布林的魔术师〉中的符号矩形方阵》(载《外国文学研究》,2002 年第 2 期)。四川大学的傅小微在博士论文《艾·巴·辛格创作思想及其对中国文坛的影响》的基础上出版专著《上帝是谁:辛格创作及其对中国文坛的影响》(人民文学出版社,2006 年),将我国对辛格的译介、研究进行了梳理,深入挖掘辛格创作动机,系统阐述了辛格对中国先锋派作家的影响。

　　除贝娄、辛格外,多次被诺奖提名的罗斯是近些年评论家们的宠儿。米特从比较马拉默德和罗斯切入,试从基督教的视角对当代作家进行批评。西尔斯将罗斯与厄普代克并置,就二人创作的主题、艺术特色等进行了比较研究,并将罗斯定义为“现实主义作家”。海里奥细读文本,挖掘罗斯创作中所体现的喜剧性元素,对罗斯作为评论家及其自传作者身份进行探讨。艾伦·库珀的《菲利普·罗斯与犹太人》堪称这一时期的重要专著,书中揭示了罗斯刻画的不完美的人如何进行自我体验,分析罗斯对犹太人身份认定的思考,即犹太意识无需固守传统,也无需公开背叛。绍斯泰克在专著《菲利普·罗斯——反文本,反生活》中分别就罗斯作品中的性爱主题、对历史事件的关注以及犹太身份的确认等诸多方面进行了系统阐释。塞弗尔于 2006 年出版其专著《嘲弄这个时代:罗斯的后期小说》,该书主要论及 20 世纪 90 年代至 2005 年罗斯所创作的作品,塞弗尔认为,罗斯在这一时期创作题材丰富,尤其在后期更侧重对性爱及其与死亡恐惧关系的描写,展现了后现代风格。相比在国外学界的炙手可热,早期国内的罗斯研究稍显冷清。或与罗斯虽屡次提名却终未斩获诺贝尔文学奖有关,另外罗斯作品中对人性阴暗面的揭露、性爱

American Fiction: Local Processes and Multivariate Genealogies

描写过多影响了译介。近年来，国内学界对罗斯的研究逐渐升温。其中被引次数最多的是袁雪生《身份隐喻背后的生存悖论——读菲利普·罗斯的〈人性的污秽〉》（载《外国文学研究》，2007年第6期），该文从罗斯主人公的身份隐喻出发，探讨了作者笔下种族和道德双重语境下的个体生存悖论，在探索社会问题的同时也洞察了人性的不同层面。乔国强的《后异化：菲利普·罗斯创作的新视域》（载《外国文学研究》，2003年第5期）探讨了罗斯作品对"二战"后"后异化"时期犹太幸存者视角的文学表达。

除以上论及的个别作家作品研究外，国内外对美国犹太文学的综述研究也取得了一定的成果。平斯克的《美国犹太小说：1917—1987》是关于犹太小说发展历程的重要概论性质的专著。该专著自卡汉写起，跨度70年，涵盖了众多犹太作家的小说作品。克雷默等人编写的《剑桥美国犹太文学指南》是美国犹太文学批评的导读手册，对美国犹太人身份认同的讨论贯穿整个文集。国内对美国的综述性研究早期有刘洪一的《走向文化诗学——美国犹太小说研究》（北京大学出版社，2004年），这部专著对犹太小说的哲学根源、诗学理论、文化规律进行了系统的梳理，开创了国内美国犹太小说文化研究之先河。乔国强的《美国犹太文学》（商务印书馆，2008年）涉猎了自美国犹太文学出现伊始到当下的所有犹太作家的评论，是一本内容丰富、资料翔实的专著。

通过上述文献的整理，可见国内外对于犹太文学的相关研究已经非常丰实，这些都为更深入的研究奠定了基础。同时我们也会发现问题所在，大部分研究聚焦在部分作家作品，导致仍有许多作家作品从未涉及；综述类作品的不足，导致宏观把握受到限制，缺乏对美国犹太小说整体情况的理性而明确的认知；大部分研究文章的角度和方法较为固定，是在文本细读基础上的文学分析，在初期颇具优势，却未免后续乏力。本章试以美国犹太小说为切入点，从文化的角度，对美国犹太小说的文化价值进行系统的梳理和解说，探讨犹太小说作为少数族裔文学在美国文坛上的独特地位。

第一节　美国文化：犹太小说的生成土壤

一、格托的转化——精神格托与格托精神

犹太人进入流散时期以后,犹太文化的存在空间有了一种四海为家的"泛家园"特征,它散布在世界各地,在欧洲的很长一段历史时期里,形成了以"格托"为载体的文化存在方式。"格托"是 Ghetto 一词的音译,也有译为"隔都",它的基本内涵是隔离区的意思,后来便成为犹太人居住区的代名词。[①] 格托的出现既取决于犹太人飘零所至的各居住地的主民文化,也取决于犹太文化作为客民文化自身的某些内在原因。但现世的需求决定着犹太人必定与外界建立不间断的文化联系,于是他们开始走出保护犹太传统的"文化栅栏"的格托。另一方面,随着生活的历史进程,传统的格托生活也必定在结构形式上发生相应的变化,这种变化在近现代、在美国等发达国家尤其迅猛。此外,美国社会的个人中心主义作为一种强大的社会思潮和文化习规无疑对"集体主义"氛围中的犹太青年产生着巨大的感染,而它的起点则往往首先是个人的感情生活。美国纽约犹太人与非犹太人通婚的情况一般高于其他地区,但它却在某种程度上代表了一种发展趋势。这种情况在一定程度上淡化了犹太人的传统意识,在此情境下,传统的犹太格托生活势必发生重大变化。物质意义上的格托消减、弱化的同时,一堵无形的精神之墙仍然规范着犹太人的现世生活和维护着犹太人的历史传统,在犹太人的现代生活中更深刻地呈现和固存着一种与传统格托生活既有联系又有区别的文化事实——精神格托。喻指的是散居各地的犹太人在可能改变了传统的格托生活的情景下仍然具有一种深刻的精神和文化联系。

无论是格托还是精神格托,都是以不同的方式对犹太传统的保持和

[①]　阿巴·埃班(以色列):《犹太史》,阎瑞松译:北京:中国社会科学出版社,1986 年,第 203 页;《简明不列颠百科全书》第九卷,北京:中国大百科全书出版社,1985 年,第 197 页。一说因当时犹太人被赶进废弃的铸铁厂内加以隔离而出名。

American Fiction: Local Processes and Multivariate Genealogies

固守,这实际上在犹太文化的历史沿革中,呈现了一种"格托精神",这种格托精神是犹太人由于特殊的历史遭遇和历史流程,在与异质文化的接触中,为应对异质文化的浸染、固守民族传统的延续而表现出的价值取向和文化追求,由于这种精神的作用,也使得犹太文化在世界、在美国出现一种形散而神聚的奇观。这也正是美国犹太小说的本质性的文化资源。

二、融合与冲突:美国犹太小说的发生机制

犹太人在被整个欧洲大陆的驱逐和迫害之下发现了"希望之乡",那就是新兴国家——美国。在这里,犹太人靠着自己的艰苦努力改变了窘迫境地,但对美国生活的文化适应却是一个充满着复杂的矛盾的漫长过程。大量犹太移民对美国社会的汇入,实际上是犹太人所负载的犹太文化与美国文化间的文化接触,这种异质文化间的接触,无论在实践上还是理论上都是必然的。这种接触从一开始就使犹太移民陷入了传统与现代、犹太与美国之间的两难境地,充满了彷徨和迷惘。老一代的犹太作家玛丽·安汀、亚伯拉罕·卡恩在他们的《希望之乡》《戴维·莱文斯基的兴起》等作品中形象地再现了这一点。美国文化作为犹太文化接触适应的对象,有其自身的结构特点,与犹太文化有某些偶合,使之成为美国犹太文化生成的适宜土壤。由特殊的历史原因而形成的美国文化的多元性,显示出主体文化、主体社会对少数民族文化参与的宽容,对少数民族进入的主体在本质上也是一种再生的移民文化。聚集和兼容各种文化的优秀素质也许是美国文化生命力、创造力的根源所在。

两种文化融合的同时,各种形式的文化冲突也是不可避免的。犹太文化自身的凝聚力和生命力是导致文化冲突的一个方面,另一方面来自美国的主体文化,世界性的排犹在美国也曾发生过。

犹太文学在20世纪50年代崛起。犹太民族在历史上屡遭磨难,失去祖国,第二次世界大战中的惨痛经历,使他们旧恨未除又添新仇,他们一方面努力恪守民族传统,以此增强民族的凝聚力,利于抵御外侮;另一方面又必须顺应所在国家的主流文化和法律法规,利于生存和发展,因此往往产生深刻的思想矛盾和精神危机。处于异己世界的恐惧和困惑、自

我人格的分裂和异化就成了美国犹太文学的经久不衰的主题,而彷徨焦虑的边缘人占据了作品的中心位置。重要作家有:辛格、马拉默德、罗斯和索尔·贝娄等。艾萨克·辛格(1904—1991)是一直坚持用意第绪语创作的著名犹太作家。他的作品大多取材于波兰犹太人的日常生活和民间传说,往往把神魔色彩注入现实社会。他同情笔下犹太小人物的困惑和苦恼,常用幽默诙谐的笔调对他们的性格弱点进行善意的嘲讽。他的代表作有长篇小说《卢布林的魔术师》(1960)和短篇小说集《市场街的斯宾诺莎》等。伯纳德·马拉默德(1914—1986)被认为是最富犹太味的小说家,其代表作之一《店员》(1957)描写一个来自意大利的流浪青年,在犹太小店主的道德感召下,由最初欺侮犹太人到最后皈依犹太教,应了作家的一句名言"人人都是犹太人"。他晚年的杰作是《杜宾的生活》。菲利普·罗斯(1933—　)的创作带有浓厚的超现实主义色彩。代表作之一《乳房》(1972),以荒诞手法表现美国犹太知识分子的异化状态。索尔·贝娄被认为是美国最杰出的犹太作家。

三、作为"社会运动"的美国犹太文学

美国的犹太(裔)作家开始成规模地登上美国文坛,并逐渐取得显赫地位,以致任何一部美国文学史都不可能忽视这一重要事实的存在。这些犹太作家的成就影响、创作倾向等不尽相同甚至相去甚远,但他们共同构成了一个规模宏大的"犹太作家群",他们当中包括亚伯拉罕·卡恩、玛丽·安汀、安齐亚·耶泽斯卡、迈耶·莱文、赫伯特·高尔德、丹尼尔·福克斯、亨利·罗斯、马克·哈里斯、瓦拉斯·马克菲尔德、艾萨克·罗森菲尔德、斯坦利·埃尔金、E·L·多克托罗、迈克尔·高尔德、欧文·福斯特、格雷斯·佩利、辛西亚·奥齐克、B·J·弗里德曼、霍华德·法斯特、德尔默尔·施瓦茨、卡尔·夏皮罗、巴贝特·杜茨切、菲力浦·拉赫夫、莱昂纳尔·屈瑞林、阿弗雷德·卡静、欧文·豪、欧文·克里斯托、苏珊·桑塔格、艾·巴·辛格、索尔·贝娄、伯纳德·马拉默德、杰罗姆·戴维·塞林格、约瑟夫·海勒、诺曼·梅勒、阿瑟·米勒、纳撒内尔·韦斯特、赫尔曼·沃克、艾伦·金斯堡、迈伦·考夫曼、莱昂·尤里斯、菲力

浦·罗斯、约瑟夫·布罗茨基、裴迪斯·罗斯纳、瑞纳塔·阿德勒等等。

在对当代美国最优秀作家的各种不同评价中，评论界会毫无例外地提到犹太作家的名字，譬如贝娄曾与海明威、福克纳一起被誉为美国当代最著名的三大小说家，评论家伊哈布·哈桑则认为索尔·贝娄和诺曼·梅勒是美国最重要的在世小说家，等等。美国评论界还有一个较为流行的观点，即认为在当代美国文坛上存在着两个最重要的文学中心：一是以卡森·麦卡勒斯、弗兰纳里·奥康纳为首的南方文学，另一个则是以索尔·贝娄、伯纳德·马拉默德、J·D·塞林格等为代表的北方城市的犹太文学，这种观点在不少论著中都能见到（如 Donald Heiney 等著 *Recent American Literature after*，1930）。在曾荣膺诺贝尔文学奖的美国作家中，1976 年获奖的索尔·贝娄、1978 年获奖的艾·巴·辛格以及 1987 年获奖的约瑟夫·布罗茨基都是犹太作家。至于荣膺普利策奖等美国重要奖项的犹太作家，更是不胜枚举。

"美国犹太文学"（American-Jewish Literature）这一概念的的确确又是一个十分含混的概念，因为"美国犹太文学"的确切内涵是否能够界定？"美国犹太文学"是一个创作流派或者是一种文学运动吗？这些都是难以确定的问题。

美国犹太作家"活跃在文学创作的每一个领域，诸如诗歌、小说、戏剧和批评等等"①，在创作思潮、题材内容、内涵倾向、艺术趣味、审美方式等方面，美国犹太作家的确并未形成一种统一的文学特征，在美国文学中它们往往被分别"瓜分"到诸多不同的创作流派当中去，譬如 B·J·弗里德曼、约瑟夫·海勒被认为是黑色幽默的主要代表，艾伦·金斯堡则被认为是"垮掉的一代"的重要作家。如果说人们一般习惯于将界定"美国犹太文学"的标尺主要建立于犹太作家的出身背景及其对犹太生活的某种运用和表现的话，那么美国犹太作家除了有相同的犹太出身背景外，在对犹太素材的具体运用及对犹太传统的价值态度等方面均表现出极大的差异，有些评论家毫不掩饰地认为在诺曼·梅勒、伯纳德·马拉默德、约瑟

---

① Irving Malin, ed., *Contemporary American-Jewish Literature*, *Critical Essays*, Bloomington：Indiana University Press, 1973, p. 37.

夫·海勒和辛西亚·奥齐克这样一些作家之间,似乎并没有多少相同之处足以证明一种共同的遗产或传统,他们对于当代的历史事件也没有多少相同的看法可以证明他们之间具有任何统一的犹太历史感。① 在有些"犹太作家"的作品中,几乎丝毫发现不出任何犹太性的痕迹,甚至像贝娄这样惯于反映犹太生活的作家,也公开反对将自己划归"犹太作家"之列。作为一位公认而典型的犹太作家,艾·巴·辛格在回答记者应该如何给"犹太作家"下定义时曾这样说道:"依我之见,世界上只有意第绪语作家、希伯来语作家、英语作家、西班牙语作家。有关犹太作家或天主教作家的整个想法在我看来是有点牵强附会的。当然,假如你逼着我承认有犹太作家这一码子事,我只好说,犹太作家必须是真正充满了犹太人习性、懂得希伯来语、意第绪语、犹太教法典、犹太法学博士的圣经注释总集、虔敬派文学、希伯来神秘哲学以及诸如此类东西的人。"②按照辛格的观点,常常被人们称之为"犹太作家"的许多人势必被排除在犹太作家之外,这与实际情况似不尽相符;而且,辛格的这种判别多少又有些"简约之嫌",因为这在很大程度上掩盖或回避了"犹太文学"、"犹太作家"的复杂内涵。

　　问题的关键就在于,"美国犹太文学"与其说是美国文坛上的一种单纯的传统意义上的文学运动,不如说是一种以文学的形式出现而又有着更为深广意蕴的"社会文化运动",是古老的犹太文化经由欧洲犹太移民的负载而与美国社会发生种种文化碰撞和文化变迁后产生的一种独特的历史文化现象以及这一历史文化现象在文学领域的复杂表现。美国评论家马克·谢克纳(Mark Shechner)说得不无道理:"犹太人如此进入美国小说领域是否能形成一种文学运动,不能确定,实在无法给此类事件作出精确判断;然而可以肯定的是,它完全可被认作是一种业已产生了重大文学实绩的社会运动。"③从历史文化的背景下把"美国犹太文学"作为一种

---

① Danniel Hoffman, ed., *Harvard Guide to Contemporary American Writing*, Cambridge Harvard University Press, 1979, p. 191.

② 艾·巴·辛格:《关于犹太作家和意第绪语作家》,载《诺贝尔文学奖获奖作家谈创作》,北京:北京大学出版社,1987 年,第 472—473 页。

③ Danniel Hoffman, ed., *Harvard Guide to Contemporary American Writing*, Cambridge, MA: Harvard University Press, 1979, p. 192.

"社会运动"来解读,让既有的"文学规则"服从于更具形而上意义的文化规则,那么许多问题便可能迎刃而解了。

第二节　美国犹太小说的文化品性

一、写照文化变迁

如果说文化冲突与文化融合是两种异质文化间文化接触的基本方式的话,那么文化变迁则成为文化接触的自然结果。所以在文化理论的视野和框架中,美国犹太小说在文化本质上是对古老的犹太传统在现代社会中发生的文化变迁的文学写照。暂且抛开文学的文本分析,从文化理论上来看,文化变迁有着深刻的文化语义。文化变迁的实质首先意味着对异质文化的不断吸纳和采用。犹太移民进入美国社会后,作为弱势文化的载体,面临着被同化的威胁。在此情况下,犹太移民们发现,抗拒同化的最好办法也许并不是固守传统,也不是拒不往来——这在文化实践上是难以实现的,而是以开放的姿态,有限地、有选择地吸收异质文化的优秀素质,在文化交融中实现文化的变迁,也就是实现文化的保持和新生,这与其说是理论的设定不如说是现实的实际要求。从历史上来看,犹太文化生存与发展的这一必然规则一方面是犹太文化自律运动的经验总结,另一方面也被那些睿智的犹太领袖们有意识地加以发现和张扬。从摩西·迈蒙尼德(Moses Maimonides, 1135－1204)、摩西·门德尔松(Moses Mendelssohn, 1729－1786)等犹太思想家开始,他们就已明确地感受到沟通犹太文化与异质文化是发展犹太文化的必经之路,约瑟夫·L.布劳(Joseph L. Blau)教授在《犹太教的现代流变》(Modern Varieties of Judaism)中比较系统地梳理了现代犹太教(犹太主义)的发展及对欧洲文化的诸种吸收,他在论述摩西·门德尔松在犹太教和犹太文化变革中的作用时特别指出:"门德尔松的活动也许应该被描述成这样一种调和:他试图将德国文化带给犹太人,并将犹太文化示范给德国人。"为了帮助犹太人了解德国文化,他创建了希伯来文的期刊(ha-Meassef)以及建立"犹太自由学校",设法将德国的重要书籍翻译成希伯来文,等等。①
摩西·门德尔松等思想家所做的工作,其意义不仅在于他们翻译的若干
书籍、创办的若干杂志等对沟通犹太文化与居住地文化起到了一定作用,
更在于这些工作为西方犹太人如何对待居住地异质文化作出了示范,并
产生了积极和普遍的影响。特别是进入现代社会以后,伴随着西方社会
的理性主义和犹太世界的世俗主义的兴起,犹太人对异质文化的采借不
仅有了新的机遇,也形成了一种不可逆转的强大趋势,这种趋势是以往不
曾有过的。"有鉴于前现代文明(premodern civilizations)的标志是对神
圣及神学家正统权威知识的普遍敬畏,那么现代性则将公共和个人生活
的大部分领域从宗教的监理和神学价值中解放出来,并对人类理解世界
和塑造自己命运的能力充满信心。"②当西方世界的犹太人汇入现代文明
的整体发展中的时候,特别是世俗主义成为现代犹太人的一种有代表性
的倾向、犹太世俗主义者在一定程度上挣脱了犹太神学的规范(这并不
意味着断离了同犹太传统的所有联系)的时候,犹太人身居其中的异质
文明及其成果为犹太人提供了无限的采借可能。

在异质文明展示的诸种文明成果中,科学、技术是超民族、超宗教的
"非意识形态性成果",犹太人不仅可以毫无顾虑地直接采借,也可与非
犹太人一起进行直接的创造并共同分享;即使是具有一定意识形态性质
的道德观、婚姻家庭观、社会理想、伦理规范等,犹太人同样可以进行适当
的采借或参与营造。在此情境下,一个必然出现的文化事实便是犹太人
与居住地文化在一定程度上实现了文化认同,这里所说的认同(identifi-
cation)是指犹太人与居住地文化之间建立的通约性联系,是指犹太人与
居住地人在行为与心理上所呈现的部分趋同倾向和"共振现象",而不是
指丧失犹太特质的文化同化。

文化变迁在意味着对异质文化的吸纳、采借的同时也意味着对犹太
文化本体、犹太传统的陶冶和强化。犹太文化在经历了对异质文化的冲

①　Joseph L. Blau, *Modern Varieties of Judaism*, New York：Columbia University Press, 1966,
　　p. 17.

②　Robert M. Seltzer, *Jewish People, Jewish Thought: The Jewish Experience In History*, New
　　York：Macmillan Publishing Co., 1980, p. 709.

American Fiction: Local Processes and Multivariate Genealogies

突与采借以后，无论发生了怎样的变迁，犹太文化的基本精神和传统内核都难以发生根本的歧变。与异质文化达成了某种认同的现代西方犹太人发现，在几十个世纪以前诞生于中东迦南地区的犹太精神不仅被记载在不朽之书《圣经》之中，同时亦镶嵌在犹太文化的整个机体之内，在千余年的流变之中，这种精神并未死亡，"她依然活着，依然受难，依然鞭策着犹太男女的生活"[1]。即使是那些大量接受了西方教育和西方思想的现代犹太知识分子，他们也并不认为犹太传统已经枯竭、犹太精神已经枯竭，因为对于千千万万的犹太人来说，犹太精神和犹太性"是一种不可剥夺的精神感觉"[2]，这种感觉历经磨难，不是被消减了，而是被强化了。

但在犹太文化的变迁中，保留的是犹太文化的内核和精髓，剔除的是犹太传统中的落后、愚昧的因素。在历史和时代的检验面前，在不断的文化接触、文化冲突和文化吸纳中，犹太传统中的落后因素暴露无遗，尤其是犹太教本身那些与人的现世生活和实际需要多有抵牾的陈腐因素，那些与时代发展格格不入的因素，在犹太文化的变迁中无疑会得到应有的涤荡和消解。犹太文化变迁中的一个基本趋势是理性精神逐渐增强，这种趋势与其说是对其传统的改变，不如说是对其传统的一种选择和光大，因为理性精神原本就是犹太《圣经》和犹太传统精神的重要组成部分。

犹太文化对传统精神的陶冶与对异质文化的某种吸收几乎是同时进行的，当剔除了犹太文化本体的糟粕并吸收了异质文化的优质要素时，犹太文化也就实现了新的变迁，这种变迁同时也意味着是对犹太传统和犹太精神的一种重铸，这种重铸是集合了犹太文化与非犹太文化的多种优质要素的重铸。因而这也使得犹太文化在保持其基本内涵的前提下能以更加适应特定的时代、环境需要的形式呈现出来。美国犹太文化作为犹太文化在美国的变迁，就是在保持犹太精神的同时，吸收了美国文明的诸种要素后而形成的一种新型的犹太文化，也是美国主体文化中的一种新的亚文化，作为这种文化的载体，美国犹太人在继承、传递犹太精神和创

---

[1] Maurice Samuel, *I, the Jew*, 选自 Sol Liptzin: *The Jew in American Literature*, New York: Bloch Publishing Company, 1966, p. 178.

[2] Paul R. Mendes-Flohr & Jehuda Reinharz, ed., *The Jew in The Modern World, A Documentary History*, Oxford: Oxford University Press, 1980, p. 240.

造丰富、发达的美国文明方面,都做出了突出的贡献。

犹太文化的变迁表现在文化变迁的实践者——犹太人身上,便是实现了对犹太人身份特征的若干再造。再造的犹太人无论是其外部言行、生活方式,还是其内在思想或情感内涵,都在相当程度上具有了某些新的特质。他们一方面身为犹太人,另一方面也由于居住地社会的某种认同而成为居住地社会构成的一部分,成为居住地文明的创造者。对于那些深刻地介入了居住地文化的犹太人而言,他们甚至还获得了一种在居住地社会的扎根意识。如果说以色列在他们看来是其永恒的故土和不变的精神家园,那么各居住地则是他们新建立的现实家园或第二故乡。

那些获得了居住地文化的某种认同、实现了身份再造的犹太人无疑具备了多重性的文化气质,也就是具有了多重性的文化身份:他们既是犹太人,又是美国人,或者加拿大人、阿根廷人、英国人、澳大利亚人等等。从德国移民美国并在美国获得巨大成功的经济巨人希夫曾说过一句意味深长的话:"我可以一分为三,我是个美国人;我是个德国人;我是个犹太人。"[1]希夫所言是作为一个多重身份的犹太人对其切身文化体验作出的一种生动表述。从特定角度看,希夫分别具有三种不同身份,而当把三者合而为一时,希夫显然已不再是原本意义上的纯粹的犹太人,也非纯粹的德国人或美国人,而是实现了身份再造、发生了文化变迁的新型犹太人。散居世界各地的犹太人正是借助于对异质文化的部分融入而获得再造和新生的,这也是犹太人能够生存于异邦土壤并建立自己家园的原因所在。当散居世界的犹太人怀着某种寻根情结返回以色列与当地的犹太人相会时,他们便有了一种既亲切又陌生、既陌生又亲切的难以名状之感。在满足了某种寻根情结后,他们可能还要返回到居住地去。生活在"新家园"的犹太人一方面会自然而然地维护和珍惜蕴藏于内心深处的"犹太情结",另一方面又或多或少地淡化了传统的犹太属性,在他们身上,犹太特性变得空前复杂甚至不确定,这对犹太特质和犹太身份的界定也提出了许多新的挑战。[2]

---

[1] 查姆·伯曼特:《犹太人》,冯伟译,上海:上海三联书店,1991年,第240页。

[2] Paul R. Mendes-Flohr & Jehuda Reinharz, ed., *The Jew in The Modern World, A Documentary History*, Oxford: Oxford University Press, 1980, p. 214.

文化变迁表现在具体的文化个体身上，其情形是异常复杂多样的。美国的诸多犹太小说家作为这种文化变迁的负载者，以其切身的文化经验和文学化的手法，对这种文化变迁做了生动的写照。

二、人物身份演变的文化意义

综观美国犹太文学，可以发现在文学主人公的犹太身份问题上出现了明显的演化变迁，早期犹太移民作家大都紧密地契合犹太移民初抵美国时的实际生活和思想状况，以写实的方法塑造文学作品中的犹太主人公，犹太主人公有着强烈的身份感和明显的犹太身份特征，特别是那些在经济上苦苦挣扎、在社会上努力挣得一席之地的犹太小人物——倒霉蛋（schlimazl）塑造得相当生动、典型，浑身散发着鲜明的犹太气息。随着犹太移民及其后代在美国生活的深入和境遇的改善，犹太人在美国社会生活中的身份角色发生了变化，犹太文学更多地关注着那些有知识、有才智也有一定的社会经济地位但却陷入精神迷惘中的犹太人，他们一般是在美国土生土长的移民后代，负载着犹太传统文化和美国文化的双重重负及其困惑，成为不幸的"schlimazl"。

在 schlimazl 之后，一种犹太身份更加淡漠的主人公"Dangling man"（晃来晃去的人）被犹太作家塑造出来，这些 Dangling man 在一定意义上可以说是一种现代化和西方化的"多余人"，但在其内涵深层，又暗含着犹太人在汇入美国生活中的失落感和游离感。如前所述，在不少的犹太作家笔下，主人公身上的犹太身份特征业已十分淡漠甚至丧失殆尽，只是在文学文本、人物活动的某些个别方面或作品的深层才隐约显示着某种犹太性的蛛丝马迹，主人公身份的非犹太性特征往往成为人物的主导特征。归纳起来，就美国犹太文学中主人公犹太身份特征的一般演变而言，出现的一个基本轨迹和走向是：文学主人公的犹太身份感逐渐淡漠，在主人公犹太性消减的同时，其超犹太的普遍性意义则逐渐增强。但需要特别指出的是，这一倾向是就美国犹太文学历史发展的一般总体事实而言的，对于每个具体的犹太作家而言，情形往往要复杂得多，而且还可能出现某种"回复"的变化；同时，文学主人公犹太身份感渐弱的倾向也不是恒速和无休止地发展、延续下去的,在经过了一个阶段的发展之后,还会呈现出相对稳定或僵持的状态,因为作为一种文化适应和文化变迁的表征,文学主人公犹太身份的演变会与美国犹太移民对美国社会的实际适应状况和身份变移的进程相吻合。

对于文化变迁中的美国犹太移民而言,身份特征及身份感的问题有着特殊重要的意义,身份的变移在一定程度上可以说是文化个体文化变迁的一种核心标志,也许正因为如此,美国犹太文学对文学主人公的犹太身份问题给予了特殊的关注和表现。就像托马斯·索威尔所说,"种族身份的重要性,在各个种族内部是有巨大差异的。对某些人来说,种族身份是一种足以在世人面前加以炫耀的自豪标志。对别的一些人来说,种族身份是一种值得个人珍惜的生活方式,虽然无需公开张扬。另外还有一些人,对他们来说,种族身份是一种偶然性的东西,或者说是一种令人好奇的东西——或是一种尽量予以忘却、回避或逃脱的污点。诸如此类的五花八门的个人态度,历来就存在于各个种族之中。简言之,种族身份一直是个复杂而难以捉摸的现象。其特定内容历史差异很大,即便在一个种族之内也是如此。例如在19世纪,犹太移民的种族身份就集中体现在他们的宗教礼仪和犹太人的民族文化传统上,包括意第绪语。在他们的心目中,如果一个犹太人很少注重或根本不注重犹太教礼仪、生活方式和衣着,并在非犹太人当中讲起话来像个非犹太人(正如20世纪的许多美籍犹太人那样),那么,要把他当做犹太人实在是匪夷所思的。然而,谁也不会认为,经过二战时遭到的大屠杀及现代以色列国建立之后,犹太人就失去了他们的种族身份。仅仅是他们的投票记录就足以使他们与处在同样经济水平的别的美国人泾渭分明。他们并不生活在过去之中,但是过去一直存在于他们之中。"①

美国犹太移民尽管千差万别,尽管在赛法尔德犹太人内部和阿什肯那兹犹太人内部也存在着各种分化和不一致,但在美国犹太移民中,相同的历史传统和历史命运(即"过去")一直将他们作为一个特殊的文化整体联结在一起,作为"犹太人"的身份认同便成为这一文化整体中具有核

---

① Thomas Sowell, *Ethnic American: A History*, New York: Basic Books, 1984, pp. 294–295.

American Fiction: Local Processes and Multivariate Genealogies

心意义的联结纽带，这显然已经有别于旧时代犹太教在犹太人的认同中所具有的作用和意义，所以，"今天美国犹太人的认同感并非昔日旧世界那种犹太宗教意义上的认同感。大多数美国犹太人今天并不尊奉传统的犹太安息日，参与犹太教会的活动也不算热心。他们的认同感带有种族的性质，尽管这种认同感从历史上来看脱胎于一种特定的宗教"①。在美国犹太人中，身份认同的状况及对犹太身份的自觉程度标志着犹太移民对传统文化本体的判断和认知，标志着犹太移民对文化本体属性的判断取向，这无疑成为美国犹太移民文化变迁的重要风向标。在美国犹太文学中，主人公犹太身份的演变正是从犹太移民的文化内涵上深刻地昭示了犹太文化在美国的历史变迁。

美国犹太文学的主人公犹太身份演变的意义首先在于，它以犹太移民个体的身份变化，揭示犹太文化整体在与美国文化的接触、碰撞中所发生的历史变化。文化个体比较一种文化的整体而言在新的文化环境中有着更强的可变性和适应性，犹太作家笔下的文学主人公及其所代表的犹太移民所发生的每一种心理变异、身份困惑，都以小见大地揭示了整个犹太移民群体在美国社会的实际状况。作为一个文学系列，美国犹太文学中的诸多主人公在犹太身份感淡化、美国性增强的演变过程中，表现了美国犹太移民的身份转换和身份再确认，同时也表现了由欧洲犹太移民所负载的犹太文化在美国社会的历史变迁。

美国犹太文学的主人公犹太身份的淡化、身份的转换和再确认，其实也是昭示了犹太移民在对美国生活的汇入中业已生成的新的身份特征，即，既作为犹太人又作为美国人，以及既不同于纯粹的犹太人、又不同于纯粹的美国人的新的文化特征，同时这也标示了作为犹太文化在现代的一种流变形式和作为美国主体文化之下的一种亚文化形式的美国犹太文化的形成和内涵。所以，美国犹太文学中文学主人公犹太身份的演变是以文学的形式从一个具有关键意义的角度对犹太文化与美国文化历史汇合及其结果的一种写照。其实美国犹太作家在文学主人公犹太身份问题上的诸种表现及表现过程本身，也业已构成了一个特殊的文化变迁事实，

---

① Thomas Sowell, *Ethnic American: A History*, New York: Basic Books, 1984, p. 98.

这也是从一个独特的角度汇聚了犹太移民文化变迁的历史内涵。

从另一个角度讲，美国犹太小说的主人公犹太身份感的弱化也表明了在现代美国生活情境下，犹太人业已走出传统的犹太圈子。他们不仅逐步汇入大美国的统一生活潮流中，也在更多的生存问题上与美国社会达成了新的契合和一致，更多地与西方人在社会境遇、生存困惑等方面形成了认同和共识，换句话说，也更多地被卷入到现代生活的整体发展之中，这在二战后特别是 20 世纪 60 年代后美国犹太作家的作品中表现得尤其突出。

犹太人传统性的身份确认、自我确认问题虽然有其历史的一贯表现，但在现代生活条件下，这些犹太式的问题又在本质上与美国社会中人们所面临的自我危机有着相同或相似的内核取向。贝娄、马拉默德、罗斯等人在以"犹太问题"折射人类的普遍问题上都做出了成功的尝试和努力，特别是《挂起来的人》《赫索格》《雨王汉德森》《乳房》《情欲教授》等名篇，在表现自我困惑的问题上，在整个西方文学中都是有代表意义的。自我身份的困惑在现代西方哲学、文学中是一个被普遍关心和表现的核心问题。存在主义的先驱基尔凯郭尔很早就发出了"我是谁？""我为何来到这个世界？"之类的疑问，波德莱尔很早也在《德拉克瓦的作品与生活》中说过："整个可看得见的宇宙不过是个形象和符号的仓库而已……"。卡夫卡在他的"孤独三部曲"（《美国》《诉讼》《城堡》）中，也"卡夫卡式"地表现了自我的危机：在《美国》中，主人公叫卡尔·罗斯曼，在《诉讼》中，人物则演化为约瑟夫·K，而到《城堡》中人物则成了 K，人物的名字逐渐简化，人物的自我危机也在逐渐加深。卡夫卡以此昭示了他对人生的理解。美国女作家奥茨在《卡夫卡的天堂》中认为解开卡夫卡之谜"就意味着解开人生的真谛"。波兰犹太作家恩斯特·托勒（1893—1939）对他的主人公也有类似的处理，他将《群众与人》的主人公的名字极力简化，只称其为"女人"之类的；非犹太作家斯特林堡的名作《鬼魂奏鸣曲》中对人物也作了类似的处理。但值得指出的是，美国犹太作家将犹太人的身份问题与西方人的自我危机结合表现，并不意味着诸种"犹太问题"业已丧失其特有的内涵意义。美国犹太小说主人公犹太身份的演变及与西方人自我问题的契合，更不意味着犹太移民必然性地要走文化同化的

American Fiction: Local Processes and Multivariate Genealogies

道路,因为作为一种文化的流变,美国犹太移民在融入美国社会生活时,其悠久的历史传统不会消失,这不仅是其文化传统强大的生命惯性使然,也是由诸多外部条件所决定的,特别是那些虽已逝去但令犹太人不能忘怀的历史,更促使犹太移民在汇入美国生活时,决不会抛却传统、抛却其民族文化。托马斯·索威尔在谈到二战给犹太人带来的影响时曾说:"既然连德国都会翻脸(德国犹太人曾有过较其他欧洲国家犹太人更好的境遇——笔者注),向犹太人下此毒手,想赶尽杀绝,那犹太人怎能放松警觉而悄悄地与其他民众融为一体呢? 做个犹太人已经不是人生一个偶尔触及的特点了。持同化论观点的犹太人士曾劝说同族人变为'具有希伯来信仰的德国人',这种简单化的尝试已经沦为可悲而又可怕的笑柄,使世界各地的犹太人痛切地认识到,当务之急是加强犹太民族的认同感和凝聚力。纳粹对犹太人的种族灭绝政策,虽说是旷世绝伦的,却也向世人强烈展现了下述这样一种历史现象,即对犹太人是时而和解,时而排斥,时而庇护,时而驱赶;犹太人时而昌盛发达,时而惨遭屠杀。犹太人在西班牙、波兰和俄国,历史上都有过这种变幻莫测的遭遇。"[1]即使在战后的美国,犹太移民也许不会再有二战期间德国和东欧犹太人类似的遭遇,但历史作为犹太人的一种"遗产"和传统,也必定会在犹太移民的文化操作中发挥其深刻的内在效用。现代以色列国的建立及其与周边国家的冲突,也从一个独特的方面吸引着世界各地犹太人对"犹太问题"的关注。诸如此类的问题都决定了世界各地的犹太移民对居住地文化的汇入不是一个简单的文化整合过程,而是一个充满矛盾、变迁的文化自律运动。美国犹太文学以其主人公犹太身份的变迁写照的正是这样一种矛盾、复杂的文化自律过程。

三、多维属性的呈现

美国犹太小说作为美国犹太移民文化的文学表征,呈现的是一种复杂多维的文化属性,这种属性的理论界定,还必须建基在对美国犹太文化

---

① Thomas Sowell, *Ethnic American: A History*, New York: Basic Books, 1984, p. 97.

的历史分析上。

美国犹太小说反映了"美国犹太人"的生活，许许多多的主人公都是典型的"美国犹太人"。那么"美国犹太人"是犹太人？是美国人？如果是，又是何种程度、何种意义上的犹太人或者美国人？这就涉及"美国犹太人"和美国犹太文化的属性问题。

犹太学者赫茨（Richard Hertz）在著名的犹太学著作《寻找自身的美国犹太人》中曾用"一块硬币的两个方面"这一形象的说法来比喻犹太人与美国社会的密切融合，赫茨强调的是不仅犹太人需要美国，美国也同样需要犹太人这一互利相辅的关系。如果我们借用"一块硬币的两个方面"来比喻美国犹太文化的多维属性，倒也是颇为适宜的，它既表明了一种文化的多维属性，也揭示了多维属性的结合才构成了一个有意义的"文化硬币"。需要指出的是，不能机械地理解文化上的这种"硬币现象"，美国犹太文化的复合多维属性也并不简单地意味着它在性质上的平面分属，而是有其特定的方式和内涵、按照其内在的文化规则呈现的。

美国犹太文化的原生质来源于源远流长的犹太文化，就其本源属性而言，它是犹太文化在特定历史文化背景下的演化和流变，是犹太文化一种散存的、现代的分支形态。犹太民族在其历史沿革中的大部分时间里，总是自觉或不自觉、情愿或被迫地与异族文化发生接触，这既是犹太文化存在和延续的一种方式，也是犹太文化生长和发展的一种途径。在这种接触中，犹太主体文化在一定程度上发生消长，既体现出每个特定情境下的姿态，又始终保持其基本精神，从被掳于巴比伦时期到波斯时期，从希腊化时期到罗马时期，从中世纪到近现代的流散时期，犹太文化都在适时地进行着自我完善和自我变迁，以保持犹太文化传统并适应特定的时代发展。《塔木德经》作为犹太文化的第二经典，它的形成颇能说明问题。《塔木德经》由《密西拿》（Mishna）和《革马拉》（Gemara）两部分构成。《密西拿》形成较早，约于公元 200—210 年间在巴勒斯坦地区编订。当巴比伦的犹太拉比们以此来解释巴比伦的犹太生活时，便有颇多不适之处。为了结合巴比伦的实际需要，并使《塔木德经》进一步完善，一部新的律法释义集《革马拉》随后由巴比伦犹太人编纂而成。"革马拉"的意思即为"补全"。经过补全后的《巴比伦塔木德经》更具解释犹太生活的

American Fiction: Local Processes and Multivariate Genealogies

普遍可适性，因而成为犹太生活的权威准则和注释。《塔木德经》的逐步完善与犹太人的"哈斯卡拉"（Haskala，意为"启蒙"）运动等一样，均是犹太文化在特定时代的发展。马克思在《论犹太人问题》中曾分析过犹太文化发展的这一特征："犹太教之所以能和基督教同时存在，不仅因为它是对基督教的批判，也不仅因为它是对基督教起源的具体怀疑，而且因为实际犹太精神——犹太——在基督教社会保持了自己的地位，甚至得到了高度的发展。"①

犹太人进入所谓"美国阶段"以后，犹太文化的本源传统发生了更大的演化——生发为美国犹太文化，但美国犹太文化仍以特定的方式保持着犹太文化的原生质，并以此成为区别于美国多元文化构成中其他部分的重要内涵和标志。传统的犹太格托在美国犹太人中业已不再存在，但无论怎样在犹太人之间都至少保持着一种精神格托的现象。犹太个体与犹太文化存在着一种无形而根本的联系，就像赫茨所说："任何犹太个体都是犹太群体的一个成员。"②美国犹太人在新的历史条件下特别强调"自尊"（Self-respecting）的意义，认为每一个自尊的美国犹太人都应该了解自己的宗教、自己的圣经和人民，而"每一个对他的人民及其历史有所了解的犹太人都有权为之骄傲"③。显然，这里所说的"自尊"，意在要求美国犹太人保持和珍惜自己的特性、自己的传统和文化，赫茨等许多犹太学者发表论著，从理论上揭示这种保持的必要性和现实性。我们发现，在美国犹太文化中，犹太文化的原生质意义主要是作为文化的渊源传统、历史记忆、心理积淀和特殊的身份感等体现出来的。

同时，从美国犹太文化与其赖以生存的主体社会的关系来看，美国犹太文化又是美国多元文化中的一种形态、美国主体文化中的一种亚文化。

犹太移民在美国历史上的不同时期，对犹太特性的保持及对美国文化的介入在量值上并不始终一致。一般说来，随着时间的延续，介入的程

---

① 马克思：《论犹太人问题》，选自《马克思恩格斯全集》（第一卷），北京：人民出版社，1956年，第448页。

② Rechard C. Hertz, *The American Jew in Seach of Himself, A Preface to Jewish Commitment*, New York：Bloch Publishing Company，1962，p. 106.

③ Ibid., p. 184.

度也会加深。但这必须把另一重要因素考虑在内，就是当美国文化氛围较为宽松时，犹太人的介入会较为深入和迅速，反之则不然。美国历史上反犹思潮几次抬头，这一方面阻滞了犹太人对美国生活的介入，另一方面又强化了他们的犹太意识。所以犹太文化对美国文化的接触是一个动态发展过程，我们对美国犹太文化的考察主要是就文化接触的一般情形和理论来说的。美国文化整体结构中的开放、兼融特征，使得犹太文化能够与其他少数民族文化一样在美国文化中占有一席之地。

　　犹太人在美国生活的潜移默化中，逐渐表现出一种美国气质，这与当年生怕暴露自己的犹太身份因而装作像个当地人似的很不一样。美国精神在犹太生活中的体现，特别集中在那些与世俗生活紧密联系的部分，从生活习俗到法律规章，从婚姻家庭甚至到一般生活观念、价值观念等。出生在美国的犹太儿童从小就开始接受这种潜移默化，他们所受教育的方式和内容已经与其父辈、祖辈有了很大的不同。在基本的交际工具语言方面，虽然在一定的犹太家庭或犹太群体之内尚保留着他们的民族语言，也有像辛格这样的作家坚持以意第绪语创作的，但在美国犹太人的总体趋势中，英语成为其共同语是必然的。而突破传统的职业限制走向更广阔的社会空间，特别是对婚姻限制的突破，为美国犹太人带来了更深刻的影响。犹太人迅速地汇入美国现代化的生活之中去，而他们本身也业已成为这种生活的创造者，他们虽然还不见得是完全地道的美国人，但已经是一定程度的美国人，他们所代表的美国犹太文化也同样成为美国文化的一种特殊构成。一方面，美国犹太文化体现出一定程度的与主体社会的文化一致性，遵循着主体社会的基本价值观念和承担必要的社会义务；另一方面，它又以独特的文化形貌作为亚文化从属于主体社会。颇具权威的社会学家波普诺指出："尽管在美国朝着全面同化的发展趋势似乎很强烈，但整个国家在一个时期内无疑将继续以民族多元性为主要特征。"①特别是近几十年来，种族平等与文化多元化在美国成为一个重要的社会目标②，美国犹太文化在美国社会中的亚文化地位有了进一步巩

① 戴维·波普诺：《社会学》（下），刘云德等译，沈阳：辽宁人民出版社，1987 年，第 103 页。
② Earl Read, ed., *American Race Relation Today*, New York：Doubleday & Company, 1962.

固的可能。

但以美国犹太文化的本体属性而言，它又是一种既有别于传统犹太文化也有别于美国文化的新质文化，其新质意义也正体现在它与犹太文化和美国文化的同时联系上。赫茨在《寻找自身的美国犹太人》中是这样谈论犹太人在美国的现状的：

美国犹太人已经走过了很长的道路，他们业已获得在美国土壤的扎根意识，它是美国的一部分，并与美国一道成长。犹太人发言不是作为一个局外人，而是作为这块神圣土地的精神之子。在此，他们建立了自己的家园，抚养了自己的后代；在此，他们也建立了自己的社会，自己的犹太教堂和寺殿，自己的医院和福利机构，自己的学校与校舍，以及自己的文化中心。①

这从一个方面验证了美国犹太人同时兼备的两种属性——美国属性和犹太属性，其实这正是美国犹太文化超越美国属性与传统犹太属性的新质属性。这种新质属性下的文化个体，同时呈现出双重的文化身份（犹太身份与美国身份），从而也呈现出独特的文化身份，因为这种汇合后的文化要素既不完全是美国的，也不完全是犹太的。

还需指出的是，美国犹太文化新质意义的获取并不是它对犹太文化与美国文化的某种截取和相加，而是两种文化的有机融合与再生，就像哲人萨特在《反犹太者的画像》中所说："全体大于且不同于各部分之总和。"②而且，新质文化的再生有其特定的结构方式，一般来说，它汲取了两种文化中最有生命力、最能适应特定文化环境需要的因素。犹太文化深厚的历史感、惨烈而宝贵的命运体验，以及那些经过千百年陶冶而积淀下来的文化精神、民族观念等，都被美国犹太文化所继承并成为它的基本精神和深层内涵；生发于美国特定社会、文化土壤的蓬勃朝气，以及生活习俗、法律规范、文明理想、价值观念等，都逐渐演化为美国犹太文化的资源和要素，从而使美国犹太文化以强大的生命力和特有的适应力，跻身于

---

① Rechard C. Hertz, *The American Jew in Search of Himself, A Preface to Jewish Commitment*, New York: Bloch Publishing Company, 1962, p. 184.

② 萨特：《反犹太者的画像》，选自《存在主义》，W·考夫曼编，陈鼓应等译，北京：商务印书馆，1987年，第292页。

多元化的美国文化之中。美国犹太人的创造现象似可从此得到较为深刻的诠释。美国犹太人占美国总人口不到 3%，但他们对美国政治、经济、科技、文化等方面的影响和贡献几乎到了不可缺少的地步。20 世纪以来，在科技和文学艺术等领域，犹太人发动了一系列"带有方向性的运动"①，有人统计，在当代美国文学的一流作家中，犹太作家占了 60%以上。

　　在美国犹太文化的历史背景下，美国犹太小说的文化属性及文化意义是显而易见的。犹太文化作为美国犹太文化和美国犹太文学的渊源传统，在一定程度上从文化本源上规定着美国犹太小说的基本特征，当然这种规定不是机械的，而是变迁、能动有时又是极其隐晦、曲折的。美国犹太文化和美国犹太文学在承继和焕发犹太文化的传统精神时，无疑融入了美国社会的特定内容并生发出兼具犹太要素与美国要素的新质内涵，这些新质内涵及文化结构在多元化的美国文化中处于一种非主导的亚文化地位，但在犹太文化的历史长河和整体框架中，却相当典型地呈现了犹太文化在西方社会的现代流变及流变的方式程度、历史走向。

　　这样，美国犹太小说对美国犹太移民多维文化属性的呈现也就是自然而然的了，从文化属性的层面上来界定美国犹太小说，其多维性特征亦是显而易见的。

第三节　创作观念与文化精神

一、逆向认知的文化意义

　　犹太作家的逆向认知在批判性地呈现犹太生活中的各种阴暗面时，往往首先是针对犹太传统中的神学因素的，其批判的终结点往往集中在犹太教的陈腐方面，《犹太人的改宗》《一个犹太人的命运》等都说明了这

---

① 阿巴·埃班：《犹太史》，阎瑞松译，北京：中国社会科学出版社，1986 年，第457 页。

American Fiction: Local Processes and Multivariate Genealogies

一点。所以犹太作家的逆向认知常常首先是一种摆脱传统神学的努力，它力图消减犹太生活中的神学因素，从更具理性和科学精神的角度观照犹太生活，也就是以理性的方式与犹太生活和犹太传统进行内在的联结。现代犹太作家在其作品中对犹太生活的批判在形式取向上与希伯来《圣经》对犹太生活的批判存有一定的类同之处，《圣经》中的先知书等十分强调以色列人的现世罪恶和种种堕落丑行，但在批判犹太生活的深层动机上，《圣经》则主要在于维护上帝与神学的权威（虽然这种维护的背后也还隐藏着一定的世俗因素），这与现代作家的逆向认知对神学因素的消减显然不可同日而语。

犹太作家的逆向认知在其文化功用上的意义一方面在于它对犹太生活和犹太传统中的阴暗面进行了揭示，另一方面更主要的在于这种揭示的本身作为犹太文化整体发展和整体结构中的一部分，促成了犹太文化充满矛盾的、动态的发展过程。在这个意义上，可以说以对犹太传统的逆向认知为特征的小说批判，也是犹太文化整体发展中出现的一种正常的"文化背叛"，这种"文化背叛"昭示的是犹太文化沿革中的矛盾冲突，既包括犹太生活自身传统与现代、新与旧的冲突，也包括犹太传统与异质生活接触中出现的各种冲突，在这些冲突中出现了一系列非传统甚至反传统的因素，它与其说是对传统文化的背离，不如说是表征了主流生活之外而又有代表性的正常的"异见"。

美国犹太小说家对犹太传统的逆向认知也可被视作犹太文化发展的一种内在动因，因为这种逆向认知对犹太传统而言，在一定意义上也是一种深刻的文化自省，它促使人们去面对犹太传统和犹太生活的现实缺陷，要么去修正它，要么设法遮掩它或为之辩护——这也使得逆向认知在客观效用上对犹太传统的发展起到了某种动力作用。当然，犹太小说家对犹太生活和传统的逆向认知也是犹太文化自身分化的一种标志，它既是以独特的方式对犹太传统进行了一种联结，也是以叛逆的取向对犹太传统进行了远离，罗斯声言他"并非写犹太书，不是犹太作家；我是个犹太裔作家，我人生的最大关切和激情是写小说，并非当个犹太人"[1]，罗斯的

---

[1]　钱满素（编）：《美国当代小说家论》，北京：中国社会科学出版社，1987 年，第 336 页。

这番话也表明了他对犹太生活远离和超越的思想意向。

　　美国犹太作家对犹太传统的逆向认知不仅在价值取向上导致了美国犹太文学的复杂性，也在文学风格、主题等方面导致了美国犹太文学的巨大差异。因而面对这一复杂的文化事实，任何试图作出某种统一判断的努力都是十分困难的。美国评论家马克·谢克纳在评论犹太作家时曾有一段很有影响的论述：

　　　　除了在特殊地区，一种连贯的和同一的犹太文化和宗教实际上已不复存在。在这样的时代，要想谈美国犹太文学谈得有说服力，就得正视这种含混的说法：必须提防对犹太作家的特性作出任何整齐划一的解说。"犹太作家"或"犹太小说"不是一种明显的或自我成立的文学分支，正如犹太人的特性本身如今也不是一种不言而喻的文化特征。①

马克·谢克纳在这里较为深刻地指出了"犹太文学"的复杂多样性。然而，他在强调这种复杂多样性时似乎又恰恰犯了他所要避免的"整齐划一"的错误，因为他将这种复杂性似乎只是一味地理解成了犹太作家的不同性，从而忽略了犹太作家在不同性的背后又都同样与犹太生活、犹太文化进行了某种联结（虽然联结的方式有所不同）。一定的相异性与一定的相同性的融合才是犹太作家和犹太文学复杂性的整体所在。

　　值得说明的是，在美国犹太作家以种种方式认知犹太生活的同时，历史上也曾有许多非犹太作家不约而同地在其作品中对犹太人和犹太生活作出了多样化的认知表现，像乔叟的《坎特伯雷故事集》、莎士比亚的《威尼斯商人》乃至乔伊斯的《尤利西斯》等等，但西方作家的表现和认知与犹太作家的表现和认知并不是同一范畴的理论问题。犹太作家的认知本身是犹太文化事实的构成部分，即使是犹太作家的逆向认知，它也是犹太文化自身矛盾的一种表征和组成，而西方的非犹太作家对犹太生活的任何再现和判断，都是不同文化之间的认知判断。当然，犹太作家与非犹太作家在运用和认知犹太生活的方式、取向上既有某些类同，也有一定的差

---

① Braudy, Leo, et al. *Havard Guide to Contemporary American Writing*. Massachusetts：Belknap Press of Harvard University Press, 1979, p. 191.

异,这两者的比较完全可以作为一个崭新的和有意义的理论课题加以研究。

二、贝娄的小说观念

美国犹太小说的文学观念界定在小说创作的思维观念和意识活动方式这一层面上,现将索尔·贝娄(Saul Bellow,1915—2005)这样一个有某种典型意义的作家及其文本视作我们认识美国犹太小说观念特征的一个重要标本。

贝娄的小说观念建基于贝娄小说的文本世界中,在对索尔·贝娄文本世界的解析中,我们曾从小说的文本技巧及意味呈现两方面入手,分解为小说的文本构建和意味呈现两部分,这显然是就其结构意义的不同而相对区分的,并非一种形式与内容的截然区分,两者在文本意义的实现中互有包含并且相辅相成。黑格尔在他的《小逻辑》中早就明确指出:"没有无形式的内容,正如没有无形式的质料一样……,内容所以成为内容是由于它包含有成熟的形式在内。"[①]贝娄小说中的文本技巧与意味呈现作为一个统一体,在呈现小说的文化内蕴时无疑是共同发挥作用的,比如"流浪汉"作为贝娄小说的一种典型模式,其模式的本身便深刻地包蕴着犹太人的历史积淀以及贝娄对现代人找寻立足之地这一现实命运的感悟,从中不仅体现出深刻的道德寓意,也体现出深厚的历史感。贝娄小说的文本技巧与意味呈现的内在统一性如果说在前面的文本分析中尚未得到充分昭示的话,那么在贝娄小说的观念层面上,这种统一性则得到了十分透彻的表现。

在对贝娄小说的解析中,我们发现文本技巧中的模式、视角、人物以及意味呈现中的自由意识、两性意识、生命意识等的内涵特质都是建立在某种关系模式的基础之上的,在建立其关系结构的两极之间分别存有一种对立悖逆的关系取向,或者说存在着一种悖逆性的意识活动轨迹和悖逆性的思维方式。

---

① 黑格尔:《小逻辑》,贺麟译,北京:商务印书馆,1980年,第279页。

在文本技巧各要素的悖逆关系中,由于这些悖逆关系分别由相互对立的形态范畴结合而成,因而可称其为形态的悖逆:

模式:流浪汉与精神流浪汉

视角:单一与复合

人物:心态与性格;自身与替身

在小说的模式要素中,流浪汉与精神流浪汉互为悖逆的取向,前者以客观的时空转换为特征,强调现实的逻辑关系和时空顺序;后者以主观情感的流动为主要特征,强调心理情感的主观性逻辑。由于两者在内涵取向上的区别因而在形成作品的结构形态时显然会呈现出不同的文学表征。

在叙述视角要素中,以视角的如何运用为考察基点,可以发现虽然看上去单一视角与复合视角只是一个量的区别,但实际上仍构成了一种视角建构方式上的悖逆取向,单一视角强调视角运用的前后一致,以一种统一固定的目光审视人的生存状况和生活的内涵特征,并在同一视角的方式下建构作品;而复合视角则从多种不同角度去展示和理解生活的各个方面和各种可能。这一视角特征的本身便体现出 20 世纪人类生活的多变、不定和综合的时代内容。

人物要素中的悖逆关系取向存在于人物符号系统中的两个层次之中。就人物本体而言,心态与性格构成了一组相悖的关系结构:心态强调人物心理特征中的潜意识和非自觉意识部分,性格则强调人物心理特征中的自觉意识内容,带有更多的社会属性。就人物作为一种关系的存在而言,自身与替身构成了人物结构的另一组悖逆关系,自身表明人在社会关系中的本体性特征,而替身不仅意味着对人物本体性的丰富外延,也意味着对人物本体的超越。

在小说的意味呈现中,诸种悖逆关系分别由相对立的情感取向集合而成,它包括自由意识、两性意识、生命意识等方面的各种悖逆关系:

自由意识:自由与逃避自由

两性意识:性爱与性战

生命意识:渴望与失望

American Fiction: Local Processes and Multivariate Genealogies

在自由意识中，出现了自由与逃避自由的情感分化，自由体现了对自我实现的追求，而逃避自由则强调了自我存在的一种负向价值走势，即在特定的社会条件下，人因对自由的恐惧而采取一种脱离常理价值观念的态度。两性意识以性爱与性战体现出两性问题中的冲突内涵。如果说性爱体现了两性关系中的和谐与一致，性战则体现了两性意识中的冲突事实。在生命意识中，渴望表明了人对生命价值的追求，体现了人对生命的固守愿望；失望则表明了生命在现实世界中的不当处境，表明了一种对生命本体的背离。事实上，这种悖逆式的思维观念在文本世界中的体现是相当复杂的，我们在此只不过是抽象出其中的若干一般规则特点而已。

在小说技巧和小说意味各要素中所固存着的悖逆关系，实际上只是整个文本关系结构中的方式层次，在这种方式层次之下，我们还可以发现关系结构深层的结果层次，即在悖逆的关系方式之下，尚存有一个以整合为特征的关系结果。它将各种悖逆矛盾的关系要素整合成一个既矛盾又统一的关系体，悖逆的方式与整合的结果在整个文本结构关系中非但不矛盾，反而是互为联系、互为因果的，正是在悖逆的关系方式之下，才构成了具有特定内涵的整合结果。结构主义的一个基本原则是："决定现象的本质的是现象之间的关系而不是现象本身任何固有的方面。"[①]这相当深刻地强调了关系及关系方式在结构系统中对形成其本质结果的重要意义。

整合作为文本关系结构中的深层结果，在小说技巧和小说意味中是以两种不同形式的互补来实现的。在小说技巧中，整合的关系结果表现为一种对称性互补，而在小说意味中，整合的关系结果则表现为一种非对称性互补。

如前所述，在小说技巧中的模式、视角、人物等要素中分别存在着悖逆的关系取向，由于两个互相悖逆的射线分别向不同方向扩充、延展，因而这种扩充和延展实际上恰恰弥补了非悖逆关系方式下的空缺部分，从而使得模式、视角、人物等得到了一种对称性的互补和阈限拓展，这也导致了模式、视角、人物等在其深层结构呈现出一种向"完型结构"的接近

---

① 特伦斯·霍克斯：《结构主义和符号学》，上海：上海译文出版社，1977 年，第 27 页。

趋向：

　　模式：流浪汉+精神流浪汉——→完型模式

　　视角：单一视角+复合视角——→完型视角

　　人物：心态+性格、自身+替身——→完型人物

　　小说模式趋向完型结构的内在涵义为：它兼顾了物理时空意义上的流浪汉模式和现代心理情感意义上的精神流浪汉模式，又通过两者的融合生成了一种有别于单纯的流浪汉或精神流浪汉的新质模式，当然，这种新质模式可能在一个具体的文本结构中得到实现，也可能在一种系列性的文本系统中得到实现。小说的视角由于兼顾了单一视角和复合视角从而生成了一种完型意义上的视角结构——显然，这种视角结构与单一的"全知全能式"视角不可同日而语，其意义也不仅仅存在于技巧形式的层面上。人物要素借助悖逆—整合关系的设立而对"完型人物"的趋向是一个特别值得重视的问题，在"人物本体"方面，它表现为心态与性格的融合——也就是兼顾了人的自觉意识与非自觉意识；在"关系中的人物"方面，则表现为人物自身与替身的融合。而在更高的层次上，它又表现为"人物本体"与"关系中的人物"的悖逆—整合。这样，展示在我们面前的人物便最大限度地克服了人物的片面性，从而也是最大限度地接近了人物的真实。

　　当然，上述所谓"完型"意义上的模式、视角、人物只是一种理论的设定，而非为所有的文本在模式、视角、人物方面给出的一个理想的结构模式，但这种理论分析无疑表明了模式、视角和人物在悖逆的关系方式之下所导致的整合互补的关系结果以及由此而生发出的完型意义。

　　在小说意味的构成要素中，在相互悖逆的关系方式之下，同样存在着一种整合互补性的关系结果，但意味呈现各要素的互补却是一种非对称性互补，与小说技巧的对称性互补不尽相同。这是因为，自由意识、两性意识、生命意识中的悖逆取向，实质上是由两个性质相悖的限制性意味倾向构成（自由与逃避自由、性爱与性战、渴望与失望），它们沿着不同的趋向轨迹发展，作为一种特定的情感状态和情感存在，体现了情感的两难和情感的分裂，因而难以形成一个稳定的结构，不像小说技巧中的模式、视角、人物那样，可以将悖逆的关系方式诉诸某种具体的结构形态，从而在

American Fiction: Local Processes and Multivariate Genealogies

结构深层事实上形成一个对称性互补的关系结果。

小说意味各要素中的非对称性互补作为其悖逆—整合关系的结果，一方面表明了意味呈现各要素中情感内涵的矛盾—统一状态，另一方面也表明了这种矛盾—统一状态所蕴涵着的情感内涵的不确定性质。所以，我们看到，人们在自由与逃避自由、性爱与性战、渴望与失望两种对立的情感旋涡中摇摆、挣扎，为两种不同的力共同左右和相互撕裂，而在这种摇摆和挣扎中，人物的情感观念始终处于痛苦的游离状态。可以这样说，每一个意味呈现往往同时由两个限制性意味倾向所构成，而在这两种限制性意味倾向之间则存在着一个不固定的意味点，它游离于两个极端之间，从而呈现了一个变动的、非对称性的情感内涵：

自由←——自由意识——→逃避自由

性爱←——两性意识——→性战

渴望←——生命意识——→失望

当不固定的意味点在两个限制性意味之间不停地游动时，这种游动并非一种机械的形式运动，而是在这种运动之中生发了某种新质意义，它所体现的内涵，既不同于两个极端中的任何一点，也不同于两个端点的简单相加或数值换算，其情感内涵的新质意义取决于多种社会文化因素的综合作用。而在小说意味呈现中的自由意识、两性意识和生命意识等的具体实现及其文学表现中，这种情感内涵的不固定特点便演化为情感内涵的暧昧性特征，即呈现出的自由意识、两性意识和生命意识不是明确的、单向的，而是模糊的和多向的。但这种暧昧性正如杜勃罗夫斯基所说的，"不是走向意义零点的暧昧性，而是含有一种超意义的暧昧性；不是那种以缺乏内容或内容消失为前提的暧昧性，而是那种建筑在内容的无限密度之上的暧昧性"，①显然，不固定的意味点——未定的情感内涵——不是减少而是增大了意味的涵量和空间，在以悖逆为关系方式的意味呈现中，其关系结果虽然是非对称的，但却是互补和增值的。意味的不确定性不仅向读者昭示了丰富的意义，也为读者的介入提供了条件，因

---

① 米盖尔·杜夫海纳：《美学与宗教》，孙非译，北京：中国社会科学出版社，1985 年，第 147 页。

为"文学作品既非完全的本文,亦非完全是读者的主观性,而是二者的结合或交融"①。在这种意义上,以悖逆为关系方式,以非对称性互补为关系结果的小说意味由于在两个限制性意味之间形成了一个突出的未定点效应,因而它才真正为读者提供了广阔的参与空间,才为文本意义充分、完满、多样化的实现提供了可能。

整体大于部分之和。以悖逆为关系方式,以整合为关系结果的悖逆—整合式的思维观念,在对小说技巧和小说意味诸要素的贯通运转中,无疑为之赋予了某些新质。我们发现,在悖逆—整合的小说观念的作用下,小说中的模式、视角、人物等都表现出新的功能意义;自由意识、两性意识和生命意识也都显示了新的情感内涵,尽管这种情感内涵往往是未定的、暧昧的,但却是意味深长的。

综观索尔·贝娄的小说,一种以悖逆—整合为特质的小说观念贯通其中,在悖逆与整合的关系运转中,如果我们将悖逆特征称之为"反项",将整合特征称之为"正项",那么"反项"与"正项"的合成则生成了一个新的"超项":

反项+正项——→超项

分解来讲,索尔·贝娄小说的思维观念建构在两项不同的思维取向之上,正、反矛盾的思维取向同时并存,并因此而生发成超越性的结果。贝娄的作品所呈现的这种小说观念及其思维特征作为一种文化传统和文化内涵的特定表征,在美国犹太小说和美国犹太文学的整体发展中不无典型和普遍意义。

三、文化超越的文学效用

诺贝尔文学奖已走过一个世纪的历程,它始终是世界文坛关注的一个焦点。诺贝尔奖的本身及对获奖作家作品的取舍,既是一个文学问题,也是一个文化问题。犹太裔作家在诺贝尔文学奖中的引人注目的现象,

---

① 姚斯、霍拉勃:《接受美学与接受理论》,周宁等译,沈阳:辽宁人民出版社,1987年,第367页。

American Fiction: Local Processes and Multivariate Genealogies

对解读文学的文化超越和文化超越所产生的文学效用,是颇有启发意义的。自 1901 年颁发首届诺贝尔文学奖以来,已有 10 余位犹太裔作家获此殊荣。如果考虑到散居世界各地的犹太人在人口最高峰时也不过1,600万左右,考虑到两战期间正是排犹主义猖獗的时期,考虑到文学不同于化学、医学、物理学等的社会文化内涵诸因素,那么犹太人的这一获奖比例就是非常令人吃惊的了。粗略统计,获奖的犹太裔作家是:1927年的亨利·柏格森(法国),1958 年的帕斯捷尔纳克(苏联),1966 年的阿格农(以色列)、奈利·萨克斯(瑞典),1969 年的贝克特(爱尔兰),1976年的索尔·贝娄(美国),1978 年的艾·巴·辛格(美国),1981 年的埃利亚斯·卡奈蒂(英国),1987 年的约瑟夫·布罗茨基(美国),1991 年的纳丁·戈迪默(南非)等。

诺贝尔文学奖中的犹太现象既不是偶然的,也不仅仅是纯文学的,而是一个蕴涵深厚的文化事实。

犹太裔作家在诺贝尔文学奖中的成功,从本质上讲可以说是一个从文化认同到文学接受的问题。在犹太人与西方世界的文化认同中,如何在保持一定犹太特质的情形下走向超越,从而实现文化的认同和文学接受,是一个值得认真探析的问题。

长期以来,犹太人由于散居世界各地而形成了鲜明突出的多重性文化身份。那些生活在异邦文化中的犹太人无可避免地与异质文化接触,一部分犹太人像"开封犹太人"那样潜移默化地归入居住地主体文化的潮流中去,成为被同化的犹太人或"没有犹太性的犹太人",而更多的犹太人(也是更有代表性的)则是扮演着双重文化角色,他们在保留若干犹太特性的同时,又部分地吸收了异质文化的某些要素,实现了一定程度的文化超越,成为具有多重文化身份的边缘人。

犹太人多重性文化身份的形成有其现实与理论上的内在必然性,犹太人对异质文化的部分吸收是一种客观的实际需要,他们要适应特定的文化土壤,就"必须从犹太性中解放自己"①;同时,犹太人对传统文化要

---

① Paul R. Mendes-Flohr & Jehuda Reinharz, ed., *The Jew in the Modern World, A Documentary History*, Oxford: Oxford University, 1980, p. 233.

素的部分继承既是文化惯性使然,也是居住地文化氛围的自然结果,因为长期以来犹太移民生活在文化冲突的旋涡之中,异质文化的排斥也是对犹太身份的不断提示。人们常常喜欢将犹太人称为"没有国籍的犹太人",也从一个侧面相当生动地写照了犹太人文化身份和文化特征的多重性和模糊性。贝克特 1906 年生于爱尔兰,后定居巴黎,因而后世的文学史有的称其为爱尔兰作家,有的则称其为法国作家,当然亦有人依据其种族血缘而视其为犹太作家。1981 年获得诺贝尔文学奖的卡奈蒂情形更为复杂,其祖父是西班牙犹太人,他本人生在东欧保加利亚,8 岁时迁往奥地利,二战期间为逃避法西斯对犹太人的迫害而流亡法国,最后定居伦敦、加入英籍,所以评论界关于卡奈蒂属于哪国作家的问题相当混乱,常见的说法就有"英国作家""奥地利作家""德语作家"等等。诺贝尔奖颁奖评语称"他的作品具有广阔的视野、丰富的思想和艺术震撼力,尤其表现了德国古典文化的特性",而他自己则坚持认为"我是一个犹太人"①。获奖的犹太裔作家大都明显地负载着多重文化要素,即使后来回归巴勒斯坦的被认为是纯粹的犹太作家的阿格农,由于他在奥匈帝国统治下的波兰布察兹出生并成长,因而在他的《阿古诺》(1908)、《愿斜坡变平原》(1912)和《婚礼的华盖》(1922)等作品中,不仅具有犹太生活要素,也较明显地集中了东欧甚至德语文化的若干背景内容。

散居世界各地特别是欧美地区的犹太人以其特殊的多重性文化身份在一定程度上获得了与居住地主体社会的文化认同,美国犹太人甚至明确感受到他们的未来已同美国的命运联系在一起。②但这种文化认同和深刻联系并不等于犹太人与居住地文化的完全等同,它只是表明犹太人作为外来移民在与异质文化的接触中所发生的某些趋同性文化变迁,以及犹太人与居住地主体文化之间所建立的特殊的沟通机制。

诺贝尔文学奖一方面是世界性的,是面对全人类的,但另一方面它的存在土壤、评选标准、文化趣味等则具有鲜明的西方文化色彩,在对诺贝

---

① 毛信德、蒋跃、韦胜杭译:《诺贝尔文学奖颁奖演说集》,南昌:百花洲文艺出版社,1992 年,第 680 页。

② Richard C. Hertz, *The American Jew in Search of Himself, A Preface to Jewish Commitment*, New York: Bloch Publishing Company, 1962, p. 178.

American Fiction: Local Processes and Multivariate Genealogies

尔的遗嘱——"奖给在文学领域里创作了具有理想主义倾向最优秀作品的人"——的理解中,显然充塞了特定的西方文化内涵。因此,在一定程度上与西方文化的认同与沟通,便成为走向诺贝尔文学奖领奖台的重要前提。

其实,犹太裔作家与西方世界的文化认同体现在非常广阔和深远的层次上,既包括文学的叙述与技巧,亦包括作品涉猎的生活内容、思想观念。犹太裔法国哲学家亨利·柏格森在接受英国哲学家 J·S·米尔(1806—1873)、H·斯宾塞(1820—1903)等人影响的基础上,超越性地提出了生命哲学和直觉主义思想,这虽然是对现代科学主义和理性主义文化思想的反拨,却十分贴切地反映并带动了 19 世纪末、20 世纪初欧洲文化中强大的非理性主义思潮,从而对后世西方哲学、文艺等产生了重大影响,哲学家詹姆斯、怀特海,画家莫奈,音乐家德彪西,作家普鲁斯特等都对他甚为推崇。1958 年获奖的帕斯捷尔纳克在有争议的《日瓦戈医生》(1957)中着力表现了他对 20 世纪前半叶俄国社会生活的历史反思,他所关注的生活内容及表现的思想指向,是欧洲社会生活的热点。至于贝克特、贝娄、卡奈蒂、布罗茨基也都以各自特定的方式集中反映了西方知识分子的普遍精神世界,就像伯特曼在谈到美国犹太作家时所说的那样,"马拉穆德小说中的勒文和菲德曼,贝娄小说中黑尔佐格(赫索格)以及罗斯小说中的波特诺依,虽然都显示出了明确的犹太人的性格特征,但都不是从格托,而是从'大美国'的某个地方走出来的人物。"①即使是像阿格农、辛格这类以希伯来语和意第绪语创作的犹太作家,也是借助对欧洲犹太移民的观照,从独特的角度显示了欧洲文化的丰富内涵,因为犹太移民生活的本身便蕴涵了犹太文化与欧洲文化的双重要素。当然,文化认同并不仅仅发生在具有实际文化接触的异质文化之间,也可能体现为不同文化在文化精神、文化内涵各层次上的某种偶合与类同。

同时,犹太人在其历史境遇、思想情感等方面在世界文化中又体现出一种"标本"意义和典型特征。犹太裔作家对此所进行的生发和运

---

① 查姆·伯特曼:《犹太人》,上海:三联书店,1991 年,第 200 页。

用,则使得欧美犹太文学在与西方世界的文化认同中实现了文学接受。

进入启蒙运动时期以来,犹太人在哈斯卡拉思想的影响下冲破了传统的生活桎梏,开始在更广的范围与欧洲文化走向全面汇合,这在事实上导致和强化了犹太人的种种文化困惑,而且在很大程度上犹太人自身的文化难题也具有了某种典型的普遍意义,特别是犹太人文化本源的丧失恰从根本上浓缩了现代人类的存在困惑和自我危机。

欧美的犹太作家大都有着卡夫卡式的自我难题:"作为犹太人,他在基督徒当中不是自己人。作为不入帮会的犹太人(他最初确是这样),他在犹太人当中不是自己人。作为说德语的人,他在捷克人当中不是自己人。作为波希米亚人,他不完全属于奥地利人。"①卡夫卡的"身份危机"促使他以"变形"的手法在现代文学史上较早地塑造了一系列异化形象,这些异化形象相当真切和夸张地反映了现代人的普遍命运,从而引起广泛共鸣。犹太作家成功地将犹太民族特定的历史境遇、思想观念等消解到他们的创作当中,使之成为文学的潜在语言和内在构因。贝克特的名剧《等待戈多》在一定意义上被认为是希伯来《圣经》特别是救赎论的翻版或注释。剧中的流浪汉及其毫无希望、一再落空的等待,完全演绎了犹太民族几千年来的一贯境遇及对救世主弥赛亚的无望期待。只要稍微回顾一下犹太历史,便不难发现关于弥赛亚的等待及其虚妄一直是犹太民族恒定性的经验内容和一个巨大的文化悖论,作为镶嵌在犹太历史上的永恒课题,它以各种方式出现并影响了整个犹太民族的心理世界。《等待戈多》以"弥赛亚的虚妄"为原型,但剧本所呈现的意义已经不再仅仅是犹太的,同时更是适用于整个西方人类的,正因为如此,《等待戈多》才轰动了西方、轰动了世界。

西方的犹太裔作家往往把"犹太性作为一种记忆"②,把犹太性的细节、语言、思想等散化在他们的文学世界中,为实现其深厚的文学意图服务。贝娄笔下的犹太知识分子赫索格、洪堡、贝恩·克拉德(《更多的人死于心碎》)等的两难处境和"挂起来"的失落感,以及布罗茨基浓厚的

---

① 叶廷芳:《现代艺术的探险者》,广州:花城出版社,1986年,第78—79页。

② Paul R. Mendes-Flohr & Jehuda Reinharz, ed., *The Jew In The Modern World, A Documentary History*, Oxford: Oxford University Press, 1980, p. 178.

American Fiction: Local Processes and Multivariate Genealogies

"流浪情结"，都相当成功地将犹太要素运用到对当代生活的分析中去，贝娄获奖的理由是"他的作品中融合了对人性的理解和对当代文化的精湛分析"①，布罗茨基获奖的理由则在于他的诗"超越时空限制，无论在文学上及敏感问题方面，都充分显示出他广阔的思想和浓郁的诗意"②。诺贝尔奖评奖委员会强调的正是犹太作家作品中"超越时空"的普遍文化意义。

即使是那些十分传统的犹太裔作家，像阿格农、萨克斯和辛格等，他们虽然完全以犹太式的生活为描写重心，但并未满足于对犹太生活的一般叙述，而是在对犹太生活的反思中，体现关于人类生命的寓言哲理。萨克斯的诗剧《伊莱》描写了梦魇般的大屠杀，但她却能超越个人的民族情感，像卡夫卡那样以可怕的梦魇作为一种意象，探讨世界性的邪恶以及人类再生的希望和途径。辛格从波兰移民到美国后坚持使用意第绪语创作，所写的内容都是典型的犹太生活，但作为一个善讲故事的道德寓言家，他从犹太人的生活和困惑中，发现人性的共同表征，他获奖是由于"他的洋溢着激情的叙事艺术，不仅是从波兰犹太人的文化传统中汲取了滋养，而且还将人类的普遍处境逼真地反映出来"③。

散居世界的犹太裔作家以其特殊的文化机理创造了诺贝尔文学奖中的犹太现象，这种文化机理显示了犹太作家独有的"文化优势"：犹太人与西方文化的融合、文化认同及其文学的世界化品性，是纯东方文化背景下的作家、作品难以具备和无法比拟的；而在西方世界中，犹太裔作家又以各种方式将悠远、独特的犹太文化资源消解为文学的特殊构因（尽管这种消解有时是极其隐晦的），从而显示出有别于西方文化和西方文学的精神气质——一种西方文明既熟悉又陌生的文化品性。任何一种文学和文化要真正走向世界，必须实现一种文化的超越，在文化超越中实现文化的认同，而这种超越和认同往往又是借助对世界性和民族性的结合来

---

① 毛信德、蒋跃、韦胜杭译：《诺贝尔文学奖颁奖演说集》，南昌：百花洲文艺出版社，1992年，第619页。

② 刘文刚等（编）：《诺贝尔文学奖名著鉴赏辞典》，长沙：湖南文艺出版社，1991年，第463页。

③ 毛信德、蒋跃、韦胜杭译：《诺贝尔文学奖颁奖演说集》，南昌：百花洲文艺出版社，1992年，第649页。

实现的,通过对传统文化和世界文化进行吸收和扬弃走向超越性的文化和文学的创作。

结　语

美国犹太作家的作品在其全部文学活动中都显现了极其典型的文学例证,他们在小说中写照了犹太移民的生活,从初临美国时面对种种挑战的复杂心态和困惑,新文化环境下犹太移民对犹太传统的矛盾态度,到文化变迁中人物情感、价值取向、审美意向的变化与历程等等。总之是对文化接触、文化涵化、文化融合、文化冲突、文化采借、文化同化等方面的文化现象与文化规则的全景浓缩再现。犹太小说不囿于犹太文化,也未完全被美国文化同化,而是超越了地域与族群,将两种文化特征相契合,实现了犹太文学的美国本土化。这样,在美国犹太小说中,犹太传统的精华得到了固守,美国文明的勃勃生机及其对西方精神的高度提炼,也得到了采纳和应用。

美国犹太小说自诞生之日起,就将美国犹太移民的文化变迁视作小说表现的核心内容,甚至将其视野倒推到犹太移民的欧洲阶段,及至犹太人古老的历史生活,为的是更好地展示犹太移民抵达美国后的生活流变,呈现出美国犹太移民生活的本土化进程。美国犹太小说作为文化变迁的一种构成和一种表征,作为美国犹太文化的一部分,它的文学和文化理论价值是自然而然地蕴涵着并呈现出来的。美国犹太小说的文化理论价值首先体现在它在内涵结构上所表现出来的突出的集合性品质上,这种集合性品质一方面是指美国犹太小说自身对文学与文化特性的集合,另一方面也是指在文化品质的层面上,它所显示出的犹太移民对各种不同文化要素的集合以及对传统与现代的集合。

不同的文化身份提供了崭新独特的文化视角,而不同文学间的相互影响及文学的自律作用,无论在理论上还是在创作实践上都可能导致对小说文本与文化传统联结的限制和削弱。随着犹太小说本土化发展的深入,犹太作家在创作方法、技巧等方面越来越契合西方文化的一般发展,

American Fiction: Local Processes and Multivariate Genealogies

他们自动汇入整个西方世界的文学—文化的一体化运作中,使得传统犹太性特征逐渐淡化。但是无法割舍的母题文化影响,美国的自由精神意志,都将成为作家们的灵感源泉和创作动力,并将在新的时代、新的语境下开创新的篇章。

第六章

华裔谱系

——美国社会思潮变迁的族裔再现

引　言

美国华裔文学诞生于 19 世纪末,最初多以传记的形式呈现,内容也比较单一,主要是以文化冲突为核心的代际冲突以及在充满种族歧视的美国如何奋斗并取得成功。此外,为了帮助美国读者理解华人文化,这一时期的华裔文学还经常生硬地包括大量有关中国文化的常识性介绍。20 世纪 70 年代以来,以汤亭亭、谭恩美、赵健秀等人为代表的华裔作家,逐步进入美国文学的主流,华裔文学的题材和文学性都有了质的提升。随后,有关华裔文学的批评也日渐增多与成熟。从数量上讲,根据中国知网的资料统计,进入 21 世纪以来,以华裔美国文学为研究方向的博士论文有近 50 篇;2010 年以来,每年发表的相关的学术论文都在 150 篇上下。从批评视角看,有女性主义的,如上海外国语大学李丽华的博士论文《华裔美国文学的性与性别研究》(2011)等;有女性主义与后殖民主义相结合的,如王军的《美国华裔女性文学与后殖民主义批评》(2007)等;有"东方主义"视角的,如陈爱敏的《"东方主义"视野中的美国华裔文学》(2006)等。从研究对象看,自然是集中在华裔作家作品上,但也有研究中国读者对华裔文学的接受情况的,如 Hardy C. Wilcoxon 的

"Chinese American Literature beyond the Horizon（1996）", *Drawing New Color Lines* 一书中的第五章 "When the Monkey King Travels across the Pacific and Back：Reading Gene Luen Yang's American Born Chinese in China（2015）"等等。这些成果，自然有个体的差异，但很难说有类别上的优劣，毕竟从理论上来说，文学批评是有无尽可能的。

但华裔文学研究成果最丰硕的，大多还是从族裔经验与文化认同的角度入手，包括前面述及的东方主义、后殖民主义等，也可以包括在内。这里面的原因是很明显的：在美国这样一个移民国家，华人曾长期遭到排斥，明明是家乡，却经常被当做异乡人，因此，华裔作家必然有不同寻常的族裔和文化碰撞体验。正因为如此，笔者在这里仅从族裔经验和文化认同的角度，对华裔文学的研究加以综述。

过去十年间，国内从族裔经验和文化认同的角度来研究华裔文学的相关博士论文有 10 篇左右。陆薇在其博士论文中提出，美国经历过殖民与后殖民两个阶段，在这两个阶段，少数族裔均受到了文化殖民。即使今天的美国提倡多元文化，少数族裔不再面对公开的种族主义，但是新殖民主义的控制仍然无法摆脱。[1] 这样的叙事把少数族裔——包括华裔，置于完全受害者的位置。李红燕的论文虽然专注于任碧莲一位作家，但结论类似："在具有种族从属关系的美国社会里，移民无法完全决定自己的身份，身份焦虑不可避免地成为流散移民的宿命。"[2]与前两位学者不同的是，丁夏林对于华裔的文化认同持肯定态度，他认为，"个人文化身份的重塑过程中'文化认同'可以战胜'血统世系'"，因此，"中国移民，包括其出生并成长于美国的子女及华裔作家本人，通过摒弃与生俱来的陋习但巧妙运用祖先文化中的有利因子，可以在美国政治、文化语境中成为地道的美国人"[3]。这样的观点是比较有趣的：首先，华裔摒弃"陋习"也罢，沿袭"陋习"也罢，都是地道的美国人。如果说，华裔摒弃了与生俱来

---

[1] 陆薇：《渗透中的解构与重构：后殖民理论视野中的华裔美国文学》，北京语言大学博士论文摘要，2005 年，第 2 页。

[2] 李红燕：《任璧莲小说中的身份焦虑》，苏州大学博士论文摘要，2011 年，第 1 页。

[3] 丁夏林：《美国华裔文学中的族裔经验与文化认同》，南京大学博士论文摘要，2012 年，第 2 页。

的陋习,可以成为更白人化的美国人,笔者倒是认同的。其次,在多元文化语境下,如何定义陋习,应该是很有争议的。

徐刚认为,"影响华裔美国文学话语的多元文化主义思潮可分为三大类,即族裔政治的多元文化主义、女权诉求的多元文化主义和全球化时代的多元文化主义"①。在笔者看来,前两类多元文化主义均发轫于 20 世纪 60 年代的反正统文化运动,第三类多元文化主义则是 90 年代以来美国社会思潮发展的新动向,按年代来划分或许更加明了。刘增美的论文提出华裔文学批评"既要从中国文化中寻根,也要从美国文化中溯源"。尤其值得一提的是,她指出要"从族裔性与文学性融合的角度出发,拓宽研究视野,避免走入'唯文化批评'的误区,回归文学批评的本来面目"②。面对文学性越来越强的华裔文学,这样的视角必将受到更多的认可。毕竟,华裔文学首先是文学作品,其文学性的优劣才是其能否长久留存的根本。其他如潘雯、袁荃、王凯等人的论文不再一一介绍。

期刊论文方面,数量繁多,笔者拟择其重要者,略加介绍。程爱民在《论美国华裔文学的发展阶段和主题内容》一文中,将华裔文学的发展阶段分为三个:19 世纪末至 20 世纪 60 年代的开创阶段;20 世纪七八十年代的转折阶段;20 世纪 90 年代初以来的繁荣阶段。③ 笔者完全赞同这样的划分,但对于各个阶段的定性,则不太认同。从美国社会思潮的演变来看,第一阶段是主张移民美国化的阶段,第二阶段是反正统文化运动的阶段,第三阶段是多元文化主义盛行的阶段,华裔文学的脉络其实是与此完全吻合的。不仅如此,汤亭亭、谭恩美等人今天仍然是华裔文学的巨擘,将她们所处的时代定义为转折阶段也没有凸显这一阶段的重要性。张冲运用散居族裔批评的方法,对于华裔文学的研究提出了几个根本性的思考,如界定华裔作家、华裔文学时,作家是否为美国出生、作家所使用的语

① 徐刚:《多元文化语境下的华裔美国文学话语流变研究》,吉林大学博士论文摘要,2016 年,第 1 页。
② 刘增美:《族裔性与文学性之间——华裔美国文学批评研究》,南京师范大学博士论文摘要,2011 年,第 1 页。
③ 程爱民:《论美国华裔文学的发展阶段和主题内容》,载《外国语》,2003 年第 6 期,第 47 页。

言、内容是仅指美国经历还是可以包括中国经历等问题，是否可以借用散居族裔批评的方法，加以厘定。① 张冲并没有明确提出结论，事实上，这些问题众说纷纭，难成定规。比如赵健秀等人，在《啊咦嘲！美国亚裔作家作品选》中，将亚裔作家(包括华裔作家)限定为"美国出生和长大的"。但他们又接着解释说，这个出生并非真实意义上的出生，而是感触意义上的出生("the birth of the sensibility," not "the actual birth")②。这样一来，9 岁时移民美国的雷霆超就包括在选集之中，而林语堂、黎锦扬等人就被排除在外了。可以看出如何定义华裔作家，赵健秀等人是相当主观的。在《加强版啊咦嘲！美国华裔与日裔作家作品选》的引言中，编者更是把王玉雪、汤亭亭等人排除在外，原因是这些作家的美国感触是不真实的，是虚假的(fake)③。

从族裔的角度看，郭英剑认为，"美国华裔文学无疑属于冒现的文学，它所相对的就是美国主流的文学与文化经典。"并以此定义美国华裔文学在美国文学史上的地位，认为华裔作家，尤其是 20 世纪 70 年代以来的代表性作家，如汤亭亭、谭恩美、赵健秀等人的作品，"带给了美国乃至西方读者以惊奇甚至震撼"④。简言之，华裔文学是族裔文学的新秀。但是，把华裔文学当做冒现文学，总有点自我放逐的意味，有点把自身排除在主流文化之外的感觉。事实上，过分强调作家的族裔性，就是在一定程度上转移了人们对其作品文学性的关注。在这方面，刘增美曾明确提出："美国华裔文学作为美国文学的一部分，它首先是美国文学的问题，体现着美国的民族精神……如果不了解华裔作家表现方式上的'本土化'特征，阐释只能是单向的、片面的，过分强调中国文化的再现不仅无助于作

---

① 张冲：《散居族裔批评与美国华裔文学研究》，载《外国文学研究》，2005 年第 2 期，第 90—91 页。

② Frank Chin, etc., eds. *Aiiieeeee! An Anthropology of Asian American Writers*, Washington DC: Howard University Press, 1974, pp. xi, xiii.

③ Jeffery Paul Chan & Frank Chin & Lawson Fusao Inada & Shawn Hsu Wong, eds. *The Big Aiiieeeee! An Anthology of Chinese American and Japanese American Literature*, New York: Meridian, 1991, p. xv.

④ 郭英剑：《冒险的文学—当代美国华裔文学述论》，载《暨南学报》，2004 年第 1 期，第 88—89 页。

品的接受,还会在一定程度上助长误读".① 这样的见解是相当精辟的。

　　进入 21 世纪以来,美国华裔文学的研究论文集、专著、译本、读本也是硕果累累。论文集方面,程爱民教授主编的《华裔美国文学研究》于2003 年出版,是国内首部华裔美国文学批评文集。单德兴编著的《"开疆"与"辟土":美国华裔文学与文化》(2006),除了收录有研究论文,还有王玉雪、汤亭亭等人的访谈录,对于研究华裔文学提供了极其难得的原始资料。在文化认同等问题上,对比研究人员的观点与作家本人的看法,不时会有惊奇发现。吴冰主编的《华裔美国作家研究》不仅对华裔文学史上有代表性的作家作品进行了分析,书末还收录了美国华裔史学家麦礼谦提供的上千个人名录,对于厘定华裔作家的姓名帮助极大。专著方面,徐颖果的《跨文化视野下的美国华裔文学》是针对赵健秀的研究专著,该书的一大特点是引用了作者与赵健秀交流的电子邮件,对理解赵健秀的作品有很好的帮助。张龙海的《透视美国华裔文学》梳理了美国华裔文学从边缘走向主流的发展历程,认为华裔作家今天逐步颠覆了主流话语的霸权。笔者认为,美国主流话语的霸权,可以说颠覆了,也可以说没有颠覆。说颠覆了是因为之前的白人化倾向基本成为历史了,说没有颠覆是因为强调族裔平等、性别平等之类就是今天的主流话语。这个新的主流话语是华裔作家努力的结果,更是黑人等族裔努力的结果,是美国社会内部变迁的结果。此外,由博士论文修改而成的专著,近年来也陆续面世,如陆薇的《走向文化研究的华裔美国文学》等,在此不再一一列举。华裔文学读本方面,代表性的作品有徐颖果编著的《美国华裔文学选读》,该书节选了汤亭亭、谭恩美等 20 位华裔作家的代表性作品,对于初步了解华裔文学,很有帮助。此外,国内对于华裔文学的译介也做出了很多努力,比如本章写作过程中参阅的大部分华裔作品,都是译林出版社组织出版的,文末参考文献已有罗列,故不再赘言。

　　美国学者对华裔文学的研究与国内的相比,存在几个明显的区别。首先,美国学者更倾向于把亚裔文学当做研究对象,而不是单独研究华裔

---

① 刘增美:《批评视角的转换:美国华裔文学的"美国化"特征》,载《学术交流》,2008 年第 2
　期,第 159 页。

文学。据笔者不完全统计，从 20 世纪 70 年代起至 2006 年，美国出版了至少 16 种亚裔文学的读本，其中许芥昱和海伦·帕鲁宾斯卡斯主编的《亚裔作家作品选读》，出版于 1972 年，算是同类作品中的开山之作。此外，赵健秀、陈耀光等人于 1974 年、1991 年出版的《啊咦嘿！美国亚裔作家作品选》和《加强版啊咦嘿！美国华裔与日裔作家作品选》影响力较大，也比较有争议性。同一时期，华裔文学的读本则仅有两种，分别是谭雅伦（Marlon K. Hom）翻译、编著的《金山歌集》（Songs of Gold Mountain: Cantonese Rhymes from San Francisco Chinatown）（1987）和麦礼谦（Him Mark Lai）等人编著的《身陷孤岛：天使岛上中国移民的诗作与历史》（Island: Poetry and History of Chinese Immigrants on Angel Island, 1910-1940）（1991）。而且，不难看出，这两部作品收录的都不是严格意义上的华裔文学。

其次，从女性主义的角度研究亚裔（包括华裔）文学，近年来在国内发展虽然也很快，但感觉不如美国学者那么投入。从 20 世纪 80 年代末到 2006 年，美国出版的亚裔女性作家作品读本，据笔者不完全统计，有近 10 本之多，其中包括备受好评的《制造麻烦》（Making Waves: An Anthology of Writings by and About Asian American Women）（1989）和《制造更多麻烦》（Making More Waves: New Writing by Asian American Women）（1997），均由加州亚裔女性联合会、金惠经等人编写。这样的发展势头，不仅国内华裔文学研究界无法望其项背，即使在美国，也是相当令人瞩目的，而且也印证了笔者的观点：华裔文学的发展，和美国社会思潮的变迁紧密相关。

最后，与本章密切相关的族裔体验、文化认同问题，中美两国学者之间的差别也是很明显的。美国华裔在涉及相关问题时，根本的出发点，是反抗针对他们的族裔歧视，是争取、捍卫自己族裔的平等地位，但国内不少学者，在民族中心（ethnocentrism）的影响下，赋予了美国华裔认同、捍卫中国文化的期待，甚至以此为准绳，评判华裔作家。以赵健秀为例：他被称为华埠牛仔，与同时代的汤亭亭不同的是，他对于中华文化持赞颂的态度。但这里我们必须明确的是：赵健秀遭遇的族裔歧视让他愤怒，也会让我们愤怒；但赵健秀不能也不愿意成为中国人，他努力的目标，是在美国这个多种族、多族裔的社会,为华裔争得一席之地。他曾说:"我不是中国人……对我而言,十多岁来美、定居于此并归化入籍的中国人和在美国出生的华人毫无共同之处。文化上、知识上、情感上,都是如此。我和中国移民之间没有文化或心理上的相通,把我们连在一起的是社会压力、种族压力。必须要打破这种联系。"①

上述中美两国学者的研究,毫无疑问各有独特的贡献。但笔者以为,目前的华裔文学研究,存在两个较大的缺陷,一是刘增美教授等人指出的,华裔文学批评有走入"纯文化批评"之误区的危险。另一个问题,就是华裔文学的发展趋势,没有和美国社会思潮的变迁紧密结合起来,没有意识到华裔文学从主题、主旨等方面来说,都是美国社会思潮变迁的产物,是美国社会发展的族裔体现。这后一点,正是本章切入的角度。

第一节 美国化与华裔文学中的文化认同

美国华裔文学,从题材上来讲,自始至终都有一个挥之不去的因素,那就是族裔问题,是作者本人或者故事人物的文化认同问题。这个问题放在中美两国近代历史的大背景下看,只有一个趋势,一个特点,那就是美国化:文化认同在不同时期的不同表现,完全是美国社会思潮演变的结果。表面看,在美国华裔文学的不同发展阶段,分别出现过颂扬美国文化、弘扬中华文化、提倡多元文化主义甚至是淡化作者族裔身份的不同倾向,但略加考察,就可以发现,上述种种不同倾向,实际是和美国过去一百多年来社会思潮的发展相吻合的。换言之,美国华裔作家对于族裔问题与文化认同问题的态度,实际上是对美国社会思潮发展的呼应:在 20 世纪 60 年代以前,美国社会对待移民的主流态度是促成移民美国化,因此华裔美国文学也大力歌颂美国梦,凸显成功的、被美国主流社会所接受的美国华裔;20 世纪六七十年代,美国社会出现了反正统文化运动,包括女

---

① Joan Chiung-huei Chang, "Transforming Chinese American Literature: A Study of History, Sexuality, and Ethnicity", *Modern American Literature: New Approaches*, vol. 20, 2000, p. 4.

权主义运动,以及黑人主导的民权运动,随后出现的两位重要华裔作家,汤亭亭和赵健秀,都是这一时代的产物,他们的抗争本质上是相同的,只是角度不同而已:前者主要是女权主义的角度,后者主要是族裔平等的角度;进入 20 世纪 90 年代,当美国社会思潮的主流进化为多元文化主义时,华裔作家自然而然地在作品中反映了这一变化,无论是直接的提倡多元文化主义,还是有意无意地淡化族裔问题,其实都是这一思潮的不同表现而已。

一、怪异的开端

虽然总体上来说,华裔文学的发展体现了美国社会思潮的变迁,但其中不时也会有不合常规的作家出现,华裔文学肇始之初的两位作家—容闳和水仙花就是如此。

容闳(Yung Wing),1828 年生于广东,幼年就读于英美传教士创办的教会学校,1847 年赴美,1850 年进入耶鲁学院,1854 年毕业,成为中国第一个在美国高校毕业的人。1909 年,他的自传《西学东渐记》(*My Life in China and America*)在美出版。

在笔者看来,《西学东渐记》最大的特点,是作者面对中美两国国民、文化时,不偏不倚的态度。该书前五章,讲述了作者儿童和青年时期在中美两国的求学经历。这一部分提及的众多人物,作者全是溢美之词。例如,1835 年,容闳年仅 7 岁时,即入郭士立夫人(Mrs. Gutzlaff)的学校求学,很快,这位英国女性就以和善和同情赢得了容闳的喜欢,她是老师,但"更多的像妈妈一样"[1]。1839 年,容闳转入马礼逊纪念学校(The Morrison School)。对于他在这里的两位老师,萨缪尔·R·布朗和亚伦·梅西,容闳也是盛赞有加。虽然后者似乎并不擅长教学,容闳也能发现他的闪光点:有教养、道德高尚。[2] 此外还有容闳赴美后接触的其他人物,均是和善有爱。读到这里,笔者不由得感慨:容闳教养极好,不轻易非

---

① Yung Wing, *My Life in China and America*, Alofsin Press, 2013, Kindle e-book.
② 同上。

议他人。但事实并非如此,因为在接下来的第六章里,作者讲述了自己首次回到中国的航行,行文间,对来自费城的船长一家多有嘲讽。事实上,容闳讥讽的对象,包括了中国人、美国人、欧洲人,对于有些从欧洲来到中国,装腔作势、装神弄鬼的人,容闳更是不留情面。可以说,容闳的态度,取决于文明与野蛮的区别,取决于守旧与改革的区别:文明的,他即赞颂,野蛮的,他即讥讽;改革的,他即礼赞,守旧的,他即嘲讽。正因为如此,他对支持他筹划留美幼童事业的曾国藩倍加推崇,对于有意改革的光绪帝,他的评价是:历史自有公论,"后人必将许其为爱国之君,且为爱国之维新党"①。

在谈论美国华裔文学的时候谈论容闳,其实是不太适宜的。容闳并非出生于美国,虽然他早在 1852 年就加入了美国国籍,但了解他生平、读过他自传的人,都能看出来,他一辈子是心系中国的。事实上,就笔者所见,也没有论者将他划归华裔作家之列。笔者在这里执意论及容闳的原因有二:首先,容闳的英文造诣远甚于他的中文造诣,可以说,英语逐渐变成了他的母语,他的自传,归于美国文学并无不妥;其次,容闳对于文化认同的态度,令人击节。如同接下来将要谈到的伊顿一样,他超越了他的时代,即便在 21 世纪的今天,他的理念仍然强过不少人。他看到了中国的落后之处,却并不自卑;他看到了美国的先进之处,但并不盲目。他从自己的经历中看到了教育的力量,竭力促成清政府派遣幼童赴美留学,希望通过教育逐步改革中国。他孜孜以求的态度令人钦佩,他面对文化差异时的坦然,在华裔作家中绝无仅有。

艾迪丝·伊顿(Edith Eaton),1865 年出生于英国,父亲是一位英国商人,母亲是英国传教士收养的一位中国女性。在她童年时期,举家迁往美国,并辗转居住于美国、加拿大两国多座城市。从语言、文化传统、成长经历等各方面看,她是地道的英国女性,但她选择了在美华人作为创作题材,并于 1912 年,即她死前两年,以"水仙花(Sui Sin Far)"为笔名出版了短篇小说集《春香太太》(*Mrs. Spring Fragrance*)。不少论者认为,艾迪丝·伊顿是华裔文学真正的开端。但是,有六十多年的时间,她是默默无

① 容闳:《容闳回忆录》,徐凤石、恽铁樵译,张叔方补译,北京:东方出版社,2012 年,第106 页。

闻、湮没于历史之中的，直到 1976 年，S. E. Solberg 在一次学术会议上宣读了一篇有关伊顿姐妹的论文，她才被逐步发掘，她的历史地位得到了承认，有关她的研究成果也越来越丰硕。

在这里，我们不禁要问，为什么艾迪丝·伊顿时隔六十多年，能够被人承认？笔者以为，如同一切被重新发现的文学家或者说杰出人物一样，她之所以被人挖掘出来，只是因为她超前了自己的时代而已。这至少体现在三个方面。首先，她笔下的美国华人就是普普通通的人，不是东方主义镜头下的正面华人和反面华人，根本不符合当时美国主流社会对于华人定型化的阅读期待。① 在美国，这种淡化族裔的文学审美情趣是 20 世纪 90 年代以后才成为主流的。其次，伊顿在自己的作品中为华人的权益勇敢地辩护，肯定了华人对美国建设，如修筑铁路等，所起的作用。要知道，在她生活的年代，美国排华情绪甚嚣尘上，甚至她死时的讣告，也尽力掩盖她的中国血统：她的母亲"变成了"一位日本贵族。她有关华裔的系列作品，均未被提及，因为，一位日本贵族妇女的女儿，写有关华裔的作品，有多少可信度呢？② 由此可以看出，伊顿生前为华裔辩护，是多么难能可贵的选择。不仅如此，她的作品还流露出对在美华人妇女以及儿童的关注。这种为边缘群体代言、辩护的传统，是在 20 世纪五六十年代，黑人民权运动之后，才彻底确立的。再次，伊顿在自己的作品中提出各民族各文化融合的困境，和华人身处"两个世界之间"时，身份认同的危机。这显然也是超前时代的。要知道，美国素以"熔炉"著称。早在 1782 年，克雷夫科尔就在《美国农夫的来信》中写道：在美国，"来自世界各国的人融合成一个新的民族，总有一天，他们所付出的劳动以及他们的后代将使世界发生巨大的变化。"之后一个多世纪的时间里，爱默生、弗雷德里克·杰克逊·特纳、亨利·詹姆斯以及一些杂志撰稿人一再表达类似的看法。1908 年，以色列·赞格威（Israel Zangwill）的一部喜剧更是直接取名为《大熔炉》（*The Melting Pot*）。在伊顿生活的年代，移民"熔入"美国

---

① Wenxin Li, "Sui Sin Far and the Chinese American Canon：Toward a Post-Gender-Wars Discourse", *MELUS*, Vol. 29, No. 3/4, (Autumn — Winter, 2004), p. 122.

② S. E. Solberg, "Sui Sin Far/Edith Eaton：First Chinese-American Fictionist", *MELUS*, Vol. 8, No. 1, (Spring, 1981), p. 29.

才是人们赞赏的态度。19 世纪 80 年代,美国排华浪潮甚嚣尘上的时候,对于华人的指责之一就是华人无意也很难融入美国。在这样的背景下,伊顿的观点是超前的,政治上不正确的。这种政治上的不正确,在 20 世纪 60 年代以后,随着"色拉碗(Salad Bowl)"逐步取代"大熔炉(Melting Pot)",也就变成了政治上的正确了。

如上所述,艾迪丝·伊顿 1914 年辞世,1976 年被重新发现。1995 年,Annette White-Parks 出版了《水仙花(艾迪丝·伊顿)之文学传记》(*Sui Sin Far/Edith Maude Eaton: A Literary Biography*),堪称有关伊顿的最为完备的研究成果。对于笔者而言,这几个时间节点是意味深长的,是可以据此将美国华裔文学划分为三个阶段的:20 世纪 60 年代之前,即伊顿被遗忘的几十年间,是华裔文学发展的第一阶段。在这一阶段,华裔文学中文化认同的美国化,表现为竭力融入美国主流社会。这个阶段代表性的作家,如刘裔昌和黄玉雪,之所以成名的原因,和伊顿之所以被湮没的原因,是恰好对立的:前者歌颂美国梦,赞扬大熔炉,而后者拒绝美国化。20 世纪六七十年代,即伊顿被重新发现的一二十年间,是华裔文学发展的第二阶段。在这一阶段,华裔文学中文化认同的美国化,表现为反抗正统文化,提倡少数族裔的权利、提倡女权主义等等,这与美国六七十年代的社会思潮密不可分,也是伊顿被重新发现的社会原因。这一时期的代表作家,如赵健秀、汤亭亭、谭恩美等人,表面看差别很大,甚至有点相互攻讦的感觉,但实际上他们只是从属于反正统文化的不同分支而已。20 世纪 90 年代以来,是华裔文学蓬勃发展的阶段。在这一时期,赵健秀、汤亭亭和谭恩美仍然笔耕不辍,同时涌现了多位有影响的新人,如剧作家黄哲伦,小说家任璧莲、雷祖威、李健孙、伍慧明等。这一阶段华裔文学中文化认同的美国化,则体现为多元文化主义。淡化作品中人物或者作者本人的族裔特性,把故事人物首先当做人,而不是当做华裔或者美国人来写,是不少华裔作家这一阶段的目标。很显然,在这个方面,伊顿早有所尝试。

伊顿的伟大,不在于她的作品有多么杰出,而在于她对待美国这个移民国家必然要面临的族裔问题和文化认同问题,具有极强的前瞻性。在《中国版的以实玛利》(*A Chinese Ishmael*)中,伊顿借主人公 Ku Yum 的口,揭露了另一个华裔人物虚假的美国化:"他这个人,为了赢得白人的欢心,就会穿上美国式的衣服。"这样的行事与态度,正是华裔文学发展的第一阶段代表性作家如刘裔昌、黄玉雪等人所提倡的。

二、臣服主导下的前奏

李恩富,第二批留美幼童的一员,1873 年赴美,曾就读于耶鲁大学,后为美国华人权益长期奔走,曾于《北美评论》(*North American Review*)上发表题为《中国人必须留下》("Why the Chinese Must Stay")的文章,1927 年,他抛弃了美国的家人,独自回到中国香港,大约于 1938 年客死广州。

1887 年,李恩富在美国出版 *When I Was a Boy in China* 一书(一般译为《我在中国的童年时代》)。从文学角度看,这本书价值不大。但这本书开创了一个传统,即通过介绍中国文化来满足美国读者的猎奇心,并争取他们在族裔问题上的宽容。[①] 这本书的第一章,恰如书名所示,的确描写了作者的童年,在最后三章,作者也讲述了他在上海准备赴美、乘船赴美以及初次踏上美国大地的感受。但该书第二章至第九章,则是对中国人的家庭生活、烹饪、娱乐休闲、女性的情况、学校生活、宗教、节日、说书人及他们讲述的故事等等,做常识性的介绍,如中国人如何称呼爸爸、妈妈、叔叔(A-ye,A-ma,A-suk),中国人的起居时间,风筝的图示等等。作者的意图很明显,就是帮助美国人了解中国人,改变当时他们对于中国人的各种错误认识,从而减轻对中国人的恶感。从耶鲁毕业之前,李恩富就说过,他打算"纠正美国人对中国事务的错误认识",[②]在《我在中国的童年时代》一书中,他又写道:"美国人普遍认为,在中国,由于父母不喜欢女孩子,所以女孩子一出生就被弄死,这让我感到愤慨。"[③]在讲述容闳办理留美幼童事项时,李恩富说,容闳从耶鲁毕业后即返回中国,看到

① Wenxin Li, "Sui Sin Far and the Chinese American Canon: Toward a Post-Gender-Wars Discourse", *MELUS*, Vol. 29, No. 3/4, (Autumn — Winter, 2004), pp. 122-123.

② Yan Phou Lee, *When I Was a Boy in China*, Bloomington: Xlibris, 2004, Kindle e-book.

③ Ibid.

"信仰基督教的""开化的"西方各国,给中国带来的种种不公正待遇,愤愤不平,故而立志游说清政府,遣幼童留美。[1]

华裔文学史上下一位比较重要的作家是刘裔昌(Pardee Lowe),他于1943 年出版了自传体小说《父亲与裔昌》(*Father and Glorious Descendant*),通常译为《虎父虎子》。《虎父虎子》全书共三十三章,表面上写父亲,实则是写儿子。在如何对待中美两种文化上,父子有过冲突,但最终在对美国文化高度认同的感召下,父子和解了。应该说,父子俩都是中华文化的背弃者,是西方文化的迎合者。难怪这本书出版后,招致许多诟病。

黄玉雪(Jade Snow Wong)于 1950 年出版了同样是自传体小说的《华女阿五》(*Fifth Chinese Daughter*)。《华女阿五》讲述了作者黄玉雪24 岁以前的生活经历,贯穿其中的,主要是两个对比。在黄玉雪上大学之前,她对比了父母对待自己和哥哥弟弟的不同方式。上大学之后,她则对比了中国人教育子女和美国人教育子女的不同方式。从中,作者得出结论:中国人重男轻女,中国人的父子、母子关系没有西方人那么开明,那么富有人情味。可以看出,作者对中国传统和西方文化的态度,和刘裔昌基本上是一致的。

但是,《华女阿五》不仅仅是作者的自转,它还穿插了许多对中国文化的介绍。婚丧嫁娶、过年过节,甚至如何做饭,都有极为详尽的描述。作者的这些描述,主要是为了吸引普通美国读者。

除了刘裔昌和黄玉雪,李金兰(Virginia Lee)与宋李瑞芳(Betty Lee Sung)也属传记类作家。前者的代表作为《太明所建之屋》(*The House That Tai Ming Built*, 1963),后者的代表作则为《金山》(*Mountain of Gold*, 1967)。这两部作品,在文化认同上的共同点在于,两者都认同美国文化。

三、愤怒的抗争

1961 年,雷霆超(Louis Chu)发表了《吃碗茶》(*Eat a Bowl of Tea*)。

---

[1]　Yan Phou Lee, *When I Was a Boy in China*, Bloomington：Xlibris, 2004, Kindle e-book.

American Fiction: Local Processes and Multivariate Genealogies

虽然这本书出版后并未受到重视，但在陈耀光等人的发掘下，现在越来越受到评论界的关注，甚至已经被视为"美国华裔文学传统的基石"。这部小说描写的是纽约唐人街的日常生活，书中充满了中国文化与西方文化的冲突，再现了华人家庭传统观念的破裂。作者虽然预示着唐人街父权的消亡、家庭的分化，但并不怀疑中国传统的价值观。这部小说最为人称道之处，在于它既不回避唐人街"单身汉"社会的现实，也不回避中华文化的糟粕。唐人街英语和广东四邑方言的运用，真实地再现了不信奉基督教的美国华裔社会。从文化认同的角度看，这部著作既没有认同、迎合美国文化，也没有刻意弘扬中华传统。可以说，这部作品再现了中美文化之外的唐人街文化。

上述美国华裔文学发展第一阶段的文学作品中，认同美国文化，贬抑中华传统的，从声势上占了优势。特别是《华女阿五》，影响深远。其文字浅显易懂，该书出版后，作者又应美国国务院之邀，前往亚洲各国作巡回演讲，现身说法。这部著作的影响力因此得以扩大，甚至被美国中学和部分大学选入教材，无怪乎作者被尊称为"美国华裔文学之母"。到了华裔文学发展的第二阶段，汤亭亭、谭恩美沿袭了揶揄、嘲弄中华文化的传统，但全力提倡美国文化的声音不见了。取而代之的，倒是赵健秀对中华文化与传统的极力维护。

赵健秀（Frank Chin）1940 年出生于加利福尼亚州的伯克利，从小家境贫寒、备受歧视。在他世界观形成、发展的重要阶段，又适逢美国黑人大搞民权运动。这些经历对他的文学创作和文学批评都起着至关重要的影响。他早期的文学创作形式是戏剧，1972 年就完成了《鸡屋华人》（*The Chickencoop Chinaman*），曾获东西方剧作奖。两年后又创作了《龙年》（*The Year of the Dragon*）。此后一段时间，他的文学创作一度停滞，但在80 年代末 90 年代初，又重新开始先后创作了短篇小说集《旧金山中国佬太平洋铁路公司》（*Chinaman Pacific and Frisco R. R. Co.*, 1989）、长篇小说《唐老鸭》（*Donald Duk*, 1991）和《甘加丁之路》（*Gunga Din Highway*, 1994）。他与徐忠雄、陈耀光等人合编的《啊咦嗨！美国亚裔作家作品选》（*AIIIEEEEEE! An Anthology of Asian American Writers*, 1974）和《加强版啊咦嗨！美国华裔与日裔作家作品选》（*The Big AIIIEEEEEE! An*

Anthology of Chinese American and Japanese American literature, 1991)两部作品选,对推动美国华裔文学的发展也起到了里程碑式的作用。

赵健秀是美国华裔作家中,比较少见的、愿意维护中华传统的作家。他钟情于中国的神话传说和英雄传统,反对美国华人的"白化"。在一次接受采访时,他曾说:

> 今天,第一代华人移民出生在美国的后代,能够讲这个国家白人移民的童话故事,比如灰姑娘、丑小鸭,等等。但是一旦让他们讲中国的童话故事,他们就茫然不知。令人惊异的是,他们还大为光火,不明白为什么会讲那么多的欧洲童话,还需要讲中国童话。
>
> 我们并不是为了成为白人而来到美国的。白颜色并不是财富,也不是自我、家庭或自由。为什么要放弃我们的信仰,我们的思维方式,我们的历史,乃至我们的姓名,来取悦于白人,并以此为自豪呢?这对我来说是极大的羞耻。①

赵健秀之所以维护中国的英雄传统,是因为他需要以此为武器,反击美国主流社会对美国华裔,特别是华裔男性的歪曲认识。但需要注意的是,他所理解的中国传统,已经不是真正的中国传统了,对于中国文化,他似乎按照自己的需要,做了剪裁。他所批判的两位女性作家,汤亭亭和谭恩美,对于中国文化的理解一样出现了偏差。

四、摆不脱的华裔血统?

汤亭亭(Maxine Hong Kingston),1940 年生于美国加州,1962 年毕业于加州大学伯克利分校,先后在加州和夏威夷两地教中文,1991 年她返回母校英文系执教。1976 年,她的处女作《女勇士》(*The Woman Warrior: Memoirs of a Girlhood among Ghosts*)出版,获得该年度非小说类美国国家图书评论界奖,汤亭亭因此杀入美国文学主流,确立了她作为

American Fiction: Local Processes and Multivariate Genealogies

---

① 徐颖果:《我不是为灭绝中国文化而写作的——美国华裔作家赵健秀访谈录》,原载《中华读书报》,转引自 http://www.gmw.cn/01ds/2004-03/03/content_3320.htm,2005 年 2 月 7 日参阅。

女性主义作家的地位。随后在 1980 年、1989 年、2003 年,她又分别出版了《中国佬》(*China Men*)、《孙行者》(*Tripmaster Monkey: His Fake Book*)和《第五和平书》(*The Fifth Book of Peace*)。虽然汤亭亭并非多产作家,但她融自传、神话、评论、甚至罗列历史文献为一体的独特的写作方法,对处于弱势的美国华人以及华人中处于弱势的女性的关怀,使得她的作品有极高的艺术价值。她的每部作品,出版后都是好评如潮,获奖甚丰,也可谓证明之一。

作为女性主义作家,汤亭亭在其作品中对男权主义发难,自是题中之义。赵健秀对她在作品中丑化华裔男性的做法,就大为光火。但笔者感兴趣的是她如何对待中华传统。总的来说,汤亭亭对中国文化和传统是一种揶揄的态度。一方面,她对于美国华裔所受到的不公正待遇,进行了揭露和批评,另一方面,她对于华人的某些缺点,进行了夸张的描写。至于自我身份,汤亭亭在多个场合表明,她是美国人。生于美国、长于美国,而自认为美国人,并不奇怪。不过她对中国文化的理解,对中国人的看法,是深受美国主流社会影响的,如果说,决定一个人的民族特性的,并不是他的生理特征,而是他的文化特征,那么,我们可以毫不犹豫地说,汤亭亭对中国文化、对中国人的看法,代表着部分美国人的看法。

与汤亭亭一样,谭恩美(Amy Tan)对中国文化也持批评态度。她于1952 年出生于美国加州奥克兰,1989 年因出版了处女作《喜福会》(*The Joy Luck Club*)而一举成名。随后,谭恩美又在 1991 年、1995 年、2001 年相继出版了《灶神之妻》(*The Kitchen God's Wife*)、《灵感女孩》(*The Hundred Secret Senses*)和《正骨师的女儿》(*The Bonesetter's Daughter*)。她的每部作品,几乎都受到美国读者的青睐,都上过《纽约时报》畅销书榜。特别是她的成名作,也就是她的代表作《喜福会》,出版后曾在《纽约时报》畅销书榜上连续保持 9 个月。40 周内,销售达数百万册。

谭恩美在她的第一部作品里,就奠定了写女性的传统。《喜福会》所描写的,是移民美国的四个华裔母亲和她们已经美国化了的女儿:母亲们在抗日战争时期逃难的种种悲惨而奇特的遭遇;女儿和母亲之间的种种冲突。毫无疑问,这些冲突之中,有些可以归结为简单的代沟,但更多的是由于两代人认同不同的文化所致。做母亲的,诉说了各自在离开中国之前的遭遇。这些遭遇，无一例外地令人心酸。而到美国后，又面临着对新文化的不适应，以及对女儿的失望。但在女儿看来，母亲迷信、落后、爱炫耀、喜欢攀比，虽然女儿在最后理解并认同这些中国母亲，但她们很难讨人喜欢。读谭恩美的作品，很容易让人产生疑惑：难道中国人都是如此粗俗不堪吗？

如同汤亭亭一样，谭恩美对中国文化的认识，在很大程度上代表了一位白人价值观念已经内化的美国人的看法。她的看法并不是建立在对中华文化深刻了解的基础之上，对此，赵健秀曾经批评道：

> 谭恩美《喜福会》中的中国文化是伪造的，根本就不存在那样的中国文化。从第一页起，她就开始伪造中国文化，没人会喜欢那种中国文化，更谈不到那样做了。她在一个伪中国童话中，刻画了一个伪华裔母亲。这个母亲在市场上买了只鸭子，这只鸭子梦想成为美丽的鹅，或者说是天鹅。……在中国童话中，在市场上买的鸭子和鸟类并没有梦想的能力。在中国、朝鲜和日本的文学中，只有野生鸟类才体现人类的崇高品质。将人类与野生动物相类比，是最古老的讲故事的主题之一，正如动物的家禽化是最古老的文明的成就之一一样。市场上买来的禽类在中国童话中代表一种东西，也只代表一种东西，那就是食物。[1]

文化认同这一问题，在美国华裔文学发展的第二阶段，对于华裔作家群灵魂的拷问，也许不如在第一阶段，对华裔作家群的拷问来得那么不容回避。毫无疑问，赵健秀是非常看重自己的少数民族特性的，但对于汤亭亭和谭恩美，情况就不一样了。特别需要指出的是，汤亭亭在自己的作品中，谴责过美国人对华人移民的不公正待遇，但这仅仅是对于弱者一般的同情，对于不公正现象，出于道义的愤慨。它根本不能表明汤亭亭对中华文化的认同。正是基于这一原因，笔者在后文中，将把汤亭亭和谭恩美与华裔文学发展第三阶段的各位作家放到一起讨论。在这一阶段，比较有

---

[1] 徐颖果：《我不是为灭绝中国文化而写作的——美国华裔作家赵健秀访谈录》，原载《中华读书报》，转引自 http://www.gmw.cn/01ds/2004-03/03/content_3320.htm，2005 年 2 月 7 日参阅。

代表性的作家，如任璧莲、雷祖威、黄哲伦、李健孙、伍慧明等，对于文化认同和自我身份界定的态度，更加简单明了。那就是，不再怀疑自己美国人的特性和身份。

五、生为美国人

任璧莲（Gish Gen）1955 年生于纽约，1977 年毕业于哈佛大学，后又进入斯坦福大学商学院以及爱荷华大学作家班学习。1991 年，她的成名作《典型的美国佬》（*Typical American*）出版。她的第二部作品，《希望之乡的莫娜》（*Mona in the Promised Land*）出版于 1996 年，短篇小说集《谁是爱尔兰人》（*Who's Irish?*）则出版于 1999 年。总的来说，任璧莲虽然仍以美国华裔为写作对象，但她本人并不希望被贴上少数族裔作家的称号。在一次接受采访时，任璧莲说："有一些人谈少数族裔的作品时，总想读到异国情调的东西，使他们感到好像在某个国家旅行。不过，张家（反复出现于作者作品中的中国移民家庭——笔者注）不在外国。他们探讨过自己的属性，他们问自己：他们是谁，正变成什么样的人。最后结论：他们是美国人。"①

正是由于任璧莲不希望自己或自己的作品成为社会学的研究对象，正是由于她希望自己的作品被当做真正的文学作品，因此，在她的系列作品中，任璧莲没有像汤亭亭、赵健秀那样，借用中国神话，更没有像王玉雪那样，在作品中加入大量与故事情节无关的中国文化或风俗介绍。在她的成名作《典型的美国佬》中，任璧莲开门见山地指出："这是一个美国故事。"笔者认为，这里的美国故事起着两种作用，第一，它表明拉尔夫·张一家虽然是来自中国的移民，但作者无意加入过多的中国因素，这一点前已述及。第二，它点明了整部作品讲述的就是美国梦的故事。拉尔夫·张为了博士学位、终身教职、汽车、房子、自己做老板苦苦奋斗，在圆"美国梦"这一目标的感召下，身陷骗局而不自觉。最初，张家看不起美国人，称之为"典型的美国佬"，但是渐渐地，他们接受了美国人的价值观

---

① 松川幽芳：《任璧莲访谈录》，张子清译，附于《典型的美国佬》之后，全书第 312 页。

念,最终自己也成了"典型的美国佬"。除去张家价值观念的转变,这个故事其实与张家是否是移民无关,这是"美国故事",甚至也可以说是"人类故事"。

任璧莲的第二部作品《希望之乡的莫娜》,同她的成名作一样,还是以张家为写作对象的。但与第一部作品不同的是,第二部作品从莫娜的角度,以第一人称的方式,记叙了她从八年级到成人之间的生活经历。为了体现自己"跨越少数族裔藩篱"的理想,任璧莲让莫娜不顾家人的反对而皈依了犹太教。这部作品对纽约市郊的描述,表现了多元文化主义对美国社会的影响。这部作品似乎更加明确地点明了任璧莲对于文化认同的态度:她主张文化融合而不是对立。

雷祖威(David Wong Louie)1955年出生于纽约长岛。他的父母是广东台山来的第一代移民,生活十分艰辛。雷祖威虽然在白人堆里长大,但在经济和文化上都处于边缘。他高中毕业后得以进入著名的瓦萨学院。1977年大学毕业,不久就考入著名的爱荷华大学写作班,1981年获硕士学位。1991年,他的短篇小说集《爱的痛苦》(*Pangs of Love*)问世并获得广泛好评。2000年,他的首部长篇小说《野蛮人来了》(*The Barbarians Are Coming*)出版。

从总体上讲,雷祖威的作品刻画了现代社会人与人的隔阂和疏离。在短篇小说《爱的痛苦》中,做母亲的居然不知道自己宠爱的儿子是同性恋。而在他的第一部长篇小说《野蛮人来了》中,主人公史特林·龙(Sterling Lung)与所有人的关系似乎都是支离破碎的。他选择厨师学校,违背了父母希望他做医生的夙愿。他的女友希望两人的关系更加密切,但他父母却从中国给他物色了一位新娘。他主攻的是法国菜,但沃野女子俱乐部却要求他做中国菜。虽然在最后,父子和解,让人读到了美好生活的希望,但他作品中的主人公,无所适从的生活状态,总让人想起赵健秀的戏剧。

雷祖威开始发表作品时,没有刻意在自己的作品中加入少数族裔的成分。短篇小说集《爱的痛苦》共包括十一篇短篇小说,其中有四篇不是围绕美国亚裔人士,其余各篇,人物的少数族裔特性也不是很突出。偶尔提及中国或中国人,也多是集中于意识形态和生活习惯。

American Fiction: Local Processes and Multivariate Genealogies

但是，雷祖威没有，也不可能完全摆脱他的少数族裔身份。在最后一个短篇《遗产》中，他借主人公的嘴说道："好一幅中国南部的景色，我还是从艾德赛尔挂在我们家的挂历上知道的。这是缠绕在我的 DNA（脱氧核糖核酸）中的谜，是我基因的最初颜色，它就是我的遗产。"①这种对于少数族裔特性的认同，在他的第一部长篇小说《野蛮人来了》中表现得更为明显，批判态度比以前似乎也激烈许多。关于他的作品中族裔特性加强的变化，雷祖威谈了很多，他曾把这种变化的原因，归为三个：阅读其他少数族裔作家的理论著作；自己开设的少数族裔作家作品选读课；儿子的出生。不过，笔者以为，最主要的原因，雷祖威虽然谈到过，却没有在此点出，那就是：只要你是亚洲人后裔，那么人们总会点出你的少数族裔特性。他曾说过，只要是白人在管理着出版发行业，那么他和任璧莲那样的作家都会被标为"亚裔美国作家"。似乎仅仅是肤色的不同，就足以将他推到美国社会的边缘。对此，雷祖威显得愤慨而无奈："即使我成功地欺骗了自己，美国广大的社会也会对我说：'你是外国人，华人，亚洲人，与我们不同。'这就把我推到了唐人街或美国文学边缘。"②

除了任璧莲和雷祖威之外，在美国华裔文学发展的第三阶段，还有许多在题材和风格上各不相同的作家，都取得了巨大的成功。黄哲伦（David Henry Hwang）的《蝴蝶君》（*M. Butterfly*, 1988）根据真实故事创作，构思奇特，演出当年即获得著名的东尼奖。这部戏剧讲述的是法国外交官伽利马（Rene Gallimard）在北京观赏著名的歌剧《蝴蝶夫人》时，痴迷地爱上了饰演女主角的京剧名旦宋丽灵（Song Li Ling）。从此茶饭不思，频频与她约会，他不但抛弃了美丽的妻子，而且还泄露了国家机密，最后锒铛入狱，身败名裂。更具有讽刺意味的是，在长达二十年的一段时间里，他所痴迷的绝色佳人其实是个男儿身。宋丽灵的躲躲闪闪被认为是东方女人固有的羞涩。即使在真相大白之后，伽利马还是不愿意承认自己所爱的只是个幻象，他对宋丽灵说："从我这儿滚！今夜，我最终学会了区分现实与幻想，洞察它们的不同，但我仍选择幻想……我要与我的蝴

---

① 雷祖威：《爱的痛苦》，吴宝康、王轶梅译，南京：译林出版社，2004 年，第 208 页。

② 张子清：《当代华裔美国文学中族裔性的强化与软化—雷祖威访谈录》，附于《爱的痛苦》之后，全书第 210—212 页。

蝶幽会,我不想让你的臭皮囊玷污我的卧室。"①

　　毫无疑问,伽利马是一个痴迷于想象的人。但他的痴迷,只有与他对东方情调的痴迷结合在一起时,才能催生如此荒诞的故事。在西方观看《蝴蝶夫人》时,伽利马从未真正地感动过,因为饰演蝴蝶夫人的西方女子,与他心目中早已存在的东方女子的形象相去甚远。然而,宋丽灵饰演的蝴蝶夫人,娇小玲珑,对西方男子无限忠诚,恰恰吻合了他殖民色彩的幻想,他认定,"东方女子不能自已地臣服于西方男子,这是她的命。"宋丽灵则说得更为明确:"就在西方人与东方人接触的一刹那,他已经迷失了。西方人对于东方有某种国际强奸性。"②

　　《蝴蝶君》对于种族主义、殖民主义以及东方主义在西方人认识东方的过程中,所起到的错误引导,对于西方人对东方人固有的偏见,都做了有力的批判。但也有论者指出,他的戏剧,无形中又强化了亚洲人狡黠善变、难以捉摸、亚洲男人缺乏丈夫气概等固有形象。③

　　李健孙(Gus Lee)1947 年生于美国一个华裔移民家庭。据他自己透露,他最初写小说,不是为了赚钱,也不是为了成为作家。他写小说,是想尽到父亲的责任,因为他 7 岁的女儿想更加了解已经谢世的祖母,即他自己的母亲。他向三位姐姐打听母亲生前的情况,结果便是他带有自传性质的处女作《支那崽》(China Boy)。令人意想不到的是,这部小说非常成功,雄踞畅销书排行榜长达六个月之久。受此鼓舞,李健孙又于 1994年、1996 年、1998 年、2002 年出版了另外四本畅销书:《荣誉与责任》(Honor and Duty)、《老虎的足迹》(Tiger's Trail)、《没有物证》(No Physical Evidence)、《追随赫本》(Chasing Hepburn)。

　　总的来说,李健孙的小说并没有围绕美国华裔身处两种文化之间的心理矛盾和无所适从的生活状态。他的处女作,《支那崽》,虽然也提到了小丁凯既不被美国社会、也不被华人社会接受的边缘状态,但主要背景,却是旧金山充满暴力的黑人社区。他的第二部小说《荣誉与责任》仍

---

① David Henry Hwang, *M. Butterfly*, New York: NAL-Dutton, 1989, p. 90.
② Ibid., pp. 82—85.
③ 宋伟杰:《文化臣属・华埠牛仔・殖民谎言》。参见程爱民(主编):《美国华裔文学研究》,北京:北京大学出版社,2003 年,全书第 140 页。

American Fiction: Local Processes and Multivariate Genealogies

然是自传性质的。在这里，小丁凯已经长大成人，不再像童年那样，需要为了生存而打斗，但却面临着更为复杂的伦理选择，比如何为荣誉、何为公正。美国著名的西点军校，在作者笔下，几乎是一个没有种族歧视的天堂。严明的纪律、深厚的同学情谊以及各种优秀的传统，让丁凯如鱼得水。如果不是对西点军校的荣誉准则心存疑虑，丁凯的生活应该说是接近完美了。

美国华人移民先辈筚路蓝缕，在忍受歧视性政策法规和弥漫于美国社会各个角落的敌意的同时，为美国的铁路建设、农业发展等做出了非凡的贡献，也为他们自己在美国赢得了生存的空间。美国华人有如负重的蜗牛，美国华裔文学则可比作他们的歌声。这歌声传达的，是对丑陋的鞭笞，对美好的渴望。但是，当我们欣赏这歌声的时候，不应忘记，除了极个别积极向上的作品，美国华裔文学从总体上讲，表露的大多是伤痕。美国华人承受过的苦难太重，美国华裔文学承载的文学以外的因素太多，美国华裔文学是一个移民民族的伤痕文学。

第二节 "我就是美国人"
——盛赞美国文化的两位美国华裔作家

华人较大规模地移民美国，始于 1849 年。这一年，加州发现金矿的消息传到中国，许多为生计所迫的广东农民，像世界上许多其他地方的移民一样，奔赴美国淘金。① 然而，由于种族歧视、经济竞争、文化差异等因素，中国劳工（包括 19 世纪 60 年代为修筑美国第一条全国性铁路而远赴美国的劳工）受到了极大的歧视和极不公正的对待。1882 年，美国通过了第一个全国性的《排华法案》。1884 年，美国国会通过补充法案，扩大了华人及华工的定义，将更多的中国移民排斥在美国的大门之外。1888年，《斯科特法》甚至规定，华工出境后，不得返回美国。1892 年，《排华法案》延期十年。1902 年、1904 年，《排华法案》两次无限期延长。这一系

---

① 鸦片战争结束后，广东承担了大约 70%的战争赔款。连年灾荒，战乱频仍（主要包括两次鸦片战争以及太平天国运动），加之广东素有移民海外的传统，决定了去美国淘金的早期华人移民基本上都是广东人。

列法案及其后直到 1943 年间美国所通过的其他排华法令,不仅剥夺了中国人移民美国的机会,而且剥夺了已经在美的华人融入美国社会的机会,将他们完全禁锢在一个个的"隔都"(ghetto,此处即指 China town)之中。

尽管美国的系列排华法案于 1943 年已经全面废除,但是,直到 1965 年,在美华人才被赋予了与其他民族相平等的移民权利。在此之前的一百多年时间里,在美华人的地位极其低下。在经济上,他们收入低下,只能从事白人看不起的行业,特别是餐饮业和洗衣业;在生活上,他们很难走出"唐人街",常常无法结婚生子,①即便结婚生子,华裔儿童一出"唐人街",即有可能遭到白人儿童的围攻。在政治上,由于美国早在 1870 年即已禁止华人加入美国国籍,因此他们毫无权利可言。在文化上,他们不是处于弱势,便是遭到鄙视。总之,他们是美国社会永远的异乡人,而且是难以捉摸的异乡人,即使生在美国,也难逃被排斥的命运。

这样一段历史,在美国华人的心中,留下了不可磨灭的创伤。其中一点,就是华人常以弃儿的心态,看待自身。这不是一种自暴自弃的心态,而是遭到排斥后,努力改变自己,以迎合排斥者的心态。具体到美国华裔作家身上,则表现为:1)在有意无意承认白人优越的前提下,帮助白人理解华人,不是为了让二者互相承认对方价值观念、文化习俗等的合理性,而是为了让白人理解并同情华人,力图证明华人从本质上是符合白人的价值观念和审美习惯的;2)着力弘扬美国主流社会的价值观念,传递如何进入美国主流社会,如何成功实现"美国梦"的经验。这一类作家中,最典型的莫过于刘裔昌和黄玉雪。

一、华裔文学之母黄玉雪

黄玉雪 1922 年出生于美国旧金山。虽然她的父亲是以商人身份移民美国的,而且还是旧金山唐人街的头面人物,杨和同乡会(Yeung Wo Association)会长,但黄家生活清贫。从《华女阿五》中可以看到,她的母

American Fiction: Local Processes and Multivariate Genealogies

①　首先,美国法律反对华人和白人女性结婚。其次,华人女性早在男性之前,就被禁止进入美国。

亲像她的父亲所雇佣的工人一样工作，需要以缝制服装为生，即使怀孕期间，也不例外。而黄玉雪本人 11 岁起就要操持家务，她后来进入米尔斯学院学习，靠的也是自己打工赚来的钱。不过离开米尔斯学院后，她白手起家，在唐人街制作陶器出售，却非常成功。

《华女阿五》实际上是黄玉雪的自传，讲述了黄玉雪从 5 岁到 24 岁的经历。全书基本可以分为两部分，即黄玉雪上大学前后的生活。在上大学之前，黄玉雪一直住在唐人街，她主要是通过日常琐事揭示了中国家庭传统教育种种不合理的地方，可以看出作者态度基本上是否定的。例如，她在第一章就提到生活需要"墨守成规"，"教育和鞭打几乎是同义词"①。对于她的举止是否得当，她父母管教极严，比如她不能交友，因为交友浪费时间。再如拖鞋只能在卧室里穿，而不能穿到起居室，因为拖鞋的定义是："拖鞋：一种轻便鞋，通常是休闲时和裸体时穿的……"②不仅如此，男尊女卑的传统也让玉雪感到不平。她哥哥上大学的费用，家里可以支付，而她自己上大学的费用，却必须自己支付，仅仅因为她是个女孩。③ 她的弟弟天恕出生时，全家一片喜庆，满月宴也搞得非常排场，作者借姐姐的口表达了不满："这种喜庆场面只有生儿子时才有。十五年中，从天福到天恕，中间生了三个女儿。在天恕之前是玉宝，可是玉宝出生时全家静悄悄的，根本就没有这种场面。"④

黄玉雪的描写，有点自揭家丑的嫌疑，但不是凭空捏造的。相反，她的经历有相当的普遍性。她的作品出版后，华裔女子称颂她是她们的代言人。有一位华裔女子甚至给她讲了自己的故事，以印证华人家庭内对女性的不公正待遇。她说她是家中独女，每个星期天午餐家里吃一次鸡，她父母和两个兄弟各有一份。至于她呢？她是一个麻烦。"你为什么要生在世上？"她的父亲甚至如此责问她。⑤ 观之于当时的中国传统和美国

---

① 黄玉雪：《华女阿五》，张龙海译，南京：译林出版社，2004 年，第 1—2 页。

② 同上，第 77 页。

③ 同上，第 98—99 页。

④ 同上，第 24 页。

⑤ 莫娜·珀尔斯（Mona Pers）：《采访黄玉雪》，张子清译，附于《华女阿五》之后，全书第 248 页。

华人社区较强的封闭性,应该说,这样的经历是可信的。

如果说黄玉雪上大学之前,是通过直观感受揭露中国家庭传统教育不合理的地方,那么在上大学而离开唐人街之后,她则主要是通过对比而认识到这一切的。所有细节的安排,都和前面相关细节形成对比。住在系主任家里时,系主任主动鼓励玉雪邀请自己的朋友到家里来,这与玉雪父母限制她交友的态度恰恰相反。美国人尊重子女,把他们当做独立的个体,这与玉雪的父母从不给出解释,而只是要求她顺从形成对照。事实上,大学教育对黄玉雪起着关键影响,因为从这个时候起,她全盘接受了美国人的价值观念。可以说,她已经是个地道的美国人了。以后的故事,也是典型的美国式的成功故事。

《华女阿五》所涵盖的年代,美国社会充满了对华人的歧视、污蔑和敌意,但在这部著作中,我们很少读到种族歧视的内容。是黄玉雪有意掩盖事实,还是她生活的环境特殊?对此,黄玉雪本人在一次接受采访时,做了令人信服的说明。她说她小时候,局限于唐人街,很少跟白人接触。后来进了高中和大学,则是学术圈。她选择制陶为职业时,帮助她的全是白人。华人,包括的兄弟姐妹都批评她,看不起她。[1] 黄玉雪的个人经验表明了接触有助于消除来自偏见的无知。努力寻求理解,而不是以怨报怨,也许才是解决问题的办法。黄玉雪本人作为成功的艺术家和作家,也许能印证这一点。

评价一部小说,基本上可以从语言、情节、主旨三个方面着手。语言和情节决定了一部作品的可读性,而主旨则主要决定了作品的艺术价值。《华女阿五》一书没有离奇曲折的情节,语言简单朴实,主旨——成长的烦恼,以及文化差异所带来的困惑——虽有一定深度,但阐述稍欠力度。从总体上讲,《华女阿五》的文学价值并不很高,这部作品的意义也许更多地体现在它是美国华裔文学早期难得一见的、具有广泛影响的作品之一。黄玉雪本人感到十分自豪的是:"三代人读了我的书。大学师生借阅它,一些大学用它来开课。尽管有少数反面的批评者,但千万个读者做

---

[1]　张子清:《美国华人移民的历史见证——黄玉雪访谈录》,附于《华女阿五》之后,全书第233—234 页。

American Fiction: Local Processes and Multivariate Genealogies

出了自己的选择。多年来，几十本著作引用它，节选它。"①美国华裔文学界成就最高的汤亭亭曾多次谈到黄玉雪对她的重大影响。在谈及《华女阿五》时，她曾经写道："我在图书馆发现了黄玉雪的书时，始而大吃一惊，继而大受鼓舞，最后大有补益，知道了当作家的可能性，第一次了解到像我这样的人可当书中的女主人公，可以写书。"②汤亭亭后来能够成为女性主义作家，黄玉雪的榜样作用不可小视。

说《华女阿五》这部作品文学价值不高还有另一个很重要的原因是，作者写作这本书出发点是推介中华文化，消弭误解。书中用了大量篇幅详细介绍了唐人街生活的方方面面。如在谈及自己的中文教育时，作者详细地讲解了练毛笔字的过程。③而在第五章里，作者则介绍了中国人过年的习惯：过节前要进行大扫除，过节时孩子们可以换上新衣服，但要避免惹是生非，以免挨骂，因为新年第一天的经历预示着这一年的经历。在谈及中国人走亲访友之时，作者甚至写道："（中国人吃瓜子时）用牙齿咬破外壳，吸出里边整颗白色的小核仁。"④在介绍完其他新年习俗，如舞狮之后，作者甚至连带介绍了与行文毫无关系的中秋节的一些习俗。毫无疑问，无论是作者还是出版商都非常明白，这部书的读者主要是美国人，尤其是那些对中国人抱有强烈好奇心的美国人。虽然作者曾说，她创作《华女阿五》是为增进白人对华人的理解，但全书毫无疑问在有意无意地满足白人的猎奇心理。书中第六章"郭叔叔"就是在他人的建议下为了添加一些"幽默"而加进去的。⑤

这种迎合白人的写作态度连同书中对中国文化的批评以及对美国文化的激赏为作者赢得诸多负面评价。从文化冲突的层面讲，有人认为作者是在"自我东方主义化"，从艺术价值上讲，有人认为作者制作的是"华埠导览"⑥。

---

① 张子清：《美国华人移民的历史见证——黄玉雪访谈录》，附于《华女阿五》之后，全书第234页。另外，2000年出版的《加利福尼亚文学》也收录了《华女阿五》的节选，与马克·吐温、杰克·伦敦、约翰·斯坦贝克等人的作品荣列在一起。

② 同上，全书第229页。

③ 黄玉雪：《华女阿五》，张龙海译，南京：译林出版社，2004年，第14—15页。

④ 同上，第35页。

⑤ 张子清：《美国华人移民的历史见证——黄玉雪访谈录》，附于《华女阿五》之后，全书第231页。

⑥ 冯品佳：《华裔文学中的空间再现》，原载《文化研究月报》，见于 http://hermes.hrc.ntu.edu.tw/csa/journal/05/journal_park25.htm，2004 年 12 月 23 日参阅。

纵览全书，我们看到，作者在书中对待白人、对待自身的态度的确引人深思，例如全书第十八、十九两章，就十分突出地展示了作者对待白人时讨好的心态，同时也无意识地表露了作者的自卑心理。作者甚至写道，她住在米尔斯学院系主任家里时，"从不觉得只是个仆人"，所有居住在这个家庭里的人和动物，包括一只狗，一只猫，和玉雪，"都受到主任的热心体贴和款待"①。即使考虑到美国人对待宠物的实际心态，这种把人与动物相提并论的做法仍然令人难以接受。

但在另一方面，《华女阿五》历史性贡献是无法抹杀的。黄玉雪对于美国华人日常生活极尽详细的描述，使得美国大众认识到华人文化"是有趣的文化而不是怪异的文化"②。在文化认同方面，黄玉雪无疑是欣赏美国的个人主义传统和批判性精神的。但她比今天的美国华裔所继承的中华传统更多。在"初版序言"中，黄玉雪解释为什么不用第一人称来写自传时，说道："尽管是一本'第一人称单数'的书，该书根据中国的传统，用第三人称写成……在与像我父亲这样的长者通信时，每当谈及自己，我总是用小一半的字号写'小女玉雪'；与同龄人通信，我总是用小字写'妹妹'—从不使用'我'。"可以看出，黄玉雪虽然接受了美国文化，但中国人的谦逊和反对突现自我的传统还是在她的身上留下了烙印。与大多数美国华裔作家一样，她既不是美国文化的产物，也不是中国文化的产物，而是两者的结合。黄玉雪说："1953 年，我就对东南亚各国的华裔青年说，别丢掉你们的中国风度和几千年来的中国文化。"从这一点来看，黄玉雪不应该背上背叛母国文化的罪名。

此外，脱离时代背景评价一部作品，常常有失公允。20 世纪 60 年代黑人民权运动之后，多元化与民族种族平等渐成共识，然而，在黄玉雪成长的年代，美国社会充斥着的是对华人漫骂式的描绘。③ 这些，连同积贫

---

① 黄玉雪：《华女阿五》，张龙海译，南京：译林出版社，2004 年，第 141 页。
② 杰夫·特威切尔—沃斯：《序》，张子清译，见于《华女阿五》序第 2 页。
③ 傅满洲、陈查理的形象大行其道。报刊、书籍提及中国人，必定展示其讽刺揶揄之能事。阴险、狡诈、辫子、斜眼、洋泾浜英语，构成中国人形象的必定要素。这一切，揭示了美国，同时也是整个西方社会对待中国、中国人、唐人街总的态度。详见周宁：《"龙"的幻象》，北京：学苑出版社，2004 年，第二章。

American Fiction: Local Processes and Multivariate Genealogies

积弱的祖国,一部又一部歧视性的法律法规,怎么可能不使华人对自身的认识产生负面影响? 即便是二战期间,中美成为盟国,美国全面废除了系列排华法案,美国人对中国以及中国人的看法,增添了许多正面因素,但在《华女阿五》写作与发表的年代,美国人弘扬的依然是主流价值观念①,甚至连亚裔美国人的观念都没有形成②,要求黄玉雪为美国华裔争取平等地位,实在不合情理。对她的指责,颇多类似美国黑人对布克·华盛顿不顾时代局限的要求。

事实上,当时在中国本土,对于美国和美国的价值观念,也基本上是称颂多于谴责。抗战期间,中国的主流声音,对美国是一边倒地颂扬③。如果黄玉雪写作《华女阿五》的目的,诚如她在书中所言,是"为了让人们更好地了解华人所做的贡献,这样,在西方世界里,华人的成就就会得到认可",④那么她比同时代的美国华裔作家刘裔昌要进步得多,也更值得我们赞赏。

二、臣服者刘裔昌

刘裔昌,1905 年生于美国。其父虽是第一代移民,但强烈地认同美国文化。在《虎父虎子》中,刘裔昌曾写道:

> 有很多证据表明父亲不是生于美国,但从我记事的第一天起,他就总是坚持说他是。每当我质疑他的公民身份时,他最为恼怒,他会脾气暴躁、十分肯定地说:"我是个美国人!"⑤

受其影响,刘裔昌完全地臣服于美国文化,而对于华人文化,则几乎是厌恶的。在他唯一的长篇自传体小说《虎父虎子》中,唐人街全是衰亡

---

① 《华女阿五》出版后,美国国务院曾于 1953 年出资请黄玉雪前往亚洲各国做为期 4 个月的巡回演说,现身说法地宣传美国式的成功故事。

② 张子清:《美国华人移民的历史见证——黄玉雪访谈录》,附于《华女阿五》之后,全书第 242 页。

③ 详见杨玉圣:《中国人的美国观》,上海:复旦大学出版社,1996 年,第 8 章、第 9 章。

④ 黄玉雪:《华女阿五》,张龙海译,南京:译林出版社,2004 年,第 216 页。

⑤ Pardee Lowe, *Father and Glorious Descendant*, Boston: Little, Brown and Company, 1944, p. 3.

和病态的气息。华人的辫子像盘蜷的响尾蛇,华人歌女是"尤物",鸨母是"爬行动物",中国音乐"异域气息"十足,华人的堂会充满邪恶和暴力。总之,刘裔昌全盘接受并反过来强化了白人对于华人的传统偏见。无怪乎有学者说,他的作品,实际上是一部"投诚书"①。

单纯地迎合美国白人社会,尚在情理之中。但刘裔昌对唐人街全面地指责,无异于要求华人为自己所受的不公正待遇承担责任。他不仅忽视了华人社区那些优秀的传统,同时,也不知道从历史的角度考察华人社区某些丑恶现象形成的历史原因。比如广为流行的娼妓现象,原因是复杂多样的,其与美国实行的歧视性的移民政策,特别是歧视华人女性移民的政策有极大的关系。又比如,堂会固然有暴力倾向,但它在加强华人自我保护方面,也有一定的作用,更不用说,部分堂会对于国内进行的反清斗争,提供了帮助。

刘裔昌对美国文化的臣服,对华人社区的谴责,最终也没有帮助他实现心中最重要的期望,即在身份上获得美国主流社会的承认。这既是个人的悲剧,也是那个时代,华人作为少数民族在美国所遭遇的整体悲剧。

从以上的论述,我们可以看出,在美国华裔文学发展的第一阶段,文化认同所带来的心理矛盾与困惑几乎是唯一的题材,肯定美国文化、批判中国传统则是唯一的主题。客观地说,早期华裔文学的作品,功过参半。它们既在一定程度上改变了美国主流社会对华人的认识,如不可同化等等,但同时也强化了美国人对中国文化的负面印象。这种状况,完全符合当时华裔移民所处的尴尬地位:一方面,他们渴求纠正美国人对华人和中华文化的错误认识;另一方面,在美国社会,他们处于绝对的边缘以及政府、民间双重歧视之中,华人对于美国文化的认同、对于中国文化的厌弃也是比较普遍的。到了 20 世纪 60 年代,美国各少数民族地位的普遍提升,促使华人更多地肯定他们的中国根。社会地位的改善,催生了两位从正面角度传递中国文化的作家,他们就是笔者下一节将要谈论的雷霆超和赵健秀。

①　宋伟杰:《文化臣属·华埠牛仔·殖民谎言》。参见程爱民(主编):《美国华裔文学研究》,北京:北京大学出版社,2003 年,全书第 111—118 页。

American Fiction: Local Processes and Multivariate Genealogies

第三节 "我不是为灭绝中国文化而写作的"
——华埠牛仔及其先驱

1941 年 12 月 7 日，日本突袭珍珠港。第二天，美国对日本宣战，中国成了美国在远东最为重要的盟友。而此前，中国军民在艰苦卓绝的条件下抵抗日本侵略者，已历时十年。这些事件串联在一起，广大美国人，无论是国会议员，政府官员，还是普通百姓，对中国人的看法都大大改变。于是，美国对中国抗战和唐人街正面的报道，开始增多，《生活》杂志甚至刊出中国经济学家翁文灏和日本军阀东条英机的照片，告诉读者如何区分中国人和日本人。终于，在 1943 年 12 月 17 日，罗斯福总统"怀着自豪和愉快的心情"，签署了"麦诺森法案（Magnuson Act）"，废除了系列排华法案。

"麦诺森法案"的象征意义远远大于它的实际意义。根据这一法案，中国人每年可以获得 102 个向美国移民的机会。这个数字实在微不足道，但中国人的形象开始改变，美国人也意识到，"通过废除排华法案，（美国）可以纠正一个历史错误。"此后到 1965 年，美国华裔的地位终于有了实质性的改变。由于当年通过的移民法案规定，各国之间实行同等配额制度，因此，华人每年可以向美国移民两万人，美国华人社区也进入了一个快速发展时期。这主要体现在，土生土长的华人移民后裔，大多受过良好的教育。而来自中国国内的新移民，大多来自香港和台湾。一方面，他们大多受过高等教育，另一方面，他们的特殊经历，使得他们在美国较受欢迎。

与华人社区、华人地位的显著变化并行不悖的，是 20 世纪 60 年代波及全美的几大社会运动，如反正统文化运动、黑人民权运动、反越战运动等。黑人民权运动的蓬勃发展，不仅为黑人争取到了许多前所未有的权利，极大地提高了他们的社会地位和民族自豪感，而且也推动了其他少数族裔反抗白人偏见、争取自身权利的运动。反正统文化运动推动了女性主义的进一步发展，和民权运动一起，极大地改变了美国的社会思潮。这些因素——美国对华政策的改变、华人社区自身的改变、美国社会思潮的变迁——催生了一批具有强烈反抗意识的作家,如抗诉族裔歧视的赵健秀和鞭笞性别歧视的汤亭亭。接下来,笔者先介绍赵健秀和他奉为先驱的雷霆超。

一、为华裔文学奠基的人

雷霆超,1915 年生于广东台山,1924 年移民美国新泽西州,[①]毕业于纽约大学,生前曾为美国东部华人社区头面人物,做过政府官员,甚至做过电台主持人。1961 年,他唯一的著作《吃碗茶》由其好友 Lyle Stuart 出版。但是该书出版后并未受到重视,销路也很差,作者于 1970 年去世时,第一版尚未销售完毕。20 世纪 70 年代,该书在陈耀光等人的重新发掘下,终于获得评论界的高度关注,并被美国评论家金惠经教授称作"美国华裔文学传统的基石"[②]。

《吃碗茶》以 20 世纪 40 年代的纽约唐人街为背景。王华基和李刚同是广东新会来美的老乡。前者于 1923 年回国成亲,后者于 1928 年回国成亲,两人在各自的妻子怀孕后,先后回到美国。40 年代初期,王华基的独子,17 岁的王宾来来到美国。由于父亲害怕儿子在自己开的赌馆里染上赌博的恶习,因此请求王氏家族的头号人物、平安堂的会长王竹庭将他安排到一家餐馆做跑堂。但具有讽刺意味的是,在店里年长伙计的带动下,宾来不久就染上了嫖娼的恶习。随即,二战期间,宾来应征入伍,所到之处,无不拈花惹草。

战后,王华基决定让已到结婚年龄的儿子回国相亲。尽管上门提亲的人很多,但是,宾来最后还是相中了李刚的女儿美爱。回到美国后不久,宾来就因为过去的荒唐行为而丧失了性功能。登徒子阿桑乘虚而入,最后竟然使美爱怀孕。这件事搞得整个唐人街满城风雨,李刚给阿桑写了一封警告信,王华基割掉了他的一只耳朵。在王氏家族庞大的势力影响下,阿桑被迫离开纽约,五年内不得返回。王华基和李刚因为丢了面

---

① 　一说他是 1922 年移民美国的。
② 　转引自程爱民:《前言》。参见程爱民(主编):《美国华裔文学研究》,北京:北京大学出版社,2003 年,全书第 111—118 页。

American Fiction: Local Processes and Multivariate Genealogies

子，在纽约也呆不下下去了，宾来和美爱则远走旧金山市。最终，在中草药和妻子的帮助下，宾来恢复了性功能。

《吃碗茶》从洗衣店主和餐馆跑堂的角度，真实地记录了 20 世纪 40 年代美国华人"单身汉"社区的日常生活，反映了在带有种族主义色彩的移民法的影响下，这个衰败的社区折射出的各种问题。由于美国长期禁止华人妇女进入美国，唐人街男女比例严重失调。被迫封闭的唐人街，寂寞无聊的生活，使得这些渐渐衰老的"单身汉"只能在餐馆、会堂的麻将桌上寻求慰藉。在这里，除却语言的交锋和真实利益的此消彼长，更多的是家长里短的议论。婚外情之类的消息自不必说，美爱与宾来结婚都一年了，还没有"大肚子"也是"单身汉"讨论的话题。在一个熟人社会，舆论的发达使得华人爱面子的秉性更为突出。美爱的私情被传得沸沸扬扬时，王华基首先想到的是儿子给自己丢了面子，而儿子宾来首先想到的，也不是妻子偷情这件事本身，而是担心自己性无能的秘密无法继续遮掩。

从写作艺术来看，《吃碗茶》最成功的地方，也许在于讽刺的运用。王华基素爱夸夸其谈，但在他把阿桑的耳朵割下后，却吓得赶紧躲起来，只有靠家族的力量才能解决这桩纠纷。李刚觉得自己的女儿给自己丢了面子，就给阿桑写了一封恐吓信，署名"正义战士"，但这一切是在他喝酒壮胆之后才做出的。唐人街的"单身汉"看不惯在美国出生的华人姑娘，称她们为"竹心（jook sing）"，尤其鄙视她们着装不够检点、未婚先孕等不守妇道的行为，因此，大多数"单身汉"刻意安排自己的儿子回到中国成亲。但是，就是来自中国的姑娘美爱，成了偷情的主角。在美爱和阿桑被迫分开后，她还给后者写了一封信，口吻则完全是"单身汉"理想的贤妻给丈夫写信的口吻：

> ……我们分别已有数周之久。相互珍爱却无缘相聚的孤独，在这荒野之中，倍感分明。……我担心着我的心上人……我一直在想他，渴望和他团聚。[1]

其实，美爱的偷情，从一个侧面讽刺了一种现象：当"金山客们"苦苦

---

[1] Louis Chu, *Eat a Bowl of Tea*, New York: Carol, 1995, pp. 174-175.

维持着从祖国带过去的种种传统时,祖国本身却在迅速变化。"唐人街"
已经陷入了非常尴尬的境地。歧视性的移民法案使得美国华人无法融入
美国,屈辱的现实和泱泱大国辉煌的历史使得美国华人比中国人更重视
传统。这种重视,既表明了华人对故土的怀念与敬重,也起着某种自我安
慰的作用。维护中华传统,就是维护华人备受歧视后,所剩无几的尊严。
而且,某些中华传统,如家长制和男尊女卑的观念,使得华人在受到歧视
和排挤后,能够欺压更弱小的群体,以便获得心理平衡。Alison Taufer 曾
经指出,对家的怀念、对故土的怀念使得思乡的中国移民能够排遣孤独和
身处异乡的感受。渴望重温家园的温馨,对故土模糊的记忆和美化,导致
种种幻觉。怀念和幻觉的核心就是忠贞、驯服的中国传统女性。[①] 可以
看出,雷霆超笔下的华人男性,之所以刻意寻求传统的中国女性,部分原
因就是在于这样驯服的女性有助于他们维护自尊。

赵健秀非常推崇《吃碗茶》,他曾说,"雷霆超在《吃碗茶》里运用了华
人的俚语。我们看到他把中国文学作为文学来使用,他的参照、他的引
语、他的比喻,都引自中国文学作品。这是中国英雄传统,是每个中国小
孩从小到大都学习的明代白话小说。"[②]赵健秀的评论是合理的:雷霆超
对于俗语的运用十分娴熟,如"一回生、二回熟""肥水不流外人田""文章
是自己的好,老婆是别人的好"等等;此外,雷霆超没有把华人、特别是男
性华人,描写成懦弱无能、女性化十足的形象。这一点深得赵健秀的赞
许,因为接下来我们会看到,赵健秀在抗诉种族歧视的过程中,主要方法
就是重塑华裔男性的形象。但在另一方面,雷霆超笔下的华人所维护的
传统,是不切实际的。既不符合美国的社会现实,也无视祖国本身的巨大
变化,因而注定是要失败的。在小说的结尾,王宾来逃离纽约的唐人街之
后,通过吃中药茶而神奇般地恢复了男性雄风,也许意在表明,只有离开
令人压抑的华人社区,华人才可能真正的健康起来,才能找到新的生活、

---

① Alison Taufer, "Memory and Desire: The Search for Community in Louis Chu's *Eat a Bowl of Tea* and Bienvenido Santos' *The Scent of Apples*", *Asian America: Journal of Culture and the Arts* 2, 1993, pp. 68—69.

② 梁志英:《种族主义之爱、种族主义之恨与华裔美国人的英雄传统——赵健秀访谈录》。参见赵健秀:《甘加丁之路》,赵文书译,南京:译林出版社,2004 年,全书第 456—457 页。

新的希望。

《吃碗茶》中的美国华人，很少为自己的民族身份烦恼，在他们心中，毫无疑问是中国人。这也许和美国不允许他们入籍有关吧。到了雷霆超精神上的继承人赵健秀，美国华人地位的改变，导致了民族身份认同的两难境地，用赵健秀自己的话说就是："那种既不是中国人也不是美国人的感觉！"

二、华埠牛仔赵健秀

赵健秀对于构筑美国华人、特别是男性华人的新形象十分在意。在他看来，美国华裔不可能回到中国，因为他们已经不再是中国人。美国华人也不是完全意义上的美国人，他反对美国华人当基督教徒、承认白人至上、甘愿做白人赏玩对象的东方人。[①] 美国华人首先是美国人，而不是古怪有趣的外国人。其次，美国华裔男性要勇于反对强加在他们头上的传统偏见，如猥琐狡黠、奴性十足。为了改变传统偏见，赵健秀从中国传统中找到了英雄主义这一武器。他虽然身为第五代移民[②]，但他对于中华传统兴趣浓厚，尤其推崇中国的创世神话和英雄传统。《三国演义》里雄壮威武的关公，《水浒》里的一百零八将，《西游记》里胆大包天的孙悟空，既表现了华人的刚烈性格和豪迈气概，也是美国华裔的精神领袖。赵健秀曾经说："那些说中国文学不全是英雄传统或英雄传统不是中国文学最重要方面的人大错特错。孔子怎样呢？孔子建立了英雄传统。我用英雄传统写作如同莎士比亚引用希腊神话，也如同海明威引用莎士比亚著作。"[③]

赵健秀在他整个创作过程中，虽然从未偏离英雄传统，但塑造的，倒

---

① 梁志英：《种族主义之爱、种族主义之恨与华裔美国人的英雄传统——赵健秀访谈录》。参见赵健秀：《甘加丁之路》，赵文书译，南京：译林出版社，2004 年，全书第 460 页。

② 笔者一直以为"第五代移民"是一个耐人寻味的说法。笔者以为，只要在美国出生，不管其父母是否为移民，其本人都不能再算作是移民。这一观点验之于白人移民似乎可行，但对于亚裔移民及其后代，似乎应该另当别论。

③ 转引自《华裔美国文学译丛》总序，第 24 页。

不全是英雄式的人物。他早期的作品,如《鸡屋华人》和《龙年》,传递的其实是"英雄无处寻觅"的愤懑。《鸡屋华人》完成于1972年,它的出版,标志着美国华裔在20世纪60年代反正统文化运动的影响下,寻找、确立自己族裔身份的努力。这个故事,是华人在备受敌视的环境中,苟延残喘的故事,传达的是无所依附的孤独。作者曾经说过,他希望读者从他的作品中,能读出一种感觉,"那种既不是名副其实的中国人,也不是白种美国人的感觉"。集中体现这种感觉的,是故事的主人公谭·林。他不想回到中国,也不想伪装成白人。他所选择的是确认自己美国华裔的身份,并力图以这一身份获得美国社会的认可。事实上,赵健秀从一开始,就努力反抗白人社会对华人、特别是华裔男人的定型偏见。作者的这种努力,是在极度矛盾的心理下展开的。在《鸡屋华人》这部作品里,谭·林看不起自己的父亲,因为那是一个懦弱的老者,一个洗碗工。他穿着衣服洗澡,只因害怕白种老妇人透过钥匙孔窥视他。对于渴望承认、敏感叛逆的年轻一代,这位父亲其实已经缺席,他根本就无法给儿子任何的自豪感。无奈之下,他转而崇拜一位黑人拳王的父亲。从拳王的口中,他了解到那位父亲背上的鞭痕、恶狗咬伤的伤疤、从不屈服的意志。然而当谭·林最终找到那位父亲,才发现所谓的理想父亲,不过是一个谎言而已。

两年后,赵健秀的《龙年》首演。与《鸡屋华人》相同的是,作者力图展示美国华裔生存于东西方夹缝中的窘境。全剧的核心人物,长子弗雷德(Fred)生于中国,婴孩时,即被带到美国。这种经历,决定了他远离中国,而又不能融入美国的痛苦。从某种意义上讲,东西方文化争夺着他的灵魂。最终胜利的,似乎是东方文化。它所强调的孝道,使弗雷德不得不放弃作家的梦想,从事唐人街导游这个被人轻贱的职业。日复一日,他重复着导游们赖以谋生的那些陈词滥调,强化着美国人对华人以及唐人街的偏见,而这种偏见正是他力图打破的。这种困境,展示了作者对于美国华裔身份的关注。实际上是某种绝望的体现:那就是,既不满美国华裔当前的形象,却又在努力构建新形象中屡屡受挫。如果我们拉长时间轴,就会悲悯的发现,赵健秀的痛苦可以说是时代的悲剧:在他之前,华裔不敢也不愿意宣扬自己的族裔身份,在他之后,族裔问题并不是完全消失,但却随着时代的进步,大大弱化了。

随着年龄的增长,赵健秀似乎愈发富有战斗精神。他早期在文化认同上无所依附的感觉,在后期的创作中不见了,取而代之的,是对中国传统、特别是英雄主义传统的进一步弘扬和讴歌。在后期的文学创作中,赵健秀更加致力于打破白人种族偏见和定型化认识,塑造英勇刚强的华人男性形象。美国文学以及大众文化中传统的华人男性,无非是唯唯诺诺、缺乏男子气概、女性化。为了打破这种一成不变的偏见,赵健秀借用了中国文学的英雄主义这一传统。他多次引用《三国演义》《水浒》《西游记》等中国古典作品中的故事,如在《唐老鸭》一书中他借用了《水浒》一百零八将的传说。这部小说的主人公是旧金山唐人街的十二岁少年唐老鸭,在元宵之夜,他的家人以《水浒》一百零八将为原型做了一百零八个烟花。他以为父母数不清总数,就偷偷地燃放了一只,但是家人立即知道少了黑旋风李逵并给他讲了《水浒》的故事。从此唐老鸭开始寻找有关《水浒》英雄的一切,并进而对中国传统人物和故事产生浓厚的兴趣。在学校的历史课上,当他听到老师再次发表对于中国人以及中国文化的偏见时,唐老鸭没有像以往一样感到沮丧,而是挺身而出,旁征博引,予以驳斥。

赵健秀的另一部力作《甘加丁之路》同样涉及种族主义歧视。这部小说的名字来自具有种族主义倾向的英国作家吉卜林的一首诗"甘加丁"。甘加丁是印度人,在驻印英军中充任水伕,后来,为救英国人而死去。在赵健秀的眼里,甘加丁不是英雄,而是民族叛徒,因此,"甘加丁之路是通向地狱之路"[①]。在小说中,重蹈甘加丁覆辙的关龙曼一辈子都在饰演华人侦探陈查理的第四个儿子。当主演陈查理的白人演员年老隐退之后,出演陈查理就成了关龙曼最大的心愿。虽然,陈查理是白人按照自己对华人的定型化偏见创造出来的一个角色,但直到关龙曼死去,他这个心愿也没有实现。相反地,他永远只能饰演低贱的配角。华人只能饰演反面角色而且大多是配角这个事实表明了美国社会根深蒂固的种族主义,而关龙曼争演对华人有侮辱性质的角色则说明种族主义毒害之深和

---

① 杰夫·特威切尔—沃斯:《序》。参见赵健秀:《甘加丁之路》,赵文书译,南京:译林出版社,2004年,第2页。

华人民族意识的低下。1999 年,作者在接受采访时曾指出,饰演陈查理的最后一个白人演员罗兰·温特斯承认:"陈查理的儿子的形象是地道的刻板形象,是真正的侮辱。这些扮演陈查理的儿子的华裔演员太笨,连陈查理是白人奴隶而不是他们的父亲这一点都看不出来。"[①]

赵健秀不仅通过创作反击美国白人对华裔、特别是华裔男性的歪曲认识,还痛斥他认为已被白人同化了的美国华裔作家,如黄玉雪、汤亭亭、黄哲伦等。在他看来,这些作家捏造、滥用中国经典与传说,曲意取悦白人,已经失去了华裔族性。对于赵健秀的两面出击,有论者说:"赵健秀反抗的对象就是造成历史不公现象的美国白人主流社会,以及接纳、内化、臣服于此价值观的人士——尤其以往享誉且被视为亚裔美国作家的代表性人物,最明显的就是女作家黄玉雪及其所代表的创作类型。"[②]

毫无疑问,赵健秀的批评有不尽合理的地方。姑且不说他指责黄玉雪在 20 世纪 40 年代,未能弘扬中华文化,有失苛刻,即便他对汤亭亭、谭恩美的指责,也流于偏颇。但令人意想不到的是,赵健秀疾恶如仇的鲜明个性,用词激烈的评论,使得他在文学评论上的成就反而较文学创作上的成就更为突出。他攻击汤亭亭的系列批评性文章,现在已经成了研究汤亭亭作品的重要文献。

从文化认同的角度看,雷霆超和赵健秀是孤独的。陈耀光和徐忠雄可以算得上是他们的同志。前者的作品,如《夏姨弥留之际》,指斥美国社会为移民的囚笼。后者的作品则强调了自己与父辈的血脉相连,认为在亚裔群体内部才能找到某种皈依感和令人宽慰的身份认同。但总的来看,先于雷霆超和赵健秀的美国华裔作家,在种族歧视的大环境下,颂扬美国文化,批判、反思中国文化种种不合理的地方。后于他们的作家,甚至包括他们同时代的作家,随着美国社会思潮的转变,逐渐拥护多元文化主义,有的甚至反感评论家过多关注他们的族裔身份。在这些作家看来,美国文化和中国文化不是二元对立的,而是可以融合为一体的。更为重

---

① 梁志英:《种族主义之爱、种族主义之恨与华裔美国人的英雄传统——赵健秀访谈录》。参见赵健秀:《甘加丁之路》,赵文书译,南京:译林出版社,2004 年,全书第 459—460 页。

② 单德兴:《书写亚裔美国文学史:赵健秀的个案研究》。转引自《华裔美国文学译丛》总序,第 23 页。

要的是，美国华人移民就是美国人，他们的文化，即使遗留有中国文化的痕迹，也是美国文化的一部分。进入美国社会，接受美国文化的同时，移民的身份，从文化认同这个角度来看，就已经悄然发生了变化，更不要说出生于美国的移民后代了。在反正统文化运动和多元文化主义的时代，华裔作家，除了文化认同、族裔身份，其实有很多，或许是更重要的主题去关注，如女性主义等。这种观点，完全可以用来描述笔者在下一节里将要讨论的美国华裔女作家汤亭亭。

第四节 "典型的美国佬"
——论汤亭亭

　　1965 年，美国颁布了相对公平的新移民法，从而促使华人社区出现了若干令人欣喜的变化。首先，移民美国的华人，无论数量还是质量都有了显著的进步。数量自不用说，此前，华人的移民配额每年只有 100 来人，而在 1965 年以后，配额增加到两万人。在质量上，新移民主要来自中国的香港和台湾，他们中有许多是学生，出国前就已经受过较高的教育。其次，无论新移民还是移民后代，受教育程度、收入、社会地位都有了大幅度的提高。以受教育程度为例，1940 年，25 岁以上的美国华人中，受过高等教育的人数比例不足 2%。到 1982 年，这个比例上升到 36.6%。华裔受教育程度的提高，连同美国社会本身的进步，使得美国华人在就业方面也有了很大的改观。传统上，美国华人以开餐馆、洗衣店为主要职业，但在 60 年代中期以后，"保障权益计划（Affirmative Action）"使华人在求职方面能够进入若干过去根本不雇用华人的职业领域，如电视、广播、公共关系部门等。在不同的领域，华人做出了极为杰出的贡献，涌现了一大批卓有声望的政治家、科学家、企业家。例如，进入美国内阁的华裔第一人赵小兰女士，于 2001 年 1 月 1 日被美国总统布什提名为美国劳工部长。此外还有诺贝尔奖得主丁肇中、李远哲，"鸡尾酒疗法"的发明者何大一，体育明星关颖珊，著名导演李安等等。这些变化，在 20 世纪 70 年代末，为美国华人赢得了"模范少数民族"的称号。

　　华人和华人社区形象的改善，以及 80 年代末、90 年代初以来，多元文化主义的日益流行,为美国华裔文学的发展提供了有利的环境。总的来说,美国主流社会对少数族裔变得更加开明、更为欣赏。美国华裔作家雷祖威在谈到汤亭亭和赵健秀两位作家时,曾经坦言:"1)汤亭亭和赵健秀是卓越的艺术家;2)汤亭亭和赵健秀是在接纳(多元化)的时代成名的。前者得到了女权主义运动的有力支持,而后者则更多地被20世纪六七十年代的政治运动所促进。他(她)俩早期的作品抓住了当时的时代精神。倘若他(她)俩的作品早二十年发表,他(她)俩是否会受到同样的重视,其作品是否会受到文学精英们同样的欣赏,我不知道。"①

雷祖威的这段话,应该说是相当客观、相当清醒的。一方面,他并没有贬低汤、赵二人作为文学家的价值,另一方面,他点出了促进美国华裔文学发展的外部环境。而且,从他的评论中我们可以看出,赵健秀和汤亭亭是同一社会思潮的产物,他们只是写作主题有差别而已。但是,结合美国实际的文学创作环境,我们也应该认识到美国华裔作家面临的尴尬局面:美国主流社会对于美国华人认识、态度、兴趣的转变,是有利于华裔文学发展的,但同时,美国公众希望在华裔作家的作品中,阅读到异域情调。在题材的选择上,华裔作家,甚至可以说所有少数族裔的作家,都鲜有余地。美国越南裔评论家 Trinh T. Minh-ha 的一席话,十分明确地表达了这一无奈:"如今,我被允许开口说话了,而且我经常被鼓励着表达我的特别之处,因为我的听众对这些感兴趣,否则他们会觉得被愚弄了:我们不是来听一个第三世界的成员发表对第一世界的看法,而是来听那些不同于我们的经验。"②

一、变中国神话为美国神话的人

正是在这种背景下,汤亭亭于 1976 年出版了《女勇士》并且一炮打响。《女勇士》一书分为五个部分:1)无名女子;2)白虎山学道;3)乡村医

---

① 张子清:《当代华裔美国文学中族裔性的强化与软化—雷祖威访谈录》,附于《爱的痛苦》之后,全书第 209—210 页。

② T. Minh-Ha Trinh, *Woman, Native, Other: Writing Postcoloniality and Feminism*, Bloomington: Indiana University Press, 1989, p. 88.

American Fiction: Local Processes and Multivariate Genealogies

生;4)西宫门外;5)羌笛野曲。"无名女子"讲述的是"我"姑妈的故事。
新婚第二天,姑父就随同村里的其他男人到"金山"淘金去了。数年后姑
妈与人私通怀孕,被认为是奇耻大辱。族人决定惩罚她,在她分娩的那一
夜,袭击了她的家。姑妈在猪圈里生下了孩子,随后却抱着孩子投井身
亡。但是惩罚并没有因此而结束。从此以后,全家人绝口不提姑妈,"只
当她没有出生过"。有意的遗忘才是家人心目中最严厉的惩罚。

"白虎山学道"借用了中国广为流传的花木兰的故事。但是,汤亭亭
所讲的故事,已经不同于中国读者所熟悉的版本了。花木兰在鸟儿的召
唤下,进山修炼十余年,学成后替父从军。临行前父母在她背上刺字,记
下所有要报的仇恨。花木兰出征后,军纪严明,爱兵如子,兼之关公的扶
持,因此所向披靡,一路劫富济贫,杀进京城,砍了皇帝的头,并推举农民
领袖做新皇帝。她被封为大将军,游览完长城返回家乡,杀恶霸,开诉苦
会,砸碎祠堂供牌让乡亲们在里面听书看戏。最后,她跪在公婆面前许诺
要操持农活做家务,生养更多的儿子,父母和亲戚靠她寄的钱生活幸福,
她的忠孝有口皆碑。

"乡村医生"讲述的,实际上是汤亭亭母亲的故事。母亲虽然是中国
文化的传递者,她给汤亭亭讲姑妈的故事,也不是为了控诉父权社会的罪
恶,而是告诉汤亭亭要谨守妇道,但她本人却给人以现代妇女的感觉。她
在现代的医学院里学过医,在宿舍里捉过鬼,远赴美国与丈夫团聚,鼓励
妹妹到美国讨回自己的权利。母亲可以说是花木兰的现代翻版,正是她
给女儿树立了叛逆的典范。在"白虎山学道"里,汤亭亭这样道:"我立即
回忆起小时候跟着母亲绕着房子走,两人一起唱着花木兰如何从前方光
荣凯旋后退隐乡下的故事。我已忘了这首母亲曾教会过我的歌,母亲也
许还不知道有股力量推动着我把它回忆起来。她说,我长大以后也会成
为妻子和佣人,但是她把女中豪杰花木兰的歌教给了我。我长大了一定
要当女中豪杰。"从这样的故事里,我们不难看出,汤亭亭本人的女权主
义思想来自何处。

"西宫门外"讲述的,则是汤亭亭的姨妈月兰的故事。月兰生活在香
港,她的丈夫在美国另有所娶。她的姐姐勇兰,汤亭亭的母亲,把她接到
美国,并且鼓励她去找她的丈夫讨个公道。月兰无功而返,孤独、寂寞、紧

张、终致发疯。

"羌笛野曲"是作者对自己压抑的童年的回忆。她的母亲曾经挑过她的舌筋,虽然她母亲对她说,这是为了让她更容易掌握各种语言的发音,但实际上,这是一个古老的乡俗,目的是要让她从小守口如瓶,保持沉默。后来她发现许多华裔女孩像她一样沉默,而"沉默的原因是因为我们是华人"。

汤亭亭的《女勇士》一直被认为是女权主义的力作。的确,在这部虚实交替、写法独特的著作里,作者对于中国传统中的男权思想进行了无情的鞭笞,努力树立起令人敬佩的女英雄形象。《无名女子》和《西宫门外》主要揭露了男女不平等的现象:男子可以娶三妻四妾,女子却必须忠贞不贰;男子不必为自己的负心行为负责,女子,无论是否是她的过错,却必须承担全部的责任。在另外三篇里,作者则颠覆了男性传统中的性别优势。花木兰的敌人无一例外是男性,无一例外败在她的手下。她杀了村里的财主,主要是因为他引用的俗语是自己深深痛恨的,如:"女娃好比饭里蛆","宁养呆鹅不养女子"。不仅如此,作者还通过为自己的母亲立传,通过改写花木兰和蔡琰的故事,将女子塑造为比男性更优秀、更勇敢的人物。

从文化认同的角度看,情况如何呢?《女勇士》中提及的中国传统文化随处可见。历史传说、神仙鬼怪、招魂祭祖、气功武术、裹足绞脸、吃活猴脑等等,几乎可以说是无所不包。但我们并不能认为汤亭亭认同中国文化,因为在作者笔下,这些文化几乎可以说是丑陋的,令人厌弃的。作者本人对它们的厌恶态度,也是一目了然的。例如,在作者看来,华人满口谎言、隔街说话、走路姿势难看、重男轻女、神秘兮兮等等。简言之,在族裔身份、文化认同方面,汤亭亭沿袭了之前华裔作家的传统,甚至比他们走得更远:摒弃中国文化,拥抱美国文化,对一方的憎恶,对另一方的热爱,使得文化认同对她根本不会造成困扰。她的愤怒主要是性别歧视;族裔体验只是让性别歧视带给她的愤怒更加尖锐而已。

二、只为不平呐喊

汤亭亭的第二部作品《中国佬》,依然承袭了对中国文化的揶揄与嘲讽。但对于把汤亭亭视为女权主义作家的读者而言，《中国佬》也许来得有些突兀，因为这本著作描写的美国华裔男性的事迹，或者更为具体地说，是作者家族中几个重要的男性以及其他几位华人男性的故事。在这部著作里，作者对于华人劳工在建设夏威夷和美国方面所做的贡献，有较为具体的描写。还专辟一节，列举了部分与华人相关的移民法。但如果我们仔细分析，就会发现，作者对于华人男性的鸣冤，大都与美国的种族歧视相关。对于华人男性的颂扬，则停留在文化层面以外。一旦涉及文化、习俗，甚至日常生活习惯，作者的口吻依然是嘲讽的。第一部分"中国来的父亲"里，就有众多的地方把中国人、中国文化描写得古里古怪，例如：

> 那天他在小女孩家呆了很长时间，以至于不得不在那户人家方便。他仔细地将他的粪便在茅房中的秤上称了称，日后好让他的邻居将同等量的粪便抛到他家的田里。

汤亭亭在文化认同上的态度，和她在族裔身份上的观点是一致的，她一直认为自己是美国人，她的作品是美国文学的一部分，而不是为中国读者写的。她曾说："实际上，我作品中的美国味儿要比中国味多得多。我觉得不论是写我自己还是写其他华人，我都是在写美国人。……虽然我写的人物有着让人感到陌生的中国记忆，但他们是美国人。再说我的创作是美国文学的一部分，对这点我很清楚。我是在为美国文学添砖加瓦。评论家们还不了解我的文学创作其实是美国文学的另一个传统。"[1]20世纪90年代，汤亭亭在香港中文大学做报告时，有不少学生恳求她不要把中国人写得那么丑陋。她回答说，她是美国人，她只能这么写，正面的形象应该由中国人自己来写。她这个看法似乎从来没有变过。2004年，汤亭亭在上海发表演讲时，有人问她对中国文化的感受，她回答道：我感到陌生（原话是"I feel foreign"）。

汤亭亭虽然不认同中国文化，但在自己的作品中却大量借用中国神

---

[1] 波拉·莱宾诺维兹：《不同的记忆：与汤亭亭的谈话》。转引自郭英剑：《命名·主题·认同》，参见程爱民（主编）：《美国华裔文学研究》，北京：北京大学出版社，2003年，全书第69—70页。

话与民俗。对于她而言,中国神话与民俗,似乎只是载体,是她塑造人物、表达思想的载体。也许正是因为这一点,汤亭亭笔下的中国文化,相比于通常意义上正统的中国文化而言,常常面目全非。花木兰的故事,前已述及。在《中国佬》中,这样的改编也是随处可见的,例如,她把头悬梁、锥刺股的故事直接安到父辈的头上了:

> 他(爸爸)决定通宵不睡。茶水只助他支撑了一会儿。此时要有一罐萤火虫也会给他带来暖意的;在老家时他就曾就着萤火虫的微光读过书。……他又站到椅子上张开双臂摸索——终于摸到了从梁上垂下的钩子或套环。果真有着东西;曾经有诗人说过书房里会有这玩意儿。他将自己辫子的末端套进环里,扎紧,然后坐在椅子上继续背书。打盹时,吊在环上的发辫会迫使他的头保持直立。但几个小时之后,连头皮的疼痛也不能阻止睡意时,他又打开了桌子的抽屉,找出了一把锥子。跟传说中的前辈诗人一样,他将锥子刺入股中,停在里面,然后继续学习。

包括赵健秀在内的一些评论家批评汤亭亭随意篡改中国传说,曲意迎合白人。对此,汤亭亭回应道:“他们不明白神话必须变化,如果没有用处就会被遗忘。把神话带到大洋彼岸的人们成了美国人,同样,神话也成了美国神话。我写的神话是新的、美国的神话。”这番话也许有一定的道理,但问题在于,《女勇士》和《中国佬》的读者中,有多少人会认为书中的人物是美国人而不是华人呢? 形式和内容在多大程度上能被割裂开来呢? 任璧莲曾经指出,“多年来,亚洲人成为白人作家自由表现他们的恐惧和欲望的形式。无须赘言,这是殖民主义的一种形式;这种情形只有在一个民族的形象被盗用而又无力反对的情况下才可能发生的。”①如今,美国华裔作家有机会开口说话了,但他们的作品大多只能重绘旧时的中国、旧时的华人。在一定程度上,我们甚至可以说,他们的作品,为白人作家所表现的恐惧和欲望提供了理由。有论者认为,赵健秀和汤亭亭之间,其实没有本质的矛盾,两人殊途同归,都是为华人的利益呐喊。对此,笔

---

① Gish Jen, *Challenging the Asian Illusion*, New York Times, August 11, 1991.

者难以认同。赵健秀着重于华人新身份的描绘与构筑,而汤亭亭主要是为女性的利益呼吁。在华人形象方面,应该说,她的破坏大于贡献。

最后,值得一提的是,从黄玉雪到汤亭亭、谭恩美,甚至任璧莲,都有意无意地利用了中国文化极具异域风情的商业价值。黄玉雪本人的写作意图之一,就是推介中国文化。开发中国文化的商业价值,倒不是她本人的意思,而是《华女阿五》一书的责编。但是越到后来,美国华裔作家有意利用华人文化的意图,似乎就越明显。任璧莲反对别人将她归为美国亚裔作家一类,不过,在她的成名作《典型的美国佬》开头,笔者实在看不出,她使用汉语拼音并且附加英文解释——有何必要。美国华裔作家这种选材套路,从商业上看,是成功的,但从文学角度看,似乎值得反思,也不禁让笔者想起 Solberg 评论艾迪丝·伊顿的一段话:伊顿的"目的是记录、解释华人在美国的经历并设法赋予它以意义,而不是利用这些经历"①。

结　语

总的看来,美国华裔文学的发展态势是良好的。无论从数量上,还是从质量上,美国华裔文学的成就都是骄人的。在题材、主题、写作手法上也日趋多样化。但是在阅读美国华裔文学时,从文化认同的角度看,笔者以为,我们首先应当明确:华裔文学是美国文学,它理所当然地反映了美国社会思潮的变迁,它体现的文化认同就是一个趋势,即美国化。这个美国化,在华裔文学发展的第一阶段,即 20 世纪 60 年代以前,就是白人化。20 世纪六七十年代,则是反正统文化,是对族裔平等、性别平等的提倡。从这个意义上讲,赵健秀和汤亭亭没有本质的差别,他们都是愤怒的一代人:一个鞭笞种族歧视,一个挞伐性别歧视。20 世纪 90 年代以来,随着多元主义文化的盛行,部分华裔作家不愿意自己的族裔身份被过分关注。

---

① S. E. Solberg, "Sui Sin Far/Edith Eaton: First Chinese-American Fictionist", *MELUS*, Vol. 8, No. 1, (Spring, 1981), p. 33.

有鉴于华裔文学始终体现着美国社会思潮的演变,笔者认为,以下几个问题值得注意:

首先,以对中国文化的褒贬态度来评判华裔作家,是幼稚的,不公平的。有的学者曾愤愤不平地指出:黄玉雪、汤亭亭、谭恩美等人"在自传、小说和儿童故事当中有明显的'东方化'父亲/母亲、唐人街和中国以及中国文化的倾向"。"为了融入主流话语之中,摆脱自己黄种人的身份,他们有意识地站在西方立场上,用白人的眼光来'看'自己的父母、前辈,'审视'中国文化,竭力向西方呈现东方人丑陋、落后的他者形象,来迎合西方读者的猎奇心理。"①这样的指责不仅不公平,而且很可能导致对华裔文学的误读:华裔,如同美国所有其他的族裔一样,带来了各自的传统,然后在这个新世界里,把自己的族裔传统美国化了。换言之,美国华裔文学中的中国元素,是本土化了的中国元素。美国著名亚裔文学研究学者张敬钰就曾经指出:"有些中国学者根据华裔美国文学对于中国文学的忠实程度来加以评断,而华裔美国文学作家其实并无意于只是复制或重现中国的文学传统。"②不仅如此,今天我们所谓的全球化,在很大程度上就是美国化,今天我们所谓的多元文化主义,主要也是源自多族裔的美国内部的变革要求。强势文化对弱势文化的强烈影响,从来都是一个事实。连中国本土的作家,对自己的传统也多有讥讽,要求土生土长的美国华裔来捍卫中国传统,岂不是过于苛刻? 笔者并不是说,丑化中国是无可指摘的。但首先我们不能认为他们有捍卫中国传统的义务,其次,在文学批评中注入过分强烈的民族情感,是不适宜的。

其次,无论美国华裔作家认同还是反对中国文化,他们所理解的中国文化都是变形的中国文化。美国华人对于中国文化的认识与传承,大都以口头形式完成。叙事者自身文化水平的不同、性格与情操等的差异,不可避免地赋予这些文化传说以个人特色。而在美国出生的华人,由于中文水平大多比较低下,不能阅读中国经典,因此一般而言,他们既无法获

---

① 陈爱敏:《"东方主义"视野中的美国华裔文学》,载《外国文学研究》,2006 年第 6 期,第 113–114 页。

② 单德兴:《"开疆"与"辟土":美国华裔文学与文化》,天津:南开大学出版社,2006 年,第 317 页。

得感性认识，即实际的中国经验，也无法获得理性认识，即对中国经典的研读。美国华裔作家笔下的中国文化，称之为移民社区的中国文化，或者中国民间文化，似乎更为妥当。

除了对中国文化的认识比较具有特色之外，美国华裔作家对于中国的认同也值得思考。无庸赘言，美国华裔作家所认同的祖国是美国。把他们当做中国人，势必会出现误读。事实上，即使认同中国，大多数华裔作家也只是在文化层面上认同。在政治层面上，他们非但鲜有认同，有的对中国还怀有敌意。汤亭亭、雷祖威等人的作品中，都有对中国不恰当的描绘。美国媒体的宣传自然是起了作用的，但笔者认为，20 世纪 80 年代以前，美国华人移民的区域来源和政治信仰构成，所起的作用，应该更为直接、更为有力。

再次，多元文化盛行以来，华裔文学的族裔特性虽然有所减弱，但大部分作家仍然没有摆脱做"中国菜"的局限，"中国意识"依然存在。一个很有意思的现象就是，近二十年来，美国提倡多元文化主义和民族种族平等的呼声日益强烈，但美国华裔文学的族裔特性并没有随之增强，反而却不断减弱。这看似矛盾，其实不然。如果多元文化主义和民族种族平等真的成为现实，如果每个人，最起码从文化上说，是一样的，那么还有什么必要凸显自己的族裔特性呢？笔者以为，由族裔特性转向本土经验、由华裔转向一般意义上的美国人，应该是美国华裔文学创作的一个必然转变。但是，无论是有意还是无意，美国华裔作家有很多仍然在自己的作品中糅进"中国特色"。有些"中国特色"对于人物的刻画和故事情节的推动起到了一定的作用，但有些似乎难以避免贩卖异域情调的嫌疑。如果美国华裔作家能够勇敢地挑战公众的阅读期待，挣脱文化冲突、寻根问祖的藩篱，转而书写普遍的、人的故事，那么，华裔文学像黑人文学与犹太文学那样，真正进入美国主流文学的殿堂，是完全可能的。在这一方面，美国华裔作家自身的努力是很重要的，但美国公众也应该改变对亚裔作家作品中东方情调的期待。从文学的角度，而不是从社会学、人类学甚至政治学的角度看待华裔以及亚裔作家的作品。

如前所述，美国华裔文学承载的非文学分量太重。多元文化主义的盛行对于美国华裔文学的发展提供了有利的空间，但华裔文学在题材和主题上应该有所突破。如果总是局限于华人移民的历史性贡献、种族歧视所带来的伤痕、文化冲突等主题,华裔文学恐怕难以有更大的贡献。可喜的是,我们已经看到了题材和主题上的突破。我们相信,美国华人和美国华裔文学曾经深刻体验的痛,必将渐行渐远,华裔作家完全有能力开创全新的道路。

第七章

新华裔谱系

——美国新华裔英语作家的矛盾与挣扎

引　言

美国新华裔英语文学指的是从 20 世纪 70 年代末开始，由中国移民美国的作家用英文写作、在美国出版的文学作品。在西方，这批作家又被称为"中国移民作家"（Chinese Immigrant Writer）、"中国移居作家"（Chinese Expat）和"在美国的中国作家"（U.S-Based Chinese Writer），更多的学者把他们放在和华裔美国华文作家以及传统华裔美国作家一样的位置，统称为"华裔美国作家"。在中国，它又被称为"获得语文学""非母语创作"和"华裔美国流散文学"等。美国新华裔英语文学的内容多为中国故事，体裁以小说为主且主要以"文革"事件为背景展开，因此又被冠之以"'文革'叙事"。①

美国新华裔英语文学与国内研究正热的"华裔美国新移民文学"一脉相承。目前，中国学界对"华裔新移民文学"的较新、较为成熟的定义是"20 世纪 70 年代末及之后，从中国内地出国留学、求职、经商或婚嫁，并长期居住于海外的华

---

① 具体可见引言部分列举的参考文献。

人作家所创作的文学作品"①。虽然这一定义有意不把"华裔美国新移民英语作家"剔除在外,然而即使这样,在目前,中国学者还是普遍把"华裔美国新移民作家"默认为"华裔美国新移民华文作家"②。此外,"华裔美国新移民英语作家"与"传统华裔美国英语作家"同属于华裔美国作家范畴,但前者在创作表征与文化认同等各方面都呈现出与后者不同的特点,笔者就在此基础上,将这批在海外用非母语写作的作家定义为"美国新华裔英语作家"。

美国新华裔英语文学诞生之初是"文革"回忆录的形式,但之后便是以小说为主导。从闵安琪的《红杜鹃》(*Red Azalea*, 1994)开始,美国新华裔英语文学便进入了小说的时代。哈金等小说家的作品更是将美国新华裔英语小说带上美国文学的巅峰。如今的美国新华裔英语文学几乎与美国新华裔英语小说等同。

美国新华裔英语作家大都出生于 20 世纪 50 年代,可以说是"生在新中国,长在红旗下"。他们曾被卷入历史大潮,经历过"上山下乡"和"洋插队",是见证"文革"始末的一代人。在历史转折的时刻,被禁锢已久的知识分子们还未来得及思考自己的前途与命运,便相继踏上了前去异国的路途,一是为出国留学深造;二是为见识外面的花花世界。从 1978 年到 2009 年底,中国留学生总数达 162.7 万,回国人数 49.74 万人,这意味着有百万以上留学生从留学演变为学留,这股出国潮在中国可谓史无前例,居世界之最,为全球所罕见。③ 美国新华裔英语作家以知识分子居多,他们在国内大都受过高等教育,多数具有双语读写能力,是青年中的精英群体,这与以劳工为主体的早期移民截然不同。

自出现以来,美国新华裔英语文学便如潮水般冲击着美国文坛,其作品中浓重的"中国味儿"也使它们在美国图书市场上自成一格,吸引着大

---

① 洪治纲:《中国当代文学视域中的新移民文学》,载《中国社会科学》,2012 年第 11 期,第 132 页。

② 以上从《中国当代文学视域中的新移民文学》《超越与亏空——20 世纪 90 年代以来美国新移民文学的创作新倾向》《冷静的忧伤——从严歌苓的创作看海外新移民文学的特质》等有关"新移民文学"的论文中可见一斑。

③ 江少川:《中西时空冲撞中的海外文学潮》,载《世界文学评论》,2011 年第 1 期,第22 页。

American Fiction: Local Processes and Multivariate Genealogies

量读者。除此之外,美国新华裔英语文学还走出美国,被翻译成十几种甚至几十种语言,全球销量达到数十万册。美国新华裔英语作家开始逐渐登上畅销书榜,并频频斩获美国文学大奖,甚至走进美国课堂,成为一种不可忽视的文学现象。在美国学界,部分新华裔英语作家及作品被收录进《新乔治亚百科全书》(*New Georgia Encyclopedia*, 2006)、《20 世纪小说百科全书》(*The Encyclopedia of Twentieth-Century Fiction*, 2010)和《美国小说百科》(*Encyclopedia of the American Novel*, 2015)等史料著作。随着时间的推移,美国新华裔英语文学的表征越发突出,其独特的写作风格和空前的阅读热度使它们迅速进入研究者的视野。徐文英(Wenying Xu)的《华美文学和戏剧历史词典》(*Historical Dictionary of Asian American Literature and Theater*, 2012)特别肯定了从 20 世纪 70 年代末期开始,从中国香港、台湾及大陆移民美国的作家创作的文学作品,认为他们不仅继续关注了族裔身份、族群、移民、性别、种族等问题,还探索了自然、记忆及语言等宏大命题,使华裔美国文学更加多样强劲。①《牛津现代华裔文学手册》(*The Oxford Handbook of Modern Chinese Literatures*, 2016)从语言的角度指出哈金等华裔作家认可英语却忽视了用英语习作以及较少考虑英语图书市场的相对有限等问题。同时,对作家的采访以及作家本人的评论集也是重要的一手资料。比如杰瑞·瓦莎娃(Jerry Varsava)的《采访哈金》(*An Interview with Ha Jin*)(Contemporary Literature, Vol. 51, No. 1, 2010)、《巴黎访谈》(Paris Review)的记者萨拉·费(Sarah Fay)的《哈金:小说技巧》(*Ha Jin, The Art of Fiction*)(The Paris Review, No. 202, 2013),以及哈金的《流散作家》(*The Writer as Migrant*, 2008)和《被放逐到英语》(*Exiled to English*)等。

美国新华裔英语文学被引进到中国的时间较晚,译本数量不多,因此在中国国内的影响力有限。20 世纪 80 年代,被翻译成中文的新华裔英语文学作品仅有《上海生死劫》(程乃珊、潘佐君译;浙江文艺出版社,1988 年)一本,所以当时中国对美国新华裔英语作家的研究可谓微乎其

---

① Wenying Xu, *Historical Dictionary of Asian American Literature and Theater*, Plymouth: Scarecrow Press, Inc., 2012, p. 5.

微。仅在 1989 年,许子东发表了《对"文革"的两种抗议姿态:〈上海生死劫〉与〈血色黄昏〉》(《读书》1989 年 05 期)一文,这算是国内对美国新华裔英语文学研究的开端了。20 世纪 90 年代是美国新华裔英语文学的高峰期。以哈金为代表的美国新华裔英语作家频繁斩获美国甚至国际重要文学奖项,这种现象不仅吸引了美国主流媒体和学者的关注,也引起了国内学者的注意。在研究步伐上,国内学者一直紧跟国际动态,但研究的作品仅限于作家的代表作。1994 年闵安琪的《红杜鹃》在美国出版,随后一年林瑞华就对她做出采访,并发表了《越开越艳的红杜鹃——访闵安琪》(《文化月刊》1995 年第 8 期)。进入 21 世纪,美国新华裔英语作家收获的成就越来越多,在国际文坛的地位越来越显著,国内的研究步伐也开始加快。1999 年,哈金的《等待》(*Waiting*, 1999)被评为美国国家图书奖及《时代》周刊 1999 年最佳图书,两年后郭栖庆便撰述了长文《无奈的等待 等待的无奈——哈金和他的获奖小说〈等待〉》(《外国文学》2001 年 04 期)对这一图书加以推介。2002 年,张子清也指出哈金打破了传统上对华裔美国作家的定义,这是美国新华裔英语文学这一分支的萌发点。此后,国内对美国新华裔英语作家的讨论声浪便日益高涨。以"中国知网"为搜索平台,截至 2017 年 1 月 1 日,以《上海生死劫》为关键词搜出的结果为 37 条,以"哈金"为关键词的结果是 668 条,以"闵安琪"为关键词的搜索结果仅有 8 条,以"裘小龙"为关键词的结果有 205 条,以"朱小棣"为关键词的结果是 21 条,以"李翊云"为关键词的结果为 30 条,以严歌苓的唯一一篇英语作品《赴宴者》(*The Banquet Bug*, 2006)为关键词的搜索结果是 76 条,其他美国新华裔英语作家的搜索结果为 0。由上可知,国内的美国新华裔英语文学研究成果集中在 21 世纪,但是目前的研究成果着实太少。此外,美国新华裔英语作家在国内的研究热度与他们和中国的联系密切程度有关。哈金的 4 部短篇小说集、8 部长篇小说和 1 部评论集全部被翻译成中文。裘小龙有 3 部:《红英之死》(*Death of a Red Heroine*, 2000)、《外滩花园》(*A Loyal Character Dancer*, 2002)、《石库门骊歌》(*When Red is Black*, 2004)和《红旗袍》(*Red Mandarin Dress*, 2007)被翻译成中文,但裘小龙同时因对诗人 T·S·艾略特和叶芝的翻译和研究闻名。

  国内发表在杂志相关论文和刊登在报纸上的文章总共有十几篇①，就相关话题展开了讨论，起到了开拓性作用。相关著作有 2 部：《当代西方英语世界的中国留学生写作(1980—2010)》(卫景宜；中国社会科学出版社，2014 年)和《海山苍苍——海外华裔作家访谈录》(江少川；九州出版社，2014)，而第二部书只包含了对两位美国新华裔英语作家——对哈金和严歌苓的访谈，参考价值比较有限。除了较为系统的论述，许多对作家及作品的精彩解读也为美国新华裔英语文学研究提供了丰富而详细的参考资料。我们可以发现，国内的美国新华裔英语文学研究虽然零零散散，但大致是在"非母语写作""获得语写作""新移民文学"三条轨道上前行。同时我们也注意到，到目前为止，国外已有许多大部头的著作把美国新华裔英语作家囊括在内，对他们的讨论一直沸沸扬扬。然而，在他们的母国，系统研究这一现象的著作却仅有 1 部②，由此可见，对这一领域的研究还有巨大的挖掘空间。

  无论是传统华裔美国英语文学还是美国新华裔英语文学，都对美国小说的本土化进程起到了助推作用。然而，在整个华裔美国文学研究领域，中国学者的目光还是主要放在黄玉雪、谭恩美、汤亭亭、赵健秀等传统华裔美国作家身上，对美国新华裔英语作家的相关研究还存在很大空白。正鉴于此，本章旨在对美国新华裔英语文学作出介绍，并对它在美国小说本土化进程中的作用作出阐释。

---

① 《全球化写作与世界华人文学》(卫景宜；《国外文学》2004 年第 3 期)、《华裔作家非母语写作，引起西方主流文坛关注》(陈熙涵；《文汇报》2006 年 9 月 13 日第 009 版)、《一个迫使我们注视的世界现象——中国血统作家用外语写作》(赵毅衡；《文艺报》2008 年 2 月 26 日第 003 版)、《新移民的文革书写》(唐海东；《华文文学》2008 年第 6 期)、《跨界的文本与批评的对话——从哈金的〈等待〉谈起》(刘增美；《社会科学家》2008 年第 6 期)、《海外华人获得语创作新探》(李静，赵渭绒；《社会科学家》2008 年第 11 期)、《"文革"叙事与新移民作家的叙述视角》(丰云；《东岳论丛》2009 年第 1 期)、《中西时空冲撞中的海外文学潮》(江少川；《世界文学评论》2011 年第 1 期)、《海外伤痕回忆录:祛魅的身份和历史重建》(赵庆庆；《华文文学》2012 年第 2 期)、《新移民文学的"经典"与"经典化"》(江少川；《南昌大学学报》2015 年第 1 期))、《西方语境·中国当代故事·跨文化解读》(谭岸青；《暨南学报》2015 年第 5 期)、《哈金、严歌苓和裘小龙，就是新时代的梁实秋》(张子清；《文学报》2016 年 9 月 8 日第 003 版)。

② 卫景宜的《当代西方英语世界的中国留学生写作(1980—2010)》是目前国内唯一一部对美国新华裔英语作家及作品加以介绍的著作。

第一节　什么是美国新华裔英语文学

20世纪70年代末期,"文革"已经结束,中国迎来了改革开放的新局面。改革开放为广大返城知青提供了出国留学的机会,"形成了中国历史上空前的大规模留学浪潮"①,而美国,则成为广大留学生的首选。根据一项调查显示,仅从1978年到2007年底,中国大陆赴北美留学的人数就达121.17万人,远远超过赴欧洲、澳洲、东南亚、日本的人数总和。② 到2000年,在美国的华裔美国人总数达到285.82万人,其中新移民约为100万人,占据了近三分之一的比例。③

来到一个完全陌生的地方,自然会遭到各种始料不及的巨大差异的冲击,语言障碍、生存困境、身份焦虑、文化差异等各种问题便随之而来。他们一下子从正式公民跌落为少数族裔。移民作家昆德拉早就说过:"移民生活也是困难的,然而最糟的还是陌生化的痛苦。"④原乡成了故乡,异乡成了家乡,其中百味,可想而知。"创作动机的发生,更多的是基于精神上的失衡和追求。"⑤青少年时期的回忆,新环境带来的心理冲击,在异乡的新奇见闻都积攒在心底,最终促使一批人走向了写作的道路。可以说,是"文学提供了新移民宣泄释放的途径"⑥。

新移民作家分为两类,用中文写作、面向中国读者出版发行的新移民华文作家和用英语写作、面向美国读者出版发行的美国新华裔英语作家。放在美国文学的框架内,本文要探讨的自然是后者。美国新华裔英语作

---

① 陈瑞琳:《"海外新移民文学"探源》,载《江汉论坛》,2013年第8期,第51页。
② 同上,第51—52页。
③ Xiao-huang Yin, "*China: People's Republic of China*", From: Mary C. Waters, Reed Ueda, Helen B. Marrow: *The New Americans: A Guide to Immigration Since 1965*, Cambridge, Massachusetts: Harvard University Press, 2007.
④ 米兰·昆德拉:《被背叛的遗嘱》,余中先译,上海:上海译文出版社,2003年,第101页。
⑤ 钱谷融、鲁枢元(主编):《文学心理学》,上海:华东师范大学出版社,1988年,第129页。
⑥ 江少川:《移民后,文学创作为什么会发生——黄宗之、朱雪梅访谈》,载《世界文学评论》,2010年第2期,第3页。

家身份、职业、年龄各异，主要是以深造为目的的留学生，也有学识素养俱佳的专家学者，也有其他社会人士。他们贡献各自的人生经历，共同编织美国新华裔英语文学这面大旗，使它发展成今日的气候。

一直热销的书籍、频繁光顾的文学大奖、美国文学史书的认可以及高校课堂的教材引进，都表明美国新华裔英语文学已然踏进美国文学的主流地位。而美国新华裔英语文学从非主流进入主流的历史过程与历史背景紧密相关，其创作流变也反映着时代的变迁。纵向来看，美国新华裔英语文学可大致划分为三个阶段：20 世纪 70 年代末到 80 年代末的起步期，20 世纪 90 年代初到 21 世纪的发展期，以及 21 世纪以来的繁荣期。

一、20 世纪 70 年代末到 80 年代末："文革"回忆录的涌现

自 20 世纪 70 年代末改革开放以来，中国的留学热潮便泉涌不断，留学生的主体由最初的国家公派发展成大批的自费留学，而赴美自费留学的学生又构成其中最大的留学群体。[1] 早在 20 世纪 70 年代初，"文化大革命"尚未结束，中国尚未对外开放国门，美国新华裔英语文学的种子便已萌生。1970 年，一本名为《"三十六计"：监禁与逃离——关于红色中国的个人叙述》(*The Thirty-Sixty Way: A Personal Account of Imprisonment and Escape from Red China*) 的传记作品通过伦敦出版公司 (Constable & Company Ltd.) 出版了。据笔者目前的资料显示，这应是美国新华裔英语文学的首作。差不多同一时间，美国的《纽约时报杂志》[2] (The New York Times Magazine) 首次刊载了一篇由中国移民口述的关于"文革"的报道。两年后，这篇报道的作者把自己的经历汇总成册，并经由纽约一家出版公司 (G. P. Putnam's Sons) 出版，这标志着美国本土内的美国新华裔英语文学就此诞生。

这两本早期著作的共同特点在于，它们都并非作者亲自写成，而是通

---

① 卫景宜：《当代西方英语世界的中国留学生写作 (1980—2010)》，北京：中国社会科学出版社，2014 年，前言，第 1 页。

② 《纽约时报杂志》(The New York Times Magazine) 是《纽约时报》(The New York Times) 的附刊，主要刊发专题类文章。

过他人转译成英文,再编辑成书的。而且从写作到出版,他们都得到了当地机构的资助,后者还属于美国大学的研究项目成果。这两本书的作者英徕(Ying Lai)和耿凌①(Ken Ling)都曾在"文革"期间当过红卫兵。该书总体表述比较客观。

然而,在"文革"期间出国的人毕竟是少数,真正的移民大潮其实开始于"文革"结束后的 20 世纪 80 年代。1984 年,国务院出台了《关于自费出国留学的暂行规定》,彻底打开了自费出国留学的大门。1985 年,国家取消了"自费出国留学资格审核","出国热"在全国迅速升温。② 大批留学生或其他身份的新移民来到美国,这直接引发了美国新华裔英语文学创作的小高峰。

"80 年代初改革开放,中国的知识分子大规模出国,这是中国历史上前所未有的一件大事。那时候,中国打开了通向世界的一个窗口,处在关闭的房间里人们突然由这扇窗口看到了外面的世界,'外面的世界真精彩',因而潮水般地奔涌到世界各地。"③这是新移民作家黄宗之和朱雪梅的亲口阐述。这段话仿佛把我们带回到那个具有历史转折意义的年代,看到了大批学子踏上轮船、远渡重洋的画面。

20 世纪 80 年代,"由中国留学生所撰写的英语自传正式登上了西方读书市场"。④ 此时比较有影响力的作品都出现在美国。这些书一出版便引发了巨大轰动,其他国家也都争相翻译引进,旋即成为引爆英语世界的畅销书。这几部书的作者都是从各自的家庭背景出发,介绍自己在"文革"中的经历,讲述文革带给个人和家庭的深远影响。

卫景宜是中国留学生英语写作的研究专家,她在由其编著的《当代西方英语世界的中国留学生写作(1980—2010)》中也解释了这批刚进入英语世界的中国英语作家何以受到如此欢迎。她说:

---

① 人名为笔者自译。
② 戴长澜:《何晋秋:见证 30 年间百万学子留学大潮》,载《中国青年报》,2008 年 10 月 19 日,第 3 版。
③ 江少川:《移民后,文学创作为什么会发生》,载《世界文学评论》,2010 年第 2 期,第 1—2 页。
④ 卫景宜:《当代西方英语世界的中国留学生写作(1980—2010)》,北京:中国社会科学出版社,2014 年,第 7 页。

他们发表的英语作品内容主要涉及中国近半个世纪以来的社会文化现实。作为这段历史的亲历者，他们的写作在西方受到那些对中国颇感兴趣的西方读者的关注或追捧，被认为是比官方历史更具可信力的历史描述。因此，他们的写作在某种程度上也被当做当代中国的'现实'而被西方读者所接受。毋庸置疑，在这些由西方图书市场出版、面对西方读者的作品中，肯定充满了中西文化，甚至意识形态之间的冲突和张力。此外，这批具有双重文化背景的作者对于中国当代社会所发生的重大历史事件(如'文革'和'改革开放')的描述与评价或许更具某种国际眼界或客观价值。①

"文革"回忆录的出现标志着中国知识分子"理念转折"②，具有一定的积极意义。在一定程度上，它与国内 20 世纪 70 年代末出现的"伤痕文学"一脉相承。然而，"文革"回忆录书写是在国家改革开放的背景下诞生的，它就像一个未断脐带的胎儿，尚缺乏足够的独立性。卫景宜也表示："在 20 世纪 90 年代许多留学生的英文自传或回忆录中，'文革'记述几乎变成了一味'诉苦'的个人受虐史，恰恰缺少了'伤痕文学'对于'文革'苦难的那种超越个人不幸命运的描述。个人的悲剧因缺乏社会历史层面的观照而仅仅成了一种面向西方观众的'倾诉'。"③其实这个问题不止出现在留学生文本中，对所有的"文革"回忆录写作都同样适用。

二、20 世纪 90 年代初到 21 世纪：多种文学体裁的迸发

"文革"回忆录的出现代表着美国新华裔英语文学开始起步，它在美国引发的出乎意料的反响为美国新华裔英语文学的后续发展奠定了社会

---

① 卫景宜：《当代西方英语世界的中国留学生写作(1980—2010)》，北京：中国社会科学出版社，2014 年，第 3 页。
② 唐海东：《海外伤痕回忆录：祛魅的身份和历史重建》，载《华文文学》，2012 年第 2 期，第 118 页。
③ 卫景宜：《当代西方英语世界的中国留学生写作(1980—2010)》，北京：中国社会科学出版社，2014 年，第 13 页。

基础。随着国门的开放,新移民如潮水般不断流向美国,加入英语写作大军的新移民作家数量也在持续增加。但真正促使美国新华裔英语文学走向繁荣壮大的,还是20世纪90年代在美国盛行的文化多元主义。"女性、有性别偏好的群体以及与基于民权革命成果的主流思想相对应的非主流群体,都要求在主流文化中有自己的一席之地"①。在这一浪潮的卷挟下,美国新华裔英语文学也释放出勃勃生机。

到了20世纪90年代,美国新华裔英语文学开始大放异彩。这主要表现在三点:第一,作家规模扩大,一些代表性的作家就在此时崭露头角。第二,作品形式增多,突破了传统的"文革"回忆录式书写,加入了小说、诗歌等多种体裁。第三,作品数量激增,相比80年代,90年代的英语文学作品在图书市场上琳琅满目。第四,文学成就显著,美国新华裔英语作家们开始得到美国文坛的认可,把各种文学大奖收入囊中。

"文革"回忆录式写作在这一时期仍有延续。如今在美国已广为所知的闵安琪在90年代相继推出了自己的处女作《红杜鹃》和小说《凯瑟琳》(*Katherin*, 1996)。这一时期的其他传记作品还有杨瑞(Rae Yang, 1950-)的《吃蜘蛛者》(*Spider Eaters*, 1997)、蒋吉丽(Ji-Li Jiang, 1954-)的《红领巾》(*The Red Scarf Girl*, 1997)和朱小棣(Zhu Xiao Di, 1958-)的《红屋三十年》(*Thirty Years in a Red House*, 1998)等。

闵安琪的代表作《红杜鹃》是一部自传体小说,整部书包含三个部分,分别讲述了主人公在"文革"时当红卫兵、作为知青下乡以及去上海电影制片厂做演员的故事。用闵安琪自己的话说,"这部小说不重视情节的描写而重激情的表达"②,因此读来颇感真挚热烈、酣畅淋漓。不同于郑念和巫宁坤,闵安琪在去美国之前毫无英语基础。她不仅凭借着自身的韧性和毅力学会了英语,并且还完成了一部感情充沛、表达流畅的长篇自传小说,这种精神着实令人佩服。这部小说在美国久负盛名的兰登书屋(Random House)出版,当即引发了新的文学评议热潮。美国学者把

---

① Stanley Renshon, "Multiculturalism in the U.S.: Cultural Narcissism and the Politics of Recognition", *Center for Immigration Studies*, February 8, 2011.

② 林瑞华:《越开越艳的红杜鹃——访闵安琪》,载《文化月刊》,1995年第8期,第62页。

这部书和另一位华裔美国移民，英语畅销书作家包柏漪拿来对比，并誉之为"继包柏漪《春月》之后的又一部新古典主义小说"①。此后，该书又荣获美国《纽约时报》"年度最引人注目图书奖"（1994 Notable Book of the Year）。

除了对个人特殊经历的描述，《红杜鹃》还体现了对人性的体察和同情。书中大胆赤裸到近乎残酷的描述不禁让读者对书中人物的痛苦产生同情。

哈金是美国新华裔英语作家最典型的代表。美国评论家大卫·韦奇（Dave Weich）曾评说"哈金创造了一种全新的文学样式，也只有他能这么写，因为他在那儿生活过。他从小说中文长大，现在却用英语把自己的经历写出来"②。

哈金的文字就如同他的人生经历一般带给人强烈的疏离感。他的父亲是名军官，因工作原因调动，举家搬迁是常有的事。频繁地更换家乡和学校，导致哈金没有亲密的朋友，也没有值得眷恋的地方。"文革"爆发后，他的母亲作为"走资派"被流放乡下，学校也开始停课。1969 年，中国北方边界告急时，哈金便志愿加入了中国人民解放军，来到前线。1985 年，哈金退伍后，前往美国布兰迪斯大学（Brandeis University）进修博士，和父母的联系愈加减少。来到美国，他成了班上的那个沉默寡言的华裔学生。但是，一次偶然进错教室，哈金邂逅了写作课。那节课的老师，诗人兼教授弗兰克·比达尔（Frank Bidart）看了他的英文诗歌《死兵的独白》（*The Dead Soldier's Talk*, 1986）后，对他的写作才华十分震惊。他把这首诗歌推荐给《巴黎访谈》（The Paris Review）③的诗歌编辑，并得以立刻发表。从此哈金便爱上写作，一发不可收拾。

哈金以诗歌创作闯入文坛，继而开始小说创作，并始终保持着旺盛的创作力。仅在 20 世纪 90 年代，他就出版了两部诗集：《沉默的间歇》④（*Between Silences*, 1990）和《面对阴影》（*Facing Shadows*, 1996），两部短

---

① 林瑞华：《越开越艳的红杜鹃——访闵安琪》，载《文化月刊》，1995 年第 8 期，第 62 页。

② Dave Weich："HaJin Lets It Go"，*Powells.com*，February 2, 2000.

③ 《巴黎访谈》（The Paris Review）是美国知名报刊，以人物专访著称。

④ 名字起源于鲁迅的名句："沉默啊，沉默不在沉默中爆发，就在沉默中灭亡。"

篇小说集:《辞海》①(*Ocean of Words*, 1996) 和《在红旗下》(*Under the Red Flag*, 1997),以及两部长篇小说:《池塘》(*In the Pond*, 1998) 和《等待》。在20世纪90年代,这些作品为他赢得美国文学最高奖项美国国家图书奖(National Book Award) 以及弗兰纳里·奥康纳小说奖(Flannery O'Connor Award for Short Fiction)、海明威基金会/笔会奖(Hemingway Foundation/PEN Award) 和古根海姆研究基金(Guggenheim Fellowship) 等多项荣誉极高的文学大奖。尤其在《等待》获得美国国家图书奖后,他的每部作品都会受到主流媒体的争相报道。如果说"文革"回忆录时期,美国新华裔英语文学在美国只能算做畅销书级别,从哈金开始,它已开始迈入主流文学的行列。

哈金的小说主要描写20世纪70年代的中国,且场景多半是在中国一个虚构的城市"无地"(Muji)。这个地方的原型就是他的故乡黑龙江,但他似乎并不愿提起自己的家乡。在写作风格上,他深受19世纪俄罗斯文学的影响,把目光聚焦在平凡百姓身上,着重凸显个人与国家间的疏离。他擅长使用简练、平和、冷静的笔触和强有力的讽刺揭露官场的腐败和人性的黑暗。他的第一部长篇小说《池塘》塑造了一个因分房问题而遭遇不公并开始与强权斗争、最后上诉成功却还是一无所获的可笑的知识分子形象。其代表作《等待》讲述了为爱情苦苦等待18年的主人公,最后终于和爱人在一起时却发现自己已丧失了当初的激情的滑稽爱情故事。这两部作品"带有显著的果戈里的风格"②。

1985年来到美国学习的王屏(1957—　)则是以诗歌创作为主,同时创作小说。她获得纽约大学比较文学博士学位,现在麦卡利斯特学院(Macalester College)任教,主要教授创意写作课程。20世纪90年代,她出版过短篇小说集《美国签证》(*American Visa*, 1994)、长篇小说《异国恶魔》(*Foreign Devil*, 1996) 及诗集《灵与肉》(*Of Flesh and Spirit*, 1998)。她的诗歌通常反映出中美两种语言文化体系的碰撞和冲突。不

---

① 中国台湾繁体字译本作《好兵》。哈金:《好兵》,卞丽莎、哈金译,台湾:时报文化出版企业股份有限公司,2003年。

② Jerry A. Varsava and Ha Jin:"An Interview with HA JIN", *Contemporary Literature*, Vol. 51, No. 1, 2010, p. 2.

同于哈金"精炼、美妙、漫画式的诗歌语言"，她的文笔大气磅礴，具有强烈的金斯堡风格①。这也显示了美国新华裔英语文学的多姿多彩。

三、21 世纪以来：文学形式和题材的转向

千禧年后，美国新华裔英语文学沿着纵深的方向继续发展，较之前的转变就是，作家数量持续增长，类型小说开始出现，创作方向出现转型，呈现出一派欣欣向荣的气象。

21 世纪的闵安琪已经不再是初来乍到时的羞涩模样，其作品的畅销给了她生活的自信和继续创作的动力。千禧年之后，她开始转向创作历史小说，用虚构的方式向西方介绍中国历史上比较有影响力的人物，或者说，是女性。她的作品《兰贵人》(*Empress Orchid*, 2003)、《中国珍珠》(*Pearl of China: A Novel*, 2010)等系列作品都是以女性作为主角，通过自己的想象，使这些传奇人物闪耀着女性主义的光辉，所以有学者评论说这些作品"不过是披着历史的外衣，以作者独特的视角进行的一次又一次的女性自我书写"②。

闵安琪的最新著作《一颗煮熟的种子》(*The Cooked Seed*, 2013)是她的第二部自传作品。这本书记录了她作为一名少数族裔，在美生活 29 年亲身经历的各种辛酸往事，也融入了她对自己的深刻剖析和对人生的思考。这本书被英国 BBC 电台选为"每周最佳书"(Book of the Week)，并在当年的美国国庆周向全世界播放此作品的节选。

到了 21 世纪，哈金笔耕不辍，又接连出版了诗集《残骸》(*Wreckage*, 2001)，两部短篇小说集《新郎》(*Bridegroom: Stories*, 2000)和《落地》(*A Good Fall*, 2009)，六部长篇小说《疯狂》(*The Craze*, 2002)、《战废品》(*War Trash*, 2004)、《自由生活》(*A Free Life*, 2007)、《南京安魂曲》(Nanjing Requiem, 2011)、《背叛指南》(*A Map of Betrayal*, 2014)和《折

---

① 赵毅衡:《一个迫使我们注视的世界现象——中国血统作家用外语写作》，载《文艺报》，2008 年 2 月 26 日，第 3 版。

② 卫景宜:《当代西方英语世界的中国留学生写作(1980—2010)》，北京:中国社会科学出版社，2014 年，第 139 页。

腾到底》①(*The Boat Rocker*，2016)以及一部评论集《在他乡写作》(*The Writer as Migrant*，2008)。其中《战废品》再次为他赢得国际文学大奖笔会/福克纳奖(PEN/Faulkner Award)。21世纪后的哈金路子越走越顺，他获得了亚洲研究基金(Asian Fellowship)，并当选为美国艺术与科学研究院(Fellow of American Academy of Arts and Sciences)会员，这表明他已被美国主流学界认可。他的作品一经出版，美国的主流媒体杂志，如《纽约时报》(*The New York Times*)、《华盛顿邮报》(*The Washington Post*)、《波士顿邮报》(*The Boston Globe*)、《科克斯书评》(*Kirkus Reviews*)等就会出现相关的报道和评论，可见他在美国主流读者中的地位。

《自由生活》是哈金耗时最久完成的书，也可以说是他写作生涯上的转折点。哈金在这部书中第一次把写作背景从中国搬到了美国。该书讲述的是华裔移民武南一家三口移居美国，融入美国生活的过程，里面的武南其实就是哈金自己。然而，这次转型并没有收到一如既往的好评，反而遭到美国著名作家厄普代克的强烈批判。厄普代克认为这本背景设在美国的书，比哈金之前的作品更加文理不通(solecism)，有些句子像是从汉语普通话翻译过来的。他还借用小说主人公被讽刺的话来批评哈金："你运用英语的方法太笨拙了。这对我作为一个以英语为母语的人来说，简直是一种侮辱。"②不仅如此，厄普代克还指出哈金所描写的移民在异国他乡适应和生存的过程递进平缓，缺乏戏剧性。但这并不妨碍哈金说出"我认为《自由生活》是我最好的一篇长篇小说"。③

《折腾到底》出版于2016年10月份，是哈金的最新著作。小说讲述了男主人公冯丹林和他的前妻颜海莉之间的矛盾。冯丹林在纽约一家中文新闻出版社工作，他开了一个专栏，致力于批判中国的极少数不文明现象。当他得知前妻颜海莉的新书被标榜为"世界畅销书"时，便开始捣

---

① 中国台湾繁体字译本作《折腾到底》。哈金：《折腾到底》，汤秋妍译，台湾：时报文化出版企业股份有限公司，2017年。

② John Updike，"NAN, AMERICAN MAN, A New Novel by a Chinese émigré"，*The New Yorker*，December 3，2007.

③ 戴维：《专访哈金：为太太重写〈潜伏〉结尾》，载《都市快报》，2015年9月20日，第17版。

American Fiction: Local Processes and Multivariate Genealogies

乱，口诛笔伐，从头到尾地批判这本书。在这本书中，哈金的幽默体现得淋漓尽致，他不再聚焦于个体纠纷，而是强调国家内部乃至国与国之间的分裂，这赋予他的新作以里程碑的意义。① 美国汉学家林培瑞（Perry Link）给出的评价如下：哈金的作品一部比一部好。在《折腾到底》中，他延续了一贯的简约风格，既像纳博科夫的作品一般引人共鸣，又如埃尔文·布鲁克斯·怀特的作品一样魅力四射。与此同时，他又温柔地引领我们思考一些鲜为人知的深层问题，一个是关于华裔美国人的身份，其次是任意个人的身份，再然后是一份有尊严的生活背后的价值和危险。②

2008 年，哈金在莱斯大学（Rice University）演讲时提到 21 世纪初他刚开始写作时想为所有在底层的不幸同胞发声。起初，他把自己当成一个"代表广大同胞的利益的，用英语写作的中国作家"，但现在他开始犹豫退缩了。"渐渐地，我开始明白自己的抱负有多傻。"③这一转变从他的作品中也有所显示。在《自由生活》以前，哈金的作品多是为处于水深火热中的劳苦大众发声，但此后，他便更多地强调自我的生活经历和感受，言辞之间的文化态度也更加犀利明确。

类型小说的出现无疑是 21 世纪以来的美国新华裔英语文学的最大亮点，而此类作家中最具代表性的当属裘小龙和朱小棣。裘小龙是美国新华裔英语作家中，类型小说写作的开拓者。他的"陈超探长系列"侦探小说从处女作《红英之死》起至今已问世 9 部。④ 他笔下那个生活在 20 世纪八九十年代的中国，说着流利英语又爱吟诗作赋的上海才子陈超深受美国读者喜欢。《红英之死》相继入围爱伦·坡推理小说奖（Edgar Awards）和巴瑞推理小说奖（Barry Award），并于 2001 年荣获世界推理小说大奖"安

---

① Publishers Weekly："The Boat Rocker"，*publishersweekly.com*. 25 October 2016.<http://www. publishersweekly.com/978-0-307-91162-9>

② 亚马逊官网：https://www.amazon.com/Boat-Rocker-Novel-Ha-Jin/dp/0307911624

③ Ha Jin, *The Writer as Migrant*, Chicago：The University of Chicago Press, 2008, "Preface", pp. 3–7.

④ 这九部书分别是：《红英之死》、《外滩花园》、《石库门骊歌》、《双城案》（*A Case of Two Cities*, 2006）、《红旗袍》、《毛泽东案》（*The Mao Case*, 2009）、《别哭，太湖》（*Don't Cry Tai Lake*, 2011）、《中国之谜》（*Enigma of China*, 2013）、《上海救赎》（*Shanghai Redemption*, 2015）。

东尼奖"(Anthony Awards)。他的作品中加入大量对中国饮食、建筑和诗歌的介绍。为了更好地让美国读者理解,他还为这些诗歌做了详细批注。《出版人周刊》(*Publishers Weekly*)评价道:"作者在书中随处点缀了中国传统文化知识,并将凄美的诗歌和凶残的谋杀案并置,使得小说读起来就像是在一篇翻译过来的古文中强制加上了现代化的情节。"①

裘小龙的作品中既有随处可见的中文古典诗词名句,又有对中国饮食、建筑等的细致描述,为西方读者了解中国提供了便利。现任外交和国际事务教授德瑞克·希勒(Derek Shearer)通过《赫芬顿邮报》(*Huffington Post*)表示"事实上,把裘小龙的整套陈超探长的侦探推理系列读完,来比较深入地了解现代中国,应是不错的"②。

随后,朱小棣也出版了《新狄公案》(*Tales of Judge Dee*, 2006)和《闲书闲话》(*Leisure Thoughts on Idle Books*, 2009)。《新狄公案》通过改造中国历史人物狄仁杰,塑造了中国版的神探福尔摩斯形象。朱小棣也成了继荷兰汉学家高罗佩(Robert Hans van Gulik, 1910—1967)之后,第二位演绎狄公案故事的人。该书出版后,中国中央电视台国际频道、海外媒体《世界日报》《侨报》以及新浪等网络媒体都曾有过广泛报导。美国哈佛大学费正清东亚研究中心(Center for East Asian Studies)曾为此专门邀请朱小棣举办讲座。

李翊云是美国新华裔英语作家的后起之秀。1996 年,她前往美国爱荷华大学攻读免疫学博士。那时的她可能想不到,十年之后,她这个医学博士竟然出版了一部令她扬名海内外的短篇小说集,而与之相比"哈金就只是个工匠"③。一直以来,李翊云都潜藏着一个文学梦。一次偶然,她参加了学校的创意写作课程。这期间的学习经历,促使她下定决心弃医从文。她的作品多以改革开放后的中国为背景,她擅长通过对小人物命运的刻画,引起广大读者的共鸣。她的首部短篇小说集《千年敬祈》(*A Thousand Years of Good Prayers*, 2005)获得"弗兰克·奥康纳国际短篇

---

① Publishers Weekly, "Death of a Red Heroine", *publishersweekly. com*. 1 June 2000. <http://www.publishersweekly.com/978-1-56947-193-7>

② http://www.huffingtonpost.com/derek-shearer/.

③ Stella Dong, "Songs of Prose", *South China Morning Post*, January 22, 2006.

小说奖""美国笔会海明威奖"和"英国卫报新人奖"（Guardian First Book Award），并被改编成剧本搬上荧屏。第二部短篇小说集《金童玉女》（*Gold Boy, Emerald Girl*，2010）也相继入围2010年的"弗兰克·奥康纳国际短篇小说奖"评选和2011年的"美国杰出短篇小说奖"（Story Prize）决赛名单。2009年，她的首部小说《漂泊者》（*The Vagrants*）正式出版，这部书荣获"加州图书奖"（California Book Award）金质奖章，并获得2011年度的"国际IMPAC都柏林文学奖"（International IMPAC Dublin Literary Award）提名。2010年9月，李翊云又成为美国"麦克阿瑟天才奖"（MacArthur Fellows Program or MacArthur Fellowship）①得主，抱走50万美元奖金。2014年，她的短篇小说《支离破碎的女人》（*A Sheltered Woman*）②在美国老牌杂志《纽约客》（*The New Yorker*）上发表，又赢得了"星期日泰晤士报瑞士盈丰私人银行短篇小说奖"③（Sunday Times EFG Private Bank Short Story Award）。《星期日泰晤士报》（*The Sunday Times*）的主编安德鲁·霍嘎特（Andrew Holgate）说"李翊云的文笔冷峻飘逸、洞见深刻，毫无疑问，得奖的应该是她"④。

严歌苓是华语文学的佼佼者，也是最具影响力的海外华人作家之一。在进行英文写作之前，她早已名声在外。2006年，她的首部英文小说《赴宴者》在美国出版。小说内容取材于一个真实的故事，讲述了一个高级宴会厅的常客最后却被发现只是个骗吃骗喝的小人物的滑稽故事。和她以往作品不同的是，严歌苓这次描写的是当下中国的社会现实，而且故事主人公从女性换为男性。和她以往的作品一样的是，这部英文处女作最

---

① 麦克阿瑟奖（MacArthur Fellows Program or MacArthur Fellowship，俗称"天才奖"）被视为美国跨领域最高奖项之一。该奖创立于1981年，由麦克阿瑟基金会（John D. and Catherine T. MacArthur Foundation）设立。奖金颁发给各个领域内具有非凡创造性的杰出人士，金额为50万美元，没有任何附加条件，由得主自由支配。摘自麦克阿瑟奖官网：https://www.macfound.org。

② 文章名为笔者自译。文章信息：Yiyun Li：*A Sheltered Woman*，The New Yorker，March 10，2014。

③ 星期日泰晤士报瑞士盈丰私人银行短篇小说奖（Sunday Times EFG Private Bank Short Story Award）设立于2010年，奖金为三万英镑，李翊云是第一位女性得主。

④ Alison Flood，"Yiyun Li wins Sunday Times Short Story Prize for A Sheltered Woman"，*The Guardian*，April 24，2015.

终也不负众望地拿下华裔美国图书馆协会（Chinese American Librarian Association，简称 CALA）授予的"小说金奖"。美国《时代》（*Time*）杂志也对这部作品进行了整版介绍。她的成功首先是有她此前的名气做铺垫；其次是构思精巧，由小见大，发人深省；最后是因为美国新华裔英语文学正好处于升温期。借着美国新华裔英语文学的热潮，巫宁坤的女儿巫一毛出版的英文自传《暴风雨中一羽毛》（*Feather in the Storm*，2006）也成为全美畅销书。

综上所述，我们可以得知，美国新华裔英语文学其实是以小说创作为主。在与哈金的对话中，莫言曾说："小说家是比较多的，文学家是很少的。小说家们是讲故事的，而文学家是创造一种文体，有语言风格。"①而美国新华裔英语小说家们不仅讲述了中国故事，同时也开创了独具特色的语言风格。它的出现增添了美国小说界的活力，也极大地丰富了美国小说的内涵。从零星几本到现在的琳琅满目、种类繁多，从单纯的畅销书到走进史册，走进大学课堂，从自传小说到类型小说，美国新华裔英语文学走过了从弱小变得强大，从边缘进入主流，由非虚构走向虚构，由严肃变得通俗的发展历程，已经从星星之火发展成燎原之势。现在的美国新华裔英语文学已然是当下美国文学研究无法忽视的现象。但究竟是什么原因让一个在边缘徘徊的小众文学成长为今日的大众文学？美国新华裔英语文学到底具有什么样的魅力？

第二节 美国新华裔英语文学的创作特征

"一个母语不是英语的作家和那些美国小说界的'正规军'有不同的任务。我们必须要面临和考虑这样一个问题：我们如何丰富英语文学、如何形成自己独特的风格和文体。"②哈金的一番话道出了美国新华裔英语作家在写作道路上的挑战。为了能在美国文坛成功立足，新华裔英语

① 刘宽：《莫言与哈金离上帝最近的对话》，载腾讯文化（http://cul.qq.com/a/20141119/009573.htm），2014 年 11 月 19 日。
② 河西：《哈金专访》，载《华文文学》，2006 年第 2 期，第 23 页。

作家们就得考虑如何形成自己的特色以博取读者关注的问题。经过几代人的添砖加瓦，美国新华裔英语文学的表征愈发突出，逐渐显露出不同于传统华裔美国文学的种种特点，一个新的华裔美国文学分支就此诞生。当今的华裔美国文学囊括三大类别：第一是传统华裔美国文学，创作队伍是第二代以上的华裔美国作家；第二是新移民华文文学，这些作家身居海外，但用中文写作，在中国发行；第三是美国新华裔英语文学，它和新移民华文作家产生的时代背景类似，造成二者差异的主要原因是作家的个人因素。接下来，我们就从文本表征、题材内容和身份认同等方面对这三者进行区分，同时进一步探究美国新华裔英语文学的创作特征。

一、中式英语的特殊魅力

美国新华裔英语小说最明显的特征便是其中式英语的使用。这里的中式英语并非单指中国人在用英语表达时犯的令人啼笑皆非的语法错误，还包括中国人在英语写作中流露的独特风格。众所周知，中文和英语所激发的语言感性是不一样的，因此所表达的内容也不尽相同。拥有跨国写作经验的严歌苓曾说："外国人对中国作家普遍的反映就是多愁善感。你认为非常感动，很可能到美国文化中就过于善感。"[1]裘小龙也曾形象地举例说明，"'外滩'这个中文词，无论在我个人经验层面，或在一般层面上，拥有多么丰富的联想，一旦到了英文中，顿时消失殆尽。"[2]所以，我们看到的美国新华裔英语文学是融合了中英文两种语言感性，或者说介于两者之间的独特表达形式。

首先，美国新华裔英语文学作品的文字大都浅显易懂，以白描为主。这里有两点原因。第一，正如裘小龙所说，在英文表达中，中文自身携带的感性信息被消磨。第二，作家的英语水平有限。美国新华裔英语作家们都是在成年时移民美国，已经过了学习语言的黄金时期，无论后天怎么努力学习英语，也无法做到像本土作家那样自然地道。哈金本人也承认：

---

[1] 周晓苹：《美国文坛的华裔作家》，载《环球时报》，2004年5月7日，第17版。

[2] 裘小龙：《外滩花园》，匡咏梅译，上海：上海文艺出版社，2005年，第3页。

"对于一个以英语为母语的人来说,他的耳朵能够辨别得出我的小说中的语言还不是那种地道的英语。"①不过,他们的作品的确因为其语言因素,比如表达流畅、清晰精炼、感情充沛等受到颇多赞美,这点在哈金身上体现得尤为明显。哈金的作品中鲜见晦涩难懂的词句,且无煽动情感的形容词,但是通篇读下来却能带给人荡涤心灵的震撼。

《死兵的独白》是哈金的第一首诗,也正是这首诗让他引起了老师弗兰克·比达尔的注意,从此被引入文学殿堂。这首诗描写的是一个因公而溺水牺牲的士兵和活着的亲人(应该是士兵的亲兄弟)之间的对话。士兵躺在冰冷的坟墓里,想念家人。哈金的诗言简意赅,在不动声色之中蕴含着拨动心弦的力量。诗歌第一句就是:I'm tired of lying here.(我厌倦了躺在这里)语句短促,极富冲击力! 中间,士兵用冷怆的语调诉说着他的孤单和寒冷,一句句简短的诗节仿佛让人看到士兵因寒冷而哆嗦颤抖的样子。士兵感情不断升级,后来他渐渐对无人回应感到烦躁了,他开始爆发:Damn you, why don't you open your mouth? Something must have happened. What? Why don't you tell me!②(该死,你怎么不张嘴? /一定是出事了/到底怎么了? 你为什么不告诉我!)诗歌全文使用白描手法,用词简单,然而带出的情感却深沉而强烈,这就是典型的哈式风格。

其次,美国新华裔英语小说家笔下的"中式英语"接近于生硬的直译。美国新锐作家克莱尔·梅萨德(Claire Messud)读罢哈金的《新郎》(*Bridegroom: Stories*, 2000)后则表示:哈金的作品读上去就像是用中文写的,然后再自己翻译成英语。③另一个例子就是哈金的《辞海》(*Ocean of Words*, 1996)。哈金在书中使用了很多典型的"文革"语言,他使用的英文对应词如下:"老一辈革命家"(Revolutionary of the Older Generation)、"阶级敌人"(class enemies)、"阶级斗争警惕性"(vigilance of class

① 哈金、河西:《"我已经接受了孤独这一事实"——哈金访谈》,游吟时代网,2005年(http://www.youyin.com/hexi/yy2699-50-103.html)。
② Ha Jin, "The Dead Soldier's Talk", *Paris Review*, Issue 101, 1986.
③ Albert Wu & Michelle Kuo, "I Dare Not: The Muted Style of Writer in Exile Ha Jin", *Los Angeles Review of Books*, January 11. 2015.

struggle)、"从内部攻破钢铁堡垒"（corroding the iron bastion from within)、"意识形态战线"（ideological front)。从以上例子可以看出，这种不顾美国读者是否能够理解的表达可谓是不能再"直"了。照理说，哈金在美国生活多年，对美国人的口语表达应该是比较熟悉的，但他在翻译"老一辈革命家"的时候怎么就不翻译成 veteran，而偏偏说成Revolutionary of the Older Generation 呢？这一现象也得到美国学者的注意。阿尔伯特·吴（Albert Wu）和米歇尔·郭（Michelle Kuo）就在《洛杉矶书评》（*Los Angeles Review of Books*) 撰文称，这么做会"让读者了解'原汁原味'的中国"[①]。

再次，美国新华裔英语小说家的作品都有"套路"可寻。单凭英语水平，美国新华裔英语小说家是不占任何优势的，所以他们就在写作技巧上下足了功夫，而美国各式各样的写作班正好满足了他们的需求。事实上，哈金、严歌苓、李翊云、白先勇等许多新移民作家都是美国作家班的产物。哈金曾在一次采访中说道：在美国，没有作家不上创意写作班。[②] 凭借精湛的写作技巧，美国新华裔英语小说家们更加赢得美国读者的喝彩和青睐。李翊云的作品以想象力丰富著称，她的作品也具有和哈金类似的特点，但是她的写作技巧又更胜一筹。她的"每一部小说的故事情节都构思精巧，新颖独创，语言则冷静而克制、简洁又流畅、幽默却不失凝重，蕴含着静水流深般的巨大能量，展现了作者在生活中捕捉细节、见微知著的能力和高超的叙事才华"[③]。在美国学界，对美国新华裔英语小说家讨论最多的除了写作内容就是写作技巧了。

但是他们的"中式英语"何以受到如此追捧？这里有多方面的原因。一方面，美国人佩服这些"半路出家"的美国新华裔英语小说家们用英语写作的勇气，对他们的语言水平报以宽容的态度。另一方面，这种中式英

---

① Albert Wu & Michelle Kuo, "I Dare Not: The Muted Style of Writer in Exile Ha Jin", *Los Angeles Review of Books*, January 11. 2015.

② 王姝薪：《哈金：在美国，不上写作班别想当作家》，载腾讯文化（http://cul.qq.com/a/20160804/004810.htm），2016 年 8 月 4 日。

③ 卫景宜：《当代西方英语世界的中国留学生写作（1980—2010）》，北京：中国社会科学出版社，2014 年，第 187 页。

语的出现正好以其陌生化的效果"一新美国人及其他以英语为母语的人们的耳目,如一股清新的空气掠过近些年有些呆板的美国文坛"①。哈金在波士顿大学创意写作班的教授莱斯利·爱普斯坦(Leslie Epstein)早就意识到了中式英语会吸引美国读者。他很欣赏哈金的写作才华。他唯一纠正哈金写作的地方,就是哈金有时候会写"yeah"这个词,他告诉哈金,这样写太美国了。这个细节反映出中式英语这种看似瑕疵的存在,在美国反倒是有市场的。宾夕法尼亚大学的华裔学者游晓晔(Xiaoye You)表示:移民作家们"借用英语或者改造英语来表达他们独特的经验、感觉或想法。而他们在语用策略、话语模式和言语交际等方面的创新也吸引了学者的关注"②。

值得特别指出的是,虽然美国新移民华文小说家和传统华裔美国小说家都属于美国华裔小说家,但语言的使用并没有带给他们同等的荣耀。因为对于传统华裔美国小说家而言,英语是他们的母语,不具备"中式英语"的魅力。而新移民华文小说家是用中文写作,也不在美国学者的讨论范围。

另一方面,中式英语之所以能被接受也得益于美国的多元主义文化策略。哈金的另一位老师,英语文学界泰斗尤金·古德哈特(Eugene Goodheart)表示,如果哈金在非美国的区域用英语写作,也许不会这么成功,是"美国文化的开放给了像哈金这样的作家邀请函"③。美国汇聚了众多的少数族群,也不乏像托妮·莫里森这样取得相当成就的族裔作家,但以非母语身份从事英语写作的人则寥寥无几,相比之下,美国新华裔英语作家这一已成规模的阵营着实显眼,他们的出现也带给美国文坛新的可能。

那么"中式英语"的使用有什么深层含义呢? 其实用英语写作本身,也有一定的象征意义。斯坦福大学的语言学教授佩内洛普·埃克特(Penelope Eckert)认为语言策略的选择都具有一定的社会象征意义,并与社

American Fiction: Local Processes and Multivariate Genealogies

---

① 朱振武:《哈金为什么这么红?》,载《文汇读书周报》,2012 年 4 月 6 日,第 8 版。

② Xiaoye You, " Chinese White-collar Workers and Multilingual Creativity in the Diaspora", *World Englishes*, Vol. 30, No. 3, 2011, p. 409.

③ 刘宽:《哈金:没有国家的人》,载《人物》,2014 年 10 月,第 296 页。

会身份的表达息息相关。① 加利福尼亚大学教授约翰·甘伯兹（John Gumperz）和珍妮·库克·甘伯兹（Jenny Cook-Gumperz）也表示社会身份在很大程度上是通过语言得以建立和维持的。② 由此可知，美国新华裔英语作家正是借助英语表达来对自己是中国人这一文化身份进行逃避。哈金在他的《被放逐到英语》（*Exiled to English*）中也曾表示，他想"进入一个新的领域"③。他还表示，中文已经发生了很大的变化，他决定用英文写作其实就是为了避免受到国内读者的批判，同时不让中国的现实环境影响他的存在。④ 从这一点来看，语言的选择也反映出哈金对中国的疏离。

"在建构现代化的想象社区时，语言充当了确定文化边界的重要标志。"⑤而美国新华裔英语作家用英语写作中国故事则冲破了以往以语言界定的文化边界，体现出后现代式对传统的解构。正如龚浩敏教授所言，"这些后现代话语，凭借它们典型的跨界性、流动性、异质性和多元性戳破了'本土语言就是民族主义者的象征'这一太过简单的定义。"⑥。放眼全世界，进入后殖民时代以来，非母语写作便已蔚然成风。拉什迪以自己的非母语写作开创了一个新的文学时代——"后拉什迪时代"⑦。非母语写作作家群"正跨越双重甚至多种语言和文化传统，创作着一种新小说以对应一个新世界"⑧，美国新华裔英语作家的出现正好顺应了这一新的

① Penelope Eckert & Jocks and Burnouts: *Social Categories and Identity in the High School*, New York: Teachers College, Columbia University, 1989, p. vii.

② John Gumperz and Jenny Cook-Gumperz, "Introduction: Language and the communication of social identity" in John Gumperz, ed.: *Language and Social Identity*, Cambridge: Cambridge University Press, 1982.

③ Ha Jin, "Exlied to English", in Shu-mei Shih, Chien-hsin Tsai, Brian Bernards: *Sinophone Studies: A Critical Reader*, New York: Columbia University Press, 2013, p. 120.

④ Ibid.

⑤ Benedict Anderson, *Imagined Communities: Reflections on the Origin and Spread of Nationalism*, London: Verso, 2010, pp. 6-7.

⑥ Haomin Gong, "Languae, Migrancy, and the Literal: Ha Jin's Translation Literature", *Concentric Literary and Cultural Studies*, Vol. 40, No. 1, 2014, p. 154.

⑦ 姚申：《后殖民语境中的文学"神话"：非母语写作及其意义》，载《中国社会科学院研究生院学报》，2001 年第 6 期，第 77 页。

⑧ Pico Iyer, "The Empire Writes Back", *Time*, February 8, 1993.

文学形势。它的流行代表着全球化社会非母语写作的盛行。

二、令人耳目一新的中国题材

单凭具有中国特色的语言还不足以令美国新华裔英语文学持久地吸引读者,实际上"与中国相关的主题内容比语言本身更加重要"①。评论家芭芭拉·博迪克(Barbara Burdick)在《半岛先驱报》(*Peninsula Herald*)中也说:"对西方而言,没有哪个民族比中国更神秘了。仅是看到'中国'这个单词,就会让人联想到古老的条例,异样的茶叶,迷信的想法,光滑的丝绸和喷火的巨龙。"②而早在20世纪40年代,赛珍珠(Pearl S. Buck, 1892–1973)的《大地》(*The Good Earth*, 1931)就已在美国掀起了一阵"中国热",此后中国作为神秘东方的代表一直勾引着西方世界的好奇心。而美国新华裔英语文学的出现则恰好满足了西方世界的窥探欲,也成为他们了解中国的重要窗口。

美国新华裔英语小说家吸引大批读者关注最主要的原因就在于他们笔下都是中国故事。"东方几乎是被欧洲人凭空捏造出来的东方,自古以来就代表着罗曼司、异国情调、美丽的风景、难忘的记忆、非凡的经历。"③美国新华裔英语小说家群的出现正好满足了他们对"东方巨龙"的幻想和好奇。首先,美国新华裔英语文学作品中的题材多源于作者的亲身见闻,写实性较强。他们把自己的经历化成文字,把自己的思想感情揉进章节里,可以说美国新华裔英语文学本质上就是一道中国文化盛宴。经过总结,可把他们作品中的中国元素分为以下三个方面:

1) 对中国当代民情的详细描写

民情能充分展现百姓的生活习惯和生活水平,侧面反映出当时的国家经

---

① Haomin Gong, "Language, Migrancy, and the Literal: Ha Jin's Translation Literature", *Concentric Literary and Cultural Studies*, Vol. 40, No.1, 2014, p. 153.

② Guy Amirthanayagam, *Asian and Western Writers in Dialogue: New Cultural Identities*, London: The Macmillan Press, Ltd., 1982, p. 56.

③ 爱德华·萨义德:《东方学》,王宇根译,北京:三联书店,1999年,第1页。

济水平和民俗文化。美国新华裔英语作家在创作中国故事时，都掺杂了很多生活细节，用生动的笔触让读者从细微处见识体验一个鲜活的中国。

20世纪70年代的中国经济水平还比较落后，所以我们能从《等待》中看到孔林的老婆淑玉还留着小脚，了解到计划经济体制时期中国工人阶级的工资只有几十块钱，买东西要用粮票，吃一回肉很稀罕，很多人没有见过虾，……；这样的例子不胜枚举。

2) 对中国文学文化的大量引用

中华文化博大精深、源远流长，美国新华裔英语作家们从小就对此耳濡目染，他们的生命里深嵌着中国文化的密码。为了更好地刻画人物，尤其是刻画中国知识分子，他们就会有意地引用中国古典诗词及古文俗语，这也成了美国新华裔英语文学的又一奇景。

在美国新华裔英语作家中，引用中国古诗词最多的是裘小龙。他塑造的陈超探长颇具古风，酷爱引经据典。从儒家经典，到唐诗宋词，再到毛主席语录，他能都信手拈来。在《外滩花园》中，陈超的手提包里随身携带着一本中国古词选。一次，市公安局党委副书记李世坤找他谈话说，"走了不少路吧，陈队长。"陈回道："谢谢你，李副书记，古人云：士为知己者死，女为悦己者容。"①其他的诗句还有南唐后主李煜的"落花流水春去也，天上人间"，北宋词人柳永的"今宵酒醒何处，杨柳岸，晓风残月"等等。

除了诗歌，在民间广为流传的成语、歇后语等也是中国文学文化的重要组成部分。在闵安琪的作品中，出现了大量的中国成语、俗语和歇后语等，比如："过河拆桥""水月镜花""掩耳盗铃""往伤口上撒盐""一朝被蛇咬，十年怕井绳""小和尚念经——有口无心"等。哈金的《池塘》里也出现了"胳膊拧不过大腿""蚂蚁撼大树——可笑不自量""癞蛤蟆想吃天鹅肉"等国人耳熟能详的词句。

3) 对中国政治文化的集中展示

"在传统华裔美国文学中，中国的地理空间和文化空间总是难以想

---

① 裘小龙：《外滩花园》，匡咏梅译，上海：上海文艺出版社，2005年，第11页。

象和描述。但在最近,移民和流散作家哈金、闵安琪则用细微具体的文字为我们呈现了中国。"①在西方学者的眼中,1949 年之后的中国一直是一座神秘莫测的迷宫。而美国新华裔英语文学作品中对中国政府、官员及政策的介绍则全面展示了中国的政治文化。

政治性较强,可以说是美国新华裔英语文学的另一大特点。首先,散布在各部作品中的政治标语,如"毛主席万岁"等口号,对着毛主席像起誓等细节都使全书弥漫着浓重的政治气息。其次,各时期的美国新华裔英语文学都免不了对中国政治形势的描述,"文革"更是每部作品中都会用到的素材。早期的"文革"回忆录自不必说,中期的文学作品也是以"文革"为背景,表现当时的社会生活。21 世纪以来的美国新华裔英语文学也总是会回溯到"文革"时期,探寻人物命运的形成轨迹。除了"文革",裘小龙在《中国之谜》中还描写了中国公民利用互联网曝光官员腐败的现象,《上海的救赎》则是关于一位官员校友的丑闻。总的来说,一方面,由于政治与个人息息相关,新华裔英语作家在写作时无法避免政治因素;另一方面,新华裔英语作家们在写作时也会有意以政治事件为题材,这两者相辅相成,共同塑造出美国新华裔英语文学政治性强的特点。

西方读者对中国故事和"文革"题材似乎格外感兴趣,其实是他们的好奇心作祟。2007 年,阎连科的《为人民服务》英文版在伦敦出版。"这种携带明显中国性的文学作品一下触碰到了英语出版商的敏感神经。"②出版商刻意凸显"红色""军装"等中国元素,又强调了该书的爱情主题,塑造了中国军队与爱情故事的反差组合。书的封面又做了极其夸张的处理,因此该小说极大地满足了西方读者的猎奇心理。

相对于美国新华裔英语作家对中国负面形象的展示,新移民华文作家则更多地弘扬爱国主义主题,揭露美国制度的弊端。首先,仅看新移民华文文学作品的标题,我们就可以大致推测他们的写作内容。比如,周励的《曼哈顿的中国女人》、曹桂林的《北京人在纽约》、程宝林的《美国戏台》和薛海翔的《早安,美利坚》等。从这些标题里,我们就可简单推知新

①　Walter S. H. Lim, *Narratives of Diaspora*, Basingstoke：Palgrave Macmillan, 2013, p. 135.

②　Tong King Lee, "China as Dystopia：Cultural Imaginings through Translation", *Translation Studies*, Vol. 8, No. 3, 2015, p. 252.

移民华文作家主要讲述华人在海外的生活经历。但他们又没有简单地停留在用移民生活博取眼球的程度,在一字一句里,我们都能感受到他们跳跃着的一颗爱国红心。而在写作主题上,华人在美国大城市唐人街的生活,尤其是"唐人街华人"为谋生而挣扎的辛酸生活,是美国华文文学中反复出现的主题。①

而传统华裔美国小说家虽说似乎写的也是"中国故事",但他们笔下的故事"已经不是中国人熟悉的故事,而是一种再创作"②。赵健秀曾指名道姓地猛烈批评在华裔美国作家群中极负盛名的汤亭亭、谭恩美和黄哲伦等人是"伪"华裔作家,指责他们篡改和歪曲中国文化以迎合白人口味。他最主要的理由就是这些所谓的华裔美国作家写的中国根本不是真实的,都是对传统文本的改变甚至是"篡改"。汤亭亭以花木兰为原型塑造了《女勇士》(*The Woman Warrior*, 1976)的女主人公,中间又嫁接了岳母刺字的历史典故,而故事内容与花木兰几乎没有任何关系。汤亭亭想要借花木兰这个勇敢的形象打破西方对华裔女性沉默软弱的刻板印象。赵健秀使用水浒传的一百零八将也是为了凸显男性的勇猛有力,而并非是为了向西方介绍中国历史传说,以改变华裔男性长期以来营造的虚弱无力的形象。尹晓煌透过现象看本质,一针见血地指出传统华裔美国作家借用中国元素实际上就是为了展示和凸显自己的个性。③ 因为他们从小浸泡在美国文化中,缺乏对中国社会的直接接触和对中华文化的感性体验,他们只能从美国人的角度看中国。

综上所述,美国新华裔英语文学对中国生活、文化和政治方面的展示已成为美国新华裔英语小说家的招牌,写实性和政治性强等特点也将他们与美国新移民华文小说家和传统华裔美国小说家区分开来,争得到属于自己的一席之地。毋庸置疑,凭借自身特色及写作技巧,他们取得了不俗的文学成就,但这并不意味着我们就应该将其奉为圭臬、捧上神坛。从中国文学的视角,美国新华裔英语文学还存在着诸多问题:

---

① 尹晓煌、徐颖果:《种族·阶级·性别——论美国华文文学的主题和素材》,载《华文文学》,2010年第3期,第33页。
② 吴冰:《关于华裔美国文学研究的思考》,载《外国文学评论》,2008年第2期,第17页。
③ 尹晓煌:《美国华裔文学史》,徐颖果主译,天津:南开大学出版社,2006年,第282页。

首先,虽然美国新华裔英语文学的写实性较强,但这一特点也包含着美国学者戴着有色眼镜的解读,他们情愿相信新华裔英语作家笔下的内容都是真实的。事实上,新华裔英语作家对社会现实的交代并非那么准确,裘小龙笔下 20 世纪 90 年代的上海就遭到许多国内读者的质疑。这点也可以理解,毕竟新华裔英语作家们长期在美国生活、工作,对日新月异的祖国的把握难免会出现偏差。但在不了解情况的美国读者眼中,美国新华裔英语小说家叙述的都是中国的社会现实。

其次,假设美国新华裔英语小说家笔下都是货真价实的"中国故事",这些文字也只是在中国以外能收获一点关注。就其价值高度和思想深度而言,他们根本无法和与其成长背景类似的方方、余华、苏童等当代中国作家相比的。对此,复旦大学郜元宝教授对哈金的一席评论说得甚妙且颇具代表性:

> 他的"中国人的故事"充满传奇色彩,但也只是传奇而已,但中国乃是最不缺乏传奇、逸事、趣闻的国度,中国读者早就在乘火车蹲马桶时被这类东西喂饱了。哈金那些可以让美国人惊讶的精心之作很难触动中国读者。他写了我们熟悉的故事——以美国作家班培养的一丝不苟有板有眼的笔法写来——却没有在此之外提供我们不熟悉的、足以触动我们、震撼我们的东西,那种超出"中国人的故事"之外或蕴涵于这些故事之中的审视中国的别样的目光和心地。[1]

再次,美国新华裔英语小说家一直在有意抹黑中国形象。在有些美国学者看来,新华裔英语作家写作中国黑暗面的原因是:"在中国无端批判社会可能会有麻烦。在中国以外批判的话,国内的人就听不到这些言论,也就没事了。"[2]如果在"文革"还没有结束时,这句话听上去还有可能,但在如今,国内的文化风气已经相当开放,只要美国新华裔英语作家们愿意,他们的作品是完全有机会被翻译成中文,在国内出版传播的。在 2013 年,再看到这种话总是让人觉得国外学者似乎并不了解真实的中国

---

[1]　郜元宝:《谈哈金并致海外中国作家》,载《天津师范大学学报》(社会科学版),2005 年第 6 期,第 71 页。

[2]　Walter S. H. Lim, *Narratives of Diaspora*, Basingstoke: Palgrave Macmillan, 2013, p. 135.

国情。而这其中,也有新华裔英语作家的部分责任,他们至今仍在宣传拨乱反正之前的某些现象,而那根本不能代表真正的中国。

最后,西方读者对美国新华裔英语文学的追捧与他们对作者个人的接受并不等同。《自由生活》(*A Free Life*, 2007)是哈金耗时最久完成的书,也可以说是他写作生涯上的转折点。在《自由生活》以前,哈金的作品集中攻击中国的某些现象,部部作品都备受吹捧,此后转向对个人生活经历的梳理和阐述后,反而不受主流学者喜欢了,可见相比作家的个人经历,美国的学者更加重视他们展示出的中国。换句话说,他们希望通过新华裔英语作家满足他们对中国的好奇心,但对他们个人并没有真正友好地接纳。

三、复杂的文化身份和纠结的创作心理

双重的文化身份是流散作家的一大特征。萨义德曾说:"流亡者存在于一种中间状态,既非完全与新环境合一,也未完全与旧环境分离,而是处于若即若离的困境,一方面怀乡而感伤,一方面又是巧妙的模仿者或秘密的流浪人。"[①]作为华裔流散族群的一员,美国新华裔英语作家也是具有双重的文化身份。然而,不同于自认为是美国人的传统华裔美国作家,也不同于自认为是中国人的新移民华文作家,美国新华裔英语作家们在身份问题上表现出摇摆不定的态度。他们更愿意声称自己是"没有国家的人"。"家园、归属和民族依旧是华裔美国文学的主题,然而,因全球化现象而导致的各民族、各国家之间的联系加深使得这一问题更加复杂。"[②]新华裔英语作家们虽然也顺利地在美国扎了根,但他们不肯也没有办法遗忘大洋彼岸的母国,与此同时,他们又紧抓着中国过去的落后和弊端不放,这样的文化身份认同显然更为复杂。

美国新华裔英语作家对中国文化的态度难以定位。一方面,从《上海生死劫》对"文革"往事的讲述,到《等待》中对大时代背景下小人物命

---

① 爱德华·萨义德:《知识分子论》,单德兴译,上海:三联书店,2002 年,第 45 页。

② Walter S. H. Lim, *Narratives of Diaspora*, Basingstoke: Palgrave Macmillan, "Introduction", 2013.

运的唏嘘,到《千年敬祈》中对中国传统习俗的质疑,再到《上海救赎》中对中国官场的讽刺,各个时期的美国新华裔英语作家们始终在以主人翁的姿态参与对中国历史发展进程的评判中。但与此同时,他们又像是局外人,字里行间流露出对中国的排斥和疏离。首先,他们选择通过使用英语来摆脱中文的影响,给自己发泄情绪找寻空间。其次,相对于声称自己是个中国人,他们更愿意说自己是没有国家的人。李翊云曾经表示自己"不代言任何种族,任何国家"[1]。当有读者提问哈金的"家"在哪里,哈金说,"是美国,空间上这里就是我的家,因为现在我住在这里。另一层面,对于一个写作者,写作就是我的家园"[2]。此外,笔者注意到一个现象,引进到中国来的美国新华裔英语文学作品大都经由他人翻译成中文译本。在有中文译本的 12 部作品中,仅有 2 部是由哈金本人翻译或参与翻译。[3] 而语言能力那么强的裘小龙也是宁愿把自己的作品交给他人翻译,这其中的缘由令人费解。

很明显,美国新华裔英语作家并不完全认同中国的文化价值观,而与此同时,他们又把对自由生活的愿景寄托在美国。除此之外,美国新华裔英语作家们大都在美国高校任职,享受着较高的地位和待遇。他们不仅拥有了稳定的物质生活,还通过美国读者的认可获得了众多重要的文学奖项,这也强化了他们对美国的认同。哈金在创作《等待》之前就已经获得终身教职,这让他有足够的时间、金钱和信心从事创作。他们的图书在美国市场乃至整个西方世界都受到了热烈欢迎,来自美国媒体界和学界的潮水般的好评也让他们找到了自己的价值,收获了成就感。他们的作品每年都有几十万的销量,各种文学大奖频繁光顾。这些加在一起,又增强了他们对美国的好感。

而在这点上,新移民华文作家与之几乎相反。不是说新移民华文作家一点都不认同美国,他们在那里生活了几十年肯定是有感情的。但华裔美国新移民华文作家绝大都是"中国心,美国籍"。对待中国和现在定

---

① 罗小艳:《李翊云:我不代言任何种族,任何国家》,载《南都周刊》,2007 年 6 月 22 日,生活报道第 130 期。

② 刘宽:《哈金:没有国家的人》,载《人物》,2014 年 10 月,第 259 页。

③ 《落地》由哈金本人翻译。《辞海》由卞丽莎与哈金二人合译。

居的美国,他们怀揣同样的热情,对中国的感情甚至压过了对美国的。在周励的《曼哈顿的中国女人》中,有这么一段话特别能代表他们这些新移民华文作家的心声。

> 入夜,美国国庆音乐演唱会在焰火齐放中开幕,当波士顿乐团的演奏家们演奏到《星条旗永不落》时,美国人的热情几乎到了疯狂的程度,不论白人、黑人,到处是狂舞着的美国国旗,踩脚、蹦跳、拥抱、鼓掌,比美国人看棒球锦标赛还疯狂十倍。我在这无比激动的节日狂欢中,不禁感到这种崇高的爱国激情,这种公民的自豪与自信,多么像"文化大革命"初期,我们拼命挥舞着红旗,在天安门广场接受毛主席检阅的时刻啊! 突然之间我感到:全世界的人原来是一样的。①

而在 2016 年 11 月 28 日上海师范大学举办的名为"旅美作家和文学创作"的讲座中,周励也明确表示她绝对是中国心。就在她的代表作《曼哈顿的中国女人》中,周励对自己的中国人身份很自信,总是想在美国为中国人争光,她随口哼唱的都是在国内学的中文歌曲。而相比之下,美国新华裔英语作家对中国就显得格外排斥了。

至于传统华裔美国作家,他们显然更认可自己是美国人。在任璧莲(Gish Jen)的《典型的美国人》(*Typical American*, 2008)中,开篇便写着:"这是一个美国故事"②。汤亭亭曾经明确表示:"我觉得不论是写我自己还是写其他华人,我都是在写美国人……我是在为美国文学添砖加瓦。"③除了公开强调自己是美国人以外,他们也会在作品中表达与中国父辈的巨大代沟。在代表作《女勇士》中,汤亭亭(Maxine Hong Kingston)说道:"每当我父母说到'家',他们就把美国搁一边,把欢乐搁一边,但我并不想回中国去。回去的话,父母会把我和姐妹们一起卖掉。"④这本书为汤亭

---

① 周励:《曼哈顿的中国女人》,上海:上海文艺出版社,1992 年,第 363 页。

② 任璧莲:《典型的美国佬》,王光林译,上海:华东师范大学出版社,2015 年,第 3 页。

③ Paula Rabinowitz, "Eccentric Memories: A Conversation with Maxine Hong Kingston", *Michigan Quarterly Review*, Vol.26, 1987, p. 182.

④ Maxine Hong Kingston, *The Woman Warrior*, New York: Alfred A. Knopf: Distributed by Random House, 1976, p. 99.

亭赢得非小说类"美国全国图书评论奖"(The National Book Critics Circle Award),同时也收到了大量的文学评论。但看到这些评论的汤亭亭不仅没有感到欣慰,反而奋起反抗,特意写了《美国评论家的文化误读》(Cultural Mis-readings of American Reviewers)一文进行反驳,说"他们夸的地方不对"①。她这么说的原因是一些评论家用"神秘莫测的"(inscrutable)、"异国的"(exotic)和"东方的"(oriental)来形容她的作品。她觉得这种说法表明评论家们没有把他们(华裔美国人)当成普通的人类。她还反驳道:"这些评论的另一个恼人的特点就是没有看到我是美国人这个事实。我和所有的美国作家一样,我也想写美国的伟大之处。"②

我们不能说传统华裔美国作家对自己的祖国毫无感情。1984年,汤亭亭首次到访中国。回乡的路上她紧张得说不出话,她说:"我害怕中国根本不存在,是我一直在创造着它"③。只是他们对中国的历史和文化的了解还只停留在道听途说的层面,根本没有深入内核。他们从小接受的都是美国式教育,来自学校和社会的熏陶让他们更加适应美国的文化价值观。就算他们认同中国文化,那也是从一个美国人的角度出发得出的结论,而实际上,他们不是中国人也不可能变成中国人。

同样的,无论美国新华裔英语作家怎么排斥中国,怎么宣扬中国的所谓"黑暗面",他们始终都是中国人,他们不是也不会变成美国人。说要从血里把故乡挤出去的武南最后还是靠经营一家中餐馆谋生,这也象征着哈金与中国割不断的血缘亲情。美国新华裔英语作家写作就是为了排遣自己对中国的不满,然而,他们的抒发只能强化自己是中国人这一事实。他们越是写中国的"黑暗面",就越是凸显自己的中国性。同时,虽然他们的法律身份变成了美国人,但他们的思维方式和文学表达方式仍旧透着中国性。而且,无论他们怎么写美国的先进,在美国人眼里,他们

---

① Guy Amirthanayagam, *Asian and Western Writers in Dialogue*; New Cultural Identities, London; The Macmillan Press, Ltd., 1982, p. 55.

② Ibid., p. 57.

③ 蒯乐昊:《"女战士"汤亭亭:颠覆美国偏见的华裔女作家》,载《人民日报(海外版)》,2008年11月21日,第11版。

American Fiction: Local Processes and Multivariate Genealogies

始终都是华裔。虽然他们的作品已经进入美国主流文坛，但华裔群体还是在美国主流社会的边缘徘徊，他们身上的标签永远是中国人。美国人始终在用一种主人翁的眼光审视着这批外来族裔，这不只是美国新华裔英语作家要面对的现状，更是所有华裔美国作家都不得不承认的事实，甚至可以说是所有的少数族裔共同的命运。

第三节　美国新华裔英语文学的本土化进程

新华裔英语作家在美国受到普遍欣赏和肯定。在 2005 年的《卫报》（*The Guardian*）书评中，就有评论家指出，颁奖给李翊云，是因为对她的才华和内心世界的尊重，而非对"中国趣味"的迷恋①，这也标志着美国批评界对新华裔英语作家的认可从异国情调转向了文学水平。在美国，众多学者都已加入对新华裔英语作家的讨论之中，他们的看法随着时间的演变也不断出现新的特点。

一、"这是真实的、权威的声音"——美国学界的早期接受

"文革"回忆录一经传入美国便受到热烈追捧。在第一章我们已经提到，20 世纪 70 年代传入美国的 2 部回忆录都受到当地机构的支持。此后，在 1988 年和 1989 年，《亚洲研究学刊》（*The Journal of Asian Studies*）和《美国历史评论》（*The American Historical Review*）两大期刊上就分别出现了对《上海生死劫》和《根正苗红："文革"纪事》的介绍和对比研究。② 前者侧重从作品内容区分二者，后者从叙述策略上论述二

---

① 林皓：《前有哈金，后有李翊云?》，载《南都周刊》，2010 年第 23 期，第 76 页。

② 这两篇文章分别是：Stanley Rosen："Reviewed Work(s)：Life and Death in Shanghai. by Nien Cheng; Born Red：A Chronicle of the Cultural Revolution. by Gao Yuan and William A. Joseph"，*The Journal of Asian Studies*，Vol. 47，No. 2，1988. 和 Gail Hershatter："Reviewed Work(s)：Born Red：A Chronicle of the Cultural Revolution by Gao Yuan; Life and Death in Shanghai by Nien Cheng"，*The American Historical Review*，Vol. 94，No. 3，1989.

者的差异。1994 年第 8 期的《女性书评》(*The Women's Review of Books*)也有学者围绕《上海生死劫》和巫宁坤的《一滴泪》进行评价,并指出"对离开中国的作家而言,非虚构的自传是比较好的精神发泄"。① 同时,该期刊还斥两页篇幅对《红杜鹃》及闵安琪做了详细介绍。总体而言,前期的美国学界对这一现象更多的是引介性质,吸引他们目光的也就是"在 1966 年的中国,竟然还有人延续着建国伊始的生活方式"。②

"文革"回忆录在西方世界的火热程度和涟漪效应,专门研究海外"文革"回忆录的学者、加拿大阿尔伯达大学东亚系的梁丽芳教授解释说:"中国一度是跟海外分隔的,很多事情在中国发生了,我们海外都不知道,西方对中国感到很神秘。因此,任何能流出来的消息,人人都很想听,想知道在中国发生了什么事情。20 世纪 60 年代,西方汉学家想了解中国,很多都是通过对国内来的红卫兵或者知青的访问,他们认为这是真实、权威的声音(real,authentic voice)。"③而另一方面,自 20 世纪 80 年代,美国批评界开始承认自传是一种独特而卓越的文学形式。1985 年,首届自传研究研讨会召开,宣布给予妇女、黑人以及其他少数族裔的作家群体"进入经典的机会"④。而其中,自然少不了美国新华裔英语文学的功劳。

二、"你运用英语的方法太笨拙了"——从认可到批判的转折

"东方几乎是被欧洲人凭空创造出来的地方,自古以来就代表着罗曼司、异国情调、美丽的风景、难忘的记忆、非凡的经历。"⑤赵健秀曾指名

---

① Judy Polumbaum, "The Cultural Contradictions of Communism", *The Women's Review of Books*, Vol. XI, No. 8, 1994, p. 1.

② Stanley Rosen: *Reviewed Work(s): Life and Death in Shanghai. by Nien Cheng; Born Red: A Chronicle of the Cultural Revolution. by Gao Yuan and William A. Joseph*, The Journal of Asian Studies, Vol. 47, No. 2, 1988, p. 339.

③ 赵庆庆:《枫语心香:加拿大华裔作家访谈录》,南京:南京大学出版社,2011 年,第 111—128 页。

④ James Olney, ed: *Studies in Autobiography*, New York, Oxford: Oxford University Press, 1988, pp. xiv-xv.

⑤ 爱德华·萨义德:《东方学》,王宇根译,北京:三联书店,1999 年,第 1 页。

道姓地猛烈批评在华裔美国作家群中极负盛名的汤亭亭、谭恩美和黄哲伦等人是"伪"华裔作家，指责他们篡改和歪曲中国文化以迎合白人口味。他最主要的理由就是这些所谓的华裔美国作家写的中国根本不是真实的，都是对传统文本的改变甚至是"篡改"。这个特点在美国新华裔英语作家身上并没有出现。作品内容的真实性是他们吸引读者的主要原因。

大家都一致欣赏新华裔英语作家用非母语写作的勇气。哈金的《等待》面世后，不仅拿下美国国家图书奖和福克纳奖两项大奖，哈金本人还在美国被冠上了"中国的纳博科夫"的称号。美国著名作家厄普代克当时曾断言，哈金作为非英语母语作家交出的这张辉煌的成绩单，在康拉德和纳博科夫之后，几乎无人比肩。① 经历过人海沉浮的闵安琪身上的"畅销书作家"标签仍在熠熠生辉，她的作品不仅得到了美国读者的喜欢，也受到美国学界的关注，并被列为美国大学文学史、亚洲史及世界妇女史的选修教材。2010 年，闵安琪还应邀在首都华盛顿奥巴马总统夫人举办的美国文学节上演讲，已然被美国主流社会所接受。

但同样是语言因素，有人欣赏就有人贬斥。《纽约时报》文艺评论家德怀特·加纳（Dwight Garner）说："一个人怎么可以在用英语写得那么流利，说话却结结巴巴呢？"②美国新锐作家克莱尔·梅萨德（Claire Messud）读罢哈金的《新郎》后则表示：哈金的作品读上去就像是用中文写的，然后再自己翻译成英语。③ 就连当初盛赞哈金的厄普代克，在读完哈金写作史上具有转折性意义的《自由生活》时，也批评他的语言文理不通。

哈金表示，厄普代克的批判可能是出于嫉妒，但新华裔英语作家和美国主流读者的审美趣味确实存在差异，有时作家喜欢的作品却并非美国主流读者喜欢的类型。哈金认为《自由生活》是自己最好的小说，然而却遭到厄普代克的犀利批判。同时，他也很遗憾"我的一些最好的短篇从

---

① John Updike: "NAN, AMERICAN MAN, A New Novel by a Chinese émigré", *The New Yorker*, December 3, 2007.

② Dwight Garner, "Ha Jin's Cultural Revolution", *The New York Times*, February 6, 2000.

③ Albert Wu, Michelle Kuo, "I Dare Not: The Muted Style of Writer in Exile Ha Jin", *Los Angeles Review of Books*, January 11. 2015.

来没能在美国的杂志上发表,像《落地》和《新来的孩子》"①。

作家的写作技巧可以受到西方影响,但他的审美品位却深受祖国文化熏陶,很难从深层改变。很多新英语作家会把中国的社会、历史、文化、政治生活写出来,也会加入很多诗歌、俗语等文化元素,字里行间的腔调处处渗透着中国人的特征,这都表明新华裔英语作家有着摆脱不掉的中国文化根基。而从另一方面来看,西方读者对美国新华裔英语文学也并非是一味欣赏的。

三、"没人要求你认同什么"——多元平台的构建

"美国是多元的国家,没人要求你认同什么。"②正是在这样一个"大熔炉"里,新华裔英语作家们找到了安放自身漂泊灵魂的居所。与此同时,这一话题激发起的各种言论都得以表达和接纳,汇聚成百花齐放、百家争鸣的文学景观。

超越族裔性(Universality)是许多美国学者对哈金的评价。族裔研究专家周晓静(Zhou Xiaojing)在《哈金诗集评论》(*Writing Otherwise than as a "Native Informant": Ha Jin's Poetry*)一文中分析了哈金诗歌的超越族裔性。她在标题中就点明哈金拒绝做一个本土信息的搬运者。她表示,虽然哈金描述的是中国文化的细节,但表现出的却是超越国界和时间的主题,这一思路是极具颠覆性的。③姚铮(Steven G. Yao)则表示,哈金的作品"强调了对英语作为一种全球通用的文化表达媒介的完全认可,反映了美国乃至世界的不同族群之间存在的权力等级制度"。闵安琪在《兰贵人》中的描写也被认为"超越了东/西方语境的二元对立"④。

高校和期刊是美国新华裔英语文学研究的重镇。美国新华裔英语作

---

① 戴维:《专访哈金:为太太重写〈潜伏〉结尾》,载《都市快报》,2015 年 9 月 20 日,第 17 版。

② 哈金、傅小平:《文学最高的成就是深入人心》,载《文学报》,2012 年 1 月 19 日,第 4 版。

③ Shirley Geok-lin Lim, John Blair Gamber, Stephen Hong Sohn & Gina Valentino, eds., *Transnational Asian American Literature: Sites and Transits*, Philadelphia: Temple University Press, 2006.

④ Lori Tsang, "People's Enemy? Feminist Hero?", *The Women's Review of Books*, Vol. 21, No. 10, 2004, p. 24.

家大都在美国大学工作，教书之余他们也会根据自己的身份经历创作评论集，如哈金的《移民作家》（*The Writer as Migrant*）等，这都是研究新移民流散文学的第一手资料。研究学者如林雪莉（Shirley Geok-Lin Lim）、沃尔特·林（Walter S. H. Lim）、徐文英、尹晓煌（Xiao-huang Yin）、张敬珏（King-Kok Cheung）等围绕这一现象发表的文章也更加多维地展示了美国新华裔英语文学的全貌。随着移民的增加，美国的文化群体更显复杂化，而美国的课程仍然主要体现主流文化而非少数民族文化。对此，美国有些课程专家提出要关注课程中的非主流文化。这时的多元文化课程目标转向多元种族教育，旨在沟通不同文化背景的人群。① 他们中的很多人以美国新华裔英语作家为研究对象进行硕博论文的写作。

期刊是文学评论的平台，它们的支持也反映出新的文学研究趋势的诞生。创刊于 1953 年的《巴黎访谈》（*The Paris Review*）是美国最著名的纯文学杂志，它曾对菲利普·罗斯、杰克·凯鲁亚克（Jack Kerouac，1922 –1969）、奈保尔（V. S. Naipaul，1932–　）等众多美国著名作家做过采访。2009 年，《巴黎访谈》就"小说的艺术"对哈金做了专访，又于 2004 年为李翊云颁发了"普林姆顿年度新人奖"。华裔或亚裔文学研究在学科编制上隶属亚裔研究机构或英文系，拥有数种专门的学术刊物，其中名气较大的如"美国多民族文学研究协会"（The Society for the Study of the Multi-Ethnic Literature of the United States）创办的同名杂志《美国多民族文学》（*MELUS*）、由"美国现代语言协会"（Modern Language Association of America）于 2010 年设立的《亚美文学》（*Asian American Literature*），由"美国亚洲研究协会"（the Association for Asian Studies）创办的《亚洲研究学刊》（*The Journal of Asian Studies*）等。其他美国学会及期刊也为美国新华裔英语文学的传播贡献良多，其中学会包括学术团体"亚裔美国学会"（Association for Asian American Studies）和"全美中华历史学会"（Chinese Historical Society of America）以及《美亚期刊》（*Amerasia Journal*），《亚美研究杂志》（*Journal of Asian American Studies*），《美国历史评论》《女性书评》等期刊。《女性书评》对闵安琪、王屏等人都做出过详细介绍。

---

① 陈婷婷：《美国多元文化课程目标研究》，载《世界教育信息》，2009 年第 9 期，第 66 页。

　　"华裔美国社区的文化扩展与华裔美国作者的被接受之间显然有一种平行关系、同步关系。"①一些出版社及社会性组织机构也为美国新华裔英语文学的发展壮大提供了强大的社会支持。坦普尔大学出版社（Temple University Press）出版的多为学术性较强的亚裔美国文学评论，它的"亚裔美国历史和文化"（Asian American History and Culture）系列丛书是美国新华裔英语文学的重要资料。亚美作家工作坊（Asian American Writers' Workshop）成立于 1991 年，是一家非盈利机构，旨在为亚裔美籍作家的创意写作的生产、出版、发展和传播服务，《纽约时报》《华尔街邮报》和《诗人与作家》（Poets & Writers）都曾对它进行报道。它排斥不分种族的单一文学文化，也反对自我固化、限制自身文化身份的亚裔美国叙事，提倡树立亚裔美国文化多元主义，旗下有纸质版刊物《边缘》（The Margins）和在线刊物《开放的城市》（Open City）。由文学爱好者组成的社会组织，如国家新移民华人作家笔会、亚美研究协会（Association of Asian American Studies）等都在持续为华裔英语文坛注入新鲜血液。

结　　语

　　如果说传统的华裔美国作家指的是"用英文写作美国经验的美国作家"②，那么本文讨论的美国新华裔英语作家则是用英文写作中国经验的中国作家。说他们是中国作家是因为他们的文化属性和心理属性都根植于中国，不可能因为他们加入美籍而有所改变，更不可能因为他们用英语写作而发生质变，这点从第二章就可见一斑。然而，"如果少数民族族裔作家用在国语言进行创作、出版和与读者交流，不管其影响大小如何，理当是属于在国的文学的一部分"③。那么，诞生在美国的新华裔英语文学理当隶属于美国文学。前文我们已经总结，美国新华裔英语文学是以小说创作为主，它的出现无疑是美国小说界的一股清流。一面是中国作家、

---

① 张子清：《我同时是一个中国人》，载《文艺报》，2002 年 8 月 13 日，第 14 版。
② 朱振武：《美国小说本土化的多元因素》，载《英美文学研究论丛 7》，2007 年，第 167 页。
③ 陈思和：《旅外华语文学之我见》，载《中国比较文学》，2016 年第 3 期，第 6 页。

中国题材，一面是美国小说、美国语言，两种文化的冲突和融合造就了独一无二的美国新华裔英语小说。

"美国成了军事大国和经济大国，稳固地建立了本土文学的基地，而文化自信又引导着美国小说从本土化走向世界化，表现为对多元文化的包容，更宽泛的对人类主题的关注和对世界文学走向的领导能力。"[1]随着时代的变迁，美国紧跟全球化的发展趋势，对来自世界各地的文化保持着兼收并蓄的态度。在语言、宗教、种族等多重因素的共同作用下，美国这个"大色拉碗"愈加丰富多彩，美国文坛也随之保持着自我更新、蓬勃向上的生命活力。美国新华裔英语文学在此形势下应运而生，它的发展壮大可谓是种必然。

在美国这个"大染缸"中沉浮了四十多年后，美国新华裔英语小说的发展正如日中天。在几代新华裔英语作家的努力下，它不断以更新鲜的创作题材，更新颖的文学样式和更扎实的写作功底吸引着读者的关注。与此同时，它散发的魅力也推动着美国小说进入新的层次：首先，创作题材更加丰富。美国小说界就像一个蓄水池，如饥似渴地吸纳着来自各国的故事题材。通过小说创作，美国新华裔英语作家源源不断地向美国输入原汁原味的中国故事，使得美国小说的内涵更加丰满。一方面，他们填补了传统华裔美国作家对中国的认知盲区，另一方面，他们也不像石黑一雄写《长日留痕》(*The Remains of the Day*, 1990) 或翁达杰写《英国病人》(*The English Patient*, 1992) 那样，完全跳脱自己的身份和背景[2]，而是保留了大部分的中国特色。而对民族文化的接收不仅弱化了东西方文化的隔阂，也进一步强化了美国小说的世界性，将世界文学的浪潮推得更远。其次，文体风格更加多样。为了能在美国小说界脱颖而出，新华裔英语小说家们一直在孜孜不倦地尝试新的文学样式。除了向母国文学汲取营养外，他们还广泛吸收来自各国的文化精粹。比如，哈金受俄国小说家契诃夫的影响较深，李翊云多模仿爱尔兰短篇小说家威廉·特雷弗 (William Trevor, 1928-) 的写作风格，裘小龙的侦探小说则颇有英国侦探小说

---

① 虞建华：《归属感，民族意识和本土化》，载《文汇报》，2007 年 4 月 14 日，第 7 版。

② 钱佳楠：《李翊云：写作的两种野心》，载《界面》(http://www.jiemian.com/article/756443.html)，2016 年 7 月 21 日。

家阿瑟·柯南·道尔（Arthur Conan Doyle, 1859-1930）的风范,同时他们还深受美国小说形式的熏陶。新华裔英语小说家们对文体风格的每一次创新性尝试都催化着美国小说变得瑰丽多姿。最后,美学特色更加突出。美国新华裔英语小说家成功树立了精简、洗练、写实的创作风格。在写作主题上,他们强调对普遍人性的书写,崇尚"无国界"的写作方式,呈现出打破文化壁垒的后现代表征。总而言之,在四十多年的时间跨度里,美国新华裔英语小说在树立自身特色的同时也巩固了美国小说的多元主义文化格局,为美国小说的本土化进程做出了历史性贡献。

其实不止是华裔新移民,从全球各地汇聚到美国的"他裔"族群,如非裔、印度裔、加勒比裔、拉美裔等都为美国小说的成长注入新鲜空气。2016年的美国国家图书奖评选,非裔作家成了主打。此外,少数族裔为美国文坛贡献出一大批卓越的人才,如印度裔的拉什迪（Salman Rushdie, 1947-　）、拉美裔的尼洛·克鲁兹（Nilo Cruz, 1960-　）等都是美国小说界的佼佼者,也是美国读者耳熟能详的著名作家。相比之下,美国新华裔英语文学只是族裔文学的一个部分,是我们进行美国族裔文学研究的一个引子。现如今,美国新华裔英语文学已经从星星之火发展成燎原之势,这也预示着族裔文学的春天即将来临,而美国小说也在多元文化的滋养下显得愈加气势恢宏。

美国新华裔英语小说是流散在外的中国大陆移民创作的英语文学,无论从创作心理上还是从文本表征上来说都具有显著的流散文学特征。作为一个移民大国,美国是世界全球化进程最好的展示者。而新华裔英语小说作为故事载体,生动记载了中国移民进入新国家后的心理纠结和痛苦挣扎,反映着全球化进程中的阵痛。后殖民时代以来,随着流散文学兴起的还有非母语写作。新华裔英语文学的崛起也体现了非母语写作的盛行。以上两点都给予我们另外一个启示:美国小说不仅重视强化自己的本土特色,还跳脱出狭隘的民族文学范畴,呈现出与世界脉搏同步跳动的气象,成为世界文学的孕育之地。虽然美国学者对新华裔英语作家的接受以及新华裔英语小说家的创作方式仍有局限,但可以期待的是,随着更多新生力量的加入,美国新华裔英语小说将会成为中美文化交流的新窗口。

第八章

拉美裔谱系

——多文化的杂糅，多元化的表达

　　拉美裔是美国当今人口最多的少数族群，占美国总人口六分之一，对美国的社会生活产生了重大的影响。"二战"以后拉美裔人口迅速增长，一方面源于拉丁美洲国家与美国在地理位置上的邻近性，另一方面，也是更重要的，在于美洲国家地缘文化上的相近性和相似性。拉美裔是美国各个族裔群体中最具"美洲特色"的一个分支，其文化融合了美洲印第安文化、以西班牙为代表的欧洲文化和盎格鲁—撒克逊美国文化，是美国"大熔炉"理念的充分体现。

　　在 2004 年出版的《谁是美国人：美国国民特性面临的挑战》一书中，塞缪尔·亨廷顿（Samuel Huntington，1927－2008）感慨，美国西南部的"拉美化"成为挑战美国国民特性的最大威胁，特别是那些"拒绝学习英语的西班牙语裔移民"，他们是美国主流文化在对移民进行同化过程中的最大障碍，甚至会对国家的统一性构成威胁："如果同化移民的努力归于失败，美国便会成为一个分裂的国家"①。阿瑟·曼在《从移民到文化适应》一文中提到，"20 世纪 60 年代亚洲和拉丁美洲成为主要的移民输出国……80 年代大洛杉矶地区的人口状况就是一个很好的例证。25 年的时间里，大洛

---

① 塞缪尔·亨廷顿：《文明的冲突与世界秩序的重建》，周琪等译，北京：新华出版社，1999 年，第 351 页。

杉矶地区的西裔移民数量增长了三倍。"①阿瑟·曼承认族裔群体之间的差异,但是也对"大熔炉"的理念进行了基本的肯定:"在这个国家,几乎任何人都不可能与他或她最初的祖先完全一样。"②十几年过去了,美国国家的统一性并没有像亨廷顿所说的那样,因为拉美化的影响而面临分裂;相反,多元化反而增进了文化的活力。拉美新移民的到来使得族裔文化特色得以保存,但同时老一代移民逐渐经历文化适应,造就了族群成员对族裔文化不同程度的认同,使得族裔身份更具复杂性和多样性。在一定程度上,两种语言(主要是指英语和西班牙语)并存、多种文化相互协商的状况,代表了美国文化的杂糅性特质,与"大熔炉"的理想并没有本质性的冲突,因为拉美裔美国文化本身就是多重文化的杂糅,是欧洲殖民者文化和新大陆美洲土著文化杂合的结果。拉美裔小说的发展历程便是这个过程的充分体现,其多元化的主题和表现手法反映了美国文学中的多元文化主义趋势,在很大程度上揭示了美国文学之活力的来源。

本章将围绕拉美裔之"美洲特色"这个话题,以拉美裔美国文学的概念使用为契机,综合概述拉美裔小说的文化来源、文学语言特点和文学主题。通过拉美裔文学在美国的接受,探讨"拉美裔要素"在呈现美国历史、书写美国经历中的意义,特别是其对殖民征服、移民历史和文化杂糅的再现。

引　言

无论是在学术界还是日常生活中,人们都可能使用不同的称谓来称呼这个人口数量最多的少数族裔群体,譬如"拉美裔""西语裔""西裔"或者"加勒比裔"。这可能会带来的一定的困惑甚至混淆,但同时也从另外一个角度反映了该族群内部的差异性及杂糅性。

20世纪70年代尼克松时期,"Hispanic"(西语裔)一词开始用在人

---

① 阿瑟·曼:《从移民到文化适应》,选自《构建美国:美国的社会与文化》,卢瑟·S·路德克编,王波、王一多等译,南京:江苏人民出版社,2006年,第63—64页。

② 同上,第72页。

口统计中,用来指代美国具有西班牙语文化背景的美国人,包括母语为西班牙语的各个少数族裔,主要有墨西哥裔、波多黎各裔、古巴裔、萨尔瓦多裔、多米尼加裔、尼加拉瓜裔等。其中墨西哥裔的比重大约为四分之三,既有墨西哥移民及其后裔,也有归化的墨西哥人及其后裔。到了 20 世纪 80 年代,"美国人口统计局准备使用更加合适的词'拉美裔'……于是'拉美裔'在人口统计中代替了'西语裔'。[1]"在陆谷孙先生编纂的《英汉大词典》中,"Hispanic"一词的释义为:"(美)讲西班牙语的美国人;西班牙(或墨西哥裔)美国人。"[2]除了"Hispanic"以外,"Latino"开始被越来越多的人接受,有时甚至两个词一起使用,即"Hispanic Americans and Latino Americans"(西语裔和拉美裔美国人),这样可以涵盖来自美洲美国以南所有国家和地区的移民及后裔,以及归化为美国公民的墨西哥人及后裔。从语言使用来看,这个群体既有西语裔,也有葡萄牙语裔,还有法语裔、英语裔和荷兰语裔;从地域来源来看,则包括整个拉丁美洲的 34 个国家和地区。

人们对这些措辞有着明显不同的解读和认同,其中的差异则是拉美裔美国文化杂糅性的充分体现。艾尔·索瑞斯认为,"西语裔"和"拉美裔"这两个词除了在美国人口统计中使用的时间不同以外,在含义上并没有什么差别。可能最主要的差别就是:这两个词的使用地域不同。"西南部和德克萨斯州大部分更喜欢使用'西语裔',纽约人两个词都用,没怎么正分它们。芝加哥人更愿意使用'拉美裔',不过在那里,倒是没有哪一个民族占到了大多数。在加利福尼亚州,《洛杉矶时报》禁止使用'西语裔',为的是与社区内人们的情感认同保持一致。新墨西哥州有些人倾向于使用'西裔'(Hispano)。"[3]而墨西哥裔作家桑德拉·希斯内罗丝(Sandra Cisneros, 1954-)明确表示了不同的看法,她更加认同于"拉美裔":"我讨厌'西语裔'这个词……对我来说,这是从华盛顿特区的

---

① Earl Shorris, *Latinos: A Biography of the People,* New York：W. W. Norton & Company, 2001, p. xvi.

② 陆谷孙(主编):《英汉大词典》,上海:上海译文出版社,1993 年,第 829 页。

③ Earl Shorris, *Latinos: A Biography of the People,* New York：W. W. Norton & Company, 2001, p. xvi-xvii.

政客们那里来的一个词……据我了解，人们之所以愿意称自己为'西语裔'，其实里面有着一定的心理优越感……我更喜欢'拉美裔'这个词，这样我感觉自己和其他拉美裔群体同属一个群体。"①可见，对于族群内部成员而言，这两个词之间还是存在一定差别的。

这种差别同样体现在对文学概念的界定和使用中，从而导致书写内容和纳入范围之间的差别。美国西语裔文学（American Hispanic Literature）包括美国以西班牙语为母语的少数族裔群体创作的文学，文学主体大部分是墨西哥和拉丁美洲国家的移民以及后裔，一般并不包括欧洲的西班牙人及后裔。与这个概念相似的术语还有"美国拉美裔文学"（American Latino literature）或者"加勒比裔文学"（Caribbean literature），即具有拉丁美洲文化渊源的美国少数族裔文学，其中不仅包括西班牙语裔文学，还有祖籍为巴巴多斯和多米尼克等英语国家的作家及其作品，以及来自海地等法语国家的移民作家及作品。在语言上来说，一般意义上的"西语裔美国文学"基本是指英语文学，其中的西班牙语文学研究往往纳入西班牙语文学研究或者拉丁美洲文学研究之中。例如，在美国出版的第一部拉美裔文学选读中，"拉美裔文学"的定义是这样的："为了清楚和简洁起见，我们把拉美裔文学定义为：在美国由具有拉丁美洲西班牙文化和血统的作家（主要）用英语创作的小说、诗歌、戏剧和散文作品。"②不过，近年来这个研究范围开始发生变化，在《诺顿拉美裔文学选读》中便有专门部分涉及西班牙人及后裔的文学作品。

美国几乎没有哪个族裔群体具有拉美裔这样明显的族群内部差异，从根本上说，这是因为拉美移民来源国的文化就已经是新旧世界交锋的产物。"西语裔"并不是西班牙人的直系后裔，而是殖民征服和文化融合的结果。西班牙天主教文化和美洲印第安文化的融合，造就了印欧混血人种和具有高度杂糅性的美洲文化；而在墨美战争之后，这种文化杂合中又增添了盎格鲁—撒克逊美国文化要素，这就是墨西哥裔美国文化中

---

① Feroza Jussawalla and Reed Way Dasenbrock, cond. and eds, *Interviews with Writers of the Post-Colonial World*, Jackson：University Press of Mississippi, 1992. p. 294.

② John Christie and Jose Gonzalez, *Latino Boom: An Anthology of U.S. Latino Literature*, New York：Pearson Longman, 2005, p. xiv.

American Fiction: Local Processes and Multivariate Genealogies

"三重文化影响"的来源。墨西哥裔美国文化是具有高度杂糅性的文化，与西班牙文化已经相去甚远；英语裔、法语裔和葡萄牙语裔的情况大抵如此。如果说"西语裔"体现了三重文化、二次杂糅的特征，那么，"拉美裔"美国文化就可以归结为"多重文化来源"和"多次杂糅"。由于新旧世界的交锋和协商，才造就了当今拉丁美洲文化的多样性；印欧混血人种的形成及其文化表现，都是殖民征服和文化杂糅的结果，甚至比美国的"大熔炉"理念更具杂合性。而移民问题导致的拉丁美洲文化与盎格鲁—撒克逊美国文化的相遇，使得这种杂合性成为"美国"的独有特征。

拉美裔群体在美国社会生活中发挥着越来越重要的作用，这已经成为不争的事实。根据美国人口调查局公布的数据，2014 年，"西语裔"人口大约为 6 000 万。"1970 年以来，西语裔人口已经增长了 592%，主要增长来源是拉丁美洲的新移民——特别是墨西哥移民。相比之下，同一历史时期美国人口的总体增长速度为 56%。在 2000—2010 年间，西语裔人口占美国人口净增长的一半。"①毫无疑问，拉美裔群体直接对美国的移民政策、社会福利、医疗卫生、就业、教育等产生重大影响。

第一节　拉美裔美国小说的文化源流

如前所述，拉美裔群体的突出文化特征是高度的杂糅性。"多种文化渊源"和"多次杂糅"成为它的文化特质。西班牙语在美洲的广泛应用、西班牙语作为美国第二大语言以及"拉丁美洲"这一名称的由来，都反映了美国文化中的相关重大主题：殖民历史和移民问题，以及随之而来的文化杂糅。小说是拉美裔美国文学中最重要的体裁，在书写殖民历史、

---

① Jens Manuel Krogstad, "With fewer new arrivals, Census lowers Hispanic population projections." 12/16/2014. http://www. pewresearch. org/fact-tank/2014/12/16/with-fewer-new-arrivals-census-lowers-hispanic-population-projections-2/美国人口调查主要依据被调查者的自我判断，有些拉美裔或者西语裔白种人会将自己界定为白人，尽管其中的大多数可能会有土著血统。其中的具体比例难以统计。另外，这个调查数字显示的是"西语裔"（Hispanic）人口，但是其中也基本包含了拉美裔人口。所以，在不同文献中可能会出现统计数字不一致的情况。

移民经历、文化适应和文化协商等方面具有独特的优势,早期的拉美裔文学都是以小说为主。因而,追溯拉美裔文学的源流,有助于探究拉美裔小说中的核心主题。

一、殖民征服、移民历史和文化杂糅

拉美裔美国文化起源于地理大发现,新旧大陆之间的冲突、欧洲文化和美洲印第安文化的相遇最终造就了拉丁美洲文化,使得这种文化从一开始就带有了殖民征服和文化杂糅的烙印。

1492 年,克里斯托弗·哥伦布(Christopher Columbus, 1451–1506)发现了"新大陆",将海地岛命名为"伊斯帕尼奥拉岛"(Hispaniola),意为"西班牙岛",宣布了该岛归属西班牙国王,并于 1493 年在该岛建立了西班牙殖民者在美洲的第一块殖民地。在之后的半个世纪中,西班牙人和葡萄牙人等欧洲殖民者对美洲进行了殖民征服,其中最重要的事件有赫南·科尔特斯(Hernan Cortes, 1485–1547)于 1521 年对阿兹特克帝国的征服,以及 1532 年弗朗西斯科·皮萨罗(Francisco Pizarro, 1471–1541)对印加帝国的征服。征服过程充满了暴力和血腥,美洲土著文明几乎遭受灭顶之灾,美洲曾经的繁荣被暴力和奴役所替代,"就像其他的地方一样,这儿也是数百万人爱恨交织、又无限崇拜的地方。在哥伦布到达以后,大部分繁荣景象都被疾病和镇压一扫而空。这一扫荡太彻底,以至于几代人中,无论是占领者还是被占领者都无法知晓还有这样一个世界存在过"①。土著人在战乱和之后爆发的瘟疫中大批死亡,幸存者大部分沦为奴隶,或者逃亡深山之中。因为西班牙对美洲的征服是以军事征服为主,所以大部分殖民者为男性,以青年士兵居多。这些人大部分没有家眷随从,因此和土著女性的通婚相当普遍②,如塞勒斯·帕特尔所说,"西班牙人征服墨西哥尽管残忍嗜血,却形成了一个真正的大熔炉……使得美

---

① 转引自马丁·W·桑德勒:《往事如风——不该被遗忘的那些人和事》,林虹译,北京:商务印书馆,2013 年,第 26—27 页。

② 在很多情况下并没有存在法律上的婚姻关系,只是欧洲男性对土著女性的性征服,墨西哥文化中"哭泣的女人"(*La Llorona*)的传说就是一个例子。

American Fiction: Local Processes and Multivariate Genealogies

洲土著人和西班牙人之间的血统和文化相互交融……"①血统混杂的最终结果就是产生了印欧混血人种(mestizo)。当今印欧混血人种已经占拉丁美洲总人口的 60%~70%，他们的文化融合了美洲土著文化和西班牙天主教文化。这是两种文化的第一次杂糅。

　　1846 年到 1848 年的美墨战争在一定程度上是殖民历史的继续。墨西哥战败以后被迫签订了《瓜达卢佩—伊达尔戈条约》(The Treaty of *Guadalupe Hidalgo*)。按照约定，被割让领土上的墨西哥人可以自愿选择留在被割让领土上，也可以迁移到墨西哥内地。最终，有 8 万墨西哥人随着墨西哥北方领土一起并入美国，归化为美国人，成为官方认可的最早一批"墨西哥裔美国人"。美国政府承诺：墨西哥人的合法权利将得到保护。如托马斯·索威尔所说："某些最早和最晚来到美国的美国人，都来自墨西哥。早在美国人到达之前很久，就有墨西哥人在现在的美国西南部地区定居了。但是，大多数美籍墨西哥人是在 20 世纪，尤其是在第二次世界大战期间及战后才来到美国的。"②这些墨西哥原住民大部分居住在新墨西哥、德克萨斯、亚利桑那和加利福尼亚等州，因此新墨西哥和亚利桑那两个州墨西哥裔人口比例相当高，几乎占总人口的一半，并且墨西哥裔文化传统较为完整地保留下来。这就是墨西哥裔的第二次文化杂糅，是墨西哥文化和盎格鲁美国文化的协商和杂糅。当然，并非所有的墨西哥裔美国人都是归化的墨西哥人后裔，还有相当一部分是历史上各时期移民到美国的墨西哥人及后裔。在 1924 年美国边境巡警(墨西哥人称其为 la migra)成立之前，两国之间的边界几乎是完全开放的，墨西哥人跨越边界的迁移几乎没有任何障碍。

　　除了墨西哥裔以外，另外一个归化为美国人的群体是波多黎各裔。1898 年美国占领波多黎各以后，波多黎各人可以自由地来往于美国大陆和岛国波多黎各之间。1917 年，美国国会通过了琼斯—莎孚洛斯法案(Jones-Shafroth Act)，赋予波多黎各人公民权，并准许波多黎各实行自

---

① 萨克文·博科维奇(主编)：《剑桥美国文学史：散文作品(戏剧和小说)(1940 年—1990年)》(第 7 卷)，孙宏主译，北京：中央编译出版社，2005 年，第 564 页。

② 托马斯·索威尔：《美国种族简史》，沈宗美译，北京：中信出版社，2011 年，第 258 页。

治,但是总督必须由美国联邦政府派遣。另外,美国国会有权力终止波多黎各立法机构的任何行为,美国在财政、经济事务上保留控制权,对邮政、移民、防卫和其他重要政府事务行使权力。① 后来经过波多黎各人的种种反抗和努力,1947 年美国国会最终允许波多黎各人选举产生总督,路易斯·穆尼奥斯·马林(Luis Muñoz Murín)当选为第一位民选总督。不过,波多黎各的地位相当尴尬,它既不是美国的建制州,也不是主权国家。在国际事务中,波多黎各的官方身份是"地区",而非"国家";虽然可以民选产生政府和总督,但是波多黎各在关系民生的重大问题上不得不服从于美国。波多黎各人的公民权和美国公民权是存在差别的,波多黎各人没有选举人票,无法参加总统选举。在美国本土的波多黎各人无所归属,没有技能得不到工作机会;他们讲西班牙语,却也不属于"拉美人",在社会决策中既不属于英语主流群体,也不属于少数族裔。

对于拉美裔的其他文化分支,文化协商和文化杂糅同样存在,贯穿于族裔群体的发展历程之中。除了以上两个群体,其他拉美裔的亚族裔分支大多是在移民社区的基础上发展起来的,并且意识形态要素的作用相当明显,例如古巴裔、多米尼加裔和萨尔瓦多裔等。萨尔瓦多裔美国人群体大多属于下层劳动人民,贫困和政治动荡是移民的主要原因。1980 年萨尔瓦多内战爆发,国内的政治动荡和战争使人民颠沛流离,导致了大批难民逃亡美国。"仅在 1980 年初,由于国民卫队、警察、保安部门和与当局有密切联系的极右分子恐怖组织的镇压,就有一千多爱国者丧生。而在整个 1980 年根据各种材料计算,有一万三千到一万五千人被杀死。极右分子闯入进步的或者甚至只是自由主义的政治和工会活动家、农民领导人、记者和教师的家中把他们带走,进行了残酷的镇压。"②古巴裔美国人社区的建立源于巴蒂斯塔政权和卡斯特罗政权的更替,而多米尼加裔则受到 20 世纪 30 至 60 年代特鲁希略政权的影响。

无论具体原因如何,这些群体经历了"边界跨越"和文化适应带来的"身份的整合",并且结果十分明显:美国的多元化日益明显,各族裔群体

---

① Jones Act, *The world of 1898: the American-Spanish War*, http://www.loc.gov/rr/hispanic/1898/jonesact.html.

② [苏联]瓦连京·马什金:《"兀鹰"留下痕迹》,肖雪译,北京:群众出版社,1987 年。

American Fiction: Local Processes and Multivariate Genealogies

的自我表达和利益诉求在"美国梦"的鼓励下得到了充分的舒展。同时，"大熔炉"的理念也在继续发挥作用，将不同的成分以及新注入的力量融合为"美国国民特性"和"美国精神"。

二、拉美裔美国文学的起源

鉴于以上所论及拉美裔美国文化的"多重文化来源"和"多次杂糅"的经历，拉美裔文学带有同样的杂糅性。奇卡诺文学（Chicano literature）①批评家赫克托·卡尔德隆（Hector Calderon）认为，奇卡诺文学大都是主流文化与奇卡诺文化杂合的产物。西班牙作家马吕埃尔·维拉尔·拉索（Manuel Villar Raso）在谈及鲁道夫·阿纳亚（Rudolfo A. Anaya，1937-　）的小说时表达了相同的观点，认为阿纳亚等作家的小说通过美洲土著人的历史、神话和民间传奇来表达奇卡诺人的美国经历，因此"这些作家主张创造一种文化，它既不是西班牙裔美国文化，也不是完全意义上的盎格鲁美国文化，而是二者的综合"②。事实上，这不仅是当代墨西哥裔文学的特点，最早的墨西哥裔小说就已经表现出这样的"综合性"。

墨西哥裔美国文学是拉美裔美国文学中历史最悠久的一个分支，也是作家作品最多的文学分支。《诺顿拉美裔文学选读》（*The Norton Anthology of Latino Literature*，2011）中收录的墨西哥裔作家为83位，从数量上依次排列，其次分别为波多黎各裔（45位）、古巴裔（37位）和多米尼加裔（5位）。墨西哥裔美国文学从19世纪中期墨西哥北方文学发展而来，到20世纪40年代发展到了奇卡诺文学阶段，已经形成了鲜明的特点，开始得到非墨西哥裔群体的关注。在这一点上，波多黎各裔美国文学较为相似，都属于从国别文学归化为美国族裔文学的情况。不过，墨西哥裔文学还涉及移民问题和非法移民问题，具体表现为移民小说和家族历

---

① 按照拉美裔美国文学研究专家路易·里尔的观点，"奇卡诺文学"是指1942年以来的墨西哥裔美国文学。

② Manuel Villar Raso& Maria Herrera-Sobek，"A Spanish Novelist's Perspective on Chicano(a) Literature"，[J/OL]（2001-09）.

史小说的盛行,这类体裁在波多黎各裔小说中较少涉及。

现在已知最早的拉美裔美国文学英语作品,是墨西哥裔作家玛丽亚·路易斯—巴顿(Maria Amparo Ruiz de Burton,1832–1895)于1872年出版的小说《谁会想得到呢?》(*Who Would Have Thought It?*)。玛丽亚·路易斯—巴顿是墨西哥裔英语文学的先驱,是第一位用英语出版文学作品的作家。她出身于下加利福尼亚州洛雷托(Loreto)的显赫家族,外祖父何塞·路易斯(José Manuel Ruiz Carillo)在墨西哥独立以后出任下加利福尼亚州的总督(1822至1825年)。玛丽亚·路易斯经历了美墨战争(1846–1848),上加利福尼亚州并入美国版图之后,路易斯和母亲、弟弟移居到蒙特雷,随着被割让领土归化成为美国公民。玛丽亚17岁时与纽约志愿者第一团上尉军官亨利·巴顿结婚,他们宗教信仰不同,文化背景和家庭背景有着明显差异。尽管玛丽亚婚后"跻身美国加利福尼亚州的社会上层,但是其西班牙血统和天主教背景与新英格兰清教文化的冲突依然十分明显。她将这些差异都书写进了小说中。文学书写成为女作家自我表达的重要途径"①。玛丽亚·路易斯的第一部小说《谁会想得到呢?》以美墨战争到美国内战期间的历史作为小说背景,以不同文化之间的冲突和整合为主题。作者一定程度上将自己的经历投射到了胡利安和劳拉的爱情故事中。小说带有英国中产阶级作家的审美情调,有着英国维多利亚小说的特征,同时反映了加利福尼亚州的历史变迁和文化冲突,这是玛丽亚·路易斯文学书写之社会历史高度的充分体现。

玛丽亚·路易斯在几个方面奠定了墨西哥裔美国文学的基础,诸如美墨战争主题、墨西哥人的身份转变和文化适应,以及墨西哥人和美国人的经济利益冲突。小说流露出对于美墨战争的控诉,特别是对于墨西哥人失去祖传的土地表示同情。小说借新英格兰老妇人凯克尔之口,反映了当时美国对于发动这场战争所做的种种辩解,呈现出普通民众如何被政治宣传所控制:"……我们公正的法律和聪明的律师很快就会'把他们搞定'。只要我们把土地从他们手里搞过来,他们就老实了,到那时候,老天保佑,我们美国人得到所有的土地,那可是我们通过正义的战争合法

---

① 李保杰:《当代美国拉美裔文学研究》,济南:山东大学出版社,2014年,第60页。

获得的,是我们用真金白银买来的。"①作为墨西哥下加利福尼亚州总督的外孙女,作为曾经显赫的墨西哥精英社会的一员,玛丽亚·路易斯在战争中失去了家园和国家,她显然是对美墨战争之正义性表示质疑,"路易斯—巴顿对于祖国墨西哥的情感是既有同情又有愤怒。她一方面因为墨西哥的工业落后而感到惋惜,另外也因为祖国抛弃了他们这些加利福尼亚州儿女而倍感愤怒,因为他们从此不得不屈从于美国政府的种族歧视和腐败。"②这部小说还揭露了战争以后墨西哥人的遭遇,因为美国政府没有遵守签订条约时的承诺,未能保护墨西哥人的合法财产,使得墨西哥人在土地争夺中陆续失去土地。1851 年《加利福尼亚土地法案》规定,"所有墨西哥人的土地都要经过重新审查。这个过程往往经过数年的司法程序、上诉判决,还要支付大笔的律师诉讼费。"③这体现了国家机器通过司法体系对少数族裔个人的控制,而当族裔问题成为其中的一个要素时,弱势群体毫无疑问要成为受害者:"1851 年 3 月 3 日通过的《加利福尼亚土地法案》,它似乎标志着只要涉及起初由外国政府处置但是后来并入美国版图的土地的所有权纠纷,裁决权最终都要转移到法庭。"④因为墨西哥人不了解美国法律,并且大多数人在语言沟通上处于劣势,所以法庭裁决往往会对墨西哥人不利。路易斯—巴顿本人和好友瓦列霍都遭受了巨大的损失。玛丽亚·路易斯的两处地产都要被重新审查:一处是外祖父留下的位于下加利福尼亚州恩森纳达的庄园,这是当年西班牙国王为了表彰何塞·路易斯的卓越贡献而赐予的土地;另外一处地产是巴顿 1853 年购得的哈穆尔庄园。玛丽亚终生都在为维护自己的权利而抗争。⑤ 所以,路易斯—巴顿不仅是第一位用英语创作的拉美裔美国作家,

---

① Maria Amparo Ruiz de Burton, *Who Would Have Thought It?* New York: Penguin Books, 2009, p. 3.

② Ana Castillo, "Introduction." Maria Amparo Ruiz de Burton, *The Squatter and the Don*, New York: Random House, 2004: iii–xviii, p. viii.

③ Ibid., p. vii.

④ Paul Gates, "The California Land Act of 1851", *California Historical Quarterly*, Vol. 50, No. 4 (Dec., 1971): 395–430, p. 395.

⑤ 玛丽亚死于芝加哥,当时正为了寻找律师处理恩森纳达庄园的诉讼问题而奔波。在她去世 47 年之后,法庭才最终裁定她胜诉。

而且还为文学的政治性书写奠定了基础。

莱昂·比列加斯·麦格诺(Leonor Villegas de Magnón,1876-1955)的家庭出身、个人经历和小说创作更加充分地体现了新旧大陆间的文化整合。麦格诺出生于墨西哥新拉雷多的一个富贵之家,父亲是西班牙人,早年间从欧洲来到新大陆,先是到了古巴,后来在墨西哥安顿下来、成为大牧场主。麦格诺后来移民到了美国,但是墨西哥革命爆发以后,她积极投身于革命,具有深切的正义感和改变现状的抱负,她"虽然乐意享受富足的生活,但是却难以完全接受那一切,因为她看到了穷人的痛苦和悲惨的生活"①。她参与社会活动、救助伤员,撰写文章揭露墨西哥政权对革命者的暴行,她根据自己的亲身经历,于20世纪20年代创作了小说《起义者》(The Rebel),但是无法出版。直到20世纪90年代"发现美国西班牙语裔文学遗产计划"实施以后,该书获得了出版基金资助,于1994年出版,科罗拉多学院西班牙语和葡萄牙语系主任克拉拉·洛马斯担任编辑并撰写了前言。

约瑟芬娜·尼格里(Josefina Niggli,1910-　)是墨西哥裔女性文学的先驱,在创作主题和写作手法等方面对20世纪拉美裔美国女性文学产生了重要的影响,"她在性别、种族和民族问题上具有平等意识,这在当时是非常先进的,有助于为将来的奇卡纳女权主义作家的创作奠定基础,例如格洛丽亚·安札杜尔、安娜·卡斯蒂略和桑德拉·希斯内罗丝等。"②尼格里也是最早被批评界认可的墨西哥裔女性作家,是在文学史和文学选读中广为收录的早期女作家。尼格里的父母是移居到德克萨斯州的东部人③,

① Clara Lomas, "Preface: In Search of an Autobiography: On Mapping Women's Intellectual History of the Borderlands", The Rebel, Leonor Villegas de Magnón, Houston, Texas, Arte Publico Press, 1994: vii-ix, p. vi.

② Elizabeth Coonrod Martínez, Josefina Niggli, Mexican American Writer: A Critical Biography, Albuquerque: University of New Mexico Press, 2007, p. iii.

③ 在墨西哥独立后不久,300户美国天主教家庭在美国政府的动员下移民到墨西哥。当时墨西哥刚刚摆脱西班牙殖民统治,美国提出了一项这样的计划,显然有觊觎墨西哥领土之嫌疑。墨西哥虽然对美国充满戒备,但是政府势力薄弱,难以与已经从独立战争中恢复了元气的美国相抗衡。墨西哥方面的让步为以后德克萨斯州独立、美墨战争埋下了危机。等到德克萨斯州独立,成立共和国(1836—1846),美国即策动其并入联邦,并挑起了美墨战争,一切都真相大白。

American Fiction: Local Processes and Multivariate Genealogies

她生长在英语环境中和欧洲文化的浸润之下，因此有着不折不扣的欧洲文化渊源，语言和写作风格带有明显的盎格鲁文学特征。同时，因为尼格里出生在墨西哥，所以对墨西哥人和墨西哥文化有着明显的认同感。她的总体创作也可以说明这一点：她所有的题材选择都是墨西哥和墨西哥人。因此在玛丽亚·路易斯之后、20世纪40年代之前的一段时间，尼格里成为唯一用英语写作墨西哥主题的作家。直到1947年，当时还是大学生的马里奥·苏亚雷斯（Mario Suarez, 1925-1998）开始在《亚利桑那季刊》（*Arizona Quarterly*）发表系列短篇小说，这种情况才开始发生转变。

20世纪中期之前，其他族裔的文学虽然开始有起色，但是难以在主流文化群体中产生影响。不过，这其中也有例外：波多黎各裔文学中有一位在美国现代文学中举足轻重的人物，只是作家的族裔身份多年来并未得到人们的关注。这位作家就是美国现代派诗歌的代表人物威廉·卡洛斯·威廉斯（William Carlos Williams, 1883-1963）。因为诗歌不是本书的讨论重点，因而在此不展开论述。

以上是拉美裔文学的早期发展，以墨西哥裔和波多黎各裔为主。文化的杂糅充分反映到了文学作品中，身份构建和文化适应等主题得到了凸显。到了20世纪中期之后，其他族裔的作家才开始崭露头角。20世纪中期以来拉美裔文学各个分支的概况，将在下面一节一一进行探讨。

三、海外拉美裔美国文学研究

在20世纪40年代之前，除了墨西哥裔和波多黎各裔，海地和巴巴多斯等加勒比海地区非西班牙语国家的移民社区尚未形成规模。因而除了少部分作家以外，大部分西语裔作家使用西班牙语创作。结果就是，拉美裔美国文学在非西班牙语美国读者中的影响力较小，甚至拉美裔文学研究的奠基人路易·里尔（Luis Leal, 1907-2010）在20世纪70年代都提出过这样的质疑：奇卡诺文学是不是美国文学的一部分还未可知，"但是，现在还很难确定，墨西哥裔文学能否自成一体，是否能够在美国文学中争得一席之地。"①当然,作为拉丁美洲文学研究专家和美国奇卡诺文学研究的先驱,里尔并非没有认识到奇卡诺文学的潜力,他所强调的是主流文化对于西语裔文学的接受问题,并且他主要的目的在于警示西语裔文学中的狭隘种族主义倾向。不过这也说明,在 20 世纪 70 年代,拉美裔文学的未来的确难以预料。弗朗西斯科·罗麦利(Francisco Lomelí)教授也认为,"要识别、发掘和抢救 1959 年之前的奇卡诺文学作品并非易事,因为自 19 世纪中期以来,墨西哥裔美国人在当今美国西南部被贬黜、被践踏,该文学因此也被贬损,人们对此视而不见。"②然而,到了 90 年代后期,整个形势就已经发生了根本性的变化,奇卡诺文学也开始在整个美国文学中产生影响。彼时,鲁道夫·阿纳亚充满信心地说,"奇卡诺文学终究会成为美国文学的一部分。"③当今奇卡诺文学乃至整个拉美裔文学的发展繁荣已经充分验证了这一点。这一方面说明拉美裔文学发展之迅猛,并对美国社会产生了巨大的冲击,另一方面也证明拉美裔文化之杂糅性对于美国文化及美国文学的有效性。

美国的拉美裔文学研究起源于20世纪40年代,早期文学批评主要梳理发展状况,对重要作家作品进行介绍。系统、科学的研究形成于80年代后期,各种批评方法广泛采用,90年代是文学批评的繁荣时期,以后逐渐趋于平缓。目前,在美国较有影响力的综合大学都设有西语裔/拉美裔文学课程,其中在西语裔和拉美裔文学研究方面处于前列的有西部的加州大学、斯坦福大学,西南部的德克萨斯大学、中部的芝加哥大学和东部的哥伦比亚大学等。加州大学的几个分校都设有相关的研究中心,虽然名称各不相同,但是大多设有拉美裔文学、拉美裔研究、西语裔研究等方向,

---

① Luis Leal, "Mexican American Literature: A Historical Perspective", *Modern Chicano Writers*, ed. Joseph Sommers and Tomas Ybarra-Frausto, Eaglewood Cliffs, N.J.: Prentice-Hall, Inc., 1979: 18-30, p. 18.

② Francisco A. Lomelí, "Contemporary Chicano Literature, 1959-1990: From Oblivion to Affirmation to the Forefront," *Handbook of Hispanic Cultures in the United States: Literature and Art*, Vol. 1, eds., Nicolas Kanellos, Francisco A. Lomelí and Claudio Esteva Fabregat, Arte Publico Press, 1993, p. 86.

③ Rudolfo A. Anaya, *Conversations with Rudolfo Anaya*, ed. Bruce Dick and Silvio Sirias, Jackson: University of Mississippi, 1998, p. 18.

例如圣巴巴拉分校、伯克利分校、洛杉矶分校、圣迭戈分校、河滨分校和欧文分校。德克萨斯大学的几个校区还将相关的研究机构附设在西班牙语系和葡萄牙语系下面，这也是美国很多学校的做法。可以说，拉美裔美国文学研究已经覆盖美国的几乎所有设有语言文学专业的综合类院校和文理学院，即便有的学校没有开设专业，也会有教师教授相关课程。

加州大学圣巴巴拉分校的西语裔美洲文学研究中心是全国最早成立的专门研究中心之一，奇卡娜和奇卡诺研究系在 2003 年获得博士学位授予权，是全国最早的奇卡诺研究博士点，至今在拉美裔文学研究方面依然处于全国前列。路易·里尔是圣巴巴拉分校奇卡诺研究的创始人，作为西语裔美国文学研究的先驱，他最早将拉美文学纳入到文学课程体系，也是最早认识到奇卡诺文学之重要性的学者之一，对整个西语裔及拉美裔文学研究发挥了重要的推动作用。他终生撰写和编著了 40 多部著作，培养了弗朗西斯科·罗麦利和玛利亚·海莱拉—索贝克（María Herrera-Sobek）、马里奥·加西亚（Mario García）、梅林·福斯特（Merlin Foster）和萨拉·普特—海莱拉（Sara Poot-Herrera）等一批知名学者，可以说，整个加利福尼亚的奇卡诺研究（既包含文学研究，也包括社会历史研究）都是在里尔的推动和影响下发展起来的。1988 年，美国国家人文科学基金会为里尔颁发了国家人文奖章（National Humanities Medal）；同年，美国奇卡诺文学研究会授予他"终身成就奖"。

路易·里尔对奇卡诺文学的最大贡献之一就是对奇卡诺文学中的关键词进行了界定，对墨西哥裔文学的分期进行了划分。里尔将重大政治历史时间作为分界点，把墨西哥裔美国文学分成了五个发展阶段：西班牙时期（1592—1821），墨西哥时期（1821—1848），过渡时期（1848—1910），相互适应时期（1910—1942）和奇卡诺文学时期（1942 年以后）。对于1942 年以来的奇卡诺文学，里尔之后没有学者再进行类似的分期。后来，在"奇卡诺文学界定中的一些问题"（The Problem of Identifying Chicano Literature）一文中，里尔进而明确了一些问题，诸如奇卡诺文学在主题选择上不可过于狭隘，不能纠结于作家的族裔出身，同时还必须坚守作品的文学性。在之前的基础上，他又补充了奇卡诺文学界定问题上的两个维度：社会历史维度和审美维度，"奇卡诺文学的概念已经从狭隘的社会学角度延伸到了更宽广的人文视角"①。在一次访谈中,里尔曾经提到,1942 年到 1981 年的奇卡诺文学带有明显的政治"对抗性"②,并中肯地概括了奇卡诺运动前后的文学书写特征。回顾当今奇卡诺文学的发展,里尔的这种警示对于后来奇卡诺文学具有相当的意义,奇卡诺文学逐渐摆脱了抗议性和对抗性的束缚,更加注重文学作品的文学性和审美性。

　　20 世纪奇卡诺文学研究的另外一位先驱是墨西哥裔学者亚美利哥·帕雷德斯(Américo Paredes, 1915-1999)。他在 1958 年出版了《枪在手上》(With his Pistol in his Hand),对被称为"墨西哥裔美国人史诗"的《格里高利奥·科尔特兹之歌》(El Corrido de Gregorio Cortez)进行了整理。他还研究、整理了 19 世纪末、20 世纪初在墨西哥和美国边境地区广为流传的科瑞多民谣(corrido),同时对德克萨斯边境地区(特别是格兰德河谷)墨西哥裔美国人和非墨西哥裔之间的关系进行了细致全面的考察,"追寻了《格里高利奥·科尔特兹之歌》背后的故事,那些真实发生的故事以及相关的民间传统"③,特别是科尔特兹和德克萨斯骑警之间的对抗。帕雷德斯不仅追溯了民间英雄的故事,更重要的是,这部作品成为研究文化冲突的代表,为墨西哥裔文学中的政治性研究提供了基础。

　　奇卡诺运动之后的"文学经典化"过程是奇卡诺文学对美国文学产生影响的直接证据。20 世纪 80 年代,一部分在名校就读或者任教的墨西哥裔学者开始将目光转向了奇卡诺文学研究。耶鲁大学教授、波多黎各裔学者胡安·布鲁斯—诺瓦(Juan D. Bruce-Novoa, 1944-2010)是其中的一位。80 年代他对多位奇卡诺作家进行访谈,出版了《奇卡诺作家:访谈录》(Chicano Authors: Inquiry by Interview, 1980),其中的大部分作家是小说家,文化整合和身份诉求成为谈话的主流。正因为这样,布鲁

---

① Luis Leal, "The Problem of Identifying Chicano Literature", *The Identification and Analysis of Chicano Literature*, ed. Francisco Jiménez, New York: Bilingual Press, 1979, p. 5.

② Luis Leal and Pepe Barrón, "Chicano Literature: An Overview", *Three American Literatures: Essays in Chicano, Native American, and Asian American Literature for Teachers of American Literature*, ed. Houston A. Baker, Jr., introduced by Walter J. Ong, New York: The Modern Language Association of America, 1982, p. 22.

③ Américo Paredes, *"With His Pistol in His Hand": A Border Ballad and Its Hero*, Austin: University of Texas Press, 1958, p. xi.

American Fiction: Local Processes and Multivariate Genealogies

斯—诺瓦以奇卡诺运动和奇卡诺文学运动的社会历史定位作为划分标准，突出了文学书写的"族裔性""政治性"和"社会历史性"，框定了奇卡诺文学中的"经典作家作品"。尽管这一标准后来受到相当的质疑，因为它将女性作家、同性恋作家和持不同政治观点的作家排除在"经典"之外。但是，访谈录中涉及文学创作和文学批评的诸多问题，对拉美裔文学产生了积极的影响。例如，关于"创作的自由"的问题，在鲁道夫·阿纳亚等作家那里得到了响应：阿纳亚主张少数族裔文学创作应该去除"被殖民意识"，不可总是将白人世界作为参照物，不可"通过抗议他者来获得自我的价值"，而是需要"从我们的立场书写我们自己"[①]。这些问题在奇卡诺文学发展和奇卡诺文学批评发展中都具有革命性的意义。90 年代初，布鲁斯—诺瓦出版了代表作《回顾空间：奇卡诺文学、理论和历史论文集》(*RetroSpace: Collected Essays on Chicano Literature, Theory and History*, 1990)，提出了奇卡诺文学批评中的一些重要概念，例如"文学空间"(literary space)和奇卡诺文学的"居间性"，讨论西语裔文化和美国主流文化的协商问题："我们不断地扩展文学空间，越来越多地将这两种影响排除出去，为我们自己的现实(书写)创造出更大的空间，同时创造出文学张力，保持着和这两种文化的联系。"[②]总体来看，布鲁斯—诺瓦的这种批评立场对之后的拉美裔美国文学批评产生了根本性的影响，他所圈定的"奇卡诺文学经典"成为后来美国学界修订美国文学史的基本依据。

目前拉美裔美国文学研究领域最有影响力的学者还有萨尔迪瓦尔兄弟，雷蒙·萨尔迪瓦尔(Ramón Saldívar, 1949-)和何塞·萨尔迪瓦尔(José Saldívar, 1951-)都成就卓著，其中雷蒙·萨尔迪瓦尔获得了2012 年度奥巴马总统颁发的国家人文奖章。路易·里尔和雷蒙·萨尔迪瓦尔的获奖，从某个方面证明了拉美裔文学研究在美国文学研究中的重要地位，是美国文学和美国文学研究多元化的一个证明。虽然这几位

---

① Juan Bruce-Novoa, ed. *Chicano Authors Inquiry by Interview*, Austin：The University of Texas Press, 1980, p. 194.

② Juan Bruce-Novoa, *Retrospace: Collected Essays on Chicano Literature Theory and History*, Houston, Texas：Arte Público Press, 1990. p. 98.

批评家的研究大多集中在拉美文学和拉美裔美国文学,但是他们所探讨的问题不止于此,而是具有更加广泛的代表性,更具"美洲特色"。例如,在代表作《奇卡诺叙事:差异的辩证》(*Chicano Narrative: The Dialectics of Difference*, 1990)一书中,何塞·萨尔迪瓦尔采用了后结构主义的基本立场,将奇卡诺等少数族裔作家作品作为研究对象,分析了有色人种的作家在作品中对"差异"的再现和思考,同时还考察了拉丁美洲作家的写作传统,从拉丁美洲文学传统、美国少数族裔文学和奇卡诺文学之间的关系,分析典型文本,把"辩证"作为关键词,论述文学在再现文化差异方面的具体表征,这部著作成为拉美裔美国文学研究的扛鼎之作。雷蒙·萨尔迪瓦尔 2006 年的著作《文化边界:亚美利哥·帕雷德斯和跨国想象》(*The Borderlands of Culture: Américo Paredes and the Transnational Imaginary*, 2006)以帕雷德斯为主要研究对象,但是研究的方法却是跨国和跨境创作,将"边界"和对于边界的"想象"作为比喻,论述了众多跨界作家作品。何塞·萨尔迪瓦尔 2012 年的研究著作《跨美洲性:属下的现代性、全球化的殖民性和大墨西哥的文化》(*Trans-Americanity: Subaltern Modernities, Global Coloniality, and the Cultures of Greater Mexico*)中,继续之前的研究立场,即通过文学艺术等表征对"美洲性"加以考察,提出了"美洲性"和"跨美洲性"的概念,以便"重新组织梳理现代性、全球化和资本主义世界体系的根源和路径"①。

萨尔迪瓦尔兄弟的姐姐索尼娅·萨尔迪瓦尔—霍尔(Sonia Saldívar-Hull)是拉美裔美国女性文学研究的重要代表。在《边界上的女权主义:奇卡纳性别政治与文学》(*Feminism on the Border: Chicana Gender Politics and Literature*, 2000)中,她采用了比较视角和跨文化视野,从性别政治角度对当代西语裔美国女性文学中的代表作品进行研读,分析其中的政治内涵。这部著作最大的贡献就是凸显了女性创作的政治性,在很大程度上代表了奇卡纳文学批评的一个转向,即把女性文学批评从之前的"族裔"和"阶级"维度中分离出来,"撼动了反女权主义的(批评话

---

① José David Saldívar, *Trans-Americanity: Subaltern Modernities, Global Coloniality, and the Cultures of Greater Mexico*, Durham, NC, Duke University Press, 2012, p. xii.

语)预言。"①另外一位重要的女权主义批评家特伊·戴安娜·雷沃列多（Tey Diana Rebolledo，1937-　），是美国拉美裔和西语裔女性文学研究的开拓者。雷沃列多早年与其他学者合作编辑了两部女性文学选集，分别是《女性的声音：新墨西哥女性作家作品选集》（*Las Mujeres Hablan: An Anthology of Nuero Mexicana Writers*，1988）和《无穷界限：墨西哥美国女性文学选集》（*Infinite Divisions: An Anthology of Chicana Literature*，1993），前一本是第一部墨西哥裔女性文学选集，而《无穷界限》"确立了从西班牙后裔的口头叙事开始的墨西哥裔美国女性文学传统……（至此）墨西哥裔女性文学研究才真正发展起来"②。雷沃列多另外一个贡献是她的《雪中歌唱的女人们：墨西哥裔美国女性文学之文化分析》（*Women Singing in the Snow: A Cultural Analysis of Chicana Literature*，1995），以20世纪早期至90年代墨西哥裔女性作家的小说文本为依托，研究女性文化意象（例如瓜达卢佩圣母、"哭泣的女人"、"马琳琦"、民间药师等）在文学中的运用和当代女性小说家对这些意象的重写和改写，对于探讨美国文化的杂糅性尤其具有启示意义。

玛丽亚·埃雷拉—索贝克（María Herrera-Sobek）是加州大学圣巴巴拉分校路易·里尔奇卡诺研究中心的主任，是《诺顿拉美裔美国文学选读》编辑之一。埃雷拉—索贝克的主要研究领域是文化研究，特别是民间文化研究。她在20世纪90年代初整理了墨西哥民谣，出版了《墨西哥科瑞多民谣：女权主义分析》（*The Mexican Corrido: A Feminist Analysis*，1990），采用了女权主义的视角，分析了民谣中所反映出的两性关系，特别是男性对于女性的态度，指出了墨西哥文化中的男权思想，这无疑对墨西哥裔传统文化提出了挑战。在1993的著作《向北去：民谣和歌曲中的墨西哥移民经历》（*Northward Bound: The Mexican Immigrant Experience in Ballad and Song*）中，埃雷拉—索贝克重点研究了民谣和歌曲等大众文学形式，肯定这些文学形式的政治性和社会历史性，通过解读歌曲的自传

---

① Sonia Saldívar-Hull, *Feminism on the Border: Chicana Gender Politics and Literature*, Los Angeles & Berkley: University of California Press, 2000, p. vii.

② 金莉等：《当代美国女权文学批评家研究》，北京：北京大学出版社，2014年，第295页。

性成分和生命书写特征,阐释"个人经历和书写历史之间的关系"①。这类文化研究和雷沃列多等人的文学研究相呼应,为拉美裔美国文学的基本文化解读提供了重要参考。

20世纪90年代赫克托耳·卡尔德隆(Héctor Calderón)和何塞·大卫·萨尔迪瓦尔合编的《边疆批评:奇卡诺文学、文化和意识形态研究》(*Criticism in the Borderlands: Studies in Chicano Literature, Culture and Ideology,* 1991)对美国墨西哥裔文学进行了综合研究,汇集了当时奇卡诺文学研究的最强阵容,体现了研究视角的跨界性。本著包括四个部分,分别是"机构研究和文学经典"、"奇卡诺/纳主体的再现:种族、阶级和性别"、"性别、意识形态和历史"以及"边界美学",实现了"(泛)美国主义、文化研究批评、女权主义、历史批评和反种族主义"的融合和切换,发挥了"重新划定理论和理论学家"的作用。②

四、国内拉美裔美国文学研究

中国内地的西语裔文学研究开始于21世纪,从墨西哥裔文学开始。虽然比国外学界滞后多年,但是近年来却进步迅速,基本已经涵盖了各个文学分支。

钱皓在2001年对奇卡诺运动进行了总体的论述,虽然其重点不是文学研究,但是也指出了政治运动和文化文学之间的内在关系,以及政治运动对文化研究和文学创作的促进作用:"虽然运动并未促使美籍墨西哥学生成为激进的社会运动者,但学生对奇卡诺文学的热衷和对奇卡诺文化所举行的各类宣传活动使奇卡诺文化从'边缘文化'走上美国社会,加入美国多元文化的行列……一个直接后果是:数以百计的研究或介绍奇卡诺文化的书籍和杂志竞相问世。这些奇卡诺作品主要为诗歌、民歌、小

---

① Maria Herrera-Sobek, *Northward Bound: The Mexican Immigrant Experience in Ballad and Song*, Bloomington: Indiana University Press, 1993, p. ii.

② Héctor Calderón and José David Saldívar, *Criticism in the Borderlands: Studies in Chicano Literature, Culture and Ideology*, Durham, NC: Duke University Press, 1991, p. 7.

说、剧本。"①这种研究立场契合奇卡诺运动缘起，以及墨西哥裔文化复兴和墨西哥裔文学繁荣之间的关系，客观地反映了 20 世纪 60 年代以来美国墨西哥裔文学的发展轨迹和书写重点。

最早正式发表的文学研究论文是 2004 年刘玉发表于《当代外国文学》的"种族、性别和后现代主义——评美国墨西哥裔女作家格洛丽亚·安扎杜尔和她的《边土：新梅斯蒂扎》"，文章从种族、性别以及后现代主义手法等角度对安扎尔多瓦的代表作《边疆：新生混血女儿》进行评介。之后陆续发表的还有 2005 年《外国文学》中石平萍对桑德拉·希斯内罗丝的创作和她的《芒果街上的小屋》的女性主义解读，分别是："'奇卡纳女性主义者'、作家桑德拉·西斯内罗斯"和"开辟女性生存的新空间——析桑德拉·西斯内罗斯的《芒果街上的房子》"。大约同一时期，任文在《西南民族大学学报》发表了《美国墨西哥裔女性文学——不应被忽视的声音》，对女性文学进行了梳理，从女性主义角度对有代表性的女性作家进行了解读，提出"墨西哥裔女性主义文学已成为墨西哥裔女性文学中极为重要的组成部分；而且，墨西哥裔女性文学中最著名，影响最大的作家往往都是活跃的女性主义者"②。之后有王守仁的《历史与想象的结合——莫拉莱斯的英语小说创作》，对墨西哥裔作家阿里汉德罗·莫拉利斯（Alejandro Morales，1944－　　）的作品进行了综合的评介，几乎涵盖了莫拉利斯所有的作品，旨在通过"了解他的小说，可以管中窥豹，把握墨西哥裔美国文学的一些特征"③。王守仁的另外一篇论文是《〈布娃娃瘟疫〉：一部关注人类生存的书》，对阿里汉德罗·莫拉利斯代表作品《布娃娃瘟疫》中魔幻现实主义手法等叙事特征进行了研究，认为："小说具备一种魔幻现实主义所特有的现实感……《布娃娃瘟疫》涉及瘟疫、环境污染等有关人类生存的议题，显然超越了其他少数族裔作家所津津

---

① 钱皓：《美国 20 世纪 60 年代"奇卡诺运动"探微》，载《世界民族》，2001 年第 3 期，第 24 页。

② 任文：《美国墨西哥裔女性文学——不应被忽视的声音》，载《西南民族大学学报》，2005 年第 6 期，第 136 页。

③ 王守仁：《历史与想象的结合——莫拉莱斯的英语小说创作》，载《当代外国文学》，2006 年第 2 期，第 44—45 页。

乐道的文化冲突主题的范式"。① 李保杰 2007 年的论文《超越矛盾、寻找和谐——评阿纳亚的小说〈保佑我，乌勒蒂码〉》中，对奇卡诺"文学三巨头"之一的鲁道夫·阿纳亚的代表作进行了研究，认为该小说体现了墨西哥裔美国人超越二元对立、辩证看待世界的朴素自然观。同时，希斯内罗丝研究在不断推进。李道全在《逃离与复归：〈芒果街上的小屋〉的移民社区书写》中，对《芒果街上的小屋》中女性成长和墨西哥裔社区之间的联系进行了探讨，认为"作为成功走出族裔空间的女性，作家重返族裔地带，以边缘的书写镌刻族裔经验，改造族裔生存的空间"，强调这种创作所表现出的作家的责任感。② 李保杰的《从墨西哥女性原型看桑德拉·西斯奈罗斯小说中女性形象的嬗变》对希斯内罗丝的三部作品进行了研究，通过传统墨西哥文化形象及其对墨西哥裔女性生活的影响，探讨女性人物形象的动态变化，并指出了这种历时变化的意义和代表性："西斯奈罗斯的小说仅仅是众多奇卡娜文学文本中的一个代表，安扎尔多瓦、安娜卡斯蒂略、切丽·莫拉加和德尼斯·查韦斯等作家都在积极地进行这种探索，从女性视角对古老的墨西哥及墨美文化传统进行新的书写。"③

　　综述类的综合研究方面，张婷婷和张跃军在《美国墨西哥裔女性的声音——近 30 年〈芒果街上的小屋〉研究综述》中对《芒果街上的小屋》的研究进行了综述，较为系统全面地梳理了国内外文本研究的各种角度，指出："20 世纪 90 年代成为《芒果街上的小屋》的评论高峰期，仅布鲁姆为之做编导列出的重要评论文章和书籍就已达到 29 项"④。需要明确的是，2011 年之前，国内外尚未有专著单独研究希斯内罗丝或者《芒果街上的小屋》，这里所说的"书籍"主要是相关的论文集或者专著的部分章节。还有综述性论文从不同的角度对奇卡诺文学进行综合型的评述，例如傅

① 王守仁：《〈布娃娃瘟疫〉：一部关注人类生存的书》，载《文艺报》，2007 年 10 月 25 日，B2 版。

② 李道全：《逃离与复归：〈芒果街上的小屋〉的移民社区书写》，载《东北大学学报》（社会科学版），2010 年第 3 期，第 273 页。

③ 李保杰：《从墨西哥女性原型看桑德拉·西斯奈罗斯小说中女性形象的嬗变》，载《天津外国语大学学报》，2010 年第 4 期，第 55 页。

④ 张婷婷、张跃军：《美国墨西哥裔女性的声音——近 30 年〈芒果街上的小屋〉研究综述》，载《河南科技大学学报》，2011 年第 5 期，第 55 页。

American Fiction: Local Processes and Multivariate Genealogies

景川、柴湛涵在《美国当代多元化文学中的一支奇葩——奇卡诺文学及其文化取向》中对奇卡诺文学和文化之间的渊源进行了探讨。李保杰在《21世纪西语裔美国文学：历史与趋势》中，全面梳理了西语裔文学的各个分支，考察了21世纪文学的现状和发展趋势，提出"族裔性是主线、政治性是突出特征，美国经历和美国身份是书写的核心"。①

相比于之前所提及的作家作品数量，大陆拉美裔文学研究在研究范围上存在一个较为突出的问题，即多米尼加裔文学、古巴裔文学等非墨西哥裔文学的研究文章数量较少。在胡诺特·迪亚兹的小说《奥斯卡·瓦奥短暂而奇妙的一生》(*The Brief Wondrous Life of Oscar Wao*, 2007) 获得2008年普利策奖和美国书评家协会奖之后，该作家及作品研究开始在国内引起极大关注。黄淑芳在《杂交的文本，杂和的人生——〈奥斯卡·沃短暂而奇妙的一生〉的后殖民视角解读》中，对文本的杂合性进行了解读，提出了"杂合性"这一关键词②。李保杰在《论〈奥斯卡·瓦奥短暂而奇妙的一生〉中的历史再现》中，对小说的历史书写进行了分析，认为"小说构建了历史主体之外的'他者'历史，同时还书写了多米尼加裔族群在美国主流文化之外的边缘化身份"③。张艳霞通过研究迪亚兹文本中的流散和文化认同，认为"流散者相应地选择了一种杂交性的文化认同，即有意识地做出改变以适应新的生存环境，同时不掩盖其独特的族裔文化特征，渴望自己的文化差异得到包容与认可"④。王婕从成长小说的角度，运用原型批评将《奥斯卡·瓦奥短暂而奇妙的一生》作为成长小说文本进行解读，认为小说在"叙事结构、人物设置以及情节安排上沿袭了成长小说的原型经验……（但是）有自己的特色，作者把奥斯卡的成长经历

---

① 李保杰：《21世纪西语裔美国文学：历史与趋势》，载《社会科学研究》，2017年第15期，第12页。

② 黄淑芳：《杂交的文本，杂和的人生——〈奥斯卡·沃短暂而奇妙的一生〉的后殖民视角解读》，载《英美文学研究论丛9》，2009年，第286页。

③ 李保杰：《论〈奥斯卡·瓦奥短暂而奇妙的一生〉中的历史再现》，载《当代外国文学》，2012年3期，第112页。

④ 张艳霞：《流散与文化认同——〈奥斯卡·瓦奥短暂而奇妙的一生〉评析》，载《长沙理工大学学报》（社会科学版），2014年第6期，第132页。

与拉美族裔对移民身份的思考和对拉美历史的阐释结合起来"①。相比之下,其他多米尼加裔小说家的作品得到的关注则明显不足。

　　加勒比裔文学研究方面,巴巴多斯裔的葆拉·马歇尔(Paule Marshall,1929-　)、安提瓜裔作家杰梅卡·金凯德(Jamaica Kincaid,1949-　)和海地裔作家艾德伟奇·丹提凯特(Edwidge Danticat,1969-　)是受到关注较多的几位作家。马歇尔多年来一直被当做黑人作家,其作品的文学批评往往在美国黑人文学研究的框架下进行。李敏研究了葆拉·马歇尔的《寡妇颂歌》与"单一神话"母题(2012)和民俗事象(2011),都是将马歇尔作为黑人女作家进行研究的。这在一定程度上是因为,巴巴多斯裔美国人的社区规模小,政治和文化上难以形成单独的势力。这种情况直接影响到学界对其文学的界定和研究,正如托马斯·索威尔所说:"正是西印度群岛人的个人成就和显赫地位,导致了他们作为一个种族群体的'湮没'……西印度群岛的个别人士是以整个黑人种族的'代表'身份去担任公职的。强调他们特殊的西印度群岛人背景,将在白人和黑人当中同样削弱他们的地位"②。事实上,葆拉·马歇尔的加勒比海背景使她有别于非裔美国人,"作为加勒比巴巴多斯地区的后代,出生在美国纽约的马歇尔在作品中不仅体现了非洲裔美国文学传统所固有的'双重意识',而且为这一传统注入了'第三重意识',即加勒比文化传统,综合反映了阶级、种族、性别和文化等不同方面的冲突"③。林文静对丹提凯特的作品进行了解读,着重关注作家的族裔身份,认为文化适应和移民经历都成为写作的重要源泉,"她关注留在家乡的海地人民以及流散在外的海地移民的处境,因此作品突出的主题是移民、家园以及身份建构"④。

　　在综合性研究方面,李保杰的两部著作《当代奇卡诺文学中的边疆

---

①　王婕:《从成长小说的角度解读〈奥斯卡·瓦奥短暂而奇妙的一生〉》,载《甘肃联合大学学报》(社会科学版),2012年1月,第28卷第1期,第71页。

②　托马斯·索威尔:《美国种族简史》,沈宗美译,北京:中信出版社,2011年版,第231页。

③　金莉等:《20世纪美国女性小说研究》,北京:北京大学出版社,2010年版,第210页。

④　林文静:《流放·创伤·回归——评丹提卡的小说〈息·望·忆〉》,载《外国文学》,2010年第4期,第3—4页。

American Fiction: Local Processes and Multivariate Genealogies

叙事》（2011）和《当代拉美裔美国文学研究》（2014）分别对当代奇卡诺文学和拉美裔文学进行了较为全面的研究。前一部作品采用"边界研究"的框架，梳理了奇卡诺文学的历时发展和地缘文化差异，研究"边界"概念的文化延伸及其在奇卡诺文学叙述中的再现方式，同时探讨这些叙事方式在墨西哥裔美国人文化身份认同中所产生的影响。第二部作品梳理了拉美裔的各个文学分支，对部分代表性作品进行了细读，但是在研究对象的选择上也存在一定的片面性。

总体来看，近年来国内拉美裔美国文学研究虽然取得了长足的进步，但是仍然具有很大的上升空间。墨西哥裔小说的研究文章最多。选题最为集中的几部作品有《保佑我吧，乌勒蒂玛》《芒果街上的小屋》《喊女溪》等，其中《芒果街上的小屋》和希斯内罗丝所占比例超过一半，根据统计方式不同，比例大约占到墨美裔小说研究的 70~80%。可见，当前研究对象的选择较为集中，少数获奖作家及作品成为研究热点，古巴裔、波多黎各裔和多米尼加裔等小说研究有待于拓展。在研究对象的体裁选择方面，小说研究比戏剧和诗歌研究进展更快，绝大多数成果集中在小说研究领域。

第二节　拉美裔美国小说的主要创作范式

本节按照族裔维度和主题维度相结合的方式，集中介绍 20 世纪拉美裔美国小说中的重要书写范式。族裔维度中涉及墨西哥裔、波多黎各裔、古巴裔、多米尼加裔、智利裔等代表性英语小说文本，主题维度则综合考虑作品的选题，涉及历史小说、成长小说和移民小说三个主要部分。其中历史小说部分包括个人历史、家族历史、族群历史和城市历史等，成长小说包括一般性的成长主题和青少年犯罪主题，移民小说涉及移民经历、文化适应和身份建构。当然，任何一部小说都不可能只涉及一个主题，所以这些小说在主题上会存在重合或交叉，例如个人历史小说和成长小说之间有时难以截然分开，特别是以"自传"或者"回忆录"为名的生命书写，大多会涉及主人公的成长。另外，少数族裔的成长主题往往又会涉及文化适应和身份建构。因为各个族裔文学分支的影响力存在明显差异,所以本书难以做到完全的平衡,作家作品数量多、影响力大的群体会得到较多关注,而有的分支力量较小,研究的细化程度也相对较差。基本的纳入标准就是这些族裔文学分支在美国文学中的影响力,以及文学表达对美国文学的动态构建所产生的意义。

一、历史小说

历史小说是以历史材料为基本依据,通过想象对其进行加工,重新构建事件发展过程的一种叙事形式。事件和人物都有可能是真实的历史人物或者历史事件,不过,是经过艺术加工后的呈现,因而应该在艺术的视域下对其进行解读。《汉语大词典》对历史小说的定义:"描写历史人物和事件以及再现一定历史时期的生活面貌和历史发展的趋势。但所写的主要人物和主要事件必须有一定的历史依据。"[①]在罗吉·福勒的《现代西方文学批评术语词典》中,历史小说被界定为:"与作家写作这些小说时的时间相比较,小说中故事发生的时间显然具有'历史性'。叙述的时态可以采用过去时,记述时间可安排在过去,也可在过去发生的事件之中的某个间隔时间之内。历史小说的题材不分巨细,既包括国家大事,又包括个人私事,主人公既可以是历史上的真实人物,也可以是虚构的人物,不过他们的命运都与真实的历史事件息息相关。"[②]在段启明和张平仁合著的《历史小说简史》中,历史小说的定义为"以真实历史人事为骨干题材的拟实小说",强调了历史小说中真实性和拟实两个特征。[③] 综合以上的概念,笔者认为,拉美裔历史小说应该符合两个特征:历史人物和历史事件的相对真实性,对于再现拉美裔群体的文化和生活具有一定的代表性。

拉美裔历史题材的小说主要有以下几个大类:第一类是个人历史书

---

① 汉语大词典编纂委员会:《汉语大词典》(第 5 卷),上海:汉语大词典出版社,1994 年,第 362—363 页。
② 罗吉·富勒:《现代西方文学批评术语》,袁德成译,朱通伯校,成都:四川人民出版社,1987 年。第 124 页。
③ 段启明、张平仁:《历史小说简史》,太原:山西人民出版社,2005 年,第 1 页。

American Fiction: Local Processes and Multivariate Genealogies

写。这类作品以生命书写为特征，往往被作者称作"回忆录"或"自传"，代表性作品有奥斯卡·阿库斯塔（Oscar Acosta，1935－1974?）的"自传"：《棕色水牛的自述》（*The Autobiography of a Brown Buffalo*，1972），以及理查德·罗德里格斯（Richard Rodriguez，1944－　）的四部"自传"：《记忆的饥渴：理查德·罗德里格斯的教育》（*Hunger of Memory: The Education of Richard Rodriguez*，1982）、《责任的年代：与墨西哥父亲的辩论》（*Days of Obligation: An Argument with My Mexican Father*，1992）、《棕色：美洲的最后一项发现》（*Brown: The Last Discovery of America*，2002）和《亲爱的：精神自传》（*Darling: A Spiritual Autobiography*，2013），分别讲述叙述者的学术历史、同性恋身份、墨西哥身份中的多重文化特质以及宗教信仰问题。

在古巴裔作家那里，个人历史往往和移民经历结合起来，并且被作家冠以"流亡主题"，以此强调小说中的政治表达。因为在旅美古巴人社区中，古巴革命后逃离古巴的流亡者拥有绝对的话语权，流亡模式成为古巴移民和古巴裔美国人中的主流话语模式。"流亡"强调古巴人的移民是政治形势所迫，他们在美国的停留是暂时性的："这些古巴人把自己看作'流亡者'，而非移民，是因为他们并不想重新开始新生活，不想成为'北美人'，而是希望古巴政局改变后可以重新回到古巴。"①流亡者的政治取向也被当做社区的代表性立场，旅美古巴社会活动家蒙塔内尔将"流亡"视为古巴移民与其他所有移民的根本性区别："古巴人和绝大多数其他移民群体的根本区别在于：古巴人是政治流亡者。"②书写流亡经历成为以南佛罗里达为代表的流亡者文化的典型代表。到了 20 世纪 90 年代，古巴移民作家和古巴裔作家着重书写流亡主题，流亡小说成为古巴裔文学中的主流话语模式。

古巴裔流亡小说中的代表性作品有：罗伯托·费尔南德斯（Roberto G. Fernández）的《倒下的雨》（*Raining Backwards*，1988）、雷纳多·阿里

---

① Maria Cristina Garcia, *Havana USA: Cuban Exiles and Cuban Americans in South Florida, 1959－1994*, Berkeley: University of California Press, 1996, p. 1.

② Alberto Montaner, "Introduction", *Cubans: An Epic Journey*, eds. Sam Verdja and Guillermo Martinez, Reedy Press, 2012, p. xiii.

纳斯(Reinaldo Arenas, 1943-1990)的回忆录《夜幕降临之前》(*Antes que anochezca*, 1992)、古斯塔沃·佩雷斯·费尔马特(Gustavo Pérez Firmat, 1949-)的《来年古巴:古巴仔在美国的成长往事》、维吉尔·苏亚雷斯的《躲过了安哥拉:古巴—美国童年的记忆》、弗洛尔·费尔南德斯·巴里奥斯(Flor Fernández Barrios, 1956-)的《雷霆的祝福:古巴的少女时代》(*Blessed by Thunder: Memoirs of a Cuban Girlhood*, 1999)、诗人理查德·布兰科(Richard Blanco, 1968-)的回忆录《萤火虫王子:迈阿密的童年》(*The Prince of Los Cocuyos: A Miami Childhood*, 2014)、露斯·贝哈尔(Ruth Behar, 1956-)的回忆录《沉重的脚步:行程中的回忆》(*Traveling Heavy: A Memoir in between Journeys*, 2013)和《那个岛国是我的家乡》(*An Island Called Home*, 2007)等。胡安金·弗雷克斯达斯(J. Joaquin Fraxedas, 1960-)的《胡安·卡布瑞拉孤独的横渡》(*The Lonely Crossing of Juan Cabrera*, 1994)采用"纪实文学"的形式,以"筏渡者"(raft people)为对象,描写主人公乘坐简易的筏子偷渡到美国的艰难历程。除了这些生命书写之外,小说家则直接采用文学虚构,对流亡经历进行想象,例如阿奇·欧贝哈斯的《记忆的曼波舞曲》(*Memory Mambo*, 1996)和《敬畏的岁月》(*Days Of Awe*, 2001)、克里斯蒂娜·加西亚的《梦系古巴》(*Dreaming in Cuban*, 1993)和《阿奎罗姐妹》(*The Agüero Sisters*, 1997)、《幸运手册》(*A Handbook to Luck*, 2007)等小说也涉及古巴人流亡美国的经历。

　　流亡小说的主题是怀旧和追求"自由",叙事形式上采用非虚构性叙述,以便追求叙事的"真实感"。革命前的古巴因而被描述得如天堂般美好,如《倒下的雨》中马塔·维亚加拉把古巴的海滩描述为梦幻般的天堂,"古巴所有的海滩上,沙子都是银粉,不过在瓦拉德罗,沙子里面还掺杂着钻石颗粒,比高露洁的婴儿爽身粉还细腻,就是那个玫瑰花心里面睡着小宝宝的那个牌子。我跟你说的这些,别人可是不会告诉你的,这样你就是个与众不同的人啦,因为没几个人知道这些。"[①]而革命者和革命被

---

① Roberto G. Fernandez, *Raining Backwards*, Houston, Texas: Arte Publico Press, 1997, p. 10-11.

妖魔化，比如在《躲过了安哥拉：古巴—美国童年的记忆》的开头，苏亚雷斯"回忆"道，"你父母做的没错，他们带你离开了古巴，保全了你"①。巴里奥斯则通过强化丧失感来书写怀旧情绪，例如"那些军人宣布，农场被收归政府，只留下5顷土地和房产"②。在《在哈瓦那等待风雪》中，卡洛斯·艾尔写道："我一觉醒来，这个世界全变了……怪事一件接着一件：有好事，也有坏事，大部分不好不坏。并且，都由不得我自己……那一天，是1959年的第一天"③。这些描写无一例外地暗示了古巴革命带来的巨变，成功地制造出了悬念，迎合了读者的阅读期待。流亡小说已经成为古巴裔美国文学的主流，集中体现了流亡文化特质，开创了一种古巴裔文学书写的固有模式，即"流亡模式"，在美国社会中创造了古巴裔美国人的刻板性形象，即："古巴人的积极形象，过分强调他们的白人、中产阶级背景以及反对革命的政治立场。"④如果作家未能在作品中充分表达明确的政治立场，没有明确反对古巴政府的话，那么，他们在古巴裔社区中便被视为"异类"，就可能受到流亡话语的限制。这一类个人历史小说既有特点也有局限："流亡文学的政治书写在特定的历史时期内表达了诉求并引发关注，然而文学性是作品生命力的保证，只有将二者兼顾，"⑤才能够使小说获得持久的生命力。

第二类历史小说为家族历史小说，书写的题材不限于"自我"，而是纵向追溯某个家族的代际经历。这类作品往往和移民历史题材结合起来，讲述家族成员的代际差别和文化适应经历。相比第一类小说中的众多"回忆录"和"自传"，这一类作品更容易偏离历史书写而侧重于文学书写，作品可能仅仅是取材于历史背景，对历史史实和文学人物进行有机结

① Virgil Suárez, *Spared Angola: Memories from a Cuban-American Childhood*, Houston, Texas: Arte Publico Press, 1997, p. 11.

② Flor Fernandez Barrios, *Blessed by Thunder: Memoir of a Cuban Girlhood*, Berkeley, CA: Seal Press, 1999, p. 32.

③ Carlos Eire, *Waiting for snow in Havana: Confessions of a Cuban Boy*, New York: Free Press, 2003, p. 1

④ Cheris Brewer Current, *Questioning the Cuban Exile Model: Race, Gender, and Resettlement, 1959-1979*, El Paso: LFB Scholarly Publishing LLC, 2010, p. 164.

⑤ 苏永刚、李保杰：《古巴移民文学和古巴裔美国文学中的流亡主题：源流和嬗变》，载《山东大学学报》（哲学社会科学版），2017年第6期，第152页。

合。代表性作品有理查德·瓦斯科斯(Richard Vasquez, 1928-1990)的《奇卡诺人》(*Chicano*, 1970)、阿图罗·埃斯拉斯(Arturo Islas, 1938-1991)的《雨神：沙漠的故事》(*The Rain God: A Desert Tale*, 1984)和《流浪的灵魂》(*Migrant Souls*)，阿里汉德罗·莫拉利斯的《制砖人》(*The Brick People*, 1988)、桑德拉斯·希斯内罗丝的《拉拉的褐色披肩》(*Caramelo*, 2002)、路易斯·阿尔伯托·尤利亚(Luis Alberto Urrea, 1955-　)的《蜂鸟的女儿》(*The Hummingbird's Daughter*, 2005)和《美洲女王》(*Queen of America*, 2011)、古巴裔作家克里斯蒂娜·加西亚(Cristina García, 1958-　)的《梦系古巴》、波多黎各裔作家朱迪斯·科弗(Judith Cofer, 1952-　)的《太阳界线》(*The Line of the Sun*, 1989)、多米尼加裔作家胡诺特·迪亚兹(Junot Diaz, 1968-　)的《奥斯卡·瓦奥短暂而奇妙的一生》(*The Brief Wondrous Life of Oscar Wao*, 2007)、智利裔小说家伊莎贝拉·阿连德(Isabel Allende, 1942-　)的《幽灵之家》(*The House of the Spirits*, 1982)等。

以《奥斯卡·瓦奥短暂而奇妙的一生》为例，可以看出家族历史小说中的"历史"往往通过不同的维度呈现出来，进而反映了历史背后更加隐蔽的政治权力。该小说以多米尼加近代历史为背景，讲述奥斯卡一家三代人的经历。小说中描写了一个书呆子寻找归属感的历程，杂合了众多的文化要素，具有强烈的时代感和族裔特色，例如科幻小说、魔幻要素，将多米尼加人生存的悖论(paradox)汇集在奥斯卡这个"不像多米尼加男人"[1]的男人寻找多米尼加身份认同上面。对于多米尼加裔美国文学的创作，迪亚兹表示过担心，他认为对于特鲁希略政权的描写已经够多了[2]，因此他寻求从根源上探讨独裁问题。迪亚兹一方面承认自己的种族属性，另一方面也在寻求多层面的叙述，力图使文本对不同的读者群都产生影响或者共鸣。所以，他使用了"历史编纂法，让叙事结构和历史主题都具有更大的灵活性，通过不同的甚至是相互矛盾的要素，使得国家历

---

[1]　朱诺·迪亚斯：《奥斯卡·瓦奥短暂而奇妙的一生》，吴其尧译，南京：译林出版社，2010年，第3页。

[2]　Marisel Moreno, "The Important Things Hide in Plain Sight": A Conversation with Junot Diaz, *Latino Studies*. Vol. 8, No. 4: 532-542, p. 536.

史得到再现。尤尼尔试图以一种不循常规的方式呈现多米尼加历史,以对抗多米尼加独裁者特鲁希略所代表的单一话语"①。《奥斯卡·瓦奥短暂而奇妙的一生》中的"诅咒"用来代表"殖民征服"及其"暴力",以此从根源上追溯拉丁美洲的苦难。这不仅适合于思考多米尼加裔文学的未来发展,也是拉美裔其他分支(甚至是美国其他少数族裔文学分支)都面临的问题,就是迪亚兹所说的"新旧大陆"之间的文明冲突,"因为这种冲突至今仍旧影响着人们的心智和认同。"②。迪亚兹的努力体现了拉美裔文学发展的两种可能性:文学发展需要一定的创新,适应时代的变化,从而反映人们的价值取向和生活状态,而不是单纯沉溺于特鲁希略政权这一具体的历史表象;虽然这样的书写范式会对非多米尼加裔或者非西语裔读者产生一定的冲击,但是也容易使他们产生刻板化印象,将多米尼加人模式化。

这些家族历史小说的特点体现以下两点:描写移民经历,即以人们的线性移动和地理空间的变化为叙事线索,故事发生地点在边界两侧,叙事往往以时间先后为序;故事人物是一个或几个家庭的几代人,体现出人物关系上的血脉延续和文化传承。有时家族历史和个人成长结合起来,从不同的维度讲述拉美裔移民的生活。例如在《太阳界线》中,叙述者玛丽索尔表面是在讲述舅舅古兹曼的故事,实际是在构建她自己和那个小岛的血脉传承关系。她在不断地通过想象来构建舅舅的故事,这个过程具有高度的象征性和代表性:古兹曼的故事也是玛丽索尔的故事,是在美国本土奋斗的普通波多黎各人的故事。所以玛丽索尔说,"在他出现在门口之前,我已经用自己的想象填充了很多的空白;我偷偷地记录着他的生活,从他给我的一切中汲取鼓舞自己的力量"③。随着玛丽索尔的成长,她一点点拼凑起古兹曼的形象,她自己在此过程中也获得了成长,对自

① Monica Hanna, "'Reassembling the Fragments': Battling Historiographies, Caribbean Discourse, and Nerd Genres in Junot Diaz's *The Brief Wondrous Life of Oscar Wao*", *Callaloo*. 2010, 33(2): 498–520, p. 500.

② 李保杰:《论〈奥斯卡·瓦奥短暂而奇妙的一生〉中的历史再现》,载《当代外国文学》,2012年第3期,第115页。

③ Judith Ortiz Cofer, *The Line of the Sun*. Athens, Georgia: University of Georgia Press, 1991, p. 282.

己、家人以及族人都有了更加深刻的理解。

第三类历史小说描写的是某个族群——往往是具有共同地缘文化特征的群体的历史。例如,在 20 世纪上半叶之前,墨西哥裔美国人和墨西哥移民的居住较为集中,文化的地域特征相当明显,所以有些文学作品会着重书写某个群体或者地域中的人们。此类的代表性作品有:《蟑螂人的反抗》(*The Revolt of the Cockroach People*, 1973),小说中有外号为"棕色水牛"的洛杉矶民权律师阿库斯塔、奇卡诺运动领袖塞萨尔·查韦斯(Césare Chávez, 1927–1993)以及著名记者鲁本·萨拉扎尔(Rubén Salazar),他们都是奇卡诺运动中的历史人物,但是故事情节有相当程度的虚构性和艺术夸张。阿里汉德罗·莫拉利斯的《死亡分队的队长》(*The Captain of All These Men of Death*, 2008)和《天使之河》(*River of Angeles*, 2014),分别讲述洛杉矶地区结核病医院的历史和洛杉矶城市历史,其中特别关注的是墨西哥裔美国人在其中的命运变迁,以及他们对于都市化和城市建设做出的贡献①。路易斯·罗德里格斯的《心连心、手牵手:在动荡的岁月创造心的家园》(*Hearts & Hands: Creating Community in Violent Times*, 2001)以作者的个人经历为主线,涉及奇卡诺社区(甚至非裔美国人和波多黎各裔美国人等其他少数族裔社区)的青少年犯罪问题,讲述他的团队和社会各界在消除青少年犯罪方面的努力。多米尼加裔作家茱莉娅·阿尔瓦雷斯(Julia Alvarez, 1950–)的两部历史小说《彩蝶飞舞时》(*In the Time of the Butterflies*, 1994)和《我们自由之前》(*Before We Were Free*, 2002),都是以多米尼加共和国特鲁希略时期为背景,其中《彩蝶飞舞时》以反对独裁专制的米拉贝尔三姐妹的故事为素材,《我们自由之前》与《加西亚家的女孩不再带口音》带有相当程度的互文性,两部作品之间的人物关系也表现出了一定的延续性,取材于作者个人及家族成员的经历。

有些小说书写的是族裔群体中特定人群的历史,例如古巴裔作家艾维里奥·格里洛(Grillo Evelio, 1919–)的代表作《古巴黑人,美国黑

---

① 李保杰:《城市历史与空间政治——〈天使之河〉中的洛杉矶》,载《山东外语教学》,2017 年第 5 期,第 62 页。

人：回忆录》(*Black Cuban, Black American: A Memoir*, 2000)，讲述了古巴下层移民在美国的身份认同问题：作为古巴黑人，叙述者在古巴人社区里受到明显的歧视，最终他选择了认同于美国黑人："（我）被认为是个普通的黑人男孩，可以在黑人社区自由行走，享受着华盛顿黑人的种种奇妙待遇。"①他在黑人中得到了一种安全感和归属感；相反，古巴性却没能给他带来这种心理上的满足。另外一位古巴裔作家卡洛斯·莫尔（Carlos Moore, 1942-   ）的回忆录《秃鹫》(*Pichón*)同样反映了来自加勒比海地区下层移民的艰苦生活。"*Pichón*"一词在西班牙语中的字面意思是"秃头鹫"，是古巴人对穷苦黑人的称呼，"我知道秃头乌鹫的意思，就是秃头、弯嘴，专门吃烂肉的乌鹫"②。这些人是挣扎在社会底层、没有尊严的穷苦黑人，居无定所，到处被人们驱赶，他们没有生活来源，只能衣衫褴褛地挨家挨户跟白人农民乞讨。这两部作品反映的都是古巴下层移民在美国的生活，和之前的流亡小说有着明显的差别。

拜厄特谈到历史小说创作动因时说："写作历史小说的强大动因之一，是书写被边缘化的、被遗忘的、未留下记录的历史的政治欲望。"③对于当今以阿里汉德罗·莫拉利斯的历史小说为代表的拉美裔历史小说，这种阐释是非常贴切的：历史小说取材于历史，书写的是过去，观照的却是当下，甚至是未来④。莫拉利斯在和笔者谈到历史小说创作时，坦陈他采用的手法是"戏说历史"（play with history）的方式。他解释道，因为随着时间的流逝，过去业已消逝，其中的具体内容都已经无法复制，如连接时间节点的人物和事件等，因此历史小说就是通过想象和文学书写将其中的空白填充起来。同时，不少拉美裔作家将现实主义手法和带有拉美文学特征的魔幻现实主义手法（或者奇幻手法）相结合，或者将历史和政治主题相结合，如古巴裔流亡小说，将拉美裔群体的社会历史和心理诉求

① Evelio Grillo, *Black Cuban Black American: A Memoir*, Arte Publico Press, 2008, p. 60.
② Carlos Moore, *Pichón: Race and Revolution in Castro's Cuba*, Chicago, Ill.: Lawrence Hill Books, 2008, p. 8-9.
③ 拜厄特著：《论历史与故事》，黄少婷译，南京：译林出版社，2016年，第14页。
④ 李保杰：《城市历史与空间政治——〈天使之河〉中的洛杉矶》，载《山东外语教学》，2017年第5期，第58页。

置于不同的时空维度内,多角度展现历史题材,同时显现出拉美裔文化和文学的特征。鉴于拉美裔群体的少数族裔特征和社会生活的相对边缘化,不少历史小说其实更多地表现出新历史小说的特征,即对宏大历史叙事和意识形态权威话语的解构。正因为如此,本书注重历史的文本性,将"回忆录"和"自传"等生命书写纳入到小说研究的范围内。

二、成长小说

成长小说有时也叫做"教育小说",强调主人公"受教育"的过程。成长小说是重要的文学母题,欧洲的成长小说有着悠久的传统。杨武能对该词的解读是:"这种小说写的都是一个人受教育和由幼稚到成熟的发展成长过程。当然,这儿的所谓受教育是广义的,并非仅只意味着在学校里念书,更多地还是指增加生活的阅历,经受生活的磨炼,最后完成学习和修养,至于学习和修养的结果,却因各人的内在天赋和外在环境的不同而不同;只是也终将像浮士德似地通过种种的迷途而走上正途,认识并且实现人生和自我的价值。"①这个定义指出了成长小说的几个特征:受教育的过程,即获取知识、经验的过程,从而达到身心的成长和成熟;故事发生的时间是人物生活中的某个特定阶段,就年龄上看一般是青春期少年自我意识萌发时期到青年时期;成长的过程往往充满了曲折和磨难,但是结果基本是积极的,即主人公认识到自我的价值,并且接受社会的价值判断,融入社会、积极生活②。另外,成长小说还有一些较为普遍的特征,故事发生的地点和环境是相对独立的,例如社区、学校、医院等。

拉美裔成长小说有着悠久的传统,从玛丽亚·路易斯开始,成长主题就一直是墨西哥裔文学中的重要书写范式。何塞·安东尼奥·维拉里尔(José Antonio Villarreal, 1924–2010)的《美国化的墨西哥人》(*Pocho*)1959年由双日出版集团(Doubleday)出版,是第一部由主流出版社出版

---

① 杨武能:《逃避庸俗——代译序》,《威廉·迈斯特的学习时代》,杨武能译,南京:译林出版社,2002年。转引自:徐渭:《二十世纪成长小说研究综述(一)》,载《当代小说》,2007年第1期,第58页。

② 类似于《少年维特的烦恼》中主人公维特希望破灭而选择逃离的是相对少数。

American Fiction: Local Processes and Multivariate Genealogies

的奇卡诺小说。该小说采取了成长小说的模式，描写了理查德·卢比奥的美国经历，题目"美国化的墨西哥人"充分代表了卢比奥的文化取向，因而胡安·罗德里格斯（Juan Rodriguez）将其视为墨西哥裔成长小说中的先驱，认为小说确立了某些文学写作范式，例如："墨西哥革命的主题，代际间对家庭历史的不同看法，主人公作为英雄或者反英雄所必须经历的启蒙。"①理查德·卢比奥的成长包含两重意义：摆脱父亲的影响；实现自我的价值和自我定位。这部作品也曾经作为放弃族裔文化的反例，在民权运动时期受到了批评。20 世纪 80 年代以后，评论界开始修正之前的观点，赫尔南德斯和马尔奎兹从奇卡诺文学的历史指出了这部小说的意义："从历史背景上看，《美国化的墨西哥人》预示了奇卡诺精神的来临，那场文化、社会和政治运动培养了人们的民族意识，对现代奇卡诺经历产生了深深的影响。"②

20 世纪中期以后，成长小说更加成熟。70 年代金托·索尔（Quito Sol）奖③获奖作家以及他们的同时代作家是其中的代表。在四届金托·索尔奖的获奖作家中，三位作家采用了典型的成长小说模式，其中托马斯·里维拉（Tomás Rivera，1935—1984）的《大地不曾吞噬他》(... y no se lo tragó la tierra，1971）开创了以墨西哥（裔）季节工人和劳动人民为书写对象的成长小说书写范式，这个主题在埃莱娜·维拉蒙特斯（Helena Maria Viramontes）、桑德拉·希斯内罗丝（Sandra Cisneros，1954— ）、雷娜·格兰德（Reyna Grande，1975— ）和加利·索图（Garry Soto，1952— ）等作家那里得到了继承和发扬。维拉蒙特斯的小说《飞蛾和其他短篇小说》（The Moths and Other Stories，1985）和《在耶稣脚下》（Under the Feet of Jesus，1995），都是从女性视角对季节工人生活进行书写，在一定程度上与里维拉的作品形成了互文，从女性主义角度发扬和补

---

① Juan Rodriguez, "Notes on the Evolution of Chicano Prose Fiction,"*Modern Chicano Writers*. eds. Joseph Sommers and Tomas Ybarra-Frausto, Eaglewood Cliffs: Prentice-Hall, Inc., 1979: 67−73, p. 72.

② Antonio Márquez, "The American Dream in the Chicano Novel", *Rocky Mountain Review of Language and Literature*, 37 1/2 (1983): 4−19, p. 10.

③ "金托·索尔"在西班牙语中的意思是"第五个太阳"，即全国奇卡诺文学奖。

充了这种书写范式。希斯内罗丝的小说《芒果街上的小屋》(*The House on Mango Street*, 1984)、巴巴多斯裔美国作家葆拉·马歇尔的小说《褐姑娘,褐砖房》(*Brown Girl, Brownstones*, 1959)、安提瓜裔美国作家杰梅卡·金凯德的《我母亲的自传》(*The Autobiography of My Mother*, 1995)、海地裔作家艾德伟奇·丹提凯特的作品《息, 望, 忆》(*Breath, Eyes, Memory*, 1994)都涉及少数族裔女性的成长,将女性身份的建构同族裔政治结合起来。

这些作品往往通过书写族裔主题或者表现手法,来突出拉美裔青少年的成长。例如,鲁道夫·阿纳亚的《保佑我吧,乌勒蒂玛》(*Bless Me, Ultima*, 1972)结合墨西哥裔少年安东尼奥·马雷斯的西班牙语文化背景和美国经历,在"创造神话"(mythopoetics)框架下讲述成长,采用梦境叙事和现实叙事相交叉的叙事形式,同时加入了异教之神"金鲤"和土著"民间药师"的文化成分,将安东尼奥的成长置于不同文化的冲突之下①。阿纳亚还通过叙述者安东尼奥的视角描写了人类面临的生存危机,例如"远处升空的蘑菇云"和邪恶的巫师一样威胁着人们的安全②。作家在小说中融入了个人的成长,也对美国生活中的生态问题和人类未来的命运进行了探讨,而新墨西哥文学传统下的魔幻现实主义表现手法,使得小说成功兼顾了美国经历的普遍性主题和拉美裔文学特色。

在拉美裔文学中,有一类成长小说较为特殊,它们描写的是主人公成长中的彷徨和迷失。这些小说往往还会涉及青少年误入歧途和拉美裔的帮派犯罪,因此本研究将其称作拉美裔青少年犯罪小说。其中最早获得声誉的小说是波多黎各裔作家皮里·托马斯(Piri Thomas, 1928-2011)的回忆录《穷街陋巷》(*Down These Mean Streets*, 1967),该作对于哈莱姆波多黎各人社区的描写反映了都市边缘群体的困境,成为此类小说中的开创者。此外代表性作品还有路易斯·罗德里格斯(Luis Rodriguez, 1954-)的两部回忆录:《永远奔跑》(*Always Running: La Vida Loca, Gang Days in L.A.*, 1993)和《它呼唤你回来》(*It Calls You Back: An Od-*

---

① 李保杰:《鲁道夫·阿纳亚与〈保佑我,乌勒蒂玛〉》,载《解放军外国语学报》,2007 年第 3 期,第 91 页。

② Rodolfo A. Anaya, *Bless Me, Ultima*, New York: Warner Books, 1994, p. 190.

American Fiction: Local Processes and Multivariate Genealogies

yssey Through Love, Addiction, Revolutions, and Healing, 2011），这两部小说在个人历史的框架下，着重描述了主人公在特定年龄段内的经历：他在洛杉矶帮派中的生活，他的痛苦蜕变以及为消除奇卡诺社区青少年犯罪所付出的努力。涉及青少年犯罪主题和个人成长的小说还有吉米·圣地亚哥·巴卡（Jimmy Santiago Baca，1952-　）的回忆录《立锥之地》（*A Place to Stand*，2001）和《黑暗中摸索：贫民窟诗人的回顾》（*Working in the Dark: Reflections of a Poet of the Barrio*，1992），维克多·里奥斯（Victor Rios）的《街头生活：贫困、帮派和博士学位》（*Street Life: Poverty, Gangs, and A Ph. D.*，2001）。胡诺特·迪亚兹1996年的作品《沉溺》（*Drown*）主要讲述多米尼加少年在多米尼加共和国以及美国多米尼加移民社区的成长，同样涉及成长的迷茫等主题。这些小说书写族裔身份和成长的迷茫，以及与拉美裔帮派问题相关的街头犯罪行为，如盗窃、群殴、抢劫、火并、杀人、吸毒贩毒、强奸等。小说将族裔身份和少数族裔社区的社会问题交织在一起，使得犯罪主题具有了政治意义——少数族裔成员难以得到平等的就业机会和受教育机会，在职业生涯中处于劣势（至少在某个历史时期内情况是这样的），由此带来的生活压力和心理落差使得父母难以成功地担当养育孩子的责任。而少数族裔儿童在家庭以外，同样承受了巨大的成长压力。比如在学校里，他们往往是种族歧视和校园暴力的受害者，因而可能会采取直接而简单化的方式来进行自卫，就是加入帮派。巴卡在《立锥之地》中的描写就反映了这个问题：不管是在加西亚大街还是在亚利桑那的佛罗伦斯监狱，他看到的是弱势群体的绝望：

> 我长大以后，我的眼睛开始审视这些酒鬼、瘾君子、乞丐，这些充满绝望的男男女女和孩子，开始细细思考他们的故事。我看到的是同样的绝望，和铁窗背后的父亲眼中一样的绝望。这些年来，我遇到了形形色色的人们，眼里带着各种的绝望，有愤怒，有疲惫，也有疯狂，有再也无力反抗不公正待遇的老人的绝望，有满怀恐惧的眼神，有精神错乱者的迷离的绝望，也有蹲在角落里哭泣的孩子的绝望。最终，我自己的眼里也会有这样的感情表露。我自己的声音，穿过层

层铁窗,和远处父亲的回音汇合起来,希望我们之间能够最终获得相互的理解、关爱和原谅,无论它是多么微不足道。①

路易斯·罗德里格斯明确地将帮派问题置于种族框架下进行阐释:少数族裔的年轻人往往缺乏生活的希望和动力,才会加入到团伙中,而知识的激励、文化的认同和社区的关爱可以把这些孩子拉回到学校;"宽泛的知识和具有关爱精神的社区可以把像我一样在街上混日子的孩子拉回到学校,这种修复工作可能是终身的"②。正因为这样,罗德里格斯创办了多种社会和文化项目,努力改善西语裔青少年的社会参与意识和认同意识,给他们提供就业机会,试图通过这样的双重激励机制,让他们重新回到生活的正轨。

三、移民小说

顾名思义,"移民小说"就是以拉丁美洲人移民美国的经历为创作对象的小说。美国和墨西哥之间有着长达近 2 000 英里的边境线,几乎每一天都会有人跨越边境来到美国,其中有合法移民,也有非法移民,既有墨西哥人,也有其他拉丁美洲国家取道墨西哥的移民。阿里汉德罗·莫拉利斯提出,"边界是不能被人为控制的——无论是军队,还是高墙,抑或是高科技,都无济于事——原因很简单,迁移是人类的本性,无法阻挡,无法由任何人为的手段所阻断……人类的迁移是个自然的现象,和鸟类、鱼类及蝴蝶的大规模迁徙一样。当没有必要迁移时,这个过程自然会停止。"③现实的复杂性可能不止于此,移民小说还会涉及移民问题背后的政治关系和社会历史。因而移民题材不仅是小说的重要主题,而且对于美国研究及美国文学研究都具有十分重要的意义。

根据创作对象之代际关系和移民在美国时间之长短,移民小说会涉及移民家族历史、个人经历、文化适应及代际差别等主题。文本的文类也

---

① Jimmy Santiago Baca, *A Place to Stand*, New York: Grove Press, 2001, p. 3.

② Luis J. Rodriguez, *It Calls You Back: An Odyssey Through Love, Addiction, Revolutions, and Healing*, New York: Touchstone Book, 2011, p. 14.

③ Alejandro Morales, *River of Angels*, Huston, TX: Arte Publico Press, 2014, p. ix.

American Fiction: Local Processes and Multivariate Genealogies

存在着明显的差别,有些是较为明显的虚构性叙事,也有些作者给作品贴上了"回忆录""自传"之类的标签,增加叙事的"真实性"。尽管如此,文学创作的基本特征就是其"文本性",所以本书中采用了较为"简单化"的处理方式,将这些文本归类为"小说"。当然,本研究在选取文本时做了基本的甄别,并不是所有涉及移民主题的墨西哥裔叙述都一概而论,社会历史学类文本不包括在本研究中。

相当多的移民小说描写了移民的家族历史,这类移民小说所描写的移民经历大多以人们的线性移动和地理空间的变化为叙事线索,故事发生地点在边界两侧,往往以时间先后为序。小说人物是一个或几个家庭的几代人,体现出人物关系上的血脉延续和文化传承。另外一类移民小说以个人经历为主,集中在"移民过程"、"穿越边界"等主题,经常带有一定的"自传性"或者生命书写的特征,描写某一个或者某几个人在跨越边界前后所经历的事情。墨西哥裔移民小说中的代表作品有安娜·卡斯蒂略(Ana Castillo, 1953–)的《守护者》(*The Guardians*, 2007)、瑞娜·格兰德(Reyna Grande, 1975–)的小说《越过万水千山》(*Across a Hundred Mountains*, 2006)和回忆录《我们之间的距离》(*The Distance Between Us*, 2012)。波多黎各裔作家朱迪斯·科弗的多部小说,如《拉美熟食店》(*The Latin Deli*, 1993)、《你们这样的小岛》(*An Island Like You*, 1995)、《叫我玛丽亚》(*Call Me Maria*, 2004)等。常见的创作主题有迁移过程、移民后的文化适应、在异质文化空间内的生存、主人公所经历的心理变化或者身心成长。

移民小说经常表现出一种"漂泊感"。例如,科弗强调了移民经历和"居间意识"的关系:"作为波多黎各移民,我的主要经历就是双语和双文化。因此,我感觉到需要和他人分享这种体验,然后我才可以继续(以后的生活)。或许,你可以称其为成长的仪式,或者类似的东西。"[1]这种居间意识较为充分地反映在了《叫我玛丽亚》中。主人公玛丽亚不得不在父亲和母亲之间进行选择:是跟着父亲去纽约,还是随母亲留在波多黎各

---

① Edna Acost-Belen, "A Melus Interview: Judith Ortiz Cofer", *MELUS*, Fall 93: 18 (3): 84–98, p. 85.

岛上？两种完全不同的生活前景使玛丽亚不知所措,她对其中的任何一种都失去了认同感:"今天,我什么都不是。那你就叫我玛丽亚吧。"①玛丽亚的这种漂泊之感是波多黎各人双重国籍、双重身份的集中体现,在其他族裔的移民经历书写中也得到了不同程度的反映。

文化适应和身份诉求是移民小说中较为普遍的主题。多米尼加裔美国作家茱莉娅·阿尔瓦雷斯(Julia Alvarez, 1950-)的《加西亚家的女孩不再带口音》(*How the Garcia Girls Lost Their Accents*, 1991)具有相当的代表性。茱莉娅出生于多米尼加的上层社会,父亲参与了 1961 年刺杀特鲁希略的行动,因为计划暴露,全家人被迫紧急逃离多米尼加,当时茱莉娅年仅 10 岁。《加西亚家的女孩不再带口音》讲述加西亚四姐妹在美国的文化适应过程,小说采用倒叙的手法,通过追溯四姐妹生活中种种问题的根源,描写加西亚一家从多米尼加逃亡到美国以后的生活。加西亚家的四个女儿从之前的富家小姐变成了少数族裔普通少女,她们的个体身份被消解,变成了集体标签中的一个部分:"公寓楼下的那个女人,顶着发廊里染的一头蓝色头发的那个女人,自从几个月前加西亚一家搬进这座楼里就开始投诉。这家人应该被赶出去,他们家做的饭太难闻了,他们说话声音太大了,而且还不讲英语,那几个孩子听起来就好像几头发狂的疯驴。"②姐妹四人生活中各自出现的问题,都通过她们从"西班牙语使用者"到"英语使用者"的变化中得到了体现,以此来象征她们在美国英语文化语境下,对自己的西班牙语裔语言文化身份的整合。

除了显性的移民主题,相当一部分移民小说在描写移民经历的同时,反映了更加深层次的社会问题,例如世界发展的不均衡和墨西哥普通农民的贫困。这些小说往往从墨西哥或者中美洲移民的叙事角度,对于非法移民背井离乡的原因,给出某种解读方式。《美国化的墨西哥人》、《奇卡诺人》、《制砖人》等作品中,移民离开墨西哥的原因是为了躲避战乱;而到了 20 世纪 70 年代后期,移民的原因就有了新的特点:墨西哥经历了历史上最严重的经济衰退,农民终年辛勤劳动,却难以有自己的栖身之

---

① Judith Ortiz Cofer, *Call me Maria*. New York: Scholistic Inc., 2006, p. 2.

② Julia Alvarez, *How the Garcia Girls Lost Their Accents*, New York: Plume, 1992, p. 170.

American Fiction: Local Processes and Multivariate Genealogies

所。瑞娜·格兰德将小说命名为"我们之间的距离",其中的意义耐人寻味:作品书写了移民经历给家庭成员带来的距离感,因为移民使得亲子分离,所以时空的距离进而造成了心理上的疏离,父母和孩子之间情感的疏远可能是终身的:"我们和父母之间的距离破坏了我们的亲密关系,这是我们谁都没有想到的。结果将是非常严重的。"①总体来说,移民小说既反映了移民经历带来的希望,也反映了移民为此而付出的代价。

四、与非拉美裔小说的互文

以上这三个主题不仅是拉美裔美国作家的书写重点,同样也得到了非拉美裔作家的关注。这体现出拉美裔美国人在美国社会中的影响以及拉美裔主题对于美国小说本土化的意义。

最早对墨西哥裔美国人加以关注的重要作家是约翰·斯坦贝克(John Ernst Steinbeck, 1902–1968),他在两部作品中涉及了墨西哥裔美国人主题:《煎饼坪》(*Tortilla Flat*, 1935)和《愤怒的葡萄》(*The Grapes of Wrath*, 1939)。《煎饼坪》中所描写的西班牙人后裔其实并不是西班牙人的直系后裔,而是一群有着墨西哥、印第安、西班牙等多重文化身份的墨西哥西语裔美国人,他们身上所体现出的文化杂糅正是拉美裔美国人的特质之一。另外,斯坦贝克在创作《愤怒的葡萄》时,曾经到加利福尼亚州阿尔文的季节工人营地进行实地调查,而这个季节工人营地中相当一部分工人为墨西哥裔。奇卡诺运动领袖塞萨尔·查韦斯(Cesar Chavez, 1927–1993)和社区服务组织(Community Service Organization)的创始人弗莱德·罗斯(Fred Ross, 1901–1992)后来也到这里,组织季节工人进行争取权利的罢工斗争,这些政治斗争继而成为奇卡诺运动中的重要部分。

《煎饼坪》中丹尼和朋友们整日无所事事,根本没有"美国梦"所体现的进取精神,以至于丹尼在大火中失去了祖上的房产以后,还自我安慰道:"如果房子还在,我一定会妄想收房租……现在好了,我们又可以自

① Reyna Grande, *A Distance between Us: A Memoir*, New York: Atria Books, 2012, p. 57.

由自在了。"①这种得过且过、乐观逍遥的态度在《奇卡诺人素描》（*Chicano Sketches*）中得到了回应：霍约社区里加尔扎的理发店和丹尼的小房子具有相似的功能，是社区活动中心，是墨西哥裔美国人价值观的象征。店主加尔扎缺少美国人的"成功"意识，赚钱不是他的头等大事。每当他愿意回墨西哥时，可能把店门一关就走人，一个多星期也不开张。加尔扎的人生信条就是"不能让店铺左右自己"②，不能为了挣钱而委屈自己。霍约社区是远离城市、远离现代化影响的地方，人们有着传统的生活方式，尚没有受到主流文化中物质主义和消费主义的影响。

美国和墨西哥之间的关系、美墨边境冲突同样成为非拉美裔作家的书写内容。例如，在科马克·麦卡锡（Cormac McCarthy，1933－　）的《血色子午线》（*Blood Meridian*，1985）、《天下骏马》（*All the Pretty Horses*，1992）、《穿越》（*The Crossing*，1994）、《平原上的城市》（*Cities of the Plain*，1998）甚至《老无所依》（*No Country for Old Man*，2005）中，美墨战争、墨西哥人和美国人的相遇、文化冲突及暴力都成为"边境"的特征。

在《天下骏马》中，麦卡锡描写了三位美国少年从美国到墨西哥的冒险经历，约翰·格雷迪、罗林斯和布莱文斯跨越边境、进入陌生土地的经历和拉美裔移民小说中跨越边界的主题存在相似性，都代表着追求梦想的旅程；但是两类小说中人物的运动迁移轨迹却是相反的。格雷迪三人对于墨西哥充满了英雄主义的浪漫想象；同样，拉丁美洲移民对于美国财富和机遇的向往也带有相当的冒险性。格雷迪手中的地图便是证明："地图上美国这一边直抵最下方作为边界的里约格兰德河区域，都有道路、河流及市镇。而河的那边却是一片空白。"③三个人夜晚渡河、跨越边界的经历在拉美裔移民小说中得到了相似的描述。例如在瑞娜·格兰德的《越过万水千山》中，阿德丽娜翻山越岭、来到美墨边境的荒山，找寻19

① 斯坦贝克：《人与鼠：中短篇小说选》，张澍智、张健、石枚译，上海：上海译文出版社，2004年，第175页。

② Mario Suarez, *Chicano Sketches: Short Stories by Mario Suárez,* eds. Francisco A. Lomelí, Cecilia Cota-Robles Suárez, and Juan José Casillas-Núñez, Tucson, University of Arizona Press, 2004, p. 102.

③ 科马克·麦卡锡：《天下骏马》，尚玉明、魏铁汉译，重庆：重庆出版社，2010年，第36—37页。

American Fiction: Local Processes and Multivariate Genealogies

年前穿越边境时失去下落的父亲。她费尽周折设法找到了当年的一位蛇头，决心要将父亲的尸骨带回家："我必须要搞清楚。十九年了，我不知道我父亲到底怎么了。您体会不到那种生活——一无所知，杳无音信。我要知道*真相*。她甩开胳膊，继续搬动石块。"①这部作品通过阿德丽娜的寻找，重新构建了父亲的存在，代表了许许多多在去往"北方"的道路上消逝的生命。而《天下骏马》中三个人在月光下渡河的经历同样标志着暴力和冲突的开始："走出柳林和沙石阶地，来到一块平地上。在这里，他们重又跨上骏马，向南进入墨西哥阿韦拉州的干旱的灌木林地。"②贫瘠的土地、荒凉的村镇和陌生的脸庞，都成为危机四伏的代表。

对于约翰·格雷迪等人来说，边境和异邦是暴力、冲突的象征。在拉美裔移民小说中，跨境也是充满了危险重重的，两者之间形成了互文关系。在《天下骏马》、《穿越》和《老无所依》等作品中，边境是暴力的处所，死亡无处不在，冷漠也已经成为人们生活的常态："一切都是冷漠的……他们向前骑到了街路尽头。接下来便是窄窄的泥路，当他们顺路转弯时，发现自己又进入了沙漠之中，好像方才看到的那座美好小镇不过是一场短梦而已"③。同样，对于拉美裔移民来说，穿越边境也是充满了艰辛和危险的旅程：他们在梦想着获得工作机会、改善生活条件的同时，也会付出相当的代价。普通的墨西哥人大多为生活所迫而到"北方"寻找生路，但随着美国边境巡警加紧对非法移民的打击力度，跨越边境变得越来越艰难，很多人不得不求助于蛇头。他们一般没有足够的资金一次性全家移民，因而不少家庭中都是父亲或者母亲先行到美国非法打工，攒够一定数目的经费再设法让家人偷渡过境。所以在《我们之间的距离》中，"美国"并不是光明的梦想所在，而是个可怕的地方，因为它夺走了父母，让孩子们孤苦无依：

> 小时候，奶奶艾薇拉总是用"哭泣的女人"的故事吓唬我们，那个在河边游荡的女人，会把不听话的孩子偷走，就再也见不到爸爸妈

---

① Reyna Grande, *Across a Hundred Mountains: a Novel*, New York：Washington Square Press, 2006, p. 3.

② 科马克·麦卡锡：《天下骏马》，尚玉明、魏铁汉译，重庆：重庆出版社，2010年，第50页。

③ 科马克·麦卡锡：《穿越》，尚玉明译，重庆：重庆出版社，2011年，第209页。

妈了。

　　姥姥琴塔却跟我们说，不要害怕"哭泣的女人"，只要我们祈祷神灵的保佑，圣母和圣徒就会保佑我们，不会受到她的伤害。

　　可是，她们谁都没有告诉我们，还有一种力量比'哭泣的女人'更加强大——只是这力量掠走的不是孩子，而是父母。

　　这就是美国。①

　　麦卡锡对于边境的书写和拉美裔作家的书写存在着相当的互文性，这一方面体现了拉美裔美国文学的"美洲特征"，另外也说明了美国文化与拉丁美洲文化之间的相互渗透和相互影响。巧合的是，在《天下骏马》获得国家图书奖的那一年度，同时获得提名的还是克里斯蒂娜·加西亚的《梦系古巴》。虽然两部小说中人物地理迁移的方向是相反的，但是它们都涉及边界的跨越、不同文化的协商和身份的建构等主题。也许，这两部作品同时获得提名并不是巧合，而是指向了一个共同的"美国主题"：美洲文化的杂糅和人物身份的多元性。

第三节　拉美裔文学对美国小说本土化的影响

　　在谈到美国国民特性时，塞缪尔·亨廷顿曾经不无失落地哀叹，美国文化的"拉美裔化"已经成为美国"国民身份"贬损的重要原因："原来促进移民同化的那些因素处于弱势或不复存在，同时越来越多的移民保持着双重国籍、双重国民身份和双重忠诚；讲一种非英语语言（西班牙语）的人（主要是墨西哥裔人）在移民中间居于多数，这种现象在美国是史无前例的，其结果是出现拉美裔化的趋势，美国变成双语言、双文化社会的趋势。"②在亨廷顿看来，"多元文化"显然不能够作为美国的"文化核心"，移民问题是美国面临的严峻挑战，因为"美国的多元文化主义者并

---

① Reyna Grande, *A Distance between Us: A Memoir*, New York：Atria Books, 2012, p. 3.
② 塞缪尔·亨廷顿：《谁是美国人：美国国民特性面临的挑战》，程克雄译，北京：新华出版社，2010 年，第 102 页。

American Fiction: Local Processes and Multivariate Genealogies

非要美国认同另一种文明，而是要建立一个拥有众多文明的国家，即一个不属于任何文明的、缺少一个文化核心的国家"①。当然，亨廷顿所谓的"文化核心"和美国"国民性格"，显然是欧洲裔美国文化，以中产阶级白人文化为规范，以清教主义作为文化基础。亨廷顿的民族主义立场也遭到了相当的批评，批评者认为，他的主张在一定程度上反映了"主流文化群体……弹压少数民族平等权利的要求和多元文化主义的主张"②。应该说，亨廷顿对美国"拉美化"的忧虑不无道理，这恰好说明拉美裔美国人的社会影响在逐渐扩大，并对美国国民性格的构建发挥着重要的影响。

一、对"美国文学"的重新界定

20世纪后半叶以来，拉美裔美国文学的繁荣直接对"美国文学"的含义及美国文学范围的扩充产生了影响。20世纪出版的大部分美国文学史和美国文学选读，大都是以殖民地的建立和清教主义在北美殖民地主流地位的确立作为开端，而拉美裔美国文学源流的追溯证明，在1620年"五月花号"到达美国东海岸之前的近百年（1521年），西班牙文化就开始了和土著文化的融合。具有美洲特色的西班牙语裔文学记录可以追溯到16世纪末：1598年德克萨斯州的埃尔帕索（El Paso）上演了关于墨西哥探险的戏剧，由新墨西哥总督胡安·德·奥纳特（Juan de Oñate）资助。这是迄今为止有历史记录的"新大陆"最早的文学活动。③

当今，鲁道夫·阿纳亚、桑德拉·希斯内罗丝、胡诺特·迪亚兹等作家已经当之无愧地进入美国文学正典，成为美国最具影响力的作家。在《诺顿美国文学选集》的第6版，阿纳亚和希斯内罗丝等作家的作品入选；在乔治·麦克迈克尔（George McMichael）担任总主编的麦克米伦第4版《美国文学选读》（1989）中，阿纳亚、希斯内罗丝和托马斯·里维拉的作品入选；《希斯美国文学选读》（第4版）包含了更多的西语裔作家作

---

① 塞缪尔·亨廷顿：《文明的冲突与世界秩序的重建》，周琪等译，北京：新华出版社，1999年，第353页。
② 蔡永良、何绍斌：《美利坚文明》，上海：上海三联书店，2010年，第207页。
③ 李保杰：《二十世纪美国西语裔戏剧的嬗变》，载《戏剧文学》，2010年第4期，第62页。

品。如前所述,拉美裔作家的作品除了获得美国和国际重要文学奖项之外,作家在重大的文学活动中也已经彰显出影响力。例如,《奥斯卡·瓦奥短暂而奇妙的一生》的出版是 21 世纪拉美裔美国文学中的重大事件之一,这部作品的成功给作者胡诺特·迪亚兹带来了巨大声誉,他 2010 年成为普利策奖的评委,也成为第一位担任此职务的拉美裔作家。之前,墨西哥裔作家理查德·罗德里格斯曾经担任美国国家图书奖的评委,他还是 1997 年度的美国广播电视文化成就奖(Peabody Award)得主,担任美国 PBS 新闻(Newshour)的特约嘉宾,他的《记忆的饥渴:理查德·罗德里格斯的教育》是最早被选入《希斯美国文学选读》的作品之一。

　　拉美裔群体的经历逐渐成为美国文学创作的普遍题材。早在 20 世纪 60 年代末期,墨西哥人的生活已经成为非墨西哥裔作家的创作主题,雷蒙德·巴里奥(Raymond Barrio)的小说《摘李子的人们》(*The Plum Plum Picker*, 1969)以墨西哥裔季节工人的艰苦生活为主题,成为早期奇卡诺文化研究的重要文本。事实上,作者本人并没有墨西哥裔文化背景,不过是因为他的妻子具有墨西哥血统,所以他才较为关注墨西哥裔季节工人的经历并对他们的艰苦生活怀有深切的同情。巴里奥发表这部作品时,奇卡诺作家尚未创作出具有影响力的季节工人主题的作品,美国非墨西哥裔社会少有人注意到那些终年在德克萨斯到加利福尼亚之间来回迁徙的采摘工人。巴里奥在书写季节工人生活方面所做的开拓性贡献不容忽略,同时这也是墨西哥裔美国人对美国文学产生影响的一个证明。

　　在 21 世纪,非拉美裔作家对于拉美裔群体的关注依然在继续。威尔·郝博思(Will Hobbs)的《穿越铁丝网》(*Crossing the Wire*, 2007)就是一个例证,小说讲述的是 15 岁的墨西哥少年维克多·弗洛雷斯为生活所迫而独自跨越边界的故事。这是一部从青少年角度书写非法移民经历的作品,采用了第一人称叙述,故事生动自然、打动人心;小说所塑造的主人公正直善良,契合青少年文学所宣扬的积极价值观。虽然作者本人没有西语裔文化背景,但是表现出了对于墨西哥和拉丁美洲非法移民的关注,这种人文关怀精神值得深思,因为它揭示了非法移民问题背后的政治问题:政治危机、社会动荡和经济萧条使得墨西哥等拉丁美洲国家危机重重,人民生活艰难,被迫铤而走险非法越境,来寻求生路。赫博思对该主题的选择反映了有良知的美国知识分子对非法移民问题的理性思考。

另外一个相似的例子是蕾切尔·库什纳（Rachel Kushner，1968- ）的《古巴来电》（*Telex from Cuba*，2008），该作品获得了国家图书奖提名。库什纳没有古巴或者西语裔背景，她对于古巴的了解不过是 3 次古巴之行。客观来讲，小说中人物叙述角度的选择、人物的阶级属性等，对熟悉拉美裔文学的读者而言并无特别之处。例如，小说开头便用黑体字标示出了叙述开始的时间："1958 年 1 月"，第一人称叙述是这样展开的："那天早上我睁开眼睛，第一眼就看到了它。橙红色的长方形，红色岩浆的颜色，投射在卧室的白墙上。那是投过窗子照进来的光，像慢放的无声电影，照在墙上，光柱中的微尘粒粒可见……在古巴东部，有时候，我早上一醒来就能知道变天了……我们从哈瓦那过圣诞节回来，爸爸从来不公开说，但是我知道菲德尔在山里，和劳尔的部队在一起。"①虽然这段描写中对古巴革命和卡斯特罗的暗示能够有效地激发读者的阅读兴趣，但也属于老生常谈类型的叙事方式。不过，对于非西语裔背景的作家，创作这样一部作品具有相当的挑战性，同时也反映出拉美裔问题对美国文学界产生的影响正在逐步显现。

这些小说反映了盎格鲁—撒克逊美国文化和拉美裔文化之间的双向渗透，体现出明确的文化协商趋势。不同文化之间的边界进一步被模糊化，美国文学的"主流"和"边缘"都具有更加明显的流动性。

二、"美洲主题"和对"美国梦"的重新阐释

拉美裔美国人的文化杂糅性使得美国小说中具备了多视角、多层次的"美洲主题"。以清教主义思想为基础的"天定命运"（Manifest Destiny）和"山巅之城"（the Hill Upon the City）理念是美国的立国之本，拉美裔文化的注入使得"美国梦"具有了更加丰富的内涵。普利策小说奖得主奥斯卡·希罗胡斯（Oscar Hijuelos，1951-2013）的《埃米利奥·蒙特斯·奥布莱恩的 14 个姐妹》（*The Fourteen Sisters of Emilio Montez*

---

① Rachel Kushner, *Telex from Cuba*, New York：Vintage Books, 2014, p. 1-2.

O'Brien，1993）生动地反映了拉美文化对于"美国梦"的补充。这部讲述蒙特斯·奥布莱恩家族历史的小说表现出明显的文化杂糅意识：小说中的父亲尼尔森是爱尔兰移民，母亲马列拉是古巴移民，他们生活在宾夕法尼亚州的一个小镇。奥布莱恩家的 15 个孩子在美国成长、兴旺。小说以长女玛格丽特为主要的叙事者而展开，其中穿插了不同的叙事声音。玛格丽特 1902 年出生在古巴开往美国的船上，是爱尔兰—古巴混血儿，同时又具有了美国身份。奥布莱恩家十几个孩子的出生时间不同，经历也不尽相同，体现出不同程度的美国化。玛格丽特把自我意识和女性主体性投射在叙事中，表现出拉美裔女性对于美国生活的直接作用。小说通过"花香"等意象来表现奥布莱恩姐妹对美国小镇生活的影响："埃米利奥·蒙特斯·奥布莱恩十四个姐妹居住的那所房子里，到处洋溢着女性的魅力。从屋外尖桩篱栅旁走过的男人们——邮递员、卖杂货的、卖冰块的——有时候惊诧于沁人心脾的花香，仿佛那香气被此处洒落在地面上和地板上……房门敞开的时候，这些女人们的力量就会倾泻出来，对男人们产生改头换面的影响，就连最小的婴儿也不例外，这力量即便非常细微，却也是坚定无移的。"[1]希罗胡斯在描写十四个姐妹和埃米利奥的生活时，通过人们最熟悉的日常生活场景，反映了拉美裔移民的美国化经历以及移民对美国社会的影响。

拉美裔美国文学对于"美国梦"的补充从理查德·布兰科那里得到了更加充分的证明。在 2013 年奥巴马总统的就职仪式上，布兰科受邀朗诵诗作"同一天空下"（One Today），他成为第一位在这样重大社会场合朗诵诗作的拉美裔作家，也是第一位受邀的移民。布兰科 1968 年出生于马德里，父母是古巴革命后移民到西班牙的古巴人。在布兰科不到两个月时，全家移居迈阿密。布兰科毕业于佛罗里达国际大学，大学的专业是土木工程，后来在硕士阶段转向创意写作，师从著名诗人坎贝尔·麦克格兰斯（Campbell McGrath，1962-　）。1998 年布兰科出版诗集《千火之城》（*City of a Hundred Fires*），后来获得资助，到巴西和危地马拉等拉丁

---

① Oscar Hijuelos，*Fourteen Sisters of Emilio Montez O'Brien*，New York：Perennial，Harper Collins Book，2003，p. 3.

美洲国家游历，为他的诗歌创作积累了大量素材。布兰科虽然创作了不少作品，但是他的声誉还是来源于这次社会活动以及其中的政治含义。从这首诗中，可以看到沃尔特·惠特曼"自我之歌"中的主题，反映出美国思想在代际和族际间的传承。当年，惠特曼歌颂美国的山川河流，热情褒扬美国人民的生活热情和奉献精神；这首诗同样具有这些特征，并且带有了时代性和"美洲特征"。布兰科对"美国梦"的赞颂符合奥巴马这位首任黑人总统对于美国社会的历史意义，诗中写道：

一轮红日升起，在我们头顶，照亮了我们的海岸，
它悄悄望着太阳山脉，瞧着五大湖的脸庞
亮闪闪，昭告给我们一个简单的真理
越过大平原，朝向那巍峨的洛基山。
同一束光明，唤醒千家万户，他们都有一个故事
在那窗棂后，可看见那些悄无声息却忙碌的身影。

我的脸庞、你的脸庞，清晨镜中百万人的脸庞，
写着对生活的渴望，汇成了这一天：
亮黄的校车，信号灯有节奏的闪烁，
水果摊上：苹果、柠檬、橘子，如彩虹般
我们怎能不欢唱。银色的卡车满载石油和纸张——
红砖和牛奶，在高速公路上，一辆辆驶过，你我身边，
我们奔赴各自的岗位，去清扫卫生、整理账目、拯救生命——
去教诲孩童，或者去食品店整理货物，一如母亲
二十年来的日复一日，我今天才得以写下这首赞歌。

……

同一片蓝天：阿巴拉契亚山脉和内华达山脉
巍峨入云天，密西西比河和科罗拉多河
蜿蜒入大海。我们用自己的双手：
建起一座座大桥，写就一份份报告

缝合了病人的伤口,织就士兵的军服

绘在画布上的油彩,清扫自由塔的每一块地板,

一起描绘了这一片天空,铸就我们的坚韧。①

……

布兰科所说的"同一片蓝天""同一片大地""同一天空下"和"同样的欢歌"是"美国精神"的代表,是消解了差异、歧视的抽象性的美国精神。作为移民的后代和同性恋者,布兰科对美国这个"梦想之地"尤其具有代表性,因而他使用了英语、西班牙语、法语、德语等不同的语言,象征"没有歧视"的自由之地,使得诗歌带有强烈"主旋律"的色彩,契合总统就职这样的社会历史事件。在总统就职仪式的朗诵中,他使用了西班牙语朗读"科罗拉多"等词,清晰地表明了自己的族裔身份;但是,诗歌的主题又表现出美洲文化的杂合性和包容性,因而"美国梦"主题将诗人的族裔特性进行了消解。布兰科在朗诵结束之后接受了美国广播公司的采访,主持人在介绍他时,特别强调他是"古巴流亡者的孩子",以及他曾经做土木工程师的经历,暗示了美国机会使得"跨界"成为可能。布兰科本人对此也做出了积极的回应,追溯他的父母借道于第三国而辗转来到美国的经历。因为布兰科的母亲离开古巴时已经怀孕,所以他声称自己是古巴、西班牙和美国三个国家精神的合体:"美国梦到底是什么?我就是。一个古巴裔美国人,生活在美国主流社会的边缘,但是也能够充满信心。我父母不太会讲英语,但他们依靠努力工作把我抚养成大,使我有机会成为土木工程师,现在还被选中代表国家来朗诵我的诗作。……在美国,我有了很多的机会,使我敢于去梦想,去构想我们的成功,以及我们能够做什么。"②布兰科在谈及自己的成就和文化身份的时候,再次强调了"美国梦"所代表的无限可能性,认为是美国精神最终造就了他的成就:"至于写什么,我保留自己的选择权,不仅局限于文化身份。从审美和政治上讲,我不把自己简单地归类到任何一个群体——拉美裔、古巴、同性恋者、

---

① Richard Blanco, "One Today", 01-20-2013/21-11-2016.

② Richard Blanco, "Interview", 01-20-2013/21-11-2016.

American Fiction: Local Processes and Multivariate Genealogies

或者'白人'——相反，我接受所有这些。"①布兰科作为新一代古巴裔美国作家，其多重身份和跨界经历是他获得认可、成为"美国梦"代言人的根本所在。

结　语

拉美裔美国文学是个作家作品数量多、主题多样、手法庞杂的体系。每个亚族裔文化群体的情况各不相同，不过在纵横结合的研究中也可以看出，它们在文化和文学上存在共性和个性。墨西哥裔美国文学是历史最为悠久、作家作品数量最多的一个群体，墨西哥裔作家和社会活动家在社会历史的重大事件中担当了"拉美裔先锋"的角色。在 20 世纪 80 年代之前，墨西哥裔文学成为拉美裔美国文学的代表，以墨西哥裔学者为主力的拉美裔学者开创了拉美裔美国文学的学科框架和研究框架。墨西哥裔文学的创作主题最为多样化，涉及跨越边界、移民经历、家族历史、自我历史书写、青少年犯罪、性别身份等，表现手法也较为多元化，涉及虚构性自传、碎片化叙述、书信体和语码转换等。古巴裔作为人口第三大亚族裔文化群体，文学成就非凡。虽然其文学发展历史较短，但是意识形态因素和政治性书写占据核心地位，以流亡模式为主题的流亡文学是代表性书写范式，契合美国主流文化群体对于古巴人的文化想象，因而得到了主流文化的大力支持。波多黎各裔在人口数量上仅次于墨西哥裔，并且享有美国公民身份，可以自由地进出美国本土，但这恰好是波多黎各裔美国人"无所适从"心理的根本来源，"贫困""犯罪""被边缘化""居间状态"成为波多黎各裔美国文学的重要主题。多米尼加裔文学中作家作品数量不多，但是"殖民征服"和"暴力"等政治题材具有典型的"拉丁美洲文化"特征。总体来看，各个时期的拉美裔美国文学以"解构"和"重构"为基本思想，表现出对宏观历史、帝国规范或者白人中产阶级男性权威的颠覆与超越。这些文学作品增加了"美国文化"的多层面含义，使得"美国梦"的

---

① La Bloga，"Interview with Richard Blanco"，01-18-2013/01-12-2016.

意义更加丰富。其中不少作品获得广泛认可，对美国文学正典做了修正和补充。

文学研究不可忽略作品中的社会历史性，拉美裔美国文学研究尤其如此。从亨廷顿对"拉美化"的忧虑，到奥巴马竞选时对"少数族裔"和"同性恋"的支持，再到特朗普在非法移民问题上的强硬立场，可以看出美国主流文化群体对于拉美裔等群体态度的变化。虽然奥巴马当选得益于非裔、拉美裔和同性恋者等边缘群体的支持，而布兰科的多重身份符合当时的宣传需要——他既是成功的古巴流亡者，又是男同性恋诗人，但是也必须看到，布兰科等作家及其作品所体现的文化跨界是拉美裔文学之多元化的体现。新一代作家向主流进军的强大力量，不仅仅是政治宣传的需要，同时也是社会的选择，是他们进入美国文学正典的根本原因。这种文化的杂糅和协商是美国小说之"美洲性"的体现，是美国小说的"美国性"所在。而民族主义的回潮验证了拉美裔文化的强力冲击下主流文化的不安，从侧面反映出拉美裔文化对"美国国民特性"建构带来的深远影响。

拉美裔美国文学是该族群文化的缩影，它源于几种文化的杂糅，表现为族群文学内部的异质性和书写主题的多元化，同时对美国文化的多元化构建发挥着日趋重要的作用。文学研究以文本作为依托，解读价值取向和具体表达，对于重新定义"美国文学"、充实美国文学史具有重要意义。

第九章

印度裔谱系

——夹缝中的挣扎：印度裔美国小说中的身份重构问题

引　言

亚裔美国文学是美国少数族裔文学中非常重要的一支。1982年，著名亚裔美国文学评论家金惠经在《亚裔美国文学：作品及社会背景介绍》中将"亚裔美国文学"定义为："华、日、韩及菲裔美国人用英语创作、发表的作品。"书中介绍了华、日、韩及菲律宾四个美国少数族裔的相关文学作品，她认为其他美国亚裔族裔文学作品到20世纪80年代还不多，因此没有涉及。1988年，埃略特（Elliott）在《哥伦比亚美国文学史》中，将"亚裔美国文学"定义为："华裔、菲律宾裔、韩/朝鲜裔和南亚美国作家用英语发表的，描写她们在美国的经历的文学作品。"①此处增加了南亚美国作家这一群体。而随着萨尔曼·拉什迪、芭拉蒂·穆克吉和裘帕·拉希莉等频频摘得国际文学大奖，印度裔美国作家逐渐成为亚裔美国作家中非常重要的一支，其文学作品也受到越来越多的关注。

---

① 埃默里·埃利奥特（主编）：《哥伦比亚美国文学史》，朱通伯等译：成都：四川辞书出版社，1994年，第811页。

2015 年出版的《剑桥亚裔美国文学史》(*The Cambridge History of Asian American Literature*)认为"将来的亚裔美国文学可能是由亚裔美国人创作的、或者是关于亚裔美国人的文学作品,而不是由亚裔美国人创作的关于亚裔美国人的文学作品"[1]。由此看来,就目前而言,亚裔美国文学指由亚裔美国人创作的关于亚裔美国人这一群体的文学作品。2016 年出版的《亚裔美国文化:从日本动漫到虎妈》(*Asian American Culture: From Anime to Tiger Moms*)中指出"印度裔美国文学是指由印度裔美国人或者其在美国出生并长大的子女所创作的文学作品"[2]。这一定义特别强调了创作主体,即印度裔美国人。此外,对于生活在美国的印度裔移民来说,英语是他们与美国主流社会对话的工具,因此,我们所谈论的印度裔美国小说也理应指用英语写成的小说。综上所述,印度裔美国文学是指由印度裔美国人创作的关于印度裔美国人这一群体的文学作品。因此,像以描写印度社会中的特殊群体——波斯后裔而享誉文坛的罗因顿·米斯特瑞(Rohinton Mistry, 1952-)等作家便不在本章的讨论范围之内。萨尔曼·拉什迪的经历比较特殊,他出生于印度,在英国长大,并且加入了英国国籍,但在 2000 年的时候,他又移居到美国,之后又有新的作品诞生。同像其他印度裔美国作家一样,他十分关注美国印度裔移民的生活状况,遂将其列入本章的研究范围之内。

印度裔美国人受到"美国梦"的吸引,为了过上更美好的生活而来到美国,尤其在 1965 年美国的移民政策放宽之后,美国发达的经济和包容的多元文化使许多印度人纷纷放弃英国,而将美国作为移居的新目标。当他们身处西方主流社会时,不得不面对身份重构的问题。虽身在美国,可是他们的肤色和行为习惯却时刻暴露出他们的印度裔身份。来自美国主流社会的歧视、压迫和排挤使他们对自己的身份更加怀疑和困惑,由此产生的孤独、焦虑和痛苦使其饱受煎熬,"美国梦"最终变成了"美国噩梦"。他们处在东方与西方、印度传统文化与美国现代社会以及理想与现实的三重夹缝之中,挣扎于困境中是生活的常态,融入美国社会、得到

[1]　Rajini Srikanth, Min Hyoung Song, *The Cambridge History of Asian American Literature*, New York: Cambridge University Press, 2015, p. 299.

[2]　Lan Dong, *Asian American Culture: From Anime to Tiger Moms*, ABC-CLIO, 2016, p. 61.

American Fiction: Local Processes and Multivariate Genealogies

美国主流社会的认可，进而实现其"美国梦"还任重而道远。

　　本章分为三节。第一节是印度裔美国文学简介；第二节探讨印度裔美国女性作家作品中的印度女性在西方自由、平等思想影响下的成长历程；第三节探讨印度裔美国人，尤其是第二代移民的困惑与无奈，作家对移民困境的反思，以及困境中的成长。

国内外研究综述

（一）国内印度裔美国文学研究综述

　　通过对国内已出版书籍的查阅以及对中国期刊网的检索发现，国内对印度裔美国文学的整体研究还是一片亟待开垦的处女地。没有发现专门研究印度裔美国文学的专著、硕博士学位论文，或者期刊论文。少有的几篇与此相关的文章《印度英语文学在美国：研究范式与关注热点》《印度海外文学的发展与研究》是将印度裔美国文学作为印度英语文学的一部分展开研究的。目前，国内对印度裔美国文学的研究还处于初期阶段，并且主要是针对特定的印度裔美国作家及其作品的分析。研究视角涉及作品的主题、叙事策略及创作手法等。

　　国际上重要的文学奖是国内学者研究的指向标。此外，中译本也是影响国内学者研究印度裔美国文学的一个重要因素。

　　通过对中国期刊网的检索发现，国内研究最多的印度裔美国作家是基兰·德赛。共检索到 6 篇硕士学位论文，且都是以德赛的第二部长篇小说、布克奖获奖作品《失落》为研究对象，其中有 5 篇从后殖民主义视角入手。郑飞的《〈失落〉的后殖民主义解析》（天津师范大学硕士论文，2013）和闫保芹的《〈失落的传承〉的后殖民主义解读》（河北师范大学硕士论文，2011）从后殖民主义的角度探讨殖民主义余波对现代印度的影响，而徐杨的《论〈失落的继承〉中人物的文化身份重构》则运用后殖民理论中的"模范"、"他者"和"错置"等概念深入分析了小说中人物文化身份遗失的原因；顾益萍的《何谓"遗失"？——论基兰·德赛小说〈遗失的继承〉》(浙江大学硕士论文,2011)通过对小说中人物及其关系的梳理和分析,探索后殖民时代的印度人民到底遗失了什么;金延英的《〈失落〉的后殖民解读——以文化身份为视角》(A Postcolonial Interpretation of *The Inheritance of Loss* — From the Perspective of Cultural Identity)探讨了在印度和美国的印度人的文化身份问题。而肖萧的《对历史的反思——从新历史主义视角解读〈失落的传承〉》(广西师范大学硕士论文,2015)从新历史主义文学批评的角度,探究这部作品与历史的辩证关系。另有3篇期刊学术论文也采用后殖民理论对《失落》进行深入研究,包括蔡隽的《"失落"的背后——对基兰·德赛〈失落的传承〉的症候性解读》(《当代外国文学》,2010年第3期)从叙事结构和人物刻画的层面上探讨"散漫叙事"作为后殖民文本迂回策略在基兰·德赛获奖小说《失落》中的形式、作用和意义;都岚岚的《错置与失落感:论基兰·德塞〈失落的继承〉中的跨国身份》(《当代外国文学》,2015年第1期)以后殖民文学的主要特征之一的"安置与错置"为视角,分析了小说中的人物在空间错置的情况下,追寻文化身份过程中的失落和无根感;黄怡婷的《游移:基兰·德赛笔下的印度人》(《国外文学》,2016年第4期)从小说人物的背景空间、地理空间以及心理空间三个方面分析作品中现代印度人处于本国文化与帝国文化之间"游移"的生活状态。除此之外,黄芝的《叹息与渴念——论〈失落的传承〉的"宁静的自得"观》(《外国文学评论》,2009年第4期)另辟蹊径,以小说铭文中引用的诗为切入点探讨作者德塞所传达的"宁静的自得"观;黄怡婷的《人性温暖与失落中的坚守——评德塞的〈失落的传承〉》(《外国文学动态》,2010年第4期)对作品及其中的人物进行了介绍。另有还有其他几篇硕士论文分析作者的创作意图以及作者对母国的情感等问题。期刊论文也主要从后殖民视角分析其布克奖获奖作品《失落》。

总体来看,国内对基兰·德赛的研究视角太过单一,且研究作品仅限于《失落》,对其第一部作品《番石榴园的喧闹》的研究则基本无人问津。

其次是获得普利策文学奖的裘帕·拉希莉。国内硕士论文对拉希莉的研究视角和作品选择都比较单一,集中在对拉希莉《同名人》中身份问题的挖掘。而期刊论文的研究视角和作品选择则稍微多样化,除了探讨

American Fiction: Local Processes and Multivariate Genealogies

其作品中的身份问题之外，有的文章还从创作手法、新历史主义和女性主义的角度对拉希莉的其他作品展开分析。

从 2007 年到 2016 年，在各大院校的相关研究中，有 6 篇硕士论文和 1 篇博士论文以裘帕·拉希莉为研究对象，其中有 5 篇以拉希莉的第一部长篇小说《同名人》为研究对象，探讨其中的身份问题，挖掘文本中的主题意义，包括侯飞的《从身份困惑到自我确认——裘帕·拉希莉〈同名人〉的成长主题解读》（苏州大学硕士论文，2011）；刘娟的《探寻〈同名人〉中的文化身份》（四川外国语学院硕士论文，2010）；谢玉露的《身份的焦虑与追寻——对三位印裔女作家作品中蕴含的身份问题解读》（四川师范大学硕士论文，2011）；虞功未的《民无国界——流散文学视角下的〈同名人〉》（陕西师范大学硕士论文，2014）；白少毅的《从后殖民的视角解读裘帕·拉希莉〈同名人〉中的身份问题》（A Post-Colonial Interpretation of Identity in Jhumpa Lahiri's *The Namesake*）（西安外国语大学硕士论文，2016）。而王颖的《发现自我——裘帕·拉希莉〈同名人〉和〈不适之地〉中的身份妥协》（北京外国语大学硕士论文，2015）则从拉希莉的两部作品中探讨其中的身份问题。2016 年出现了一篇研究裘帕·拉希莉的博士论文，即云玲的《裘帕·拉希莉作品的离散叙事研究》（北京外国语大学博士论文，2016），这篇论文以裘帕·拉希莉的《疾病解说者》《同名人》《不适之地》以及《低地》四部作品为研究对象，探讨拉希莉如何重新书写印度裔知识分子的离散感，覆盖了拉希莉目前为止出版的全部作品。同年，这篇论文以专著的形式出版。

国内研究拉希莉的期刊论文包括金仁顺的《爱与哀愁——我看裘帕·拉希莉的小说》（《中国比较文学》，2014 年第 3 期）、陈春霞的《失重的灵魂——评裘帕·拉希莉的〈同名人〉》（《外国文学动态》，2007 年第 1 期）以及李贵苍和黄瑞颖的《边缘性的嬗变——论〈第三块大陆，最后的家园〉中的空间书写与身份认同》（《当代外国文学》，2015 年第 3 期），以上 3 篇文章从主人公对自我身份的追寻出发，体现出移民在异国他乡漂泊无根的痛苦；姜礼福的《责任·创伤·伦理——评裘帕·拉希莉新作〈低地〉》（《外国文学动态》，2014 年第 4 期）；李靓的《第三块大陆之下的潜文本》（《外国文学》，2012 年第 4 期），从小说的创作手法入手，聚焦于拉希莉普利策获奖作品《疾病解说者》中的最后一个故事《第三块大陆，最后的家园》，探讨小说中未被注意到的女性文本。另外还有一些文章分别从离散视角、新历史主义、女性主义等视角对拉希莉的小说创作进行研究和剖析。

王玉括主编的《20 世纪美国小说赏析》辟专章介绍研究拉希莉及其成名作《疾病解说者》，分别从性别因素和种族差异的角度对书中的几个故事进行了详细的分析。薛玉凤在其专著《美国文学的精神创伤学研究》中以拉希莉《疾病解说者》中的一个短篇故事《柏哲达先生来搭伙》为例探讨印度裔美国创伤叙事。

然后是于 1988 年凭借《中间人及其他故事》获得美国国家图书批评奖的芭拉蒂·穆克吉。国内学者对其作品《茉莉花》的兴趣大于其他作品。从 2014 年到 2016 年，有 3 篇硕士学位论文研究芭拉蒂·穆克吉的创作，分别是张昕昕的《论巴拉蒂·穆克吉〈新印度小姐〉中的女性具象》（北京外国语大学硕士论文，2015）；高玮的《芭拉蒂·穆克尔吉文学创作的自撰式特征》（河北师范大学硕士论文，2014）以及邢曼的《芭拉蒂·穆克尔吉小说〈詹思敏〉中主人公詹思敏的身份危机及第三空间的建构》（沈阳师范大学硕士论文，2016）。国内研究芭拉蒂·穆克吉的期刊论文包括尹锡南、梁昭的《从流亡到移居：印度移民作家的后殖民书写——以芭拉蒂·穆克吉为例》（《南亚研究季刊》，2009 年第 1 期）和尹锡南的《芭拉蒂·穆克吉的跨文化书写及其对奈保尔的模仿超越》（《国外文学》，2010 年第 1 期），前者是从后殖民视角分析穆克吉的作品，而后者则是将穆克吉与奈保尔进行对比，发现二者作品的异同。还有其他几篇论文研究《茉莉花》中女主人公茉莉花的转变。杨仁敬主编的《新历史主义与美国少数族裔小说》在"美国亚裔文学中的寻根、异化和认同的历史感"一章中分析了穆克吉小说《茉莉花》中所揭示的印度妇女低下的传统地位以及印度下层人民的不幸命运，更反映出印度新一代女性的觉醒和反叛，从而体现作者呼唤女性自我意识的回归。

研究安妮塔·德塞及其作品的有 2 篇硕士论文和 2 篇期刊论文。女性主义是国内研究安妮塔·德塞的一个重要视角。李美敏的《安妮塔·德塞的女性小说及其艺术特色》（《南亚研究》，2009 年第 2 期）和江山、孙妮的《从〈伊萨卡之旅〉看安妮塔·德塞的女性观》,(《南阳理工学院学报》,2014 年第 2 期)从安妮塔·德塞作品中挖掘其女性观。另外还有文章从创作特色角度研究其作品。包括薛岩的《安妮塔·德塞小说中的历史叙事》(天津师范大学硕士论文,2011)和孙婷的《安妮塔·德塞〈斋戒·盛宴〉中的女性观研究》(河北师范大学硕士论文,2010)。此外,2003 年,上海译文出版社出版的任一鸣与瞿世镜编写的《英语后殖民文学研究》用一节的篇幅对德塞早期的 9 部作品进行了简介,初步阐明了德塞创作的特点,为国内德塞研究奠定了基础。

对奇塔·蒂娃卡鲁尼的研究,国内只有 1 篇文章,即陈晓宇的《〈我心姐妹〉中独特的女性言说》(《沂州师范学院学报》,2014 年第 1 期)。此外杨仁敬主编的《新历史主义与美国少数族裔小说》在"美国亚裔文学中的寻根、异化和认同的历史感"一章中以奇塔·蒂娃卡鲁尼的《香料女王》为例介分析印裔作家小说中的文化碰撞和身份建构,赞誉其以文字和实际行动维护少数族裔妇女的权利。

奇怪的是,凭借《家庭生活》获得 2015 年福里奥文学奖和 2016 年都柏林文学奖的阿基尔·夏玛却没有得到应有的关注,检索不到关于他及其作品的硕博士论文,或者期刊学术论文,只有几篇书评和报道性的文章介绍其获奖情况。这可能与作品本身的内容有关,这部作品是作者的半自传体小说,不同于其他移民小说,这部作品很少涉及移民小说中常涉及的矛盾、歧视、冲突、文化冲突等常规问题,更多的只是家庭琐事和主人公的成长,因此,可能国内还没有合适的理论可以用来研究这部作品。米娜·亚历山大著作颇丰,且在诗歌、小说和评论方面都有佳作诞生,但是国内学者对其的关注度远远不够。对于维贾伊·拉克西的处女作,国内也基本没有关注。

(二) 国外印度裔美国文学研究综述

21 世纪以前,国外对印度裔美国文学的关注还非常少。1982 年,金惠经在第一本系统介绍亚裔美国文学的著作《亚裔美国文学:作品及社会背景介绍》中只介绍了华、日、韩及菲裔四个少数族裔的文学,因为其他族裔为后来者,他们的作品直到 20 世纪 80 年代仍然较少。1988 年,《剑桥美国文学史》中介绍了芭拉蒂·穆克吉、罗因顿·米斯特瑞和米歇尔·翁达三位作家,并认为南亚裔美国文学尚未融合成独树一帜的文学创作领域,还处于萌芽阶段。

进入 21 世纪之后,国外对印度裔美国文学的研究才逐渐增多,这与 21 世纪以来印度裔美国作家频繁获得国际重要文学奖密切相关。国外对印度裔美国作家的研究主要是来自印度的学者和来自美国研究美国少数族裔的学者,作为亚裔美国文学的重要部分,印度裔美国文学得到越来越多的关注。2005 年,由桑达塔·曼达尔(Somdatta Mandal)和希马德里·拉希里(Himadri Lahiri)编撰的论文集《美国少数族裔文学——移民社群及跨文化研究》(*Ethnic Literatures of America: Diaspora and Intercultural Studies*)出版,这部论文集选取的文章主要涉及非裔、华裔及印度裔文学,是印度学者表达其对美国少数族裔文学看法的力作,书中第二部分选取了多篇研究印度裔美国文学作品的文章,探究印度裔作家笔下所展现的身份追寻、"他者"意识以及创伤与冲突等主题,成为该书最大的特色。2015 年出版的《剑桥亚裔美国文学史》(*The Cambridge History of Asian American literature*)对亚裔美国文学进行了更加详细的阐释,还选取了多篇研究印度裔美国作家作品的文章,有一定的参考价值。

国外对印度裔美国作家的研究同样以重要文学奖的获得为重要参考。此外,作家的作品数量也是一个重要因素。在众多的研究中,印度学者占据了重要的部分。

安妮塔·德塞因作品多,且受到的认可度高而在国外受到广泛研究。在国外研究安妮塔·德塞的文献中,共发现专著约 20 部,论文集 2 部,另有包括访谈、期刊论文等在内的文章百余篇。在相关著作中,女性主义是研究安妮塔·德塞作品的一个重要视角,1999 年,N·拉杰·顾派(N. Raj Gopai)的专著《安妮塔·德塞小说的研究》(*A Critical Study of The novels of Anita Desai*)从女性主义的角度对安妮塔·德塞的小说进行了介绍,并对其小说技巧进行了分析,2002 年,拉梅什·库马尔·古普塔(Ramesh Kumar Gupta)的专著《安妮塔·德塞小说中的女性主义分析》(*The Novels Of Anita Desai: A Feminist Perspective*)首先介绍了印度和西方的女性主义的传统，然后探讨了她的作品中的女性主题，又分析了其小说中的男女之间的关系以及塑造人物的技巧。此外，有多部著作探究安妮塔·德塞的创作手法、叙事技巧以及作品中的存在主义以及象征主义特征。国外涉及芭拉蒂·穆克吉及其作品的著作大约有 25 部，访谈录 1 部，另外有包括期刊论文、硕博士论文约 110 篇，其中研究最多的作品是《茉莉花》，如《〈茉莉花〉学习指南》(*A Study Guide for Bharati Mukherjee's Jasmine*)则对作者、小说的创作背景以及小说故事情节等做了详尽的梳理和介绍，对读者学习这部小说起到基础性的作用。另外，穆克吉自身的移民经历使其对移民生活有更深刻的体会和理解，因此移民在异国他乡所面临的文化冲突以及身份归属等问题是国外学者争相研究的焦点。奇塔·蒂娃卡鲁尼是诗人兼小说家。国外学者对她的研究很少，发现 5 部相关著作，另检索到包括访谈、期刊论文和硕博士论文在内的文章 20 余篇。奇塔·蒂娃卡鲁尼善于用文字激励生活在困境中的女性勇敢突破束缚、积极追求自我，因此移民女性的身份重构问题是国外学者的重要关注点。国外对裘帕·拉希莉及其作品的研究并不是很多，共发现 2 部专著、3 部论文集以及博士论文 30 余篇。国外研究者大多从后殖民视角出发，探讨拉希莉作品中的主人公对身份的追寻以及由于流落异国他乡而产生的无根感。与国内对米娜·亚历山大研究爆冷形成鲜明对比的是国外对其的密切关注，共发现约 10 部著作辟专章探讨其作品，此外，还发现一部论文集。国外对新锐印度裔美国作家基兰·德赛的研究相对较少，共检索到约 40 篇相关的文章，包括访谈和学术期刊论文，另有 4 篇博士论文。自 2006 年基兰·德赛获得布克奖后，国外才逐渐开始关注这位年轻的作家及其获奖作品《失落》。

总体而言，对于印度裔美国文学这一领域，国外对个别作家的研究比国内要深入。而移居到美国的印度裔作家自身所特有的流散经历会潜移默化地投射到其作品中，因此国内外对这些流散作家作品中主人公的身份认同、文化冲突以及无根漂流感研究较多。此外，由于印度女性在印度传统文化中地位的变化以及印度裔美国作家频频获奖，其所描绘的印度女性的生存困境以及美国印度裔女性的经历成为国内外学者研究的热点。

第一节　灿然盛开的荷花

——印度裔美国文学简介

印度裔美国文学的发展与印度的移民大潮密不可分。

总体来看,印度人移民北美的浪潮有三次。第一次移民大潮发生在 18 世纪到 20 世纪初期。这一时期的移民主要以奴隶和契约劳工为主,大都移民到北美西海岸。因此这一阶段的印度裔美国文学发展缓慢。18 世纪的印度裔美国移民主要是荷兰和法国带到印度洋附近诸岛屿的奴隶。进入 19 世纪后,于 1838 年废除了奴隶制度的英国需要大量廉价劳动力,于是,印度人就在这时填补了这一需要。19 世纪晚期,移入美国的印度人主要是锡克教徒,分布在旁遮普邦(Punjab),在农场或木材厂工作。但在 20 世纪初期,美国的土地法案规定印度的移民不能获得美国公民身份,无法拥有土地。而这一时期的移民法案,如 1917 年的《亚洲禁区法案》(Asiatic Barred Zone Act)和 1924 年的《约翰逊·里德法案》(Johnson-Reed Act)则将印度移民完全排斥在美国境外。

直到 1946 年,美国国会通过了《卢斯·塞勒法令》(Luce-Celler Act),允许印度人成为美国公民,而与此同时,从英国殖民地的束缚中挣脱出来的印度很快陷入印巴分治的动乱之中,由此引发的政治动荡使得大批印度人向西方工业化国家移民,进而形成了印度人向美国的第二次移民大潮。

第三次移民大潮发生在 20 世纪 60 年代末,这一时期印度移民大潮的出现得益于美国新移民法以及加拿大等国宽松移民政策的颁布。1965 年以前,美国颁布了一些带有种族歧视的移民政策,将拉丁美洲和亚洲等地区的人排斥在国门之外,而 1965 年出台的《美国移民与国籍法案》(Federal Immigration and Nationality Act)取消了实施近 40 年的民族来源限额体制,改变了 1952 年移民法中对"亚太三角区"的划分方法,改以国籍定份额,完成了向全球限额体制下的移民优先权制度的转变,废除了明显的种族歧视条款,使各国移民能在平等的条件下入境。该宽松移民法案的出台可以说是打开了曾经对亚洲及拉丁美洲等地区紧闭的通往美国的大门，此时，像其他亚裔移民一样，印度移民大规模涌入经济水平已超越英国的美国，到 2000 年为止，印度移民人数已经达到了 190 万，成为仅次于华裔、菲律宾裔的第三大亚裔群体。将以家庭团聚为目的、受教育程度以及是否具有专业技能作为接纳印度裔移民入境为标准的新移民法吸引了大量来自印度的知识分子和技术人员，很多有一定技术能力的印度移民纷纷抛弃他们一直以来青睐的英国，投向美国的怀抱。新移民法案强调"家庭团聚"的观念，这更坚定了印度人举家扎根美国、创造幸福生活的决心。

由印度海外移民史不难看出，尽管印度人早在 18 世纪就开始移民美国，二战后印度独立、印巴分治年代的动荡使印度精英阶层移居西方成为必然，在以商人和劳工为主体的前两波移民潮中，虽然有文化程度略高的印度人在业余时间从事诗歌创作，有的还通过自传的形式向美国读者介绍印度，但是优秀的作品毕竟有限，总体水平不高，难以形成气候。不过，也出现了个别作家以自传的形式讲述自己的一些移民经历。此外，非常多产的印度裔美国女性作家安妮塔·德塞在印度时就已出版了许多优秀作品，揭露传统的印度女性的生活困境，移民到美国后，她依然坚持创作，继续为印度女性发声，同时，她也将自己的移民经历融入到创作中，视野更加开阔。

到了 1965 年，美国推出了宽松的新移民政策，于是印度大批中产阶级知识分子以及底层人民在好政策的保护下，才踏着春风兴高采烈地来到美国，开始他们的追梦之旅，这一时期的印度裔美国人的生活经历从 20 世纪 80 年代开始反映在文学作品中，如芭拉蒂·穆克吉于 1988 年出版并获得美国国家图书批评奖（National Book Critics Circle Award）的短篇故事集《中间人及其他故事》。进入 21 世纪后，印度裔美国文学已蔚然成风，形成自己的特点和风格，逐渐受到关注和认可。印度裔美国作家在各大国际文学领奖台上频频亮相，如裘帕·拉希莉于 2000 年凭借 1999 年出版的短篇小说集《疾病解说者》获得普利策文学奖（The Pulitzer Prize for Literature），基兰·德塞于 2007 年凭借 2006 年出版的长篇小说《失落》获得美国国家图书批评奖和布克奖（Booker Prize）两项大奖。这一时期出现的其他重要作家还包括：米娜·亚历山大、奇塔·蒂娃卡鲁尼,以及维贾伊·拉克西等。

这些作品中表现出一个共同的主题,即移民的身份重构问题。移居到美国的中产阶级知识分子虽然在经济上很富足,但是他们在美国得不到认可,相对于印度本土人而言,他们是在西方主流社会,处在世界的中心,但是相对于西方主流社会而言,他们却是边缘人。他们想要融入美国主流社会,但是却被自己的肤色和习惯所出卖,成为美国主流社会眼中的"他者",进而遭到排斥,被视为边缘人,而在母国人眼中,他们已不属于印度。生活在印度传统社会和美国现代社会的夹缝中,既非此也非彼的尴尬处境使他们毫无归属感可言,重新构建自身身份成为他们亟待解决的问题,也是印度裔美国文学作品所关注的焦点。

一、酝酿期(1947—1980)

18世纪到20世纪早期,在印度的第一次海外移民大潮中,移民主体是奴隶和契约工人。第二次移民潮中出现了知识分子,但是数量毕竟有限,因此这一时期诞生的文学作品无论从数量还是题材上还非常有限,作家也属凤毛麟角。个别几位生活在美国的印度裔作家用文学创作的方式表达内心的呼声,如达恩·戈帕尔·莫克奇(Dhan Gopal Mukerji, 1890-1936)、克里斯那拉·史瑞陀罗尼(Krishnalal Shridharani, 1911-1960),以及达利·辛格·桑德(Dalip Singh Saund, 1899-1973),他们通过自传的方式不同程度地向美国读者传播和阐释了印度的民族主义。达恩·戈帕尔·莫克奇于1923年出版了《投掷与放逐》(Caste and Outcast);克里斯那拉·史瑞陀罗尼于1941年出版了《我的印度,我的美国》(My India, My America);达利·辛格·桑德于1961年出版了《来自印度的国会议员》(Congressman from India)。

实际上,第二次移民大潮为印度裔美国文学的萌芽奠定了基础。印度海外文学的真正起点源自1947年印度的独立[1],1947年,英国结束了

---

① 陈义华、王伟均:《印度海外文学的发展与研究》,载《外国文学研究》,2014年第2期,第163页。

American Fiction: Local Processes and Multivariate Genealogies

对印度长达 200 年的殖民统治,然而,独立后的印度并没有迎来它期待已久的繁荣,相反,接踵而至的印巴分治所引发的政治动荡及战乱使印度人民生活在水深火热之中,许多人寻找机会移民到西方国家寻求新的生活,其之前的宗主国英国成为他们的主要选择,因此这段时间的主要作家如卡马拉·玛康达雅(Kamala Markandaya, 1924–2004)、V·S·奈保尔(Vidiadhar Surajprasad Naipaul, 1932–2018)以及安妮塔·德塞等都首先选择移居英国。后来许多作家都定居在英国,只有安妮塔·德塞在英国居住几年之后,又移民到了美国,成为第一代印度裔美国移民作家的代表。这些作家基本都出生在 1940 年以前。

这一时期移民到西方的印度裔作家有着西方主流文化和印度本民族文化碰撞交融所产生的多元混杂的文化身份,他们收回了民族素材和民族话语的阐述权,从后殖民的视角描写印度独立解放及非殖民化的艰难曲折过程。因此,这一时期移民到海外的印度裔作家大多会从后殖民的视角审视在殖民者离去之后印度人的生活。但是,辗转英国后最终定居美国的安妮塔·德塞并没有随波逐流,而是坚持以其敏锐的洞察力,用自己的方式揭露传统印度女性艰难的生活环境。

安妮塔·德塞(Anita Desai, 1937–   )是当代著名的印度裔美国女性作家,她凭借《白日悠光》(*Clear Light of Day,* 1980)、《在拘留中》(*In Custody,* 1984, 1985)以及《斋戒·盛宴》(*Fasting, Feasting,* 1999)获得三次英国最高文学奖——"布克奖"提名。她的作品还有长篇小说《哭泣,孔雀》(*Cry, the Peacock,* 1963),《城市的声音》(*Voices in the City,* 1965),《再见,黑鸟》(*Bye-Bye, Blackbird,* 1968),《今年夏天我们去哪儿?》(*Where Shall We Go This Summer?* 1975),《山火》(*Fire on the Mountain,* 1977),《清澈的日光》(*Clear Light of Day,* 1980),《鲍姆加特纳的孟买》(*Baumgartner's Bombay,* 1989)和《伊萨卡之旅》(*Journey to Ithaca,* 1995),另有短篇小说集《微光中的游戏》(*Games at Twilight and Other Stories,* 1978)和青少年读物《孔雀花园》(*The Peacock Garden,* 1974),《游艇上的猫》(*Cat on a Houseboat,* 1976)和《海边的小村》(*The Village by the Sea,* 1982),其中,小说《鲍姆加特纳的孟买》获哈达撒奖,《海边的小村》获 1983 年儿童文学保卫者奖,并于 1992 年被拍成电影,被

拍成电影的还有小说《在拘留中》。

安妮塔·德塞出生于印度首都德里的慕苏里小镇,父亲是印度人,母亲是德国人。她一直居住在印度,直到 20 世纪 80 年代早期,45 岁的德塞才首次离开印度,开始在世界各地居住和教书,目前居住在美国,并在麻省理工学院教授写作课。她很早便开始用英文创作。其作品受到东西方文化的双重影响,正如她本人所说:"我与西方的直接联系是我的德国裔的母亲。正是这个出身背景使得我以母亲,即一个'他者'的眼光看印度;从父亲,即一个印度本土人的角度来感受印度。"[①]安妮塔·德塞的作品带有深厚的女性主义色彩,她注重挖掘印度女性的内心世界,塑造了一个又一个生活在印度社会中个性鲜明的女性形象,包括《哭泣,孔雀》中渴望被社会接受、勇敢追寻独立身份的玛娅,《城市的声音》中孤独的追求自由爱情和生活真谛的莫尼莎,《今年夏天我们去哪儿?》中活在想象世界里的希塔,以及身陷逃避丑恶现实却又忍受不了被现实抛弃的矛盾痛苦中的楠姐⋯⋯安妮塔·德塞作品中的女主人公都是传统的印度女性,她们从小受到印度传统文化的束缚,在男权社会中沦为男性的附属物,但是,这些女主人公不甘现状,面对重重阻碍依然敢于追求自我,体现出独立意识的逐步觉醒。此外,作为第一代印度裔美国作家的代表,安妮塔·德塞同样非常关注像她一样生活在美国的印度裔移民的生活。她的小说《斋戒·盛宴》通过对比印度移民家庭内部不同人的命运,以及印度移民家庭和土生美国家庭的生活,表现出印度传统文化与美国现代文化之间的差异,涉及了种族、阶级、移民、传统和文化等多重涵义。这部小说展现出生活在美国的印度裔移民在东西方文化冲突以及印度传统社会与美国现代社会的双重夹缝中的艰难生活,他们就像浮萍一样,毫无归属感,内心的孤独和痛苦难以名状。

出生在 20 世纪 40 年代之前的第一批印度裔美国作家的代表安妮塔·德塞并没有像奈保尔等后殖民小说家一样严厉披露印度传统社会中陈旧的风俗习惯,而是心平气和地讲述"当代印度人在英国殖民者离去

---

① Corinne Demas Bliss, Against the Current: A Conversation with Anita Desai, *The Massachusetts Review*, 1988 (19).

American Fiction: Local Processes and Multivariate Genealogies

以后如何面对印度社会和文化上的种种变化"①,以及处在夹缝中的印度裔美国移民的艰难生活。这一时期的印度裔美国文学正处在酝酿萌芽时期,为其接下来的迅速发展奠定了基础。

二、爆发繁荣期(1980—2000)

独立后的印度摆脱了英国的殖民统治,移居到西方的印度裔作家的创作也逐渐摆脱了其前宗主国的影响而走向后殖民和流散文学的范畴。20世纪80年代以来,随着萨义德《东方主义》(1978)及利奥塔《后现代主义状况:关于知识的报告》(1979)等理论著作的诞生,后殖民主义、后现代主义以及新历史主义等批评话语逐渐兴盛,这为美国的印度裔后殖民和流散文学推波助澜,促成了其快速发展。

20世纪80年代以后,第一代印度裔美国作家趋于成熟,与此同时,出生于20世纪四五十年代的作家也相继登场,他们以多元化的主题和较高的创作水平引起世界的关注,形成了第二代印度裔美国文学创作群体,并将其文学创作提高到世界水平。这一时期的代表作家主要有萨尔曼·拉什迪、芭拉蒂·穆克吉(Bharati Mukherjee,1940-　)、米娜·亚历山大(Meena Alexander,1951-　)和奇塔·蒂娃卡鲁尼(Chitra Banerjee Divakaruni,1956-　)。

有"后殖民文学教父"之称的拉什迪于20世纪40年代伴随着印度的独立出生,14岁移居英国,并在那里接受教育、长大,2000年又移民美国。1981年,拉什迪以《午夜之子》(*Midnight's Children*)一炮打响,这部获得了布克奖和美国英语国家联合会文学奖等众多文学大奖的巨作为他赢得了国际声誉,使其跻身于世界文学大师的行列。拉什迪的其他作品包括《莫尔的最后叹息》(*The Moor's Last Sign*,1995)、《她脚下的大地》(*The Ground Beneath Her Feet*,1999)、《愤怒》(*Fury*,2001)、《佛罗伦萨妖女》(*The Enchantress of Florence*,2008)等。对于像拉什迪一样从前殖民地移民到西方的流散作家而言,文化错位和断裂是不可避免的,由此

---

① 任一鸣、瞿世镜:《英语后殖民文学研究》,上海:上海译文出版社,2003年,第135页。

形成的对西方主流社会想要融入却又抗拒、思乡却又"回不去"的矛盾心理在他们心头挥之不去,正如拉什迪笔下的人物,"他们都是自觉自愿的移民,他们常常需要在完全不同的社会环境中建立起自我的家和自我的身份"①,这就意味着他们要与自己从前的印度身份彻底地决裂,而已融进他们血液中的印度文化使他们的身份重构之路困难重重,在此过程中产生的创伤更是难以愈合。

　　在后殖民文学创作领域几乎与拉什迪同时进行文学创作的芭拉蒂·穆克吉(Bharati Mukherjee,1940-　)是第二个时期另一位重要的作家,她被"公认为表达流亡与移居意识的代言人"②。芭拉蒂·穆克吉于1940年出生于印度的最高种姓——婆罗门家庭,从小生活在优越的环境中,但是她对印度社会中的种姓制度,重男轻女以及媒妁婚姻等弊端深恶痛绝,于是,她随白人丈夫辗转加拿大,最终定居美国,现任美国加利福尼亚大学的名誉教授。1988年,她凭借短篇小说集《中间人及其他故事》(*The Middleman and Other Stories*)获得美国国家图书批评奖,受到广泛关注。她的作品自始至终关注着印度裔美国移民的生存状况,描写他们的身份困境以及内心的困惑和挣扎,尤其是下层阶级艰难的身份重构之路。她的创作可以分为三个时期:自1972年其处女作《老虎的女儿》(*The Tiger's Daughter*)诞生到1979年为自动流亡期,这一时期的作品还有《妻子》(*Wife*,1975);从1980年到1988年,从自动流亡到移民定居的过渡期,《黑暗》(*Darkness*,1985)以及为她赢得国际荣誉的《中间人和其他故事》为这一时期的重要作品;1989年到现在为移居期,《茉莉花》(*Jasmine*,1989)、《留给我》(*Leave It to Me*,1997)、《好女儿》(*Desirable Daughters*,2002)、《树新娘》(*The Tree Bride*,2004)以及《新印度小姐》(*Miss New India*,2011)是这一时期的重要代表作品。穆克吉通过文学创作传出她对印度裔移民在美国进行身份重构时所面临的东西方文化冲突和融合的思考。

　　穆克吉主张完全地拥抱美国文化,她坚持认为自己是美国人,而不愿

①　石海军:《后殖民:印英文学之间》,北京:北京大学出版社,2008年,第95页。
②　Nagendra Kumar, *The Fiction of Bharati Mukherjee: A Cultural Perspective*, Delhi: Atlantic Publishers and Distributors, 2001, p. 14.

American Fiction: Local Processes and Multivariate Genealogies

意贴上"南亚美国人"的标签。"她认为美国是个新地方,她在那里可以脱胎换骨,成为全新的人"①,这在其作品中有很明显的体现,尤其是在《茉莉花》中。

1951 年出生于印度的米娜·亚历山大(Meena Alexander, 1951-   ),是这一时期享有国际盛誉的诗人、学者兼作家。她在诗歌、散文、传记、小说及文学批评方面都有杰出贡献,目前定居美国,任教于亨特大学(Hunter University),是《纽约时报》(*The New York Times*)的特约作家。由于父亲工作的缘故,米娜·亚历山大 5 岁时便随家人迁往苏丹,18 岁时离开苏丹前往英国留学,期间多次返回印度。从小就开始辗转于非洲、印度、英国和美国之间的亚历山大对漂泊和错置感并不陌生。早在英国读书时,她就感到自己被排挤在英国主流社会之外,孤独感常伴随其左右。因此,拿到博士学位之后,她便回到了对她来说非常亲切的印度。移居美国之后,她在英国感受到的孤独感再次袭来,但幸运的是,她感到多民族融合在一起的纽约就像印度的德里一样,充满活力。她于是逐渐适应了在美国的新生活。对她影响最大的三个人分别是她的母亲、外祖母和外祖父。亚历山大没有见过外祖母,但是从他人的口述中,她了解到外祖母关心社会公益事业,积极投身社会活动,帮助那些需要帮助的人。外祖父和外祖母一样热心社会工作。亚历山大在美国刚刚结婚的时候,强烈的错位感和无根感时刻困扰着她,但是外祖母和外祖父给了她力量,于是她像他们二人一样投身到社会工作中,为社会公平和人类尊严而努力奋斗。除此之外,她还通过文字讲述像她一样生活在美国的印度裔移民、尤其是女性的生活经历,截至 2017 年,她已经出版了 10 部诗集,2 部小说和 1 部自传,且仍然笔耕不辍,她还会有新的作品诞生。

奇塔·蒂娃卡鲁尼(Chitra Banerjee Divakaruni, 1956-   )也是这一时期极具代表性的人物,她是小说家兼诗人,比芭拉蒂·穆克吉稍晚一些。她出生于印度,19 岁时移居美国深造,获得博士学位后定居美国,目前在休斯顿大学教授创意写作课。2005 年,她凭借短篇小说集《媒约婚姻》(*Arranged Marriage*, 1995)获得美国图书奖(American Book

---

① 常耀信:《精编美国文学史》,天津:南开大学出版社,2005 年,第 438 页。

Award),而其另一部小说《香料情妇》(*The Mistress of Spices*, 1997)在 2005 年被改编成同名电影,搬上了大荧幕。她的作品还有小说《我心姐妹》(*Sister of My Heart*, 1999)、《欲望之藤》(*The Vine of Desire*, 2002)、《幻想宫殿》(*The Palace of Illusions: A Novel*, 2008)、《一件奇妙的事》(*One Amazing Thing*, 2010)、《夹竹桃女孩》(*Oleander Girl*, 2013)、《在见到上帝之前》(*Before We Visit the Goddess: A Novel*, 2016)以及诗集《黑色蜡烛》(*Black Candle*, 1991)和《离开尤巴城》(*Leaving Yuba City*, 1997)等。进入 21 世纪后,蒂娃卡鲁尼的小说创作成果明显多于诗歌,她用文字和行动维护女性权益,受到美国广大读者的欢迎。

三、蔚然成风(2000—2017)

进入 21 世纪后,第一个时期的作家还没有停笔,第二个时期的作家更是佳作不断。除此之外,出生于 20 世纪六七十年代的年轻一代作家呈现出低调却更加迅猛的发展态势,频频摘得国际文学大奖。这一时期重要的作家既包括维贾伊·拉克西(Vijay Lakshmi, 1943-)和阿基尔·夏玛(Akhil Sharma, 1971-)等第一代印度裔美国作家,也出现了像裘帕·拉希莉(Jhumpa Lahiri, 1967-)以及基兰·德塞(Kiran Desai, 1971-)一样的第二代印度裔美国作家。

裘帕·拉希莉出生于英国,其父母都是来自印度加尔各答的移民,她在 3 岁时与父母一起移居美国,是第二代印度裔美国移民。到目前为止,裘帕·拉希莉共创作了 2 部短篇小说集和 2 部长篇小说,且部部都是精品。她的第一部短篇小说集《疾病解说者》(*Interpreter of Maladies*, 1999)为她赢得了海明威笔会奖(PEN/Hemingway Award)、欧亨利短篇小说奖(O. Henry Award)、美国年度最佳短篇故事(Best American Short Stories),以及普利策奖(Pulitzer Prize for Fiction)等荣誉,她也因此成为普利策小说奖史上最年轻的获奖者,这部作品使她跻身于美国重要作家的行列,奠定了她在美国文学、甚至是世界英语文学中的地位。四年之后,她的第一部长篇小说《同名人》(*The Namesake*, 2003)问世,并入围《洛杉矶时报》图书奖,成为畅销小说。又过了五年,她的第二部短篇小说集《不适之地》(*Unaccustomed Earth*, 2008)出版,并一举摘得国际短篇小说集的最高荣誉"弗兰克·奥康纳国际短篇小说奖"(Frank O'Connor International Short Story Award),荣登《纽约时报》畅销书榜首。其最新小说《低地》(*The Lowland*, 2013)于2013年9月获得布克奖提名,同年10月又入围年度国家图书奖小说提名。

裘帕·拉希莉将目光投向1965年以后从印度移居到美国的中产阶级移民,他们大多受过良好的教育,经济富足,生活无忧,他们利用自己所掌握的技术为美国的经济和社会发展做出自己的贡献,被称为"模范少数族裔"。然而,由于少数族裔的身份以及在某些行业做得比白人优秀,他们受到歧视和排斥,没有话语权,亦无归属感,身在美国却不被美国主流社会所接受。他们到底是谁?这个问题一直困扰着他们。裘帕·拉希莉敏感地捕捉到了这些移民内心的痛苦与挣扎,并通过细腻的语言表现出来,她希望通过自己的创作为他们发声。

这一时期稍晚于裘帕·拉希莉的另一位重要的印度裔美国女作家是基兰·德赛(Kiran Desai, 1971-),其母亲是第一代印度裔美国作家安妮塔·德塞。她出生于印度新德里的一个小镇,14岁时随家人迁入英国,一年后定居美国,先后进入本宁顿学院、霍林斯大学和哥伦比亚大学学习。1998年,她出版的第一部小说《番石榴园的喧哗》(*Hullabaloo in the Guava Orchard*, 1998),得到了相关权威人士的盛赞,其选文还被选入美国著名文学杂志《纽约客》的印度小说特刊,而真正为她赢得国际盛誉的是她的第二部小说《失落》(*The Inheritance of Loss*, 2006)。2006年,她凭借这部小说摘得了布克奖的桂冠,成为英国布克奖有史以来最年轻的女性作家。基兰·德赛关注印度移民在美国的生活,挖掘并表现古老的印度文化与西方现代文化的冲突。她说自己更像是印度人,而不像美国人,因此,她会继续关注那些在美国处于"失声"状态的印度裔美国移民,为其斗争。①

与基兰·德赛同年出生的印度裔美国男作家阿基尔·夏玛(Akhil Sharma, 1971-)最近引起广泛热议。他凭借小说《家庭生活》(*Family*

---

① 薛岩:《浩荡的孤寂与失落的灵魂》,载《世界文化》,2010年第1期,第12页。

Life, 2014)获得 2015 年福里奥文学奖(Folio Prize)以及 2016 年国际都柏林文学奖(International IMPAC Dublin Literary Award)。这部半自传式的小说讲述了一个印度家庭从德里移民美国去追寻美国梦,遭遇家庭悲剧后艰难挣扎的故事,耗费了夏玛 13 年的时间。他从 30 岁开始写这部小说,直到 43 岁才完成。正如他本人所说,这部小说耗尽了他的青春。这是夏玛的第二部小说,其第一部小说《顺从的父亲》(*An Obedient Father*, 2000)获得了 2001 年笔会/海明威奖(PEN/Hemingway Award)。

维贾伊·拉克西虽然出生于 20 世纪 40 年代,但是直到 2002 年,已年近花甲的她才出版了自己的第一部作品《石榴梦及其他故事》(*Pomegranate Dreams and Other stories*)。这是一部短篇故事集,包含了 7 个短篇故事和 1 个与书名同名的短篇小说。维贾伊·拉克西像芭拉蒂·穆克吉、米娜·亚历山大以及奇塔·蒂娃卡鲁尼一样都是从印度来到美国求学,现如今都在美国任教。她们都密切关注印度裔美国移民、尤其是女性在美国所遇到的种种困难。不同的是,像芭拉蒂·穆克吉等第二个时期的作家的作品,尤其是她们早期的作品,更关注移民到美国的印度人所感受到的异化(alienation)和试图融入美国社会时所产生的心理冲突,而维贾伊·拉克西则将探讨的焦点放在了移民家庭的生活琐事上,探讨具有普遍意义的主题,如父母与子女的冲突,婚姻的破裂等。当然,东西方文化的差异依然是移民生活中的障碍,如何平衡文化差异是他们必须面对和解决的问题。维贾伊·拉克西对印度裔美国文学的最大贡献在于她用引人入胜的故事表现普遍性的主题,而这些故事已经超越了不同的文化,与裘帕·拉希莉等第三个时期的作家较为相似,遂列入第三个时期。

21 世纪以来,老一辈的印度裔美国作家依旧笔耕不辍,新作迭出,与此同时,第二代移民作家一个接一个地站上了国际重要文学奖的领奖台上,逐渐进入公众视野。他们除了关注文化冲突、种族问题、性别歧视和后殖民创伤等主题之外,还将视野拓展到两代移民之间的冲突和讲述移民家庭故事等主题上,以多元化的视角讲述着后殖民时代生活在印度或者移民美国的印度人的经历,为印度裔美国文学注入了新鲜血液,使其更富有活力。

第二节　凤凰涅槃

——印度裔女性的成长历程

回顾印度裔美国文学的发展史,不难发现:在重要的印度裔美国作家这一群体中,女性作家是一股非常重要的力量,与男性作家相比,她们毫不逊色,在数量和创作上甚至已超越男性作家。尤其近些年来,获得重要国际文学大奖的印度裔美国作家中,女性占据了大多数,如裘帕·拉希莉获得普利策文学奖,芭拉蒂·穆克吉获得美国国家图书批评奖,基兰·德赛获得布克奖等等。她们热切关注着像自己一样移民到美国的印度女性,描绘这些女性的生活困境、内心的冲突、思想上的进步以及身份重构过程中的艰难挣扎,愿为她们发声,并呼吁她们勇敢突破根深蒂固的印度传统习俗的束缚,追求自己的自由和幸福生活。

印度裔美国女性自早期来到美国时起,就受到双重压迫。

一方面,自出生时起,印度女性就受到印度传统思想中重男轻女观念的影响,就因为是女孩,她们就要受到家庭的轻视,甚至嫌弃,虽然印度法律赋予她们平等自由的权利,但是,传统的道德观念还是会迫使大多数女性承担起照顾家庭,陪伴孩子和丈夫的责任。被禁锢在家庭中的她们失去了追求个人幸福和事业的自由。在印度传统文化中,女性的地位并非一直都是低下的。随着时间的发展,她们的地位发生了很大的变化。在吠陀时期,印度女性在政治、社会及宗教等方面都颇受尊重,有平等选择职业和自由发展自我的机会,然而在这之后,女性地位逐渐下降,一直到20世纪20年代,妇女逐渐沦为丈夫的附属,失去了作为独立自我的个体身份,她们被禁锢在家庭当中,失去自由,完全效忠于丈夫,相比之下,男性却可以多妻,甚至换妻。19世纪后期,随着民族运动的兴起以及受到西方女性运动的影响,一些女性逐步觉醒,有的则通过创作揭露印度女性的艰难处境,期望唤醒女性同胞的自我意识,这体现出她们女性独立意识的觉醒。有一些印度女性由于不满于女性在印度的低下地位,同时向往西方自由平等的生活,于是选择旅居英国、美国等西方发达国家,她们通过创作发泄对女性卑下地位的不满和愤慨,更通过创作像她们一样移居到发达国家的女性的追梦故事激励印度女性早日觉醒,鼓励其走出男性的阴影,摆脱印度传统陈旧习俗的束缚,追求属于自己的新生活。20世纪60年代,受到妇女解放运动和西方女性主义思潮的影响,一些意欲摆脱旧观念、旧习俗以及旧信仰的束缚而追求自我的新女性出现了。与此同时,美国新移民法案的颁布为更多印度人移民美国创造了机会,这其中不乏女性。在这片充满希望的大地上,她们开启了追寻梦想的旅程,当然,艰难困苦是与希望同时存在的。

　　另一方面,美国早期的移民法使移民到美国的非白人女性成为男性的附庸,她们只有依附于男性(丈夫或父亲)才有可能获得美国公民的身份,因此,女性也唯有忍气吞声。然而,1965年美国新移民法颁布以后,印度女性有机会到美国接受教育,美国成为她们挣脱枷锁,追求自我的新世界,这在其文学作品中有很明显的体现。印度裔美国女性作家小说中描绘的"女性移民比男性移民更容易适应美国社会"①,是因为印度裔男性在美国受到的歧视越多,他们就越会怀念在家乡时作为一家之主被尊重、仰慕和照顾的感觉,而对于印度裔女性来说,家乡传统的陈旧观念和习俗中对女性的苛责等像一副无形的枷锁,让她们喘不过气来,因此移民到美国后,她们如鱼得水,美国所提倡的自由、民主和平等的精神给了她们很大鼓舞,使其能勇敢地反抗传统观念的束缚,进而更加积极主动地拥抱美国文化。当然,还有些女性作家,她们在鼓励印度裔女性主动接受美国文化、积极融入美国社会的同时,也不忘弘扬印度优秀的传统文化,体现出其对母国的眷恋。活跃在英语文坛上的印度裔美国女性作家们通过文字揭露传统印度裔女性水深火热的生活,挖掘她们移民到美国之后所遭遇的困难,记录她们的转变等,这是印度裔美国文学的一大重要特点。

　　由于特殊的人生经历,印度裔美国女性作家既对印度传统文化中女性悲惨的生存状况了如指掌,同时,她们也非常熟悉移民到美国的印度裔女性的内心冲突和感受。她们渴望通过自己的笔揭露印度女性的生存困境,引起社会的关注,同时也希望生活在水深火热的生活中的印度女性能

① Somdatta Mandal, Himadri Lahiri, *Ethnic Literatures of America: Diaspora and Intercultural Studies*, New Delhi: Prestige Books, 2005, p. 37.

American Fiction: Local Processes and Multivariate Genealogies

够摆脱束缚，追求自己的生活，实现自己的价值。她们笔下的印度裔美国女性形象不仅身处的地理位置发生了变化，而且心理和精神上也有了质的飞跃，美国崇尚自由、平等的文化以及女权运动促成了这些女性自我独立意识的进一步觉醒。

一、传统印度女性的生存困境

安妮塔·德塞是第一个时期里一位非常多产的印度裔美国作家。截至 2017 年，她共创作了 14 部长篇小说，2 部中短篇小说集以及 1 部短篇小说集，到现在为止仍然笔耕不辍。她出生于印度，并在那里长大、接受教育。她才华横溢，从 7 岁的时候便开始用英文创作，9 岁时，她出版了第一部小说。她的中学和大学时代都是在德里度过的。1957 年，她在德里大学获得了英语文学学士学位。因此，在大部分作品中，她都把场景设置在她所熟悉的印度。印度女性的生活是德塞非常重要的题材，她总是以细腻的笔触描写印度女性的内心，揭露她们悲惨的现实处境，以期唤醒她们的独立意识，走出男性的阴影，为自己的自由和幸福而奋斗。

《斋戒·盛宴》是德塞于 1999 年创作的长篇小说，也是她三部获得布克文学奖提名小说中的一部。这部小说仍然是以复杂、微妙的家庭内部冲突为主题，进而突出印度女性的地位及境遇。德塞在这部作品中还描写了到美国学习生活的印度人，体现出东西方文化的差异，揭示了印度人刚到美国生活的不适应之处，这是该作品的一大亮点。

小说情节分明，分为两部分。第一部分讲述了印度一个中产阶级家庭的生活，这个家庭中除了父母之外，还有两个女儿和一个儿子，儿子出生时，父母年岁已高，算是老来得子，全家人为这个男孩子的降生欣喜不已。受到印度传统观念中重男轻女思想的影响，父母对这个小儿子阿伦寄予了很高的期望，希望他将来能够学有所成，光宗耀祖，阿伦自然而然地成为了这个家庭的全部重心，全家人都围着他转，父母甚至让还在读书的大姐乌玛辍学回家照顾刚出生的弟弟。乌玛就是这部小说第一部分的主角，一个相貌平平、身材一般的女孩，她不像美丽的妹妹阿茹娜那般幸运，嫁给一个相对富裕的丈夫，并随其搬到孟买，离开那个家庭，她只能在家全心全意地像仆人一样照顾整个家庭。当然,乌玛对此并非百依百顺,她的内心是有挣扎和反抗的,但所有的抗争却都以失败告终。她努力为自己争取学习的机会,想要追求自由恋爱,想要工作……然而,所有这些追求个人发展和幸福的努力尝试都被家庭、被父母彻底扼杀了。作为一个现代女性,乌玛的内心对传统势力是有抵抗情绪的,她也试图将这样的情绪付诸实践,尝试追求自己想要的生活,但最终还是势单力薄,力不从心,输给了传统迂腐势力。在以男性为主导的印度传统家庭中,女性总是被禁锢着,牺牲个人追求和幸福,全心全意为丈夫或家庭付出一切是印度传统道德观念对她们的要求,是她们必须履行的义务。这也揭示了大多数印度女性在印度传统家庭中的地位以及其悲惨的境遇。

小说的第二部分以美国为背景,讲述了阿伦在美国的学习生活。弟弟阿伦终于如父母所愿,前往美国马萨诸塞州留学。由于学校在放假期间不提供住宿,阿伦只好寄宿在美国一个中产阶级家庭——潘特先生家,印度传统文化与美国现代文化便不可避免地产生了冲突。阿伦是素食主义者,这与以肉食为主的潘特先生一家在饮食上产生矛盾。当潘特太太带他去超市采购时,琳琅满目的商品让他眼花缭乱,美国这种物质上的享受与印度传统文化中的斋戒形成鲜明对比。因此,阿伦始终难以融入潘特先生一家的生活,他只盼着假期早点结束,他可以搬回学校,而潘特先生及其子女也对阿伦的生活方式表示难以理解。

德塞在完成这部作品的创作时,已移居美国大约 10 年了,男孩阿伦在美国的经历其实正是德塞自己移居美国生活的缩影,阿伦就是作者的影子。小说的后半部分表达了印度裔美国人在移居美国后的种种不适应、不理解和难以融入的困境,以及某些移民做出的反映,那就是逃避。其实,小说的这两个部分是相对独立的,只有阿伦这个人物是重叠的。可以说,德塞在前半部分揭露了印度女性被束缚于家庭中,难以追寻自我幸福的艰难处境,而后半部分则是对移民生活的描述。难以适应新生活,同时也不被美国主流社会所接纳的困境是移民面临的共同问题。

很明显,逃避现实不是解决问题的办法,唯有直面困境才有可能找

American Fiction: Local Processes and Multivariate Genealogies

到出路。米娜·亚历山大的小说《曼哈顿音乐》（*Manhattan Music: A Novel*）中的女主人公同样经历着移民后的各种不适应，孤独和疲惫时刻折磨着她，令其痛不欲生。《曼哈顿音乐》出版于 1997 年，女主人公桑德亚·罗森布拉姆（Sandhya Rosenblum）从印度移民到美国之后，嫁给了一个犹太裔美国人，丈夫承诺让她过上幸福的生活。可是，罗森布拉姆在美国的生活却并没有一帆风顺。她不仅要学习美国文化，还要学习讲一口标准流利的英语。她每天都要非常努力地让自己适应在纽约忙乱的新生活，而为此，她感到自己必须彻底毁灭掉自己的印度裔身份，完全成为一个白人。她疲惫不堪，心力交瘁，感觉身边的一切都不对劲，当她走向公共汽车站的时候，她忽然产生了想要吞掉绿卡的冲动，进而使其化成自己血肉的一部分。身处异国他乡的她感到一切都是那么的陌生，每每想到远离故土，孤独感便会席卷全身。她甚至想，如果把头发染成棕色，剥掉棕色的皮囊，再披上白人的皮囊，是不是就可以融入美国社会了。

不被美国社会接受的她时常回忆起她在印度时的记忆，祖母慈祥的笑容，印度熟悉而亲切的环境总是在她的眼前飘来飘去，她难以抑制自己思念母国的心情。回忆和现实形成鲜明的反差，内心的矛盾令她难以承受，于是，她故意疏远丈夫，到外面找情人。最终，她还是走向了自我毁灭的道路，决定以自杀的方式结束自己的痛苦。然而，她的逃避没有成功。经历过自杀失败之后的她就像是经历了洗礼一般，开始认真思考自己在印度和美国的生活。在小说的结尾，她从中央公园的长椅上站了起来，走向"等待她的城市"（waiting city）。这个词的使用体现了她的心灵逐渐变得强大，在试图融入美国社会时造成的创伤逐渐开始愈合，前方迎接她的是一个充满无限可能和希望的新世界。

怀旧和回忆是影响移民文化身份构建的一个重要因素，由此造成的创伤只有在移民逐渐融入移入国时才能慢慢愈合。这部小说试图探索移民女性自我身份构建的过程中内心所经历的煎熬，虽然这一过程十分痛苦，但是她们为了融入新的环境而做出的努力不会白费，而是会在潜移默化中影响着她们，使其在陌生的环境中找到属于自己的位置，建构自己新的身份。

二、如何融入美国

从一片熟悉的土地到另一个完全陌生的地方,又受到主流社会的歧视和排挤,这让刚刚移民到美国的印度人感到非常不适应,毫无幸福感可言。因此,他们便会频繁地想起亲切的母国,回忆如滔滔江水般涌来。母国所给予的美好回忆和他们在美国的生活形成鲜明的对比,这往往会让他们陷入绝望之中,精神和心理上所遭受的痛苦不言而喻。然而,沉静在过去的回忆中只会让移民们的新生活更加苦不堪言。如何才能融入西方社会,适应在美国的新生活? 这是移民亟待解决的问题。20 世纪 80 年代以后的印度裔女性作家如芭拉蒂·穆克吉和奇塔·蒂娃卡鲁尼等切身感受到像她们一样的印度女性所面临的这一困惑,她们通过塑造成功的女性移民形象来鼓励印度裔女性向她们学习,实现从印度传统女性向美国现代女性的成功转型。

芭拉蒂·穆克吉的小说《茉莉花》中的女主人公茉莉花就是一个典型的成功例子。这部小说塑造了一个凭借顽强意志成功融入美国社会的印度裔女性移民形象。《茉莉花》创作于 1989 年,讲述了一个印度女孩经历了千辛万苦之后,从一个印度传统女性转变为一个美国现代女性的成长故事。作者芭拉蒂·穆克吉本身就是一位成功而传奇的移民女性作家,曾任美国国家图书奖前评委会主席。

小说的女主人公从印度移居美国的过程中多次更改名字,在印度的汉斯纳普帕村时,她是乔蒂;嫁给第一任丈夫普莱凯什后,她叫茉莉花;初到美国时,好心人莉莲给她起名为杰茜;在泰勒眼中,她是杰斯;在巴德眼中,她是简。新的名字代表新的身份。女主人公一次次与旧的身份作别,迎接新的身份,并且让自己努力适应新的身份。

茉莉花从小命运多舛。刚出生时,她几乎被亲生母亲勒死,因为女孩子将来结婚时需要嫁妆。她的脖子上自此留下勒痕。她们家已经有 8 个孩子了,其中 4 个是女孩子,因此,她的降生也许显得有些多余。占卜师预测她未来可能成为寡妇,流落异乡,这就越发增加了家人对她的仇视,但是她并不信命,并认为占卜师是个疯子,根本无法预知她的未来。然而,占卜师的预测确实成真了,她的第一任丈夫在爆炸中身亡,但是,她成为寡妇之后的生命轨迹却是传奇的,更是占卜师以及所有其他人所始料未及的。

茉莉花不相信宿命论,认为命运掌握在自己手中。面对前来袭击她的大狗,她勇敢地将其杀死。她聪明伶俐,努力上进。她认为学习英语能让她眼界开阔,于是,她自学英语。14岁时,幸运的她嫁给了前途无量的工程师普莱凯什。普莱凯什是印度现代知识分子,眼界开阔,十分开明。他不赞成印度传统文化习俗中对女性的束缚和禁锢,也不满于印度传统女性在家庭中的卑微地位和仆人的角色,因此,他给妻子改名为茉莉花,希望她能摒弃印度的封建传统观念,成为一个现代都市女性。他对她关怀备至,更鼓励她对自己直呼姓名,这与之前家人对她的敌视态度截然相反,这更增加了茉莉花对他的爱慕。他答应带她去美国,开始新的生活,这更让茉莉花对未来充满信心和期待。嫁给普莱凯什不仅让她摆脱了那个充满恶意的家庭,更让她的自我独立意识逐步觉醒。然而,就在他们准备前往美国的前一天晚上,普莱凯什不幸在一场爆炸中身亡,茉莉花难以接受没有普莱凯什的生活,她唯一想做的事就是带着丈夫的遗物到达佛罗里达校园,帮助丈夫实现其未完成的心愿,而在那里,她会把自己同丈夫的遗物一起火化,追随丈夫而去。茉莉花想要殉葬的想法与印度传统文化习俗对其潜移默化的影响密不可分。父亲去世时,母亲就要跳入火海随父亲而去,虽然被人们拦下,但是从那以后,母亲剪掉长发,总是一个人躲在角落里,如同行尸走肉。当丈夫去世时,妻子的灵魂也必随之而去,这是印度封建传统观念对印度女性的束缚。带着丈夫的心愿和遗物,茉莉花凭借假证件只身前往美国。

来到美国的第一天,茉莉花就被"半边脸"强奸,失去贞洁,但是她没有选择自杀,因为她觉得自己还没有完成任务,必须活下去,于是她与强奸者搏斗并杀死了对方。在这一过程中,她的个人意识得到更大的提升。她在杀死"半边脸"的同时也杀死了过去的自己,与过去的"乔蒂"彻底诀别。她丢下普莱凯什的遗物,走出旅馆,开始以茉莉花的身份在美国寻求生存。虽然在美国的生活将会充满艰难险阻,但是她已做好准备,迎接一切挑战,好好活下去,并努力让自己适应并融入美国社会,成为其中的一员,实现自己的美国梦。遇到好心人莉莲后,她更加积极地开始自己的同化之旅。她接受莉莲为她起的新名字杰茜,还穿起了美国服饰,和莉莲学习如何像美国人一样走路,和莉莲一起逛旋转商店,她觉得自己越来越像一个美国人了。对于展现在眼前的新事物,她充满好奇,而且没有丝毫恐惧。

鼓励丈夫赴美的教授吉邀请她与其家人一起住,她欣然同意,但后来却又毅然离开。因为教授吉一家人住在布鲁克林,那里的印度人不愿意被同化,所以他们还保持着在印度时的生活方式。他们从心底里抵抗美国文化,鲜与外界接触。茉莉花认为自己在这里倒退了,又变回了在印度时的那个"乔蒂",于是,她离开了教授吉一家,独自前往纽约。在纽约,她成为泰勒教授家的保姆,照顾他们的女儿达芙,泰勒教授给她起名为杰斯。开始自己挣钱的她感受到自己存在的价值和意义。但是后来在无意中,她看到了杀害自己丈夫的凶手,为了保护自己爱的人,她决定离开纽约,前往衣阿华州,在那里,银行家巴德对她一见倾心,以"简"称呼她,但是,茉莉花明白,巴德只是因为自己的神秘而喜欢她,而泰勒教授才是那个接受她一切的人,她与泰勒教授的相处总是十分愉快,他们之间总是有说不完的话。因此,在得到泰勒教授的召唤之后,她抛下轮椅上的巴德,与泰勒教授组成了新的家庭。

茉莉花为了丈夫到达美国,而到了美国之后,她都在为自己而活。在美国的生活虽然充满挑战,但是她喜欢那里的自由及其他新奇的事物,在那里,她可以自主追求自己想要的生活,所以她竭力想要融入美国社会,成为其中的一员。为了实现自己的美国梦,她不断调整自己以适应不同的环境,而"正是在不断地摧毁旧的自我、重构新的自我的过程中,她克服所有困难,最终构建起适合自己的新的身份"①。从开始单纯地为了生存,到后来默默地抵抗,再到后来自我独立意识越来越强,茉莉花追寻自我意识的过程就像一场刺激的旅行。到达美国之后的茉莉花一次又一次地蜕变,最终脱胎换骨,成为一名美国现代女性。茉莉花的成功经历对于

---

① S. Banerjee, "Interrogating the ambivalence of self-Fashioning and redefining the immigrant identity in Bharati Mukherjee's *Jasmine*", *Asiatic*, Vol. 6, no. 1, pp. 10-24, June 2012.

American Fiction: Local Processes and Multivariate Genealogies

其他少数族裔女性移民无疑是莫大的激励，而这也是作者芭拉蒂·穆克吉的目的所在，用故事激励美国移民女性的成长及其自我意识的回归。

从《茉莉花》中，我们能够看出芭拉蒂·穆克吉对印度传统女性地位的极度不满，正因如此，她才会放弃优越的生活条件，前往自由、平等的美国，她完全拥抱美国文化，也鼓励新移民到美国的印度裔女性能挣脱印度传统习俗的束缚，成为现代都市的新女性。但是，她在《茉莉花》中的思想过于前卫，引起一些人，尤其是印度人的指责，认为这是对印度的彻底背叛。如果说芭拉蒂·穆克吉所提倡的融入美国社会的方式太过激进，那么奇塔·蒂娃卡鲁尼则稍柔和些，并且，她在倡导印度裔女性融入美国社会的同时，还宣扬了让印度人引以为傲的香料，弘扬了印度的传统文化。

奇塔·蒂娃卡鲁尼是出生于 20 世纪 50 年代的著名印度裔美国女作家、诗人。她出生于印度，19 岁移居美国，并在那里先后获得了硕士学位和博士学位，现任美国休斯顿大学创意写作课教授。作为一名从小在印度长大的女作家，她对印度传统文化中女性的地位和困境耳濡目染，对她们的遭遇感到惋惜和同情。定居美国之后，她对生活在美国的印度裔移民，尤其是女性移民的生活状况也有了切身的感受，因此，集印度传统文化与美国现代文化于一身的蒂娃卡鲁尼十分擅长描绘美国印度裔女性移民的心理，并为维护美国印度裔女性移民的权利而笔耕不辍。不仅如此，她还在 1991 年参与建立了一个组织，旨在帮助那些被丈夫虐待的南亚妇女，将维护妇女权利的思想付诸实际行动。

创作于1997年的《香料女王》(The Mistress of Spices, 1997)是蒂娃·卡鲁尼描绘美国印度裔移民女性的典型代表之作。该书自出版以来颇受读者欢迎，曾入围同年《洛杉矶时报》(Los Angeles Times)最佳图书名单以及橙子获奖(The Orange Prize)名单，并于 2005 年被拍成同名电影，搬上大荧幕。故事发生在美国加利福尼亚州奥克兰市，印度人引以为傲的香料贯穿始末。小说的女主人公"我"有着特异功能，被海盗劫持后幸运脱险，却无意中到了香料国，在那里，"我"像其他女孩儿一样，和老奶奶学习香料的魔法，被培养成可以利用香料帮助其他人的拯救者。拒绝了老奶奶为"我"所起的名字后，"我"自己取名为"蒂洛塔玛"，这是印度传说中一个在王宫领舞的美丽少女的名字,她因违背指令爱上异性而被变得奇丑无比并逐出王宫。"我"一直以来都认为海盗为了抓有特异功能的我而摧毁了"我"所生活的村庄,让身边的人遇难,"我"常常因此而自责,并决心取这个名字时刻提醒自己,要舍弃个人欲望,以救助苦难的人们为己任,这一细节对故事情节的发展埋下了伏笔。就这样,"我"来到了位于奥克兰的香料店开始自己的工作,来向"我"求助的人络绎不绝,用香料以及我的特异功能帮助他们是填补"我"内心空虚的良方,"我"除了帮助那些身陷困境的人外,没有其他事情可以做。因为"我"在享受着可以利用香料魔力帮助他人的特权的同时,也被附加了许多限制性条件,比如不能踏出香料店一步,不能爱上异性等。

　　来向"我"求助的第一个人就是一位女性,名叫拉丽塔。她是一个典型的印度传统女性,被家庭束缚,更受到所谓一家之主的丈夫的暴力虐待。拉丽塔像众多传统印度女性一样尽管心里十分痛苦,却只能忍气吞声、唯命是从,没有反抗的意识,更不敢反抗。此外,她的丈夫还总是疑神疑鬼,甚至还打电话侦查她的行踪,唯恐她有不忠行为。痛苦不堪的拉丽塔找到了"我",这是她自我意识觉醒的开始,她不再是任人宰割的沉默羔羊,而是有了反抗的意识,开始寻找反抗丈夫、进行自我救助的办法,"我"给了她可以让她恢复活力的姜黄以及帮助增强其意志的茴香,还有一本《现代印度》杂志,在"我"的帮助下,她的反抗意识逐渐增强,而且当她在杂志上找到妇女救助者组织之后,就与丈夫彻底诀别,离开家开始了自己的新生活,将追求个人幸福的自我意识付诸行动。拉丽塔是美国印度裔女性移民的典型代表,她们随丈夫来到崇尚自由和个人主义的美国,可是她们在家庭中的地位并没有改变,还是作为男性的附属品而存在,依然遭受丈夫的虐待和践踏,可是身处美国这个大环境中,她们的思想意识或多或少会受到自由、民主及平等思想的影响。这时,对于处在印度传统文化和美国现代文化夹缝中的她们来说,内心是十分矛盾的,在经历思想斗争和痛苦的挣扎之后,她们勇敢地迈出了反抗的第一步,并在外界的帮助下开始追寻个人的自由和幸福。

　　作者对拉丽塔女性意识觉醒历程的描写暗示了"我"的发展。"我"的发展从爱上一个美国男子雷文开始。在"我"决定放弃一切,和雷文一

American Fiction: Local Processes and Multivariate Genealogies

起逃离加利福尼亚州后，那里发生了地震，"我"和雷文立即决定返回灾区，开展救助工作。印度裔被称为模范少数族裔，该族裔移民为了维护这一荣誉就要克己职守、规范自己的行为，而这一要求却更多地被加在了印度裔女性移民身上，她们不仅要严格遵守印度传统文化习俗对其的约束，还不能把这种束缚表现出来，以维护这一少数族裔的和谐统一性，在美国本地人和其他少数族裔面前扮演楷模的角色，因此，印度裔女性的个人需求就被大大减弱，她们要时刻准备着为丈夫和家庭及整个族裔的荣誉而牺牲自我。因此，"我"为了满足自己的私欲，扔下帮助其他人的重任，而与美国男子私奔，追求个人的幸福，这是女性意识觉醒过程中的一大步，对于女性移民融入美国社会至关重要。对拉丽塔和"我"的描写体现了蒂娃卡鲁尼对印度裔美国女性的关心，并希望通过文字唤醒其个人意识，鼓励其走出印度传统文化的桎梏，走向幸福的新生活。

三、幸福了吗

经历了刚移入美国时的艰难挣扎之后，生活在美国的印度裔女性逐渐稳定下来，有的已经实现了自己的"美国梦"，有的则还在追梦的旅途中。有的印度裔女性已经完全适应了美国社会，有的则还是保留着传统观念和文化习俗。然而，无论是前者还是后者，她们生活中的许多问题还是不可避免地逐渐暴露出来。这其中有父母与子女的矛盾，也有妇女个人的感情生活等。这些问题被细腻的印度裔女性作家捕捉到并通过文学作品得以呈现。维贾伊·拉克西的短篇故事集《石榴梦及其他故事》（*Pomegranate Dreams and Other Stories*）就是对这些移民生活问题的再现。

刚来到美国就决心完全丢掉印度文化而选择融入美国社会的女性，如今在经济上取得了一定的成功，但是在物质比较丰富的时候，她们精神上的孤独感却时常袭来，于是便开始思考当初的选择是否正确。这样的思想在这部短篇故事集中的小说《石榴梦》（*Pomegranate Dreams*）和故事"边线（Touchline）"中体现得最为明显。

《石榴梦》是这部书中唯一一篇短篇小说，也是唯一一篇从一个小女孩的视角描写的故事,其他 7 个故事的叙述者都是成年女性。小女孩菊希(Juhi)对美国的生活十分期待,但是,当随家人来到美国的家中时,她感到很失望,而不愉快的学校生活更让她质疑所谓的美国式的幸福生活是否存在。菊希一家在印度的房子非常好,而且有一个很大的花园,反观现在她们在美国的房子,却是没有任何特色的联立式住房,窄小的房间,还有那个小得可怜的院子,她难以理解父母离开印度来到美国的做法。此外,菊希在美国的第一年过得非常不愉快,同学们心胸狭窄,总是嘲笑她的长头发和说话时浓重的印度口音,甚至是爱读书的习惯也被当做笑料,她在学校的朋友只有哥哥班西(Bansi)和表妹普里亚(Priya)。而且,她的家人不过美国的传统节日圣诞节,而是坚持过印度的排灯节。可是,在庆祝排灯节的时候,他们并不能像在印度时那么隆重地布置,而只能在房间里点一些蜡烛。父母这种为了在美国获得幸福生活而向美国文化妥协的做法在菊希看来不可思议,因为她感觉生活在美国的她并没有像在印度时那么快乐。她发现在美国的移民生活毫无保障可言,叔叔住在贫民区,表姐难以忍受贫穷的生活,离家出走,堕入红尘。小女孩的叙述不禁引发像她一样的移民思考,移民到美国后的他们幸福了吗?就对待美国生活和文化来说,维贾伊·拉克西所描绘的主人公所持有的态度与芭拉蒂·穆克吉笔下的主人公的态度形成鲜明的对比,菊希对美国梦的期待和失望为本书其他故事奠定了感情基调。

《石榴梦》中的主题在故事"边线"中表现得更为深刻。这个故事赢得了英国奥比斯的编辑奖(Winner of the Editor's Prize from Orbis)。故事的主人公是一位已经完全融入美国社会的女性,她在经济上取得了一定的成绩,也有了自己的家庭和孩子,于是她希望把印度的母亲接到美国来和他们一起生活,方便照顾母亲。但是,女儿的百般劝说都没能说服母亲,这位老人不愿意离开纱丽、鹦鹉等她所熟悉的一切而和女儿去一个陌生的国家,去过女儿口中更好的生活。无奈之下,女儿只好独自离开,但是把母亲一人独自留在家乡,与自己相隔万里,她感到非常难过。实际上,令她倍感伤心的不仅是与母亲分开,更因为与生她养她的国家的分离,在离开印度的 5 年里,她竭力压制自己内心对家乡和过去美好回忆的思念,强迫自己把精力集中在当下生活上,比如稳定的经济收入和富裕的物质条件。然而，母亲把精神和文化财富放在物质财富之上而拒绝她的请求的事，让她开始质疑自己当初的选择，生活在美国的她幸福吗？答案显然是否定的，她虽然物质上富裕，但是内心却是非常孤单的。

当然，在移民到美国的印度裔女性中，还有一些并没有完全抛弃本民族的根，印度传统文化在他们心中已根深蒂固，她们虽然和丈夫一起移民到美国，也有了孩子，但是思想观念依然停留在从前。她们还是传统的印度女性，一切以家庭为中心，没有自己的工作和自由。然而，她们的丈夫已经完全西化，适应了美国的生活，她们在美国出生的子女就更不必说。传统的她们与西化的丈夫、子女之间产生矛盾是在所难免的，这使得她们倍感孤独无依，故事《距离》（*Distance*）和《烟幕》（*Smoke Screen*）中的安努（Anu）就是这样一位女性。

安努嫁给了一个成功的学者，有两个孩子，过着衣食无忧的生活。印度传统观念中对女性的束缚在她的思想中根深蒂固，来到美国的安努并没有去找工作，实现自身的价值，而是像一个传统妇女一样，禁锢在家中，全心全意地照顾丈夫和孩子，就像一个佣人一样。白天，丈夫去大学教书，孩子们去上学，最后只留下她一个人在家里收拾屋子，每天重复做着同样的家务。到了晚上，孩子们和丈夫回到家中，都忙着各自的事情，她要为他们准备好饭菜，饭后要收拾餐桌。孩子们和父亲愉快地谈论着自己身边的小伙伴和学校里一些有趣的事，而安努却插不上话。没有人和孤独无助的她沟通交流，她感到很无力。这时的安努将希望寄托在了曾经美好的回忆上，每每想到有一天能回到印度，她就心里美滋滋的，感觉终于有了盼头。然而，当丈夫发现妻子因为孤独而不断回忆往事，并将幸福的希望寄托于回到印度时，他立刻严厉地粉碎了她的美梦，让她一心一意认真经营她们在美国的生活。安努的身体在美国，但是，美国自由、平等的精神并没有对她的思想观念产生影响，她的自我意识没有觉醒。对于安努来说，她在印度和美国的生活并无区别，相反，后者可能更糟。因为西方的文化和教育对她的丈夫和孩子产生很大影响，家人的完全西化让她显得很另类，难以融入家庭中。即使物质生活再富裕，她的精神和心灵上是孤独的，更无幸福可言。在故事《模特》（*Mannequins*）中，维贾伊·拉克西更深入地探讨了受传统文化束缚的印度女性与西化了的丈夫和孩子的尖锐矛盾,向读者描绘了一个处于孤独绝望之中的印度裔美国女性形象。女主人公的孩子让她穿上西式服装,但是只有她自己知道这样的改变对她是多么的困难,她不知道该如何挑选一条裙子,这让她感觉自己总是格格不入,因而觉得很自卑,她尝试通过改变服饰让自己自信一些,但是,一切都是徒劳的,她陷入更加孤独的生活中。

在重构自我身份的路途中,文化差异永远是横亘在女性移民面前的巨大阻碍,对不同文化价值观的选择可能会产生不同的问题,这些问题困扰着她们。维贾伊·拉克西细腻地捕捉并描绘出这些女性在生活中所面临的不同问题。和裘帕·拉希莉、芭拉蒂·穆克吉以及奇塔·蒂娃卡鲁尼一样,维贾伊·拉克西讲述了移民在适应新文化时所面临的问题和困难,以及内心的痛苦,不同的是,维贾伊·拉克西对主人公的心理进行了更深入的剖析,非常及时地提出移民在新阶段所面临的实际问题,如吸收西方文化和保留印度文化之间的关系,以及怀念过去与在移民地区经营新生活这一任务之间的关系。

印度女性命运多舛,作为美国模范少数族裔中的女性,她们身上承载着比其他少数族裔女性更多的传统重任,因而牺牲了很多个人权利和自由。较早移民到美国的印度裔女性作家对印度女性的地位早已产生不满情绪,移民到美国之后,她们受到美国自由、民主和平等思想的极大鼓舞,同时摆脱了印度社会的限制,于是,便通过文字勇敢地揭露印度传统女性在印度封建制度下所遭受的迫害,以期唤醒处在水深火热中的女性的自我意识。20世纪60年代以来,借着政策的便利,越来越多的印度女性移民到美国,寻求新的生活,然而,她们的追梦旅程却十分艰难,由于东西方文化差异的存在,她们难以较快地适应美国社会,此外,来自美国主流社会的歧视和排挤使得她们的生活举步维艰。出生在20世纪四五十年代的印度裔美国女性作家敏感地注意到了这个问题,纷纷通过小说的形式描绘出生活在美国的印度裔女性所面临的问题和遭遇的困难,她们塑造出一个个成功转型、实现美国梦的女性形象,鼓励困难中的女性像茉莉花和"香料女王"一样勇敢摆脱印度传统封建制度的桎梏,积极面对和处理各种困难,努力追求自由,成为现代都市中的新女性,实现自己的价值,实现自己的美国梦。

American Fiction: Local Processes and Multivariate Genealogies

American Fiction: Local Processes and Multivariate Genealogies

在安妮塔·德塞的作品中,读者可以深入了解传统印度女性所处的困境,芭拉蒂·穆克吉的《茉莉花》则描绘出一个为了追求真实自我、实现自身价值而不顾一切的女性,这可能会受到人们道德上的诘责,但茉莉花的勇气可嘉,对印度传统女性挣脱枷锁以及自我意识的觉醒有很大的鼓舞作用,不过,正如芭拉蒂·穆克吉本人所说,"自己的小说是神话,而非现实小说"①,现实生活中的印度裔美国女性形象是多姿多彩的,而不仅仅是简单的绝对顺从或者绝对叛逆,她们在生活中会面临各种各样的问题,就像维贾伊·拉克西在短篇故事集《石榴梦及其他故事》中所呈现的一样,读者可以从中看到更加真实、更加复杂多面的印度女性移民形象。

第三节　难以磨灭的伤痛
——困境中的挣扎、反思与成长

移民到美国的少数族裔人群都面临着身份认同和身份重构的问题。在面临认同何种文化时,选择总是艰难的,而在自我身份建构的过程中,困难和创伤更难以避免,这在美国少数族裔移民及其后裔身上都有明显的体现。

进入 21 世纪后,第一代移民逐渐步入暮年,他们的子女慢慢长大,生为美国人的第二代移民从小接受美国的西式教育,对美国文化了如指掌,同时,生活在移民家庭中的他们多少都会了解一些印度文化和习俗,会在潜移默化中受到东方文化的熏陶。但是,美国主流社会对印度文化习俗的排斥依然存在,这使得第二代移民生活在两种文化之间,左右为难。他们是美国人,却没有像美国欧裔人一样的白皮肤,他们有着印度人的血统,但是因为从小在美国长大,对印度文化传统不甚了解,又怎能算是一个合格的印度人呢? 作为第二代移民,裘帕·拉希莉等作家对此深有体会,他们准确地捕捉到第二代移民的矛盾心理以及与父母之间的冲突,关

---

① Kathryn Hume, *American Dream, American Nightmare*, Beijing: Foreign Language Teaching and Research Press, 2007, pp. 32-37.

注移民家庭的生活琐事。对于印度裔移民来说，追梦旅程充满坎坷，困境、创伤与挣扎似乎总是如影随形，他们该何去何从？青年作家基兰·德赛做出了思考，并在《失落》中给出了她的回答。印度人的移民史无疑是一部血泪史，但是，在艰难的环境中，人的成长是最快的，阿基尔·夏玛历时13年创作的《家庭生活》向读者展现了一个在艰难环境中成长起来的小孩。这些作家的视野逐步拓宽，将印度裔美国文学创作推向了新的阶段。

一、第二代移民的困惑与无奈

21世纪以来，第一代印度移民在美国基本稳定下来，儿女伴随左右，但是家庭中的许多问题也随之慢慢暴露出来，尤其是代际冲突。受印度传统文化滋养长大的第一代移民即使努力融入美国社会，他们对母国还是始终有着割舍不断的眷恋，他们会保持一些印度的风俗习惯，比如，在家吃手抓饭，女士在重要场合穿纱丽等。他们希望子女也学习一些印度文化，但是，在美国出生长大的第二代移民一边要和美国白人一起接受西式教育，一边又要受到家庭中印度文化的影响，当他们平衡不好东西方文化的时候，生活中的许多问题就随之出现了。

裘帕·拉希莉作为第二代印度裔美国移民，不仅擅长捕捉移民、难民以及第一代印度裔美国人来到陌生国度的生活状态，更能敏锐地觉察到作为第二代印度裔移民所特有的困惑、所处的进退两难的困境以及构建自我身份过程中的挣扎与无奈。

出生于英国伦敦的拉希莉在美国金斯顿长大，从小接受美国的西式教育，父母都是来自加尔各答的移民。小的时候，拉希莉经常同父母回加尔各答探亲，因此她对印度的文化传统和习俗等有一定的了解。第二代移民的身份以及游离于美国和印度之间的特殊经历使拉希莉对第二代美国印度裔移民给予了更多的关注。

对于半路出家的第一代美国印度裔移民来说，印度传统文化深入骨髓、根深蒂固，即使抱着完全抛弃印度文化、拥抱美国文化的坚定态度建构自己的美国身份，印度式的思维方式和生活习惯也会在不经意间出卖他们。而对于那些完全抵抗美国文化的印度裔移民来说，在美国的生活就更为艰难了。而大多数美国印度裔移民则是在印度文化与美国文化之间游荡不定，一边努力适应美国生活，使自己显得不那么另类，一边又在家中保持着印度的饮食习惯。相对于以上第一代印度裔美国移民来说，第二代移民在美国出生，在美国长大，接受美国教育，从小受美国文化熏陶，这一切都和美国白人一样；但另一方面，家庭中第一代移民父母身上的印度式思维方式及生活习惯会潜移默化地影响着他们。于是，处于两种文化夹缝中的他们有了许多第一代移民所没有的困惑，而为了自我身份的建构，他们也做了许多努力，无奈地挣扎于两种文化之间。

拉希莉在其第一部长篇小说《同名人》(*The Namesake*)中就塑造了一个处于印度传统文化和美国现代文化夹缝之中艰难生存的第二代印度裔美国移民形象。小说中的主人公果戈理出生在美国，按照印度的传统，刚出生的孩子的名字应由外曾祖母来取，可是外曾祖母为他取的名字在从印度寄往美国的过程中弄丢了，迫不得已，父亲艾修克便用自己喜欢的俄国作家果戈理的名字为新生儿子命名。果戈理一家无论是在印度还是在美国，经济都很富裕，但是物质条件的满足并不能填补果戈理父母孤独的内心，因此，这一对身处异国他乡的夫妇即使在美国，也保持着印度的饮食习惯和生活方式，如吃手抓饭，坚守印度的宗教节日、各种仪式以及命名等。母亲阿诗玛坚持只穿纱丽，而父亲艾修克只穿手工缝制的衣服，不仅如此，每隔一年，这对夫妇都会带着孩子回印度探亲，进行他们的寻根之旅，为孤独无依的心灵找寻精神的慰藉，然而每次旅行都以失败告终。现在的印度早已不是记忆中的故乡，而已移民到美国的他们在母国人眼里也已不是印度人，于是，艾修克和阿诗玛只能在美国居住的地方广泛结交印度裔美国人，让飘零的心得到些许归属感。随着与家人一次次回印度旅行，果戈理对印度的认识一点点加深，然而，这并没有让他很开心，反而增加了他的苦恼。对于父母竭力坚守的印度传统文化，他嗤之以鼻。出生于美国的他坚定地认为自己是美国人，因此，他远离与印度相关的人和事物。在学校，他拒绝参加印度学生社团活动，身边也没有印度裔美国朋友；在家里，他放弃用手吃饭的习惯，改用刀叉，而且用英语和父母说话。他急切地想要融入美国主流社会,而非印非英的名字果戈理引来同学的冷嘲热讽,于是,他给自己取了一个更美国化的名字——尼克西里(Nikhil)。与众不同的露丝引起了果戈理的注意,从这个自由自在、无拘无束的女孩儿身上,果戈理看到了自己想要的生活。果戈理的第二任女友麦可欣出身高贵,既漂亮又富有,是美国上流社会的代表。被上流社会的富丽堂皇和高贵典雅深深吸引的果戈理难以自拔,而自从与麦可欣交往之后,他更加疏远自己的家人,经常不回家,也不常给家里打电话了。渴望融入美国上流社会的急切心理让他更厌恶与自己印度血统有关的一切。然后,果戈理最终还是意识到了自己与像麦可欣一样的美国上流社会的人之间所存在的巨大差距。果戈理和麦可欣一起去新罕布什尔旅行时,女友家一座靠海的别墅让他非常震撼,果戈理不禁想起自己与家人旅行时住的汽车旅馆、午餐用的公园野餐桌以及租来的货车等,巨大的差异让他感受到他和麦可欣根本不是一类人。在他们旅行过程中,还遇到一个美国白人帕姆莉,她坚持说果戈理是印度人,有印度的遗传基因,去印度旅行一定不会生病,尽管果戈理再三解释自己是美国人,而且毕业于美国名校耶鲁大学,但都是白费口舌,那深色的皮肤已经出卖了他。

这些经历让果戈理逐渐以更加成熟和理性的思维思考自己的身份。父亲去世后,母亲回到印度,果戈理回到自己在马萨诸塞州的家,并把名字改了回来,曾经一度拒绝、逃避印度文化,渴望融入美国主流社会,成为真正的美国人,但是一系列的尝试失败后,果戈理发现,他不一定非要在成为印度人或者成为美国人之间做出选择,他可以是熟悉印度文化、出生并生长在美国的第二代移民,即美国印度移民的后裔。实际上,在主人公非印非英的名字上,读者也能看出,作为第二代移民的主人公在自己的身份认知方面一直是悬而未决的,直到经历了一系列打击之后,他才幡然悔悟。

拉希莉第一部短篇故事集《疾病解说者》中的短篇故事《柏哲达先生来搭伙》(*When Mr. Pirzada Came to Dine*)里面的叙事者丽莉亚也是第二代移民。出生在美国的丽莉亚对印度的历史没有多少了解,因此对于柏哲达先生为什么来家里搭伙吃饭并不理解,但是年幼的她善于观察和学习,并且心存悲悯之心,在父亲的帮助下,她逐渐了解印度的历史以及正在发生的战乱,明白了柏哲达先生滞留美国是因为印巴分治引起的战

American Fiction: Local Processes and Multivariate Genealogies

火和动乱，他的妻子和六个女儿在战乱中生死未卜，他每天只有和丽莉亚的父母一起通过电视了解战争的最新情况。10岁的丽莉亚感觉柏哲达先生虽然是外人，但是却和父母一样了解印度正在发生的事情，自己却不明就里，反而像家中的陌生人。经过父亲的教育和自己的学习，丽莉亚最终从家里的陌生人成长为一个深谙印度历史和文化的土生土长的美国人。

美国第二代印度裔移民的困惑和挣扎在拉希莉的第二部短篇小说集《不适之地》(*Unaccustomed Earth*)里的同名小说中体现得更为淋漓尽致。第二代印度裔移民露玛与美国白人亚当结为夫妻，组成了一个家庭。土生土长的露玛虽然在很多方面都与母亲意见不一，但是也受到母亲潜移默化的影响，而且，这种影响是根深蒂固的。露玛崇尚美国自由独立的生活方式，但是在面对母亲去世后是否让父亲来与他们一起居住的问题时，还是犹豫了，东方传统的孝道使露玛觉得让父亲一个人住太残忍，但是，传统的孝的观念最终还是为美国独立自主的生活方式让路了，露玛最终还是同意父亲离去。的确，父亲与他们不同的生活方式会让彼此不适应，因此，父亲的离去是必然的。除此之外，从小接受美国教育的露玛应该是一个独立自由、无拘无束的女人，不局限于厨房、家庭，但是，她在不能像妈妈一样做一手好菜的时候，还是觉得有些羞耻，印度传统文化扎根于她的内心深处。露玛就是这样一个生于美国、长于美国并接受美国文化熏陶，却又时刻受到印度传统文化影响的第二代移民女性，处于两种文化之中的她总是左右为难。

出生在美国，身上却流着印度人的血液。既非美也非印的身份常常让第二代移民陷入尴尬的局面。在构建自我身份的过程中，如何正确面对这两种迥然不同的文化是困扰他们成长的一个重要问题。

二、失语中的挣扎与反思

"我款款而行，有如来自远方而不存到达希望的人。"①这是阿根廷诗

①　基兰·德赛：《失落》，韩丽枫译，重庆：重庆出版社，2008年，第1页。

人博尔赫斯的诗《宁静的自得》(Boast of Quietness)中的诗句,基兰·德赛把它作为铭文,放在其获得2006年英国布克奖及美国国家图书奖的作品《失落》的扉页,这是德赛创作灵感的来源,也是她的创作观,与其一贯低调的风格非常吻合。她默默地创作,用8年时间完成了这部小说,成为英国布克奖历史上最年轻的女性得奖者。即使如此,在公众场合她还是保持低调的作风。这也是她献给母亲安妮塔·德赛的礼物。

这部小说于2008年由韩丽枫翻译成中文并出版,书名译作《失落》。这部小说分别以法官、塞伊和厨子在印度的生活以及比居在美国的经历为线索展开叙述。镜头在印度和美国两地之间来回切换,反映出20世纪80年代的印度人无论是在国内还是移居西方,都不可避免地挣扎于各种各样的矛盾之中。他们抱着理想和追求生活在各自的小小世界里,最终还是被残酷的现实弄得遍体鳞伤。

小说的第一条线索是生活在喜马拉雅山东北麓噶伦堡镇的一群人,包括退休的法官、法官的孙女和厨子等,另一条线索是非法移居到美国的比居,他是厨子的儿子,更是厨子的全部。作为印度社会底层的人物,厨子地位低下、命运悲惨、穷困潦倒,而20世纪80年代动荡不安的社会更让他的生活雪上加霜。法官经常对他大喊大叫,对此,他表面顺从,可心底里却充满怨言,他甚至觉得给法官当厨师降低了身份,因为他的父亲是给白人当厨师的,然而他却可怒不可言。一伙少年闯入法官家中抢走了法官的枪。警察来调查,只是问了法官几个简单的问题,就到厨子住的小屋搜查,所有的东西无一幸免,就连儿子的来信也要打开阅读,读完后丢在地上,而厨子却只能默默接受这样的侮辱,还说这"很正常。要不怎么知道我是清白的?多数情况都是佣人偷东西"[1],丧失话语权,无力反抗的厨子把所有的希望都寄托在儿子比居身上,他希望儿子能在美国有一份好工作,有朝一日衣锦还乡,他就不用再给别人干活,可以安享晚年了,想想将来被孙子孙女促膝围绕的情景,心里就美滋滋的。比居是他的希望和骄傲,因此,他逢人便讲儿子在美国找到很好的工作,挣钱很多。

但实际上,比居的现实情况却并非父亲所想的那样光鲜美好。带着

---

[1]　基兰·德赛:《失落》,韩丽枫译,重庆:重庆出版社,2008年,第24页。

父亲的希望，比居非法移居到美国，可是，因为没有绿卡，他只能待在餐厅的厨房里，默默做着不起眼的工作，每次餐厅被检查的时候，他和其他非法移民一样，都要因为没有绿卡而藏起来，或者干脆就被辞退了，然后只能再去找别的工作。而在精神上，他还要忍受白人的歧视。雇佣比居的老板娘非常厌恶他身上散发的气味，还特意嘱咐丈夫买了洗漱用品。比居每天住在地下室里，所有男性合用一个抽水马桶，环境恶劣，还要冒着严寒去送餐。看到在美国上学的印度女孩儿穿着纱丽，自信的谈吐，比居既羡慕又气愤。

在美国为实现发财梦而奔波的比居实际上也像在印度的父亲一样，处于失语状态。厨子自始至终没有名字，读者也不会去关心他的名字，这也暗示厨子在印度的境遇。而比居因为没有绿卡，不能像普通美国人一样享受稳定、体面的工作机会；因为肤色的原因，还要忍受来自美国主流社会的歧视和排挤，被视为"他者"。梦想破灭的比居只能回到印度，与父亲团聚，两人见面后便抱头痛哭。美国并不是所有人的天堂，在西方国家沦为边缘人的不止比居一人，法官也有类似的经历。

年轻时的法官只身前往英国留学，同样受到英国人的歧视。到达英国后，眼前一排排灰暗且时而东倒西歪的房子让他很失望，这和他想象中的恢弘气势相去甚远，可即便如此，房子的主人大都不愿意把房子租给他，敲了二十二户人家的门之后，索顿路莱斯太太因急需用钱，加上房子地理位置不好而勉强收留了他，可是她每天都把饭放到楼梯上，而不是端到房间里去。走在公共场所，不管是漂亮的还是丑陋的女人都躲着他，还表现出满脸嫌弃的样子。这让年轻的法官心理逐渐扭曲，连自己都十分嫌弃自己，感觉自己就像一个怪物。他不敢露出牙齿，总觉得牙齿很丑，还总是搓洗，觉得自己身上的气味难闻。英国人对他的反感让他对自己的身份极为厌恶。憎恨自己的印度身份，而又不能被英国社会所接纳，处于夹缝中的他就像浮萍，没有依靠和归属感。而退休后，他选择到僻静的喜马拉雅山下生活，终日沉静在回忆中。在萨尔曼·拉什迪的作品中，白人眼中的他者形象也很多。在《撒旦诗篇》(*The Satanic Verse*)里，第一次从印度去英国的萨拉丁刚下飞机就被警察作为非法移民逮捕了，他困惑不解，可是潜意识里，他已经感觉到自己在白人眼中是异类，他和他们不一样。于是,他的心理开始扭曲,感觉到自己的整个人都发生了变化,就像一个可怕又可笑的怪物。

比居前往美国寻求更好的发展,以期实现自己的价值,而父亲厨子也是因为儿子在美国而倍感光荣和骄傲,年轻时的法官因被英国人嫌弃而陷入自卑中无法自拔,即使退休以后,仍然保持着英国的饮食习惯。他们都视在西方生活的体面为无上荣耀,这种对西方国家的钦慕会导致其对本土文化的忽视。这在德塞看来,都是不可取的,处于两种文化夹缝中的他们既无法实现在他国的同化,也很难在自己国家找到合适的位置。

最早移民到美国的印度人都是为了去美国寻求更好的生活,即追寻所谓的"美国梦",有的移民在经济上已经比较富裕,可以说梦想成真了,但是,物质条件非常富裕的他们在精神上是否一样充实呢? 并非如此,他们对母国的眷恋是物质条件无法填补的。而有的移民甚至连经济上的富足还没有实现,比如像比居一样的移民。糟糕的生活,精神上的压迫以及对家乡的怀念使得他们早已失去了当初的信念和十足的干劲。移民们开始反思:通往幸福的路在哪里?

三、困境中的成长

移民经历、冲突以及种族歧视等是移民作家普遍关注的主题,而阿基尔·夏尔马的最新力作《家庭生活》(*Family Life*, 2014)则与一般的美国少数族裔小说有很大不同,正如书名所示,他独辟蹊径,将焦点放在了家庭生活琐事上,更确切地说是移民到美国的印度家庭遭受变故后所经历的艰难生活。不过,这部小说更向读者展示了一个在困境中成长起来的男孩,具有普世意义。

故事讲述了一个印度中产阶级家庭米什拉一家在 20 世纪 70 年代中期移居美国的故事。那时的印度无法给予他们所想要的,米什拉一家感到他们的未来充满不确定性,而米什拉对美国的科学充满向往,希望在美国追求更加美好的生活,于是,他们举家前往美国。初到美国纽约皇后区时,一家人非常开心,他们努力融入美国社会,父亲鼓励孩子们多读书,母亲穿起了牛仔裤,而哥哥伯居则通过自己的努力成功地考入了布朗士科学中学,更为这个家庭增添了一大喜事,一家人沉浸在欢声笑语中,而弟弟阿杰伊也像从前一样无忧无虑、天真快乐。然而,来到美国的第二年夏天,伯居在游泳时发生事故,头部严重受伤,导致双目失明,不能说话,不能走路,生活无法自理,24小时需要人照顾。在医院住了一段时间之后,父母最终决定将其带回家中照顾。这个快乐家庭的悲剧生活从此开始,自从伯居受伤后,父亲喝酒越来越频繁,母亲则整天祈祷,以她自己的方式乞求上帝保佑儿子能好起来,父母经常吵架,他们的全部精力和时间都在躺在床上需要人时刻照顾的伯居身上,而8岁的小儿子阿杰伊便被遗忘了。从前衣食无忧、备受宠爱的阿杰伊因得不到父母的关爱而十分伤心,但是这个天真的孩童也正是从这时开始,逐渐成长、成熟。

小说的大部分内容都在描述这个家庭在伯居瘫痪在床后发生的琐事。所以,具体来讲,小说讲述的是一个由印度移居到美国的中产阶级家庭在面对家庭悲剧时所做出的反应,尤其是小说的叙述者阿杰伊在哥哥发生事故而卧病在床之后的心理变化。可以说,这部小说见证了阿杰伊的成长。

巨大的家庭悲剧也让无知、自私的阿杰伊更快地成长为一个懂得付出、学会担当的人。伯居刚刚受伤时,阿杰伊想到的只是哥哥会因为住院而得到妈妈的礼物,而且如果哥哥去世了,他就成了家里唯一的孩子了,到那时,父母就会将全部的爱都给他一个人,他独自想着,越想越开心,对哥哥的受伤完全没有丝毫同情和伤心。

当父母把全部重心都放在伯居身上,而忽略了弟弟时,伤心难过的阿杰伊终于爆发了,他觉得自己不应该受到这样的冷落,他需要父母的关心和照顾,于是,他对父亲直接表明了自己的态度,但却并没有得到父亲的安慰,而是更糟糕的对待;而母亲对弟弟的态度则更加粗鲁。逐渐地,阿杰伊不再伤心抱怨,而是和母亲一起为哥哥祈祷,帮哥哥擦洗身体,还学会通过读书排解心中的苦闷,不仅如此,他还会以自己的方式为这个沉浸在悲伤中的家庭带来欢乐。有一天,当他和母亲在为哥哥擦洗身体时,阿杰伊开玩笑式的对躺在病床上的哥哥说"我从没有见过像你这么懒的人",这时,妈妈笑了,她对两个儿子投以赞许的微笑,并笑着对躺在床上的伯居说"告诉他,我不懒,我是国王。"简单的对话让这个家庭顿时充满温暖。

在哥哥受伤瘫痪在床，父母为此伤心难过的时候，阿杰伊逐渐学会了照顾哥哥，关心家庭。缺乏父母的关爱的阿杰伊学会独立，学会自己面对痛苦和悲伤，他逐渐从书本中找到慰藉，书籍给了他力量，让他在苦闷的时候有所依靠。他尤其喜欢海明威的小说，更对海明威的冒险经历十分好奇，或许，他确实从海明威及其作品中学会了如何变得坚强起来。这是这部小说的一个非常有趣的点。而阿杰伊也确实十分努力刻苦。父亲曾向瘫痪在床的哥哥夸赞弟弟很用功，很能吃苦。

那个曾经只关心自己的自私、懵懂的小孩儿，逐渐成长为一个照顾哥哥、关心家庭，更给家人带来欢乐的有责任心的男人。随着阿杰伊越来越懂事，他逐渐意识到自己和哥哥的不同发展趋向。他逐渐为曾经的自己感到羞耻，也为哥哥感到难过。

小说创造了两个重要的形象，弟弟阿杰伊和哥哥伯居。哥哥是一个扁形人物，而弟弟是圆形人物，哥哥这一静态的形象从侧面衬托出弟弟的成长和发展。而这部作品也是作者的半自传体小说。作者用了 13 年时间将自己的故事写了下来，他只希望这不是他写的，毕竟，再次回忆和面对曾经的苦难太折磨人，正如夏尔马本人所言："这部小说写起来很费劲，因为故事内容和我的家庭太相像了，它是基于我的家庭生活而创作的。"[1]和小说中的阿杰伊一样，作者在 8 岁的时候与家人一起迁往美国生活，18 岁时考入普林斯顿大学，后来成为一名投资银行家，很快，他的年收入便超过 50 万美元。他也有一个比自己大 4 岁的哥哥，哥哥 14 岁时在一次事故中瘫痪，家人一直照顾他，直到他离开人世。

小说书写了一个移民到美国的印度家庭追求美国梦破碎的故事，但是它却并不完全是一部充斥着感伤的小说。从叙述者弟弟身上可以看到一个在美国追求梦想的有为青年为实现美国梦所付出的努力和所做出的坚持。悲痛总是能激起人的斗志。移居到另一个国家是一件很艰难的事情，对于夏尔马来说也不例外，但是，他认为"美国是一个非常棒的地方，

---

[1]　Buby Cutolo, Akhil Sharma, *Publishers Weekly*, March 31, 2014, p. 30.

来到美国是一件非常美好的事情"①。从作者本人的经历也可以看出一个生活在美国的印度移民对成功的坚定渴望。

夏尔马以非常吸引人的一种新颖而独特的方式讲述了一个关于美国印度裔移民的故事，真切地描绘出移民在面对困难时所采取的不同应对措施，而主人公阿杰伊新颖而独特的应对方式对其他移民来说不无启迪意义，其成长经历也会激励着像他一样的移民为实现自己的美国梦而不懈努力奋斗。这部小说也以其热忱、幽默，以及对复杂性的娴熟处理被纽约杂志评为 2014 年"十佳年度图书"，并赢得 2015 年对开文学奖福里奥文学奖以及 2016 年国际都柏林文学奖。

来自第三世界的印度移民自到达美国的那一刻起，就陷入困境中，种族歧视、性别歧视和阶级差异时刻困扰着他们，而他们的子女，即第二代移民，则更处于进退两难的境地，文化价值观的选择在他们进行身份建构的过程中起到了至关重要的作用。移民所面临的艰难境地也引起了人们的深入思考。基兰·德赛追本溯源，通过描绘到美国追求发财美国梦而以失败告终的比居传达出她的想法，要想实现本民族的非殖民化过程，提高生活水平，还要从本国的实际出发，一味乞求到西方资本主义国家实现发财美梦并非易事。当然，艰难的环境也并非一定是坏事，它会让人更快地成长。

结　语

印度裔美国作家是亚裔美国作家中一支年轻，有活力，且后劲十足的创作队伍。出生在 20 世纪四五十年代的第一代印度裔美国移民作家依旧宝刀未老，与此同时，出生在 70 年代的第一代移民作家和第二代移民作家也绽放出新的光芒，随着他们在国际重要文学领奖台上频频亮相，这一群体已呈现出势不可挡的态势，成为美国少数族裔创作队伍中举足轻重的组成部分，这印证了"当今世界英语文学中，最优秀的

---

① Buby Cutolo, Akhil Sharma, *Publishers Weekly*, March 31, 2014, p. 31.

英语文学作品不一定来自英美,最优秀的英语作家常常来自英美以外的前殖民地国家"①的说法,移民文学的兴起已经成为当今世界文坛的一大潮流。

在印度裔美国作家这一创作队伍中,女性作家占据绝对的优势。从1988年芭拉蒂·穆克吉以其短篇小说集《中间人及其他故事》赢得美国国家图书批评奖,到2000年拉希莉凭借短篇小说集《疾病解说者》获得普利策小说奖,再到2006年基兰·德赛凭《失落》摘得英国布克奖,她们的身影一次又一次地出现在国际重要文学奖的领奖台上,渐渐被世界所熟知,这与印度传统文化中女性的地位密切相关。印度传统妇女的全部重心就是其丈夫。她们完全丧失自我,永远是丈夫的附属品,他们因丈夫的存在而存在,也必然随着丈夫的离去而离去。正如在电影《甘地传》中,当记者问甘地夫人下一步的打算时,甘地夫人回答道:"我的职责是紧跟我的丈夫。"而在印度,经常会听到妇女在其丈夫去世后选择自焚,继续追随丈夫而去。随着时间的发展,印度国内许多女性逐渐从其丈夫的影子下走出来,追求与男性同样的权利,不断发展完善自我,而有机会移民西方则成为催化剂,加速了其女性意识的觉醒和发展。

年轻的美国以其包容性,多元性及无限可能性吸引着来自世界各个地区有追求、有梦想且渴望成功的人,对于第一代移民来说,自踏上美国土地的那一刻起,他们便同时受到两种文化的双重影响,对于有着悠久历史和深厚文化传统的印度人来说,在两种文化中的挣扎更为艰难,一方面,生于印度、长于印度的他们从小受到环境的影响,耳濡目染,印度文化对他们来说可谓根深蒂固,已融入到他们的血液中,因此,即使想要将自己的印度文化藏起来,甚至是完全抛弃,他们身上的印度痕迹依旧是难以抹掉的。无论走到哪里,首先出卖他们的就是肤色,这一无法改变的特征伴随他们一生;其次,即使努力模仿,在各个方面表现得像美国人,但是言行举止会在不经意间透露出印度文化的特征。另一方面,对于到美国追求梦想的印度移民来说,美国是一个充满希望的地方,为了在美国站稳脚

① Bruce King, *Literatures of the World in English*, London & Boston: Routledge & Kegan Paul, 1974, p. 1.

American Fiction: Local Processes and Multivariate Genealogies

跟、追寻梦想，他们努力学习美国的文化、了解美国人的习惯等，尽量适应并融入周围的环境。

他们常常处于美国与印度双重文化的夹缝之中，难以找到真正的自己，不明白自己的身份到底是什么。他们有着印度的血统，受印度文化的滋养而长大，但是，自离开印度的那一刻起，他们就深知回不去了，他们对母国的印象尘封在记忆深处，像破碎的镜子，难以复合，即使偶尔开启寻根之旅，结果也总是不尽如人意，因为在母国人眼中，他们已是外乡人。但是，在美国白人眼中，他们又是有着深色皮肤、操一口浓重口音的边缘人，受到异样的目光和区别对待，被歧视和排挤在主流文化之外。他们在东西方文化交融与碰撞中迷失，在重构自我身份的过程中一次次受伤。

与其父辈相比，第二代移民对印度文化的接触非常少，除了偶尔随父母回印度探亲，他们对印度文化的了解则主要来自父母。在美国少数族裔当中，印度移民是不轻易丢掉本民族文化的一个群体，更何况，融进血液的文化风俗习惯是不那么轻易能改掉的，因此，即使生活在美国，第一代移民在家中也会继续保留一些印度的饮食习惯或生活方式，这对其子女是一种无形的熏陶，会在不经意间传到子女身上，而第二代移民则是土生土长的美国人，除了家人，他们在生活和学习中接触最多的是美国本土人，学习的也是美国本土文化，在历史文化习俗方面，他们对美国的了解远远超过对印度的了解。相比父母而言，他们更美国化。然而，由于无法改变的肤色问题，他们在学校也可能会受到同学们的嘲笑。而由于知识结构和文化储备的不同，他们与父母之间也难免会产生隔阂，矛盾也会由此产生。由此看来，受家庭中印度文化熏陶而又同时接受美国正统教育的第二代移民也同样处于两种文化的夹缝之中，一方面，他们要将自己完全融入美国文化中去，另一方面，他们还要顾及在美国处于边缘状态的父母，内心的挣扎和困扰可想而知。

对于在两种文化之间艰难生存的印度裔美国移民来说，身份问题始终是悬而未决的，这也是一直困扰他们的苦恼。第一代移民在美国的寻梦之旅没有结束，而第二代移民在美国的生活也在继续，"创伤性的变化是文化接触的必然产物"①,在重构自我身份的过程中所产生的困惑与疑虑以及需要面对的困难与挑战无处不在,面对困境时的反思至关重要。困境也会让一些人更快地成长。

American Fiction: Local Processes and Multivariate Genealogies

---

① 石海军:《后殖民:印英文学之间》,北京:北京大学出版社,2008 年,第 97 页。

第十章

日、越、韩、菲、阿等亚裔谱系

—— 东西方政治与文化的撞击、融汇和变奏

引 言

　　亚裔美国文学在 20 世纪 60 年代黑人民权运动以及 70 年代女权运动的催化下崭露头角并迅速树立了自己的文学流派地位，成为继犹太文学和黑人文学之后又一热点。亚裔美国文学的界定一直处于流动的状态，其涵盖的范围越来越广，"在 20 世纪快结束之时，亚裔美国文学批评家更愿意将那些不论是出生在美国还是移民到美国的具有亚洲血统的作家所写的作品统归为亚裔美国文学"①，亚裔文学也逐渐呈现出"百花齐放，百家争鸣"的繁荣局面。目前最为显著的有六大分支，即华裔、印度裔、日裔、越南裔、韩裔和菲律宾裔美国文学。这些分支的发展并不是以均质的文学形态呈现的，华裔文学首先处于一枝独秀的中心地位，迄今方兴未艾；印裔文学在 20 世纪后半期迅速占据亚裔文学中第二大景观的位置；而日裔文学也日渐强盛并形成特色；越南裔、韩裔和菲律宾裔文学作为三股新鲜力量正在悄然崛起。日、越、韩、菲律宾裔美国文学以各自独特的族裔体验为依托书

---

① Josephine G. Hendin, ed., *A Concise Companion to Postwar American Literature and Culture*, Massachusetts: Blackwell Publishing Ltd., 2004, p. 370.

写其族裔属性。作为跨越东西方两种文化的族群,这四大亚裔族群的命运都与其母国和美国的关系紧密相连,而其文学的发展同样在挖掘其母国与美国的政治关系及其后果中逐步形成特色,并在捕捉少数族裔融入美国文化的挣扎心理中发酵成熟。日裔群体独特的二战拘留营文学、越南裔和韩裔以少数族裔的眼光审视越战、韩战等战争的文学、以及菲律宾裔美国文学的后殖民倾向书写不仅刻画了各自族群探索独立的文化身份过程,并为其族群成功地发出了响亮呼声,促使西方直面少数族裔真实状况并给予公正对待。同时也填补了美国主流文学无法探寻的空白。这四大文学不断挑战主流文学的绝对中心地位,并进入这个国家的历史书写,为美国文学的多元化、多样化和多维度添上浓墨重彩的一笔。

目前关于日、韩、越、菲律宾裔美国文学研究集中在美国和亚洲地区,研究著作相对丰富,视角也日益开阔。在美国,由于亚裔学者与亚裔作家拥有共同的历史文化渊源与族裔体验,亚裔美国文学研究主要是由亚裔学者推进。在这四大族裔文学中关注度最大的是日裔美国文学,研究专著最多。从 20 世纪 80 年代起就已经出现了日裔美国文学研究的英文专著,日裔学者对这些作品投入了较大的关怀。以对日裔女作家研究比较持续,并多从身份主体性视角入手。如《日裔美国文学中"礼仪性的自我"》(*The "Ceremonial Self" in Japanese American Literature*, 1986)、1988 年出版的《日裔美国作品中的身份修辞》(*The Rhetoric of Identity in Japanese American Writing*, 1988)、著名日裔美国文学研究学者特莱塞·山本(Traise Yamamoto)的《掩饰自我,表现主体:日裔美国女性,身份和身体》(*Masking Selves, Making Subjects: Japanese American Women, Identity, and the Body*, 1999)以及《重申历史与集体身份:爱与日裔美国女性作家,1973—1999》(*Reclaiming History and Collective Identity: Love and Japanese American Women Writers, 1973-1999*, 2004)都是日裔学者所著,都关注身份问题,并对女性作家作品情有独钟。在个案研究中,对日裔拘留营作家约翰·冈田(John Okada, 1923-1971)和后现代作家代表山下凯伦(Karen Tei Yamashita, 1951-)的研究较多,目前都有研究专著出版。较为引人注目的是 2012 年出版由凌津奇教授著写的《越过子午线:山下凯伦跨国小说的历史与虚构》(*Across Meridian: History and*

Figuration in Karen Tei Yamashita）。这是第一本系统研究山下作品的专著,作者认为"山下是亚裔美国文学先驱作家,其作品是她对目前亚裔美国文学创作与批评进行文学干预的一个理论分支"①,高度评价了山下影响着亚裔美国文学批评理论的走向。

美国对越南裔美国文学的研究起步于 20 世纪 90 年代,1995 年出版了越南裔美国人编撰的首部越南裔美国文学选集《曾在梦中》（*Once upon a Dream*, 1995）,2011 年出版了由拥有越南和法国血统的学者著写的《这就是我选择说的:越南裔美国文学中的杂糅与历史》（*This is All I Choose to Tell: Hybridity and History in Vietnamese American Literature*, 2011）,这是首部研究越南裔美国文学的专著,作者"分析性介绍了越南裔美国文学,刻画出了作品产生的历史、社会和文化状态,帮助批评家解读这些作品"②。

2001 年美国出版了第一部韩裔美国小说选集《科瑞:韩裔美国小说的指路选集》（*Kori: The Beacon Anthology of Korean American Fiction*, 2001）。目前已关于韩裔文学整体研究的重要英文专著有《韩裔美国文学中的殉道:〈从东到西〉、〈安静的艰难历程〉、〈慰安妇〉和〈听写〉中的抵抗和驳论》（*Martyrdom in Korean American Literature: Resistance and Paradox in East Goes West, Quiet Odyssey, Comfort Woman and Dictee*, 2001）以及《理解韩裔美国文学:美国梦,身份和同化》（*Understanding Korean American Literature: The American Dream, Self-Identity and Assimilation*, 2013）。

菲律宾裔美国文学早在 20 世纪七八十年代就已经与华裔、日裔美国文学形成三足鼎立之势,但在美国,菲律宾裔文学研究一直处于华裔和日裔美国文学研究的陪衬地位。1996 年发表了一部菲律宾裔美国文学研究专著《菲律宾诱惑:菲律宾——美国文学关系的辩证逻辑》（*The Philippine Temptation: Dialectics of Philippines-U.S. Literary Relations*, 1996）。

---

① Jinqi Ling, *Across Meridian: History and Figuration in Karen Tei Yamashita*, California: Stanford University Press, 2012, p. xi.

② Isabelle Thuy Pelaud, *This Is All I Choose to Tell: Hybridity and History in Vietnamese American Literature*, Pennsylvania: Temple University Press, 2011, p. 1.

另有专著《从流亡到流散：美国菲律宾经验的版本》（*From Exile to Diaspora: Versions of the Filipino Experience in the United States*, 1998）和《后殖民主义之后：重绘菲律宾——美国的对立》（*After Postcolonialism：Remapping Philippines — United States Confrontations*, 2000）的参考价值比较大。美国知名少数族裔文学研究期刊 *MELUS* 在 2004 年春季特别推出菲律宾裔美国文学专号，展现菲律宾裔美国文学数十年发展的全貌，为菲律宾裔美国文学的整体研究打下了基础。2012 年发表的《国家之外：菲律宾流散文学和酷儿解读》（*Beyond the Nation: Diasporic Filipino Literature and Queer Reading*, 2012）从酷儿流散角度解读了几位重要的菲律宾裔美国作家的作品，堪称一大力作。

　　不过美国对这四大族裔文学的著作研究，尤其是韩国、越南和菲律宾裔美国文学的研究，往往是放在亚裔美国文学研究的脉络之中。亚裔美国文学研究的发展态势勾勒出了国际上对这四大文学的研究趋势。亚裔美国文学研究大致经过了四个阶段。第一个阶段是在 1982 年之前的发声时期，常见于亚裔美国文学的选集的前言中，代表性的批评话语是"亚裔美国感"。亚裔美国文学研究在第二个阶段开始系统化的文化研究，注重"文学与族裔历史和社会问题的互现，重在发现美国亚裔文学的集体特征和文学经典"[1]，代表性的著作是金惠经（Elaine H. Kim）的《亚裔美国文学：作品及社会背景介绍》（*Asian American Literature: An Introduction to the Writings and Their Social Context*, 1982），这是首部研究亚裔美国文学的系统性专著。20 世纪 90 年代下半期起，亚裔美国文学研究进入第三个阶段，这一时期亚裔文学批评在"后现代、后结构、后殖民研究、心理分析、全球化、离散研究的思潮下加强了自我审视和自我指涉"[2]，学术地貌由此开阔。21 世纪以来，亚裔文学批评在继承以往批评理论时又表现出了"跨国"的研究趋势。可见，美国亚裔文学研究日趋成

---

① Shirley Geok-lin Lim, John Blair Gamber, Stephen Hong Sohn and Gina Valentino. ed., *Transnational Asian American Literature: Sites and Transits*, Philadelphia：Temple University Press, 2006, p. 7.

② 潘雯：《走出"东方/性"：美国亚裔文学批评及其华人话语构建》，复旦大学博士论文，2013 年第 11 页。

American Fiction: Local Processes and Multivariate Genealogies

熟与繁荣,呈现出多元发展态势。值得注意的是,对亚裔美国文学的研究不仅仅局限在美国,亚洲国家同样有了一段研究历史,更有国家很早就建立了机构来有系统有组织地研究亚美文学。比如韩国甚至早在 20 世纪70 年代美国亚裔研究兴起之前就已经提前迈步;而日本早在 1989 年就建立了亚裔美国文学学会(AALA)来发行相关期刊和举办研讨会,至今已具有一定规模和能见度,其组织成员的研究成果甚至已走入国际对话与互动之中。日裔文学研究集中在日本,韩裔文学研究集中在韩国,越南和菲律宾学者也集中关注相对应的族裔文学。这主要是因为这些学者与相对应族裔作家的亲切感和认同感较强于其他族裔,也更容易产生思想上的共鸣或找到研究契合点。不少亚洲国家如韩国往往也把来自本国的美国作家的创作视为该国的流散文学而融入本国的文学研究之中,这些亚洲国家的学者所提供的跨国、跨语言、和本国文学的比较研究以及亚洲视角扩充了亚裔美国文学研究视阈。

相比之下,在我国学术界,亚裔美国文学研究几乎等同于华裔美国文学研究,日、韩、越、菲律宾裔美国文学研究起步还是在 2000 年以后,并且一直备受冷落。即便有专著在介绍亚裔美国文学的发展历史之中会单独辟节介绍非华裔美国文学,对这些少数族裔的文学研究往往不是文学研究而是移民背景知识介绍,或是单个作家作品介绍;而学术期刊上对这四大族裔作家作品的解读同样是凤毛麟角。可见,我国的日、韩、越、菲律宾裔美国文学研究仍处于拓荒阶段,目前以引进作家作品为主。

在著作研究方面,国内目前尚未有专门研究日、韩、越、菲律宾裔美国文学的著作问世。对这四大文学的研究集中在将其归为亚裔文学、少数族裔文学或离散族裔文学的一个分支或只是一笔带过,并集中于介绍日、韩、菲律宾裔三大文学中特定几位作家的作品而未扩充开来。在基础性研究上,以导读和外国评著引进为主。2012 年吴冰编著的《亚裔美国文学导读》里面收入了日、韩、菲律宾裔文学各一部作品的一个原文片段。该书较大的篇幅是论说文学背景,历史味道甚浓。2012 年中央民族大学出版社出版的《美国少数族裔文学简史》在第四章介绍了一些日裔、菲律宾以及韩裔三个族裔的几位作家。这两本著作均属介绍性读本,对初步了解日、韩、菲律宾裔文学的发展提供了背景知识。另外国内出版社也引进了两本外国学者的专著。外语教学与研究出版社于 2006 年和 2009 年出版了《亚裔美国文学作品及社会背景介绍》和《全球视野下的亚裔美国文学》(*Global Perspective on Asian American Literature*, 2009)。同时也有参考价值比较大的英文著作被翻译成中文出版。中央编译出版社2005 年出版的中文译本《剑桥美国文学史·第七卷》在第五章讲述了第二代日裔移民的状况;中国社会科学出版社于 2006 年和 2007 年相继推出了两位著名亚裔美国文学研究专家的各一本专著的中文译本,即凌津奇的专著《叙述民族主义:亚裔美国文学中的意识形态与形式》(*Narrating Nationalisms: Ideology and Form in Asian American Literature*, 1998)和黄秀玲的专著《从必需到奢侈:解读亚裔美国文学》(*Reading Asian American Literature: from Necessity to Extravagance*, 1993),2012年南开大学出版社出版了由不同族裔学者共同著写的中译本论文集《离散族裔文学批评读本:理论研究与文本分析》(*New Approaches to Diasporic Literature: Theory and Textual Criticism*, 2012)。这三部中译本对研究日裔美国文学有一定的辅助作用。可喜的是,国内学者也出版了三本涉及这三大族裔文学的专著。2013 年杨仁敬等著的《新历史主义:美国少数族裔小说》解读了一位菲律宾裔女作家和一位韩裔作家的作品,同时介绍了几位日裔作家。张亚丽 2013 年出版的著作《多元文化主义语境中的亚裔美国文学》以较大的篇幅讨论了一位菲律宾裔作家和两位日裔女作家的作品,认为"面对美国社会长期存在的忽视移民文化特征及其相关权利的社会现象,这些有色少数族裔倡导反熔炉、反同化的多元文化主义"[①]。2014 年胡俊的著作《后现代政治写作:当代美国少数族裔女作家研究》第三章解读了日裔女作家山下凯伦的后现代写作。可见这些著作集中在深入单个作家作品研究上,对女性作家研究比较突出。而国内大多数亚裔美国文学研究和少数族裔文学研究其实都并没有关注这几大新兴文学,涉及越南裔美国文学的专著目前尚未出世。

　　国内学术期刊上关于这四大文学的论文研究成果也比较薄弱。研究

---

① 　张亚丽:《多元文化主义语境中的亚裔美国文学》,北京:北京交通大学出版社,2013 年,第1 页。

成果呈现出偏重日裔美国文学研究、期刊论文数量小、高质量论述少、某个作家作品扎堆研究多、研究视角狭窄而陈旧老套的特点。其中我国国内日裔文学研究集中在经典作家和获奖作家上，但高质量期刊论文依旧屈指可数。在日裔美国文学的整体研究上，国内停滞在作家作品的机械累积介绍上，尚未有系统梳理日裔文学发展脉络的论述。目前有一篇博士论文《发出自己的声音——论日裔美国文学的兴起》，从社会政治角度出发着重分析了日裔作家群的几部作品。在日裔作家个案研究中我国比较关注的是经典作家，尤其是书写二战时期日裔美国人被强制迁往拘留营的历史的作家，比如对反映二战时期日裔美国人创伤的小说《不不男孩》（*No-No Boy*，1957）的研究就占据了日裔美国文学研究的半壁江山，目前已经有 5 篇研究这部小说的硕士论文，在研究角度上以身份研究和创伤研究为主。近年来我国学者偏向于研究日裔美国女作家。这主要是因为近年来日裔美国女作家发展势头较猛，屡获大奖。儿童作家辛西亚·角畑（Cynthia Kadohata，1956-　　）凭借《闪闪亮》（*Kira-Kira*，2004）斩获 2005 年美国童书界最高荣誉奖纽伯瑞奖、2013 年又凭借《明天会有好运气》（*The Thing About Luck*，2013）摘得美国国家图书奖。国内也随之推出这两本书的中文译本，目前已有一篇硕士论文研究其作品。2012 年日裔美国作家大冢朱莉（Julie Otsuka，1962-　　）获得年度国际笔会/福克纳奖，2013 年露丝·尾关（Ruth Ozeki，1956-　　）收获美国图书协会最佳小说奖等多项大奖，山下凯伦也屡获大奖或提名，催生了几篇评论文章，其中不乏高质量水平的期刊论文，如邹涛的《露丝·尾关〈不存在的女孩〉中的存在焦虑与复调》，同时《外国文学研究》上发表了三篇国外学者关于该小说的论文以开阔国内学术界对亚裔文学的研究视角，而关于山下凯伦的研究目前已有两篇硕士论文。当然，也有学者对其他作家投去了关怀的目光，如论文《〈笹川原小姐的传奇〉中"疯"的多重意义解读》和《命运的抗争自由的渴望——评米尔顿·村山的成长小说〈我仅要我的身体〉》分别介绍了久枝·山本（Hisaye Yamamoto，1921-2011）和米尔顿·村山（Milton Murayama，1923-2016）两位作家。但总体而言，国内对日裔美国文学研究在研究数量和质量上一直处于低迷徘徊的状态。

　　韩裔、菲律宾裔和越南裔美国作家的研究在我国学术界基本处于缺席状态。其中由于韩裔作家近年来获奖不断,国内学者因此伴着大奖的热流对韩裔获奖作家投入了一丝关怀。例如凭借《慰安妇》(*Comfort Woman*, 1997)获得美国图书奖的诺拉·玉子·凯乐(Nora Okja Keller, 1965—　)以及荣获海明威基金奖、亚裔美国文学奖,亚裔/泛太平洋美国文学奖等多个大奖的李昌来(Chang-rae Lee, 1965—　)吸引到了一些学者的关注。如《外国文学动态》发表了《李昌来小说〈投降者的创伤叙事〉》。但总体来说,在国外像李昌来这样在美国掀起了一阵强劲的朝鲜半岛之风的韩裔作家在我国并没有引起注意。国内对于菲律宾和越南裔作家的研究,更是少之又少,尤其是缺少《淤泥中盛开祥和之莲:高兰小说的战争创伤与后战争记忆》这样的高质量期刊论文。

可见国内对这四大新兴文学的研究状况很不乐观。这四大文学的价值丝毫不逊色于华裔文学,却被国内学术界所无视。因此本章将系统耙梳这四大族裔文学,并在笔者能力范围内拓展这四大族裔的研究视角和空间。由于日裔美国文学发展时间最长、作品最多、成就最高,特色明显,本章将以日裔美国文学为主要研究对象,辅之以菲律宾裔、韩裔、越南裔文学考察各个族裔其独特的文学属性。

第一节　日裔美国文学的发展沿革

日裔美国人也被称为 Nikkei,日裔群体给每一代日裔取了专门的称号:于 1885 年到 1924 年从日本移民到夏威夷和美国大陆的日裔被称为"一世"(Issei),美国出生的第二代日裔美国人则是"二世"(Nisei),而"三世"(Sansei)和"四世"(Uonsei)分别指的是第三代和第四代日裔美国人①。目前,日裔美国文学主要是由二世和三世的作家作品组成。作为亚裔美国文学中作品最多并处于不断探索与发展中的一脉,日裔美国文学经过四代作家的奋笔疾书,集中代表了亚裔文学流变的历程。"总

---

① 另有一小部分群体被称为"归美"(Kibei),指的是在美国出生、被父母送回日本接受教育的日裔美国人。

的来说,日裔美国文学作为一个整体可以理解成从多种层面上对身份的不断建构的过程,不论是个人的、集体的、政治的、文化的还是代际的"①,日裔文学的流变表现在对身份探索的三个阶段:族裔意识初步觉醒,在文化冲突中构建日裔族裔身份到流动身份的探索。日裔作家也是在对少数族裔的身份属性与构建的多维度和多角度探索的过程中反映出美国主流社会的种族主义对少数族裔的剥削压迫以及少数族裔的奋力抵抗。不过,日裔美国文学是在日美紧张的敌对关系催化下形成的独特的拘留营文学,使得日裔美国文学呈现出有别于其他亚裔美国文学的族裔特色。

一、族裔意识的初步觉醒——日裔美国文学的肇始

早期的日裔美国文学作品主要是一世和二世书写,这些作家主要起着文化桥梁的作用,作品的族裔意识较为浅薄。早在 1885 年第一批合法日本契约工就抵达了夏威夷,并且日裔移民相对于其他亚裔而言受教育程度较高,于 20 世纪 20 年代就可以看见一世作家开始用日本语出版诗歌和故事,而极少数精通英文的一世作家也用英语发表作品。由于这些作家是富室子弟,他们的作品并没有反映出大多数日本移民艰苦的生活状况,其作品主要是将日本的文学艺术和风土人情介绍给西方白人以迎合白人对神秘的东方世界的猎奇心理,如具有德日血统的作家卡尔·萨达克奇·哈特曼(Carl Sadakichi Hartmann, 1867–1944)就用英语创作日本俳句诗。贵族出身的杉本信越(Etsu Inagaki Sugimoto, 1874–1950)的自传体小说《武士的女儿》(*A Daughter of the Samurai*, 1925)通过叙述一个被迫嫁入美国的日本女孩的故事,介绍了日本的传奇故事,传统风俗节日,将日本蒙上一层浪漫主义的怀旧色彩呈现给读者,并表现出对美国现代化与先进面的敬仰。虽然一世作家表现出了崇尚白人文化的倾向,但是当时颁布的一系列法律如 1913 年的《外侨土地法》(*Alien Land Law*)使日裔一世在政治、经济、社会各方面均受到排斥,长期被拒斥在主流社

---

① King-Kok Cheung, ed., *An Interethnic Companion to Asian American Literature*, New York: Cambridge University Press, 1997, p. 125.

会之外，他们大多是没有公民权和土地所有权的外国人，并且他们受过日本政府高涨的民族主义思想的熏陶，更加认定自己是日本人。这些一世作家以东方视角和日文风格创作，承担着将母国文化输入寄居国的作用，因此，他们通常被认为是"美国化的日本人而并不是日裔美国人"[①]。总的来说，一世作家的作品带着母国文化深深的烙印，并将业已存在的文化差异进一步扩大，其文本以浓郁的异国情调吸引白人读者，是东方文化的单向输出者。

从 20 世纪 30 年代起二世作家开始发表作品，日裔社区创办的一些文学杂志如《每日北美》(*Hokubei Mainichi*)、《日美时报》(*Nichibei Times*)、《黎明》(*Reimei*)、《叶子》(*Leaves*)以及《太平洋公民》(*Pacific Citizen*)等的兴盛发展进一步推动了二世的文学创作与对日本文学的引进与翻译。虽然二战前的二世作家与一世作家一样仍旧是起着嫁接日美文化的桥梁作用，正如当时的一份日裔杂志前言所说"二世是填隙的文化群体，他们能跨越东方和西方文化的鸿沟"[②]，不过此时日裔作家的目光焦点已经从祖居国转向美国本土的种族、国际关系以及自己作为独特的少数群体的处境。不少二世作家拥抱着美国文学传统，模仿着主流文学创作，不仅作品形式反映出了当时流行的文学形式，而且内容上表现出融入美国社会的渴望，受到熔炉论影响比较重。二世比一世对美国怀有更为深沉的依恋之情。

二战前最为著名的日裔美国作家是森俊夫(Toshio Mori，1910－1980)。其作品真实地再现了日裔美国人的生活状况，因此他被视为日裔美国文学真正的开山鼻祖。不过直到 20 世纪 70 年代中期，几位亚裔作家和批评家迫切想要树立新的亚裔美国文学典范时才发现了这位作家，并树立了其经典地位。森俊夫自视为美国作家，创作受舍伍德·安德森(Sherwood Anderson，1876－1941)和约翰·斯坦贝克(John Steinbeck，

---

① Alpana Shama Knippling, ed., *New Immigrant Literature in United States: A Source Book to Our Multicultural Literary Heritage*, London: Greenwood Press, 1996, p. 128.

② King-Kok Cheung, ed., *An Interethnic Companion to Asian American Literature*, New York: Cambridge University Press, 1997, p. 130.

American Fiction: Local Processes and Multivariate Genealogies

1902－1968）影响较大，其短篇小说集《加州横滨》①（*Yokohama, California*，1949）以现实主义的笔触刻画了 20 世纪 30 年代日裔无异于其他美国人的日常生活，瓦解了以往带有东方主义色彩的美国文学中日本人僵化刻板的形象。但是其短篇小说除了人物和聚居地名称有明显的日裔特色外并没有强调母国特点，也没有揭示美国对日裔的种族主义歧视行为，其笔下的日裔美国人扎根本地，拥抱美国，乐于被同化，对未来充满希望。这些短篇作品揭示了"日裔民族意识的缺乏与身处异乡对霸权话语的屈服和接受"②。森俊夫的作品产生于对日裔美国人有偏见和种族歧视盛行的时代，是向白人读者普及日裔美国人的美国式生活，企图消除将日裔美国人视为外国人的看法。可见此时的二世比一世更渴望融入美国主流社会，思想的天平开始倒向美国。

在日美两种文化中游走的二世作家不再像一世那样一味迎合白人的猎奇心理，以美国化的日本人身份单向输出母国文化，而是更扎根于美国本土，吸收寄居国文学传统，并记录自己族裔的日常生活体验，族裔意识初步觉醒。并且，此时日裔美国文学鲜明的语言特色已露端倪，即不注重语法的规范和标准，而是使用日裔美国人讲的不纯粹的原生态混杂英语。"少数族裔作家，尤其是亚裔美国作家，觉得在道义上有必要用一种陌生而敌意的语言来写作"③，这些日裔作家的本色语言证实了新的经历孕育新的语言，挑战了白人的语言霸权主义，传达了其族裔特色，凸显了对自身身份认知的朦胧意识。这些作家建立了日裔美国文学传统。但二战之前的日裔美国作家总体还是文化使者，起着嫁接东西、日美文化的桥梁作用，渴望被美国主流社会所同化，族裔意识与批判认知尚浅薄，处于初步觉醒状态。

二、身份的困境与突围——日裔美国文学的兴起

第二次世界大战爆发之后，由于日本侵美以及美国对日裔美国群体

---

① 该书原计划在 1942 年出版，但由于二战的爆发，推迟到战后的 1949 年出版。

② 杨仁敬：《新历史主义与美国少数族裔小说》，上海：上海外语教育出版社，2013 年，第 285 页。

③ Houston A. Baker, Jr. ed. *Three American Literatures*, New York：MLA, 1982, p. 217.

的不当拘留行为使日裔美国人面临着日、美二元对立身份的抉择,并对日美两种价值观均产生怀疑,引发日美群体严重的国家归属与身份认同危机。这一事件给日裔作家提供了一个紧张的背景书写:日裔游走在日美边缘,饱受处于势不两立的两种文化夹缝之间的折磨。与此同时,一批生活在夏威夷的日裔作家由于并未遭受拘留营创伤,在战后挖掘日裔美国人的历史与身份上有更宽阔的空间与视角。此时成为日裔文坛主体的主要是二世作家,他们书写着日裔尴尬的身份困境,虽然其中不少表现出接受同化的意愿,但他们的作品在一定程度上凸显出对美国社会的批判认知。60年代末随着三世作家的崛起,在民权运动大潮的激发下,日裔作家鼓起勇气,重新审视美国不公正的种族政策,"他们不像二世作家一样认同美国白人中产阶级以被接受为美国人,而是更认同那些讨伐美国政府过去与现在不公正行为的少数族裔群体"[1],为弱势群体争取公民权利并建立以美国为归依的亚美身份。这一阶段日裔群体经历了陷于认同危机,批判认识美国社会构建日裔在美国自成一格的亚美身份的过程,日裔美国文学由此兴起。

　　1941年日本袭击珍珠港美国海军基地之后,美国社会掀起了一股反日浪潮,在没有经过任何法律审判的情况下,美国对太平洋西海岸日美社群展开了调查、逮捕,将约12万日裔美国人赶出家园,迁至环境恶劣的集中营。一夜之间他们被剥夺了公民权利,被贴上了耻辱的标签。这一事件在日裔美国人中尤其是二世当中引起了很大的种族身份和国家归属混乱,一些人尤其是二世选择了彻底拥抱美国身份,接受同化,一些人对美国平等、公平和民主的虚假承诺幻想破灭,而另一些人则深受迁移创伤,困在两个极端之中无法自拔。这些日裔美国人尴尬的处境集中反映在当时的二世拘留营作品当中,其中最为著名的是莫尼卡·索恩(Monica Sone, 1919-2011)的自传《二世女儿》(*Nisei Daughter*, 1953)和约翰·冈田的成长小说《不不男孩》(*No-No Boy*, 1957),这两部作品代表了日裔文学传统中日裔族群,尤其是二世追寻身份的两个极端。

---

[1]　Dennis Kawaharada, *The Rhetoric of Identity in Japanese American Writing, 1948-1988*, Dissertation for the degree of Doctor of Philosophy in University of Washington, 1988, p. 20.

　　二世出生于美国，是法律上认可的美国人，以英语为母语，接受的也是与东方价值观相悖的美国的主流文化教育，他们极力想融入美国社会成为真正的美国人，为此不惜与母国的文化相决裂，但是天生的外貌特征却使得他们与母国有着扯不断的关系，并被仇日的主流社会视为"永远的外国人"。这些二世成为既不被美国主流社会所接受同时又不认同母国文化的夹缝人，承受着巨大的精神压力。珍珠港事件的爆发使日本侨民连带成为舆论攻击的目标，报纸杂志不停地丑化日本人形象，政府也制定政策拘留日本侨民。当时美国国内一些倡导爱国主义的极端分子就高喊"把这群人丢出去。日本佬就是日本佬，怎么看都一样。你不能光是给一张美国的出生证明就期望小日本佬会变成美国人"①。这进一步加剧了二世渴望表达对美国的忠诚以被社会所接受，却因与美国的敌国日本的关联更被社会所敌视的内心痛苦，更有甚者因为自己的日本血脉而形成了自卑情怀。这种在国家与族裔之间挣扎无所依附的身份焦虑导致二世人格分裂、无法清晰定位自我。莫尼卡·索恩借着华裔作家黄玉雪（Jade Snow Wong，1922-2006）的《华女阿五》（*Fifth Chinese Daughter*，1950）成功的东风推出的自传《二世女儿》就对这两种不可调和的人格的压迫有着生动的描写，比如，日本偷袭珍珠港之后，面对这样的晴天霹雳，主人公和子说"我原本舒适、苟且的生存像是被一掌捣得粉碎，破裂成一块块拼图的碎片。一个旧伤又绽开了，我发现自己为自己身上所流淌的日本血液、敌人的血液而暗自颤抖。"②美国当局决定撤离日裔美国人时该小说的主人公更是觉得自己就是一个"被鄙视的、可怜的双头怪物，一边是日本人一边是美国人，没有一个是对我有好处的"③。为了避免被美国人视为日本间谍，日裔美国人竭力区分日本人和日裔美国人的界限，并斩断和母国的联系，他们唾弃日本的语言及文化、全心信奉美国政府的政策及宣传以彰显对美国的忠贞不二，可是这种行为却往往博取不到美国人的了解与同情，反而更使得日裔美国人对自我族裔身份的界定处于迷茫困惑的境地。

---

① Monica Sone, *Nisei Daughter*, Seattle: University of Washington Press, 1979, p. 158.

② Ibid., pp. 145-146.

③ Ibid., pp. 158-159.

　　《二世女儿》的主人公面对双重身份的危机,为了在一个种族主义的社会里被白人所接受,决定全心全意效忠美国主流社会,对于和子而言,变成一个完整的人、不再分裂,其实是割舍日本属性而不是拼合日美两种文化。然而这个彻底被同化的过程正是她真正自我的迷失。正如金惠经评价《二世女儿》所言:"它记录了'二世'在美国受到排斥被迫做出的牺牲,记录了一个灵魂从愤怒到羞愧、从自信到半信半疑的历程。"①二世的这种自我蔑视和泯灭自我的行为在日裔记录拘留营生活的回忆录《伪装的美国人》(*America in Disguise*, 1971)和《别了,曼萨纳尔》(*Farewell to Manzanar*, 1973)以及查里士·菊池(Charles Kikuchi, 1916-1988)的《菊池日记》(*The Kikuchi Diary*, 1973)等作品中也不断重现,这些自传都记录了主人公摒弃日本属性和否定自我的过程,描述了他们压抑对不公平政策的满腔怒火和怨恨,作出种种牺牲以求得到白人的认可的境况,集中代表了当时在面对日美势不两立、非我即敌的战争逻辑中大部分二世的身份抉择。

　　"索恩不是一个细致和追求深意的作家"②,如果《二世女儿》对双重人格的处理尚未炉火纯青,代表着一大群同化主义者在挣扎之后对日裔日本属性的摒弃和对美国身份的彻底接受。那么约翰·冈田的成长小说《不不男孩》则更为震撼和细腻地展现出二战残酷地迫使日裔美国人游走在精神分裂的边缘,代表着种族意识清醒者对日美两种文化与价值观均予以否定的日裔美国身份的探索。值得注意的是,和森俊夫一样,冈田也是20世纪70年代被重新发现的作家。1974年出版的《啊咦嚯!亚裔美国作家选集》(*Aiiieeee!: An Anthology of Asian-American Writers*, 1974)就是贡献给约翰·冈田和雷霆超两位作家的。《不不男孩》是冈田唯一一部小说,也是日裔美国文学里的第一部小说。如今作为一部超时代的作品,《不不男孩》已经成为亚裔美国文学的经典之作。该小说的主人公一郎就是一个典型的边缘人。一郎的尴尬处境在于当二战迫使他在

---

① Elaine H. Kim, *Asian American Literature: An Introduction to the Writing and Their Social Context*, 北京:外语教学与研究出版社,2006年,第5页。

② Sau-ling Cynthia Wong, *Reading Asian American Literature: from Necessity to Extravagance*, New Jersey: Princeton University Press, 1993, p. 93.

American Fiction: Local Processes and Multivariate Genealogies

日本和美国之间做出非此即彼的选择时，他感到进退两难，无法做出取舍。为此他遭受了四年牢狱之灾。重返日裔社区时却又成为家庭和社会的弃儿，由此他便开始了身份探索的痛苦过程。一郎的身份问题其实正是战后日裔群族身份困境的一个缩影。对于冈田来说，日本和美国身份都不是日裔美国人的真正归属。冈田的《不不男孩》就是当时日裔美国人的代言人。正如赵健秀所说："1957 年发现冈田的作品就好像文学史中一个感到犹豫孤独的白人作家发现了马克·吐温。"①这部作品高度凝聚着日裔乃至亚裔美国人清晰的族裔意识。当然还有其他作家如短篇小说家久枝·山本 (Hisaye Yamamoto, 1921–2011) 的多部作品也讨论了拘留营背景之下的日裔的身份困境。

不是所有二世作家都以拘留营为核心进行创作的，一批生活在夏威夷的二世作家并没有这种体验，因此他们对日裔美国人的身份探索具有更广阔的视角与空间，由此借着太平洋暖流稀释了日裔美国文学窒息的气息。虽然夏威夷日裔二世并未经历拘留营创伤，但他们也未能逃离穿梭在两种文化中的命运，如何定位自我依旧难以抉择。这些夏威夷作家对一世移民历史的追溯以及一世与二世之间的代际隔阂和冲突成为其书写与构建集体与代际身份的核心。《站在他们肩上》(*Upon their Shoulders*, 1951)、《太阳照在移民头上》(*The Sun Shines on the Immigrant*, 1960)、《夏威夷：彩虹的尽头》(*Hawaii: End of the Rainbow*, 1964) 等作品对日裔移民历史、被同化等经历提供了不同的观点。不过夏威夷作家的作品中将日裔精神困境刻画得最复杂的是米尔顿·村山 (Milton Murayama, 1923–   ) 的《我仅要我的身体》(*All I Asking For is My Body*, 1975)。小说围绕着夏威夷种植园里日裔劳工家庭移民一世父母与二世子女两代人文化差异引起的家庭矛盾冲突展开叙述，反映了日本家庭制度和美国种植园制度对个人自由的压迫，探讨了二世分裂的族裔身份问题。小说中，在代表两种不同文化的制度的压榨下，主人公俊夫失去了人身自由，对于俊夫而言两者均是束缚，就像小说人物采用的"夏

---

① 杨仁敬等：《新历史主义与美国少数族裔小说》，上海：上海外语教育出版社，2013 年，第 286 页。

威夷洋泾浜英语表现了主人公对美国和日本两种身份的否定"①。语言是文化的载体,是文化身份的表征,日裔混杂英语进军文化领域,标志着独立于日美的日裔夏威夷本土身份的形成。村山其实和冈田一样对日裔美国人非美则日的二元对立身份持有保留态度,在大批支持同化论的日裔作家中发出了特别声音,同时也成就了日裔经典文学作品。

从 20 世纪 60 年代末起,民权运动的热潮促使新生的三世作家具有强烈的种族意识,不再像二世一样深陷双重身份的困境而无所适从。三世作家"认为二世作家支持的同化论是对日裔美国人的种族压迫,摧毁了他们的族裔自豪感和文化"②,他们敏锐地意识到日裔遭受的种族歧视尤其是不当拘留的迫害,强调日裔族群与白人的差别,将民族身份认同导向其他同样饱受种族主义毒瘤之害的美国其他有色族裔群体,与这些弱势群体一起为其族群争取对美国的政治、经济和领土的所有权,获得明确的美国公民身份。

三世杰出作家的身份以诗人居多,"亚裔文学四骑士之一"的劳森·稻田(Lawson Fusao Inada, 1938-　)是《啊咦嘿！美国亚裔作家选集》的编者之一,其 1971 年出版的《战前:发生的诗歌》(*Before the War: Poems as They Happened*, 1971)是第一部由主流出版社出版的日裔美国诗集。另外美里木谷(Janice Mirikitani, 1941-　)以及加勒特·本乡(Garrett Hongo, 1951-　)等也是日裔诗人中杰出的代表。他们挖掘和恢复了以往被主流社会埋没的日裔美国人历史、文化和文学遗产以重建族裔文化,并摒弃传统文学创作手法,从自己或其他有色人种的亲身经历出发探索日裔的群体身份。这些作家的族裔意识高涨,从各方面为日裔群体争取权利和树立身份自信,同时开始正视和接受自己的日本属性,塑造完整和谐的族裔身份。例如敬恩·尾石(Gene Oishi, 1933-　)的自传《寻找宽:一位日裔美国人的心路历程》(*In Search of Hiroshi: A Japanese-American Odyssey*, 1988)以宽代表尾石长久不愿意承认的日本面孔和悲

---

① Sandhya Shukla & Heidi Tinsman, ed., *Imagining Our Americas: Toward a Transnational Frame*, Durham: Duke University Press, 2007, p. 118.

② Dennis Kawaharada, *The Rhetoric of Identity in Japanese American Writing, 1948-1988*. Dissertation for the degree of Doctor of Philosophy in University of Washington, 1988, p. 165.

American Fiction: Local Processes and Multivariate Genealogies

惨记忆，最终尾石学会在调和日美两种杂糅文化中为其族裔属性寻找归宿。

二战之后，紧张的政治局面使得日裔群体陷入了国家认同与个人身份危机，不得不面对日美两种对立文化的夹缝困境。虽然许多二世作家表现出接受被同化的倾向，但日裔群体被拘留、公民权遭受侵犯的经历也使得他们怀疑美国文化及价值观，一些作家甚至对日裔群体非日则美的文化身份持有批判态度。而民权运动之后，日裔作家的族裔意识高涨，作品的政治性浓重，颠覆了日裔群体消极接受被主流社会压制的形象，确立了日裔在美国的公民政治身份与权利，形成了一个将日美文化整合完整、为大众所认可的日裔美国人身份。

三、身份的多元与流动性——后现代日裔美国作家的崛起

20 世纪 70 年代日裔激进作家已经为日裔群体塑造了日裔美国人在美国的政治文化身份，并且大量流入美国并改变亚裔人口结构的新移民强化了亚裔创造新的身份认同的可能性：亚美人可以在地理空间上弹性移动、在文化上强调开放多元的亚美主体性。随后的日裔作家虽然仍会从日裔美国人的经验与历史出发，但这些作家挖掘的题材往往能跳出本族群的藩篱，作品人物也不再拘泥于单一固定的身份模式，而表现出跨地域性、跨种族性和跨文化性特征，族裔身份定位具有明显的多元性和流动性，归属的疆域浮动不定。这些作家往往成功地利用了后现代叙事策略加剧了人物流动无所属的漂泊无根感。其中以日裔女性作家最为突出，她们不仅引领了日裔美国文学的后现代写作，而且为亚裔美国文学开拓了新的发展空间。

亚太新经济势力的兴起使亚美族群不再纠结于争取在美国的政治经济与领土的所有权避而不谈亚裔与亚洲的关联，并且一直以来"亚太区域与亚美社群在历史发展与文化想象上相交建构、互相影响"①，因此日

---

① Hsiu-chuan Lee, "The Asian-Pacific in Asian American Transmigration: Lydia Minatoya's *The Strangeness of Beauty*", *Tamkang Review*, 42.2 (June 2012), p. 161.

裔作家试图从亚太视角构建亚裔的流动属性。女作家凑谷百合子(Lydia Minatoya,1950—)的小说《美妙》(*The Strangeness of Beauty*,1999)以20世纪初期的日本、美国以及联系两国的太平洋为背景,讲述了主人公悦子从日本移民美国又折回日本的双向迁徙经历,悦子在迁徙过程中通过接触日美两种不同国家历史脉络,使自我不断断裂又衍生多重自我。作者以断裂的叙述结构,糅合多种写作方式塑造出一个试图在流动的亚太空间与不连贯的日常生活中构建一个理想的亚太属性。

另有先锋作家将身份政治问题置于全球化时代背景之中,笔下的人物流动于不同种族或国界之间,揭示出族裔身份已与全球化相互融合。尤以两位女作家露丝·尾关和山下凯伦最为著名。尾关的处女作《食肉之年》(*Year of Meats*,1998)挖掘了被卷入全球资本主义消费文化里包括日裔在内的少数族裔沦为跨文化交易掮客的身份焦虑问题。小说以一位向日本消费者录制牛肉节目的日美混血制片人的视角指出,亚裔美国人可以充当异质文化和经济的翻译以及中介角色,其身份并未局限于一个特定的地点,而是流布在全球空间并与资本主义的同质化相抗衡。

相比较于尾关,山下凯伦笔下的流动身份添加了一份跨国维度。山下凯伦"不拘于美国本土,不限于个别族裔,不止于单一的声音"[1],其多部小说叙事场景不断地在美国和美国之外的空间交替展开。在凯伦的书写题材中,"无论是迁移、移民、移动、旅行、流散还是穿越边界都能看到一种流动性"[2]。其第一部小说《穿越雨林之虹》(*Through the Arc of the Rain Forest*,1990),将现实与幻想相结合,以日、美、巴西为舞台,把不同种族、不同国籍的人物编织成喜剧,展现了作者移动、混血的主题以及在疏离中的自我意识。其第三部小说《橘子回归线》(*Tropic of Orange*,1997)中以魔幻现实主义、流行文化等形式将少数族裔跨国性身份表现得淋漓尽致。小说的主要人物穿梭在美国和墨西哥之间,这些跨越地理、文化和语言界限的人物彰显了全球化时代人物身份的杂糅性与流动性。

---

① 胡俊:《〈橘子回归线〉中的洛杉矶书写:"去中心化"的家园》,载《前沿》,2015年10月,总第384期,第74页。

② 胡俊:《后现代政治化写作:当代美国少数族裔女性作家研究》,北京:中国社会科学出版社,2014年,第146页。

比如阮鲍勃就是一个居住在韩国城的,说话带有墨西哥口音,名字听起来像是一个越南人的新加坡人。透过以少数族裔人群为中心的流动书写,其作品揭示出美国对多元文化的认可的表象之下是资本的全球扩张对亚洲国家本土经济的冲击,以及主流社会对少数族裔实质上的经济剥削与身份剥夺。两次美国国家艺术基金会文学奖获得者大卫·村(David Mura,1952—)、美国国家图书奖获得者辛西亚·角畑(Cynthia Kadohata,1956—)以及著名剧作家韦利那·莲·休斯顿(Velina Hasu Houston,1957—)等的创作也分别从不同角度挑战了主流社会对亚裔的刻板印象以及以往固化而单一的亚裔美国身份。

后现代日裔作家创作视野比较宽,他们关注的主题除了亚裔多元、流动主体性构建之外,也关注美国多元文化主义背景之下少数族裔权利、全球生态环境、资本运作与少数族裔的关联,以及少数族裔同性恋和性别歧视等焦点,向主流社会发出少数族裔的声音。

可见,日裔美国文学对族裔身份的多层面探索经历了视野不断扩大,内容日益丰富和多元化的流变过程。历史、政治与文化的相互作用一直影响着日裔群体的身份构成。早期作家承担着沟通日美文化的使者作用,他们的作品缺乏自我意识与批判认知;二战之后日裔作家深陷双重身份困境的泥淖,渴望突围,表现出了认同美国社会的同时也怀疑美国文化及其价值观。民权运动之后,日裔作家族裔意识高涨,对美国种族主义政策表现出不满,努力争取日裔在美国的公民政治身份与权利;而后现代作家突破了传统族裔身份的固定性,笔下的人物身份具有多元流动性。在四代日裔作家笔下,日裔美国的身份内涵和外延处于动态的变化之中,对抗着美国主流社会对亚裔施压的东方主义思想和主流霸权文化压迫。

第二节　日裔美国文学的典型特色
——二战拘留营叙事

第二次世界大战期间日美的敌对关系导致美国政府以军事安全为由强制迁移和拘留西海岸日裔群体,以致日裔在自己的国家中被迫流离失所,这一事件给日裔美国人造成巨大的经济损失和精神负担。这种明显具有种族主义色彩的侵权行为①不仅是美国人权史和种族关系史上的黑暗时刻,更是日裔美国人抹不去的历史伤痕,并转化成为日裔美国人倾注了强烈感情的认同根基。因此,二战拘留营的经历也构成了日裔美国文学一个萦绕纠缠的梦魇,是一代代日裔作家们不得不重复的主题。正如《剑桥美国文学史》所说,"1940 年以后,在日裔北美作家创作的文学作品中占据主导地位的都是唯一的一个历史时刻:第二次世界大战。"②二战拘留营叙事也就成为日裔美国文学最常见、最普遍和最典型的特色,使得日裔美国文学在美国众多文学中树立起了一面民族特色鲜明的文学旗帜。日裔拘留营文学以美国种族主义为叙述核心,聚焦于日裔群体在二战期间被迫害的历史和遭受的身心磨难及其影响,表现出日裔无家可归的悲戚以及落地生根的渴望。这些作品传达被主流社会掩盖的不合理的现象,并积极探索和建构日裔群体的文化身份,呼吁日裔民族意识的回归和美国多种族平等共生局面的形成。不过,鉴于时代语境的更替,几代日裔美国作家采取了不同的话语策略阐释这一事件,其中,久枝·山本和约翰·冈田是最为典型的两位作家,集中代表了日裔美国拘留营文学的两种不同的叙事模式。

一、日裔美国拘留营文学

珍珠港事件之后,美国政府以国家安全为借口将日裔侨民和日裔美国人迁往拘留营统一管理和监督,侵犯了日裔的公民权。虽然这一事件成为日裔美国人永久的伤疤烙印,但在 20 世纪四五十年代,也就是战时和

---

① 珍珠港被袭,当时位于太平洋上的夏威夷群岛也是处于军事紧张的地理位置,但是由于在当地有为数众多的日裔人口,是生产劳工不可缺少的人力来源,而且彼此非常团结,所以依据经济层面的考量,迁移的日裔并未包括夏威夷地区,暴露出迁移和拘留西海岸的愿意真正不是军事而是西海岸日裔威胁到白人经济及白人对日裔的种族歧视。这个原因也解释了为何同样是美国敌国的德国、意大利等欧洲国家,其移民到美国的后裔在二次大战期间并未如日裔一样被迁移和拘禁在拘留营。拘禁西海岸日裔的具体详细原因可参考 Harry H. L. Kitano. *Generations and Identity: The Japanese American.* MA: Ginn, 1993, pp. 60–63.

② 萨克文·伯科维奇(主编):《剑桥美国文学史》(第七卷),孙宏主译,北京:中央编译出版社,2005 年,第 610 页。

American Fiction: Local Processes and Multivariate Genealogies

战后的很长时间之内，日裔拘留营文学并不常见。因为当时弥漫在美国社会的反日浪潮汹涌澎湃，日裔美国人仍被社会所仇视，更为重要的是当时美国社会的宰制性话语是"美国化"，进一步使得日裔美国人急于融入美国社会，而极力避免触及政治上的种族不平等话题，此外在战后重返社会重建家园的经济与政治压力之下，大多数拘留营受害者无暇去回顾创伤历史，因此整个日裔群体对拘留营事件保持缄默的态度。当时整个日裔群体有意边缘化这段历史，极力淡化创伤经历，所以拘留营历史变得抽象而遥远，成为日裔美国社群发展的一个断裂点。日裔拘留营作家豪斯顿就当时社会对营区的存在半信半疑的态度有过这样的描述："在那些日子里我所遇到的人群当中，甚少有人听说过它。就算是听说过的人，对它所知道的也不多。有时候我想，应该是我杜撰了整件事，我在做梦。"①

　　不过这一时期也出现了几部重要的拘留营作品，主要是那些被拘留的二世作家所著，并以自传、回忆录和日记的形式为主，由于拘留营事件迫使日裔流离失所并在日美两者之间二者择一，这些作品以记录了日裔的流离失所、身份认同危机与在拘留营里的亲身经历和生活为核心。例如，1946 年出版的大久保（Mine Okubo，1912-2001）的作品《公民 13660 号》（*Citizen 13660*，1946）巧妙结合了文字与笔墨画，记录了作者在坦福兰和托帕斯拘留营艰苦的生活，这是第一部重要的日裔拘留营文学作品。莫尼卡·曾根的自传《二世女儿》围绕着曾根探寻自我属性的心路过程，描写了其在一个日裔移民家庭从童年到青少年的生活，包括作者及其家人在珍珠港事件之后被囚禁在爱达荷州的一个集中营的经历。《不不男孩》则以一位日裔美国人的亲身经历为模型，记录了拘留营事件对战后日裔身份定位的消极影响。这些作品②的叙事极其冷静、客观而小心翼翼，对美国政府以国家安全之名、行种族隔离政策之实的行为在文本表面的论述低调而平和，并未直接鞭挞造成日裔困境的美国种族主义政策。当时最重要的几部作品，如《公民 13660 号》《二世女儿》以及 1986 年荣获前哥伦比亚基金会的美国图书终身成就奖的女作家久枝·山本的短篇

---

① Jeanne Wakstyki Houston & James Houston, *Farewell to Manzanar*, Boston：Houghton Mifflin, 1973, p. 168.

② 《不不男孩》除外，这部作品的基调与民权运动之后的作品类似。

小说《笹川原小姐传奇》(*The Legend of Miss Sasagawara*, 1950)虽然都以拘留营生活为题材,但都是"对日裔美国人拘留营的编码式批判"[1],以对拘留营创伤的轻描淡写来掩饰潜流在文本之下的愤怒与谴责这种迂回的写作手法见长。例如《二世女儿》潜藏的论述是日裔"对受压抑的日本族裔的依恋、难舍、甚至暗地叫屈"[2],但文本表层的主旋律就是通过牺牲个人自由、配合国家政策来证明对美国的爱国情操。这主要是因为不少作家都被关入拘留营,而发表他们作品的拘留营杂志只有通过政府的文学审查机制才能出版,从而导致直接批判拘留营的作品减产。并且,日裔迫切地想要向外界读者传达拘留营经历,这种没有明显威胁力的作品更容易被白人接受。此外,即便日裔从拘留营里被释放出来之后,当时社会弥漫着对日裔美国人的仇视心里,日裔渴望被社会容纳,作家也随之隐化其作品锋芒。恰如久枝・山本曾经所述:"我们二世,小心谨慎,非常在意别人怎么看待我们,许多人都努力让外表和内心的想法保持一致。"[3]

20世纪60年代晚期民权运动的浪潮促使美国各个少数族裔积极争取民族平等与独立,随后亚裔美国文学与文化运动兴起,激励着日裔作家开始打破对拘留营"不可说、不愿说"的缄默态度,拘留营的历史重新受到重视,70年代末拘留营平反运动[4]的崛起则将拘留营叙述推向繁荣。例如,内田淑子(Yoshiko Uchida, 1921-1992)发表了5部作品,通过不同的声音叙述了二战期间日裔美国人的拘留营体验,其自传《荒漠流放:背井离乡的日裔美国家庭》(*Desert Exile: The Uprooting of a Japanese-American Family*, 1966)记录了她一家人被拘禁在环境恶劣的犹他州拘留营的经历。伊香桃子(Momoko Iko, 1940—)的戏剧《金表》(*Gold Watch*, 1972)将拘留营拥挤紧张的环境刻画得栩栩如生。回忆录《别了,

---

[1] Rajini Srikanth & Min Hyoung Song, ed., *The Cambridge History of Asian American Literature*, New York: Cambridge University Press, 2015, p. 172.

[2] 张琼慧:《家/国不两立:论日裔美国自传〈二世女儿〉的漂泊历程及国族主义》,载《中外文学》,2001年第11期,第107页。

[3] King-kok Cheung, *Articulate Silence: Hisaye Yamamoto, Maxine Hong Kingston, Joy Kogawa*, New York: Cornell University Press, 1993, p. 30.

[4] 英文为 redress movement

曼萨纳尔》糅合日裔拘留历史事件与个体家族兴衰史,为研究这一时间提供了详实的资料。其中,山田杉津枝(Mistuye Yamada, 1923-   )的诗集《拘留营笔记》(*Camp Notes*, 1976)不再隐晦而是清晰直白地批判美国种族主义政策对日裔美国人造成的身心扭曲,标志着日裔拘留营文学从委曲求全的迂回叙述走向直白抗议的新转向。这些作家大多以珍珠港事件、拘留营生活和战后的反日情绪为书写载体,以现实主义手法再现拘留营经历对日裔美国人的身心迫害,并公开表达自己对二战中遭遇的不满与愤懑,谴责美国政府践踏少数族裔人权的行径。同时,以往被埋没的日裔经典文学作品如《不不男孩》也得以被发掘和再版。这些政治色彩浓重的作品加快了美国政府最终在 1988 年公开承认对日裔群体犯下的历史错误并给予经济补偿的进程。可以说,这一时期的拘留营文学具有极大的社会功能。

日裔拘留事件得以平反之后,一些二世作家继续挖掘新的拘留营题材,同时三世和四世作家也根据其祖辈的经历从不同的视角来审视这段历史,这些作家为日裔族群声讨正义的压迫感在逐渐消散,因此更有广阔的空间来探索创作手法和深入探索创作内涵。例如,这一时期较为著名的作家朱丽·大塚(Julie Otsuka, 1962-   )的小说《皇帝曾为天神时》(*When the Emperor Was Divine*, 2002)不断变换叙述视角,以超现实主义手法描写了住在伯克利的一家人被拘禁于拘留营的故事,该作品为她赢得了亚裔美国文学奖等重要奖项,清田实(Minoru Kiyota, 1923-2013)的自传《超乎忠诚之外:归美二世的故事》(*Beyond Loyalty: The Story of a Kibei*, 1997)另辟视角,从自小在日本长大的美国人角度审视在拘留营事件中丧失国民身份者的流散生活。

值得注意的是,美国政府公开平反日裔拘留营事件将这一历史带入美国大众的视线之中,白人作家围绕日裔拘留历史书写的作品也大量涌入文坛,丰富了日裔拘留营文学的创作。其中戴维·古特森(David Guterson, 1956-   )的畅销小说《雪落杉林》(*Snow Falling on Cedars*, 1994)一度风靡美国。小说以一场控诉一位日裔美国人宫本蓄意杀害白人渔民的法庭审判为主线,同时穿插着每一位证人的大量记忆,使读者不仅可以了解案件的始末和拘留营事件对跨种族爱情的扼杀,而且可以从中得知日裔美国人辛酸的移民历程。该小说集侦探小说的紧张悬疑与法庭小说唇枪舌剑的斗智斗勇为一体,"在更为深广的历史政治层面上演绎了人间爱情的力量,命运的坎坷"①。作者古特森以历史对日裔群体的偏见造成的人间悲剧为依托,书写了一曲关于人性善恶与责任的精彩乐章。该作品也因此获得笔会/福克纳奖等多项大奖,被翻译成20多种语言出版,并于1999年被改编搬上银屏,好评不断。然而白人作家日裔拘留营文学创作却在日裔群体中备受争议,这些白人作家及其祖辈并未亲身经历那段屈辱的历史,因此他们的刻画也有囿于同情式失真描写和流露白人至上意识的嫌疑。不过,在"美国战后的主流政治与文化论述中,迁徙营历史经常是缺席的"②的大背景之下,白人日裔拘留营文学创作取得的巨大成功不仅昭示着美国大众承认日裔拘留营历史的真实性,并且也由此将被消音的日裔拘留营历史纳入美国主流历史之中,破除了拘留营历史限于单一族裔,并局限于单一社群想象的迷思,让拘留营叙述变得更加活络。

日裔拘留营文学的诞生离不开美日的政治关系演变,而其发展则与美国社会的时代语境密切相关。早期日裔拘留营文学主要是自传等非虚构文体书写,含蓄地表达日裔人群的不满与愤懑;民权运动之后日裔拘留营文学充当了声讨族裔权利的武器,对日裔美国公民在战时受到的种族歧视进行了政治批判;随后作家则从不同层面钩沉历史,使得拘留营叙事形成了日裔美国文学的一大特色。日裔拘留营叙事从无到有再到众声喧哗般的繁荣,以两种不同的写作策略较为明显,一是含蓄迂回地批判拘留营政策,二是直接表达对种族主义政策的愤怒。久枝·山本和约翰·冈田是两位典型代表,他们细腻地刻画了拘留营政策对日裔集体和个人造成的心理创伤和扭曲,作品集社会价值和艺术美感为一体,成就了他们两位作为经典日裔拘留营作家的地位。

---

① 王家湘:《〈雪落杉林〉简介》,载《外国文学》,1997年6期,第97页。
② 李秀娟:《历史记忆与创伤时间:叙述日裔美国迁徙营》,载《中外文学》,2012年第1期,第21页。

二、日裔拘留营文学迂回叙述的代表——久枝·山本

久枝·山本是二战后反日情绪高涨之时首批获得美国主流社会公认的日裔美国作家之一。1942年她和家人被迫在亚利桑那州博斯顿一所日裔拘留营居住了三年，这段经历很大程度上影响了其创作生涯，拘留营生活的点点滴滴也都被其记录在作品当中。其短篇小说集《十七音节及其他故事》(Seventeen Syllables and Other Stories, 1988)的主题就涵盖了二战期间山本在集中营的各种经历。《笹川原小姐传奇》是其中最为著名的一篇，也是首部在美国广泛出版的日裔拘留营作品。不过鉴于仇日的时代语境，山本的作品与同一时期的作家大久保和莫尼卡·索恩等作家的作品一样，表面上并未直接触及种族歧视话题，但实际上迂回而隐晦地控诉了美国不公正的拘留政策。山本对写作技巧炉火纯青的驾驭以及人物心理细腻的捕捉使其谴责更加悄无声息但又充满力量。因此，即便较短的篇幅也并未阻碍其成为日裔拘留营文学中最为经典的作品之一。

《笹川原小姐传奇》由青少年菊讲述了同在博斯顿拘留营基地中一位39岁的芭蕾舞女玛丽·笹川原精神失常并被送入精神病院的传奇故事。玛丽·笹川原的变疯是该短篇小说最为神秘之处。菊在叙述的结尾通过偶然浏览到的玛丽·笹川原发表在一篇杂志上有关集中营的一首长诗为笹川原小姐的疯狂找到了一个兼具宗教与性别层次的解释：笹川原小姐那追求宗教超脱而昧于俗世情感的父亲带给她压迫，真正变疯的是那个全然无视女儿细腻善感心灵的父亲。借由菊的说法，该短篇诉诸了美国主流读者较能接受的性别压迫议题。可见，虽然山本让该短篇触及了拘留营，但同时却又巧妙地拐了个弯，绕过了牵涉在拘留营历史中种族与国家公民权等较为敏感的问题。事实上，山本借助拘留营里这场个人悲剧以高超的艺术技巧向读者暗示了二战期间美国政府对日裔的政治迫害与"战时整个美国精神失衡和行为混乱的社会状态"①而并非是性别压迫问题。

---

① 周晓刚：《〈笹川原小姐传奇〉中"疯"的多重意义解构》，载《外国文学研究》，2005年第2期，第118页。

　　久枝·山本的"写作风格看似简单,却在不动声色中使用了大量的讽刺的笔法"[1]。在该短篇小说中,山本穿插着介绍了波士顿拘留营的状况:拘留营位于酷热难耐的风沙环境之中,内部拥挤、肮脏,缺少隐私保障,物资缺乏、医疗条件差、个人行动自由被限制。即便这样,艰苦的拘留营生活也被以菊和其朋友艾尔茜为代表的日裔美国族群视为"美好的旧日时光"[2]。玛丽·笹川原的父亲甚至认为住进拘留营让他"第一次感到了自由"[3]。很明显玛丽·笹川原对这种毫无尊严的生活感到郁郁寡欢,她对拘留营生活的敏感表现却被这些日裔美国人视为反常的举动。小说由此不仅揭示美国政府对日裔非人性化的处置,更以辛辣的讽刺谴责拘留营生活对日裔群体造成价值观判断的混乱和心灵的麻木不仁。

　　该短篇得以委婉但强有力地批判种族主义政策,主要在于山本巧妙地利用了菊不可靠的第一人称视角来讲述这个故事。该叙述的立场本身就暗示了对其言论真实性的质疑,同时,菊的叙事又穿插着大量由其他人转述的故事,这样使得故事原本的面貌以及作者真实的叙述意图更加模糊,使能指与所指出现极大的断层,使读者不禁怀疑变疯狂的主体到底是谁。菊通过大量道听途说的故事就断定一位日裔妇女的精神失常并被送往精神病院,其实与二战期间美国社会以种族歧视眼光认为日裔美国人是叛徒与间谍并加以逮捕拘留如出一辙。二战期间荒谬与毫无理性的世界已经导致包括美国在内的整个人类世界失去理智,美国社会的种族歧视使得其对本国国民更加失去信任并施以非法拘留制裁,这又反而扭曲了日裔群体的价值观,无法掌握确定的话语和逻辑来评判整个拘留经验,就像菊无法判别拘留营是美国政府保护日裔居民的措施还是对日裔成员的背叛,无法将拘留营与笹川原小姐的变疯联系起来。重重疯狂的牢笼都可能使得笹川原小姐这样清醒的弱女"以装'疯'的方式来逃离疯狂的

① 徐颖果、马红旗:《美国女性文学:从殖民时期到 20 世纪》,天津:南开大学出版社,2010 年,第 463 页。
② 山本久惠:《笹川原小姐传奇》,陈荣译,载《世界文学》,2012 年第 3 期,第 159 页。
③ 同上,第 161 页。

American Fiction: Local Processes and Multivariate Genealogies

家人、同伴和社会,逃到不受外界骚扰的精神病院"①。山本所采取的叙述视角有效地隐藏但同时又尖刻地表现了作者指责战时美国社会不太理性的"疯狂"状态。

二战战时拘留营期间及战后很长的时间内,日裔作家不敢直接表达被拘留的痛苦,但这些作家的作品绝不是冰冷的社会学分析,或只是简单地描述拘留营生活。相反,他们如山本一样采取了各种叙述技巧使其创作更加复杂饱满,剖析了美国种族歧视毒瘤之恶。《笹川原小姐传奇》也成功地结合了文学的政治性与艺术性,以精炼的写作手法再现了二战期间美国对日裔的不当拘留行为造成的个人与集体性创伤,催生着日裔美国民众的民族意识。该短篇小说没有直接揭露美国对日裔不公正的处置,如雅米·昌(Yoonmee Chang)评论《二世女儿》那样,"虽然没有直接予以批判,批判却不言自出"②,集中代表了早期日裔美国拘留营文学的叙述特点。早期这些拘留营作品由于其叙述模式导致其内涵模棱、论述周旋而行,增加了其文学研究价值,成为日裔拘留营文学中的经典之作。

三、日裔拘留营文学直抒愤恨的代表——约翰·冈田

与久枝·山本等作家通过各种写作手法隐晦地描写拘留营政策对日裔身心的毒害不同,约翰·冈田则是直接刻画了二战的爆发以及随后拘留政策的实行给日裔群体造成的灾难性影响,尤其是日裔丧失族裔属性的迷茫与痛苦。其唯一的一部著作《不不男孩》虽是发表在民权运动之前,但小说中充斥着种族主义受害者愤怒的呼声,这与20世纪60年代后日裔拘留营文学声讨族裔权利的声浪遥相呼应。《不不男孩》不仅是最具代表性的日裔拘留营作品,更是一部经典的日裔乃至亚裔美国作品。

第二次世界大战后期联邦政府制定了政策,力图将关押在拘留营里

---

① 周晓刚:《〈笹川原小姐传奇〉中"疯"的多重意义解构》,载《外国文学研究》,2005年第2期,第122页。

② Yoonmee Chang, *Writing the Ghetto: Class Authorship and the Asian American Ethnic Enclave*, New Jersey: Rutgers University Press, 2010, p. 110.

的二世招募到美军中。小说《不不男孩》就是这一政策及其余波的真实反映。主人公山田一郎因为听从具有狂热日本民族主义情怀的母亲的话而不愿意应征入伍，以"不忠"的罪名被捕入狱两年。一郎刑满释放回家看到的却是一个被政治迫害和美日二元对立文化折磨得支离破碎的社群和家庭，这里歧视、冲突、代沟严重，存在着严重的个人身份危机。一郎渴望再度拥抱美国，被社会接受，却因为自己带有不忠于美国的罪名被排斥在边缘。他在这个无法化解的困境中苦苦追寻自我难以自拔。小说以一郎的故事展现的是"使日裔美国人在战时被拘留并在战后饱尝生活艰辛与丧失族裔身份之苦的种族主义恶果"①。

首先，冈田借助一郎拒绝服兵役时提出的理由揭示并抗议美国种族主义政策。二战期间美国政府对同为交战国的日本、德国和意大利移民给予不同待遇，仅日裔美国群体被迁移和拘留。美国政府在迁移计划中没收了日裔的财产，牟取了暴利。在第二次世界大战中虽然美国政府对日裔美国人是否忠于美国充满猜忌并将该群体逮捕拘留，但这并不妨碍政府招募被拘留的日裔参军作战，让他们为美国利益牺牲。隐含在一郎拒绝为美国军队服务的立场中的是日裔美国居民对美国价值观的深切怀疑和对现存政治体制内要求种族平等的执着追求。

更为重要的是，冈田以一郎构建主体性的痛苦挣扎历程谴责美国种族主义对日裔群体族裔属性的剥夺。美国白人为维护自身利益，将白人主流文化与少数族裔文化对立而置，要想成为纯粹的美国人，必须摒弃本族的异质文化，融入主流白人文化。二战期间日美在军事中的对峙使日美民族二元对立论更是主导着日裔群体的思考逻辑。被美国人仇恨的日裔群体害怕被美国社会所抛弃，自觉内化这种观念，同化论不仅成为美国社会更是日裔社群的宰制性话语。许多年轻的二世为了被主流社会所接受，欣然应征入伍，想通过效忠美国的举动来证明自己是真正的美国人。一郎拒绝服兵役的历史不仅使其被年轻的二世所排斥，并且其自身也产生了强烈的羞耻感与自我憎恨情绪。一郎想要融入主流社会，却被主流

① 凌津奇：《叙述民族主义：亚裔美国文学中的意识形态与形式》，吴燕译，凌津奇校，北京：中国社会科学出版社，2006年，第54页。

社会所抛弃，自我人格极度分裂。其实那些参军的日裔也得不到主流社会的承认，二世老兵们发现"他们浴血奋战来捍卫的国家对他们的战斗或者权利丝毫不感兴趣"①。冈田敏锐地指出在同化论这一主流话语的巨大压力之下，"拥有选择只是一个虚假的表象，可以选的早已被外力严格设定。"②可见，日裔被剥夺了在接受同化论之外另设立场的权利，然而融入美国社会构建美国身份也只是一个虚假的承诺，留给他们的只有破碎的自我和永远挣扎的身份困境。

冈田不仅是挑战了压抑日裔美国人主体构建的社会权势，他还试图重塑日裔美国人的文化身份。主人公一郎并未随着情节的发展而进化，但也没有完全与主流话语所指定的社会角色融合为一，小说叙述的暧昧性使主人公表现出没有倒向白人霸权或否定日本民族主义的倾向，而是通过一郎这个社会弃儿批判了文化属性就是一个非此即彼的观点。冈田主张摆脱少数族裔二元对立的文化身份，倡导构建多元文化，重构少数族裔多元文化共存与交融的身份。

当然，虽然该小说充斥着对种族主义政策的直接鞭挞，但冈田也无法忽视当时的日裔所处的不利的时代环境，因此该作品摒弃了当时少数族裔作家惯用的自传体形式而采用虚构性强的小说体裁，这样可以保持自己叙事立场的模糊性，有效地探讨美国社会中存在的种族仇恨。然而这部政治色彩浓重的小说依然免不了被埋没。小说的产生与接受恰恰暴露出当时社会对少数族裔打压的社会语境，也更加突出了冈田挑战压制性的主流社会霸权的勇气。20世纪70年代起随着亚裔人群的族裔意识日臻成熟，冈田作品的深沉意蕴得以被重新发掘，这部日裔拘留营作品不仅超越时代成为当时日裔拘留营文学的代表，并随后成为日裔拘留营历史的文化符号。

日裔美国拘留营文学的发展已经超过了60年，虽然目前已经呈现出欣欣向荣的局面，但日裔拘留营的经典之作仍停留在70年代平反运动之

---

① 萨克文·伯科维奇（主编）：《剑桥美国文学史》（第七卷），孙宏主译，北京：中央编译出版社，2005年，第678页。

② Kandice Chuh, *Imagine Otherwise: on Asian American Critique*, Durham：Duke UP, 2003, p. 71.

前出版的作品,并以拘留营受害者经验的描写为主。这些作家对拘留营的书写又多以纪录片般的平铺直叙模式为主,情节也在预料之中,根本无法承载拘留营的历史性创伤之痛。日裔拘留营作家还在不断努力和反思如何改变拘留营叙述的重心和模式,跳出再现政治的局限,从单单把拘留营当做历史事件上升至一个具有冲击力的民族创伤。

第三节　越南裔、韩裔和菲律宾裔美国文学的兴起与特色

相较于华裔、印度裔和日裔美国文学,越南裔、韩裔和菲律宾裔美国文学从整体而言并未形成蔚为大观之势,然而近年来这些族裔的某些作家创作一度夺去了华语、印度裔和日裔作家的光环,推动着本族裔文学从边缘走向中心并扩大了亚裔美国文学的阵营。值得注意的是,越裔、韩裔和菲律宾裔美国文学特色的形成同样离不开其母国与美国政治文化冲突的催化,这些抵达美国的群体心灵无法割舍与故国的联系,对故国的创伤记忆也同样挥之不去。

一、越南裔美国文学——在越战书写中大放异彩

在美国的亚裔群体中,越南裔族群虽然在数量上较小,但是却占据着独特的位置。虽然二战之后就有越南人迁入美国,但直到 1975 年越战之后越南移民才开始大规模地移居美国。与其他亚裔不同,他们在美国的时间较短,并且他们大多都是作为难民而逃到美国,所以"越南裔美国人通常指的是 1975 年南越政权胜利之后,或者说是西贡沦陷之后来到美国的越南难民"①。这些难民深受越战的折磨,他们经历了战时家破人亡之痛、战乱流离失所之苦和战后适应美国生活之难。即便越战的硝烟已散,对战争记忆及其创伤后果的描写依旧是越南裔美国作家无法回避的话

---

① Isabelle Thuy Pelaud, *This Is All I Choose to Tell: Hybridity and History in Vietnamese American Literature*, Pennsylvania: Temple University Press, 2011, p. 1. 当然随着移民美国风潮的加剧,也有许多越南裔美国人不是作为难民来到美国的。

American Fiction: Local Processes and Multivariate Genealogies

题，同时，美国社会对越南裔作家书写关于越战题材作品的期望也给这些作家施加了无形的压力，迫使战争的创伤记忆愈加在越裔文本中弥久不散，正如《剑桥亚裔美国文学指南》所言"越南裔美国文学可以说是战争文学。"①

越南裔美国人自 1963 年开始发表文学作品，但是大部分越南裔美国英语作品 1975 年之后才出现。第一代越南裔美国作家作品多以回忆录的形式书写越战梦魇和逃亡故事。不少早期越南裔作家由于语言、写作风格与主流文学差异较大等原因而被出版社拒之门外，一些越南裔美国作家为了获得更多出版的机会便与非越南裔作家合作著写作品。但直到1994 年美国与越南关系缓和之后，一批优秀的越南裔美国作品才真正流传开来，尤其是那些"1.5"代②越裔美国作家多种文体的作品。他们的创作构成了越南裔美国文学的主体。这些作家自幼跟随父母移民美国并接受了美国教育，他们或亲历越战或从越战社区听闻越战故事，同时又熟谙英语和美国文化，这样的双重优势使得其作品得以从局内人的角度更为深刻地审视越战对越裔难民的影响，为美国文学中关于越战叙述美国视角一边倒的创作中首次加入了越南难民的声音，提供了关于越战的另类历史和独特视角，他们的叙述同时也掺杂着亚裔独特的文化适应与身份探索的母题，因此吸引着大批读者和批评家的注意。

1997 年企鹅出版社出版的高兰（Lan Cao, 1961– ）的处女作《猴桥》（*Monkey Bridge*, 1997）是首部由越南裔美国作者撰写的关于越战及其后果的小说。《猴桥》被认为是"描写美国越南难民经历最好的作品之一"③，一经出版后便引起了学术界的关注。高兰 13 岁时在西贡沦陷后移民美国，越战给她及其家庭带来的创伤在其新作《莲与暴》（*The Lotus and the Storm*, 2014）中再一次重现。这两部小说都是以一个出生在西

---

① Crystal Parith & Daniel Y. Kim, ed., *The Cambridge Companion to Asian American Literature.* London: Cambridge University Press, 2015, p. 69.

② "1.5 代"（1.5 generation）指的是在越南出生但年幼随父母移民到美国的越南裔美国人。他们介于第一代成年移民和第二代移民之间。

③ Linda Parent Lesher, *The Best Novels of the Nineties: A Reader's Guide*, North Carolina: McFarland Publishing, 2000, p. 42.

贡,成长于越战并作为难民移民美国名为梅的女孩为主人公和叙述者,记叙了越战对越裔族群两代人深刻的影响,控诉了越战对难民造成的巨大而持久的精神创伤,并探讨了弥合伤痛的办法。另一位走入美国主流文学界的作家是黎氏艳岁(Le Thi Diem Thuy, 1972-),其难民小说《我们都在寻找的那个土匪》(*The Gangster We Are All Looking For*, 2003)出版之后好评不断,并获得古根海姆奖。该小说以诗情画意的文字,充满隐喻的手法讲述了一个越南难民家庭从难民营远渡到美国,以及在美国重新开始生活的故事。目前该小说已被美国多所大学选为文学教材。

　　这两位女作家的共同之处都在于一反读者对越战小说以精英再现战争场景的期待,而将越战作为叙述的背景,以家庭生活为写作素材展示那些被忽视的越战难民破碎的生活和难以抚平的心灵创伤,还原了被美国越战国家叙事中噤音的越南声音,并扭转了美国主流作家笔下将越南人视为愚昧、落后、充满奴性的被殖民者形象。这些作品不但涉及越南战争的残酷,更牵引着越战难民与故国别离的无奈和相思的苦楚。对于这些无法摆脱越战创伤的难民而言,他们庆幸成功逃离越南,却无法割舍对越南的感情,因此不少越南裔文学在一次次的回忆中反复诉说着想回但已回不去的家园故事,来治愈战争创伤和寻找心灵的安顿。与此同时,越南难民与年轻一代子女又面临着融入美国社会当中遭遇到的种族歧视伤痛和文化差异困境。因此这些作品也多采取闪躲、难以琢磨、变化万千的非线性叙事模式在现在和过去、美国和越南之间来回穿梭。这也体现了新一代越南裔美国人流动在两个时空维度、较为缥缈虚幻和难以捉摸并暧昧不清的流散身份。这种身份意识也在其他"1.5代"越南裔美国作家作品如《草屋顶,洋铁皮屋顶》(*Grass Roof, Tin Roof*, 2003)、《留下的妹妹》(*Little Sister Left Behind*, 2007)、《偷吃菩萨的晚餐》(*Stealing Buddha's Dinner*, 2008)中再现。其中,越南裔美国作家阮越清(Viet Thanh Nguyen, 1971-)摘得了2016年美国第100届普利策小说桂冠的处女作《同情者》(*The Sympathizer*, 2015)将这种身份意识更加复杂化,成功地向世界发出了清晰的越南裔美国人声音。这部小说主人公是一个越法混血的双面间谍,他不仅深陷在美越两个世界,更拥有多重生活,无论在越南还是在美国都是被排斥在边缘的他者,无所归依,在时刻变化的角色中失去自我。此外该小说巧妙地融合了间谍、讽刺和历史小说为一体，堪称越战文学新经典。阮越清新作《难民》(*The Refugees*, 2017)再一次聚焦带着战争创伤的越战难民在美国开启人生新篇章的辛酸经历。还值得关注是莫妮卡·张(Monique Truong, 1968-   )的《盐之书》(*The Book of Salt*, 2003)，虽然该小说并未直接谈及越战，但是作者以老练细致的意识流叙述，"利用盐及其历史关联尖锐地评估了从法国殖民到美国政治性征服时期越南的历史与政治剥削"①。该书获得巴德文学奖等多个奖项，目前已被翻译成十多种语言。

越南裔美国文学在叙事美学上日臻成熟，但其在短短半个世纪的时间内得以大放异彩更得益于对越战难民题材的迷恋。有别于美国历史上宏大的越战文学叙述，越南裔美国文学从越战难民这些小人物入手，表现他们行走在战争阴影之中，同时又作为有色人种面临着融入新生活的困境，治愈战争创伤与解决种族融合的问题同时发生。审视这种独特的族裔体验让其文学呈现出别具一格的特色，并开拓了美国越战文学的挖掘空间。当然，越来越多的越南裔美国作家不再那么直接关注越战的影响，而是在不断拓展其文学创作的主题。

二、韩裔美国文学②——在战争书写与继承中走向复兴

韩裔美国文学早在1928年便已经起航，20世纪60年代便产生了迄今为止唯一一部提名诺贝尔文学奖的亚裔美国作品③。与越南裔美国文学一样，战争也是韩裔文学中的一个母题。90年代中期以来新一代韩裔作家的崛起在美国刮起了新一轮朝鲜半岛之风，使韩裔美国文学走向复兴，同时他们的创作题材也日益开阔，在继承战争主题书写的同时也在开拓新的写作素材，展现韩裔美国人生活的多样性和丰富性。

---

① Lorna Piatti Farnell, *Food and Culture in Contemporary American Fiction*, New York: Routledge, 2011, pp. 114-115.

② Korean American Literature 有学者译为朝裔美国文学，这里采用韩裔美国文学，因为目前该文学的创作主体是由韩国移民及其后代构成。

③ 作者与作品为：Richard E. Kim, *The Martyred*, 1964.

从 1903 年起,第一批朝鲜半岛移民受贫困所迫到美国,而自朝鲜战争(1950—1953)到 1965 年间又有一批移民由于战争原因来到美国,但是直到 1965 年美国新移民法通过之后移民美国的韩国人数量才急剧上升,因此在 20 世纪 80 年代之前韩裔美国文学作品并不多,并且由于在较长的时间内朝鲜半岛一直处于日本残暴的殖民统治之中,所以韩裔美国人本人或者其祖辈都蒙受着丧权亡国的耻辱,或是经历了朝鲜战争的残酷洗礼,这种战争创伤进一步加深了在异域他乡的韩裔美国人的流散之痛。族裔性通常被认为在时间向量里开展,族裔主体透过个人或家庭记忆等与过去连结,进而从此定义当下现在。韩裔美国作家也因此不断在书写移民经历与母国历史中建构族裔身份。

20 世纪 80 年代的重要韩裔美国文学作品多以回归韩国在日本殖民时期探寻韩裔美国人的文化身份为主。1987 年出版的《泥巴墙》(*Clay Walls*, 1987)讲述了受到日本帝国主义侵略和压迫而被迫离开祖国的早期朝鲜半岛移民的艰辛与挣扎,全面深刻地探讨了韩裔移民在美国所遭受的歧视与失语的尴尬,以及难以调和的文化、阶级、种族矛盾与冲突,并获得普利策奖提名。在其之前发表的车学敬(Theresa Hak Kyung Cha,1951-1982)的诗体蒙太奇作品《听写》(*Dictee*, 1982)也将叙述背景设在日本侵略韩国期间,讲述了移民融入异国文化所遭受的压力与分化,企图为韩裔美国人在与母国文化的纽带关系中探寻和构建自我身份。这部实验性强的作品被看成是韩裔美国人的"民族志",它"常常打破各种语言的规范文法,在有意设置的文字游戏中以非线性展开的方式交叉叙述了韩国历史和个人记忆"①。该作品由于用了多种语言写作导致阅读困难等原因在出版后并未受到关注,但是在 90 年代中期再版之后在学术界和文学界引起巨大反响,迅速成为现代韩裔美国文学的里程碑,促使韩裔美国文化创作自此进入复兴时期。

20 世纪 90 年代后大批从小在美国接受教育的韩裔移民登入文学的殿堂,不少作家如李昌来在大众读者中和学术界都获得了较高评价,使得韩裔美国文学在美国掀起了一波浪潮。由于这一时期的韩裔本人或其双

① 郭继德(主编):《美国文学研究第 6 辑》,山东:山东大学出版社,2012 年,第 235 页。

亲饱尝朝鲜战争的悲痛来到美国，而朝鲜战争在美国又是一场"被遗忘的战争"，韩裔族群得不到美国社会的理解，致使韩裔治愈创伤与融入主流社会的道路愈加颠簸。因此，90 年代晚期起韩裔美国文学对朝鲜战争的书写较为夺目。同时一些作品将目光从祖居国投向入籍国家，挖掘韩裔美国人与主流社会的关系，有的作品甚至已经开始突破族裔的限制，挖掘更为普世的主题。

1998 年出版的《外国学生》(*The Foreign Student*, 1998)将朝鲜战争引入了韩裔美国文学书写的中心。崔苏珊(Susan Choi, 1969-)的这部小说通过闪回的方式叙述了留美学生经历朝鲜战争的创伤记忆以及在美国南部治愈创伤的心路历程，同时也折射出美国复杂的种族关系。小说结构清晰，文笔优雅，以独到的视角审视了朝鲜内战并获得了亚裔美国文学奖。另一部反响较大的朝鲜战争小说是入围普利策文学奖提名的《投降者》(*The Surrendered*, 2010)，这部小说的作者是目前在美国学术界备受重视的韩裔作家李昌来，与崔苏珊不同，这部小说的场景并未聚焦于朝鲜战争当时的场景而是关注其后果。"李昌来站在人性的高度，拷问战争对个体生命的摧残"①，认为只有爱才能帮助人们治愈创伤。当然还有其他许多韩裔作家聚焦于朝鲜战争书写，如 1998 年凭借《慰安妇》(*Comfort Woman*, 1997)获得美国图书奖的诺拉·玉子·凯乐(Nora Okja Keller, 1966-)在 2002 年推出了《狐女》(*Fox Girl*, 2002)，该作品从女性视角探讨了朝鲜战争中美国士兵与朝鲜女性后代的经历。

与一些宣扬美军官兵的爱国主义、理想主义和英雄主义的美国主流朝鲜战争作品不同，这些韩裔美国作家往往站在朝鲜人民及其移民后代的角度描写战争给朝鲜半岛人民带来的巨大灾难和对人性的扭曲。韩裔作家对这场战争的反思、质疑与批评态度，以及对美国移民身份的影响的独特视角让韩裔美国作品打破了韩裔文学停滞在文化身份探寻阶段的牢笼并在美国文坛中独具一格。

一些韩裔作家将其目光投向祖居国的殖民和内战历史而进行了一次文学的寻根之旅，另有一批作家则聚焦于韩裔在美国本土复杂多样的经

---

① 潘敏芳：《李昌来小说〈投降者〉的创伤叙事》，载《外国文学动态》，2014 年第 1 期，第 31 页。

验,"展现种族、性别、性、阶级以及殖民主体之间的相互作用"①。1995年李昌来的处女作《说母语的人》以侦探惊险小说的形式刻画了20世纪90年代动荡的纽约政治背景中一位韩裔移民市长候选人的起落人生,探讨了移民群在美国遇到的语言、同化、身份以及政治问题。该作品出版后大为畅销,获得海明威基金奖、美国图书奖等多项文学奖,树立了李昌来作为韩裔美国文学代表的地位。同样将韩裔移民在美国的体验作为书写中心并得到学术界认可的还有金佩蒂(Patti Kim, 1970-   )的《诚信出租车》(A Cab Called Reliable, 1997),该作品聚焦于韩裔美国人与祖辈以及美国主流社会的双重冲突,质疑了只要移民勤奋便可在美国取得成功的神话。其他优秀的韩裔作家如伦纳德·昌(Leonard Chang)、凯瑟琳·闵(Katherine Min)等也书写了韩裔美国人融入美国主流社会之路。这些作品都极其富有文化和种族张力,表现出韩裔群体融合本族群和主流社会价值观的多元文化意识的绽放。

　　韩裔文学在20世纪90年代中期得以走向复兴得益于数量可观的新一批移民作家的贡献,这些作家放眼祖居国战争史,给文本增添了独特的族裔特色。他们挖掘了其祖辈经历的日本殖民历史的耻辱,更聚焦于朝鲜内战带给其父辈的巨大创伤,为在这场被遗忘的战争中被忽视的弱者呐喊,并且,"这些作品也将朝鲜战争置于更为广阔的背景之中,邀请读者不是将该事件置于一个间断的历史泡沫之中而是融入更广阔的一系列事件之中"②,为同样在美国被边缘化的韩国流散人群发声。此外,韩裔作家在书写战争的同时在也在挖掘韩裔美国人丰富的美国体验,开拓新的写作素材,促进了韩裔美国文学的新崛起。

三、菲律宾裔美国文学——在后殖民倾向书写中重焕生机

　　1898年美国击败了统治菲律宾300多年的西班牙,开始了对菲律

① Young-Key Kim-Renaud, R. Richard Grinker and Kirk W. Larsen. ed., *Korean American Literature*, Sigur Center Asia Papers, 2004, p. 14.

② Crystal Parith & Daniel Y. Kim. ed., *The Cambridge Companion to Asian American Literature*. London: Cambridge University Press, 2015, p. 62.

American Fiction: Local Processes and Multivariate Genealogies

宾长达近半个世纪的殖民统治。美国对菲律宾的资本与文化入侵导致大量向往美国的穷苦菲律宾劳工移民美国，菲律宾裔美国文学随之诞生。而菲律宾裔美国文学与其他亚裔美国文学的最大区别就"在于菲律宾与美国的殖民与新殖民关系"①。虽然第一代作家卡洛斯·布洛桑（Carlos Bulosan，1913－1956）的自传《美国在心中》（*American in Heart*，1946）早在 20 世纪 70 年代就将菲律宾裔美国文学引入族裔文学研究的中心，但直到 1990 年后殖民主义的一代作家代表杰西卡·海格多恩（Jessica Hagedorn，1949－   ）著写的具有后殖民倾向的小说《吃狗肉的人》（*Dogeaters*，1990）问世之后，菲律宾裔美国文学才重新获得广泛关注。

　　20 世纪初刚从美国殖民地菲律宾来的菲律宾裔美国社群比起先前移入的华、日劳工而言，有着更为迫切的身份焦虑。因为他们面对的是双重身份的剥夺：无论是在祖居国菲律宾或是移入的美国，他们都没有完整的公民权，也没有自己的国家为他们在将其视为"棕猴子"的美国所受到的不公平待遇交涉和争取权利。第一代菲律宾裔美国作家布洛桑的《美国在心中》细腻地描绘了菲律宾农民历经西班牙与美国殖民统治而始终无法摆脱的贫困梦魇，他们在困境中充满对宗主国美国民主自由理想与富裕社会的憧憬，随后便来到美国，却在歧视、剥削、甚至暴力压迫下开始永无止境的逃亡生涯。该自传主人公卡洛斯对美国社会充满辛酸控诉与批判，却同时对美国又具有强烈的信念和热爱，这种矛盾纠结的意识充分体现了这群处于国籍真空状态的菲律宾移民的困顿悲哀与被殖民主体建构的内在矛盾。布洛桑对早期菲律宾裔美国人在美国集体辛酸经历的刻画使得该作品进入亚裔美国文学的典律。

　　美国在菲律宾的殖民历史使得菲国主权不明，菲律宾裔美国人也因此长久处于被殖民二等公民和外国移民之间"妾身未明"的位置，这使得菲美文学不同于主流亚裔美国文学，"不是沿着由移民（immigration）到生根定居（settlement）的路线发展，而必定是自成一格的由无到有、由放

---

① Shu-ching Chen, "Affect and History in Ninotchka Rosca's *State of War*", *EURAMERICA*, Vol.45, No.1 (March 2015), p. 3.

逐(exile)到现身(emergence)"①,也就是说,菲律宾移民受到在异国错置经历和菲—美(新)殖民关系的双重枷锁使得菲律宾裔美国文学具有一种流亡感,它往往不是像其他亚裔文学一样将美国当做最终归属地,表现出单向直线式的由离开亚洲母国到定居、融入美国的情节走向,而表现出关注并回归原始国的气息,菲美身份处于看不明听不见的位置。这种对菲国历史、记忆、人民和社会的关怀与其他亚裔为填补其离散失落感而对祖国根源的怀旧情绪不同,菲律宾裔美国作家认为菲国从(新)殖民困境中解脱,菲美身份才能由归属不明的流离失所得到正名。这也是为什么许多学者认为菲国与菲律宾裔美国文学具有休戚相关的关系,而菲律宾裔美国文学与菲律宾文学处于不分家的状态②。对于许多菲律宾移民而言,在美国生活伴随着一种从家乡菲律宾的剥夺感,菲律宾裔其族群身份凝结在对菲律宾殖民历史的重读以及由于殖民统治引起的语言和文化遗失的重估之上。因此这些菲律宾裔美国文学作品涉入菲律宾民族建构书写当中,具有浓重的后殖民倾向。其中 N·V·M·冈萨雷斯(N.V.M. Gonzalez, 1915–1999)、乔斯·加西亚(Jose Garcia, 1908–1997)和妮洛琦卡·罗思嘉(Ninotchka Rosca, 1946–   )等都是当中杰出的代表作家,而海格多恩将这一书写推向极致,成功地让菲美文学再次进入亚美学者研究的中心。

海格多恩的小说《吃狗肉的人》将历史背景设在20世纪60年代末期马科斯执政的菲律宾,生动地刻画了菲律宾在后殖民语境下的马尼拉上流和下层社会的生活群像。小说一方面勾勒出上流社会政客军人子女养尊处优、纸醉金迷、崇洋望美,并通过总统与第一夫人的荒谬言行和民意操控,折射出菲律宾国家主义与美国文化帝国主义的勾结,一方面又勾勒出诸如妓女、舞男等下层人士在恶劣的生存处境中苦苦挣扎的惨状。海格多恩以灵活多变的叙述方法,娴熟地运用了拉美魔幻现实主义手法与后现代小说戏仿、拼贴等技巧刻画了一个斑驳多色、众声喧哗的菲律

---

① 李秀娟:《跨国情书、拟像国族:杰西卡. 海格冬〈肉香族〉中的国族、女人、叙述》,载《中外文学》,2001年第11期,第67页。

② 详见 San Juan, E., Jr. "Filipino Writing in the United States: Reclaiming Whose America?" *Philippine Studies*, Vol. 41, No. 2 (Second Quarter 1993), pp. 141–166.

宾,揭发了菲律宾大一统表象下民不聊生的社会现状,从性别观点追溯了菲律宾多重殖民历史遗迹与美国如影随形的影像和大众文化影响的新殖民状态。

虽然《吃狗肉的人》再现了后殖民菲律宾社会的复杂性,但该小说作家的美国公民身份、她对菲律宾和菲律宾裔美国人模糊的身份认同、后现代实验手法,尤其是她女性视角的涉入使这部小说偏离了菲律宾民族主义写实传统和以男性为主的反帝反殖民的革命路线,使小说不能完全融入菲律宾国家语言的文学创作中。海格多恩试图在再现菲律宾的主题中融入跨国视角,在政治关怀中掺入性别意识,展现的是一个疆界模糊、欲望流动的跨国社群想象创作。这部作品让她声名鹊起,也带动了菲律宾裔美国文学的研究热潮。

在众多不同历史网络形成的美国族裔群体中,菲律宾被美国殖民并随后持续干预菲律宾的历史渊源使得菲律宾裔美国人的族群与族裔属性构成在美国占有独特的地位。菲裔美国文学不仅记录了菲律宾移民的族群体验,更铭刻了美国殖民历史与其后美国新殖民计划的经济文化霸权印记,因此菲裔美国文学不仅可以窥见菲律宾裔美国人的离散经历,更是探索美利坚合众国全球扩张的绝佳切入点,借此检视美利坚合众国的形成、发展及其所衍生的跨种族暴力、白色文化霸权、弱势文化与族裔属性等问题。虽然像早期作家比安温尼多·桑多斯(Bienvenido N. Santos,1911-1996)和新近作家翁格(Han Ong,1968-)和布莱恩·罗利(Brian Roley)等一些优秀的菲律宾裔美国作家也书写了不少杰出的作品,但我国学界几乎漠视了菲律宾裔美国作家的作品与研究价值,菲律宾裔美国文学实乃亚裔美国文学中最倾向于运用多元文化内容的一脉文学,在其民族精神方面烙下了自己独有,也是亚裔中最为复杂的印记。

越、韩、菲裔美国文学与其他亚裔美国文学一样,都侧重描写移民的生活遭遇、适应新生活所面临的困难以及错位的心理。不过,由于其各自独有的移民文化背景、祖居国历史等原因,各自文学特色不尽相同。为了凸显各自文学的独特性,本节只做其特色介绍。

第四节　日裔、越南裔、韩裔和菲律宾裔美国文学的创新

　　与势头强劲的华裔美国文学和声誉日隆的印度裔美国文学相比,日裔、越南裔、韩裔和菲律宾裔美国文学显得势单力薄,但这四大族裔文学对其族群独特的文化体验书写也是华裔和印裔作家无法复制的特色。并且,在美国少数族裔文学发展大繁荣的浪潮的推动下,这四大族裔文学也紧跟潮流,进行文学创作的革新。虽然少数族裔作品都存在着创作风格的多元化,但是各个族裔作家由于继承着各自不同的族裔历史和文化传统,在具体表现上也呈现出各自的特色,日裔、越南裔、韩裔和菲律宾裔美国文学亦是如此。近年来,亚裔美国文学创作形式多种多样,日裔、越南裔、韩裔和菲律宾裔美国文学是构成这种态势的主力军,可谓这四大文学的又一创新。此外,亚裔美国文学也在不断拓展写作疆域和界限,日裔作家山下凯伦的跨国书写和韩裔作家李昌来的越界小说则是备受批评家称道的独创之举,引领着亚裔美国文学新的发展趋势。

一、创作风格的多元化——语言的混杂化与东方文化的吸纳

　　"多元文化的影响成了少数族裔文学艺术风格的最大特色"[1],与主流作家不同,少数族裔作家特有的族裔背景使其在创作实践中会保留其自己种族的语言特色和文化传统,并形成自己独特的艺术风格。可见,少数族裔作家的创作风格呈现出了绚丽多彩的不同文化色调。日、越、韩、菲裔美国作家也不例外,他们在创作时也会将各自种族传统掺杂其中,其创作语言不再是纯粹的英语,而其母国的文化精华也会散置在其文本之中。这一独创冲击着主流文学的创作。

　　首先,这些族裔作家的叙述语言呈现出混杂化特点。他们使用的英

---

[1]　杨仁敬等:《新历史主义与美国少数族裔小说》,上海:上海外语教育出版社,2013 年,第27 页。

语往往会掺杂着其祖居国语言词汇，或者会结合二者而创造出新的词汇。并且，一些作家的语言在语法上也受到其祖居国句式的影响而不符合英语的语法规则。这些表征尤其体现在早期移民作家的作品之中。比如，日裔美国文学开山鼻祖森俊夫的作品不时会出现词不达意和句法不通的毛病。甚至为森俊夫的小说集作序的撰写者一开始就提到"美国有成千上万名作者尚未发表任何作品，这些人英语水平在森俊夫之下者，恐怕寥寥无几。他的作品充斥着语法错误。他对英语的驾驭能力极差，尤其是当他渴望表达一些美好的想法，他的语言功力就显得捉襟见肘。在语法和标点符号这一方面，任何一位中学老师都会判他不及格"①。亚裔美国人这种洋泾浜英语是亚裔移民结合祖居国语言和英语而创造出的一种新生语言，这种混杂语言是对白人语言霸权的一种抵抗行为，因此这也是早期亚裔美国人那些充满语法错误的作品被排斥在主流出版社之外的主要原因之一。例如，日裔作家米尔顿·村山的小说《我只要我的身体》其标题 "All I Asking for Is My Body" 就不符合英语语法规则，此外该作品因使用了大量的夏威夷洋泾浜英语和日语直译词汇而被众多出版社拒绝，直到近 30 年后村山夫妇创立了自己的出版社该作品才得以问世，并获得多项奖项，在 1989 年更是被改编搬上了戏剧舞台。还有一些亚裔作家迫于无奈只得和以英语为母语的作家合作著写作品，但族裔作家原本的思想观念又不可避免地被消磨或歪曲。越南裔美国文学研究专家伊萨贝尔·翠·玻洛(Isabelle Thuy Pelaud)在评论早期越南裔美国作家为了能够出版作品和白人作家合作撰写越战故事的弊端时就一针见血地指出："那些找不到出版商的难民与其布施者之间隐形的权力不平衡强化了美国干预越南是为了帮助其人民的说法"②，揭示出这种合作模式使美国白人作家的意识形态遮蔽了越南裔美国作家对越战的批判认识。

虽然亚裔美国作家使用的混杂英语给其创作、出版和评论带来了重重障碍，但是这种语言对于树立亚裔美国人独特的身份有着不可替代的

---

① 萨克文·伯科维奇(主编)：《剑桥美国文学史》(第七卷)，孙宏主译，北京：中央编译出版社，2005 年，第 620 页。

② Isabelle Thuy Pelaud, *This Is All I Choose to Tell: Hybridity and History in Vietnamese American Literature*, Pennsylvania：Temple University Press, 2011, p. 30.

作用。亚裔作家通过对主流群体语言的改造,创造出了属于自己族群的语言,而这种语言的使用更能帮助少数族群表达自己的文化立场并确立自己的文化身份。"要求少数族裔的作家用地道的英语来思考、去信仰、甚至充满雄心地去写一首漂亮的、准确无误的、合乎标点习惯的英语句子,这种设想本身就是白人种族主义政策的表现"①,少数族裔作家对英语的创造性使用是对主流话语的反叛和颠覆,在一定程度上消除了强势语言的霸权,发出了其族群的声音,树立早期亚裔美国人的政治身份。韩裔作家车学敬的《听写》中的叙事声音就常常打破英文语法的规则,她的很多句子只有动词没有主语,或是故意省去标点符号,有意改写英语来寻找一种声音代表自己。她写道:she begins the search the words of equivalence to that of her feeling. Or the absence of it ... In documenting the map of her journey②(她开始寻找能表达出她感情的词语。或者记录她旅程的地图中……语言的缺失)。叙述者对白人语言极为不信任,认为英语的强权主宰使移民者丧失了话语的权利,难以用语言表达自我,也不断告诉移民者自己不属于这个国家,并不断内化母国文化次于美国文化的观念。因此,作者故意使用不规则的英语语言来颠覆英语语法的制约,并随着叙述者经历的历史变迁而在英语、法语、韩语、中文、拉丁语和希腊语等多种语言中徘徊游移来书写故事,不断摸索和构建属于自己的声音和表达方式。此外,亚裔作家的混合英语也给英语增添了新的词汇和表达方式,使英语充满更生动的表现力。目前成为日裔、越南裔、韩裔和菲律宾裔美国文学主力军的新一代重要作家要么在美国出生,要么从小在美国受教育,他们对英语的驾驭能力丝毫不逊于白人作家,不过点缀其文本对话的破碎英语和来自其祖居国的词汇依旧是其文本的一大特色。例如,文笔流畅优雅的韩裔作家李昌来的小说《说母语的人》在描述韩裔主人公父子俩对话时仍充斥着蹩脚的英语,但这却已经成为其文本的一大族裔特色,使其作品具有高度的辨识度。

其次,对祖居国文化精粹的吸收也是各亚裔文学风格的一大特色。

---

① 徐颖果(主编):《离散族裔文学批评读本:理论研究与文本分析》,天津:南开大学出版社,2012年,第339页。

② Theresa Hak Kyung Cha, *Dictee*, CA: Third Woman Press, 1995, p. 140.

有别于早期亚裔作家介绍其祖居国的文化习俗和风土人情这些表层文化现象，一些经典作家更会将其祖居国文化精粹糅合到其作品之中，使其创作文化构成更加丰满多元，加深其要传达的深沉思想。比如，日裔作家约翰·稻田将日本民间传说桃太郎随一个桃子被切开而降临人世，后来在朋友的鼎力相助下，为自己年迈的父母报仇雪恨并凯旋的故事渗入其小说《不不男孩》中。这不是单纯地介绍日本文化以增添小说的异域风情色彩，而是借用传说塑造人物形象。小说主人公一郎在一段内心独白中以借喻的方式将自己比作英雄人物桃太郎，但一郎的事迹却与桃太郎的故事存在着明显的矛盾，这进一步强化了主人公的身份危机；日裔戏剧作家饭冢直美（Naomi Iizuka, 1965-   ）也擅长利用日本文化。在《天使的语言》（Language of Angels, 2000）中其借用日本古老的能剧戏剧结构凸显出深邃的神秘感。在《36 景》（36 View, 2001）中，日本传统剧歌舞伎以及日本艺术，如木刻画和枕边书的精心使用则更是博得"古老的东方文化与现代主义的奇妙融合"①的美称。菲律宾裔美国作家卡洛斯·布洛桑在其短篇小说集《爸爸的笑声》中运用菲律宾的传统斗鸡活动展现菲律宾族群的暴力和死亡美学，此等类似的多处运用菲律宾民俗文化的书写，正是传递着饱受殖民和封建压迫的菲律宾人的文化与生命；越南裔作家高兰在《猴桥》中，把对越南文化有上千年影响的佛教精神化用在其小说人物性格之中，并借用越南特有的小竹桥"猴桥"意象升华其创作理念高度；黎氏艳岁也将越南人对水特有的多重理解作为隐喻深化其文本内涵。韩裔作家作品《慰安妇》也融合了韩民族如关亡、祭祀之类的民俗和帕梨公主这样的民间故事等因素以突出主人公母亲难以理解的疯狂。

日裔、越南裔和韩裔美国作家作品中汇集了各自部族独特的语言和文化符号，打破了白人主流文学语言和文化的单一性。这些作家在调和东西方语言和文化元素中形成了丰富多彩的艺术风格，是美国文坛中一道亮丽的风景线。

---

① Robert Hurwitt, " Berkeley Rep Tells an Engrossing Story with *36 Views* ", *San Francisco Chronicle*, September 14, 2001.

二、创作形式的多样化——通俗小说元素与新媒介的采用

　　早期亚裔美国文学常常以纪实作品的形式进入美国市场,尤以自传和回忆录这两种文学体裁较为盛行。这主要是因为对于白人受众而言,亚裔只是外来群体,一些出版商和读者只接受那些具有人类学趣味的亚裔作品,而不愿意接受虚构创作。此外,由于这种书写是"从一个亚裔美国人的自身角度来讲述亚裔美国人自己的故事,要把这被种族主义破坏或否定了的文化根基恢复起来"[①],那些在美国具有沉重迷失感的亚裔写作主体也急于借用这种体裁来寻找自我和重塑身份。因此,自传和回忆录写作成为亚裔美国文学一种常见形式,迄今仍具有强劲的生命力,即便不是以自传和回忆录形式进入市场的想象性文学创作也往往避免不了被出版商和读者贴上非小说的标签。随着亚裔文学的成熟,亚裔美国文学的虚构成分日渐浓厚,占据主流的是书写亚裔走出母国之路,在美国被同化历程和重置文化归属感的移民经历小说。这种文类虽然研究价值厚重,但是,由于进一步强化了亚裔美国人作为局外人的移民身份,容易引导白人读者将文本误解成作者自传的翻本。21 世纪以来,随着亚裔美国作家眼界日渐开拓、文学观念的革新以及大众流行文化的兴起,亚裔美国作品的形式日渐多样化,具体表现为通俗文学元素的吸收和新媒介的运用,其中,新崛起的日裔、越南裔和韩裔美国作家是这批独创作家的中坚力量,他们的创作不仅成功吸引了大批批评家的兴趣,而且在大众市场中普及了亚裔美国作品,颠覆了主流社会对亚裔美国文学想象的传统印象,为亚裔作家开拓了新的写作模式。

　　日、越、韩裔美国作家对通俗文学元素的运用具体表现为两种,一是直接写作通俗文学,二是通俗文学元素的借用。他们目前采用得最为成功的通俗文学形式是:犯罪和侦探类小说、科幻小说、言情小说和儿童文学,尤以前二者为盛。美国白人通俗文学充斥着种族歧视和性别歧视,并

---

① 高小刚:《乡愁以外:北美华人写作中的故国想象》,北京:人民文学出版社,2006 年,第77 页。

American Fiction: Local Processes and Multivariate Genealogies

且亚裔作家往往被出版商排斥在这种文类之外，因此亚裔作家很少创作通俗文学。1982 年美籍华人导演王颖（Wayne Wang，1949-　）的电影《陈失踪了》（*Chen Is Missing*，1982）真实反映了在美华人的生活和思想，解构了传统白人犯罪题材艺术中的东方主义视角，在美国引起巨大的反响，就此催生了一批优秀的亚裔美国犯罪和侦探小说。随后亚裔科幻小说、言情小说和儿童文学诞生并展现出生机勃勃的发展态势。

在亚裔犯罪和侦探作品中获得安东尼奖的日裔作家谷实戴尔（Dale Furutani，1946-　）的"肯·田中"系列《小东京之死》（*Death in Little Tokyo*，1996）和《丰臣刀片》（*The Toyotomi Blades*，1997）、韩裔作家伦纳德·昌的"艾伦·崔"系列《肩上》（*Over the Shoulder*，2001）、《杀伤力不足》（*Underkill*，2003）以及《渐清》（*Fade to Clear*，2004）以及问鼎了埃德加奖的日裔作家平原直美（Naomi Hirahara，1962-　）的"新井昌系列"悬疑小说《大报应之夏》（*Summer of the Big Bachi*，2004）、《沙沙女孩》（*Gasa-Gasa Girl*，2005）、《蛇皮三味线》（*Snakeskin Shamisen*，2006）是较为突出的代表。这三位作家都以亚裔美国人为侦探并在亚裔美国社区展开案件调查。例如，平原直美的侦探小说主人公就是一位日裔侦探，其破案视角往往会考虑美国种族歧视和日裔美国人被拘留的历史。并且，小说的背景主要是设在洛杉矶这个多族裔共生的城市，还原了少数族裔真实的生活面貌。这些作品在向广大白人读者提供感官娱乐的同时，也普及了亚裔美国文化和历史，并改写了以往犯罪和侦探小说中亚裔作为黄祸或模范少数民族两极对立的形象，并借助该类型小说反映社会暗流的功能表现了亚裔美国人的生存困境。更重要的是，这些作家"选择在这个类型小说中创作是一次重要的干预行为"①，打破了犯罪和侦探小说由白人控制的传统，并为这类文学注入了多元话语，正如《剑桥亚裔美国文学导论》所言，"这些作家在介绍围绕着种族、族裔文化、性别和种族的微妙社会主题时占据了呈现的主导权，他们不是作为白人作家笔下的

---

① Betsy Huang，*Contesting Genres in Contemporary Asian American Fiction*，New York：Palgrave Macmilan，2010，p. 56.

创造物而是作为创造者进入这个文类"①,肯定了亚裔美国犯罪小说和侦探小说诞生的价值。

亚裔犯罪小说和侦探小说的存在打破了白人在这个类型小说的主导权,那么,亚裔作家进入涉及科学与幻想的科幻小说领域的意义更在于瓦解了亚裔主流文学以现实主义手法一统天下以及表现移民辛酸生活主题为主的模板,而开始进入"科技想象"与"未来想象"的领域。值得注意的是,美国科幻小说与犯罪和侦探小说一样,容易以东方主义视角审视亚洲人种,亚裔作家进入科幻小说的领域同样也为亚洲人正名做出了贡献。例如,韩裔美国作家格雷·帕克(Greg Pak, 1968-　)的科幻剧本《机器人物语》(Robot Stories, 2003)将亚裔美国人作为主要人物,在刻画亚裔美国人丰富而细腻的情感时又加入人与科技、生命意义和爱等更为宏大题材的思考。该作品是对白人科幻艺术中亚裔美国人刻板印象的颠覆,但并没有仅仅局限于亚裔美国人这一类话题的探讨范围。此剧本被搬上银幕之后便将 30 多个电影节奖项收入囊中。此外,日裔美国作家辛西亚·角畑的反乌托邦小说《爱谷之心》(In the Heart of the Vally of Love, 1992)以及韩裔作家李昌来的获得心脏地带小说奖的作品《在浩瀚的海面上》(On Such a Full Sea, 2014)都突破了传统亚裔作品的现实主义和历史视域,将读者带至一个凭空创作的未来世界中,并将种族问题拓展到了关系全人类生存的环境问题上。此外,在亚裔言情文学和儿童文学方面,一些如韩裔作家卡洛琳·黄(Caroline Hwang)和日裔作家辛西亚·角畑的作品不仅取得了较好的销售量,而且也由于作品中添加的严肃族裔主题而免于世俗化。

亚裔通俗文学的蓬勃发展也吸引着亚裔严肃文学作家吸收大众文化的创作元素。流行元素的应用不仅增加了亚裔美国主流文学的阅读趣味性,打开了更为广阔的销路,而且开辟了全新的视角表现移民主题。例如,韩裔美国作家李唐(Don Lee, 1959-　)的作品《原始国》(Country of Origin, 2005)借用悬疑小说的元素讨论民族归属问题,崔苏珊的《美国

---

① Crystal Parith & Daniel Y. Kim, ed., *The Cambridge Companion to Asian American Literature*. London：Cambridge University Press, 2015, p. 146.

女性》(*American Woman*, 2003)和《嫌疑犯》(*Person of Interest*, 2008)糅合了犯罪小说的形式讨论了美国司法体系对少数族裔的公正问题。其中,越南裔美国作家阮越清的《同情者》是将大众文化引入亚裔严肃文学最为成功的典范。小说主人公本身就是一名身份混杂的法越混血儿,移居美国之后又面临着美越文化的调和问题,作者又将双重间谍身份赋予主人公,将其安置在四重边缘的位置,这样一来淋漓尽致地展现出移民者对多重边缘身份的困惑,对越战的多维度反思,并激发读者更为深刻地思考这些复杂话题。正如亚裔批评家黄贝琪(Besty Huang)所述,"类型元素能够提供新的方式以便更深层地探讨社会和政治话题"①。

随着科技的发展,亚裔美国文学创作已经不仅仅局限在纸质媒介,亚裔新媒介文学开始繁荣。由于新媒介文学主要是借助互联网进行生产和传播,拆除了以往限制亚裔美国文学出版的各种隐形和显性控制,使得创作空间自由化和创作主体平民化,广大亚裔新媒介使用者的创作激情被激发出来。例如韩裔博客写手菲尔·余(Phil Yu)开通的 Angry Asian Man 网站在 2001 年开通后已经发展成众多亚裔学者访问的主要网络资源。该博客上发布了一系列与亚裔美国人和文化相关的文章、访谈、视频以及评论,揭示了美国无处不在的种族歧视和塑造亚裔美国人身份的复杂因素。《剑桥亚裔美国文学史》目前将其博客纳入亚裔美国文学的讨论范围之内。虽然目前新媒介文学的文学生态有待于提升,但是作为一种流传范围广、速度快的文学形式,为亚裔美国文学的创作提供了一个不可多得的平台。

可见,近二十年来,一些日、越、韩裔美国作家或是直接进入流行文学的领域,但赋予其作品浓郁的东方文化色彩和深刻的人文关怀,博得了批评家的好评;或是在族裔主流文学创作基调中借用流行文化程式化和通俗化元素而获得广泛市场。总之,他们独特的跨文化背景创作与跨文类书写让其作品不同于纯粹的美国白人通俗文学和亚裔主流文学而备受瞩目。而亚裔新媒介文学的兴起则开创了亚裔美国文学创作的新渠道。

---

① Betsy Huang, *Contesting Genres in Contemporary Asian American Fiction*, New York: Palgrave Macmilan, 2010, p. 114.

三、创作视阈的跨界化——跨国写作与越界小说的诞生

在美国主流论述中,亚裔美国人及其历史、文学和文化常常被定调为带有东方传统主义色彩,亚裔移民普遍不具备自我的面貌,而是成为对照欧洲移民的负面镜像,以建构美国白人的自我形象。为了消解将亚裔美国他者化的刻板印象,将被压抑和扭曲的亚裔移民记忆带进美国国家文化脉络之中,亚裔美国作家着重描述本族裔人群在过去从亚洲移民跨越太平洋两岸的艰辛与在美国的生活经验,刻画本族裔人群遇到的东西方文化差异与夹在两个文化间的困境,以及寻找文化身份认同的历程。因此亚裔美国前辈作家在作品中积极探索本族群的移民美国的创伤历史与主体建构,申言亚裔移民平等共享的美国权利,这也演化为亚裔美国文学的创作传统。然而随着全球化的发展和亚裔美国人口结构的改变,亚裔美国文学也在不断拓展文学疆域,开始打破这种从单一视角出发和以单一族裔为探讨对象,转而从跨国流动的角度来进行泛族裔写作或者说跨族裔写作,这尤以日裔作家山下凯伦的作品最为突出。更有甚者,亚裔美国文学开始突破以亚裔美国人士为叙事主角并以亚美历史为内容的局限,而是越界到白人世界,企图将白人族裔化,打破将亚裔美国文学视为自传式、民族志书写,跳脱将种族视为生理本质上的差异的思维方式。这种越界写作尤以名声大噪的韩裔作家李昌来的小说《悬空》(*Aloft*, 2004)最具代表性。

在亚裔美国文学的创作传统里,山下凯伦是相当难以归类和定位的一位作家。因为山下凯伦不管是探讨族裔历史还是追究身份认同,总是企图超越一个特定族群的观点。虽然目前也有华裔美国作家的作品表现出跨族裔倾向,不过山下凯伦的作品却拓宽了华裔美国小说中的跨族裔性,并使之复杂化,当然这一切都是建立在山下创作的跨国规模上的。山下的作品不限于日裔群体,而是将笔触伸向了美国不同的少数族裔团体,乃至其他人群,更重要的是,其跨国创作超越了亚裔美国文学对东西方文化差异审视的历史维度视域,通过审视仍处于西方殖民主义羁绊中的南半球的社会困境,将其拓展到更加全球化、多元化和复杂化的南北地理纬

度。这样一来，山下凯伦糅合了多种后现代写作手法的跨国创作，突破了传统亚裔美国文学对于族裔主体性构建等关注的局限，探讨了多元族群的时空经验、跨族裔的合作结盟、与全球化时代的日常生活和环境伦理等问题。可以说，山下凯伦的跨国写作敏锐地捕捉住了日益加快的全球化的时代命脉，开拓了亚裔美国文学的创作空间。与其他亚裔作家相比，她最大限度地重塑了亚裔美国文学的想象。

山下之所以可以突破亚裔作家的局限，主要是受其丰富的跨国体验和独到的政治关怀的影响。山下曾在日本旅居过一段时间，更是在巴西度过了十年时间，直到 1984 年才回到美国定居。这种穿梭于不同国家和不同文化之间的生活迁徙带给她异于大多数少数族裔作家的观察与创作视域。她能以更开阔的视野来看待全球化的世界，而不是囿于狭隘的文化、民族和身份思维。作为一名少数族裔作家，山下也具有强烈的政治关怀。但是山下认为亚裔美国族群和美国其他少数族群以及国际范围内有着相似诉求的其他团体，命运是相互交织的，在她看来"亚裔美国人和拉美裔美国人、非裔美国人、美国印第安人、还有其他国际团体，尤其是那些第三世界国家的左翼团体，无论它是在日本、菲律宾、越南、还是韩国，都有关系"①。所以山下笔下的主人公不局限于日裔美国人而是能够跨越国别和种族的界限进行自由穿梭。正如陈淑卿教授所说"多元思考与跨界实践，从少数族裔移动的角度来反思批判全球化情境下的跨国文化流动，可以说是山下独特的移动诗学。"②

山下的首部作品《穿越热带雨林之虹》(*Through the Arc of the Rainforest*, 1990)就突破了以往亚裔美国作家立足于美国本土的传统，以日本人奔向巴西的移民潮为历史背景。

小说以拉美浓郁的魔幻现实主义手法讲述了巴西热带雨林在西方资本扩张的冲击下遭到了过度开发而走向覆灭的故事，并运用冷峻的讽刺口吻谴责了第一世界贪婪的人们对第三世界造成的生存危机，这不仅是

---

① 胡俊：《后现代政治化写作：当代美国少数族裔女性作家研究》，北京：中国社会科学出版社，2014 年，第 144—145 页。
② 陈淑卿：《跨界与全球治理：跨越/阅〈橘子回归线〉》，载《中外文学》，2011 年第 4 期，第 90 页。

商业资本主义不加节制的后果，也是无处不在的强权主义暴行的产物。这部小说已经初露山下凯伦对后现代创作手法的兴趣以及对跨越种族和国别的界限的人物的描写，尤其是对南半球巴西人的命运的关怀。亚裔批评家敏锐地意识到该小说的价值，斯坦·约吉（Stan Yogi）评论到该小说时就谈到，"《穿越热带雨林之虹》标志着一种转变，那就是从原来关注具体的日裔美国人物，到一种让人震惊的体裁以及人物的融合"①。山下凯伦也凭借该小说获得 1991 年美国图书奖，并成为美国文坛上不可或缺的声音。

其第二部作品《巴西—马鲁》（*Brazil-Maru*，1992）同样以巴西为背景，从多个人物的视角讲述了日本移民前往巴西建立殖民社会所经历的兴衰史，小说多重叙述手法也使得作者对移民文化身份和权利关系的思考更为立体、更为复杂地展现在读者面前。不过作者并未走入族群建构过程中排外、入乡随俗和反抗压迫等藩篱，而是通过寓言的方式展现了日裔巴西人要在一个还没被市场力量完全主宰的社会里建立乌托邦所面对的各种挑战。《K 圈循环》（*Circle K Cycles*，2001）也关注日裔巴西人的命运，不过却将叙事的着眼点从巴西转入了日本。这些日裔巴西人从巴西跨国流向日本寻找工作，不但被各种社会和经济压力所累，还受到日本政治体制的压制。这三部小说通过日本人移民巴西再回到日本的循环路径，体现了在全球化过程中那些处于不利地位的社会与族群在这个种族化、等级化和不均衡的过程中所承受的剥削。

山下的第三部小说《橘子回归线》（*Tropic of Orange*，1997）和最近一部《国际旅社》（*I Hotel*，2010）的叙述背景则不断在美国和美国之外的空间中交替穿梭。该小说的背景移师美国和墨西哥，关注的人群同样不局限于单一的日裔美国群体，小说的主要人物除了一位是墨西哥人之外，其他的都是美国各个少数族裔。山下从七个分散在不同地方的人物的视角进入看似毫无关联、杂乱无序的故事，这些人物却又在时空的轴线上不断地产生交集。这种叙事方式不仅揭示出洛杉矶的殖民历史、洛杉矶少

① King-Kok Cheung, ed., *An Interethnic Companion to Asian American Literature*, New York: Cambridge University Press, 1997, p. 148.

American Fiction: Local Processes and Multivariate Genealogies

数族裔对白人话语霸权的挑战，而且将这个城市的发展拓展到更为广阔的世界背景之中，尤其是第一世界大都市洛杉矶与第三世界国家的关联之内。小说通过一位有多重跨国背景的华裔美国人鲍比的移民洛杉矶故事，表现第一世界城市的发展实乃建立在全球范围内剥削和压迫第三世界的基础之上，而在呈现拉美人可安吉尔从南到北一路游唱到洛杉矶的传奇事迹时，则直接表达了拉美人对全球化造成的非正义现象的抗争。在凯伦看来，全球一体化意味着全球空间的重新规划，第一世界以各种形式占据发展中国家的空间，导致社会发展不平衡和文化殖民主义。而第三世界的人民有权要求获得更多权利，来建立一个多元混杂的理想乐园。

"山下与大部分少数族裔作家不同之处在于她对于跨国背景的关注"①，但其着眼点并非只是传统的东方到美国的移民潮流，而是进一步发散到南北美洲地区。不论是处女作讨论的全球资本和帝国霸权造成的亚马逊生态危机，《巴西—马鲁》中移民在南半球建立乌托邦的困难挑战，《k 圈循环》中南半球人民重回亚洲面临的压迫与剥削，还是《橘子回归线》中第三世界人民对空间正义的索求，作家观察的角度不再以美国为中心，而是从全球视角出发，探讨并就此突破传统族裔固话的主题，反思在全球多元语境中国家或者地区之间的政治、经济和文化权利关系。其后现代先锋写作并非仅仅停留在全球化的表象，而是通过刻画被边缘化的少数族裔等全球化参与者的被剥削地位，探究资本主义全球化背后的不平等权利机制。

如果说山下凯伦的跨国写作拓宽了亚裔美国文学的文学疆界，那么李昌来的越界小说则重新定义了"何为亚裔美国文学"。亚裔美国文学常常被视为亚裔美国人的社会历史，其文学的叙述主角都是亚裔美国人群，叙述的故事也攸关亚裔美国人的移民经历。但李昌来的第三部小说《悬空》却将白人当做故事的主角，而叙述内容也承袭了白人作家刘易斯、厄普代克和契佛等所创立的聚焦于中产阶级白人郊区生活的传统。这部描写中产阶级白人精神危机和家庭危机的作品看似完全吸纳和同化

① 胡俊：《〈橘子回归线中〉的洛杉矶书写："去中心化"的家园》，载《前言》，第 2015 年 10 月，总第 384 期。

了美国主流文学的传统,消弭掉了族裔文学的特殊性。但实际上作者的族裔背景与该作品内容相互映照,小说糅合了亚美移民叙事中常见的亲子关系和世代差异的比喻,讲述了亚裔人群从下层走进白人郊区的艰辛,亚洲和美国纠缠不清的历史命题。小说最后白人家庭危机是通过采取东方多代同堂以及坚守孝道的传统来解决的,可以说是亚裔美国属性成为白人家庭重生的契机,作者将亚裔美国他者属性转化为美国属性的一部分,以另类的方式扭转了同化论中少数亚裔融入多数白人的看法。李昌来的这部越界小说其实可以说是"讲了一个亚裔美国人变成白人的故事,或者反过来说,一个关于美国白人中产阶级变成亚裔美国人的传奇"[1]。可见,亚裔美国文学并不能狭隘地看成是亚裔美国作家书写亚裔美国人群的故事。亚裔美国作家越界进入白人叙事传统同样值得鼓励,这有利于将亚裔美国作家从种族作家的局限中解放出来。事实上,白人作家进入亚美命题的创作也是亚裔美国批评家所支持的行为。例如,2008 年亚裔美国文学研究会就将年度最佳亚裔美国文学小说奖颁给了白人作家的小说《水牛娃和杰罗尼莫》(*Buffalo Boy and Geronimo*, 2006)。可见,只要白人作品的亚裔书写同样具有批判力道,亚裔美国批评家也同样欢迎这种跨界书写。

第五节　阿拉伯裔美国文学的产生、发展与特点

　　阿拉伯裔美国文学是阿拉伯流散文学的重要分支,也是美国族裔文学不可缺少的一部分。经过三十余年的文学史的发掘,从 20 世纪初期的早期移民文学到至今方兴未艾的阿拉伯裔美国文学,已经经过了一百多年的发展历程,不仅涵盖了诗歌、小说、传记、游记、政治和文化散论、智慧文学等文学类型,而且出现了爱敏·雷哈尼、哈利勒·纪伯伦、艾特尔·阿德南、爱德华·萨义德这样在不同维度得到承认的世界性作家,在当代则出现了高扬族裔旗帜的阿拉伯裔女性作家群体。

---

[1]　单德兴:《他者与亚美文学》,台北:"中研院"欧美所,2015 年,第 154 页。

American Fiction: Local Processes and Multivariate Genealogies

在历史的视野中,阿拉伯裔美国文学伴随着阿拉伯世界向美国的移民浪潮产生和发展起来,19—20世纪之交阿拉伯向美国的第一次移民浪潮产生了活跃于20世纪初期阿拉伯移民社群、阿拉伯世界和美国现代主义文学界的"叙美派"文学,诞生了爱敏·雷哈尼、哈利勒·纪伯伦这样的世界性经典大家,在思想、美学和文学类型上奠定了后世阿拉伯裔美国写作的基础。

伴随着20世纪50年代以后阿拉伯世界动荡的政治局势、阿拉伯和伊斯兰世界与美国之间冲突的加剧,当代阿拉伯裔美国文学的政治写作日益凸显。而1967年的第三次中东战争,不仅导致了阿拉伯裔美国人政治意识的觉醒,更使美国"阿拉伯民族意识"日益高涨,以第二、三代阿拉伯裔作家为主的作家群体,通过"移民史写作"和对景物、食物、民俗、语言、艺术与民间文学、宗教生活方式、经典等"阿拉伯元素"的挖掘和重构,实现了族裔身份的认同与重建。

一、大移民浪潮中的"叙美派"文学——阿拉伯裔美国文学的肇始

1880—1915年,中东向北美洲和南美洲产生了第一次移民浪潮,这一时期的移民主要来自当时隶属于奥斯曼帝国的大叙利亚地区(Greater Syria),即现代民族国家黎巴嫩、叙利亚、巴勒斯坦和约旦,移民主要是基督徒,也有极少数的穆斯林。其中叙利亚地区穆斯林的移民时间比基督徒晚了约二十年,而且在第一次浪潮中的人数不超过百分之十。[1] 这些移民来自不同的宗教教派,包括了马龙派(Maronite)、麦尔基派(Melchite)和希腊正教等教派,也有少量移民来自德鲁兹教派。[2] 据研究者分析,奥斯曼帝国的集权统治和西方势力的介入、经济的衰退,1868年苏伊士运河开通所导致的贝鲁特港口在国际贸易中优势地位的

---

① Gregory Orfalea, *The Arab Americans: A History*, Northampton: Olive Branch Press, 2006, p. 102.

② Elizabeth Boosahda, *Arab-American Faes and Voices: The Origins of an Immigrant Community*, Austin: The University of Texas Press, 2003, preface.

丧失以及宗教斗争等等,①是造成以黎巴嫩为主的叙利亚地区移民的历史原因。

阿拉伯人在这一阶段移民美国的动因,多数是要谋求更好的赚钱机会,相当一部分早期移民来自原籍社会的中下层,文化水平不高,往往以赚钱后返乡为目的。在移民后的职业选择上,当时在移民中占少数的穆斯林多去往中西部城市匹兹堡、底特律从事钢铁、汽车、火车等制造业②,而占大多数的基督徒移民常通过流动性的沿街叫卖小商品以获取利润。早期的叙利亚移民只是一些暂时居留美国的"逗留者",一战的爆发切断了他们与故乡的联系,随着大多数人返乡愿望的落空,这些阿拉伯人开始作出长期留居美国的打算,从事打理干货店或进工厂做工的长期职业,并且让自己的孩子接受教育以谋得更高的社会地位。③

第一部阿拉伯裔美国小说《哈利德之书》(*The Book of Khalid*, 1911)曾生动地描述了早期移民到美国后居住在叙利亚聚居区,租住在地下室并售卖小商品的情景。这些叙利亚人常利用自己"来自圣经所述之地"的身份,到大街上贩卖阿拉伯特有的"稀奇古怪"的商品,来满足美国白人对"东方"的好奇心。而两位最重要的早期移民作家爱敏·雷哈尼和哈利勒·纪伯伦,在随家人移民到美国之初,分别居住在当时两大叙利亚移民聚居区纽约和波士顿,靠小干货店生意维生。

一战以前的中东移民并没有太强的"阿拉伯"民族意识,他们认为自己是来自大叙利亚地区的美国人。④ 很多关于早期阿拉伯移民的文献和研究显示,这一时期的阿拉伯移民以崇尚美国与西方文明为主流,但仍然在服饰和生活习惯上保持着明显的大叙利亚地区传统。

---

① Aida Imangulieva, *Gibran, Rihani & Naimy, East-West Interactions in Early Twentieth-Century Arab Literature*, translated from the Russian by Robin Thomson, Oxford: Inner Farne Press, 2009.

② Gregory Orfalea, *The Arab Americans: A History*, Northampton: Olive Branch Press, 2006, p. 102.

③ Baha Abu-Laban & Michael W. Suleiman, *Arab Americans: Continuity and Change*, Massachusetts: Association of Arab-American University Graduates, Inc., 1989, pp. 1-3.

④ Elizabeth Boosahda, *Arab-American Faes and Voices: The Origins of an Immigrant Community*, Austin: The University of Texas Press, 2003, p. 3.

American Fiction: Local Processes and Multivariate Genealogies

这一时期，来自叙利亚地区的知识分子在美国创办移民杂志，成立文学社团，用阿拉伯语和英语发表诗歌、散文和小说等形式的作品，产生了一个在阿拉伯现代文学史，乃至世界文学史占重要地位的移民文学群体——叙美派。

文学史中的"叙美派"这一称谓，最初来自俄国批评家克拉齐克维斯齐（I.Yu.Krachkovsky）的界定，它不仅指来自大叙利亚地区的作家在美国形成的文学群体，更强调了叙利亚文化和美国文化相结合的特定的文化内涵。① 在中国的文学史中，也将之称为"旅美派文学"。代表作家有爱敏·雷哈尼、哈利勒·纪伯伦和米哈依尔·努埃曼。

爱敏·雷哈尼（Ameen F.Rihani, 1876-1940）是第一位运用英语创作散文、诗歌、小说、游记、戏剧和艺术批评的阿拉伯作家，是当之无愧的"阿拉伯裔美国文学之父"。雷哈尼一生的大部分时间游历于阿拉伯和西方世界之间，尤其是黎巴嫩和美国之间。作为一位思想家、政治活动家和作家，雷哈尼为现代阿拉伯—伊斯兰文化和西方文化之间的沟通与对话，作出了多方面的贡献。

在阿拉伯裔美国文学视野中，雷哈尼的文学活动具有开创性。他在1911 年出版了第一部阿拉伯裔美国小说作品《哈利德之书》，奠定了阿拉伯裔美国叙事文学的传记性传统，这部作品也开创了阿拉伯裔美国哲理小说的先河，作品中的东西方文化融合思想，在阿拉伯裔美国写作中具有预示性；在诗歌翻译和写作中，雷哈尼提出了加强西方阅读传统中的阿拉伯、波斯和伊斯兰想象的文艺创作理念，这一理念不仅贯穿了雷哈尼的写作，对理解整个阿拉伯裔美国写作也有指导性意义；他创作了第一部阿拉伯裔美国戏剧《瓦依达》（Wajdah, 1908-1909），为当代阿拉伯裔美国戏剧的繁荣奠定了基础；他还开创了阿拉伯裔美国文学游记和政治散论的写作传统，游记"阿拉伯三部曲"利用西方书写阿拉伯的传统文体，不仅描绘了阿拉伯世界的风土人情，更通过记述与各国政要的交往经历，表达了自己的政治观念。而雷哈尼在西方世界就巴勒斯坦问题所

① Aida Imangulieva, *Gibran, Rihani & Naimy, East-West Interactions in Early Twentieth-Century Arab Literature*, translated from the Russian by Robin Thomson, Oxford: Inner Farne Press, 2009, p. 2.

展开的一系列演讲,预示了后世爱德华·萨义德对巴勒斯坦问题所展开的演讲、访谈和写作的基调。此外,雷哈尼还是第一位在美国艺术杂志专职进行艺术评论的阿拉伯批评家,被誉为"最好的艺术批评家"①,他的文化散论集《〈天方夜谭〉的遗产》(*The Lore of the Arabian Nights*)旨在纠正西方人对《天方夜谭》的误解,向读者全面深入地介绍了这部世界经典著作。

哈利勒·纪伯伦是阿拉伯裔美国文学的"灵魂"人物,他的作品在阿拉伯世界被争相效仿,自他去世后,来自阿拉伯世界、美国和阿拉伯裔美国作家对纪伯伦的不断书写,更造就了经久不息的"纪伯伦神话"。

纪伯伦最早出版的两部以寓言、故事为主的英文作品《疯人》(*The Madman*, 1919)和《先行者》(*The Forerunner*, 1921)在当时美国的现代主义艺术圈引起轰动,美国评论界经常将纪伯伦与泰戈尔相比较。他随后出版的《先知》(*The Prophet*, 1923)在评论界反响不佳,但却受到大众读者的欢迎,《先知》后来获得了世界性传播,迄今已被译成104种语言,在世界文学被翻译的语言数量中排名前十,从而奠定了纪伯伦的经典文学地位。谚语和格言集《沙与沫》(*Sand and Foam*)也很能代表纪伯伦通过运用智慧文学——这一"英语写的叙利亚文学"的文体形式,来沟通阿拉伯—伊斯兰文化和西方基督教文化的创作理念。此外,戏剧《拉撒路和他的爱人》(*Lazarus and His Beloved*)、《大地之神》(*The Earth Gods*, 1931)中的人物对白流淌着"诗"的美感,充分表现了纪伯伦美学的"诗性"特点。

"叙美派"文学奠定了百年阿拉伯裔美国文学的思想、美学和文学类型的基础,这些移民文学包含着很强的文化融通思想——作家们在文学创作中融合阿拉伯—伊斯兰文化和西方基督教与现代文化;他们不仅关注阿拉伯现实、政治和文学的革新,而且能够敏锐地把握现代西方的文化与文学革新,纪伯伦、雷哈尼的文学创作不仅引领了阿拉伯现代文学的潮流,同时也是当时以纽约为中心的美国现代主义文学运动的一部分。

---

① Ameen F. Rihani, *Critiques in Art*, Beirut: Librairie du Liban Publishers, 1999. p. 7.

而苏非神秘主义是"叙美派"作家凸显阿拉伯—伊斯兰哲学、迎合西方现代知识精英"阅读视野"的一种独特的表达方式，也构成了一个世纪以来阿拉伯裔美国文学的独特传统；在创作文类上，早期移民文学开创了阿拉伯裔美国文学的全部文体类型，并塑成了这些文学类型的基本特征。例如：诗歌作为阿拉伯裔美国文学最具有自身民族特性的主流和经典文体；小说的传记性特征与传记写作；以文化杂糅性为特点的戏剧创作；以政治批评为特点的游记、散论；以箴言、寓言、故事为承载体的智慧文学。

早期阿拉伯裔美国文学创作的活跃期，是从 1911 年到 1931 年的二十余年间。1931 年 8 月，纪伯伦去世，他在世时忠实的拥护者和追随者努埃曼（Mikhail Naimy）随后离开美国，雷哈尼、纪伯伦、努埃曼这三位该时期最重要的代表性作家在美国的重要创作活动的结束，代表了早期阿拉伯裔美国文学鼎盛期的消退。

20 世纪 30 年代到 50 年代是阿拉伯裔美国文学的沉寂期，1924 年的移民法案（又称为约翰逊—里德限额法案，Johnson-Reed Quota Act）大幅度限制地中海东部地区移民，这使阿拉伯移民数量骤减，美国阿拉伯移民与本土的联系也有所减弱，虽然回到黎巴嫩的努埃曼在 50 年代出版了两部英语传记和小说作品《纪伯伦传》（*Kahlil Gibran: A Biography*）和《一个漂泊灵魂的日记》（*Memoirs of a Vagrant Soul or the Pitted Face*，或译作《麻脸》日记，1952），而且这两部作品均开始创作于移民时期，但总体而言，这一时期为数不多的几名阿拉伯裔美国作家的创作，缺乏很强的民族自我意识，创作零散、不成体系。

二、族裔身份的觉醒——阿拉伯裔美国文学的政治写作

1948 年以后，产生了从阿拉伯世界向美国的第二、三次移民浪潮。从 1948 年到 1966 年是阿拉伯世界到美国的第二次移民浪潮，这一阶段的移民主要是由于以色列的建国所带来的大批巴勒斯坦人的背井离乡，以及来自埃及、叙利亚、伊拉克、约旦和北非等阿拉伯地区的知识分子移民。而五六十年代美国移民法的改变以及第三次中东战争又带来了阿拉

伯世界向美国的第三次移民浪潮,这一阶段的阿拉伯移民的特点是政治性强。① 这两次移民浪潮加上半个世纪以前的第一次阿拉伯移民浪潮,使阿拉伯裔美国人的数量大幅增加。

　　躲避战争与骚乱、寻找和平与更好的生活,是 1948 年以后的两次移民浪潮的主要动因。在宗教构成上,后两次移民浪潮中的阿拉伯新移民以穆斯林为主,他们关心阿以局势与政治,开始自觉地将自己看作"阿拉伯人"而非叙利亚人或土耳其人②,早期阿拉伯移民的后裔也汇入这一身份认同的洪流中,1967 年以色列六月战争胜利以后,不断出现政治鲜明的阿拉伯裔美国社团、报纸和杂志,自觉维护阿拉伯传统观念和西方大众媒体中的阿拉伯民族形象。阿拉伯人在美国的政治联合,常在阿拉伯世界的战争和冲突的刺激下,一次次达到高潮。

　　在作家构成上,与第一代移民作家大多来自大叙利亚地区不同,当代阿拉伯裔美国作家既有受到本国动荡局势影响而移民的巴勒斯坦人、黎巴嫩人、叙利亚人、埃及人,也有阿拉伯移民的第二、三代后裔,这些作家普遍获得较高的学位,具有专业性的文学与文化素养,宗教与民族身份具有杂糅性。例如:1925 年出生于黎巴嫩的艾特尔·阿德南(Etel Adnan)、父母是黎巴嫩穆斯林和希腊基督徒,她先后在著名的巴黎大学和加州大学的伯克利分校完成了哲学专业的研究生学位,曾任加州圣·拉菲尔大学的人文和哲学教授。创作了阿拉伯裔美国文学的典型文类"政治散论"和自传(回忆录)的爱德华·萨义德,父母均为巴勒斯坦人,幼年在埃及和巴勒斯坦两地度过,他获得哈佛大学博士学位,成为哥伦比亚大学的九位"杰出教授"之一。而出生于美国布鲁克林、在纽约城市大学获得博士学位的 D·H·梅尔海姆(D.H.Melhem),是叙利亚人、塞尔维亚和西伯利亚人结合的移民后代,任职于美国长岛大学。小说家莱拉·哈拉比(Laila Halaby)的父母是约旦人和美国人,获得阿拉伯语言文学和咨询专业的硕士学位。国际诗歌论坛(International Poetry Forum)的创立者和主席塞缪尔·海佐(Samuel Hazo)也是第二代移民,同时也是迪尤肯大学

① Michael MalekNajjar, *Arab American Drama, Film and Performance: A Critical Study, 1908 to the Present*, Jefferson: McFarland & Company, Inc., Publishers, 2015, p. 34.

② 由于第一代移民来自当时的奥斯曼土耳其帝国,所以有时也被称为土耳其人。

American Fiction: Local Processes and Multivariate Genealogies

（Duquesne University）的英语系教授。创作了《与哈利勒·纪伯伦一辩》（*A Disputation with Kahlil Gibran*）的美国第二代阿拉伯移民尤金·保罗·纳赛尔（Eugene Paul Nasser），在康奈尔大学获得博士学位。当代高产女作家和民歌手诺米·什哈卜·奈（Naomi Shihab Nye）的父亲是失去家园的巴勒斯坦难民，母亲是美国人。创作了当代阿拉伯裔美国小说《新月》（*The Crescent*）和《阿拉伯爵士乐》（*The Arabian Jazz*）的女作家戴安娜·阿布—杰伯（Diana Abu-Jaber）的父母是约旦人和美国人，作为移民后代的她，获得博士学位后，曾任多所大学的教授。诗人、散文作者和阿拉伯裔美国文学研究者丽萨·苏黑尔·玛加吉（Lisa Suhair Majaj）出生于美国，父母是约旦人和美国人，在密歇根大学获得博士学位。在小说《戴橙色头巾的女孩儿》等作品中探索伊斯兰主题的莫赫佳·卡夫（Mohja Kahf），出生于叙利亚，因叙利亚政治局势的影响，于1971年7岁时随父母移民美国，后获得比较文学博士学位，是阿肯色大学中东和伊斯兰研究中心的教授。……

在当代阿拉伯裔美国文学批评的视野中得到关注和研究的当代作家，是在创作文类和内容上都能代表当代阿拉伯裔美国文学的新发展和新趋向的阿拉伯裔女性作家的创作。除了艾特尔·阿德南以外，这些作家大多是出生和成长于美国的第二、三代作家，具有很强的"寻根"和对本民族文化的建构意识，已形成当今美国文坛一个不容忽视的"群体"，得到专门的深入研究，她们被认为站在当代阿拉伯裔美国文学创作的"最前沿"[1]。艾特尔·阿德南、诺米·什哈卜·奈、艾尔梅兹·阿宾娜德、戴安娜·阿布—杰伯、莫赫佳·卡夫、苏海尔·海默德等当代阿拉伯裔女性作家不仅继承了阿拉伯裔美国文学的诗歌传统、政治写作、文体实验等特征，还从内容上扩展了对于社会性别的探讨。……这些女性作家的创作成为当代阿拉伯裔美国文学中最为鲜明的一面旗帜。

政治性是百年阿拉伯裔美国文学写作贯穿始终的特点。这一政治性传统始自以雷哈尼和纪伯伦为代表的第一代移民作家和知识分子，伴随

---

[1]　Susan Muaddi Darraj, *Scheherazade's Legacy: Arab and Arab American Women on Writing*, Westport: Praeger Publishers, 2004, Foreword.

着当代阿拉伯政治局势的紧张和伊斯兰世界与美国之间冲突的加剧，阿拉伯裔美国政治写作日益凸显。

在阿拉伯裔美国政治写作中，最有名的是巴勒斯坦裔学者萨义德所倡导的"政治批评"，萨义德在多种场合坦言，1967 年六月战争以后他的所有写作，都是一种政治性写作，学术与政治合二为一。萨义德对待政治与写作关系的态度，与阿拉伯裔美国作家的主流创作观如出一辙。大多数当代阿拉伯裔美国作家更是将政治写作当做自己创作的核心内容。诺米·什哈卜·奈被媒体称为政治作家，她也坦承自己所创作的是政治诗，她在诗歌创作中尤其关注生活在美国的巴勒斯坦人的尴尬境遇，希望通过诗歌使全世界的人关注被占领的巴勒斯坦人的命运。[1] 苏海尔·哈马德则认为"政治无处不在"[2]。政治也是当代阿拉伯裔美国女小说家莱拉·哈拉比钟爱的题材，政治无处不在地影响着其作品中主人公的命运，推动着故事情节的发展。2007 年，以阿拉伯裔美国作家为主的创作群体，推出一部政治色彩鲜明的诗歌集《我们从这里开始——为巴勒斯坦和黎巴嫩创作的诗歌》(*We Begin Here — Poems For Palestine and Lebanon*)。这部诗集的创作第一次召集于 1982 年以色列入侵黎巴嫩之际，第二次召集于 2006 年以色列再次入侵黎巴嫩，收集了以阿拉伯裔美国诗人群体为主的 130 余首诗歌，声援黎巴嫩和巴勒斯坦人民。[3]

"巴勒斯坦问题"和"恐怖主义"是阿拉伯裔美国政治写作所聚焦的两个核心事件，爱敏·雷哈尼、爱德华·萨义德、艾特尔·阿德南、诺米·什哈卜·奈、莱拉·哈拉比等作家在作品中讨论巴勒斯坦问题的源起、症结和解决办法，描写战争为民族带来的集体性的创伤记忆，更结合 9 · 11 事件对阿拉伯裔美国人生活的影响，发表演讲，创作诗歌和小说等有现实政治意义的作品。

当代几位因中东战争而流亡美国的爱德华·萨义德、苏黑尔·布什

---

① https://www.youtube.com/watch?v=SUoDqIZ3yt8, dialogue.查询时期：2014 年 1 月 26 日。

② Susan Muaddi Darraj, *Scheherazade's Legacy: Arab and Arab American Women on Writing*, Westport: Greenwood Publishing Group, 2004, p. 82.

③ Kamal Boullata and Kathy Engel, *We Begin Here — Poems For Palestine and Lebanon*, Northampton: Interlink Books, 2007.

雷、吉罕·萨达特、梅·雷哈尼等作家和学者都有很强的"国家"意识,他们传记作品和散文作品中所表达的"世界公民"与爱国主义的理想,奇妙地结合在一起。①

萨义德在争取个体的民主和权利的基础上,肯定了"国家"对个体的重要建构意义。他与其他阿拉伯裔流亡作家一样,都渴望着一个独立、民主基础上的国家,"国家"在这些被迫离乡背井的作家笔下以一种"乌托邦"的形象出现,是他们植根的历史、无法割舍的过去和摆脱暴政的未来。因战争流亡美国的黎巴嫩裔学者苏黑尔·布什雷(Suheil Bushrui),将自己的爱国主义理想寄托在对雷哈尼、纪伯伦和努埃曼这三位早期移民作家的研究上,他通过演讲、传记、访谈和文献整理、组织国际会议和国际科研项目,挖掘和建构了这三位作家作为"爱国者"和"世界公民"的形象。另一位黎巴嫩裔学者梅·雷哈尼(May Rihani)则在回忆录《无疆域的文化:从贝鲁特到华盛顿》中,通过回忆和记述那个文化之间相互融合的 20 世纪 50—70 年代的黎巴嫩的黄金时代,在记忆中"封存"和"书写"了那个无法返回的"战争前"的黎巴嫩。在那个时代,人们享有言论自由,各民族、宗教、阶层的人们相互平等,互相往来。②

除了国家意识,阿拉伯裔美国政治写作中还表现出政治联合的"阿拉伯民族意识"。在《阿拉伯裔美国人的历史》(*Arab Americans: A History*)中,作者格雷戈里·奥法里追溯了生活在美国的叙利亚人和阿拉伯穆斯林的政治性联合,正是在这一过程中,"阿拉伯裔美国人"的身份逐渐明朗化。在美国犹太复国主义者的有组织活动和阿拉伯本土巴以冲突的刺激下,美国的阿拉伯人开始了政治性联合。20 世纪 40 年代的政治性联合,在 1967 年的阿以之间的第三次中东战争③后再次凸显。1967 年后,无数阿拉伯裔美国政治性团体在阿拉伯裔美国社群中出现,这些政治

---

① 在第五章第二节,将专节讨论新移民作家的流亡写作,尤其是他们"世界公民"的理想形象及其对传记写作的影响。

② May Rihani, *Cultures Without Borders: From Beirut to Washington D.C.*, Bloomington:Author House, 2014, p. 6.

③ 第三次中东战争,该战争发生在 1967 年 6 月,以以色列 6 天的成功闪电袭击著称,因而以方又称为六日战争,也可称为六月战争。

团体通常寿命都不长,大多表现出对中东局势的关切。每次阿拉伯或伊斯兰与美国之间政治冲突的加剧,都会促使阿拉伯裔美国人的身份越发凸显。尤其是 2001 年 9·11 事件以后,阿拉伯裔美国人从"不可见的公民",成为"可见的主体"。这一"可见的主体"意味着阿拉伯裔美国人被视作"种族主义潜在的牺牲品",而伴随着公共场合逐渐增多的阿拉伯裔美国人受到袭击的"仇恨事件"的发生,阿拉伯裔美国人甚至一度成为"超级可见"(hyper-visible)的群体①。90 年代末期开始,雪城大学出版社陆续推出命名为"阿拉伯裔美国写作"(Arab American Writing)的系列诗歌、小说和散文作品,这一系列作品强调和书写阿拉伯族裔身份的趋势都很明显。

阿拉伯裔美国政治写作的"精髓",是作为政治解决之途的文化观念。雷哈尼、艾特尔·阿德南、萨义德、诺米等作家通过展示中东现实生活场景中文化的相融性,表达了不同种族和文化能够和平共处的思想。当代作家阿德南通过长诗《耶布》(Jebu)和政治小说《西特·玛丽·罗斯》(Sitt Marie Rose),追溯了那个各民族、宗教在阿拉伯地区所共同拥有的"吉尔伽美什精神",以文学言说的形式,彰显了政治和平的理念。

在阿拉伯裔美国文学中,文化同一的理想构成了某种"精神的乌托邦",这精神的乌托邦常寄托于某种理想的人物、生命状态或精神。雷哈尼在《哈利德之书》中塑造了不同文化相结合的"新人"的理想形象。纪伯伦则在 20 世纪 20 年代的后期创作中,通过"抹去"东西方和具体化场景的方式,来表达超越东西方和某个具体场景的普适性命题。萨义德赞赏一种歌德式的"世界文学"的构想,那是一种保有每部作品的个性,又不丧失总体视野的"交响乐"。苏黑尔·布什雷则借助于他对早期阿拉伯移民作家的文化沟通精神和信仰对话的研究,通过他所撰写著作《人类种族的精神遗产——世界宗教引言》,表达了对文化与宗教对话的信念。

---

① Amaney Jamal & Nadine Naber, *Race and Arab Americans Before and After 9/11: From Invisible Citizens To VisibleSubjects*, Syracuse:Syracuse University Press, 2008, pp. 1-3.

三、族裔身份的建构——阿拉伯裔美国文学的"移民史写作"与"阿拉伯书写"

在文学及文学批评中大量看到"阿拉伯裔美国"的字样，是从七八十年代以后，以第二、三代为主的阿拉伯裔美国作家的写作表现出很强的族裔建构意识，对阿拉伯人的历史、景物、食物、民俗、语言、艺术与民间文学、宗教生活方式、经典等各层面的有意识挖掘和重构，构成了族裔性写作的主体内容。

出版于 2006 年的《阿拉伯裔美国人的历史》是一部由个体叙述"拼接"而成的阿拉伯裔美国人的移民史。整部著作从自己对家族移民的探寻开始，按照一个半世纪阿拉伯裔美国人历史的历时性线索，将历史性资料和个人经历与访谈结合起来，个体叙述与移民史交相辉映，是一部由 150 位受访谈者、跨越一个半世纪的阿拉伯裔美国历史资料构成的阿拉伯裔美国人的历史著作。《鲁杰米的孩子们——一个家庭的旅行》(Children of the Roojme: A Family's Journey)通过第二代黎巴嫩裔美国移民、叙述者阿宾娜德对自己祖父、父亲两代人生活经历的"编年史"的叙述，讲述了始自 20 世纪初期黎巴嫩向美国的移民浪潮中，一个黎巴嫩家族的命运变迁。《哈利勒·纪伯伦：他的生活和世界》(Kahlil Gibran: His Life and World)也是一部在早期阿拉伯移民史的背景中书写的个体传记，该作历史性地展现了早期移民生活场景和西方人的"东方想象"氛围。

在《阿拉伯裔美国人的历史》中，作者格雷戈里·奥法里在最后一章"庆祝社群"(A Celebration of Community)中，描绘了首都华盛顿、底特律、洛杉矶等地区阿拉伯裔美国社区的发展，在他以阿拉伯裔美国个体生活所展示的移民图景中，这些移民个体曾在巴勒斯坦、约旦、黎巴嫩、伊拉克所遭受的战争的创伤记忆，在美国的新生活中得到了某种程度的"治愈"。他描述密歇根州迪尔伯恩阿拉伯聚居区的图景：人们不必出国去寻找阿拉伯的大"巴扎"(市场)，在迪尔伯恩的沃伦大街，可以看到阿拉伯人的饭店、药店、小餐馆、面包房、清真肉市场、水果

市场……①

在《创造文化的五个步骤》(*Five Steps To Creating Culture*)中,乔安娜·卡迪(Joanna Kadi)将阿拉伯食物、传统音乐、舞蹈和反映了阿拉伯幽默的笑话等阿拉伯民俗看作阿拉伯文化传承不可缺少的一部分,它们"与书籍和艺术同样重要,携带着同样多的智慧、营养、美和涵义"。诺米·什哈卜·奈经常在作品中提到家中厨房里的阿拉伯食物的味道所带给自己的民族文化的认同感,在诗集《19 种羚羊:中东诗歌》(*19 Varieties of Gazelle: Poems of the Middle East*)中,她谈到了阿拉伯音乐、食物、诗歌、民间聚会与宗教对话在日常生活中的建设意义。

与第二、三代移民相比,流亡移民更将保护和书写民族传统看做维护民族存在必需的"事业"。《最后的天空之后——巴勒斯坦人的生活》是一部重构性的著作,它在支离破碎的叙述中,谈及巴勒斯坦的文学、服饰和物品、婚俗乃至音调这种种的"日常"记忆的片段,希冀在一片"被中断""被剥夺"和"被驱散"的"零落"中,"拼补"巴勒斯坦人的历史与记忆。这样一种用阿拉伯元素来重建族裔身份的建构性,也同样构成了当代阿拉伯裔美国文学的重要底色:自然景物、阿拉伯菜肴与烹饪、节日与民俗、民间故事和传说、(宗教)仪式这些"阿拉伯"元素构成了一个个"集体象征物",不仅仅晕染着阿拉伯裔美国作家群体的淡淡乡愁,更彰显着这些作家在"阿拉伯"事物中回归、挖掘和重构"自我"的努力。

例如,"新月"这一伊斯兰文化中具有神圣意味的自然景物,赋予小说《新月》独特的阿拉伯族裔特征。它不仅是小说的标题,并被赋予"希望"的思想内涵,也隐喻着故事叙述的开放式结尾。在诗集《19 种羚羊:中东的诗》中,巴勒斯坦难民后代诺米·什哈卜·奈重回故乡,以诗歌的形式,描绘了一幅与西方社会迥然而异的阿拉伯风俗场景,"橄榄""橄榄罐""水桶""扫帚""羚羊"等种种"阿拉伯事物"纷纷"入镜"。

阿拉伯食物、食材和烹饪代表了百年阿拉伯裔美国作家恒久不变的"思乡"情绪,一种关于亲情的温暖记忆与"寻根"的愿望。对于第二、三

① Gregory Orfalea, *The Arab Americans: A History*, Northampton: Olive Branch Press, 2006, p. 372.

代移民而言，他们从小在异域环境中长大，阿拉伯的食物和民俗常寄托了他们对家庭和亲情的某种回忆，相对于第一代移民"思乡"的淡淡忧伤情绪，第二、三代移民的"阿拉伯"记忆，更常表现为一种亲情的温暖怀念，是一种自觉的"寻根"愿望。

在小说《新月》中，阿拉伯烹饪和食物是串起亲情和爱情的珠链，它不仅常常勾起男女主人公——赛琳和流亡美国的伊拉克人汉教授——对家人和亲情的怀念，更是两人之间爱情的媒介。作品对阿拉伯烹饪、厨房和食物的描写，与浓浓的亲情和爱情紧紧联系起来，读来令人动容。

在阿拉伯裔美国作家笔下，"斋月"是阿拉伯—伊斯兰文化共同体最充分的展现，它代表了这一文化共同体中最重要的宗教身份认同方式，这种宗教身份认同通过节日欢庆仪式体现出来。在哈拉比的《来到许诺之地》(*Once in the Promised Land*)中，曾在约旦的巴勒斯坦难民营长大的女主人公萨尔瓦，在定居美国九年后，仍然满怀感情地描绘约旦的斋月，对于萨尔瓦而言，斋月和开斋节意味着某种持续不断的回忆，这回忆蕴涵着浓浓的亲情与纯真的爱情。

在伊斯兰文化中，婚姻使性关系合法化，先知穆罕默德说，将合法与不合法相区分的，是合法婚姻的鼓声和高喊声。也就是说，"结婚仪式"要求最大限度地公之于众，使性关系堂而皇之地合法化。结婚仪式的这种特殊的宗教含义，与越来越淡化婚姻形式的西方社会形成了鲜明对比，这也使婚俗描写成为阿拉伯裔美国作家表现阿拉伯族裔群体和文化的一个重要载体。莱拉·哈拉比的《约旦西》(*West of the Jordan*)中，婚礼的习俗在不同叙述者的口中重复出现，在叙述者玛瓦尔的口中，虽然阿拉伯人的婚礼奢侈浪费，"是为了炫耀"，但更重要的是，婚礼让每个人共度快乐的好时光。

有意识地运用阿拉伯语的英语音译形式，是当代阿拉伯裔美国作家建构族裔身份的一个重要方式。在当代阿拉伯裔美国文学中，阿拉伯语通常是以音译的形式存在，由阿拉伯语语音翻译而来的"Ramadan"（斋月）、"Habibi"（哈比比，宝贝，称呼男性恋人和亲人）、"Habiti"（哈比提，宝贝，主要称呼女性恋人和亲人）经常出现在作品的人物对话和称呼中，一些阿拉伯语音译词甚至被赋予独特的涵义，被当做作品的名字或主旨。

在为数不少的阿拉伯裔美国文学作品中,音译词"西提"（Sitti,祖母或外祖母）这一称谓更是被赋予丰富的文化象征内涵。此外,当代阿拉伯美国文学中随处可见阿拉伯语的称呼、谚语和格言。

绘画、书法、音乐和舞蹈等具有族裔特点的阿拉伯艺术形式,是百年阿拉伯裔美国文学的另一个重要表现内容,在阿拉伯裔美国作家的笔下,这些艺术形式往往承载着很强的精神意蕴。喜用《一千零一夜》这部西方阅读传统中的阿拉伯文学经典中的主题、意象、人物和叙事方式,是阿拉伯裔美国文学的一个重要特点。

"大故事套小故事"的经典叙事方法对西方叙事产生了源头性的影响,也在阿拉伯裔美国文学中得到凸显。纪伯伦是最早运用这种经典叙事方法的阿拉伯裔美国作家。在当代作家中,艾特尔·阿德南的《西特·玛丽·罗斯》和莱拉·哈拉比的《约旦西》是两部运用"大故事套小故事"叙事的佳作。约瑟夫·戈哈的短篇小说集《彻底:托莱多故事》（*Through and Through: Toledo Stories*）也运用了"大故事套小故事"的叙述框架,发生在俄亥俄州黎巴嫩聚居区的各色人物相对独立的小故事,构成了这部小说的整体叙述线索。短篇小说集《西提系列故事》《代我向黎巴嫩问好》和《流亡的遗产》都采用了发生在同一相近场景,在每篇故事分别描写不同人物的"大故事套小故事"的叙述框架。①

在批评界受到很高关注的小说《新月》是一部有厚重感的作品,这种厚重感不仅仅表现在作品男女主人公的爱情在两伊战争的背景中展开,不仅仅在于对政治流亡主题的深刻表现,更在于作品同时展开的"讲故事"线索,这一线索以阿拉伯民间故事的传统展现方式,向读者描述了一幅阿拉伯—伊斯兰文化的绚烂图景,这图景映照着《一千零一夜》般的瑰丽想象,人、大地、海洋、精灵、植物、动物种种宇宙生灵生活在一个和谐相融的神性世界。

除了《一千零一夜》,还有一些民间故事和传说在当代阿拉伯裔美国文学作品中占有核心与精髓的位置,暗示着整部作品的缘由与题旨,这在

---

① Steven Salaita, *Modern Arab American Fiction: A Reader's Guide*, Syracus: Syracuse University Press, 2011, p. 60.

《来到许诺之地》和《新月》这两部小说中的表现最为突出。在小说《来到许诺之地》中，出现了多处巴勒斯坦民间故事与传说，每一处典故的出现，都包蕴着很强的精神意味，闪耀着阿拉伯文化与智慧的束束光芒，在巴以冲突的当代现实语境中，这些民间故事与传说也晕染着某种政治色彩。

信仰的失落与重建，是成长于美国的第二、三代移民的作品的一个重要主题。在《戴橙色头巾的女孩儿》中，礼拜作为一种与私人和公共领域同时相关的伊斯兰生活方式，以个人生活体验的方式呈现出来。该作的穆斯林作者卡夫精准而又细腻地描绘了清真寺里信仰与生活融为一体的方式，这种方式以"席地而坐"为基本特点，区别于美国人的现代方式。

伊斯兰教是阿拉伯—伊斯兰文化的核心宗教，伴随着伊斯兰世界与西方冲突的加剧，伊斯兰"威胁论"或"恐惧论"在美国社会也越来越凸显，在这种情况下，来自阿拉伯裔美国作家内部的"伊斯兰"讨论，也似乎变得尤为重要——这不仅对于阿拉伯裔和穆斯林群体自身而言，对于误解、曲解、恐惧、担忧穆斯林和阿拉伯移民的"非穆斯林"群体而言，"发出自己的声音"便天然被赋予了某种政治性和自我建构的意味。

在西方接受视野中，阿拉伯、波斯（即现伊朗）、土耳其文化具有同一性，由于阿拉伯、波斯、土耳其在历史和文化上的亲缘关系，西方人对波斯、阿拉伯、土耳其等文化的想象，常常合而为一、彼此混淆。风格的神秘、繁复与华丽，是18世纪以来的西方人对这些族裔的文学和文化经久不息的浪漫主义想象，这在很大程度上影响了阿拉伯裔美国作家对自身创作风格的选择。对《一千零一夜》这个在西方流传最广的阿拉伯故事集的再现与摹写，除了表现在"大故事套小故事"的叙述框架、山鲁佐德等人物和主题的摹写与继承，更表现在"爱与信仰"主题在从《瓦伊达》到《新月》的加强这一写作线索。此外，在对纪伯伦这位阿拉伯裔美国文学的"标杆式"人物的不断重新书写的过程中，阿拉伯裔美国作家实现了某种身份的认同与重构。

结　语

　　"美国这个'大熔炉'里汇聚了世界文坛中最多样的文学作品、最多元的文化背景以及形态各异的文学作家"[1]，其中美国少数族裔作家对这种局面的形成功不可没。日裔、越南裔、韩裔和菲律宾裔美国文学在美国其他少数族裔文学中并不十分成熟与突出，但这四大文学也成为美国多元文化构建中不可缺少的几脉。亚裔中这四大族群命运的发展都离不开其母国与美国的国际关系与文化冲突，而其相应诞生的文学则从弱势群体的眼光批判地考察了这种联系及其影响，填补了美国主流文学尚未垦拓的空间以及从主流眼光单一审视的局限。日裔的拘留营文学将日裔群体二战期间的创伤经历引入美国文学的想象空间，近年来在美国文坛上新崛起的越南裔美国文学关于越战题材的创作则打破了美国主流文学从越战战胜者角度审视战争及其对美国人影响的一边倒视角藩篱，韩裔文学从其母国殖民历史寻根以及对韩战题材和美国经验的书写，给美国文学添加了丰富多彩的话题，亚裔中与美国关系最为特殊的菲律宾族群的文学后殖民色彩突出，审视了美国与菲律宾的纠缠关系。

　　这四大族裔文学不仅是书写不为主流社会所知的历史伤痕，更是以文学重构文化身份。日裔、越南裔、韩裔和菲律宾裔美国群体与华裔作家一样，从第一代移民起就面临着重构身份的困境，在亚美两种不同的文化之间摇摆挣扎，无法找到自己的身份定位。这些作家在历史书写中也在重构各自的族裔身份。此外，更有一些亚裔作家开始吸收主流文学的创作特色，突破亚裔文学书写形式、题材与视角的限制，迎合了主流社会的审美眼光，获得了巨大成功。更拓宽了亚裔美国文学的文学疆域。可以说，这四大族裔文学的文化魅力也日益夺目，为美国文学的多元化、多样化和多维度添写上浓墨重彩的一笔。

　　虽然这四大文学的文学价值不容小觑，但与华裔文学研究热潮相比，

---

① 　朱振武：《美国小说本土化的多元因素》，载《英美文学研究论丛7》，2007年，第164页。

American Fiction: Local Processes and Multivariate Genealogies

我国国内对这四大亚裔文学的研究热情极度冷淡，成果匮乏，影响着对这些族裔文学的整体欣赏与评估。首先，我国对亚裔文学中的这四支派别的文学译介晚而滞后，造成对文学作品的输入与解读迟缓。我国国内尚无韩裔和菲律宾裔文学的译本，对日、越南裔美国文学的译介在 2010 年后才起步，且数量少。国内推出的译本仅有七部，其中五部日裔译作当中有三部为同一个作家的儿童作品，两部越南裔作品也为同一位作家的创作①，不论是翻译书籍数量还是引进作品数量都极其有限。当然，这四大族裔文学在创作的时候不可避免会杂糅其母国的语言而加大翻译的难度，导致译者会避而远之。在亚裔文学尤其是非华裔文学在国内学术圈普遍受冷遇的大背景之下，这几部译作并未引起学者的注意，例如，在欧美好评如潮的越南裔作家莫妮卡·张作品的译本即便上市已久，在我国国内仍无一篇论文作介绍。亚裔美国文学都具有对白色美国文化主导地位的批判力量，从历史、文化、经济，乃至性别等方面对以种族主义为中心的美国民族构建进行全面的反思，因此，这些作家带有极大的使命感和责任感进行着艺术创作。国内学者有必要扭转对这几大文学的偏见，系统翻译其代表作家优秀的作品，为研究其文学奠定扎实的基础。而国内学者在选择研究对象时建议可以参考出版社的挑选机制来深入研究。因为从出版社的平面行销文化宣传来看，这些作品所透露出的异国风情鲜有用来做行销手段，出版社在出版这些译著的时候其功能并不是设定成消弭或强化外来文化差异，也不是对于霸权文化的崇拜或对异质文化的好奇，其选择机制仍是以作家作品是否获得重要文学奖项、文学作品是否价值量高为主。因此笔者认为目前出版的中文译著值得文学研究者关注。

其次，我国对这四大族裔文学的个案研究稀缺，无法带动整体研究。虽然这四大族裔文学缺乏优秀的文学作品也是限制国内学术界研究的一

---

① 分别为日裔辛西亚·角畑的三本儿童著作：2011 年出版的中文译本《侦探犬克拉克》（*Cracker!*, 2007）、《闪闪亮》（*Kira-Kira*, 2004）和 2015 年的《明天会有好运气》（*The Thing About Luck*, 2013）。2015 年出版的日裔作家露丝·尾关的《不存在的女孩》（*A Tale for the Time Being*, 2013）。2016 年引进的日裔美国作品《林中秘族》（*The People in the Trees*, 2014）。2011 年推出的越南裔美国作家莫妮卡·张的《盐之书》和《难言之隐》（*Bitter in the Mouth: A Novel*, 2011）。

个重要因素,但不管是经典的日裔、菲律宾裔作家如冈田、久枝·山本和布洛桑的作品,还是新近在美国名声大噪的越南裔和韩裔作家如阮越清和李昌来等的作品,都一律被中国学者所忽视,论述这些作家作品的核心期刊论文屈指可数。这些论文大多以对这些作家的单个文本分析为主而无法上升到对其作品风格特点的整体把握,在文本细读中又无法走出华裔文学批评话语。日、越、韩、菲裔群体继承着其各自的祖居国文化,不仅他们进入美国的路径不尽相同,而且他们母国与美国的不同关系也造成了种族化过程的差异,在美国又有不同的生存遭遇,对他们的族裔文学研究的立足点也应该随之变动。仅以日裔拘留营文学为例,国内对拘留营作家的研究集中在日裔美国人的身份政治上,而忽略了日裔拘留营经历在时间和空间的流动层次变化,以及拘留营对美国其他社群、国家历史乃至日美跨国文化的冲击力。我国对这四大族裔文学在个案作家作品研究不成熟的基础上一直难以踏足整体研究。其实,作为亚洲美国文学的研究者,我们的东方身份与亚裔美国文学共同处于美国霸权文化的边缘位置,如何看待中心与他者的位置,如何处理美国文化与亚洲文化的关系,都是亚洲学者和亚裔美国文学共同关注的核心问题。亚洲学者在接触亚裔美国文学时应该比研究美国主流文学有着更为亲密的认同感,更容易上手。

第十一章

后现代谱系

——美国本土小说的后现代性

引　言

1987 年,哈桑(Ihab Hassan)由文学角度解释他的现代/后现代二元论——形式对反形式、目的对游戏、设计对偶然、阶级对无政府……等;[1]1988 年,美国一位研究维多利亚时期文学同时又是女权主义者在课堂上称英国后现代名作《法国中尉的女人》是颓废的,而被问及什么是后现代主义时,她立刻说:"大型购物中心!";在日常对话中,"后现代"常常代表新潮、怪异、难懂、无厘头;在学术论文中,虚拟、拼贴、戏仿、跨越疆界是热门字眼。

虽说"后现代"这个词按照哈桑的考证,在 19 世纪 80 年代就已经造出来了。[2] 但一直要到 1972 年,美国的 Boundary 2 杂志出版后,后现代才在这个标志性事件后正式诞生。[3] 该杂志在 1997 年还出了一个专题《后现代与中

---

① Ihab Hassan, *The Postmodern Turn: Essays in Postmodern Theory and Culture*. The Ohio State University Press, 1987, pp. 55-62.

② Ibid, p. 12.

③ Perry Anderson, The origins of postmodernity, London: Verso, 1998, Ch.2: "Crystallization".《后现代性的起源》王晶译第二章《具体化》1999, 台北:联经出版实业公司第 19 页。

国》,有后现代的野火四处燎原的态势。不过,在某些研究当中来观察,后现代的概念自身貌似没有那么普及。国内 2000 年出版的《新编美国文学史》,第四卷是 1945—2000 年的文学史,在其目录当中根本看不到后现代这三个字,取而代之的叫做新现实主义。金莉的《20 世纪末期(1980—2000)的美国小说:回顾与展望》(《外国文学研究》,2012 年 04 期)当中,后现代没有出现在关键词中。不列颠百科全书①的美国文学(American Literature)的词条下,后现代(postmodern)这个词一共出现了三次,而在美国(United States)的词条下,后现代文学还是很难和现代派文学区分,但是不列颠百科的编辑明显注意到了后现代“去中心”的特点:“罪案作家,非洲裔美国人切斯特·海姆(Chester Himes),受到评论界的认真对待;而一直以来都只能流放于平装书堆里的菲利普·迪克(Philip K. Dick),也终于在 2007 年入藏美国国会图书馆。”当然,我们不必强求历史界和百科全书编辑们一定要与文学研究者齐头并进,大家术业有专攻,这种情况很难免。而且先锋文学往往需要忍受漫长的轻视乃至忽视,才能受到学界的重新发掘和认识:艾略特把济慈擢升为浪漫派当中的文魁时,济慈已经羽化百年了。而菲利普·迪克可以被国会图书馆看中收藏,也是作者辞世 25 年之后,他身后声誉鹊起,他的小说如《高堡奇人》成为大众瞩目的佳作,保罗·蒙特福特(Paul Mountfort)所撰《易经和菲利普·迪克的〈高堡奇人〉》(*The* I Ching *and Philip K. Dick's* The Man in the High Castle)②,旨在把学界忽视的小说中十二条用《周易》占卜的经文进行详细的解读,这样才能让这部作品不要止步于如保罗·艾尔肯(Paul Alkon)那样简单地描述成“后现代的错列历史”(postmodern alternate history)③。亚马逊这样的商界巨头,自然嗅到其中奥妙,在 2015年推出该书的网络剧集,而这个剧集又在 2016 年的艾米奖折桂两项

① 不列颠百科全书自售价 1395 美元,共 32 册,重达 58.5 公斤的 2010 版之后,不再发行纸版,而专注于网络版的更新,事实证明这点最起码保证了百科全书的时效性:11 月 8 日的 2016美国总统大选结果,三天后就已经可以在“美国”词条当中看到。也由此我们可以看到现今非文学专业的人士,对后现代概念的接受程度。

② Paul Mountfort, *Science Fiction Studies*, Vol. 43, No. 2 (July 2016), p. 289.

③ 错列历史,也叫虚构历史,英国英语里叫 alternative history,解释起来比较费劲,但是一经阅读《高堡奇人》,其义自明。

American Fiction: Local Processes and Multivariate Genealogies

大奖。

其实不单是普通学人,即便是英美文学学术界对后现代也没有一致的认识。阮炜著《子虚乌有的"后现代"》一文认为后现代与现代主义原本无甚区别。"文学现代主义与先前两三千年的文学样态之间存在着一条深邃而宏阔的断层线。它所由产生的总的社会经济状况直至目前依然如故,它所由产生而反过来又被它加强的精神氛围同样依然如故。它决不会在出现后仅几十年便轻易走下历史舞台。所谓'后现代主义'与现代主义并没有什么本质区别,而是一脉相承,两位一体的。"①这一点实际上还有更多的同感:封一函撰文指出现代主义时期的作家舍伍德·安德森的《林中之死》(*Death in the Woods*)具备元小说这一后现代小说最突出的特点。② 而大多数现在的后现代作家广为使用的手段,如时空跳跃,③实际上现代派大师福克纳在《喧哗与骚动》(*The Sound and the Fury*, 1929)、《押沙龙、押沙龙》(*Absalom, Absalom*, 1936)、《去吧、摩西》(*Go Down, Moses*, 1942)以及《我弥留之际》(*As I Lay Dying*, 1930)中早有运用④。对此,北京师范大学刘象愚的观点可谓极具代表性:

> 现代主义文学与后现代主义文学似乎都只是一个自觉程度上的差异。它们与其说是异中之同,不如说是同中之异,所以,要将二者严格地分开几乎是不可能的。几乎所有的后现代主义作家都受到过现代主义作家的影响,而许多现代主义作家又常常在他们的作品中表现出某种后现代色彩。乔伊斯是现代主义的经典作家,但近年来他又越来越多地被认为是后现代主义的开创者。他的《芬尼根守灵

---

① 阮炜:《子虚乌有的"后现代"》,载《解放军外国语学院学报》,2004 年 第 5 期,第 66 页。

② 封一函:《安德森的〈林中之死〉的元小说特征》,载《解放军外国语学院学报》,2000 年第 5 期,第 79 页。

③ 这一点甚至现在已经为后现代电影这一大众媒体所利用,刘镇伟的《西游记第壹佰零壹回之月光宝盒》俗称《大话西游》,特别是《无间道 III》都是最好的例证。

④ W. Faulkner, *The Sound and the Fury*, New York: Jonathan Cape and Harrison Smith, 1929. *As I Lay Dying*, New York: Jonathan Cape and Harrison Smith, 1930. *Absalom, Absalom*, New York: Random House, Inc., 1936. *Go Down, Moses and Other Stories*, New York: Random House, Inc., 1942.

夜》常常被视为英美后现代主义新纪元的开始,因为这部作品体现了"以自我为中心的现代主义"向"以语言为中心的后现代主义"的过渡。在这部小说中,乔伊斯对语言实验和文本构造的关注超越了合理的界限。为了文本的需要,他不仅采用了一种世界语言史上绝无仅有的"梦语",而且还让其他任何他认为可用的素材堂而皇之地进入他的作品,由此他向读者展示的,是一个独立而又封闭的小说世界和一座永远也无法走出的迷宫。乔伊斯此时想做的,已经不是像他早年那样,试图通过某种奇特的语言和文本反映点什么,而是旨在通过语言创造出一个不同于现实的世界。乔伊斯终于完成了他从现代主义向后现代主义的转变。像乔伊斯这样跨越了现代主义和后现代主义界限的作家并不算少数,卡夫卡、福克纳、贝克特、威廉斯、阿尔比等都是这样。①

不单如此,王守仁甚至在撰文批驳陈世丹《美国后现代主义小说艺术论》之余也提出"所谓'不再讲故事,不展开情节,也不塑造人物'的[后现代]小说,确切地说,是典型的现代主义作品。乔伊斯的《尤利西斯》、伍尔夫的《达罗卫夫人》《到灯塔去》等意识流小说没有引人入胜的故事,缺少完整的情节,作家注重展示主人公内心世界复杂纷繁的心理活动,而不是简单地塑造一些好人或坏人、高尚的人或卑贱的人"。② 法国后现代哲人利奥塔的观点最令人费解:"一部作品首先是后现代的才能是现代的","后现代要根据未来的先在之悖论加以理解"等一些对后现代概念进行解构来解释后现代的话语。③

1988 年《哥伦比亚美利坚合众国文学史》出版后,施咸荣对此书评价甚高,"爱略特主编的这本文学史用新的观点和新的方法,综合了 80 年代美国学术界的研究成果,从好几个方面对有史以来的美国文学作出新的评价,反映了最新的文艺思潮,无疑是一本很有学术价值的著作,将对美国文学研究产生深远的影响。"①不过近 30 年的时间里，中国知网里一共只能搜到 7 篇评论介绍该书的文章。这部书中把后现代和新现实并列，而且后现代还用了个自我反思（self reflective）的标签。在这本书问世后很长的一段时间里，学界一直希望 1948 年斯必勒的观点可以再次体现：每一代人都应该有一部自己的文学史。而这本书也最终来了：哈佛版《新美国文学史》。（这部更新的著作，知网里只有 2 篇评论。）

李松对哈佛版《新美国文学史》（*A New Literary History of America*, 2009）里表现出的后现代文学史观做出这样的评价：哈佛版《新美国文学史》具有如下五个特点：第一，秉持文化视野的文学观。文学内涵大大扩容，模糊了文学与文化的边界；第二，体现了后现代主义文化去分化的理念；第三，主张文学史的建构观。第四，拆解总体性历史元叙事，强调历史横断面的小叙事；第五，重视文学接受的考察。辨析该书文学史观念的思想依据，有利于更深刻理解其知识背景与历史语境，并且对这种文学史观念进行必要的批判性反思。而这本书里文学和文化边界的模糊性可以直接从其主编的身上管窥一斑：格雷·马尔库斯（Greil Marcus），此君的著作当中有一部里程碑般的《神秘列车：摇滚乐里的美国意象》（*Mystery Train: Images of America in Rock 'n' Roll Music*, 1975）。这部《新美国文学史》当中也有一章是由约书亚·克拉夫（Joshua Clover）所写的"1962 年鲍勃·迪伦书写《给伍迪的歌》"（1962 Bob Dylan writes "Song to Woody"），倒也不是说迪伦就据此而获得诺贝尔奖，但是最起码从学术圈，或者至少在能够接受后现代思维的学术圈，迪伦获奖倒也不算完全没有征兆。其实 2016 年的诺贝尔奖倒也不算过分意外：洛杉矶时报，新共和（*New Republic*）等媒体在 10 月就预测有美国作家获奖，因为自 1993 年托妮·莫里森之后已经过去有些年头了。只不过他们预测能拿奖的作家是德里罗。不知德里罗会不会考虑去把自己 1973 年以迪伦为核心原型人物的小说《琼斯大街》（*Great Jones Street*）拿出来大肆重印，抑或付之一炬。

---

① 施咸荣：《立新意，创新风——评新出版〈哥伦比亚版美利坚合众国文学史〉》，载《美国研究》，1988 年第 2 期，第 160 页。

剑桥大学的历史研究一直颇具特色,而谈及美国后现代小说的主要是如下两部:

第一部由澳大利亚国立大学的克丽丝塔·耐尔沃弗(Christa Knellwolf)和威尔士大学的克里斯多夫·诺里斯(Christopher Norris)合作编辑的《剑桥文学评论史(第九卷):20世纪从历史哲学和心理学的视角》(*The Cambridge History of Literary Criticism (Volume 9): Twentieth-Century Historical, Philosophical and Psychological Perspectives*, 2001)。该丛书编辑时间很长,第一卷古典文学评论早在在1990年就已面世,而最后的第六卷19世纪文学评论则是到了2013年才姗姗来迟。这其中的精神不禁让人想起了谈迁。这第九卷的第22章后现代主义中,作者帕特西亚·沃尔(Patricia Waugh)认为现实主义让位于理想主义于前,又让位于无孔不入的文本主义(all-pervasive textualism)于后,再加上从自主到美学主义(from automony to aestheticism)的流变,现代主义就整体转移到了后现代主义了。

第二部就是由福德汉姆大学的列奥纳多·卡索托(Leonard Cassuto)联合康涅迪格大学的克莱尔·弗吉尼亚·伊比(Clare Virginia Eby)和埃默里大学的本杰明·莱斯(Benjamin Reiss)合作编辑的《剑桥美国小说史》(*The Cambridge History of the American Novel*, 2011)。该书的第58章专述后现代,该章作者乌苏拉·海瑟(Ursula Heise)认为后现代小说还可以细分为元小说、后现代小说、科幻小说以及主流文学小说(mainstream literary fiction)。并且认为自20世纪90年代中叶,后现代主义开始被跨国主义(transnationalism)或者全球化(globalization)所取代。

就上述文献综合来看,尽管大家对于后现代说法不一,但是没有人否认美国文学的最新一个时期就是后现代主义,以及我们未必能够使用清晰无误的字眼来定义后现代小说,但是却能基本指出某一类作家,"一批有代表性的小说家如约瑟夫·海勒、库尔特·冯尼格、托马斯·品钦、约翰·巴思、唐纳德·巴塞尔姆、弗拉基米尔·纳博科夫、威廉·加迪斯、E·L·多克托罗、唐·德里罗、约翰·霍克斯、罗伯特·库弗、梯姆·奥

American Fiction: Local Processes and Multivariate Genealogies

布莱恩和劳拉·安德森等"①是后现代作家。而后现代小说之所以没能率先在法国结出硕果，美国本土小说之所以会有后现代元素大行其道，这里还有许多深层次的文化背景，限于篇幅，这里借曾艳钰之口来表达："从某种程度上说，后现代主义已成为促使美国少数民族文学由边缘走向中心的动力。在后现代主义的氛围之下，许多少数民族作家用典型的后现代派小说的技巧进行创作，其作品体现出后现代派小说的典型特征……他们认为美国现代派和早期后现代派作家留下的文化遗产，往往带有种族主义、西欧文化中心论和白人男性主义的痕迹。因此，这些少数民族后现代派作家不再强调欧洲文化传统、主流政治的混沌和艺术形式的标新立异。他们主张比较公开的政治倾向，热爱非欧洲的祖先，推崇思想意识上的多元化、本族与美国主流的整合"②。美国本土小说正是在后现代解构传统，"弑父"男权，反对"白色"的号召下，在二战之后，伴随美国社会进入后工业社会，美国文学就从现代主义过渡到了后现代主义。20世纪率先在50年代登场的垮掉一代，连同在大洋彼岸舶来的解构主义，为后现代孕育培植一片沃土；以及60年代之后在文学领域里相继出现的黑色幽默、戏仿以及80年代盛行的元小说，使得后现代的轮廓越来越清晰。而跨世纪的德里罗义不容辞地担起后现代的大旗，把后现代推向更加深远的境地。

第一节　20世纪中叶美国后现代小说的孕育

一般说来，大家都认为后现代只是一个哲学学派的产物，正如把社会达尔文主义看成是自然主义的鼻祖，把非理性主义当做现代派的哲学渊源，那么解构主义或者叫后结构主义是后现代主义的美学指导，学术界也没有什么异议。但是我们从20世纪50年代先行的垮掉一代重申自现代

---

① 杨仁敬：《论美国后现代派小说的新模式和新话语》，载《外国文学研究》，2003年第2期，第51页。

② 曾艳钰：《走向后代多元文化主义：从里德和罗思看美国黑人和犹太文学的新趋向》（前言），厦门：厦门大学出版社，2004年8月。

派就不断重申的反叛原则,60 年代从法国开花,在美国结果的解构主义
从哲学的角度让美国在全世界率先进入后现代文学。在这两种要素影响
下,美国作家在实践上看到垮掉的示范,理论上听到解构的宣传,于是在
五六十年代架构起后现代文学的最基本特色:不确定性的创作原则、创作
方法的多元性、语言实验和话语游戏。

一、50 年代的先行者——"垮掉的一代"

几乎有很多后现代作家都能和"垮掉的一代"(beat generation)或多
或少地扯上些关系。"垮掉一代"对美国文化的影响相当大,不只是在文
学领域,还特别对当代美国的生活方式。"垮掉一代"是美国波希米亚①
传统的继承者,这种传统早在亨利·大卫·梭罗和沃尔特·惠特曼等的
作品中就得到体现。60 年代的嬉皮运动(Hippie)是"垮掉一代"的自然
延伸或者说必然发展,这不仅是指写作也指生活方式。"垮掉一代"和嬉
皮都是如杰克·凯鲁亚克(Jack Kerouac, 1922-1969)在其小说《达摩浪
人》(Dharma Bums)中所说的"背包革命"(rucksack revolution)。1998
年,劳伦斯·费林格蒂(Lawrence Ferlinghetti)在接受安德列·曼登(Ad-
rew Madden)访问时回答垮掉运动是否已过时曾说:"它的确承继了美国
写作传统,可追溯到沃尔特·惠特曼和爱伦·坡以及杰克·伦敦,他们只
是这种传统的一方面,在今天新一代的局外人(outsiders)中找到后
继人。"

所谓"垮掉作家"(beat writers),并不是仅指众所周知的最先几个
人——凯鲁亚克,艾伦·金斯堡(Allan Ginsberg, 1926-1997),威廉·巴
勒斯(William Burroughs, 1914-1997)——还包括许多与他们有关的其
他作家,比如迈克尔·麦克鲁(Michael McClure),菲利普·瓦伦(Phillip
Whalen),劳伦斯·费林格蒂。"垮掉一代"这一群作家彼此也极有差异。
巴勒斯、凯鲁亚克、金斯堡之间也是如此。"垮掉"作家的写作手法大都
标新立异,极富幻念。作为一个整体,他们影响了现在 40 岁或 50 岁,甚

---

① 　Bohemian,放浪形骸,不受传统观念约束是波希米亚最大的特色,所以文艺界绯闻多。

至 20 岁左右的一代作家。这些年轻作家中的某些作品酷似"垮掉"。例如，迈克哈伊·霍洛维兹（Mikhail Horowitz）的诗作基本遵循垮掉一代传统。托马斯·品钦（台湾的译法叫聘琼 Thomas Pynchon，1937— ）和马克·阿美里卡（Mark Amerika）的写作明显类似巴勒斯的小说风格。现今的美国文学文化处于分离状态。20 世纪 50 年代还可以将许多作家归于"主流"，而"垮掉一代"恰好就是其对立面。五六十年代，创造性写作课程（Creative Writing Program）还罕见，可现在可说无处不有。从事这种计划的，还包括不在其中的许多作家现在感兴趣的是诸如先锋艺术，元小说以及超小说这些门类，而他们也大都受到巴勒斯，凯鲁亚克以及不属于"垮掉"之列的一些作家，如约翰·巴思（John Barth，1930— ）的影响。尚未看见与垮掉作家对立的文学流派。因为主流文学从没真正、完全地吸收他们，他们还没有足够的盛名能成为年轻一代作家发难的目标。虽然奇怪的是，70 年代和 80 年代初的朋克摇滚是针对 60 年代的嬉皮运动而言的，他们就把巴勒斯视为其代言人之一。

"垮掉的一代深受存在主义的影响，但他们更加突出了存在主义软弱、绝望的一面——物质世界的荒诞和人与人之间的冷漠与孤独——而将存在主义重在行动与选择的进步因素抛弃了。另外，他们在精神分析学说和佛教禅宗的影响下，强调人的精神活动的非理性、潜意识活动，用虚无主义对抗生存危机。"①垮掉一代在 50 年代的代表作为凯鲁亚克的《在路上》（*On the Road*，1957），小说的内容很简单，只是一个对现实不满的青年四处游荡的经历。然而，凯鲁亚克的小说却掀起了"垮掉的一代"，或被称为"嬉皮士"，是指战后的美国青年，受到高等教育，却不满社会现实，以群居，吸毒，摇滚乐和四处游荡为特征，体现了战后美国的精神空虚，因而《在路上》一书在美国引起了巨大的共鸣，凯鲁亚克也被认为是后现代主义的奠基人之一。后现代主义的另一部基石是《洛丽塔》（*Lolita*，1958），知名的美国俄裔作家纳博科夫（Vladimir Nabokov，1899–1977）不仅仅为后现代文献留下这样一部传世之作，还为后现代培养出一名优秀的继承人——托马斯·品钦。"品钦在康奈尔大学读书时

---

① 曾艳兵：《后现代主义小说辨析》，载《东方论坛》，2002 年第 3 期，第 62 页。

曾在纳博科夫所教的课程中学习。"①《洛丽塔》描绘了中年男子亨伯特有恋童癖，为得到 12 岁少女洛丽塔而不惜成为她的继父，最终导致了悲剧。在纳博科夫的这本标榜为"淫秽"的作品中，其实并没有色情描写，相反，主人公的情感描写带有一种无负罪感的纯洁与悲伤。书名现在已成为英语恋童癖的普通代名词。小说运用了大量象征，暗喻与潜意识的描写，展现了一个美国人畸形而痛苦的精神世界。

我们不一定要得出"垮掉一代"必然是后现代的先声，但是就后现代作家受到"垮掉一代"千丝万缕的影响而言，以及很多人对于这两者的区分不甚了了，我们可以认为"垮掉一代"与后现代具有一脉相承的关系。"垮掉一代"和后现代一般主要是时间上有所区别，前者在二战后出现，盛于 20 世纪五六十年代，而后现代，现在有人认为，特别是美国的后现代，应当以 1963 年 11 月 22 日肯尼迪总统遇刺事件为开端。

二、60 年代后现代哲学思辨——解构主义

但是更响亮些的声音是认为后现代与现代派之间还是有些区别的。而且认为后现代主义有一些共同的关注点或运动方向，如：对现代性和现代主义的扬弃：反对现代性的经济模式、科技②，批判现代主义的理性秩序和精英主义，但却在各方面受其影响；建构论（constructionism）：质疑（历史）写实再现、主体自主，认为二者都是社会和文字建构出来的；颠覆真理（anti-foundationalism）：反对绝对普遍的真理，支持小叙述和在地政治；反中心：打破中心权威、跨越（现存的学科、国家、文类等）疆界。

后现代文学时期最盛行的哲学思潮是结构主义的派生学说：解构主义（Deconstruction）也有人说叫"后结构主义"（Post-Structuralism）。法国

---

① Baym et. al. eds, *The Norton Anthology of American Literature*, Fourth Edition, Volume II New York: W. W. Norton & Company, Inc., 1994, p. 2180.

② 对于全球经济一体化，后现代的态度一般是否定的，但是因为这件事背后是看不见的经济杠杆在操纵，所以，后现代作品中一般是以多元文化来制衡一体化带来的文化单一现象。后现代的科技小说已经不再像现代派盛行时那样，认为科技是造福人类的天使，而是认为电脑之类的东西将最终统治人类，人类的命运就如同玛丽·雪莱的《弗兰肯斯坦》一样悲哀。

American Fiction: Local Processes and Multivariate Genealogies

哲学家雅克·德里达(Jacque Derrida, 1930-2004)是这个学说最积极的倡导者。在美国,这个学说的首席发言人是保罗·德·曼(Paul de Man, 1919-1983)。美国曾经一度是解构主义的中心,那里发展出著名的耶鲁学派,其实这是个人为的群体,当时,包括德·曼、哈特曼(Geoffrey H. Hartman, 1929-2016)、布鲁姆(Harold Bloom, 1930-)和米勒(J. Hillis Miller, 1928-)等人一道出版了一本名叫《解构与批评》的书,但其实这群人意见并不一致,而且是因为有共同的对手而联系起来的①。

中国对德里达的译介颇有建树,1967年三部使他一举成名的哲学著作汉语都有译本:《书写与差异》(张宁译,2001年,北京:三联书店)、《声音与现象》(杜小真译,1999年,北京:商务印书馆)、《论文字学》(汪堂家译,1999年,上海:译文出版社)。但中国学界对他的了解多是通过英文,已译成中文的7个译本中,除《书写与差异》《声音与现象》译自法文外,其他皆译自英文。而德里达对中国的了解也主要是通过美国的介绍。对此德里达说,"这是个悖论,因为从一开始,我对中国的参照,至少是想象的或幻觉式的,就占有十分重要的地位。在近四十年的这种逐渐国际化过程中,缺了某种十分重要的东西,那就是中国,对此我是意识到了,尽管我无法弥补。"②

1999年,北京大学,复旦大学、上海社会科学院、南京大学、香港中文大学联合向德里达提出访华邀请,由法国外交部赞助这项计划。将访华行程定在2001年秋的前三个星期:出访地点依次是北京、南京、上海、香港。用某大学校长的话说,是依次"看看一千年历史的中国、一百年历史的中国、现代的中国及其香港"。

南京大学的主题报告题为"解构与全球化",德里达从语言多样性、翻译问题与全球化的关系入手,谈到英语霸权时呼吁更多的中国人学习

---

① 这四个人号称"耶鲁四君子",或者被谑称为"耶鲁四人帮",但是通称叫耶鲁批评家(Yale Critics)。其中米勒的一部 Fiction and Repetition: Seven English Novels.(Cambridge:Harvard University Press; 1982)被很多人引用,成为解构主义实用的范例,从而赋予美国解构主义生命活力。

② 张宁:《雅克·德里达的中国之行》,摘自2004年12月,<http://www.zhongdian.net/shownews.asp?newsid=138>

法语,更多的法国人学习汉语。他说:

> 解构是复数形式的也是多样性的,不存在一种解构,只存在特殊条件下的解构。解构既不是一种哲学、一种学科也不是一种学问。它的复数形态、它在不同国家中的运作多样性使它一开始就是世界性的,而且每一次都是与特殊文化习语相联系的。解构与世界化或全球化早就开始了,它们不是今天才有的现象,只是今天这个阶段它们被更尖锐地提出来了。我的解构工作的兴趣是对西方哲学的那种欧洲中心主义、语音中心主义的局限提问,不是怀疑它而是思考它在逻格斯中心主义下之所然。也就是说,一方面,解构姿态从一开始就对世界化这种东西感兴趣,或者说对世界、全球这种思想感兴趣,因为西方传统思想正是从这里开始与逻格斯中心主义、语音中心主义及某种书写形态联系起来的。这也就是为什么从我早期的哲学工作开始,我就十分关注那些结构上非字母、非表音性的文字模式,如汉语,当然那并不是说汉语没有表音特征。我对那些超字母文字界限问题性的关注将我带向了印迹观念、普遍印迹,即一般书写观念的思考。它使得书写的技术问题,即书写的远距离或电子技术(technique)问题成为一种本质性的、一般性的现象。它使我们更清楚地了解今天这样一个事实,即世界化过程本质上是由电子技术的新发展规定的,是由电子技术的政治、经济、军事方面的新发展所规定的,而它们都是书写的形态。①

随后,他特别提出如何翻译“全球化”(globalisation)所提出的语意学问题,他倾向于法语中使用的“世界化”(mondialisation)的说法,因为后者保持了对世界这个观念的参照,世界不是全球、不是宇宙,也非天下概念。“世界”这个观念是一个圣经基督教的一个传统概念,是西方基督教对宇宙的一种解释,涉及邻人、博爱等一系列今天成为关于世界性争论焦点的价值整体。世界是作为上帝的创造物——人类之间充满兄弟爱的大家庭。这个表面上十分有限的语义学问题却将我们引向这个争论的中

---

① 张宁:《雅克·德里达的中国之行》,摘自 2004 年 12 月, <http://www.zhongdian.net/shownews.asp?newsid=138>

American Fiction: Local Processes and Multivariate Genealogies

心，即在当下国际关系的转型中，在政治、经济、军事的斗争中，在国际法的建设中，本质上西方的，或者说犹太基督教、亚伯拉罕文化的世界观将会占优势呢，还是其他文化的世界观？而确定"世界的存在"（l'etre du monde）与"全球的存在"（l'etre du global）的方式，可能会导致对所有这些哲学宗教文化记忆的重新解释。解构努力要做的并不是要批评或摧毁哪个模式，而是为了思考围绕着文化之间的这场争论的未来可能性。人们常常轻易地将东西方文化分成两种各自内在同质的文化，这也是应当质疑的。

解构主义之所以也可以叫做"后结构主义"，最主要的是德里达的主要学说是根植于结构主义的：列维—施特劳斯（Levi-Strauss）要建立一个系统，或者叫一个"结构"；解构主义者就是要把这个结构解构，也就是说，把它拆散。他解构的技巧就是利用结构或者思想系统自身包含的使自己崩溃的种子。德里达要做的很简单：就是阅读一位作家的作品，比如卢梭、黑格尔或者休谟，并且指出他们学说自身里存在的自相矛盾的地方。这一招明显继承了结构主义的做法：结构主义就是在阅读中重新使用一套结构，而不管作者自己想要表达的东西，而是依据索绪尔所开立的语言学原则重新解释。但是不要简单地认为，德里达就是随便揪人家一个话柄就大做文章，那样德里达不能成为一代宗师，充其量不过一个市井无赖。他所做的难度要更加高点：他要找的自相矛盾的地方是这些理论的先决条件中所包含的一些问题。

他所做的比较具有技术性：第一，创造一个二元体系，例如善与恶，男与女，黑与白，书面与口头，疯狂与清醒。第二，在这两种东西中间选一样作为优先项，并将另外一项以这项来定义，例如男优于女，德里达管这个叫"男权中心"（Phallocentrism），清醒优于疯狂，善优于恶等。第三，表现出实际上你可以证明第二项可以优于第一项，证明实际上第一项有赖于第二项。第四，最终证明实际上这个系统怎样使得原本是第一项所依赖的第二项，也就是这个体系的核心，被忽视而被边缘化成为弱势项。这种做法得到后现代作家的积极响应：1975 年，唐纳得·巴塞尔姆（Donald Barthelme，1931-1989）创作小说《亡父》，写一群孩子将他们名存实亡的父亲用推土机埋进墓穴而死，爱伦·王尔德在《现代派和危机的美学观》

一文中提出,这篇小说实际上是杀死现代派父亲的后现代主义文学论文。[①] 后现代派由此解构他们成长的基础,从而获得"弑父"的"美名"。

让我们回过头来再来看什么是后现代主义,德里达在南京大学做讲座时说过:"关于后结构主义、后现代主义、解构主义的误解不仅在中国有,在其他地方也存在。后结构主义范畴是美国的范畴,它产生并发展于1966 年之后,当时笔者在美国约翰斯·霍普金斯大学主办的题为"批评语言与人文学国际研讨会"上针对当时法国流行的结构主义提出了批评,之后人们便将法国对结构主义的批评统称为后结构主义,也将解构主义称为后结构主义,笔者并不承认这种划分。出于两个理由:首先,后结构主义是一种历史分期的说法,用它来概括解构主义并不准确,因为在结构主义之前,就存在着某种解构;其二,笔者对结构主义有极大的兴趣。而相比起来,后现代主义范畴则比较严肃。因为20 世纪70 年代后当后现代主义由李欧塔提出的时候,解构主义已在其名下形成了。后现代主义是以企图标识启蒙的终结、某种理性主义、进步主义、革命与解放等思想的终结,即18 世纪以来形成的现代主义的终结出现的。从这种角度看,解构主义不是后现代主义,那不只是因为它不信任这种历史分期法,而且,笔者认为,还因为它要继续以不同的方式激活进步、解放、革命的思想,因为笔者相信进步、解放与革命。所以在后现代主义与解构主义之间是存在很多差异的,尽管我同意李欧塔的某些提问风格。"[②] 所以我们看出,解构主义不是后现代主义,但可以得出后现代主义对解构这一概念的依赖,而我们看到美国本土小说对于后现代概念的表达也多依赖于由解构基本概念而形成的一些诸如"反体裁""反英雄"等文学特色。

三、后现代的文学特色初步形成

后现代主义与现代主义都以非理性主义为基础,表现出激烈的反传统倾向。而现代主义文学在摒弃传统文学以"反映论"为中心的创作原

---

① 袁可嘉等(编):《外国现代派作品选》(第三册),上海:上海文艺出版社,1984 年,第 767 页。
② 张宁:《雅克·德里达的中国之行》,摘自 2004 年 12 月,< http://www.zhongdian.net/shownews.asp?newsid=138>

则之后，又试图建立起以"表现论"为中心的新规则和范式。观之后现代"的小说存心要消除现代主义试图创造的假想中心，破坏乃至摧毁现代主义所精心构建的规律；它像一个永久的不安分者，不停地制造混乱和无政府状态"。① 否定作品的整体性、确定性、规范性和目的性，主张无限制的开放性、多样性和相对性，反对任何规范、模式、中心等对文学创作的制约。甚至试图对小说、诗歌、戏剧等传统形式及至"叙述"本身进行解构。在后现代主义文学中，艺术审美范围被无限扩大，街头文化、俗文学、地下文化、广告语、消费常识、生活指南等，经过精心包装，都登上了文学艺术神圣殿堂。美国后现代派小说与传统的小说不同，它已经成为一种跨体裁的艺术创作。如罗伯特·库弗所作《公众的怒火》中插进了 50 多首诗。以前的小说偶尔插入几首诗也是常有的事，但像这样跨体裁的形式则不多见。后现代派小说的文本复杂多变。纳博科夫的《微暗的火》通过希德的诗和金保特的注释，演绎故事中的故事，展示纳博科夫的超验现实。当然会有人举例说福克纳的《修女安魂曲》就是小说和戏剧的混合体②，考虑到现代派和后现代派自身一脉相承的关系，恕在此不赘述了。在后现代派中，文学艺术不再是阳春白雪，而成为人人可以任意享用的日常消费和商品。因为这种"反体裁"的做法可以使得后现代主义者"在消灭体裁的同时"，"又极力合并各种古老的和通俗的边缘体裁和亚体裁类型，如哥特小说、神秘小说、侦探小说和科幻小说等，但其作品的终端形态并不拘泥其中的任何一种"③。所以我们看到的《万有引力之虹》又像科幻，又像神秘，但是又和传统意义上的这两类小说大相径庭。

在人物塑造上，强调自我表白的话语欲望，打破以人为中心讲述完整的故事。"在晚期现代和后现代小说中，尤其是第一人称叙述中，消解叙述屡见不鲜，同时还存在各种形式的'不可靠叙述'。作者之所以让这些叙述者发言或自相矛盾、或逻辑混乱、或片面错误地描述，往往是为了塑造叙述者的主观意识，展示其独特的叙述方法，或显示语言在话语层次上

---

① 林雨翔：《浅析博尔赫斯小说中的迷宫意识》，2004 年 12 月 <http://www.qingyun.com/column/wenxue/boerhaosi/ping6.htm>

② W. Faulkner, *Requiem for a Nun*, New York: Random House, Inc., 1951.

③ 王钦峰：《后现代主义小说论略》，北京：中国社会科学出版社，2001 年，第 86 页。

的破坏力量。"[1]人的历史与历史的人,人的性格情感,人生经历等被支离破碎的感觉代替。从人性异化发展到虚无,人成了社会的局外人。对人生命运、未来理想的追求变得幼稚可笑、毫无意义。人抱着无所谓的态度活着,尽可能强烈地感受到反叛和自由,没有责任心,没有罪恶感,没有同情,没有希冀,没有前途。主人公明确意识到自己不过是生活中的一个无关紧要的角色,他们随波逐流,嘲弄自己。人物不再思考"生存与毁灭",价值与意义,从痛苦自下而上到自由选择,从与其为正义尊严自杀倒不如苟且偷生,他们不再表现出对主体和个性失落的叹息、悲哀和留恋。从人性的异化衰落,进而变成了"虫"和"物"。"后现代"所描写的人物大都是"反英雄",身世简单、"来历不明",有时隐去其经历,甚至无名无姓。人物形象淡化,性格刻画消失。人物成了故事的陪衬,若隐若现,模糊不清,成了不可捉摸的"影子"或"代码"。[2] 文学的主体已经消失,人不再有主体意识可言。人丧失了智性情感,不再高雅伟岸,温柔美丽,而变得猥琐渺小,滑稽可笑。

　　在作品的情节内容上,具有明显的虚构性与荒诞性特征。以纯粹的虚构、特定的境遇取代了传统文学围绕人物关系、人物命运展开情节,也取代了主人公与他人及自身发生的种种冲突。把人物从缺乏意义而又无法忍受的现实中拉开,出现了一个充满噩梦与幻想的毫无意义而野蛮的世界,停滞和重复取代了动态和变化,作为虚构的"体验场"的情景,取代了现实生活与社会环境。后现代主义怀疑乃至否定文学的价值与本体,提倡"零度写作",即内容消失,转向中立,把世界看成是不值一提的"碎片",否定中心和结构的存在。主张元小说创作,不断地显示作品为虚构小说,写作转向了本体展示,对写作的欺骗性进行揭露。在展示虚构的同时,发掘"叙事的固有价值"。使文学成为玩弄读者、玩弄现实、玩弄文学规则的游戏,以此表现对生活现实的反抗,从而保持最充分的自由度。另外,后现代主义作家认为,要表现世界的混乱性,人生的悲剧性,只要表现

---

[1]　申丹:《"故事与话语"解构之"解构"》,载《外国文学评论》,2002 年第 2 期,第 51 页。

[2]　杨仁敬:《别具一格的后现代派小说》,选自《美国后现代派短篇小说选》,青岛出版社,2004年一书的前言。

American Fiction: Local Processes and Multivariate Genealogies

生活的荒诞性即可。在作品中表现为各种成分相互分解、颠倒，内容重复，人物怪异，情节发展扑朔迷离，荒诞不经，不受因果关系制约，内容前后矛盾，残缺不全，没有一致的终极意义可以寻求。

解构主义揭露西方传统的形而上学的偏见和自相矛盾，打破既定的文学标准，将意义和价值归之于语言、系统和关系等更大的问题。受解构主义影响的女权主义、新历史主义、西方马克思主义等文化思潮进一步将这种解构中心、消解权威的精神扩展到文学创作和文学研究的方方面面。后现代主义文学的基本特征由此可以概括为三个方面：不确定性的创作原则、创作方法的多元性、语言实验和话语游戏。

1. 不确定性的创作原则

被托马斯·品钦称为"自己动手组装的超文本作者"唐纳德·巴塞尔姆就这样声明："我的歌中之歌是不确定原则。"[①]后现代主义文学的不确定性又主要体现在三个方面：主题的不确定、形象的不确定和情节的不确定。

（1）主题的不确定。如果说，在现实主义那里，主题基本上是确定的，作者强调的就是突出主题；在现代主义那里，作者反对的是现实主义的主题，他们并不反对主题本身，相反，他们往往苦心孤诣地建构自己的主题。而在后现代主义那里，主题根本就不存在，因为意义不存在，中心不存在，质也不存在，"一切都四散了"。一切都在同一个平面上，没有主题，也没有"副题"，甚至连"题"都没有。这样一来，后现代主义作家便强调创作的随意性、即兴性和拼凑性，并重视读者对文学作品的参与和创造。

这种主题的不确定与后现代主义者理性、信仰、道德和日常生活准则的危机和失落是密不可分的。"垮掉的一代"深受存在主义的影响，但他们更加突出了存在主义软弱、绝望的一面——物质世界的荒诞和人与人之间的冷漠与孤独——而将存在主义重在行动与选择的进步因素抛弃

---

① 兰斯·奥尔森：《杂七杂八：或介绍唐纳德·巴塞尔姆的几点按语》，载《当代小说评论》，1991 年夏季号。

了。另外,他们在精神分析学说和佛教禅宗的影响下,强调人的精神活动的非理性、潜意识活动,用虚无主义对抗生存危机。因此,"垮掉的一代"在思想倾向上又表现出两个特点:第一,以虚无主义目光看待一切,致使他们的人生观彻底"垮掉",他们对政治、社会、理想、前途、人民的命运、人类的未来统统漠不关心。第二,他们用感官主义把握世界,导致中产阶级生活方式的彻底"垮掉",他们热衷于酗酒、吸毒、群居和漫游的放荡生活。"垮掉的一代"在"垮掉"之后,便毫不羞愧、毫无顾忌地在作品中坦述自己最隐私、最深刻的感性,他们称自己的创作为"自发创作",他们要随意地、即兴地表现自我。"垮掉的一代"的代表作家凯鲁亚克的《在路上》就是这样一部自传体小说,它根据作者自己的亲身经历写成。小说表现了"垮掉"分子"在路上"的精神状态:纵横交错、飘忽不定。他们一方面抛弃了旧有的社会道德和价值标准,另一方面,他们在社会思潮面前又无所适从。作者认为,生活就是一条永无尽头的大路,虽然人们走走停停,但永远都是在路上。作者为了最好地表达这一思想,他将一长卷白纸塞入打字机,不假思索地把他的流浪生活和同伴的谈话记录下来,三周之内便写成了这部 20 余万字的小说。

(2)形象的不确定。体现在后现代主义文学的主人公已经从昔日的"非英雄"走向了"反英雄"。20 世纪 60 年代作家 J·D·塞林格(Jerome David Salinger, 1919–2010)发表了作品《麦田里的守望者》(*The Catcher in the Rye*, 1951),旋即引发了巨大的反响与无尽的争议。小说主人公霍尔顿厌学,乃至逃学回家,中间面对了美国社会中形形色色的人物。小说主人公虽然脏话连篇,不学无术,却看透了社会中的虚伪与拜金。他纯洁,正直,却在现实社会中只是个失败者。《麦田守望者》成了后现代主义文学史上一个典型的反英雄形象。

(3)情节的不确定。后现代主义作家反对故事情节的逻辑性、连贯性和封闭性。他们认为,前现代主义的那种意义的连贯、人物行动的合乎逻辑、情节的完整统一是一种封闭性结构,是作家们一厢情愿的想象,并非建立在现实生活的基础上,因此,必须打破这种封闭体,并用一种充满错位式的开放体情节结构取而代之。巴塞尔姆的短篇小说《关于保镖》(*Concerning the Bodyguard*),全文由一百多个问句组成,没有陈述句,所以看上去作者提供的只是"将多种可能性结局组合并置起来，每一个结局指示一个层面，若干个结局组成若干个层面，既是这样，又是那样，既可作如是解，也可作如彼解"①。由此，杨仁敬发出感慨："从形式上看，这些小说有点'四不像'或'大杂烩'。"②

2. 创作方法的多元性

后现代主义文学打破了精英文学与大众文学的界限，出现了明显的亚文学倾向。纯文学、严肃文学与大众文学、通俗文学、乡土文学等之间的界限日益模糊，它们之间已不再有明确绝对的分野。后现代主义文学更多地从科幻小说、西部小说、通俗小说以及一些被看成亚文学的体裁作品中汲取养料，出现了诸如元小说，超级小说、超小说、寓言小说，新新小说、"黑色幽默"、荒诞派戏剧、色情小说，流行文学等形形色色的文学样式。有的甚至以大众化的，诸如贺卡祝词、明信片、流行歌词、影视文学、广告等文化消费品的形式出现，从而形成文学的多元化格局。这是因为"要在小说中描绘与反映混杂在一起的两个世界——现实世界与幻想世界。为了生动地再现这两个世界，[那么]什么手法都得用：意识流、黑色幽默、象征主义、表现主义、古老的抒情笔法、鬼魂的出现，等等"③。

3. 语言实验和话语游戏

在艺术手法上，作家追求写作(文本)快乐的艺术态度。作品内容被形式所替代，即被文体的语词、句法、反讽性修辞效果所替代。叙事中心、整体性、统一性被非中心、局部性、偶发性、非连续性的叙事游戏所取代。写作态度、生存态度与文本制作形式趋于同步，通过极度的嘲弄，想象性地把那些无价值的东西撕破给人看，而写作与阅读在其中获得瞬间的快感。文学观念首先是作为创作主体自身快乐的一种游戏意识形式而出现的。在文本制作中，突出过程、行为、事件、语象、上下文、形式技巧等，反

---

① 陈世丹：《论后现代主义不确定性写作原则》，载《河南师范大学学报》(哲社版)，2002年第2期，第66页。

② 杨仁敬：《别具一格的后现代派小说》，选自《美国后现代派短篇小说选》，青岛出版社，2004年。

③ 施咸荣：《当代美国文学发展的几个新趋势》，载《美国社会文化》，1987年第1期。

对解释作品。

后现代主义作品注重表达的是"叙述话语"本身。话语和语言结构,成了后现代主义文学的艺术传达基础,表现出无选择性、无中心意义、无完整性,甚至是"精神分裂式"的表述特征。作品中出现了冗长曲折的句子,语无伦次的语词、对话独白、重复、罗列。大量运用蒙太奇手法拼贴画法和意识流手法。洛奇把后现代主义创作中的表现方法,归纳为六条原则:即矛盾(文本中的各种因素互相冲突悖离)、变更(对同一文本中叙述的事,可以更换不同的可能性,变更内容、情节、断裂作品叙述前后丧失必然性,没有因果关系)、随意(文本的随意组合,如可以任意拆装组合的"活页小说"等)、过度(有意识过度夸张性地运用某种修辞手法)、短路(情节内容在发展进程中突然中断,让读者参与对文本的阐释、解析与再创作)。其作品总体上体现出反讽嘲弄,黑色幽默的美学效果。后现代派犹太作家菲利普·罗斯对传统叙述结构的"颠覆"就主要表现在他们对"元小说"叙述模式的应用上。[①]

第二节　20世纪后期日趋成熟的美国后现代小说

后现代小说在美国是一个非常庞杂的体系,包容的作家众多,约翰·巴思,唐纳德·巴塞尔姆,罗伯特·库佛(Robert Coover),史丹莱·埃尔金(Stanley Elkin),托马斯·品钦及小库尔特·冯尼格(Kurt Vonnegut Jr.,或译冯内古特),不过也有几个文学批评家将这个范围扩大,包含了索尔·贝娄(Saul Bellow, 1915-2005)与诺曼·梅勒。当然,要想给后现代作家开列一张无可争议的名单,实在是吃力不讨好的事情。更何况还有人认为,原本一直作为美国现代派发言人之一的福克纳也被认为是后现代先驱,所以要把那么多作家归拢到后现代旗帜下实在是超出笔者能力,也超出文章的范畴。但是,"他们[后现代作家]在20世纪后半叶美

① 曾艳钰:《走向后代多元文化主义:从里德和罗思看美国黑人和犹太文学的新趋向》(前言),厦门大学出版社,2004年8月。

国文学史上占有突出地位，而且影响了美国少数民族文学，如黑人文学、犹太文学和亚裔文学，促使它们从边缘走向中心。因此，了解美国后现代派作家和他们的作品，必将有助于全面把握 20 世纪美国文学的全貌。"①

但是难以开列一个无可争议的名单并不等于说，后现代没有一个清晰的群体特征，相反，自 20 世纪 60 年代起，一些作家他们坚持一种后现代创作观念，而且，在文艺形式上，除了在 50 年代开始表现的一种雾里看花的文学特色之后，进一步在小说创作中使用了一些能使后现代小说具有更清晰轮廓的手段，比如，黑色幽默（black humor）、戏仿（pastiche）以及元小说（meta-fiction）。

一、60 年代黑色幽默登上舞台

1. "黑色幽默"形成的背景

现代主义反理性的种种哲学思潮和社会思潮，如弗洛伊德的精神分析学说、柏格森的直觉主义，特别是萨特的存在主义等是"黑色幽默"形成的理论基础。弗洛伊德主义加深了美国知识界对传统价值观念的怀疑和否定。弗洛伊德关于"潜意识"和"艺术即做梦"的说法，使"黑色幽默"作家获得了理论上和表现手法上的新武器。柏格森关于"心理时间"的说法，促使"黑色幽默"小说家大胆破除传统小说以时间先后为序的叙述方法，而采用过去、现在和将来相互颠倒、彼此渗透的结构。存在主义的"存在先于本质""世界是荒谬的，人生是痛苦的""自由选择""他人即地狱"等观点②成为"黑色幽默"的主要思想理论基础。"黑色幽默"小说中那些光怪陆离、艰涩难懂的寓意，基本上脱胎于存在主义哲学。在他们看来，宇宙和人类的存在本来就没有什么意义，人类的处境总是冷酷而荒谬的，无论是自然、社会，还是人类本身，都在迫使人失去自己的本性，因而，人由于始终觉得自己是被遗弃的而带来孤独、焦虑、痛苦、迷惘和恐

---

① 杨仁敬：《论美国后现代派小说的新模式和新话语》，载《外国文学研究》，2003 年第 2 期，第 51 页。

② 《存在主义》，载《20 世纪外国文学专题》，2004 年 12 月 <http://www.df.jstvu.edu.cn/junren/hyywxb/LDY/IMAGES/Index1.htm>

惧感。

2. "黑色幽默"的特征

黑色幽默是独特创作手法,在病态近乎残酷的现实中去追求"乐趣",实际是对社会现实一种扭曲的再现。作家库尔特·冯尼格以科幻小说为载体,在作品《第五号屠场》中,借助"大众 541 号星人",对美国在二战中的所作所为大加嘲讽。托马斯·品钦的作品《万有引力之虹》(Gravity's Rainbow,1973)中则以神秘的风格讲述了一位年轻军官的艳史与 V—2 导弹之间的"联系"。约瑟夫·海勒更是在《第二十二条军规》中,成功塑造了"第二十二条军规"这一自相矛盾又无懈可击的荒唐条令,展现了战争的疯狂。可以看到,在情节连接上,黑色幽默小说类似现代主义小说,并无前后因果的联系,然而又并非以人的思维活动为线索,而是以事物之间抽象的"联系"为线索,用隐晦的手法表现了作家对现实的不满。

"黑色幽默"文学兴起后,很快就立身于美国乃至整个西方重要文学流派的行列。更有说法认同它的划时代意义:"1961 年《第二十二条军规》的问世,标志着美国小说走进了后现代派小说的新阶段。美国后现代派小说大体可分为两大阶段:20 世纪 60 年代的黑色幽默小说和 70 年代至今的后现代派小说。前者往往称为美国第一代后现代派小说或 20 世纪早期后现代派小说,后者被称为第二代后现代派小说或 20 世纪后期后现代派小说。"①它之所以能得到社会的重视,除了它深刻的思想内蕴和审美价值以外,还因为它在创作手法上的独到之处。综合起来,它具有如下艺术特色。

第一,特殊的幽默风格。"黑色幽默"和传统文学中的幽默不同。在传统文学中,悲剧和喜剧泾渭分明:喜剧讽刺反面人物的丑恶和畸形,悲剧表现正面英雄的痛苦和不幸。"黑色幽默"文学打破了这种界限,悲剧的内容采取了喜剧的艺术处理手法,痛苦和不幸也成了开玩笑的对象,即

---

① 杨仁敬:《论美国后现代派小说的新模式和新话语》,载《外国文学研究》,2003 年第 2 期,第 51 页。

以喜剧形式表现悲剧的内容。这就给传统幽默的美学形式引进了一个新因素：认为"痛苦是可笑的，对不幸采取嘲笑的态度"①。

"黑色幽默"的嘲笑讽刺表现得很含蓄，带有寓言性质。作家并不明确做出道德、政治上的评价，而是让读者从这些冷隽的幽默和喜剧形式的笑声中，领悟出某种含蓄的寓意来。作家们不拘泥于传统的描写现实的手法，他们总是用放大镜、哈哈镜来看待世界、反映世界，采取无限夸大的笔法来表现客观事物，因而使其扩大、变形，促使那些阴暗、丑恶的东西更突出，更可憎，更可笑。尽管作家抱着冷眼旁观和不加评判的态度，然而读者却能在寻思和回味中悟出其中深刻的寓意。

第二，"反英雄"式的人物。这些反英雄形象怀疑和否定一切传统价值，有众人皆醉我独醒的孤独感，又有一定的追求。例如巴塞尔姆的短篇小说《辛伯达》可算是经典的后现代文本。小说中有两个主人公：一个是具有丰富的浪漫航海历险经历的水手辛伯达；另一个是80年代的美国教师"我"。"我"生活贫困，衣着寒酸，被白天上课的学生看不起，但充满浪漫激情的诗一般的语言还是打动了学生们，"要像辛伯达一样！迎着风浪前进！……我告诉你们，与大海融为一体吧！"学生们却说，外面什么也没有。"我"说，你们完全错了。那里"有华尔兹，剑杖和耀眼炫目的漂积海草。"反英雄的人物和非英雄不是同一回事，非英雄就是小人，或者奸雄，但是反英雄却兼具普通人的无奈和英雄般悲天悯人的本质和善良。

第三，"反小说"的叙事结构法。传统小说采用"讲故事"叙述法，一般都有完整的故事结构，叙事有头有尾，情节发展要符合内在的逻辑关系。而"黑色幽默"文学打破了时空的限制，夸大人物内心世界的广袤无垠；它不再受时空的制约，可以超越社会、超越道德、超越习俗、超越理念。小说既无结构，也无完整的故事情节，更没有严密的逻辑。这就明显地表明了这类小说在结构上的几处特点：它常常采用"时间施行手法"，打破时空观念常规。冯尼格的《第五号屠场》就是"时间旅行手法"的样板，小说中的人物的活动是过去、现在和将来的奇特交错，瞬息万变。乍看扑朔

---

① Dolf Zillman and Joanne R. Cantor, "A Disposition Theory of Humour and Mirth." *Humour and Laughter: Theory, Research, and Applications.* Ed. Antony J. Chapman and Hugh C. Foot. New York and London: John Wiley & Sons, 1976. p. 96.

迷离,眼花缭乱,令人摸不清头绪。其实这是一种叠式和多层次齐头并进的特殊结构,它对故事情节的迅速展开和深化主题都是有用的。

结构上的再一个特点是以强化和重复代替变迁和发展,一般在传统小说里,事件的起因、发展和结局说得清清楚楚,而在"黑色幽默"小说里则不然。它不是按照事理常规做交代,而是作品中的人物情节颠倒。例如《第二十二条军规》中描写一个人死了又活,活了又死。这在传统文学里是不曾见到也不允许的。而在"黑色幽默"小说中则比比皆是。这正如冯尼格所说:"让他人给混乱的秩序,我则给秩序以混乱。"传统的作家能驾驭广阔的社会画面,把千万件杂乱的事理顺且有条不紊,形成结构严谨,层次分明的有"秩序"的文章。"黑色幽默"作家则恰恰相反,他们解构秩序以还原混乱,把幽默滑稽和崇高严肃,喜剧和悲剧糅合在一起,形成一种"含着眼泪笑"的文化结构。[①]

第四,特殊的题材。为了与"黑色幽默"整体的主旨合拍,作家们在选材上也与传统的小说不同。具体表现在两个方面:首先在科技领域里发掘题材。"黑色幽默"作家大都是大学里的教师,他们有着渊博的知识,喜欢把自然科学领域内的要领引进文学作品。如:品钦笔下的《万有引力之虹》就是导弹发射的轨迹;冯尼格在《猫的摇篮》(*Cat's Cradle*,1963)里认为斗争来自"动力紧张关系"。其次"黑色幽默"作家喜欢选择意义不明,摇摆不定、似梦似醒、似大彻大悟又似雾里看花的特殊场面。如品钦的《万有引力之虹》、冯尼格的《第五号屠场》和海勒的《第二十二条军规》都以二战为背景,但作者意图并不在写一部"战争小说",不在真心描述第二次世界大战,而是想以此给人以启迪,让人们从这些小说中看到当代社会的弱肉强食的情景。这一点和德国作家雷马克所著《西线无战事》去直接描写第一次世界大战有着较大角度的差异。

3.《第二十二条军规》

《第二十二条军规》是海勒的代表作,"黑色幽默"流派的奠基作,被

---

① Richard M. Stephenson, "Conflict and Control Functions of Humor." *American Journal of Sociology* 56（May 1951）: p. 570.

American Fiction: Local Processes and Multivariate Genealogies

西方评论界誉为"60 年代最好的一部小说"，已成为美国大学文科学生必读的经典作品。

"第二十二条军规"没有实在的文本，但从尤索林的求生过程可知，无论人们怎样挣扎总也逃不出它的钳制。作家从社会生活和切身体验中发现，无论战时战后，美国人都处在一种不可捉摸又无所不在的异己力量胁迫之下，岌岌惶惶而无可奈何，就虚构了"第二十二条军规"这一寓言形象。随之发生的越南战争所带来的混乱和疯狂，使读者们立即认同了小说中所揭示的那个非理性、无秩序、梦魇式的荒诞世界，从而破译了"第二十二条军规"的内涵，引起了灵魂的震动。人们长期纠结心头而不可名状的一种感觉从中获得了顿悟："军规"就像灭绝人性的官僚体制，也像统治世界的专制势力，更像主宰普通人命运的荒诞力量。因此，"第二十二条军规"一词很快进入英语词典，作为"难以逾越的障碍"或"无法摆脱的困境"的代名词，在日常生活中被普遍使用①。

尤索林是一个面对第二十二条军规"企图打开缺口的人"，对军规的惶惑和抗争成了这一形象的精神支点。尤索林身上绝无传统英雄所具备的崇高壮烈的行为和出类拔萃的品格，其非同一般之处仅在于面对疯狂世界不放弃自由选择。他成了当代世界文学画廊一个典型的"反英雄"形象。

小说撇开传统的叙事模式，树立一个后现代叙事的范本：故事不连贯，情节松散凌乱，没有中心故事或中心情节，大量情节互不关联或颠来倒去甚至支离破碎；场面转换突然，线索繁多且各自在混乱的时序中延伸、交错、重合乃至一再重复。这种写法所造成的杂乱感、朦胧感、漫无头绪感和无所适从感十分适合于表现作品的思想内容。在结构布局上，小说也摈弃了传统模式，全书 42 章，有 37 章以人物的姓名或称呼作为标题，每一章都有一个人物作为描写中心，整体上以尤索林的精神世界为轴心贯串各章，第 38 章起集中描写尤索林与第二十二条军规的冲突激化和对世界认识的加深，形式上有些类似戏剧艺术中的"人像展览式"。这种结构形式有利于拓展生活的反映面，将一个乱哄哄的荒诞世界展示在读

①　陆谷孙（主编）：《英汉大词典》，上海：上海译文出版社，1985 年。

者面前,同时也营建了一处人物和事件的立体感。

二、六七十年代大行其道的戏仿

1967 年,唐纳德·巴塞尔姆发表了名为《白雪公主》(*Snow White*)[①]的小说,后被称为后现代主义小说的代表作之一。说它是"后现代"的,在于这小说彻底解构原作《白雪公主》是 19 世纪初德国民间文学教授格林兄弟搜集整理的童话故事,它那充盈着德国民间鲜活而美妙的童趣滋润了全世界童真的心灵,但是,这一切在巴塞尔姆的小说中已经踪迹皆无,白雪公主喜欢在洗澡时和七个小矮人淫乐的文本游戏跃然纸上。

(一) 复合文本及其超文性

"戏仿"就是戏谑性仿拟。包括戏仿在内的任何仿拟必有特定的对象,于是也就决定了戏仿文体不可能是单文本存在,而是一种很特别的"复合文本"(multitext)。与原文本之间"存在显而易见的互文关系,前者从后者衍生而来,对后者既模仿,又改造,既复制,又替换"[②]。正如格林童话的《白雪公主》是巴塞尔姆的同名小说所戏仿的对象,古典小说《西游记》是《大话西游》所戏仿的对象……如此等等。因此,从文体学的视角来看,无论作家还是读者,创作或阅读时所面对的就不仅仅是单一的原创文本,而是两个文本——仿文和源文——所建构的共同体。这就是包括戏仿在内的一切仿拟所独具的文本形式——"复合文本"[③],是戏仿体作品最显著的文本形式。

戏仿体的复合文本形式涉及互文性问题。

"互文性"(intertextuality)概念最早出现在朱丽娅·克里斯蒂娃于20 世纪 60 年代中期在《如是》(*Tel Quel*)杂志上发表的两篇论文中。当

---

① 中文版由王伟庆译,北京师范大学出版社出版。
② 王守仁:《谈后现代主义小说——兼评〈美国后现代主义小说艺术论〉和〈英美后现代主义小说叙述结构研究〉》,载《外国文学评论》,2003 年第 3 期,第 147 页。
③ M. Voller, *Parodistic Intertextuality and Intermediality in Postmodern American Fiction*: Robert Coover and Kathy Acker, p. 12.

时她使用这一概念是指"一篇文本中交叉出现的其他文本的表述"，是"已有和现有表述的易位"。此后，罗兰·巴特将其解释为"说明每一个文本都不是孤立封闭的作品，而是处于一个由各种文本组成的巨大网络之中，每一个文本都与其他文本发生这样那样的联系，此文本总是存在于他文本之中，所有文本都是用其他文本的素材编织而成的"①。德里罗的作品《名字》和《天秤星座》都有互文性的实例。②

吉拉尔·热耐特将"一个文本在另一个文本中切实地出现"（即"再现"）称为"互文性"，另一方面，他又将一个文本从另一个文本中被"派生"出来的关系命名为"超文性"（hypertextualité）："我所称的超文是通过简单转换或间接转换把一个文本从已有的文本中派生出来。"他以"仿作"和"戏拟"为例说明，源文本虽然不一定在仿作和戏拟中"切实地出现"（再现，或者叫互文），但后者却是前者"引出"和"派生"出来的，没有前者就没有后者，后者或在题材，或在主题，或在风格，或在笔法等方面是前者的外化、延续或戏谑（或者叫超文）。毫无疑问，我们所要讨论的"戏仿"就属于热耐特所定义的"超文"，超文性戏仿就是通过对反性和戏谑性的"转换"（外化），从已有的源文本中"派生"（或异化）出来的"表现性"文本。

"互文"和"超文"尽管都存在本体文本和源文本间的对话关系，但它们的对话方式却大有区别：在"互文"中，源文本局部的语词、句段或意象进入本体文本之后必定和后者融为一体，从而化解为后者的有机组成部分；在"超文"中，源文本整体外化或异化为本体文本后，二者形成了一种独立的整体对话关系（如果说这也可以称之为"对话"的话）。③就这一意义来说，引用、参考、暗示、粘贴和抄袭属于互文性，而改写、改编、仿拟和戏仿就属于超文性。

美国的文学评论杂志《互文》（*INTERTEXTS: a Journal of*

---

① 唐建清：《国外后现代文学》，南京：江苏美术出版社，2003年，第134页。

② homas Carmichael, "Lee Harvey Oswald and the Postmodern Subject: History and Intertextuality in Don DeLillo's *Libra*, *The Names*, and *Mao II*." *Contemporary Literature* 34, 1993, p. 204.

③ M. Voller *Parodistic Intertextuality and Intermediality in Postmodern American Fiction*: Robert Coover and Kathy Acker, p. 5.

Comparative and Theoretical Reflection）自 1997 年创刊，刊载那些"使用创新的手段去探索文学文本和其他文本（文学、历史、理论、哲学或社会）之间的关系"。该刊云集了大量关于互文探讨的文章，可称标杆。而国内有一篇关于互文的文章，其观点也颇抢眼：虞建华在评论《第五号屠场》的电影改编时提出："理想的改编不完全是忠实的翻译，而是将作品重新想象，重新语境化，重'写'重'述'，使文字和图像融为一体，形成一种创造性的互文关系。"①文学作品改编成影视作品，这也是一种创造性的互文。如果我们考虑后现代的"弑父"特性，纸媒体被弑既然已经在报纸和百科全书上如火如荼，传统书籍的形式发生点改变，例如，有声书（audio book）既可以认为是纸媒纸被"弑父"的结果，也可以看做回归人类最早的原生史诗（Primary or Folk Epic）的传统，对此接受后现代思维的人不应该过分惊讶吧。而这种分属两种性质的互文，可以相互促进，2013 年重拍的《了不起的盖茨比》，还顺便在文学评论杂志上制造了不小的菲茨杰拉德研究热潮。据该片导演巴兹·鲁赫曼透露，影片在欧美上映时，更顺便让"原著小说一周销售量就超过了菲茨杰拉德在世时的全部销量"。只不过后现代派的小说家，有时因为自身的问题，运气没这么好，品钦在 2009 年出版的新作《性本恶》（*Inherent Vice*），2011 年但汉松（洛之秋）就已经将其译成汉语，2014 年更是被翻拍成电影，成为品钦作品中第一个改编成电影的作品，其结局自然不能和菲茨杰拉德相比，不过考虑到《了不起的盖茨比》之前在 1974 年也有一次翻拍，品钦估计还得再等等才行。可是如果再考虑品钦这个除了塞林格就无人能比的隐士，也许我们倒也不用太替他担心这种图书销量之类的世俗问题。

　　戏仿文本并不是源文本的一般性派生和外化，而是它的戏谑性派生和异化。超文性戏仿作为源文的戏谑性派生和异化，其"复合文本"又是一种怎样的结构方式呢？

　　巴塞尔姆的小说《白雪公主》并未自我标榜是对格林童话的戏仿，它对格林童话的戏仿完全来自作者和读者关于格林童话的记忆。也就是

① 虞建华：《深层的共鸣：反战小说〈五号屠场〉及其视觉再现》，载《解放军外国语学院学报》，2016 年第 4 期，第 1—8 页。

说,无论作者还是受众,在创作或阅读戏仿作品时并不需要准确地核查或一一对照两个文本,戏仿作品之所以引发人们对于被戏仿作品的联想,完全来自作者或受众对于后者的记忆。这一事实说明,所谓"源文本"在戏仿文本中实际上已被幻化为一种"记忆文本"。当然,"记忆文本"的存在前提是戏仿文本本身必然地具有唤醒关于源文本记忆的功能,这一问题我们将在下文具体论及。我们现在需要说明的只是:戏仿文本是当下的、现实的、直接被写作或阅读的文本,被戏仿文本则是历史的、幻象的、作为背景的"记忆文本"。并且,在整个文学活动中,戏仿文本和记忆中的源文本必然地发生激烈而反复的互动。就这一意义而言,热耐特反对将他所命名的"超文"和信息学里的"超文本"(hyper-texte)联系起来是有一定道理的。戏仿最终需要一些因素来表达这种戏仿机制。

1. 转述者变调

首先,超文性戏仿的叙述者是一个独特的"转述者",即将他人已经叙述过的故事用自己的话语传述给当下的听者。由于这故事早已被经典化并众所周知,"转述者"如果不甘于旧故事的如实复述,就会改用自己特有的立场和方式重新叙说,从而改变了源文的方向和语调。这就是戏仿文体的"转述者变调"。

"转述"引发戏仿效果之所以"不可避免",首先在于从"我的嘴"里说出来的是"他人的话",是"异体物",于是,脱离"原话"的"自说自话"就成为必然。如果说一般仿拟文体的叙述者总是力求充任源文叙述者(或作者)的"代言人","忠于原作"是其仿拟的基本原则,那么,戏仿的叙述者作为源文的"转述者",所追求的就不可能是"忠于源文",而是如何"变调"及其"变调"后的戏仿效果。也就是说,仿拟主要是对源文负责,戏仿主要是对效果负责。事实上,《白雪公主》同原作大相径庭,可谓荒谬绝伦,个中原委概出于"转述者"的转向性变调,"忠于原作"的仿拟标准在戏仿作品中已经失效。因此,如果试图使用仿拟文体"忠于原作"的标准规范戏仿文体,那恐怕就是找错了"门"。

2. 极速矮化

如果更深一步探讨戏仿机制,那么,我们可以发现,任何戏仿作品所戏仿的对象都具有某种约定俗成的神圣性,它的崇高感已经牢固地积淀为大众心理定势,所谓"戏仿"就是瞬间抽掉神圣脚下的崇高圣坛,从而享受极速心理落差的刺激和快感。这就是戏仿文体的"极速矮化"原则。

用无意义的琐细和猥亵置换白雪公主的善良和美丽(小说《白雪公主》),就是"向下、向地球深处、向人体深处"的运动。这一运动说到底就是对于神圣和崇高事物的矮化。

对于受后现代和解构主义思潮影响的现代戏仿作品来说,"极速"就是一个十分重要的戏仿要素。《白雪公主》所戏仿的对象是真善美和传统德行的象征,是早已定型了的、已经积淀为公众心理定势的艺术形象;也就是说,在受众没有任何心理预设情况下的"急转弯",戏仿所造成的心理落差之大及其跌落速度之快是必然的。可以这样说,相对传统戏仿而言,"速度就是最后的战争","极速矮化"当是现代戏仿最重要的特点之一。

3. 文本格式化

复合性戏仿文本戏仿关系最终还要落实到文本本身。就文本本身来说,戏仿文本实际上是对源文本的"格式化",即将现实主义文本"另存为"卡通格式的游戏性的文本。

以巴塞尔姆的《白雪公主》为例,作者除了在互文上有所动作,更"采取马赛克原则来表现文本的开放性"。[①] 这本书从格式上与《项第传》类似。《白雪公主》只是一个中篇小说的长度,却被分割成三大部分,由107个独立的片段组成。这107个片段长短不一,最长的5页多,最短的只占一行:"保罗:家里的一位朋友"。这就是被作者故意拆解的"文本碎片"!这107个段落碎片又可分两大类:一类是小说正文,每一片段的开头几个

---

① Donald Barthelme, "Interview: Donald Barthelme." *The Radical Imagination and the Liberal Tradition: Interviews with English and American Novelists*. Ed. Heide Ziegler and Christopher Bigsby. London: Junction, 1982. p. 39.

字都用特殊的字体和字号标识；另一类如"保罗：家里的一位朋友"，多是分行的短语、短句或语词，就像"扉页"的板式，用黑体排列在每页的中间偏上，被零散地插在正文中间，使小说的正文更加显得七零八落。就这107个段落碎片本身的文本形式来看，除正常的文字叙述之外，有的还使用图示，例如开篇第一片段用 6 个黑色圆点标识白雪公主身上从上到下有 6 颗黑色美人痣；有的用空格将短语或语词隔开，以示文本的杂乱及其无意义；有的用留言条或信函的形式，表达话语空间的封闭性及其交流的困难；有的是警句或排句的重复组合，以表达内心世界的焦灼、茫然、无奈和不知所措；有的甚至像考试题一样的问卷，要求读者以填充、选择、回答问题等方式对这小说进行反思……

三、80 年代崭露头角的元小说

在希腊文中，"元"（meta）是作为前缀使用的，表示"在……后"，表示一种次序，如开会之后，庆典之后，讨论之后，因而也就带有表示结束、归纳、总结的意思。"meta"一词表示"本原""规律""体系"的意思就这样逐渐明确和定型下来。在中文里，"元"自《周易》时起用，《春秋繁露》有"元者为万物之本"之说。可见，中文里的"元"和古希腊文中的"meta"意义上是相通的。

按英国作家、文学理论家戴维·洛奇的说法，元小说"是有关小说的小说：是关注小说的虚构身份及其创作过程的小说"。这一点在与传统小说的比较中可以得到更好的说明。传统小说往往关心的是人物、事件，是作品所叙述的内容；而元小说则更关心作者本人是怎样写这部小说的，小说中往往喜欢声明作者是在虚构作品，喜欢告诉读者作者是在用什么手法虚构作品，更喜欢交代作者创作小说的一切相关过程。换句话说，小说的叙述往往在谈论正在进行的叙述本身，并使这种对叙述的叙述成为小说整体的一部分。譬如冯尼格的《第五号屠场》，小说一开始就直接对读者说："我很不愿意告诉你们这本小书花费了我多少钱、多少时间，带给我的焦虑有多大。"小说的结尾则写道："现在我已写完这本描写战争的书。下一次我打算写点有趣的东西。""这本书是个败笔，也只能如此。"这些评论都是指涉小说本身的,就像舞台上的演员突然掉过头来向台下的观众评论他正在出演的这出剧,说:"这个剧本太差了"或"我演得怎么样?"当一部小说充斥着大量这样的关于小说本身的叙述的时候,这种叙述就是元叙述,而具有元叙述的因素的小说则被称为元小说。台湾的翻译是"后设小说"①。

其实,在我国早期的评书、说书人传统中,就有诸如"话说曹操"这种强调叙述者叙述的成分,欧洲早期的小说也有自我暴露叙述行为的典范,如乔叟的作品。而戴维·洛奇则认为最早的元小说是英国的斯特因(Lawrence Stern)的《项第传》(*Tristram Shandy*, 1760),它采用叙述者和想象的读者对话的形式,表明叙述行为的存在。"元小说"这个术语在1980 年左右开始得到公认。②

作为一种新兴形式,批评家和学者们感兴趣的是元小说所具有的巨大能量:它解构"真实"。元小说以暴露自身生产过程的形式,表明小说就是小说,现实就是现实,二者之间存有不可逾越的差距。揭示艺术和生活的差距是元小说的一种功能。而叙事与现实的分离,使文本不再成为现实的附属品,文本阐释依据的框架不再来自现实,文本的意义不再是对现实的"反映",而来自纯粹的叙事行为,文本因此拥有了前所未有的自治权利,从现实和"真实"的桎梏之下获得彻底解放。

头顶 1993 年诺贝尔文学奖桂冠的托妮·莫里森所著《爵士乐》(*Jazz*, 1992)中表现出元小说成分。首先,小说叙述者在叙述过程中突出了对自己的叙述的不确定和怀疑,让读者对整个叙述产生不信任;其次,作者在小说虚构世界中插入历史片断,并通过读者对相关历史事件的了解,将小说虚构世界中的历史片断与历史事件的权威记述相比较对照。③ 二者之间的矛盾与冲突表达出作者对于历史元叙事的质疑,颠覆了主流白人社会对于相应事件的定论和评判;最后,作者通过对记述历史所依赖的语言只言片语式的、充满哲学意味的评论,更从根本上颠覆了所

① 夕月:《关于后设小说》2004 年 12 月 <http://w3.nctu.edu.tw/~u9112607/42/sp-tech.html#a01>

② Mark Currie ed., "Introduction" *Metafiction*.New York: Longman Group, 1995, p. 1.

③ Joseph Francese, "Morrison: Reinscribing History in *Beloved*", *Narrating Postmodern Time and Space*. State University of New York Press, 1997, p. 191.

American Fiction: Local Processes and Multivariate Genealogies

有叙事，尤其是元叙事。

《爵士乐》中的叙述者失去了叙述者的权威，充满了疑虑和迷惑，完全丧失传统叙述者在读者心中的地位。但是，以此为出发点，小说叙述者也是充满了矛盾(传统的无限全知的叙述者和现代权威已被解构的叙述者之间的矛盾)——叙述者既可以洞察人物内心，居高临下，又可能会显得疑虑重重，犹豫不决，充满矛盾。当戈登·格雷在找寻父亲的路上救助了一位女子后，叙述者的评论是："我知道他是一个伪君子；他编造自己的故事来讲给别人听，自然别人指的是他的父亲……他以为他的故事天衣无缝，如果讲得好他的父亲就会知道他愿意助人并且有荣誉感。但是我了解得更多。他想把这次经历大吹特吹。"(《爵士乐》，154 页)显然，叙述者在这里深入到人物的内心，并且能够了解人物本人未能认识的方面。此时这个背叛传统的叙述者又临时变回传统叙述者的无限全知角色。而更多的时候读者面对的是一位全然丧失了权威的叙述者。叙述者对叙述客体的疑惑不仅表现在整个叙述过程中惯用表示猜测语气的"也许"，而是在叙述内容中处处表现出自己的怀疑和叙事的不确定性。"在自我叙事中讲故事者是'我'，故事的主人公也是'我'。这两个'我'都是自我中不同的侧面。"[①]小说叙述者不仅叙述的故事令人不信服，而且还在其中加入了自己的情感判断，至此，叙述者的权威已全然丧失了传统小说叙述者的权威性。

在叙事声音上的矛盾，尤其是反传统的叙述声音占上风，这在一定程度上表现了作者的自我关照，而自我关照正是元小说的一个重要元素。打破叙述者君临天下的传统格局，其目的是要凸显想象和叙述的困惑。叙述者没有了读者所期待的权威，叙事将会走向何方？莫里森在小说中彻底地否定了叙述权威的存在。对于叙述的困惑与否定正映射了作者对于传统的主流历史文本的质疑。作者莫里森的黑人妇女的身份，则分明将质疑的矛头指向了主流的白人男性的历史记述。莫里森通过没有权威的叙述者完成了对主流历史文本的颠覆，而这当然与新历史主义中文本与历史的关系有内在联系。

---

① 施铁如：《后现代思潮与叙事心理学》，载《南京师大学报》(社会科学版)，2003 年第 2 期。

　　小说和史学有着密切的渊源关系,和早期的新闻也不无关联。众所周知,无论中国的《史记》,还是西方的《荷马史诗》,文学和历史共享叙事行为及相应的规范,二者甚至就同为一体。传统小说极力使读者沉浸在小说文本所创造的现实当中,读者越是浑然忘我,意味着小说越是逼真可信——"真实"一直是现实主义用来衡量作品成就高低的主要标尺。为获取"真实可信"的效果,传统小说有意隐瞒叙述者和叙述行为的存在,造成"故事自己在进行"的幻觉。但是因为"从瓦莱里和海德格尔到萨特、列维—施特劳斯和米歇尔·福柯都严肃置疑某一特定'历史'意识的价值,强调历史重建的虚构性",从而证明"历史作为一门严肃科学或者一门真正艺术的地位是大可置疑的"[①]。元小说据此则有意暴露叙述者的身份,公然导入叙述者声音,揭示叙述行为及其过程,展现叙述内容的"故事性""文本性"。交代叙事框架,谈论故事陈述的编码规则,把创作中的技巧、手段及动机公之于众……作者通过这样一份详细的"叙事说明书",向读者坦承文本创作过程中的操作痕迹,以及人为性的东西。这种自我拆台的目的在于揭开小说"虚构"的本质,即话语的本质。

　　对于传统主流历史文本的颠覆更为直接地表现在《爵士乐》中记述的历史与主流叙述——历史元叙事的对应与矛盾关系中。小说中融入了部分的历史,例如小说第 57 页中提及的 1917 年发生在伊利诺伊州圣东路易斯的种族骚乱。从小说中虚构的人物经历来看,这场骚动不过是由于白人对黑人拥有枪支的恐惧,加之捕风捉影的猜测,最后导致白人对黑人疯狂地、没有理由地杀戮。对于同一个客观的历史事件,竟有至少本文所列述的几个版本的历史记载,显然说明了作者对于历史,特别是主流历史文本,也就是元叙事的质疑和颠覆。例如,小说第 161 页中,叙述者表示"现在我需要仔细将一切再考虑清楚,即使我有可能会再一次误解它",言外之意就是在历史事件发生之后任何的重新讲述都会导致曲解或误读。"出于反历史的目的,致力于某些历史事件的叙述,甚至创造出一个新的历史,历史与虚构的界限是完全模糊的,整个世界处于多元的、

①　海登·怀特:《后现代历史叙事学》,陈永国、张万娟译,北京:中国社会科学出版社,2003 年,第 369—370 页。

无序的状态。"①

　　与此类似的是后现代小说大师德里罗所作的《天秤星座》(*Libra*，1988)，以肯尼迪总统遇刺一案为背景，用一个同情古巴革命的李·奥斯瓦尔德意图刺杀肯尼迪来对历史进行彻底重构，将元小说对历史的玩味发挥到极致。②

第三节　21世纪后现代的旗手——德里罗

　　21世纪的曙光给美国后现代文学带来的不再是群雄并起的割据局面，而是给这个运动带来旗手。更确切来说，是"9·11"事件让公众认识到自20世纪80年代就已经崭露头角的德里罗，通过他分别在1999年，2001年和2003年发表的三部后现代担纲之作中表现出娴熟的技法，特别是他作品获得广泛的认同，使他的作品不再像品钦大多数作品那样，只是学院派的教科书，而是能够打进畅销书排行榜，受到大众的喜爱，从而让后现代从先锋艺术变成公众意识的一部分。

一、脱颖而出的后现代旗手

　　2002年年底时，许多读者意识到他们对许多美国发生的事件有似曾相识的感觉，于是他们就把那几本书拿出来重新看了一遍：据说有一本书写于小布什总统发动同名战争很久之前，在全世界第一次提到"反恐战争"(War on terror)③；另一本得过1985年美国图书奖(National Book Award)的优秀文学作品，这本书从风格上让人千万次地联想到1950年诺贝尔文学奖得主，意识流大师威廉·福克纳，《白噪音》(*White Noise*，

---

① 林雨翔：《浅析博尔赫斯小说中的迷宫意识》。2004年12月<http://www.qingyun.com/column/wenxue/boerhaosi/ping6.htm>

② Robert F. Willson Jr., "DeLillo's *Libra*: Fiction and Pseudo-History?" *Notes on Contemporary Literature* 19.4 1989, pp. 8–9.

③ Diane Johnson, "Terrorists as Moralists: Don DeLillo." In *Terrorists and Novelists* 1982, p. 106.

1985)其中一章"空中毒雾事件"所描述的场景怎么和 2001 年纽约州还有佛罗里达州的炭疽疫恐慌那么相像;还有一本叫《地下世界》(*Underworld*, 1999),封面是纽约著名的世贸大厦双子楼,旁边是一个明显和这个宏伟高耸的大楼不成比例的偏大的鸟飞向这楼的高处几层,难道说本拉登是从这本书得到的启发;这本书里还有一个情节,一个德克萨斯州的杀手袭击路人似乎又和 2002 年华盛顿一名狙击手使用半自动步枪袭击行人如出一辙。这几本书出自不同的年代,出版后读者对之或交口称赞,或毁誉参半都不是什么惊人之处,令人咋舌的是它们之间唯一的相同点就是:他们都出于同一人之手——出生于纽约布朗克斯区一个意大利移民家庭的唐纳德·德里罗(Donald DeLillo, 1936–)。于是大家开始关注他最近新出的一本书:像《尤利西斯》一样,德里罗的《大都会》(*Cosmopolis*, 2003)也是描写发生在一天之内的故事。小说的主人公埃里克·帕科尔是一个 28 岁的亿万富翁,生活在纽约,他本人就是 20 世纪 90 年代末美国经济繁荣的一个象征。这位自杀的亿万富翁不知又会预言哪一位的悲剧。

　　当然,要普通读者注意某位作家一定要有一个比较世俗的事件与之配合,托尔金如果不是电影《指环王》(*Lord of the Rings*)三部曲在奥斯卡上大行其道,很多人根本不会留意这位在 20 世纪 50 年代就已经写出《指环王》前篇的英国作家。但其实很多文艺评论家在这种大众的狂热之前就已经注意到了这颗璀璨夺目宝石:哈罗德·布鲁姆说他这个时代有四位主要的美国小说家——托马斯·品钦,菲利普·罗斯(犹太裔小说家,虽然不像辛格和贝娄一样能拿诺贝尔奖,但也是评论界一致看好的实力派悍将),考麦克·麦卡西(Cormac McCarthy, 1933– ,他著有八部南方哥特小说和西部小说,有福克纳再世的美誉),再有就是德里罗。德里罗也被很多人认为是与品钦和巴思比肩的后现代派核心人物。[1] 他的《天秤星座》(*Libra*, 1988)荣获笔会/福克纳奖,《身体艺术家》(*The Body Artist*, 2001)获得耶路撒冷奖,长达

---

① Timothy Parrish, "DeLillo and Pynchon" Dewey, Joseph, Steven G. Kellman, and Irving Malin, eds. *Under/Words: Perspectives on Don DeLillo's Underworld*. University of Delaware Press, 2002, p. 20.

827 页的《地下世界》获得美国艺术文学院在千禧年颁发的豪维尔斯奖章,以认定这部和品钦《万有引力之虹》一样的鸿篇巨制是五年当中最出色的作品。

在中国,韩忠华所译 38 万字的《天秤星座》,为国内的外国文学研究者提供了新的研究素材。小说中在刺杀肯尼迪总统这个事件中虚构了一个同情古巴革命的退伍士兵奥斯瓦尔德,让他去刺杀肯尼迪,属于天秤星座的人有正反两种,一种稳重,一种冲动,奥斯瓦尔德作为冲动的天秤座人,从战争中重返社会后却被社会遗弃,于是萌发了刺杀总统的想法。而最终杀死了肯尼迪的却是两个牢骚满腹的中情局情报员。这本具有历史元小说特征的作品在出版的当年(1988)就获得了"全美优秀图书奖"提名①。

另外一本 2002 年 12 月出版,李公昭所译的《名字》(*The Names*,1982)的译文平白流畅,此书的内容涉及凶杀、侦探、性、邪教等商业因素,主人公詹姆士是美国驻希腊公司的风险分析员,他去库罗斯岛看望分居的妻子和儿子,听说那里有一个叫"名字"的邪教组织杀害一位老人,通过调查,他发现该组织专门谋杀那些姓名的首字母与发生谋杀的城市名首字母相同的人,结尾处,詹姆士目睹一侨居希腊的美国人被打死。这本书由此被称作"说出不可说的"②。

二、德里罗和品钦的异曲同工

由朱叶译成汉语的《白噪音》,这本书是美国后现代主义文学最具经典性的代表作,荣获美国"全国图书奖"。这是一部关于后现代社会中"生与死"的思辨小说,被西方文学评论人誉为"美国生死书",隐喻活佛索甲仁波切所著《西藏生死书》,对当前美国与世界的现实具有较强的预

---

① Heinz Ickstadt, "Loose Ends and Patterns of Coincidence in Don DeLillo's *Libra*", *Historiographic Metafiction in Modern American and Canadian Literature*. Eds. Bernd Engler and Kurt Muller. Paderborn, Germany: Ferdinand Schningh, 1994, p. 299.

② Paula Bryant, "Discussing the Untellable: Don DeLillo's *The Names*", *Critique* 29, 1987, p. 28.

见性和现实意义。

20 世纪末期的美国社会,是一个高度发达的后工业社会或称后现代社会。这是一个被异化了的物质世界,现在正反过来异化人类,威胁他们的生存——既伤害他们的身体,又折磨他们的灵魂,尤其是让他们时刻感受死亡恐惧的困扰。女主人公芭比特为了获得据称可以医治死亡恐惧的药丸"戴乐儿",不惜背着丈夫和家人,与该研制项目经理格雷先生长期进行性交易。在小说第三部"'戴乐儿'闹剧"中,她丈夫杰克终于明白了事情的真相,因而决意向格雷先生复仇。但是,由于他在毒雾中的短暂暴露,自觉死期在即,他同样企图获得"戴乐儿"来消解死亡恐惧。于是,他经反复琢磨和实地观察,设计并实施了他的复仇计划,结果却是上演了一出既残忍又荒诞不经的闹剧。

小说男人公杰克·格拉迪尼教授,在山上学院创建"希特勒研究系"。自己不懂德语但却创立了"希特勒研究系",任该系主任。为了应付希特勒研究大会的召开,不得不找个德语老师恶补德语。小说中,他与第五次婚姻的第四任妻子芭比特(他的第四次婚姻是与第一任妻子复婚),他们各自多次婚姻中所生的四个子女:杰克的儿子海因利希(14岁)和女儿斯泰菲(9岁)、芭比特的女儿丹妮斯(11岁)和小儿子怀尔德(2岁),生活在一起。四个一起生活的孩子,居然不是同父异母,便是同母异父:这就是美国后现代社会中典型的所谓"后核心家庭"(post-nuclear family)①。婚姻来得快也去得快——杰克和芭比特结婚也尚不足两年。因为婚姻容易失败,家庭成员来不及搞清楚家中事情的来龙去脉,于是家庭便成了"世上一切错误信息的摇篮"。

无独有偶,《白噪音》就人物、情节和主题都与另一位后现代巨擘——品钦的第二部小说《拍卖第 49 批》(The Crying of Lot 49, 1968)有着诸多相似之处。前者的主人公杰克·格拉迪尼与后者的核心俄底蒴·马斯(Oedipa Maas)都试图弄懂这个后工业化的社会,然而有非常害怕面对"纯洁、经过过滤的真相"。俄底芭如同她的名字所示,效仿她的同源

---

① Judith Laurence Pastore, "Marriage American Style: Don DeLillo's Domestic Satire", *Voices in Italian Americana* 1.2, Fall 1990, p. 2.

名字的俄狄浦斯王(Oedipus)进行了一次探索,而这个探索注定是要给她带来毁灭性的噩耗。通过这个探索她想要为充斥塑料制品家庭推销会的世界找到新的意义,而结局是却绝对后现代式的"无结局式结局"。杰克和他的家庭也同样处于类似的对生存赋予新意义的探索之中,只不过目标换成了安全和理解。

杰克和夫人芭比特都对死亡非常恐惧,其实,活佛说了,只要不修行佛法,人人都会对死亡恐惧,从而永世在轮回中不得超生。于是芭比特开始从一个有着诸多化名的骗子那里买"长生药"——"戴乐儿",还同他有染。他们希望通过躲避死亡来重获生命,以便找到他们自己生活的意义。在品钦的《拍卖第49批》中,我们也看到类似的情节:俄底葩的丈夫马楚·马斯在使用由海勒硫斯提供的麦角酸二乙基酰胺〔一种麻醉药物〕,这两种药物使得两个人在生活中迷失方向,让他们丧失自我,从而使得他们不必面对死亡或者现代社会的文化。而杰克和俄底葩在面临逐渐失去配偶的情况下都采取了行动:俄底葩看到丈夫吸毒就甩开他,更加坚定地走向自己的探索之路。而杰克采取的是一种丈夫通常会采取的方法:找出药品提供人兼外遇,然后去杀掉他。

杰克在那之后的生活可以看做十足的后现代状态:他活在一种近乎一切都相信,又一切都不相信的第二十二条军规之下:他躲避医生,因为他会给他带来他即将辞世的消息;"他也不去超市,因为那里总是重新摆放货架弄得顾客老是在四处寻找货品。"[1]品钦和德里罗在这两本书中都在探索一种受到科技影响的美国文化体系,但是又后现代十足地让笔下的人物只能对这种体系一知半解,让他们在迷茫中挣扎:他们究竟能否获知实际的生存状态,仍然只能是一种偏执狂。俄底葩面临的是一个问题:但是她无法断定究竟这是一个世界性的古老阴谋,还是单纯由她已故的前男友设计出来针对她的伎俩。格拉迪尼一家所面对的只是每日的琐事构成的一个浩繁体系。似乎德里罗要他的后现代读者都参与了针对一个普通人——杰克的骗局系统:这个系统的理论就是,"人在他周围设置系

---

① John N. Duvall, "The (Super) Marketplace of Images: Television as Unmediated Mediation in DeLillo's White Noise", *Arizona Quarterly* 50. 3, Autumn 1994, p. 128.

统从而保护自己不去看知识和真相"①。格拉迪尼一家害怕死亡,所以就沉溺于各种他们认为可以免死的活动中。杰克找来大堆的舒适享受品;芭比特在足球场的台阶上跑步。

三、集大成的后现代新作

1. 得福氏真传——《地下世界》

严忠志 2013 年翻译了德里罗 55 万字的长篇代表作《地下世界》(*Underworld*, 1997)。如同品钦的《梅森和狄克逊》(*Mason & Dixon*, 1997)一样,《地下世界》也打进畅销书排行榜,这个成绩对于那些超过700 页的大部头来说可不是什么小菜一碟。同时也受到广泛的评论,这其中包括苏珊·桑塔格(Susan Sontag, 1933–2004)盛气凌人地把它评为"后现代鱼目混珠之作(postmodern potboilers)"。而同样这个词被斯蒂芬·汉特克(Steffen Hantke)解释为"这类小说某种程度上是难读的,但同时又为大批读者提供足够的娱乐,那么它们的难度就被忽略了"。

小说从 1951 年的一场美国国技——棒球比赛开始,一直写到互联网时代,半世纪的时间跨度,挽歌似的笔调,《押沙龙,押沙龙》似的时空跳跃,"《圣经》"般广谱的人物故事穿插交替,以及那个和《万有引力之虹》一样令人望而却步的 827 页篇幅,都是作者为"美国名著"做出的实证。这本书之所以说是德里罗的代表作,不仅是因为它篇幅巨大,最主要的是它几乎囊括德里罗在以往多部小说讨论过的核心主题:在《尽头区域》(*End Zone*, 1972)已经出现过的以体育比赛作为核战争的比喻;《白噪音》中的黑色幽默以及对美国偏执狂目光如炬的敏锐捕捉。只不过在这本新书中,这些主题就像"电视的重播",在全彩色的广告中跳出来那些令人放松而悦目已极的黑白经典影片一样。

---

① Michael Hardin, "Postmodernism's Desire for Simulated Death: Andy Warhol's Car Crashes, J. G. Ballard's *Crash*, and Don DeLillo's *White Noise*", *LIT: Literature, Interpretation, Theory* 13.1 2002, p. 25.

American Fiction: Local Processes and Multivariate Genealogies

读这本书就像是"用浏览器进行的网络冲浪"①：你看到网页上有数以千计的链接，每条链接背后是一个人、一个故事、或者一个场景，这些超文本依次跳出的顺序似乎无章可寻，但是又丝毫不会影响围绕着尼克·谢伊（Nick Shay）展开的整个故事的叙述。他以前是个混混儿，此时在一家蒸蒸日上的废物处理公司上班。从1951年那场"呼喊声全球可闻的"比赛后拥有这支棒球队。此外还有尼克的情人、家人、朋友或同事，弗兰克·西纳特拉（Frank Sinatra），爱德加·胡佛（J. Edgar Hoover），伦尼·布卢斯（Lenny Bruce）等人在他身边出现或者离去。1951年这场比赛和苏联首次核试验的日期相同，在这个背景下，德里罗描述了处于巅峰状态的冷战画面，以及作为美国社会具体而微的代表——尼克在这一影响下性格的改变。

而这本书自身的创作经过又令人想起现代派的福克纳，这本书的第一章原本是五年以前发表在《哈泼》（*Harper's*）上的一个短篇小说②，福氏最拿手的就是把他早期看似随机的短篇小说结成集子出版，这些后来看来的确是具有长篇小说特质的集子，当初的确是一篇一篇单独刊行的短篇作品。比如《八月之光》实际上是两个中篇和一个长篇的组合，而且篇与篇的转换十分突然③。书中一个当年是家庭主妇此时做了艺术家的克拉拉·萨克思（Klara Sax），她相信在一个没有极限和尺度的世界中，冷战提供希望也有毁灭的同时也让人们团结在一起。于是她找来大批助手，教他们在B52轰炸机上手工绘制组成画卷。这个冷战时期最为突出的武器形象，因为在越战的"地毯式"轰炸而知名的杀人破坏工具，实际上提供给许多人一起工作的机会，而且这使得后工业化社会的人与人的联系都建立在杀戮和破坏的基础之上，换句话说，建立在"解构"之上。克拉拉和德里罗笔下很多思考着的人都一样，喜欢一些真挚、敏锐而常常

① Mikko Keskinen, "To What Purpose Is This Waste? From Rubbish to Collectibles in Don DeLillo's *Underworld*", *American Studies in Scandinavia* 2000 (32.2), p. 68.

② Philip Nel, "'A Small Incisive Shock': Modern Forms, Postmodern Politics, and the Role of the Avant-Garde in *Underworld*", *Modern Fiction Studies* 45.3, 1999, p. 725.

③ 不过这种当年的先锋性如今似乎已被大众接受：香港导演王家卫，在他唯美温情的《重庆森林》的两则故事中，就是使用福氏这种跳跃式的衔接。

是有点疯狂的概念。而书中另外一个人物马文·伦迪（Marvin Lundy）为了找到那场比赛中决定最后胜利的那个棒球，使用了很多高度复杂的设备，因为他相信"科技可以去除阴翳从而找回历史。科技会使真相变成现实"。马文后来把这个棒球卖给了小说的主人公尼克·谢伊，尼克和德里罗很多的主人公一样，把自己的日子过得就仿佛是从别人那里租来的生活一样。他曾是个少年犯，但现在做了一个经理，这个职位他说是适合"任何要百分之百地假装成为自己应该是的那个角色的人"。假装！

　　从个人出发的观点在这本书中有着举足轻重的作用：杰克·格利森（Jackie Gleason）利用他观众的弱点来开玩笑，伦尼·布卢斯在古巴导弹危机里说着致命的讽刺话语，爱德加·胡佛则通过看他的美国同胞私下的活动来创造历史。同样起着重要作用还有一样：垃圾（这东西自从自然主义开始堂而皇之登上文学大堂之后，以后就不断在现实主义、现代派和后现代派中长盛不衰，而现在有人利用垃圾来直接创作艺术品，有人在地上散乱地堆了一堆垃圾，但是墙上出现的却是一男一女在恋爱的剪影）。它在尼克和克拉拉的职业中是不可或缺的，并还渗透到故事的每个角落中。修女在布朗克斯区的垃圾场上帮助那些无家可归的人；布兰卡和汤姆森在那场比赛中面对彼此时碎纸片落在他们身上；我们看到垃圾清运罢工、旧货商、核废料，以及一艘没有国家愿意接受而不得不在海上漂流的垃圾驳船。德里罗在建议我们可以利用垃圾；他甚至暗示核炸弹可以回收后用于积极的方面。对于生活当中产生的废物堆，我们可以有两种态度：要么当做垃圾，最终被它们埋葬；要么当做资源，我们可以从中创造新生。

　　德里罗在这本书中怡然自得地描写街头传教的活动、爱德加·胡佛的偏执狂。那些在贫民窟墙壁上涂鸦而成的天使画像映衬在城市垃圾堆积而成的山头上，让人由衷佩服作者像绘画大师一般找到如此生动的意象。会话真实可信而且极具代表性，只不过谈及尼克的阿飞历史时难免有几分乏味。当暗喻这本书的缺陷时，评论者格雷·马歇尔以开玩笑的口吻说，这本书的"厚度可以在火车上拍打那些淘气的小孩子"。在一开始介绍一些似乎很有叙述价值的情节——比如，连环杀手的阴谋、每个拥有这个获胜球队的人的故事——都因为弗洛伊德阴魂不散要叙述那些冗

American Fiction: Local Processes and Multivariate Genealogies

长的童年回忆，或者反衬乔伊斯而作的艺术家空洞的遐思，而中途惨遭放弃。当然一本 800 来页的书开头的一些情节中间销声匿迹，然后在 400 多页过后忽然跳了出来，让读者不得不回头寻觅情节从而令读书乐趣大减。

有人说德里罗、琼·迪戴恩（Joan Didion）还有朱利安·巴恩斯（Julian Barnes），都是主要作家中最为残酷而不留情面的作者。但由于尼克的生长环境中体现了德里罗自己的成长经历，他成为德里罗文化症状的载体，而让作者表现出一些亲密感，对笔下人个性的内心世界有了丰富的感觉。这原本是通过尼克的童年作为美国过去 50 年缩影的一部《启示录》。评论人劳拉·米勒（Laura Miller）认为它完美地诠释了亨利·詹姆斯的一句名言："除了那里头所有的东西，我喜欢它的一切。"[1]

2. 自省的贝克特——《身体艺术家》

2001 年 2 月 21 日，德里罗的一些拥护者，特别是那些喜欢他小说中无所不包但是又很平静的偏执狂的人，会对他新的作品——《身体艺术家》感到困惑。这本书关注的不是历史和文化，而是某些很小但是又非常难回答的哲学问题，比如你这一刻和下一刻还有上一刻是不是同一个人。这种自省式的主题也就是《哥伦比亚美利坚合众国文学史》当中所指的后现代主题。德里罗要他的读者从一个新的不加保护的角度来审视自己对现实的看法，去除所有的铺垫来面对人类严酷的现状。

小说标题所指的艺术家叫劳伦·哈特克（Lauren Hartke），她系统地把自己的身体以多种方式在舞台上转换成概念性行为艺术品。在一则讣告发布后，我们得知她丈夫死了，如同卡夫卡的《变形记》主要部分就是写一个人变形后内心和旁人的反应，小说剩下的部分就开始讲述她痛苦的几个月里内心世界的感受。"我们怎么感受时间？我们怎么知道真相是什么？"之类的问题就是这本书要探讨的哲学问题，以及劳伦在她的身体艺术作品当中要去探讨的事物。

---

[1] Joseph Dewey, Steven G. Kellman, and Irving Malin, eds., *Under/Words: Perspectives on Don DeLillo's Underworld.* University of Delaware Press, 2002. 以及 John Duvall, *Don DeLillo's Underworld: A Reader's Guide.* New York and London: Continuum Publishing, 2002.

　　德里罗笔下的人物通常对于日常生活中的事物的氛围和细微差别，以及陌生的事物有着异乎寻常的敏感。劳伦在丈夫死后需要重新把生活整理一下，表述成文字，但是她的生活已经变得没有什么因果关系了。当她驾驶时，她发现"所有的车，包括你自己的，似乎都在朝着一个分离的方向流动……而这个公路泛着白光，似乎在低声吟唱"。为了她的艺术和神志，她开始练习"需要扩张的旋转，蛇的形状，花一般的弯腰"的瑜伽；她开始重新练习呼吸；她剪短发，打磨皮肤，就是为了让自己以新的状态对待世界。

　　而她丈夫死后，她在房间里发现在他们家里一直都有一个谜一样的半男人半小孩状态的人，他说话时诗的韵味十足，如果朗读，的确有诗歌的风范。她用自己中学科学老师的名字给这个人起名叫塔特儿先生（Mr. Tuttle），当她要教他学会思维时，她叫喊着："学得像个禅宗大师好不。"禅宗的美学体现在一个日本女子给他们家的花园里浇水的动作上，体现在那些公路上像浪一样起伏的车辆的行驶上，也体现在劳伦她自己的呼吸锻炼上。禅宗在这本书的地位类似《白噪音》里的"戴乐儿"，是人不愿面对其艰难的现实时的一种手段。①

　　塔特儿先生究竟确有其人还是劳伦因为丈夫过世而产生的幻觉不得而知，但是劳伦把自己关起来几乎到了一种幽闭恐惧症的地步，这一切都给《身体艺术家》增添了一抹超现实主义的色彩。不过反过来，这种奇异又是德里罗刻意安排的结果，他可以表现死亡、失去亲人和孤独对艺术创作有多大的启示意义。

　　塔特儿先生强迫劳伦去表述她在忧伤中思虑的问题："他不知道怎样把自己和我们所说的'现在'相联系。很可能没有把'现在'当成信仰的人认为不存在这种东西。"但很不幸劳伦没有回答这个问题，虽然她又

---

① 我们提及美国后现代小说时，似乎一定要提及汤亭亭，好像不如此不足以表现美国后现代文化的多元性（当然可以理解对于同是华人的作家的高度关注源自对共同祖先的尊重）。但是《白噪音》里从活佛索甲仁波切那里听到藏传佛教的教诲，《身体艺术家》里看到日本禅宗的影响，而这些又是一个天主教传统最为浓厚的意大利后裔的德里罗所能深刻体会到的。这难道不能最好地说明多元文化的彼此渗透和交互影响，展现美国文化当中弱势文化向强势文化挑战的格局吗？

American Fiction: Local Processes and Multivariate Genealogies

以不同的方式多次问过这个问题。而这个德里罗的童话故事,如同他的史诗故事一样,没有给读者一个道德启示,也没有一个明确的生活启示。这本书反观生活教训,破解陈词滥调,把日常生活底下掩盖的深渊曝光、解构。

作者在书中又一次回到他一贯的后现代主题之一的科技消灭人性的主题上。劳伦在电话自动应答机上有七种不同的男声来应答,但是实际上一个男人也没有。这本书中最出名的一个暗喻来自她在互联网上看到的一个直播:芬兰一条荒僻的街道上或者车来车往,或者在午夜空空荡荡。而劳伦觉得有人会因此产生意淫。曾经有人批评德里罗笔下的人物没有"圆形"人物,这次劳伦就在书的结尾处,在舞台上,短暂地,完全变成另外一个人。这就是人的异化。①

这本书重要的地方就在于它的写作风格和这个故事本身非常契合。这种东一榔头西一棒槌的碎片式叙述正好反应劳伦自己的思维过程。文本有种清晰但是又不确定的结构,文字自己似乎就在脉动和呼吸。劳伦和读者之间有种奇怪的统一,这很可能就是因为这个故事使用了第三人称叙事体,我们知道有限全知的角度要比劳伦的第一人称叙事体来得更真实。德里罗是语言大师,更因为他对孤独语言的掌握,给这部薄薄的作品一种厚重的分量。

小说的意义和劳伦的职业从某种程度上相联系。"行为艺术"在很多人看来就是古怪的人性。通常他们的行为目的是为了引起别人的注意,或者恐慌,或者就是因为别人没做过这件事,哪怕这事实在荒唐。劳伦的行为艺术比这复杂,她拿自己的胴体做画布来讲故事。如同一个真正伟大的艺术家,她一直在探讨她自己问题的答案。在与自己交流的同时,与观众交流。

尽管有报道说德里罗越来越多地表现出要成为一名启示录作者的愿望,但是这本书总体上并不是关注身外的林林总总,而是我们虚空的内心世界。这种不同点使得德里罗以一种不同以往那种高高在上,而是悲天

---

① Cornel Bonca,. "Being, Time, and Death in DeLillo's *The Body Artist*", *Pacific Coast Philology* 37, 2002, p. 58.

恼人的和蔼形象面对世人。如果《地下世界》是德里罗的《尤利西斯》,那么这一部《身体艺术家》就是他的《等待戈多》。①

3. 与厄普代克交锋——《大都市》

德里罗 2003 年发表了关于资本的小说《大都市》,在《纽约客》(New Yorker)一篇文章中出现这样的文字:"约翰·厄普代克②驾驶着唐·德里罗的豪华轿车。"厄普代克这样总结了德里罗的写作风格:"虽然他一直都是一个为了表现概念而写作的作家,笔下人物时不时喷涌出一些灵巧活泛的文字,但他能够让自己……使用现实派沉稳的表象,但实际上沉浸于经过个人校对过的细节描述上。"评论人爱玛·布洛克斯(Emma Brockes)在《卫报》(The Guardian)上称这是一次"巨人之间的冲突"(Clash of the Titans)。但这部作品被评论人汤姆·勒克莱尔(Tom Le-Clair)认为是追随麦尔维尔的短篇杰作《抄写员巴特比》(Bartleby, the Scrivener)③所开创的描写华尔街人的传统。其中 28 岁的资产经理埃里克·帕科尔家产几十亿,极度崇拜技术和市场。他住在一栋大厦楼顶有 48 个房间的房子里,并且有一个游泳池、一个电影放映室、一个体育馆和两部专用电梯。这座房子建造花费 1.04 亿美元④,帕科尔的基本天性就是要在世界上不断攫取新的东西。在 2000 年 4 月的这一天,他正在做重大的金融投机,对抗日元的升值,同时打算乘车穿过纽约市理发。在拥挤的街道上,一路上他一次次钻进钻出自己的汽车,他遇到了一场反对全

---

① Philip Nel, "Don DeLillo's Return to Form: The Modernist Poetics of *The Body Artist*", *Contemporary Literature* 43. 4, Winter 2002, p. 736.

② John Updike 1932 - 2009, 他和索尔·贝娄(Saul Bellow)一样是美国新现实主义(Neorealism)流派的代表之一,长期为《纽约客》杂志撰文,所以也有"纽约作家"之称,他在 20 世纪 60 年代到 90 年代之间以差不多每十年一部的速度发表了"兔子四部曲",被称作是史诗般的作品。但是他最值得称道的是他的短篇小说,这方面他的锋芒直逼海明威,作品多次入选各种美国短篇小说集。

③ 笔者在读书时看到这个短篇时就为它着迷,一个极有性格的律师事务所雇员因为对世界失去希望而变得古怪异常,而最喜欢对他老板说的一句话就是"我不喜欢做那事"I preferred not to,但是在现实社会中这样一个另类的家伙怎么会有好结果,被关进监狱最终病死其中,落得凄惨的下场,麦尔维尔从而为人类感叹。毕业后一直以此为鉴,人除了适应社会,别指望社会来适应自己。

④ 记得比尔·盖茨的豪宅用了差不多这些钱。

球化的游行示威,后来这场示威变成了一场骚乱。他还穿过一支送葬者的队伍,一个狂人的聚会。他的安保负责人报告他一个精神错乱的前雇员要谋杀他。他还有了三次性行为,不过却绝不是和他那位性冷淡的新婚妻子。他妻子是一个奢侈而富有的小诗人,她不断在各个方面碍他的事。他要去曼哈顿西边理发。英语中"go west"有"归西"的意思。而美国俚语中"理发"也有遭受重大金融损失的意思。那么他这一天会有什么样的结局就已经在地平线下等候多时了。① 但是和汤姆·伍尔夫(Tom Wolfe)的《名利的篝火》(Bonfire of the Vanities, 1988)不同,德里罗没有伍尔夫那么好性子对金融界娓娓道来,而是采用他一贯的叙事手法:把帕科尔这段两英里的路写了200多页。不过我们看到同样的一段在一天当中发生在都柏林的旅程,乔伊斯可写了八九百页。故事的背景设在2000年4月,那时牛市的疯狂氛围就像《白噪音》里的"空中毒雾事件"像鬼出没一样贯穿全书。

帕科尔似乎对能从他的财富和豪华车里逃出来,感到很惬意。而且从他那种几乎孤注一掷似的投机方法看来,好像存心要把大部分的财产输掉,他莫名其妙地和别人打斗、头才理了一半就从理发师那里跳起来,让自己处于致命的危险之中。帕科尔的动机好像极具后现代的似非而是、后现代的病态:时而自我肯定,时而自我贬抑。有人会认为这是德里罗对主导后工业社会的高度发达的资本主义表现出自己的态度。他透过小说中的角色说:"金钱来了个大转弯。所有的财富变成了它们自身的财富……金钱失去了叙事的特点,就像绘画曾经失去的那样。金钱只对它自己说话。"《华盛顿邮报》上的一篇文章称德里罗写"这种没头没脑但是又是魅力十足的即兴反复演奏片断"比世界上任何人都拿手。

本书的标题大都市(Cosmopolis)源自希腊语,"polis"的意思是由市民管理来的城邦,是古希腊最出名的政治架构。"cosmopolis"就是在城邦基础上长成的独裁而又孤立的世界城市——也就是现在多民族的巨型

① Mattias Blom, "Unmaking Identities: Going West in DeLillo's *Americana*", In *Stories of Old: The imagined West and the Crisis of Historical Symbology in the 1970s,* Uppsala, Sweden: Uppsala University, 1999, p. 125.

都市纽约。① 而第四十一大街就可以看做这整个世界一个具体而微的缩影。帕科尔在这样压缩的世界中，就像那些反全球化示威者在大街上释放的养在笼子里的老鼠一样。老鼠身不由己地在笼子里的跑步轮上越跑越快，帕科尔也许和它们一样在这个世界都市里要疯了。但是他又会很后现代地漠视那些反全球化的示威者，他们没有西贡的和尚那种庄严的举止，所以他们除了引来游客好奇的一瞥也就什么都没有了。

德里罗在《大都市》创造的是真相的另外一个侧面，它给我们反映出现代生活令人茫然的一个镜像。有人甚至认为这本书比《地下世界》更好。② 帕科尔是一种不同的处身事外的小说形象，不是一无所有的人，而是什么都有的人，而具有反讽意味的是，结局是什么都没有。

结　语

到了后现代时期，大家一方面期待对这一较新的文学形式有更多的认识，而另一方面，大家又急于为后现代盖棺定论。胡全生认为："20 世纪 80 年代的后现代主义小说虽然还不断出现，然而已是强弩之末。"因为他认为一些具有后现代特质的人物开始有了重大转折："文论家巴尔特 1980 年死了，拉康 1981 年死了，福柯 1984 年死了；小说家巴塞尔姆英年早逝，巴思、库弗的后期作品受到抨击，品钦自《万有引力之虹》之后沉寂了 17 年之久。"所以他得出结论认为："这是后现代小说开始衰亡的表征。"③ 英国文化理论家阿兰·科比（Alan Kirby）是当前后—后现代主义理论阵营中的重要成员。他认为，自 20 世纪 90 年代以来，受快速发展的网络信息技术影响，数字现代主义正取代后现代主义成为我们当下文化中的新的主导范式。数字现代文化给我们带来全新的文本形式、文本内

---

① Robert Weibezahl, "DeLillo's cross-town trek", December 2004 <http://www.bookpage.com/0304bp/fiction/well_read.html>

② Grockwel, "DeLillo: *Cosmopolis*", December 2004 <http://strange.mcmaster.ca/cgi-bin/mt-comments.cgi?entry_id=447>

③ 胡全生：《英美后现代主义小说叙述结构研究》，上海：复旦大学出版社，2002 年，第 23 页。

American Fiction: Local Processes and Multivariate Genealogies

容以及文本价值,也带来全新的文化结构、文化行为和文化意义。科比在《数字现代主义:新技术如何拆解后现代并重构我们的文化》(*Digimodernism: How New Technologies Dismantle the Postmodern and Reconfigure our Culture, New York: The Continuum International Publishing Group Inc. 2009*)一书中讨论了数字现代主义理论的核心内容,包括数字现代主义的由来、数字现代主义与后现代主义的区别和联系、数字现代文本的美学特征等。他认为:"20 年过去了,我们眼前的视野已发生变化:以前是后现代主义,现在是数字现代主义。"

科比进一步说明数字现代主义与后现代主义的关系是多方面的,数字现代主义是后现代主义的继任者:于 20 世纪 90 年代中后期,它逐渐显现为我们时代的文化、技术、社会和政治表达诸方面的主导范式。在早期阶段,崛起的数字现代主义与衰退的后现代主义并存,这是个杂糅或边界文本的时代(比如《女巫布莱尔》《办公室》和《哈利·波特》等小说)。早期数字现代主义文本的许多缺点是继承解构性后现代主义的那些最糟糕的特点。数字现代批判的任务之一就是要对此缺点进行摒弃。数字现代主义否定了典型后现代主义的特征,比如诚挚认真和表面真实等。数字现代主义在时间上继承了后现代主义,部分也表现在一些相同的文化形式上,而从社会政治意义上来看,数字现代主义像是后现代主义的逻辑产物,它传达的更多是一种调整后的连续而非断裂。两者之间的这些关系并不相悖,但也反映出它们高度的复杂性和多元性。后现代主义是否如科比所认为的,就已经被数字现代主义所取代,似乎尚难定论。但是从缪斯数据库(Project Muse)2015 年到 2016 年所收录的文学方面的专著数量来看,的确反映出后现代作为一种明确的选题是下降了,尽管就全文搜索来看,作品当中的章节仍然有后现代的名称不时出现。

只是,Digimodernism 和 Digital Modernism 看似一家,但是杰西卡·普莱斯曼(Jessica Pressman)所作 *Digital Modernism: Making New Media* (Oxford NewYork: Oxford University Press, 2014)里表达的那样,Digital Modernism 更着重挖掘现代派的作品如庞德(Ezra Pound)、乔伊斯(James Joyce)和鲍勃·布朗(Bob Brown), 和一些数字化的作品例如威廉·庞德斯通(William Poundstone)的《速示器项目{无底洞}》(*Project for the Tachistoscope {Bottomless Pit}*)，张英海（Young-hae Chang）的《重工业的达科他州》（*Heavy Industries's Dakota*）和贾德·莫里西（Judd Morrissey）的《犹太人的女儿》（*The Jew's Daughter*）之间的承续关系。

　　王守仁的观点则更加鲜明，他列举在德国斯图加特开过一个名为"后现代主义的终结"的学术研讨会，就可以得出一个"新世纪伊始，后现代主义小说风头已过，现在尘埃落定，可以对其是非功过予以评说了"的结论。[①] 对美国后现代看得最乐观的估计是杨仁敬了："不难看出，随着美国多元文化的发展和东西方文化交流的深化，美国后现代派小说将进一步走向多样化、民族化和综合化，也许美国读者所期待的'文学巨匠'在不久的将来将会出现。"[②]

　　我们不一定能够说德里罗就是"文学巨匠"，因为即便是杨仁敬也没有把德里罗看成是这样一个人物，只不过是一位"知名的美国后现代派作家"[③]，但是我们至少可以这么说，德里罗娴熟地展示各种后现代技法，由此他可以无所争议地成为美国本土小说后现代元素的代表人物。但是美国评论家对他的态度可不像我们这样，把他的作品"从现代文学史的边缘移到中心"。而且，年轻一代的作家如大卫·福斯特·华莱士（David Foster Wallace）、理查德·帕尔斯（Richard Powers）、朱安娜·司哥特（Joanna Scott）和乔纳森·弗兰曾（Jonathan Franzen）在深受德里罗影响的同时，盛赞他为"美国小说真正的先知"[④]。他是新文学的先知：惠特曼把浪漫派诗歌推向巅峰的时候也是他葬送这一流派的时刻；亨利·詹姆斯潜心陶醉心理现实的时候，送走现实主义，催生了现代派；福克纳在醉眼蒙眬中勾勒似梦似幻的世系小说，登上现代派的宝座，也同时看到后现代的曙光。而现在，轮到德里罗了。

　　美国的黑人文学、华裔文学、印第安文学不是到了今天才有的，而是

---

① 王守仁：《谈后现代主义小说——兼评〈美国后现代主义小说艺术论〉和〈英美后现代主义小说叙述结构研究〉》，载《外国文学评论》，2003 年第 3 期，第 148 页。
② 杨仁敬等：《美国后现代派小说论》，青岛：青岛出版社，2004 年，第 13 页。
③ 同上，第 177 页。
④ Stephen Burn, "DeLillo, Don." *The Literary Encyclopedia*. 3 Oct. 2003. The Literary Dictionary Company. 3 December 2005. < http://www.litencyc.com/php/speople.php? rec = true&UID = 1214>

从美国文学诞生之日起就已经存在，但是由于后现代解构核心的做法，在德里罗等后现代作家的推动下，使得这些原来被定义为"亚文化"的文学开始从边缘移到中心，都是中心那就没有中心。我们看到《诺顿美国文学选集》从第四版开始，把少数民族的文学与传统的强势文学放在平起平坐的地位来遴选，后现代思维深入人心，"去中心""弑父"大行其道，美国本土的后现代文学如日中天。

第十二章

大众文化谱系

——大众想象与文化消费中的美国小说

引 言

　　文学作品作为一种社会语境下的产物,和文学市场、文化消费心理以及大众传媒的发展水平有着密不可分的联系。大众文化虽然肇兴于欧洲,但是真正意义上的大众文化首先繁荣于美国,而它对文学创作的影响更是多方位、多层次的。在美国小说本土化的进程中,大众文化以其多元性、创新性以及鲜活多样的创作元素从形式和内容上深刻地影响了美国本土小说的创作。将大众文化视野引入文学研究虽然在国外已经取得很多成果,但这种研究趋势还是 20 世纪后半叶才初现端倪。从 20 世纪 60 年代开始,一些欧美学者开始关注流行小说(Popular Fiction),并开始对它们进行比较严肃的文本研究。美国学界对于流行小说的批评从一开始就充满着诸多的争论和怀疑,这不仅因为与之联系紧密的大众文化一直是各种思潮以及社会权力争论的场所,也因为"高雅文学"和"通俗文学"之辩在战后尤为引人注目。但不可否认的是,大众文化研究兴起使得对流行小说的研究越来越系统。六七十年代研究流行小说的研究采取的仍旧是传统的文学批评手法和范式,研究关注文本而忽略了流行小说本身的历史和文化特征,两个代表作是布鲁斯·梅利(Bruce Merry)

1977 年出版的《解析间谍惊悚小说》(*Anatomy of a Spy Thriller*) 以及杰瑞·帕尔默(Jerry Palmer)1979 年出版的《惊悚小说：一种流行文化的起源和结构》(*Thrillers: Genesis and Structure of a Popular Culture*)。这两部作品都从弗莱的《批评的解析》中获得灵感，但对于流行小说流派的研究也难免落于传统文学批评的窠臼。80 年代随着女性主义批评、新左派以及文化研究的兴起，对文学与大众文化的研究专著开始大量出现。詹尼斯·雷德威(Janice Radway)在 1984 年出版的《阅读浪漫小说：妇女、父权制和大众文化》(*Reading the Romance: Women, Patriarchy, and Popular Literature*) 通常被认为是通俗小说研究的杰出著作。这部著作对流行小说进行了追根溯源。其分析思路广阔，采用了心理分析、读者接受、出版业与社会经济之间的互动关系等方法。梅里亚·马基宁(Merja Makinen)的《妇女畅销小说》(*Feminist Popular Fiction*, 2001)将女性主义文学批评和流行小说批评结合起来。同时，有关大众文化的政治经济学的观点开始出现，阿尔都塞、葛兰西、弗雷德里克·詹姆逊(Frederick Jameson)等学者关注消费资本社会和后工业社会，并用政治经济学和意识形态理论分析大众文化，将其看做占统治地位意识形态的一种形式。受这些西方马克思主义学者的影响，米歇尔·丹宁(Michale Denning)在 1987 年分别出版了《封面故事：英国谍报小说的叙事及意识形态》(*Cover Stories: Narrative and Ideology in the British Spy Thriller*)以及《工人的口音：美国廉价小说与工人阶级文化》(*Mechanic Accents: Dime Novels and Working-Class Culture in America*)两部著作。从这些著作中可以看出，对于读者接受、政治经济分析和文化分析的研究成为 80 年代流行小说的主流研究方向。

对于小说类型和流派研究是文学与大众文化研究中非常有争议性的一面。对于文学类型的研究早在亚里士多德就开始了，而在 20 世纪西方学界具有代表性的则有诺斯罗普·弗莱和弗雷德里克·詹姆逊、雅克·德里达以及卡洛琳·米勒(Carolyn Miller)等等。弗莱第一次对浪漫小说进行了较为全面的阐释，他认为浪漫小说满足人们的乌托邦式的幻想，满足了人们对于平凡生活的超越的欲望，是一种对伊甸园的回归和对新生活的向往。弗雷德里克·詹姆逊在有关流派研究的经典论文《神奇的叙事：作为文学流派的浪漫小说》(*Magical Narratives: Romance as*

Genre)中认为类流派是一种文学机构(literary institution),一种在读者和文本之间建立起来的契约关系。乔伊斯·J·杰里克斯(Joyce J. Jaricks)《类型小说阅读指南》(*The Readers' Advisory Guide to Genre Fiction*)则认为文学流派会随着历史、文化环境的变化而做自我调整,随着科学技术发展、读者阅读环境、出版业的变化而变化。沃尔特·纳什(Walter Nash)在 1990 年出版的《流行小说的语言》(*Language in Popular Fiction*)延续了新批评的研究方法,通过文本细读的方法对流行小说中的类型进行了总结。而肯恩·格尔德(Ken Gelder)2004 年出版的对流行小说的研究著作《流行小说:作为一个文学领域的逻辑与实践》(*Popular Fiction: The Logics and Practices of a Literary Field*)在书中重申了流行小说和文学之间的对立性,而这一点也受到了评论家的批评。

另外,对于文学与大众文化的研究也见于具体的文本分析中,如克里斯·梅森格(Chris Messenger)在《〈教父〉与美国文化》(*The Godfather and American Literature*)中分析了流行小说对于美国文化产生的巨大影响。此外,一些文学研究专著中涉及了一些大众文学样式对主流作家的影响。如亨利·纳什·史密斯(Henry Nash Smith)在《处女地——作为象征和神话的美国西部》(*Virgin Land: The American West as Symbol and Myth, 1950*)中就专辟章节对一角小说进行了研究,以及这些一角小说对于库柏等作家文学创作所产生的影响。从文学史著作来看,国外对于大众文化引入文学批评视野已经有了足够的认识。《剑桥美国文学史》(*Cambridge History of American Literature*)第三卷中第一部分就以"文学形式与大众文化"为标题展开,着重体现了 19 世纪上半叶大众文化在美国建立起来后对文学的影响。在《哥伦比亚美洲小说史》(*The Columbia History of the American Novel*)中则有"图书市场"(The Book Marketplace)以及"流行形式"(Popular Forms)的章节对大众文化以及市场等因素对文学的影响进行了专门的论述。

国内从 20 世纪 80 年代起,一些学者开始关注国外大众文化对文学的影响。任一鸣在《论当代英国通俗小说》一文中介绍了英国通俗小说的几种形式。陶洁在《美国的通俗文学与严肃文学》一文中就提到了美国的严肃作家和通俗作家常常互相学习,彼此借鉴。在陶洁的另外一篇文章《〈圣殿〉究竟是本什么样的小说》中，作者就作为福克纳唯一一本甫一上市就畅销的小说《圣殿》（*Sanctuary*, 1931）的创作目的以及删减过程等方面对这本小说进行了考察，并从福克纳的个人经历上强调福克纳的创作动机并不完全排除市场因素。金衡山在其文章《经典以外的世界——19 世纪美国通俗小说的文化解读》中则认为，要了解 19 世纪美国社会，只读经典作家的作品是不够的，普通大众读得最多的作品和和经典作家作品的不同之处同样值得研究。此外国内还出现了系统介绍美国通俗小说发展历程的著作，即黄禄善的《美国通俗小说史》，以及对文学中的类型元素进行研究的著作，如王晓姝的著作《哥特之魂——哥特传统在美国小说中的嬗变》。该书梳理了从欧洲舶来的哥特因素在美国的书写、影响和接受情况，并从浪漫主义文学经典、南方哥特、当代哥特等方面对美国小说中的哥特传统进行了研究。另外，也有从后现代主义作品和大众文化的角度来对英美现当代文学创作趋势进行研究的文章，如林玉珍、胡全生在《后现代主义小说中的通俗性——通俗小说类型在后现代主义小说中的运用》一文中探讨了后现代作家在运用通俗小说类型的同时也进行了一定的颠覆。杨金才则在《当代英国小说若干研究》一文中指出当代文学艺术创作已经走向多元化，小说的严肃精英性质正在逐渐被通俗所替代，纯文学也逐渐被边缘化。

朱振武也非常注重大众文化的批评视野，其论文《爱伦·坡现象与通俗文化》论述了报刊、杂志、电影电视以及互联网对爱伦·坡作品的影响和传播方面扮演着不可或缺的角色。在另一篇文章《论福克纳小说创作的通俗意识》中则谈到了福克纳吸取西部幽默与方言、恐怖因素和哥特因素等方面的借鉴，进而拆除了横亘在雅俗文学之间的高墙。而朱振武教授更是对丹·布朗小说进行了全面而深入的研究，并出版了有关中文专著《解密丹·布朗》以及英文专著《丹·布朗现象诠释》（*The Dan Brown Craze: An Analysis of His Formula for Thriller Fiction*, 2016），对丹·布朗及其作品所引发的文化现象进行了深度解读。

此外，在文学与文化关系上，江宁康在其著作《美国文学经典与民族文化创新》"当代美国文学的雅俗文化共建"一节中认为美国小说经典的形成是雅俗文化品位之间互动变化的结果，而美国当代文学的创新与大众文化传媒的迅速发展几乎不可分开。在消费文化与文学之间的关系上则有于冬云的论文《20 世纪 20 年代美国商业消费文化与现代性的悖论——重读海明威的〈太阳照常升起〉》，该文从消费文化语境分析了海明威作品主人公在转型空间中的内心冲突和矛盾。蒋承勇教授的《感性与理性，娱乐与良知——文学"能量"说》则为小说的娱乐性和游戏性进行了辩护。在论文《娱乐性、通俗性与经典的生成》中则从狄更斯小说的故事性和娱乐性入手，分析这些元素在从市场和读者中走出来的狄更斯的作品的经典化过程中起到的作用。在文学史方面，常耀信所著的《美国文学简史》第 23 章则提到了约翰·格里森姆，着重从伦理抉择方面探讨了他的两部作品，同时也指出了他小说在情节设计上的一些问题。

不同于欧洲长时间高雅文化作为文化的主导，美国大众文化从美国建国后不久，19 世纪初大众期刊和杂志的兴盛就开始逐渐形成并成为文化主流。美国不少经典小说家曾经也是经过市场检验的流行作家，他们的作品并不以艰涩高深取胜，而是能够与普通读者打成一片，并在此基础上，赋予作品丰富的故事内涵以及深刻的思想。从这个角度上来说，这也是美国小说创作的一个重要特点。大众文化在美国小说本土化进程中扮演的重要作用主要体现在大众文化的娱乐性、商业性、世俗性对小说创作产生的特殊影响，以及大众传媒为民族文学提供的媒介基础上。目前国内就美国文学和大众文化方面的研究只有零星的介绍或提及，对于文学与大众化之间的关联还处在比较初级的研究阶段。关于大众文化与美国小说的发展至今还没有专门的论述，没有就小说美学、小说创作目的和心理角度以及美国小说的整体发展来看待大众文化与文学的关系，尤其在大众传媒方面也很少有专门的论述，而本章就意在从大众文化角度来考察美国小说本土化历程的同时，填补这些研究的空白。

第一节 娱乐性与美国小说的兴起和繁荣

任何一部小说多多少少都有一些"娱人"的成分，而这种"娱人"的成分正是由小说自身决定的。小说离不开娱乐，塞万提斯的《堂吉诃德》可

American Fiction: Local Processes and Multivariate Genealogies

以说是一部游戏之作,鲁迅也认为《西游记》出于作者之游戏,杨绛在《有什么好——读奥斯汀的〈傲慢与偏见〉》中提到奥斯汀小说里"侦探或推理的成分很重"①,而这也正是这部小说引人入胜的地方。古今中外小说一直都是人们获得精神消遣的一种重要方式,而西方则素有有关艺术起源的"游戏说",认为艺术起源于无功利目的的游戏冲动。研究游戏的历史与人类文化的荷兰学者约翰·赫伊津哈则认为游戏是人类文化本质的、固有的成分,"文明生活的重要原生力量——法律与秩序、商业与利润、工艺与文艺、诗歌、智慧和科学,都源自神话和仪式,都根植于游戏的原始土壤中"。② 同时,游戏的益处还在于有利于人格的完善,如席勒认为"只有当人是完全意义上的人,他才游戏;只有当人游戏时,他才完全是人。"③文学虽然侧重审美教育性,但其不同功用——审美功能、娱乐功能、教育功能往往是互为依据的。梁启超曾把小说的功用概括为"熏、浸、刺、提",④即对读者的熏陶、默化、刺激、提升的作用,但这些小说的功能需建立在娱乐的基础上才能更好地为大众所接受,因为娱乐是使得小说能够得到广泛流通的一个重要因素。

娱乐性是大众文化一个显著属性,同时也是大众文化消费的一个支撑。在欧洲,大众文化的萌芽始于文艺复兴时期,彼时人们对艺术审美意义的强调超过了作为一种城邦活动或者宗教活动的意义,艺术的娱乐性逐渐地获得了合法的地位,可以说莎士比亚的戏剧在伦敦就属于大众娱乐文化的范畴。而娱乐更是美国文化的关键词之一,"在所有曾经塑造并会继续影响美国特质和美国文化的力量中,没有什么比我们通常所说的'娱乐'意义更为广泛,影响更为深刻。"⑤美国自 19 世纪上半叶大众文

---

① 杨绛:《有什么好? —读奥斯汀的〈傲慢与偏见〉》,见《"隐身"的串门儿》,北京:三联书店,2015 年,第 173 页。

② 约翰·赫伊津哈:《游戏的人:文化的游戏要素研究》,傅存良译,北京:北京大学出版社,2014 年,第 5 页。

③ 席勒:《席勒经典美学文论》,范大灿等译,北京:三联书店,2015 年,第 289 页。

④ 参见梁启超:《论小说与群治之关系》,陈平原、夏晓虹编,《20 世纪中国小说理论资料》(第 1 卷),北京:北京大学出版社,1997 年,第 50 页。

⑤ 卢瑟·S·路德克(主编),《构建美国:美国的社会与文化》,王波等译,南京:江苏人民出版社,2006 年,第 221 页。

化开始发展、兴盛后,娱乐就构成了文化消费的重要内容。而在不同时期的美国小说创作中,娱乐性一直是支撑美国小说发展成熟的内在动力之一。对于许多美国小说家来说,他们作品中的娱乐性既是让他们走向大众获得成功的一个重要原因,也是其小说创作艺术和特色的一部分。早期的文化环境中娱乐性是促进小说获得独立性并促进艺术性发展的重要因素。在 19 世纪中后期以后,小说的娱乐性与美国本土现实生活相结合,展现了美国人民的日常化生活和经验,小说的娱乐性获得了更多的人文、道德含义。而在当代社会电子传媒、电视电影以及网络的介入深刻地改变了人们的阅读习惯的情况下,美国当代小说家积极地在小说的娱乐性、商业性和艺术性、思想性之间取得平衡,并从大众文化和媒体的发展中汲取营养,不断对小说创作内容和方法进行革新,在继承了美国小说传统的同时,为美国小说发展注入了新的活力。

一、娱乐性与美国小说的兴起

美国建国初期,小说的发展还没有一定的独立性,市面上流通的大多是自传、传记、宗教皈依故事、布道小册子等文本,“最早的印刷版本带有美国的特点,他们不是以文学形式出现,而是以‘亚文学’的形式出现,是一些关于民间的通俗题材的作品,是逗人捧腹大笑的幽默故事、插科打诨和海阔天空的故事以及讲给头脑简单的人听的冒险故事。”[①]这些亚文学都还不具有虚构性文本的性质,和现代意义上的小说还有一定意义的差异,但是它们已经构成了小说的发展雏形。“捧腹大笑”“插科打诨”以及“海阔天空的故事”则表明小说一开始就和消遣、娱乐和游戏难脱关系。与此同时,波士顿、纽约等城市大量的书商从英国进口了受到本地人欢迎的哥特小说、流浪汉小说以及冒险小说等故事性较强的小说。可见当时人们对小说的最重要的期待是其娱乐功能。对于新大陆的建设者来说,繁重的工作需要从情节曲折离奇、充满冒险、刺激和幽默的故事情节中获

---

① 丹尼尔·J·布尔斯廷:《美国人:建国的历程》,谢廷光等译,上海:上海译文出版社,2009年,第 428—429 页。

American Fiction: Local Processes and Multivariate Genealogies

得精神上的解放。同时，美国小说家开始借鉴欧洲小说中的文化背景和叙事模式来进行初期的小说探索和创作，以满足逐渐发展起来的大众期刊和杂志对能够吸引读者的故事的需求。19 世纪上半叶大众文化的发展以及人们对娱乐和消遣的需求，客观上使得美国小说逐渐从这些亚文学中独立出来，从而作为民族文学的重要组成部分走上独立的发展道路。

初期美国小说文本的娱乐性和市场性与美国的实用主义哲学观念也不无联系。而本杰明·富兰克林（Benjamin Franklin, 1706-1790）就是美国实用主义和商业精神的一个代表，他"头脑敏捷，富有智慧和活力，其乐观而又精明的个性成为构建美国国民性的一部分"①。同时，他的作品既面向大众，又有很高的人文性，作品可读性强，笔调轻快而又吸引人。富兰克林博学而又幽默，展现了一个与欧洲严肃甚至迂腐的经院派完全不同的学者形象。早期富兰克林非常爱写一些荒诞故事，如《将一个大帝国变小的法则》《普鲁士皇帝飞法令》等，不仅语言风趣，充满警句，同时也讽刺了英国殖民者的非正义性。他的作品《穷理查年鉴》（*Poor Richard's Almanack*, 1732）虽然是一部自传式的、散文体式的文学作品，严格来说不能算小说，但却为美国小说发展奠定了一定的文学传统，包括简明的文风和作品中的幽默。富兰克林的这种不将写作束之高阁，不视写作为自我欣赏和陶醉的态度，注重作品的普适性和大众性，影响了很多后世的美国作家。

受制于社会环境、教育水平、交通和传媒的发展水平，19 世纪小说读者群仍然比较小，所以小说的社会功能往往并不带有过多的阐发观点或者道德训诫等方面的内容。华盛顿·欧文（Washington Irving, 1783-1859）和查尔斯·布朗（Charles Brown, 1771-1810）善于借鉴欧洲小说叙事模式，并将欧洲文化背景和本土的生活相结合。他们的作品主要是叙事和描写，既没有太多严肃分析的成分，也无太多训诫或探讨深奥的玄学的问题。如欧文的作品《睡谷的传说》讲述了在塔里敦里这个村庄里，乡村教师伊卡博德·克莱恩偶遇"无头骑士"的故事。而《瑞普·凡·温

---

① Richard D. Miles, "The American Image of Benjamin Franklin", *American Quarterly*, Vol. 9, No. 2, 1957, p. 138.

克尔》则以轻快、幽默而富有浪漫色彩的笔调讲述了一个普通的农民为了躲避悍妻,在遇到古代荷兰人时,与之饮酒并一睡20年的故事。这与中国清代作家蒲松龄《聊斋志异》中的《贾奉雉》有异曲同工之妙。贾奉雉以"不朽"为立言的标准,认为科举考试不过为了猎取功名。他在重读了自己科场夺魁的旧稿后却羞愧得无地自容,竟然遁迹深山。另外,欧文注重小说的情节构思,擅长使用"推延叙事",或者说"悬念"。"悬念"在小说的情节结构上具有一定的自由性和偶然性,往往有悖于读者的常识以及常规的思维模式,使读者对情节和主人公的命运充满了好奇心,从而拓展了读者思维的空间。在《大块头先生》(*The Stout Gentleman*)中欧文就运用了悬念这一叙事技巧,大大增强了小说的故事性和可读性。可以说,华盛顿·欧文正是美国第一个自主地思考小说的创作技巧、自觉描述美国本土生活的小说家,并在《见闻札记》(*The Sketch Book*,1820)中确立了美国短篇小说的体裁,因此被称为"美国小说之父"。而布朗的小说则继承了欧洲哥特小说的形式。利用这一模式,布朗描写了美国许多地区的典型的特色和风光。除了壁橱、教堂、洞穴等幽闭空间,布朗还将美国的荒野、废弃的农场和印第安战争等美国本土元素融入小说之中。美国小说的初期更多的是注重"讲故事"本身,而在文学性以及艺术性上的自主探索则刚刚开始。

19世纪中期,美国文艺复兴运动开始,也掀起了美国小说的第一次繁荣,而此时也正是美国小说家开始积极进行文学身份和文学自主性探索的时期。这一时期的小说家,如詹姆斯·库柏、赫尔曼·麦尔维尔、纳撒尼尔·霍桑、爱伦·坡等,在融合欧洲小说叙事传统的基础上,对于小说"讲什么""如何讲"进行了大胆的探索和创新。爱伦·坡是一名具有一定大众意识的作家代表。可以说爱伦·坡是一名小说逻辑游戏专家,他的《莫格街血案》《窃信案》《金甲虫》《玛利亚·罗吉特之谜》和《你是凶手》等作品创立了密室模式、侦探与助手和壁炉前一对一的分析等模式,体现了很强的游戏性。正如哲学家伯纳德·苏茨曾为游戏下的一个定义:"玩游戏就是自愿尝试克服种种不必要的障碍。"①爱

---

① 简·麦格尼格尔:《游戏改变世界》,闾佳译,杭州:浙江人民出版社,2012年,第22页。

伦·坡的侦探小说正是智力追求和叙事快感的结合体，读者需要根据作者提供的分散的信息，进行层层推理，从而还原整个作案的时间线索。另外，爱伦·坡善于营造未知的悬念，如在小说《人群中的人》中，大病初愈的讲述人跟踪了一个神秘的老头，随他来到城市的各个地方，读者不得不发问，这个老头究竟是谁，他是做什么的？然而每到一个地方，读者以为找到了答案，老头又重新上路，原先的推测又不成立，最后，讲述人筋疲力尽，魂不附体，不得不停止追踪，直到最后，读者也不知道老头究竟是谁。这种"推延叙事"和悬念，是能够吸引读者的一个很重要的因素，反映了爱伦·坡对读者心理的熟稔和洞悉。爱伦·坡小说中的游戏性已经构成其作品能够成为经典的重要因素。"尽管爱伦·坡把他的推理小说称为'游戏之作'，但正是这些充满了语言游戏、逻辑游戏、乃至权利游戏的作品成为文学世界中一道别致的风景且经久不衰。"[1]

美国建国以后社会的稳定和经济的发展，大众刊物的兴起和印刷技术的成熟，促使公众阅读兴趣不断增长，从而对带有消遣意义的文本产生了需求，这些为小说的诞生和发展提供了温床，其背后正是美国19世纪上半叶大众文化的兴起。正如美国文学批评家莱斯利·费德勒所言："美利坚合众国的文化从一开始，就在一层稀薄的进口欧洲精英主义下面，流淌着'大众'的血液，它在这方面向来具有敏锐的感受力。"[2]不同于欧洲高雅文化长期占据主流，美国文化从一开始就有平民性，正如托克维尔在19世纪30年代来到美国后观察到的："在这里，各个等级混合在一起，形成一个整体；知识和权利均已无限分割。"[3]美国早期的经典作家，如富兰克林、华盛顿·欧文、爱伦·坡等人的作品都是从市场需求出发，在满足大众阅读兴趣的基础上创作，并赋予作品一定的艺术性和思想性，而这种创作观念和基调影响了许多后世美国小说家。

---

① 朱振武：《爱伦·坡研究》，北京：人民文学出版社，2011年，第73页。

② 莱斯利·费德勒：《文学是什么：高雅文化与大众社会》，陆扬译，南京：译林出版社，2011年，第63页。

③ Alexis de Tocqueville, *Democracy in America*, New York：Signet. p. 633.

二、娱乐性与美国小说的繁荣

　　美国小说的繁荣是从美国19世纪中后期开始,伴随着工业革命、城市化进程而到来,这与美国这个时期国家交通的完善、印刷技术的成熟,教育的普及以及大众文学市场的形成密不可分。美国中产阶级的日益壮大以及文化市场的逐渐繁荣使得"19世纪中期美国大众文学文化服务了大批读者,并提醒我们阅读已经成为千百万人主要的娱乐内容"①。如19世纪中期,一系列畅销家庭小说的出现就反映了文学市场的繁荣和读者需求的扩大。而此时小说创作的内容也从华盛顿·欧文的带有欧洲传说色彩的小说,霍桑的宗教寓言式的小说,爱伦·坡的充满怪异荒诞的小说扩展到了美国的本土、日常化的生活上。而小说的娱乐性以及对本土生活的关注度缩近了文本和读者生活的距离,并第一次使得美国小说创造了巨大的商业价值。《汤姆叔叔的小屋》就是一个典范,它是美国一本真正反映本土人民生活的畅销小说,不仅如此,也是在国际范围内的第一本畅销小说。这个时期小说创作开始进入职业化道路,许多作者开始积极投入到小说的创作中,并出现了大量完全以小说的"稿酬"进行创作的作者。正是在这种社会发展和文化市场繁荣的条件下,美国小说迎来了一个创作高峰。

　　书籍、刊物繁荣使得小说获得了长足的发展,也为20世纪20年代小说的又一次繁荣奠定了基础。正如英国在维多利亚时代迎来了小说发展的黄金时代,美国19世纪末期到20世纪初期也出现了一批既畅销又经典的作家,马克·吐温、豪威尔斯、杰克·伦敦、德莱塞、辛克莱·刘易斯等人的作品既非常受普通读者欢迎,不断实现了艺术上的突破,为后来的舍伍德·安德森、海明威、斯坦贝克、福克纳等经典作家的出现奠定了文学创作方式和文学传统。这个时期小说的特点就是娱乐性、消费性和小说的关注现实、道德批评以及人道主义的倾向密不可分。小说往往"寓

---

① 　萨克文·伯科维奇(编):《剑桥美国文学史(第三卷)》,蔡坚等译,北京:中央编译出版社,2010年,第21页。

教于乐"，或者在幽默中进行讽刺，造成"笑中有泪、泪中有笑"的艺术效果，这是作家仍然以大众的阅读期待和审美心理为重要的创作标准的结果。

这个时期具有代表性的能够兼具娱乐性和艺术性的作家就是马克·吐温。他采用美国本土语言，故事情节则贴近普通民众的生活，在独特的艺术构思中赋予作品丰富的内涵和深刻的思想。正如美国学者里奥·马克思（Leo Marx）指出的："'哈克贝利·费恩'是真正属于我们民族的文学，是高雅和通俗的汇合之处。"[1]而马克·吐温作品能够雅俗共赏的原因首先就在于他的作品大多角度新颖，构思巧妙。马克·吐温在1889年创作的《康州美国佬大闹亚瑟王朝》中，讲述了一位现代美国人用穿越时间的方式来到13世纪的亚瑟王朝，目睹了欧洲王权专治制度的昏庸；《大黑暗》则讲述了一个在显微镜载玻片上航行小船的故事；1898年的《起源于1904伦敦时间》中发明的"电传照相机"具有和全世界联结互动的功能，也可以实现视觉和听觉的传递，成为社交网络的雏形，因为每个人发布的共享信息都可以被所有人同步获取；在《亚当夏娃日记》中吐温又对古老的神话进行了幽默而感人的改编和再叙述。这些情节既有新奇性、可读性，又有一定的现实意义。这些情节并不是作家随意的组合排列，而是反复思量、缜密设计的结果，在新奇、轻松的故事背后，实则寄托了作者对现实的人文反思。另一个原因在于马克·吐温作品中的"谐趣"，"凡是游戏都带有谐趣，凡是谐趣也都带有游戏。"[2]而这种谐趣就主要体现在他的作品的语言游戏和文体游戏上。马克·吐温的语言艺术炉火纯青，他能够用本土的、地方的语言逗乐读者，作品中夸张、对比、双关等俯拾皆是。而在文体上吐温也非常具有创新性，甚至随便一篇与文学无关的文字，如一份给内阁的报告，一份田纳西报纸上的争议，一份农业周刊的连载，一份避免雷击的说明，吐温也会对之加以玩弄，直到一则故事浮现出来。"'谐'最具有社会性。'谐'则雅俗共赏，极粗鄙的人喜欢

---

[1]　Forrest G. Robbinson, ed., *The Cambridge Companion to Mark Twain*, Shanghai: Shanghai Froeigh Language Education Press. 1995, p. 93.

[2]　朱光潜：《朱光潜美学文集》（第二卷），上海：上海文艺出版社，1982年，第26页。

'谐'，极文雅的人也还是欢喜'谐'，虽然他们所欢喜的'谐'不必尽同。"①这也是为什么马克·吐温既能够进入高雅文学的庙堂，也能为普通大众所喜爱的原因之一。

经典的现实主义作品，往往都和娱乐性密不可分，这与发表的模式是以连载的形式发表在杂志上有关，这些杂志都要求作品符合时代趣味，而增加作品的故事性和趣味性是吸引读者的关键。法国现实主义作家巴尔扎克以及英国小说家狄更斯作品中巧妙的情节设计、精确的人物刻画和独到的叙事角度都加强了他们作品的故事性，从而增加了读者的阅读欲望。美国现实主义作家也是如此，德莱塞的作品《珍妮姑娘》（*Jennie Gerhardt*，1911）获得成功的一大原因就在于小说的叙事艺术为小说增添了讲故事和反映现实的艺术效果。同样具有商业头脑、为大众喜爱的作家杰克·伦敦则善于运用艰险的环境，使人物于环境中置于死地而后生，杰克·伦敦小说强烈的艺术感染力仍然在于人物与环境之间的矛盾张力，并通过惊险的情节设计体现出来。欧·亨利的作品更是在报刊小说中逐渐形成了的自己独特的小说风格，他的作品描写美国的世态人情，通俗易懂，情节上的"意外结局"更是吸引了大众阅读。

美国在一战后经济快速发展，20世纪二三十年代美国迎来了文学创作的第二次繁荣，这个时期的作品特点是将现代主义创作技巧和更靠近读者的经典的现实主义技巧相结合。小说的创作更注重艺术性，娱乐性有所减弱，但仍然是美国小说家的自主的文体意识。这个时期，娱乐性不仅作为一种小说属性存在，更成为小说中人物日常生活的一部分。海明威就是这样的一个典型。他早期作品《太阳照常升起》（*The Sun Also Rises*，1926）以及《永别了，武器》（*A Farewell to Arms*，1929）就是非常畅销的作品，《丧钟为谁而鸣》（*To Whom the Bell Tolls*，1940）首印就有50万册的销量②。在《太阳照常升起》中到处是对咖啡馆、酒吧、广场、斗牛场和度假胜地等地方的描写，消费文化渗透在小说的字里行间，"这样一种远离清教伦理运输的休闲、消费、娱乐的生活体验，是海明威创作《太

①　朱光潜：《朱光潜美学文集》（第二卷），上海：上海文艺出版社，1982年，第26页。
②　参见杨仁敬：《20世纪美国文学史》，青岛：青岛出版社，2000年，第243页。

阳照常升起》的生活源泉。反映在小说中,休闲、消费、娱乐也成为小说人物日常生活实践的基本内容。"①而这与一战后美国经济快速发展,消费文化以及文化工业的形成也不无关系。

这段时期美国小说的繁荣,和小说与市场的紧密联系有关。美国出版业繁荣,小说创作职业化的形成。大部分小说家出于个人的需要也必须赚取一定的稿费,使得小说的创作更多地满足大众文化心理和审美需求。同时,美国小说在美国内战后出现的"现实"转向使得小说中的娱乐成为一种承载着价值和意义的娱乐,娱乐并不是为了单纯的逗笑或消遣,而是成为对人性的关照和对真善美的赞扬的载体。小说的持续畅销还使得小说的地位逐渐提高,使得长篇小说出现了繁荣的景象,小说的畅销榜开始逐渐被本土作家所占据,美国小说逐渐建立了自己独立的文学主题、创作范式,形成了独特的发展脉络,并开始在世界文坛上确立自己的地位。

三、娱乐性与美国当代经典小说的生成

"在文学经典建构中,有两类读者,第一类就是作为文学经典的发现人(赞助人),第二类是文学经典的一般阅读者。"②而在美国二战后的文化环境中,一般阅读者在当代经典小说的形成中发挥了越来越大的作用。首要的原因是大众文化和流行文化产业的进一步扩张,美国平装书市场(paperback market)迎来了新的繁荣,"1948 年,莱斯利·费德勒注意到作家数量和读者需求的不平衡,而一些严肃作家转而支持平装书市场。"③同时,文学创作上的现代主义潮流开始衰退,一些作家寻找在现代主义和大众品味之间的"中间地带"。最后,文学市场的进一步细分以

---

① 于冬云:《20 世纪 20 年代美国商业消费文化与现代性的悖论——重读海明威的〈太阳照常升起〉》,载《外国文学评论》,2005 年第 3 期,第 7 页。

② 童庆炳:《文学经典构筑诸因素及其关系》,载《北京大学学报(哲学社会科学版)》,2005 年第 5 期,第 76 页。

③ Martin Halliwell, *American Culture in the 1950s*, Edinburgh: Edinburgh University Press. 2007. p. 55.

及国际文学市场的形成都对文学创作产生了很大的影响。在消费文化成为美国文化的主流情况下,小说的娱乐消遣的功能就得以强化,并以满足大众的消费心理为旨归。美国一些当代作家和当代小说家可以说在讲故事方面既传承了美国文学的传统,又展现了在叙事方面的审美原创性,从而出现了一批在娱乐性和艺术性、商业性和思想性之间取得平衡的作家,为小说开辟了新的生存空间。在这些作家的作品中,娱乐性不仅仅是获得大众阅读者的重要原因,也是构成其经典性的重要组成部分。

首先美国经典文学的构成中出现了类别小说。战后美国小说的一个发展趋势就是类型小说不断"登堂入室",审美品格和文学地位也不断上升。硬汉派小说家雷蒙德·钱德勒(Raymond Thornton Chandler,1888–1959)就凭借《长眠不醒》(*The Big Sleep*, 1939)、《漫长的告别》(*The Long Goodbye*, 1953)等作品成为写入经典文学史册的侦探小说大家。他以"硬汉派"风格提高了侦探小说的文学品质,将侦探小说看做反映社会、关照人生、甚至是陈述道德理念的严肃艺术。西方类型小说地位得以提高还在于评奖机制的设立,如美国侦探作家协会(MWA)设立的埃德加奖(以侦探小说之父埃德加·爱伦·坡命名)、以科幻小说之父雨果·根思巴克命名的雨果奖(The Hugo Awards)等等。恐怖小说大师斯蒂芬·金(Stephen King, 1947–　　)则在2003年获得美国全国图书奖(National Book Award),他认为这对于美国文学来说是一种进步。金在获奖致辞中说道:"把奖颁给这个许多人眼中的富商是承担着巨大的风险的。长久以来,这个国家中所谓的流行作家和文学作家总是彼此以恶眼相对,故意不去理解对方。但是将这样一个奖项颁给我,正表明在未来情况会有所改变。在所谓的流行小说和文学小说之间,是可以有一座联结彼此的桥梁的。"[1]这表明了美国当代经典小说的构成已经不排斥拥有数量最多的读者的类型小说,读者和市场对于小说经典化的影响更为普遍。

---

[1]　Ceoff Hamilton and Brian Jones, eds., *Encyclopedia of American Popular Fiction*. NY: Infobase Publishing, 2009, p. 192.

究其原因,在于这些作品中的商业元素能够获得可观的阅读群体,哥特、恐怖、侦探、言情等小说元素契合了人们的文化审美,这些元素在满足当代人们对消费娱乐文化需求的同时,也富有经典文化背景,如哥特就在美国文学中具有很长的创作传统,而恐怖小说中吸血鬼等意象更是丰富的文化载体,从而满足了人们的文化消费心理。另一个原因就是这些类型小说关注人类生存和命运,具有较高的社会关怀,如金·斯坦利·罗宾逊(Kim Stanly Robinson, 1952-　)创作的太空移民小说《火星三部曲》(*Mars Trilogy*),就提供了灾害管理的不同方法和模式,它对阅读作品的读者提出了要求,因为作品本身"并不仅仅志在维持现状,而是让人们有气候在逐渐变化的感觉,能感觉到气候变化的幅度,从而获得身临其境的感觉。"[1]科幻小说也是如此,雷·布雷德伯里(Ray Bradbury, 1920-2012)的《华氏451度》(*Fahrenheit 451*, 1953)就成功地摆脱了科幻小说的窠臼,并获得了文学评论界的高度赞扬。同样的还有弗兰克·赫伯特(Frank Herbert, 1920-1986)的《沙丘》(*Dune*, 1965)以及阿西莫夫的《基地》三部曲等已经进入了美国高校的课堂。这些作品不仅非常畅销,而且突破了以往类型小说的美学局限,视野开阔,注入了对现代文明的反思,已经成为美国当代小说的经典。

从20世纪80年代末到现在,美国出现了一些国际型的畅销作家,他们的作品在商业价值、艺术理想和思想深度等方面都表现得非常出色,这些作品在获得了文学研究者的关注的同时,也有着被经典化的趋向。这些作家中非常具有代表性的有斯蒂芬·金、约翰·格里森姆(John Grisham, 1955-　)和丹·布朗(Dan Brown, 1964-　)。他们小说的娱乐性体现在不同的方面,创作的美学理念也各有千秋。斯蒂芬·金擅长将恐怖气氛和环环相扣、人物错落、时空穿插的情节相结合。金非常懂得掌握小说的节奏,深谙读者的阅读心理,使得读者永远都像坐在云霄飞车上,并经常在适当的时候描写一些无关紧要的事情,适时让重量级的诡异事件发生,从而带来很强的视觉冲击力。斯蒂芬·金尝试将传统的恐怖

---

[1]　Thomas Lindsay, "Forms of Duration: Preparedness, the Mars Trilogy, and the Management of Climate Change", *American Literature*, 2016, 1, p. 85.

小说提到新的艺术境界和审美品位。较之于以前的恐怖小说，斯蒂芬·金的作品中体现出的创作的方法和心理知识方面都取得了长足的进步，并且去除了以往小说中常见的矫揉造作、臃肿拖沓、华而不实的文风。同时，斯蒂芬·金善于在古老的题材中融入现代社会的因素，如《撒冷镇》（*Salem's Lot*, 1975）就以吸血鬼题材暗示了美国越战后社会现实的混乱与伤痛。斯蒂芬·金将恐怖小说的传统与政治现实和社会现实紧密结合起来，为当代恐怖小说创立了一个新的创作模式。

约翰·格里森姆同样是一个名副其实的畅销小说家，截至 2012 年，他的作品在全球已经售出超过 3 亿册。他的作品一般被归为"法律惊险小说"（Legal thriller）①。格里森姆的小说中的"我"往往是初出茅庐的法学院毕业生，对正义良知抱着理想主义的态度，但现实中同行运用专业知识泯灭良心、侵害平民权益的行为，使"我"很快觉察到司法制度的弊病和漏洞。格里森姆同样有着高超的讲故事的能力，小说中的悬念总是一波未平一波又起，对节奏的把握收放自如，情节则是错综复杂枝蔓弥生。《失控的陪审团》（*The Runaway Jury*, 1996）以烟草公司代理人费奇收买、威胁、操纵陪审团的行径为主线，而费奇和玛莉在庭外的斗智斗勇则成为另一条线索。然而正义与非正义的宣判在审判开始之前就已经被宣布，这也正预示了陪审团的失控。《兄弟》（*The Brethren*, 2000）讲述的是三个犯有重罪的已经卸任的法官，在联邦监狱内部操纵了一个敲诈案后，身不由己地卷入到总统竞选中的故事，对于美国当今的总统竞选的投票、辩论、募集资金和洗钱黑幕充满了种种暗示，处处上演着"螳螂捕蝉，黄雀在后"的情节。法律小说的复仇主题也有深厚的人性基础和复杂的社会根源，正因为法律的形式化、规范化和现实的丰富多变之间产生的张力，给了文学一个探究人性复杂性、深刻性的剖面。格里森姆的小说不仅在开合很大的情节中细腻地刻画了美国司法系统真实情况，而且深刻探究了在法律和道德伦理之间对抗中的复杂人性。

丹·布朗的小说可谓是雅俗合流的范例，他以全新的创作理念，打破

---

① Ceoff Hamilton and Brian Jones.(eds.), *Encyclopedia of American Popular Fiction*, NY: Infobase Publishing, 2009, p. 137.

American Fiction: Local Processes and Multivariate Genealogies

了经典和通俗之间的藩篱。丹·布朗的作品将侦探、恐怖、谋杀、悬疑等流行元素进行融合,加以层出不穷的悬念以及跌宕起伏的情节,紧紧地扣住了读者的心弦。同时丹·布朗小说中充满着真实而神奇的百科知识,"它们如珠玉一般散落在故事里的各个角落,为作品和读者架起了游戏互动和高新科技体验的桥梁。而读者也在破解密码和思维拓展的冲击中,体味智力的愉悦,保守情感的折磨,获得了耳目一新的审美体验。"①另外,丹·布朗也非常善于"游戏翰墨",在《数字城堡》(*Digital Fortress*,1998)中,"我们除了可以看到数字和字母密码游戏穿插其中,还有更神奇的文字游戏添油加醋,其中不容忽略的就是双关语和字母换位。"②朱振武曾将布朗小说中的知识性和游戏性与中国古典小说进行了对比,在"知识性"方面,与清代小说《镜花缘》有异曲同工之妙,"涉及医学、音韵学、诗学及诸般杂艺"③,而在"文字游戏"方面,中国文学中则有《聊斋志异》中的《鬼令》,讲的就是"一群酒鬼行令,玩的便是丹·布朗在小说中常用的拆字游戏"④。丹·布朗小说的游戏性的另一方面在于邀请、调动读者去主动调查不熟悉的物体和空间。丹·布朗的作品常常将故事置于罗马、威尼斯、华盛顿等名城,而主人翁的行动路线和城市建筑、街道等地理位置紧密联系,这就使得读者紧紧跟随主人公的脚步而对整个城市进行探索,而这种在头脑中对空间的探索加之丰富的有关城市的地理人文知识,也会给读者带来莫大的精神乐趣。丹·布朗的小说满足了在现代社会中读者的多样审美情趣,另一方面,丹·布朗也在历史和现实、科学和宗教等问题上进行梳理,为故事带来了丰厚的思想深度。既富有历史感又富有时代感,是丹·布朗作品能够获得成功的深层原因。

知识如果加上解谜就会进一步加强小说的阅读快感,给读者带来别样的审美体验。在《失落的秘符》(*The Lost Symbol*, 2009)中,兰登为了解开共济会金字塔内所暗含的各种谜题,就多次运用了宗教、历史、艺术、

---

① 朱振武:《解密丹·布朗》,北京:人民文学出版社,2010 年,第 102 页。

② 同上,第 325 页。

③ 转引自朱振武:《丹·布朗现象与文学中国梦》,载《上海师范大学学报》,2015 年第 2 期,第 123 页。

④ 同上。

数学、语言学和符号学等方面的知识。其中解谜之时最为有趣的当属对"幻方"的运用。"幻方"又称纵横图,本是一种极为古老的数学游戏,在这里却担当了破译密码表格的重任。读者需要跟随主角进行破译密码,同时也对"幻方"燃起了新的兴趣。小说的这些知识为作品和读者架起了游戏互动和高新科技体验的桥梁。而读者也在破解密码和思维拓展的冲击中,体味智力游戏的愉悦,饱受情感的折磨,获得了耳目一新的审美体验。

在各个国家的文学中,小说的游戏性一直是小说娱乐性的一个体现,同时也是推动小说技巧不断发展的一个本质动力。纵览世界文学中的经典小说,很多就曾流行一时,受大众追捧。大仲马的《三个火枪手》《基度山伯爵》,歌德的《少年维特的烦恼》,狄更斯的《雾都孤儿》以及亚洲文学中的《一千零一夜》《卡里莱和笛木乃》,日本的《平家物语》,朝鲜的《春香传》也都是在广泛流传的基础上纳入经典之列的。当然,后现代主义的作品中也大量充斥着游戏,但这种游戏更多的来自作者自己的游戏欲望,游戏的目的也常常是为了增加小说的技巧性,从而有故意脱离大众的嫌疑,但后现代主义作品中的游戏仍然体现了一个问题,那就是不管是作者还是读者,读小说的游戏性是一个不由自主的欲望和期待,游戏性仍然是小说的一种本质体现,小说审美的一个重要维度。

美国具有代表性的文学刊物《大西洋月刊》的办刊宗旨中提到:"杂志会力求在具有抽象和永恒意义的文章与积极向上并迎合大众口味……为人们提供娱乐消遣作品之间谋得平衡。"[1]而小说中娱乐的成分——马克·吐温小说中的幽默与反讽,斯蒂芬·金作品中的恐怖因素、丹·布朗小说中的解谜过程既是娱乐性和大众性的体现,同时也构成了美国小说本土特色以及美国小说创作传统的一部分。正如美国传播学点击着施拉姆在《大众传播的责任》(*Responsibility in Mass Communication*)中说到的:"大众传播帮助我们获得娱乐。"[2]应当说,小说既不能被定义在"精英文化"或者"通俗文化"的范畴里,小说必须要从阅读层面上考虑它的创

---

① 虞建华(主编):《美国文学大辞典》,北京:商务印书馆,2016年,第221页。

② W. Schram, *Responsibility in Mass Communication*, New York: Harper and Row, 1957, pp. 33-34.

作，做到较好的"可读性"，而这种"可读性"正存在于小说的娱乐性和文学性之间。当然，一味地迎合低级趣味和市场，使小说的创作逐渐庸俗化是应该避免的一个方向。小说中的娱乐应该是有意味的、有格调的娱乐，而不是低级的媚俗。叙事一直都是社会最深刻的需求之一，而以文字为载体的小说艺术，作为一种文字而非视听的艺术，小说的娱乐性仍然有其独特的魅力。

第二节　文化消费中的美国小说创作

美国大众文化的诞生和发展与美国社会自 18 世纪末 19 世纪初开始的工业化、现代化过程是密不可分的，尤其到了 20 世纪初美国消费社会形成以及流行文化迅速发展后，美国文化的市场化和产业化趋势更是越来越明显。在欧洲，法兰克福学派的学者首先注意到了这个现象，正如霍克海默和阿道尔诺在《启蒙辩证法》中所观察到的："文化工业引以为自豪的是，它凭借自己的力量，把先前笨拙的艺术转换成消费领域以内的东西，并使其成为一项原则，文化工业抛弃了艺术原来那种粗鲁而又天真的特征，把艺术提升为一种商品类型。"①尽管许多人对文化工业的形成持有悲观的态度，但是文化工业的形成以及文化消费的现象已然成为一种不可逆转的趋势，尤其在西方文明进入后现代消费社会后，"文化已经从过去那种特定的'文化圈层'中扩展出来，进入了人们的日常生活，成为'消费品'；到了后现代主义阶段，文化已经完全大众化了，高雅文化与通俗文化，纯文学与通俗文学的距离正在消失。"②正是在这种文化发展趋势下，当代学者对小说的批评和审美范式正从传统形而上学走向当代社会行为学，对小说文本的研究开始由文本内转向文本外。将小说产生、传播和阅读过程的社会文化背景以及与大众文化之间的关系纳入考察的视

---

① 马克思·霍克海默、西奥多·阿道尔诺：《启蒙辩证法——哲学判断》，梁敬东等译，上海：上海人民出版社，2006 年，第 112 页。

② 弗雷德里克·詹姆逊：《后现代主义与文化理论》，唐小兵译，北京：北京大学出版社，1997 年，第 162 页。

野中。事实上许多美国小说家都与市场密不可分:华盛顿·欧文、马克·吐温都是当年的畅销作家,海明威的作品在 1950 年和 1952 年、约翰·斯坦贝克的作品在 1952 年和 1954 年都进入畅销榜前十名。由此可见,市场与高质量的文学作品并不是矛盾体,尤其近年来美国当代大众图书市场的一个基本的特点就是出现了许多"高质量的超级畅销书"①,如威廉·司迪伦的《苏菲的选择》(*Sophie's Choice*, 1979)、拉什迪的《撒旦诗篇》(*The Satanic Verses*, 1989)等。诺贝尔文学奖得主索尔·贝娄的《洪堡的礼物》(*Humboldt's Gift*, 1975)也在当年的畅销书行列。当然,市场并不是影响小说的唯一的或决定性的因素,但市场在文学发展进程中的确发挥了不容小觑的作用。在大众文化发展较为完整、文化产业发达的美国,市场以及文化工业在文学的发展中所扮演的角色也明显超过了其他国家和地区。正是基于此,文学与市场、文化消费以及消费文化给予了美国小说发展一个独特的视角,本节就试从小说创作的市场导向、小说与大众文化消费心理以及文化消费中的人文思潮几个方面命题进行论述。

一、小说创作的市场导向

"为谁写作"决定了作家创作的原动力。弗吉尼亚·伍尔夫在《赞助人和藏红花》(*The Patron and the Crocus*)一文中说道:"伊丽莎白时代的作家选择了贵族和剧场观众作为自己的写作对象。18 世纪的文学保护人是由咖啡厅的才子和格拉布街的书商这两种人组成的。在 19 世纪,大作家都为那些半克朗一本的杂志和有闲阶级写作。"②这体现了欧洲文学体制从传统的御用文人型到大众化写作的转变。不同于欧洲,美国文学从一开始就与大众市场密不可分,而依托于大众传媒兴起的现代小说从一开始就是以大众为阅读基础的艺术形式。小说家必须要考虑到读者的喜好和阅读习惯以及当时流行的创作趋势。因为在现代艺术的市场导向中,小说创作的动力、题材选择和技巧运用方面需要以传播和消费的需求

---

① John Sutherland, *Bestsellers: A Very Short Introduction*, Beijing: Foreigh Language Teaching and Research Press. p. 218.

② 弗吉尼亚·伍尔夫:《普通读者》,刘炳善译,北京:北京十月文艺出版社,2015 年,第 141 页。

为基础。即便是注重思想性、审美性和创造性，拒绝重复和模仿的严肃作家也不时需要考虑作品的可接受性和易读性，甚至借鉴流行文学类型进行创作，将小说创作的独创性和商业趋势相结合。在美国的文化环境中，虽然市场在不同作家、不同历史阶段作家身上有着或轻或重的影响，但是它都成为一个考察美国文学发展史的一个不可忽略的重要因素。

在美国早期文学中，华盛顿·欧文和富兰克林都是非常具有市场意识的作家。他们与印刷业、出版业以及传媒业都保持了密切的联系，而这一点延续到了后世许多美国小说家身上。然而，在美国文艺复兴阶段，小说家受到承认，但还局限于新英格兰的一个比较小的文化圈子，市场成为麦尔维尔和霍桑等作家一个非常令其不满或者困惑的因素。如令麦尔维尔失望的是，《白鲸》这部精心创作的作品并没有给他带来明显的经济效益，而《白外套》（*White Jacket*，1850）和《雷德伯恩》（*Redburn*，1849）这样的情节比较生动、迎合当时读者喜好的作品虽然受到了市场的欢迎，但作品也难免带有了明显的市场意识。同样麦尔维尔在《皮埃尔》（*Pierre*）的创作过程中也考虑到了市场中女性读者增多的趋势，事实也证明《皮埃尔》一经出版就受到了女性读者的欢迎。麦尔维尔的个人期待与市场的反差，如果说从创作风格上来解释，是因为麦尔维尔有时扑朔迷离的人物关系情节以及惯用典故、长句居多、穿插着大量知识的写作方式以及强烈的象征和寓言意味的写作风格有时不能受到大众的欢迎。

而市场因素在同时期的爱伦·坡身上似乎有不同的影响。爱伦·坡的作品的可读性和麦尔维尔的作品形成了一个比较明显的对比。坡的作品中既有通俗手法的运用，也有丰富的文化内涵，更有对现代人心灵深处的探索。他的作品具有非常强的画面感，对人的心灵有非常直接的震撼作用。爱伦·坡的作品"集谋杀、悬疑、恐怖、侦探等畅销元素于一身，融西方经典文化、新兴科学和各种流行元素于一体，成为他赢得身后读者、特别是现代通俗文化青睐的重要原因"[1]。这当然与他在《南方通俗文学使者》杂志任编辑职务的经历有关，坡不得不为杂志撰写一些情节曲折能够吸引读者的小说。但是爱伦·坡的作品并不仅仅流于一般的杂志作

---

[1]　朱振武、邓娜娜：《爱伦·坡现象与通俗文化》，载《国外文学》，2008年第2期，第19页。

品,而是已经进入经典文学之列。坡的成功在于他将创作与审美的独特性、作品的大众性和对心灵关怀的结合,正因如此,美国大众文化中"爱伦·坡热"一直持续不减,正如朱振武在专著《爱伦·坡研究》中所说的:

> 他在众多小说创作中时而将哥特小说中的暴力、凶杀情节和阴森恐怖的气氛同侦探推理小说的手法结合在一起,时而在制造恐怖、幽默、讽刺等强烈感官刺激的同时进行深入的心理和道德探索,时而还试图实现小说与诗歌、绘画、音乐和戏剧等多种艺术手法的融会贯通。借助这种新与奇的结合,不断促成小说诸元素之间、感性与理性之间以及小说与其他艺术形式之间的糅合,爱伦·坡满足的不仅仅是读者多方面的审美需求,同时也将自己对人性、对社会的多方位思考和探索传达给了读者,从而引起了读者内心深处的共鸣,使打动读者的目的最终得以实现。[①]

如果说浪漫主义时期的文学作品以非常强的寓言性和象征性为主要特点的话,那么浪漫主义作家的作品离大众比较远的一个非常重要的原因就是作品过于强调想象力和强调象征,从而在情节上不够贴近现实。正如理查德·蔡斯(Richard Chase)在《美国小说的传统》中所指出的:"毋庸置疑小说和传奇之间的主要区别就是关于现实的态度。小说在关于现实的描写上真实而详尽……而相反传奇一直延续着中世纪文学的文学传统,在表现现实方面则尽量以小篇幅以及很少的细节来进行自由展示。"[②]而随着小说阅读越来越大众化,美国文学在内战后出现了由罗曼司到现实主义的转向。美国现实主义文学的作家作品,和英国维多利亚时期的作品一样,都与市场和普通读者保持了高度的联系,如马克·吐温就曾宣称自己并不是为了精英而写作,而是纯粹为了大众而写作。现实主义作家往往从生活中积累材料,按照生活的本来面目真实而又直率地进行创作,在作品中安排一条曲折动人或者扣人心弦的故事线索,使作品富有戏剧性和叙事性,同时具有更加丰富的社会内容和深刻的内涵,在艺

---

① 朱振武:《爱伦·坡研究》,北京:人民文学出版社,2011 年,第 178 页。

② Richard Chase, *The American Novel and its Tradition*, Baltimore: Johns Hopkins UP, 1980, p. 12–13.

术上也有了一定的升华。在美国 19 世纪后半叶到 20 世纪初的现实主义和自然主义作家中，豪威尔斯、德莱塞和诺里斯等均有畅销作品出现。

到了 20 世纪初，在 19 世纪中期到后半叶出现的、受市场欢迎的现实主义作品潮流出现了衰退，现代主义创作趋势兴起，而此时流行小说实际上占领了市场。现代主义时期文学创作实际上出现了一定的分化，经济的发展使得文学的创作具有更高的独立性，小说的地位进也一步提高，从而在创作和审美上面有了一定的脱离市场的，审美自主性的要求。风格实验成为现代主义作家作品最关注的事情，而并非读者的阅读的偏好。但这并不意味着现实主义作家的文学作品能够脱离市场，高高在上，实际上冠以"现代主义"头衔的作家也难免受到当时流行文化的影响。随着流行小说的市场基础进一步扩大，其读者群众已经远超于严肃文学，现代主义作家和作品实际上也有非常重的市场痕迹。仅以现代主义作家格特鲁德·斯泰因（Gertrude Stein，1874-1946）为例，她对于侦探小说及犯罪小说有着很大的兴趣，"她将自己写作和阅读中的一部分精力投入到对犯罪以及犯罪描写上，并对侦探小说的结构、没有说服力和欺骗性的悬念尤为关注"[1]不仅如此，她亲自创作了《餐厅地板上的血迹：一个谋杀故事》(*Blood on the Dining-Room Floor: A Murder Mystery*，1948)这样一部侦探小说，尽管评论家对此褒贬不一，但这足以证明侦探小说对于斯泰因来说有着独特的吸引力。同时，斯泰因也对侦探小说的美学进行了挖掘。她认为侦探小说有着"纯粹的叙事，风格化、程式化，没有对人物性格的深挖和宏大主题，小说集中解决一个问题，那就是发生了什么，从而满足读者对揭开谜底的阅读期待"[2]。实际上，许多作家都非常关注侦探小说的发展，如 W·H·奥登和伊夫林·沃是侦探小说大师雷蒙·钱德勒的拥趸，意大利作家翁贝托·艾柯的《玫瑰之名》等也有着典型的犯罪小说的框架。侦探小说除了服务于主题以外，其故事框架也使得作品能够获得公众的关注，引发他们的阅读兴趣，从而使作品能够获得更广泛的读者

---

[1] Mattew, Levay, "Remaining a Mystery: Gertrude Stein, Crime Fiction and Popular Modernism", *Journal of Modern Literature*. 2013, 4, p. 2.

[2] Berry, Ellen E, *Curved Thought and Textual Wandering: Gertrude Stein's Postmodernism*, Ann Arbor: U of Michigan P, 1992. p. 146.

群。现代主义也并非完全与大众和市场隔绝,相反,许多现代主义艺术家都受到了当时大众文化和娱乐内容的影响。

福克纳的作品也非常能够代表市场因素给作家创作模式带来的影响。福克纳的作品一方面在美国意识流小说方面具有开创之举,另一方面他的作品也反映出从现代主义到后现代主义的过渡,"这一方面是由于他出生并成长于美国南方的小镇,从小接受乡土文化、特别是南方文学传统中的恐怖小说、哥特小说和民间文学传统的熏陶和影响,另一方面也是由于福克纳成长的那个时代正是侦探小说等通俗文学样式大行其道的时代。"①另一方面,在好莱坞工作、撰写电影剧本的经历也给他的文学创作带有了明显的流行小说的元素。福克纳善于运用恐怖小说和侦探小说的情节服务于自己的创作,从而"起到了规划和框定小说模式的作用"②。《坟墓的闯入者》(*Intruder In The Dust*, 1948)、《圣殿》和《押沙龙,押沙龙!》等几部小说都明显地采用了侦探小说模式。其中《圣殿》还有明显的哥特小说的痕迹。在短篇小说《献给艾米丽的玫瑰花》中,对死亡的过度渲染也让读者思考艾米丽的行为背后的文化心理背景。另外,福克纳也经常使用美国民间流传的夸张故事的手法。这类故事起源于西部边疆开拓时期。它们以真实可信的细节、平铺直叙的方式、通俗的大众语言描写主人公超人的才能,充满诙谐幽默。这些特点在他的《花斑马》(*Spotted Horses*)、《黄铜怪物》(*Centaur in Brass*)等短篇小说中均有体现。福克纳的创作经历反映了文化工业对于小说创作的影响。凡此种种,都说明了福克纳作为一个严肃小说家在文化工业和文学消费中为了赢得读者而做出的商业写作的趋势,然而这些商业元素从某种程度上来说也已经构成了福克纳本人创作风格的一部分。

二战后美国消费文化的出现见证了"一些最主要的界限的分野的消失,最值得注意的是高等文化和所谓大众或普及文化之间旧有的划分的

---

① 朱振武:《在心理美学的平面上——威廉·福克纳小说创作论》,上海:学林出版社,2016年,第135页。

② 朱振武:《论福克纳小说创作的通俗意识》,载《上海师范大学学报》,2003年第4期,第100页。

抹掉"①。与此同时现代主义的潮流开始退去，"一些作家也在寻找在现代主义和大众品味之间的中间道路。"②而费德勒在一篇影响颇大的论文《跨越边界——填平鸿沟》(*Cross the Border — Close the Gap*)中为科幻小说和流行小说叫好。他认为这种文学样式正在填补高雅和通俗之间的鸿沟。"事实上，后现代主义意味着批评家和欣赏者之间的鸿沟被填平了，这鸿沟意味着批评家被当做'兴趣的引导者'，而欣赏者被看做是'追随者'。"③这不仅仅使得恐怖、科幻等小说的文学地位不断提高，也使得严肃文学和流行文学之间不断地互相借鉴艺术创作手法，同时小说写作的消费导向也越来越明显，而这种导向也导致了创作中越来越明显的雅俗合流趋势。

美国现代小说家中，丹·布朗的作品就是雅俗合流的一个典范。丹·布朗小说保留了悬疑、惊悚、解密等畅销元素，但"丹·布朗的小说超越了传统的类型小说的框架，并完美地将高雅和通俗的小说创作形式结合起来，保留了严肃文学和流行文学的有效的、优秀的创作技巧。在变换叙事模式上，他更能够比肩那些技巧成熟的后现代主义作家"④。除了创作技巧之外，他的作品文化蕴含丰富，注重人文反思，做到了审美性、游戏性、知识性和启发性的结合。丹·布朗了解现代读者审美心理和读者习惯，同时也在自觉适应读者心理基础上进行提升，培育了读者的审美能力与思想情感。美国当代作家中，作品既畅销又不乏艺术性和思想性的作家还有很多，约翰·格里森姆也是一个典型。他的作品情节大开大合，充满紧张的悬念，同时也蕴含着一种自由理想主义的暗流，吸引着无数本来并不关注法庭斗士的读者关注司法、关注社会正义。"20 年来，格里森姆的小说和电影已经手把手地给读者展示了黑暗和罪恶是怎样进入法律

---

① 詹明信：《晚期资本主义的文化逻辑》，陈清侨等译，北京：三联书店，1997 年，第 421 页。

② Vernon Shetley, *After the Death of Poetry: Poet and Audience in Contemporary America*, Durham NC: University of North Carolina Press, 1993, pp. 16–17.

③ Leslie Fiedler, "Cross the Border-Close the Gap", *Postmodernism: An Introduction Anthology*. Wook-Dong Kim Ed. Seoul: Hanshin, 1991, p. 36.

④ Zhenwu Zhu & Aiping Zhang, *The Dan Brown Craze: An Analysis of His Formula for Thriller Fiction*, Newcastle: Cambridge Scholars Publishing, 2016, p. 13.

责任的,并告诉他们应该如何做。"①可以说格里森姆的小说反映了人们对正义和公平的向往,对一个公正的司法体系的向往。这两个作家都保持一定的商业写作倾向,但又巧妙地将历史文化和社会意蕴埋藏在巧妙设置的情节中,可谓曲高而和者众。

在大众文学的创作中,市场导向决定了创作的动力、题材选择和技巧的运用,如中国古代小说的创作主要是按照市民的文化消费能力和习惯来创作的,而宋代以来的话本小说、侠义小说、世情小说等也都是按照市民的消费需求来写作的。艺术的商品化和充分的市场化给艺术的发展带来的是一把双刃剑。积极方面在于文学在商品化的过程中逐渐形成了独立的领域。早期小说家把自己的作品拿到报纸上发表来赚取稿费这一潜在的"商品"交换模式,极大地促进了职业作家的出现和现代小说的发展。而另一方面市场因素中的商业化和市场化趋势,以及统一化的趣味实际上是与审美的原创性所冲突的,"诚如本雅明所指出的,艺术的发展已经超越了膜拜的韵味阶段,进入了越加世俗化的震惊和机械复制阶段。"②艺术面临着市场交换和消费者趣味的压力,小说创作的消费导向也不可避免,但两者之间没有不可协调的矛盾。在商业文明发达的美国文化中,许多严肃小说家呈现出了一定的商业化写作倾向,但同时又保持了一定艺术审美的自律性。这种借鉴和融合也成为如爱伦·坡和福克纳等大作家本身的写作风格的一部分。可以说,这种商业化和市场化所造成现代审美的矛盾性,也是美国小说不断发展的动力之一。

二、小说创作与大众文化消费心理

小说是一种大众文学形式,从文学发生的角度上来看,阅读群体的精神需求和文化消费心理应当是作家创作的重要出发点。纵观美国小说史,许多作家都是洞悉读者心理的高手,如欧文擅长用欧洲民间素材来讲述美国故事,并加入幽默、悬念等元素,满足了美国这个移民大陆上对具

---

① Jennifer Brubin, "John Grisham's Law", *Politics and Ideas*, 2009, 6, p. 58.

② 周宪:《审美现代性的批判》,北京:商务印书馆,2005 年,第 232 页。

有独创性的新奇故事的需求，库柏则以浪漫小说的形式对美国历史上西部扩张时期人们所关心的社会中的政治和社会观念等问题进行了应答，霍桑则擅长在神秘和悬念中给人们带来内心冲突和震撼，海明威则借世界大战给人们带来的巨大伤痛表达了人类生存的孤独、虚无的本质等等。对时代心理的洞察和对大众心理的融通，既是这些文学作品获得成功、受到读者欢迎的原因，也是这些作家作品得以经典化的一个重要方面。在大众文化下，对于小说这种精神领域的消费品来说，不同文化背景和审美趣味的读者对于小说的消费心理也不尽相同。美国学者诺曼·霍兰德（Norman Holland）曾在《统一性—身份认同—文本—自我》（*Unity Identity Text Self*）一文中谈到读者阅读心理的三个层次："第一个阶段涉及读者对快乐的欲望以及对痛苦的恐惧……第二个阶段是读者实现其幻想中的快乐，第三阶段是在原始幻想之上焦虑和负疚开始运作以及那赤裸裸的幻想随后转变成一种连贯和重要的有关道德、知识或者美学统一和完整的体验。"[①]这三个层次也展现了读者对于文学作品在心理需求上从单纯的刺激性满足再到审美、道德等方面超越的要求。在大众文化语境中，文学市场呈现出复杂而多元化的特点，不同题材和故事的作品则具有不同的拥趸，读者对于不同的作品也有不同的阅读心理和期待，而对于小说的文化消费心理也可以从这三个层面进行关照。

对快乐的欲望和对痛苦的恐惧正展现了读者对小说的感性审美的需求。现代社会中普遍存在着的工具理性的压抑，感性审美成为人们欲望伸展的重要领域。"文学艺术给人的快感，往往与人的情感宣泄、欲望之审美解放、自由意志之审美式实现相关，这依然是文艺之感性愉悦功能的体现。"[②]感性审美需求要求小说作家注重氛围的营造，并善于充分调动读者的感官，如在视觉上通过光影声色的变幻来渲染情节，听觉上通过描写怪异的自然的声音或突然出现的声音来烘托氛围，在触觉的处理上则细致入微，让读者仿佛身临其境，以逼真的细节和氛围接近读者个人的身体和情绪、人格与情感，从而增加读者情感的满意度。美国小说家爱伦·

---

① 文森特·里奇：《20世纪30年代至80年代的美国文学批评》，王顺珠译，北京：北京大学出版社，2014年，第216页。

② 蒋承勇：《感性与理性娱乐与良知：文学'能量'说》，载《文学评论》，2014年第3期，第17页。

坡在创作中就非常重视"效果美学",他认为"在美的原则中,最重要的是作品的效果。为了追求统一的效果,他那些篇幅短小、结构严谨的推理小说注重每个词、每行字、每段话在读者心灵上引起的反响"[①]。爱伦·坡作品中的惊悚、恐怖和哥特元素正是满足了读者希望在阅读中达到的一种"互相关联的欲望和惧怕之间的心灵状态"[②]。其作品的刺激性、悬念性等通俗文学特征至今仍是吸引现代读者的重要原因。美国小说中的哥特传统、暴力和死亡等因素以及悬疑、惊悚、探险等流行小说类型的流行都表明人们对于小说中感性审美的文化消费心理。

然而优秀的文学作品并不仅仅局限于满足读者的刺激性体验。"观察者通过调节'另一现实',来满足那些欲望并把那些恐惧压缩到最小——就是说,观察者用文学或者现实提供的素材重新构建他自己的调节和防卫(他的身份主题的各方面)模式。"[③]这一点可以解释美国恐怖小说家斯蒂芬·金的作品为何如此流行。人类对于恐怖的观念和感受形式并没有因为现代科技的发展而有太大的改变,正如弗洛伊德所解释的"一是我们对于死亡原初的情感反应的力量,二是有关死亡的科学知识的匮乏。"[④]恐怖小说提供了人们目睹他人死亡的机会,而没有任何人可以在死亡面前狂妄和自大,同时又通过超自然现象传递给读者一种信心,即在死亡之外还有来生,人类会因为其在当今世界中的所在所为而得到相应的惩罚或者奖赏。对于死亡的认知,一直是信仰缺乏、精神空虚的现代人的一种心理需求。斯蒂芬·金的恐怖并不仅仅是一种感官刺激或者心理效应,而是能够帮助我们最终超越黑暗世界。斯蒂芬·金认为恐怖故事演绎的是一种生存的游戏,而这种游戏也会起到教育并宽慰读者的作用,因为恐怖故事教会了读者怎样去避免和应对这种灾难:

　　　　这就是恐怖故事的终极真理:它并不像有些人认为的那样热爱死亡,他们热爱生命;他们并非赞美记性,而是通过描写畸形赞美健

---

① 朱振武:《爱伦·坡研究》,北京:人民文学出版社,2011年,第75页。

② Norman Holland, "The New Paradigm: Subjective or Transactive?", *New Literary History*, 1976, 7, p. 338.

③ Ibid.

④ 弗洛伊德:《论恐怖》,陈飞亚译,西安:西北大学出版社,2014年,第291页。

康与活力；他通过向我们展示受诅咒者遭受的痛苦，帮助我们重现发现生活中不起眼的快乐；它们是心灵的水蛭，吸走的并不是人的血，而是人的焦虑和不安。①

第二个阶段是读者实现其幻想中的快乐。艺术与它所催生的生产和消费欲望的情感维度是相互关联的，艺术作品无疑在创造一种"温和的麻醉剂"，用以短暂逃离现实、减轻自身负担。美国小说史中可以说有很多"遁世者"的形象，如华盛顿·欧文的作品《瑞普·凡·温克尔》中"瑞普作为所处时代非主流价值观的代表，他童心未泯、知足常乐的态度未尝不是一种逍遥的境界。天真淳朴的瑞普面对的困惑和矛盾，正象征了新与旧、理智与情感、工作与享受等难以理清的问题"②。而这也是这部作品百读不厌的原因。而哈克贝利·费恩、巴比特以及《在路上》中的萨尔和迪安也都是现代社会中的逃遁者和流浪者。菲茨杰拉德的畅销作品《人间天堂》（This Side of Paradise, 1920）契合了当时年轻人"今朝有酒今朝醉"的时代心理，"挥霍所带来的快感是《人间天堂》的一大主题，因为他代表了维多利亚式的青春期理想失落以后艾默里的最终感悟"③。而这种对于放浪形骸的狂热青春的崇拜，这种宁愿在物欲中迷失自我的心态，正是爵士时代年轻人的真实写照。在现代社会中，审美具有一种把人们从认知和道德活动的理性主义压抑中解救出来的世俗"救赎"功能。而小说作为一种审美艺术形式，在人们面对日益平庸、乏味的现实生活中可以为人们提供对生活日常性的否定和超越。

第三阶段则涉及在原始幻想之上焦虑和负疚开始运作以及那赤裸裸的幻想随后转变成一种连贯和重要的有关道德、知识或者美学统一和完整的体验。这一体验表明组合对小说的要求超越了娱乐、消遣或是逃避层面的需求，进入了对人生意义及其本质的关照。斯蒂芬·金的作品《肖申克的救赎》（The Shawshank Redemption, 1982）就是一个典型。相比于他的其他作品则不再仅仅是用惊悚和恐惧等元素来吸引读者，而是

---

① Stephen King, *Stephen King's Danse Macabre*, NY: Everest House, 1981, pp. 188–199.
② 苏晖：《黑色幽默与美国小说的幽默传统》，北京：中国社会科学出版社，2013年，第53页。
③ 程锡麟（编）：《菲茨杰拉德研究文集》，南京：译林出版社，2014年，第202页。

在作品中寄予了对人性的深刻信念和严肃思考。小说讲述了在美国 20 世纪 30 年代时期,银行家安迪被误判为妻子和其情人死亡案件中的凶手而锒铛入狱后重寻自由的故事,而由于司法腐败,安迪的冤情无法得到昭雪,但安迪却通过 20 多年水滴石穿般的挖掘隧道,终于在一个雷雨交加的夜晚逃出了监狱而重获自由。小说意在讽刺现实的黑白颠倒、是非混淆,它以美国的文化和司法制度为背景,探索了人类精神中的信念、自由等永恒主题,给人以深刻的震撼力。人们在阅读时所期待的在道德上的启示、灵魂的涤荡使读者从阅读中获得崇高的精神追求,而这也是衡量文学艺术质量的高标。

当然,小说给读者带来的审美感受和阅读兴趣是多方面的,大众对于小说的阅读心理和接受心理都在随着时代的变化而变化,如对于小说中知识的渴求也是人们的阅读心理之一。作为现代社会产物的小说不自觉地带有了传播知识以及满足读者对知识需求的功能。在世界文学范围中,小说与知识挂钩的例子也很多,如《红楼梦》中有谈诗论画,说乐理讲脉象,乃至药方等描写,李汝珍的《镜花缘》也有大量论学说艺的内容,雨果的《悲惨世界》则是对法国 1830 年革命和滑铁卢之战的历史教科书。美国小说也素来有这种知识传统,如《白鲸》中的航海知识,《愤怒的葡萄》(*The Grapes of Wrath*, 1939)中大量的农业知识,而现代作家丹·布朗的作品更是典型的知识的熔炉,他的作品包含大量密码学、宗教学、数学、绘画、天文学、地理学和历史学的相关知识。小说中的知识则延展了作品的文化信息,增加了小说的厚度和深度,同时也给读者带来了一定的阅读乐趣。

总体上来说,大众文化消费心理并不是扁平、无差别的,而是丰富、有层次的。在文化商业化较为明显的美国,小说的创作以满足大众审美和心理需求为旨归,从而与大众消费有着更为密切的关系。尽管不同小说的创作心理动机不尽相同,对小说的文化消费心理也因读者的经验、个性及教育背景等方面而有所区别,但好的文学作品必然都是对人类心灵世界的真实揭露,小说的审美中也必然包含对着灵魂的挖掘和重申。在如何满足大众文化消费心理的同时又能对读者进行审美品格的提升和心灵的关照这个问题上,美国小说提供了一个很好的范例。

三、文化消费中美国小说的人文思潮

20 世纪以后，消费主义越来越成为西方文化社会的重要组成部分，而越来越多的学者强调消费这种行为对于文化构建中越来越重要的作用："从 17 世纪发展起来的大众消费的一个能够区分现代和传统的一个显著标志就是，消费已经成为个人参与文化、改变文化的主要方式。"①与此同时，"文化不是一种既成的消费品，文化是通过人们不断变化日常实践——包括消费而构建起来的。"②而在这种文化语境当中，艺术创作也难逃无所不在的消费文化的影响。消费文化是现代传媒技术和市场经济发展共同催生的产物，其商品化、市场化趋势势必导致文化生产者为了经济利益而不顾社会利益，文化媚俗、低下现象因此泛滥。伴随着大众文化中报刊、杂志在美国的兴盛以及文学市场的形成，畅销小说中自然也是良莠不齐，有精华也有糟粕。加之现代新闻业的发展，小说在表现真实生活上渐渐失去了权威。但在目前的消费文化大潮中，在纯文学逐渐被边缘化的时代，美国小说界有这样的一批作家，他们在努力寻找能为读者所接受的创作手法和技巧的同时，也自觉地承担起小说创作的时代使命。他们关心社会，关心人的生活状态，并努力地在作品中展现后现代社会的种种弊病，从而将小说的创新和作家的使命结合在一起，对人文主义思潮进行了追溯和重申。

从 18 世纪小说在英国兴起以来，小说正是建立在一种文艺复兴以来对人自身叩问和追索的人文主义传统上。从西班牙文学家塞万提斯的《堂·吉诃德》、法国文学家拉伯雷的《巨人传》到英国经典作家笛福、理查逊、菲尔丁的作品，欧洲小说传统正是建立在人文主义的基础之上，并探索了人类本身的种种可能性。美国文学也素有这样的人文主义传统，

---

① Ann Berminagha, "The Consumption of Culture: Image, Object, Text", In A. Bermingham and J. Brewer. eds, *The Consumption of Culture 1600-1800: Image, Object, Text*, London: Routledge. 1997, p. 14.

② John Storey, *Cultural Studies and the Study of Popular Culture*, Beijing: Peking U P, 2007, p. 132.

如欧文在《瑞普·凡·温克尔》中以人道主义立场反对在当时资本主义社会中已经出现的人的精神的堕落,超验主义哲学中对机器时代到来后对文明的忧虑。美国文艺复兴时期小说家爱伦·坡对现代畸零人的书写,正表现出现代文明对于人性的扭曲,他的科幻小说则"毅然展现了科学技术给世界带来的翻天覆地的变化和给社会和人类心理造成的久久无法平息的涤荡"[1]。废奴小说《汤姆叔叔的小屋》反映了黑奴压迫的社会背景下社会公共的良知。人文主义在后来的现实主义作品中得到了大力的弘扬——在19世纪末由马克·吐温、威廉·豪威尔斯开创的现实主义经西奥多·德莱塞和辛克莱·刘易斯的继承弘扬,形成了现实主义完整的文学体系,随后欧内斯特·海明威、约翰·斯坦贝克、薇拉·凯瑟等则使得美国现实主义小说创作在20世纪三四十年代达到了空前繁荣。在经由50年代黑色幽默小说占据了美国小说的半壁江山再到六七十年代后品钦、库佛、冯古内特等作家认为需重新审视创作规则和传统后,美国80年代后的小说在题材和手法上又有了回归现实主义的趋势。而在当下消费文化大潮下,美国小说家在吸纳了现代主义和后现代主义思路的同时,许多小说展现出对现代文明病症的书写和对人文的回归。他们采用可读性较强的故事情节和能够为读者接受的手法进行创作,在博采众家之长的同时注入对现代文明的反思,实现了小说"轻"和"重"方面的平衡,将文学传统和现代文明要素结合,将文本的消费性和时代意义结合起来,从而体现出小说的反思维度和人文价值。

美国在二战后迎来了消费文化时代,"19世纪50年代的美国的一个突出特征就是整个国家都变成了'消费者共和国'"(the Consumers' Republic)[2],同时,美国战后也出现了政局动荡、种族矛盾突出等社会问题。美国战后小说的创作尤其注重对现代科技发展给人类文明带来的福利和困境进行探讨,关注人类的前途和归属、关注移民、种族和贫富差距等社会问题。冯古内特在50年代一直被认为是写科幻小说的流行小说家,直到60年代发表了《第五号屠场》后才得到文学评论界的严肃关注。冯古

① 朱振武:《爱伦·坡研究》,北京:人民文学出版社,2011年,第88页。
② Martin Halliwell, *American Culture in the 1950s*. Edinburg: Edinburgh University Press, 2007, p. 2.

American Fiction: Local Processes and Multivariate Genealogies

内特作品的特点在于运用科幻小说的创作形式勾勒出一个黑暗、虚无的世界。在作品《挑绷子》(*Cat's Cradle*, 1963)中,伊留姆的实验室表面上看起来是一个崇高而神圣的科学殿堂,但其实不啻为一个充满兽性的洞穴,在荒诞不经和光怪陆离中我们仍然可以发现那盏幽微不灭的人性之光。唐·德里罗的《白噪音》(*White Noise*, 1984)"不仅仅关注媒体对于人的意识的入侵,而且认为美国人的当代经验是由决定了人的意识的每一个层面的媒体所构成的"①。从而引起人们对于当代大众媒体对于人类文明发展进程影响的反思。科马克·麦卡锡(Cormac McCarthy, 1933—)在2006年发表的畅销小说《路》(*The Road*)则有着典型的启示录小说框架,充满了灾难、文明的毁灭,善恶的争斗和审判。作品的背景是将人类的文明毁于一旦的一场不知名的灾难,城市被摧毁,只剩无边的荒原。而幸存的人们则互相蚕食,小说中的父子在这样的环境下开始走向南方,寻找"路"。这些作品正反映了现代人的一个基本困境——在工具理性泛滥的时代,虽然生活质量得到大幅度提高,但是人类的生存却面临着前所未有的巨大威胁。而小说正是以一种虚构性叙事向现代文明中的工具理性提出了怀疑。

对社会问题的探讨批判也是小说理性反思的维度之一,从而体现了小说的政治诉求。约翰·厄普代克的《那一击》(*The Coup*, 1978)、《巴西》(*Brazil*, 1994)、《在百合的美丽中》(*In the Beauty of Lilies*, 1996)这样的长篇小说则通过一个广角镜头来审视历史和政治事件给全球人类带来的影响。厄普代克的小说蕴藏了隐藏在日常生活背后的真知灼见。通过对日常生活以及事件的描写,厄普代克探讨了时代中某些最重要的时间,并使读者了解到现代美国日常生活中隐含的重要意义。在美国著名小说家、随笔作家乔纳森·弗兰岑(Jonathan Franzen)的作品《强震》(*Strong Motion*, 1992)不单探讨了如堕胎、女权运动等颇具争议的主题,对公司的罪恶、消费经济和资本市场进行了批判,更多地充满了对生命的思考和对环境的忧虑。查克·帕拉纽克(Chuck Palahniuk, 1962—)的

---

① Kenneth Millard, *Contemporary American Fiction: An Introduction to American Fiction since 1970*, Beijing: Forengh Language Teaching and Research Press, 2006, p. 123.

作品《搏击俱乐部》(*Fight Club*, 1996)讲述了一个受失眠症困扰的年轻人,在参加了许多心理治疗小组却收效甚微后。为了减轻痛苦与神秘人物泰勒·德顿一起成立了一个地下组织——搏斗俱乐部的故事。小说批评了当今社会男性不够阳刚的现状,也探讨了关于反抗、反消费主义等具有普适意义的主题。

对于历史和移民题材的拟写也是近年来美国小说创作的一个趋势。丹尼斯·约翰逊(Denis Johnson, 1949)的作品《烟树》(*Tree of Smoke*, 2007)曾经获得美国国家图书最佳小说奖,小说以越战为背景,讲述了美国中情局特工斯基普·桑兹同他的叔叔弗朗西斯·桑兹一起如何在越南战争中实施代号为"烟树"的间谍计划的经历。小说还通过寡居的女护士、普通士兵、菲律宾牧师、越南飞行员等人物,探讨了越战的实质,再现了战争对人类灵魂的影响。多米尼加裔美国作家朱诺·迪亚兹(Junot Diaz)的作品《奥斯卡·瓦奥短暂而奇妙的一生》(*The Brief Wondrous Life of Oscar Wao*, 2007)则以移民经历为题材,讲述了一个多米尼加裔美国家庭几代人的故事,围绕着他们在多米尼加共和国的抗争以及来到美国后仍然摆脱不掉的厄运展开。小说的主人公奥斯卡因为生长于美国,所以和移民而来的家人不一样,他是个体重达到 300 磅的胖男孩儿,对科幻小说十分着迷,并极度渴望谈恋爱。迪亚兹在小说中将族裔本土故事、幽默、移民、历史、爱情、革命和独裁等多种元素杂糅,探讨了民族身份、个人流散、文化压迫和男子气概等主题,不但频频登上 2007 年度最佳图书的各大榜单,更是荣获了普利策小说奖和美国全国书评家协会奖等多项文坛大奖。

如果说这些作品被归于严肃文学之列,那么一些流行作品,或者说在由流行到经典转换中的作家和作品也在创作技巧和主题的丰富深刻上达到了一定的高度。小说家约翰·格里森姆作品获得成功的一大原因是因为他的作品对美国现代司法制度进行了非常深刻的反思。他的小说中处处有律师、检察官和法官之间的勾心斗角、嬉笑怒骂,陪审团人员的遴选以及案情的评审,原告与被告双方的法庭辩论,精神病鉴定专家的当庭表演,可谓上演了一幅幅惟妙惟肖的美国司法系统风情画。除了法律问题,格里森姆的小说还触及了美国社会中的黑暗和矛盾。《杀戮

American Fiction: Local Processes and Multivariate Genealogies

时刻》(*A Time To Kill*, 1989)讨论的不仅仅是法律问题，美国南方根深蒂固的种族歧视才是其真正主题。民权运动过后，虽然黑人在法律上与白人并无分别，但是法律只能为人们的行为建立规范，并不能净化人们的心灵。在一些人头脑里，种族观念依然根深蒂固。在满足了读者对于真实司法系统进行透视的心理需求同时，也引起了人们对社会现实和道德伦理的思考。

而丹·布朗的每一部作品都从一个角度对现代文明进行了反思，如《天使与魔鬼》(*Angels and Demons*, 2001)就将科学和宗教的论战作为小说的主题，淋漓尽致地展现了人性和神性、宗教和科学在人类发展中的矛盾。丹·布朗则在小说中传达了这样的理念，即科学和宗教是不可分离的同一事物的两面，但当人类的道德水平无法与科学水平相匹配的时候，就会因失衡而产生不可预测的后果。丹·布朗的其他作品，如《数字城堡》(*Digital Fortress*, 1998)"借高科技探讨了公民隐私与国家安全之间的矛盾;《骗局》(*Deception Point*, 2001)以美国总统大选为背景，关注政治道德、国家安全与高科技之间的矛盾;《达芬奇密码》则在艺术与宗教交织的谜团中探索古老的宗教悬案"①。丹·布朗的作品表面轻松，实际沉重，作者将精彩的叙事和厚重的历史感结合，探讨当下人们最关注的问题，将多个命题进行了跨越和融合，从而大大提升了创作主体的多样性和交融性，提升了文本的人文反思价值。

文化工业和文化消费的现象固然对作家的创作产生了一定的影响，但艺术本身的生命力是永恒的，文学作品的价值是超越时代的，正如福克纳在接受《巴黎评论》的采访时所说的："艺术家的宗旨无非是用艺术手段把活动——也就是生活——抓住，使之固定不动，而到一百年后有陌生人来看时，照样又会活动——既然是生活，就会活动。"②文学作品无法脱离其产生的环境和历史条件，但是其本身的价值将会远超于其当时所获得的短暂的成就。在消费文化的环境下，只有具有真正人文精神内涵的、具有主体性和自主性的文学作品才能最终得到认可，精神文化市场不能

---

① 朱振武：《解密丹·布朗》，北京：人民文学出版社，2010年，第39页。

② 吉·斯坦因：《福克纳访问记》，选自《福克纳读本》，李文俊等译，北京：人民文学出版社，2013年，第430页。

一刀切地全盘"消费主导",它既要考虑大众的消费需求,又需要坚守文学艺术品质和社会责任。文化消费应当是对有准确内涵和完整外延的文化的消费,而并非单纯寻求消遣和快感。美国当代小说家一方面传承了美国文学的传统,同时又融入了对当下文明的反思,强调小说的社会参与和责任,从而出现了一批在艺术性、商业性和思想性之间取得平衡的作家。而这些作品中对现代文明的思考既构成了美国本土经验的一部分,也是对整个人类文明的一个启示。

第三节　大众传媒与美国小说的样式和生产

大众文化的发展是在大众传媒的引导下发生、发展和变化的。正如美国学者爱德华·萨丕尔在《社会科学百科全书》(*Encclopedia of the Social Sciences*, 1967)中写道的:"社会仅仅在表面上是一些社会机构的静态总和,它实际上日复一日被一些因为个体参与其中而具有传播性质的特别行为所创造、改变并重新确认。"①可见传媒的发展会对社会的发展产生深远的影响。就文学来说,文学必须依附于媒介而存在。在人类文学史上,每一次传媒技术的革新,都会带来文学样式、文学传播,乃至文学语言的显著变化。传媒通过改变文学所赖以存在的外部条件而间接地改变文学,不仅深深地影响了文学创作的技巧、形态,重组了文学内部审美要素,而且从外部直接地影响了小说的传播及其社会功能。

马克·波斯特从信息传播方式上对人类文明发展进程进行了划分,即"面对面的口头媒介交换;印刷的书写媒介的交换;以及电子媒介交换"。② 美洲大陆的印第安人有着悠久的口头文学历史,但美国文学的真正发端是以印刷文化为主的。美国小说的发展离不开大众传媒的变革和进步,可以说,美国小说的发展史也是美国大众传媒的演变史。而在文学和大众传媒关系的研究上,美国文学具有很好的代表性,因为"在书籍逐

① Edward Sapir, *Encyclopedia of the Social Sciences*, Vol.4, New York: Macmillan Free Press, 1967, p. 78.

② 马克·波斯特:《信息方式》,范静晔译,北京:商务印书馆,2001 年,第 13 页。

American Fiction: Local Processes and Multivariate Genealogies

渐商品化的过程中,从报纸连载小说、一角钱小说,一直到廉价通俗杂志、面向大众的纸皮书和网络书店的出现,当然还有畅销小说及其发生体系,每一次的发展进步都是由美国牵头发明、完善的"①。这与其发达的大众文化和文化工业不无联系。从美国小说发展历程上看,早期国内的报纸杂志为本土小说家的发展提供了媒介基础,到 19 世纪中期以后,中产阶层读者不断扩大,伴随而来的是印刷体文学种类和数量的激增,在这种市场需求不断扩大和传统媒体兴盛的背景下,美国小说逐渐走向了繁荣。而电子媒体时代,大众媒体不仅仅改变了小说的创作方式和技巧,也改变了小说的阅读方式,给小说带来挑战的同时,也带来了创新的空间。

一、早期传媒环境与美国小说的肇兴

美国小说的肇兴与早期传媒环境有着密不可分的关系,新英格兰拓殖初期的移民以清教徒为主,他们不仅带来了欧洲的文化传统,也带来了印刷技术。他们大多是受过教育的手工业主和私人产业主,北美丰富的自然资源和广阔的土地使得他们大多数都拥有了一定的产业,这使得第一批民族文学孕育在新英格兰地区,新英格兰文学的最先发展有其一定的必然性:"1800 年时新英格兰的文化普及率就已属最高,学院、大学、出版社、报纸和杂志的数量也最多。"②与此同时,波士顿、纽约等大城市聚集了大量的书商,图书市场逐渐形成。大众文化的兴起则带来了早期的杂志和期刊,这些早期杂志为美国人创造了一个独特的美国声音,也为建构本土文化提供了一个平台。早期印刷业和大众传媒的发展不仅使思想得以有效地传播,同时也把商业精神引入到了文学发展中去,正如托克维尔所观察到的,"民主制度不仅使实业阶级染上了文学爱好,而且把商业精神引进了文学界。民主国家的文学界,总有这样的一批视文学为商业

---

① 约翰·萨瑟兰:《英美畅销小说史》,苏耕欣译,北京:外语教学与研究出版社,2009 年,第 133 页。

② 卢瑟·S·路德克(主编):《构建美国:美国的社会与文化》,王波等译,南京:江苏人民出版社,2006 年,第 126 页。

的作家,而且那里出现的某些大作家,其个人的作用可以胜过几千名思想小贩。"①而这种个人的作用,正是基于大众传媒带来的有效的传播基础之上。

印刷业在美国国家的诞生、美国文学迎来黎明的过程中扮演了重要的角色。早在 17 世纪初,图书出版商就随着欧洲移民来到了北美大陆,1640 年,马萨诸塞州坎布里奇的清教徒出版了基督教赞美诗《海湾诗集》(*Bay Psalm Book*, 1640),这是在北美大陆出版的第一本印刷书籍。建国后,富兰克林、杰弗逊等开国元勋就期待着一个知识的平均主义和广泛的传播,而在当时这种传播正是依赖于印刷术和书籍报刊的出版。典型的事件是托马斯·潘恩在 1776 年出版的《常识》(*Common Sense*)曾席卷了整个殖民地,三个月内就卖出了 10 万册,在使公众的观点倾向于独立的过程中发挥了很大的影响力。而在美国小说肇兴的历程中,印刷技术则为小说提供了媒介基础。华盛顿·欧文、本杰明·富兰克林等早期作家也都有印刷业从业经验,这无疑让他们能够知道市面上最受欢迎的是什么样的作品。到了 18 世纪末 19 世纪初,美国本土的图书市场已经初具规模,如本杰明·富兰克林的《穷理查年鉴》每年的销量达 1 万多册。"而 19 世纪波士顿的蒂克纳菲尔德以及小布朗出版社出版了以下几乎可以和'美国文艺复兴'同义的几个作家的作品:纳撒尼尔·霍桑、拉尔夫·沃尔多·爱默生、亨利·大卫·梭罗、詹姆斯·罗威尔以及斯陀夫人。"②美国的图书出版业在 19 世纪获得了重大发展,1817 年创立的哈珀兄弟公司、1840 年成立的帕特南公司和 1846 年成立的斯基博纳公司使纽约成为美国图书出版业的中心。

通俗报刊是美国国内出现得最早的大众媒介,美国最早的两份杂志是安德鲁·布拉德福德的《美国人杂志》(*American Magazin*)和本杰明·富兰克林的《综合杂志》(*General Magazine*)。到独立战争的时候,沿海城市已经建立了近 50 家报社。纽约、波士顿等城市在 19 世纪到 20 世纪

① 托克维尔:《论美国的民主》,董果良译,北京:商务印书馆,第 636 页。

② Trysh Travis, "New York's Culture of Print", Cyrus R. K. Patell and Bryan Waterman, eds., *The Cambridge Companion to the Literature of New York*. New York: Cambridge University Press, p. 178.

American Fiction: Local Processes and Multivariate Genealogies

之交就已经形成了较为发达的杂志文化，如纽约出现的《芒西杂志》（*Munsey's*, 1889-1921），《科利尔杂志》（*Collier's*, 1888-1919）以及《麦克卢尔杂志》（*McClure's*, 1893-1911），这些杂志使得纽约在出版技术和营销技术上具有得天独厚的优势，同时也聚集了具有出版头脑的印刷商，这为后面形成全国范围的中产读者群打下了基础。同时，这些杂志成为后来的 20 世纪二三十年代出现的一些"时髦杂志"（smart magazine）的雏形，如《时髦的人》（*Smart Set*, 1900-1930），《名利场》（*Vanity Fair*, 1913-1936），《纽约客》（*The New Yorker*, 1925- ）和《绅士》（*Esquire*, 1933- ）等。[①] 这些期刊的特点是散文随笔偏多，因其篇幅更适合期刊发表，同时内容覆盖广泛，往往包括哲学、文学、风俗、政治、艺术等方面，客观上为美国本土小说的出现提供了创作的平台。

美国本土小说的雏形最早以一些生动的故事和小品文的形式出现在报纸、杂志上，如纽约出版的《时代精神》则由列联·T·波特在 1831 年开始出版。他寻找了许多业余作者——医生、律师、印刷工、种植园主等——为他的杂志撰写一些小故事。从 19 世纪 40 年代开始，一些小说以"增刊"的方式随报纸免费发放。而后综合类杂志开始出现专门的小说板块，纯文学杂志开始出现，如 1815 年在波士顿创刊的《北美评论》（*North America Review*）。美国早期小说家大多都与大众报刊有一定的联系。华盛顿·欧文和他的哥哥曾不署名地创办了一本名为《萨尔马巩蒂》杂志，杂志上刊登的是有关纽约社会的幽默短文和散文。到 19 世纪中叶，杂志对短篇小说的需求量非常大，霍桑的第一部短篇小说集《故事重述》（*Twice-Told Tales*, 1837）中所录的作品都曾匿名发表在杂志和礼品书上。美国 19 世纪上半叶流行英国式的礼品书。礼品书由诗歌、散文和短篇小说组成，而霍桑的短篇小说就多发表在当时很受欢迎的礼品年刊《象征》（*Token*）上。爱伦·坡同样与现代期刊有很深的渊源，"以拒绝庸俗但又描写冒险、恐怖、侦探、科幻题材著称的爱伦·坡在以报纸和杂志为代表的大众传媒下开始受到越来越多的读者的欢迎。这一时期先后

[①] See Trysh Travis, "New York's Culture of Print", Cyrus R. K. Patell and Bryan Waterman, eds. *The Cambridge Companion to the Literature of New York*. New York: Cambridge University Press, p. 176.

刊登或连载过坡作品的杂志有《南方文学信使》《格雷汉姆杂志》《纽约镜》《晚镜报》《戈迪斯杂志》等。"①可见报刊对爱伦·坡作品的传播产生了很大的影响。

世界各国文学的小说的萌芽和起源阶段往往都伴随着大众传媒的兴起以及社会世俗化进程，如金属活字这一技术和欧洲的文艺复兴运动的结合，使得大众传媒的萌芽变成具有组织性的媒介，从而为欧洲现代文学的发展准备了条件。现代期刊的发展则为小说的发表提供了一个较为自由的平台，如在18世纪的英国，笛福、理查逊等与印刷业、出版业和书商有着千丝万缕的联系，并且"按照菲尔丁的说法，整个文学界正在变成'一个民主的世界，或者更确切地说，是彻头彻尾的无政府状态'"②。这种无政府状态实际上标志着新的文学发生机制的形成，文学创作的自由风气往往是孕育不朽的文学作品的重要条件之一。中国现代文学的发展也是以报纸、期刊的兴起和发展为契机的，鲁迅、沈从文等人的作品主要传播渠道也是现代期刊。而对于美国来说，建国以后社会的稳定和经济的发展，大众刊物的兴起和印刷技术的成熟，公众闲暇时间增多，阅读兴趣不断增长，从而对带有消遣意义的文本产生了需求，这些都为小说的诞生和发展提供了温床。

二、传统媒体下美国小说

在传统纸媒环境中，小说的生产和阅读过程就是一个"传播循环"。作品通过出版商、印刷商、分销商到达读者手上，然后回到作者那里。作者会受到出版商的要求的影响，出版商则会预测图书市场的需求，而读者也会影响作者，作者在写作时也会预估潜在读者的喜好。这就是典型的艺术家与市场之间的连接模式，而这也是美国19世纪后期到20世纪上半叶的小说生产的主要方式。如马克·吐温虽然受到高雅文化阶层的欢迎，但是却仍然采用接近大众的订阅——出版这种模式来出版小说，因为

① 朱振武：《爱伦·坡与通俗文化》，载《国外文学》，2008年第2期，第24—25页。
② 伊恩·P·瓦特：《小说的兴起》，董红钧、高原译，北京：三联书店，1992年，第57—58页。

这样比文学出版的模式收入要多得多。"在 1889 年一封信中他曾这样说，'我始终迎合大众口味，从来不关心那些文化阶级的生活'。"①除此之外，19 世纪后期重要文学杂志则成为了美国小说的主要发展阵地，许多小说家的文学生涯也与这些期刊有着非常紧密的联系，如亨利·詹姆斯一直是《大西洋月刊》(*The Atlantic Monthly*) 的骨干力量，1986 年他的作品《波因顿的战利品》(*Spoils of Poynton*) 就在上面连载；豪威尔斯的作品主要发表在《大西洋月刊》《世纪》(*The Century Magazine*) 和《哈泼》(*Harper's Magazine*)；"马克·吐温的畅销小说在出版后三个月内就销售了 5 万册，小说节选发表在《世纪杂志》(1885 年至 1886 年) 上，杂志为他作了宣传，促进了销售"②。杰克·伦敦最著名的小说《野性的呼唤》，以连载形式于 1903 年发表在《星期六晚邮报》(*Saturday Evening Post*) 上。总体上看，《纽约客》《哈泼氏》和《大西洋月刊》这三本综合类文化杂志，对美国文学产生的影响最大。因为发行量较大，它们对文学的影响超过了其他纯文学刊物。美国笔会/亨利奖 (The Pen/O Henry Prize) 是英语文学界中最重要的短篇小说奖，每年为 20 篇短篇小说颁发此奖，从历年获奖的小说来看，共有 203 篇曾在《纽约客》(*New Yorker*) 上发表，106 篇发表于《哈泼》，120 篇发表于《大西洋月刊》③。这些杂志成为美国本土文学发展和繁荣的自由平台，如《大西洋月刊》的创刊宣言就是："不带任何偏见，不代表任何党派，但将努力成为美国理想的代言人，共同推进国家的自由和进步。"④《大西洋月刊》刊登过梭罗、霍桑、爱默生、朗费罗以及马克·吐温、亨利·詹姆斯、哈林·加兰等小说家的作品。

同时，在印刷时代，出版条件与作家事业发展有着千丝万缕的联系，报社和杂志的编辑部以及出版社成为联结作者和读者的中介。20 世纪著名的天才编辑人麦克斯·珀金斯 (Max Perkins, 1884-1947) 就挖掘了菲茨杰拉德、海明威和托马斯·克莱顿·伍尔夫 (Thomas Clayton Wolfe,

---

① 萨克文·伯科维奇 (主编):《剑桥美国文学史》(第三卷)，蔡坚等译，北京:中央编译出版社，2010 年，第 33 页。

② 同上，第 368 页。

③ 来源:欧·亨利奖官方网站 Http://www. randomhouse.com/anchor/ohenry/magnot.html.

④ 虞建华 (主编):《美国文学大辞典》，北京:商务印书馆，2016 年，第 232 页。

1900-1938)等作家,并给他们的作品出版提供了诸多帮助。珀金斯称自己是"一个坐在大将军肩头的小矮人,知道将军该去做什么,不该做什么,而无人觉察到这一点"①。作者和读者之间联系的中介,除了文学机构以外,还有作家的名人机制。英国小说家狄更斯成为第一个明显地意识到这种名人效应的作家,狄更斯会为读者亲自朗读自己的作品,为自己的作品进行巡游式的演讲。19世纪前20年这种名人效应的机制还没有在美国形成,库柏等人的得到承认主要还是依靠自己的作品。到了19世纪中后期,小说创作的职业化越来越明显,"全国巡回式的个人作品朗读会(马克·吐温、阿特姆斯·沃德等幽默小说作家对此尤为擅长)、个人采访、拜访名家住所等方式、撰写个人专栏以建立个人形象(豪威尔斯)"②都是作家走进大众、与大众融通的方式。而这种趋势在20世纪下半叶随着广播以及新媒体的普及越来越明显,签售会、读者见面会和交流会等形式都是小说宣传的一部分。

　　同时,许多小说家原本的职业是记者,或者是杂志的编辑、撰稿人等。这种职业无疑对创作时的语言、文体等方面都会产生一定的影响。同是记者出身的马克·吐温和海明威是两个非常能代表美国文学特点的作家。正因为马克·吐温必须不断为报纸撰文,所以他总是在文体上进行创新,好让他从任何一个主题上都能取得幽默的效果。而海明威为《堪萨斯城市之星报》和《多伦多之星报》撰文的经历使得他把新闻写作的简洁文体带入小说创作中。从整体上来说,美国小说相对于英国小说而言,在语言上更倾向于清晰与简练的文风。这与许多小说家在大众媒体中接受的训练不无关系。

　　大众期刊的兴盛,不仅促进美国小说进入了独立发展的轨道,而且也使得美国从19世纪中期就已经进入了畅销书时代。美国图书市场在19世纪初就超过了英国。相比之下,美国的图书销售更为灵活。英国在19世纪90年代就开始实施《净价图书协议》,该协议禁止图书售价低于或高于图书定价。在美国除了1915年有过短暂的管制外,政府从来没有实

---

① A·司各特·伯格:《天才的编辑》,彭伦译,桂州:广西师范大学出版社,2015年,第161页。

② John G. Cawelti, "The writer as a celebrity: some aspects of american literature as popular culture", *Studies in American Fiction*, Vol. 5, No. 1, 1977, pp. 167-168.

行过零售价格管制。不仅如此，美国各个城市中的读书俱乐部——包括每月一书俱乐部（Book of the Month club）以及文学工会（The literary Guild）——每年都以非常低廉的价格向读者发售数百万册的精装小说。在 1960 年以前，英国还没有比较成熟的畅销书榜单的制作与发布的体系。而在 19 世纪末，美国的畅销书榜按时得到发布。由弗兰克·R·斯托克顿创作的《船长霍恩历险记》是美国文学史上第一个畅销小说排行榜冠军。从销量上来说，美国畅销小说的销量也是年年攀升，从前的畅销小说在今天已经相形见绌。1900 年玛莉·约翰斯顿《拥有与占有》的年销量为 2.5 万册，《飘》则在一年内卖出了 100 万册。而 20 世纪 60 年代的马里奥·普佐的《教父》和 1970 年埃里克·西格尔的《爱情故事》在五年之内销量都达到了千万册。1966 年杰奎琳·苏珊的《玩偶谷》则在出版六个月内就销售出 680 万册。[①] 对于一些 20 世纪八九十年代的作家如斯蒂芬·金和约翰·格雷森姆来说，首印百万册、销售过千万已不足为奇。随着文学国际市场的形成，美国也出现了国际型作家，如丹·布朗的《达·芬奇密码》就被翻译成超过 40 多种语言，销量上亿册，荣登过全美所有主要书刊排行榜的榜首，当年就以 750 万册的成绩再次刷新美国小说销售记录。可以说，美国畅销小说的历史，见证了美国的小说发展史和出版史，同时也成为人类印刷文明的一个缩影。

　　作为语言艺术代表的小说，可以说与印刷文明下传统媒体的发展有着直接的联系，小说与纸媒，正似金风玉露相逢，正如罗伯特·派特恩（Robert Pattern）在研究英国小说家狄更斯和出版商之间的关系时所指出的："狄更斯为钱写作可能是 19 世纪文化的核心，也是艺术家与时代互恩互惠的紧密联系。"[②]纸媒的繁荣往往见证了小说的繁荣，在文化语境下考察小说家的作品，会发现出版业与作家事业有着千丝万缕的关联。这一点在美国文化环境中也是如此。从 19 世纪下半叶开始，小说在美国的持续畅销使得小说的地位在美国逐渐提高，出现了长篇小说繁荣的景象。美国小说逐渐建立了自己独立的文学主题、创作范式，形成了独特的

---

① John Sutherland, *Bestsellers: A Very Short Introduction*, Beijing: Foreign Language Teaching and Research Press. p. 214.

② 赵炎秋等：《狄更斯学术史研究》，南京：译林出版社，2014 年，第 176 页。

发展脉络,并开始在世界文坛上确立自己的地位。而到了互联网时代后,小说的生产不再是作者独有的权利,甚至读者也被邀请到小说的创作中去。人人都可以成为作家,写作成为一种开放事件,传统媒体遭到了解构。在这种更为复杂的文化环境下,小说的创作和传播受到了巨大的挑战,也迎来了革新和发展的新机遇。

三、电子媒体时代小说何为

美国在二战后进入后工业时代,信息工业和电子工业发展迅速。与之而来的,是传统媒体的式微,大众报刊开始衰落。1972 年《生活》(*Life Magazine*)停刊,标志着大量发行和一般兴趣杂志时代的终结。同时,小说的出版虽然依然主要依靠纸媒,但小说阅读的方式已经变得越来越多元。电子时代的到来促使新媒体(New Media)的出现,新媒体是相对于书籍、报刊、广播等传统媒体而言的,它包括网络媒体、手机媒体、数字电视等,所依托的技术是数字技术和网络技术。媒体给人们带来的变化不仅仅是获取信息方式的变化,更是生活方式和思维方式的变革,这对小说的方方面面,从小说的创作方式,创作者的主体性,小说的传播和接受方面,都产生了巨大影响。同时小说作为叙事艺术的主导地位渐渐被电影、电视等其他大众文化形式所占据,新闻业的发展更是让小说在对现实的反映这一维度上略显苍白。小说的社会效力开始不像传统媒体时代那样有广泛的社会影响力,正如乔纳森·弗兰岑(Jonathan Franzen, 1959-)在《哈泼》上发表的《何必苦恼》一文中说道的:"19 世纪,当狄更斯、达尔文和迪斯雷利拜读彼此作品之时,小说是社会教化的卓越媒介。民众期待萨克雷或威廉·迪恩·豪威尔斯新书之殷切,不亚于今天圣诞档电影激发的热情。"[①]现在,人们很难看到像欧·亨利那样的小说家,而很大一部分原因就是媒体的变化带来的文化环境和人们生活方式的变化:曾经为人们提供信息和娱乐主要来源的报纸和期刊已经度过了黄金时期。如今,电视、摄像等都是更为生动而实时的实体,小说不再像以前一样,成为

① 乔纳森·弗兰岑:《如何独处》,洪世民译,海口:南海出版社,2015 年,第 59 页。

获取知识、经验和娱乐的唯一方式，不再成为大众想象的最有力的代表，在这样的电子媒体时代，人们不禁要发问：小说究竟何为？

电子媒体的出现首先对小说的创作方式和创作理念产生了一定的影响，这在媒体技术较为发达的美国更为明显。当代大众文化更多的是一种视听文化，摄像技术和互联网技术在改变了人们认知思维方式的同时，也在改变着人们叙事的模式，从而对小说的文本结构和叙事方式也产生了一定的影响。视觉、声音和影像渐渐处于统治地位，现代电影、摄影、绘画等大众艺术形式开始重组大众审美的要素。如电影在展现现实方面无疑更为逼真，"摄影机光学性能和胶片乳剂摄取的外部世界所创造的现实，不再是对于现实的摹仿，而已经成为现实本身。"①许多美国现代作家的作品中就有很明显借鉴电影叙事艺术的痕迹，在冯内古特的小说《冠军的早餐》(*Breakfast of Champions*, 1973)中，文字叙述和速写式图画交错呈现，纳博科夫的小说《洛丽塔》中就有明显的电影元素，多克托罗、库佛和德里罗等人将电影蒙太奇手法融入他们的创作中去。另外，互联网的出现也在潜移默化地对小说叙事产生着影响。正如互联网为人们构造了一个巨大的非线性的叙述文本库，谷歌等搜索引擎能在同一个关键词下提供人们意想不到的链接，而这种思维方式，无疑对小说也产生了一定的影响，如果在互联网上搜索"法国"，你会得到一连串的互不相干的信息，这正是信息"碎片化"的体现，互联网正是利用一个巨大的文本库创造了一个非线性的叙述文本。这种信息结构和生活方式也必然对人的思维方式产生一定的影响，一些现代作家就放弃了传统小说的线性叙事，将小说的时间和空间四处蔓延，从而构成更为复杂的文本结构。

电子媒体对人们获取信息和阅读习惯带来的变革，使得小说创作的主体也发生了一定变化。博客等自媒体使得作家这一职业变得越来越开放，网络文学也日益繁荣。《纽约时报》的畅销书排行榜多年来就为网络小说所占据，其中的典型作品包括《暮光之城》(*The Twlight*)系列。网络小说的出现改变了传统的小说生产方式，一些作家将作品放在自己独立的博客上，待价而沽。不仅如此，电子图书还有改变图书作为一种媒介的

---

① 朱国华：《电影：文学的终结者》，载《文学评论》，2003 年第 2 期，第 78 页。

潜力,例如交互式超文本小说(hypertext fiction)能够让读者按照自己的喜好来修改故事情节。一些小说的作者通过众筹的方式,让读者直接参与小说情节走向和人物命运归宿的把握。第一本交互式小说是1992年威廉·吉布森(William Gibson)通过软盘发表的《死亡之书》(*A Grippa*)。读者对小说创作的参与度通过互联网这个媒介进一步得到增强。可以说,互联网从根本上改变了作者和读者之间的关系。

同时,媒体技术带来了小说阅读方式的明显变化。美国媒介理论家保罗·莱文森在研究手机的一本著作中写道:"当有人破天荒地想到在石板、木板、泥板上书写的时候,人类就已经进入了一个移动媒介的领域。……摩西很聪明,他把'十诫'刻在石板上带着,于是,'十诫'不仅在他穿越沙漠时能够携带,而且最终被带到了全世界。"[1]如今,移动媒介已经被逐渐电子化,传统的书籍和报刊不再是人们阅读的唯一来源。依赖于网络技术的移动终端阅读冲击着传统的出版行业,手机、平板电脑,以Kindle阅读器为代表的电子阅读器成为许多人的阅读首选。而谷歌将图书馆中的藏书数字化,同时提供全文搜索,期刊、书籍被扫描、上传,在互联网上向大众免费开放。美国出版商协会是全美出版行业最重要的协会组织,该协会2014的一份报告显示,美国数字图书所占图书销售市场份额已经超过27%,而与此对应的则是阅读群体选择纸质阅读人数比例的下降——从2011年的71%下降至2014年的69%。针对传统纸质书所面临的挑战,加拿大传媒理论学者马歇尔·麦克卢汉曾预言书籍的消亡。但正如美国学者罗伯特·丹恩顿说的,人们对电子书的迷恋经过了三个阶段:"初期的乌托邦式的狂热、中间的梦想幻灭期以及务实主义的新趋势。"[2]尽管目前美国阅读市场中数字阅读比例逐渐上升,但纸质阅读始终稳定地占据一席之地。不可否认的是,电子科技的发展还会持续改变人们的阅读方式。

从以上种种发展趋势中可以看到,电子媒体发展确实给小说带来了一定的挑战和生存危机。而早在1944年格雷汉姆·格林(Graham

---

① 保罗·莱文森:《手机:挡不住的召唤》,何道宽译,北京:中国人民大学出版社,2004年,第17页。
② 罗伯特·丹恩顿:《阅读的未来》,熊祥译,北京:中信出版社,2011年,第67—68页。

Green, 1904-1991)、伊芙琳·沃(Evelyn Waugh, 1903-1966)、E·M·福斯特(E. M. Forster, 1879-1970)就曾一起讨论"小说是否死亡"("Is novel dead")这个问题。但实际的情况是,美国直到21世纪初一直保持了小说创作的活力,创作势头有增无减。小说家在对新的叙事空间、可能性和叙事主题上进行了积极的探索,以丰富的作品颠覆了"小说终结论"。我们仍然可以看到美国不少小说家在自家领域所做的"突围"。他们一方面传承了美国文学的传统,一方面展现了在叙事方面的审美原创性,同时又在娱乐性和艺术性、商业性和思想性之间取得平衡,如斯蒂芬·金、约翰·格里森姆和丹·布朗等作家在目前的文化接受语境下,成为小说在大众文化和消费文化语境下进行自我突破的范例。

进入21世纪以来,美国小说继续在创作主题和创作方式上不断进行着突破。从主题上来看,美国小说越来越具有交融性和现实性,出现了新战争小说,如唐·德里罗2010年的《欧米伽点》(*Point Omega*);非自然小说,如马克·Z·丹尼利斯基(Mark Z. Danielewski, 1966-   )的《草叶屋》(*House of Leaves*, 2000);残障研究,如丽莎·热那亚(Lisa Genova, 1970-   )创作的有关阿兹海默症的作品《依然爱丽丝》(*Still Alice*, 2009)以及后种族美学、后世俗研究小说类型。从创作形式上来说,"绘本小说"(Graphic Novels)这一创作形式得到了一定的发展。正如美国学者莱斯利·费德勒所说的:"小说这种艺术形式和史诗、民谣都无太大关系,而是同它的后继者关系密切:连环画、漫画、电影、电视。"①阿特·施皮格尔曼(Art Spiegelman, 1948-   )就是具有代表性的一位绘本小说家。他曾于1992年凭借两卷本绘本小说《鼠族》(*Maus*, 1991)获得普利策特别奖,这部作品集文学、漫画、新闻录和自传于一体,以动物为叙述视角讲述了大屠杀经历以及大屠杀中各方立场、身份以及特殊环境中人性的展露,被《纽约时报》誉为"用小图片讲述的史诗故事"。新世纪后他的另一部代表作是《无塔之影》(*In the Shadows of No Towers*, 2004)。另一位具有代表性的绘本小说家是艾莉森·贝克特尔(Alison Benchtel),其

---

① 莱斯利·费德勒:《文学是什么:高雅文化与大众社会》,陆扬译,南京:译林出版社,2011年,第33页。

主要作品为《快乐家庭：一个家庭的悲喜剧》(*Fun Home: A Family Tragicomic*, 2006)。美国也有一本专门的绘本小说杂志，即《绘本小说和漫画》(*Journal of Graphic Novels and Comics*)。正如学者周宪所说的：晚近以来，无论是西方文化还是中国文化，似乎都有一个越来越明显的发展趋向——视觉符号正在或已经超越了语言符号转而成为文化的主导形态。[①] 而绘本小说创造性地将图画这种更加明确、更加丰富的表现形式与文学叙事结合起来，无疑拓展了文学创作的空间。

在美国小说的本土化历程中，大众传媒的发展对于小说起到了一定的形式上的框定作用。大众传媒之于文学，正如语言之于思想，形式之于内容，小说作为一种人类心灵交流的形式，也必须依赖于传媒来决定自己向他人讲故事的方式。20世纪后半叶所发生的变革，包括媒体技术和传播方式的变革，都对人的思维方式，对大众想象的表达方式产生深远的影响。电子媒体的发展，使得"文学"的内涵和外延不断发生变化，而小说这一文体的发展不仅仅遇到了挑战，也获得了改变和重新审视自身的空间。美国小说的发展在这个阶段在创作方式和创作主题上的变化，在对小说技巧的尝试和革新，在对小说本身的重新定义上，一直都走在了各国文学的前沿，这也与其大众文化、大众媒体的发达有着紧密的联系。当下，美国畅销小说的销量不断刷新着历史。在非虚构媒介抢占小说的生存空间时，小说仍然被许多人阅读，报纸和专业期刊的评论仍然非常丰富，大众文学奖项的数量也越来越多。传媒环境固然在变化，但故事艺术始终是人类灵感的重要来源。人们不会停止阅读小说，在传媒和阅读环境中找到新的表达方式，才是应当被人们不断思考的问题。

结　语

美国大众文化表面看起来纷繁复杂，其表层构象实则深植于经典文化。正如国内一位学者指出的："西方当代大众文化则经历过经典文化

---

① 周宪：《视觉文化与现代化》，载《文化研究》(第1辑)，天津：天津社会科学院出版社，2000年。

的充分滋养，走了一条从经典到现代再到后现代的积累传承之路，因此今天的西方大众文化呈现出积淀深厚、多样并存的形态，表面无序实则有序，看似充分自由实则有自我调控能力。"①大众文化并非无源之水，无根之木，而是在一定历史文化语境下具有丰富的内涵和外延，因而值得人们的关注。也正因为大众文化有独特的文化表征，其对文学艺术产生的影响就更无法忽视。在大众文化发展脉络更为清晰和完整的美国，大众文化的娱乐属性、消费性以及大众传媒都在不同角度对美国小说本土化历程产生了深远的影响。而在当今以"文化消费"和"大众娱乐"为主题语的文化环境中，小说的创作更应该追溯到小说的本源——即一种基于世俗和平民基础上，对现世生活的表达和探索，并成为广泛阅读的对象，这正是文艺复兴后小说的兴起时的状况。而在科技日新月异、信息时代来临和全球化纵深发展的当今，人类所遭遇关于生存和精神的困境，比以往都更加复杂，小说的创作如何继续书写人类的深刻境遇，如何在继承文学传统的基础上顺应时代发展，如何在文化消费的语境中以及全球化中保持民族特色，既是文学创作者，也是文学研究者需要认真思考的一个问题。

---

① 王晓鹰：《从全球语境看中国大众文艺——娱乐有余，文化不足》，载《人民日报》，2010 年 10 月 28 日，副刊第 24 版。

第十三章

生态谱系

——美国小说本土化的生态三维

引　言

　　对自然生态的关注在一定程度上推动了美国小说本土化的进程。正是对有别于欧洲大陆的自然景观的关注,美国作家逐渐将视角投向了美国这片神奇的土地,创作出了具有美国本土特色的文学作品来。美国小说本土化是一个漫长的过程,在不同的阶段呈现出不同的特征,而生态元素亦是如此,在不同的时期因社会、政治、文化等外在因素的变化和文学自身的发展而表现出不同的特点。美国著名历史学家亨利·纳什·史密斯在其著作《处女地》中指出:"能对美利坚帝国的特征下定义的不是过去的一系列影响,不是某个文化传统,也不是它在世界上所处的地位,而是人与大自然的关系。"①

　　国外(以美国为例)从生态批评的视角对美国文学进行的系统研究并不如想象中那般硕果累累。这些研究主要有三个特征。第一,重理论阐述,轻文本分析。如劳伦斯·布伊尔(Lawrence Buell)的著述。在这些研究中,对文本的分

---

① 亨利·纳什·史密斯:《处女地》,薛蕃康等译,上海:上海外语教育出版社,1991年,第192页。

析是为阐述理论服务的,因而以美国小说文本为研究中心,历时地发掘其发展与演变脉络的研究就显然较为欠缺。第二,文本分析以编纂形式收录为主,缺乏系统的、整体的研究。这类研究目前存在较多。它们往往依托于某个学术会议或者活动,就一个相对宽泛的主题征集了一些学术论文,整理并编撰成册,因而显得较为杂乱。第三,重非虚构生态作品,轻虚构作品。以《瓦尔登湖》(*Walden; or, Life in the Woods*, 1854)、《寂静的春天》(*Silent Spring*, 1962 年)等为代表的非虚构作品受到了较多的重视,但对小说、戏剧、诗歌等虚构作品的关注却相对较少。这与美国生态文学注重实践精神有很大关系。由此我们认为,历时地梳理美国小说中的生态思想与美国国家建构、精神文明发展和伦理正义之间的关系是十分有必要的。

国内从生态批评的视角对美国文学进行的研究并不鲜见。这一方面与生态批评的研究重镇在美国有很大关系,另一方面也是对当下日益严峻的生态危机的表达。这些研究大致可分为三类。第一类是宏观研究。这类研究从生态批评的视角梳理了美国文学。朱新福的博士论文(2005)以生态批评为理论支撑,以美国文学的历史发展为线索,通过阅读美国经典作家的作品,探讨了从殖民地时期到后现代时期美国文学中的环境意识和生态思想,指出了生态文学研究的意义与影响,可以说是这一类的典范之作。在论述早期殖民地时期的文学时,朱新福指出了荒野书写与国家建构之间的关系,但在论述其他作家时却几乎忽略了这个问题。它的研究对象涉及了美国小说,但更多的是具有显著生态思想的散文作家和作品。

第二类是断代或者类别研究。相对于第一类宏大的历时研究而言,第二类往往选取某一个时间段,或者某一类别进行研究,如印第安文学中的生态思想研究等。程虹的博士论文(2000)对美国自然文学的源起、发展与现状进行分析和评述。自然文学蕴含着深厚的生态思想,对美国自然文学的研究可以说是美国生态文学研究的一个重要方面。李公昭(2009)论述了美国战争小说中的生态灾难问题。在作者看来,核武器、生化武器等大规模杀伤性武器的使用, 不仅迅速杀死大量人类, 还严重破坏了人类赖以生存的生态环境, 加剧与加速了生态环境的恶化, 成为最大的环境污染和生态灾难源。张慧荣的博士论文《后殖民生态批评视角下的当代美国印第安英语小说研究》（2014）以路易斯·欧文斯（Louis Owens，1948-2002）的《狼歌》（*Wolfsong*，1995）、托马斯·金（Thomas King，1943- ）的《青草，流水》（*Green Grass, Running Water*，1993）、莱斯丽·玛蒙·西尔科（Leslie Marmon Silko，1948- ）的《沙丘花园》（*Gardens In The Dunes*，1999）和琳达·霍根（Linda Hogan，1947- ）的《灵力》（*Power*，1998）四部当代印第安作家的代表作为研究对象，从后殖民生态批评视角，对当代美国印第安英语小说进行了研究，指出作品中的反殖民力量，呼吁应该将全球化发展与当地的经济状况相协调，提倡一种更加包容的和跨文化的环保主义，以便与其他社会运动结合，创造一个更加易于人和非人物种居住的更有生命力的世界。

第三类是作家作品个案研究。这类研究在三类研究中数量最多，涉及面也最广。从目前的检索来看，从生态批评的视角对美国文学中的作家作品做个案的研究涉及了自然生态、精神生态、生态马克思主义、生态女性主义、生态正义、后殖民生态批评等诸多领域。就涉及的作家作品而言，出现频率较多有梭罗、霍桑的《红字》、《白鲸》、杰克·伦敦、《寂静的春天》、海明威等。这些研究体现出对美国文学中的生态思想的广泛兴趣与持续发掘，具有一定的学术价值对个案研究和整体研究都做出了一定贡献。建立在国内外研究基础上，我们认为，从众多的个案研究中梳理出美国小说的生态思想发展脉络是非常有意义的。将这种脉络梳理与美国小说本土化进程相结合进行研究，将是一次有益的尝试。

鲁枢元曾提出将生态批评做出如下划分，"以相对独立的自然界为研究对象的'自然生态学'，以人类社会的政治、经济生活为研究对象的'社会生态学'，以人的内在的情感生活与精神生活为研究对象的'精神生态学'。"①沿着鲁枢元的思路，本节将侧重美国小说中对自然（荒野）、精神和伦理书写三方面的研究，探讨生态因素与美国小说走向本土化之间的关系。

---

① 鲁枢元：《生态文艺学》，西安：陕西人民教育出版社，2000年，第146页。

第一节 美国小说中的荒野书写

荒野在美国文学中占有重要地位,正如杨金才所言,"荒野意象是整个美国文学发展中的主要母题之一,并形成了美国文学的传统。"①对美国小说中荒野的考察与梳理将有利于更好理解美国小说本土化的进程。对荒野的关注与书写表现出美国人对人与自然关系的关注与思考,以及他们对征服自然的批判与反思。虽然清教思想反对娱乐,但其对新大陆自然环境的描绘,辅以其宗教沉思,对后来兴起的美国小说影响深远。荒野、边疆、森林、野蛮人等意象不断出现在美国小说中,反映出美国小说扎根本土,从自然及由自然衍生出的诸多沉思、传说、神话中汲取营养,逐步形成了具有美国特色的文学创作实践。无论是华盛顿·欧文的哈德逊河,库柏的边疆,还是霍桑笔下具有双重性的森林,麦尔维尔笔下神秘莫测的海洋,抑或马克·吐温笔下的密西西比河,或是菲茨杰拉德笔下的小岛,福克纳的森林,等等,都倾注了对荒野的热爱。荒野一方面被想象为避开工业资本和物欲的世外之地,另一方面也是神秘黑暗之地。荒野的双重性体现出人们对现代工业文明既欲避开又唯恐无处可逃的复杂心态。这种对荒野的书写诠释了美国小说的独特。

随着工业污染的不断加剧,污染事件的不断升级,美国小说中出现了对荒野的反面,即毒物的描写。当代作家们受《寂静的春天》等环境书写的启发,开始在小说中表现被污染的、贫瘠的、被剥夺了生命的自然,以唤醒人们的环境意识,督促人们采取行动。如果说20世纪以前的荒野描写更多从荒野的隐喻出发的话,那么在环境运动之后的美国小说,则更加关注其荒野书写的实用性。这种对实用性的关注在早期殖民者的自然描绘中体现最为明显,可以说是其源头与传统。但是,此时的毒物描写不再为了吸引更多的人征服更多的土地,占有更多的自然资源,而是呼吁人们反思恶意征服与占有带来的可怕后果。

---

① 杨金才:《论美国文学中的"荒野"意象》,载《外国文学研究》,2000年第2期,第58页。

　　总的来说,美国小说对荒野的书写呈现出从对荒野的双重性隐喻到毒物描写的过程,体现出其对生态问题从较为隐晦到直接披露的表达过程,反映出美国小说在将荒野家园化的过程中逐渐生成的民族自主意识,这也正是美国小说本土化的一种表达。

一、双重的荒野

　　荒野隐喻含义的双重性可以从《圣经》和希伯来文化语境中找到根源。在《圣经》中,一方面,荒野是无水干枯之地,是死亡、罪恶与魔鬼生长的地方。另一方面,荒野是伊甸园,是亚当和夏娃被驱逐之前,也即成为荒漠之前的乐园。希伯来文化语境中的荒野既是邪恶丛生之地,是经受苦难、试探、逼迫、磨练和考验的地方,亦是作为避难所和洁净地的修行悟道之所,还是神的神秘居所。因深受基督教观念的影响,早期清教徒对荒野的认识是"黑暗的""阴郁的"和"噩梦般的"。在《普利茅斯开发史》中,威廉·布拉德福德(William Bradford)记录了第一批欧洲清教徒 1620 年 11 月乘着"五月花号"抵达美洲新大陆时的心境和场景:

> ……他们历经艰险,远渡重洋:如今,没有朋友来迎接他们,也没有旅馆供他们歇息或修复他们疲惫不堪的身体:没有房舍、更没有城镇去依赖,去寻求救援。……而且他们所能看见的只是咆哮和凄凉的荒野,到处都是野兽和野人……。夏季已过,满目苍凉,整个乡村,森林密布、灌木丛生,展示着一种荒凉、野蛮的情景。如果他们回顾身后,那里则是他们横渡过的大洋,如今已成为把他们与文明世界隔开的屏障和鸿沟。[①]

但同时,对新世界充满向往的早期移民又将这里描绘成人间乐园。在二百多年以后的 1849 年,即将离开苏格兰的约翰·缪尔曾这样描述他想象中的"新世界":

---

① Sacvan Bercovitch. ed., *The Cambridge History of American Literature*, Volume1, 1590–1820, Cambridge: Cambridge University Press, 1994, pp. 84–85.

只有无边无际的充满了神秘东西的森林；满是蜜糖的树生长在遍地黄金的土地上；天空中满是鱼鹰、鹰和鸽子；树上挂着成千上万的鸟巢，在那个全然荒蛮却幸福的土地上，不再有牧场看守来阻拦我们。①

正如环境伦理学家戴维·贾丁斯曾说："一方面，荒野是令人恐惧而应尽量避免去的所在，是上帝放弃而魔鬼占据之所。……另一方面，荒野代表着脱离了压迫，并且若不算福地的话，也至少是可建立福地的临时天堂。"②在这片未经开垦之地，土地肥沃，自然资源丰富；但另一方面，这里又是满目荒凉的魔鬼巢穴。

这种对荒野的认知对形塑美国民族性具有重要影响。大批移民从文明世界走进荒野之中，并在那里建立起一个新的国度，这是举世无双的创举。程虹指出，

美国这种特殊的自然与人文背景决定了其国民对土地那种与众不同的情感与联系。对他们而言，只有认知了脚下的那片土地，才可能认知自我。与其他民族相比，他们更迫切地需要了解自然，投入自然；他们不只是自然的旁观者，而是自然的参与者。在新世界的面前，他们丢掉了旧世界的思想地图，开始在荒野中，重新绘制他们自己的心灵地图和文化风景。③

在朱新福看来，美国早期文学着眼于对新大陆赞颂的生态描写，这是与清教思想和"美国国家意识的构建"分不开的④。以约翰·史密斯（John Smith, 1580-1631）、威廉·布拉德福德、亚瑟·巴罗威（Arthur Barlowe, 1550-1620）和丹尼尔·戴顿（Daniel Denton, 1626-1703）为代表的早期英国殖民地时期的文学创作除了对美洲原住民做了大量观察记录之外，还对新大陆自然资源和地理环境着墨不少。其原因主要有两个。首先，

① John Muir, "The Story of My Boyhood and Youth", *The Writings of John Muir*, New York: Houghton Mifflin Company, 1916, p. 45.

② 戴维·贾丁斯：《环境伦理学》，林官名、杨爱民译，北京：北京大学出版社，2002年，第178—179页。

③ 程虹：《自然与心灵的交融》，中国社会科学院研究生院博士论文，2000年，第3页。

④ 朱新福：《美国生态文学研究》，苏州大学博士论文，2005年，第2页。

对于新大陆丰富自然资源的描写有利于吸引更多的欧洲人参与到殖民地的开拓事业中去。而对地理环境的描写不仅有利于尚未来到新大陆的欧洲人做好心理准备，也有利于已经来到此处的民众扩宽对这片陌生之地的了解，更容易加强与土地的关联和集体认同。这是与美国国家意识的建构紧密联系在一起的。其次，这些对自然的描写还具有浓厚的清教思想，其指向的依然是新的身份认同的建立。布拉德福德描写了新教徒因迷失或隔离在新大陆那"咆哮的荒野"之中而出现迷惘与恐惧的情景，召唤宗教精神的凝聚力，在一定程度上推动了群体凝聚力的形成。而史密斯笔下的自然也是以处女地和乐园的形式出现，旨在构建宗教意义上的全新生活。也就是说，由于这些作家的自然描写具有浓厚的宗教色彩，而宗教在殖民地时期起到了形塑共同体的重要作用，因而虽然这些作家并无意于构建国家想象和民族想象，但却在书写自然的同时做到了这一点。在与本土结合的过程中，早期殖民地作家找到了与上帝对话的途径，也通过这个过程找到了地方感和集体感。

　　热衷于描述新大陆的土地，体现出早期文学中本土意识的觉醒。荒野在生态批评中是一个非常重要的文学意象，也是美国生态文学中的核心概念和发源地。自从哥伦布发现新大陆以来，这片富饶的土地吸引了无数的人前来，也引起了文学家和思想家的想象与沉思。与欧洲大陆不同，这片土地尚未开垦，预示着希望和无限的未来。对荒野的想象具有鲜明的本土特色，是美国文学本土化在生态方面最重要的体现之一。威廉·卡伦·布莱恩特（William Cullen Bryant）曾说："这是荒漠中的花园，这是未加修整的原野，无边无际，美丽动人，对此英格兰的语言尚无名称。"[1]此时的荒野具有浓厚的宗教色彩，与乐土几乎相同。巴罗威在其《北美大陆首航记》一书中写道，由海路接近新大陆时，会先有"阵阵清新怡人的香气入鼻，令新移民精神为之一振。……这里森林茂盛，树木高大挺拔，果实累累。即使是盛夏，随处可见成群的鹿、野兔和狐狸。[2]"新大

---

[1]　Howard Mumford Jones, *Belief and Disbelief in American Literature*, Phoenix Books, Chicago: The University of Chicago Press, 1967, p. 30.

[2]　Arthur Barlowe, "The First Voyage Made to the Coasts of America", *Norton Anthology of American Literature*, 4th ed. Vol. 1. New York: Norton & Company, 1989, p. 72.

American Fiction: Local Processes and Multivariate Genealogies

陆丰富的物产资源——丰盈的渔产和木材、肥沃的土壤、爽朗的气候和满山满谷的飞禽走兽——几乎成为这些生态叙述的"卖点"。大多数叙述者都以普通读者能理解认同的方式呈现新大陆的经验。例如在描写渔产时，许多作者宣称河中鱼量之多，"足以让人可以轻踏鱼背过河。"①谈到飞禽走兽时，叙述者更是夸张地说，满山是火鸡，遍地是野味。林木资源，对木材短缺的旧大陆居民有无比的吸引力，因此对茂盛繁多、品种优良的各种林木，自然不可不大大着墨。戴顿在《纽约记事》(*A Brief Description of New York*)中写道："如果真有人间天堂，那必是这片遍地牛奶蜂蜜之地"，"肥沃的土地种什么活什么而且果实硕大肥美，尤其适合耕种各类英国谷物"②。令人向往的是，新大陆的水土特别适合英国人，移民和旅客一到此地，人人身体健康，百病不侵。"在新英格兰，没有人得过天花、麻疹、贫血、结石、或者肺病。"③更有甚者，在这片生态乐园里，许多在英国时身体有病痛的人，到了新英格兰以后都不治而愈。

尽管早期殖民地时期的游记作家们描写荒野的角度不同，他们面对荒凉的自然，选择的是与自然为伴，颂扬荒野。即使是布拉德福德的描写，我们发现，与其说他是在渲染早期殖民者创业的艰苦，还不如说他在讴歌拓荒壮举。梭罗曾说，史密斯的自然描写使他置于一个荒野的国度，一个接近原始的时代；而布拉德福德的作品则充满令人难忘的语言。他们最初确定了人与自然的亲密关系，把自然作为描述的对象，体现了那种充满活力的粗犷精神。总之，史密斯和布拉德福德的作品"从不同的角度，展示了人们有关新大陆和自然的种种影像：纯洁的处女地，富饶的伊甸园，恐怖的丛林，咆哮的荒野"④。可见，在美国殖民地时期，荒野具有两重意象：一方面暗含这些早期殖民地者不愿意屈服于古老文明与他们的陈规陋习，力求挣脱锁链，向往自由发展。因此，神奇而又遥远的美洲

① William Cronnon, *Changes in the Land: Indians, Colonists, and the Ecology of New England*, New York: Hill and Wang, 1983, p. 73.
② Daniel Denton, *A Brief Description of New York: Formerly Called New-Netherlands with the Places thereunto Adjoining*, London: John Hancock, 1670, p. 56.
③ William Wood, *New England's Prospect*, New York: Oxford, 1968, p. 126.
④ 程虹：《寻归荒野》，北京：生活·读书·新知三联书店，2001 年，第 27 页。

便成了他们的希望之乡,他们在那里可以自由开垦,缔造文明;另一方面又表明,荒芜的新世界险象丛生,他们将会遇到难以想象的困难,将会为了生存而不懈拼斗,因为威胁始终存在。

这些对自然的叙述与赞颂在当时的确起到了吸引欧洲移民的作用,也从另一方面也促进了美国文学的本土化。对土地和自然景观的描写可以说是一种划分疆域的隐喻,以此与欧洲大陆分庭抗礼。借助于对新大陆自然地貌的关注,这些作家开始书写具有美国特色的风土人情,在很大程度上促进了美国文学脱离欧洲文学,走向本土化。作家们"都以亲身的经历,生动地描述和展示了新大陆的图像,给这片没有名称的土地增添了认知的符号。"①

早期殖民者对荒野的双重认知极大地影响了美国小说关于自然的书写。杨金才指出,早期移民者对荒野的态度是矛盾和复杂的,"荒野这一特殊意象具有双重性的象征涵义。"②在库柏的《皮裹腿故事集》和霍桑的《红字》中,都能看到这种对荒野的双重认知。

在库柏的笔下,荒野一方面是危险的,是阻碍拓荒者的恶的象征,另一方面又是自然、美和原始的象征;一方面束缚了殖民地的发展,另一方面又代表着因文明发展而逝去的东西。这表现出现实主义与浪漫主义的文学张力,是美国建国现实需要与精神追求相互冲突的文学表现。在《最后的莫希干人》中,荒野是野蛮的,恶魔般的,但同时又蕴含着高尚的精神。在《开拓者》(*The Pioneers*, 1823)中,库柏如同他的父辈一样,对于开荒拓土非常兴奋,并且在自己的创作中展示了这个开拓的过程;但是另一方面他也暗示出对于荒野遭到文明与资本侵犯的不安。他详细描写了大规模射杀北美候鸽等灭绝物种和破坏自然资源的行径,严厉批判了文明对荒野的侵扰。他的《最后的莫希干人》、《草原》(*The Prairie: A Tale*, 1827)今天已成为众多生态批评家探讨的对象,其中的中心人物、猎人纳蒂·班波(绰号"皮裹腿")是一个热爱森林,为森林而生的人。《哥伦比亚美国文学史》评价说:"《开拓者》可以当做警世之言来读",是

① 程虹:《寻归荒野》,北京:生活·读书·新知三联书店,2001年,第26页。
② 杨金才:《论美国文学中的"荒野"意象》,载《外国文学研究》,2000年第2期,第58页。

American Fiction: Local Processes and Multivariate Genealogies

"最早表达现代生态意识的重要作品之一。"①

在《红字》中，森林既象征着罪恶，又隐喻了新生。契林沃斯在小说一开始就从黑暗阴森的林子里窜出来；海斯特在恐怖的大森林中与情人丁梅斯代尔偷情；老巫婆西宾斯太太与黑面魔鬼在森林的黑暗中践诺……，霍桑笔下的森林确实像一个昏暗的舞台。但是，如果就此推断霍桑描写的森林就是那邪恶的象征未免太武断，因为《红字》这部小说很复杂，可以说它本身就是一种象征。霍桑笔下的森林等大自然同时是人的精神力量的来源，是灵魂再生之地，是自由的象征。海斯特出狱后带着珠儿寡居小溪边，选择林子作为自己的栖息之处，因为林子可以使她躲避世人的冷眼。在林中她得到了上帝的宽恕，灵魂再次获得了新生：

> 她习惯于让思想海阔天空地驰骋，她曾在道德的荒野上徘徊；那荒野同这荒林一样广漠、一样错综，一样阴森，而他俩如今在这幽暗的林中进行决定他们命运的会谈。她的智慧和心灵在这里适得其所，她在荒漠中自由漫游，犹如野蛮的印第安人以林为家。②

丁梅斯代尔经过林中忏悔，灵魂得到了洗涤，从而变得敢于面对现实，大胆走向海斯特和珠儿。他与海斯特"森林救赎，获得新生"不失为森林与自然之积极意义的表现。海斯特下面的一番话可以说体现了大自然深层内涵及其力量：

> 难道整个天地就只限于那个小镇的范围之内吗？不久之前，那里还是一片撒满落叶的荒野，和我们现在所呆的地方周围一样凄凉。那条林中小路通向何处？你会说是往回走到移民居住区的！不错，可是还可以再往前走！它越往前去，就越深入荒野地带。这时，每走一步，人们就不会看得清了，最后，要是再往前走几英里，枯黄的落叶

---

① 埃默里·埃利奥特（主编）：《哥伦比亚美国文学史》，朱通伯译，成都：四川辞书出版社，1990年，第244页。

② Nathaniel Hawthorne, *The Scarlet Letter*, New York：Amsco School Publications, Inc., 1962, p. 178.

上边见不到白人的足迹了。到了那里你就自由了。①

正是从森林中,海斯特在当时失衡的社会生态中造成的精神生态失衡在荒野中得到了平衡,"她得到了上帝的宽恕,灵魂再次获得了新生"②。

　　如果说库柏和霍桑笔下的自然呈现出双重性,华盛顿·欧文则刻画了自然的恒定性。这与作家们的背景密切相关。欧文出生于纽约,这个地区曾经是荷兰人的殖民地,而非英国清教徒。事实上,他对清教及清教徒的一些做法持有批判和反讽态度③。这就可以理解为何在欧文的笔下,自然被塑造成恒定不变的象征,以对抗物欲对人类精神的侵袭。在《睡谷的传说》(The Legend of Sleepy Hollow,也译成《沉睡谷传奇》)中表达出对当时美国过于急功近利,追求物质发展的反讽和批判。故事一开始,作者就向我们呈现了一幅远离尘嚣的生态画面:

　　　　锯齿形的哈得孙河的东岸,有一些宽阔的河湾……那有一个叫塔瑞(或称逗留镇)的小市镇,村庄大约两英里的地方有一山谷,那是全世界最安静的地方。一条小溪流过山谷,潺潺的水声催人入梦,偶尔有一声鹌鹑的啭鸣,或啄木鸟的笃笃敲击声,几乎就是突然打破这万籁俱寂的气氛的唯一一声响了④。

"静"是这里最大的特点,反映出作者向往宁静的自然。"宁静无价"(tranquility is beyond price)正是自然书写对身处物欲横行、动荡不安的现代社会中"荒野意识"最精辟的诠释⑤。作者提到他打鸟的故事:"当时整个大自然特别安静,而我自己的枪声又令我大吃一惊,因为它打破了四周的如安息日般的静寂,并且由于愤怒的回声而久久不停、震荡不

① Nathaniel Hawthorne, *The Scarlet Letter*, New York：Amsco School Publications, Inc., 1962, p. 173.
② 杨金才:《论美国文学中的"荒野"意象》,载《外国文学研究》,2000 年第 2 期,第 59 页。
③ 杨金才:《从〈瑞普·凡·温克尔〉看华盛顿·欧文的历史文本意识》,载《解放军外国语学院学报》,2001 年第 6 期。
④ 华盛顿·欧文:《欧文文集》(上),王义国译,北京:中国广播电视出版社,1994 年。
⑤ 程虹:"自然文学",选自《西方文论关键词》,赵一凡主编,北京:外语教学与研究出版社,2006 年,第 906—907 页。

American Fiction: Local Processes and Multivariate Genealogies

已"①。欧文反复运用"寂静""安静""宁静"等字眼，旨在营造一种古朴原始、远离尘嚣，没有一丝人工纷扰的原生态氛围。欧文把这种与世隔绝的"静"比作安息日，既表达出作者对这种环境虔诚的敬畏感，也隐含着对神话般的和谐世界的留恋和对人类中心主义思想的抨击。"愤怒的回声"，似乎想说出大自然对于人类侵犯的抗议。然后故事叙述者说道："要是有一天，我想退隐，逃避纷纭的俗世，在恬静的梦中度过烦恼的余生，我真不知道还有什么地方会比这个小小的山谷更使我满意的了。"②人作为主体的意识和概念在小说中被淡化、消解，焦点转向对乡村和荒野的描述。

二、主导的荒野

对荒野主导性的强调，是美国小说不同于欧洲小说的另一体现。对于早期移民者而言，荒野几乎决定了他们的生存。美国精神的形成与荒野是紧密联系在一起的。随着工业文明的不断推进，荒野不断遭到破坏，不断消失的荒野如何体现美国精神，促使文学家们不断反思。在很多小说家的笔下，荒野开始占据主导地位。这体现出追求自由的美国人民在面对工业文明时对民族性的思考和定位。麦尔维尔的《白鲸》用象征的艺术手法向我们警示：人对自然盲目的、无情的掠夺将最终导致人类文明的毁灭。亚哈带着水手出海时，不仅仅想要捕杀鲸鱼，更重要的是想洗刷那曾经因为被鲸鱼伤害而留下的耻辱，以证明人类确实是生命的最高领导者。这充分体现了人类中心主义思想。麦尔维尔通过对主人公亚哈船长及其船上水手对鲸鱼的疯狂追杀、最后葬身大海的隐喻性叙事描写，揭示出人类如果只以自身为主体，过度张扬自身的力量，蔑视自然界其他生物与人类同等存在的道德权利必将受到自然界的惩罚，从中我们可以看到麦尔维尔对人类生存的生态问题的深切关注。人类对自然的行为不仅体现出人类中心主义思想，而且还是帝国主义思想的一种体现，其本质都

---

① 华盛顿·欧文：《欧文文集》（上），王义国译，北京：中国广播电视出版社，1994 年。

② 同上。

是征服、占有和暴力。正如布伊尔评价的那样："《白鲸》这部小说比起同时代任何作品都更为突出地展现了人类对动物界的暴力。"[1]玛格莉特·阿特伍德指出："像《白鲸》里的鲸鱼……所有这些及其他一切动物都被赋予魔力般的象征性质。它们就是大自然、就是神秘、就是挑战、就是异己力量、就是拓荒者所能面临的一切。猎人同它们惊心动魄地斗争，以杀戮的手段征服它们，并吸收它们的魔力，包括它们的能量、暴力和野性。……它们是对美国帝国主义心理特征的一种评论。"[2]而麦尔维尔对自然精神的张扬，既是对人类中心主义的批判，也是对帝国主义的警示。

福克纳在"大森林三部曲"，即《古老的部族》、《熊》和《三角洲之秋》中，重新思考了荒野在人类社会中的位置，表现出对工业文明主导的美国现代社会深深的生态忧患意识。在《熊》一开始，作者就揭示出人类在荒野面前的渺小与自大。

> 他们[猎人]讲的是关于荒野、大森林的事，它们之大，之古老，是不见诸任何文件契约的——文件记录了白人自以为买下了那片土地的狂妄行为，也记录了印第安人的胆大妄为，竟僭称土地是自己的，有权可以出售；荒野与森林可比德·斯班少校与他僭称为自己私产的那小块土地大，虽然他明知道并不是自己的；荒野与森林可比老托马斯·塞德潘老，德·斯班少校的地就是从他手里搞来的，虽然塞德潘明知道不是这么回事；荒野与森林甚至比老伊凯摩塔勃都要老，他是契卡索的首长，老塞德潘的地正是从他那里弄来的，其实他也明白不是这么回事。[3]

无论是白人、黑人，还是印第安人，无论其声称听起来如何理直气壮，却从根本上是不堪一击的。荒野和森林不属于任何人，也不会在人类权力的争斗中改变，它们远远比狂妄的人类所想象的要强大得多。当艾萨克第一次进入森林时，作者这样写道，"那些高高大大、无穷无尽的十一月的

---

① Buell, Lawrence, *The Environmental Imagination: Thoreau, Nature Writing, and the Formation of American Culture*, Cambridge, Massachusetts：Harvard University Press, 1996, p. 4.

② 玛格丽特·阿特伍德：《生存：加拿大文学主题指南》，秦明利译，北京：中国文联出版公司，1991年，第64—65页。

③ 福克纳：《去吧，摩西》，李文俊译，上海：上海译文出版社，2004年，第177页。

American Fiction: Local Processes and Multivariate Genealogies

树木组成了一道密密的林墙,阴森森的简直无法穿越……马车在最后一片开阔地的棉花和玉米的残梗之间移动,这儿有人来一小口一小口地啃啮原始森林古老的腹侧的最新印记,马车走着走着,在这背景的衬托下,用透视的眼光一看,简直渺小得可笑,好像不在移动,仿佛是一叶扁舟悬浮在孤独的静止之中,悬浮在一片茫无边际的汪洋大海里,只是上下颠簸,并不前进……"①

作为荒野的象征,"一个从已逝的古老年代里残留下来的顽强不屈、无法征服的时代错误的产物","旧时蛮荒生活的一个幻影、一个缩影与神化的典型"②,老班,一头老熊,它的强大与死去,象征着人类与荒野关系的转变过程。它以神秘的方式体现了种种美德,它"纯洁、怜悯、高尚、勇敢、自豪、忍耐"等等,具有神奇的形态和力量。老班是"未受玷污而不可败坏的","他是熊的领袖,他是人","他为自己争取到一个只有人才配享有的名字,而且还一点也不感到不好意思"。猎人们每年去森林打猎,主要目的就是杀死它,但老班总能挫败猎人的企图。老班不仅聪明、勇敢,还很高尚。有一次艾萨克冲到它面前救一只小狗时,它并未趁机攻击。它赢得了所有猎人的尊敬。艾萨克从小就听说了有关老班的种种传奇,早就想一睹其风采。可是他见老班,必须"谦卑、平静而毫不遗憾地"③放弃枪,扔掉手表和指南针。他见老班,就像一位谦逊、虔诚的小猎人晋见老族长。艾萨克很早就学会了用爱和谦逊的态度来对待大自然。正是通过打猎生活,他从荒野、老班身上学到了勇气、谦恭、毅力、忍耐、怜悯等种种传统美德,并把这种种品德作为自己的生活准则。作者写道,

> 如果说山姆·法泽斯是他的老师,有兔子和松鼠的后院是他的幼儿园,那么,老熊奔驰的荒野就是他的大学,而老公熊本身,这只长期以来没有配偶、没有子女以致自己成为自己的无性祖先的老熊,就是他的养母了。④

---

① 福克纳:《去吧,摩西》,李文俊译,上海:上海译文出版社,2004年,第179页。
② 同上,第178页。
③ 同上,第191页。
④ 同上,第193—194页。

大森林是他成长的摇篮,是他的母亲。"夏季、秋季、下雪的冬季、滋润的充斥汁液的春季,一年四季周而复始永恒地循环着,这是大自然母亲那些不会死亡的古老得无法追忆的阶段,她使他几乎变为一个成年人,如果有谁真的使他成长的话"①,艾萨克心里并不希望人们真的杀死老班,不希望象征荒野的老班消逝死去。他还希望这种只有追逐没有枪杀的仪式般的狩猎活动永远延续下去。在他眼里,"他们(猎人们)并不是去猎熊和鹿,而是去向那头他们甚至无意射杀的大熊作一年一度的拜访的",那是"向这顽强的不死的老熊表示敬意的庄严仪式"②。有一次他和山姆都有机会杀死老班,但他们都未开枪。狩猎活动在艾萨克这儿变成了向自然膜拜的仪式。评论家鲁宾指出:"艾萨克不想老班死去,因为他不想那只巨大的老班所象征的荒野消失。"③然而,老班最终被枪杀了。山姆也力竭而死。大森林迅速消失,不久铁路修进了大森林,成片的树木在运送木材的火车的运行中消失。劳伦斯·布伊尔在《为濒临危险的地球写作》(*Writing for an Endangered World*, 2001)一书中对此有专门的一段评论:"作为一名'环境历史学家',福克纳早在《八月之光》中就对工业化对森林资源的破坏进行了谴责","村上所有的男人都在锯木厂工作。它切割松树。锯木厂已在那里七年了,再有七年它会毁了附近所有的树林。然后工厂的部分机器会被拆下来连同工人一起被装上货车,开往另一地点,继续伐木。"④两年后,当艾萨克独自来到当年埋葬老班的地方时,他看到森林的状况已今非昔比,昔日充满生命和神秘的荒野正在死去。同神灵般的老班相对照的是一只可怜的小熊,而它竟然被火车吓得爬上一棵小树不敢下来。劳伦斯·布伊尔指出:"在福克纳的作品中,尤其在《去吧,摩西》里,我们看到了现代环境伦理学的萌芽,福克纳表达的环境伦理思想与几乎和他同时代的环境伦理学家利奥波德的伦理思想有许多共同之

① 福克纳:《去吧,摩西》,李文俊译,上海:上海译文出版社,2004 年,第 307 页。
② 同上,第 178 页。
③ Louis D. Rubin, *The History of Southern Literature*, Baton Rouge: Louisiana State University Press, 1985, p. 88.
④ Lawrence Buell, *Writing for an Endangered World: Literature, Culture, and Environment in the Us and Beyond*, Cambridge, Massachusetts: Harvard University Press, 2009, p. 172.

处。虽然他们俩本质上都不是反现代化者，更不是主张回归原始自然的人，但现代工业对田园风光的无情剥夺使他们深感不安，他们试图在文化的空间里重新思考自然的位置。"①

在当代小说中，随着环境污染的加剧，在自然文学、生态行动主义和诸多哲学思想与思潮的影响下，以爱德华·艾比（Edward Abbey, 1927–1989）为代表的小说家们更加倡导行动与实践，采取更为激进的方式，强调要以"生态有意破坏"的方式从行动上来捍卫荒野的尊严和价值。艾比一生总共为美国国家公园工作了17季，每季少则三四个月，多则半年，这样的工作体验为艾比的创作提供了素材和激情，他的作品中充满了对西部荒野的热爱和对现代文明的批判。1968年，艾比的代表作，也是他的成名作《大漠孤行》（*Desert Solitaire*）出版。《大漠孤行》开篇第一句就写道："这是地球上最美丽的地方。"而在小说《有意破坏帮》（*The Monkey Wrench Gang*, 1975）的结尾，作者写道，"荒野曾经为人类提供了一种似是合理的生活方式，现在它的功能是做人类心灵的避难所，很快将不再有荒野，很快人类将无处可去。然后疯狂将变得普遍，或言之，宇宙将变得疯狂。"②《有意破坏帮》讲述的是以海都克为首的四人小组以"生态性有意破坏"（ecosabotage 或 ecotage）的方式保卫地球家园的故事。他们捣毁了打破生态平衡工程的推土机、拔掉勘探桩、割断电线，并试图用装满炸药的船只炸毁格伦峡谷大坝，以"让原有的保持原样"（keep it like it was）为目的、以不危害任何人的生命为前提，通过类似于工业革命时代捣毁机器运动的破坏性方式，来阻止人类对地球生态的破坏。这部倡导以有限度的暴力阻止生态破坏的小说，引起强烈反响。《国家观察家》说"它令人情不自禁地想走出家门去炸毁某座大坝"。布伊尔在《何谓生态恐怖主义》一文中指出，在《有意破坏帮》之前，为保护生态而进行的破坏行动，往往因其生态恐怖主义角色，给公众留下更多的是负面的，威胁的印象。但是，《有意破坏帮》从本质上扭转了这种倾向，尤其是"《有意破

---

① Lawrence Buell, *Writing for an Endangered World: Literature, Culture, and Environment in the Us and Beyond*, Cambridge, Massachusetts：Harvard University Press, 2009, p. 171.

② Edward Abbey, *The Monkey Wrench Gang*, Philadelphia：J. B. LippincottCompany, 1975, p. 60.

坏帮》比任何一本出版物都当之无愧地开启了'生态反击'的时代"①。在当代美国小说中,对荒野的描写更多的是将其置于人类利益之上,而非简单地呼吁保护之。

总的来说,从人类中心主义,到生态整体论,再到"地球优先!"的实践和文学运动,荒野在美国小说中经历了较明显的意义转变,创造出有别于他国文学的独特表达,可以说是美国小说本土化的重要参照。美国小说家对荒野的书写逐步成为美国精神的重要组成部分。可以说,荒野精神在很大程度上推动了美利坚国民性的塑造与形成。正如利奥波德(Aldo Leopold, 1887-1948)在《像山那样思考》一文中所写,"这个世界的启示在荒野"②,美国及美国小说从荒野中获益颇丰。

三、毒化的荒野

关于毒化的荒野的描写,学界普遍认为以雷切尔·卡森(Rachel Carson)1962年出版的《寂静的春天》为始,但是在美国文学中也一直存在这样一个传统。1864年出版的《人与自然:或,被人类行为改变的物理地理》(*Man and Nature: Or, Physical Geography as Modified by Human Action*)可以说是美国文学中首次对人类破坏自然行为提出警告的作品。这部作品的作者乔治·柏金斯·马斯(George Perkins Marsh, 1801-1882)指出,古老的地中海文明毁灭于环境退化以及砍伐森林造成的土地污染。他的主张在纽约州的阿迪朗达克国家公园(Adirondack Park)和美国国家森林(the United States National Forest)的建立中起到了很大的作用。

这种对环境毒化进行书写,并对社会实践产生具体效果的做法和思路极大地影响了后世作家的创作。厄普顿·辛克莱(Upton Sinclair Jr., 1878-1968)一直以来被作为黑幕揭发运动的左翼作家著称,但若从生态

---

① Lawrence Buell, "What Is Called Ecoterrorism", *Journal of Theory and Criticism* 16 (2009): pp. 153-166.

② 奥尔多·利奥波德:《沙乡年鉴》,侯文蕙译,长春:吉林人民出版社,2000年,124页。

批评视角来看,其对被工业化毒化的自然的书写因建立在历史事实上而具有很强的生态实践意义和环境正义价值。在《屠场》(*The Jungle*,1906)、《煤炭王》(*King Coal*,1917)、《煤炭战争》(*The Coal War*,1976)、《石油!》(*Oil!*,1927)、《波士顿》(*Boston*,1928)等五部新闻历史小说中,辛克莱从资本主义制度层面认识生态危机,书写了被工业文明毒化了的自然环境。《屠场》的英文题目 The Jungle 含义是丛林,未开发的森林,但是小说发生的背景却并非自然的丛林,而是被人类欲望毒化了的都市环境。这是一种人为建构的自然,是为了满足人类的利益而建立和发挥作用的。

> 老鼠的确讨厌,厂方就用掺了毒药的面包来诱杀它们,老鼠中毒死了,于是毒死的老鼠,有毒的面包也和肉一起都放进大漏斗里。这并不是童话故事,也不是笑话。肉是要一铲一铲地铲进车上去的,铲肉的人即使看见了死老鼠,他们也不肯费劲去把它捡出来。香肠里面还有的是别的东西,和那些比较起来,一只死老鼠只不过九牛一毛罢了。工人们在吃饭之前没有地方洗手,就习惯于在将要舀进香肠里的水里洗。又还有许多熏肉的残渣,腌牛肉的碎屑,以及厂里的七零八碎,就都一股脑儿倒在旧桶里,丢放在地窖中的根据厂里严格实行的一套节约制度,有些事情只是经过很长一段时间才值得干上一次,其中之一就是清除这些垃圾桶。每年春季清除一次;桶里的东西自然都是些垃圾破烂,旧钉子和污水等等——这些东西就一车一车拉了出去,尽都倾倒在大漏斗里,和鲜肉混在一起,制成香肠,又送到人们吃早餐的桌上去。有一些他们还拿来做成'熏'肠——但是用烟熏需要费时间,因而也就费钱,于是就叫厂里的化学部门用硼酸处理,用骨胶染成棕褐色。其实,所有厂里的香肠,都是从一个臼出来的,可是等到包装的时候,厂房就把其中一些盖上"特制"的印章,每磅还要加价两分钱。①

正是自然遭到毒化的揭露,辛克莱击中了公众的胃,推动和促成美国政府

---

① 辛克莱:《屠场》,萧乾等译,北京:人民文学出版社,1979 年,第 184 页。

颁布《洁净食品和药品法案》(Pure Food and Drug Act)。这是因为,辛克莱所描写的城市毒化了的荒野,正是人们的日常生活场所,对这一更具包含性的荒野的扩展,激起了人们的参与意识。斯坦将环境定义为,"我们生活、工作、游戏、崇拜的地方"①,这促使人们将关注的焦点投向身边环境的威胁,社区卫生状况、工厂生产条件、休闲场所管理等都被纳入环境正义的议题。

美国文学中关于荒野遭受毒化的描写在雷切尔·卡森那里达到了一个令人瞩目的高度。《寂静的春天》的出版促使第一个地球日的建立,也揭开了美国毒物描写的新篇章。由于使用化学物品而产生环境破坏,以及对人类的威胁,毒物描写便是对于它们所导致的焦虑和恐惧的书写,旨在弘扬环境正义,倡导生态伦理,倡导强烈的社会责任感。如果说荒野描写表现了生态作家深入自然、热爱自然的"出世"写作和生活态度,那么毒物描写则是他们有意识地回归社会,关注社会问题,担当社会责任的"入世"(engagement)②态度的反映。"生态批评需要明辨自身,首先基于道德立场考虑,将自然世界的承诺看做一件重要的事情,而不是仅仅作为一个专题研究对象。"③卡逊的《寂静的春天》虽不是小说,但其理念却对美国小说的创作影响深远。在这部科学与文学结合的典范之作中,卡逊基于科学家特有的敏锐观察力、严谨的科学态度及深刻的社会责任感,揭露了化学药品污染自然环境和危害人类健康的大量事实。该书的首篇以"明天的寓言"为题,隐喻了世界各地正在遭受的环境危害。这里曾经鸟语花香,绿树成荫,但却突然被"奇怪的阴影"和"奇怪的寂静"笼罩,死亡随处可见。卡逊指出,

> 上述的这个城镇是虚设的,但在美国和世界其他地方都可以容易地找到上千个这种城镇的翻版。我知道并没有一个村庄经受过如

---

① Rachel Stein, "Introduction." *New Perspectives on Environmental Justice: Gender, Sexuality and Activism.* eds., Joni Adamson, Mei Mei Evans and Rachel Stein, New Brunswick, New Jersey: Rutgers University Press, 2004, p. 1.

② 斯科特·斯洛维克:《走出去思考:入世、出世及生态批评的职责》,韦清琦译,北京:北京大学出版社,2010年,第3页。

③ Simon C. Estok, "A Report Card on Ecocriticism", *AUMLA* 96 (2001): 200-238, p. 200.

我所描述的全部灾祸；但其中每一种灾难实际上已在某些地方发生，并且确实有许多村庄已经蒙受了大量的不幸。在人们的忽视中，一个狰狞的幽灵已向我们袭来，这个想象中的悲剧可能会很容易地变成一个我们大家都将知道的活生生的现实。①

而在最后一章"另一条道路"中，卡逊以美国诗人弗罗斯特的著名诗句"一条人迹罕至的路"为人类指出了方向。"很少有人走过的"岔路将会为我们提供保住自己赖以生存的地球最后的、也是唯一的机会。她呼吁，"有人叫我们用有毒的化学物质填满我们的世界，我们应该永远不再听取这些人的劝告；我们应当环顾四周，去发现还有什么道路可使我们通行。"②这种强烈的实践精神开启了当代美国文学关于毒物污染文本的历史，并成为生态运动和当代生态批评的奠基石。

20 世纪七八十年代，随着一系列环境灾难的发生，美国生态文学进入斯洛维克所谓的"美国生态文学文艺复兴"时期，有关毒物描写的文本不断涌现。进入 20 世纪 80 年代，美国文学出现新的"毒物意识"（toxic consciousness）③。作为公众思想和个人想象的一部分，作家在生态灾难背景下，通过对污染的描写，呈现出对自然与环境的改变，以及对城市问题、社会公正的思考。《为濒临危险的地球写作》的第一章就以"毒物描写"（Toxic Discourse）为题，其中写到，

> 尽管人们对毒物的威胁早有感知，这种认识不仅从工业革命开始，而始于更久远，但近年来人们的感受由于一些事件而得到空前扩展……，这些现代咒语既列出了真实事实，也展现了后工业想象中与真实事件相似的历史表明由广岛、长崎事件引发的环境大灾变远比冷战持续的时间更长久。④

---

① 雷切尔·卡逊：《寂静的春天》，吕瑞兰等译，长春：吉林人民出版社，1997 年，第 3 页。

② 同上，第 244 页。

③ Cynthia Deitering，"The Postnatural Novel：Toxic Consciousness in Fiction of the 1980s"，*The Ecocriticism Reader: Landmarks in Literary Ecology*. Eds. CheryllGlotfelty and Harold Fromm, Athens and London：University of Georgia Press，1996，p. 196.

④ Lawrence Buell，*Writing for an Endangered World: Literature, Culture, and Environment in the Us and Beyond*，Cambridge，Massachusetts：Harvard University Press，2009，p. 32.

布伊尔以"毒物描写"指代那些描写环境灾难给人类带来危害的文学文本,其中的代表作有唐·德里罗的《白噪音》和约翰·厄普代克的《兔子安息》(*Rabbit at Rest*, 1990)等。

德里罗的《白噪音》以杰克·格拉德尼及其家人被卷入化学泄漏造成的放射性事件中为核心,探讨了被消费异化的后现代社会人们的堕落。小说由"波与辐射"(Waves and Radiation)、"空中毒雾事件"(The Airborne Toxic Event)和"戴乐儿闹剧"(Dylarama)三个部分构成,共计40个章节。主人公杰克·格拉德尼教授享受着平凡而"幸福"的现代生活——日常的超市购物,周五的电视晚餐,和睦的家庭氛围。然而,"空中毒雾事件"打破了主人公家庭及小镇其他居民的平静生活。"昨夜大雪伴我入梦,清早空气清新,而且一片寂静","气候至关重要,虽然我一开始还未意识到。"①在一个空气清新、四周一片静谧的早晨,杰克走在大街上,尚未意识到气候的至关重要。不久,收音机里说一个罐车出了轨,空中升腾着浓密的烟雾,泄漏物的化学成分为"尼奥丁衍生物或尼奥丁-D",而且这团烟雾也在收音机里几度易名,先是"羽状烟雾",后改为"一团滚动的黑色烟雾",最后才被称作"空中毒雾事件"②。格拉德尼在驱车带领一家人逃难途中下车加油,被迫在毒物中暴露了两分半钟,从此陷入死亡恐惧中。妻子芭比特竟为了一种能够消除恐惧的药品"戴乐儿"不惜献出自己的身体,与别人通奸。格拉德尼的精神迅速崩溃,在对妻子不忠的悲愤中走向暴力,在试图谋杀妻子奸夫的行动中变成了粘满血腥的野兽。

小说对毒气做了详细的描绘。在这里,几乎看不到任何自然的存在,一切都成了科技的牺牲品。这种现代科技的产物力量如此强大,对人的身体和精神都造成了毁灭性破坏。

> 庞大的黑团就像北欧传说中的死亡船,由披戴盔甲、长有螺翼的怪物护送前行。我们不知该怎么办。……但它又蔚为壮观……我们的恐惧里夹杂着宗教的敬畏感。对于威胁你生命的东西,你肯定会

---

① 唐·德里罗:《白噪音》,朱叶译,南京:译林出版社,2013年,第121页。
② 同上,第121—129页。

产生敬畏感，你感到它比你自身庞大得多、有力得多，是……一种宇宙的力量。这就是实验室里制造出的死亡……但是现在我们以简单的和原始的方式看待它，把它当做地球上的洪水风暴之类的季节性灾难。①

生活在这样被污染的荒野之中，人类似乎只有一条出路，那便是死亡。我们可以从小说的标题看出端倪。《白噪音》是一个奇特的小说标题。按照作者的解释，它大致指"一切听不见的（或"白色的"）噪音。以及日常生活中淹没书中人物的其他各类声音——无线电、电视、微波、超声波器具等发出的噪音"②。这种声音弥漫于现代社会，但是更深层意义上，指向的是无孔不入的死亡。在小说中，男女主人公杰克和芭比特曾经有过这样一段讨论死亡的对话：

> "这事多么奇怪。我们关于自己和自己所爱的人，怀着这样深深的、可怕的、驱之不散的恐惧……没有人看出来，昨夜、今晨，我们是何等地害怕——这是怎么回事？它是否就是我们共同商定互相隐瞒的东西？或者，我们是否在不知情的情况下，心怀同样的秘密？戴着同样的伪装。"
>
> "假如死亡只不过是声音，那会怎么样？"
>
> "电噪音。"
>
> "你一直听得见它。四周全是声音。多么可怕。"
>
> "始终如一，白色的。"③

厄普代克的《兔子安息》刻画了一个自然已被耗尽的社会。小说发表于 1990 年，里根政府末期，主人公哈里的最后时光，也是美国 20 世纪 90 年代的社会缩影。正如经历奋斗和发迹的哈里正在走向死亡一样，此时的美国经历了繁荣，也在走下坡路。正如辛西雅·迪特英（Cynthia Deitering）所说，《兔子安息》"反映出美国正处于衰败，这种'后自然'土地精神在'胃的故事'，即关于帝国贪婪地消费掉自己和未来的故事中得

---

① 唐·德里罗：《白噪音》，朱叶译，南京：译林出版社，2013 年，第 217—218 页。

② 同上，译者序第 2 页。

③ 同上，第 217—218 页。

到了最佳展示"①。对土地和自然资源的过度开发在成就帝国的同时,也将帝国引向了不可逆的自我毁灭之中。55岁的哈里从家乡的街道望出去,说道,"我们用尽了一切,这个世界。"在哈里看来,"所有一切都在分崩离析,飞机、大桥,还有里根领导的八年政府。这八年里,没人关心经济,人们凭空挣钱,债台高筑。"②在表面繁荣之下,美国社会隐藏着衰退和污染。他看到棕榈树因干旱正在枯死;看到紫外线正在将其鳞状皮肤转化成皮肤癌;看到太多的臭氧使人们无法呼吸。而人们的身体也像是装着众多毒物的容器,慢慢地在皮肤和其他器官中显现出来。此时的美国正处于弗雷德里克·詹姆逊所描述的"自然本身突然消失的历史时刻"③,一切都成了人工仿造出来的。

第二节　美国小说中的精神生态追寻

美国小说本土化的过程伴随着其对独特美国精神的追寻,而这种追寻是与对工业化、城镇化、消费主义等外在因素的反思紧密联系在一起的。美国小说的产生与美国政治独立、经济发展和社会稳定相连,因而早期美国小说的基调是讴歌自由、民主与进步,强调这一建国精神的独特性和价值。然而,埃德加·爱伦·坡超前地嗅到了进步话语的腐朽味道,并以变态、扭曲和恐怖的方式展示出美之丑、美之恶、美之恐怖,但这在当时可以说是小众声音。随着南北战争清除工业发展的障碍,工业化和城镇化得到了巨大发展,美国从一个相对封闭落后的农业国家一跃成为世界上首屈一指的资本主义工业大国,经济的发展与繁荣不断挑战人们的道德底线,对财富的渴望和追求达到了极致。西奥多·德莱塞的《嘉莉妹

① Cynthia Deitering, "The Postnatural Novel: Toxic Consciousness in Fiction of the 1980s". *The Ecocriticism Reader: Landmarks in Literary Ecology*. Eds. CheryllGlotfelty and Harold Fromm. Athens and London: University of Georgia Press, 1996, p. 199.

② 厄普代克:《兔子安息》,袁风珠等译,重庆:重庆出版社,1993年,第9—10页。

③ Fredric Jameson, *Postmodernism, or, the Cultural Logic of Late Capitalism*. London & New York: Duke University Press, 1991, p. 34.

American Fiction: Local Processes and Multivariate Genealogies

妹》(*Sister Carrie*, 1900)可以说是描绘这一时期美国社会的佳作。小说刻画了人们如何不择手段获取财富,但也展示了发迹后的迷茫。这部小说认同并讴歌消费主义,肯定人们可以为金钱付出任何代价,可以说是当时社会氛围和政治气候的真实写照。虽然它未能跳出窠臼,但也表现出了对精神迷失的关注。两次世界大战期间,美国一举成为世界政治和经济强国,但在垄断资本主义发展的过程中,资本的高度集中也造成了严重的贫富差距,滋生了各种社会矛盾。在歌舞升平的表象下,美国精神正在走向破灭和瓦解。菲茨杰拉德的《了不起的盖茨比》深刻地刻画了被物化的精神如何走向荒原。而福克纳的小说则刻画了南方社会在工业资本的侵蚀下如何走向腐朽不堪。建国时的民主、自由和平等精神,还有推动美国走向世界强国的美国梦理想主义等,在战争中似乎分崩离析了。二战后的美国小说不再有统一,代之以多元、复杂和不确定。然而对精神的追寻并未停止。犹太小说试图通过发掘犹太历史和传统来找到自我安身立命之支柱;女性小说则从性别意识出发,试图发出女性独有的声音与女性精神;黑人则从种族历史与命运寻找代表自我的精神力量;华裔、拉美裔等少数族裔则迅速步其后尘,努力诠释着美国精神。无论从种族,还是从性别,无论是发掘历史,还是着眼当下,这些小说都试图以反本质主义的姿态,诠释如何在后工业时代寻求独特的精神,美国的精神——以对抗知识与技术对人类精神的奴役和异化。

美国精神是与神话和梦想成功紧密相关的,它构筑了美国文化的基础。但是,从一开始,这种精神就呈现出纯粹理想与物质现实之间的对立、甚至是分裂。富兰克林式精神与爱默生式精神代表着美国精神的两面,前者崇尚建立在物质财富基础上的自由,后者追寻具有浪漫主义与理想主义精神的自由。这两种精神调和了清教思想与美国建国的现实需求,构成了美国精神的两个重要方面。然而,对物质领域与精神领域的两种渴望,并非总能保持和谐与平衡。二者之间所形成的张力,构成了美国小说的重要表达。

一、超前预警

　　爱伦·坡在精神生态上的预警远远超出了时代。他对人类心理和情感最隐秘角落的独到刻画为我们展示了一幅精神世界坍塌、天使堕落的图景,是工业社会中精神困境的前瞻者。他在小说中对活埋的描写隐喻了人类虽然活着却已死去的精神状态,对谋杀的心理刻画隐喻了人类试图以暴力反抗精神压抑最终走向精神崩溃的过程,而对死亡的钟情表明其试图借助死亡达到精神救赎的目的。坡对人类精神世界的关注可以看做对工业现代化的美学反映,是对人类精神困境的超前预警。

　　爱伦·坡十分关注活埋主题,淋漓尽致地刻画了被活埋者的感受,可以看做对现代"活死人"精神状态的隐喻。在《过早埋葬》中,爱伦·坡详细描绘了主人公被活埋时的感受:"空洞、漆黑和沉寂,虚无的世界。无尽的湮灭感……那个控制所有的阴郁的念头张着它庞大的、漆黑的翅膀在高高翱翔,遮天蔽日。"①人生活在一个空洞虚无的世界,被莫名的念头控制,无处可逃,与被活活埋葬无异。在《失去呼吸》中,"我""活着却仿佛已然死去——死去了却又似乎还活着"②。

　　处于精神困境中的人,由于长期压抑,心理变态扭曲,常以暴力谋杀获得精神上的救赎,但是他人生命的结束并未给施暴者带来心理上的平静,反而使其陷入更大的绝望和极度崩溃中。这在坡的小说中也是十分常见的。这些精神扭曲的现代人找不到发泄的出口,而把愤怒发泄在更加弱小的人或动物身上,如老人、黑猫等,并怪诞地以为,这些人或者动物身上的某些东西是导致自己精神崩溃的根源,只有除去这个根源,自己才能得以安宁。在《贝蕾尼斯》中,"我"受困于恼人的"凝意"症。"我"害怕表妹,看见她就会浑身发抖,当"贝蕾尼斯的牙齿慢慢展现在我眼前"时,"我"便开始对她的牙齿产生疯狂的向往。"我"觉得"贝蕾尼斯的每一颗牙齿如思想一般。思想! 正是那毁掉我的可怕的愚蠢的思想! 思

① 奎恩编:《爱伦·坡集:诗歌与故事》,曹明伦译,北京:三联书店,1995 年,第 749 页。
② 同上,第 190 页。

想！原来我所念念不忘的就是那思想！当时的我觉得只要能拥有那些牙齿，我便能恢复理智，得到安宁"①。于是，暴力实施开始了，受害者死去了，但是一切并没有结束，反而变本加厉，施暴者完全陷入歇斯底里的状态中。对于导致自己精神崩溃的根源，这些施暴者显然弄错了。他们如同困兽一般，只看到了弱势的同类，却无法看到更为宏大的力量。无论是在《贝蕾尼斯》中，还是在《泄密的心》中，企图借助谋杀实现自我救赎都是不可行的。

爱伦·坡为精神救赎寻求的途径是死亡，看似悲观，实则超然。死亡是爱伦·坡文学创作的最重要主题。他的作品描写了死亡、恐怖、神秘、梦幻和宿命。但同时，这些死亡描写体现出爱伦·坡深刻的哲学思想。借助死亡，爱伦·坡表达出对忧郁悲怆之美、恐怖神秘之美和浪漫梦幻之美的追求和渴望，是他试图超越人生、追求不朽和永恒的哲学思想的表达。死亡与美的完美结合与演绎传达出腐朽与绝望之外对生的美学表达。正是借助于美，死亡实现了真正的救赎。这是作者超越自我，超越时代的人生观和宇宙观的体现。在爱伦·坡看来，死亡与美的结合还衍生出了忧郁、悲哀、神秘、梦幻和宿命等主题，而美人之死正好将这些淋漓尽致地演绎了出来。《丽姬娅》就是一个很好的例证。叙述者念念不忘美丽的死去的丽姬娅，可以看做对现实压抑的一种另类超脱，企图在沉寂的，毫无生机活力的当下生活中寻求某种解脱。

爱伦·坡的死亡描写是与 19 世纪普遍的文化危机紧密相关的。当时的美国同欧洲其他主要发达国家一样经历了前所未有的巨大变革，科技革命给人们固有的生活方式和思维方式带来了强烈冲击。这种急剧变化的时代激发了人们对艺术未来和人类命运的终极思考。具有超前意识的爱伦·坡敏锐地感受到工业化进程对人类命运和艺术生命的胁迫，体察到了文化危机时代人类内心的细微变化，并试图借助小说以非现实、非理性的表达方式来揭示现代人的精神困顿，描摹难以捉摸的死亡和神秘现象，探微现代化进程中的矛盾和危机，表现出了文化危机时代的艺术自觉。生活在这样一个不确定的时代，爱伦·坡强烈地感受到现代工

---

① 奎恩(编)：《爱伦·坡集：诗歌与故事》，曹明伦译，北京：三联书店，1995 年，第 276 页。

业化进程中人和艺术所遭遇的胁迫和危机,他深入人类内心深处,通过对梦境、死亡、疯癫及其神秘性的书写探究导致现代人精神疾病和人格分裂等现代精神困境的根源, 可以看做对人类精神生态危机的超前预警。

二、初见迷失

20 世纪上半叶美国资本主义工商业和消费文化蓬勃发展,德莱塞作为"美国现代小说的先驱"[1],率先如实描写新的美国城市生活,将自己的精神和大众的精神系在了一起,真实地反映了美国当时的社会现实和精神现实。他的小说充满了一种看似自然主义的达尔文论,人物总是被残酷的命运左右,强者总是向前,而弱者总是落在后面或者成为强者的奴隶;这些人物总是被一种难以控制的欲望所左右,而这种欲望又是无法满足的。事实上,这种奴役人们的并非命运之类颇具宿命论的东西或观念,而是"当时消费文化的产物"[2]。德莱塞并没有超越时代的局限,而是表现出对这种消费文化的认同,但他同时也深深地感受到这种消费文化对精神的践踏。

在 1925 年出版的《美国的悲剧》(*An American Tragedy*, 1925)中,德莱塞以一个真实事件为原型,讲述了一个深受消费文化影响的贫穷牧师家庭的儿子为了与工厂主女儿结婚而让怀有身孕的女友坠湖致死的故事,充分反映出在物欲和消费文化的影响下心灵的扭曲和精神的堕落。在《嘉莉妹妹》中,德莱塞满怀同情地刻画了嘉莉如何利用自己的性魅力改变自己命运的故事,可以看做对消费文化的认同。此时的美国资本主义已经向垄断阶段过渡,以生产力为主的意识形态开始让位于消费意识形态。消费意识形态强调花费和物质占有,而不是勤俭节约等清教伦理思想。嘉莉在前往芝加哥的火车上满脑子想的不是参加工作,而是对物的梦想。正如埃利奥特指出的,"嘉莉的注意力不是在道德上,而是被百老汇商店里琳琅满目的商品所吸引"[3]。为了实现这种消费享乐主义,德

---

① 朱刚:《新编美国文学史》(第二卷),上海:上海外语教育出版社,2002 年,第 160 页。
② 同上,第 165 页。
③ 同上。

莱塞允许嘉莉与德鲁埃同居，因为她不必为工作担忧，而是住着舒适的房子，穿着时髦的服装，满足了对物的占有和享用。

但是德莱塞对消费文化并非一味赞同。赫斯特伍德最后沦为乞丐，丧失了生存下去的信念，表明作者对消费文化的质疑。而嘉莉虽然发迹，却再度陷入迷茫。

> 嘉莉回头一望，眼睛里含着抑制不住的感情，但他立即垂下睫毛把它遮住了。她觉得非常孤独，好像她是在毫无希望而孤立无援地挣扎着，似乎像他这样的男人是永远不愿意更接近她的。她的内心如今已全给搞得安静不下来。她又成了过去的那个忧伤的嘉莉——充满着向往的嘉莉——感到不满足。

消费享乐主义虽然满足了人们一时对物质的欲望，但是对财富的占有只会给人一时的快乐，而非永久的幸福。可以说，在德莱塞的笔下，已经可见消费主义下精神迷失的端倪。

三、走向破灭

菲茨杰拉德的《了不起的盖茨比》展示了物欲下精神如何走向破灭；而福克纳的《喧哗与骚动》、《我弥留之际》、《八月之光》和《押沙龙，押沙龙!》等则立足南方社会，展示了资本社会对传统南方精神的毁灭。他们作为这一时期的代表，描绘了一幅两次世界大战期间美国社会精神丧失，物欲大行其道的社会图景。不同地域，不同阶层，不同种族的人似乎都难逃被资本控制而改变命运。

这一时期美国小说中带有理想主义色彩的精神走向荒原，是与当时的经济、政治、社会和文化背景息息相关的。在经济上，美国已经完成了从自由竞争向垄断竞争的过渡，并一举成为世界主要强国之一。垄断资本造成了大量财富集中在少数人手中，贫富差距加大。在政治上，美国从一战中获益颇丰。战争在刺激军事工业的同时也促进了钢铁工业和汽车工业的迅速发展，带动了战后美国经济的繁荣。物质的充裕和经济的繁荣使得战后的美国社会充斥着一股享乐主义和物欲主义的风气。那些因响应"为和平而战"和"结束一切战争的战争"等理想主义号召的年轻人，在战场上看到的是杀戮和死亡。归国后的这些人表现出强烈的迷茫和失望情绪，理想主义逐渐破灭。同时，被战争暂时转移的社会矛盾也并没有随着战争消失。美国社会表面的繁荣似乎在酝酿着新的爆发，这种难以言说的焦虑混杂着失望与不满，推动着精神加速奔向深渊与荒芜。

《了不起的盖茨比》作为美国民族的寓言，演绎了通过创造物质财富获得成功的美国梦。首先，盖茨比的成功路径隐喻了美国历史，可以看作美国民族的寓言，而以"双重视角"逐步揭开盖茨比过去的叙事策略隐喻了对美国历史的再发现。盖茨比是西部农民的儿子，象征着那些从欧洲来的殖民者的非贵族身份；他否认自己的身份，并自诩为基督的儿子，象征着殖民先驱将自己视为上帝的选民；他放弃原来的名字，改为盖茨比（基督的儿子），象征着移民先驱们与欧洲决裂，建立自己的国家；就像这些先驱们一样，盖茨比怀着美好的理想主义追求黛西，认为那是获取物质财富后的终极自由。在富兰克林等人的影响下，从根本上是基于美国建国的需要，纯粹的宗教理想被转化为基于物质财富的自由理想。盖茨比天真地以为当自己拥有足够的财富后，等待他的将是更美好的精神境界。然而，正如美国经济富足之后，人们的精神水平并没有相应提高，反而被腐化异化了，在财富的尽头并非精神，也非理想，而是如黛西、汤姆之流的腐朽资本的赤裸裸的代表。其次，成功的盖茨比隐喻了当时的美国，一个以"从一文不名到亿万富翁，从社会底层到上流阶级"为信条走向物质富裕的范本。他"从籍籍无名到富甲一方，他的成功不仅是当时无数美国人的梦想，即使在当下也具有一定的吸引力。如果说之前人们还只是对美国梦有一个模糊的概念，那么盖茨比的形象将它具体化。"[1]在美国历史上，美国梦的确激励一代又一代美国人开疆拓土，创造和积累财富，推动美国成为世界强国。同时，它也促进了美国社会的阶级流动，刺激民众为国家发展做出更多有意义的贡献。作为美国梦的典型代表，盖茨比的成功之路隐喻了美国离开欧洲、走向独立、走向经济强国的历史。

《了不起的盖茨比》还通过盖茨比梦想破灭隐喻了美国过度追求物

---

[1]　杨金才：《新编美国文学史》（第三卷），上海：上海外语教育出版社，2002年，第295页。

American Fiction: Local Processes and Multivariate Genealogies

质财富，忽视精神价值，必然走向畸形的过程，也体现出作者对一个糟糕的时代将要来临的忧虑。正如姚乃强所言，

> 从表面上看，《盖茨比》只是"爵士时代"的一个小插曲，对那个时代美国社会的种种腐败现象做了酣畅淋漓的描绘，如贩卖私酒、黑帮猖獗，农民背井离乡，涌向东部大城市，农业社会的败落，工业化和城市化的恶果显露，道德被打上了金钱的烙印，物欲横流、享乐至上，政治上趋于极端的保守主义等等。但是透过这些现象，我们可以直觉地感受到菲氏对于二十年代表面繁荣的忧心，对于一九二九年证券市场的暴跌及稍后出现的大萧条的那种隐而不露的先知先觉，同时也可以深切地感受到那是一个时代的结束，另一个时代的开始，美国传统信念的沦丧，最后不可避免地导致了"美国梦"的破灭。①

《了不起的盖茨比》还展现了美国精神中理想主义的丧失，这主要是通过对自然之向往、追求，进而失去的过程展现的。爱默生在《论自然》中明确指出，"每一种自然现象都是某种精神现象的象征物……在自然界的背后，浸透着自然界的一种精神的存在。"②在小说中，绿色的灯常被学者解读为金钱。如果从精神生态的视角来看，这种绿色可以看做美国精神中的理想成分，是盖茨比所缺失但却极为看重的东西。美国精神中的清教务实因素成就了盖茨比经济上的成功。它促使盖茨比勤奋刻苦，坚忍不拔地追求物质财富，成为人人羡慕的典型的美国梦的代表。但是物质成功的尽头并非自然地存在着精神上的自足。然而盖茨比却想当然地以为，物质成功的背后是精神上的美好。

> 他走过了漫长的道路才来到这片蓝色的草坪上，他的梦似乎近在咫尺，唾手可得，几乎不可能抓不住的。他不知道那个梦已经远他而去，把他抛在后面，抛在这个城市那一片无垠的混沌之中，在那里合众国的黑色原野在夜色中滚滚向前伸展。③

① 菲茨杰拉德：《了不起的盖茨比》，姚乃强译，北京：人民文学出版社，2004年，第4页。
② Ralph Waldo Emerson, "Nature", in *The American Tradition in Literature*, vol. I. ed. George Perkins and Barbara Perkins, ninth edition, New York: McGraw-Hill College, 1999, p. 873.
③ 菲茨杰拉德：《了不起的盖茨比》，姚乃强译，北京：人民文学出版社，2004年，第152页。

那个美好的梦并非美国梦的全部,而是其理想主义的成分,是代表精神的那一面。只是这种精神的美好似乎只能回到过去寻找,也就是说,人们在追求片面的,物质的美国精神的过程中,已经丢失了其精神的美好,并且似乎永远回不去了。正如小说的结尾所期待的那样,一切美好的似乎在过去已经被丢掉了。

> ……盖茨比相信那盏绿色的灯,它是一年一年在我们眼前渐渐远去的那个美好未来的象征。从前它从我们面前溜走,不过那没关系——明天我们将跑得更快,手臂伸得更远……总有一个明朗的早晨……

> 于是,我们奋力搏击,好比逆水行舟,不停地被水浪冲退,回到了过去。[①]

福克纳对美国南方的书写使之成为讨论美国文学本土化绕不过的人物。而从生态因素来说,福克纳对精神荒原的描写,对美国精神生态的书写,也使之成为美国现代小说精神追寻的代表人物。正如布伊尔所言,生态元素并非福克纳作品的核心,但却是其南方书写中的一个重要方面[②]。在他 20 世纪二三十年代的小说,如《喧哗与骚动》、《圣殿》(*Sanctuary*, 1931)和《我弥留之际》等作品中,对旧有传统与新的价值体系的更迭和由此产生的现代人的精神荒原有着深刻的思考。可以说,福克纳是在最大程度上将人们的精神荒原文本化(textualization)了[③]。作为南方作家的杰出代表,福克纳对南方乡土那深厚的依恋之情,使他力图通过那片"邮票般大小"的地方来描写南方人与历史碰撞中的困惑与孤独。《喧哗与骚动》就是通过康普生一家的独白来传达南方荣誉、道德失落的信息。福克纳创作了这个沉闷的南方——一个了无生机的荒原,并寄意于此,希望以此来惊醒梦中之人,让他们走出死亡,获得新生。[④] 正如福克纳所说,"在精神上的东西已不复存在的现代世界里,诗

---

① 菲茨杰拉德:《了不起的盖茨比》,姚乃强译,北京:人民文学出版社,2004 年,第 152 页。

② Lawrence Buell, *Writing for an Endangered World: Literature, Culture, and Environment in the Us and Beyond*, Cambridge, Massachusetts: Harvard University Press, 2009, p. 171.

③ 朱振武:《论福克纳创作的荒原情结》,载《辽宁师范大学学报》,2002 年第 4 期,第 58 页。

④ 同上。

American Fiction: Local Processes and Multivariate Genealogies

人特殊的光荣就是振奋人心，提醒人们记住勇气、荣誉、希望、自豪、同情、怜悯之心和牺牲精神，这些是人类昔日的荣耀。为此，人类将永垂不朽。"①

现代小说的两位领军人物不约而同地关注到人类精神状态的日益恶化，注意到人们在追求物质财富的过程中对精神的忽略，甚至漠视，并道出了这种漠视的严重危害。人们精神的荒原化是与美国精神的荒原化密切相关的，它在很大程度上隐喻了美国梦的破灭。过于强调物质追求，忽视精神文明建设所造成的大概就是菲茨杰拉德和福克纳笔下的那诸多走向毁灭的人物吧。然而，两人都没有陷入绝对的悲观中，而是不约而同地为人类寻求新的救赎之道。菲茨杰拉德隐晦地指出了过去重建的重要价值，而福克纳则明确地审视过去，以期从对过去的批判中发掘其对当下的意义。

第三节　美国小说中的生态伦理诉求

对生态伦理的关注贯穿美国小说的始终，在当代日益重要，推动了美国小说的多元化进程。从殖民者讲述美国经验开始，美国小说家面临着三个最重要的生态伦理困境。首先是如何处理好不同种族，先是印第安人，后来是黑人、拉美裔、亚裔等少数种族公正地享有自然资源，如土地、山水、林木等，并且在遭受环境污染时受到公正对待的问题。这涉及环境正义问题，也关涉到美国国家身份建构问题。其次是性别上的生态正义问题。生态的非正义性源自社会的不公正。男性对女性的占有与控制与人类对自然的占有如出一辙。在性别上争取生态正义，首要的是摆脱男性对女性的控制。最后是区域上的生态正义问题。经济发达地区与欠发达地区、南方与北方、东部与西部，州与州之间在环境公正方面有各自的诉求。这些都推动了美国小说的多元化发展。

---

① 李文俊:《福克纳传》,北京:新世界出版社,2003 年,第 68 页。

一、种族反思

生态问题总是与种族问题不可分割。白人还是印第安人,抑或黑人或者其他少数族裔有权利享用更好的环境资源,涉及的正是生态正义问题。在美国小说中,对这一问题的表征贯穿始终,并随着民权运动和环境运动的推动得到了大量展现。在现当代小说中,生态问题甚至与种族问题难分彼此,借生态正义之名维护种族权益,或借种族之名获取更多生态利益较为常见。本小节将以印第安小说为例,探讨其对种族和生态正义问题的书写。

在早期美国小说中,印第安人与自然几乎是等同的,是有待西方殖民者征服、利用的资源。在西方作家的笔下,自然呈现出温和平静的和狂风暴雨式的,而印第安人也同样被分为亲西方文明的温和派和粗野残暴愚昧无知的野蛮派,或者是高贵的野蛮人和卑劣的野蛮人①。由此可见,殖民者对待自然的伦理态度与对待印第安人如出一辙。这一方面出于他们的宗教和文化优越感,另一方面也是建构美国民族的切实需要。作为美国民族文学的先驱,库柏在其小说中描绘了美国边疆的自然风光,塑造了美国拓荒者和印第安人形象,并以此形塑了美国民族认同。帕克曼指出,"大海和森林一直以来都是最为显著地体现美国民族成就的场景;而库柏最为得心应手的正是对大海和森林的刻画。"②无论是在其航海小说,还是边疆小说中,库柏都成功地将自然与民族性的形塑紧密地联系在了一起。未经驯化的自然充满了神秘和野性的原始森林、广袤的平原、险峻的高山、奔腾的瀑布和平静的湖泊等。这一切都有待于上帝的选民缔造一个新的伊甸园。栖居在这片亟待开垦的荒野上的正是印第安人,他们可能是威胁,可能是资源,一切都是以征服者为中心的。在"皮裹腿"系列小说之一《最后的莫希干人》中,库柏通过讲述鹰眼从野蛮的休伦人手

---

① 邹惠玲:《19 世纪美国白人文学经典中的印第安形象》,载《外国文学研究》,2006 年第 5 期,第 46 页。

② Francis Parkman, "The Works of James Fennimore Cooper." *North American Review* 74 (1852): 147-60, p. 147.

中营救司令女儿的故事，将鹰眼塑造为融合自然与文明特质的结合体，并将其作为美国身份的表达。他既具有文明社会的高贵特征，也具有莫希干人的生存智慧和超常的行动能力。而他将要去征服和驯化野蛮的自然。可以说，自然被一分为二，可用的用之，不可用的弃之。此时的印第安人在强大的殖民者面前并没有资格谈论伦理与正义问题。正如毛凌滢所言，

> 库柏将土著美国人与美国的荒野风景等同在一起，用怀旧的手段创造了一种历史感和民族身份，鹰眼自此成为美国身份的经久表达。这种身份的建构一是通过让土著人消失来达成，另一种就是通过对风景的占有，即通过对风景的想象和刻画，在民族文化记忆中达到对永恒风景的文化占有。同时通过人与风景的互动，建立起了人与地域景观之间的联系，让行动中的人在实际上占有了风景。①

印第安人在麦尔维尔的笔下呈现的是与自然一同毁灭的悲剧。塔什泰戈是个纯正的印第安人，"从马撒的瓦恩亚德西部的山岬盖里德来的。那里还居住着一群红种人，南塔开特岛上的许多勇猛的标枪手都是他们的人。大家将他们称为捕鱼业的'盖里德佬'"。他有一头细长的褐发，高高的颧骨，又大又圆的眼睛。叙述者称这种眼睛既像东方人那种又大又圆，又像南极人的炯炯有神，这说明他的血统源自那些自信的武士猎手的纯种后代。他的祖先擅长的是在森林中使用弓箭狩猎，但如今这种能力被用到了捕鲸业，工具也换成了标枪。前者说明他们过的是农牧生活，自给自足，但是随着西方殖民者的到来，森林被抢占，他们无法在土地上合法狩猎，只得投身于艰苦的捕鲸。而后者是工业和大众消费的时代。这种转变在塔什泰戈身上体现得最为明显。他本应该是高贵的野蛮人的后代，在森林中依靠自己的本领过平静的生活，但是如今却被迫背井离乡，在危险的大海讨生活。这种转变加速了这位被清教徒称作魔鬼撒旦的堕落。在小说最后，当佩阔德号被白鲸撞毁、渐渐下沉时，塔什泰戈正在往主桅杆顶端钉一面旗帜。就在他的脑袋即将被海水淹没时，他把一

---

① 毛凌滢：《风景的政治——库柏小说的风景再现与民族文化身份的建构》，载《外国文学》，2014 年第 3 期，第 76 页。

只俯冲下来的苍鹰也钉到了桅冠上,使它随同佩阔德号沉入海底。这只来自"星辰间的天然家园"的苍鹰无疑是以一个天使的形象出现的,而塔什泰戈牢牢钉住那只"天使般的"大鸟,迫使它陪伴自己沉入黑暗的海底。塔什泰戈可以说是西方殖民者在征服自然的过程中的牺牲品。倘若没有殖民者的到来,倘若他们融合进印第安土著社会中,而不是在欲望的驱使下建构其庞大的工业帝国,自然不会向人类反扑,塔什泰戈也许不会成为牺牲品。这和船长与白鲸之间的关系如出一辙。麦尔维尔一方面承继了清教徒将自然/印第安人看成魔鬼的观念,另一方面也表现出了对他们既同情又敬畏的复杂情感。他对自然持有的复杂的生态伦理观,同样表现在了印第安人塔什泰戈的身上。

随着《印第安人迁移法案》①的签署与实行,在美国西进在运动中对印第安人土地、矿产等资源强行掠夺,长期以来,欧洲人与印第安人之间也一直存在战争,印第安人在白人看来几乎完全转化成了恶魔。马克·吐温的《汤姆·索亚历险记》(*The Adventures of Tom Sawyer*, 1876)可以看做以白人为主导的大众文化仇恨印第安人的文学投射。这种仇恨源于谁才有权利享有自然资源。对此双方各执一词,并诉诸武力。在小说中,印第安人乔杀死了白人医生,原因是五年前乔曾经到医生父亲的厨房找东西吃,被医生赶了出去,乔于是愤恨不平。联系白人与印第安人之间的历史关系,这种书写其实是以隐喻的形式歪曲了二者之间的关系。白人来到印第安人的"厨房",想找点吃的(自然资源),但是被印第安人拒绝,并用武力赶了出去,于是白人愤恨不平,发誓将印第安人赶尽杀绝。从这个意义上说,马克·吐温对白人—印第安人之间的历史进行了重新书写,旨在适应当下的社会、文化和政治话语。这种将印第安人恶魔化的书写也是与"黑化"自然紧密联系在一起的。当波特、乔和医生发生冲突时,以及乔趁乱杀死医生,并嫁祸给波特时,月亮是被云层遮住的。象征见证人的月亮的缺席似乎表明乔将逃脱审判,但是在更加隐蔽的角落,还有白人注视着一切,即使孩子们跑开后,全能的叙述者(白人)依然没有缺席,这就注定了乔虽然避开了法律的审判,但却未能逃脱无所不在的力量的

---

① 1830 年 5 月,《印第安人迁移法案》规定把印第安人从密西西比河以东驱逐。

审判,最终饿死在山洞中。乔与医生冲突的起源存在一个伦理困境问题:是否应该与小偷/非法闯入者共享生存资源? 这个伦理困境是白人抛给印第安人的,而以文学呈现出的却是逆向的。这种对历史困境的逆向写作直接导致了印第安人乔被妖魔化和悲剧。由此我们不难看出,在当时的社会、文化和政治语境下,《汤姆·索亚历险记》成功地实现了将历史伦理困境抛给对方,从而达到妖魔化印第安人,并在读者阅读和现实语境的相互作用下不断加强,从而达到对抢占自然资源,驱逐印第安人等不公正行为进行合法化的目的。

海明威笔下的印第安人一方面是蒙昧与道德低下的代言,另一方面又是抵制美国工业化和城市化进程的工具,可以说是海明威生态伦理思想的一个重要表征。海明威受到儿时观看"西部牛仔戏"的影响,对印第安人形成了野蛮、蒙昧的印象。限于当时主流话语的影响,海明威在作品中塑造的大多数印第安人都是野蛮、懒惰、放纵、道德责任匮乏,与文明、勤奋、克己、富有道德责任感的白人形成鲜明对比。在《印第安人营地》(*Indian Camp*, 1924)中,那个印第安男人被刻画成懦弱、无助的父亲形象,而白人医生却坚毅、勇敢;前者因无法承受妻子惨烈的叫声而用剃刀割喉自杀,后者却用一把打折刀成功地给孕妇实施了剖腹产。在对印第安女性形象的刻画方面,海明威更是表现出了对其妖魔化的倾向。每每出现印第安女性,她们的形象几乎无一例外地与性联系在一起。她们要么被描述为放荡不忠的女人,如《十个印第安人》(*Ten Indians*, , 1927)和《最后一方净土》(*The Last Good Country*, 1972)中的特鲁迪,要么被刻画成以性引诱男性犯罪的女人,如《父与子》(*Father and Sons*, 1933)和《春潮》(*The Torrents of Spring*, 1925)中的无名印第安女人。在精湛的现代技术面前,印第安人所代表的原始反应似乎不堪一击;在文明社会的道德面前,印第安人所代表的原始生命力似乎更为可怕,难以驾驭。透过海明威对印第安人的刻画,我们不难发现其对文明社会所代表的技术、理性的赞许。

然而,同样是在透过对印第安人的刻画,我们发现其对文明社会所代表的技术、理性的批判。在《印第安人搬走了》(*The Indians Moved Away*, 1972)中,海明威通过白人少年尼克的叙述,展示了印第安人在强大的工业社会中被迫放弃传统的依附土地的生活方式,沦为白人工厂里的帮工的社会图景。在《父与子》中,工业化、城市化进程中所需要的土地从到处可见的修路工程和变来换去的红绿灯窥得一斑。当尼克驶上那"高低起伏、笔直向前的高速公路",看到"红土的路堤修得平平整整,两旁都是第二代的幼树",而曾经的森林、田地都消失了,随之而去的是印第安人。关于高速公路对印第安人田园式生活的破坏,海明威在《午后之死》中也提到,"密歇根原来到处是森林、湖泊、溪流、农田、山丘和牧场……他们砍伐了森林,溪流也随之流失,接着湖面变低了……他们在密歇根到处修水泥路……"[①]工业化和城市化进程必然要求修建更多的公路,必然要占用更多的土地,这种发展思维和理性逻辑是工业文明社会的必然。海明威借助于书写印第安人土地被侵占的历史,一方面表达出基于土地的环境伦理思想,试图"以一连串的'小历史'粉碎了'宏大叙述',还历史以真面目"[②],另一方面也表达出对工业文明的批判和反思。

在当代美国小说中,印第安文学异军突起,以各种姿态表达出印第安人的呼声。路易斯·欧文斯的第一部长篇小说《狼歌》描述了华盛顿州西北山区印第安裔青年汤姆走向争取环境正义的心路历程。汤姆从大学退学后回到家乡参加叔叔的葬礼,发现当地原先财源滚滚的林木业已经衰败,人们正计划开采铜矿保证经济利益,而他叔叔生前正是抵制铜矿、保护荒野生态的积极参与者。汤姆决心继承叔叔的遗志,投身于争取环境正义的斗争。托马斯·金恩(Thomas King, 1943-　)的《青草,流水》(*Green Grass, Running Water,* 1993)和莱斯丽·玛蒙·西尔科的《沙丘花园》(1999)描写了印第安人如何反对水坝建设对印第安生存权的侵害。这些作品对殖民主义与生态之间关系进行了思考,客观上对殖民主义思想和话语进行了解构。

二、性别言说

在生态女权思想看来,女性与自然关系源远流长,"妇女和自然之间

---

① Paul Smith, *New Essays on Hemingway's Short Fiction*, Cambridge: Cambridge University Press, 1998, p. 77.
② 蔡云、刘玉红:《印第安人的"失语"及"发声"——新历史主义与海明威短篇小说研究》,载《小说评论》,2010 年第 4 期,第 127 页。

存在着某些本质上的共同特征,那种认可性别压迫的意识形态同样也认可了对于自然的压迫"①。人类对于自然的侵犯等同于男性对于女性肉体的侵犯,"种族、阶级、性别等方面的压迫性意识形态是和控制征服自然的思想观念紧密相连的"②。以生态女性主义的这种观点来反观美国文学史,我们不难发现,美国生态女性小说的发展大致可以分为三个阶段。第一个阶段以新英格兰的玛丽·威尔金斯·弗里曼(Mary Wilkins Freeman, 1852-1930)和西部的薇拉·凯瑟为代表。其小说倡导自然与人、人与人、男人与女人相互依存和谐共处的关系,不仅体现了女性主义思想,也透露出生态整体意识,可以说是一位具有生态女性主义意识的作家。第二阶段以艾丽斯·沃克为代表。她的作品将女性意识与生态和种族思想糅合在一起,诠释了种族歧视、性别歧视和自然歧视三者之间的内在逻辑与诱因,并对其进行批判。这种批判较为温和,出于对生命与和平的珍视,她主张以非暴力手段反抗种族歧视;出于对完整生存和两性平等的追求,她主张以救赎的爱消弭性别歧视;出于对健康、自由与和谐的倡导,她主张以史前母系社会人与自然的和谐共生为理想参照建立健康的生态体系,摆脱生态危机并最终实现人类与非人类的诗意栖居③。第三阶段以当代芭芭拉·金索尔弗(Barbara Kingsolver, 1955-   )为代表。她探讨了帝国、殖民、自然、女性之间的内在关系,倡导以自然的,女性的抵制帝国的,殖民的意识形态统治。

以弗里曼为代表的新英格兰女性小说家倡导与自然和谐共处的生态整体观。有评论家指出,弗里曼的创作继承了自然和谐的超验主义传统④。朱新福认为,"弗里曼将爱默生的超验主义糅合进了她所创作的故事中。"⑤的确,作为 20 世纪初以新英格兰为创作背景的乡土短篇小说

① David Pepper, *Modern Environmentalism: An Introduction*, New York: Routledge, 1996, p. 106.

② K. J. Warren, Introduction, *Ecofeminism: Women, Culture, Nature*, eds., Warren, Karen, and Nisvan Erkal, Bloomington: Indiana University Press, 1997, p. xi.

③ 王冬梅:《种族、性别与自然》,上海外国语大学博士论文,2011 年。

④ Robert M. Luscher, Seeing the Forest for the Trees: The 'Intimate Connection' of Mary Wilkins Freeman's *Six Trees*. ATQ, 1989 (3): pp. 363-381.

⑤ 朱新福:《弗里曼小说中的生态女性主义思想初探》,载《天津外国语学院学报》,2006 年第 1 期,第 58 页。

家,弗里曼在对自然万物的描绘中表达了人与自然和谐相处的生态思想。在《圣诞詹妮》(*Christmas Jenny*)中,詹妮把自己打扮成"一棵能行走的绿色树木"。在《苹果树》(*Apple Tree*)中,弗里曼批判了不尊重自然规律,仅仅从实用主义角度开发自然的错误。在《阿瑞托莎》中,作者以埃德森摘花作为隐语,暗示男性控制女性的行为与征服自然之间的关系。在《鹦鹉》(*The Parrot*)中,弗里曼批判了西方文化中统治与被统治的权利等级制度。在《巨松》(*The Great Pine*)中,作者讲述了男主人公迪克如何在自然之力的帮助下实现了自我思想的转变。总的来说,弗里曼以女性的视角看待与自然之间的特殊纽带关系,倡导宇宙万物的平等,主张自然与人的和谐共处,可以被看做美国小说中生态女性主义思想的萌芽。更重要的是,弗里曼并没有一味地强调女性与自然的天然联系而坠入另一种形式的父权制悖论中去。正如珍妮特·碧欧所言,"把女人和自然联系在一起的整个观念都是压制性和侮辱性的,它把女性描绘成被动的生育动物,沉浸在对身体和生命的缺乏思考的体验之迷恋中,这是反政治的,反理性的"[1],或者金莉所说,"有些生态女性主义者因为过分强调女性和自然的本质性联系,而落入男权文化二元论的巢穴,把妇女与自然设为男性统治文化的对立面。在她们反抗以女性和自然的内在联系来统治两者的统治意识形态的同时,经常是简单地把传统文化等级制度反了过来"[2]。弗里曼在作品中已经意识到了这种做法的危险性,所以,她试图摒弃简单地把女性与自然置于男性与文化之上的二元论观点。通过塑造迪克和拉德这两位"绿色先生"的形象,弗里曼拓展了性别和自然的研究,跨越性别界线,充分阐述她对环境群体的生态女性主义观。

而以薇拉·凯瑟为代表的西部女性小说家也深刻地感受到与自然和谐相处的重要性。相对于弗里曼而言,凯瑟尤其关注土地伦理。她生于具有浓厚南方传统的弗吉尼亚乡村,长于西部的内布拉斯加大草原,童年的草原生活经历对她产生了深远的影响,对自然的热爱成为她作品的永恒主题。同时,凯瑟还具有浓厚的女性意识。在其充满怀旧色彩的"内

---

[1] Janet Biehl, *Rethinking Ecofeminist Politics*, Boston: South End Press, 1991, p. 78.
[2] 金莉:《生态女权主义》,载《外国文学》,2004 年第 5 期,第 62 页。

布拉斯加系列"（或称拓荒系列）小说中，自然和女性相互指涉，勾勒出凯瑟"心往归之的纯美理想"①。与传统的拓荒者形象不同，凯瑟塑造了"另类"的女拓荒者形象。她们不是以征服的方式，而是以爱对待自然，尤其是大地，赋予大地以平等的生态伦理地位。在《啊，拓荒者!》(*O Pioneers!* 1913)中，薇拉·凯瑟对人们只看重土地经济利益的行为进行了批判。在她看来，人与土地处于和谐共生的关系之中。征服和攫取换来的很可能是被迫离开土地。相反，欣赏并热爱土地，懂得其真正的价值，并用心去拥抱它，才能从土地身上汲取力量。在薇拉·凯瑟这里，人与自然的和谐共处是两者共同生存的基础。更重要的是，自然还提供给人类以精神的养分。土地与女性之间的天然纽带关系在一定程度上促成了这种和谐关系的建立、生长与延续。

随着种族问题的突显，黑人女性小说家们意识到，人类对自然的统治与男性歧视、压迫女性这二者存在着紧密的联系。以艾丽斯·沃克和托妮·莫里森为代表的黑人女性作家开始以文学的样式表现女性所遭受的生态不公正。艾丽斯·沃克试图用文学隐喻的方式说明，男性统治与人类控制之间，男性对女性的迫害与人类破坏自然之间具有逻辑上的同质性和时间上的同步性。尤其是在沃克的后期作品中，对整个地球命运的关怀已促使她"将早期作品中那颇具特色的愤怒主题放在了一边"②。在《我亲人的殿堂》(*The Temple of My Familiar*, 1989)中，对自然的逐步控制与对女性的控制是同步发生的。50万年前的太古时代，人们对自然顶礼膜拜，对像大地一样具有生产能力的女性怀有崇拜与敬畏之心。但是随着男性强行将女性据为己有，男性同时将土地分隔，分属于不同的部落所有，分享其生产的动物肉和毛皮。在《父亲的微笑之光》(*By the Light of My Father's Smile*, 1998)中，背弃自然原则的父亲粗暴地对待热爱自然的女儿，为了将后者培养成文明社会的淑女，不惜毁掉她一生的幸福。在《紫色》(*The Color Purple*, 1982)中，西丽作为种族歧视和性别歧视的受害者，无法善待那些比自己更为弱小的动物，差点把狗虐待致死。从这

---

① 金莉:《20世纪美国女性小说研究》，北京:北京大学出版社，2010年，第44页。

② Winchell, Donna Haisty, *Alice Walker*, New York: Twayne Publishers, 1992, p. 133.

些小说中我们可以看到,生态危机的祸因并非生态系统本身,而是人类自身的文化系统。男性对待自然的方式,男性对待女性的方式,而女性对待更弱小动物的方式,都源自人类/男性中心主义思想,源自支配与被支配的社会关系模式。沃克在小说中也做出了改变这种思想模式的尝试。在《我亲人的殿堂》中,苏罗威离开了都市,选择与妻子回归自然简朴的生活。在《父亲的微笑之光》中,作者张扬了孟多人与自然和谐平等的关系。他们不相信《圣经》上所说的"人类有统治整个地球的权利"[1],他们相信树木是与人类"关系密切的亲属",风也是其中一员,"它时时刻刻抚摸着人们的肌肤"[2]。而正是秉承这种人与自然平等与和谐的关系,男性与女性之间才相互平等相待。在女性怀孕期间,他们会感同身受妻子的痛苦。在《打开你的心灵》(*Now is the Time to Open Your Heart*, 2004)中,尤罗戒掉了多年的烟瘾,放弃了不好的生活习惯,与妻子一起居住在被树木环绕的房子里,周围有松鼠在自由嬉戏。他们欣赏着自然美景,让心灵在自然中自由地栖居。

托妮·莫里森从自然的社会文化属性出发,揭示出白人通过隔离黑人与自然的天然关系而奴役黑人,提出通过修复与自然的关系来重建与自然的积极历史,达到抵制、消解白人霸权的目的。莫里森强调,任何人种对自然的认知都是经由文化调停的,而非对自然世界的本真反应[3]。她从美国黑人的独特视角来看待自然与文化的关系,强调文化意蕴中的自然环境。占绝对统治地位的白人文化将自然和黑人统一起来视为与他们阶层不同的、荒蛮的"他者",需要驯化、开发和利用。白人的这种霸权意识合法化了奴隶制,剥夺了黑人成为美国合法公民的可能性,导致黑人和自然的天然关联受到损害,自然作为构成生态环境的本质属性被过度地政治化。白色文化对自然的占有被纳入确立身份认同的部分因素,就决不允许黑色文化与自然建立联系,他们只能被镶嵌在自然之内,成为白

① 艾丽斯·沃克:《我父亲的微笑之光》,周小英译,南京:译林出版社,2003年,第72页。
② 同上,第149页。
③ Karla Armbrusterand Wallace Kathleen R., "The Novels of Toni Morrison: 'Wilderness Where There Was None'", *Beyond Nature Writing: Expanding the Boundaries of Ecocriticism*, eds. Karla Armbruster and Kathleen R. Wallace, Charlottesville: University of Virginia Press, 2001, p. 213.

人奴役的对象。史密斯认为，"奴隶制和种族主义界定了自然，界定了它的生理特征，是占有和被占有的形式。"①罗伯特·纳什注意到，"黑奴和自然一样，被看成未开化的、低于人类的有着野蛮属性的动物；开拓者被视为道德英雄，将荒蛮文明化是对开拓者的回报，成为向人炫耀的资本。"②在《宠儿》（Beloved, 1987）中，莫里森挑战了白人文化对自然的定义和构建，同时指出人与自然关系的复杂性和流动性可以转化为黑人用以反抗和修复黑人社区的有力工具。她对林间空地的书写表明，白人通过对自然的定义建立了对黑人的奴隶制度，黑人同样也可以通过恢复与自然的关系重建自己的文化。自然的流动性使得这一重建成为可能。

不仅有色族群的女性致力于批判隐藏在种族、殖民、性别与自然之间的控制机制，白人女性也是如此。在这方面，芭芭拉·金索尔弗可以算作代表。她致力于聚焦社会公正和弱势群体生存状态，饱含对社会不公正的辛辣讽刺。《毒木圣经》（The Poisonwood Bible, 1998）展示西方人类中心主义和男权中心主义所带来的巨大危害，同时也指出了女性、黑人与自然反抗压迫的希望。作为后殖民生态批评奠基者，澳大利亚学者格莱汉姆·哈根（Graham Huggan）与加拿大学者海伦·提芬（Helen Tiffin）在其代表作品《后殖民生态批评：文学、动物、环境》一书中指出，环境正义与社会正义、物种主义与种族主义有着本质的联系，重新定位人类在自然中的位置需要人们重新审视"人类与自然的对立思想与从帝国主义侵略至今的殖民主义和种族剥削的共谋关系"③。在《毒木圣经》中，西方帝国主义者代表纳森通过掠夺非洲资源、施加物质暴力与精神暴力实现对当地白人的殖民；而在家庭内部，男权主义的象征者父亲纳森通过对母亲和女儿们的压制实现男性对女性的控制；他不顾当地自然状态，强行实行所谓的田园化，体现出与殖民主义和男权主义相似的人类中心主义思想。

---

① Kimberly Smith, *African American Environmental Thought*, Lawrence: University Press of Kansas, 2007, p. 200.

② Roderick Nash, *Wilderness and the American Mind*, New Haven: Yale University Press, 1967, pp. 24-25.

③ Graham Huggan and Helen Tiffin, *Postcolonial Ecocriticism: Literature, Animals, Environment*. New York: Routledge, 2010, p. 6.

然而,暴殖民与反殖民,控制与反控制总是存在此消彼长的关系。借助于建构符合后殖民生态伦理的新田园想象,女性和被殖民者分别从帝国内部和外部实现了颠覆西方帝国主义目的。

男权与帝国代表纳森对女性和黑人的殖民与统治从本质上来说是相似的。小说中的纳森·普莱斯是一名来自美国的传教士,他怀着满腔热血来到非洲,履行殖民者所谓的崇高的职责——拯救非洲堕落的灵魂以及为非洲驱走黑暗、带来光明。他强迫土著接受西方的宗教信仰和文化。在纳森看来,这是救赎罪恶灵魂的最佳选择。但他的行为却遭到了土著的反感和痛恨。塔塔·库瓦旦都威胁让普莱斯一家离开他们的部落,并放了一条毒蛇在他们家中,使他们永远失去了小女儿鲁斯·梅。而纳森对待女性也是如此。在他看来,"妻子就是土地,被交易转手,伤痕累累"①,只是丈夫的性伴侣和孩子们的保姆。女儿们也难逃父亲的暴政。智慧超常的利亚和艾达尤其遭到父亲的鄙视。对纳森而言,"送女孩子上大学就像把水泼在鞋子里,是把水放出去糟蹋水,还是把水留住糟蹋鞋子,都很难说哪种更糟糕"②。纳森惩罚孩子的方式就是让她们抄写圣经,用上帝的语言来规范她们的行为,努力把她们变成符合父权意识形态下卑微顺从的女性。

从纳森身上体现出的殖民主义与男权主义也体现在其对待土地与自然的人类中心主义思想上。生态女性主义理论家瓦尔·普鲁姆伍德认为,殖民主义思想意识形态表现出人类中心主义,源自对某一地方的过度依赖。他倡导多元地方主义,指出允许其他非自我家园的地方在建构全球生态中的积极作用③。在纳森眼中,非洲这片土地是他要开垦的伊甸园,他要用自己的劳动迎来硕果累累,向当地人显示上帝的荣耀。他在利亚的帮助下,铲出一块像"美国大平原一样平展的土地",将美国带来的种子播撒到土里④,结果他理想中的伊甸园并没有像他想象的那么顺利

---

① Barbara Kingsolver, *The Poisonwood Bible*, New York: Harper Collins, 1998, p. 89.
② Ibid., p. 56.
③ Val Plumwood, "Shadow Places and the Politics of Dwelling", *Australian Humanities Review* 44 (2008): pp. 139-150.
④ Barbara Kingsolver, *The Poisonwood Bible*, New York: Harper Collins, 1998, p. 41.

实现。在铲土过程中,纳森无视塔塔巴关于毒木的警告,结果导致严重过敏。他还一意孤行将菜园整理成平地,结果种子被雨水冲散。无奈之下他采纳了塔塔巴的意见,重新将菜园整理成不易被雨水冲散的小山包,但是非洲这片土地缺乏美国植物所需要的花粉传播昆虫,最后郁郁葱葱的菜园只开花,不结实,就像"葬礼中的会客室"①。纳森个人的狂妄背后是西方殖民主义侵犯非洲土地的历史,他们奴役黑人的过程和他们践踏土地的过程紧密相连。非洲矿藏丰富,各殖民国家每年要掠夺走大量的自然资源。正如欧丽安娜的比喻,他们是"饥饿的老朋友",彬彬有礼地在刚果地图前商讨着如何瓜分土地,并每年从非洲掠夺走大量珍贵的钻石、象牙和乌木②。如果说纳森对家中女性表现出男权主义,对非洲黑人表现出西方强权主义,那么他对非洲的土地则表现出西方传统中根深蒂固的人类中心主义,而他在殖民事业上的失败,在家里遭到女儿们的反抗,田园化的企图也宣布失败,则说明西方思想中的霸权、征服意识最终必然走向灭亡。

三、地方想象

美国小说从一开始就注重对地方的书写与想象。工业资本对地方的物化和隔离引起了无限的反思。而地方与国家建构之间的关系也促进了对地方的书写。然而,地方一直以来都被迫服务于国家意识和资本运作。美国的移民者文化征服属于过去几个世纪中世界范围内"生产""绝对空间"的大量事件表明,侵略性的工业资本主义要为这种生产承担主要责任。正如地理学家大卫·哈维所说,"世界的空间被去边疆化、被剥夺其先前的意义,然后根据殖民和帝国管理的方便被重新疆界化。"③直至近几十年来,伴随着环境正义运动的兴起,对地方开始了重新想象。瓦尔·普鲁姆伍德的多元地方论或"环境正义地方原则"

---

① Barbara Kingsolver, *The Poisonwood Bible*, New York: Harper Collins, 1998, p. 77.

② Ibid., p. 317.

③ David Harvey, *The Condition of Postmodernity: An Enquiry into the Origins of Social Change*, Oxford: Blackwell, 1989, p. 264.

是融合环境正义与地方伦理的代表性研究,它提倡平等对待所有地方,维护所有人、所有物种在地方中的生存权利。普鲁姆伍德认为,某一地方所获得的归属感不一定有利于人们在关心自己家园的同时呵护其他地方。区分单一地方论和多元地方论成为建立正确的"地方感"的关键。单一地方论把相对处于中心的地方看作"唯一真实的地方",把那些被边缘化的地方叫做"影子地方"。这种等级化看待不同地方的例子在人类历史上比比皆是。持西方中心主义论者认为西方是"唯一真实的地方",他们过去以殖民主义、现在以跨国公司的形式将自我利益凌驾于其他地方之上。这种单一地方论的必然结果就是侵犯人权和自然权,它以剥削其他地方的居民为手段,以掠夺当地自然资源为目的,巩固自己的家园,导致了"影子地方"的毁灭,在本质上就是侵犯了环境正义①。

美国早期小说中对地方的书写带有两种明显的特征:第一,对地方进行归属和划分,从本质上可以看做殖民、征服等政治话语在文学上的表达。第二,对地方浪漫化和理想化,从本质上也是建构帝国的必然想象。但同时,从一开始,美国小说就表现出对这种功利化对待自然和地方的方式表现出了怀疑与反思,形成了微妙的文学张力。程虹在探讨美国自然文学的特征时指出,自然文学的第二个特征"强调位置感(sense of place):如果说种族、阶层和性别(race, class and gender)曾是文学上的热门话题,那么,如今人的生存位置(place)也应当在文学中占有重要的地位"②。事实上,通过对地方进行书写来表达对生态和环境问题的反思一直贯穿于美国文学的始终。地方书写与殖民、建国等密不可分,十分复杂地交织在一起。无论是来自纽约的欧文,还是新泽西州的库柏,抑或马萨诸塞州塞勒姆的霍桑,都将笔触探到了自己所处地方的历史和文化当中去,思考了殖民、建国需要与地方之间的矛盾与冲突。

---

① Val Plumwood, "Shadow Places and the Politics of Dwelling", *Australian Humanities Review* 44 (2008): pp. 139–150.

② 程虹:"自然文学",选自《西方文论关键词》,赵一凡主编,北京:外语教学与研究出版社,2006 年,第 905 页。

在现代小说中,地方成了抵制现代文明的最后一根稻草。正如程虹所指出的,"由于20世纪自然文学作家强调人类与生态共存,他们格外重视'位置感'。对他们而言,如果没有地理上的支撑点,就无法拥有精神上的支撑点。"①以威廉·福克纳、薇拉·凯瑟等作家为代表,这一时期的地方书写更多表现了工业文明给地方带来的巨大变化,甚至是毁灭,表达出对往日美好世界在现代社会摧残下发生改变的忧伤和惋惜。福克纳一直自称是"乡下人"。他一生中大多数时间都生活在奥克斯福镇,并以这个南方小镇及其周围地区作为自己虚构世界的蓝本。青年时代的福克纳就表达过植根于南方土壤之中、成为南方的一部分并因此而永生的生态思想萌芽。在出版了《军饷》(*Soldiers' Pay*, 1926)、《蚊群》(*Mosquitoes*, 1927)后,他接受安德森的建议离开新奥尔良附庸风雅的文人圈子,回到出生地密西西比州。从《沙多里斯》(*Sartoris*, 1929)开始,福克纳开始形成自己独特的题材与风格,把那片"邮票般大小的故土"作为艺术耕耘的天地,终于"创造出一个自己的天地"②。在《一支绿枝》(*A Green Bough*)一诗中, 福克纳表达了生于斯、终于斯的愿望:"当我像一棵树,扎根于这些沉睡的湛蓝的小山上? 即使我死去,拥抱着我的土壤也会感到我的呼吸。"③在弗吉尼亚大学的一次演讲中,他讲到诗人的职责就在于描写"人类与自己, 与他的同伴, 与他的时代和地方, 与他的环境的冲突"④。谈到南方环境的本质时,福克纳指出, 南方是"美国唯一还具有真正的地方性的区域,因为在那里, 人和环境之间仍然存在着牢固的联系"⑤。在"高大的人们"中,福克纳描绘了一个远离城市的山民环境。"这些怪脾气老乡远离大伙儿在这儿过日子,不去理会世界上其他

---

① 程虹:"自然文学",选自《西方文论关键词》,赵一凡主编,北京:外语教学与研究出版社,2006年,第901页。

② 李文俊编选:《福克纳评论集》,北京:中国社会科学出版社,1980年,第274页。

③ William Faulkner, *The Marble Faun and A Green Bough*, New York: Random House, 1965, p. 46.

④ Frederick Gwynn & Joseph Blotner, *Faulkner in the University*, Charlottesville: The University of Virginia Press, 1959, p. 239.

⑤ James B. Meriwether & Michael Millgate, *Lion in the Garden*, New York: Random House, 1968, p. 72.

地方处处是日夜大放光明的漂亮的霓虹灯"[①],他们宁愿自由自在地种棉花、种草养白脸牛,也不愿劳神到城里去填单子领取政府的补贴。一个想象的"约克纳帕塔法"县,却无比真实地展示了一个在工业社会面前落后的南方社会。福克纳满怀着对南方的爱,在刻画南方必然的没落和腐败的同时,塑造了一个理想中的,已经逝去的,神话般的南方,以抵制工业资本对原始,对自然的地方的侵袭。

在当代小说中,对地方的书写成了少数族裔和群体争取社会正义的前线。以印第安小说为例,地方书写成为重新划分疆域的一种文学表达。对于北美印第安人而言,"地方"是其文化、宗教和信仰的核心。尽管北美大陆曾经分布着成百上千个印第安部族,而且各部族之间在政治、经济、文化、社会结构等方面也存在着不同程度的差异,但在对待土地这一问题上,印第安人却有着较为统一的观点。在印第安传统观念中,土地是神圣的,不仅给人类提供了生存的物质基础,而且是人类精神和信仰的首要来源。当代印第安作家波拉·艾伦(Paula Gunn Allen, 1939–2008)对此做了较为恰当和明了的解释:

> 我们印第安人就是土地。就我自己的理解,这是嵌入西南地区印第安人生活的基本观念。大地不仅仅牢记在我们心中,而且深深地影响我们的思想,就像我们的思想影响它一样。这不是所谓的"亲近自然"。这种关系超越了数学意义上的接近性,代表了一种身份。大地本质上就等同于我们自身。[②]

在历史上,印第安人在西方殖民者面前丧失了赖以生存的家园和土地,也丧失了自我与身份。在 20 世纪 60 年代美国民权运动的影响下,美国印第安作家产生了空前高涨的民族意识,把"写作当成政治解放的武

---

① 福克纳:《福克纳中短篇小说选》,世界文学编辑部编,北京:中国文联出版公司,1985 年,第 204 页。

② Paula Gunn Allen, "lyani: It Goes This Way." *The Remembered Earth: Anthology of Contemporary American Indian Literature*, ed., GearyHobosn, Albuquerque:University of New Mexico Press, 1980, pp. 191–193.

American Fiction: Local Processes and Multivariate Genealogies

器"①。在他们看来，实现独立自主的前提是重新获得作为文化和身份根基的土地。因此，对地方的书写成了印第安人回归家园、恢复历史文化根基的重要手段。当代美国印第安作家路易斯·厄德里克在《我应属的地方：作家的地方感》（"Where I Ought to Be：A Writer's Sense of Place"，2000）一文中指出了印第安作家书写"地方"的特殊性和意义。"由于他们遭受了巨大损失，他们必须保护和弘扬在这场劫难中留存下来的文化核心，讲述当今幸存者的故事，而土地则永远包括在内。"②

在"印第安文艺复兴"代表作家莱斯利·西尔科的小说《典仪》（Ceremony，1977）中，主人公塔尤是一个迷失身份的拉古纳族混血印第安人，在二战的创伤和白人社会的压制中产生了应激性精神障碍。在痛苦与绝望中，塔尤重回部落，接受了一系列疗伤典仪，重新认识部族土地的价值，最终克服了边缘文化身份困境，实现了心理创伤的愈合及身份的重构。作为典仪程序的传统口头故事起源于部族土地，唤起了主人公对土地和部族文化传统的记忆，在人物和土地之间再次建立起联系。20世纪90年代印第安文坛的后起之秀路易斯·欧文斯的小说《狼歌》讲述了由于白人社会的偏见和边缘化，许多当代印第安人陷入无主、无根和无话语权的状态，并在一定程度上接纳了白人主流文化，而小说主人公汤姆则牢记部族故事，进入祖先居住荒野之地，在"有关土地的记忆中"③重新找回文化根基，重构了失去的"地方感"和文化身份。此外，莫马迪的《黎明之屋》（House Made of Dawn，1968）、詹姆斯·韦尔奇的《愚弄克劳的人》（Fools Crow，1986）和舍曼·阿莱克希（Sherman Alexie）的《印第安杀手》（Indian Killer，1996）等作品也都表现出了地方重建在印第安文学文化中争取正义的政治意义。

---

① 艾勒克·博埃默：《殖民与后殖民文学》，盛宁、韩敏中译，沈阳：辽宁教育出版社，1998年，第209页。

② Louise Erdrich, "Where I Ought To Be：A Writer's Sense of Place", *Louise Erdrich's Love Medicine: A Casebook*, ed., Hertha Wong. Oxford：Oxford University Press, 2000, p. 48.

③ Lee Schweninger, *Listening to the Land: Native American Literary Responses to the Landscape*, Athens：University of Georgia Press, 2008, p. 129.

结　语

　　在讨论美国小说本土化的过程中,生态因素是必不可少的。在形塑和不断修正美国精神和本土意识的漫长过程中,美国作家对周遭的荒野进行了思考,对精神追求进行了书写,对环境伦理的诉求进行了表达,表现出对生态的持续关注。本节梳理了这些书写与表达的方式与特征,并对其与美国小说本土化过程的关系做了阐释,指出二者之间相辅相成的关系。美国小说的逐步本土化促进了其家园意识的建立,进而促进了其对生态问题持续而深入的关注;而对生态问题的关注也在很大程度上帮助其建构国家意识。

　　美国小说对自然生态的关注集中体现在其对荒野的表达上。纵观美国文学史,我们不难发现,这种对荒野的书写呈现出一定的走向。一开始,美国小说中的荒野具有双重特征,一方面寓意乐园和希望,另一方面隐匿着魔鬼和堕落,体现出早期殖民者初到新大陆时,或者在逐步开拓疆土的过程中,面对陌生的环境与生活而自然产生的文化心理。到了19世纪,随着工业文明的不断推进,荒野不断遭到破坏,不断消失的荒野如何体现美国精神,促使文学家们不断反思。同时,受到浪漫主义和超验主义的影响,美国小说中呈现出一种对荒野做主导性诠释的趋势。到了20世纪下半叶,随着工业污染的日益加剧和环境问题的日益严重,美国小说中出现了对毒化的荒野的描述,从实践和行动上维护荒野,重建荒野精神。可以说,荒野精神与美国精神和家园意识紧密相关。在不断征服荒野,攫取经济和物质利益的同时,美国小说对这种行为的潜在威胁进行了不断的反思。而这种反思正是塑造美国精神,建构国家意识所必需的。

　　美国小说对精神生态的关注,不仅关注作为精神性存在个体自身的健康问题,也关注作为以集体性精神存在的健康问题,即作为国家意识建构的美国精神这种集体性精神的良性发展问题。美国精神从一开始就呈现出纯粹理想与物质现实之间的对立、甚至是分裂。富兰克林式精神与爱默生式精神代表着美国精神的两面,前者崇尚建立在物质财富基础上

American Fiction: Local Processes and Multivariate Genealogies

的自由,后者追寻具有浪漫主义与理想主义精神的自由。这两种精神调和了清教思想与美国建国的现实需求,构成了美国精神的两个重要方面。然而,对物质领域与精神领域的两种渴望,并非总能保持和谐与平衡。二者之间所形成的张力,构成了美国小说的重要表达。爱伦·坡的小说诠释了两者严重失衡后坍塌的世界与价值体系,可以看做美国小说在做精神思索和追求过程中极具前瞻精神的特例。他超前地嗅到了进步话语的腐朽味道,并以变态、扭曲和恐怖的方式展示出美之丑、美之恶、美之恐怖,并试图在死亡中寻求哲学意义上的精神救赎。进入 20 世纪,美国精神中强调务实、物质的成功。这一方面虽然得到了高扬,但同时也初步显现出对理想精神迷失所造成的精神空虚的忧虑。物质财富的积累在两次世界大战之间的美国达到了高峰,这客观上促使人们对美国精神中理想主义的追求。然而,物质上的成功并不必然带来精神上的富足,美国梦的破灭似乎已成必然。走向破灭后的美国小说开始向历史寻求答案,试图在其多元化的文化背景中寻求精神支撑,这在一定程度上促使美国当代小说多元化的形成。犹太小说试图通过发掘犹太历史和传统来找到自我安身立命之支柱;女性小说则从性别意识出发,试图发出女性独有的声音与女性精神;黑人则从种族历史与命运寻找代表自我的精神力量;华裔、拉美裔等少数族裔则迅速步其后尘,努力诠释美国精神。无论从种族,还是从性别,无论是发掘历史,还是着眼当下,这些小说都试图以反本质主义的姿态,诠释如何在后工业时代寻求独特的美国精神,以对抗知识与技术对人类精神的奴役和异化。

美国小说始终关注生态的伦理问题,而这集中体现在对土地伦理的表述上,因为后者与殖民者开拓疆土,建立国家紧密相关,也与各种社会群体争取自身利益直接挂钩。虽然对生态伦理问题的关注贯穿美国小说的始终,但在当代体现得最为明显,在很大程度上推动了美国小说的多元化进程。从殖民者讲述美国经验开始,美国小说家面临着三个最重要的生态伦理困境。首先是如何处理好不同种族,先是印第安人,后来是黑人、拉美裔、亚裔等少数种族公正地享有自然资源,如土地、山水、林木等,并且在遭受环境污染时受到公正对待的问题。这涉及环境正义问题,也关涉到美国国家身份建构问题。其次是性别上的生态正义问题。生态的非正义性源自社会的不公正。男性对女性的占有和控制与人类对自然的占有如出一辙。在性别上争取生态正义,首要的是摆脱男性对女性的控制。最后是区域上的生态正义问题。经济发达地区与欠发达地区、南方与北方、东部与西部,州与州之间在环境公正方面逐步有各自的诉求。这些一方面体现出强烈的生态意识,同时也是国家意识建构的表达。无论是种族还是性别,无论是发达地区还是欠发达地区,都在以自己的方式诠释对一个更加公平正义的家园的理解。

American Fiction: Local Processes and Multivariate Genealogies

第十四章

政治谱系

——家国意识引导下的美国小说创作

引　言

　　1775 年 4 月 19 日清晨,北美村庄莱克星顿突然传出一声枪响,美国独立战争的序幕正式拉开。战火持续了几年,以美利坚民族成功实现自由和独立而告终。1783 年 9 月 3 日,英美双方签订《巴黎和约》,英国承认美国独立。同年 11 月 25 日,最后一批英军撤离美国国土。至此,美国摆脱英国人的桎梏。人类历史上一个全新的共和政体诞生了。

　　政治上的独立,必然导致文学文化上的独立。年轻共和国的建成极大地刺激了各种观念的发展。在文学领域,美国人渴望冲破欧洲文化的藩篱,开创具有民族特色的新文学。美国诗人菲利普·弗雷诺就曾预言"勇于冒险的文艺女神必将尝试更新,更高雅,更令人称道的主题"[1]。但是这个百废待兴的国家在文学创作方面似乎并无多少先例可循。仅有的本土印第安人口头文学传统随着欧洲移民的扩张和征服近乎凋零。在殖民地时期,北美大陆的文学和艺术大多都是来自欧洲的舶来品。这一时期流行的文学样式主要是诗

---

① Philip Freneau, "The Rising Glory of America," In *The Poems of Philip Freneau: Poet of the American Revolution*. Fred Lewis Pattee, ed. Princeton: The University Library, 1902, p. 49.

歌、散文、随笔和各种游记。无论从形式上还是内容上都无特别新颖之处。与疾风骤雨式的政治独立相比,文学上的独立注定是一个相对漫长而复杂的过程。英国评论家西德尼·史密斯(Sydney Smith)曾于1820年在《爱丁堡评论》上撰文论及当时美国文学匮乏的窘境,他有些刻薄地写道:"四海之内,有谁读一本美国书呢?"[1]

通过第二次美英战争(1812—1814),美国消除了英国的威胁,展示了保卫主权的能力。美利坚人民的家国认同感更是变得无比强烈,民族主义情绪高涨。美国进入了相对平稳的发展时期。公路、铁路、运河、蒸汽机船还有电报的出现,带来了一场席卷全美的"市场革命"。小说作为一种民族叙事方式也随着社会的发展从萌芽走向勃兴。作家们将家国情怀投射到小说创作之中,积极构建属于美国人自己的民族文学大厦。华盛顿·欧文、詹姆斯·费尼莫尔·库柏等人将本土意识融入到小说当中,开美国小说之先河。其后的小说家们不断地推陈出新,使得美国小说几经流变而趋于繁盛,成长为世界文学艺术中重要的一极。

政治和文学向来都是你中有我,相互映射,彼此有着千丝万缕的联系。亚里士多德在《政治学》中断言:人是天生的政治动物。社会的变革、人的生存状态、阶级、种族还有性别之间的关系,向来都是美国作家密切关注和力求书写的对象。他们通过小说间接地对现实环境提出自己的意见和观点。英国作家迈克尔·伍德曾有这样精妙的论述:"小说都是政治性的,就算看来离政治最远的时候也是这样,同时小说又是逃离政治的,即使是它在直接讨论政治的时候。"[2]乔治·奥威尔更是直言不讳:"没有书是完全没有政治倾向的。这种认为艺术应当与政治无关的观点本身就是一种政治态度。"[3]

在我们中国,文人墨客有着说不完道不尽的家国情怀。《礼记》中有"修身齐家治国平天下"之言,司马迁"常思奋不顾身,而殉国家之急",陆

---

[1] Sydney Smith, "Review of Seybert's Annals of the United States."

[2] 迈克尔·伍德:《沉默之子:论当代小说》,顾钧译,北京:生活·读书·新知三联书店,2003年,第19页。

[3] George Orwell, "Why I Write." In *Ideas, Insights and Arguments: A Non-fiction Collection.* Michael Marland, ed. Cambridge: Cambridge University Press, 2008, p. 81.

游更是"死后原知万事空，但悲不见九州同"。史书万卷，字里行间都是"家国"二字。美国与中国有很多不同，但是在爱国爱家这一点上是相通的。美国人同样对家庭，对社会，对国家，对他们居住和生活的土地有着难以割舍的情感。这种家国意识自美国小说诞生之日起，就影响着作家们的创作，推动美国的小说的发展和演变。政治在某种程度上不单单是政府和国家的内政外交，也包括人们对社会国家发展的关注和思考。家国意识就是最大的政治，是推动和指导美国作家的重要因素。本章意在探讨家国意识指导下美国小说的发展过程，梳理和归纳其不同时期的史实和特征，以期对美国小说本土化的进程有着另一个维度的认识。

第一节　民族文学与帝国心态

雷蒙德·威廉斯指出："自文艺复兴以来，'民族文学'意识一直在强劲地增长着。这种意识全面吸收了文化民族主义及其现实成就的正面力量。"①19世纪上半叶的美国，实现了经济、技术、文化和人口等各方面集大成式的发展和跃进。民主政治的建立、商业贸易的繁荣、中产阶级的兴起和自然科学的进步都使得国家和民族的面貌焕然一新。与之相对应，美国的民族文学也很快有了突破性的发展。霍桑曾写道："如果没有亲身体验，一个作家很难想象写一部关于美国的罗曼司有多么困难。在这里没有古迹，没有神秘，没有如画的风景和悲切动人的冤屈，只有光天化日之下平淡的繁荣。"②即便没有古老的文化，没有悠久的历史，库柏、霍桑、麦尔维尔等作家仍然创作出一批令世人瞩目并且充满想象力的小说作品。这些美国作家使用本土民族素材，着手构建具有自身特色的国家和民族文学，确立了美利坚民族文化上的独立性和独特性。他们的小说为当时的美国人带来了一种文化上的自豪感与归属感。

---

① 雷蒙德·威廉斯：《马克思主义与文学》，王尔勃、周莉译，开封：河南大学出版社，2008年，第54页。

② Nathaniel Hawthorne, *The Marble Faun*, New York: Oxford University Press Inc., 2002, p. 4.

一、库柏的民族叙事和边疆情结

　　詹姆斯·费尼莫尔·库柏是继华盛顿·欧文之后,美国文坛又一伟大先驱。他在文学方面的成就是惊人的,被称作"美国第一个创作了乌托邦式小说、历史传奇、社会小说、边疆小说和航海小说的伟大作家"①。从 1820 年自费出版第一部小说《戒备》(Precaution: A Novel)开始,库柏在三十余年的创作生涯中写出包括《皮裹腿故事集》在内的 32 部长篇小说②。他对政治、历史和社会学都颇有研究,经常因为针砭时弊而卷入论战。相比于欧文的温文尔雅、诙谐活泼,库柏的小说更多地体现出一种对于对民族文化的关照和对美国命运的思考。他的创作自始至终围绕着美国民族国家的发展历程,向世人昭示了一个完全依照新规则行事的新兴民族。虽然马克·吐温等人诟病库柏的作品情节失真、行文累赘、人物呆板,但是正如理查德·蔡司(Richard Chase)所言:"也许库柏仅是一个二流的艺术家,但他作为文化的批评家和创造者却是一流的。"③

　　19 世纪上半叶的美国不断向西开疆拓土。西部的拓殖与扩张成为当时全美瞩目的社会现象。美国第二任总统托马斯·杰弗逊于 1803 年在其任内以 6 000 万法郎(约 1 500 万美金)从法国手里购得路易斯安那土地,将美国的领土惊人地向西扩大一倍。至 1820 年,美国边境"已开发的区域包括俄亥俄州、印第安纳州南部和伊利诺伊州、密苏里州东南部和路易斯安那大约一半的区域"④。到了 19 世纪中期,原本遥远的密苏里河已然成为美利坚合众国天然的边界线。库柏敏感地把握时代的脉搏,将西进运动作为核心历史事件,在 19 世纪 20 年代到 40 年代陆续创作了一系列关于西部边疆的小说,其中最为著名的就是包含五部小说的《皮

---

① 吴富恒、王誉公主编:《美国作家论》,济南:山东教育出版社,1999 年,第 126 页。

② 参见 Carl Rollyson ed. *Notable American Novelists Volume 1 (Revised Edition)*.California:Salem Press, 2008, p. 277.

③ Richard Chase, *The American Novel and Its Tradition*, Baltimore and London:The Johns Hopkins University Press, 1980, p. 46.

④ 弗里德里克·杰克逊·特纳:《美国边疆论》,董敏、胡晓凯译,北京:中译出版社,2016 年,第 5 页。

American Fiction: Local Processes and Multivariate Genealogies

裹腿故事集》。

美国著名历史学家弗雷德里克·杰克逊·特纳将西部边境视作野蛮与文明的交汇点。他强调边疆生活对美利坚民族性格塑造的影响，认为边疆在美国历史发展过程中起决定作用。根据特纳的理论，人们若要真正理解美国的历史，观察的视点应该在西部。从这个意义上来说，库柏是美国历史的记录者。库柏本人深受欧洲与美国政治历史的影响，这使得他成为一名视野开阔的小说家。在《皮裹腿故事集》里，种族、法律、阶级、身份、荒野等各种主题相互交织，呈现出极具张力的历史图景。按照故事的时间发展顺序，故事集的五部长篇小说分别为《猎鹿人》(The Deerslayer, 1841)、《最后的莫希干人》、《探路人》(The Pathfinder, 1840)、《拓荒者》(The Pioneer, 1823)和《大草原》(The Prairie, 1827)。整个故事集以猎人纳蒂·班波从青年到老年的经历为中心，叙述了美国从18世纪40年代到19世纪初约60余年错综复杂的矛盾冲突与深刻宏大的历史变革。库柏从西部的荒野之上，找到了美国文学的独立之路。他的《皮裹腿故事集》从某种意义上来说是一部美国边疆拓荒史和对土著居民的殖民史。我们可以从其中一窥美国早期社会发展的风貌。

《拓荒者》是《皮裹腿故事集》的开山之作，也是一部比较出彩的作品。小说的背景设置在1793年纽约州当时新开拓的奥齐戈县(Otsego Country)。坦普尔法官(Judge Temple)和"皮裹腿"纳蒂·班波(Natty Bumppo)是故事的关键人物，他们之间的纠葛和冲突构成了小说的主要情节。马默杜克·坦普尔(Marmaduke Temple)是小镇坦普尔顿(Templeton)的法官和庄园主。独立战争前夕，其商业合作伙伴爱德华·埃芬厄姆(Edward Effingham)曾将所有财产转入坦普尔名下。多年后，与女儿返回坦普尔顿的途中，坦普尔法官向一头野鹿开枪，却不慎误伤了年轻猎人奥利弗·爱德华兹。奥利弗新到此地，是老猎人"皮裹腿"——纳蒂·班波的朋友。坦普尔法官心生内疚，执意将奥利弗带回家中养伤并随后任命他为私人秘书。总是避开小镇居民的纳蒂·班波在森林中从猎豹的爪下救出坦普尔法官的女儿伊丽莎白。却因为在同一天与印第安人约翰(Indian John)违反新法令，猎杀一头野鹿而被捕入狱。在奥利弗的接应下，"皮裹腿"越狱而逃，并且不久又在一次森林大火中救出伊丽莎白和奥利弗。在小说的结尾,奥利弗被证实是埃芬厄姆家的孙子。最后他不仅分得坦普尔家一半的家产,而且迎娶了伊丽莎白。为了表达感激之情,奥利弗和伊丽莎白这对年轻的夫妇对班波再三挽留。但是老猎人不为所动,继续选择向西游荡。

库柏在小说里竭力再现当时西部边民的生活。他饶有兴味地向读者叙述拓荒者如何白手起家,在仅有野兽和森林的荒蛮之地开辟家园,建立城镇;士兵和猎人如何在小镇定居,变成安居乐业的善良百姓;还有印第安人在白人移民威胁下逐渐衰弱消亡的过程。库柏在小说中经常情不自禁地对早期的美国建筑、印第安部落的风俗、来自法国、德国、爱尔兰和荷兰等国家拓荒者各自的习性作出社会历史方面的评论。无数读者被故事中边陲小镇和旖旎的四季景色所倾倒。D·H·劳伦斯就在他的《美国古典文学研究》中写道:"或许我的鉴赏力还太幼稚,可《开拓者》(《拓荒者》)中的这些图景在我看来描绘得十分美妙。"①

故事中的坦普尔法官就是库柏依据自己的父亲——法官和国会议员威廉·库柏进行刻画的。他是法律和秩序的化身。小镇坦普尔敦并不是一片完全理想化的乌托邦,在发展中也存在诸多问题。居民们滥伐树木用来营建华美的住宅,或者毫无节制地生火,造成巨大浪费。除此之外,他们滥捕滥杀野生动物:炮轰成群的旅鸽,用大渔网捕鱼。坦普尔法官同纳蒂·班波一样,对于人们这种肆无忌惮的浪费破坏行为持谴责与反对的态度。他笃信法律,主张用明智的法律来制止拓荒者们的狂妄和贪婪。于是他颁布新的狩猎令,并且铁面无私地执行。即使是救过他女儿伊丽莎白性命的纳蒂·班波也无法逃脱法网。而老猎人纳蒂·班波笃信自然,注重人的尊严。他不喜群居,主张自力更生,誓死捍卫自己在丛林中的自由。纳蒂·班波与坦普尔法官之间发生的矛盾象征着文明与自然、西部边民对印第安人的冲击。

美国早期的建国者们就试图赋予新生国家自由民主的基因。《独立宣言》就宣称:"人人生而平等,造物主赋予他们不可剥夺的权利,其中包

---

① D·H·劳伦斯:《劳伦斯论美国古典名著》,黑马译,上海:上海三联书店,2013年,第56页。

American Fiction: Local Processes and Multivariate Genealogies

括生存权、自由权和追求幸福的权利。① 但是在《皮裹腿故事集》中，美国的扩张势头不可阻挡。原本西部荒原的居民——印第安人不可避免地受到驱赶和杀戮。库柏在小说中表现出美国当时浓重的领土扩张的民族意识。在《大草原》的开头，叙述者就称美国政府并购路易斯安娜是明智之举，并且直言不讳地阐述路易斯安娜地区对美国的重要性："（得到路易斯安娜）使我们能够彻底控制通往内陆的交通要道，把位于边境附近的无数野蛮部落完全置于我们的管控之下"②。显而易见，无数的野蛮部落意指密西西比河西岸为数众多的印第安人。库柏还认为占据路易斯安娜对拓展美国贸易空间，改善地缘环境也大有裨益。他以自豪的口吻将路易斯安娜地区称之为广袤帝国（vast empire），并预言大规模的移民的已经是不可阻挡、大势所趋："这个人口稠密，曾经拥有独立主权的地区已从居民的手中分离出来，在政治平等的基础上被共和国吸纳"③。

虽然库柏对美国当时的主流政治话语和扩张进程表示认同。但他并没有掩盖殖民暴力，也没有回避冲突种族。以英法七年战争为背景的《探路者》和《最后的莫西干人》就暴露了英法殖民者残暴贪婪的一面，对白人霸权下印第安部落的消亡表现出极大的愤慨。作为美国早期边疆生活的书写者和思考者，库柏以小说的形式再现民族的历史，塑造民族文化，预言民族未来。

二、霍桑的历史传统与保守主义

纳撒尼尔·霍桑富于创新同时又兼备深厚的文化内涵，是美国小说史上无可争辩的大师。他将自己创作的《红字》（*The Scarlet Letter*，1850）、《七个尖角阁的房子》（*The House of the Seven Gables*，1851）、《福谷传奇》（*The Blithedale Romance*，1852）和《玉石雕像》（*The Marble Faun*，1860）四部长篇小说称为"罗曼司"（Romance），以示与一般小说

---

① Thomas Jefferson, *The Declaration of Independence*. New York: Scholastic Inc., 2002, p. 146.
② James Fenimore Cooper, *The Prairie*, New York: The New American Library, 1964, p. 9.
③ Ibid., p. 11.

的不同。这些罗曼司作品以别具一格的象征主义手法和深刻细腻的心理刻画而著称于世,在美国文坛上至今鲜有人及。爱伦·坡盛赞霍桑是"一名真正的天才"①。美国还于 1976 年专门成立了"纳撒尼尔·霍桑学会"(The Nathaniel Hawthorne Society),其学术刊物《纳撒尼尔·霍桑评论》(*Nathaniel Hawthorne Review*)每年春秋两季各出一期。

19 世纪 30 年代初至 40 年代末,随着美国政治经济的新发展,出现了思想上的激荡时期。彼时形形色色的社会改革让人应接不暇。废奴运动、女权运动、禁酒运动、宗教改革运动和教育改革运动等都曾风行一时。鼎鼎大名的超验主义代表人物——美国思想家和文学家爱默生面对如此张扬个性的激进时代,也不禁深受感染,主张积极入世的态度。他在《诗人莎士比亚》一文中大发感慨:"天才只是发现他置身于思想和事件的河流里,被同时代人的观念和需要推向前进。众人的眼睛朝哪条路看,他就站在哪里,众人的手向哪个方向指,他就应当朝哪个方向走。"②爱默生本人积极支持当时的废奴运动和女权运动,经常出席相关的集会并出谋划策。

居住在康科德的霍桑同热衷于改革运动的邻居们相比显得异常冷静。除了与妻子招待来访客人,他如同隐士一般地深居简出,细心阅读古希腊、罗马的经典和关于新英格兰殖民地历史的著作。作为清教徒的后裔,霍桑对于和他祖先们有关的清教文献格外留心。通过对历史和传统的潜心研究,霍桑为自己的小说创作积淀了深厚的时代文化底蕴。他的作品内涵丰富,包含着无数的政治文化信息,是留给后人的珍贵宝藏。看似隐居于象牙塔之内的霍桑,其实意欲通过作品讲述美国的传统与过去,表达对时事政治的意见和主张,以此确立美国自身独特的文化身份。作为民族文学的构建者,霍桑有意识地响应时代的潮流,以独特方式书写新英格兰殖民地的历史传统,努力地从文学文化方面书写主流政治话语。《红字》《福谷传奇》等小说正是霍桑政治文化思想的完美体现。

《红字》记录了一段 17 世纪新英格兰地区塞勒姆小镇的清教历史。

① Edgar Allan Poe, *Essays and Reviews*, New York: The Library of America, 1984, p. 577.
② 爱默生:《爱默生集:论文与演讲录》(上),赵一凡译,北京:生活·新知·三联书店,1993年,第383—384 页。

American Fiction: Local Processes and Multivariate Genealogies

在该小说的自传性序言《海关》中，霍桑叙述了在文件堆里发现红色字母 A 的过程以及海斯特·白兰的曲折遭遇。他强调小说的真实性，提醒读者"故事的主要事实是以稽查官皮尤先生的文件为依据或佐证的"①。因此有的文学评论家认为霍桑根据真实的历史背景来虚构小说，旨在"引导读者脱离现实的琐碎小事走向历史的通道，从而进行历史与现实的对比和观照"②。《红字》发掘了当时主流历史叙事所刻意忽略的政治语境。小说中的故事大约发生在 17 世纪 40 年代。但是这并不妨碍霍桑将 19 世纪上半叶的社会现实、观念、思想渗透其中。

写于 1849 年秋天的《红字》不可避免地受到当时国内外历史政治的影响。1848 年一场前所未有革命风暴席卷欧洲大陆，其波及范围之广，影响范围之深，使得身处大西洋彼岸的霍桑也深受震撼。而在《红字》成书之前，45 岁的霍桑也因为国内党派斗争失去了在塞勒姆海关的公职。所以在《海关》中，霍桑如此向读者描述小说的背景："这个故事形成的时间正处于革命尚未完成，社会动荡不安，一片紊乱的时期。"③学者雷诺德将小说与 1848 革命联系起来，他认为霍桑在序言中的指涉还有一些方面被人们所忽略："过去的与现在真实发生的革命，霍桑连续近 20 个月时间都在观察和沉思的革命。这些构成了《红字》的政治语境，塑造了小说的结构、人物和主题。"④而哈佛大学的乔纳森·阿拉克教授则在《论红字的政治》一文中提出"奴隶制是霍桑所处时代最能扰乱美国政局的问题"⑤，他探讨了小说中暗含的政治主题对当时美国国内社会现实的指向意义。

霍桑在小说中密切关注着变化中的世界和现实问题。他以女主角海斯特·白兰这一角色的遭遇为线索来表达自己的政治立场，对一些时代

① 纳撒尼尔·霍桑：《红字》，姚乃强译，北京：中译出版社，2016 年，第 47 页。
② 刘海平、王守仁（主编）：《新编美国文学史》（第一卷），上海：上海外语教育出版社，2002 年，第 325 页。
③ 纳撒尼尔·霍桑：《红字》，姚乃强译，北京：中译出版社，2016 年，第 57 页。
④ Larry J. Reynold, "The Scarlet Letter and Revolutions Abroad," *American Literature*, Vol. 57, No. 1, p. 44.
⑤ Jonathan Arac, "The Politics of Scarlet Letter." In *Ideology and Classic American Literature*. Sacvan Bercovitch and Myra Jehlen eds. Cambridge：Cambridge University Press, 1986, p. 248.

喧嚣作出回应。小说的开头就弥漫着清教世界冷峻且压抑的氛围。一扇锈迹斑驳、狰狞阴森的监狱大门，和站在门前的"一群蓄着胡须、身穿暗色衣服、头戴灰色尖顶帽子的男人"[1]都透露着封闭小镇中政教合一的威严。然而女主角海斯特·白兰却挑战权威，追求并不合法的爱情。学者萨克文·伯克维奇称她为"追求爱情的社会叛逆者"[2]。海斯特被判处终身佩戴象征耻辱的红字"A"，以示惩戒。但是"那个红字还没有完成它的职责"[3]。在小说第十三章中，海斯特的思想越发不受狭隘世俗的拘束，变得激进而又大胆。他甚至超越个体的经验，思考全体女性如何才能取得公平合理的社会地位，认为"整个社会制度要推翻重新建树"[4]。霍桑将海斯特思想的转变与时代思潮联系起来，他在小说里这样写道：

> 当时正处于人类思想刚解放的时代，比起以前的许多世纪，思想更活跃，更开阔。军人推翻了贵族和帝王，比军人更勇敢的人则推翻和重新安排了——在理论范围之内，而非实际上的——旧偏见的完整体系，这个体系与旧的原则密切相关，也正是贵族和帝王真正的藏身之地。海斯特·白兰汲取了这种精神。她采取了一种思想自由的态度，这在当年的大西洋彼岸本是再普通不过的事……

海斯特所处的时代，大西洋彼岸的英国爆发革命。克伦威尔率领议会军推翻君主政体，处死国王查理一世，建立起民主共和国。霍桑借用过往的历史，来暗指自己所处的时代的变革主题。1848 年大西洋彼岸的欧洲同样烽烟四起，且态势更是有如鼎沸。同时美国国内工农业飞速发展，城镇人口激增，各种思潮涌动，"在那个时候是世界上最有生气的社会"[5]。海斯特·白兰在外部理念的影响下，又经历长达七年的独处思考，思想上形成了自己激进的政治色彩。与此相对应，她原先的柔美的女

---

① 纳撒尼尔·霍桑：《红字》，姚乃强译，北京：中译出版社，2016 年，第 62 页。

② Sacavan Bercovitch, *The Rites of Assent: Transformations in the Symbolic Construction of America*, London and New York：Routlege, 2014, p. 197.

③ 纳撒尼尔·霍桑：《红字》，姚乃强译，北京：中译出版社，2016 年，第 194 页。

④ 同上。

⑤ 查尔斯·A·比尔德、玛丽·R·比尔德：《美国文明的兴起（上卷）》，许亚芬译，北京：商务印书馆，2012 年，第 662 页。

American Fiction: Local Processes and Multivariate Genealogies

性气质也消失殆尽：

> 她发式的变化也令人遗憾，她浓浓的秀发不是给剪短，就是完全藏在帽子里，从没有一束光亮的头发显露在阳光中。除去这些原因之外，再加上其他一些因素，在海斯特的脸孔上看来已不再有任何可以让"爱情"驻足之处；海斯特的身材虽然端庄匀称如雕像一般，但也不再有任何可以让"情欲"急切投入其怀抱之中……某些女人的属性在她身上已不复存在了，而永葆这些属性对于一个女人来说是不可或缺的。①

此时的海斯特从内到外，从思想到外貌都发生了蜕变：她已经成长为一个能够独立思考，同时又坚韧顽强的完整个体；她依靠红字反而更接近社会的阴暗面，并且主张大胆的变革。作为霍桑作品中的经典人物，海斯特映射了时代的激进主义意识形态。但是在霍桑笔下，海斯特的激进主义从来没有机会转变为实际的政治行动。在小说的结尾，海斯特"又戴起她抛弃已久的耻辱"②，回到新英格兰这个有过她罪孽、悲伤和忏悔的地方，过起了平静的生活。海斯特对于社会秩序和传统价值观的妥协回归，恰恰是霍桑政治上保守主义倾向的体现。在改革运动频频发生的年代，霍桑对于激进思想的破坏性保持警惕和批判的态度，他认为革命和暴乱会使"所有荒谬的事情都变得无法抑制"。霍桑如此描述革命时期的混乱局面："许多人都像发了疯似的。越来越多的民众反对公共道德。自杀和谋杀处处可见。这些疯狂的行为体现了民众无法控制的思想爆发"③。

很显然，霍桑对充斥着暴力的激进革命忧心忡忡。他担忧冒进的改革和革命会导致无序和混乱，使得先辈们于荒原之上努力开创的统一国家分崩离析。在其另一篇小说《福谷传奇》中，霍桑"认为社会的进步归根结底是人心的改善"④，而不是打着改革旗号的各种狂热行为。他赞

---

① 纳撒尼尔·霍桑：《红字》，姚乃强译，北京：中译出版社，2016 年，第 192 页。

② 同上，第 301 页。

③ Nathaniel Hawthorne, *The Elixit of Life Manuscripts: Septimius Felton, Septimius Norton, the Dolliver Romance*, Columbus: Ohio State University Press, 1977, p. 3.

④ 代显梅：《超验时代的旁观者——霍桑思想研究》，北京：社会科学文献出版社，2013 年，第 132 页。

同民主党人所倡导的政治和经济平等,但是反对激进的变革,主张渐进式的社会发展道路。霍桑不是一位政治家,一生也没有宏大的政治理想和追求,却不乏家国情怀。在新旧思潮交替的时刻,他通过分析过去、将来和现在,用理智、内敛的笔调为美国追寻进步的答案。

三、麦尔维尔的政治哲学与海上图景

美国学者 F·O·马锡森曾提出"美国文艺复兴"(American Renaissance)的概念来形容 19 世纪中期美国文坛欣欣向荣的局面。在约五年时间里,爱默生的《代表人物》(*Representative Men*, 1850)、纳撒尼尔·霍桑的《红字》和《七个尖角阁的房子》、赫尔曼·麦尔维尔的《白鲸》和《皮埃尔》、梭罗的《瓦尔登湖》还有惠特曼的《草叶集》都相继出版。这时,麦尔维尔在他的文章中无比自豪地写道:"朋友们,请相信我,不比莎士比亚逊色多少的人物们今日正在俄亥俄河畔诞生。终有一天,你们会问,有谁读英国人写的现代作品?"[①]

同爱默生、惠特曼和梭罗这些同一时期的作家相比,麦尔维尔作品中的政治性较少受到学者们的关注。在美国,"他的作品被美国政治思想的文选排除在外,在摘要中被忽略,在专业政治研究中极少被涉及"[②]。麦尔维尔不是一个热心的政治活动家。对于当时的一些重大政治斗争,如黑人奴隶与白人奴隶主的矛盾、工业化所带来的劳资冲突、国家统一与地方分裂之间的对立、联邦军队与印第安人的战争等,他并没有公开地积极介入。麦尔维尔似乎只是一个纯粹的作家,专心地创作着短篇故事、长篇小说还有诗歌。早年在利物浦、西印度群岛和南太平洋等地的航海见闻和冒险经历是他小说创作的主要素材。其早期两部根据个人海上经历创作的长篇小说《泰比》(*Typee: A peep at Pdynesian Life*, 1846)和奥穆(*Omoo: A Narative of Adventures in the South Sea*, 1847)相继出版后都获成功。那时连霍桑一家人都称麦尔维尔为"泰比先生"或"奥

[①]　Herman Melville, "Hawthorne and His Mosses", http://www.ibiblio.org/eldritch/nh/hahm.html

[②]　Jason Frank ed., *A Political Companion to Herman Melville*. Kentucky: The University Press of Kentucky, 2013, p. 1.

穆先生"①。但是麦尔维尔后期作品逐渐变得深刻,失去了对普通读者的吸引力。评论界也没有意识到其作品的原创性和丰富内涵。1851 年麦尔维尔的小说《白鲸》先后在英美两国出版后却遇冷,他的名声开始每况愈下。直至 1891 年去世,他的作品几乎被遗忘。文学批评家们到了 20 世纪 20 年代才赋予麦尔维尔文学史上应有的地位。

麦尔维尔所处的时代,美国的地理版图正从俄亥俄山谷向太平洋沿岸迅速推进。1845 年美国专栏作家约翰·L·奥沙利文(John L. O'Sullivan)在《民主评论》(*Democratic Review*)上首次提出"天定命论"(Manifest Destiny)的说法,并将其与领土扩张联系起来。此后这一说法不仅在政界流行,也很快深入普通民众的心理。人们普遍认为美国的扩张是必然的,是上帝赋予的使命。麦尔维尔本人对于美国的海上扩张有着切身的体会。美国捕鲸业在 1820 年至 1860 年间蓬勃发展,成为国民经济的一大支柱。美国捕鲸船队开始在南太平洋频繁出现。麦尔维尔曾作为其中一员,在南太平洋一带从事捕鲸活动。他在长篇小说《白鲸》中塑造的人物亚哈船长就从当时美国的捕鲸大本营南塔基特岛(Nantuket)出发一路追逐白鲸到南太平洋。《白鲸》的暴力和征服主题从某种程度上潜藏了当时美国争夺地域和利益的帝国心态。

麦尔维尔的第一部作品《泰比》不只是一部单纯的游记小说,更是一部"融冒险、轶事、人种学和社会批评于一体的著作"②。故事以第一人称讲述了一位美国青年水手在太平洋海岛上的冒险经历。因为不堪忍受船长的暴虐与远航的折磨,小说主人公托莫(Tommo)和另一位船员托比(Toby)逃离多莉号舰船,翻过一座大山,闯入山谷,结果不幸遭遇泰比人。泰比人是传说中的食人生番,在整个努库赫瓦岛上臭名昭著。同伴托比成功逃离,而主人公托莫却被迫与土著人住在一起。尽管泰比人对托莫十分友善,待他不错,但托莫决心逃走。在故事的结尾,虽然泰比人极力追赶阻挠,托莫还是成功登上一艘澳大利亚捕鲸船,回归文明社会。

① Kevin J. Hayes, *The Cambridge Introduction to Herman Melville*, New York: Cambridge University Press, 2007, p. 34.

② Robert Milder, "Herman Melville." In *Columbia Literary History of the United States*, ed. Emory Elliot et al. New York: Columbia University Press, 1988, p. 430.

在麦尔维尔所处的时代,讲述主人公"如何从土著或者一些未开化民族手中逃命"①的小说深受读者欢迎。《泰比》因循了这一传统,故事情节简单明了,但它绝不只是一种仅供茶余饭后消遣的通俗读物。作者麦尔维尔将自己对疆域、民族和文化的看法与想象或明或暗地置于小说文本之中,将文明社会与原始部落进行了对比。

在麦尔维尔的笔下,泰比人居住的异域无比迷人,使得主人公托莫欣喜不已:"眼前的美妙景色令我惊讶极了,放眼往峡谷深处望去,它绵延起伏一直通向远处蓝色的海洋……难以置信,我怎么会突然成为如此美妙景致的观众。"②原始的泰比人也具有一种迥异于文明人的内在之美,他们亲近自然,远离尔虞我诈的利益争斗,无忧无虑地过着宁静而幸福的时光。托莫在与他们相处的过程中,兴趣盎然地观察土著人的纹身、舞蹈、禁忌和宗教仪式。然而他心中始终有一种文明人的优越感,总是用看待"他者"的眼光审视周围的一切。在托莫看来,泰比人懒惰而又无知,终究低人一等。他的内心对这些土著人保持着警惕:"无论他们看上去多么和善可爱,说到底仍不过是一群食人之徒。"③在小说的第三十二章中,托莫进一步揭露了泰比人嗜食同类的恶习,着力强调他们凶恶和残暴的一面,借以衬托出西方文明社会的合理性。

很显然,麦尔维尔在故事中将西方文明视作"唯一可靠、可理解的人类存在,否认泰比族人也是一个有着自己传统和历史的文化群体,并在此框架下审视太平洋海域的地域空间"④。最后,他也有意让主人公成功摆脱野蛮暴力的束缚,与泰比的原始部落文化分道扬镳。纵观整部小说,尽管麦尔维尔对西方文明的殖民扩张做出了批判,认为"南海诸岛这些手无寸铁的土著人遭遇到的暴行几乎令人难以置信"⑤。但是,他的批判是留有一定余地的,并不是很彻底。麦尔维尔一方面同情土著人并且对他

① Sheila Post, "Melville and the Marketplace." In *A Historical Guide to Herman Melville*, ed. Giles Gunn. Oxford: Oxford University Press, 2005, p. 105.
② 赫尔曼·麦尔维尔:《泰比》,马慧琴、舒程译,北京:文化艺术出版社,2011年,第45页。
③ 同上,第105页.
④ 王建平:《帝国与文学生产——美国文学中的帝国想象与民族叙事》,北京:中国人民大学出版社,2016年,第176页。
⑤ 赫尔曼·麦尔维尔:《泰比》,马慧琴、舒程译,北京:文化艺术出版社,2011年,第24页。

American Fiction: Local Processes and Multivariate Genealogies

们的一些品质表示赞赏，另一方面却对法国殖民者的精明强悍颇有些津津乐道的意味。法国人是文明而又辉煌的。相比之下，土著人则是贫穷而满身刺青的野蛮人。麦尔维尔"并没有完全站在殖民主义的对立面并与之决裂，而是保留了一种暧昧关系从而建构了南海殖民时期那特有的历史现实"①。

麦尔维尔的第二部南海小说《奥穆》承接《泰比》的结尾，同样以第一人称展开叙述，继续描写主人公的海上冒险之旅。此时主人公置身一艘名为"朱丽亚"的破旧捕鲸船上。船长软弱无能，水手们心存叛意，整艘船处于极度的混乱状态。航行了 20 天左右，船上两名病号的病情骤然恶化，相继死去。老水手范恩(Van)预言不到三周时间内，船上存活的人将不超过四分之一。这艘船已然在劫难逃。紧张压抑的气氛却在船员们抵达塔西提岛之后烟消云散。水手们的叛变最终也成了一个无足轻重的小插曲。作者在小说里又一次描写了土著人与西方文明的接触。塔希提岛人身体被白人所带来的恶疾所戕害，本土文化被传教士摧残。与西方文明的交往让岛民们"蒙受历史文献中史无前例、闻所未闻的大难"②。

《玛迪》(Mardi: And the Voyage Thither，1849)是麦尔维尔"波利尼亚三部曲"(Polynesian Trilogy)中的压轴之作，凝聚了作者的心血，但是没有获得预期的成功。它因繁杂的主题和多变的叙事风格而备受评论界的关注。迈克·保罗·罗金认为："《玛迪》正是年轻美国所需要的那种史诗，但是作者没有找到一种将文学和生活融为一体的形式。"③美国学者宋惠慈(Wai Chee Dimock)指出：通过某种联系，文学可以展现帝国，而《玛迪》将这种政治与诗学的联系戏剧化④。小说主人公和叙述者塔吉(Taji)为了寻找土著少女伊拉(Yillah)，踏上了周游玛迪诸岛的旅程。他

① 杨金才：《异域想象与帝国主义——论赫尔曼·麦尔维尔的"波利尼西亚"三部曲》，载《国外文学》，2000 年第 3 期，第 68 页。
② 赫尔曼·麦尔维尔：《奥穆》，艾黎、杨金才译，北京：文化艺术出版社，2011 年，第 164 页。
③ Michael Paul Rogin, *Subversive Genealogy: The Politics and Art of Herman Melville*, Berkeley & Los Angeles & London：University of California Press, p. 73-74.
④ Wai Chee Dimock, *Empire for Liberty: Melville and the Poetics of Individulism*. Princeton：Princeton University Press, 1989, p. 48.

见到形形色色的夸张人物：怪诞不经的国王、高深莫测的祭司、狡诈贪婪的商人、阿谀奉承的大臣还有居于深闺的姑娘。小说前六十五章的写实风格在此消失不见，麦尔维尔开始借用寓言般的虚构世界来关注当时美国社会的现实百态，表达本人对文学、民主、宗教的思考和理解。除此之外，《玛迪》以茫茫太平洋海域开篇，以无边无际的大洋结尾。这也暗示了美国在南太平洋这片无主之地上扩张的可能性。

通过书写一系列南太平洋小说，麦尔维尔为美国文学增添了一块新的南海版图。与当时美国地理上国土的扩张遥相呼应。作为 19 世纪中叶美国社会的记录者和阐释者，麦尔维尔的小说创作深深植根于历史的土壤当中。从他的小说中，我们可以窥见内战前夕美国社会错综复杂的社会思潮：奴隶制、西进运动和海外扩张。麦尔维尔为美国谱写了海上的民族史诗。

第二节　社会批判与改革呼声

从南北内战后到 20 世纪 20 年代约半个多世纪的时间里，美国逐渐从一个西方世界的边缘国家发展成世界的主要领导者之一。与此同时，这个年轻的国家也在经历着前所未有的剧烈变化。工业化和城市化，以及垄断资本主义的出现都给社会带来了新的问题。传统美国农业社会在向现代社会转型的过程中，暴露出了许多尖锐的冲突。美国文坛浪漫主义理想逐渐衰退，开始涌现出一批反映政治现实，关注民众生存与精神危机，呼吁改革的小说作品。镀金时代、进步时代和爵士时代的小说大体上经历了从现实主义到自然主义再到现代主义的演变历程。而这样的变化过程有其深刻的政治和时代背景。

一、镀金时代的政治小说（1870—1890）

"镀金时代"（The Gilded Age）处于美国内战之后和进步时代之前，是美国历史上非常重要的一段时期。时间上大概是从 1870 年到 1890

American Fiction: Local Processes and Multivariate Genealogies

年。其名称来自马克·吐温和查尔斯·达德利·华纳在 1873 年所出版的小说《镀金时代》。镀金，原指在事物的表面镀上一层薄薄的金子。但是在金光闪闪的表面之下，很可能只是一个毫无价值的核心。马克·吐温和华纳在小说中不仅展现了这一时期的经济扩张，也狠狠地讽刺了光辉表面遮掩下资本家左右政府导致贪污受贿现象盛行的社会现实。如此看来，"镀金时代"一词颇有金玉在外而败絮其中的贬称意味。

工业的发展与移民潮是美国历史上这个时期的显著特征。铁路的发展，使得美国西部丰富的木材、金银等资源得以源源不断运到东部。大量来自欧洲的移民涌入工业生产部门。美国钢铁与石油的产量急剧增加。工业化生产使得少数资本家赚取了大量金钱。约翰·洛克菲勒(John D. Rockfeller)因为石油发家，安德鲁·卡内基(Andrew Carnegie)因为钢铁而致富。因为这些人靠着买低卖高的手段，赚取大量财富，所以他们都被称为是"强盗大亨"(Robber Baron)。金钱开始大量地涌入政界，政府官员中腐朽之风盛行。"政治似乎已全然受制于经济变化，国家命脉已完全掌握在产业企业家的手中。"[1]整个社会弥漫着拜金主义的气息，物质利益至上，精神空虚。垄断资本横行无阻，操纵立法、收买政客、哄抬物价、镇压工会。社会贫富差距的鸿沟不断扩大，工人罢工及农民运动此起彼伏。所以，"'镀金时代'不仅是一个'涂金的'(gilded)时代，而且还是一个充满'罪恶'(guilt)的时代"[2]。

不仅仅是工人和农民对镀金时代的社会环境心生不满，一部分小说家对于阶级冲突和资本的日益集中也忧心忡忡。他们以自己的方式对社会现实做出了回应。"在 19 世纪的最后 25 年内，有 150 部以上的乌托邦或描述世界末日之类的小说出版，预测社会冲突或将为一种新的和谐社会秩序所取代，或将导致人类的彻底毁灭"[3]。社会经济的急剧变化和尖

---

① 理查德·霍夫斯塔特：《美国政治传统及其缔造者》，崔永禄、王忠和译，北京：商务印书馆，2010 年，第 194 页。

② 张芙鸣、肖华峰：《美国镀金时代的政治小说：1865—1900》，载《山东外语教学》，1999 年第 3 期，第 41 页。

③ 埃里克·方纳：《给我自由！一部美国的历史》(下卷)，王希译，北京：商务印书馆，2010 年，第 794 页。

锐的矛盾催生出形形色色的思潮。错综复杂的社会生活为作家们提供了极为广阔的创作空间。除了这些担忧人类前途命运的小说之外,此时的美国还涌现出一批以社会批评为主要风格的小说作品。这些小说或直接描述当时美国的政治现实,如提名大会、竞选、立法会议等活动的运作过程以及政客们的所作所为;或间接揭露与政治相关的一系列社会问题,如劳资冲突和底层劳工的悲惨生活。小说家们希望借此来表达对社会的不满,唤醒大众的政治意识,推动社会的变革。

马克·吐温与查尔斯·达德利·华纳(Charles Dudley Watner)合著的小说《镀金时代》向读者展示了当时美国社会盛行的投机风气和政企勾结的腐败现象,一出版就引起了不小的轰动。故事开头赛拉斯·霍金斯(Silas Hawkins)听从朋友帕里亚·塞勒斯(Beriah Sellers)的建议,带着全家从田纳西迁居到密苏里来寻找新的发财机会。但是在随后十年中,他的投资却屡遭失败,几乎陷入山穷水尽的地步。合伙人塞勒斯也是处境艰难,却依然做着一夜暴富的美梦。他极力怂恿国会议员迪尔华绥,想要通过国会进行土地投机。而迪尔华绥是一个典型的政客兼商人,满嘴仁义道德,暗地里却也在假公济私,为了个人利益不择手段。最后虽然他的贪腐行为被揭发,但这位国会议员通过手段不仅为自己洗刷了罪名,而且反要以诽谤罪名惩处揭发人。从西部边疆到东部政界,小说对内战之后格兰特执政时期的美国社会作了广泛而深刻的描写。普通百姓醉心于投机致富的美梦,政客和利益集团相互勾结,法律则成为少部分人敛财的工具。

马克·吐温的另一部短篇小说《竞选州长》(Running for Governer,1870)则暴露了美国政治选举的黑幕,辛辣地嘲讽了所谓的民主选举制度。故事以第一人称对主人公参选纽约州州长的经历展开叙述。作者虚构了一个声望还好,为人正派的独立党州长候选人——马克·吐温。在同民主党和共和党这两大政党的候选人竞争的过程中,他遭到一连串莫须有的污蔑和诋毁,最后不堪忍受,写下一封弃选声明书后落荒而逃。在小说中,民主党与共和党密切配合,通过各自控制的报纸媒体,轮番给主人公罗织罪名,混淆公众视听。不仅如此,他们甚至组织一群所谓愤怒满腔的民众闯入主人公的家中,将财物洗劫一空。在故事的结尾,党派斗争的卑劣和无耻发展到了无以复加的地步:"九个肤色各异,刚刚学会走路

American Fiction: Local Processes and Multivariate Genealogies

的小孩,身穿破烂衣服,在别人的指使下,冲上群众集会讲台,抱着我的双腿不放,一个劲地叫我爸爸!"①正直的人反遭唾弃,马克·吐温意图通过讽刺夸张的语言来警醒民众和当局者。

与马克·吐温同一时代的亨利·亚当斯(Henry Adams),同样对于政治腐败和政府失职极为不满。他出生于显赫名门,其曾祖父约翰·亚当斯是美国的第二任总统,祖父约翰·昆西·亚当斯为美国第六任总统,父亲查尔斯·弗朗西斯·亚当斯则是国会议员和作家。西奥多·罗斯福和亨利·詹姆斯等人也是他的好友。亨利·亚当斯长期呆在美国的政治中心——华盛顿特区,通过写作来表达自己的理念和政治思想。从格兰特执政时期开始,他在一些重要报刊上呼吁政务、金融和商业改革。1880年,已经是知名历史学家的亨利·亚当斯匿名发表了政治讽刺小说《民主——一部美国小说》(Democraly: An Ametican Novel),轰动了当时的美国和欧洲政坛。亨利·亚当斯在小说中刻画了一系列追名逐利之徒。其中包括国会议员、文人学者、富商大亨、外交使节乃至失意政客。他们打着冠冕堂皇的理由,有的结党营私,彼此笼络;有的刺探政情,见风使舵;有的明争暗斗,互相扯皮。小说将华盛顿政界的丑陋现象暴露无遗,狠狠地嘲讽了那些假借民主之名,行利己之私的政客。美国当时"民主政治"的真相被毫不留情地揭发。

美国现实主义的代表人物威廉·迪安·豪威尔斯(William Dean Howells)对社会政治问题十分重视,是镀金时代极有影响力的作家。他强调小说必须反映社会重大问题,揭露和批判社会的不公:"我们时代最好的作品证明,道德上错误事实上也不会正确。"②小说《新财富的危机》(A Hazard of New Fortunes, 1890)是豪威尔斯政治小说的代表作。作者本人从波士顿迁居纽约的真实经历是小说的创作基础。豪威尔斯以自己为原型,借用一本新期刊的盛衰变化,对纽约进行了细致的观察。纽约成了镀金时代美国的一个缩影。混乱复杂的新社会结构、"移民、社会责任、各阶层之间的差异、艺术家的作用、对资本家必须实行的限制以及工

---

① 马克·吐温:《马克·吐温文集》,杨栋译,北京:中央编译出版社,2010年,第9页。

② 张冲:《新编美国文学史》(第一卷),上海:上海外语教育出版社,2000年,第125页。

人阶级的需要等问题被一一展现在读者的眼前"①。豪威尔斯在小说中探讨了尖锐的劳资冲突问题,揭发新财富即不断崛起的资本所带来的危害。

这一时期,美国各地政党的领导人即党魁,也成了政治小说极力塑造的人物。作家们讥讽一些党魁的自私和冷酷,对他们嗤之以鼻。约翰·弗格森·休姆(John Ferguson Hume)的小说《五百大多数》(*Five Hundred Majority*, 1872)是此类作品中较为出彩的一部。休姆用犀利写实同时又带有几分浪漫主义色彩的笔调将当时纽约政坛形形色色的斗争展现在世人眼前。巴顿·西科里斯特(Barton Seacrist)是坦慕尼党(Tamnany)的绝对领袖,在纽约权势熏天。他善于伪装,利用金钱的力量在政界纵横捭阖,一路高升。整个坦慕尼党自诞生之日起,就以追逐利益为最高宗旨。党派之内独裁专制,满是欺诈和谎言。领导成员们成了唯利是图的商人,将手中的权力明码标价。普通公众只能用金钱购买政府服务。坦慕尼党的头目们戴着民主的面具,"在愚弄大众的同时,也更加成功地洗劫了他们"②。小说的结尾尤其具有讽刺意味。若不是突然暴病而亡,西克里斯特这个老奸巨猾、假公济私的政客即将通过所谓的民主制度成为了下一届的纽约市长。镀金时代的作家们已经认识到政治的腐败和大众价值观的扭曲,并且有了通过小说推动社会改革的意识。他们使美国小说从内战后到 20 世纪初保持着批判的传统,为进步时代更加轰轰烈烈的"黑幕揭发运动"做好了准备。

二、进步时代的社会问题小说(1890—1920)

1890 年,美国的工业生产总值首次跃居世界第一,成为世界头号工业大国。这时的美国"不仅实现了由农业文明向工业文明的过渡,还实

---

① 拉泽尔·齐夫:《一八九○年代的美国——迷惘一代人的岁月》,夏平等译,上海:上海外语教育出版社,1996 年,第 36 页。

② John Ferguson Hume, *Five Hundred Majority, Or, The Days of Tammany*, New York: G. P. Putnam & Sons, 1872, p. 93.

American Fiction: Local Processes and Multivariate Genealogies

现了自由资本主义向垄断资本主义的重要过渡,进入资本垄断的时代"①。工业化和城市化使得美国的社会结构发生了深刻变化,城市中产阶级和工人阶级进一步扩大。与此同时由于政府放任自流,镀金时代已有的社会问题如政治腐败、公司霸权、贫富两极分化和劳资冲突等不仅继续遗留下来,甚至有加剧的势头。一些财阀如摩根公司已经拥有亿万资产,权势熏天。就连美国总统也不得不"在危急中三次求助于这位华尔街的上帝来挽救国家"②。大量贫穷的民众聚居在环境极差、破旧拥挤的贫民窟。"1890 年代纽约的 300 万居民中竟有 2/3 的人居住在条件恶劣的 90 000 栋公寓楼中。"③整个社会道德水平急剧下滑,权钱交易泛滥。政治丑闻、经济丑闻、生活丑闻屡屡发生。

面对诸多的社会难题和此起彼伏的社会运动,美国民众改革的呼声渐涨。从 1890 年到 1920 年,处于进步时代(Progressive Era)的美国掀起了一场大规模的社会改革运动。一些正直的新闻记者和作家探查美国社会的阴暗角落,揭露美国社会生活中的耻辱和腐败,呼吁民众对破坏民主政治的事件保持警惕。他们以报纸杂志为阵地,借助深度解析的报道和鞭辟入里的言论,发起了"黑幕揭发运动"(The Muckraking Movement)。黑幕揭发者们用深刻犀利的笔触使大众警醒,意识到问题堆积的社会现状,从而产生渴求变革的心理。他们为 20 世纪初的美国进步主义改革营造了有利的舆论环境。相对应的,文学界也出现了一批包括黑幕揭发小说在内的关注社会问题的作品。这些作品有着丰富的思想内容,对美国社会和政治提出了思考和质询。

厄普顿·辛克莱(Upton Sinclair)的小说《屠场》(The Jungle)就是一部以进步时代社会现实为参照系的经典黑幕揭发作品。小说的主要情节发生在当时芝加哥的屠场区。辛克莱用凝重写实的笔调描写了一户移民家庭在彼时美国资本主义制度的压迫下最终家破人亡,分崩离析的悲惨遭遇。立陶宛农民约吉斯·卢德库斯(Jurgis Rudkus)心怀对自由和财富

---

① 王涵:《美国进步时代的政府治理:1890—1920》,复旦大学博士论文,2009 年,第 1 页。

② 钱满素:《自由的基因:美国自由主义的历史变迁》,北京:东方出版社,第 102 页。

③ 转引自张友伦、李剑鸣主编:《美国历史上的社会运动和政府改革》,天津:天津教育出版社,1992 年,第 181 页。

的憧憬,带着未婚妻以及双方的家人来到芝加哥屠场区罐头镇生活。然而高昂的物价和低廉的工资使得他们举家拼命工作才能维持生计。恶劣的劳动环境和艰苦的工作损害着约吉斯及其家人们的身体。工头的欺辱更践踏着他们的人格尊严。尤吉斯妻子奥娜(Ona)被工头康诺逼迫,为了保住全家人的工作而忍辱献身。怒火冲天的尤吉斯痛殴康诺,并因此入狱,待他获释后,妻子因难产而死,年幼的儿子又跌进泥浆中溺亡。受到诸多苦难打击的尤吉斯历经一段时间的沉沦之后,最终彻底觉醒,成为社会主义的坚定拥护者。

《屠场》一出版就造成了全国轰动,仅前几个月的销量就超过了 15 万册。辛克莱的初衷是真实再现劳工所受不公待遇。从而引起公众深思,却不料激发了人们对食品安全的关注。小说出版后,舆论一片哗然。公众对小说所描写的肮脏不堪的屠宰和肉食加工过程感到震惊。家庭主妇们纷纷抗议抵制。最后《屠场》所引发的巨大舆论压力推动了 1906 年美国《纯净食品药品法》(*Pure Food and Drug Act*)的通过。根据该法案,食品药品监管局(FDA)得以设立。广大民众不必再为食品安全问题而惶惶不安。辛克莱曾叹道:"我本来瞄准的是公众的心,却碰巧打中人们的胃。"[1]

自然主义作家弗兰克·诺里斯(Frank Norris)的小说《章鱼》(*The Octopus: A Story of California*, 1901)则描写了太平洋西南联合铁路公司与种麦农场主们之间的尖锐冲突。这部小说是诺里斯《小麦史诗》(*The Epic of the Wheat*)中第一部作品。《章鱼》分类两卷共十五章,涵盖了小麦从播种、生长至成熟和收获的整个过程。诗人普莱斯利(Presley)是贯穿小说始末的人物。他热衷于思考社会问题,是事件的旁观者和见证者。小说中太平洋西南联合铁路公司(The Pacific and Southwestern Railroad Company)曾将贫瘠的土地租给农场主垦荒。当农场主们投入大量人力物力将荒地变为千里沃土之后,铁路公司却出尔反尔,打破最初低价出售的许诺,擅自抬高土地价格,将农民们推到破产的边缘。无路可退

---

[1]　David Mark Chalmers, *The Social and Political Ideas of the Muckrakers*, New York: Books for Libraries Press, 1970, p. 91.

的农场主们奋起反抗。在枪声中双方的冲突以农场主们的伤亡和失败告终。

《章鱼》的故事取材于现实。铁路公司与农场主的流血冲突在历史上确有其事，即 1880 年 5 月 11 日马歇尔斯劳事件(The Mussel Slough Affair)。小说中铁路公司占有土地、操纵运价、干预司法，就像章鱼一般把触角伸向社会的各个方面。正如诗人普莱斯利在文中所说的那样："他们从国家那里骗了一万万美元，却管这个叫'财务管理'；他们敲诈勒索了一笔笔钱财，却管这叫做'贸易'；他们腐蚀了整个议会，却管这叫做'政治'；他们收买了一个个法官，却管这叫做'司法'；他们雇佣了走卒来进行阴谋活动，却管这叫'组织'；他们出卖了全州的名誉，却管这叫作'竞争'。"①铁路公司完全控制了农民的生活。在强势垄断资本的压榨下，小农场主以往田园牧歌般的生活被死亡线上的苦苦挣扎所替代。诺里斯通过小说揭开了铁路运输行业的黑幕，促使人们更为关注铁路垄断和粮食运价等问题。此后，美国国会先后通过了《埃尔金斯法》(*Elkings Act*, 1903)、《赫伯恩铁路价位法》(*Hepburn Railroad Rate Bill*, 1906)、《曼·埃尔金斯法》(*Mann Elkings Act*, 1910 年)等法律对铁路行业进行反垄断限制与行政监管。

诺里斯《小麦史诗》的第二部作品《深渊》(*The Pit: A Story of Chicago*, 1903)则大胆暴露了小麦交易所内的黑幕。小说的主人公柯蒂斯·杰德温(Curtis Jadwin)是一位芝加哥小麦交易所的投机商。他精明能干，不断成功，甚至到了可以左右小麦市场的地步。这位垄断商人操纵小麦的价格，造成市场上面包涨价，百姓苦不堪言，也使得欧洲的饥荒雪上加霜。最后，他的疯狂的投机行为因小麦大丰收而彻底失败，本人也最终破产。《小麦三部曲》的最后一部作品《狼》(*The Wolf: A Story of Europe*)由于作者因病去世而未能写出。

这一时期的小说家对时代急剧变化下小人物的生存状态也十分关注。西奥多·德莱塞于 1900 年出版的长篇小说《嘉莉妹妹》就对工业化和城市化境遇下底层民众的命运进行了关照。农村姑娘卡洛琳·米伯

① 弗兰克·诺里斯:《章鱼》,吴劳译,上海:译文出版社,1984 年,第 549 页。

(Caroline Meeber),家人们昵称她为"嘉莉妹妹",满怀憧憬来到大城市芝加哥投靠姐姐。她最初的愿望非常简单:"她可以过比从前好的日子了——她将是幸福的。"[①]但姐姐一家也是勉强度日,嘉莉只好自谋生路。在经历了环境影响和一系列变故之后,她"变成了一台精神空白、信仰缺失、意志薄弱、感情枯萎而欲望无限膨胀的机器"[②]。在故事的结尾,已经成为大明星的嘉莉坐在一家豪华酒店套间的摇椅上,似踌躇满志,又似怅然若失。

《嘉莉妹妹》是德莱塞文学生涯的第一部长篇小说作品,被视为"美国最出色的都市长篇小说"[③]。但是这本书的出版却受到很大阻力。最后在弗兰克·诺里斯的大力推荐下,小说才得以问世。在灯红酒绿的现代城市芝加哥,金钱具有至高无上的魔力,而腰缠万贯的百万富翁则是众人崇拜的偶像。无数像嘉利妹妹这样的年轻人,经受不住工业时代金钱名利的诱惑,不顾一切地进入大城市闯荡。然而在当时的社会,这样的追梦过程只会使人异化成追名逐利的机器。从《嘉莉妹妹》到《珍妮姑娘》,再到《欲望三部曲》(*The Trilogy of Desire*)中的前两部作品《金融家》(*The Financier*,1912)和《巨人》(*The Tiatan*,1914),再到自传体小说《天才》(*The Genius*,1915),德莱塞进步时代小说创作的焦点始终聚集在城市,关注着底层的农村青年,特别是年轻姑娘在时代变化下的都市命运。

美国进步时代颇有影响力的政治家,国会参议员罗伯特·拉·弗莱特(Robert La Follette)曾一针见血地指出:在这一时期,"最实质的问题是有权有势的少数人对大众权益的侵占"[④]。小说家们也意识到高度集中的工业财富已经对个体与国家的命运造成威胁。进步时代的社会问题小说(Social Problem Novel)对工业化、城市化进程和其他社会、经济、政治问题作出回应,对政府官僚的腐败行为和资本家的贪婪剥削加以揭露,对

---

① 西奥多·德莱塞:《嘉莉妹妹》,裴常柱译,上海:译文出版社,2011年,第27页。

② 朱振武:《生态伦理危机下的"嘉莉妹妹"》,载《外国文学研究》,2006年第3期,第138页。

③ Donald L. Miller, *City of the Century*, New York: Simon & Schuster, 1996, p. 263.

④ Christopher McKnight Nichols, Nancy C. Unger eds. *A Companion to the Gilded Age and Progressive Era*. Chichester: John Wiley & Sons Inc., 2017, p. 1.

下层民众的不幸表示同情。这一时期的作家们着眼于社会现实,敢于批评社会的弊病,大声呼吁改革,希望自己的国家能够走向更加美好的明天。

三、爵士时代的反叛与隐忧(1920—1930)

"爵士时代"(The Jazz Age)大体处于 1919 年正式结束的第一次世界大战和 1929 年开始的经济大萧条这两大美国历史事件之间,是 20 世纪二三十年代美国第二次文艺复兴的重要组成部分①,在美国小说发展史上具有特殊意义。这十年即 20 世纪 20 年代是美国社会和文化思潮的重要过渡时期。此前主张改良的进步主义(Progressiveness)余音未了,30年代大萧条的激进主义(Radicalisim)的浪潮又将呼啸而至。所以"爵士时代"兼备保守和叛逆这两种特质。正如卡尔·博德在《美国观察——现代美国》(*American Perspective: The United States in the Modern Age*)一书中所说:"观察二三十年代的有效方法是把美国这 20 年发生的重大事件最概括地归纳起来。而在这过程中我们会发现美国社会的两种力量在这一时期激烈地碰撞:一方墨守成规,一方主张变革。两方的对抗在多方面带来了不确定因素。"②在 20 年代这样特殊的一个时期,一批杰出的美国作家们破陈规,标新异,求变革,进行了创造性的探索。菲茨杰拉德、海明威、福克纳、舍伍德·安德森、辛克莱·刘易斯都在爵士时代发表了各自的主要作品。

美国通过一战赚取了巨额利润,并且在战后进入了空前繁荣的发展阶段。伴随着经济腾飞和科技进步,汽车、收音机、洗衣机、成衣进入大众家庭,迅速地改变着美国人的生活。爵士时代物质的极大丰富与财富的增长促使人们消费观念发生转变,享乐风气日益盛行。美国的政治大环

① 在这 20 年中,文坛群星闪耀,佳作迭出。七个诺贝尔文学奖获得者:小说家辛克莱·刘易斯、赛珍珠、福克纳、海明威、约翰·斯坦贝克,剧作家尤金·奥尼尔和诗人 T.S.艾略特都发表了他们的主要作品。详见虞建华等著:《美国文学的第二次繁荣——二三十年代的美国文化思潮和文学表达》,上海:上海外语教育出版社,2004 年,第 1 页。

② Carl Bode ed, *American Perspectives: the United States in the Modern Age*, Wahington: United States Information Agency, 1992, p. 47.

境也在 20 年代趋于宽松稳定,这一时期执政的柯立芝政府"推行无为而治的政策"①。这是属于年轻人的时代,他们在观念、态度和信仰上都发生了转变。在过去与现代相交织的矛盾冲突中,新的文化青年一边享受着时代提供的乐趣,一边愤怒地向传统的清教文化发起抗议。他们的内心承受着第一次世界大战的巨大冲击,又受到新时期现代文明的刺激。

"一切艺术都烙有历史时代的烙印。"②毋庸置疑,作家的创作总是不可避免地会受到时代的影响。他们的思想和作品也必定会反过来对国家社会的发展起推波助澜作用。爵士时代的小说家们继往开来,以拳拳之心表达了当时美国喧嚣与狂欢,危机与困惑。他们渴求为现代美国创造出一种新的文学和文化。

菲茨杰拉德是 20 世纪 20 年代不得不提的代表人物。爵士时代的称谓就来自他的随笔《爵士时代的回声》(*The Echoes of the Jazz Age*,1931)。他是公认的爵士时代的代言人,也是社会世态小说家的杰出代表。菲茨杰拉德的小说作品反映出那个时代的人生百态和精神特质。从某种程度上来说,"他可以被称为美国社会编年史家"③。其代表作《了不起的盖茨比》问世之后,曾被美国著名诗人兼文学批评家 T·S·艾略特曾大加赞赏。

小说主人公盖茨比是一个私酒贩子,控制着庞大的地下商业帝国。他隐瞒自己的真实身份,周旋于纽约的上流社会之间。在长岛海湾宫殿般的豪宅里,盖茨比时常举办周末晚会,吸引了纽约长岛一带上流社会的时髦男女来饮酒狂欢。菲茨杰拉德很大程度上将盖茨比塑造成了一位清教主义的叛逆者。新教的伦理和清教的精神强调勤劳节俭,认为饮酒不仅浪费大量的时间金钱,还引发极为严重的社会问题和文明危机:"酒精消耗量的增加说明个人道德的下降,因而对基督文明构成了强大威胁。"④但是对于天主教、犹太教信徒和新移民等非清教徒人群来说,酒是

---

① 戴志先:《美国发展史》,长沙:湖南人民出版社 2008 年,第 165 页。

② Terry Eagleton, *Maxism and literary Criticism*, Taylor & Francis e-Library, 2006, p. 3.

③ 程锡麟(编选):《菲茨杰拉德研究文集》,南京:译林出版社,2014 年,第 1 页。

④ Robert T. Handy, *A Christian American: Protestant Hopes and Historical Realities*, New York: Oxford University Press, 1984, p. 49.

一种生活必需品。1919–1933 年间，美国以法律的形式禁止酿酒、售酒及运酒。清教主义者通过法律将自己的道德价值和生活方式强加到其他人群之上，无理而又专横。

美国学者理查德·霍夫斯塔德对这种不公提出批评："它（禁酒令）在那里一呆就是 15 年，成了前一时期道德过度紧张的象征，成了取笑的把柄，成了人们常年不断愤怒的来源，成了要求绝对道德的奇特的讨伐力量的纪念品。"①我国学者赵一凡也将禁酒令称为"美国 20 世纪 20 年代历史倒退的三出重大丑剧"②之一。盖茨比贩卖私酒的行为，实际上是对清教保守势力压迫的一种反抗。菲茨杰拉德用"了不起"一词对盖茨比贩卖私酒，挑战不平等权力关系的行为加以肯定。最后，盖茨比的美国梦却在纽约上流社会一片虚伪和冷漠中无情地破灭。菲茨杰拉德对此表示惋惜和同情，他借用故事叙述者尼克·卡罗威（Nick Carraway）之口，对草坪上渐行渐远的盖茨比喊道："他们是一群混蛋，他们那一帮人加在一起也比不上你。"③

战争是政治的继续，是一种极端化的政治手段。在国际形势以及自身利益的推动下，美国于 1917 年 4 月对德宣战，将军队送入了欧洲战场。一战对美国的影响是极广，极深远的。从文学的层面上来说，一战直接促进了爵士时代"迷惘一代"（The Lost Generation）作家群的产生。"迷惘的一代"因此也被马尔科姆·考利（Malcolm Cowley）称为"第一次世界大战的一代"④。当时与菲茨杰拉德私交甚好的海明威就是"迷惘一代"的佼佼者。《太阳照常升起》与《永别了，武器》这两部长篇小说是海明威爵士时期极为重要的两部作品。

为了最大程度推动美国公众的参战热情，时任美国总统威尔逊设立专职宣传机构，动用包括电影在内的传媒手段将德国描绘成一个践踏人权、威胁世界和平的邪恶力量。而美国则是人类权利与世界和平的捍卫者。在官方的有意引导和舆论灌输下，千千万万参战的美国青年认为自

---

① Richard Hofstadter, *The Age of Reform*, New York: Vintage Books, 1955, p. 292.

② 赵一凡：《美国批评文集（一）》，北京：三联书店，1994 年，第 73 页。

③ F. Scott Fitzgerald, *The Great Gatsby*. New York: Penguin Books, 1986, p. 146.

④ Malcolm Cowley, *A Second Flowering: Works and Days of the Lost Generation*, New York: The Viking Press, 1973. p. VII.

己是正义的化身,带着神圣的使命感踏入了异国战场。但是机枪的扫射,坦克的碾压,巨炮的轰炸使得一切冠冕堂皇的辞藻都瞬间黯然失色。残酷的硝烟散去,只留下残缺的身体和扭曲的灵魂。作为这些参战青年中一员,海明威在你死我活的战场上亲眼目睹战争的无情与荒谬。他本人也腿部中弹,险些残废。旅居巴黎之时,海明威将自己对战争和现实的思考融进了小说创作当中。

《太阳照常升起》虽展现一战争给个体所带来的创伤,但其重点在于表达战后一代美国青年精神上"拔剑四顾心茫然"的失落幻灭之感。在三年后出版的《永别了,武器》中,海明威将批评矛头直指战争。这部取材于作者自己在意大利战场经历的作品,被称作是"有关第一次世界大战最优秀、最具代表性的小说"①。小说的情节并不复杂,讲述了主人公弗雷德里克·亨利(Frederic Henry)一战期间在意大利东北部战场与德奥军队作战的经历。战争与爱情在故事情节中相互交织。战争机器对生命的无情屠戮和对人性的践踏使得亨利的内心沮丧而又绝望。他愤愤不平地认为:"什么神圣、光荣、牺牲、徒劳之类的字眼,我一听到就害躁……至于牺牲,那就像芝加哥的屠宰场,只不过那肉不再加工,只是埋掉罢了"。借用亨利的内心独自,海明威将战争的荒唐和年轻人被欺骗后的愤懑、绝望之情表现得淋漓尽致。威尔逊及其政客们所宣扬的豪言壮语,只不过是蛊惑人心的把戏。一大批青年只不过成了帝国主义大战的牺牲品。官方所宣扬的"胜利"不过是一场彻头彻尾的失败。

与菲茨杰拉德、海明威一起位列20世纪初美国小说三大代表人物的福克纳,也在这一时期发表了处女作《军饷》,第二部小说《蚊群》(Mosquitoes, 1927),第三部作品《沙多里斯》(Sartoris, 1929)以及鼎鼎大名为人熟知的《喧哗与骚动》。《喧哗与骚动》是福克纳自己最喜欢的小说,也"可能是他最伟大的作品"②。书名取自莎士比亚的悲剧《麦克白》(Macbeth)第五幕第五场主角麦克白的台词:"人生如痴人说梦,充满着喧哗与

---

① 李公昭、胡亚敏:《两条战线的战争——美国战争小说真正的敌人》,载《外国文学》,2003年第2期,第67页。

② 理查德·格雷:《美国文学简史》,北京:高等教育出版社,2014年,第222页。

骚动，却没有任何意义。"①福克纳以时空变换、多角度叙述和意识流等现代派写作手法记录了康普森家族（The Compsons）从 1898 年至 1928 年间的衰败史。康普森家族日渐式微到最后分崩离析的故事从一个侧面反映了那个时代美国南方在文化、经济、政治上全方位的没落。福克纳"为南方传统价值世界的毁灭唱了一曲悲凉的挽歌"②。

尽管 20 世纪 20 年代美国经济表面上一片繁荣，但南方相较北方而言仍然是封闭落后的农业区。福克纳的家乡密西西比州就发展迟缓："该州人均收入上升到了 396 美元，仍然在全国平均收入的三分之一以下"③。生活在南方这片当时美国最穷困地区的人们，承受着更大的生存压力和精神冲击。他们原先引以为豪的传统生活方式和价值观在工业化的冲击之下已然七零八落，不值一提。在《喧哗与骚动》中，福克纳将过去、未来和现在组合在一起，揭示了步入现代的南方人所经受的生存和精神危机。

爵士时代是美国文学史上特殊而又重要的十年。这一时期的美国青年作家们，经历了一战的洗礼，对美国现实有着深邃的洞察。他们认为传统的美国文化即清教主义已经病入膏肓，并对此不屑一顾。爵士时代表面的浮华之下暗藏着隐忧，因此小说家们急切地在各种新思想和新观念中寻找解药。

第三节　激进抗议与政治介入

20 世纪 30 年代的经济大萧条使得美国陷入了危机。许多民众和知识分子对美国的制度失去了信心。约翰·多斯·帕索斯和德莱塞等作家先后访问苏联。美国文化界对苏联的社会主义文学大加赞赏。文坛上开

---

① 威廉·福克纳：《喧哗与骚动》，李俊松译，上海：译文出版社，2010 年，第 1 页。

② 朱振武：《在心理美学的平面上——威廉·福克纳小说创作论》，上海：学林出版社，2016 年，第 94 页。

③ Richard Gray, *The Life of William Faulkner: A Critical Biography*. Cambridge：Blackwell Publishers, 1994, p. 20.

始涌现一批左翼作家,他们将矛头直指社会制度,掀起了一场更加激烈的抗议和批判浪潮。60 年代的美国同样也不太平,黑人民权运动、女权运动和反越战运动此起彼伏。彼时的美国作家又开始关注政治,创作出一批反战、反对种族歧视、探讨政治权利作用的小说。权力成为了当时小说的主题。从 70 年代开始,新现实主义小说崛起。作家们重新书写美国的过往历史,从而对政治进行了介入。这三个时期的美国小说带有突出和深刻的政治性,实现了美学追求和政治参与的融合与统一。

一、左翼小说的勃兴

1929 年 10 月 24 日,已经摇摇欲坠的华尔街股市掀起抛售风潮,开始了暴跌。此后几天,无论银行家和政客们如何努力,股市的状况都越来越糟糕。到了 10 月 29 日,股票的价格已经跌破底线。人们对股票市场彻底失去信心。千千万万的股民转瞬之间就变得一无所有。股市的崩溃宣告 20 年代的繁荣彻底结束,美国进入 30 年代的大萧条时期。到了1932 年,美国经济衰退至低谷,全国只有 12% 的工厂在继续运转。大量的失业人口只能流浪街头,饿着肚子领取救济面包。但是僧多粥少,全国"只有大约四分之一的人员得到公共援助"[1]。成千上万的流浪者不得不游荡在乡间寻找食物果腹。纸醉金迷的爵士时代仿佛已经成为了一段遥远的历史。面对残酷的现实,如何求得温饱是当时大多数美国人最关心的事。

史无前例的大萧条引发了一大堆经济问题和社会问题,也使得许多美国作家面临精神、文化和经济上的三重危机。在愤慨和困惑当中,他们想要"寻找取代资本主义的政治经济体制;寻找支撑新的精神世界的哲学理论;寻找表达新认识的新的文学样式和文学语言"[2]。早在 1921 年,美国作家迈克尔·高尔德(Michael Gold)在《解放者》杂志上发表《朝着无产阶级艺术》(Toward Proletarian Art)一文,大力倡导美国工人的无产

American Fiction: Local Processes and Multivariate Genealogies

---

[1]　马克·C·卡恩斯、约翰·A·加勒迪:《美国通史》,吴金平等译,济南:山东画报出版社,2008 年,第 592 页。

[2]　王予霞:《20 世纪美国左翼文学思潮研究》,北京:中国社会科学出版社,2014 年,第 36 页。

阶级文学。30年代严峻的社会形势促使更多的作家接受和学习马克思主义。爵士时代已有的批判和谴责声音,此时逐渐壮大成一股声势浩大的左翼文学思潮。一大批作家以拯救社会为己任,创作出大量抗议社会现实,浸透强烈变革欲求的作品。左翼作家逐渐成为当时美国文坛的一支强劲力量,左翼小说在30年代盛极一时。

约翰·多斯·帕索斯(John Dos Passos)堪称美国30年代左翼小说家的优秀代表。他与海明威以及菲茨杰拉德是同代人,在20年代就开始发表小说作品。但是在30年代帕索斯摆脱了原先的"迷惘",彻底觉醒,在思想上和艺术上日渐成熟。1929—1936年,帕索斯集中精力创作他的代表作《美国》(*U.S.A.*)三部曲,即《北纬四十二度》(*The Forty-Second Parallel*, 1930)、《一九一九》(*1919*, 1932)和《赚大钱》(*The Big Money*, 1936)。

《北纬四十二度》所描写的是一段1900年到1917年的美国历史。此时的美国参加了第一次大战,同时政客们鼓吹20世纪的美国必将繁荣而伟大。小说通过对那个时代人物的描写,"反映了进步力量的兴起和激进势力对资本主义制度的挑战"①。《一九一九》则着重描写了处于一战中的欧洲。帕索斯笔下的战场是一个充满杀戮且道德败坏的堕落之地。战争实质上是资本家们一场利润最大的交易。士兵们回国后,没有遇到掌声和鲜花,反而碰上了1919年此起彼伏的工人罢工运动。《赚大钱》的故事背景则是狂欢的20年代。小说描绘了美国一战后到1929年大萧条为止的历史演变过程。作者揭示了战后十年美国社会政治上的分裂和年轻人的精神危机。帕索斯认为社会已经完全腐烂,只有彻底改造个人才能改造社会。《美国》三部曲以全景式的画面展现了20世纪前30年美国社会的动荡和变迁,其规模之宏大为美国小说史上所罕见,"被评论界认为是具有列夫·托尔斯泰气质的美国小说"②。

约翰·斯坦贝克的小说为30年代经济危机下政治与社会运动之间的关系提供了另外一种范本。帕索斯的目光主要集中在城市里发生的劳

---

① 杨任敬:《20世纪美国文学史》,青岛:青岛出版社,1999年,第269页。

② 毛信德:《美国小说发展史》,杭州:浙江大学出版社,2004年,第313页。

工冲突和知识分子内心的崩溃。而斯坦贝克将视角转向乡间土地和农民,书写着底层农工的悲欢离合。他最重要的代表作《愤怒的葡萄》真实地刻画了大批农民在大萧条时期破产逃荒的绝望处境。乔德一家祖孙三代因为沙尘暴和大公司机械化生产的排挤,连安身立命的土地也被银行野蛮收走。他们加入破产农户向西迁徙的大潮,想要在加利福尼亚找到出路。乔德一家历尽百般磨难到达加州之后,却受到大农场主的欺压。工作不仅难找,而且报酬很低。一家人的生活根本难以为继。斯坦贝克敏锐察觉到了 20 世纪 30 年代剥削者的冷酷,被压迫者的悲惨还有激进主义者的满腔怒火。书中的水果采摘农工每日精疲力竭地劳作,换来的却是食不果腹的生活。任何忍耐都是有限度的。在饱受天灾人祸的折磨之后,这些身份低微者的愤怒在积蓄:"在饥饿者的眼中,有一种日益增长的愤怒。在人们的心灵中,愤怒的葡萄正在充盈,变得越来越重,可以收获酿酒了"①。

　　欧斯金·考德威尔(Eirskine Caldwell)则将目光投向南方佃农。他的长篇小说《烟草路》(*Tobacco Road*, 1932)则描写了大萧条背景下乔治亚州佃农吉特·莱斯特(Jeeter Lester)和妻子双双被火烧死的悲剧命运。莱斯特在祖辈相传的土地上耕作,但土地日渐贫瘠,棉花连年歉收。他沦为连种子和肥料都买不起的佃农。农场主和城里的商店都不肯再贷款给他。莱斯特一家人人忍饥挨饿,毫无尊严地于世上苟活,看不到一丝希望。《烟草路》反映了当时社会变迁和贫困生活给大量南方佃农所带来的心灵与肉体上的毁灭性打击。

　　迈克尔·高德的自传体小说《没钱的犹太人》(*Jews Without Money*, 1930)和亨利·罗斯(Henry Roth)的第一部小说《就说是睡着了》(*Call it Sleep*, 1934)描写了纽约东区犹太人贫民窟的现实。这两部小说中混乱的城市、暴力的街区和腐败的政治,都反映了美国天堂神话的幻灭。2005年美国时代杂志(*Time*)将《就说是睡着了》列入 1923 年以来 100 部最佳英文小说的榜单。

　　"红色 30 年代"是美国左翼文学的一个高潮期。这一时期的左翼小

---

① 　John Steinback. *The Grapes of Wrath*. New York: Penguin Group, 2006, p. 349.

American Fiction: Local Processes and Multivariate Genealogies

说家们表现出了极高的创作热情。他们在以往批判小说的基础上，生发出更加鲜明的政治倾向性。作家们关注普通民众，特别是下层贫民的生活状态，对他们遭受的物质困境和精神伤害表达同情，大声疾呼改变底层百姓毫无尊严的屈辱生活。他们所创作的左翼小说敏锐地抓住了资本主义制度所产生的矛盾与冲突，第一次颇为全面地展现出美国社会的颓势。现在，"红色三十年代文学已被公认为 20 世纪美国史上的重要阶段，其中很多的作品已经成为学者教授的研究对象"①。

二、60 年代小说的政治转向

20 世纪 60 年代是美国的多事之秋。国际上美苏争霸日趋激烈，双方抓紧争夺势力范围。1962 年 10 月两个超级大国之间爆发震惊世界的古巴导弹危机，几乎把全人类推入万劫不复的核战深渊。六十年代中期以后美国又陷入越战泥沼，一时焦头烂额，难以脱身。另一方面，美国国内政治局势动荡不安。血腥的暗杀事件接连发生。总统肯尼迪（John F. Kennedy），黑人领袖马尔科姆·X（Malcolm X）与马丁·路德·金（Martin Luther King），以及肯尼迪总统的胞弟参议员罗伯特·肯尼迪（Robert Kennedy）都先后死于非命。美国社会一片混乱，抗议的浪潮席卷全国各个角落。黑人民权运动、新左派学生运动、女权运动和反战游行激荡着公众的内心，使得美国彻底告别二战后相对平静的五十年代。

激化的社会矛盾引起了美国作家们的注意。他们在小说创作中又重新将文学和政治联系起来。这一时期的美国小说出现了政治转向。作家们又开始关注现实，用小说来表达对国家时事的立场和看法。诺曼·梅勒就是其中杰出的代表。这位两届普利策文学奖得主是美国政治文化事件的重要记录人。他的小说创作继承了许多一流前辈作家的传统，"全都充溢着他对当代美国社会、政治、文化生活的强烈关注"②。自 1948 年他的第一部长篇小说《裸者与死者》（*The Naked and the Dead*）问世之后，

① 刘林：《美国"红色三十年代"左翼小说论》，载《文史哲》，2011 年第 4 期，第 130—131 页。

② 邹惠玲：《论诺曼·梅勒在创作中对嬉皮哲学的追求》，载《徐州师范大学学报》，2003 年第 2 期，第 41 页。

诺曼·梅勒一直对美国社会表示关注。60 年代一浪接一浪的民权运动和反战运动对他的思想产生冲击。诺曼·梅勒发现,二战后的美国性别主义、种族主义和帝国主义十分猖獗,不仅破坏了性别和种族平等,而且阻碍世界和平的发展。少数人甚至可以借此机会凌驾于多数人之上,他们利用手中权力剥夺他人自由,成为极权主义者。诺曼·梅勒在其政论性文集《总统文件》中指出极权主义"扼杀个性、多样性、异见、可能性和浪漫信仰,模糊视野,泯灭本性,否定过去"①。他在 60 年代先后出版了《一场美国梦》(*An American Dream*,1965)、《我们为什么待在越南》(*Why Are We in Vietnam?* 1967)和《夜幕下的大军》(*The Armies of the Night*,1968)三部长篇小说,努力与当时美国泛滥的霸权主义、种族主义和性别歧视主义做抗争。

《一场美国梦》共有八个章节。小说主人公史蒂芬·理查兹·罗杰克(Stephen Richards Rojack)以第一人称叙述了自己短短 32 小时内的人生经历和体会。罗杰克是一位经历二战并获得十字勋章的退役战斗英雄,也曾当过国会议员,最后成了一所大学的心理学教授。他与妻子黛博拉 Deborah 的婚姻生活是一场战争。事实上,罗杰克只是将妻子当成实现个人政治野心的工具。他在婚前就急切地占有黛博拉,因为"通往总统宝座的入口处就在这个爱尔兰女人的心里"②。罗杰克深知,将来自己竞选参议员,"如果没有黛博拉家族广博的关系是不可能进行的"③。他并不爱自己的妻子,但内心充斥着强烈的占有欲。被黛博拉的婚外情激怒后,罗杰克气急败坏地将她杀害。黛博拉所遭受的暴力行为影射了 20世纪 60 年代美国妇女在家庭婚姻生活中所受的性别压迫。罗杰克的行为实际上是"性别主义意识淡化了男性在婚姻家庭中道德意识的结果"④。通过对这一家庭暴行描写,诺曼·梅勒对不平等的两性关系予以谴责。

黑人夜总会歌手夏戈·马丁(Shago Martin)在小说中挺身而出,问当时的种族主义发起冲击。他参加过"自由乘客"(Free Rider)运动,极

---

① Norman Mailer. *The Presidential Papers.* New York：G. P. Putnam's Sons, 1963, p. 184.
② 诺曼·梅勒:《一场美国梦》,石雅芳译,南京:译林出版社,2001 年,第 1 页。
③ 同上,第 16 页。
④ 任虎军:《诺曼·梅勒的小说书写动机与主题》,载《当代外国文学》,2009 年第 3 期,第 88 页。

富反抗精神。他还不顾种族主义的束缚偏见，勇敢地与白人歌女彻丽相恋。马丁认为："我是个黑人，我是个纯洁无暇的魔鬼。我代表着未来，我自尊自爱，那就是我们的未来。"①通过对夏戈·马丁这一人物的刻画，诺曼·梅勒批判了 20 世纪 60 年代美国社会中的种族主义意识，声援了当时的民权运动。

诺曼·梅勒的另一部小说《夜幕下的大军》(*The Armies of the Night*, 1968)以他自己的亲身经历为基础，再现了 1967 年 10 月举行的向五角大楼进军的反越战游行，是"新新闻体"的代表作品。全书共分为两卷。上卷名为"作为历史的小说：五角大楼的台阶"，主要讲述梅勒在游行中的个人经历。下卷名为"作为历史的小说：五角大楼之战"，记录了其他民众参加游行的过程。梅勒在小说中，全方位地审视了越南战争，表达了对美国政治现状的焦虑。通过对反越战游行的描述，作者对美国的帝国主义思想和霸权行为进行了抗议，表达出世界和平诉求。

60 年代所涌现出的一批"黑色幽默"小说也表现出了对政治和社会的关注。约瑟夫·海勒的《第二十二条军规》揭露了战争的残酷以及官僚机关的专制腐败。冯古内特的《第五号屠场》因其鲜明的反战主题被视为美国史上最伟大的小说之一。托马斯·品钦的《拍卖第 49 批》将锋芒直指晚期资本主义的政治、法律和经济结构，探寻美国当时种族危机的根源。有些作家还将总统的形象和政治权力的作用作为小说的主题。戈尔·维达尔(Gore Vidal)的鸿篇巨制—包含七部作品的系列小说《帝国叙事》(*Narratives of Empire*)在宏伟的历史图景中展现多位美国总统的执政方略。其中的第一部开山之作《华盛顿特区》就是于 1967 年出版。在越南战争、民权运动和实验性小说创作手法的影响下，60 年代的美国小说与权力政治建立了新的密切联系。

三、新现实主义小说的历史重述

人们都习惯把 20 世界的美国文学简单地一分为二，分别将其命名为

①　诺曼·梅勒：《一场美国梦》，石雅芳译，南京：译林出版社，2001 年，第 185 页。

现代主义文学和后现代主义文学。这样的归类不无道理,但是却忽略了始终存在的现实主义因素。英国著名小说家和文学评论家马尔科姆·布拉德伯利就认为这样的划分过分简略,"因为在这个世纪的整个过程中,在小说领域内,现实主义一直经久不衰,而且十分强大"①。布拉德伯利提出了"新现实主义小说"(Neorealist Fiction)的说法。我国学者王守仁也用"新现实主义小说"这一概念来分析当代美国小说的创作,他指出:"70年代以来,有一部分作家在坚持现实主义基本原则的同时,吸收、借鉴、消化实验主义的创作思想和方法手段,赢得'新现实主义小说家'的称号"②。国内近几年也有不少系统研究美国新现实主义小说的专著出版问世,如罗小云的著作《超越后现代——美国的新现实主义研究》(2012),范湘萍的著作《后经典叙事语境下的美国新现实主义小说研究》(2015),以及佘军所著《传统与实验之间的第三条路径——美国新现实主义小说研究》(2016)。

许多美国作家自20世纪70年代开始,对历史问题发生兴趣。他们聚焦冷战以后美国所发生的重大政治事件,重述美国过往的历史,反映出政治对文学创作的影响。从罗森堡夫妇间谍案到肯尼迪总统遇刺再到"9·11"事件。小说家们将自己和社会现实,和国家紧密地联系在了一起。这一时期的新现实主义小说面向现实,揭露社会不公,关注民众的精神世界。

E·L·多克托罗是出生于纽约的犹太裔小说家。他的前两部长篇小说《欢迎来到哈德泰姆斯》(*Welcome to Hard Times*,1960)和《像真的一样大》(*Big As Life*,1966)并没有引起评论界的关注。1971年,他的第三部长篇小说《丹尼尔之书》(*The Book of Daniel*)出版。第二年,多克托罗凭借这部小说获得古根海姆奖,开始建立自己作为小说家的声誉。在他看来,作家的任务是在小说和历史之间建起桥梁。在真实历史事件的基础之上,多克托罗细致入微地刻画历史人物,将虚构细节与历史的真实

---

① 马尔科姆·布拉德伯利:《新现实主义小说》,曾令富译,载《哥伦比亚美国文学史》,埃默里·埃利奥特主编,成都:四川辞书出版社,1994年,第949页。

② 王守仁:《新编美国文学史》(第四卷),上海:上海外语教育出版社,2002年,第245页。

有机地结合在了一起,体现出"明显的政治性"①。《丹尼尔之书》这部新现实主义小说是多克托罗重述历史,表达政治态度的优秀之作。

50 年代冷战时期,美国麦卡锡主义盛行,许多无辜知识分子或不同意见者遭到迫害。1951 年 3 月 29 日,美国法院认定罗森堡夫妇为苏联提供核武器秘密情报,判决他们犯有间谍罪并处以死刑,1953 年 6 月 19 号死刑执行。罗森堡夫妇是美国的共产主义人士,他们的被捕和被判死刑在当时掀起了很大波澜,支持者和反对者都有。美国人至今还为罪名是否属实而有所争议。多克托罗将美国战后最阴暗的时刻作为小说《丹尼尔之书》的背景,尝试从新的角度来审视轰动美国社会的罗森堡案。

小说从罗森堡夫妇儿子的角度来讲述故事。多克托罗将现实中罗森堡夫妇的名字朱利叶斯·罗森堡(Julius Rosenberg)和艾瑟尔·格林格拉斯·罗森堡(Ethel Greenglass Rosenberg)分别改成保罗·艾萨克森和罗切尔·艾萨克森。艾萨克森夫妇的儿子即小说的主人公丹尼尔长大后,成为参与 20 世纪 60 年代学生运动的积极分子。他在撰写博士论文的时候,决心找到父母当年案件的真相。在哥伦比亚大学图书馆浩如烟海的书籍、文献和杂志中,丹尼尔查找各种所需的材料。一段尘封已久的历史也逐渐清楚地再现。最终,丹尼尔发现这桩著名的案件没有任何确凿的证据。他的父母是被冤枉的,成了国家政治的牺牲品。整部小说以罗森堡案件为线索,描述了 20 世纪五六十年代政治和社会的方方面面。从某种程度来说,《丹尼尔之书》"是一部讲述 40、50 年代老左派和 60 年代新左派的生活思想的政治小说"②。多克托罗将罗森堡夫妇视为深受冷战之苦的知识分子,抨击了冷战时期美国政府的冷酷和偏执。小说表明冷战时期疯狂的时代氛围正在毁灭美国和她的人民。保罗·莱文曾盛赞《丹尼尔之书》,将其看做"美国 70 年代最好和最重要的小说"③。

---

① Carol C, Harter and James R. Thompson. *E. L. Doctorow*, Boston: Twayne Publishers, 1990, p. 5.

② 金衡山:《"老左"、"新左"与冷战——〈但以理书〉中对激进主义的批判和历史再现》,载《国外文学》,2012 年第 2 期,第 88 页。

③ Paul Levine, "The Conspiracy of History." In *E. L. Doctorow: Essays and Conversations*, ed. Richard Trenner. Princeton: Ontario Review Press, 1983, p. 182.

罗伯特·洛威尔·库弗 1977 年问世的长篇小说《公众的怒火》(*The Public Burning*)同样以罗森堡间谍案为题材。小说聚焦于罗森堡夫妇被处以电刑前三天所发生的种种扣人心弦的事件。全书分四个部分共 28 章,时任美国副总统的尼克松成了故事的主要叙述者,作者本人不时插入点评和说明。库弗不仅大胆地将尚在人世的真实人物作为故事的主要角色,而且还在小说中点了众多政要的名字。罗森堡案件发生时正值朝鲜战争进入伤亡惨重的阶段,麦卡锡主义运动也达到高峰。这两大 50 年代标志性的历史事件也出现在小说的叙述中。故事中尼克松曾一度怀疑罗森堡案件是子虚乌有,相关主要人物都在自欺欺人。他同情罗森堡夫妇的遭遇,对他们是否有罪持怀疑态度。库弗将刑场设置在纽约的时代广场,罗森堡夫妇最后在全体市民的围观下受电刑而死。死刑的过程成了一场民众的狂欢。冷战时期美国社会的恐怖政治氛围、官僚政客的荒诞残酷和人性的扭曲都让人不寒而栗。库弗在小说中大呼:"七年来没有任何政府像美国政府这样从事合法的谋杀和合法的死刑!"①

唐·德里罗的长篇小说《天秤星座》(*Libra*, 1988)则在政治介入方面更进一步,对肯尼迪总统遇刺一案进行了调查。1963 年 11 月 22 日美国第 35 任总统肯尼迪在达拉斯遭遇枪击身亡。这一不幸事件给许多美国人留下难以忘怀的精神创伤。然而侦缉机构庞大并自诩干练的美国司法部门至今未能给出令人信服的真相。这个案件成了一个难解的历史谜团。德里罗在《天秤星座》中重写了这一事件,对 60 年代的美国进行了思考。他把多达 888 页的《沃伦报告》(*The Warren Commission Report*)及其 26 卷的相关证据作为参照对象,将与刺杀事件有关的主要历史人物一一地融入小说当中。《天秤星座》颠覆了报告中的官方调查结论,认为谋杀肯尼迪的刺客李·哈维·奥斯瓦尔德只是政治阴谋的替罪羊。德里罗在小说中揭示了一种可能的事实:肯尼迪死于几个中情局特工的密谋,而美国政府对事件进行了掩盖。作者在历史语境基础之上,"对事实作了修改和渲染,将真实人物推入想象的时空,并虚构了某些事件、对话和

---

① 罗伯特·库弗:《公众的怒火》,潘小松译,南京:译林出版社,1997 年,第 426 页。

人物"①。小说无意真正破解肯尼迪遇刺这桩历史悬案。德里罗力图通过对历史事件的反思，表现出 20 世纪五六十年代之交压抑和病态的美国社会环境和冷战时期国际政治斗争造成的紧张氛围，以及物质繁荣下底层人物的人生悲剧。

菲利普·罗斯的长篇小说《美国牧歌》（*American Pastoral*, 1997）则较为全面地回顾了长达半个多世纪的美国历史和政治局势。作者凭借这部作品获得 1998 年普利策奖。全书分为"乐园追忆"（"Paradise Lost"）、"堕落"（"The Fall"）、"失乐园"（"Paradise Lost"）三部分，生动地再现了几代犹太移民美国梦的幻灭。菲利普·罗斯既秉承现实主义传统，又吸纳了后现代主义小说的创作手法，用碎片化技巧和蒙太奇拼贴书写了主人公塞莫尔·欧文·利沃夫（Seymour Irving Levov）一家从大萧条到 20 世纪 60 年代末的兴衰史。利沃夫是美国社会典型的成功人士。他高中时已是精通多项运动的体育明星，还曾担任过海军陆战队的训练营教官，最后继承家业成为出色的企业家，并且迎娶了貌美的新泽西小姐为妻。利沃夫仿佛是犹太文化与美国梦完美结合的典范。然而到了 1968 年，利沃夫心爱的 16 岁女儿梅丽卷入反越战运动，用炸弹炸了邮局，最终毁了全家。越南战争以来国内政治局势的动荡和社会的剧变，使得已经成为美国公民的犹太人处境艰难。他们担心几代人在美国奋斗的成果化为乌有，在遽然陌生的文化环境中开始手足无措，难以抉择。菲利普·罗斯刻画了主人公利沃夫"在梦想与现实的交替中、历史与政治的交融中、自我与社会的冲突中进行的伦理身份的逾越和转变，描述了乌托邦式的田园梦想的幻灭"②。

进入新世纪，美国新现实主义小说家们对历史的关注热度依然不减。菲利普·罗斯的《反美阴谋》（*The Plot Against America*, 2004）重构美国的二战历史，探讨了种族矛盾和国际政治。E·L·多克托罗的《大进军》（*The March*, 2005）展现了美国内战时期战火纷飞的全新政治图景。乔

---

① 唐·德里罗：《天秤星座》，韩忠华译，南京：译林出版社 1997 年，第 333 页。

② 袁雪生：《身份逾越后的伦理悲剧——评菲利普·罗斯的〈美国牧歌〉》，载《当代外国文学》，2010 年第 3 期，第 95 页。

纳森·萨福兰·弗尔（Jonathan Safran Foer）的《特别响，非常近》（*Extremely Loud & Incredibly Close*，2005）和唐·德里罗的《坠落的人》（*Falling Man*，2007）关注"9·11"事件给美国民众所带来的创伤记忆。美国当代文坛的新现实主义作家们通过对历史的重新审视，寻找美国社会政治问题的根源。他们的创作结合了传统现实主义小说和后现代主义小说的艺术特征，成就了一批当代美国小说的经典。

结　语

何塞·马蒂认为："文学是民族存在的重要标志；只有当伟大的文学作品存在时，一个民族自身所设想的全体人民的统一才会存在。"[①]以英国人为主的各国移民在英属北美殖民地的基础上创建了美利坚合众国，形成了美国人这一多种族融合的新民族，并呈现出一种不同于欧洲大陆的新文明形态。美国文学由美国人民的智慧和思想中生发而出，成为凝聚人心、关照现实、反映变革和引领社会的重要精神力量。

从独立战争开始，历经建国立宪、西进扩张、南北内战、工业化、大萧条、两次世界大战等一系列过程，美国在两百多年的历史中从无到有，从弱小到强大。美国的小说家们挥笔记述下国家和民族的精神与信仰，揭露社会的弊病与不公。一部部经典的小说作品都蕴含着美国的时代风貌。玛丽·麦卡锡曾在《纽约时报书评》上撰文指出："事实上，我认为美国人倾向于从小说中获得政治教育——偶尔也通过诗歌，虽然这种做法越来越少。"[②]她认为美国小说并不是远离政治的，恰恰相反，参与当下的重要问题是美国小说悠久而又良好的传统。玛丽·麦卡锡列举了麦尔维尔、霍桑、亨利·亚当斯、约翰·多斯·帕索斯等人的小说以及当代小说家诺曼·梅勒、多克托罗、约瑟夫·海勒等人的作品来证实这一观点。在

[①]　Imre Szeman, *Zones of Instability: Literature, Postcolonialism, and the Nation*, Baltimore and London: John Hopkins University press, 2003, p. 1.

[②]　Mary McCarthy, "The Lasting Power of the Political Novel." *New York Times Book Review*, January 1, 1984.

她看来，"政治小说"并不是一个狭隘的概念。涉及种族、性别、自然、权力、战争以及政治活动等主题的小说都可以归入"政治小说"的范畴。因为"到目前为止没有经验（甚至自我的独白）能够脱离政治的维度，否认这一点无异于说谎"①。

特里·伊格尔顿在其著作《文学理论导论》中谈到："文学，正如我们所被告知的那样，与男人和女人的生存境遇密切相关。"②美国自身内政外交的发展、社会的变迁和思想文化的创新为美国小说提供了丰富的本土素材和强大的驱动力。小说家们通过作品塑造美国民族身份，展现美国生活，建筑美国文学。美国小说从最初对英国小说亦步亦趋，逐渐演化蜕变，在创作题材和文体风格等方面都形成了自己的鲜明民族气派，最终屹立于世界文学之林。

---

① Mary McCarthy, "The Lasting Power of the Political Novel." *New York Times Book Review*, January 1, 1984.

② Terry Eagleton, *Literary Theory: An Introduction*, Oxford: Blackwell Publishers, 1996, p. 171.

主要参考文献

绪论部分

著作类：

1. 爱德蒙·威尔森：《爱国者之血：南北战争时期的美国文学》，胡曙中等译，上海：上海外语教育出版社，1993年。

2. 埃默里·埃里奥特（主编）：《哥伦比亚美国文学史》，朱通伯等译，成都：四川辞书出版社，1994年。

3. 伯纳德·W·贝尔：《非洲裔美国黑人小说及其传统》，刘捷等译，成都：四川人民出版社，2000年。

4. 常耀信：《美国文学简史》（英文版），天津：南开大学出版社，1990年。

5. ——：《美国文学史（上）》（中文版），天津：南开大学出版社，1998年。

6. 陈许：《美国西部小说研究》，北京：北京大学出版社，2004年。

7. 程爱民：《美国华裔文学研究》，北京：北京大学出版社，2003年。

8. 程锡麟、王晓路：《当代美国小说理论》，北京：外语教学与研究出版社，2001年。

9. 丹尼尔·霍夫曼：《美国当代文学（上、下册）》，裘小龙译，北京：中国文联出版公司，1984年。

10. 董衡巽、朱虹等：《美国文学简史（上、下）》，北京：人民文学出版社，1978年。

11. 董衡巽：《美国现代小说家论》，北京：中国社会科学出版社，1987年。

12. 何文敬、单德兴：《再现政治与华裔美国文学》，台北：欧美研究所，1996年。

13. ——：《文化属性与华裔美国文学》，台北：欧美研究所，1994年。

14. 亨利·纳什·史密斯：《处女地：作为象征神话的美国西部》，薛蕃康，费翰章译，上海：上海外语教育出版社，1991年。

15. 黄铁池：《当代美国小说研究》，上海：学林出版社，2000年。

16. 金惠经：《亚裔美国文学作品及社会背景介绍》，北京：外语教学与研究出版社，2006年。

17. 金莉、秦亚青：《美国文学》，北京：外语教学与研究出版社，1999年。

18. 兰·乌斯比：《美国小说五十讲》，肖安溥，李郊译，成都：四川人民出版社，1985年。

19. 李保杰：《当代美国拉美裔文学研究》，济南：山东大学出版社，2014年。

20. 李维屏：《英美意识流小说》，上海：上海外语教育出版社，1996年。

21. ——：《英美现代主义文学概观》，上海：上海外语教育出版社，2000年。

22. 刘海平、王守仁（主编）：《新编美国文学史》（四卷本），上海：上海外语教育出版社，2000年~2002年。

23. 刘洪一：《走向文化诗学：美国犹太小说研究》，北京：北京大学出版社，2002年。

24. 罗伯特·E·斯皮勒：《美国文学周期》，王长荣译，上海：上海外语教育出版社，1990年。

25. 马库斯·坎利夫：《美国的文学》，方杰译，香港：今日世界出版社，1975年。

26. 毛信德：《美国小说史纲》，北京：北京出版社，1988年。

27. ——：《美国小说发展史》，杭州：浙江大学出版社，2004年。

28. 钱满素：《美国当代小说家论》，北京：中国社会科学出版社，1987年。

29. 乔国强：《美国犹太文学》，北京：商务印书馆，2008年。

30. 萨克文·伯科维奇：《剑桥美国文学史》，孙宏译，北京：中央编译出版社，2004年。

31. 史志康：《美国文学背景概观》，上海：上海外语教育出版社，1998年。

32. 斯鲁特：《二十世纪美国文学》，王敬义译，香港：今日世界出版社，1976年。

33. 索普：《20世纪美国文学》，濮阳翔，李成秀译，北京：北京师范大学出版社，1984年。

34. 陶洁：《灯下西窗——美国文学和美国文化》，北京：北京大学出版社，2004年。

35. 童明：《美国文学史》，南京：译林出版社，2002年。

36. 王长荣：《现代美国小说史》，上海：上海外语教育出版社，1992年。

37. 王彦彦、王为群：《族裔文化重建与文化策略》，北京：中国社会科学出版社，2015年。

38. 王卓、李权文：《美国文学史》，武汉：华中师范大学出版社，2010年。

39. 杨仁敬：《20世纪美国文学史》，青岛：青岛出版社，1999年。

40. ——：《美国后现代派小说论》，青岛：青岛出版社，2004年。

41. ——：《简明美国文学史》，上海：复旦大学出版社，2014年。

42. 虞建华：《美国文学的第二次繁荣》，上海：上海外语教育出版社，2004年。

43. ——：《美国文学大词典》，北京：商务印书馆，2015年。

44. ——：《英美文学论丛》，上海：上海外语教育出版社，2000年

45. 张冲、张琼：《从边缘到经典：美国本土裔文学的源与流》，上海：上海外语教育出版社，2014年。

46. 张锦：《当代美国文学史纲》，沈阳：辽宁教育出版社，1993年。

47. 朱振武等：《美国小说本土化的多元因素》，上海：上海外语教育出版社，2006年。

48. 左金梅：《美国文学》，青岛：中国海洋大学出版社，2006年。

期刊论文类：

1. 蔡俊：《主动表达的"他者"——论20世纪70年代以来的本土裔美国文学批评》，

载《当代外国文学》,2012 年第 2 期。

2. 陈许:《聚焦近年美国印第安文学创作与研究》,载《外国文学动态》,2006 年第 3 期。

3. 陈靓:《美国本土文学研究中的杂糅特征理论探源——从生物杂糅到文化杂糅的概念流变》,载《西安外国语大学学报》,2009 年第 3 期。

4. 陈靓:《当代美国本土文学的话语性主体建构——评路易斯·厄德瑞克作品中的叙述杂糅》,载《外国文学》,2010 年第 5 期。

5. 陈榕:《美国小说的兴起与查尔斯·布鲁克顿·布朗》,载《现代语文(学术综合版)》,2015 年第 4 期。

6. 崔家善:《"想象的共同体":美国华裔文学中的中国传统文化建构》,载《知与行》,2016 年第 12 期。

7. 陈杰:《美国犹太文学中的创伤记忆——美国犹太作品中的流浪、驱逐与屠杀》,载《安徽文学(下半月)》,2017 年第 5 期。

8. 董金平:《从马克·吐温的小说看美国本土色彩文学》,载《戏剧之家》,2015 年第 21 期。

9. 杜凤兰:《美国文学中的思想史——清教思想》,载《社会科学论坛(学术研究卷)》,2007 年第 1 期。

10. 邓赟:《美国华人文学的"中国梦"》,载《兰州教育学院学报》,2017 年第 3 期。

11. 冯凯伦:《美国文学的本土色彩及其影响——以马克·吐温〈汤姆·索亚历险记〉为例》,载《河北联合大学学报(社会科学版)》,2015 年第 1 期。

12. 方丹:《论〈痕迹〉中的印第安生态文化》,载《文化学刊》,2015 年第 2 期。

13. 耿卫玲:《美国浪漫主义时期小说的本土特征解读——以库伯的小说为例》,载《佳木斯大学社会科学学报》,2016 年第 1 期。

14. 韩德星:《论〈瓦尔登湖〉在美国本土的经典化生成》,载《浙江传媒学院学报》,2012 年第 6 期。

15. 胡全生:《国际后现代主义文学刍议》,载《外语学刊》,2017 年第 4 期。

16. 胡笑瑛:《试论美国非洲裔黑人文学与中国回族文学的可比性》,载《宁夏师范学院学报》,2017 年第 2 期。

17. 胡哲、杨润华:《美国文学作品中的茶文化研究》,载《福建茶叶》,2017 年第 9 期。

18. 金莉、李芳:《中国美国文学研究三十年——基于〈外国文学〉杂志的个案分析》,载《外国文学》,2012 年第 1 期。

19. 陆晓蕾:《美国本土裔文学研究的现状与展望——2015 年美国本土裔文学专题研讨会综述》,载《当代外国文学》,2015 年第 3 期。

20. 李华颖:《美国本土小说的独立之路》,载《上海大学学报(社会科学版)》,2002 年第 4 期。

21. 刘思思:《从印第安本土文学到美国主流文学——论厄德里齐最新作品〈圆屋〉》,载《创作评谭》,2014 年第 4 期。

22. 刘英:《美国现代主义文学的地方主义与世界主义》,载《外国文学》,2016 年第 2 期。

23. 李亚萍:《论 20 世纪 40 年代美华文学的发展及转变》,载《学术研究》,2016 年第

7 期。

24. 李学欣：《美国"南方文艺复兴"时期作品中的骑士精神探奥》，载《中南大学学报（社会科学版）》，2014 年第 1 期。

25. 李科：《耶稣还是孔子：美国华裔女性文学作品中挣扎的女性意识》，载《湖北经济学院学报（人文社会科学版）》，2016 年第 12 期。

26. 李金梅：《论美国华裔汉学家"东夏西刘"的〈水浒传〉笔战》，载《明清小说研究》，2017 年第 1 期。

27. 骆洪：《20 世纪非裔美国文学批评中的身份政治》，载《学术探索》，2016 年第 11 期。

28. 吕新星、芮渝萍：《〈巴德，不是巴迪〉：黑人美学与文化身份建构》，载《外国语文》，2017 年第 2 期。

29. 刘丽娜：《论当代美国华裔文学作品中"华人形象"变迁》，载《开封教育学院学报》，2017 年第 5 期。

30. 刘海英：《从华裔美国文学作品中的茶文化理念探究文化融入》，载《福建茶叶》，2017 年第 8 期。

31. 刘肖栋：《用白人的语言书写印第安人的篇章——从功能视角解读〈美国印第安人的故事〉》，载《外语教学》，2017 年第 2 期。

32. 李宗：《美国少数族裔文学中的族群认同与国家认同思考》，载《贵州民族研究》2017 年第 7 期。

33. 潘雯：《流动于跨国时代：美国华裔文学批评的发展历程》，载《华文文学》，2011 年第 4 期。

34. 庞好农：《21 世纪美国黑人小说叙事发展的新动向——评帕克斯〈奔向母亲的墓地〉》，载《外国文学》，2011 年第 1 期，第 21 页。

35. 蒲若茜，潘敏芳：《亚裔美国文学批评之"沉默"诗学探析》，载《外国文学研究》，2016 年第 6 期。

36. 乔国强：《中国美国犹太文学研究的现状》，载《当代外国文学》，2009 年第 1 期，第 32 页。

37. 綦天柱、胡铁生：《美国少数族裔文学的演进与反思》，载《甘肃社会科学》，2017 年第 2 期。

38. 饶芃子、蒲若茜：《从"本土"到"离散"——近三十年华裔美国文学批评理论评述》，载《赣南学报》，2005 年第 1 期。

39. 沈宁：《美国华文文学发展的三个阶段》，载《世界华文文学论坛》，2005 年第 2 期。

40. 苏晖：《华裔美国文学中华人伦理身份与伦理选择的嬗变——以〈望岩〉和〈莫娜在希望之乡〉为例》，载《外国文学研究》，2016 年第 6 期。

41. 孙冬：《论移民作家的阈限空间——评哈金的〈移民作家〉》，载《江苏社会科学》，2016 年第 6 期。

42. 孙乐：《儒家文化在美国华裔文学作品中流变的模因论解读》，载《渭南师范学院学报》，2017 年第 15 期。

43. 唐书哲：《从本土到跨国：国内外美国华裔文学研究述评》，载《南京晓庄学院学报》,2017 年第 2 期。

44. 唐书哲:《美国华裔文学研究的新视角和新内容:2005—2015》,载《华文文学》,2017 年第 1 期。

45. 田晓婧:《探析美国华裔文学作品中东方主义视角的成因及消解》,载《名作欣赏》,2016 年第 35 期。

46. 魏燕:《美国现代文学的"自我之歌"——评艾尔弗雷德·卡津的〈扎根本土〉》,载《外国文学研究》,2011 年第 4 期。

47. 哈罗德·布鲁姆、李海英:《美国诗歌中的死亡与本土脉流》,载《上海文化》,2017 年第 1 期。

48. 吴俊:《华裔美国文学作品母题"本土化"进程之历史探究》,载《江苏科技大学学报(社会科学版)》,2015 年第 1 期。

49. 吴俊:《华裔美国文学对中国传统生态伦理思想的演绎》,载《钦州学院学报》,2016 年第 11 期。

50. 吴富恒、王誉公:《美国文学思潮》,载《文史哲》,2000 年第 3 期。

51. 吴冰:《华裔美国文学的历史性》,载《外国文学研究》,2010 年第 2 期。

52. 徐常利:《浅析美国土著小说中的生态关怀思想——评〈美国经典作家的生态视域和自然思想〉》,载《当代教育科学》,2016 年第 10 期。

53. 肖艳平:《"沉默的文学"与"不确定内在性"——哈桑后现代主义文艺特征透视》,载《太原理工大学学报(社会科学版)》,2017 年第 1 期。

54. 谢雁冰:《〈落地〉构筑的"第三空间":华裔离散身份认同新取向》,载《福州大学学报(哲学社会科学版)》,2017 年第 1 期。

55. 徐谊律:《美国印第安部落口头故事的文学价值与美学功能》,载《江西社会科学》,2017 年第 4 期。

56. 袁小明:《未来时间维度上的集体挽歌——评〈民族将继续生存——美国本土挽歌中的失落与重生〉》,载《当代外国文学》,2014 年第 1 期。

57. 袁小明:《争论与共鸣——当代美国本土裔文学研究中若干问题》,载《外语研究》,2017 年第 1 期。

58. 袁小明、陈兆娟:《世界主义下的民族书写——评〈当代美国本土文学中的政治与审美:跨越一切疆界〉》,载《外国文学动态》,2013 年第 3 期。

59. 易群芳:《哈莱姆文艺复兴时期美国黑人文学的繁荣及其成因》,载《衡阳师范学院学报》,2017 年第 2 期。

60. 杨明晨:《作为世界文学研究的美国华裔英语文学批评》,载《湖南大学学报(社会科学版)》,2017 年第 4 期。

61. 于洋:《论海勒黑色幽默的犹太气质》,载《文学教育(下)》,2017 年第 5 期。

62. 张冲:《文学·历史·文学史——思考美国初期文学发展的历史叙述》,载《外国文学评论》,2002 年第 2 期。

63. 张冲:《关于本土裔美国文学历史叙事的思考》,载《国外文学》,2011 年第 1 期。

64. 张慧诚:《美国本土文学的代表——解读〈最后的莫西干人〉》,载《语文学刊(外

American Fiction: *Local Processes and Multivariate Genealogies*

语教育与教学)》，2009 年第 4 期。

65. 赵文书：《民族主义和本土主义的错置——华裔美国文学中的男性沙文主义解析》，载《当代外国文学》，2002 年第 3 期。

66. 张在钊、陈志新：《美国文艺复兴时期文学本土化进程研究》，载《戏剧之家》，2017 年第 21 期。

67. 张云岗、陈志新：《茶文物语——论华裔美国文学作品中的茶文化》，载《福建茶叶》，2016 年第 12 期。

68. 张小琴：《亚裔美国文学之族裔身份批评的分化研究》，载《艺术科技》，2016 年第 11 期。

69. 张小琴：《美国黑人文学中的文化身份认同》，载《吉林广播电视大学学报》，2017 年第 1 期。

70. 朱小琳：《美国非裔文学研究的政治在线与审美困境》，载《山东外语教学》，2013 年第 2 期。

71. 张茂林：《亚文化视域下的纽约教父与上海"皇帝"》，载《文化学刊》，2016 年第 12 期。

72. 张佳秋：《早期美国文学中的个人主义传统——以欧文、爱默生和梭罗的作品为例》，载《沧州师范学院学报》，2016 年第 4 期。

73. 张春敏：《族裔、文化与华裔父权正面形象的动态建构——论华裔美国诗人李立阳的寻父诗学》，载《学术论坛》，2016 年第 11 期。

74. 张宝林：《左翼立场与美国文学形象构建——论赵家璧的美国现代小说研究》，载《甘肃广播电视大学学报》，2017 年第 1 期。

75. 赵文书、康文凯：《十字路口的印第安人——解读阿莱克西〈保留地布鲁斯〉中的生存与发展主题》，载《外国文学研究》，2017 年第 1 期。

76. 张莹：《20 世纪美国文学的特征与人文精神走向》，载《语文建设》，2017 年第 2 期。

77. 钟鹰翔：《华裔美国文学中的茶文化研究》，载《福建茶叶》，2017 年第 5 期。

78. 赵玉：《20 世纪美国拉美黑人文学研究简述》，载《海外英语》，2016 年第 19 期。

79. 朱振武：《"非主流"英语文学的源与流》，载《英语研究》，2014 年第 3 期，第 18 页。

学位论文类：
硕士学位论文

1. 董雄儿：《中美西部"边疆小说"比较研究——以红柯和库柏为中心》，兰州大学硕士论文，2013 年。

2. 黄春霞：《〈皮裹腿故事集〉的美国本土特色》，湘潭大学硕士论文，2006 年。

3. 江锦年：《薇拉·凯瑟前期拓荒小说中的理想和现实》，武汉大学硕士论文，2005 年。

4. 刘星：《十九世纪中后期美国爱尔兰移民与主流社会的冲突与适应》，东北师范大学硕士论文，2005 年。

5. 刘子桐：《论哈莱姆文艺复兴的精神与美国意义》，曲阜师范大学硕士论文，

2015 年。

6. 潘沛沛:《现代基督的希望和拯救之路——福克纳小说中的基督原型和人道主义》,山东师范大学硕士论文,2011 年。

7. 齐少立:《论〈白鲸〉中的海洋形象》,湘潭大学硕士论文,2011 年。

8. 乔艳:《美籍华人·华裔美国人·典型的美国人——论美国华裔文学的文化身份》,陕西师范大学硕士论文,2005 年。

9. 任娟:《面向荒野:从历史到神话——论美国文学中的特异自然物形象》,北京语言大学硕士,2008 年。

10. 文晶:《华裔美国文学研究——一个尚待拓展的领域》,黑龙江大学硕士论文,2001 年。

11. 王莹:《〈梦娜在希望之乡〉中的犹太情结》,黑龙江大学硕士论文,2011 年。

12. 王路路:《美梦抑或噩梦——论斯坦贝克笔下的美国梦》,山东师范大学硕士论文,2012 年。

13. 魏蓉婷:《夹缝中生存——美国华裔文学作品男性形象分析》,南京师范大学硕士论文,2007 年。

14. 姚亮:《爱默生与美国民族文学进程》,苏州大学硕士论文,2001 年。

15. 郑静:《自我的追寻——论华裔美国文学中文化身份的嬗变》,南京师范大学硕士论文,2006 年。

博士学位论文

1. 蔡俊:《超越生态印第安:论露易丝·厄德里克小说中的自然主题》,南京大学博士论文,2011 年。

2. 蔡晓惠:《美国华人文学中的空间形式与身份认同》,南开大学博士论文,2014 年。

3. 陈学芬:《自我与他者:当代美华移民小说中的中美形象》,河南大学博士论文,2013 年。

4. 陈许:《美国西部小说研究》,上海师范大学博士论文,2004 年。

5. 丁夏林:《美国华裔文学中的族裔经验与文化认同》,南京大学博士论文,2012 年。

6. 关晶:《华盛顿·欧文的创作与"美国精神"的建构》,吉林大学博士论文,2015 年。

7. 关合凤:《东西方文化碰撞中的身份寻求——美国华裔女性文学研究》,河南大学博士论文,2002 年。

8. 高青龙:《爱默生思想的伦理审视》,湖南师范大学博士论文,2014 年。

9. 盖建平:《早期美国华人文学研究:历史经验的重勘与当代意义的呈现》,复旦大学博士论文,2010 年。

10. 金学品:《呈现与解构——论华裔美国文学中的儒家思想》,华东师范大学博士论文,2010 年。

11. 陆薇:《渗透中的解构与重构:后殖民理论视野中的华裔美国文学》,北京语言大学博士论文,2005 年。

12. 李安斌:《清教主义对 17—19 世纪美国文学的影响》,四川大学博士论文,2006 年。

American Fiction: Local Processes and Multivariate Genealogies

13. 李丽华：《华裔美国文学的性与性别研究——以黄哲伦、赵健秀和汤亭亭为个案》，上海外国语大学博士论文，2012年。

14. 刘增美：《族裔性与文学性之间——美国华裔文学批评研究》，南京师范大学博士论文，2011年。

15. 李云：《寻找现代美国身份：19世纪末20世纪初纽约的图像与经验》，清华大学博士论文，2016年。

16. 卢婧洁：《当代亚裔美国文学中的种族越界与性别越界》，南京师范大学博士论文，2015年。

17. 刘心莲：《性别、种族、文化——美国华裔女性写作探析》，华中师范大学博士论文，2004年。

18. 刘敏霞：《美国哥特小说对民族身份的想象：1776—1861》，上海外国语大学博士论文，2011年。

19. 弥沙：《美国华裔文学批评的嬗变：族裔性、文学性、世界性》，黑龙江大学博士论文，2016年。

20. 蒲若茜：《族裔经验与文化想象——华裔美国小说典型母题研究》，暨南大学博士论文，2005年。

21. 潘雯：《走出"东方/性"：美国亚裔文学批评及其"华人话语"建构》，复旦大学博士论文，2013年。

22. 朴玉：《于流散中书写身份认同——美国犹太作家艾·辛格、伯纳德·马拉默德菲利普·罗斯小说创作研究》，吉林大学博士论文，2008年。

23. 尚菲菲：《杰拉尔德·维兹诺的后印第安生存抗争书写》，吉林大学博士论文，2017年。

24. 孙璐：《后冷战时代美国小说中的美国性》，华东师范大学博士论文，2016年。

25. 苏加宁：《社会转型与空间叙事——美国早期哥特式小说研究》，吉林大学博士论文，2017年。

26. 王凯：《多元文化主义语境下的当代美国华裔文学》，中央民族大学博士论文，2015年。

27. 汪莹：《来自南方腹地的悠远根系——试论威廉·福克纳与"南方性"》，华东师范大学硕士论文，2004年。

28. 魏啸飞：《美国犹太小说中的犹太精神》，中国社会科学院研究生院博士论文，2001年。

29. 徐刚：《多元文化语境下的华裔美国文学话语流变研究》，吉林大学博士论文，2016年。

30. 向忆秋：《想象美国：旅美华人文学的美国形象》，山东大学博士论文，2009年。

31. 詹乔：《论华裔美国英语叙事文本中的中国形象》，暨南大学博士论文，2007年。

32. 张卓：《美国华裔文学中的社会性别身份建构》，苏州大学博士论文，2006年。

33. 赵云利：《美国黑人文艺运动研究（1965—1976）》，山东师范大学博士论文，2015年。

34. 曾艳钰:《走向后现代文化多元主义:从罗思和里德看美国犹太、黑人文学的新趋向》,厦门大学博士论文,2001 年。

35. 张慧荣:《后殖民生态批评视角下的当代美国印第安英语小说研究》,苏州大学博士论文,2014 年。

36. 张瑞华:《美国 20 世纪的清教研究》,南京师范大学博士论文,2011 年。

37. 周亭亭:《T.S.艾略特诗歌与美国神话》,西南大学博士论文,2015 年。

38. 朱新福:《美国生态文学研究》,苏州大学博士论文,2005 年。

第一章　印第安谱系

英文部分:

Aiping Zhang, *Can the Twain Meet through Acculturation?* James Fenimore Cooper: His Country and His Art (No.11) Papers from the 1997 Cooper Seminar, New York: The State University of New York College at Oneonta.

Allen, Paula Gunn, *Studies in American Indian Literature: Critical Essays and Course Design,* New York: Modern Language Association, 1983.

Andrew, Wiget, ed. *Native American Literature*, Boston: Twayne Publishers, 1985.

Berkhofer, Robert, *The White Man's Indian: Images of the American Indian from Columbus to the Present,* New York: Vintage Books, 1979.

Cox, H. Leland, *William Faulkner Critical Collection*, Detroit: Gale Research Company, 1982.

Duhamel, P. Albert, Report to the Advisory Board on the Pulitzer Prizes. in *Chronicle of the Pulitzer Prizes for Fiction*, Ed. De Gruyter. Munche: K.G. Saur Verlag, 2007.

Elliott, Emory, ed. *Columbia Literary History of the United States*, New York: Columbia University Press, 1988.

Fielder, Leslie A, *The Return of the Vanishing American*, New York: Stein and Day Publishers, 1969.

Frost, E. M, *Aspects of the Novel.* (英汉对照,朱乃长译),北京:中国对外翻译出版公司,2002.

Fussell, Edwin, *Frontier: American Literature and the American West*, Princeton: Princeton University Press, 1965.

Hawthorne, Nathaniel, *The Scarlet Letter*, New York: Bantam Books, 1986.

Huhadorf, Shari M, *Going Native: Indians in the American Cultural Imagination*, Ithaca: Cornell University Press, 2001.

Shepard, T*he Ecological Indian: Myth and History*, New York: W.W. Norton & Company, 1999.

Kroeber, Karl, ed. *Traditional Literature of American Indian: Texts and Interpretations*, Nebraska: University of Nebraska Press, 1997.

Levine, Robert S, ed. *The Cambridge Companion to Herman Melville*, Shanghai:

Shanghai Foreign Language Education Press, 2001.

London, Jack, *Love of life and Other Stories*, chapter three *The White Man's Way*, Web. 12 Jan 2017. <http://www. literature. org/authors/london-jack/love-of-life/chapter-03.html.>Krech III.

Mark Twain, *The Adventure of Tom Sawyer*, Shanghai: Shanghai Foreign Language Education Press, 2001.

Melville, Herman, *Moby-Dick*, New York: Bantam Books, 1981.

McGurl, Mark, *The Novel Art*, Princeton: Princeton University Press, 2001.

Momaday, N. Scott, *House Made of Dawn*, New York: Harper & Row, Publishers, Inc., 1967.

Parker, Robert Dale, *The Invention of Native American Literature*, New York: Cornell University Press, 2003.

Pearce, Roy Harvey, *Savagism and Civilization*, Berkeley and Los Angeles: University of California Press, 1988.

Person, S. Leland, *The Leatherstocking Tradition in American Fiction: or, the sources of Tom Sawyer: A Descriptive Essay*, The 6th Cooper Seminar, *James Fenimore Cooper: His Country and His Art,* 1986.

Rissetto, Adriana, *Romancing the Indians, sentimentalizing and Demonizing in Cooper and Twain.* Web. 12 Jan 2017. <http://xroads. virginia. edu/~ HYPER/HNS/Indians/main.html.>

Ruppert, James, ed. *Dictionary of Native America literature*, New York: Garland, 1994.

Serafin, Steven R, ed. *Encyclopedia of American Literature*, New York: The Continuum Publishing Company, 1999.

Spiller, E. Robert, *The Cycle of American Literature*, New York: The MacMillan Company, 1955.

Starna, A. William, *Cooper's Indians: A Critique*, The 2nd Cooper Seminar, *James Fenimore Cooper: His Country and His Art,* 1979.

Suzuki, Taisuke, *The True Beginning of Native American Novels by James Fenimore Cooper and Helen Hunt Jackson*, The 13th Cooper Seminar, *James Fenimore Cooper: His Country and His Art,* 2001.

Walker, Warren S, *Cooper's Fictional Use of the Oral Tradition*, the 3rd Cooper Seminar, *James Fenimore Cooper: His Country and His Art,* 1980.

Wallace, A. W. Paul, *Cooper's Indians, New York History*, Vol. 35, No. 4, 1954.

Webster, Merriam, *Merriam Webster's Collegiate Dictionary, tenth edition*,北京:世界图书出版公司,1996.

Weinstein, Philip M, ed. *The Cambridge Companion to William Faulkner*, Shanghai: Shanghai Foreign Language Education Press, 2000.

Wiget, Andrew, ed. *Dictionary of Native American Literature*, New York and London: Garland Publishing, Inc., 1994.

William, Faulkner, *Go Down, Moses*, New York: The Modern Library, 1942.

Zolla, Elémire, *The Writer and the Shaman*, translated by Raymond Rosenthal, New York: Harcourt, Brace and Jovanovich, Inc., 1973.

中文部分：

埃默里·埃利奥特(主编):《哥伦比亚美国文学史》,朱伯通等译,成都:四川辞书出版社,1994年。

珀·卢伯克、爱·福斯特、爱·缪尔:《小说美学经典》,上海:上海文艺出版社,1990年。

常耀信:《美国文学史》(第一卷),天津:南开大学出版社,1998年。

程锡麟、王晓路:《当代美国小说理论》,北京:外语教学与研究出版社,2001年。

黄铁池:《当代美国小说研究》,上海:学林出版社,2000年。

兰·乌斯比:《美国小说五十讲》,肖安溥,李郊译,成都:四川人民出版社出版,1985年。

刘海平、王守仁(主编):《新编美国文学史》(第一、二、三、四卷),上海:上海外语教育出版社,2000年(第一卷),2002年(第二、三、四卷)。

刘玉:《美国印第安女作家波拉·甘·艾伦与后现代主义》,载《外国文学》,2004年,第4期。

刘玉:《文化对抗——后殖民氛围中的三位美国当代印第安女作家》,厦门:厦门大学出版社,2008年。

刘克东:《趋于融合——谢尔曼·阿莱克西小说研究》,北京:光明日报出版社,2011年。

马库斯·坎利夫:《美国的文学》(上下卷),方杰译,美国大使馆文化处,1983年。

秦苏珏:《当代美国土著文学中的自然观探析》,载《四川师范大学学报》(社会科学版),2013年第3期。

邱蓓、邹惠玲:《试论〈典仪〉主人公的文化身份探求历程》,载《徐州师范大学学报》,2008年第3期。

萨克凡·伯克维奇:《惯于赞同——美国象征建构的转化》,钱满素等译,上海:上海译文出版社,2006年。

王建平:《美国印第安文学与现代性研究》,北京:中国人民大学出版社,2014年。

王建平:《美国印第安文学批评中的民族主义》,载《天津外国语大学学报》2014年,第2期。

王诺:《欧美生态文学》,北京:北京大学出版社,2003年。

威廉·福克纳:《去吧,摩西》,李文俊译,上海:上海译文出版社,1996年。

翁义钦(主编):《外国文学与文化》,北京:新华出版社,1989年。

吴定柏:《美国文学史纲》(*An Outline of American Literature*),上海:上海外语教育出

American Fiction: Local Processes and Multivariate Genealogies

版社,1998 年。

虞建华:《美国文学的第二次繁荣》,上海:上海外语教育出版社,2004 年。

张冲、张琼:《从边缘到经典:美国本土裔文学的源与流》,上海:上海外语教育出版社,2014 年。

邹惠玲:《后殖民理论视角下的美国印第安英语文学研究》,吉林:吉林大学出版社,2008 年。

朱振武:《论海明威小说的美学创作》,载《上海大学学报(社会科学版)》,2001 年第4 期。

朱振武:《论福克纳家族母体小说中的自主情节》,载《上海大学学报(社会科学版)》,2002 年第 5 期。

朱振武:《翻译活动就是要有文化自觉》,载《外语教学》,2016 年,第 5 期。

朱振武:《在心理美学的平面上——威廉·福克纳小说创作论》(增订版),上海:学林出版社,2016 年。

第二章　清教谱系

英文部分:

Breidlid, Anders, ed., *American Culture: An Anthology of Civilization Texts*, London: New York: Routledge, 1996.

Franklin, Benjamin, *The Autobiography and Other Writings*, New York: New American Library, 1961.

Hart, James D., ed., *The Oxford Companion to American Literature* 5th ed., New York: Oxford University Press, 1983.

Heimert, Alan and Delbanco, Andrew ed., *The Puritans in America A Narrative Anthology*, Cambridge, Massachusetts: Harvard University Press, 6th printing 1996. Hulman, C. Hugh and Harmon, William *A Handbook to Literature*, 5th ed., New York: Macmillan Publish. Co., 1986.

Kazin, Alfred, *God & the American Writer*, New York: Alfred A. Knopf, 1997.

Kearny, Edward N., Kearny, Mary Ann & Crandall, Jo Ann, *The American Way: An Introduction to American Culture*, Englewood Cliffs, NJ: Prentice-Hall, 1984.

Lerner, Max, *America as A Civilization: Life and Thoughts in the United States Today*, New York: Simon and Schuster, 1957.

Margan, Edmund Sears, *Visible Saints: the History of a Puritan Idea*, Ithaca: Cornell University Press, 1965.

Miller, Perry, ed., *The American Puritans: Their Prose and Poetry*, New York: Columbia University Press, Morningside Edition, 1982.

Nina Baym et al. ed., *The Norton Anthology of American Literature*, shorter 5th ed. New York: W. W. Norton & Company, Inc., 1995.

Ousky, Ian, *A Reader's Guide to Fifty American Novels*, London, Heinemann, New

York：Barnes & Noble，1979.

Perkins，George & Perkins，Barbara，eds.，*The American Tradition in Literature*，Boston，Mass.：McGraw-Hill，1981.

Perry，Marvin，Chase，Myrna and Jacob，James R. eds.，*Western Civilization，Ideas，Politics & Society*，3rd ed. Boston：Houghton Mifflia Company，1989.

Peter B. High，*An Outline of American Literature*，London：Longman Group Limited，1986.

Pettit，Norman，*The Heart Prepared: Grace and Conversion in Puritan Spiritual Life*，New Haven：Yale University Press，1966.

Rubinstein，Annette T，*American Literature: Root and Flower*，Volumes I & II Bound in One，北京：外语教学与研究出版社，1988.

Ruland，Richar and Bradbury，Malcolm，*From Puritanism to Postmodernism: A History of American Literature*，New York：Viking Penguin，a division of Penguin Books USA Inc. 1991.

Staloff，Darren，*The Making of an American Thinking Class; Intellectuals and Intelligentsia in Puritan Massachusetts*，New York：Oxford University Press，1998.

Walker，Kevin，"The New，Improved American Adam，Or，The Mass-Production of Adamism"，1990. http://www.exhibitresearch.com/kevin/media/adam.html

Zakai，Avihu，*Theocracy in Massachusetts: Reformation and Separation in Early Puritan New England*，Lewiston：Mellen University

中文部分：

埃里希·弗洛姆：《健全的社会》，欧阳谦译，北京：中国文联出版公司，1988 年。

埃里希·弗洛姆：《为自己的人》，孙依依译，北京：三联书店，1988 年。

埃里希·弗洛姆：《在幻想锁链的彼岸：我所理解的马克思和弗洛伊德》，张燕译，长沙：湖南人民出版社，1986 年。

埃默里·埃利奥特（主编）：《哥伦比亚美国文学史》，朱通伯等译，成都：四川辞书出版社，1994 年。

艾伦·格沃斯：《伦理学要义》，戴杨毅等译，北京：中国社会科学出版社，1991 年。

爱德蒙·威尔森：《爱国者之血：南北战争时期的美国文学》，胡曙中等译，上海：上海外语教育出版社，1993 年。

查尔斯·博哲斯：《美国思想渊源：西方思想与美国观念的形成》，符鸿令、朱光骊译，太原：山西人民出版社，1988 年。

柴惠庭：《英国清教》，上海：上海社会科学院出版社，1994 年。

常耀信：《漫话英美文学》，天津：南开大学出版社，1987 年。

常耀信编：《美国文学研究评论选》上下册，天津：南开大学出版社，1992 年。

陈敏敏：《16、17 世纪英国清教徒对教育的态度》，载《广西社会科学》2002 年第 1 期。

程巍：《汤姆叔叔的小屋》与南北方问题》，载《外国文学》，2004 年第 1 期。

戴安娜·拉维奇(编)：《美国读本：感动过一个国家的文字》上册,北京：生活·读书·新知三联书店,1995年。

董衡巽等(编译)：《美国现代小说家论》,北京：中国社会科学出版社,1988年。

杜·舒尔茨：《现代心理学史》,杨立能译,北京：人民教育出版社,1982年。

费·库柏：《杀鹿人》,宋兆霖、郭建中译,桂林：漓江出版社,1985年。

李文俊：《福克纳研究评论集》,北京：中国社会科学出版社,1980年。

赫尔曼·麦尔维尔：《白鲸》,曹庸译,上海：上海译文出版社,1990年。

黄铁池：《当代美国小说研究》,上海：学林出版社,2000年。

霍桑：《红字》,熊玉鹏、姚乃强译,北京：北京燕山出版社,2000年。

加德纳：《宗教与文学》,沈弘、江先春译,成都：四川人民出版社,1989年。

金开诚、张化本：《文艺心理学》,长春：吉林教育出版社,1988年。

卡罗尔·卡尔金斯(主编)：《美国文学艺术史话》,张金言等译,北京：人民出版社,1984年。

库尔特·辛格著,周国珍译：《海明威传》,杭州：浙江文艺出版社,1983年。

梁工(主编)：《基督教与文学》,北京：宗教文化出版社,2001年。

刘宝瑞等译：《美国作家论文学》,三联书店,1984年。

刘澎：《美国当代宗教》,北京：社会科学文献出版社,2001年。

鲁枢元：《创作心理研究》,郑州：黄河文艺出版社,1985年。

罗伯特·E·斯皮勒：《美国文学的周期》,王长荣译,上海：上海外语教育出版社,1990年。

马克斯·韦伯：《天职：美国员工创业精神培训读本》,曼丽编译,北京：中央编译出版社,2004年。

马克斯·韦伯：《新教伦理与资本主义精神》,于晓等译,北京：生活·读书·新知三联书店,1978年。

马库斯·坎利夫：《美国的文学》,方杰译,香港：今日世界出版社,1975年。

麦格拉思(编)：《基督教文学经典选读》,苏欲晓等译,北京：北京大学出版社,2004年。

麦科姆·考利：《流放者的归来：二十年代的文学流浪生涯》,张承谟译,上海：上海外语教育出版社,1986年。

毛信德：《美国小说发展史》,杭州：浙江大学出版社,2004年。

摩尔：《伦理学原理》,长河译,北京：商务印书馆,1983年。

莫达尔：《爱与文学》,郑秋水译,长沙：湖南文艺出版社,1986年。

诺兰等：《伦理学与现实生活》,姚新中等译,北京：华夏出版社,1988年。

钱谷融、鲁枢元(主编)：《文学心理学教程》,上海：华东师范大学出版社,1987年。

钱满素：《美国文明》,北京：中国社会科学出版社,2004年。

荣格：《心理学与文学》,冯川、苏克译,北京：三联书店,1987年。

荣格：《人·艺术和文学中的精神》,卢晓晨译,北京：工人出版社,1988年。

舍伍德·安德森著,杨向荣译：《小城灵魂的守望者：安德森短篇小说选》,北京：外文出版社,2000 年。

史志康(主编):《美国文学背景概观》,上海:上海外语教育出版社,1998 年。

第三章　语言谱系

英文部分:

Algeo, J., *British or American English: A Handbook of Wordand Grammar Patterns*. London: Cambridge University Press, 2006.

Baym, Nina et al. ed., *The Norton Anthology of American Literature* (shorter fourth edition), New York: W. W. Norton & Company, Inc., 1995.

Carr, Helen, *Inventing the American Primitive: Politics, Gender and the Re presentation of Native American Literary Traditions, 1789-1936*, New York: New York U P, 1996.

Daniels, Bruce, "Bad Movie/Worse History: The 1995 Unmaking of *The Scarlet Letter*," *Journal of Popular Culture*, Spring 99, Vol. 32 Issue 4.

Elliott, Emory et al., *The Columbia History of the American Novel*, New York: Columbia University Press, 1991.

Goldman, Arnold, "Melville's England," *New Perspectives on Melville*, Kent: Kent State University Press, 1978.

Gorlach, Manfred, http://218.192.72.7/Courses/course_1/1-7/Band1/unit01/lesson3/

Hendrickson, Robert, *American Talk: The Words and Ways of American Dialects*. New York: E. P. Dutton & Co., 1967.

Marckwardt, Albert H, *American English*, Oxford: Oxford University Press, 1958.

Mencken, H. L, *The American Language*, New York: A. A. Knopf, 1921.

Ronda, James P., "Washington Irving's West," Historian, Fall 2004, Vol. 66 Issue 3.

Royal A. Gettmann, "Henry James's Revision of The American," *American Literature*, Jan. 45, Vol. 16, Issue 4, 2003.

Lawrence, D. H., *Studies in Classic American Literature*, New York, 1923. http://xroads.virginia.edu/~HYPER/LAWRENCE/dhltoc.htm.

Rohdenburg, G. & JSchlüter, *One Language, Two Grammars: Differences between British and American English*, Cambridge: Cambridge University Press, 2009.

Saunders, Brian, "Melville's Sea Change: From Irving to Emerson", *Studies in the Novel*, Winter 88, Vol. 20, Issue 4.

Schorer, Mark. ed., *Sinclair Lewis: A Collection of Critical Essays*, New York, Prentice-Hall, Inc., 1962.

Smith, Henry Nash, *Virgin Land, the American West as Symbol and Myth*, Harvard University Press, 1950.

Snell, George, "Washington Irving: A Revaluation," *Modern Language Quarterly*, Vol. 7, Issue 3.

Spilka, Mark, "Devolving Speech Acts in the American Novel", *Novel: A Forum on Fiction*, 1995.

Trudgill, P, & J. Hannah, *International English: A Guide tothe Varieties of Standard English*, London：Arnold, 2002.

中文部分：

A·T·鲁宾斯坦:《美国文学源流》(*American Literature Root And Flower*),北京:外语教学与研究出版社,1988 年。

埃默里·埃利奥特(主编):《哥伦比亚美国文学史》,朱通伯等译,成都:四川辞书出版社,1994 年。

巴赫金:《小说理论》,石家庄:河北教育出版社,1998 年。

伯纳德·W·贝尔:《非洲裔美国黑人小说及其传统》,刘捷等译,成都:四川人民出版社,2000 年。

蔡昌卓:《美国英语史——美国英语融会与创新的历史研究》,北京:北京大学出版社,2002 年。

常耀信:《美国文学简史》,天津:南开大学出版社,1990 年。

丹尼尔·布尔斯廷:《美国人:民主历程》(*The Americans: The Democratic Experience*),北京:生活·读书·新知三联书店,1993 年。

董衡巽:《美国现代小说家论》,北京:中国社会科学出版社,1987 年。

亨利·詹姆斯:《华盛顿广场》,侯维瑞译,上海:上海外语教育出版社,1982 年。

亨利·纳什·史密斯:《处女地》(*Virgin Land, The American West as Symbol and Myth*),薛蕃康、费翰章译,上海:上海外语教育出版社,1996 年。

侯维瑞:《英语语体》,上海:上海外语教育出版社,1988 年。

侯维瑞:《英国英语与美国英语》,上海:上海外语教育出版社,1992 年。

胡勇:《文化的乡愁——美国华裔文学的文化认同》,北京:中国戏剧出版社,2003 年。

詹姆斯·库柏:《最后的莫希干人》,宋兆霖译,南京:译林出版社,2001 年。

兰·乌斯比:《美国小说五十讲》,成都:四川人民出版社,1985 年。

李凌云:《语言学发展与美国文学的口语化态势》,载《郑州大学学报》(人文社会科学版),2005 年第 6 期。

李维屏:《英美现代主义文学概观》,上海:上海外语教育出版社,2000 年。

李泽厚:《美学论集》,上海:上海文艺出版社,1988 年。

刘海平、王守仁(主编):《新编美国文学史》,上海:上海外语教育出版社,2002 年。

刘洪一:《走向文化诗学——美国犹太小说研究》,北京:北京大学出版社,2002 年。

刘守兰:《从〈最后的莫希干人〉看库柏小说的土著语言特色》,载《外国文学研究》,2001 年第 2 期。

马克·吐温:《哈克贝利·费恩历险记》,北京:外文出版社,1996 年。

马尔科姆·布拉德伯利:《美国现代小说论》,太原:北岳文艺出版社,1992 年。

马库斯·坎利夫:《美国的文学》(*The Literature of the United States*),方杰译,香港:

今日世界出版社,1975 年。

牛道生:《浅析美式英语与英式英语的主要差异》,载《山西师大学报》(社会科学版),1997 年第 2 期。

邱谊萌:《美国英语变迁的动因研究》,载《海外英语》,2012 年 7 月。

邱谊萌:《美国英语变迁中的路径依赖与目标选择》,载《沈阳航空航天大学学报》,2012 年第 6 期。

R・W・伯奇菲尔德:《话说英语》,北京:外语教学与研究出版社,1992 年。

塞缪尔・亨廷顿:《文明的冲突与世界秩序的重建》,北京:新华出版社,1998 年。

孙全军:《美国英语形成过程探析》,载《河海大学学报》(哲学社会科学版),2006 年第4期。

特里・伊格尔顿:《美学意识形态》,王杰、傅德根、麦永雄译,广西师大出版社,1997 年。

童明:《美国文学史》,南京:译林出版社,2002 年。

涂纪亮:《美国哲学史》,石家庄:河北教育出版社,2000 年。

王守仁,吴新云:《性别种族文化——托妮・莫里森的小说创作》,北京:北京大学出版社,1999 年。

王筱珍:《美国文学中的共生现象》,载《山东大学学报》(哲学社会科学版),2001 年第 77 期。

吴富恒,王誉公:《美国作家论》,济南:山东教育出版社,1999 年。

吴世醒:《论英语和美语同步发展的趋向》,载《山东外语教学》,1990 年第 2 期。

夏尔・阿列克西・德・托克维尔:《论美国的民主》,董果良译,沈阳:沈阳出版社,1999 年。

许国璋:《论美式英语的研究》,载《外语教学与研究》,1962 年第 5 期。

杨根培:《美式英语与英式英语的差别》,载《中南工业大学学报》(社会科学版),2001 年第 7 期。

杨建玫:《论美国文学中美国民族语言的演进》,载《英语研究》,2008 年第 4 期。

杨仁敬:《美国后现代派小说论》,青岛:青岛出版社,2004 年。

杨仁敬:《二十世纪美国文学史》,青岛:青岛出版社,2000 年。

虞建华:《二十部美国小说名著评析》,上海:上海外语教育出版社,1989 年。

虞建华:《美国文学的第二次繁荣》,上海:上海外语教育出版社,2004 年。

虞建华:《赫尔曼・麦尔维尔创作简论》,载《英美文学研究论丛》,上海:上海外语教育出版社,2000 年。

虞建华(主编):《美国文学大辞典》,北京:商务印书馆,2015 年。

曾艳钰:《走向后代多元文化主义:从里德和罗思看美国黑人和犹太文学的新趋向》,厦门:厦门大学出版社,2004 年。

赵世开:《美国语言学简史》,上海:上海外语教育出版社,2001 年。

朱狄:《当代西方艺术哲学》,北京:人民出版社,1994 年。

朱振武:《在心理美学的平面上——威廉・福克纳的小说创作论》,上海:学林出版社,2004 年。

朱世达:《美国社会的文化矛盾》,载《美国研究》,1995 年第 2 期。

American Fiction: Local Processes and Multivariate Genealogies

第四章　黑人谱系

英文部分：

Alice Walker, *In Search of Our Mothers' Gardens*, New York: Harcourt Brace Jovanovich, 1983.

Bernard W. Bell, *The Afro-American Novel and Its Tradition*, Amherst: The University of Massachusetts Press, 1987.

Doreen Fowler & Ann J. Abadie, eds., *Faulkner and Race*, Jackson: The University Press of Mississippi, 1987.

Edgar Allan Poe, *18 Best Stories by Edgar Allan Poe*, New York: Dell Publishing, 1965.

Eric Lott, *Love and Theft: Blackface Minstrelsy and the American Working Class*, New York: Oxford University Press, 1993.

Francis Scott Fitzgerald, *The Great Gatsby*, New York: Penguin Books, 1944.

Forrest G. Robert, ed., *The Cambridge Companion to Mark Twain*, Shanghai: Shanghai Foreign Language Education Press, 2001.

F. L. Gwynn & J. Blotner, eds., *Faulkner in the University*, Charlottesville: University of Virginia Press, 1959.

George E. Kent, "Ralph Ellison and Afro-American Folk and Cultural Tradition", Kimberly W. Benston, ed., *Speaking for You — The Vision of Ralph Ellison*, Washington D.C.: Howard University Press, 1987.

Gordon Hutner, ed., *American Literature, American Culture*, New York: Oxford University Press, 1999.

Henry Louis Gates, Jr. *Figures in Black*, New York: Oxford University Press, 1987.

Henry Louis Gates, Jr. *The Signifying Monkey: A Theory of Afro-American Literary Criticism*, New York: Oxford University Press, 1988.

Houston A. Baker, Jr., *Blues, Ideology, and Afro-American Literature: A Vernacular Theory*, Chicago: University of Chicago Press, 1984.

Karla F. C. Holloway, *The Character of the Word: The Texts of Zora Neale Hurston*, New York: Greenwood Press, 1987.

James Fenimore Cooper, *The Spy*, New York: Dodd, Mead & Company, 1948.

J. L. Dillard, *Black English: Its History and Usage in the United States*, New York: Vintage Books, 1973.

Lawrence W. Levine, *Black Culture and Black Consciousness*, New York: Oxford University Press, 1978.

Leslie Fiedler, *The Inadvertent Epic: From "Uncle Tom's Cabin" to "Roots"*, New York: Simon & Schuster, 1979.

Mark Twain, *The Autobiography of Mark Twain*, New York: Harper & Brothers, 1959.

Mark Twain, *The Adventures of Huckleberry Finn*, New York: Bantam Books, 1981.

Mark Twain, *Pudd'nhead Wilson*, New York: Bantam Books, 1989.

Neil Leonard, *Jazz and the White Americans: The Acceptance of a New Art Form*, Chicago: University of Chicago Press, 1962.

Nicholas M. Evans, *Writing Jazz: Race, Nationalism, and Modern Culture in the 1920s*, New York: Garland Publishing, Inc., 2000.

Paul Gilroy, *Small Acts: Thoughts on the Politics of Black Cultures*, New York: Serpent's Tail, 1993.

Ralph Ellison, *Shadow and Act*, New York: Random House, 1964.

Ralph Ellison, *Invisible Man*, New York: Random House, 1982.

Richard Yarborough, "Strategies of Black Characterization in *Uncle Tom's Cabin* and the Early Afro-American Novel", Eric J. Sundquist, ed., *New Essays on* Uncle Tom's Cabin, Cambridge: Cambridge University Press, 1986.

Robert E. Spiller, *The Cycle of American Literature*, New York: The Macmillan Company, 1955.

Robert S. Levine, ed., *The Cambridge Companion to Herman Melville*, Shanghai: Shanghai Foreign Language Education Press, 2001.

Rod William Horton & Herbert W. Edwards., *Backgrounds of American Literary Thought*, New Jersey: Prentice-Hall, 1974.

Roger D. Abrahams, ed., *Afro-American Folktales — Stories from Black Traditions in the New World*, New York: Pantheon Books, 1985.

Robert Eddy, ed., *Reflections on Multiculturalism*, Yarmouth: Intercultural Press, 1996.

Seymour L. Gross & John Edward Hardy, eds., *Images of the Negro in American Literature*, Chicago: The University of Chicago Press, 1966.

Shelley Fisher Fishkin, *Was Huck Black?: Mark Twain and African-American Voices*, New York: Oxford University Press, 1993.

Sterling Brown, *The Negro in American Fiction*, New York: Arno Press, 1969.

Stuart Berg Flexner, ed., *The Random House Dictionary of the English Language*, New York: Random House, 1987.

Thadious Davis, *Faulkner's "Negro": Art and the Southern Context*, Baton Rouge: Louisiana State University Press, 1983.

Tom Morganthau, "What Color is Black?", *Newsweek*, February 13, 1995.

Toni Morrison, *Playing in the Dark: Whiteness and the Literary Imagination*, New York: Vintage Books, 1993.

Toni Morrison, *Beloved*, Beijing: Foreign Language Teaching and Research Press, 2002.

William Edward Burhardt Du Bois, *The Souls of Black Folk*, New York: The Library of America, 1990.

American Fiction: Local Processes and Multivariate Genealogies

William Faulkner, *Light in August*, New York：The Modern Library, 1932.

W. J. Cash, *The Mind of the South*, New York：Vintage Books, 1941.

Zora Neale Hurston, *Their Eyes Were Watching God*, New York：Harper & Row, 1990.

中文部分：

爱伦·坡：《爱伦·坡集：诗歌与故事》，曹明伦译，北京：生活·读书·新知三联书店，1995 年。

埃默里·埃利奥特（主编）：《哥伦比亚美国文学史》，朱通伯等译，成都：四川辞书出版社，1994 年。

陈铭道：《黑皮肤的感觉——美国黑人音乐文化》，北京：世界知识出版社，1999 年。

程锡麟、王晓路：《当代美国小说理论》，北京：外语教学与研究出版社，2001 年。

程锡麟：《赫斯顿研究》，上海：上海外语教育出版社，2005 年。

方汉文：《现代西方文艺心理学》，西安：陕西人民教育出版社，1999 年。

赫尔曼·麦尔维尔：《白鲸》，曹庸译，上海：上海译文出版社，1982 年。

李文俊（编选）：《福克纳评论集》，北京：中国社会科学出版社，1980 年。

刘保端等译：《美国作家论文学》，北京：生活·读书·新知三联书店，1984 年。

萨克文·伯克维奇（主编）：《剑桥美国文学史》（第一卷），蔡坚译，北京：中央编译出版社，2008 年。

斯陀夫人：《汤姆叔叔的小屋》，黄继忠译，上海：上海译文出版社，1982 年。

王守仁、刘海平（主编）：《新编美国文学史》（第一、二、三、四卷），上海：上海外语教育出版社，2000 年（第一卷），2002 年（第二、三、四卷）。

王守仁、吴新云：《性别·种族·文化——托尼·莫里森与二十世纪美国黑人文学》（第二版），北京：北京大学出版社，2004 年。

威廉·福克纳：《八月之光》，蓝仁哲译，上海：译文出版社，2004 年。

翁乐虹：《以音乐作为叙述模式——解读莫里森小说〈爵士乐〉》，载《外国文学评论》，2000 年第 2 期。

肖明翰：《威廉·福克纳研究》，北京：外语教学与研究出版社，1999 年。

徐惟诚（总编）：《不列颠百科全书国际中文版》（第 11 卷），北京：中国大百科全书出版社，1991 年。

杨仁敬：《20 世纪美国文学史》，青岛：青岛出版社，2000 年。

虞建华：《20 部美国小说名著评析》，上海：上海外语教育出版社，1988 年。

虞建华：《美国文学的第二次繁荣》，上海：上海外语教育出版社，2004 年。

朱振武：《在心理美学的平面上——威廉·福克纳小说创作论》，上海：学林出版社，2004 年。

佐拉·尼尔·赫斯顿：《他们眼望上苍》，王家湘译，北京：北京十月文艺出版社，2000 年。

网络资源

"Invisible Man：Conversations with Ralph Elison". Teaching American History. org.

American Fiction: Local Processes and Multivariate Genealogies

James Alan McPherson, 30July 1969. Web. 25 Jan 2017. <http://teachingameri-canhistory.org/library/document/invisible-man/>

第五章　犹太谱系

英文部分：

Ward, A. C, *Longman Companion to Twentieth Century Literature*. London：Longman Group Ltd., 1981.

Cooper, Alan *Philip Roth and The Jews*, New York：State University of New York Press, 1996.

Berger, Alan, L., "American Jewish Fiction", *Modern Judaism*. Oct. 1990：221-241.

Goren, Arthur, A., *The American Jews*, Cambridge, MA：Belknap Press of Harvard University Press, 1982.

Gerhard Bach, *The Critical Response to Saul Bellow*, New York：Greenwood Press, 1995.

Ember, Carol, R. and Melvin, Ember., *Cultural Anthropology*, New Jersey：Prentice-Hall, 1985.

Gloria L., Cronin and Liela H. Goldman, *Saul Bellow in the 1980s: A Collection of Critical Essays*, Michigan：Michigan State University Press, 1989.

Cohn-Sherbok, Dan., *Modern Judaism*, New York：Macmillan Press, 1996.

Leo, Braudy, et al., *Harvard Guide to Contemporary American Writing*, Massachusetts：Belknap Press of Harvard University Press, 1979.

Popenoe, David, *Sociology*, New Jersey：Prentice-Hall, 1983.

Riesman, David and Nathan, Glazer and Reuel, Denney, *The Lonely Crowd*, New Haven：Yale University Press, 1966.

Rovit, Earl, ed., *Saul Bellow: A Collection of Critical Essays*, New Jersey：Prentice-Hall, 1975.

Safer, Elaine B., *Mocking the Age: the Later Novels of Philip Roth*, New York：SUNY Press, 2006.

Kauvar, Elaine M., "Introduction：Some Reflections on Contemporary American Jewish Culture", *Contemporary Literature*. Madison：WI：The University of Wisconsin Press, Vol. 34. No. 3, 1993.

Scarpitti, Frank, R., *Social Problems*, New York：Holt, Rinehart and Winston, 1974.

Daniel, Fuchs, *Saul Bellow: Vision and Revision*, Durham, NC：Duke University Press, 1984.

Schwartz, G. David, *A Jewish Appraisal of Dialogue, Between Talk and Theology*, Lanham：University Press of America, 1994.

Abrahams, Gerald, *The Jewish Mind*, Boston：Beacon Press, 1961.

Wirth-Nesher, Hana, *Call it English: The Languages of Jewish American Literature*,

New Jersey: Princeton University Press, 2006.

Malin, Irving, ed., *Contemporary American-Jewish Literature, Critical Essays*, Bloomington: Indiana University Press, 1973.

Malin, Irving, *Saul Bellow and the Critics*, New York: New York University Press, 1969.

Malin, Irving, *Saul Bellow's Fiction*, Carbondale: Southern Illinois University Press, 1970.

Fischel, Jack and Sanford, Pinsker, ed., *Jewish-American History and Culture: An Encyclopedia*, New York: Garland, 1992.

Helterman, Jeffrey and Richard, Layman, ed., *American Novelists since World War II*, New York: Gale Company, 1978.

Clayton, John, Jacob, *Saul Bellow: In Defense of Man*, Bloomington: Indiana University Press, 1979.

Krupnick, Mark, "Assimilation in Recent American Jewish autobiographies", *Contemporary Literature*. Vol. 34, No.3, 1993: 451−474.

Lerner, Max, *American As A Civilization*, New York: Simon and Schuster, 1957.

Miller, David, Neal, *Recovering the Canon: Essays on Isaac Bashevis Singer*, Leiden: E. J. Brill, 1986.

Baumgarten, Murray, *City Scriptures: Modern Jewish Writing*, Cambridge, MA: Harvard University Press, 1982.

Michael, Opdahl, Keith, *The Novels of Saul Bellow: An Introduction*, Pittsburgh: Pennsylvania State University Press, 1967.

Mendes-Flohr, Paul, R. and Jehuda Reinharz, ed., *The Jew in the Modern World, A Documentary History*, Oxford: Oxford University Press, 1980.

Hertz, Rechard, C., *The American Jew in Search of Himself, A Preface to Jewish Commitment*, New York: Bloch Publishing Company, 1962.

Seltzer, Robert M., *Jewish People, Jewish Thought: The Jewish Experience In History*, New York: Macmillan Publishing Co., 1980.

Collingwood, Robin, George, *The Principles of Art*, Oxford: Oxford University Press, 1938.

Eisen, Robert, *The Book of Job in Medieval Jewish Philosophy*, Oxford: Oxford University Press, 2007.

Rovit, Earl H., ed., *Saul Bellow: A Collection of Critical Essays*, New Jersey: Prentice Hall, 1975.

Seven, J. Rubin, ed., *Writing Our Lives: Autobiographies of American Jews, 1890−1990*, Philadelphia, Jewish Publication Society, 1991.

Shostak, Debra B., *Philip Roth — Countertexts, Counterlives*, Columbia: Univ of South Carolina Press, 2004.

Singer, Isaac Bashevis, and Richard Burgin, *Conversations with Isaac Bashevis Singer*, New York: Doubleday Books, 1985.

Kremer, S. Lillian, "Post-alienation: Recent Directions in Jewish-American Literature", *Contemporary Literature*. Vol. 34, No. 3, 1993.

Liptzin, Sol, *The Jew in American Literature*, New York: Bloch Publishing Company, 1966.

Pinsker, Sanford, *Jewish — American Fiction 1917-1987*, New York: Twayne Publishers, 1992.

Trachtenbery, Stanley, *Critical Essay on Saul Bellow*, Boston: G.K. Hall & Co., 1979.

Steven, L. Jacobs, *Rethinking Jewish Faith: The Child of a Survivor Responds*, Washington: State University of New York Press, 1994.

Klingenstein, Susanne, "Visits to Germany in Recent Jewish-American Writing", *Contemporary Literature*. Vol. 34, No. 3, 1993.

Cahill, Thomas, *The Gifts of the Jews: How a tribe of desert nomads changed the way everyone thinks and feels*, Vol. 2. Anchor, 2010.

Sowell, Thomas, *Ethnic American: A History*, New York: Basic Books, 1984.

Aldrich, Virgil, C., *Philosophy of Art*, New Jersey: Prentice-Hall, 1963.

Barnes, Wesley, *The Philosophy of Existentialism*, New York: Barron's Education Series, 1968.

Wirth-Nesher, Hana, and Michael P. Kramer, *The Cambridge Companion to Jewish American Literature*, Cambridge: Cambridge University Press, 2003.

Fleischmann, Wolfgang, Bernard. ed., *Encyclopedia of World Literature, in the 20th Century*, New York: Frederick Ungar Publishing Co., 1974.

中文部分：

阿巴·埃班(以色列)：《犹太史》,阎瑞松译,北京:中国社会科学出版社,1986年。

爱·摩·福斯特：《小说面面观》,苏炳文译,广州:花城出版社,1984年。

爱德华·W·萨义德：《文化与帝国主义》,北京:生活·读书·新知三联书店,2007年。

丹尼尔·霍夫曼(主编)：《美国当代文学》(上、下册),北京:中国文联出版公司,1985年。

董衡巽、朱虹等(主编)：《美国文学简史》(上、下册),北京:人民文学出版社,1986年。

董小川：《美国文化概论》,北京:人民出版社,2006年。

菲利普·汉森：《汉娜·阿伦特:历史、政治与公民身份》,南京:江苏人民出版社,2007年。

佛雏：《王国维诗学研究》,北京:北京大学出版社,1987年。

古添洪：《记号诗学》,台北:东大图书公司,1984年。

H·S·康马杰：《美国精神》，南木等译，北京：光明日报出版社，1988 年。

拉尔夫·科恩：《文学理论的未来》，程锡麟等译，北京：中国社会科学出版社，1993 年。

利昂·塞米利安：《现代小说美学》，宋协立译，西安：陕西人民出版社，1987 年。

李泽厚（主编）：《美学译文丛书》，北京：中国社会科学出版社，2013 年。

刘洪一：《犹太精神》，南京：南京大学出版社，1995 年。

刘洪一（主编）：《犹太名人传丛书》，郑州：河南文艺出版社，2002 年。

刘洪一：《犹太文化要义》，北京：商务图书馆，2004 年。

刘洪一：《走向文化的诗学——美国犹太小说研究》，北京：北京大学出版社，2002 年。

罗德·霍顿、赫伯特·爱德华兹：《美国文学的思想背景》，房炜等译，北京：人民文学
    出版社，1991 年。

M·H·阿伯拉姆：《简明外国文学词典》，曾忠禄等译，长沙：湖南人民出版社，
    1987 年。

莫里斯·迪克斯坦：《伊甸园之门：六十年代的美国文化》，南京：译林出版社，
    2007 年。

潘光主（编）：《犹太人在亚洲：比较研究》，上海：上海三联书店，2007 年。

钱满素（编）：《美国当代小说家论》，北京：中国社会科学出版社，1987 年。

戚咏梅：《试析索尔·贝娄小说中的人文主义精神》，载《外国文学研究》，2004 年。

乔国强：《美国犹太文学》，北京：商务印书馆，2008 年。

塞缪尔·亨廷顿：《文明的冲突与世界秩序的重建》，北京：新华出版社，2005 年。

单德兴（译）：《英美名作家访谈录》，台北：书林出版有限公司，1987 年。

王泰来等（编）：《叙事美学》，重庆：重庆出版社，1987 年。

韦恩·布斯特：《小说修辞学》，付礼军译，南宁：广西人民出版社，1987 年。

沃浓·路易·帕灵顿：《美国思想史》，陈永国等译，长春：吉林人民出版社，2003 年。

雅各·瑞德·马库斯：《美国犹太人》（1585—1990 一部历史），杨波等译，上海：上海
    人民出版社，2004 年。

乐黛云、张辉（主编）：《文化传递与文学形象》，北京：北京大学出版社，1999 年。

章安祺（编）：《西方文艺理论史精读文献》，北京：中国人民大学出版社，1996 年。

第六章　华裔谱系

英文部分：

Asian Women United of California, ed., *Making Waves: An Anthology of Writings by and About Asian American Women*, Boston：Beacon Press, 1989.

Bloom, Harold, ed., *Asian-American Writers*, Philadelphia：Chelsea House Publishers, 1999.

Chan, Jeffery Paul, Frank Chin, Lawson Fusao Inada, Shawn Hsu Wong, eds., *The Big Aiiieeeee! An Anthology of Chinese American and Japanese American Literature*, New York：Meridian, 1991.

Chin, Frank, etc., eds., *Aiiieeeee! An Anthropology of Asian American Writers*, Washington DC: Howard University Press, 1974.

Chu, Louis., *Eat a Bowl of Tea*, New York: Carol, 1995.

Lai, Him Mark, etc., eds., *Island: Poetry and History of Chinese Immigrants on Angel Island, 1910-1940*, Seattle: University of Washington Press, 1991.

Hom, Marlon K. Ed. and trans., *Songs of Gold Mountain: Cantonese Rhymes from San Francisco Chinatown*, Berkeley and Los Angeles: University of California Press, 1987.

Hsu, Kai-yu and Helen Palubinskas., *Asian-American Authors*, Boston: Houghton Mifflin Company, 1972.

Hwang, David Henry., *M. Butterfly*, New York: NAL-Dutton, 1989.

Jen, Gish., "Challenging the Asian Illusion", *New York Times*, August 11, 1991.

Kim, Elaine H., *Asian American Literature: An Introduction to the Writings and Their Social Context*, Philadelphia: Temple University Press, 1982.

Kim, Elaine H., etc., eds., *Making More Waves: New Writing by Asian American Women*, Boston: Beacon Press, 1997.

Kingston, Maxine Hong., *Chinamen*, New York: Alfred A. Knopf, 1980.

Kingston, Maxine Hong., *The Woman Warrior: Memoirs of a Girlhood Among Ghosts*, New York: Vintage Books, 1977.

Lee, Yan Phou., *When I Was a Boy in China*, Bloomington, Indiana: Xlibris, 2004.

Li, Wenxin., "Sui Sin Far and the Chinese American Canon: Toward a Post-Gender-Wars Discourse", *MELUS*, Vol. 29, No. 3/4, (Autumn — Winter, 2004).

Lowe, Pardee., *Father and Glorious Descendant*, Boston: Little, Brown and Company, 1944.

Ng, Fae Myenne., *Bone*, New York: Hyperion, 1993.

Solberg, S. E. "Sui Sin Far/Edith Eaton: First Chinese-American Fictionist", *MELUS*, Vol. 8, No. 1, (Spring, 1981).

Tan, Amy., *The Joy Luck Club*, New York: Ivy Books, 1990.

Taufer, Alison., "Memory and Desire: The Search for Community in Louis Chu's *Eat a Bowl of Tea* and Bienvenido Santos' *The Scent of Apples*", Asian America: Journal of Culture and the Arts 2 (1993).

Trinh, T. Minh-Ha., *Woman, Native, Other: Writing Postcoloniality and Feminism*, Bloomington: Indiana University Press, 1989.

Yung, Wing., *My Life in China and America*, Alofsin Press, 2013.

中文部分：

陈爱敏:《"东方主义"视野中的美国华裔文学》,载《外国文学研究》,2006 年第 6 期。

程爱民(主编):《美国华裔文学研究》,北京:北京大学出版社,2003 年。

丁夏林:《美国华裔文学中的族裔经验与文化认同》,南京大学,博士论文,2012 年。

冯品佳：《华埠文学中的空间再现》，原载《文化研究月报》，见于 http://hermes.hrc. ntu.edu.tw/csa/journal/05/journal_park25.htm，2004 年 12 月 23 日参阅。

郭英剑：《冒险的文学—当代美国华裔文学述论》，载《暨南学报》，2004 年第 1 期。

何文敬、单德兴：《再现政治与华裔美国文学》，台北：欧美研究所，1996 年。

胡勇：《文化的乡愁：美国华裔文学的文化认同》，北京：中国戏剧出版社，2003 年。

黄玉雪：《华女阿五》，张龙海译，南京：译林出版社，2004 年。

雷祖威：《爱的痛苦》，吴宝康、王轶梅译，南京：译林出版社，2004 年。

李红燕：《任璧莲小说中的身份焦虑》，苏州大学，博士论文，2011 年。

李健孙：《荣誉与责任》，王光林、张校勤译，南京：译林出版社，2004 年。

刘增美：《批评视角的转换：美国华裔文学的"美国化"特征》，载《学术交流》，2008 年第 2 期。

刘增美：《族裔性与文学性之间—美国华裔文学批评研究》，南京师范大学，博士论文，2011 年。

陆薇：《渗透中的解构与重构：后殖民理论视野中的华裔美国文学》，北京语言大学，博士论文，2005 年。

潘雯：《走出"东方/性"：美国亚裔文学批评及其"华人话语"建构》，复旦大学，博士论文，2013 年。

任璧莲：《典型的美国佬》，王光林译，南京：译林出版社，2004 年。

容闳：《容闳回忆录》，徐凤石、恽铁樵译，张叔方补译，北京：东方出版社，2012 年。

单德兴：《"开疆"与"辟土"：美国华裔文学与文化》，天津：南开大学出版社，2006 年。

单德兴、何文敬主编：《文化属性与华裔美国文学》，台北：欧美研究所，1994 年。

汤亭亭：《中国佬》，肖锁章译，南京：译林出版社，2000 年。

王凯：《多元文化主义语境下的当代美国华裔文学》，中央民族大学，博士论文，2015 年。

吴冰、王立礼：《华裔美国作家研究》，天津：南开大学出版社，2009 年。

徐刚：《多元文化语境下的华裔美国文学话语流变研究》，吉林大学，博士论文，2016 年。

徐颖果：《我不是为灭绝中国文化而写作的—美国华裔作家赵健秀访谈录》，原载《中华读书报》，转引自 http://www.gmw.cn/01ds/2004-03/03/content_3320.htm，2005 年 2 月 7 日参阅。

徐颖果：《美国华裔文学选读》，天津：南开大学出版社，2008。

徐颖果：《跨文化视野下的美国华裔文学》，天津：南开大学出版社，2008。

杨玉圣：《中国人的美国观》，上海：复旦大学出版社，1996 年。

袁荃：《唐人街叙事与华裔美国人的文化身份——赵健秀、伍慧明与陈耀光研究》，北京外国语大学，博士论文，2015 年。

张冲：《散居族裔批评与美国华裔文学研究》，载《外国文学研究》，2005 年第 2 期。

张龙海：《透视美国华裔文学》，天津：南开大学出版社，2012。

张庆松：《美国百年排华内幕》，上海：上海人民出版社，1998 年。

赵健秀:《甘加丁之路》,赵文书、康文凯译,南京:译林出版社,2004年。

周发祥:"华美文学概要",http://www.cass.net.cn/chinese/s15_wxs/hanxue/18.htm#_edn1,2004年12月10日参阅。

第七章　新华裔谱系

英文部分:

Albert Wu & Michelle Kuo, "I Dare Not: The Muted Style of Writer in Exile Ha Jin", *Los Angeles Review of Books*, January 11, 2015.

Alison Flood, "Yiyun Li Wins Sunday Times Short Story Prize for A Sheltered Woman", *The Guardian*, April 24, 2015.

Anchee Min, *Becoming Madame Mao*, Boston: Houghton Mufflin, 2000.

Belinda Kong, *Tiananmen Fictions Outside the Square: The Chinese Literary Diaspora and the Politics of Global Culture*, Philadelphia: Temple University Press, 2012.

Benedict Anderson, *Imagined Communities: Reflections on the Origin and Spread of Nationalism*, London: Verso, 2010.

Dave Weich, "Ha Jin Lets It Go", *Powells.com*, February 2, 2000.

Dwight Garner, "Ha Jin's Cultural Revolution", *The New York Times*, February 6, 2000.

Gail Hershatter, Reviewed Work(s): *Born Red: A Chronicle of the Cultural Revolution by Gao Yuan; Life and Death in Shanghai* by Nien Cheng, The American Historical Review, Vol. 94, No. 3, 1989.

Gao Yuan, *Born Red: A Chronicle of the Cultural Revolution*, Stanford: Stanford University Press, 1987.

Guy Amirthanayagam, *Asian and Western Writers in Dialogue: New Cultural Identities*, London: The Macmillan Press, Ltd, 1982.

Ha Jin, "Exlied to English", in Shu-mei Shih, Chien-hsin Tsai, Brian Bernards: *Sinophone Studies: A Critical Reader*, New York: Columbia University Press, 2013.

Ha Jin, "The Dead Soldier's Talk", *Paris Review*, Issue 101, Winter, 1986.

Ha Jin, *The Writer as Migrant*, Chicago: The University of Chicago Press, 2008.

Haomin Gong, "Languae, Migrancy, and the Literal: Ha Jin's Translation Literature", *Concentric Literary and Cultural Studies*, Vol. 40, No. 1, 2014.

Jack Rightmyer, "On Becoming Learned: A Profile of Ha Jin", *Poets and Writers*, Vol. 32, No. 5, 2004.

James Olney, ed., *Studies in Autobiography*, New York, Oxford: Oxford University Press, 1988.

Jerry A. Varsava & Ha Jin, "An Interview with HA JIN", *Contemporary Literature*, Vol. 51, No. 1, 2010.

John Gumperz & Jenny Cook-Gumperz, *Introduction: Language and the Communication of Social Identity*. Language and Social Identity, ed. by John Gumperz: 1-21. Cambridge: Cambridge University Press, 1982.

John Updike, "NAN, AMERICAN MAN, A New Novel by a Chinese émigré", *The New Yorker*, December 3, 2007.

Judy Polumbaum, "The Cultural Contradictions of Communism", *The Women's Review of Books*, Vol. XI, No. 8, 1994.

Lori Tsang, "People's Enemy? Feminist Hero?", *The Women's Review of Books*, Vol. 21, No. 10, 2004.

Mary C. Waters, Reed Ueda & Helen B. Marrow, *The New Americans: A Guide to Immigration Since 1965*, Cambridge, Massachusetts: Harvard University Press, 2007.

Maxine Hong Kingston, *The Woman Warrior*, New York: Random House, 1976.

Paula Rabinowitz, "Eccentric Memories: A Conversation with Maxine Hong Kingston", Michigan, *Quarterly Review*, Vol. 26, 1987.

Penelope Eckert, *Jocks and Burnouts: Social Categories and Identity in the High School*, New York: Teachers College, Columbia University, 1989.

Pico Iyer, "The Empire Writes Back", *Time*, February 8, 1993.

Publishers Weekly, "Death of a Red Heroine", publishersweekly.com. 1 June 2000.<http://www.publishersweekly.com/978-1-56947-193-7>

Publishers Weekly, "The Boat Rocker", publishersweekly.com. 25 October 2016.<http://www.publishersweekly.com/978-0-307-91162-9>

Shirley Geok-lin Lim, John Blair Gamber, Stephen Hong Sohn, & Gina Valentino, eds., *Transnational Asian American Literature: Sites and Transits*, Philadelphia: Temple University Press, 2006.

Shu-mei Shih, Chien-hsin Tsai & Brian Bernards, *Sinophone Studies: A Critical Reader*, New York: Columbia University Press, 2013.

Stanley Renshon, "Multiculturalism in the U.S.: Cultural Narcissism and the Politics of Recognition", *Center for Immigration Studies*, February 8, 2011.

Stanley Rosen, Reviewed Work(s): *Life and Death in Shanghai*. by Nien Cheng; *Born Red: A Chronicle of the Cultural Revolution*. by Gao Yuan and William A. Joseph, *The Journal of Asian Studies*, Vol. 47, No. 2, 1988.

Stella Dong, "Songs of Prose", South China Morning Post, January 22, 2006.

Tong King Lee, "China as Dystopia: Cultural Imaginings through Translation", *Translation Studies*, Vol. 8, No. 3, 2015.

Walter S. H. Lim, *Narratives of Diaspora*, Basingstoke: Palgrave Macmillan, 2013.

Wenying Xu, *Historical Dictionary of Asian American Literature and Theater*, Plymouth: Scarecrow Press, Inc., 2012.

Xiao-huang Yin, "China: People's Republic of China", From: Mary C. Waters, Reed Ueda, Helen B. Marrow: *The New Americans: A Guide to Immigration Since 1965*,

Cambridge, Massachusetts: Harvard University Press, 2007.

Xiaoye You, "Chinese white-collar workers and multilingual creativity in the diaspora", *World Englishes*, Vol. 30, Issue 3, 2011.

Yiyun Li, "A Sheltered Woman", *The New Yorker*, March 10, 2014.

中文部分:

爱德华·萨义德:《知识分子论》,单德兴译,上海:三联书店,2002 年。

陈瑞琳:《"海外新移民文学"探源》,载《江汉论坛》,2013 年第 8 期。

陈思和:《旅外华语文学之我见》,载《中国比较文学》,2016 年第 3 期。

陈婷婷:《美国多元文化课程目标研究》,《载世界教育信息》,2009 年第 9 期。

戴维:《专访哈金:为太太重写〈潜伏〉结尾》,载《都市快报》,2015 年 9 月 20 日,第 17 版。

戴长澜:《何晋秋:见证 30 年间百万学子留学大潮》,载《中国青年报》,2008 年 10 月 19 日,第 3 版。

哈金、傅小平:《文学最高的成就是深入人心》,载《文学报》,2012 年 1 月 19 日,第 4 版。

哈金、河西:《"我已经接受了孤独这一事实"——哈金访谈》,游吟时代网(http://www.youyin.com/hexi/yy2699-50-103.html)。

河西:《哈金专访》,载《华文文学》,2006 年第 2 期。

洪治纲:《中国当代文学视域中的新移民文学》,载《中国社会科学》,2012 年第 11 期。

江少川:《移民后,文学创作为什么会发生》,载《世界文学评论》,2010 年第 2 期。

江少川:《中西时空冲撞中的海外文学潮》,载《世界文学评论》,2011 年第 1 期。

蒯乐昊:《"女战士"汤亭亭:颠覆美国偏见的华裔女作家》,载《人民日报海外版》,2008 年 11 月 21 日,第 11 版。

林皓:《前有哈金,后有李翊云?》,载《南都周刊》,2010 年第 23 期,第 76 页。

林瑞华:《越开越艳的红杜鹃——访闵安琪》,载《文化月刊》,1995 年第 8 期。

刘宽:《对话哈金:很多作品从一个伤口开始》,腾讯文化网(http://cul.qq.com/a/20141126/000384.htm),2014 年 11 月 26 日。

刘宽:《没有国家的人》,载《人物》,2014 年 10 月号。

罗小艳:《李翊云:我不代言任何种族,任何国家》,载《南都周刊》,2007 年 6 月 22 日,生活报道第 130 期。

米兰·昆德拉:《被背叛的遗嘱》,余中先译,上海:上海译文出版社,2003 年。

倪婷婷:《加入外籍的华人作家非母语创作的归类问题》,载《江苏社会科学》,2013 年第 5 期。

钱谷融、鲁枢元(主编):《文学心理学》,上海:华东师范大学出版社,1988 年。

钱佳楠:《李翊云:写作的两种野心》,载《界面》(http://www.jiemian.com/article/756443.html),2016 年 7 月 21 日。

裘小龙:《外滩花园》,匡咏梅译,上海:上海文艺出版社,2005 年。

任璧莲:《典型的美国佬》,王光林译,上海:华东师范大学出版社,2015 年。

唐海东：《海外伤痕回忆录：祛魅的身份和历史重建》，载《华文文学》，2012年第2期。

王姝蕲：《哈金：在美国，不上写作班别想当作家》，腾讯文化网（http://cul.qq.com/a/20160804/004810.htm），2016年8月4日。

卫景宜：《当代西方英语世界的中国留学生写作（1980—2010）》，北京：中国社会科学出版社，2014年。

吴冰：《从异国情调、真实反映到批判、创造》，载《国外文学》，2001年第3期。

吴冰：《关于华裔美国文学研究的思考》，载《外国文学评论》，2008年第2期。

薛荣：《哈金笔记》，载《山西文学》，2011年11期。

姚申：《后殖民语境中的文学"神话"：非母语写作及其意义》，载《中国社会科学院研究生院学报》，2001年第6期。

尹晓煌、徐颖果：《种族·阶级·性别——论美国华文文学的主题和素材》，载《华文文学》，2010年第3期。

尹晓煌：《美国华裔文学史》，徐颖果主译，天津，南开大学出版社，2006年。

虞建华：《归属感，民族意识和本土化》，载《文汇报》，2007年4月14日，第7版。

张子清：《我同时是一个中国人》，载《文艺报》，2002年8月13日，第14版。

赵庆庆：《枫语心香：加拿大华裔作家访谈录》，南京：南京大学出版社，2011年。

赵毅衡：《一个迫使我们注视的世界现象——中国血统作家用外语写作》，载《文艺报》，2008年，2月26日，第3版。

周励：《曼哈顿的中国女人》，上海：上海文艺出版社，1992年。

周晓苹：《美国文坛的华裔作家》，载《环球时报》，2004年5月7日，第17版。

朱振武：《哈金为什么这么红?》，载《文汇读书周报》，2012年4月6日，第8版。

朱振武：《美国小说本土化的多元因素》，载《英美文学研究论丛7》，2007年。

第八章　拉美裔谱系

英文部分：

Acost-Belen, Edna, A *MELUS* Interview: Judith Ortiz Cofer, in *MELUS*, Fall 93: 18 (3): 84-98.

Alvarez, Julia, *How the Garcia Girls Lost Their Accents*, New York: Plume, 1992.

Anaya, Rudolfo A., *Conversations with Rudolfo Anaya*, eds. Bruce Dick and Silvio Sirias, Jackson: University of Mississippi, 1998.

Anaya, Rodolfo A., *Bless Me, Ultima*, New York: Warner Books, 1994.

Baca, Jimmy Santiago, *A Place to Stand*, New York: Grove Press, 2001, p. 3.

Barrios, Flor Fernandez, *Blessed by Thunder: Memoir of a Cuban Girlhood*, Berkeley, CA: Seal Press, 1999.

Blanco, Richard, "Interview", 01-20-2013/21-11-2016. http://abcnews.go.com/Politics/video/inauguration-2013-poet-richard-blanco-interview-obamas-2nd-18272367

Blanco, Richard, "One Today", 01-20-2013/21-11-2016. http://abcnews.go.com/Politics/today-richard-blanco-poem-read-barack-obama-inauguration/story?id=18274653

Bruce-Novoa, Juan, ed., *Chicano Authors Inquiry by Interview*, Austin: The University of Texas Press, 1980.

Bruce-Novoa, Juan, *Retrospace: Collected Essays on Chicano Literature Theory and History*, Houston, Texas: Arte Público Press, 1990. p. 98.

Calderón, Héctor and José David Saldívar, eds., *Criticism in the Borderlands: Studies in Chicano Literature, Culture and Ideology*, Durham, NC: Duke University Press, 1991.

Castillo, Ana, Introduction, in *The Squatter and the Don*, Maria Amparo Ruiz de Burton, New York: Random House, 2004.

Christie, John and Jose Gonzalez, eds., *Latino Boom: An Anthology of U.S. Latino Literature*, New York: Pearson Longman, 2005.

Cofer, Judith Ortiz, *Call me Maria*, New York: Scholistic Inc., 2006.

Cofer, Judith Ortiz, *The Line of the Sun*, Athens, Georgia: University of Georgia Press, 1991.

Current, Cheris Brewer, *Questioning the Cuban Exile Model: Race, Gender, and Resettlement, 1959-1979*, El Paso: LFB Scholarly Publishing LLC, 2010.

Eire, Carlos, *Waiting for snow in Havana: Confessions of a Cuban Boy*, New York: Free Press, 2003.

Fernandez, Roberto G., *Raining Backwards*, Houston, Texas: Arte Publico Press, 1997.

García, María Cristina, *Havana USA: Cuban Exiles and Cuban Americans in South Florida, 1959-1994*, Berkeley: University of California Press, 1996.

Gates, Paul, The California Land Act of 1851, in *California Historical Quarterly*, Vol. 50, No. 4 (Dec., 1971): 395-430.

Grande, Reyna, *A Distance between Us: A Memoir*, New York: Atria Books, 2012.

Grande, Reyna, *Across a Hundred Mountains: a Novel*, New York: Washington Square Press, 2006.

Grillo, Evelio, *Black Cuban Black American: a Memoir*, Arte Publico Press, 2008.

Hanna, Monica, "Reassembling the Fragments": Battling Historiographies, Caribbean Discourse, and Nerd Genres in Junot Diaz's *The Brief Wondrous Life of Oscar Wao*, in *Callaloo*, 2010, 33(2):498-520.

Herrera-Sobek, Maria, *Northward Bound: The Mexican Immigrant Experience in Ballad and Song*, Bloomington: Indiana University Press, 1993.

Hijuelos, Oscar, *Fourteen Sisters of Emilio Montez O'Brien*, New York: Perennial, Harper Collins Book, 2003.

Jones Act, The world of 1898: the American-Spanish War, http://www.loc.gov/rr/hispanic/1898/jonesact.html

Jussawalla, Feroza and Reed Way Dasenbrock, cond. and eds., *Interviews with Writers of the Post-Colonial World*, Jackson: University Press of Mississippi, 1992.

Kushner, Rachel, *Telex from Cuba*, New York: Vintage Books, 2014.

La Bloga, Interview with Richard Blanco, 01-18-2013/01-12-2016. http://world. time. com/2013/01/18/richard-blanco-obamas-inaugural-poet-not-your-fathers-cuban-exile/

Leal, Luis, Mexican American Literature: A Historical Perspective, in *Modern Chicano Writers*, eds. Joseph Sommers and Tomas Ybarra-Frausto, Eaglewood Cliffs, N.J.: Prentice-Hall, Inc., 1979: 18-30.

Leal, Luis, The Problem of Identifying Chicano Literature, *in The Identification and Analysis of Chicano Literature*, ed. Francisco Jiménez, New York: Bilingual Press, 1979.

Leal, Luis and Pepe Barrón, Chicano Literature: An Overview, in *Three American Literatures: Essays in Chicano, Native American, and Asian American Literature for Teachers of American Literature*, ed. Houston A. Baker, Jr., introduced by Walter J. Ong, New York: The Modern Language Association of America, 1982.

Lomas, Clara, Preface: In Search of an Autobiography: On Mapping Women's Intellectual History of the Borderlands, in *The Rebel*, Leonor Villegas de Magnón, Houston, Texas, Arte Publico Press, 1994: vii-ix.

Lomelí, Francisco A., Contemporary Chicano Literature, 1959-1990: From Oblivion to Affirmation to the Forefront, in *Handbook of Hispanic Cultures in the United States: Literature and Art*, Vol. 1, eds., Nicolas Kanellos, Francisco A. Lomelí and Claudio Esteva Fabregat, Arte Publico Press, 1993.

Márquez, Antonio, The American Dream in the Chicano Novel, in *Rocky Mountain Review of Language and Literature*, 37 1/2 (1983): 4-19.

Martínez, Elizabeth Coonrod, *Josefina Niggli, Mexican American Writer: A Critical Biography*, Albuquerque: University of New Mexico Press, 2007.

Montaner, Alberto, Introduction, in *Cubans: An Epic Journey*, eds. Sam Verdja and Guillermo Martinez, Reedy Press, 2012.

Moore, Carlos, *Pichón: Race and Revolution in Castro's Cuba*, Chicago, Ill.: Lawrence Hill Books, 2008.

Morales, Alejandro, *River of Angels*, Huston, TX: Arte Publico Press, 2014.

Moreno, Marisel, "The Important Things Hide in Plain Sight": A Conversation with Junot Diaz, in *Latino Studies*, Vol. 8, No. 4: 532-542.

Paredes, Américo, *"With His Pistol in His Hand": A Border Ballad and Its Hero*, Austin: University of Texas Press, 1958.

Rodriguez, Juan, Notes on the Evolution of Chicano Prose Fiction, in *Modern Chicano Writers*. eds. Joseph Sommers and Tomas Ybarra-Frausto, Eaglewood Cliffs: Prentice-Hall, Inc., 1979: 67-73.

Ruiz de Burton, Maria Amparo, *Who Would Have Thought It?* New York: Penguin Books, 2009.

Rodriguez, Luis J., *It Calls You Back: An Odyssey Through Love, Addiction, Revolutions, and Healing*, New York: Touchstone Book, 2011.

Saldívar, José David, *Trans-Americanity: Subaltern Modernities, Global Coloniality, and the Cultures of Greater Mexico*, Durham, NC, Duke University Press, 2012.

Saldívar-Hull, Sonia, *Feminism on the Border: Chicana Gender Politics and Literature*, Los Angeles & Berkley: University of California Press, 2000.

Shorris, Earl, *Latinos: A Biography of the People*, New York: W. W. Norton & Company, 2001.

Krogstad, Jens Manuel, With fewer new arrivals, Census lowers Hispanic populationprojections. 12/16/2014. http://www. pewresearch. org/fact-tank/2014/12/16/with-fewer-new-arrivals-census-lowers-hispanic-population-projections-2/

Suarez, Mario, *Chicano Sketches: Short Stories by Mario Suárez*, eds. Francisco A. Lomelí, Cecilia Cota-Robles Suárez, and Juan José Casillas-Núñez, Tucson, University of Arizona Press, 2004.

Suárez, Virgil, *Spared Angola: Memories from a Cuban-American Childhood*, Houston, Texas: Arte Publico Press, 1997.

Villar-Raso, Manuel & Maria Herrera-Sobek, A Spanish Novelist's Perspective on Chicano(a) Literature, 2001-09, http:// muse.uq. edu. au/journals/journal-of-literature/v025/25.1 raso.html.

中文部分:

阿瑟·曼:"从移民到文化适应",《构建美国:美国的社会与文化》,卢瑟·S·路德克主编,王波、王一多等译,南京:江苏人民出版社,2006年,第63—64页。

拜厄特:《论历史与故事》,黄少婷译,南京:译林出版社,2016年,第14页。

蔡永良、何绍斌:《美利坚文明》,上海三联书店,2010年。

段启明、张平仁:《历史小说简史》,太原:山西人民出版社,2005年。

汉语大词典编纂委员会:《汉语大词典》(第5卷),上海:汉语大词典出版社,1994年。

黄淑芳:《杂交的文本,杂和的人生——〈奥斯卡·沃短暂而奇妙的一生〉的后殖民视角解读》,载《英美文学研究论丛》,2009年第2期。

金莉等:《20世纪美国女性小说研究》,北京大学出版社,2010年。

金莉等:《当代美国女权文学批评家研究》,北京大学出版社,2014年。

科马克·麦卡锡:《穿越》,尚玉明译,重庆出版社,2011年。

科马克·麦卡锡:《天下骏马》,尚玉明、魏铁汉译,重庆出版社,2010年。

李保杰:《城市历史与空间政治——〈天使之河〉中的洛杉矶》,载《山东外语教学》,2017年第5期。

李保杰:《从墨西哥女性原型看桑德拉·西斯奈罗斯小说中女性形象的嬗变》,载

American Fiction: Local Processes and Multivariate Genealogies

《天津外国语大学学报》，2010 年第 4 期。

李保杰：《当代美国拉美裔文学研究》，济南：山东大学出版社，2014 年。

李保杰：《二十世纪美国西语裔戏剧的嬗变》，载《戏剧文学》，2010 年第 4 期。

李保杰：《21 世纪西语裔美国文学：历史与趋势》，载《社会科学研究》，2017 年第 5 期。

李保杰：《论〈奥斯卡·瓦奥短暂而奇妙的一生〉中的历史再现》，载《当代外国文学》，2012 年第 3 期。

李道全：《逃离与复归：〈芒果街上的小屋〉的移民社区书写》，载《东北大学学报》（社会科学版），2010 年第 3 期。

林文静：《流放·创伤·回归——评丹提卡的小说〈息·望·忆〉》，载《外国文学》，2010 年第 4 期。

陆谷孙（主编）：《英汉大词典》，上海译文出版社，1993 年。

罗吉·富勒：《现在西方文学批评术语》，袁德成译，朱通伯校，成都：四川人民出版社，1987 年。

马丁·W·桑德勒：《往事如风——不该被遗忘的那些人和事》，林虹译，北京：商务印书馆，2013 年。

钱皓：《美国 20 世纪 60 年代〈奇卡诺运动〉探微》，载《世界民族》，2001 年第 3 期。

萨克文·博科维奇（主编）：《剑桥美国文学史：散文作品（戏剧和小说）（1940 年—1990 年）》（第 7 卷），孙宏主译，北京：中央编译出版社，2005 年。

塞缪尔·亨廷顿：《谁是美国人：美国国民特性面临的挑战》，程克雄译，北京：新华出版社，2010 年。

塞缪尔·亨廷顿：《文明的冲突与世界秩序的重建》，周琪等译，北京：新华出版社，1999 年。

苏永刚、李保杰：《古巴移民文学和古巴裔美国文学中的流亡主题：源流和嬗变》，载《山东大学学报》（哲学社会科学版），2017 年第 6 期。

任文：《美国墨西哥裔女性文学——不应被忽视的声音》，载《西南民族大学学报》，2005 年 6 月，第 25 卷第 6 期。

托马斯·索威尔著：《美国种族简史》，沈宗美译，北京：中信出版社，2011 年。

瓦连京·马什金：《"兀鹰"留下痕迹》，肖雪译，北京：群众出版社，1987 年。

王婕：《从成长小说的角度解读〈奥斯卡·瓦奥短暂而奇妙的一生〉》，载《甘肃联合大学学报》（社会科学版），2012 年第 1 期。

王守仁：《〈布娃娃瘟疫〉：一部关注人类生存的书》，载《文艺报》，2007 年 10 月 25 日，B2 版。http://www.chinawriter.com.cn/2007/2007-10-25/25868.html

王守仁：《历史与想象的结合——莫拉莱斯的英语小说创作》，载《当代外国文学》，2006 年第 2 期。

徐渭：《二十世纪成长小说研究综述（一）》，载《当代小说》，2007 年第 1 期。

杨武能：《逃避庸俗——代译序》，《威廉·迈斯特的学习时代》，杨武能译，南京：译林出版社，2002 年。

约翰·斯坦贝克:《人与鼠:中短篇小说选》,张澍智、张健、石枚译,上海译文出版社,2004 年。

张婷婷、张跃军:《美国墨西哥裔女性的声音——近 30 年〈芒果街上的小屋〉研究综述》,载《河南科技大学学报》,2011 年第 5 期。

张艳霞:《流散与文化认同——〈奥斯卡·瓦奥短暂而奇妙的一生〉评析》,载《长沙理工大学学报》(社会科学版),2014 年 11 月,第 29 卷第 6 期。

朱诺·迪亚斯:《奥斯卡·瓦奥短暂而奇妙的一生》,吴其尧译,南京:译林出版社,2010 年。

第九章 印度裔谱系

英文部分:

Buby Cutolo, *Akhil Sharma*, Publishers Weekly, March 31, 2014.

Bharati Mukherjee, *Jasmine*, London: Virago, 1991.

Bharati Mukherjee, *The Middleman and Other Stories*, New York: Grove Press, 1988.

Bruce King, *Literatures of the World in English*, London & Boston: Routledge & Kegan Paul, 1974.

Corinne Demas Bliss, "Against the Current: A Conversation with Anita Desai", The Massachusetts Review, 1988(19).

Emmanuel Sampath Nelson, *The Greenwood Encyclopedia of Multiethnic American Literature: I–M*, New York: Greenwood Publishing Group, 2005.

Emmanuel S. Nelson, *Ethnic American Literature: An Encyclopedia for Students*, New York: ABC–CLIO, 2015.

Guiyou Huang, *Asian American Autobiographers: A Bio-bibliographical Critical Sourcebook*, New York: Greenwood Publishing Group, 2001.

Jhumpa Lahiri, *Interpreter of Maladies*, New York: Houghton Mifflin Harcourt, 2000.

Kiran Desai, *The Inheritance of Loss*, Toronto: Penguin Canada, 2006.

King-Kok Cheung, *An interethnic companion to Asian American literature*, Cambridge: Cambridge University Press, 1997.

Kathryn Hume, *American Dream, American Nightmare*, Beijing: Foreign Language Teaching and Research Press, 2007.

Lan Dong, *Asian American Culture: From Anime to Tiger Moms*, New York: ABC–CLIO, 2016.

Meena Alexander, *Manhattan Music: A Novel*, New York: Mercury House, 1997.

Meena Alexander, *Fault Lines: A Memoir*, New York: Feminist Press at CUNY, 2003.

Nagendra Kumar, *The Fiction of Bharati Mukherjee: A Cultural Perspective*, Delhi: Atlantic Publishers and Distributors, 2001

Rajini Srikanth, Min Hyoung Song, *The Cambridge History of Asian American Literature*, New York: Cambridge University Press, 2016.

American Fiction: Local Processes and Multivariate Genealogies

S. Banerjee, "Interrogating the ambivalence of self-Fashioning and redefining the immigrant identity in Bharati Mukherjee's Jasmine", *Asiatic*, Vol. 6, no. 1, pp. 10−24, June 2012.

Somdatta Mandal, Himadri Lahiri, *Ethnic Literatures of America: Diaspora and Intercultural Studies*, New Delhi: Prestige Books, 2005.

Sanga Jaina C, *South Asian Novelists in English: An A-to-Z Guide*, New York: Greenwood Press, 2003.

Vijay Lakshmi, *Pomegranate Dreams and Other Stories*, New Delhi: Indialog Publications Pvt Ltd, 2002.

中文部分：

埃默里·埃利奥特：《哥伦比亚美国文学史》，朱通伯译，成都：四川辞书出版社，1994年。

陈义华、王伟均：《印度海外文学的发展与研究》，载《外国文学研究》，2014年第2期。

常耀信：《精编美国文学史》，南京：南开大学出版社，2005年。

高玉华：《多元视角下的文化漂泊——从美籍印裔女作家拉希莉的〈疾病解说者〉看流散文学发展的新趋势》，载《时代文学月刊》，2009年第10期。

基兰·德赛：《失落》，韩丽枫译，重庆：重庆出版社，2007年。

基兰·德赛：《继承失落的人》，韩丽枫译，海口：南海出版公司，2013年。

金仁顺：《爱与哀愁——我看裘帕·拉希莉的小说》，载《中国比较文学》，2014年第3期。

令狐萍：《亚裔美国人：历史与文化百科》，上海：世界图书出版公司上海公司，2016年。

裘帕·拉希莉：《疾病解说者》，卢肖慧、吴冰青译，上海：上海文艺出版社，2005年。

任一鸣、瞿世镜：《英语后殖民文学研究》，上海：上海译文出版社，2003年。

石海军：《后殖民：印英文学之间》，北京：北京大学出版社，2008年。

石平萍：《当代美国少数族裔女作家研究》，成都：成都时代出版社，2007年。

申劲松：《全国美国文学研究会第十三届年会综述》，载《当代外国文学》，2007年第1期。

吴妍：《印度学者关注美国社会"边缘的呼声"——评〈美国少数族裔文学——移民社群及跨文化研究〉》，载《外国文学动态》，2006年第5期。

王玉括：《20世纪美国小说赏析》，上海：上海外语教育出版社，2010年。

薛岩：《浩荡的孤寂与失落的灵魂》，载《世界文化》，2010年第1期。

薛玉凤：《美国文学的精神创伤学研究》，北京：科学出版社，2015年。

杨仁敬等：《新历史主义与美国少数族裔小说》，上海：上海外语教育出版社，2013年。

尹锡南：《芭拉蒂·穆克吉的跨文化书写及其对奈保尔的模仿超越》，载《国外文学》，2010年第1期。

第十章　日越韩菲裔等亚裔谱系

英文部分：

Alpana Shama Knippling. ed., *New Immigrant Literature in United States: A Source Book to Our Multicultural Literary Heritage*, London：Greenwood Press, 1996.

Betsy Huang, *Contesting Genres in Contemporary Asian American Fiction*, New York：Palgrave Macmilan, 2010.

Crystal Parith & Daniel Y. Kim. ed., *The Cambridge Companion to Asian American Literature*, London：Cambridge University Press, 2015.

Dennis Kawaharada, *The Rhetoric of Identity in Japanese American Writing*, 1948 – 1988, Dissertation for the degree of Doctor of Philosophy in University of Washington, 1988.

Elaine H. Kim, *Asian American Literature: An Introduction to the Writing and Their Social Context*, 北京：外语教学与研究出版社, 2006 年。

Houston A. Baker, Jr. ed., *Three American Literatures*, New York：MLA, 1982.

Hsiu-chuan Lee, *"The Asian-Pacific in Asian American Transmigration: Lydia Minatoya's The Strangeness of Beauty"*, Tamkang Review, 42.2 (June 2012).

Isabelle Thuy Pelaud, *This Is All I Choose to Tell: Hybridity and History in Vietnamese American Literature*, Pennsylvania：Temple University Press, 2011.

Jeanne Wakstyki Houston and James Houston, *Farewell to Manzanar*, Boston：Houghton Mifflin, 1973.

Jingqi Ling, *Across Meridian: History and Figuration in Karen Tei Yamashita*, California：Stanford University Press, 2012.

Josephine G. Hendin. ed., *A Concise Companion to Postwar American Literature and Culture*, Massachusetts：Blackwell Publishing Ltd., 2004.

Kandice Chuh, *Imagine Otherwise: on Asian American Critique*, Durham：Duke UP, 2003. King-Kok Cheung. ed. *An Interethnic Companion to Asian American Literature.* New York：Cambridge University Press, 1997.

King-kok Cheung, *Articulate Silence: Hisaye Yamamoto, Maxine Hong Kingston, Joy Kogawa*, New York：Cornell University Press, 1993.

Linda Parent Lesher, *The Best Novels of the Nineties: A Reader's Guide*, North Carolina：McFarland Publishing, 2000.

Lorna Piatti Farnell, *Food and Culture in Contemporary American Fiction*, New York：Routledge, 2011.

Monica Sone, *Nisei Daughter*, Seattle：University of Washington Press, 1979.

Rajini Srikanth and Min Hyoung Song. ed., *The Cambridge History of Asian American Literature*, New York：Cambridge University Press, 2015.

Robert Hurwitt, *"Berkeley Rep Tells an Engrossing Story with 36 Views"*, San Francisco

American Fiction: Local Processes and Multivariate Genealogies

Chronicle, September 14, 2001.

Sandhya Shukla and Heidi Tinsman. ed., *Imagining Our Americas: Toward a Transnational Frame,* Durham: Duke University Press, 2007.

Sau-ling Cynthia Wong, *Reading Asian American Literature: from Necessity to Extravagance,* New Jersey: Princeton University Press, 1993.

Shirley Geok-lin Lim, John Blair Gamber, Stephen Hong Sohn and Gina Valentino. ed., *Transnational Asian American Literature: Sites and Transits*, Philadelphia: Temple University Press, 2006.

Shu-ching Chen, "Affect and History in Ninotchka Rosca's *State of War*", *EURAMERICA*, Vol.45, No.1 (March 2015).

Theresa Hak Kyung Cha, *Dictee*, CA: Third Woman Press, 1995.

Yoonmee Chang, *Writing the Ghetto: Class Authorship and the Asian American Ethnic Enclave*, New Jersey: Rutgers University Press, 2010.

Young-Key Kim-Renaud, R. Richard Grinker and Kirk W. Larsen. ed., *Korean American Literature*, Sigur Center Asia Papers, 2004.

中文部分：

陈淑卿：《跨界与全球治理：跨越/阅〈橘子回归线〉》，载《中外文学》，2011 年第 4 期。

高小刚：《乡愁以外：北美华人写作中的故国想象》，北京：人民文学出版社，2006 年。

郭继德主编：《美国文学研究第 6 辑》，山东：山东大学出版社，2012 年。

胡俊：《后现代政治化写作：当代美国少数族裔女性作家研究》，北京：中国社会科学出版社，2014 年。

胡俊：《〈橘子回归线〉中的洛杉矶书写："去中心化"的家园》，载《前沿》，2015 年 10 月，总第 384 期。

凌津奇：《叙述民族主义：亚裔美国文学中的意识形态与形式》，吴燕译，凌津奇校，北京：中国社会科学出版社，2006 年。

潘敏芳：《李昌来小说〈投降者〉的创伤叙事》，载《外国文学动态》，2014 年第一期。

潘雯：《走出"东方/性"：美国亚裔文学批评及其华人话语构建》，复旦大学，博士论文，2013 年。

萨克文·伯科维奇（主编）：《剑桥美国文学史（第七卷）》，孙宏主译，北京：中央编译出版社，2005 年。

山本久惠：《笹川原小姐的传奇》，陈荣译，《世界文学》，2012 年第 3 期。

单德兴：《他者与亚美文学》，台北："中研院"欧美所，2015 年。

王家湘：《〈雪落杉林〉简介》，载《外国文学》，1997 年 06 期。

徐颖果，马红旗：《美国女性文学：从殖民时期到 20 世纪》，天津：南开大学出版社，2010 年。

杨仁敬等：《新历史主义与美国少数族裔小说》，上海：上海外语教育出版社，2013 年。

张亚丽：《多元文化主义语境中的亚裔美国文学》，北京：北京交通大学出版社，

2013 年。

张琼慧:《家/国不两立:论日裔美国自传〈二世女儿〉的漂泊历程及国族主义》,载《中外文学》,2001 年第 11 期。

周晓刚:《〈笹川原小姐的传奇〉中"疯"的多重意义解构》,载《外国文学研究》,2005 年第 2 期。

朱振武:《美国小说本土化的多元因素》,载《英美文学研究论丛 7》,2007 年。

第十一章　后现代谱系

英文部分:

Barth, John, "The Literature of Exhaustion." Repr. in Bradbury, Malcolm, ed., *The Novel Today: Contemporary Writers on Modern Fiction*. Glasgow: Fontana, 1977.

Barthes, Roland, "From Work to Text", *Image-Music-Text*, Tr. Stephen Heath, New York: Hill and Wang, 1977: 155-164.

Beville, Maria, *Gothic-postmodernism Voicing the Terrors of Postmodernity*, New York: Brill/Rodopi, 2009.

Bukatman, Scott, *Terminal Identity: The Virtual Subject in Postmodern Science Fiction*, Durham: Duke UP, 1993.

Caramello, Charles, *Silverless Mirrors: Book, Self and Postmodern American Fiction*, Tallahassee: U P Florida, 1983.

Cassuto, Leonard and Clare Virginia Eby and Benjamin Reiss, ed., *The Cambridge History of the American Novel*, Cambridge: Cambridge University Press, 2011.

Clare, Ralph, *Fictions Inc.: The Corporation in Postmodern Fiction, Film, and Popular Culture*, New Brunswick, NJ: Rutgers University Press, 2014.

Coale, Samuel Chase, *Quirks of the Quantum: Postmodernism and Contemporary American Fiction*, Charlottesville, VA: University of Virginia Press, 2012.

Cowart, David, *The Tribe of Pyn: Literary Generations in the Postmodern Period*, Ann Arbor, MI: University of Michigan Press, 2015.

Davis, Colin, *Haunted Subjects: Deconstruction, Psychoanalysis and the Return of the Dead*, New York: Palgrave Macmillan, 2007.

Doležel, Lubomír, *Possible Worlds of Fiction and History: The Postmodern Stage*, Baltimore, MD: The Johns Hopkins University Press, 2010.

Duvall, John N., Ann J. Abadie, *Faulkner and Postmodernism*, Jackson, MS: University Press of Mississippi, 2009.

Duvall, John N., *The Cambridge Companion to: American Fiction After* 1945, Cambridge: Cambridge University Press, 2012.

Emory, Elliott, ed., *Columbia Literary History of the United States*, New York: Columbia University Press, 1988.

Federman, Raymond, *Critifiction*, Albany: State University of New York Press, 1993.

American Fiction: Local Processes and Multivariate Genealogies

Foster, Hal, ed., *The Anti-Aesthetic: Essays on Postmodern Culture*, Port Townsend: Bay Press, 1983. (Of particular importance are essays by Jean Baudrillard, Douglas Crimp, Jürgen Habermas, Fredric Jameson, Craig Owens)

Gaggi, Silvio, *Modern/Postmodern: A Study in Twentieth-Century Arts and Ideas*, Philadelphia, PA: University of Pennsylvania Press, 2015.

Gladstone, Jason, Andrew Hoberek, and Daniel Worden, *Postmodern/Postwar and After: Rethinking American Literature*, Iowa City IA: University of Iowa Press, 2016.

Grausam, Daniel, *On Endings: American Postmodern Fiction and the Cold War*, Charlottesville, VA: University of Virginia Press, 2011.

Hassan, Ihab, *The Dismemberment of Orpheus* (2nd Ed), Madison: U Wisconsin P, 1982.

——, *Paracriticisms*. Urbana: U Illinois P, 1975.

Hicks, Stephen R. C., *Explaining Postmodernism: Skepticism and Socialism from Rousseau to Foucault,* Tempe, Arizona and New Berlin/Milwaukee: Scholargy Publishing, 2011.

Hogue, W. Lawrence, *Postmodernism, Traditional Cultural Forms, and African American Narratives*, Albany, NY: State University of New York Press, 2013.

Hutcheon, Linda, *A Poetics of Postmodernism: History, Theory, Fiction*, New York: Routledge, 1988.

Jencks, Charles, *The Language of Post-Modern Architecture*, London: Academy Editions, 1984.

Jones, Raya A., *Jung, Psychology, Postmodernity*, New York: Routledge, 2007.

Knellwolf, Christa and Christopher Norris, ed., *The Cambridge History of Literary Criticism Volume 9: Twentieth-Century Historical, Philosophical and Psychological Perspectives*, Cambridge University Press, 2001.

Kroker, Arthur and David Cook., *The Postmodern Scene: Excremental Culture and Hyper-Aesthetics*, New York: St. Martins, 1986.

Landow, George P., *Hypertext: The Convergence of Contemporary Critical Theory and Technology*, Baltimore: Johns Hopkins UP, 1992.

Lucy, Niall, *A Dictionary of Postmodernism*, Hoboken, NJ: Wiley-Blackwell, 2015.

Lyotard, Jean-François, *The Postmodern Condition: A Report on Knowledge*, Tr. Geoff Bennington and Brian Massumi. Minneapolis: U Minnesota P, 1985.

Marcus, Greil, ed., *A New Literary History of America*, Belknap Press of Harvard University Press, 2009.

Mason, Fran, *Historical Dictionary of Postmodernist Literature and Theater*, Plymouth: Scarecrow Press, 2007.

McCaffery, Larry, ed., *Storming the Reality Studio: A Casebook of Cyberpunk and Postmodern Fiction*, Durham: Duke University Press, 1991.

McHale, Brian, *Postmodernist Fiction*, New York: Methuen, 1987.

——, *Constructing Postmodernism*, New York: Routledge, 1992.

Miller, J. Hillis, *Fiction and Repetition: Seven English Novels*, Cambridge, MA: Harvard University Press, 1982.

——, *Communities in Fiction*, New York: Fordham University Press, 2014.

Olsen, Lance, *Ellipse of Uncertainty: An Introduction to Postmodern Fantasy*, Westport: Greenwood, 1987.

——, *Circus of the Mind in Motion: Postmodernism and the Comic Vision*, Detroit: Wayne State UP, 1990.

——, *William Gibson*, Mercer Island: Starmont, 1992.

——, *Lolita: A Janus-Text*, New York: Twayne: 1995.

Olsen, Lance, ed., *Surfing Tomrrow: Essays on the Future of American Fiction*, Prairie Village, KS: Potpourri Press, 1995.

Perloff, Marjorie, *The Poetics of Indeterminacy: Rimbaud to Cage*, Princeton: Princeton UP, 1981.

Rangno, Erik V. R., Jerry Phillips, Michael Anesko, *Contemporary American Literature: (1945-Present) (Background to American Literature)*, New York: Facts on File, 2005.

Rebein, Robert, *Hicks, Tribes and Dirty Realists: American Fiction After Postmodernism*, Lexington, KY: The University Press of Kentucky, 2015.

Thomas, Bronwen, *Fictional Dialogue: Speech and Conversation in the Modern and Postmodern Novel*, Lincoln, NE: University of Nebraska Press, 2012.

Toth, Josh, *The Passing of Postmodernism: Spectroanalysis of the Contemporary*, Albany, NY: State University of New York Press, 2010.

Wawrzinek, Jennifer, *Ambiguous Subjects: Dissolution and Metamorphosis in the Postmodern Sublime*, New York: Brill/Rodopi, 2008.

Wilde, Alan, *Horizons of Assent: Modernism, Postmodernism and the Ironic Imagination*, Baltimore: Johns Hopkins UP, 1981.

On DeLillo:

Cowart, David, *Don DeLillo: The Physics of Language*, University of Georgia Press, 2002. Second edition (paperback) with *Cosmopolis* chapter, 2003.

Dewey, Joseph, Steven G. Kellman, and Irving Malin, eds., *Under/Words: Perspectives on Don DeLillo's Underworld*, University of Delaware Press, 2002.

Duvall, John, *Don DeLillo's Underworld: A Reader's Guide*, New York and London: Continuum Publishing, 2002.

Hantke, Steffen, *Conspiracy and Paranoia in Contemporary American Fiction: The Works of Don DeLillo and Joseph McElroy*, Frankfurt: Peter Lang, 1994.

American Fiction: Local Processes and Multivariate Genealogies

Happe, François, *Don DeLillo: la fiction contre les systèmes*, collection Voix amériacines. Paris: Belin, 2000.

Kavadlo, Jesse, *Don DeLillo: Balance at the Edge of Belief*, Frankfurt: Peter Lang, 2004.

Keesey, Douglas, *Don DeLillo*, Twayne's United States Authors Series, New York: Twayne, 1993.

LeClair, Tom, *In the Loop: Don DeLillo and the Systems Novel*, Urbana and Chicago: U of Illinois P, 1987.

Lentricchia, Frank, ed., *Introducing Don DeLillo*, Durham, NC: Duke UP, 1991. Reprint of a special issue of *South Atlantic Quarterly* (89.2 [Spring 1990]).

Orr, Leonard, *Don DeLillo's White Noise: A Reader's Guide*, New York and London: Continuum Publishing, 2003.

Osteen, Mark, *American Magic and Dread: Don DeLillo's Dialogue with Culture*, Philadelphia: University of Pennsylvania Press, 2000.

Ruppersburg, Hugh, and Tim Engles, editors., *Critical Essays on Don DeLillo*, New York: G. K. Hall, 2000.

中文部分：

崔少元：《后现代主义与欧美文学》，北京：中国社会科学出版社，2002 年。

胡全生：《英美后现代主义小说叙述结构研究》，上海：复旦大学出版社，2002 年。

海登·怀特：《后现代历史叙事学》，陈永国、张万娟译，北京：中国社会科学出版社，2003 年。

马克·柯里：《后现代叙事理论》，宁一中译、北京：北京大学出版社，2003 年。

约瑟夫·纳托利：《后现代性导论》，潘非、耿红、聂昌宁译，南京：江苏人民出版社，2004 年。

唐建清：《国外后现代文学》，南京：江苏美术出版社，2003 年。

王钦峰：《后现代主义小说论略》，北京：中国社会科学出版社，2001 年。

杨仁敬：《美国后现代派短篇小说选》，青岛：青岛出版社，2004 年。

杨仁敬等：《美国后现代派小说论》，青岛：青岛出版社，2004 年。

曾艳钰：《走向后代多元文化主义：从里德和罗思看美国黑人和犹太文学的新趋向》，厦门：厦门大学出版社，2004 年 8 月。

第十二章　大众文化谱系

英文部分：

Ann, Bermingha, "The Consumption of Culture. Image, Object, Text", In A. Bermingham and J. Brewer. eds. *The Consumption of Culture 1600-1800. Image, Object, Text*, London. Routledge. 1997.

Berry, Ellen E, *Curved Thought and Textual Wandering: Gertrude Stein's Postmodern-*

ism, Ann Arbor. U of Michigan P, 1992.

Cawelti, John G, "The Writer as a Celebrity. Some Aspects of American Literature as Popular Culture", *Studies in Ameran Fiction* 5. 1(1977).

Ceoff Hamilton and Brian Jones. eds., *Encyclopedia of American Popular Fiction*, NY. Infobase Publishing. 2009.

Charles F. Horne, *The Technique of the Novel: The Elements Of The Art, Their Evolution and Present Use*, New York; London. Harper & Brothers Publishers, 1908.

Corner, John, *Media and the Restyling of Politics: Consumerism, Celebrity and Cynicism*, London. SAGE, 2003.

Daniel Hoffman, *Form and Fable in American Fiction*, Charlottesville; University of Virginia Press, 1994.

Danesi, Marcel, *Popular Culture. Introductory Perspectives*, Lanham; Rowman & Littlefield, 2012.

Docker, John, *Postmodernism and Popular Culture*, Cambridge; Cambridge University Press, 1994.

Dorothee Birke, "Challenging the Divide? Stephen King and the Problem of 'Popular Culture'", *The Journal of Popular Culture*, Vol. 47, No. 3, 2014.

Gelder, Ken, *Popular Fiction. The Logics and Practice of a Literary Field*, New York; Routledge. 2006.

———, *Reading the Vampire*, London. Routledge. 1994.

Hans Bertens, Theo D'haen, *Contemporary American Crime Fiction*, New York. Palgrave. 2001.

Helen Hughs, *The Historical Romance*, London; Routledge. 1993.

Jennifer Brubin, "John Grisham's Law", *Politics and Ideas*, 2009. No. 6.

John Storey, *Cultural Studies and the Study of Popular Culture*, Beijing; Peking University Press. 2007.

John Sutherland, *Bestsellers: A very Short Introduction*, Beijing; Foreigh Language Teaching and Research Press. 2007.

Leslie Fiedler, "Cross the Border-Close the Gap", in *Postmodernism. An Introduction Anthology*, Ed. Wook-Dong Kim. Seoul. Hanshin. 1991.

Lodziak, Conrad, *The Myth of Consumerism*. London; Pluto Press, 2002.

Martin Halliwell, *American Culture in the 1950s*, Edinburgh; Edinburgh University Press. 2007.

Moates, Marianne M, *Truman Capote's Southern Years. Stories from a Monroeville Cousin*, Tuscaloosa. University of Alabama Press, 1996.

Mattew, Levay, "Remaining a Mystery: Gertrude Stein, Crime Fiction and Popular Modernism", Journal of Modern Literature. No. 4 2013.

Norman Holland, "The New Paradigm. Subjective or Transactive?", *New Literary His-*

tory, 7（Winter 1976）.

Patell, Cyrus R. K. and Waterman Byran. eds., *The Cambridge Companion to the Literature of New York. Cambirdge*：Cambridge U P. 2010.

Rachel Rubin, *Immigration and American Popular Literature: An Introduction*, NY：New York U P. 2007.

Richard D. Miles, "The American Image of Benjaming Franklin", *American Quarterly*, Vol. 9. No. 2 1957. p. 138.

Stephen, King, *Stenphen King's Danse Macabre*, NY：Everest House. 1981.

Steven Salaita, *Arab Amrican Literary Fictions, Cultures, and Politics*, NY. Palgrave Macmillan. 2007.

Richard Chase, *The American Novel and its Tradition*, Baltimore：The Johns Hopkins U P, 1980.

Richard H. King, *A Southern Renaissance. The Cultural Awakening of the American South, 1930-1955*, New York. Oxford U P, 1980.

Scott, Bede, *On the Lightness of World Literature*, NY：Palgrave Macmillan. 2013.

Thomas Lindsay, "Forms of Duration：Preparedness, the Mars Trilogy, and the Management of Climate Change", *American Literature*. Vol 88. No 1. 2016.

W. Schram, *Responsibility in Mass Communication*, N Y：Harper and Row. 1957.

Zhenwu Zhu & Aiping Zhang, *The Dan Brown Craze: An Analysis of His Formula for Thriller Fiction*, Newcastle：Cambridge Scholars Publishing. 2016.

中文部分：

A·司各特·伯格：《天才的编辑》,彭伦译,桂州:广西师范大学出版社,2015年。

阿多诺：《美学理论》,王珂平译,成都:四川人民出版社,1998年,第9页。

阿兰·斯威伍德：《大众文化的神话》,冯建三译,北京:三联书店,2003年。

安纳·杰弗森：《西方现代文学理论概述与比较》,陈昭全译,长沙:湖南文艺出版社,1986年。

安吉拉·默克罗比：《后现代主义与大众文化》,田晓菲译,北京:中央编译出版社,2001年。

奥利维耶·阿苏利：《审美资本主义:品味的工业化》,黄琰译,上海:华东师范大学出版社,2013年。

巴赫金：《小说理论》,白春仁、晓河译,石家庄:河北教育出版社,1998年。

保罗·莱文森：《手机:挡不住的召唤》,何道宽译,北京:中国人民大学出版社,2004年。

鲍德里亚：《消费社会》,刘成富、全志刚译,南京:南京大学出版社,2000年。

陈军：《文类与文学经典论》,载《南京大学学报》,2013年第1期。

陈众议：《当前外国文学的若干问题》,载《外国文学动态》,2015年第1期。

程锡麟（主编）：《菲茨杰拉德研究文集》,南京:译林出版社,2014年,第202页。

丹尼尔·J·布尔斯廷:《美国人:建国的历程》,谢廷光等译,上海:上海译文出版社,2009年。

道格拉斯·凯尔纳:《媒体文化》,丁宁译,北京:北京商务印书馆,2004年。

多米尼克·斯特里纳蒂:《通俗文化理论导论》,阎嘉译,北京:商务印书馆,2014年。

费瑟斯通:《消费文化与后现代主义》,刘精明译,南京:译林出版社,2000年。

弗吉尼亚·伍尔夫:《普通读者》,刘炳善译,北京:北京十月文艺出版社,2015年。

葛娟:《亚文学生产与消费研究》,北京:人民文学出版社,2013年。

亨利·詹姆斯:《亨利·詹姆斯文论选:小说的艺术》,朱雯等译,上海:上海译文出版社,2001年。

乔纳森·弗兰岑:《如何独处》,洪世民译,海口:南海出版社,2015年。

何群:《大众文本:一种配方式媒介》,载《文艺研究》,2008年第6期。

简·麦格尼格尔:《游戏改变世界》,闾佳译,杭州:浙江人民出版社,2012年。

蒋原伦:《观念的艺术与技术的艺术》,北京:新星出版社,2014年。

江宁康:《通俗小说与美国当代文化》,载《译林》,2004年第4期。

蒋承勇:《娱乐性、通俗性与经典的生成——狄更斯小说经典性的别一种解读》,载《浙江社会科学》,2014年第9期。

蒋承勇:《感性与理性娱乐与良知:文学'能量'说》,载《文学评论》,014年第3期。

卡尔·荣格:《心理学与文学》,冯川、苏克译,北京:三联书店,1987年。

拉曼·塞尔登(主编):《文学批评理论:从柏拉图到现在》,刘象愚、陈永国等译,北京:北京大学出版社,2000年。

莱斯利·费德勒:《文学是什么:高雅文化与大众社会》,陆扬译,南京:译林出版社,2011年。

梁启超:《论小说与群治之关系》,陈平原、夏晓虹编,《20世纪中国小说理论资料》(第1卷),北京:北京大学出版社,1997年。

林玉珍、胡全生:《后现代主义小说中的通俗性——通俗小说类型在后现代主义小说中的使用》,载《当代外国文学》,2006年第3期。

刘意青(主编):《英国18世纪文学史》,北京:外语教学与研究出版社,2006年。

刘晓天:《美国通俗小说的娱乐消费性》,载《文艺研究》,2012年第6期。

刘安海:《通俗文学的美学特征》,载《华中师范大学学报》,1995年第4期。

陆扬:《大众文化理论》,上海:复旦大学出版社,2008年。

卢瑟·S·路德克(主编),《构建美国:美国的社会与文化》,王波等译,南京:江苏人民出版社,2006年。

卢敏:《美国浪漫主义时期小说类型研究》,上海:上海人民出版社,2008年。

罗伯特·丹恩顿:《阅读的未来》,熊祥译,北京:中信出版社,2011年。

马克·波斯特:《信息方式》,范静晔译,北京:商务印书馆,2001年。

马克思·霍克海默、西奥多·阿道尔诺:《启蒙辩证法——哲学判断》,梁敬东等译,上海:上海人民出版社,2006年。

理查德·H·派尔斯:《激进的理想与美国梦》,卢允中、吕佩茵译,上海:上海外语教

American Fiction: Local Processes and Multivariate Genealogies

育出版社,1996 年。

邱江宁:《消费文化与文学文体研究》,载《文学评论》,2010 年第 4 期。

萨克文·伯科维奇(编):《剑桥美国文学史(第三卷)》,北京:中央编译出版社,2010 年。

苏晖:《黑色幽默与美国小说的幽默传统》,北京:中国社会科学出版社,2013 年。

托克维尔:《论美国的民主》,董果良译,北京:商务印书馆,2000 年。

童庆炳:《文学经典构筑诸因素及其关系》,载《北京大学学报(哲学社会科学版)》,2005 年第 5 期。

史志康(主编):《美国文学背景概观》,上海:上海外语教育出版社,1998 年。

韦勒克、沃伦:《文学理论》,刘象愚等译,北京:三联书店,1984。

文森特·里奇:《20 世纪 30 年代至 80 年代的美国文学批评》,王顺珠译,北京:北京大学出版社,2013 年。

威廉·迪安:《美国的精神文化:爵士乐、橄榄球和电影的发明》,袁新译,北京:商务印书馆,2013 年。

席勒:《席勒经典美学文论》,范大灿等译,北京:三联书店,2015 年。

杨绛:《"隐身"的串门儿》,北京:三联书店,2015 年。

杨仁敬:《20 世纪美国文学史》,青岛:青岛出版社,2000 年,第 243 页。

伊恩·P·瓦特:《小说的兴起》,董红钧、高原译,北京:三联书店,1992 年。

约翰·费斯克:《理解大众文化》,王晓珏、宋伟杰译,北京:中央编译出版社,2001 年。

约翰·菲斯克:《解读大众文化》,杨全强译,南京:南京大学出版社,2001 年。

约翰·多克尔:《后现代与大众文化》,王敬慧、王瑶译,北京:北京大学出版社,2011 年。

约翰·萨瑟兰:《英美畅销小说史》,苏耕欣译,北京:外语教学与研究出版社,2009 年。

约翰·赫伊津哈:《游戏的人:文化的游戏要素研究》,傅存良译,北京:北京大学出版社,2014 年。

于冬云:《20 世纪 20 年代美国商业消费文化与现代性的悖论——重读海明威的〈太阳照常升起〉》,载《外国文学评论》,2005 年第 3 期。

余虹:《文学知识学》,北京:北京大学出版社,2010 年。

虞建华(主编):《美国文学大辞典》,北京:商务印书馆,2016 年。

王晓鹰:《从全球语境看中国大众文艺——娱乐有余,文化不足》,载《人民日报》,2010 年 10 月 28 日。

赵炎秋等:《狄更斯学术史研究》,南京:译林出版社,2014 年。

张素珍:《杜鲁门·卡波特小说艺术研究》,徐州:中国矿业大学出版社,1997 年。

周宪:《20 世纪西方美学》,南京:南京大学出版社,1999 年。

周宪:《审美现代性的批判》,北京:商务印书馆,2005 年。

詹明信:《晚期资本主义的文化逻辑》,陈清侨等译,北京:三联书店,1997 年。

朱立元:《接受美学》,上海:上海人民出版社,1989 年。

朱光潜:《朱光潜美学文集》(第二卷),上海:上海文艺出版社。

朱国华:《电影:文学的终结者》,载《文学评论》,2003 年第 2 期。

朱国华:《略论通俗文学的批评策略》,载《文艺研究》,1997 年第 6 期。

朱振武:《爱伦·坡现象与大众文化》,载《国外文学》,2008 年第 2 期。

朱振武:《从情理相悖到心境互涉——论约翰·格里森姆小说的美学蕴涵》,载《上海大学学报》,1999 年第 6 期。

朱振武:《论福克纳小说创作的通俗意识》,载《上海师范大学学报》(哲学社会科学版),2003 年第 4 期。

朱振武、周元晓:《〈达芬奇密码〉:雅俗合流的成功范例》,载《当代外国文学》,2004年第 4 期。

朱振武:《爱伦·坡研究》,北京:人民文学出版社,2011 年。

朱振武等:《美国小说本土化的多元因素》,上海:上海外语教育出版社,2006 年。

朱振武:《丹·布朗现象与文学中国梦》,载《上海师范大学学报》,2015 年第 2 期。

朱振武:《解密丹·布朗》,北京:人民文学出版社,2010 年。

第十三章　生态谱系

英文部分:

Arthur Barlowe, "The First Voyage Made to the Coasts of America", In *Norton Anthology of American Literature*, 4th ed. Vol. 1., New York: Norton & Company. 1989.

B. Kingsolver, *The Poisonwood Bible*, NewYork: Harper Collins, 1998.

Lawrence Buell, *The Environmental Imagination: Thoreau, Nature Writing, and the Formation of American Culture*, Harvard University Press, 1996.

Cynthia Deitering, "The Postnatural Novel: Toxic Consciousness in Fiction of the 1980s", *The Ecocriticism Reader: Landmarks in Literary Ecology*. Eds., Cheryll Glotfelty and Harold Fromm, Athens and London: University of Georgia Press, 1996.

Daniel Denton, *A Brief Description of New York: Formerly Called New-Netherlands with the Places thereunto Adjoining*, London: John Hancock, 1670.

David Harvey, *The Condition of Postmodernity: An Enquiry into the Origins of Social Change*, Oxford: Blackwell, 1989.

Donna Haisty Winchell, *Alice Walker*, New York: Twayne Publishers, 1992.

D. Pepper, *Modern Environmentalism: An Introduction*, New York: Rout ledge, 1996.

Edward Abbey, *The Monkey Wrench Gang*, Philadelphia: J. B. Lippincott Company, 1975.

Fredric Jameson, *Postmodernism, or, the Cultural Logic of Late Capitalism*, London & New York: Duke University Press, 1991.

Frederick Gwynn & Joseph Blotner, *Faulkner in the University*, Charlottesville: The University of Virginia Press, 1959.

Graham Huggan and Helen Tiffin, *Postcolonial Ecocriticism: Literature, Animals, Environment*, Routledge, 2010.

Howard Mumford Jones, *Belief and Disbelief in American Literature*, Phoenix Books, Chicago: The University of Chicago Press, 1967.

John Muir, "The Story of My Boyhood and Youth", *The Writings of John Muir*, New York: Houghton Mifflin Company, 1916, p. 45.

James B. Meriwether & Michael Millgate, *Lion in the Garden*, New York: Random House, 1968.

Janet Biehl, *Rethinking Feminist Politics*, New York: Macmillan Twayne, 1993.

Karla Armbruster and Wallace Kathleen R., "The Novels of Toni Morrison: 'Wilderness Where There Was None'", *Beyond Nature Writing: Expanding the Boundaries of Ecocriticism*, Eds. Karla Armbruster and Kathleen R. Wallace. Charlottesville: University of Virginia Press, 2001.

Kimberly Smith, *African American Environmental Thought*, Lawrence: UP of Kansas, 2007.

K. J. Warren. Introduction, *Ecofeminism: Women, Culture, Nature*, Eds. Warren, Karen, and Nisvan Erkal. Bloomington: Indiana University Press, 1997.

Luscher M. Robert, "Seeing the Forest for the Trees: The 'Intimate Connection' of Mary Wilkins Freeman's Six Trees", *ATQ*, 1989(3): 363–381.

Louis D. Rubin, *The History of Southern Literature*, Louisiana State University Press, 1985.

Lawrence Buell, *Writing for an Endangered World: Literature, Culture, and Environment in the Us and Beyond*, Harvard University Press, 2009.

Lawrence Buell, "What Is Called Ecoterrorism", *Journal of Theory and Criticism* 16 (2009): 153–66.

Louise Erdrich, "Where I Ought To Be: A Writer's Sense of Place", *Louise Erdrich's Love Medicine: A Casebook*, Ed. Hertha Wong. Oxford: Oxford University Press, 2000. 43–52.

Lee Schweninger, *Listening to the Land: Native American Literary Responses to the Landscape*, Athens: University of Georgia Press, 2008.

Nathaniel Hawthorne, *The Scarlet Letter*, New York: Amsco School Publications, Inc. 1962.

Paul Smith, *New Essays on Hemingway's Short Fiction*, Cambridge: Cambridge University Press, 1998.

Paula Gunn Allen, "lyani: It Goes This Way", *The Remembered Earth: Anthology of Contemporary American Indian Literature*, Ed. Geary Hobosn. Albuquerque: University of New Mexico Press, 1980.

Rachel Stein, "Introduction", *New Perspectives on Environmental Justice: Gender, Sexuality and Activism*, Eds. Joni Adamson, Mei Mei Evans and Rachel Stein. New Brunswick, New Jersey: Rutgers University Press, 2004. 1–17.

Ralph Waldo Emerson, "Nature", *The American Tradition in Literature*, vol. I. ed George Perkins and Barbara Perkins, ninth edition, New York: McGraw-Hill College, 1999.

Francis Parkman, "The Works of James Fennimore Cooper", *North American Review* 74 (1852): 147-60.

Roderick Nash, *Wilderness and the American Mind*, New Haven: Yale University Press, 1973.

Sacvan Bercovitch. ed., *The Cambridge History of American Literature*, Volume1, 1590 -1820, Cambridge: Cambridge University Press, 1994.

Simon C. Estok, "A Report Card on Ecocriticism", *AUMLA* 96 (2001): 200-238.

Val Plumwood, "Shadow Places and the Politics of Dwelling", *Australian Humanities Review* 44 (2008): 139-150.

William Faulkner, *The Marble Faun and A Green Bough*, New York: Random House, 1965.

William Cronnon, *Changes in the Land: Indians, Colonists, and the Ecology of New England*, New York: Hill and Wang, 1983.

William Wood, *New England's Prospect*, New York: Oxford, 1968.

中文部分:

艾勒克·博埃默:《殖民与后殖民文学》,盛宁、韩敏中译,沈阳:辽宁教育出版社, 1998 年。

艾丽斯·沃克:《我父亲的微笑之光》,周小英译,南京:译林出版社,2003 年。

埃默里·埃利奥特(主编):《哥伦比亚美国文学史》,朱通伯译,成都:四川辞书出版 社,1990 年。

奥尔多·利奥波德:《沙乡年鉴》,侯文蕙译,长春:吉林人民出版社,2000 年。

蔡云、刘玉红:《印第安人的"失语"及"发声"——新历史主义与海明威短篇小说研 究》,载《小说评论》,2010 年第 S2 期。

程虹:"自然文学",选自《西方文论关键词》,赵一凡主编,北京:外语教学与研究出版 社,2006 年。

程虹:《自然与心灵的交融》,中国社会科学院研究生院 2000 年博士论文。

程虹:《寻归荒野》,北京:生活·读书·新知三联书店,2001 年。

戴维·贾丁斯:《环境伦理学》,林官名、杨爱民译,北京:北京大学出版社,2002 年。

厄普代克:《兔子安息》,袁风珠等译,重庆:重庆出版社,1993 年。

菲茨杰拉德:《了不起的盖茨比》,姚乃强译,北京:人民文学出版社,2004 年。

华盛顿·欧文:《欧文文集》(上),王义国译,北京:中国广播电视出版社,1994 年。

海明威:《海明威短篇小说全集》,蔡慧等译,上海:上海译文出版社,2011 年。

福克纳:《福克纳中短篇小说选》,世界文学编辑部编,北京:中国文联出版公司, 1985 年。

American Fiction: Local Processes and Multivariate Genealogies

of America, London and New York: Routlege, 2014.

Bewley, Marius, "Scott Fitzgerald's Criticism of America", In *The Great Gatsby: A Study*, ed. Frederick J. Hoffman. New York: Scribner's, 1962, p. 284.

Bode, Carl ed., *American Perspectives: the United States in the Modern Age*, Washington: United States Information Agency, 1992.

Chase, Richard, *The American Novel and Its Tradition*, Baltimore and London: The Johns Hopkins University Press, 1980.

Cooper, James Fenimore, *The Ptairie*, New York: The New America Library, 1964.

Chalmers, David Mark, *The Social and Political Ideas of the Muckrakers*, New York: Books for Libraries Press, 1970.

Dimock, Wai Chee, *Empire for Liberty: Melville and the Poetics of Individulism*, Princeton: Princeton University Press, 1989.

Eagleton, Terry, *Maxism and literary Criticism*, Taylor & Francis e-Library, 2006.

Frank, Jason ed., *A Political Companion to Herman Melville*, Kentucky: The University Press of Kentucky, 2013.

Fitzgerald, F. Scott, *The Great Gatsby*, New York: Penguin Books, 1986.

Freneau, Philip, "The Rising Glory of America", In *The Poems of Philip Freneau: Poet of the American Revolution*, ed. Fred Lewis Pattee. Princeton: The University Library, 1902, p. 49.

Gray, Richard, *The Life of William Faulkner: A Critical Biography*, Cambridge: Blackwell Publishers, 1994.

Hacker, Jeffrey H. ed., *The Gilded Age and Dawn of the Modern: 1877–1919*, New York: Routledge, 2015.

Handy, Robert T., *A Christian American: Protestant Hopes and Historical Realities*, New York: Oxford University Press, 1984.

Harter, Carol C. and James R., Thompson. *E. L. Doctorow*, Boston: Twayne Publishers, 1990.

Hawthorne, Nathaniel, *Howthorne: Collected Novels*, New York: The Library of America, 1983.

——, *The Elixir of Life Manuscripts: Septimius Felton, Septimius Norton, the Dolliver Romance*. Columbus: ohio State University Press, 1977.

Hofstadter, Richard, *The Age of Reform*, New York: Vintage Books, 1955.

Lears, Jackson, "Dreiser and History Longing", In *The Cambridge Companion to Theodore Dreiser*, ed. Leonard Cassuto and Clare Virginia. Cambridge: Cambridge University Press, 2004.

Levine, Paul, "The Conspiracy of History", In *E. L. Doctorow: Essays and Conversations*, ed. Richard Trenner. Princeton: Ontario Review Press, 1983.

Mailer, Norman, *The Presidential Papers*, New York: G. P. Putnam's Sons, 1963,

American Fiction: Local Processes and Multivariate Genealogies

p. 184.

Mary, McCarthy, "The Lasting Power of the Political Novel", *New York Times Book Review*, January 1, 1984.

Melville, Herman, "Hawthorne and His Mosses", http://www.eldritchpress.org/nh/hahm.html

Milder, Robert, "Herman Melville", In *Columbia Literary History of the United States*, ed. Emory Elliot et al. New York: Columbia University Press, 1988, p. 430.

Miller, Donald L., *City of the Century*, New York: Simon & Schuster, 1996.

Reynold, Larry J., "The Scarlet Letter and Revolutions Abroad", *American Literature*, Vol. 57. No.1, p. 44.

Rogin, Michael Paul, *Subversive Genealogy: The Politics and Art of Herman Melville*, Berkeley & Los Angeles & London: University of California Press.

Rollyson, Carl ed., *Notable American Novelists Volume 1* (Revised Edition), California: Salem Press, 2008.

Sears, J. Micheal, "Melville's 'Mardi': One Book or Three?", *Studies in the Novel*, Vol.10, No.4, p. 411.

Smith, Sydney, "Review of Seybert's Annals of the United States", < https://en.wikiquote.org/wiki/Sydney_Smith>

Szeman, Imre, *Zones of Instability: Literature, Postcolonialism, and the Nation*, Baltimore and London: John Hopkins University press, 2003.

Poe, Edgar Allan, *Essays and Reviews*, New York: The Library of America, 1984.

Post, Sheila, "Melville and the Market Place", In A Historical Guide to Herman Melville, ed. Giles Gunn. Oxford: Oxford University Press, 2005.

中文部分：

埃里克·方纳:《给我自由！一部美国的历史》(下卷)，王希译,北京:商务印书馆,2010 年。

爱默生:《爱默生集:论文与演讲录》(上)，赵一凡译,北京:生活·新知·三联书店,1993 年。

弗里德里克·杰克逊·特纳:《美国边疆论》，董敏、胡晓凯译,北京:中译出版社,2016 年。

查尔斯·A·比尔德、玛丽·R·比尔德:《美国文明的兴起(上卷)》，许亚芬译,北京:商务印书馆,2012 年。

程锡麟(编选):《菲茨杰拉德研究文集》,南京:译林出版社,2014 年。

陈俊松:《当代美国编史性元小说的政治介入》,天津:南开大学出版社 2013 年。

代显梅:《超验时代的旁观者——霍桑思想研究》,北京:社会科学文献出版社,2013 年。

戴志先:《美国发展史》长沙:湖南人民出版社 2008 年。

D·H·劳伦斯:《劳伦斯论美国古典名著》,黑马译,上海:上海三联书店,2013年。

弗兰克·诺里斯:《章鱼》,吴劳译,上海:译文出版社,1984年。

赫尔曼·麦尔维尔:《泰比》,马慧琴、舒程译,北京:文化艺术出版社,2011年。
——《奥穆》,艾黎、杨金才译,北京:文化艺术出版社,2011年。

金衡山:《"老左"、"新左"与冷战——〈但以理书〉中对激进主义的批判和历史再现》,载《国外文学》,2012年第2期。

拉泽尔·齐夫:《一八九〇年代的美国——迷惘一代人的岁月》,夏平等译,上海:上海外语教育出版社,1996年。

雷蒙德·威廉斯:《马克思主义与文学》,王尔勃、周莉译,开封:河南大学出版社,2008年。

理查德·霍夫斯塔特:《美国政治传统及其缔造者》,崔永禄、王忠和译,北京:商务印书馆,2010年。

刘海平、王守仁(主编):《新编美国文学史(第一卷)》,上海:上海外语教育出版社,2002年。

刘林:《美国"红色三十年代"左翼小说论》,载《文史哲》,2011年第4期。

马尔科姆·布拉德伯里:《新现实主义小说》,曾令富译,《哥伦比亚美国文学史》,埃默里·埃利奥特主编,成都:四川辞书出版社,1994年。

马尔科姆·考利:《流放者归来——二十年代的文学流浪生涯》,张承谟译,重庆:重庆出版社,2006年。

迈克尔·伍德:《沉默之子:论当代小说》,顾钧译,北京:生活·读书·新知三联书店,2003年。

马克·C·卡恩斯、约瀚·A·加勒迪:《美国通史》,吴金平等译,济南:山东画报出版社,2008年。

马克·吐温:《马克·吐温文集》,杨栋译,北京:中央编译出版社,2010年。

毛信德:《美国小说发展史》,杭州:浙江大学出版社,2004年,第313页。

纳撒尼尔·霍桑:《红字》,姚乃强译,北京:中译出版社,2016年,第47页。

钱满素(主编):《自由的基因:美国自由主义的历史变迁》,北京:东方出版社,2016年。

罗伯特·库弗:《公众的怒火》,潘小松译,南京:译林出版社,1997年。

唐·德里罗:《天秤星座》,韩忠华译,南京:译林出版社,1997年。

王涵:《美国进步时代的政府治理:1890—1920》,复旦大学,博士论文,2009年。

王建平:《帝国与文学生产——美国文学中的帝国想象与民族叙事》,北京:中国人民大学出版社,2016年。

王守仁主撰:《新编美国文学史(第四卷)》,上海:上海外语教育出版社,2002年。

王予霞:《20世纪美国左翼文学思潮研究》,北京:中国社会科学出版社,2014年。

威廉·福克纳:《喧哗与骚动》,李俊松译,上海:译文出版社,2010年。

吴富桓、王誉公主编:《美国作家论》,济南:山东教育出版社,1999年。

西奥多·德莱塞:《嘉莉妹妹》,裘常柱译,上海:译文出版社,2011年。

American Fiction: Local Processes and Multivariate Genealogies

许彤：《小说需要介入政治——多角度透视文学诺奖得主略萨》，载《中国社会科学报》，2010 年 10 月 28 日第 013 版。

杨金才：《异域想象与帝国主义——论赫尔曼·麦尔维尔的"波利尼西亚"三部曲》，载《国外文学》，2000 年第 3 期。

杨仁敬：《20 世纪美国文学史》，青岛：青岛出版社，1999 年。

袁雪生：《身份逾越后的伦理悲剧——评菲利普·罗斯的〈美国牧歌〉》，载《当代外国文学》，2010 年第 3 期。

虞建华等著：《美国文学的第二次繁荣——二三十年代的美国文化思潮和文学表达》，上海：上海外语教育出版社，2004 年。

张冲：《新编美国文学史》，上海：上海外语教育出版社，2000 年。

张芙鸣、肖华峰：《美国镀金时代的政治小说：1865—1900》，载《山东外语教学》，1999 年第 3 期。

张友伦、李剑鸣主编：《美国历史上的社会运动和政府改革》，天津：天津教育出版社，1992 年。

邹惠玲：《论诺曼·梅勒在创作中对嬉皮哲学的追求》，载《徐州师范大学学报》，2003 年第 2 期。

朱振武：《生态伦理危机下的"嘉莉妹妹"》，载《外国文学研究》，2006 年第 3 期。

朱振武：《在心理美学的平面上——威廉·福克纳小说创作论》，上海：学林出版社，2016 年。

朱振武：《欧美诸国文学研究的学术历程》（1/3）（国家哲学社会科学基金重大招标项目"新中国外国文学研究六十年"之结项成果），重庆：重庆出版社，2016 年。

朱振武：《在心理美学的平面上——威廉·福克纳小说创作论》（增订本），上海：学林出版社，2016 年。

朱振武：*The Dan Brown Craze: An Analysis of His Formula for Thriller Fiction*（1/2）. Newcastle: Cambridge Scholars Publishing, 2016.

朱振武：《福克纳小说的创作流变及其在中国的接受与影响》，北京：人民文学出版社，2015 年。

朱振武：《加拿大与新西兰文学研究在中国》，上海：上海译文出版社，2013 年。

朱振武：《中国非英美国家英语文学研究导论》，上海：上海译文出版社，2013 年。

朱振武：《爱伦·坡研究》（国家哲学社会科学基金后期资助项目结项成果），北京：人民文学出版社，2011 年。

朱振武：《爱伦·坡小说全解》，上海：学林出版社，2007 年。

朱振武：《美国小说本土化的多元因素》，上海：上海外语教育出版社，2006 年。